James A. Michener

Mexiko

James A. Michener

MEXIKO

Roman

Aus dem
Amerikanischen von
Joachim Pente

Mit
Buchkunstarbeiten
von
Achim Kiel
und
Thomas Przygodda

Gustav Lübbe Verlag

Titel der Originalausgabe: Mexico
Originalverlag: Random House, Inc., New York

Aus dem Amerikanischen von Joachim Pente

Schutzumschlag und Einbandentwurf:
Achim Kiel AGD/BDG PENCIL CORPORATE ART,
Braunschweig
Satz: Kremerdruck GmbH, Lindlar-Hartegasse
Gesetzt aus der 10 Punkt Kennerley Oldstyle
der Linotype-Hell AG, Eschborn
Druck und Einband: Spiegel Buch GmbH, Ulm-Jungingen

Printed in Germany
ISBN 3-7857-0737-1

Dieses Buch widme ich
Conchita Cintrón La Superba

Inhalt

Vorbemerkung des Verfassers

Dies ist ein Roman, und die mexikanische Stadt Toledo, ihre Bewohner, das Ixmiq-Festival und die drei Stierkämpfe, die im Buch beschrieben werden, sind frei erfunden. Die Altomeken, die eine wichtige Rolle in der Handlung spielen, sind ein fiktives Konglomerat aus mehreren altindianischen Kulturen. Jedoch die drei Toreros, die an den Samstagskämpfen teilnehmen – die Matadore Calesero und Pepe Luis Vásquez und die Rejoneadora Conchita Cintrón –, sind wirkliche Personen in der Geschichte des mexikanischen Stierkampfs; ich wollte damit drei Freunden meine Achtung erweisen, die mich viel über ihre Kunst lehrten. Ich muß jedoch hinzufügen, daß die Situationen, Ereignisse und Dialoge, die diese Personen betreffen, Produkte meiner Phantasie sind und nicht dazu gedacht, wirkliche Ereignisse wiederzugeben oder den ausschließlich fiktionalen Charakter dieses Buches zu verändern.

Der Kaktus und die Agave

Ich war nach Mexiko geschickt worden, um über einen Mord zu berichten, einen Mord von bemerkenswerter Art. Und da er noch nicht geschehen war, hatte ich den Auftrag bekommen, die Bilder von dem Ereignis gleich mitzuliefern. Ich war deshalb mit ungewohntem Gepäck beladen – einer großen Fototasche voller japanischer Kameras mit bemerkenswert kurzen Verschlußzeiten und gewaltigen Teleobjektiven, die noch die entferntesten Szenen heranholen konnten. Und während mein klappriger Bus durch Zentralmexiko schaukelte, überlegte ich, was ich tun konnte, um diese Ausrüstung heil in die Stadt zu bekommen, falls ich meinem Impuls nachgab, am Kilometerstein 303 auszusteigen und den Rest der Strecke zu Fuß zurückzulegen.

Da ich niemanden in dem überfüllten Bus kannte und die Kameras viel zu wertvoll waren, um sie Fremden anzuvertrauen, fand ich mich zähneknirschend damit ab, daß mir wohl nichts anderes übrigbleiben würde, als im Bus zu bleiben und die restlichen sieben Kilometer bis zur Stadt auf sie aufzupassen. Doch als wir uns dem Kilometerstein 303 näherten, überkam mich die Sehnsucht, die mich immer an diesem seltsamen Punkt auf der Landstraße gepackt hatte, mit unwiderstehlicher Kraft, und ich war drauf und dran, rauszuspringen und mein Gepäck seinem Schicksal zu überlassen.

Ich kämpfte diesen kindischen Impuls nieder, lehnte mich in meinen Sitz zurück und versuchte, nicht auf die Straße zu schauen. Aber ich konnte den Blick nicht von ihr abwenden. Wie viele mexikanische Knaben aus gutem Hause war ich mit dreizehn auf die Lawrenceville School in der Nähe von Princeton verfrachtet worden, »um ein bißchen Englisch zu lernen«, wie mein Vater geknurrt hatte, und manchmal war ich mitten auf dem grünen Rasen dieser hervorragenden Schule stehengeblieben und hatte nach Atem gerungen, geradezu erstickt von Heimweh nach der Straße, auf der ich mich jetzt befand. Später, in Princeton, wo es ebenfalls viele junge Männer aus Mexiko gab, suchte ich manchmal nach Leuten, die diese Gegend kannten, und fragte sie unsicher: »Habt ihr je etwas Schöneres gesehen als den Blick auf Toledo von der Kluft in den Hügeln aus, an der Stelle, wo sich die Straße vom Kilometerstein 303 ab nach unten windet?« Und wenn meine Freunde diese wunderbare Stelle jemals mit eigenen Augen gesehen hatten, dann schwelgten wir in unserem Heimweh und stellten uns unser Toledo vor, die schönste Stadt in Mexiko, wie es dort unten golden im Licht der späten Nachmittagssonne schimmerte.

Tatsächlich, glaube ich, bin ich wegen eben dieses faszinierenden Anblicks überhaupt Schriftsteller geworden. Meine Eltern waren immer wie selbstverständlich davon ausgegangen, daß ich in Princeton meinen Abschluß machen würde, wie meine Vorfahren aus Virginia das seit 1764 getan hatten, und daß ich dann nach Absolvierung eines einjährigen Bergbaupraktikums in Colorado zu den Silberminen von Toledo zurückkehren würde, die meine Familie seit vielen Jahren betrieb. Aber das alles änderte sich in meinem dritten Jahr auf dem College, als ich einen preisgekrönten Essay verfaßte, der in der englischen Fakultät große Beachtung fand. Er beschrieb den Anblick von Toledo von einem Punkt direkt hinter dem Kilometerstein 303 aus, wie er sich nacheinander einem aztekischen Bezirksstatthalter im Jahre 1500, Cortés im Jahre 1524, einem spanischen Priester im Jahre 1530, einem deutschen Reisenden im Jahre 1660, einem amerikanischen Bergwerksingenieur im Jahre 1866 – das wäre mein Großvater gewesen – und General Gurza in den Revolutionswirren von 1918 geboten haben könnte.

Wenn dies den Eindruck erweckt, als hätte ich mir diesen Aufsatz, der einen solchen Einfluß auf mein Leben haben sollte, hart erarbeitet, so ist das nicht ganz korrekt. Ich fing an zu schreiben, und die Bilder tauchten so lebendig vor mir auf, so direkt aus dem Herzen von Mexiko und aus meinen eigenen Erinnerungen kommend, daß ich sie nur noch aufzuzeichnen brauchte. In gewissem Sinne war der Preis so etwas wie ein Fluch für mich, denn noch lange, nachdem ich Berufsjournalist geworden war, erinnerte ich mich, wie leicht mir das Schreiben dieses Aufsatzes damals von der Hand gegangen war. Und diese Leichtigkeit sollte ich nie wieder erleben. Aber die Bilder, die ich an jenem Tag heraufbeschwor, sind immer in mir lebendig geblieben.

Jetzt hatten sie wieder von mir Besitz ergriffen, und ich gab mich ihnen hin, meinen glühenden Erinnerungen an Toledo, und ich war somit in recht sentimentaler Stimmung, als ich durch das Fenster des Busses einen Anblick sah, der meine Phantasie in Bann schlug. Zwei junge Indiofrauen mit ihren typischen Ledersandalen, den Röcken aus grobem Stoff, den leuchtenden Umhängetüchern und wippenden Zöpfen, gingen die Straße nach Toledo entlang. Offenbar waren sie auf dem Weg zum Ixmiq-Fest, dem Schauplatz meiner Reportage, und der sanfte Rhythmus ihrer Bewegungen, von den wallenden Zöpfen bis hinunter zu ihren schlanken Fesseln, erinnerte mich an all die Indios, die ich einst vom Bergwerk meines Vaters hatte heimgehen sehen, und ich wollte bei ihnen sein, wie ich es vor vierzig Jahren gewesen war, und ich hörte mich unversehens auf spanisch rufen: »Anhalten! Halten Sie den Bus an! Ich gehe zu Fuß weiter!«

Als der überraschte Fahrer auf seine altersschwache Bremse trat, was diese mit einem protestierenden Quietschen quittierte, hielt ich hastig im Bus nach irgend jemandem Ausschau, dem ich meine Fototasche anvertrauen konnte. Für einen typischen Amerikaner, der vielleicht Vorurteile gegenüber den Mexikanern hat, mag es seltsam klingen, aber ich konnte in dem Moment meine Mutter sagen hören: »In anderen Teilen Mexikos gibt es dann und wann böse Menschen, die stehlen, aber in Toledo haben wir nur ehrliche Leute.« Entschlossen, mich auf ihr Urteil zu verlassen, musterte ich meine Mitreisenden, um festzustellen, ob ich jemanden fand, dem ich trauen konnte.

Im Heck des Busses sah ich einen ungewöhnlich aussehenden

Burschen, der mich mit zurückhaltender, aber spöttischer Belustigung musterte. Er war um die fünfundzwanzig, blond, ganz gut aussehend und trug das, was die jungen Leute einen Pachuca-Pullover nannten: ein weites, wollenes, locker gewebtes Ding, das mehr nach einem zottigen Zelt als nach einem Kleidungsstück aussah. Diese Dinger waren sehr beliebt bei den Beatniks von Los Angeles, die Mexiko unter dem einen oder anderen Vorwand in Scharen heimsuchten, und zu so etwas wie einem Erkennungszeichen geworden. Selbst wenn der junge Mann nicht so auffällig blond gewesen wäre, hätte ich ihn an seinem Pullover sofort als Amerikaner erkannt, weil nämlich kein Mexikaner, der etwas auf sich hielt, dieses Ding für einen anderen als seinen ursprünglichen Zweck benutzt hätte: als wärmendes Kleidungsstück beim Schafehüten auf den Bergweiden.

»Sie suchen jemanden, der …«, begann der junge Mann und beugte sich leicht vor.

»Ich wollte zu Fuß in die Stadt gehen.« Aus irgendeinem unerfindlichen Grund fügte ich hinzu: »So, wie ich es als Junge immer getan habe.«

»Erinnerungen?« fragte der junge Mann amüsiert. Er streckte mit einer lässigen Geste die Hand aus, um mir zu bedeuten, daß er bereit war, meine Tasche zu tragen, und versicherte mir: »Ich werde schon …« Er sprach den Satz nicht zu Ende.

In dem Moment, als ich die Fototasche dem jungen Amerikaner nach hinten durchreichen wollte, beugte sich ein älterer Mann, der hinter mir saß, nach vorn und fragte mich in ausgezeichnetem Spanisch: »Sind Sie nicht der Sohn von John Clay?«

»Der bin ich«, antwortete ich auf spanisch.

»Ihre ganze Haltung erinnert mich an Ihren Vater. Wollen Sie, daß ich mich um Ihre Kameras kümmere?«

Ich dachte nur kurz über das Angebot nach; während dieses flüchtigen Moments verglich ich den undisziplinierten jungen Amerikaner, der sich hinten in seinem lächerlichen Pachuca-Pullover auf dem Sitz lümmelte, mit dem mexikanischen Geschäftsmann in seinem konventionellen dunklen Anzug. Auf spanisch sagte ich: »Ich würde es als eine Geste der Freundlichkeit betrachten, wenn Sie für mich auf sie achtgeben würden.« Und so kam es, daß der Schwung meines Arms, der ursprünglich auf den jungen Amerikaner auf dem Rücksitz gerichtet war, wie von selbst, gleichsam im Fluge, seine Richtung änderte und zu dem näher sitzenden Mexikaner gelenkt wurde. Zu dem Amerikaner sagte ich entschuldigend: »Er wird wissen, wo er sie für mich abgeben kann.«

Der junge Mann lachte – unverschämt, wie ich fand. Mit drei kurzen, abrupten Bewegungen mit der offenen Hand, die wie Karateschläge anmuteten, fertigte er mich ab.

»Wo steigen Sie ab?« fragte der mexikanische Geschäftsmann.

»Im Kachelhaus«, antwortete ich. »Bitte hinterlegen Sie die Kameras bei Don Anselmo.«

»Er ist tot«, sagte der Mann schlicht. »Seine Witwe führt den Gasthof.«

»Sie kennt mich«, erwiderte ich, schon halb im Aussteigen begriffen. Plötzlich wurde mir bewußt, daß ich im Begriff war, ohne jegliche Kamera in die Stadt zu wandern. Sollte das Ereignis, an dem ich interessiert war, tatsächlich stattfinden, könnte es vielleicht ganz nützlich sein, ein paar gute Stimmungsbilder von dem Fest zu haben, die ein bißchen Lokalkolorit beisteuerten. Also bat ich den Busfahrer, noch einen weiteren Moment zu warten, lief zurück und holte eine meiner japanischen Schnellfeuerkameras aus der Tasche. Damit bewaffnet, trat ich hinaus auf die Landstraße. Der Bus entfernte sich rasch in einer Wolke von Auspuffgasen, und ich stand allein um vier Uhr an einem Aprilnachmittag an der Stelle, wo ich in diesem Moment lieber sein wollte als irgendwo sonst auf der Welt.

Aber ich blieb nicht lange allein. Denn gleich darauf überholten mich mit ihren geschmeidigen, festen Schritten die beiden Indiofrauen auf ihrem Weg zum Jahrmarkt, und während ich noch ein wenig verwirrt auf der Straße stand, gingen sie mit einem würdevollen Nicken an mir vorbei. Wie großartig sie waren, diese Frauen, die da von den Bergen herabkamen, um die Fiesta zu beehren, welche ihre Vorfahren mehr als vierhundert Jahre zuvor ins Leben gerufen hatten. Sie waren ein zeitloser Bestandteil der roten Erde Mexikos und der rastlosen Bewegung der Welt. Als sie mir zunickten, waren ihre Gesichter teilnahmslos wie die Basaltstatuen auf aztekischen Monumenten, und doch leuchtete in ihren Augen das Feuer, das dieses Land geadelt hatte. Sie waren die Indios von Mexiko, und alles begann und endete mit ihnen.

Ich blieb regungslos stehen, während sie weitergingen, und sah ihnen nach, wie festgenagelt von einem geradezu ehrfürchtigen Widerstreben, mit meinem plumpem Schritt das Ballett zu stören, das ihre geschmeidigen Bewegungen geschaffen hatten. Erst als die Indiofrauen schließlich hinter der nächsten Biegung verschwanden, löste ich mich aus meiner Erstarrung, rückte den Tragriemen meiner Kamera zurecht und ging langsam den Pfad hinunter, dem sie gefolgt waren.

Während der vergangenen zwei Jahre hatte ich mich als Reporter für meine Zeitschrift ständig an den Krisenherden Lateinamerikas aufgehalten. Ich hatte über Vizepräsident Nixons katastrophale Rundreise durch die Region berichtet und über Fidel Castros Greuel in Kuba, und ich war vom Burnout, vom Ausbrennen, bedroht. Offenbar hatte die Heimatredaktion die Gefahr bemerkt, denn Drummond, mein Chefredakteur, dem anscheinend nichts entging, was auf der Welt passierte, schickte mir ein Telegramm, von dem er sicher war, daß es mich wieder zu neuem Leben erwecken würde:

> Ich habe das Gerücht gehört, daß zwei mexikanische Matadore auf einen Showdown zusteuern, bei dem einer von beiden den anderen wahrscheinlich so sehr zum Äußersten treiben wird, daß es einem Mord gleichkommt. Victoriano, der filigrane Tänzer, und Juan Gómez, der brutale Indio, sind gewissermaßen natürliche Feinde. Sie sollen im Rahmen eines Festivals in Toledo gegeneinander antreten. Haben Sie mir nicht mal gesagt, daß Sie dort geboren sind?
>
> Spannen Sie für eine Woche aus. Fahren Sie da hin. Nehmen Sie mit, was Sie kriegen können, aber konzentrieren Sie sich vorrangig auf das Ereignis. Holen Sie sich in unserer Re-

daktion in Mexiko City eine Kameraausrüstung und machen Sie ein paar eindrucksvolle Fotos.

Im ersten Moment war ich drauf und dran, »Nein danke« zurückzukabeln, schon aus professioneller Eitelkeit. Das war so diese typische Art von Gelegenheitsstory, mit der ich mich nicht gerne abgab; ich war Journalist und kein Fotograf. Wenn es eine wichtige Story gewesen wäre, hätte das Magazin mir einen Profifotografen geschickt, und daß Drummond das nicht getan hatte, erweckte in mir den Verdacht, daß die ganze Geschichte ein Vorwand von ihm war, mir den dringend benötigten Urlaub zuzuschanzen, ohne die Verlagsleitung aufzuscheuchen. Ich haßte solche Tricksereien und war schon im Begriff, ihm das in einem bissigen Telegramm aus Havanna deutlich zu machen, doch dann kam mir ein Gedanke, der mich davon abhielt. »Sieh's doch mal so, Clay«, sagte ich mir. »Es gibt tausend Gründe für dich, nach Toledo zu fahren. Als Stierkampf-Fan hast du diesen Victoriano in Spanien kennengelernt, und die Karriere von Gómez verfolgst du mehr oder weniger intensiv seit Jahren. Wenn du dich ein bißchen reinkniest, könntest du einen ganz ordentlichen Artikel daraus machen. Und sei nicht beleidigt wegen der Fotografiererei. Du weißt doch, wie man mit einer Leica umgeht, und diese neuen japanischen Dinger fotografieren praktisch von selbst.«

Doch noch während ich mir diese kleine Predigt hielt, wußte ich, daß es noch andere, tiefere Gründe dafür gab, diesen Auftrag anzunehmen: die Erinnerung an Mexiko im Frühling und den Glanz von Toledo und das Ixmiq-Fest. Also nahm ich den Job an, weil ich meine Heimat wiedersehen wollte.

Wenn Sie mich gefragt hätten: »Ist das nicht ganz normales Heimweh?«, dann hätte ich sagen müssen: »Ein Mann von zweiundfünfzig gibt sich nie ganz normalem Heimweh hin. Das hier ist etwas viel Grundlegenderes.« Ich war im Jahre 1909 in Mexiko zur Welt gekommen, als Sohn eines Amerikaners, der ebenfalls dort geboren war. 1938, als ich bereits ein reifer Mann war und verheiratet mit einer prachtvollen Mexikanerin, hatten

Vater und ich das Land verlassen müssen. Die Mexikaner hatten uns unser Eigentum gestohlen, und wir konnten nicht länger bleiben. Als sich meine Frau mit der Vorstellung konfrontiert sah, mit mir nach Montgomery, Alabama, zu ziehen, ließ sie sich von mir scheiden; der Gedanke an ein solches Exil war ihr unerträglich.

Das war übrigens der Punkt, an dem ich Schriftsteller wurde, wenn auch kein richtiger wie Scott Fitzgerald, der auch in Princeton studiert hatte; ich war mehr wie Richard Halliburton, ein anderer Princeton-Absolvent, der mehr meinem Alter und meinem Typ entsprach. Ich dilettierte ziemlich erfolglos als Reiseschriftsteller und sank schließlich sogar so tief, daß ich anfing, mir frei erfundene Interviews aus den Fingern zu saugen. Meine Zeitschrift fand mich ganz nützlich, da ich als Ungebundener ohne Frau und ohne Kinder jederzeit kurzfristig einsetzbar war, wenn irgendwo in Asien, Afrika oder Südamerika eine Krise ausbrach.

Es war im Januar dieses Jahres 1961 gewesen, daß ich zum erstenmal einen Vorgeschmack auf die düsteren Jahre gespürt hatte, die vor mir lagen. Ich war in Havanna gewesen und hatte versucht, Castros verblüffendes Verhalten während seiner ersten zwei Jahre nach dem Sturz Batistas zu erklären. In den Jahren 1958 und 1959 war ich ein glühender Anhänger Castros gewesen. Ich hatte mit ihm in den Bergen gelebt und ihm mit meinen Artikeln moralische Unterstützung gegeben, als er auf die Hauptstadt marschierte, und ich hatte mich zusammen mit seinen bärtigen Revolutionären gefreut, als sie Havanna einnahmen. Danach war es bergab gegangen. Er belog mich, behauptete, er sei niemals Kommunist gewesen, beteuerte, daß er Frieden mit den Vereinigten Staaten wolle, und lachte mich nur aus, als ich fragte: »Fidel, warum brichst du die diplomatischen Beziehungen zu uns ab?«

Als mein einstiger Held sich als solch ein Lügner und Betrüger entpuppte, nahm ich das zum Anlaß, für mich persönlich Bilanz zu ziehen, um zu sehen, ob ich selbst eigentlich besser war. Das Resümee, das ich in jenen drei schlimmen Tagen in Kuba zog, war nicht dazu angetan, mein Selbstbewußtsein zu festigen. Ich hatte wenig geleistet. Ich hatte nichts geschrieben, das von Dauer sein würde. Ich hatte weder Frau noch Kinder, und ich wußte nicht einmal, ob ich eigentlich Mexikaner oder Amerikaner war.

Aber als ich jetzt neben dem kleinen Betonklotz mit der Aufschrift »K. 303« stand – die Anzahl der Kilometer von Mexiko City bis hier –, spürte ich die gute Wärme von Toledo auf mir, und ich hatte das leise Gefühl, daß ich richtig daran getan hatte, den Job anzunehmen. Und als ich über den Kilometerstein hinweg auf das ausgedörrte Land schaute, da wurde dieses Gefühl zur Gewißheit. Ich war seit jeher fasziniert gewesen von diesen Kaktuspflanzen mit ihrer Bürde aus dickem rotem Staub; denn für mich waren sie das getreueste Produkt des mexikanischen Bodens. Unversöhnlich, schroff und widerspenstig, zeichneten sie sich scharf gegen den dunkelblauen Himmel ab und standen da wie hagere Kathedralen. Ich liebte ihre plumpe Eckigkeit, daß sie niemandem irgendwelche Zugeständnisse machten und daß sie Jahr für Jahr stets dieselben blieben. Sie waren sehr mexikanisch, diese immerwährenden Kakteen. Oft umfriedeten die Indio-Farmer ihr kleines Stück Land mit ihnen; dann taten die Ziegen gut daran, auf Distanz zu bleiben. Auf den ersten Blick erschienen sie wertlos, allenfalls als behelfsmäßige Zäune tauglich, und doch waren sie es, die dem Land Charakter verliehen. Ohne die Kakteen wäre dies nicht Mexiko.

Eine meiner frühesten kindlichen Phantasievorstellungen hatte mit diesen widerspenstigen und abstoßenden Pflanzen in Zusammenhang gestanden. Im Alter von ungefähr sechs Jahren entwickelte ich die Vorstellung, daß mein Vater von einer unsichtbaren Kaktuspflanze beherrscht wurde, ja sogar, daß er von einer abstammte. Er war ein kantiger Mann, und wenn er unrasiert war, ähnelten seine Bartstoppeln den Stacheln, an denen ich mich so oft gestochen hatte. Er hatte sowohl die Rauhheit des Kaktus als auch seine Wesensstärke. Ich empfand ihn oft als jemanden, der einsam ragend vor dem Himmel stand, so wie der Kaktus, und in späteren Jahren, als die Stadt Toledo ihm ein

Denkmal aus Granit errichtete, stand seine Statue auch genau so da. Und wie der Kaktus besaß auch mein Vater eine eigene, majestätische Schönheit, und die entsprang direkt seiner unbeugsamen Geradheit, denn er war einer der besten Verwalter, die Mexiko je gekannt hat. In meinem Abschlußjahr in Princeton, als ich Zeit hatte, noch einmal das berühmte Buch meines Vaters zu lesen, wurde mir bewußt, daß es – mehr noch als er selbst – eine verblüffende Verwandtschaft zum Kaktus aufwies. Es war stachlig, kantig und bar aller blumigen Rhythmen, aber es erlangte eine räumlich begrenzte Unsterblichkeit in erster Linie deshalb, weil es allein stand – wie ein einsamer Kaktus. Es war ein Buch, das seine Inspiration vollständig aus sich selbst bezog, wie kein anderes, das je über Mexiko geschrieben worden war. Eben das machte seine Größe aus.

Ich betrachtete den Kaktus eine Weile und wünschte mir, ich hätte ein wenig mehr von seiner unnachgiebigen Kraft mitbekommen – so, wie ich mir manchmal wünschte, ich hätte mehr von der schonungslosen Rechtschaffenheit meines Vaters geerbt; denn ich wußte, daß ich oft unschlüssig hin und her schwankte, während er unerschütterlich wie ein Fels in der Brandung stand, seiner Wertvorstellungen absolut sicher. Er lebte in einer simplen, überschaubaren Welt, einer Welt, wo Werte und Kategorien fest und unverrückbar waren und daher keiner Erklärung bedurften. In der Welt des John Clay waren Engländer Amerikanern nachweislich überlegen, Amerikaner wiederum standen haushoch über Spaniern, welche ihrerseits von Natur aus besser waren als Indios, und die wieder waren Negern unendlich überlegen. Banken waren besser als Zeitungen, Protestanten besser als Katholiken, Lee war besser als Grant und Silber weit besser als Gold. Erziehung war gut, und Sex war schlecht. Gepflasterte Straßen waren sehr gut, und eine unsichere Wasserversorgung war etwas Widerliches. Hart arbeitende Ingenieure retteten die Welt, und faule, leichtlebige Schreiberlinge verdarben sie. Ironischerweise ist er den Menschen trotzdem in erster Linie als Schriftsteller in Erinnerung geblieben; denn sein Buch *Die Pyramide und die Kathedrale*, konstruiert aus den unverrückbaren Dichotomien von Gut und Böse, die er vertrat, hatte irgendwie den innersten Geist Mexikos eingefangen.

Ich begann die Straße hinunterzumarschieren, beseelt von der Vorfreude darauf, daß sich mir nach wenigen hundert Metern der herrliche Ausblick auf Toledo mit seinen schimmernden Türmen eröffnen würde; doch wie ich so ging, fiel mir auf, daß auf dem Feld zu meiner Rechten die Kaktuspflanzen verschwunden waren. Der Indiofarmer, wer immer er war, hatte sie herausgerissen und durch sauber ausgerichtete Reihen jener erstaunlichen Pflanze namens Agave ersetzt. Und während ich neben den dunkelgrünen, mannshohen, sanft in der Sonne sich wiegenden Sträuchern herging, erinnerte ich mich an etwas, das mein Vater mir vor vierzig Jahren gesagt hatte, als wir an einem Agavenfeld vorbeigingen. Es könnte April gewesen sein, denn ich erinnere mich, daß die Sonne warm, aber nicht drückend war. Jedenfalls blieb er plötzlich stehen, stocherte mit seinem Spazierstock an einer Agave herum und sagte, mehr zu sich selbst als zu mir: »Ein Land ist erst dann wirklich in Besitz genommen, wenn der Kaktus ausgerottet ist und an seiner Stelle Agaven wachsen.«

Daß ausgerechnet mein Vater das sagte, war für mich überraschend, denn Trinken war ihm ein Greuel, und es waren eben diese Agavepflanzen, deren geheimnisvolle Arme sich über das Land wanden, als wollten sie es umfangen, aus deren Saft die Indios vor Jahrhunderten ihren berauschenden Meskal zu brauen gelernt hatten. Ich hätte erwartet, daß mein Vater die Agave aus diesem Grund haßte. Statt dessen sagte er versonnen: »Dies sind die Pflanzen, die dem Land Anmut und Würde verleihen. Sie sind wie Tänzer mit schönen Händen. Oder wie Frauen. Sie sind die bessere Hälfte des Lebens.«

Diese rätselhaften Bemerkungen fielen mir wieder ein, als ich Jahre später in Princeton noch einmal sein Buch las und auf diese bemerkenswerte Beschwörung des Kaktus und der Agave als der gegensätzlichen Symbole des mexikanischen Geistes stieß. Der Kaktus verkörperte den Hang zu Krieg und Zerstörung. Im Gegensatz dazu war die Agave, wie er in einer vielzitierten Passage geschrieben hatte, »seit jeher das Symbol für Frieden und Aufbauen gewesen. Aus ihren zerstoßenen Blättern fertigten unsere Vorfahren das Papier, auf dem unsere Geschichte festgehalten wurde; ihre getrockneten Blätter lieferten das Deckmaterial für unsere Häuser; ihre Fasern waren die Fäden, die das Nähen von Kleidern möglich machten; ihre Dornen waren die Nadeln, die unsere Mütter benutzten, um uns zu zivilisierten Menschen zu machen; ihre weißen Wurzeln lieferten das Gemüse, von dem wir uns ernährten; und ihr Saft wurde unser Honig, unser Essig und – nach einer langen Zeit – der Wein, der uns mit Glück und unsterblichen Visionen zerstörte.« Der Kaktus, schrieb mein Vater, sei der Geist des einsamen Jägers; die Agave sei die Inspiration der Künstler, welche die Pyramiden erbaut und die Kathedralen verziert hatten. Der eine sei der männliche Geist, der so beherrschend ist im mexikanischen Leben; die andere sei die weibliche, die subtile Bezwingerin, die unweigerlich am Ende triumphiere. Mein Vater behauptete, es sei kein Zufall, daß der Indio sein ganzes Leben damit zubringe, gegen den Kaktus anzukämpfen, und daß der einzige Trost, der ihm vergönnt sei, der süße Saft der Agave sei. Er hatte auch geschrieben, wenn der Kaktus die sichtbare Kraft des harten Kerns der Erde sei, die das Leben erzeuge, dann seien die sich windenden Arme der Agave die grüne Wiege der Natur, die das Leben erträglich mache. Er beendete seinen Vergleich mit der Passage, die später die Inschrift auf seinem Denkmal wurde: »Wo der Kaktus und die Agave sich begegnen, ist mein Herz gefangen im Dickicht Mexikos.«

Und jetzt und hier, neben mir in Zentralmexiko, begegneten sich der Kaktus und die Agave. Für einen Augenblick, an der Stelle, wo die Felder aneinander grenzten, standen der unnachgiebige Kaktus und die wilde, emporstrebende Agave Seite an Seite, und in ihnen war mein Herz gefangen wie einst das meines Vaters. Ich war amerikanischer Staatsbürger und hatte in zwei Kriegen mitgeholfen, mein Land zu beschützen, als Jagdflieger im Zweiten Weltkrieg und als Kriegsberichterstatter in Korea, aber meine geistige Heimat war hier; denn irgendwie hatten diese beiden Pflanzen dazu beigetragen, meinen Charakter zu formen und zu prägen.

Vor mir lag jetzt eine Strecke von etwa zweihundert Metern, auf denen die Straße steil anstieg, und das Gehen wurde mühsam, aber ich wurde beflügelt von der Gewißheit, daß sich mir in ein paar Minuten aufs neue jene Aussicht eröffnen würde, die mich dazu verlockt hatte, die relative Bequemlichkeit des Busses zu verlassen. Schließlich näherte ich mich der Hügelkuppe, wo die Straße einem Sims zwischen zwei rötlichen Höhen folgte. Mit halb geschlossenen Augen legte ich die restlichen Meter zurück, bis ich spürte, wie mich eine frische Brise von der anderen Seite des Passes begrüßte. Ich blieb stehen, öffnete die Augen weit und sah vor mir den Anblick meiner Jugend. Es war die Stadt Toledo, die alte Bergbaustadt der Kolonialzeit mit ihren noch erhaltenen Monumenten, und es war der schönste Ausblick, den ich je gekannt hatte.

Im Norden, eben noch sichtbar hinter der abfallenden Kante des Berges, die den Paß bilden half, auf dem ich stand, erhob sich die hagere und schreckliche Pyramide der Altomeken. Rötlichbraun im Sonnenlicht leuchtend, an der Spitze scharf gekappt, die stufenförmig aufeinandergetürmten Schichten deutlich abgehoben gegen die Gesamtmasse, stand sie stumm, wie sie es seit dreizehnhundert Jahren tat, gewaltig, erdrückend, rätselhaft. Sie sprach jetzt zu mir, so wie sie es fast ein halbes Jahrhundert zuvor getan hatte, als ich ein kleiner Junge in ihrem Schatten war, erzählte von grausigen Riten und vom Tod und von dem Schrecken, der das Leben im alten Mexiko begleitete. Sie war die westlichste der mexikanischen Pyramiden, errichtet in ihrer ursprünglichen Form irgendwann im siebten Jahrhundert von einer nur dunkel bekannten Zivilisation, die schlicht die der »Trunkenen Erbauer« genannt wird. Deren Siedlungsgebiet war im Jahre 1151 von einem der wildesten und grausamsten Stämme Mexikos, den Altomeken, vor denen sich sogar die kriegerischen Azteken gefürchtet hatten, überrannt worden. Im Laufe der Jahrhunderte war die Pyramide Zeugin mehrerer aufeinanderfolgender Kulturen gewesen und hatte fünf komplette Erneuerungen über sich ergehen lassen. In den neunhundert Jahren ihres Bestehens als religiöse Kultstätte waren bei verschiedenen Ritualen weit über eine Million Menschen auf ihren Altären geopfert worden, und das Blut war in Strömen an ihren steilen Flanken heruntergeflossen.

Da war sie. Da war sie. Mit einem Gefühl der Erleichterung löste ich den Blick von dem monströsen Bauwerk und ließ ihn zurück zur Straße und über die verschwommenen Dächer der Stadt schweifen, dorthin, wo die Zwillingstürme der Kathedrale in das dunkle Blau des westlichen Himmels ragten. Von welch subtiler Schönheit sie waren, jene alten Türme, erbaut im Jahre 1640 von einem mexikanischen Bischof, der sich Zeichnungen aus Spanien angeschaut und vergeblich versucht hatte, sich vorzustellen, wie das Salamanca seiner Vorfahren und die Kirchtürme von Saragossa ausgesehen haben mochten. Die Türme, die er in Toledo errichtet hatte, waren keine erhaben sich emporschwingenden Spitztürme, sondern wuchtige Pfeiler aus grauem Stein. Zwischen ihnen jedoch, gleichsam darin eingeschmiegt, prangte die prachtvollste Fassade von ganz Mexiko. Sie war von einem anderen Bischof errichtet worden, im Jahre 1760, nachdem die Minen begonnen hatten Silber auszuspucken, und sie war ein Meisterwerk – nicht aus silbergrauem Stein, sondern aus Marmor. Ihre zahlreichen Nischen waren mit Heiligenstatuen verziert, und ganz gleich aus welcher Perspektive man sie auch betrachtete, zeugte sie von Poesie und himmlischer Musik.

Von dem Berghang über der Stadt aus konnte ich die Wunder dieser Fassade nicht ausmachen, aber als ich sah, wie das Licht sich in den Ornamenten spiegelte, da wußte ich, daß dieses Juwel der Kolonialarchitektur nach wie vor seinen strahlenden Glanz verbreitete, so wie es das schon getan hatte, als ich noch ein kleiner Junge war. Experten aus New York und London hatten unsere Kathedrale einmal als »das anerkannte Meisterwerk der churriguereskischen Architektur« bezeichnet. Und meine Mutter sagte einmal: »Wenn die Engel sich eine eigene Kirche bauen wollten, dann müßten sie unsere kopieren.« Mein Vater, der den Churrigueresco-Stil nicht sehr mochte, weil er ihn zu verspielt und zu überladen fand, erwiderte darauf: »Sie könnten sie allenfalls als Modell für eine Hochzeitstorte verwenden, aber wohl kaum für eine Kirche.« In dieser Frage stand ich fest auf der Seite meiner Mutter, und obwohl ich später solche ehrfurchtgebietenden Kathedralen wie die von Chartres und von Salisbury sehen sollte, fand ich immer, daß unsere Kathedrale in Toledo die engelhafteste war, die ich je gesehen hatte. Wenn ich Katholik wäre, würde ich mir wünschen, daß meine Kirche so aussähe wie unsere. Freilich war sie überladen. Freilich hatte sie etwas von einer Hochzeitstorte. Aber sie war auch eine Beschwörung der Zeit, da Mexiko noch ruhig und sicher war, jener guten alten Zeit vor den schrecklichen Revolutionen und vor den zerstörerischen Zweifeln des zwanzigsten Jahrhunderts.

Und dann schwenkte mein Blick weiter nach rechts und suchte das, dessentwegen ich eigentlich überhaupt hierhergekommen war. Seit meinen frühesten Kindheitstagen im Bergwerk hatte ich die Pyramide immer als ein mahnendes Wesen empfunden, dessen grausame, gespenstische Priester mich womöglich foltern würden, wenn ich nicht artig war, und ich hatte mich immer an der Kathedrale mit ihrer Märchenfassade erfreut. Aber das, was ganz allein mir gehört hatte, mir ganz nahe gewesen war, so nahe, daß es geradezu ein Teil von mir geworden war, das waren die Palafox-Bögen. Und da waren sie! Von Nordosten her in die Stadt hinein kommend, trug diese fantastische Kette von Bögen einen Aquädukt, der aus Quellen gespeist wurde, welche jenseits der Pyramide entsprangen. An diesem Aquädukt hing die Wasserversorgung der Stadt, und ich erinnere mich, daß ich damals, als ich diese graziösen Bögen zum erstenmal sah, zu mir sagte, wie günstig es doch sei, daß ihre steinernen Beine von unterschiedlicher Länge waren und sich so den Steigungen und Gefällen des unwegsamen Geländes immer exakt anpassen konnten.

Der Aquädukt ist immer noch das Glanzstück Toledos, und selbst der übersättigtste oder abgestumpfteste Besucher, der sich von der Pyramide vielleicht abgestoßen fühlt oder mit einer katholischen Kathedrale nichts anfangen kann, vermag sich der

Faszination, die von diesem Bauwerk ausgeht, nicht zu entziehen. Sein Wasserkanal ist eine kühne, die ganze Landschaft beherrschende Linie, welche absolut eben verläuft, aber in den Bögen liegt unendliche Vielfalt. Sie schwingen sich hinunter in schwindelerregende Tiefe, wo es gilt, ein Tal zu überspannen, und schwinden zu einem Nichts, wenn der Wasserkanal unmittelbar über den Kamm eines Berges führt. Als Junge saß ich oft stundenlang da und betrachtete den Aquädukt, den der alte Bischof Palafox im Jahre 1726 gebaut hatte, und es schien mir, daß er göttlich inspiriert sei, und zwar weniger zu dem Zweck, unsere Stadt mit Wasser zu versorgen, als zu dem, die Pyramide und die Kathedrale miteinander zu verbinden.

Ich wanderte die Straße hinunter, den Blick auf den Berghang geheftet, der meine Sicht nach rechts begrenzte, und mit jedem Schritt schob sich ein weiterer Bogen in mein Blickfeld, bis ich den Aquädukt schließlich in seiner gesamten großartigen Pracht vor Augen hatte. Aber nicht dieser Anblick war es, den ich suchte. Es war etwas, das immer noch hinter dem Berg versteckt lag, und ich fiel in Laufschritt, so erpicht war ich darauf, es wiederzusehen.

In dem Maße, wie der Berg aus meinem Blick verschwand, rückte das Ziel meiner Suche in mein Gesichtsfeld. Dort, wo einst der wackere Cortés innegehalten hatte, in der Mitte der alten Straße, blieb ich stehen. Da war sie, die alte, verlassene Silbermine von Toledo. Sie kauerte geduckt gegen den Hang eines graubraunen Hügels, eine Ansammlung dachloser Gebäude, Überreste eines Ortes, an dem mehr als achthundert Millionen Dollar aus der Erde gegraben worden waren, zu einer Zeit, als ein Dollar noch soviel wert war wie heute fünf.

Dies war der *Mineral de Toledo*, jenes legendäre Loch in der Erde, dessen Name im spanischen Weltreich einen berühmteren Klang gehabt hatte als der von Lima oder irgendeiner anderen Stadt in der Neuen Welt. In diesen jetzt verfallenen Gebäuden war ich geboren, wie vor mir schon mein Vater. Dort oben hatte mein Vater General Gurza getrotzt, dem wilden Revolutionär, der gekommen war, die Mine an sich zu reißen. Dort, in einer

Höhle, war der kostbare Zuchtbulle Soldado versteckt worden, in dem erfolgreichen Bemühen, die Abstammungslinie der Palafox-Ranch zu retten. Nach dort oben war General Porfirio Díaz, der gütige alte Präsident, im Jahre 1909 gekommen, zwei Jahre, bevor er von General Gurza und seiner Mörderbande aus dem Land gejagt wurde.

Die Geschichte unseres Bergwerks war die Geschichte Mexikos gewesen, und es war erschreckend, es in Trümmern liegen zu sehen. Von unserem *Mineral de Toledo* hieß es, daß die Hälfte des Reichtums von Madrid von Indios aus seinem tiefen Schlund gegraben worden sei. Jetzt war die Mine taub, eine Narbe in der Erde, doch wie anheimelnd ihre leeren Gebäude mir noch immer vorkamen! Ich konnte förmlich meinen Vater vor mir sehen, wie er aufrecht auf dem Gelände herummarschierte, das Ausgraben des letzten Erzes zu überwachen.

Dies war Toledo! Die Pyramide, die Kathedrale, der Aquädukt und die Silbermine. Wie tief meine Gefühle mit diesem Ort verflochten waren, war mir erst viel später bewußt geworden; denn als mein Vater mich mit nach Alabama nahm, entwickelte ich mich rasch zu einem ganz normalen Amerikaner. Ich war dort aufs College gegangen, diente in der Army und ging mit amerikanischen Mädchen aus, wenngleich ich keines zum Heiraten fand. Ich arbeitete für eine amerikanische Zeitschrift, aß Südstaatenküche und vergaß alles Mexikanische. Doch oft, wenn ich aus irgendeinem Grund zufällig an früher dachte, wurde ich auf machtvolle Weise daran erinnert, daß ich gebürtiger Mexikaner war; denn die Bilder und Geräusche und Geschmäcker meiner Kindheit waren tief in mir verwurzelt. Und nun, da ich ein Stück westlich vom Kilometerstein 303 stand, an der Stelle, wo ganz Toledo zum erstenmal sichtbar wurde, kam mir zu Bewußtsein, daß jedes wichtige Gebäude, das ich sah, von irgendeinem Vorfahren von mir errichtet worden war. Die Pyramide war von einem meiner indianischen Urahnen erbaut worden. Im Jahre 1507 hatte ein anderer Urahne von mir sie erneuert. Der emsige spanische Bischof, der die Kathedrale erbaute, hatte eine Tochter gehabt, die eine Rolle in meiner Familie spielte; der spätere Bischof, der die Churrigueresco-Fassade errichtete, hatte einen Sohn gehabt; und der große Bischof, der den Aquädukt erbauen ließ, hatte fünfzehn Kinder gezeugt, von denen eines ebenfalls ein Vorfahr von mir war. Der *Mineral* natürlich war von meinem amerikanischen Großvater nach dem Bürgerkrieg gerettet und in seinen letzten Tagen von meinem Vater betrieben worden. Ich konnte nirgendwo hinschauen, ohne das Werk von irgend jemandem aus meiner Familie zu sehen, einer Familie, die mehr als tausend Jahre zurückreichte, fest verwurzelt in der harten roten Erde Mexikos.

Über nahezu sechzig Generationen hinweg hatten meine Vorfahren da gestanden, wo ich jetzt stand und auf das von Bergen umringte Tal von Toledo schaute, und alle hatten sie diesen Anblick als schön empfunden. Ich erinnerte mich an den Brief, den mein Großvater im Jahre 1847, als er während des Mexikokrieges an dieser Stelle Rast machte, seiner jungen Frau in Richmond geschrieben hatte: »Colonel Robert Lee hat mich auf eine Erkundungsexpedition geschickt, um die berühmten Silberminen von Toledo zu inspizieren, und ich mache gerade Rast vor dieser berühmten Stadt. Mein Führer ist ein Einheimischer, Hauptmann Palafox von der mexikanischen Armee, der einen Trupp aus seinen und meinen Soldaten anführt, und ich muß gestehen, daß der Blick auf diese Stadt so anziehend ist wie die schönsten Anblicke, die ich in meinem eigenen Land gesehen habe, und ich hoffe zuversichtlich, daß es Gottes Wille ist, daß nach diesem Kriege unsere beiden Länder vereint sein werden. Wenn sie es sind, wäre ich nicht unglücklich, wenn ich in der Gegend leben könnte, auf die ich jetzt hinunterschaue, denn nach meiner Meinung könnte sie ausgezeichnete Baumwolle hervorbringen.« Jahre später, nach der Niederlage des Südens, sollte mein Großvater nach Mexiko ins Exil gehen und als Ingenieur in der Mine arbeiten, die eben jenem jungen mexikanischen Hauptmann gehörte, welcher ihn damals nach Toledo gebracht hatte. Der Sohn dieses amerikanischen Leutnants würde später die Nichte des besagten mexikanischen Offiziers heiraten, und sie würden meine Eltern sein. So wurde ich durch die schicksalhafte Verstrickung von Krieg und Exil sowohl ein Palafox aus Toledo als auch ein Clay aus Richmond.

Es muß wohl in dem Moment gewesen sein, wo meine alte Vertrautheit mit dem Glanz Toledos wiederauflebte, daß ich die Unzufriedenheit mit meinem bisherigen Leben, die mich seit Monaten verfolgte, in ihrer ganzen Wucht spürte. »Verdammt, Clay, jetzt gib dir endlich einen Ruck! Du hast noch zwanzig Jahre vor dir, vielleicht sogar dreißig! Mach was draus!« Noch während ich diese letzten drei Worte aussprach, trafen sie mich mit Macht. Dies war, so schien mir, die Herausforderung, welche sich seit meiner Enttäuschung in Havanna herausgebildet, gleichsam aufgebaut hatte; aber wie genau ich ihr begegnen sollte, wußte ich nicht. Doch als ich meinen Marsch nach Toledo fortsetzte, hatte ich einen Gedanken, der mich beruhigte und der mir Auftrieb gab: Wo anders als am Ort seines Ursprungs kann man am besten die wichtigen Antworten finden?

Es war fünf Uhr nachmittags an einem stillen Frühlingstag, als ich auf der Straße, die ich als Junge so geliebt hatte, nach Toledo hinein kam. Sie war gesäumt von Zeilen hellfarbiger Häuser, die so eng aneinandergedrängt standen, daß kein Zollbreit Platz zwischen ihnen war, so daß ich das Gefühl hatte, als bewegte ich mich durch eine Schlucht, deren Wände abwechselnd rot, grün, purpurn und – vor allem – von einem leuchtenden Goldgelb waren. An einer Ecke konnte ich eine Straße mit ähnlichen Farben hinunterschauen und das schmucke neue Gebäude sehen, welches das Gewirr von Buden und Ständen ersetzte, das in meiner Kindheit als Markt gedient hatte, und ich wußte, die nächsten Schritte würden mich zu dem Ort bringen, wo das Herz dieser Stadt schlug: der Plaza von Toledo. Ein Block noch ... ein halber noch ... und dann ... da war ich, auf dem Platz selbst.

Ich betrachtete ihn lange von der Stelle aus, an der ich stand, und zu meiner Freude fand ich wenig verändert. Direkt zu meiner Rechten stand das historische blaugelbe Hotel, das unter dem Namen »Kachelhaus« bekannt war; hier würde ich absteigen. Im Licht der Nachmittagssonne funkelte es mehr denn je;

jede der Kacheln, welche die Fassade bildeten, wirkte wie ein eigener Spiegel.

Entlang der Nord-Süd-Achse der Plaza und mit der Frontseite zur Avenida Gral. Gurza – so unpassend benannt nach dem Rebellengeneral, der diesen Teil Mexikos in Schutt und Asche gelegt hatte – stand die Kathedrale mit ihren düsteren silbergrauen Türmen und ihrer wunderbar verschnörkelten Fassade. Nicht ein Stein war fehl am Platz in dieser wahrhaftigen Symphonie aus Marmor, und alte Frauen gingen durch die Seitenportale, wie sie es seit 1640 getan hatten.

Der Kathedrale gegenüber, an der Ostseite der Plaza, stand das Bauwerk, das einen ganz besonderen Platz in der Zuneigung jener Stadtbewohner eingenommen hatte, die in den Tagen der Revolution so lauthals antiklerikal gewesen waren, daß sie sich geweigert hatten, ihren Fuß in die Kathedrale zu setzen. Statt dessen verehrten sie dieses alte Gebäude, das zu Beginn des sechzehnten Jahrhunderts von zwei Urahnen von mir gebaut worden war, einem frommen katholischen Bischof und seiner willensstarken indianischen Frau. Ursprünglich eine Zufluchtsstätte für verarmte alte Frauen, später ein Nonnenkloster der Kirche, war es in den sechziger Jahren des 19. Jahrhunderts zum pompösen Kaiserlichen Theater umgebaut worden. Den Auftrag hierzu hatten der österreichische Erzherzog Maximilian und seine belgische Gemahlin Charlotte erteilt, als sie Mexiko als Kaiser und Kaiserin regierten, und eingeweiht hatten sie es mit einer Aufführung von Bellinis »Norma«. Umgebaut nach Maximilians eigenen Plänen, verkörperte es sein Verständnis des klassischen griechischen Stils. Auch in seiner neuen Inkarnation war es immer noch ein prachtvolles Bauwerk, schlicht und doch königlich, und es hatte eine bedeutende Rolle in der mexikanischen Geschichte gespielt. Von seiner Bühne aus hatte der unglückselige Kaiser seine letzte Rede an seine unwilligen Untertanen gehalten. In einer seiner Garderoben hatte er zwei Wochen seiner Haft verbracht, und aus seinem griechischen Portal war er getreten, um in die Kutsche zu steigen, die ihn nach Querétaro gebracht hatte, der Stätte seiner Hinrichtung. Später war das berühmte Theater Schauplatz zahlreicher Verfassungsversammlungen gewesen, bei denen die Zukunft Mexikos geschmiedet worden war, und hier hatte ich als ganz kleiner Junge meine erste Oper gehört, mit Luisa Tetrazzini in der Rolle der Aida.

Das Bauwerk jedoch, das der Plaza ein ganz spezielles Flair verlieh, war das flache, zweigeschossige Gebäude im Kolonialstil, das sich über die gesamte Breite der Südseite zog. Es war 1544 von meinem Ahnen, dem ersten Bischof Palafox, erbaut worden und war in jeder Hinsicht eines der Meisterwerke mexikanischer Architektur. Es war in seiner gesamten Erscheinung der Inbegriff jener eigenartigen Verbindung von spanischer Eleganz und indianischer Kraft, die die Geistesgeschichte Mexikos kennzeichnet. Ich erinnere mich, wie mein Vater einmal zu mir sagte, als wir auf der Plaza saßen und auf dieses dunkelrote Bauwerk schauten: »Als unsere ersten Siedler in Jamestown an Land gingen, da war dieses Gebäude schon so alt, daß es einen neuen Fußboden brauchte. 1607, als Amerika begann, weilte unser zehnter Vizekönig gerade zu einem Staatsbesuch in diesem Regierungshaus.«

Ich erinnere mich, daß ich meinen Vater unterbrach und ihn fragte: »Wenn du sagst ›unsere Siedler‹, welches Land meinst du dann?«

Er antwortete: »Es ist möglich, daß man zwei Heimatländer hat.«

»Gleichzeitig?« fragte ich ungläubig.

»Im Herzen, meine ich«, antwortete er. »Ich habe das alte Regierungshaus« – er zeigte darauf – »immer als das Zentrum meiner zweiten Nation angesehen, so wie Richmond immer die tragische Hauptstadt meiner ersten gewesen ist.«

»Aber du hast nie in Richmond gelebt. Du hast sogar gesagt, du hättest es nie gesehen.«

»Jeder Flecken Erde, für den deine Vorfahren ihr Blut und ihr Leben gegeben haben, wird für immer deine Heimat bleiben. Vergiß das nie.«

Als ich meinen Blick vom Regierungshaus nach Westen gleiten ließ, fiel mir etwas ins Auge, das mein Interesse erweckte.

Auf den hölzernen Anschlagbrettern an der Außenseite der örtlichen Stierkampfarena prangten drei knallbunte Plakate mit der Ankündigung der Kämpfe, die an diesem Wochenende stattfinden würden. IXMIQ-FEST '61 trompeteten marktschreierisch die scharf hervorgehobenen schwarzen Lettern, aber was mich faszinierte, waren die Porträts der beiden Kämpfer, deretwegen ich gekommen war. »*¡Mano a Mano!*« sagten die Worte, die Vorstellung eines tödlichen Wettkampfs zwischen den beiden Matadoren suggerierend. Auf der linken Seite war Victoriano, in klassisch würdevoll-reservierter Pose; auf der rechten Juan Gómez, der stämmige Indio, mit tief in die Stirn hängendem Haar. Victoriano blickte auf mich herab, so wie damals in Spanien, als ich ihn interviewt hatte, und Gómez sah aus, als würde er jeden Moment aus dem Plakat heraustreten und sagen: »Ich bin Juan Gómez. Wir haben einmal miteinander gesprochen, als ich einen Kampf in Tijuana hatte.« Und von einem Moment auf den anderen wurde mir klar, daß ich es hier mit einem Job zu tun hatte, der sich wahrscheinlich als komplizierter herausstellen würde, als ich in dem Moment gedacht hatte, da ich mich leichtfertig auf ihn einließ. Es war jetzt Mittwoch nachmittag, fast schon abend, und die drei Kämpfe begannen am Freitag. Ich hatte also noch die heutige Nacht und den Donnerstag, um mich geistig und seelisch auf das Ereignis einzustellen.

Ich hielt Ausschau nach irgendeinem festen Bezugspunkt und erblickte am gegenüber liegenden Ende der Plaza, wenige Meter vor dem Kachelhaus, das Standbild des Schutzpatrons meiner Stadt, des Indios Ixmiq, der im sechsten Jahrhundert nach Christus gelebt hatte. Dunkel, fast schwarz in seiner Haut aus brünierter Bronze, schaute der drahtige Indio mit gütigem Blick auf mich herab, und ich fühlte mich in seiner Obhut sicher und geborgen.

Als ich auf ihn zuging, um ihm zu sagen: »Alter Mann, ich bin heimgekehrt«, rief mich eine Stimme von der Terrasse vor dem Kachelhaus an. Es war der Fremde, der meine Kameras zum Hotel mitgenommen hatte. »Señor Clay, Ihre Tasche ist in sicherer Obhut bei der Witwe Mier y Palafox.«

»Vielen Dank, mein guter Freund!« gab ich zurück.

»Möchten Sie ein Bier?« schrie er fröhlich.

»Später!« Ich wollte allein sein.

Er rief auf englisch: »Mein Angebot bleibt bestehen.« Dann lachte er und fügte hinzu: »Die Statue, die Sie suchen, ist an der Ecke gegenüber.«

Wie gut ich mich daran erinnerte! Es war ein sonniger Frühlingstag im Jahre 1927 gewesen, und die Einweihung der Statue war aufgeschoben worden, bis ich von meinem Vorstellungsgespräch in Princeton zurück sein würde, wo ich mich im Herbst einschreiben sollte. Vater und ich waren die einzigen Clays, die bei der Einweihung zugegen waren; die restlichen Honoratioren – darunter alle, die eine Rede halten würden – waren Angehörige der Familie Palafox, und da Vater und ich ebenfalls Mitglieder dieser weitverzweigten Sippe waren, war die Feier eine reine Familienangelegenheit. Eine Kapelle spielte, es wurde ein Salut abgefeuert, und danach war zu einem Bankett auf der Veranda des Hotels geladen. Das Komitee, das die Statue bezahlt hatte, wollte, daß Vater eine kurze Dankesrede hielt, aber er lehnte dies mit den Worten ab: »Wenn sie es riskieren wollen, mir schon zu Lebzeiten ein Denkmal zu errichten, dann sollen sie es halt tun. Aber bitte ohne mich. Nur mal angenommen, ich begehe nächstes Jahr einen Mord; reißen sie es dann wieder ab?«

Als ich mich jetzt der Statue näherte, begann mein Atem schneller zu gehen, denn mein Vater, der seit 1945 tot war, stand vor mir auf jenem Sockel. Sein ernster Blick war der Kathedrale abgewandt – was in Anbetracht seiner Haltung gegenüber Katholiken nur angemessen war – und über die Plaza hinweg zum *Mineral de Toledo* gerichtet. Wie ich es zu seinen Lebzeiten so oft bei ihm gesehen hatte, hielt er ein Buch in der linken Hand, die Finger zwischen die Seiten geklemmt. Sein glattrasiertes Gesicht sah genau so aus, wie ich es im Gedächtnis hatte, und fast hatte ich das Gefühl, wenn ich ihn anriefe, würde er mir antworten.

Die Inschrift auf der Ostseite des Sockels lautete schlicht: JOHN CLAY 1882–1945. Für einen Moment verwirrt von einem Gefühl, als wäre er wieder zum Leben erwacht, ging ich vorsichtig um die Statue herum. Auf der nach Norden weisenden Seite des Sockels stand auf spanisch der Titel von Vaters Buch: *Die Pyramide und die Kathedrale*. Auf der Westseite stand, ebenfalls auf spanisch, das berühmte Zitat: »Wo der Kaktus und die Agave sich begegnen, ist mein Herz gefangen im Dickicht Mexikos.« Übermannt von dem Bewußtsein, daß mein eigenes Herz genauso gefangen war, ließ ich mich auf eine der gepflegten blaugekachelten Sitzbänke sinken, die den Platz säumten, und betrachtete das Denkmal meines Vaters, während mich Bilder und Erinnerungen aus der Vergangenheit überfluteten.

Als ich im Jahre 1943 nach einem langen, harten Einsatz im Pazifik, wo ich von den Japanern besetzte Inseln bombardiert hatte, auf Heimaturlaub nach Alabama kam, machte ich die Entdeckung, daß mein Vater sich eine Art Heimkino eingerichtet hatte, eine dunkle Kammer, in der ein weißes Bettlaken an der Wand befestigt war. Tag für Tag schaute er sich auf diesem Laken seine Dias an und unterhielt sich dabei mit seinen alten, längst verstorbenen Freunden. Ich muß gestehen, im ersten Moment dachte ich, er sei nicht mehr ganz richtig im Kopf, aber als ich dann zum erstenmal mit ihm zusammen in dem Raum saß und das riesige, überlebensgroße Foto des Farmers Don Eduardo Palafox auf mich herunterstarren sah, die vollen Lippen halb geöffnet, so als würde er jeden Moment zu sprechen anfangen, da schien es mir vollkommen natürlich, ihn zu begrüßen, und als mein Vater losschrie: »Heda, Don Eduardo! Denen haben wir's aber ordentlich gegeben, was?«, war ich nicht überrascht. Im Gegenteil, ich wartete fast darauf, daß Palafox erwiderte: »Haben ihnen kräftig eingeheizt, diesem Gurza und seinen Banditen, was?« Doch als ich meinen Vater so sah, wie er mit seinen alten Freunden sprach, die schon lange nicht mehr da waren, da empfand ich tiefes Mitleid mit diesem Mann, der zweimal ins Exil gegangen war, jedesmal fort aus einem Land, das er liebte. Das erste Mal war, als er sich seelisch von Virginia losriß, der Heimat der Clays, und von Richmond, der herrlichen Stadt, die er nie gesehen hatte. Das zweite Mal, als er aus Mexiko floh und seine Legionen von Freunden zurückließ, die er dort besaß. Während jener kurzen Atempause vom Krieg schwor ich mir, daß ich mich niemals freiwillig aus irgendeiner Kultur, die mich ernährt hatte, würde vertreiben lassen, aber wie ich jetzt hier in Toledo vor dem Denkmal meines Vaters saß, fühlte ich mich genauso entwurzelt, wie er es gewesen war.

Das Exil meines Vaters war freilich ein selbstauferlegtes gewesen, und er hatte gewußt, daß er bei den Mexikanern stets willkommen gewesen wäre, aber nach dem, was er »jenen düsteren und schlimmen 18. März 1938« nannte, konnte seiner Meinung nach kein aufrechter Mann mehr guten Gewissens in Mexiko leben. Also verließ er das Land.

Ich war zu der Zeit neunundzwanzig. Ich hatte gerade Urlaub von der Zeitschrift und besuchte ihn in Toledo. Ich erinnere mich noch, wie er in unser Haus am *Mineral* gestürmt kam und sich schweratmend in einen Sessel fallen ließ. »Da kann nur ein Krieg bei rauskommen«, murmelte er auf spanisch. »Nur ein Krieg.«

»Was ist passiert?« fragte ich.

»Dieser Irre, Präsident Cárdenas«, stieß er ächzend hervor.

»Was hat er jetzt wieder angestellt?«

»Er hat die Ölquellen verstaatlicht. Wir sollten uns besser aus dem Staub machen.«

»Du meinst ...«

»Ich meine?« brüllte er mich aus seinem Sessel an. »Natürlich wird es Krieg geben. Wie soll Präsident Roosevelt denn sonst reagieren?« Als er an meinem ungläubigen Gesichtsausdruck sah, daß ich den Gedanken, die Vereinigten Staaten könnten wegen ein paar Ölquellen einen Krieg anfangen, völlig abwegig fand, sprang er auf und schrie: »Selbst ein verfluchter Narr wie Roosevelt wird einsehen, daß ihm keine andere Wahl bleibt.«

Mein Vater war nach alten Südstaatentraditionen erzogen und überzeugter Demokrat, aber wie die meisten seiner Bekannten aus dem Süden – jene leisen und verwirrten Leute, die im Winter in unserem Haus in Mexiko aus und ein gingen – verachtete er diesen Yankee-Präsidenten, Roosevelt, fast ebenso sehr wie seinen mexikanischen Präsidenten Cárdenas. »Wie konnten zwei so glorreiche Nationen wie die Vereinigten Staaten und Mexiko nur zwei solche ausgemachten Flaschen zur gleichen Zeit kriegen?« pflegte er zu jammern.

Er wartete vergeblich darauf, daß Roosevelt Mexiko den Krieg erklärte oder daß irgendein Patriot Cárdenas umbrachte, und als keines von beiden eintraf, fiel er in eine tiefe Depression, von der er sich nie wieder erholen sollte. Nachdem er den beiden Präsidenten eine Frist von acht Monaten eingeräumt hatte, um »zur Vernunft« zu kommen, machte er die Mine von einem Tag auf den anderen dicht, packte all seine persönliche Habe zusammen und gab den Zeitungen von Mexico City ein Interview, in dem er sagte, daß er als Ehrenmann nicht länger in einem Land leben könne, das persönliches Eigentum verstaatliche, und in dem er den baldigen Niedergang Mexikos prophezeite.

Er sah das Land niemals wieder, und als ihn das Gerücht erreichte, daß Mexiko, statt unterzugehen, mit jedem Jahr besser dastehe als zuvor, knurrte er bloß: »Abwarten!«

Aber sein Haß richtete sich in erster Linie gegen Präsident Roosevelt, möglicherweise, weil es in Alabama eine ganze Reihe anderer alteingesessener Demokraten gab, die sich darin gefielen, gegen »diesen Kerl« in Washington zu wettern. Als Präsident Cárdenas sich 1940 gemäß der mexikanischen Verfassung aus seinem Amt zurückziehen mußte, gab mein Vater ein kleines Bankett, bei dem er sagte: »Meine guten Freunde hier in Alabama können nicht ermessen, was für ein Scheusal von roter Revolution wir in Mexiko haben erdulden müssen, aber dieses Scheusal ist jetzt am Ende. Jetzt müssen wir mit all unserer Kraft dafür eintreten, daß Mr. Willkie zum Präsidenten gewählt wird.«

Der Wahlsieg Roosevelts warf meinen Vater für eine Woche aufs Krankenbett. Danach nahm er den Namen des Präsidenten nie wieder in den Mund; er nannte ihn von da an nur noch schlicht »er« oder »dieser schlimme Mensch«. Häufig schrieb er mir: »Ich kann nicht begreifen, warum Gott einen solch schlechten Menschen, der sich weigerte, das Privateigentum dieser Nation zu schützen, nicht gestraft hat.«

Als Präsident Roosevelt mich ins Weiße Haus einlud, um mich für meine Arbeit über Japan auszuzeichnen, schrieb mein Vater: »Man wäre dir hier sehr verbunden, wenn du es einrichten könntest, diesen Orden anderswo zu lassen. Dein Bild erschien natürlich in den Zeitungen Alabamas, worüber ich mich gefreut habe, aber ich habe keine von ihnen aufgehoben, weil du neben ihm gestanden hast. Ich bemerkte mit einiger Genugtuung, daß er viel älter aussieht, und zweifellos wird Gott ihn für seine Schandtaten bestrafen.«

Der Geburtstag meines Vaters war am 12. April, und an dem Tag im Jahre 1945 war ich wieder daheim in Alabama und erholte mich von den Folgen der Verletzungen, die ich mir zugezogen hatte, als wir bei Iwo Jima notwassern mußten, und ich hörte gerade Radio auf meinem Zimmer, als die Nachricht durchgegeben wurde, daß Präsident Roosevelt gestorben war. Ich rannte hinunter ins Zimmer meines Vaters und sagte: »Hast du schon gehört? Roosevelt ist gerade gestorben!«

Er starrte mich vorwurfsvoll an und sagte: »Das sagst du doch bloß, weil ich Geburtstag habe!«

Bei der Erinnerung an seine reizbare Natur mußte ich lächeln, und seine Gegenwart schien mir in dem Moment so real, daß ich anfing, mit seiner Statue zu sprechen: »Ist es nicht irgendwie eine Ironie des Schicksals, Vater, daß du, der du auf dem College Englisch geschlampt und keinen der großen Romane gelesen und dich allein auf deine technische Arbeit konzentriert hast, daß ausgerechnet du ein so wichtiges und bedeutendes Buch geschrieben hast, daß sie dir ein Denkmal errichtet haben? Und daß ich, der ich alle die großen Romane gelesen habe und immer Schriftsteller werden wollte, nichts von bleibendem Wert zustandegebracht habe?«

Eine Frau, die über die Plaza ging, bekam mein Selbstgespräch mit und fragte mich, ob alles in Ordnung sei, und ich sagte: »*No, no es nada, gracias.*« Ich stand auf und ging langsam über die geschwungenen, blumengesäumten Wege der Plaza zurück zu meinem Hotel.

Genau in dem Moment, als ich an der Ixmiq-Statue vorbeiging, sah ich einen langen cremeweißen Chrysler herangebraust kommen und mit quietschenden Reifen vor dem Hotel halten. Hinter dem Steuer saß ein großer junger Mann mit einem teuren Vicuñamantel, den er sich wie ein Cape um die Schultern gelegt hatte. Irgend etwas an seiner Art ließ mich stutzen; mir war, als ob ich ihn schon einmal irgendwo gesehen hätte. Aber sein Gesicht war verdeckt, und er war sofort umringt von Passanten, die das Zauberwort »Matador!« schrien.

Binnen Sekunden drängte sich eine Menschenmenge um den Chrysler, aber die, die direkt vor dem Wagen standen, wurden sogleich unsanft von einem Mann mit einem markanten Kinn, blauen Augen und dichtem weißem Haarschopf beiseitegedrängt. Er mußte verdammt kräftige Arme haben, denn er bahnte sich scheinbar mühelos seinen Weg durch die Menge der Schaulustigen.

»Veneno!« schrie ich. Ich kannte ihn aus Spanien. Auf englisch bedeutete sein Name »Gift«, und als solches hatte er sich zweifellos für all die vielen Kampfstiere erwiesen, denen er in den Arenen der ganzen Welt entgegengetreten war.

Verdutzt, jemanden seinen Namen rufen zu hören, hielt er inne und blickte in meine Richtung. Er erkannte mich wieder und brüllte mit seiner Donnerstimme, mit der er selbst Stiere einschüchtern konnte: »Señor Clay! Wie immer bringen Sie uns Glück!«

Im selben Moment sprangen der schlanke Fahrer mit dem Vicuñamantel und zwei athletische Burschen, die auf dem Rücksitz saßen, aus dem Wagen. Sie waren alle Ende zwanzig und offenbar allesamt bekannte Stierkämpfer, denn die Menge begann sofort begeistert ihre Namen zu schreien: »Victoriano! Chucho! Diego!« Die vier Leals, die kaltblütigen Schrecken der Stierkampfarenen, waren zwei Tage früher angereist, um sich für die entscheidenden Kämpfe zu rüsten, die vor ihnen lagen.

Ich schrie: »Victoriano! Hier herüber für ein Pressefoto!« Er drehte sich um, um zu sehen, wer ihn da angerufen hatte, erkannte seinen altvertrauten Bekannten aus Madrid und begrüßte mich mit einer freundlichen Umarmung.

»Don Norman! Sie sind gekommen, um sich die Kämpfe anzusehen!«

»Und um über Sie zu schreiben und Sie bei Ihrem Triumph zu fotografieren.«

Stets hellwach, wenn es galt, sich gut in Szene zu setzen, rief er: »Vater! Chucho! Diego! Kommt her! Don Norman will ein Foto von uns machen!« Und mit geübtem Auge postierte er seinen Vater, den weißhaarigen Veneno, links von sich, seinen Bruder Chucho rechts von sich, und den hübschen Diego bugsierte er nach vorn, zwischen sich und seinen Vater, und postierte ihn so, daß er die anderen nicht verdeckte. Es war ein effektvolleres Gruppenbild, als ich selbst es je hätte arrangieren können, und die vier Männer behielten ihre Posen bei, verbesserten sie sogar noch, während ich den Film durch meine Motorkamera jagte.

Als ich mit dem Gruppenbild fertig war, schrie ich: »He, Chucho! Tun Sie so, als würden Sie den Wagen auspacken.« Gehorsam ließ Chucho sich die Schlüssel vom Fahrer geben und klappte den Kofferraum auf. Die anderen drei gruppierten sich um ihn herum, und ich machte ein paar schöne Aufnahmen von den Männern und dem Auto. Dann schrie ich: »Chucho, wir brauchen ein bißchen Action. Können Sie ihm irgendwas anreichen?«

Sofort packte Chucho sich eine Tasche und hielt sie Victoriano hin, aber der Matador, offensichtlich der Star der Truppe, hatte genug. Er drehte sich abrupt auf dem Absatz um und schlenderte auf mich zu. Die Bewegungen seines geschmeidigen Körpers hatten fast etwas Schlangenartiges. Er packte mich an der Schulter und sagte: »Schluß jetzt, Clay! Keine weiteren Fotos! Es hat keinen Zweck. Ich werde in Toledo keine Katastrophe erleben!«

»Victoriano!« schrie der weißhaarige alte Mann. Er spurtete um den Wagen herum, zog den Jüngeren zurück und zischte: »Werd niemals grob zu einem Zeitungsmann, mein Sohn!«

Victoriano wiederholte: »Keine weiteren Bilder. Dieser Aasgeier hofft doch nur darauf, daß ich aufgespießt werde, damit die Bilder seine Story interessanter machen.«

Angelockt von dem Tumult, waren unterdessen weitere Schaulustige herbeigeströmt und umlagerten den Schauplatz. Ein stämmiger junger Arbeiter schrie: »Bei Gott, es ist Victoriano!« Und ehe der Stierkämpfer sich's versah, hatte der Mann ihn schon auf seine Schultern gehoben. Sofort sprangen weitere herbei, um den so Emporgehobenen zu stützen, und ich wandte mich wieder meiner Kamera zu, doch bevor ich auf den Auslöser drücken konnte, war die Menge bereits im Triumphzug, mit Victoriano auf den Schultern, über die Straße und auf die Terrasse des Hotels marschiert.

»Victoriano!« schrie ich. Er drehte sich um und lächelte professionell, wohl wissend, daß dies ein erstklassiges Motiv abgeben würde. Seine zwei Gefährten pflanzten sich sofort werbewirksam links und rechts von dem jungen Arbeiter auf, der ihn auf den Schultern trug, und der weißhaarige alte Mann nahm eine Pose ein, in der sein zerklüftetes Profil besonders gut zur Geltung kam.

Sie bildeten eine prächtige Pyramide dort in der Abenddämmerung, der gottgleiche junge Matador, seine beiden derben Gehilfen und ihr weißhaariger Vater, der einem Zentaur mit einem Blumenkranz auf dem Haupt ähnelte. Ich wußte, daß ich hier ein außergewöhnliches Motiv hatte, und Victoriano wußte das ebenfalls. Er drehte den Kopf so, daß ich sein Profil noch wirkungsvoller aufs Bild bekam.

»Noch zwei!« bat ich, und die Zuschauer drängten sich dicht an die vier Leals, von der Hoffnung beseelt, mit aufs Bild zu kommen.

Als ich fertig war, ließ der stämmige junge Arbeiter Victoriano behutsam herunter, und die Menge strömte in das Hotel. Ich spulte meinen Film zurück und legte einen neuen ein. Der erste der beiden Duellanten war eingetroffen, der elegante Florettfechter; der andere, der rüpelhafte, ungestüm um sich schlagende Säbelkämpfer, sollte noch kommen. Und von seinem Sockel schaute der kleine Indio, mit dem alles angefangen hatte, der tausenddreihundert Jahre alte Ixmiq, wohlgefällig auf die Szene herab.

Der Spanier

Victoriano Leal, schmalhüftig und siebenundzwanzig, wurde von vielen als der beste Matador Mexikos und vielleicht sogar der Welt angesehen. Er war hübsch und graziös, und es war ein Augenschmaus, wie er den Stier an seiner Brust vorbeilenkte, und ich war nach Mexiko gekommen, um zu sehen, wie er sich mit einem störrischen, plumpen, kleinen Indio duellierte, womöglich sogar bis zum Tode.

Bei diesem Wettkampf, der in meiner Heimatstadt stattfinden würde, konnte ich nicht neutral sein. Victoriano kannte ich seit Jahren, mit Gómez hatte ich lediglich einmal gesprochen, und das auch nur ganz kurz. Doch jeder von ihnen hatte sich zu einem bedeutenden Matador emporgearbeitet, und beide verdienten Respekt und die Aufmerksamkeit, die meine Zeitschrift ihnen zu widmen bereit war.

Ich hatte Toledo verlassen, lange bevor Victoriano in der Stierkampfszene auftauchte, aber ich hatte Gerüchte von seinen Erfolgen in Mexiko gehört. Als ich dann nach Spanien geschickt wurde, um einen Hintergrundbericht darüber zu schreiben, wer Nachfolger von General Franco werden könnte, wenn der alternde Diktator starb, und in den Zeitungen sah, daß Victoriano am Sonntag in Madrid kämpfen würde, bemühte ich mich um ein Interview mit ihm. Man sagte ihm, daß ich ein amerikanischer Journalist sei, der sich mit Stierkampf auskenne, und daß die Publicity, die mein Magazin ihm verschaffen könne, international von Vorteil für ihn sein würde.

Als wir uns trafen, überraschte er mich, indem er sagte: »Ich brenne darauf, mich mit Ihnen zu unterhalten. Ihr Ernest Hemingway hat viele Matadore berühmt gemacht, dadurch daß er auf englisch über sie geschrieben hat. Vielleicht passiert ja das gleiche mit mir.« Aber unser Interview wäre ganz normal verlaufen, hätte er nicht an einem Punkt gefragt: »Wo haben Sie so gut Spanisch gelernt?«

»Ich bin in einer mexikanischen Stadt geboren, von der Sie wahrscheinlich schon einmal gehört haben. Toledo, die Stadt der Silberminen.«

»Toledo! Ich habe einige meiner besten Corridas auf der dortigen Plaza gehabt!« Er hielt einen Moment inne, dann sagte er mit Begeisterung: »Und ich habe an einigen tollen *tientas* auf der Palafox-Ranch teilgenommen. Don Eduardo, er ist noch einer von den alten Züchtern.«

»Don Eduardo ist mein Onkel.«

Er stutzte, musterte mich und fragte dann skeptisch: »Don Eduardo? Ein Onkel von Ihnen, einem *norteamericano*? Wie kann das gehen?«

»Meine Mutter war eine Palafox, und ich habe Don Eduardos Nichte geheiratet. Er ist also nicht im engen Sinne mein Onkel, aber es ist fast das gleiche.«

»Ein Palafox!« Er schüttelte staunend den Kopf, und von da an waren wir Freunde.

Ich war irgendwie fasziniert von diesem jungen, aufstrebenden Stierkämpfer und hatte so ein Gefühl, daß er eines Tages vielleicht ein großer Star werden könnte. Während einiger meiner freien Stunden, wenn ich nicht gerade an meinem Franco-Artikel arbeitete, trieb ich mich in der Umgebung der Stierkampfarena herum und sammelte Storys über Victoriano und seine berühmte Stierkämpferfamilie. Sie waren so unterhaltsam, daß ich mir Notizen von ihnen in einem der kleinen Bücher machte, die ich immer bei mir trage. Jahre später, als Drummond mich wegen des Toledo-Jobs in Kuba antelegrafierte, konnte ich das alte Notizbuch aus meinem Reisekoffer ausgraben, die Schlüsselmomente aus Victorianos Vergangenheit rekonstruieren und Drummond alles durchtelegrafieren, noch ehe ich von Havanna abreiste.

Um eine Zusammenfassung der Geschichte dieses hervorragenden jungen Matadors zu liefern, gebe ich am besten die wesentlichen Passagen meiner Aufzeichnungen wieder, die ich Drummond bis dahin geschickt hatte.

Sevilla, 1886. Es war ein heißer, sangeserfüllter Nachmittag in den Sierpes, jener engen Straße, die seit jeher das Herz Sevillas bildete. Auf der kleinen Plaza, die einem Restaurant gegenüberlag, welches seit dreihundert Jahren als das »Arena« bekannt war, feierte eine Hochzeitsgesellschaft die Heirat eines Matadors, der lokale Berühmtheit erlangt hatte, mit einer beliebten Flamencotänzerin. Alle Stierkampfliebhaber waren zugegen, aber der Gast, auf den sich das Hauptinteresse richtete, war Don Luis Mazzantini, der eigens zu diesem Ereignis aus Madrid gekommen war. Und die, die der Kunst des Stierkampfs besonders zugetan waren, hielten sich stets in der Nähe des majestätischen Italieners auf, in der Hoffnung, ein Wort von ihm zu erhaschen.

Don Luis war ein Phänomen, einer der populärsten Stierkämpfer in Spanien und der ungewöhnlichste, der diese Kunst je ausgeübt hatte. Sein Vater war ein lyrischer Tenor aus Italien, der vor dem Chaos seiner Heimat Zuflucht in Spanien gesucht hatte, und seine Mutter eine Spanierin aus gutem Hause. Don Luis hatte sowohl die Liebe zur Oper als auch die Leidenschaft für den Stierkampf geerbt. Noch mit zwanzig war er hin- und hergerissen gewesen zwischen dem Wunsch, Solotenor an der Mailänder Scala zu werden oder Meisterstierkämpfer in Madrid. Nach langem Schwanken hatte er sich für letzteres entschieden. Er war sehr groß, gut gebaut und fast kahlköpfig. Er war gut in allen Aspekten des Stierkampfs, aber in der schwierigen Kunst, dem Stier den letzten, entscheidenden Todesstoß zu versetzen, war er einer der Besten, die es je gegeben hatte. Außerhalb der Stierkampfarena bekundete er Interesse für liberale Politik, Kunst, die High Society und die Gesellschaft wohlerzogener Männer und Frauen. Es war daher äußerst erfreulich und eine große Ehre, daß Don Luis geruht hatte, zu der Hochzeitsfeier zu kommen.

Gegen sieben Uhr abends, als die Feier ihren Höhepunkt bereits überschritten hatte, verkündete Don Luis, untermalt von einer schwungvollen Bewegung mit seinem elfenbeinverzierten Spazierstock: »Der Hauptgrund, warum ich nach Sevilla gekommen bin, ist, daß ich einen besonders geschickten *peón* suche, der mich auf meiner großen Mexikotournee begleitet. Ich brauche einen Helfer, der ein Meister mit den *banderillas* ist und den Mexikanern zeigen kann, wie diese Kunst dargeboten werden sollte.«

Er hatte kaum zu Ende geredet, als ein drahtiger junger Mann mit blauen Augen vor ihn sprang und leise sagte: »Ich bin der Mann, den Sie suchen.«

Don Luis lehnte sich zurück, verschränkte die manikürten Hände über dem Knauf seines Spazierstocks und musterte den vorwitzigen jungen Heißsporn. Er sah eine Frechheit, die ihm gefiel, eine quicke Behendigkeit, die unentbehrlich war, und eine natürliche Anmut, wie sie manchmal Stierkämpfern aus Sevilla zu eigen war. »Wie heißen Sie?« fragte er.

»Bernardo Leal«, antwortete der junge Mann.

»Wie alt sind Sie?«

»Sechsundzwanzig.«

»Wenn Sie sechsundzwanzig sind und so gut sind, wie Sie sagen, warum habe ich dann noch nicht von Ihnen gehört?«

»Weil Sie aus Madrid sind, Don Luis«, erwiderte der junge Mann mit ruhiger Selbstsicherheit. »In Sevilla hat jeder von mir gehört. Es gibt keinen besseren *banderillero*.«

»Sie da!« rief der Italiener gebieterisch einem jungen Mann zu, der sich vordrängte, um das Gespräch mitzubekommen. »Sie sind der Stier.« Und mit diesen Worten gab er dem Burschen zwei Gabeln, die als Hörner dienen sollten. Dann schnappte er sich zwei Messer und warf sie Leal zu. »Das sind Ihre Banderillas. Ich möchte einmal sehen, wie Sie ein Paar setzen, Stärke gegen Stärke.«

Die Hochzeitsgäste traten zurück und bildeten einen kleinen Ring, der Mazzantini mit einschloß. Mazzantini lehnte sich auf seinem Stuhl vor. Der »Stier« nahm an der Seite Aufstellung, mit den Füßen scharrend und mit gesenktem Kopf, die Daumen an die Schläfen gepreßt, die Zeigefinger nach vorn gestreckt wie Hörner.

Wohl wissend, daß seine Zukunft von diesem Augenblick abhing, stopfte Bernardo Leal sich das Hemd in die Hose und schnallte seinen Gürtel enger, um seinen wohlgeformten Oberkörper zur Geltung zu bringen. Mazzantini sagte anerkennend: »Der junge Mann ist sich seiner schlanken Figur bewußt. Das ist gut.« Aber was der große Italiener als nächstes sah, war noch viel besser. Leal hob die gestreckten Arme hoch über seinen Kopf, krümmte den Rücken und reckte Kopf und Hals weit vor. Dann begann er sich mit wiegendem Körper und zierlichen Trippelschritten auf den Stier zuzubewegen, und als dieser losstürmte, wobei er schnaubte wie ein echter Stier, fiel Leal plötzlich in Laufschritt, ließ sich um ein Haar von dem Stier aufspießen, sprang wie ein Tänzer in die Luft und stieß aus dem Sprung heraus die beiden Messer exakt in den Nacken des Stieres.

»*¡Olé!*« schrien die Hochzeitsgäste, mit dem traditionellen Lobesruf für einen Stierkämpfer, der seine Sache gut gemacht hat. Mazzantini gab kein Zeichen der Anerkennung, sondern lediglich eine neue Anweisung: »Jetzt ein Paar im Wechsel.«

Leal gehorchte und heimste sogleich einen neuen Chor von Olés ein. Sein Prüfer, ein wenig irritiert von der aufdringlichen Begeisterung der Menge, befahl: »An der Barriere.«

Dies war eine der schwierigeren Arten, die Banderillas zu placieren, denn der Stierkämpfer mußte sich dicht an die *barrera*, den hölzernen Zaun, der die Arena umgab, stellen und den Stier dazu reizen, direkt auf ihn loszustürmen. Im letzten Moment mußte der Mann dann zur Seite springen, die Stöcke hineinstoßen, während der Stier parallel zum Zaun an ihm vorbeidonnerte, und den Hörnern ausweichen, indem er sich mit dem Rükken gegen die Barriere preßte.

»Ihr da!« rief Mazzantini ein paar von den Gästen zu. »Ihr seid die Barriere.« Rasch bildeten die Männer einen Viertelkreis, vor dem Leal Aufstellung nahm. Der Stier scharrte auf dem Pflaster und schnaubte, auf den Ansporn zum Angriff wartend, als der junge Leal eine Eingebung hatte. Er nahm die beiden Messer in die rechte Hand, hob sie hoch über den Kopf, packte die freien Enden mit der linken Hand und tat so, als ließe er sie mit Schwung auf die imaginäre Barriere herniedersausen, so daß sie in der Mitte durchbrachen. Sodann warf er die unsichtbaren längeren Enden fort und zeigte die »kürzeren« Enden demonstrativ der Menge. Großer Beifall brandete bei dieser Geste auf, denn kurze Banderillas an der Barriere zu setzen war äußerst gefährlich. »Ho, Stier, ho!« schrie Leal und wackelte mit den Hüften, um die Aufmerksamkeit des Tiers auf sich zu lenken. Der Stier scharrte erneut mit den Hufen, schnaubte wütend und stürzte auf seinen Peiniger los. Mit vollendeter Grazie präsentierte Leal dem anstürmenden Stier seine linke Hüfte, zog im letzten Moment den »Köder« zurück und setzte blitzschnell die verkürzten »Banderillas«, als der Stier an ihm vorbeischoß.

Die Menge jubelte vor Begeisterung, und selbst Mazzantini klatschte höflich Beifall. »Können Sie das auch bei einem echten Stier?« fragte er. Und vor den Ohren aller Hochzeitsgäste erwiderte Bernardo Leal: »Wie Sie, Matador, mache ich meine besten Kunststücke nur bei echten Stieren.«

Der hochgewachsene Italiener blickte auf den Möchtegern-Peón hinunter und sagte: »Sie werden mit mir nach Mexiko kommen, und vermutlich werden Sie Sevilla nie wiedersehen, denn wenn Sie so mit echten Stieren spielen, werden sie Sie früher oder später unweigerlich töten.«

Toledo, 1891. Bevor ich die Bedeutung dieses ungewöhnlichen Tages im Leben des Victoriano Leal erkläre, der erst zweiundvierzig Jahre später geboren werden sollte, muß ich erklären, warum ich in meinen Berichten an Drummond in New York davor zurückscheute, bei der Beschreibung der spezifischen Bestandteile des Stierkampfs spanische Begriffe zu verwenden. Da Spanisch ja meine Muttersprache war, wäre es für mich ganz natürlich gewesen, spanische Wörter zu benutzen, wenn ich versuchte, irgend etwas zu schildern, das mit der spanischen Welt zu tun hatte. So ertappte ich mich zum Beispiel, als ich über Eisenhowers Südamerikareise berichtete, ständig dabei, daß ich in spanisches Vokabular verfiel. Zum Glück hatte ich am anderen Ende in New York einen Spanischspezialisten, der wußte, wann er meine Wörter beibehalten und wann er sie übersetzen mußte, aber bei dieser Stierkampfstory konnte ich mich nicht auf einen solchen Spezialisten verlassen. Drummond war für Sonderartikel wie dieses Duell der Matadore verantwortlich, und er bestand darauf, daß die Storys so einfach wie möglich geschrieben waren. Ich konnte ihm daher seine Reaktion sehr gut nachfühlen, als er das folgende Manuskript von mir bekam:

> Drummond, vielleicht möchten Sie kurz das Debut des alten Bernardo Leal 1886 in Mexiko City schildern. Als *banderillero* in der *cuadrilla* der *espada* Mazzantini setzte Leal ein großes Paar *uno al sesgo*, aber der *toro embistete* schnell aus den *medios*, mit von der *morilla* hängenden *banderillas*, und ging wütend auf Leal los, der schon die *olés* entgegennahm. Die Menge schrie erschreckt auf und warnte ihn so vor dem heranstürmenden *toro*. Mit vier schnellen Schritten rannte er zum *estribo* und schwang sich über die *barrera*, in der Absicht, leichtfüßig im *callejón* zu landen. Aber der *toro* war zu schnell, und mit seiner linken *cornupeta* erwischte er den *banderillero* am Hosenboden. Dadurch verlieh er ihm einen zusätzlichen Schwung, der ihn im hohen Bogen über die *tablas* beförderte. Der *banderillero* landete unverletzt in den *tendidos*, wo er verdutzt aufblickte und sich zu seiner Überraschung zwischen den stürmisch applaudierenden Zuschauern sitzend fand. Er verbeugte sich so, als sei nicht das Geringste passiert, und stieg in aller Gemütsruhe zum *ruedo* hinunter.

Ungefähr zwei Stunden nachdem ich dies durchgekabelt hatte, erhielt ich die Antwort aus New York, und aufgrund ihrer ungewöhnlichen Ankunftszeit war mir klar, daß irgend etwas schiefgelaufen war. Bevor ich die Botschaft öffnete, dachte ich: »Verdammt, die nehmen mir diese Stierkampfstory weg.« Und ich wollte die Story nicht abgeben, weil ich schon jetzt daran hing. Meine frühere Freundschaft mit Victoriano und meine Vertiefung in die Welt des Stierkampfs erinnerten mich jetzt an die aufregenden Tage meiner Jugend, wenn mein Vater sagte: »Wollen mal schauen, was heute in der Arena los ist«, und wir Luis Freg oder Juan Silveti sahen, oder sogar den großen Gaona, der Mexikaner war und der beste Matador der Welt. Den Stierkampf hatte ich gleichsam mit der Muttermilch aufgesogen. Deshalb war ich erleichtert, als ich las:

> Ihre Schilderung, wie der Großvater von einem wildgewordenen Bullen auf die Tribünen befördert wurde, ist spannend zu lesen. Aber warum so viele spanische Wörter? Wollen Sie irgendwelche Beatniks in San Diego beeindrucken? Lassen Sie die Arabesken weg! Sie wirken angeberisch und sind zudem überflüssig.

Ich las meine Schilderung vom Debut des Großvaters in Mexiko City noch einmal durch und mußte zugeben, daß ich es mit den spanischen Begriffen wirklich etwas übertrieben hatte, aber fest stand auch, daß ich einige benutzt hatte, die man nicht weglassen konnte, wenn man das, was ich zu beschreiben versuchte, möglichst realitätsgetreu darstellen wollte: die Aktionen, die in einer Stierkampfarena über Leben und Tod entscheiden konnten. Also kabelte ich zurück:

> Danke für Ihre Kritik bezüglich der übertriebenen Verwendung von Spanisch, die zugegebenermaßen eine Schwäche sein kann, aber das Spanische schafft andererseits auch Authentizität, Geschmack, Farbe, Stil und den Geist Mexikos. Daher werde ich es auch weiterhin diskret verwenden.

Diesmal kam die Antwort noch schneller. Das Telegramm lautete:

> Ihre Argumente für die Verwendung des Spanischen zeugen in der Tat von gedanklicher Tiefe, und nach neuerlicher Betrachtung des Problems muß ich anerkennen, daß Sie philoso-

phisch gesehen völlig recht haben. Trotzdem: auch nur ein einziges Wort noch auf spanisch, und Sie sind gefeuert gefeuert ich wiederhole gefeuert.

Wir verständigten uns schließlich auf die Regel, daß ich bei dieser Story, die auch von Leuten gelesen werden mußte, die weder Spanisch konnten noch irgendeine Ahnung vom Stierkampf hatten, nur solche Begriffe aus dem Spanischen benutzen würde, die Eingang in die englische Sprache gefunden hatten, wobei als Kriterium hierfür ihre Aufnahme in eines der ungekürzten Wörterbücher unserer Sprache gelten sollte. Diese Regel, bekannt als das »Drummond-Diktat«, gestattete mir ein überraschend hohes Maß an Freiheit, wie ich in meinem Bericht nach New York illustrierte:

Ich stelle zu meiner großen Erleichterung fest, daß ich fast jeden wichtigen Begriff benutzen darf, der erforderlich ist, um die verschiedenen Phasen des Stierkampfs zu erklären. Das macht es mir möglich, verständlich zu schreiben. Die gesamte Veranstaltung, bei der im Verlaufe eines Nachmittags drei Matadore gegen insgesamt sechs Stiere antreten – abwechselnd also jeweils ein Matador gegen je zwei Stiere –, ist kein Kampf, sondern eine *Corrida*. Der Sammelbegriff für die Männer, die gegen den Stier kämpfen, ist *Torero*. (Zwar gibt es auch das Wort *Toreador*, das sogar ins Englische eingegangen ist, doch würde jeder Spanier oder Mexikaner, der es verwenden würde, laut ausgelacht. Es kommt nur in *Carmen* vor, und da sollte man es auch lassen.) Der prachtvolle Einzug der Toreros ist der *Paseo*. Die rangniedrigsten Toreros, die, die den Stier herumjagen, wenn er zum erstenmal in die Arena kommt, sind die *Peones*. Die beiden Männer zu Pferde, die jeweils im ersten größeren Abschnitt von jedem der sechs Kämpfe versuchen, den Stier zu ermüden, indem sie ihn mit langen Eichenholzlanzen mit stählernen Spitzen attackieren, werden *Picadores* genannt. Die bunten Stäbe, die im zweiten Teil des Kampfes in den Widerrist des Stiers gestoßen werden, heißen *Banderillas*.

Die Männer, die das besorgen, sind die *Banderilleros*. (Ja, auch die stehen im englischen Wörterbuch.) Im dritten und wichtigsten Abschnitt tritt der Star der Veranstaltung, der Matador, allein in der *Faena* auf – was soviel bedeutet wie »das Werk, das getan werden muß«. Die Werkzeuge des Matadors sind ein gefährlich kleines Stück roten Tuchs, *Muleta* genannt, und der Degen, mit dem er dem Stier schließlich den Todesstoß versetzt. Wenn der Matador seine Sache gut macht, wozu auch gehört, daß er den Stier auf ehrenvolle Weise tötet, schreien die Zuschauer »*Olé!*«. Die Liebhaber des Stierkampfes nennt man *Aficionados*. So hat sich denn also die Sprache eines fremden Sports, der in den Vereinigten Staaten und in England gesetzlich verboten ist, heimlich, still und leise in die englische Sprache hineingeschmuggelt.

Jetzt will ich aber auf die eigentliche Geschichte zurückkommen und erzählen, was in der Stadt Toledo an jenem entscheidenden Sonntagnachmittag im Jahre 1891 bei der Abschiedsvorstellung des großen Don Luis Mazzantini in Mexiko geschah. Er hatte unsere Plaza für diese herzbewegende Angelegenheit gewählt, weil er seinen *peón de confianza* Bernardo Leal auszeichnen wollte, der einige Jahre zuvor aus Mazzantinis Truppe ausgestiegen war, um seine eigene Karriere als Matador voranzutreiben. Er hatte seine »Lehrzeit« mit Bravour hinter sich gebracht und damit die Voraussetzung zur Ernennung zum »Vollmatador« erfüllt, aber diese konnte nur im feierlichen Rahmen eines der geheiligten Rituale des Stierkampfes vollzogen werden, der *alternativa* oder *promoción*, oft übersetzt mit »Verleihung der Doktorwürde«, so als wäre der Aspirant von jetzt an gleichsam ein ordentlicher Professor für Tauromachie.

Mazzantini brachte Leal mit in die Arena und wartete, bis der erste Stier des Nachmittags herausgestürmt kam, gegen den normalerweise er, Mazzantini, als der führende Matador gekämpft hätte. Feierlich überreichte er Bernardo seinen Degen, seine Muleta und seinen Stier, umarmte ihn und sagte leise: »Ich habe dir beigebracht, was du zu tun hast. Nun tu es.« Mit diesem Akt wurde Leal in den Rang eines vollwertigen Matadors erhoben. Aus zeitgenössischen Berichten über jenen Tag erfuhr ich, daß Leal einen so glänzenden Auftritt hinlegte, daß die begeisterten Toledaner ihn auf den Schultern zu seinem Quartier trugen, wo er wie immer die beiden schönen jungen Frauen in seinem Hotelzimmer vorzufinden hoffte, die ihn von Mexiko City hierher begleitet hatten. Statt dessen wurde er von einem untersetzten Mann von etwa sechzig Jahren begrüßt, den seine weißen Koteletten und stahlblauen Augen als Spanier auswiesen.

»Schließen Sie die Tür!« sagte er mit eisiger Stimme zu dem Matador, der gehorchte und so sein lärmendes Gefolge aussperrte, zu dem auch zwei Kammerdiener gehörten.

»Wer sind Sie?« fragte Leal unsicher. Womöglich war der Mann am Ende gar noch der Vater von irgendeinem Mädchen, mit dem der Matador eine unglückliche Beziehung gehabt hatte.

»Ziehen Sie sich erst einmal ordentlich an, dann unterhalten wir uns.«

Als der schöne junge Matador kurz darauf zurückkam, bekleidet mit einem teuren grauen Anzug, Schuhen aus feinem Leder, einem breitkrempigen spanischen Viehzüchterhut und einer schmalen Halsschleife, stand sein Besucher auf, verbeugte sich und sagte: »Sie schauen wie ein echter Spanier aus. Nun, ich will mich kurz fassen. Matador, Sie verschwenden ein edles spanisches Leben, wenn Sie Ihre Zimmer mit billigen Mädchen füllen, von der Sorte, wie ich sie hier vorgefunden habe.«

»Wo sind sie?« fragte Leal.

»Sie sind fort, Matador«, antwortete der Besucher.

»Wer sind Sie?« fragte Leal wieder, wobei er sich vor dem Gentleman aufbaute.

»Man nennt mich Don Alfonso«, sagte der Mann, Leal mit durchdringendem Blick fixierend. »Aber die Anrede ist ein bloßer Höflichkeitstitel. Ich bin wie Sie ein einfacher Bauer, der es in Mexiko zu etwas gebracht hat.« Er lachte, dann reckte er sich hoch, so daß er fast so groß war wie der Matador. »Aber ebenso wie Sie bin ich auch ein Spanier.« Er hieb sich mit der Faust in die offene Hand und wiederholte: »Ich bin ein Spanier.«

»Was wollen Sie von mir?« drängte Leal.

»Ich bin gekommen, um Sie mit Ihrer zukünftigen Frau bekanntzumachen«, erwiderte Don Alfonso.

Bernardo Leal lachte nicht. Irgend etwas an dem ernsten Gehaben seines Besuchers hielt ihn davon ab. Er fragte: »Wo ist das Mädchen?«

Und Don Alfonso erwiderte würdevoll: »In meinem Haus; sie ist nämlich meine Tochter.« Er hielt einen Moment inne, dann fügte er eindringlich hinzu: »Sie sind ein Spanier, Matador, und Sie dürfen nicht zulassen, daß Ihr kostbares Blut an Mexikaner verschwendet wird.«

»Mexiko ist jetzt meine Heimat«, begann Leal, aber was immer er vorbringen wollte, es erstarb ihm auf den Lippen, als sein Besucher ihn am Nacken packte und vor den rahmenlosen Spiegel zerrte, der die kahle Wand des Hotelzimmers zierte.

»Schauen Sie sich Ihre Augen an, mein Sohn!« schrie der offenbar zu allem entschlossene alte Mann. »Schauen Sie Ihre Haut an! Sie sind ein Spanier, Matador! Sie sind zu kostbar, um sich zu verschleudern.«

Er führte Leal aus dem Hotel und durch die Menschenmassen, die gekommen waren, um ihm zu huldigen. Die Mädchen, die ihm seit Mexiko City Gesellschaft geleistet hatten, zogen sich zurück, und die Mitläufer und Schmarotzer, die alle Matadore verfolgen, wichen zur Seite. Durch die engen Pflasterstraßen Toledos, der schönsten aller mexikanischen Städte und der spanischsten von allen, gingen die beiden Spanier, bis sie schließlich an eine weiße, sechzehn Fuß hohe Steinmauer kamen, an die ein paar Tage zuvor ein knalliges rotgelbes Plakat gepappt worden war, das den Auftritt des berühmten spanischen Matadors Bernardo Leal in Toledo ankündigte.

»Ich sage ihnen immer, sie dürfen keine Plakate an meine Wand kleben«, beklagte sich Don Alfonso. »Aber was soll man bei Mexikanern schon machen?«

Er ging voran zu einem riesigen Holztor mit bronzenen Beschlägen, und nachdem er eine Weile an der Klingelschnur gezogen hatte, wobei er mehrfach »Diese verdammten Mexikaner!«

vor sich hin brummelte, machte ein barfüßiger Diener das schwere Tor auf, und Bernardo Leal trat zum erstenmal in die geräumige Eingangshalle seines zukünftigen Schwiegervaters.

Er kam sich vor, als wäre er mit einem Schlag nach Spanien versetzt worden. Da waren zuerst einmal die massiven Holztruhen aus Salamanca. Über ihnen hingen gekreuzte spanische Degen aus Sevilla. Und in dem Patio hinter der Eingangshalle plätscherte ein schöner aus Stein gehauener Springbrunnen, der einer Fontäne aus der uralten Stadt Ronda nachgebildet war.

Als Don Alfonsos Frau erschien, sah der junge Matador, daß sie eine dieser grobknochigen, pferdegesichtigen Frauen war, wie man sie so oft in Spanien sah, und er dachte, sie war es, die ihren Mann zu mir geschickt hat, um mich zu holen. Aber die großgewachsene Spanierin besaß die Anmut ihres Heimatlandes, und Bernardo fühlte sich sofort bei ihr heimisch.

»Dies ist eine äußerst ungewöhnliche Begegnung«, sagte sie leise, »aber ich sah Sie zweimal in Mexiko City, und ich dachte mir, wir Spanier müssen zusammenhalten.«

Ruhig wiederholte Bernardo das, was er schon ihrem Mann gesagt hatte: »Ich betrachte mich jetzt als Mexikaner.«

Mit der gleichen Beherrschtheit, aber mit größerem Nachdruck, erwiderte Don Alfonsos Frau: »Glauben Sie mir, Matador, wenn Sie älter werden, kommt das Erbe Ihres spanischen Blutes durch.« Sie lächelte, nahm Leal beim Arm und sagte: »Raquel wartet dort drinnen auf uns. Sie können sich denken, daß dies für sie ein schwieriger Augenblick ist.«

Als die beschlagenen Türflügel zurückschwangen, sah der Matador vor sich, neben einem langen schmalen Eßtisch, eine junge Frau von etwa fünfundzwanzig Jahren stehen, groß wie ihre Mutter, grobknochig, möglicherweise linkisch, aber offenkundig darum bemüht, reizvoll zu erscheinen. Sie war weder schön noch häßlich, aber als sie von dem wuchtigen Ledersessel, auf den sie sich gelehnt hatte, wegtrat und nach vorn kam, bewegte sie sich kraftvoll und mit Anmut. »Ich habe Sie heute bei dem Stierkampf gesehen, Matador«, sagte sie ruhig, »und Sie waren großartig.«

»Hätte ich Sie dort gesehen, Señorita, dann hätte ich den ersten Stier Ihnen gewidmet.«

»Wenn ich nächsten Sonntag mein bestes spanisches Gewand anziehe, werden Sie es dann nachholen?«

»Ich werde gar nicht anders können«, erwiderte der Matador.

Es war ein köstliches Dinner, opulent und mit stilvollem Kerzenschein. In seinem Verlauf erzählte Don Alfonso, daß er achtunddreißig Jahre zuvor nach Mexiko eingewandert war und sein Vermögen mit dem Import von Waren aus Liverpool gemacht hatte. Zunächst hätte er versucht, in Mexiko City zu leben, aber er hätte die Stadt als bedrückend und kulturlos empfunden. »Sie ist so verdammt mexikanisch!« Er sei dann nach Toledo gekommen und über dieses alte Haus gestolpert, das von einem aus der weitverzweigten Sippe der Palafox erbaut worden war. »Hier bin ich immer glücklich gewesen.«

»Darf ich Sie in der kommenden Woche einmal besuchen?« fragte Leal.

»Wir wären untröstlich, wenn Sie's nicht täten«, erwiderte Don Alfonso.

»Am Freitag muß ich zur Palafox-Ranch, um die Prüfung von ein paar Kühen zu überwachen«, erklärte Leal. Er wandte sich zu Raquel um. »Ich würde mich überaus geschmeichelt fühlen, wenn Sie unsere Gruppe begleiten könnten.«

»Wir nehmen die Einladung mit Vergnügen an«, erwiderte die Mutter des Mädchens rasch; sie hatte nicht die Absicht, ihre Tochter vor der Ehe mit irgendeinem Mann allein zu lassen. Und nach dem vergnüglichen Besuch auf der Ranch blieb der junge Matador in unserer Stadt, und es wurde offensichtlich, daß Raquel ihn heiraten würde und daß er nach Toledo ziehen und in dem großen spanischen Haus leben würde.

Mexiko City, 13. Dezember 1903. Als Matadorsgattin war Doña Raquel insofern außergewöhnlich, als sie bereit war, bei den Kämpfen ihres Mannes zuzuschauen, und sie saß auch in der alten Plaza in Mexiko City an jenem 13. Dezember des Jahres 1903, als Bernardo Leal eine prächtige Vorstellung lieferte. Justo, ihr ältester Sohn, der zu der Zeit elf war, saß neben ihr auf den Plätzen gleich hinter der Schranke, als ihr Mann den zweiten Stier des Nachmittags bekämpfte, einen sehnigen, flinken Palafox-Stier, und ihn nach Belieben meisterte.

Doña Raquel fürchtete alle Stiere und hatte großen Respekt vor ihrer tödlichen Kraft, aber zugleich war sie fasziniert von der poetischen Grazie ihres Mannes, an die kein anderer Stierkämpfer heranreichte. Das Herausragende an der Art und Weise, in der Bernardo kämpfte, lag in einer einzigartigen Verbindung von höchstem Risiko und exquisiter Kunst, und die Fähigkeit, dies zu erreichen, war selten. Voller Stolz dachte sie: Nicht einmal Mazzantini legte eine größere Anmut an den Tag als mein Mann. Doch als Bernardo den Palafox-Stier am Schluß tötete, schloß sie die Augen und hielt sich die Ohren zu, als gebe sie sich ihren bis dahin unterdrückten Ängsten hin.

Klein-Justo, ein ernstes Kind, das hingebungsvoll darauf bedacht war, den Ruf seines Vaters zu wahren, hielt sich in solchen Augenblicken nicht die Ohren zu, sondern spitzte sie im Gegenteil wachsam, um die »Leal! Leal!«-Anfeuerungsrufe mitzubekommen. Aber an diesem Nachmittag machten einige der im sonnenbeschienenen Bereich der Tribüne sitzenden Radaubrüder abfällige Bemerkungen über die Größe des Palafox-Stiers, den Bernardo getötet hatte, und statt den Matador zu bejubeln, verspotteten sie ihn und hörten damit auch nicht auf, als der andere Matador, ein berühmter Mexikaner, bereits begonnen hatte, gegen den dritten Stier zu kämpfen. »Zeig ihm, wie ein echter Mexikaner gegen einen echten Stier kämpft!« schrie jemand in der Menge.

»Spanier sind immer nur tapfer bei kleinen Stieren!« schrie ein anderer.

»Lügner!« kreischte Justo mit seiner hohen Kinderstimme. Bernardo, der gegen die Barrera gelehnt stand, blickte zu seinem Sohn hinauf und lachte.

Señora Leal fand den Vorfall überhaupt nicht lustig. »Justo!« zischte sie.

»Ich könnte ihnen die Gurgel durchschneiden!« murmelte der

Junge wütend. Er war noch immer so aufgebracht, daß er dem Kampf des zweiten Matadors gar nicht zuschaute.

Doña Raquel schlug ihm hart auf die Finger und sagte: »Schluß jetzt!«

»Aber Vater kann das auch mit großen Stieren«, protestierte ihr Sohn. Er riß sich von seiner Mutter los und stürmte zu dem Eisengitter, das die guten Plätze von den billigen trennte. »Ihr Schweine!« schrie er. »Mein Vater kann gegen Stiere kämpfen, die so groß wie Güterwaggons sind!«

In großer Verlegenheit holte Doña Raquel ihren Sohn von dem Gitter zurück, und der Vorfall wäre an dieser Stelle wohl auch beendet gewesen, hätte nicht einer von Bernardo Leals Anhängern auf den billigen Plätzen gebrüllt: »Der Junge hat recht! Leal ist besser als jeder Mexikaner!«

Mit diesem herausfordernden Ausruf wollte der Mann ganz bewußt einen Tumult provozieren, was ihm auch gelang. Binnen Sekunden war der in der Sonne liegende Tribünenbereich ein einziges Getümmel von Männern, die sich in den Haaren lagen. Doch ebenso schnell, wie der Tumult begonnen hatte, endete er auch wieder, denn aus den Katakomben unter der Arena kam der vierte Stier des Nachmittags ins Sonnenlicht gestürmt, ein riesiger schwarzer Palafox-Stier, der mehr als eine halbe Tonne wog.

Vom sonnenbeschienenen Tribünenbereich her schrie unheilvoll eine Stimme: »Jetzt werden wir ja sehen, wie er sich gegen einen echten Stier schlägt.«

»Das wirst du gleich sehen!« schrie Jung-Justo zurück. Seine Mutter versuchte gar nicht, ihn zum Schweigen zu bringen; sie war angesichts dieses monströsen Tieres von blankem Entsetzen gepackt.

Als hätte er sich geschworen, den Beweis für die Richtigkeit der Behauptungen seines Sohnes anzutreten, bekämpfte Bernardo den riesigen Stier mit besonderer Eleganz und Grazie. Er tanzte und drehte sich mit der großen Capa, die zu Beginn jedes Kampfes benutzt wird, bis die Menge spürte, daß er bei diesem großen Widersacher vielleicht sogar noch die Leistung übertreffen würde, die er bei seinem ersten Stier gezeigt hatte.

Doch dann, als es ganz so aussah, als ob Leal den Stier voll beherrschte, schwenkte dieser unvermittelt mit einem Ruck sein säbelartiges linkes Horn aufwärts, erwischte Leal an der Leiste und schleuderte ihn durch die Luft. Noch bevor er auf dem Boden landete, kamen schon Sanitäter in die Arena gerannt, um ihn ins Krankenhaus zu bringen. Aber mit teuflischer Geschicklichkeit warf der rasende Bulle seinen Kopf in einer Schaufelbewegung wieder und wieder in die Höhe, und bevor Leal zu Boden fallen konnte, schleuderten die mächtigen Hörner des Stiers ihn viermal zurück in die Luft, als wäre er eine Stoffpuppe.

»O mein Gott!« stöhnte Doña Raquel.

Zum Schluß schleuderte der Stier den Matador in hohem Bogen in den Sand. Die Peones rannten sofort zu dem leblos daliegenden Leal, aber ihre Bewegungen reizten den Stier, und er stürmte wild auf sie los. Als sie davonstoben, sahen seine häßlichen kleinen Augen nicht ihre wirbelnden Capas, sondern den blutbefleckten Körper im Sand, und mit grauenerregender Zielsicherheit rammte er sein linkes Horn in den reglosen Körper. Als es Bernardo Leals Gurgel zum erstenmal durchbohrte, fiel seine Frau in Ohnmacht, so daß ihr das allerletzte Grauen jenes Tages erspart blieb, aber der kleine Justo verfolgte mit grimmigem Blick jede Bewegung des Stiers bis zum grausigen Ende.

Die Palafox-Ranch, 1933. Bernardo hinterließ zwei Söhne, Justo, geboren 1892, und den acht Jahre später, im Jahre 1901, geborenen Anselmo. Die Jungen wuchsen auf bei ihrer Mutter in dem spanischen Haus in Toledo. Sie hatten blaue Augen wie ihre Eltern und helle Haut, und die Lektion, die am längsten von allen in ihnen lebendig bleiben würde, war keine, die sie in der Schule gelernt hatten, sondern die, die ihr alter Großvater Don Alfonso ihnen eingebleut hatte. Er packte sie oft am Nacken und bugsierte sie vor einen Spiegel: »Schaut euch eure Augen an! Vergeßt niemals, daß ihr Spanier seid. Wenn die Zeit zum Heiraten kommt, nehmt euch ein spanisches Mädchen wie eure Mutter.«

Auf den Straßen von Toledo waren die Jungen natürlich Mexikaner, aber sobald sie sich innerhalb der Gartenmauern befanden, deren Tore mit Metall aus Spanien beschlagen waren, waren sie Erben einer spanischen Tradition. Aber sie waren auch Erben einer anderen, schrecklicheren Erinnerung, und für die gab es keine Heilung, noch hat es je eine gegeben. In ihrem Spielzimmer hing das Plakat vom letzten Kampf ihres Vaters: ¡PONCIANO DÍAZ UND BERNARDO LEAL MIT PALAFOX-STIEREN! Im Zimmer ihrer Mutter hing eine Nachbildung des Kostüms, das der Matador bei seinem letzten Kampf getragen hatte, schmalhüftig und elegant, und in einem anderen Zimmer, wegen des silbernen Altaraufsatzes, vor dem Leal immer vor seinen Kämpfen gebetet hatte, »Kapelle« genannt, hing der Kopf des großen Palafox-Stiers, der ihren Vater getötet hatte, an der Wand.

Von solchen Erinnerungen und Andenken rührte die Besessenheit der Leal-Jungen, Justo und Anselmo, für den Stierkampf her. Aber wäre nicht die Revolution von 1910 ausgebrochen und hätte den friedlichen Gang der Dinge in Toledo zerstört, wäre höchstwahrscheinlich keiner der beiden Jungen Berufsstierkämpfer geworden. Im Jahre 1911 führte General Gurza, die Geißel des Nordens, seine undisziplinierten Haufen in die schöne alte Stadt, und drei Tage lang wütete der Terror. Priester wurden erschossen, junge Mädchen vergewaltigt, Häuser in Brand gesteckt. Am Abend des zweiten Tages rüttelten vier wilde Pistoleros aus Durango am Tor von Don Alfonsos großem spanischem Haus, drangen gewaltsam ein und beschieden ihm: »General Gurza wird in diesem Haus sein Hauptquartier aufschlagen.«

»Raus mit euch, verkommenes Mexikanerpack!« donnerte der Möchtegern-Grande, und sogar seine Koteletten sträubten sich. Das sollten die letzten Worte sein, die er sprach, denn die Eindringlinge erschossen ihn auf der Stelle und bereiteten den Weg für ihren General. Als Don Alfonsos alte, pferdegesichtige spanische Frau daraufhin kreischend auf die Eindringlinge losging, erschossen sie auch sie. Dann vergewaltigten sie die Tochter des toten Paares und schnitten Doña Raquel, der Witwe des Matadors, die Kehle durch. Als General Gurza und seine Mordgesellen schließlich aus der Stadt gejagt wurden, war der alte spanische Palast nur noch eine Ruine. Seine Mauern waren niedergerissen, die Wandbehänge waren von Gurzas betrunkenen Leutnants verbrannt worden.

Mit Don Alfonsos Geschäften war es immer mehr bergab gegangen, und als er starb, standen die Jungen Justo und Anselmo buchstäblich mittellos da. Aber statt sich der Verzweiflung hinzugeben, betrachtete Justo, zu der Zeit ein kräftiger Bursche von neunzehn Jahren, seine unerwartete Freiheit als Chance, und auf die Einladung der Palafox hin zog er mit seinem Bruder auf die südwestlich von Toledo gelegene Stierranch. Dort überraschte er alle damit, daß er ein Meisterpicador wurde. Auf dem Rücken eines Pferdes besaß er einen natürlichen Mut, und mit seinen breiten Schultern und kräftigen Armen hatte er keine Mühe, die langen, mit Eisenspitzen versehenen Lanzen tief in die Nackenmuskeln des Stiers zu treiben. Er war den Stieren ein grimmiger, manchmal ungestümer Gegner, und eines Tages warnte ihn ein Rancharbeiter: »Wenn Sie die Pica so tief hineinstoßen, bringen Sie den Stier noch um.«

»Das will ich ja«, knurrte Justo.

»Sie bekämpfen den Stier, als würden Sie ihn hassen wie irgendein schlimmes Gift«, bemerkte der Zuschauer.

»Für mich sind alle Stiere Gift«, erwiderte Justo, und von dem Tag an hieß er Veneno, Gift. Als Veneno erschien er auf der neuen Plaza in Mexiko City, und als Veneno, einer der berühmtesten Picadores seiner Zeit, begleitete er den mexikanischen Matador Luis Freg nach Spanien, wo er seinen Ruhm mehrte. In Spanien wurde Veneno bekannt als der »furchtlose Picador«. Er trieb sein Pferd überall hin, um den Stier zu stellen, und attakkierte ihn aus Stellungen heraus, in die andere sich nicht vorgewagt hätten. Er legte einen geradezu dämonischen Haß gegen die Stiere an den Tag, und an den Tagen, an denen vier oder fünf seiner Pferde unter ihm getötet wurden und er hingestreckt im Sand lag und der rasende Stier auf ihm herumtrampelte und versuchte, ihn aufzuspießen, an solchen Tagen schien es manchmal, als wolle Veneno den Stier mit den bloßen Händen bekämpfen. Daß er nicht vor dem Ende seiner ersten Saison in Spanien getötet wurde, war ein Wunder.

Alle Matadore atmeten ruhiger, wenn Veneno in ihrer Truppe war, denn mit seiner unbarmherzigen, tief bohrenden Lanze bestrafte er einen Stier härter als jeder andere Picador. In jenen Jahren, die jetzt als das goldene Zeitalter des Stierkampfs bezeichnet werden, kämpfte Veneno wiederholt für die meisten der ganz Großen: Joselito, Belmonte, Gaona. Und er wußte mit den Jahren soviel über Stiere wie jeder Mann, der je gekämpft hatte. Die Stierkampf-Fans wußten das, und wenn er auf irgendeinem armseligen Klepper in die Arena geritten kam, dessen rechtes Auge verbunden war, damit er den Stier nicht sehen konnte, wenn er angriff, und womöglich scheute, dann schrien sie: »*¡Olé!* Veneno! Töte ihn mit deiner Lanze!« Und das versuchte er auch. Zweimal in seiner Karriere schaffte er es, einen Stier mit seiner Lanze dermaßen zu verletzen, daß das Tier ins Gehege zurückgeschafft werden mußte, wo es einging. Normalerweise wäre ein solcher Akt auf große Mißbilligung gestoßen, aber bei Veneno war das etwas anderes, da jeder wußte, daß er Stiere töten wollte, um seinen Vater zu rächen.

Sein Bruder Anselmo erwarb sich nie den Ruf, den Veneno genoß. Vielleicht lag es daran, daß man ihn an jenem schrecklichen Nachmittag, als der Stier den Kopf seines Vaters zerfetzt hatte, zu Hause in Toledo gelassen hatte – jedenfalls war er nicht von dieser alles verzehrenden Manie besessen, die Veneno beherrschte, und er erreichte auch nie jene überragende Meisterschaft, die seinen Bruder auszeichnete. Er wurde ein unbedeutender Matador, ohne Klasse, und zog unauffällig von einer mexikanischen Arena zur nächsten, wohl durchaus tapfer, aber ohne großen Glanz. Auch er versuchte sein Glück in Spanien, wurde aber sofort von den Kritikern ausgemacht als einer, der den Stierkampf lieber anderen überlassen sollte. Aber da er nichts anderes gelernt hatte, machte er weiter, einer jener fast schon tragischen Männer, die ihr Leben am Rande einer Kunst verschwenden, gleichermaßen grausam für Pferde, Stiere und Zuschauer.

Das einzig herausragende Ereignis in Anselmos Leben war seine Heirat mit einem schönen Mädchen namens Alicia aus Sevilla während seiner Spanientournee. Ihr Vater schaute sich seinen Schwiegersohn ein einziges Mal in der klassischen Arena von Sevilla an und riet ihm: »Sohn, häng den Stierkampf an den Nagel. Er ist nichts für dich.«

»Er ist mein Beruf«, wandte Anselmo ein.

»Ich habe eine Fleischkonservenfabrik in der Nähe von Cádiz«, sagte der Vater des Mädchens. »Arbeite bei mir.«

»Mein Bruder und ich sind Stierkämpfer«, beharrte Anselmo stolz. »Es liegt uns im Blut.«

»Ist dein Bruder verheiratet?« fragte der Fleischfabrikant.

»Nein.«

»Dann stell ihn doch Alicias Cousine vor.«

Als Veneno mit Belmonte in den Süden kam, um in Sevilla zu kämpfen, stellte Anselmo ihn Alicias Cousine vor; die beiden heirateten, und Veneno bekam prompt kurz nacheinander zwei Söhne. Im Jahre 1933 bekam auch Anselmo einen Sohn, den er Victoriano nannte, in der Hoffnung, daß der Junge mehr Siege erringen würde, als es ihm vergönnt gewesen war.

Victoriano war noch keinen Monat alt, als die Leals auf die Palafox-Ranch eingeladen wurden, um beim Testen einiger neuer Kühe mitzumachen, die die Ranch kurz zuvor zum Zwecke der Blutauffrischung erworben hatte, mit dem Ziel, die Stiere wilder und angriffslustiger zu machen. Anselmo mochte diese Ausflüge auf die Ranch nicht sehr, denn nach der Plünderung des großväterlichen spanischen Hauses in Toledo war einer von General Gurzas Soldaten mit dem Kopf des Stieres aufgetaucht, der Bernardo Leal getötet hatte, und Don Eduardo hatte ihm das schaurige Souvenir abgekauft. Jetzt hing es für alle sichtbar an einer Wand des Gesellschaftszimmers der Ranch, versehen mit einer silbernen Schmucktafel mit der Inschrift: »Terremoto von Palafox. Dieser 529-Kilo-Stier tötete den Matador Bernardo Leal am 13. Dezember 1903 in Mexiko City.« Nach mehr als einem halben Jahrhundert waren die Hörner immer noch scharf wie Dolche, und sie jagten Anselmo Angst ein. Der robuste Veneno hingegen ließ sich nicht im geringsten von ihnen beeindrucken. Anders als sein Bruder war er dankbar für jede Gelegenheit, wo er gegen Palafox-Stiere kämpfen konnte, und auch wenn er sich an diesem Tag mit Kühen begnügen mußte, würde er doch noch viele Möglichkeiten bekommen, richtige Bullen zu verwunden, sie mit *pica corta*, mit tief unten am Holz des Schafts gehaltener Lanze, anzugreifen und zu spüren, wie sie zurückzuckten. Wenn er schon nicht die ausgewachsenen Stiere von Palafox mit einer schweren Pica fertigmachen konnte, dann wenigstens die Jungkühe mit einer leichten.

Die Brüder fuhren mit dem Zug von Mexiko City nach Toledo, wo Don Eduardo Palafox sie abholte und mit dem Auto zu der südwestlich der Stadt gelegenen Ranch brachte. Auf der Fahrt dorthin vertraute er ihnen an: »Der Grund, warum ich euch bei diesen Tests dabeihaben wollte, ist, daß ich euch außer den neuen Kühen auch den neuen Zuchtbullen aus Spanien vorführen will. Er wird morgen nach den Tests geliefert.«

»Guadalquivir-Blut?« fragte Veneno.

»Natürlich«, erwiderte Don Eduardo und machte ihnen den Vorschlag, an der langen Mahagoni-Bar im Gesellschaftszimmer einen mit ihm zu heben, aber als die drei Männer auf ihren Stühlen Platz nehmen wollten – letztere bestanden aus blankpolierten, kunstvoll ineinander verzahnten Stierhörnern und waren mit Kissen aus gegerbten, aber ungeschnittenen Schaffellen gepolstert – mußte Anselmo feststellen, daß der Stuhl, den er gewählt hatte, dem großen Stier Terremoto genau gegenüberstand, so daß er jedesmal, wenn er aufschaute, das Gefühl hatte, daß der Stier, der seinen Vater getötet hatte, auf ihn herunterstarrte, als wolle er sich jeden Moment auch auf den Sohn stürzen.

»Ich setze mich lieber hierhin«, sagte Anselmo und wechselte den Stuhl, aber Veneno bemerkte, daß sich sein Bruder selbst jetzt noch, wo er mit dem Rücken zur Wand saß, ständig ängstlich umwandte und zu dem Stier blickte. Als Don Eduardo die Brüder allein ließ, um einen Filmschauspieler aus Hollywood zu begrüßen, der gekommen war, um bei der Tienta zuzuschauen, griff Anselmo nach der Hand seines Bruders und sagte zögernd: »Veneno, wenn mir irgend etwas zustoßen sollte, versprich mir, daß du –«

»Was sollte denn dir oder mir schon passieren?« fragte der tapfere Picador verächtlich.

»Er ist immer in der Arena.« Der erschreckte Anselmo deutete über die Schulter auf Terremoto. »Er wartet immer.«

»Ich denke nur an lebendige Stiere«, erwiderte Veneno grimmig. »Das solltest du auch tun.«

»Aber für den Fall, daß doch etwas passiert: Schwöre, daß du meinen Sohn wie einen Spanier erziehst.«

»Wie sollte das aussehen?« fragte Veneno lachend. »Was in aller Welt macht man mit einem Jungen, damit er –«

»Sorg dafür, daß er sich anständig kleidet, daß er ordentlich spricht ...« Anselmos Stimme stockte. »Und wenn einmal die Zeit zum Heiraten für ihn kommt ...« Wieder zögerte er, und dann sprudelte es aus ihm heraus: »Bruder, wir sind Fremde in einem fremden Land. Für mich sind alle Mexikaner wie General Gurza.«

»Du redest wie ein Narr, Bruder.«

Das Testen der Kühe machte viel Spaß an jenem Tag. Das Gehege war von schönen Frauen gesäumt, und die heiße Sonne von Toledo färbte den Staub golden, den die Kühe aufwirbelten, wenn sie in wildem Ungestüm auf das Pferd losstürmten, das ihren Peiniger Veneno trug. Wenn er die Kühe mit seiner scharfen Lanze zur Genüge auf ihre Tapferkeit geprüft hatte – Kampfstiere »erbten« ihren Mut von der Mutter, nicht vom Zuchtbullen – gab er sie an die Matadore weiter, die sie mit der Capa testeten. Und bei jedem Tier, das das Gehege verließ – die meisten bluteten ein wenig an der Schulter, da, wo Veneno sie gestochen hatte – rief der Vormann seine Bewertung. »Nummer 131 – sehr tapfer!« Oder: »Nummer 132 – vorsichtig, hat Angst vor dem Pferd.« Letztere Kuh würde zur Mast verwendet werden – eine Kuh, die Angst hatte, konnte nicht Mutter eines Palafox-Stiers werden.

Als die Prüfungen abgeschlossen waren, trat Don Eduardo in die Mitte der kleinen Arena und verkündete: »Und nun zeigen wir euch unseren neuen Zuchtbullen von der Ranch in Guadalquivir in Spanien.«

Die Menge applaudierte, und aus dem Führerhaus eines Lastwagens rief ein Mann: »Kann's losgehen?«

»Bring ihn herein!« rief Don Eduardo.

Der Lastwagen setzte langsam gegen ein Tor zurück, das zum Gehege führte. Staub stieg von den Rädern hoch und hüllte einen riesigen, mit Eisenbändern gesicherten Käfig aus massivem Eichenholz ein. Keiner der Zuschauer konnte in den Käfig sehen, doch alle starrten gebannt auf ihn, als er sich langsam dem Eingang des Geheges näherte.

Der Staub mußte den großen Zuchtbullen im Innern des Käfigs gereizt haben, denn er befand sich am Ende einer Reise, die im fernen Andalusien begonnen und ihn per Lastwagen, Bahn, Schiff, Kahn und wieder Lastwagen bis hierher geführt hatte. Mit dämonischer Kraft bearbeitete der unsichtbare Bulle die Wände seines Gefängnisses, und die riesige Eichenholzkiste erbebte, und ihre Eisenbänder schienen zum Zerspringen gespannt. Jeder konnte hören, wie er seine mächtigen Hörner gegen die Wände rammte, und die Angst war selbst in der Sonne greifbar. Männer, die etwas von Stieren verstanden, schauten einander besorgt an; denn ganz gleich wie lange man mit diesen Tieren arbeitete, ihre rohe, unbändige Kraft flößte einem immer wieder aufs neue Respekt ein. Wieder rammte der rasende Bulle den Kopf gegen die Wand seines Käfigs, und wieder erzitterte die riesige Kiste von seiner Wut. In ihrem Innern war ein Tier, das ein Pferd auf die Hörner nehmen und damit quer durch eine Arena rennen konnte und dann noch immer genügend Kraft besaß, um es über die Barriere zu schleudern. Diese Hörner konnten einen Matador, selbst wenn sie ihn nicht voll erwischten, fünf Meter hoch in die Luft werfen oder ihm das Bein vom Knie bis zum Schritt aufschlitzen.

Der unsichtbare Stier begann jetzt gegen die Rückwand des Käfigs zu trampeln, und es wurde klar, warum der Käfig mit Eisenbändern gesichert war.

»Wir brauchen ein paar Männer da oben!« schrie Don Eduardo, und die Leal-Brüder sprangen auf die Laderampe, an die der Lastwagen heranfuhr. Die Eichenholzkiste mußte so von der Ladefläche des Lkw bugsiert werden, daß kein Spalt zwischen Käfig und Corral blieb, in dem sich das kostbare Tier womöglich ein Bein brechen konnte. Mit Hilfe dicker Bretter, die sie unter den Rand stemmten, begannen die Männer den Käfig vorsichtig, Zentimeter für Zentimeter, von der Stelle zu rücken. Sie waren schon ein gutes Stück vorangekommen, als der Bulle, durch die unerwartete Bewegung noch mehr in Wut versetzt, plötzlich erneut gegen die Wand seines Gefängnisses anstürmte.

Unglücklicherweise hatte er sich die nach unten weisende Seite ausgesucht, und bevor irgend jemand reagieren und einen Warnruf ausstoßen konnte, kippte die Kiste und klemmte den Matador Anselmo Leal zwischen ihrer scharfen Kante und der Steinmauer des Corrals ein. Er stieß einen Schrei des Entsetzens aus, und dann korrigierte der große unsichtbare Stier den Unfall selbst, indem er auf die andere Seite der Kiste stürmte, was sie wieder in ihre ursprüngliche waagerechte Lage brachte.

Anselmo lebte noch vier Jahre, aber er hatte eine schwere Brustquetschung davongetragen, und er stand nie wieder in der Arena. Veneno unterstützte ihn mit den guten Einnahmen, die er als führender Picador Mexikos machte, und an Anselmos Beerdigung im Jahre 1937 nahmen die meisten der führenden Stierkampfpersönlichkeiten Mexikos und einige aus Spanien teil. Anselmo, dieser so wenig glanzvolle Matador, welcher durch eine grausame Ironie des Schicksals von einem Stier getötet wurde, der in einen Käfig eingesperrt war, hinterließ nur einen Wunsch: daß man ihn in Sevilla, der Heimatstadt seiner Frau, begrabe. Aber die Wirren des spanischen Bürgerkriegs verhinderten dies, und er wurde in Puebla beerdigt, einer Stadt, die er nicht gemocht hatte.

Toledo, 1945. Einer der aufregendsten Nachmittage im Leben des Victoriano Leal kam, als er zwölf Jahre alt war; denn an jenem sonnigen Nachmittag in seiner Heimatstadt Toledo trug er zum erstenmal die Stierkämpfertracht. Er war ein hagerer, hübscher Junge mit heller Haut, blauen Augen und pechschwarzem Haar. Selbst mit der schweren, blau und golden verzierten Stierkämpfertracht wog er nur neunzig Pfund, aber als er in die Arena von Toledo trat, eingehüllt in seine schmucke Paradecapa, war es jedem klar, daß er zumindest die äußerlichen Voraussetzungen erfüllte, die an einen stilvollen Matador gestellt wurden. Doch darüber hinaus besaß er auch Ausstrahlung.

Seine Vettern Chucho und Diego zogen schon seit einiger Zeit mit ihrem Vater durch die Arenen und hatten sich bereits einen gewissen Namen als Beste unter den *novilleros*, den Anfängern, gemacht. Chucho war sechzehn und schon ein prächtiger Jungstierkämpfer, während der zwei Jahre jüngere Diego ein vielversprechendes Talent mit den Banderillas war. Ihr Vater, inzwischen in den Fünfzigern, diente bei den Schaukämpfen natürlich als Picador; er ritt seine Pferde nach wie vor mit aufrechter Würde und bestrafte die Stiere so streng wie eh und je.

Der alte, inzwischen weißhaarige Mann fühlte sich dazu verpflichtet, unter seinen drei Söhnen Chucho, Diego und Victoriano – den er wie seinen eigenen Sohn behandelte – mindestens einen würdigen Matador zu finden, und durch dessen Leistungen würde er die letzten Jahre seiner eigenen Stierkämpferkarriere mit Ruhm krönen. Er würde weiter so lange als Picador dienen, wie die Jahre es ihm erlaubten, aber er würde seinem eigenen Sohn dienen, und wenn er selbst einen Stier fast zu Tode pikierte, so daß der restliche Teil des Kampfes ein Kinderspiel war, dann würde er dies nicht für irgendeinen Fremden tun, sondern für sein eigen Fleisch und Blut.

Deshalb schaute der weißhaarige alte Picador mit einer Mischung aus Besorgnis und Freude zu, als seine drei Jungen für die Eröffnungsparade in Toledo Aufstellung nahmen. Zur Linken, von der Menge aus gesehen, stand Chucho, der erfahrenste der drei. Rechts marschierte Diego, selbstbewußt und schön in seiner purpurfarbenen Tracht. Und in der Mitte, wie es der Brauch wollte, den Stierkämpferhut in der Hand, schritt der Novillero, der zwölfjährige Victoriano, schlank und drahtig, und beim ersten Schritt des Jungen in die Arena sog sein Vater scharf Luft ein, und eine Vorahnung von großer Kraft nahm von ihm Besitz. »Mein Gott!« schrie er, als sein Pferd sich in Bewegung setzte, um dem einmarschierenden Trio zu folgen. »Der in der Mitte wird größer werden als wir alle miteinander!«

Es wurde ein sensationeller Tag. Die Kälber, die gewöhnlich für Matadore im Knabenalter aufgeboten wurden, fehlten an jenem Tag. Da mit Lanzenreitern gearbeitet wurde, hatte man ältere Tiere für den Kampf erworben, und diese Tiere wären für die meisten solcher jugendlichen Truppen zu stark gewesen. Als fühle er die Herausforderung, vor die sein jüngster Bruder gestellt war, legte Chucho besondere Kühnheit an den Tag. Er verkörperte eher den eleganten, feinen Stil der spanischen Toreroschule als die ruppige Derbheit des typischen mexikanischen Anfängers.

Diego setzte wie stets die Banderillas gut, umtanzte die kleinen Stiere mit Schwung und Geschick. Und wie immer rammte der alte Veneno seine Lanze gerade so tief in die Tiere, daß er sie nicht tötete, aber doch so schwächte, daß seine Söhne relativ leichtes Spiel mit ihnen hatten.

Aber so richtig aus sich heraus ging die Menge erst in dem Moment, als der kleine Victoriano seinem ersten formellen Widersacher gegenüberstand. Sie erkannten instinktiv, daß er etwas Besonderes an sich hatte, eine Mischung aus Hochmut und Können, die sie in Bann schlug.

Jahre später in Spanien, als ich Victoriano schon gut kannte, fragte ich ihn nach seinem ersten Kampf, und da sagte er: »Sie fragen mich, wieviel ich, ein Junge von zwölf, über meinen Part in jenem ersten Kampf wußte? Norman, ich sage Ihnen mit aller Bescheidenheit: ich wußte alles. Von klein an hatte ich mich mit Stieren befaßt und die *pases* der Matadore studiert. Durch stundenlanges Üben mit Veneno in kahlen Räumen, wenn er zu seinen Kämpfen reiste, war ich ein Meister mit der großen Capa geworden und überdurchschnittlich gut mit der Muleta. Ich übte alles: wie man mit den Banderillas umgeht, mit dem Degen; wie man sich vor dem Präsidenten oben in seiner Loge verbeugt; wie man einen Stier einem hübschen Mädchen widmet und wie man sich dann umdreht und den Hut über die Schulter wirft, damit sie ihn auffängt. Bei meinem ersten Kampf war ich nervös – ganz klar –, aber Angst hatte ich keine, weil ich wußte, daß ich auf alles vorbereitet war.«

An dieser Stelle unserer Diskussion zögerte er, dachte lange nach und sagte dann: »Verwenden Sie das nicht in Ihrer Geschichte, Norman, aber in jenem ersten Kampf wurde mir auch etwas klar, wofür ich mich schämte, etwas ganz Schreckliches. Mir wurde klar, daß ich wie ein Matador aussah und meine Brüder nicht. Sie waren zu dick, ihre Bewegungen hatten nichts Poetisches. Sie konnten nicht richtig auf den Stier zugehen, einen Fuß in gerader Linie vor den anderen setzend, und wenn sie vor dem Stier standen, konnten sie nicht profilieren, die Brust vorwärtsgereckt, den Hals und den Kopf nach hinten gebogen. Sie konnten das nicht, aber ich konnte es. Die Menge wußte es. Ich wußte es. Und ich glaube, irgendwie wußten sie es auch.«

»Wie ging jener erste Kampf aus?« fragte ich, und er sagte ohne Überheblichkeit: »Der Präsident belohnte mich mit einem Ohr von meinem zweiten Stier, und mit diesem Ohr in der rechten Hand marschierte ich zu einer Ehrenrunde um die Arena und besoff mich am Jubel des Publikums.«

»Stimmt es, daß eine Gruppe von Jungen, die nicht älter waren als Sie selbst, Sie mit dem Ruf ›Torero! Torero!‹ aus der Arena trug?«

»Das stimmt«, antwortete er.

Die Wirkung, die Victorianos erster Kampf auf seinen Vater hatte, war geradezu elektrisierend. Der alte Picador reagierte, als hätte er einen Geist gesehen. Ein Gefühl von Schrecken schien über ihn zu kommen, und drei Tage lang lief er stumm vor sich hin brütend durch die Straßen von Toledo und ließ seine Jungen allein üben.

Dann suchte er Don Eduardo Palafox auf, der gerade auf der Terrasse vor dem Kachelhaus saß, und fragte ihn geradeheraus: »Haben Sie die Kämpfe am Sonntag gesehen?«

»Sie waren sehr gut«, antwortete der alte Viehzüchter.

Veneno ergriff Don Eduardos Hände und stieß fast flehend hervor: »Sagen Sie's mir, Señor. War er wirklich so gut, wie ich ihn fand?«

»Der Kleine?«

»Wer sonst?«

Der Stierzüchter sah seinen Freund an, diesen Erzfeind aller Stiere, der schon so viele Palafox-Bullen für seine Matadore verstümmelt hatte, und sagte langsam: »Ich glaube, daß Sie in dem jungen Victoriano das gefunden haben, was Sie gesucht haben.«

Als hätte ihn ein mächtiger Bulle in die Luft geworfen, sprang der alte Picador in die Höhe, rannte zwischen den Stühlen herum und schrie: »Da bin ich ganz sicher, Don Eduardo! Ich habe dem Jungen zugeschaut, als wäre er eine Erscheinung. Er ist schon jetzt besser, als sein Vater es je war. Wenn ich sehe, wie er einem Stier Auge in Auge gegenübersteht, habe ich das Gefühl, als sähe ich seinen Großvater vor mir.«

Der Rancher blieb sitzen, musterte den weißhaarigen Picador, und als sich dessen Erregung gelegt hatte, bemerkte er: »Dieser Junge wird weit besser werden als sein Großvater.«

Das waren genau die Worte, die Veneno hatte hören wollen, und doch hatte er Angst, sie zu glauben. Er ließ sich auf einen Stuhl fallen, ergriff erneut Don Eduardos Hand und fragte in beschwörendem Ton: »Haben Sie das mit eigenen Augen gesehen, oder wollen Sie lediglich meine Hoffnungen nähren?«

»Ich hab's gesehen«, versicherte ihm Don Eduardo. Und dann fragte er: »Sagen Sie, wo kämpfen die Jungen als nächstes?«

»Am Sonntag in Zacatecas.«

»Ich werde sie mir anschauen«, sagte Don Eduardo, und es war an jenem Sonntag, dem 11. März 1945, in der staubigen Gebirgsstadt Zacatecas, wo die Stierkampfarena sich an die Flanke eines Berges schmiegt, als Veneno Leal seine große Entscheidung traf. Nach dem Kampf marschierte er in seiner schweren Picadorentracht zu Don Eduardo Palafox und fragte den Stierzüchter offen und unverblümt: »Glauben Sie noch immer an den Jungen?«

»Genauso wie Sie«, antwortete der Rancher, »glaube ich fester denn je an ihn.«

»Danke, Don Eduardo«, sagte der kräftige alte Picador und drückte seinem Freund fest die Hand. »Sie haben mich überzeugt.«

»Nein, nicht ich habe Sie überzeugt – Victoriano hat es getan«, sagte der alte Rancher ernst, und die beiden Männer gingen auseinander.

Als der aufregende Sonntag sich dem Abend zuneigte, versammelte Veneno seine drei Söhne in dem kahlen Hotelzimmer in Zacatecas und verkündete mit eindringlicher Stimme: »Heute abend beginnen wir unsere Kampagne.«

»Wofür?« fragte Chucho. Er hatte einen guten Nachmittag gehabt und war mehr als zufrieden.

»Für Reichtum. Für Ruhm«, sagte der alte Kämpfer schlicht. »Für einen Platz wie den von Belmonte.«

Die drei Jungen, die aufgeregt über die Abenteuer des Tages geplappert hatten, wurden schlagartig still. Noch nie hatte ihr Vater so über Stierkampf geredet. Den Blick auf Chucho gewandt, sagte er jetzt: »Mein Sohn, du hast heute eine angemessene Leistung gezeigt. Ich war stolz auf dich. Aber du wirst niemals den Körper eines Matadors haben. Du zeigst schon jetzt die ersten Anzeichen von Dicklichkeit.« Mit Mitgefühl sah er seinen Sohn an, den seine harten Worte sichtlich trafen, und dann fügte er hinzu: »Vom heutigen Tage an wirst du dafür trainieren, der beste Peón zu werden, den der Stierkampf je gekannt hat. Du wirst jeden Kniff dieser Kunst beherrschen, jeden Trick im Umgang mit dem Stier. Aber vor allem mußt du bereit sein, jederzeit hereinzustürmen und deinen Bruder zu retten, wenn der Stier ihn zu Boden wirft. Notfalls mußt du sein Leben mit deinem eigenen retten.«

Chucho, dem immer noch die Hurrarufe der Menge in den Ohren klangen, schluckte seine Wut herunter, faltete entschlossen die Hände im Schoß, sah seinen pummeligen Bruder Diego an und dachte trotzig: Ich bin zweimal so gut wie der. Und ich soll bei Fuß stehen, um ihn zu beschützen? Das ist absurd.

Aber dann hörte er seinen Vater sagen: »Diego, du bist schon jetzt zu dick. Du wirst nie ein Matador werden. Aber du verstehst es, die Banderillas zu setzen. Das soll deine Aufgabe werden. Lern es, die Stöcke über dem Knie zu zerbrechen und die richtig kurzen zu setzen. Das lieben die Massen.«

Dann wandte er sich seinem jüngsten Sohn zu und sagte: »Victoriano, du sollst der Matador werden, die Hauptfigur.« Gebannte Stille legte sich über den schmucklosen Raum.

Ich lernte Victoriano erst mehrere Jahre nach diesem entscheidenden Abend kennen, aber als ich ihn in Madrid nach dieser Entscheidung in Zacatecas fragte, konnte er sich noch an jeden einzelnen Moment erinnern, an jede Silbe, die gesagt wurde, an jeden Ausdruck in den Gesichtern seiner Brüder: »Als mein Vater mir eröffnete, daß ich der Matador werden sollte, glaubte ich, ich würde ohnmächtig. Als ich vier war und mit einem angespitzten Stock und einer Serviette spielte, träumte ich davon, einmal Matador zu werden. Ich ging wie ein Matador, ich hielt den Kopf wie Gaona auf den Bildern. Aber ich befürchtete, daß Chucho und womöglich sogar Diego mich überflügeln würden, und als ich meinen Vater sagen hörte: ›Du sollst der Matador werden‹, hatte ich Angst, einen Laut von mir zu geben. Das einzige, wozu ich fähig war, war, meine Brüder anzustarren. Chucho ließ die Schultern hängen. Diego zuckte die Achseln, als ob er sagen wollte: Wenn ich der Banderillero sein soll – vielleicht habe ich das schon die ganze Zeit gewußt. Aber ich konnte fühlen, wie ich mich ein bißchen reckte, wie ich das Kinn ein wenig vorschob. Und in der Stille konnte ich hören, wie Leute hurra riefen – hörte den frenetischen Jubel der Menge.

Aber dann war es wieder Vater, der sprach, mit einer wilden, kraftvollen Stimme, wie ich sie noch nie gehört hatte. ›Wir werden die Leals sein!‹ schrie er, als sei er von einem Geist besessen. ›Victoriano wird unser Matador sein. Diego wird unser Banderillero sein – einer, wie es noch keinen gegeben hat. Du, Chucho, wirst der Mann sein, der sich um alle Details kümmert. Und ich werde die Stiere zermalmen.‹ Eine rasende Wut kam an jenem Abend über ihn. Meine Brüder und ich hatten ihn noch nie so gesehen; denn bis dahin hatte er seine Träume im stillen gehegt, aber an dem Abend ließ er sie heraus.«

Noch vierzehn Jahre später zitterte Victoriano, als er mir erzählte, was dann geschah: »Wie ein Rasender hob er seinen starken rechten Arm, den, mit dem er die Pica hielt, und schrie so laut, daß sie ihn noch in der Eingangshalle hören konnten: ›Ich werde die Stiere in den Sand zwingen. Ihre Knie werden einknikken, und sie werden nach hinten fallen. Ihr werdet das Blut an ihrem Widerrist herunterlaufen sehen, und wir werden sie vernichten. Wir vier zusammen, als ein Team! Wir werden sie vernichten, und die Leute werden über uns sagen: »Diese Leals, die verstehen was vom Stierkampf!«‹«

Sevilla 1959. Im Jahre 1952 gab Victoriano in der riesigen Arena von Mexiko City sein Debut als Vollmatador. Er war zu der Zeit erst neunzehn Jahre alt, und kein Junge vor ihm hatte je einen unkomplizierteren Weg zu den höchsten Höhen dieser schwierigen Kunst gehabt.

Mit zwölf Jahren hatte er seinem ersten Stier in der Arena von Toledo gegenübergestanden. Am darauffolgenden Sonntag in Zacatecas hatten drei der talentiertesten Stierkämpfer Mexikos den Entschluß gefaßt, ihre weitere Karriere ganz in seinen Dienst zu stellen, um ihn zum herausragenden Torero seiner Zeit zu machen. Zwei Jahre später, im Alter von vierzehn, hatte er bereits als Novillero einen solch sensationellen Bekanntheitsgrad, daß er schon damals mehr verdiente als manch ein gestandener Matador.

Er zog wie ein junger König von Arena zu Arena, in der Öffentlichkeit beschützt von Veneno, und in der Arena von seinen beiden erfahrenen Brüdern. Als er seine Alternativa verliehen bekam, seine »Doktorwürde«, in der größten Stierkampfarena der Welt, war er bereits ein vollendeter Stierkämpfer, ein Meister, der alle Tricks beherrschte. Überragend war seine Meisterschaft an der Capa; hier konnte ihm keiner seiner Zeitgenossen das Wasser reichen. Ihm dabei zuzuschauen, wie er vor einem massigen schwarzen Feind seine Arabesken entfaltete, war, mit den Worten des Kritikers León Ledesma gesprochen, »als schaue man einem jungen Gott beim Skulptieren von Sonnenlicht zu.«

Auch mit den Banderillas verstand er glänzend umzugehen, wenngleich er bei ausgeprägt schwierigen Tieren lieber seinen Bruder Diego bat, diese Aufgabe zu übernehmen. Und mit der roten Muleta, die am Ende des Kampfes benutzt wurde, konnte er ebenfalls Vorzügliches leisten. Bei Stieren wiederum, vor denen Veneno ihn warnte, weil zu erwarten war, daß sie schwierig sein würden, verzichtete er auf spektakuläre Pases und erledigte das Töten des Stiers auf zwar leidlich fachgerechte, aber nicht sonderlich packende Art. Er war nie besonders gut mit dem Degen, mogelte, indem er im letzten Moment immer zur Seite auswich, aber er war passabel, und seine bestechenden Darbietungen in den vorausgehenden Phasen des Kampfes ließen seine Anhänger über seine Schwächen beim Töten hinwegsehen.

Als ich Victoriano zum erstenmal in Spanien traf, überraschte er mich, wie ich bereits sagte, damit, daß er mir mehr Fragen zugestand, als er anderen Journalisten je erlaubte, und als ich ihn darauf ansprach, erklärte er: »Wir sind beide Toledanos, Sie und ich. Aber Sie sind auch Amerikaner und schreiben für ein großes New Yorker Magazin. Ich will, daß Nordamerika etwas von den Leals erfährt und London und Argentinien auch.«

Das ermunterte mich zu der Frage: »Warum sprechen Sie immer von den Leals, nie von Victoriano?« Und er antwortete: »Ohne die anderen säße ich heute nicht hier.« Und aus einem Schreibtisch in der geräumigen Stube des Hauses, das er für seine Familie gekauft hatte, holte er ein dickes, abgegriffenes Fotoalbum, in dem er mir eine geradezu furchterregende Serie von Schnappschüssen zeigte, aufgenommen von kühnen Fotografen, die manchmal in die Arena gestürmt waren, während irgendein riesiger Stier den flach auf dem Rücken im Sand liegenden Victoriano aufzuspießen versuchte. Auf jedem Foto war deutlich zu sehen, wie sein Leben gerade von einem der anderen Leals gerettet wurde.

»Tijuana, letztes Jahr. Das ist Chucho, der den Stier wegholt, als er schon fast auf mir steht. Da war er sehr mutig.«

Bei einem anderen Foto sagte er: »Nuevo Laredo, dieses Jahr. Chucho kam nicht an mich heran, aber dann kam der mollige Diego rein. Schauen Sie sich ihn an, wie er da steht, die Hörner schon fast im Bauch, aber dann drehte er sich blitzschnell weg und nahm den Stier mit.«

Beim nächsten Foto mußte ich lachen. Es zeigte einen riesigen Stier, der mit gesenkten Hörnern direkt über dem Matador stand, drauf und dran, ihn auf den Boden zu spießen, während Veneno, der Picador, den Stier verzweifelt am Schwanz gepackt hält, mit schwellenden Armmuskeln, und das riesige Vieh buchstäblich von seinem am Boden liegenden Sohn wegzerrt. Victoriano sagte ernst: »Es sieht wirklich zum Lachen aus, aber wenn unser Vater nicht so tapfer und so stark gewesen wäre, würde ich Ihnen diese Fotos jetzt nicht zeigen können. Wir sind die Leals. Sehen Sie sich uns in der Arena an«, und er blätterte weiter in dem Album, dann und wann innehaltend, um mir Gelegenheit zu geben, zu sehen, wie seine drei Familienmitglieder sich zusammentaten, um ihm zu helfen und – bisweilen – auch das Leben zu retten.

»In den alten Zeitungsartikeln«, sagte ich, als er das Album zuklappte, »steht immer, am Anfang, selbst als Sie erst dreizehn oder vierzehn waren, hätten Sie mit Geschick und Kühnheit getötet – eines der Dinge, die mitgeholfen haben, Ihren Ruhm zu begründen. Heute schreiben dieselben Journalisten, daß Sie lediglich passabel seien. Was ist passiert? Irgend so ein Vorfall wie die da?« Ich zeigte auf das Album.

Zum erstenmal, seit ich ihn kannte, lachte er, etwas, das ich in den darauffolgenden Jahren nur selten bei ihm erleben sollte, denn er war ein ernster junger Mann. »Sie sind klug, Norman. Ja, es war ein Foto, aber keines von denen dort. Wenn ich mir die ansehe, so, wie wir es gerade gemacht haben, denke ich: ›Da lieg' ich nun also platt auf dem Boden. Ein einziger Stoß von diesen Hörnern, und ich bin tot. Aber es ist die Aufgabe der anderen, mich zu retten, also bleibe ich ganz still liegen, aber dabei halte ich die Augen ganz weit auf, damit ich, sobald sie den Stier von mir weglocken, aufspringen und mich in Sicherheit bringen kann.‹« Wieder lachte er. »Aber natürlich nehme ich meinen Degen und meine Muleta mit, wenn ich kann, weil es schließlich immer noch meine Aufgabe ist, den verdammten Stier zu töten.«

»Was das für ein Foto war, das den Ausschlag gab?« Er ging aus dem Zimmer, nahm das Fotoalbum mit, und kam gleich darauf zurück mit einem gerahmten Foto, das Cano, der berühmte Stierkampffotograf, in Madrid geschossen hatte. Es zeigte Victoriano im Jahre 1953, wie er gerade dabei war, in perfekter Manier einen riesigen Miura-Stier zu töten, die gefährlichste Rasse auf der Welt. Unmittelbar über dem Horn schwebte der Arm des Matadors, seine Knöchel berührten das haarige Fell – in der Tat eine bemerkenswerte *estocada*. Aber der Winkel, in dem das Foto geschossen worden war, lenkte das Augenmerk nicht auf Victoriano, sondern auf die Riesenhaftigkeit des Stiers. Es war ein ungeheures Tier, die Krönung seiner Rasse.

Einen Moment lang starrte der Matador auf das Bild, dann sagte er leise: »Als ich später wieder in meinem Zimmer in Madrid saß und dieses Foto sah, sagte ich: ›Das kann nicht sein. Kein Mensch konnte das so machen, nicht mit diesem Stier.‹« Mit einem nervösen Lachen fügte er hinzu: »Jedes Jahr werden die Stiere im Kopf größer.«

Als ich Jahre später Drummond eine Auswertung von Victoriano schickte, die all die oben genannten Fakten zusammenfaßte, kabelte er zurück: »Warum verwenden Sie die Umschreibung ›indem er im letzten Moment immer zur Seite auswich‹? Warum nicht das klassische ›im Augenblick der Wahrheit kneift er‹?«

Ich antwortete darauf mit einem ziemlich langen Telegramm, das, so hoffte ich, diese und andere Nachfragen von Drummond klären würde, die langsam anfingen, mich zu nerven.

> Lassen Sie mich eines ein für allemal klarstellen: Ich werde sofort aus dieser Stierkampfgeschichte aussteigen, wenn Ihre Stilisten auf die Idee kommen sollten, meine Story mit Szenen aufzumotzen, in denen die Matadore vor Angst zittern und mit trockenen Lippen zur Jungfrau von Macarena beten, bevor sie die Arena betreten. Ich studiere diese Sache seit einiger Zeit aus nächster Nähe, und diese heldenhafte Angst, von der die amerikanischen Autoren so gerne schreiben, ist bloß eine

Ausgeburt ihrer eigenen Phantasie und hat nichts mit der Wirklichkeit zu tun. Ich habe mich mit Victoriano einige Male über dieses Thema unterhalten, und bei ihm haben wir es mit einem Mann zu tun, der sich ganz sicher so gut wie kaum ein anderer mit Angst auskennt. Immerhin wurden sein Vater und sein Großvater von Stieren getötet, und er hat selbst einmal aus nächster Nähe in der Arena miterlebt, wie ein anderer Matador ums Leben kam. Dieser Junge weiß Bescheid. Er betet.

Er hat immer einen silbernen Altar bei sich, wohin er auch geht. Er trägt drei goldene Talismane, St. Sebastian, St. Teresa und St. Franziskus – letzteren, weil der gute alte Franziskus Tiere liebte und am Jüngsten Tag gebraucht wird, um Fürsprache für die Stierkämpfer einzulegen. Vor dem Kampf ist er jedesmal unheimlich nervös, schwitzt wie ein Bulle, obwohl er dünn ist, und muß öfter aufs Klo als jeder andere Matador, den ich je gesehen habe. Aber diese irrsinnige Angst, von der die Romanautoren schreiben, die ist einfach nicht vorhanden. Bei unserem Gespräch über das Thema Angst äußerte er einen großartigen Satz, den Sie vielleicht klauen können: »Wenn ein Matador von eins bis vier an einem Samstagnachmittag alleingelassen wird, dann werden die Stiere im Geiste immer größer.« Ich glaube, das bringt es so ziemlich auf den Punkt. Er sagte mir, daß vor der ersten ernsthaften Verletzung Angst manchmal sehr fern sein kann, aber danach könne sich keiner mehr etwas vormachen. Der Torero weiß, daß ein Stier in der Lage ist, ihn zu töten. Er weiß, wenn er nur oft genug hinaus in die Arena geht, wächst die Wahrscheinlichkeit, daß ein Stier ihn erwischt, und zwar schwer. Aber heutzutage, wo wir das Penizillin und die Sulfonamide haben, kommen nur noch sehr wenige Stierkämpfer in der Arena ums Leben. Statistisch gesehen ist es viel sicherer, Stierkämpfer zu sein, als in Indianapolis Rennwagen zu fahren. Es ist sogar beträchtlich sicherer als Berufsboxen und ungefähr genauso riskant wie American Football. In einer Zeitspanne von zehn Jahren kamen von 189 Vollmatadoren, die insgesamt gegen 150000 Stiere kämpften, bloß zwei ums Leben. Freilich wurden viele schwer verletzt, und ein paar wurden auf Dauer zu Krüppeln. Nachdem ich mich mit Victoriano ausgiebig über dieses Thema unterhalten habe, würde ich sagen, daß die Angst, die der Matador vor dem Beginn des Kampfes spürt, etwa vergleichbar ist mit der Angst, die ein Mann wie Mickey Mantle vor Beginn der Baseball World Series vor einem Mann wie Sandy Koufax hat – mit dem Unterschied, daß die einzigen Folgen, mit denen Mantle fertigwerden muß, falls er Mist baut, die Spottgesänge der Fans und vielleicht eine unruhige Nacht vor dem nächsten Spieltag sind, während der Matador, macht er einen Patzer, dafür womöglich mit einem Bein und vielleicht sogar mit seinem Leben bezahlen muß. Aber um auf diesen »Augenblick der Wahrheit« zurückzukommen: Ich lehne strikt ab, daß Sie diese Phrase benutzen. Ich habe noch nie gehört, daß irgendein echter Torero sie gebraucht hat, und soviel ich weiß, verwendet sie heutzutage auch sonst kaum jemand, und zwar aus einem verdammt guten Grund. Haben Sie Nachsicht mit mir, und seien Sie sicher, Ihre Redakteure werden das schon verwinden. In den alten Zeiten, als die Redensart aufkam, waren die ersten Phasen eines Kampfes eine ziemlich eklige Angelegenheit, offen gesagt. Ich schicke Ihnen ein paar alte Fotos von Mazzantini, Lagartijo, Guerrita und Bombita mit. Ich will, daß Sie einmal auf den Abstand achten, den diese Helden zwischen sich und dem Stier hielten. Sehen Sie sich einmal diesen Mordskerl Guerrita an, wie er gerade dabei ist, einen Pase zu machen, während er umringt ist von fünf – zählen Sie nach –, fünf Peones mit ihren Capas. Wenn der Stier Guerrita aufspießen wollte, mußte er erst einmal an diesem ganzen Haufen vorbeikommen. Schauen Sie sich auch den großen Mazzantini an, wie er einen Pase mit dem Tuch macht. Er war so weit weg, daß der Stier ihn nicht einmal riechen konnte. So ging es den ganzen Kampf hindurch. Aber jetzt sehen Sie sich das tolle Foto an, das Mazzantini beim Töten des Stiers zeigt! Wie er auf den Zehenspitzen steht, das ganze Gewicht in den Degen legend, direkt über den Hörnern. Ein Stoß von diesen Hörnern, und Mazzantini findet sich im Krankenhaus wieder. Das war in der Tat der Augenblick der Wahrheit. Und er wurde deshalb so genannt, weil alles, was sich vorher abgespielt hatte, Show gewesen war – mit dem Stier auf einem Bolzplatz und dem Torero auf einem anderen. Aber in dem Moment, wo es wirklich ans Töten des Stieres ging, mußte der Matador sein Leben aufs Spiel setzen. Heute ist es genau umgekehrt. Ich schicke Ihnen fünf Fotos mit, die unser Freund Victoriano ausgewählt hat und die ich Ihnen gewissermaßen als repräsentativen Überblick über ihn und seine Art zu kämpfen schicken soll. Es ist eine überraschend freimütige Bewertung, und das, was er sagte, als er die einzelnen Fotos kommentierte, war sogar noch offenherziger. Foto Nummer eins: »Schauen Sie mal, was das für ein Brocken von einem Stier ist! Der wiegt ungefähr zwölfhundert Pfund und ist gerade mal zwei Zoll von meiner Brust entfernt.« Nummer 2: »Dies ist Capa-Arbeit, wenn der Stier zum erstenmal rauskommt. Dies ist meine Version eines Pase, den unser mexikanischer Held Gaona einst berühmt gemacht hat. Die Capa wirbelt hoch über meinem Kopf. Diesmal sind die Hörner zwei Zoll hinter meinem Rükken.« Nummer 3: »Ich bin am Ende der Faena und arbeite mit der kleinen Muleta, die ich tief mit der linken Hand halte. Der *pase natural*. Manchmal krieg' ich nicht mal einen einzigen zustande, dann, wenn ich es mit einem sturen Stier zu tun habe. An dem Tag, daran erinnere ich mich noch ganz genau, schaffte ich fünf.« Nummer 4: »Falls Sie Ihre Story rausbringen, nehmen Sie bitte dieses hier. Vierzehnhundert Pfund, Concha y Sierra in Sevilla. Schauen Sie, wie nah das Horn an meiner Brust ist! Ich wette, da hätte keine Briefmarke mehr zwischen gepaßt.« Nummer 5: »Aber um der Ehrlichkeit willen finde ich, daß Sie dieses hier auch bringen sollten. Das ist auch wieder dieser große Stier in Sevilla, wunderbares Tier, hätte Besseres verdient gehabt. Aber ich töte halt so, wie ich kann, diesmal weiche ich zur Seite aus. Als Chucho dieses Foto sah, sagte er: ›Du warst in Puebla, und der Stier war in Guadalajara.‹ Und als ich ihn darauf fragte: ›Wärst du näher rangegangen?‹, sagte er: ›Das erzähl' ich höchstens den Mädchen.‹ Und dann mußten wir beide lachen.« Ich nehme ihm wirklich ab, daß er wollte, daß ich Nummer 5 bringe, obwohl er so eine schlechte Figur darauf abgibt, weil er den Stierkampf ernst nimmt. Wenn Sie es tatsächlich bringen, drucken Sie daneben das tolle Foto ab, auf dem Mazzantini sich praktisch direkt auf die Hörner des Stieres wirft, und Sie werden verstehen, daß beim heutigen Stierkampf im Tod des Stiers kein Moment der Wahrheit liegt. Das ist eine Sache der Vergangenheit, und deshalb will ich nicht, daß Ihre Phrasendrescher meine Story mit Worten aufmotzen, die einfach nicht mehr passen.

Und dennoch, in dem Moment, als ich dieses Telegramm abschickte, mußte ich mir selbst eingestehen, daß es sehr wohl Situationen gab, wo Entscheidungen von schwerwiegendster moralischer Bedeutung in der Stierkampfarena gefällt werden mußten, und daß solche Momente in der Tat das innerste Wesen der Wahrheit in sich bargen. Die Tatsache, daß sie so selten das Ereignis des Tötens in sich schlossen, bedeutete ganz einfach, daß ihr Brennpunkt sich verlagert hatte. Während ich die Botschaft abschickte, dachte ich an jenen entscheidenden Nachmittag in Sevilla zurück.

Victoriano, jetzt ein Matador von blendender Vollendung, hatte in ganz Mexiko Triumphe gefeiert und war nach Spanien gekommen, um seinen Ruf zu bestätigen, denn ohne exzellente Darbietungen in Sevilla und Madrid bleibt ein mexikanischer Stierkämpfer immer in der zweiten Kategorie, ganz gleich, was für einen Bombenerfolg er in Tijuana oder Monterrey auch gehabt haben mochte. Die Zeit war für Victoriano gekommen, sich der ersten dieser Feuerproben zu unterziehen, und er kam mit seiner Familie an einem Freitagnachmittag in Sevilla an. Wie üblich entschied Veneno, wo die Truppe absteigen sollte, in welchen Zimmern, und was für Essen sie zu sich nehmen würden. Auch heuerte er einen Zigeuner aus Triana als Degenbewahrer für den Kampf an und einen Matador im Ruhestand, der Victoriano beim Anziehen der Kampftracht helfen sollte. Dann führte Veneno, der dieses hektische Drumherum des Stierkampfs liebte, seine drei Söhne in das geschichtsträchtige Café Arena in den Sierpes. Sie hatten noch nicht ganz Platz genommen, als ein alter Mann über Achtzig zu ihnen an den Tisch trat und mit einer hohen Fistelstimme sagte: »Sie sind Victoriano Leal, der berühmte mexikanische Kämpfer, und Sie sind Veneno, der beste aller Picadores, aber ich wette, Sie erraten nicht, wer ich bin.« Er trat einen Schritt zurück, ein schmaler Schatten von einem Mann, und wartete auf eine Reaktion von den Leals.

»Jemand, den ich kenne?« fragte Veneno, denn er war in guter Stimmung und bereit, das Spielchen mitzuspielen.

»Sie haben mich noch nie gesehen, aber Ihr Vater.«

Veneno beugte sich vor. »Sie kannten Bernardo?«

»Hat er Ihnen jemals von dem Nachmittag erzählt, an dem er hier, genau an diesem Tisch, mit dem großen Mazzantini saß?« plapperte der helläugige alte Mann aufgeregt.

Veneno ließ die Hände in den Schoß fallen und betrachtete das Café. »Hier war das? Hier hat Mazzantini meinen Vater für seine Cuadrilla angeheuert?«

»Na klar!« rief der alte Mann entzückt. »Jetzt können Sie sich denken ...«

Veneno wandte sich von dem Besucher ab und sagte zu seinen Söhnen: »In allen Büchern steht was von jenem Nachmittag. Eine Hochzeitsfeier. Ein paar Drinks in der Sonne. Und dann kam Mazzantini auf seine bevorstehende Mexikotournee zu sprechen. Das alles passierte hier.« Mit staunenden Augen blickte der alte Picador über die Plaza, von der aus sein Vater nach Mexiko ausgewandert war.

Der alte Mann, der schon recht klapprig auf den Beinen war, wiederholte leise: »Jetzt können Sie sich wohl denken, wer ich bin.«

Veneno musterte den Mann und sagte mit nachdenklich gerunzelter Stirn: »1886 müssen Sie ...warten Sie ...so um die sechzehn gewesen sein, stimmt's.«

»Ich war vierzehn«, erwiderte der alte Mann, vor Aufregung

fast platzend. »Ich war ein aufgeweckter Bursche von vierzehn. Klingelt's jetzt nicht bei Ihnen?«

Ein Grinsen trat auf Venenos zerfurchtes Gesicht, und er klopfte dem alten Sevillaner auf die Schulter. »Ich weiß sehr wohl, wer Sie sind.« Mit dem Ausruf: »Achtung!« sprang Veneno auf, schnappte sich zwei Messer und reichte dem alten Mann zwei Gabeln. Dann, ungeachtet seiner Körpermasse, versuchte er die Behendigkeit seines Vaters nachzuahmen, so wie der sie in jener fernen Vergangenheit an den Tag gelegt hatte. Der alte Mann gackerte vor Freude, scharrte den Boden mit seinen kaputten Sandalen, stürmte mit wackligen Schritten schnaufend an dem Picador vorbei, der ihm spielerisch in die Schulter piekste, und rannte unbeholfen gegen einen Stuhl.

»*¡Olé!*« schrie die Menge, die sich in der Zwischenzeit eingefunden hatte, nachdem sich die Nachricht von der Ankunft der Stierkämpfer herumgesprochen hatte.

Mit einer schwungvollen Armbewegung half Veneno dem klapprigen Alten auf die Beine und setzte ihn an einen Tisch. Dann rief er den Kellnern zu: »Eine Runde für alle!« Rasch bildete sich um den Matador ein Kreis von Bewunderern, die ihn mit ihren Blicken fast verschlangen. Victoriano fiel in eine Art Trance, die ihn gegen den Lärm um ihn herum abschirmte; denn, so erklärte er mir später, als er diesen Tag beschrieb, der sein Leben und seine Karriere verändert hatte: »Ich war überwältigt von einer Art Vision, in der ich meinen Großvater sah, wie er seine Stiere in vollendetem Stil bekämpfte, und meinen Vater, der seine in abscheulicher Manier bekämpfte – bevor er von dem Stier in dem Käfig getötet wurde –, und ich schwor einen heiligen Eid. Ich gelobte: Ich werde kämpfen wie mein Großvater – tapfer, allein. Ich werde mich nicht darauf verlassen, daß meine Familie die Drecksarbeit erledigt. Und dieses großspurige Gelübde, das ich ernst nahm, war schuld an dem Unglück, das mich an jenem Sonntag in Sevilla ereilte.

»Aber noch während ich dieses Versprechen machte, künftig Stiere auf meine eigene Art zu bekämpfen und nicht auf Venenos, schrie er der Menge in dem Café zu, die mich bedrängte:

›Wie wundervoll es ist, in den Sierpes zu sein und zu wissen, daß am Sonntag die Leals Glanz nach Sevilla bringen werden!‹ Und als die Menge sich noch dichter herandrängte, so daß ich fast zerquetscht wurde, brüllte er: ›Männer von Sevilla, wünscht uns Glück!‹ Und als sie das taten, umarmte er den kleinen alten Mann, der diese Erinnerungen geweckt hatte, und versprach: ›Samstag um halb fünf, alter Mann, wirst du uns am Hotel abholen, und du wirst mit dem Matador zur Arena fahren, denn du hast unserer Familie in der Vergangenheit schon einmal Glück gebracht.‹«

Als sie wieder auf ihren Zimmern waren, endlich ihrer Bewunderer ledig, sagte Veneno zu seinen Söhnen: »Hier ist alles anders. Hier in Sevilla, mehr als in irgendeiner anderen Stadt auf der Welt, muß ein Matador zeigen, was er kann. Man hat mir gesagt, die Guadalquivir-Stiere seien gut und stark. Am Sonntag werden sie uns triumphieren sehen.« Seine Söhne nickten, und die Familie zog sich zurück, doch gegen zwei Uhr in der Frühe stand Victoriano auf und zog sich an, und Veneno, dem nur wenig entging, fragte leise aus seinem Bett: »Was ist los, mein Sohn?«

»Ich mache einen Spaziergang in die Stadt«, antwortete der Matador.

»Ich ziehe mich an und komme mit«, erbot sich Veneno.

»Nein, bleib«, erwiderte sein Sohn, und er schlüpfte aus dem Zimmer, um die Freiheit zu finden, die ihm in diesen Zeiten, da er ständig von Bewunderern umringt war, nur selten vergönnt war. In gemächlichem Spazierschritt und ohne die übliche Schar von Fans auf den Fersen durchstreifte er die stillen Straßen, in denen sein Großvater zu Hause gewesen war, bevor er nach Mexiko gegangen war. Dies war die Stadt von Belmonte und Joselito, zweien der größten Stierkämpfer aller Zeiten, der erstere ein Selbstmörder in seinen späten Jahren, der letztere noch in seiner Jugend von den Hörnern eines Stiers zu Tode gespießt. An der mächtigen Kathedrale, einer der größten der Welt, fand er eine unverschlossene Seitentür und trat in jene riesige Höhle aus Seitenschiffen und Altären, die still der Menschenmengen harrten, welche sich am Sonntagmorgen dort versammeln würden. Er kniete vor dem Tor einer der vielen Seitenkapellen nieder und betete: »Heilige Jungfrau Maria, hilf mir, das Versprechen einzuhalten, das ich mir heute abend in dem Café gemacht habe. Hilf mir, ein Mann von Ehre zu werden wie mein Großvater!« Auf den Knien verharrend, konnte er nichts hören, weder drinnen noch draußen, doch dann kam ein Vogel, der in der Kathedrale Zuflucht gesucht hatte, aber nun nicht mehr herausfinden konnte, durch eines der Seitenschiffe herangeflogen, und der Matador sagte: »Bring mir Glück, kleiner Vogel.« Und dann ging er zurück zum Hotel.

Victoriano befand sich daher in einem Zustand erhöhter Gemütserregung, als er am Sonntag zur Arena fuhr, an seiner Seite den aufgeregt schnatternden Alten, und als er den Stierkampfplatz sah, jene berühmte, schmucklos-schöne Arena, in der schon so mancher Stern am Stierkampfhimmel aufgegangen war, aber auch schon so manche Stierkämpferkarriere ihr ruhmloses Ende gefunden hatte, da bekreuzigte er sich mit besonderer Inbrunst, küßte den Nagel seines rechten Daumens. »Heilige Jungfrau Maria, hilf mir, erfolgreich zu sein«, betete er.

Guadalquivir-Stiere gehören zu den gefährlichsten in Spanien, und im Laufe der Jahre haben sie fast genauso viele Matadore getötet wie die Miuras. Gleichzeitig sind sie aber auch die Stiere, die dem Matador immer wieder die besten Gelegenheiten bieten, auf dramatische Weise zu triumphieren – so als ob die Stiere ihren menschlichen Widersachern sagen würden: »Triumphiere oder stirb.«

Und an jenem Nachmittag triumphierte Victoriano, aber es war in erster Linie ein Triumph des Geistes und nicht so sehr des rechten Arms. Gewiß, er kämpfte außerordentlich gut und schnitt ein Ohr von seinem ersten Guadalquivir ab und eins von seinem zweiten, womit der Ruf, der ihm von Mexiko vorausgeeilt war, bestätigt war. Aber seinen eigentlichen – und wichtigeren – Sieg errang er gegen einen anderen Gegner: Veneno, seinen Vater. Bis zu jenem Tag hatte der alte Picador bei allen Kämpfen seines Sohnes die Regie geführt. Während Victoriano mit seiner

Eingangsarbeit mit der Capa beschäftigt war, mußte Veneno natürlich auf seinem Pferd sitzend in den Corrals verharren, außerstande, entweder den Fortgang des Kampfes zu verfolgen oder die nächsten Schritte seines Sohnes zu bestimmen, aber sobald die Capa-Arbeit beendet war und die Trompeten erschollen, sprengte der alte Mann in die Arena und bestimmte von dem Moment an die Taktik des Kampfes. Es gab natürlich noch eine zweite kurze Pause, wenn die Picadores die Arena wieder verließen, aber sobald Veneno abgesessen war, rannte er sofort zurück in den Umlauf, von wo aus er seinem Sohn Anweisungen zurief.

Und selbst während der Mantelparade, bei der er ja in den Corrals bleiben mußte, zwang Veneno Victoriano seinen Willen auf, und zwar durch die Person seines älteren Sohnes, Chucho, der Victoriano unauffällig sagte, was er zu tun hatte. In einem sehr realen Sinn also unternahm Victoriano nur selten einen Schritt in der Arena, der nicht von anderen Mitgliedern seiner Familie bestimmt wurde, und er war so zu einer Art Kampfmaschine degradiert geworden, kompetent, kühl – und abhängig. In Sevilla sollte das anders werden.

Vor dem Hereinkommen des zweiten Stieres, eines typischen wilden Guadalquivir, instruierte Veneno Chucho: »Ich schätze diesen Stier als gefährlich ein. Haltet ihn von Victoriano fern. Er hat bereits ein Ohr abgeschnitten, und das werden die Zeitungen bringen müssen. Soll dieser Stier seinen eigenen Willen durchsetzen.«

Und während der alte Picador wartete, gab Chucho die Anweisung weiter an Victoriano: »Diego und ich werden diesen hier übernehmen. Du hältst dich zurück.«

Aber der junge Matador hatte den Schauer des Triumphs in Sevilla gekostet, und er war entschlossen, seinen ersten Auftritt mit einer noch glänzenderen Darbietung zu krönen, und nachdem Chucho den Stier nach dem Herauskommen mit der Capa getestet hatte, sprang er, Victoriano, mit seiner Capa nach vorne und vollführte vier äußerst gefährliche Manöver, die den Kampf sofort auf ein hohes Niveau hoben.

Veneno, der auf seinem Pferd sitzend vom Corral aus dem

Kampf lauschte, wußte sofort, als er die atemlos-erregten Olés hörte, daß sein Sohn seinen Anweisungen zuwiderhandelte, und als er unmittelbar nach der ersten Serie von Triumphschreien eine zweite aufbranden hörte, die in einem kollektiven angsterfüllten Japsen endete, sprang er von seinem Pferd und rannte zu einem Sehspalt in der Barrera – gerade rechtzeitig, um zu sehen, wie Victoriano im Staub der Arena lag, mit aufgerissener Hose, alle viere von sich gestreckt, über sich einen rasenden Guadalquivir, der versuchte, ihn zu töten. Wie durch ein Wunder bekam Chucho den Stier beim Schwanz zu packen und hielt ihn mit schierer Kraft von weiteren Angriffen auf seinen Bruder ab. Diego hob Victoriano vom Boden auf, doch als er die Wunde untersuchen wollte, stieß ihn der Matador beiseite, raffte seine heruntergefallene Capa auf und stürmte vorwärts, um sich dem Stier erneut entgegenzustellen. Veneno verharrte gelähmt vor Angst an seinem Guckloch und schaute zu, wie sein Sohn eine zweite Serie grandioser Manöver startete. Blut floß aus seinem rechten Bein, aber nicht in Strömen.

»Gott sei Dank!« flüsterte der alte Picador, als er wieder auf sein Pferd stieg.

Der Brauch verlangte, daß er als Erster Picador in entgegengesetztem Uhrzeigersinn an der Barriere entlang in die Arena ritt. Das tat er auch, aber in einem Tempo, das so gar nicht dem Brauch entsprach – so eilig hatte er es, zu Victoriano zu kommen. Er schrie ihm zu: »Keine dichten Manöver mehr mit diesem Stier! Er ist unberechenbar. Er hackt zur Seite.«

Victoriano blickte auf zu der verwitterten weißhaarigen Gestalt auf dem Pferd und rief mit noch nie dagewesenem Selbstbewußtsein: »Ich bin der Matador. Ich werde dir den Stier bringen.« Und mit flinken, tänzelnden Schritten lockte er das wilde Tier in die Reichweite der Pica, woraufhin Veneno sich mit seiner ganzen Kraft hineinlegte und die stählerne Spitze so tief in den Rücken des Stiers bohrte, daß die Männer von Sevilla zu schreien begannen: »Schweinehund, Schlächter! Willst du den Stier umbringen?« Ein erboster Zuschauer begann, etwas nach Veneno zu werfen, aber ein Polizist stürzte zu ihm und fiel ihm in den Arm. Ungeachtet der wüsten Beschimpfungen, mit denen die Menge ihn bombardierte, riß der weißhaarige Picador jetzt sein Pferd herum und sprengte quer in den Fluchtweg des Stieres, sich so in eine Position bringend, aus der er die Pica noch tiefer in den Nacken des Tiers hineinstoßen konnte.

»Ich werde diesen Stier töten«, preßte er hervor und lehnte sich mit dem ganzen Gewicht seines Körpers auf die Lanze. Sein linker Fuß rutschte aus dem Steigbügel, aber er drückte weiter. Das linke Horn des Stieres, das naß war von Victorianos Blut, drückte sich in den Panzer, der sein rechtes Bein umhüllte, und als der Picador das Blut seines Sohnes sah, trieb er die Lanze noch tiefer hinein. Helles Blut quoll an den Seiten des Schaftes hervor, an dem die stählerne Spitze befestigt war, aber der alte Mann stieß in seiner rasenden Wut immer noch fester zu.

Sein eigener Sohn war es schließlich, der ihn von seiner hemmungslosen Attacke auf den Stier abhielt. Wagemutig sprang Victoriano zwischen den Kopf des Pferdes und den des Stieres und holte, die Capa dicht an den Knien, den Stier von Veneno fort und lockte ihn weg, bis er eine Gelegenheit fand, die Capa spektakulär über die Schultern zu legen und den Stier mit einer *mariposa* in eine Serie von majestätischen Pases zu locken, langsam, elegant und wunderbar anzuschauen. Veneno, der sah, wie der Stier immer wieder gefährlich nach links hackte, sandte ein Stoßgebet zum Himmel.

Die blendenden Pases endeten, eine atemlose und vollkommene Schöpfung, die das Publikum zu stehenden Ovationen hinriß. Es konnte einem passieren, daß man zu einem Dutzend Kämpfen ging und nicht einmal eine solche Serie von Pases zu sehen bekam. Nur eine einzige solche Darbietung einmal pro Saison reichte aus, um den Ruf eines Kämpfers lebendig zu halten.

Der letzte Abschnitt des Kampfes drohte ein für Victoriano typischer Abfall gegenüber der Brillanz seiner Capa-Arbeit zu werden, und Chucho, dem natürlich nicht entgangen war, wie sehr dieser Stier dazu neigte, auf den Mann statt auf das Tuch zu gehen, gab ihm die Anweisung: »Drei Pases, und dann tötest du ihn, oder er wird dich töten.« Aber Victoriano fand, daß der

Augenblick gekommen war, da er seine Unabhängigkeit von der Bevormundung durch seine Familie erklären mußte, und nachdem er die obligatorischen drei Pases durchgeführt hatte, um zu beweisen, daß er ein wahrer Matador war, machte er sich daran, auch noch einen vierten und einen fünften zu versuchen. Aber ein Guadalquivir-Stier ist anders als andere Stiere, und dieser schleuderte ihn zu Boden und hätte ihn womöglich auch getötet, wären nicht die anderen Leals sofort mit wirbelnden Capas herbeigesprungen, um ihn von Victoriano abzulenken.

Veneno kam von den Pferdecorrals hereingestürmt und versuchte, seinen Sohn von dem Versuch abzuhalten, den Stier zu töten, denn es war für alle deutlich zu sehen, daß der Stier auch das andere Bein des Matadors so verletzt hatte, daß es blutete, und niemand hätte es ihm verübelt, wenn er sich aus der Arena hätte tragen lassen und den Stier den anderen Matadoren zum Töten überlassen hätte. Aber an diesem Tag wollte Victoriano keinen Gebrauch von diesem ehrenhaften Abgang machen, denn er war auf eine größere Ehre aus, die Art von Ehre, für die sein Großvater berühmt gewesen war. Die Warnungen der anderen drei Leals in den Wind schlagend, ergriff er Degen und Muleta, ging von vorn in den Stier hinein und tötete ihn mit jener Art von perfektem Stoß, wie er ihn Jahre zuvor, zu Beginn seiner Laufbahn, so oft angewendet hatte.

Es war eine meisterhafte Estocada. Der Stier fiel fast sofort um. Die Menge jubelte und forderte ihn auf, unter ihrem Applaus eine Ehrenrunde um die Arena zu laufen, doch als er sich anschickte, der Aufforderung nachzukommen, wurden ihm vor Schmerzen die Knie weich, und die anderen drei Leals fingen ihn auf, hoben ihn hoch und trugen ihn ins Verbandszimmer, wo seine Wunden ausgebrannt wurden.

Als ihn seine beiden Brüder schließlich nach Hause brachten, folgte ihnen eine Traube jubelnder Fans, die in das Hotelzimmer stürmten. Dort saß bereits Veneno, ernst und schweigend. Sobald der Matador auf dem Bett lag, lächelnd, das Gesicht gerötet vom Triumph, schrie Veneno die Männer an: »Hinaus!« Ein Mann, der, da er hoffte, ein Foto von sich und dem Matador zu bekommen, der Aufforderung nicht sofort nachkam, fand sich unversehens von den mächtigen Armen des Picadors umschlungen und unsanft in die Diele befördert. Und dann herrschte Veneno Chucho und Diego an: »Raus mit euch!« Er hatte seit vielen Jahren nicht mehr in diesem Ton mit ihnen gesprochen, und sie zögerten deshalb einen Moment, woraufhin ihr Vater sie mit furchterregender Bedächtigkeit nacheinander am Kragen packte und zur Tür hinauswarf. »Was hast du vor?« schrie Chucho.

»Ich werde ihm klarmachen, was es heißt, ein Matador zu sein«, sagte der alte Mann. Dann knallte er die Tür zu und schloß sie ab.

Während der darauffolgenden zehn Minuten hörte die gebannt auf dem Flur lauschende Menge erregte Stimmen und das Geräusch von gegen die Wand krachenden Möbeln. Dann war nur noch Venenos schnarrendes Organ zu vernehmen, als er in kurzen Sätzen hervorstieß: »Wir haben dich geschaffen ... Du wirst unsere Chancen nicht zunichte machen ... Du wirst so kämpfen, wie wir es dir sagen.« Nach einer langen Pause war das Geräusch von fließendem Wasser zu hören. Und dann kehrte Stille ein.

In jener Nacht schliefen Chucho und Diego bei Freunden, denn es war klar, daß die Tür nicht aufgemacht würde. Am nächsten Morgen humpelte Victoriano die Sierpes hinunter zu der kleinen Plaza, an der das Café Arena lag. Sein linkes Bein war steif von der Wunde, die ihm das scharfe Horn des Stieres beigebracht hatte. Eines seiner Augen zierte ein prächtiges Veilchen, und seine Nase war dick geschwollen, so als sei sie gebrochen. Aber er war ein Matador. Er wußte endlich, was Disziplin bedeutete, aber er wußte auch, daß er bei einer wichtigen Prüfung letztlich versagt hatte.

Mexiko City, 1960. Die Leals kehrten aus Spanien zurück als die berühmteste Stierkampffamilie der Welt. Sie arbeiteten in einer Weise Hand in Hand, die beinahe beängstigend war. Veneno handelte die Kontrakte aus und schlug geradezu wucherische Honorare heraus, aber, so sein Argument: »Wenn die Leals kämpfen, kommen die Leute in Scharen.« Chucho und Diego spielten aufgrund der Perfektion, die sie in ihrer jeweiligen Kunst erlangt hatten, ihren Part in der Arena jetzt mit fast schon schlafwandlerischer Sicherheit, während der alte Picador damit fortfuhr, selbst den schwierigsten Stieren die Kraft zu rauben. Victoriano natürlich war der disziplinierte Matador, eine poetische Beschwörung von all dem, wofür die Schule von Sevilla stand. Der Kritiker León Ledesma, der nach Spanien gereist war, um die Triumphe des jungen Mannes in jenem Land zu beobachten, berichtete nach Mexiko: »Dieser goldene Jüngling, Geschöpf einer bemerkenswerten Stierkämpferfamilie, hat all die Lorbeeren errungen, die Spanien zu vergeben hat, und wenn wir nach dem Grund dafür suchen, dann ist es der, daß er ein vollkommener Matador ist – gleichermaßen die Essenz lyrischer Poesie und die Seele harter Selbstzucht.« Seine Landsleute fieberten seiner Rückkehr verständlicherweise entgegen, und als sein Eröffnungskampf an einem Montag angekündigt wurde, waren am Dienstag mittag sämtliche fünfundfünfzigtausend Eintrittskarten für die Plaza de México ausverkauft.

Ich sah den Kampf selbst nicht, aber ich habe eine Menge über ihn gelesen und mit vielen Leuten gesprochen, die ihn gesehen haben. Bei der Reklame für den Kampf war natürlich als besonderer Schlager die Tatsache herausgestellt worden, daß Victoriano Leal, *El Triunfador de España*, drei »noble Musterstiere von Palafox« töten würde, aber mit keinem Wort wurde erwähnt, wer der zweite Matador sein würde, und die Ankündigung, die wenig später kam, daß der mittelmäßige mexikanische Torero Juan Gómez das Programm vervollständigen würde, löste kein besonderes Furore aus.

Da Gómez schon länger Matador war als Victoriano, stand ihm das Recht zu, als erster zu kämpfen, und wie gewöhnlich brachte er bei seinem ersten Stier nichts Großes zustande. Leal hingegen, inspiriert von der riesigen Menge, die gekommen war, um ihn zu begrüßen als einen, der Mexikos Ruhm in ganz Spanien hochgehalten hatte, war glänzend mit der Capa, ausgezeichnet mit den Banderillas und poetisch mit der Muleta. Wenn er darüber hinaus auch noch gut getötet hätte, hätte er bestimmt auch Ohren und Schwanz und möglicherweise sogar einen Huf errungen, denn seine Darbietung war von großem emotionalem Gehalt, und niemand mißgönnte ihm die zwei Ohren, die er im Triumph dreimal um die Arena trug, während die Kapelle die wilde mexikanische Musik spielte, die als *diana* bekannt ist.

Der Ärger begann, als Victoriano seinen dritten Kampf beendete und, begleitet von Chucho und Diego, die die Blumen aufhoben, die ihm zugeworfen wurden, in die Mitte der Arena ging, um in dem nicht endenwollenden Jubel zu baden. Berauscht von seinem großartigen Triumph, erlag er dem Drang, sich selbst zu glorifizieren. Er überreichte die beiden Ohren seinen Brüdern und reckte die Zeigefinger in die Luft: »Ich bin die Nummer eins.«

Die Menge bestätigte seinen Anspruch mit tosendem Jubel, aber der Applaus erstarb jäh durch das unerwartete Erscheinen von Juan Gómez, der sich in seiner verblichenen blauen Tracht mit ihren ramponierten Verzierungen von der Barrera, an der er eigentlich hätte verharren müssen, löste und auf seinen kurzen Säbelbeinen in die Mitte der Arena geschlurft kam. Er blieb drei Schritte von Victoriano entfernt stehen, als der jüngere Matador sich gerade aufmachte, die Arena zu verlassen, wartete, bis sein Konkurrent ihn passiert hatte, dann stellte er sich auf die Zehenspitzen, beugte sich weit über ein Paar imaginärer Hörner, machte seine rechte Hand steif und stieß sie wie einen Degen in den Nacken des imaginären Stiers. Sodann, mit einem spöttischen Blick auf Victorianos Rücken, streckte er wie dieser die Zeigefinger in die Luft und schrie: »Ich bin die wahre *número uno!*« Und ungeachtet der Sitzkissen, die sofort auf ihn herniederzuprasseln begannen, behielt er seine stolze, herausfordernde Pose bei, und er starrte hinauf zur Menge, die Zeigefinger noch immer emporgereckt, und mit sich überschlagender Stimme schrie er abermals: »Ich bin *número uno!*« Stille kehrte in die Arena ein, denn alle spürten, daß dies keine leere Geste war. Indem er sie machte, beraubte der krummbeinige Indio-Matador Juan Gómez den Nachmittag all seines Glanzes. Victorianos kunstvolle Capa-Arbeit, die elegante Lässigkeit, mit der er die Banderillas placiert hatte, seine langsamen, fließenden Bewegungen mit der Muleta und das halbwegs passable Töten zum Schluß – all dies hatte er mit dieser einen Geste beiseite gewischt. Juan Gómez, ein kleiner Altomeke, ignorierte den im Triumphzug aus Spanien Zurückgekehrten und schaute quer durch die Arena zu dem Tor, hinter dem die vier restlichen Palafox-Stiere sich in der Dunkelheit verbargen. Feierlich auf das schicksalhafte Tor deutend, aus dem in wenigen Augenblicken sein nächster Gegner herausgestürmt kommen würde, profilierte er erneut mit vorwärts gestrecktem rechtem Arm, als ob er sagen wollte: So werde ich meinen nächsten Stier töten! Und die Menge wartete.

Der dritte Palafox-Stier des Nachmittags wog dreizehnhundert Pfund, hatte einen tückischen Stoß nach rechts und stürmte bei seinen Angriffen zunächst heran wie die Feuerwehr, um dann plötzlich scharf abzubremsen und auf den Mann zu gehen. Mit diesem tödlichen Gegner führte Juan Gómez nur vier Pases mit der Capa durch, aber sie waren dicht am Horn, langsam, linienrein und aufgeladen mit Emotion. Sie enthielten nicht einen einzigen Schnörkel, aber sie ließen fünfundfünfzigtausend Zuschauern den Atem stocken, und alles, was Victoriano an jenem Nachmittag geleistet hatte, verblaßte gegen diese Darbietung.

Seiner Gewohnheit entsprechend banderillierte der säbelbeinige kleine Indio nicht selbst, da es ihm an der nötigen Anmut für diesen Teil des Kampfes fehlte, aber seine Peónes machten ihre Sache ordentlich, und als die Zeit für die Arbeit mit der Muleta kam, bewegte er sich langsam und arbeitete sehr dicht an dem gefährlichen Stier. Mit einem Minimum an Pases stutzte sich der kräftige kleine Kämpfer seinen riesigen Feind zu handlichen Proportionen zurecht.

»Seine Arbeit«, schrieb Ledesma am nächsten Tag, »war bis zum Rande von klassischer Agonie erfüllt. Wir warteten schweigend darauf, daß der Stier ihn tötete.«

Dicht, dicht am Tode arbeitete der häßliche kleine Mann, den Blick in tödlicher Feindschaft auf den riesigen Stier geheftet.

Dann kam die Zeit zum Töten. Bis zu diesem Augenblick hatte es keinen Zierat gegeben, der das Auge hätte ergötzen, keine Arabesken, die den Verstand hätten kitzeln können. Es hatte nur einen krummbeinigen kleinen Indio mit dunkler Haut und in die Augen hängenden Haarsträhnen gegeben, der mit Leben und Tod spielte, gegen einen Stier, der ganz offenkundig darauf versessen war, dieses Spiel als Sieger zu beenden. Und jetzt sollte das schmerzhafte Empfinden von Tragödie sich noch einmal steigern, denn der Mann schien kaum groß genug, um über die Hörner dieses riesigen Stieres hinüberlangen zu können, und das mußte er, wenn er ihn kunstgerecht töten wollte.

Aber mit seiner Linken senkte er das rote Tuch, schwenkte es tief vor dem rechten Knie, und mit der Rechten hielt er den langen, an der Spitze gebogenen Degen, als wäre er ein Teil seines Körpers. Er stand gefährlich dicht vor dem Stier, und für einen atemberaubenden Moment der Spannung verharrten die beiden Kontrahenten regungslos. Doch dann, mit einem leichten, geschickten Schwenk seines Handgelenks, kreuzte Gómez, ließ die Falten des Tuchs seitwärts aufschwingen, lockte den Stier so ein klein wenig auf die Seite, und ging mit zwei schnellen Schritten hinein, wobei er mehr auf die Hörner sprang, als daß er sich über sie lehnte. Langsam suchte und fand die Spitze des Degens die *muerte*, den Tod – jenen Punkt zwischen den Schulterblättern, an dem sie hinein mußte, um den Stier korrekt zu töten. Der tollkühne braune Indio lehnte sich mit seinem ganzen Körper auf den Degen und schob ihn langsam, Zentimeter für Zentimeter, hinein. Stier und Mann verschmolzen zu einer statuesken Einheit. Es schien, als würden Minuten vergehen, aber der Mann und die Hörner waren immer noch eins. Und dann senkte sich die braune Hand auf den Hals des sterbenden Stieres, die Klinge verschwand völlig, und als der Mann die Hand hob, war sie mit Blut bedeckt.

Der Moment verging. Der Stier torkelte noch ein paar Schritte, den sicheren Tod vor Augen, und der Mann glitt von seiner Flanke, in einer Art benommener Entrücktheit. Das Bild von Unsterblichkeit war zerbrochen, und durch die riesige Betonschüssel ging ein tiefes Aufatmen. Für zwei oder drei Sekunden herrschte Stille in dem gewaltigen Oval; es erschollen weder Olés noch Hochrufe.

Den Kopf tief gesenkt, ganz und gar nicht in der Pose eines Triumphators, zog Juan Gómez mechanisch seinen Degen aus dem Körper des Stieres und ging langsam zu der Stelle, wo er traditionsgemäß seinen Salut vor dem Präsidenten machen mußte. Doch noch ehe er dort ankam, brach der stürmische Applaus der Menge über ihn herein – Ovationen, wie er sie viele Jahre nicht mehr gehört hatte. Die Trompeten der Kapelle schmetterten los, und Blumen regneten auf den Sand der Arena herab. Bescheiden verbeugte sich der kleine Indio vor dem Präsidenten, ihm so den gebührenden Respekt erweisend. Dann nahm er den Degen in die Linke, wandte sich zur Menge um und reckte den rechten Zeigefinger in die Luft.

Ein Tumult brach los. Die Anhänger Victorianos weigerten sich zu akzeptieren, daß dieser Mann mit seiner glanzlosen Vergangenheit, bloß weil er einmal beim Töten eine glückliche Hand gehabt hatte, das Recht erlangt haben sollte, einem anerkannten Meister, der in Spanien Triumphe gefeiert hatte, die Krone streitig zu machen. Aber dieses Mal stand der zähe kleine Indio nicht allein, war sein Rückhalt nicht bloß auf eine Handvoll Anhänger auf den billigen Plätzen auf der Sonnenseite beschränkt. Viele Zuschauer mußten, nachdem sie die Darbietungen dieses Nachmittags noch einmal vor ihrem inneren Auge hatten vorüberziehen lassen, zu dem Schluß gelangt sein, daß Stierkampf aus mehr bestand als aus tänzerischen Gebärden und poetischen Pases. Es gab einen Moment der Nacktheit, in dem waren Mann und Stier einander ebenbürtig, einen Moment, da aller Zierat vorbei war. Dies war ein Kampf auf Leben und Tod, und er hatte Anspruch auf ein gewisses Maß an Würde. Diese Würde konnte man an hundert Nachmittagen eines Victoriano Leal nicht wahrnehmen, aber dieser verfluchte kleine Indio hatte auf irgendeine Weise der Plaza das innerste Wesen von Stierkampf und Leben in Erinnerung gebracht. Und nun war der Applaus gleichmäßiger verteilt.

An jenem Abend schrieb León Ledesma in einem Artikel für den *Stierkampf*:

Der Fehdehandschuh ist geworfen. Selten ist ein Matador vom Format eines Victoriano Leal so unverhohlen brüskiert worden wie heute nachmittag, als sich nach dem dritten Stier Juan Gómez über ihn lustig machte, indem er der Menge suggerierte, daß Leal nichts vom innersten Wesen des Stierkampfes verstehe. Und selten wurde eine prahlerische Geste wie die von Gómez so unverzüglich untermauert durch eine Darbietung, die selbst seine kühnsten Hoffnungen weit übertroffen haben muß. Der anmutigste Stierkämpfer unserer Zeit wurde vorgeführt, wurde in den Schatten der Belanglosigkeit gestellt von einem Mann, der bis dato nicht viel gezeigt hat außer Tapferkeit. Wie wir heute nachmittag sahen, spornten die kränkenden Gesten von Gómez Victoriano zu ungeheuren Höchstleistungen an, und er brachte Gómez seinerseits so weit, daß dieser sich beim fünften Stier zu albernen Mätzchen hinreißen ließ. Ich sehe es offengestanden nicht gern, wenn ein Matador das Horn eines wütenden Stieres zwischen die Zähne nimmt und das Tier herausfordert, ihn zu töten, aber offenbar gefiel dem Publikum dieses theatralische *adorno*, denn die Plaza bebte schier von Applaus und belohnte Gómez mit zwei Ohren, meiner Meinung nach eins mehr, als er verdient hatte.

Gestern triumphierte Gómez. Er stahl Leal die Schau und ließ den eigentlichen Helden des Nachmittags wie einen aufgeblasenen Angeber aussehen. Ich bin sicher, daß Victoriano diese Schmach nicht auf sich sitzen lassen wird, und so wird es zwangsläufig dazu kommen, daß jeder den anderen zu immer waghalsigeren Auftritten treiben wird, und falls nicht irgendwann doch noch die Vernunft siegt, werden wir am Ende erleben, daß einer dieser beiden Matadore den anderen zu einer Darbietung aufstachelt, die tödlich ausgehen muß.

Und über diesen drohenden Mord nun sollte ich berichten. Deswegen hatte man mich nach Mexiko geschickt. In den neun Wochen, die seit Ledesmas Artikel vergangen waren, hatten die zwei Matadore achtmal zusammen in der Arena gestanden. Die allgemeine Auffassung in Mexiko war, daß Victoriano als Sieger aus diesem Kräftemessen hervorgehen würde, weil er in einer Krise auf den Listenreichtum und die Erfahrung seines Vaters Veneno und auf das Können seiner Brüder bauen konnte, während Gómez sich einzig auf seine Tapferkeit verlassen mußte.

Ich war der Ansicht, daß es sich die Leute mit dieser Einschätzung zu einfach machten. Ich befürchtete, daß Victoriano kein echter Mann war, daß ihm kein eigener Wille zugestanden wurde, während Gómez einen geradezu grimmigen Eigensinn besaß und er zudem ein alter Kämpe war, der sowohl Triumph als auch Verzweiflung kennengelernt hatte. Doch als der Abend dämmerte, wurde mir bewußt, daß ich zwar Victoriano kannte, aber Gómez nicht, und daß ich mehr über diesen unbeugsamen kleinen Indio in Erfahrung bringen mußte.

Der Rancher

Bevor ich mich an meine Schreibmaschine setzen konnte, um mit meinem Bericht über den Hintergrund von Juan Gómez zu beginnen, wurde ich durch das geräuschvolle Nahen einer Gruppe von Männern abgelenkt, deren äußere Erscheinung mich daran erinnerte, daß ich nicht nur hierhergekommen war, um mir eine Reihe von Stierkämpfen anzuschauen, sondern auch wegen eines Festes zu Ehren von Ixmiq, dem Gründer von Toledo. Die Männer waren Musikanten, neun an der Zahl. Sie trugen braune Wildlederanzüge mit silbernen Ornamenten, grüne Krawatten, überdimensionale gelbbraune Sombreros und hochhackige Cowboystiefel. Alle hatten ernste, würdevolle Gesichter, besonders die drei, die lange Schnauzbärte trugen, und während sie langsam auf mich zu marschierten, spielten sie eine rhythmische mexikanische Musik, die seit meinen Kindheitstagen immer die Vision von Festen in mir wachgerufen hatte. Sie waren eine Mariachi-Band aus Guadalajara, der Heimat dieser urmexikanischen Kunst, und sie waren hierhergekommen, um auf dem Ixmiq-Fest Geld zu verdienen.

Was für eine muntere, lebendige Musik die Mariachis spielten! Das Tempo war immer schnell, und wenn sie sangen, dann waren die Worte voll von Schmerz über verflossene Liebe oder zerstobene Träume. Neben den üblichen Instrumenten wie Gitarren, Geigen und einer tieftönenden Mandoline, die wie eine Baßgeige aussah, gab es noch eine kürbisartige Rassel und Kastagnetten. Sie produzierten einen angenehmen Sound, der geprägt war von einem dröhnenden, markanten Rhythmus, welcher der Musik ihre unverkennbare mexikanische Note verlieh. Als der Leiter der Gruppe mich sah, hielt er seine Männer abrupt an, kam zu mir herüber, machte eine tiefe Verbeugung und verkündete auf englisch: »Für unseren amerikanischen Freund – ›Cielito Lindo‹«, und bevor ich sie davon abhalten konnte, begannen die Mariachis dieses Lied herunterzuschrammeln, das sie, da war ich ganz sicher, unmöglich gut finden konnten. Es war Musik für Touristen, und so klang sie auch: unecht, glatt und kitschig.

Sobald der lärmende Schlußakkord verklungen war, klemmte sich der Leiter seine Geige unter den Arm, verneigte sich wieder und sagte: »Und noch ein schönes Lied für den Norteamericano: ›Die Rose von San Antonio‹.« Durch diese Schmeichelei hoffte er mir ein paar Dollar abzuluchsen. Wieder setzten die Mariachis zu ihrem schaurigen Geschrammel an, doch bevor sie es bis zum ersten Refrain schafften, hob ich die Hand und brüllte auf spanisch: »Schluß mit diesem unsäglichen Geleiere! Spielt mir ›Guadalajara‹!«

Die Musikanten, die eben noch teilnahmslos vor sich hin gestiert hatten, rissen schlagartig Mund und Augen auf, und der Leiter fragte auf spanisch: »Sie kennen ›Guadalajara‹?«

»Wieso nicht?« versetzte ich schnippisch. »Ich bin einer von euch.«

Die Mariachis grinsten, und der Leiter sagte entschuldigend: »Wir dachten, Sie wären bloß ein Norteamericano.« Ich zuckte bei diesem Schimpfwort leicht zusammen, sagte aber nichts, weil ich wußte, daß stolze Mexikaner Besucher aus dem Norden gern erinnerten: »Jeder auf diesem Kontinent ist ein Americano, Sie sind ein Norteamericano. Rauben Sie uns nicht unseren Namen, indem Sie ihn für sich allein reservieren.«

Er schlug zweimal mit seinem Geigenbogen in die Luft, und die Mariachis begannen zu singen: »Guadalajara, Guadalajara!« Sie sprachen den Namen auf mexikanische Art aus, was dem Schrei noch mehr Schärfe verlieh: »*Chuat-a-la-cara.*« In diesen Namen legten die Sänger ihre ganze Heimatliebe, die eine so mächtige Kraft in Mexiko war, und vorbeikommende Kinder, die diese Stadt des Westens noch nicht gesehen hatten, blieben stehen, um sich das wunderschöne Lied anzuhören.

Die Stimmen machten Trompetern Platz, die den Grundrhythmus schmetterten. Die Trompeten verstummten jäh, und die Gruppe sang mit unverfrorener Gefühlsduseligkeit: »Chuat-a-la-cara!« Dann schluchzten vier Stimmen mit herzzerreißendem Pathos den Refrain: »Wie schön war jener Frühling in Chuat-a-la-cara.« Eine Serie von Mollakkorden sprang buchstäblich aus den Saiten, während die Trompeten in furiosen Arabesken über der Melodielinie tanzten, und das Lied endete in einem Bad von mexikanischen Gefühlen. Von der Terrasse des gegenüberliegenden Hotels applaudierten zwei Reisende aus Guadalajara.

Die Mariachis umringten mich und erheischten ihren Lohn, aber ich zögerte die Bezahlung hinaus: »Ihr habt ›Die Rose von San Antonio‹ nicht zu Ende gespielt, also schuldet ihr mir noch ein Lied. Ich würde gern ›Die Ballade vom General Gurza‹ hören.«

Das Lächeln verschwand aus den Gesichtern der Mariachis, und der Leiter trat ehrerbietig vor: »Möchte der Señor Norteamericano wirklich dieses Lied hören?«

»Ich habe darum gebeten.«

»Kennt der Señor – nun – vielleicht den Text ...«

»Ich kenne den Text«, sagte ich fest. »Weil ich auch Mexikaner bin. Vor vielen Jahren habe ich dieses Lied immer oben im Bergwerk gesungen.«

Die Spannung in den Gesichtern der Mariachis löste sich, und einer fragte: »Hat Ihr amerikanischer Vater Sie nicht dafür verhauen, daß Sie so ein Lied gesungen haben?«

»Doch.«

Die Mariachis nahmen mich in ihren Kreis auf, und die Gitarristen schlugen sieben rasch aufeinanderfolgende Akkorde an. Hierauf folgten mehrere Trompetenstöße, und dann begannen vier Stimmen, meine eingeschlossen, zu singen:

»Im Jahre 1916
Schickte Präsident Wilson seine Yankees
In den Staat Chihuahua,
Zu bestrafen unseren tapferen General Gurza.

Tapferer, tapferer General Gurza!
Laß mich mit dir reiten!
Ich bin jung,
Aber ich kann kämpfen gegen die Americanos.

Überall auf den Landstraßen von Durango
Suchten die Americanos unseren tapferen Führer.
Und sie fanden ihn nie,
Aber abends griff er sie an.

Tapferer, tapferer General Gurza!
Laß mich mit dir kämpfen!
Ich bin jung,
Aber ich kann erschießen die Americanos.«

Das Lied hatte viele Strophen, in denen ausgiebig der Mut General Gurzas besungen wurde, während er den Truppen von Präsident Wilson – in unserem Lied ›Wielßonn‹ ausgesprochen – immer wieder entwischte, und es endete mit einem typischen mexikanischen Schluß, bestehend aus einem gedämpften Trompetensignal und dem Versprechen, wann immer Mexiko Gefahr von den Yankees drohen sollte, würde der tapfere General Gurza aus seinem Grab in den Bergen von Chihuahua auferstehen und seine Geisterarmee gegen den Feind führen. Feierlich sangen wir den letzten Refrain:

»Tapferer, tapferer General Gurza!
Laß mich mit dir sterben!
Ich bin jung,
Aber mein Herz verzehrt sich für Mexiko.«

Das Lied endete mit einem schmetternden Trompetentusch, der jeden von Präsident Wilsons Yankees aus den Stiefeln geblasen hätte, und ich schüttelte dem Anführer der Mariachis die Hand. »Die Zeiten sind vorbei.« Ich lachte.

Sie verbeugten sich und wollten kein Geld annehmen, nicht

einmal, als ich ihnen erklärte, daß ein anderer Mann mir welches für sie gegeben habe.

»Nein«, beharrte der Leiter. »Diesmal haben wir Sie zu Hause willkommen geheißen. Das nächste Mal müssen Sie doppelt bezahlen.«

Ich verbeugte mich und sagte: »Tapferer, tapferer General Gurza. Immer ein tapferer Bandit.«

Die Mariachis lachten über meine Beleidigung ihres Nationalhelden und schrien: »Ein tapferer Bandit!« Und dann zogen sie weiter auf ihrem Marsch um den Platz, und ich blieb zurück mit meinen Erinnerungen an den brutalen General Gurza. Ich fühlte, wie ich am ganzen Leibe zitterte, so wie ich es als Junge getan hatte, wenn meine Mutter, die mit angesehen hatte, wie ihre Verwandten von Gurza umgebracht wurden, den Namen mit Entsetzen in der Stimme erwähnte.

Mir war nach Gesellschaft zumute, und so überquerte ich die gepflasterte Straße, die das Standbild des Ixmiq vom Kachelhaus trennte, in dessen blaugelber Fassade sich das letzte Licht des Tages spiegelte.

In Mexiko sind manche Gebäude auf der Vorderseite blau gekachelt, und sie wirken kalt. Andere sind braungelb gekachelt und wirken grell. Aber ein paar, wie zum Beispiel dieses Hotel, haben Kacheln mit einem Blumenmuster, bei dem die Blätter blau und die Blütenblätter gelb sind, und diese Kombination vermittelt sowohl Wärme als auch Würde. Mein Hotel hatte solchen Schmuck, und er erwärmte das Herz und vermittelte allen Reisenden ein Gefühl von Heimeligkeit.

Der erste Bischof Palafox, der das Gebäude errichtete, tat dies nach eigenem Bekunden als Huldigung an seine indianische Frau, »eine so prächtige Helferin, wie ein Mann sie sich nur wünschen kann«. Es war ein wunderschönes Gebäude, von seinem Stil her eher klein und intim, und wir Palafox fanden, daß es ein würdiges Symbol seiner Liebe wie auch der bemerkenswerten Qualitäten seiner Frau war. Nahezu vierhundert Jahre lang hatte es als eine Art Landhotel gedient, und in diesem Jahrhundert war es zum ersten Hotel am Platze geworden. Während der Stierkampfsaison war es die obligatorische Unterkunft für Matadore und ihre Truppen.

Es war ein klassisches Gebäude mit zwei flachen Stockwerken. Seine Fassade hatte ursprünglich aus dunkelbraunem Sandstein bestanden, verziert mit Basreliefs der Schutzheiligen Toledos, aber einer der späteren Palafox-Bischöfe hatte blaugelbe Kacheln aus Spanien kommen lassen und die Vorderseite stilvoll renoviert. Jetzt lugten die Sandstein-Heiligen zwischen Rahmen aus farbenfrohen Kacheln hervor.

Aus irgendeinem trefflichen Grund hatte der erste Bischof Palafox die Frontseite seines Klosters nicht eben, sondern konkav gebaut. Auf diese Weise hatte er an der Nordseite des Platzes eine breite offene Terrasse geschaffen, die seit den letzten fünfzig Jahren mit weißen Restauranttischen und -stühlen gefüllt war. Zu den Mahlzeiten kamen rotkarierte Tücher auf die Tische; in der restlichen Zeit blieben sie kahl und luden alle ein, die etwas trinken wollten.

Als ich die Terrasse betrat, schaute ich nach links zur Wand hinüber und sah zu meiner Zufriedenheit, daß die zerborstenen Kacheln an der Seite nicht erneuert worden waren. Als Junge hatten meine Eltern mich jede Woche einmal vor diese gesprungenen Kacheln gestellt, um meine Größe zu messen, und ich erinnere mich noch genau an den Tag, an dem mein Kopf endlich an die Reihe von Löchern heranreichte, die dazu geführt hatten, daß die Kacheln Sprünge bekommen hatten. Als ich jetzt auf die Kacheln schaute, konnte ich mir kaum vorstellen, daß ich jemals so klein gewesen war. Diese kaputten Kacheln zu sehen war wie eine Versicherung, daß sich in Toledo nichts veränderte.

Ich klopfte auf einen der weißen Tische, und aus dem Eingang des Hotels kam eine große Frau um die Sechzig, die ein schwarzes Kleid und viele Kämme im Haar trug. Als sie mich erkannte, schrie sie: »Señor Clay! Ich habe mich so gefreut, als ich Ihr Telegramm erhielt.«

»Ist das Zimmer frei?«

»Wie immer«, sagte sie, über ihre Schulter zeigend. »Ihre Kameras sind schon drin.«

Ich rieb mir die Hände und fragte: »Ist die Speisekarte noch immer die gleiche?«

Die stattliche Frau, seit dem Tode ihres Mannes, eines der weniger erfolgreichen Palafox, allgemein bekannt als die Witwe Palafox, verschwand ins Hotel und kam einen Moment später zurück mit einer Speisekarte, die zu so etwas wie einem Wahrzeichen Mexikos geworden war. Seit vielen Jahren servierte Doña Carmen anläßlich des Ixmiq-Fests ein traditionelles spanisches Menü, um ihre Gäste in die richtige Stimmung für die Stierkämpfe zu bringen. Besucher, die einmal ihre Küche während des Ixmiq-Fests gekostet hatten, kamen während des Jahrmarkts manchmal eigens aus Mexiko City angereist, um ihr traditionelles spanisches Festmahl zu genießen und dabei gemütlich auf der Terrasse zu sitzen und den Klängen der Mariachi-Kapellen zu lauschen.

Jetzt überreichte mir die Witwe Palafox die Speisekarte, und ich sah sofort, daß sich nichts geändert hatte. Für sechzehn Pesos, etwa einen Dollar dreißig, bekam der Gast fünf riesige Gänge aufgetischt, wobei er bei jedem zwischen mehreren Gerichten wählen konnte. Aber aus alter Tradition heraus wählten die Festgäste stets die vier Spezialgerichte: Fischsuppe nach der Art von Sevilla, Limabohnen mit Hammelkeule nach asturischer Art und Paella à la Valenciana – gefolgt von einem hellen Karamelpudding, *flan* genannt, der das schwere spanische Mahl auf feine Art abschloß.

Als ich die Speisekarte las, lief mir das Wasser im Mund zusammen, und mir wurde schmerzhaft bewußt, daß es erst sieben Uhr war und es also noch zwei Stunden dauern würde, bis die Tische gedeckt wurden; denn das Abendessen wurde nie vor neun serviert. Ich wollte schon hinauf auf mein Zimmer gehen, das außergewöhnliche Erinnerungen barg, als mich ein lauter Ruf von der Plaza rettete.

Als ich mich umdrehte, sah ich einen der engsten Freunde meines Vaters zwischen zwei Taxis hervorgestürmt und auf mich zu gehastet kommen. Es war Don Eduardo Palafox, ein reicher Verwandter der Witwe, die das Hotel führte, derzeitiger Eigentümer der berühmten Palafox-Stierzuchtranch und in gewisser Weise Onkel von mir.

Don Eduardo war inzwischen Mitte Sechzig, ein großer, dikker, kahlköpfiger Mann mit einer schmalen aristokratischen Oberlippe und einer sehr vollen Unterlippe, die ihn irgendwie neckisch aussehen ließ. Tiefe Falten gingen strahlenförmig von seinen Augenwinkeln aus, während andere quer über seine hohe, breite Stirn liefen. Er war ein glücklicher Mensch und ein überraschend behender dazu, denn obwohl er mehr als zwei Zentner wiegen mußte, flitzte er wie ein Leichtathlet zwischen den vorbeifahrenden Autos hindurch und erreichte mich, ohne außer Atem geraten zu sein.

»Neffe!« begrüßte er mich herzlich auf englisch. »Hat's dich also mal wieder zu unserem Fest gezogen.«

»Sind Stiere von dir bei den Kämpfen dabei?« fragte ich.

»Wie könnten sie es wagen, mich zu übergehen?« Er lachte und zeigte auf ein buntes Plakat gegenüber vom Hotel: »Das traditionsreiche Ixmiq-Fest. Mann gegen Mann: Victoriano Leal, der Triumphator aus Spanien, und Juan Gómez – beide aus diesem Staat!!! Stiere von San Mateo, Torrecillas und Palafox.« Darunter waren die Namen der zweitrangigen Matadore aufgeführt, die ebenfalls während des Festes auftreten würden, sowie die Namen der Peones und Picadores.

»Sag, Norman«, sagte Don Eduardo auf spanisch und zog mich zu einem der weißen Tische, »was, glaubst du, wird sich da zwischen Leal und Gómez abspielen?«

»Ganz einfach«, antwortete ich. »Einer von beiden wird den anderen in den Tod treiben.«

»Genau das hat Ledesma auch geschrieben«, sagte Don Eduardo gedankenvoll. »Dann gehst du also davon aus, daß dies ein echter Wettstreit ist, nicht bloß irgendwas, das die Zeitungen sich ausgedacht haben?«

»Hast du sie noch nicht zusammen kämpfen sehen?« fragte ich.

»Nein, leider nicht. Meine Stiere haben in den Arenen im Norden gekämpft, und wie du weißt, schaue ich mir ihre Kämpfe an, wann immer es sich einrichten läßt.«

»Und? Haben sie was getaugt?« fragte ich.

Don Eduardo lächelte breit, während er Bier bestellte. »Bis jetzt waren die Stiere von Palafox dieses Jahr vorzüglich.«

»Und die für das Fest?« hakte ich nach.

»Wunderbar«, versicherte er mir.

Ich gehe seit ungefähr vierzig Jahren zum Stierkampf, und gut 95 Prozent aller Stiere, die ich in dieser Zeit gesehen habe, waren feige, gefährlich und hatten weiche Knie; trotzdem versicherten vor jedem Kampf die Leute, die mit der Zucht zu tun hatten, aller Welt, daß die Stiere vom nächsten Tag sich als wahrhaft großartige Kämpfer erweisen würden. Wie alle Rancher liebte Don Eduardo es, von der Presse als überaus gewissenhaft, ja, penibel, dargestellt zu werden, was soviel bedeutete, als daß er, wenn er seine Jungstiere und Kühe testete, die feigen strikt für den Fleischmarkt aussortierte und nicht zuließ, daß sie in die Stierkampfarenen kamen.

In Gelddingen war er in der Tat penibel. Auch in allen menschlichen Angelegenheiten war er, wie meine Familie sehr wohl wußte, äußerst gewissenhaft, und in der Politik hatte er sich eben wegen dieser seiner Gewissenhaftigkeit stets bevorzugter Behandlung erfreuen dürfen, ganz gleich, welche Regierung auch immer gerade an der Macht gewesen war. Was freilich die Aufzucht von Stieren für die Arenen Mexikos anbelangte, war er – wie alle anderen in der Branche auch – nichts weiter als ein gemeiner Schwindler. Deshalb wußte ich, als er mir versicherte, daß seine Stiere in den Arenen im Norden überragende Darbietungen geliefert hätten, daß dies im Klartext bedeutete: »Von jeder Sechserpartie, die ich geliefert habe, hat vielleicht einer einen halbwegs ordentlichen Kampf hingelegt. Die anderen fünf waren feige, gefährlich und hatten weiche Knie.«

Don Eduardo fing jetzt damit an, das Standard-Klagelied des Stierkampfzüchters zu singen: Die Matadore, die mit seinen Stieren arbeiteten, seien nie dazu in der Lage, die großen Leistungen aus ihnen herauszuholen, zu denen alle Palafox-Stiere fähig seien. Während ich sein Bier trank, begann ich seine Klagen zu ignorieren und statt dessen über die mächtige Familie nachzudenken, deren gegenwärtiges Oberhaupt er war und von der ich ein stolzer, wenngleich unbedeutender Teil war.

Als ich mich für einen Moment von ihm abwandte, um die Plaza zu betrachten, auf der soeben die abendliche Beleuchtung anging und sie in ein Ansichtskartenporträt des klassischen Mexikos verwandelte, mußte ich erneut daran denken, daß alles, was ich auf diesem imposanten Platz sah, von irgendeinem meiner Vorfahren erbaut worden war, von dem einen oder anderen der fünf Bischöfe aus der Familie Palafox.

Ich hatte mich vorher nie sonderlich für die Palafox als Sippe interessiert; es reichte mir, zu wissen, daß meine Mutter ein Mitglied dieses Familienclans gewesen war – eine Tatsache, die sie ihr Leben lang mit Stolz erfüllt hatte. Eben weil sie eine so großartige Frau war, hätte ich mich womöglich eines Tages doch eingehender mit den Palafox und ihrer Geschichte befaßt – hätte ich nicht eine Palafox geheiratet und hätte diese sich nicht von mir scheiden lassen. Mit ihrem Weggang hatte ich den Bezug dazu verloren, aber jetzt, in dieser grauen Periode der Unentschlossenheit, da ich versuchte, mein Leben neu zu ordnen, stellte ich fest, daß mein Interesse an meiner Herkunft, an meinem mannigfaltigen Erbe, neu erwacht war und ich den Drang verspürte, Fragen nachzugehen, die ich bis dahin ignoriert hatte.

»Onkel Eduardo, hast du nicht beim letztenmal, als ich hier war, davon gesprochen, daß es zwei Zweige der Palafox gegeben hat?«

Er nickte und rief mir Dinge in Erinnerung zurück, die ich als Junge gewußt haben mußte, aber über die ich mir seinerzeit keine weiteren Gedanken gemacht hatte. »Die gibt es immer noch. In den zwanziger Jahren des 16. Jahrhunderts kamen zwei Brüder nach Mexiko, um Cortés zu helfen – der eine ein Priester, der andere ein Soldat. Jeder von ihnen hatte viele Kinder. Das Verhalten ihrer Nachkommen war merkwürdig: Die Männer aus der Abstammungslinie, die der Priester begründet hatte, heirateten ausschließlich Indiofrauen, die männlichen Nachkommen des Soldaten heirateten hingegen ausschließlich reinblütige Spanierinnen. So kommt es, daß viele der Palafox, die du heute siehst, ziemlich dunkelhäutig sind, während die aus der Soldatenlinie wie typische Spanier aussehen. Ich bin aus dieser Linie.« Er war sichtlich stolz auf seine Ahnenreihe und erinnerte mich daran, daß meine Mutter und meine Frau ebenfalls aus dieser Linie stammten.

Dann schwenkte er die rechte Hand ein paarmal vor seinem Gesicht hin und her, als symbolische Geste, daß er solche Unterschiede wegwischte, und sagte fröhlich: »Wie dem auch sei, in unserer Familie jedenfalls nennt ein Junge jeden Palafox, der älter ist als er selbst, Onkel. Du bist einer von uns, Norman, und das ist es, worauf es ankommt.«

»Ist all dies irgendwo aufgeschrieben?«

»Nur hier oben drin«, sagte er und klopfte sich an den Kopf, doch dann fügte er heiter hinzu: »Aber in dem kleinen Museum, das ich in einem der alten Kirchengebäude weiter oben auf der Straße zusammengestellt habe, findest du Gemälde und Gegenstände, die einiges von der Geschichte erzählen.«

»Du solltest es niederschreiben, bevor es unwiederbringlich verlorengeht.«

Er lachte und klopfte mir aufs Knie. »Du bist der Schriftsteller in der Familie.«

Würde irgend jemand genug Zeit und Wagemut haben, um die komplizierte Geschichte dieser Familie zu entwirren, die solch eine entscheidende Rolle in der Geschichte Toledos gespielt hatte? Bilder von unwiderstehlicher Kraft gingen mir durch den Kopf, Bilder von den Morden und den Bränden, die ich als Junge selbst gesehen hatte, von den Krisen im *Mineral*, und ich dachte, wenn ein einziger Junge in einer Zeitspanne von zehn oder fünfzehn Jahren schon so viel gesehen hat, wieviel müssen dann erst meine Vorfahren auf dieser Plaza, im *Mineral*, an der Pyramide erlebt haben? Und ich fühlte mich umfangen und gepackt vom großen Atem der Geschichte.

Wie aus weiter Ferne hörte ich Don Eduardos fröhliche Stimme: »Also, was sagst du?«

»Wozu?«

»Ich fragte dich, ob du wohl Lust hättest, mich zu begleiten.«

»Wohin?«

»Du hast mir offenbar überhaupt nicht zugehört.«

»Entschuldige, Onkel.«

»Ich habe dich zum Blumenturnier eingeladen.«

»Findet das heute abend statt?«

»Ja. Immer am Mittwoch. Es ist der Auftakt zur Fiesta. Und ich will, daß du einer der Preisrichter bist.«

Ich lehnte mich mit einem Gefühl der Freude in meinen Stuhl zurück und sagte: »Vater hat das Turnier niemals verpaßt. Ich komme sehr gern mit, und danach können wir zu Abend essen.«

»Ausgezeichnete Idee«, sagte Don Eduardo, und er und ich gingen quer über den Platz zum Kaiserlichen Theater, wo eine erlesene Schar von Toledaner Bürgern, viele von ihnen in Abendgarderobe, sich für das alljährliche Blumenturnier versammelte. Mit dem selbstverständlichen, lockeren Charme, der aus tiefverwurzelter, langjährig ausgeübter Autorität erwächst, stellte mich Don Eduardo vielen Leuten vor, die meinen Vater gekannt hatten, und dann geleitete er mich hinter die Bühne und an einem Dutzend Männern vorbei, die allesamt schwarz gekleidet und so offensichtlich nervös waren, daß nur sie die Kandidaten sein konnten, die zu beurteilen ich mithelfen sollte. Don Eduardo ignorierte sie und führte mich in ein kleines Zimmer, in dem drei Preisrichter saßen, die so aussahen, als fühlten sie sich unbehaglich. Als das Oberhaupt der Familie Palafox erschien, erhoben sie sich und verbeugten sich steif.

»Ich kann mir nie Ihre Namen merken«, sagte Don Eduardo mit der höflichen Verachtung, die begüterte Mexikaner für jeden anderen empfinden. »Dies ist mein Neffe, der Sohn von John Clay, unserem Schriftsteller.«

Die drei Preisrichter – ein Zahnarzt, ein Professor und ein Dichtkunst-Autodidakt – nickten, und Don Eduardo verkündete: »Señor Clay wird einer unserer Preisrichter sein.«

Dr. Ruiz Meléndez, der Professor, hatte ganz offensichtlich nicht die Absicht, sich dieses Jahr von Don Eduardo unterkriegen zu lassen. Er fragte spitz: »Kann der Norteamericano denn Spanisch?«

Don Eduardo machte eine unwirsche Geste und erwiderte kurz angebunden: »Besser als ich.«

Professor Meléndez schien fest entschlossen, diesmal keinen Zentimeter zurückzuweichen. »Um hübsche Mädchen in den Vereinigten Staaten zu beurteilen, braucht man kein Spanisch, aber für das, was wir heute abend machen ... nun, die kulturelle Ehre Toledos steht hier auf dem Spiel.«

»Professor«, herrschte Don Eduardo ihn barsch an, »mein Neffe hat mehr Ahnung von der kulturellen Ehre Toledos, als Sie je haben werden. Und jetzt lassen Sie uns endlich mit dem Turnier anfangen.«

Ruiz Meléndez weigerte sich, vor Don Eduardo klein beizugeben. »Ich bin nicht davon überzeugt, daß Ihr Neffe die Sorte von Mann ist, wie wir ihn für die anstehende Aufgabe benötigen«, sagte er kalt, und ich dachte: Er hat recht, aber wenn er in den alten Tagen so geredet hätte, wäre irgendein Palafox gekommen und hätte ihn über den Haufen geschossen. Aber dies waren nicht mehr die alten Tage, und Don Eduardo lachte bloß gutmütig.

»Sie haben recht, Professor«, sagte er mit einem süffisanten Grinsen. »Wir Palafox sind allesamt Kulturbanausen, aber zum Glück haben wir ja gute Leute wie Sie, die uns aus der Klemme helfen.« Er faßte mich bei der Hand und zog mich Richtung Bühne mit dem Befehl: »Komm, du Kulturbanause.« Der Zahnarzt und der Dichter lächelten diskret, aber der Professor ärgerte sich noch immer. Wir gingen auf die Bühne des blau und golden verzierten Theaters, und ich war bewegt beim Anblick des Podiums, auf dem Kaiser Maximilian sich am Ende seines Lebens so tapfer geschlagen hatte. Das Publikum, das inzwischen alle Plätze besetzt hatte, applaudierte höflich, als Don Eduardo mit erhobener Hand um Ruhe bat und sagte: »Wir sind die Preisrichter heute abend. Vier von uns kennen Sie ja schon.« Er zog ein Stück Papier aus seiner Tasche und las vor: »Dr. Beltrán, unser gelehrter Zahnarzt, der Poet Luis Solís und Professor Ruiz Meléndez. Ich selbst bin nicht berechtigt, hier zu stehen, da ich bloß ein einfacher Rancher bin, aber ich bin vorsichtshalber mitgekommen für den Fall, daß vielleicht doch irgendwelches Vieh beurteilt werden muß.« Die Bemerkung löste verlegenes Lachen aus, und ich sah, wie Professor Meléndez leicht zusammenzuckte. »Und dieser Fremde hier«, schloß Don Eduardo seine Rede, »ist eigentlich gar kein Fremder. Er ist der Sohn von John Clay, und wir können uns glücklich schätzen, ihn heute hier bei uns zu haben, da er selbst auch ein berühmter Schriftsteller ist.« Ich fühlte mich peinlich berührt, als er das sagte, wußte ich doch, daß ich bestenfalls ein Schreiberlingsgeselle war und schlimmstenfalls ein literarischer Tagelöhner. Und jetzt klatschte er in die Hände und rief gebieterisch: »Los jetzt! Fangen wir endlich an!«

Wir Preisrichter nahmen unsere Plätze auf einem Podest an der Seite ein (unsere Füße ruhten auf einem roten Teppich), und als wir still saßen, traten aus der Kulisse sechzehn bezaubernde junge Damen in weißen Abendkleidern, jede mit einem Blumenbukett im Arm. Zuerst dachte ich: Verflucht! Dieses Jahr ist es zu einem lokalen Schönheitswettbewerb verkommen. Aber offensichtlich war das nicht der Fall, denn aus einer anderen Tür hinter der Bühne erschien eine blendend aussehende junge Frau, hochgewachsen, ansehnlich und von bemerkenswert anmutigem Gang. Ein Orchester stimmte einen Krönungsmarsch an, und sie wurde von den sechzehn jungen Damen zu einem Thron eskortiert, der unvermittelt im Hintergrund der Bühne enthüllt wurde. An dem Punkt rief der Bürgermeister von Toledo: »Ich kröne dich zur Königin Cristina!« Und dann konnte es losgehen.

Das Licht wurde gedämpft, bis auf einen Spot, der auf die Königin gerichtet blieb, und aus der Kulisse trat der erste Kandidat, ein recht hübscher junger Mann im Abendanzug, der sehr nervös wirkte, bis er schließlich eine Stelle gefunden hatte, an der er halb zum Publikum, halb zur Jury gerichtet stand. Dann schluckte er, ballte die Hände hinter dem Rücken zu Fäusten und begann drei von den Sonetten zu rezitieren, die er im Laufe des vergangenen Jahres gedichtet hatte.

Dies war Toledos Blumenturnier, der alljährlich stattfindende Wettstreit von Dichtern aus allen Teilen Mexikos, und als der erste Bewerber seine Gedichte vortrug und der einschmeichelnde, süße Klang der spanischen Zunge über die Zuhörer hinwegschwebte, gab ich mich einem Glücksgefühl hin, das ich seit dreißig Jahren nicht mehr gehabt hatte. In den Vereinigten Staaten käme niemand auch nur im Traum darauf, einen Dichterwettstreit zu veranstalten; denn das, was unsere besten Dichter schreiben, ist in aller Regel unverständlich und schwierig, und außerdem wäre es unseren Bürgern peinlich, einer Gruppe von Poeten zu lauschen, und erst recht, ihre Arbeiten zu beurteilen. Aber in Toledo, wo die Musik spanischer Poesie zum Entzücken aller die Luft erfüllte, war die Dichtkunst wieder das, was sie die gesamte Geschichte hindurch stets gewesen war: die Königin der Künste des Wortes.

Der junge Mann hieß Gonzales, und seine Sonette handelten von einem Tag auf dem Lande und von seinen Reflektionen über den traurigen Umstand, daß er morgen wieder zu seiner Arbeit in einem Büro zurückkehren mußte, wo die Lerche, die er unter seinem Mantel versteckt hielt, es schwierig finden würde, zu singen.

»Habt ihr überhaupt Lerchen in Mexiko?« flüsterte ich Don Eduardo zu.

»Wen interessiert das?« erwiderte er achselzuckend.

Der nächste Dichter war ein älterer Mann mit buschigen Augenbrauen namens Aquiles Aguilar, und er hatte eine miltoneske Ode an die Prinzessin Cristina verfaßt, die er mit Feuer und Phantasie vortrug. Dem Publikum schroff den Rücken zukehrend, wandte er sich dem schönen Mädchen zu und legte ihm mit erstaunlicher Inbrunst dar, was ein Mann, der seine Jugend hinter sich hat, denkt, wenn er ein Mädchen von zwanzig anschaut. Als er fertig war, warf Señor Aguilar die Arme in die Luft, wirbelte herum, starrte ins Publikum und schrie mit vor Rührung bebender Stimme:

»Wenn ich morgen dorthin gehen muß, wo der Staub
Mich erstickt,
Werde ich singen: ›Letzte Nacht sah ich ein
Mädchen zwischen Rosen.‹«

Das Publikum spendete Beifall, und es war offenkundig, daß Señor Aguilar auch bei den Juroren ziemlich gut wegkommen würde, denn Don Eduardo klatschte heftig, und ich hatte den Verdacht, daß er mehr oder weniger bestimmen würde, wer der Sieger sein würde. Als der Applaus nicht aufhörte und Aguilar sich abermals verbeugte, dachte ich: Er wird schwer zu schlagen sein, aber bis jetzt kriegen meine Stimme die Sonette. Aber ich befürchtete, daß meine Mitjuroren da wohl nicht mit mir übereinstimmen würden.

Der Reihe nach trugen nun die anderen Poeten ihre Werke vor, manche mit zögernder Stimme, was für mein Empfinden ihren Gedichten eine gewisse Bitterkeit und Schwere verlieh, und manche mit einem Maß an Selbstbewußtsein, welches durch die Qualität ihrer Gedichte keineswegs gerechtfertigt war. Dabei wurde mir, während ich einem Señor García Ramos beim Deklamieren einer Elegie an ein verstorbenes Kind lauschte, plötzlich bewußt, daß alle an diesem Wettstreit teilnehmenden Dichter Menschen vom spanischen Typus waren, oder zumindest sehr hellhäutig. Ein paar verstohlene Blicke ins Publikum zeigten mir, daß auch die Zuhörer allesamt spanisch aussahen. Damit meine ich nicht, daß sie so aussahen, als stammten sie aus Spanien oder als seien sie reinblütige Spanier, sondern, daß sie die Erben der spanischen Aristokratie waren, die Mexiko offen von 1523 bis 1810 regiert hatte und von 1810 bis zur Gegenwart heimlich. Unter allen Mitbewerbern und im gesamten Publikum gab es nicht einen einzigen Indio, so wie ich sie am Nachmittag auf der Landstraße gesehen hatte. Es war, als wäre Mexiko in zwei Nationen gespalten: die Indios, die auf den Feldern und Märkten arbeiteten, und die Spanier, die aus den Regierungsgebäuden heraus über das Land herrschten.

Ich richtete meine Konzentration wieder auf die Gedichte und versuchte vergeblich, irgendeine Stelle zu entdecken, die Bezug auf das Leben der Indios nahm. Es kam keine, nicht einmal andeutungsweise. Das tote Kind, das Señor – ich blickte hinunter auf mein Programm – García Ramos beklagte, hatte blaue Augen und helle Haut. Der imaginäre Vogel, den der junge Señor

Gonzales unter seinem imaginären Mantel versteckt gehalten hatte, war aus Spanien. Die Schönheitskönigin, der Señor Aguilar seine feurige Huldigung dargebracht hatte, war ein hellhäutiges spanisches Mädchen.

Diese Entdeckung veranlaßte mich, verstohlen die sechzehn Mädchen auf der Bühne zu mustern, und ich stellte fest, daß sie alle großgewachsen und von weißer Hautfarbe waren und ebensogut aus Kastilien oder Andalusien hätten stammen können.

Wo, fragte ich mich, sind die schönen Indiomädchen, die ich heute auf der Straße bei Kilometerstein 303 gesehen habe? Wo sind die jungen Frauen mit dunkler Hautfarbe, deren Zauber gleich mehrere Generationen von Palafox-Bischöfen hintereinander erlegen waren?

Ich warf einen Blick auf meine vier Mitjuroren, und auch sie waren allesamt spanischer Abstammung. Doch als ich schon zu der Überzeugung gelangt war, daß das Blumenturnier des heutigen Abends offenbar nur eine Seite des mexikanischen Lebens repräsentieren sollte, erschien der letzte Bewerber, ein kleiner, dunkler, grimmig aussehender Altomeke. Die Herkunft dieses Poeten war für niemanden zu verkennen, und als er zu Beginn seines Vortrags den linken Arm hochschwenkte, sah ich, daß ihm die Hand fehlte, als wolle er demonstrativ darauf hinweisen, daß er zu den Zukurzgekommenen zählte. Wie sein Äußeres, so war auch sein Gedicht anders. Es handelte von seinen Ahnen, die die Pyramide gebaut hatten, und von ihren rituellen Tänzen zur Erntezeit. Anfangs konnte ich nicht ganz kapieren, worauf er hinauswollte, doch nach ungefähr fünf Minuten voller verblüffend kraftvoller Bildersprache gelangte er zum bitteren Höhepunkt:

»Wo ist unsere Ernte jetzt?
Ihr, mit euren Medaillen auf der Brust,
Wo habt ihr unsere Ernte versteckt?«

Die Passagen, die dann folgten, waren unangenehm schrill und gänzlich unpassend für die überwiegend spanische Zuhörerschaft, und doch waren sie von einer feurigen Ausdruckskraft, die die Zuhörer wider ihren Willen in Bann schlug und sie unentwegt mit den Fragen konfrontierte, die die mexikanischen Indios seit tausend Jahren immer wieder gestellt haben.

Auf die Art, wie er seinen Vortrag beendete, war ich nicht vorbereitet: Nach einer eindringlichen philosophischen Passage begann er auf einem Fuß auf und ab zu tanzen, den Erntetanz seiner Vorfahren nachahmend. Seine Bewegungen wurden nie aufdringlich, noch wirkten sie deplaziert, bedachte man die Worte, die sie begleiteten, aber sie strichen eine Tatsache heraus: Wenn alle vorausgegangenen Kandidaten unverkennbar spanisch gewesen waren, dann war dieser eine hier ebenso unmißverständlich indianisch. Während er die letzte Strophe sang, fuhr er mit seinem kleinen Altomekentanz fort, und das Publikum muß – wie auch ich – geglaubt haben, er habe sich von seinen eigenen Worten mitreißen lassen. Aber das war nicht der Fall, denn er hielt ganz plötzlich inne, stand regungslos auf der Bühne, den verstümmelten linken Arm fest an den Körper gelegt, und beendete sein Gedicht:

»Ich warte auf die Ernte,
Für die ich so lange getanzt.«

Er verbeugte sich würdevoll und verließ die Bühne. Der Beifall war spärlich, gelinde gesagt, und verebbte rasch, aber ich wußte jetzt, wer meine Stimme bekommen würde.

Als die Preisrichter zusammentraten, war klar, daß Don Eduardo beabsichtigte, seine Entscheidung unverzüglich zu verkünden, wie es seine Familie seit Generationen getan hatte, und es war ebenso klar, daß Professor Ruiz Meléndez nicht die Absicht hatte, den sogenannten Graf Palafox unangefochten damit durchkommen zu lassen. »Nun«, sagte Don Eduardo überschwenglich, »aus dem Applaus geht eindeutig hervor, daß Aguilar mit seiner wunderschönen Huldigung an unsere Prinzessin der Sieger ist. Fanden Sie nicht auch, daß Prinzessin Cristina allerliebst aussah? Und zweiter Sieger war doch wohl ganz klar der Mann mit dem Trauergedicht, weil er echte Gefühle gezeigt hat. Was nun den dritten Platz anbelangt …«

»Entschuldigen Sie«, fiel ihm Professor Meléndez ins Wort, »aber ich schlage vor, daß wir darüber abstimmen.«

»Wir stimmen nie ab«, erklärte Don Eduardo. »Wir unterhalten uns bloß ein paar Minuten darüber. Wen wollten Sie gern auf den dritten Platz setzen, Professor Meléndez?« Es war offensichtlich, daß Don Eduardo entschlossen war, sich von seiner großmütigen Seite zu zeigen.

Der Professor blieb unbeirrt. »Ich habe deshalb ein paar Stimmzettel vorbereitet –«

»Eine Abstimmung ist albern in so einem Fall«, fuhr ihm Don Eduardo unwirsch über den Mund. »Clay, fandest du nicht auch, daß Aguilar –«

Professor Meléndez, sichtlich um Selbstbeherrschung bemüht, wandte ein: »Ich halte es kaum für angebracht, daß ein Amerikaner, der lediglich zu Besuch hier ist, als erster spricht und so Einfluß nimmt auf die Juroren eines Wettbewerbs, der große Bedeutung für die mexikanische Kultur hat.«

»Also, das ist ja wohl der Gipfel! Professor Meléndez, als Vorsitzender dieses Komitees verlange ich –«

»Sie sind der Vorsitzende?« fragte der Professor.

»Etwa nicht?« fragte Don Eduardo ohne Empörung. Er war üblicherweise Vorsitzender von Komitees gleich welcher Art in Toledo, und er war deshalb wie selbstverständlich davon ausgegangen, daß das auch heute abend so war.

»Nein«, versetzte Professor Meléndez bissig. »Das bin ich.«

»Sie?« fragte Don Eduardo mit unverhohlener Verblüffung, aber ohne jeden Groll. »Nun, Herr Vorsitzender, in dem Fall meine ich, daß Sie sich bei unserem Gast entschuldigen sollten.«

Professor Meléndez verneigte sich. »Ich stimme Ihnen zu. Señor Clay, es tut mir leid. Mehr noch, nun, da die Dinge klargestellt sind, ziehe ich meinen Einwand zurück. Als unser Gast haben Sie die erste Wahl.«

Ich hätte Don Eduardo zum Mond schießen können! Er hatte mich in eine Situation gebracht, wo ich entweder lügen und meine zweite Wahl als Sieger benennen oder aber meinen spanischen Freunden auf den Schlips treten mußte, indem ich offen bekannte, daß ich den Indio am besten fand. Um mich aus dieser mißlichen Lage herauszuwinden, sagte ich: »Sie sind wirklich sehr großzügig, Professor Meléndez, aber ich bin mit Ihnen der Meinung, daß ich in einer Angelegenheit, die den Mexikanern so sehr am Herzen liegt, nicht als erster sprechen sollte.«

»Sie sind ein reizender Gast«, sagte der Vorsitzende anerkennend, »aber ich bestehe darauf, daß Sie den Kandidaten Ihrer Wahl nennen.«

Ich schluckte hart, schaute von Don Eduardo weg und sagte entschlossen: »Meine Wahl fällt auf ...« Und dann fiel mir der Name des Indios nicht ein, und ich sagte lahm: »... den Indio mit der verkrüppelten Hand.«

Don Eduardo fuhr hoch. »Aber großer Gott, Norman! Es war nie vorgesehen, daß der Preis an einen von denen geht. Wir hatten ihn nur im Programm, weil er ein Junge hier aus der Stadt ist.«

»Sein Gedicht gefiel mir«, blieb ich stur.

»Ich hätte dich besser im Hotel gelassen!« wetterte der Rancher verärgert. »Nun ja, jedenfalls wissen wir anderen, daß Aguilar –«

Professor Meléndez verblüffte mich, indem er plötzlich sagte: »Ich stimme Señor Clay zu. Der Mann mit der verkrüppelten Hand war eindeutig der Sieger.«

»Also, Moment mal!« protestierte Don Eduardo. »Wenn wir ihn für den ersten Preis nominieren, dann ist das erstens eine Dummheit und zweitens eine Beleidigung unserer Stadt. Solange ich denken kann, wird das Ixmiq-Fest so aufgeteilt, daß die gebildeten Leute alle Preise gewinnen, die drinnen vergeben werden, und die Indios alles gewinnen, was draußen unter freiem Himmel zu gewinnen ist. Ich bestehe deshalb darauf –«

»Wer ist Ihre Wahl für den ersten Platz, Dr. Beltrán?« unterbrach ihn der Vorsitzende.

»Mir gefiel am besten Señor Aguilar mit seiner Ode an Prinzessin Cristina.« Ich fand es interessant, daß diese Männer von dem jungen Mädchen sprachen, als ob sie wirklich eine Prinzessin wäre, so als hätte der äußere Schein des Festes ihre Phantasie so beflügelt, daß sie ihn für bare Münze nahmen.

»Dann kommt es also auf Ihre Stimme an, Señor Solís«, sagte der Vorsitzende.

»Hören Sie, Solís«, fuhr Don Eduardo dazwischen. »Sie sind Dichter, und Sie wissen, daß der Poesie-Preis seit jeher reserviert ist für –«

»Don Eduardo!« fauchte Professor Meléndez. »Bitte lassen Sie den Gentleman selbst seine Meinung sagen.«

Mit leiser, versöhnlicher Stimme sagte der kleine Poet: »Mir gefiel Aguilars Ode.«

»Gut!« schrie Don Eduardo. »Aguilar erster, die Elegie zweiter, und wenn ihr den Indio mit der einen Hand auf den dritten Platz setzen wollt, dann soll mir das recht sein.« Er griff nach der Klinke der Tür, die auf die Bühne führte, wo er seine Entscheidung verkünden wollte, aber Professor Meléndez, dessen Gesicht jetzt rot angelaufen war, hielt ihn zurück.

»Ich werde die Sieger verkünden«, sagte er mit eisiger Stimme, »und wir haben noch nicht über den zweiten und den dritten Platz entschieden.«

»Wer stimmt dafür, daß die Elegie auf den zweiten Platz kommt?« polterte Don Eduardo großspurig. »Gut. Das sind drei, und damit ist sie auf dem zweiten Platz. Der Indio kann meinetwegen dritter sein.«

»Don Eduardo«, sagte Professor Meléndez mit mühsam beherrschter Stimme, »so geht das nicht, so kann nicht über den zweiten Platz entschieden werden. Auf diese Weise wird völlig außer acht gelassen, daß der Indio zwei Nominierungen für den ersten Platz bekommen hat –«

»Aber das Trauergedicht hat gerade drei Stimmen für den zweiten gekriegt. Das haben Sie doch selbst gehört. Meine, Beltráns und die von Solís.«

»Meinen Sie ...« sprudelte der Professor hervor, und Señor Solís meldete sich auf seine leise, verbindliche Art zu Wort: »Ich glaube, Don Eduardo hat recht. Dies ist nicht das Jahr, um dem jungen Außenseiter den zweiten Platz zu geben. Wenn wir ihm den dritten Platz einräumen, dann ist das eine angemessene Geste.«

»Ganz meine Ansicht«, pflichtete Don Eduardo ihm leutselig bei. Dann klopfte er Beltrán auf die Schulter und sagte: »Und Ihre doch wohl auch, nicht?«

»Ja, meine auch«, sagte Beltrán artig. Er mochte Don Eduardo. Er mochte alle Palafox und hoffte, sie näher kennenzulernen.

»Was meinen Sie?« fragte Professor Meléndez mich.

Ich war empört über die Dampfwalzentaktik meines Onkels und sah keinen Grund, das zu verheimlichen, also sagte ich: »Diesem Mann den ersten Platz zu verwehren ist ein Fehler, aber ihn auch noch um den zweiten zu bringen, ist eine Schande.«

»Jetzt mach aber mal einen Punkt!« schrie Don Eduardo. »Du bist Amerikaner, und als solcher verstehst du die Besonderheiten unserer Situation nicht. Du hast kein Recht, dich in mexikanische Probleme einzumischen. Es ist einfach nicht richtig –«

»Und du meinst, es ist richtig, eine Juryentscheidung zu manipulieren?« schnauzte ich zurück.

»Vielleicht nicht richtig.« Don Eduardo lachte. »Aber zweckmäßig.« Er öffnete die Bühnentür, und bevor ich noch meinen Platz finden konnte, verkündete er schon vor dem erwartungsvollen Publikum: »Die Preisrichter haben einstimmig entschieden, daß der Sieger des diesjährigen Blumenturniers Señor Aquiles Aguilar für seine gefühlvolle ...« Seine letzten Worte gingen im tosenden Applaus des Publikums unter.

Ein paar Minuten später hatte Don Eduardo den Arm um meine Schulter gelegt und führte mich zum Kachelhaus. »Du hast selbst gesehen!« sagte er. »Der Bursche mit der verkrüppelten Hand hat sich wie ein Schneekönig über seinen dritten Platz gefreut. Genau so, wie es sein sollte. Was du nämlich nicht weißt: Wenn wir ihn auf den ersten Platz gehievt hätten, dann wäre ihm das peinlich gewesen.« Ohne den geringsten Groll darüber, daß ich ihn im Ausschuß angegriffen hatte, setzte sich Don Eduardo neben mich und rief der Witwe Palafox zu: »Carmen! Carmen! Zwei von deinen Spezialmenüs!«

Sobald wir am Tisch Platz genommen hatten, nahm ich mir eines von Doña Carmens knusprigen Bauernbrötchen und sagte, als sie uns die Speisekarten brachte: »Noch immer alles so wie früher, und ich bin froh, daß sich nichts verändert hat.«

Sie korrigierte mich: »Eins hat sich verändert.« Und mit ihrem dicken Zeigefinger zeigte sie auf ein Schild, auf dem auf englisch stand: »Wegen des außergewöhnlich hohen Verzehrs von Brot während des Ixmiq-Festes werden für jedes Brötchen fünfzig Centavos berechnet.«

Ich blickte überrascht auf. Der besondere Clou daran, im Kachelhaus zu Abend zu essen, war, daß sich seit 1910 das Menü während der Fiesta nicht geändert hatte – man saß auf der Terrasse und aß, was man immer gegessen hatte. Und jetzt wurden die Brötchen extra berechnet. »Was ist passiert?« fragte ich bestürzt.

»Die Norteamericanos sind gekommen, das ist passiert«, schnaubte Doña Carmen.

»Was wollen Sie damit sagen?« fragte ich.

»In den alten Zeiten, als noch keiner was von unserem Fest gehört hatte, kamen anständige Mexikaner, die Heimweh nach Spanien hatten, hierher und aßen auf anständige Art und Weise«, erklärte sie. »Dann schrieben irgendwelche Narren Artikel über uns in ihrer Zeitschrift, mit Fotos von dem Essen, und jetzt haben wir jedes Jahr viele Norteamericanos hier.«

»Und wieso steigt dadurch der Brötchenpreis?« fragte ich.

»Wir sind ja froh, daß die Norteamericanos kommen«, versicherte sie mir. »Sie benehmen sich gut und geben Geld aus, und ich habe viele Freunde unter den Touristen, Leute, die Jahr für Jahr wiederkommen. Aber sie schaffen in der Tat ein Problem mit dem Brot.«

»Welches Problem?« fragte ich irritiert.

»Wenn ein Mexikaner kommt«, erklärte sie, »ißt er ein Brötchen, und das rechnen wir in den Menüpreis mit ein. Sie müssen zugeben, daß das angemessen ist.«

»Gar keine Frage«, bestätigte ich. »In den Staaten würde eine solche Mahlzeit das Doppelte kosten.«

»Das habe ich auch so gehört«, sagte sie mit einem Nicken. »Aber hier liegt das Problem. Anscheinend gibt es in den Staaten kein Brot. Sobald ein Amerikaner sich an diesen Tisch setzt, tut er genau das, was Sie gerade getan haben. Er sieht den Korb mit den Brötchen, nimmt sich eins raus und sagt: ›Solches Brot hab' ich nicht mehr zu essen gekriegt, seit ich ein kleiner Junge war.‹ Und dann bleibt es nicht bei dem einen Brötchen, sondern er ißt gleich vier oder fünf und sprengt mir mein ganzes Budget.«

Ich fühlte mich verlegen, wie ich da saß, mit meinem halb aufgegessenen Brötchen in der Hand, aber ich wußte, daß das, was sie sagte, stimmte. In unserem »zivilisierten« Amerika hatten wir kein Brot mehr; was wir hatten, war eine keimfreie, pappige Masse, die entfernt nach Brot schmeckte und die kein Mensch, der nur einen Funken Selbstachtung im Leib hatte, freiwillig essen würde. Ich erinnere mich an einen Artikel von mir, den unser Magazin vor ein paar Jahren gebracht hatte, in dem vier Wissenschaftler behaupteten, daß unser Brot nicht nur eine traurige Karikatur von dem sei, was der Stoff des Lebens eigentlich sein sollte, sondern daß es außerdem auch noch giftig sei. Ich meine mich daran erinnern zu können, daß, wenn die Jungs in meiner Klasse in Lawrenceville Ratten damit zwangsfütterten, die Ratten entweder eingingen oder ihnen die Haare ausfielen.

Aber hier in der bäuerlichen Kultur Mexikos wurde das Brot noch immer nach althergebrachter Methode gebacken, aus naturbelassenem, ungebleichtem Weizenmehl, das voller Schrot und voller Geschmack steckte, und wenn wir Amerikaner es zum erstenmal kosteten, nachdem wir jahrelang unsere geschmacklose Pappe gekaut hatten, dann waren wir nicht mehr zu halten und stürzten uns darauf wie Verhungernde.

»Schauen Sie!« sagte Doña Carmen, als in diesem Moment ein Touristenpaar an einem Tisch nicht weit von unserem Platz nahm. Die Frau schaute sich um und sagte: »Ist das nicht eine entzückende Plaza? Hör dir die Musik an!« Aber ihr Mann schrie: »Oh, Mann! Sieh dir dieses Brot an!« Er hatte schon zwei Brötchen vertilgt und ein drittes in Angriff genommen, noch ehe die Mahlzeit überhaupt begonnen hatte.

»Deshalb müssen wir die Brötchen jetzt extra berechnen«, sagte Doña Carmen mit einem Achselzucken.

»Dann berechnen Sie mir drei Stück. Ich liebe Ihre Suppe und Ihren Reis, aber eigentlich bin ich wegen Ihrer Brötchen hierhergekommen.«

»Und gucken Sie sich den da in der Ecke an«, murmelte Doña Carmen empört. Sie zeigte auf einen der Tische, wo ein Amerikaner die Brötchen heißhungrig in sich hineinschlang. Es war der blonde junge Mann aus dem Bus. Er hatte noch immer seinen ausgeleierten, zerknitterten Pachuca-Pullover an.

»Ich glaube nicht, daß er es speziell auf das Brot abgesehen hat«, sagte ich zu Doña Carmen. »Ich glaube, der hat einfach Hunger.«

»Glauben Sie, daß er Geld hat?« fragte die Besitzerin.

»Wenn nicht, wird Don Eduardo das übernehmen«, beruhigte ich sie.

»Ich sehe es gern, wenn junge Leute kräftig zulangen«, sagte mein Onkel. Dann fügte er hinzu: »Sieht so aus, als bekämen wir gleich Musik.« Er hatte recht mit seiner Vermutung: Das Touristenpaar vom Nebentisch hatte sich zur musikalischen Untermalung seiner Mahlzeit eine Mariachi-Kapelle herangewinkt, aber die Band, die es gerufen hatte, war grundverschieden von den aufdringlich gekleideten und etwas mechanisch wirkenden Musikanten, die wir vorher gehört hatten. Es war eine Gruppe altomekischer Landarbeiter, die von Durango heruntergekommen waren, um den Jahrmarkt zu besuchen und sich ein paar Pesos zu verdienen, indem sie sich als Mariachis anboten. Sie hatten keine einheitlichen Kostüme, keine großen Hüte, ja nicht einmal Schuhe. Auch fehlten ihnen die üblichen Instrumente der echten Mariachis. Sie waren nur zu sechst – ein Baßtrommler, ein Wirbeltrommler, zwei Klarinettisten, ein riesenhafter Gitarrist und ein hochaufgeschossener, dünner Mann mit einem schrecklich traurigen Gesicht und einer zerbeulten Trompete. Sie sahen aus wie der Inbegriff des wahren Mexiko, und ihre verwaschenen blauen Hosen und ausgetretenen Sandalen waren mit Staub bedeckt.

»Was sollen wir für Sie spielen, Señor?« hörte ich den Baßtrommler auf spanisch fragen.

»Keine Ahnung«, erwiderte der Ehemann auf englisch. Der Bandleader zuckte mit den Schultern, beriet sich kurz mit seinen Kameraden und sagte dann auf spanisch zu ihnen: »›Cielito Lindo‹ und ›Die Rose von San Antonio‹ für die Norteamericanos«, und ich dachte, das wird scheußlich, und sagte deshalb zu Don Eduardo: »Ich spreche besser mal mit ihnen.«

Ich ging zu ihrem Tisch und fragte auf englisch: »Entschuldigung, aber könnte ich Ihnen vielleicht behilflich sein mit den Mariachis?«

»Vielleicht könnten Sie ihnen sagen, daß sie ein bißchen echte mexikanische Musik spielen sollen.«

»Wenn Sie mir das gestatten würden.«

»Ach bitte, seien Sie doch so gut!« bat mich die Frau. »Wir wollen keine amerikanische Musik hören bei unserem ersten Besuch in Toledo.«

»Das dachte ich mir«, sagte ich. Dann wandte ich mich zu den Mariachis um und sagte auf spanisch: »Diese Gäste lieben die Musik Mexikos. Bitte spielen Sie nur die echten Lieder Ihres Landes.«

»Zum Beispiel?« fragte der Anführer argwöhnisch.

Ich nannte ihnen eine Anzahl von wunderschönen Liedern, die man selten zu hören bekam, und zum Schluß sagte ich: »Und vielleicht könnten Sie ihnen dann zum Abschluß noch einen ordentlichen Schlachtruf bieten, wie ›Die Ballade vom General Gurza‹.«

Ein freudiges Leuchten trat in die Augen der Männer – mit Ausnahme des langen, traurigen Trompeters, der lediglich die Ventile an seinem Instrument befingerte, wie zum Aufwärmen. Ich verbeugte mich vor den Touristen und ging zu Don Eduardo zurück.

Mit zwei schnellen Schwenks seines Trommelstocks machte der Anführer den Auftakt, und die Kapelle legte forsch los, aber auf das, was dann kam, war ich wahrlich nicht gefaßt gewesen: gleich bei den ersten Instrumentalpassagen des Liedes, eines flotten, schmissigen Volkstanzes, ließ der hagere Trompeter eine Klangkaskade von einer solchen Klarheit und Reinheit ertönen, wie ich sie selten je wieder gehört habe, selbst von ausgebildeten Orchestertrompetern. Er blies mit geradezu inbrünstiger Leidenschaft, seine Wangen blähten sich wie ein Blasebalg, seine schmalen Lippen preßten sich gegen das Mundstück, und seine Zunge hämmerte in akrobatischem Stakkato ein wahres Trommelfeuer von Triolen und Sextolen heraus. Er war wahrhaftig ein göttlicher Trompeter, ein begnadeter Virtuose, dessen Talent in irgendeinem Dorf oben in Durango ein unerkanntes Schattendasein fristete, und wann immer er sich eine Pause gönnte, dann nur, um Kraft zu sammeln für ein neues Feuerwerk der Spielfreude und Virtuosität. Er lächelte nicht einmal, und der gemeinen Wirklichkeit schien er irgendwie ständig entrückt. Während der gesamten Dauer des Ixmiq-Fests sah ich ihn immer nur als ein gleichsam entkörperlichtes Talent, das seinem Instrument auf geheimnisvolle Weise Klänge wie von einem anderen Stern entlockte. An den Abenden, die noch folgten, hörte ich oft diese atemberaubenden, unverwechselbaren Rhythmen von verschiedenen Ecken der Plaza widerhallen. Sein Spiel war so einzigartig, daß niemand ihn mit den anderen Mariachis verwechseln konnte. Seine Kameraden erkannten das offenbar, denn wenn während eines Stückes eine Pause für ihn kam, »humpelten« sie lediglich durch ihre Passage, sehnsüchtig darauf wartend, daß seine wohltönende Trompete wieder hinter ihnen losschmetterte, um dann mit neu erwachtem Feuer weiterzumusizieren. Und als sie sich nun durch die letzten Takte des Tanzes spielten, lehnte ich mich zufrieden zurück. »Ich habe noch nie einen besseren Trompeter gehört«, sagte ich zu Don Eduardo.

»Ich habe oft schon gedacht«, sagte der alte Rancher versonnen, als wir auf unsere Suppe warteten, »daß eine Menge Leute aus anderen Teilen der Welt noch sehr erstaunt sein werden, wenn sie in den Himmel kommen und sehen, daß Gott sich Mariachi-Musik anhört.« Aber dann verdüsterte sich seine Miene schlagartig, als das nächste Stück begann. Er fragte schroff: »Hast du ihnen gesagt, daß sie das spielen sollen?«

»Ja«, gestand ich.

»Du hast einen seltsamen Geschmack. Ausgerechnet an diesem Ort von General Gurza zu singen.« Und er zeigte auf die geborstenen Kacheln an der Wand hinter den Mariachis, die Kacheln, an denen ich als Kind immer gemessen worden war. Nachdem Don Eduardo mich zurechtgewiesen hatte, verfiel er in Schweigen, und ich konnte sehen, daß er sich an seine Begegnungen mit dem blutrünstigen General zurückerinnerte, der die Geißel von Toledo gewesen war. Und ich dachte an meine eigenen Erlebnisse zurück.

General Gurza war wieder einmal mit viel Getöse zu einem seiner Raubzüge in die Stadt eingefallen. Ich hielt mich gerade im *Mineral* auf, als Gurza mit einer Abteilung seiner Spießgesellen auf der Suche nach Silber in das Bergwerk eindrang, und ich war sicher, daß sie uns erschießen würden. Vater flüsterte: »Bleib ganz still! Sag nichts!« und wir schauten zu, wie Gurza und seine Leute mehrere Tonnen Erz inspizierten, aus dem Silber geschmolzen werden konnte. Sie durchstöberten unsere Unterkünfte, und wäre der Zuchtbulle Soldado dort versteckt worden, so wie es ursprünglich geplant gewesen war, dann wären sowohl er als auch wir erschossen worden.

Als General Gurza mit seiner Durchsuchung fertig war, ließ er unsere Familie vor sich antreten, und ich erinnere mich, daß ich mich vor meine Mutter stellte, in der Hoffnung, sie zu beschützen, und daß ich fühlen konnte, wie ihre Knie zitterten. Der General war ganz und gar nicht das, was ich mir unter einem General vorstellte, denn er sah überhaupt nicht so aus wie meine Zinnsoldaten mit ihren farbenprächtigen Uniformen und den bunten Schärpen über der Brust. General Gurza war ein großer Mann, größer und massiger als mein Vater. Er hatte ein rundes Gesicht mit einem schwarzen Schnauzbart und trug einen riesigen Sombrero und silberverzierte Chaparreros. Er hielt eine Schrotflinte im Arm, und an seinen Hüften hingen zwei Pistolen. Schräg über der Brust trug er einen Patronengurt, in dem hier und da eine Hülse fehlte.

Er stieß mir sanft den Lauf seiner Flinte in den Magen und

fragte: »Wenn du groß bist, wirst du dann für die Revolution kämpfen?« Ich antwortete: »Ich weiß nicht, was eine Revolution ist. Aber ich werde gegen Sie kämpfen und meiner Mutter helfen.«

General Gurza lachte, stieß mir den Lauf seiner Flinte noch ein bißchen fester in den Magen und sagte: »Wenn du groß bist, wirst du es besser wissen.« Sodann hielt er eine kurze Rede, in der er sagte, daß er gefunden hätte, weswegen er gekommen sei. Er stieß einen lauten Pfiff aus, ohne die Lippen zu bewegen, und von unseren Stallungen näherten sich vier seiner Männer, die einen von unseren Bergleuten, an den Händen gefesselt und mit einem Strick um den Hals, vor sich her stießen. »Dies werden wir mit allen unseren Feinden machen«, sagte General Gurza, und ohne weitere Umstände warfen die vier Soldaten das Seil über einen Balken, der aus der Wand ragte, und hängten den Mann auf. Da unsere Decken nicht sehr hoch waren, schwebten die Füße des Mannes nur knapp über dem Boden, und es sah aus, als tanze er vor unseren Augen. Ich konnte fühlen, wie meiner Mutter hinter mir die Knie weich wurden, und ich schrie: »Mutter kippt gleich um!« Mein Vater sprang zu ihr, um sie aufzufangen, aber General Gurza kam ihm zuvor; er ließ blitzschnell seine Flinte fallen, fing sie auf und trug sie zu einem Tisch. Als sie die Augen aufschlug, erwartete sie, meinen Vater zu sehen; statt dessen blickte sie geradewegs in die Augen des Generals. Sein schwarzer Schnauzbart war nur wenige Zentimeter von ihrem Gesicht entfernt, und sie fing an zu kreischen.

Dies erboste den General ganz besonders, weil er sie für eine Amerikanerin hielt, da sie ja mit einem Amerikaner verheiratet war. Er schlug ihr mit der flachen Hand ins Gesicht, dann lachte er und sagte: »Wir tun Norteamericanos nichts – solange sie neutral bleiben.« Dann bedeutete er meinem Vater, er solle zu ihm kommen, und während die Leiche des toten Bergmanns sanft zwischen ihnen hin und her schwang, besprachen die beiden Männer, wie das Silber vom *Mineral* zu den Truppen des Generals geliefert werden sollte und wie die Lieferungen verbucht werden sollten. Ich erinnere mich noch, wie die Unterhaltung endete. General Gurza sagte: »Und Ihnen ist klar, Mr. Clay, daß wir Sie erschießen müssen, wenn auch nur das kleinste Bißchen von dem Silber Carranza in die Hände fallen sollte?«

Mein Vater erwiderte: »Aber ich dachte, Sie kämpfen für Carranza.«

General Gurza machte ein finsteres Gesicht und sagte: »Das war letzten Monat. Jetzt ist er unser Feind. Kein Silber an ihn, klar?«

»Ich verstehe«, sagte mein Vater, und dann schüttelten die beiden Männer sich die Hand, als wären sie Bankiers. Aber als die Zeit zum Gehen kam, sahen ein paar von Gurzas Männern den baumelnden Leichnam, und offenbar versetzte sie der Anblick in Wut, denn sie begannen vom Rücken ihrer Pferde aus auf ihn zu schießen, und viele Schüsse gingen daneben und pfiffen als Querschläger durch die Gegend. Während des ganzen Weges zurück zum Tor fuhren die Männer mit ihrem wilden Geballere fort, und als sie endlich den Hügel hinunter geritten und damit in sicherer Entfernung waren, nahm sich mein Vater systematisch alle Arbeiter vor, um sicherzugehen, daß keiner verletzt war. Dann gab er Anweisung, den Toten loszuschneiden und zu beerdigen. Während die anderen mit dieser Aufgabe beschäftigt waren, gingen er und ich vorsichtig zu der Höhle unter der Schlackenhalde und vergewisserten uns, daß Soldado wohlauf war. Vater trug mir auf, dem Kalb etwas Heu zu geben, und wir ließen es zufrieden mampfend zurück.

Tja, dachte ich jetzt, auf der Terrasse des Kachelhauses sitzend, das war einer der seltenen friedvollen Momente in einer turbulenten Vergangenheit.

»Wo warst du eigentlich in jenen Jahren?« fragte ich Don Eduardo, der sich gerade über seine Suppe hermachte.

»Was meinst du mit ›jenen Jahren‹?« fragte er, ohne von seinem Teller aufzuschauen. Er liebte Essen.

»Ich dachte gerade an die Jahre, als wir Soldado vor den Truppen Gurzas versteckt hielten«, erklärte ich.

Er legte seinen Löffel nieder, überlegte einen Moment und sagte: »Das muß so zwischen 1916 und 1919 gewesen sein. Ich hielt mich draußen in Mexiko City versteckt und rackerte mich ab für Carranza, um die Kontrolle über meine Ländereien zu behalten. Alles vergebens.«

Er lachte über seine eigene Unfähigkeit und fuhr fort: »Im Jahre 1536 bekamen wir Palafox eine Viertelmillion Morgen besten Landes übertragen, und bis 1580 war dies durch Diebstähle von der Kirche und vom Staat auf eine Drittelmillion Morgen angewachsen. Bis 1740 hatte sich unser Besitz durch geschickte Manipulationen und weitere Diebstähle von jedem, der in Sicht war, auf über eine Million Morgen vermehrt – und die Arbeitskraft von fast hundertzwanzigtausend Indios, die praktisch unsere Sklaven waren.« An dieser Stelle in seiner Erzählung seufzte er.

»Im Unabhängigkeitskrieg von 1810 stand der Conde de Palafox natürlich auf der Seite der Spanier, und als der Friede kam, nahmen ihm die siegreichen Mexikaner die Hälfte seines riesigen Besitzes wieder weg.«

In den sechziger Jahren des 19. Jahrhunderts setzten die Palafox erneut auf das falsche Pferd und unterstützten wie alle anständigen Leute den österreichischen Usurpator, Kaiser Maximilian, und als der Pöbel ihn erschoß, um die mexikanische Unabhängigkeit wiederherzustellen, erschoß er den damaligen Conde gleich mit, woraufhin der Landbesitz der Palafox auf ungefähr zweihundertfünfzigtausend Morgen schrumpfte. In der Revolution von 1916 stellte sich Don Eduardo, wie wir gesehen haben, gegen General Gurza und verlor weitere hundertfünfzigtausend Morgen. Im Jahre 1936 schließlich setzte die Familie wieder auf das falsche Pferd und kämpfte gegen Präsident Cárdenas, der den Palafox im Zuge der Landreform den größten Teil ihres noch verbliebenen Landbesitzes wegnahm.

»Als Folge davon, daß wir immer auf der falschen Seite gestanden haben«, schloß Don Eduardo seinen Exkurs, »besteht unser einstmals riesiger Landbesitz heute lediglich noch aus neuntausend dürren Morgen Stierzuchtranch, den Gerippen von ein paar Haciendas, die General Gurza plünderte und in Brand steckte, und der verlassenen Silbermine.«

Mochten die Palafox, was die Wahl der »richtigen« politischen Seite betraf, auch mit schöner Regelmäßigkeit danebengegriffen und sich so um ihren Landbesitz gebracht haben, sobald es jedoch um Kapitalanlagen ging, bewiesen sie stets ein sicheres Händchen. Mit dem guten geschäftlichen Spürsinn, der den spanischen Zweig der Familie von jeher ausgezeichnet hatte, hatten die Palafox ihr Geld in Eisenbahnlinien, in französische Handelsgesellschaften und später in schweizerische und amerikanische Pharmaunternehmen investiert, so daß, während ihr Landbesitz stetig schrumpfte, ihr Vermögen sich komfortabel vermehrte. Im Jahre 1961 war die Familie mindestens so reich wie zu ihren besten Zeiten, und mit diesem Reichtum hatten die Mitglieder der Familie sich das Wohlwollen noch jeder Regierung erkaufen können, die gerade an der Macht war, ungeachtet ihrer politischen Couleur.

Aber der Ruhm der Familie rührte in erster Linie daher, daß der alte Don Eduardo Palafox, der unter einem besseren Regierungssystem den Titel eines Conde geerbt hätte, die besten Stiere Mexikos und wahrscheinlich der ganzen Welt, mit Ausnahme Spaniens, züchtete. Es war nicht ungewöhnlich, daß Kardinal Palafox, wenn er auf Pastoralreise in anderen Teilen Lateinamerikas oder der Vereinigten Staaten weilte, mit dem begeisterten Kommentar begrüßt wurde: »Ich habe Ihre Stiere in Mexiko City gesehen, und sie waren großartig!«

Der Jungstier Soldado, der unter meiner Obhut drei Monate lang in unserer Höhle überlebt hatte, sollte sich als einer der denkwürdigsten Zuchtbullen der Geschichte erweisen, und seine Nachkommen begründeten einen großen Teil des Ruhmes, der mit dem Namen Palafox verbunden ist. Am letzten Tag der Fiesta würden wir seine jüngsten Nachkommen sehen, und ich schaute zu der weißen Wand hinüber, auf der das Plakat verkündete: »Das traditionsreiche Ixmiq-Fest. Mit Stieren von Palafox.«

Ich sagte: »Don Eduardo, wenn am Sonntag dein erster Stier rauskommt, werde ich ihn wie einen Enkel begrüßen. Schließlich stammt er aus meiner Höhle.«

Der große Rancher lachte und lehnte sich zurück, den Reis à la Valenciana von seiner dicken Unterlippe wischend. »Weißt du, warum ich den Stierkampf so sehr liebe?« fragte er.

»Weil du ein Vermögen mit den schlechten Stieren machst, die du verkaufst«, erwiderte ich mit einem Schmunzeln.

Er lachte leise und sagte: »Du weißt, daß ich bei dem Geschäft nur draufzahle. Wir alle tun das. Aber ich liebe den Kampf, der dem Leben innewohnt. In dieser Stadt hat meine Familie über vier Jahrhunderte hinweg gekämpft. Nicht eines der Gebäude, die du von hier aus sehen kannst, wurde errichtet, ohne daß nicht vorher ein zäher, mörderischer Kampf stattgefunden hätte. Niemand wollte die Kathedrale dort oder die neue Fassade oder das teure Theater. Niemand außer irgendeinem Palafox. Was wurde aus den Miers? Aus Doña Carmens Familie? Sie besaßen mehr Land als wir, aber als General Gurza nahte, stoben sie davon wie ein Haufen verschreckter Hühner.« Er hielt inne und stocherte mit dem kleinen Finger in den Zähnen herum. Als er ein Stück Muschel entfernt hatte, fuhr er fort: »Wir haben gegen die Altomeken in den Bergen gekämpft und gegen den König in Madrid und den Papst in Rom und General Gurza in Mexiko City. Ich kämpfte gegen Präsident Cárdenas durch sämtliche Instanzen vor jedem Gericht in Mexiko, aber wir gingen trotzdem als gute Freunde auseinander. Weißt du, was Präsident Cárdenas sagte, als er die Entscheidung der Liegenschaftsgerichte, uns unser Land wegzunehmen, bestätigte? Er sagte: ›Don Eduardo, ich glaube, Sie sind der Vater Ihrer besten Stiere.‹ Und in gewisser Hinsicht bin ich das auch.«

»Ich wette, daß am Sonntag fünf deiner sechs Tiere kläglich sein werden.«

»Akzeptiert. Aber bedenke, wenn nur einer gut ist, dann ist er derjenige, an den man sich später erinnern wird.« Er lachte, dann wurde er plötzlich ernst. »Da kommt der Matador.«

Ich drehte mich um, um zu sehen, was seine Aufmerksamkeit erregt hatte, und sah einen ramponierten schwarzen Cadillac, etwa sechs Jahre alt, in forschem Tempo auf die Plaza biegen und mit quietschenden Bremsen vor der Terrasse halten. Am Steuer saß ein gnomenhaft aussehender Mann von zirka fünfzig Jahren mit einem tief in die Stirn gezogenen schwarzen Fedora-Hut und einer Zigarre zwischen den Zähnen. Neben ihm auf der vorderen Sitzbank saßen zwei nicht mehr ganz junge Stierkämpfer, die wie Gangster aussahen. Die drei sprangen behende heraus und begannen die Riemen zu lösen, die das Dachgepäck hielten. Einer der Männer öffnete die mir zugewandte hintere Seitentür, und heraus stieg eine auffällig gekleidete attraktive junge Frau, gefolgt von einem ziemlich kleinen, kräftigen, sehr dunkelhäutigen Mann Anfang Dreißig. Sobald er erschien, kam es sofort zu einem kleinen Auflauf von Schaulustigen, und kleine Jungen begannen einander zuzurufen: »Es ist Juan Gómez!«

Die Menge wurde größer, und ein junger Mann, der offenbar viele Filme gesehen hatte, stieß einen bewundernden Pfiff aus, der das Mädchen zum Lächeln brachte. Gómez, der Matador, bahnte sich mit ausdruckslosem Gesicht eine Gasse durch die Menge und ging ins Hotel. Als er an meinem Tisch vorbeikam, gewahrte er Don Eduardo und blieb stehen, um ihn zu umarmen.

»Mögen die Stiere gut sein«, sagte der Matador.

»Mögen Sie viel Glück haben«, erwiderte der Rancher.

Dann verschwand Gómez, und der gnomenhafte Mann überwachte das Ausladen der Kostüme, der Degen, der Lanzen und der seltsamen Lederkörbe, in denen die Hüte des Matadors aufbewahrt wurden. Gómez war jetzt unter uns, und Don Eduardo bemerkte, während die Mariachis auf dem Platz auf und ab marschierten und ihre Trompeten den Abend mit der Musik Mexikos füllten: »Heute nacht schlafen sie unter einem Dach, Victoriano und Gómez. Glaubst du, sie werden am Freitag tapfer sein?«

»Die Leute, die sie in Puebla kämpfen sahen, sagen, sie hätten Manolete fast vergessen lassen«, erwiderte ich.

»Möge ihr Glück groß sein«, sagte der alte Rancher. Er bekreuzigte sich, küßte seinen Daumen und warf den Segen über seine Schulter und ins Kachelhaus, wo die beiden Matadore sich ausruhten.

Der Indio

In der kurzen Zeit von einer Nacht und einem Tag, die mir bis zum Beginn des Festes noch blieb, steigerte ich mich in eine Arbeitswut, wie ich sie seit meinen Nachtschichten vor den Abschlußprüfungen in Princeton nicht mehr gekannt hatte. Ich zog Experten zu Rate, lieh mir ihre Zeitungsartikel über denkwürdige Kämpfe aus und führte sogar hastig improvisierte Interviews mit Juan Gómez und seinem Manager. Auf diese Weise konnte ich mir ein gedankliches Bild von dem säbelbeinigen Indio machen. Sobald ich mein Hotelzimmer zu einem Arbeitsraum umfunktioniert hatte, die Schreibmaschine auf einem Tisch im Schatten, meinen Stapel weißen Manuskriptpapiers und frisches Kohlepapier griffbereit in Reichweite, stürzte ich mich in die Arbeit und begann, die Sorte von Story runterzufetzen, wie New York sie so liebte: der Gute gegen den Bösen, der Weiße gegen den Schwarzen, Vorahnungen von Tragödie, das Ganze gewürzt mit einer Atmosphäre von Atemlosigkeit, um das Interesse an der Story anzuheizen. Die Seiten stapelten sich, und ich war nicht unglücklich mit dem, was ich da zuwege brachte, denn ich war stolz auf meine Fähigkeit, schnell und akkurat zu schreiben und dabei meine Daten in ein Muster einzufügen, wie Drummond es liebte.

> Was uns bei dem dreitägigen Fest erwartet, das am morgigen Freitag beginnt, ist eine spanische Feier, die auf eine zweihundert Jahre alte Tradition zurückblickt, aber auf fast zweitausend Jahre alten indianischen Riten gründet. Es paßt daher sehr gut zum Wesen des Fests, daß unsere Protagonisten in geradezu idealer Weise die beiden historischen Stränge der

mexikanischen Geschichte verkörpern: den alten indianischen, den jüngeren spanischen.

Den Spanier habe ich Ihnen bereits ausführlich vorgestellt: schlank, groß, blauäugig und mit einer außergewöhnlichen Anmut in seinen Bewegungen. Sie haben meine Fotos von ihm, die ich in anderen Arenen und früher in Spanien gemacht habe, und sie zeigen den charismatischen Victoriano; aber verwenden Sie die, auf denen sein eleganter Stil besonders zur Geltung kommt. Zu Gómez habe ich Ihnen noch nicht viel geschickt, aber er ist anders, ein schmieriger kleiner indianischer Landarbeiter ohne jede Eleganz, aber beseelt von einer brutalen Entschlossenheit, die Aufgabe zu meistern, und bereit, sein Leben dabei aufs Spiel zu setzen. Zu unserem Glück sieht er genauso aus, wie er ist: ein plumper, untersetzter kleiner Bursche mit pechschwarzen, tief in die Stirn fallenden Haaren und mit Säbelbeinen. Er ist wortkarg, launisch und pressescheu – das Gegenbild eines beliebten Matadors.

Ich sehe also das Ixmiq-Fest '61 als ein Duell zwischen den beiden Gesichtern Mexikos, dem spanischen und dem indianischen. Sonnenlicht gegen Schatten, Held gegen Schurke, Schönheit gegen Häßlichkeit – und, vor allem, ein junger Mann, der von drei äußerst versierten Stierkampfprofis beschützt wird, gegen einen nicht mehr ganz so taufrischen Torero, der unterstützt wird von einem heruntergekommenen Sonderling, der als Manager posiert, in Wirklichkeit aber in Gómez seine letzte Chance sieht, noch einmal an ein paar Dollar zu kommen, und von einem billigen Flittchen, das glaubt, Gómez könne ihr vielleicht zu einer Karriere als Flamencotänzerin in Spanien verhelfen, aber ihn auf der Stelle fallenlassen wird wie eine heiße Kartoffel, falls sich was Besseres ergeben sollte.

Als ich meinen Stuhl zurückschob, um aus dem Fenster auf die Plaza zu schauen, war ich nicht ganz glücklich mit meinem griffigen Vergleich der beiden Matadore; ich hatte den Verdacht, daß ich, indem ich ihre offensichtlichen Unterschiede so sehr herausstrich, wesentliche Dinge außer acht ließ. Einige Tage zuvor hatte ich New York einen kurzen Bericht über Gómez durchtelegrafiert, und die Antwort zeigte, daß die Heimatredaktion meine vereinfachende Sicht übernommen hatte, denn der Bildredakteur hatte mir gekabelt: »Versuchen Sie ein düsteres Foto von Gómez zu bekommen, auf dem er mit dem Stier tief im Schatten zu sehen ist.« Drummond selbst telegrafierte: »Liefern Sie uns unbedingt Szenen, die den *good guy* in Gefahr zeigen und den *bad guy* im momentanen Triumph.« In unserem Laden hatte man sich eindeutig auf Victoriano als den Guten festgelegt.

So waren wir denn munter dabei, durch Worte und Bilder eine bestimmte Stimmung zu einem Ereignis zu erzeugen, welches noch gar nicht stattgefunden hatte, und ich konnte den Telegrammen, die mich aus New York erreichten, Hinweise entnehmen, daß die Redakteure an diesem Kampf der Matadore ebenfalls emotional beteiligt waren. Am späten Donnerstagnachmittag, ein paar Stunden, nachdem ich meine letzte Depesche im Telegrafenamt abgesetzt hatte, wurde ich von einem Boten aufgescheucht, der mir ein Eiltelegramm von Drummond aufs Zimmer brachte, in welchem stand: »Mal ganz ohne hochgestochene Philosophiererei – welcher der beiden Matadore wird Ihrer Meinung nach am ehesten sterben?« Ich starrte auf meine Schreibmaschine und knurrte: Jetzt zwingen sie mich dazu, eine Voraussage zu machen, die ich nicht machen kann. Als ich dann das Telegramm ein zweites Mal las, merkte ich, daß es keine redaktionelle Nachfrage war. Es war eine persönliche Frage von Drummond als Mensch, nicht als Chefredakteur, als jemand, den der Kampf zwischen Victoriano und Gómez faszinierte und der mir nach einem langen Arbeitstag und einem Drink in irgendeiner Bar eine ehrliche Frage gestellt hatte. Ich war nicht verpflichtet, sie zu beantworten, doch wie ich da so an meinem Schreibtisch saß, den Kopf auf die Hände gestützt, während es langsam dunkel im Zimmer wurde, fand ich, daß ich ihm eine Antwort geben sollte.

»Der Spanier wird sterben«, sagte ich laut, und ich konnte den Höhepunkt dieses irrwitzigen Wettkampfs genau vor mir sehen.

Juan Gómez, der unnachgiebige kleine Indio, würde die Stiere mit immer größer werdendem Heldenmut bekämpfen, »sie mit den Ellenbogen an den Mandeln kitzeln«, wie es im Jargon der Stierkämpfer hieß, und er würde dadurch Victoriano dazu anstacheln, immer waghalsigere Arabesken auszuführen, bis schließlich am letzten Nachmittag des Fests in den länger werdenden Schatten ein Stier plötzlich nach links stoßen und Victoriano aufspießen würde. Vierzig lange Sekunden würde der Matador in der Luft hängen, durchbohrt von den mächtigen Hörnern, und dann würde er sterben.

Und dann muß ich jeglichen Sinn für Moral verloren haben, denn ich ertappte mich plötzlich dabei, wie ich betete: »Lieber Gott, wenn er denn sterben muß, dann laß es jetzt geschehen, auf dem Höhepunkt des Festes, unter dem Spiel der Kapellen, und nicht am Ende des Kampfes, sondern am Anfang, wenn das Licht noch gut ist, damit die Kamera jedes Detail von ihm einfangen kann, während er auf dem Horn zappelt.«

Ich kam wieder zu mir. »Mein Gott!« keuchte ich. »Was rede ich da!« Aber bevor mein Selbstekel das grausige Gebet aus meinem Kopf verscheuchen konnte, mußte ich mir eingestehen, daß ich das, wofür ich gebetet hatte, eigentlich wollte. Wenn Victoriano schon zum Tode verdammt war, dann sollte der schnelle Hornstoß am Ixmiq-Fest kommen, am frühen Nachmittag eines Sonnentages, wenn das Licht gut war – nicht für die Fotografen, sondern für einen ganz speziellen Fotografen, für mich. »Wenn es denn schon eine Story geben soll, dann laß es eine gute werden, einen Klassiker der Stierkampfarena. Laß mich eine Story schreiben, die direkt ins Herz der Stierkampfarena trifft, ins Herz von Mexiko selbst! Gereinigt von allem Unrat. Nur die nackte Wahrheit.«

Doch als ich den Blick von meinem Schreibtisch abwandte, konnte ich Drummond vor mir sehen, wie er an seinem eigenen Schreibtisch in New York saß und genauso dachte, wie ich in Mexiko gedacht hatte. Ich konnte mir ihn genau vorstellen, wie er da hockte, nicht gewillt, das Büro zu verlassen, und sich bei einer Flasche Bier mögliche Überschriften vorstellte und kalkulierte: Wenn einer von ihnen sterben muß, wie Clay behauptet, dann soll es der sein, der die beste Story für uns hergibt. Und er würde mit dem Stoff und den Fotos herumjonglieren, die ich ihm noch nicht geschickt hatte, weil das Ereignis selbst noch nicht stattgefunden hatte, und ich konnte hören, wie er sich selbst Mut machte: Wir können nichts falsch machen, wenn wir Victoriano als den schönen, jungen, tragischen Helden verkaufen, der von dem bösen kleinen Mann in den Tod gehetzt wird ... das ist nicht schlecht. Bilder hier und da. Auf der linken Seite bringen wir dieses tolle Foto von ihm, wie er im Triumph aus der Arena von Mexiko City getragen wird und die Mädchen Blumen nach ihm werfen. Auf der rechten Seite das gleiche goldene Gesicht, aber diesmal vom Horn eines Stiers emporgehalten. Das schwarze Horn, wie es direkt aus seiner Brust herauskommt. Und dann auf den Innenseiten die acht Rückblenden auf die Familiengeschichte, mit diesem irren Foto, wo der Stier seinem Großvater das Horn durch den Kopf stößt und ihn am Boden der Arena festnagelt. Diese alten Fotos machen immer unheimlich was her. Und das erste Foto von dem säbelbeinigen kleinen Indio, der an allem schuld ist, bringen wir frühestens auf den Seiten fünf und sechs.

Sobald er an den säbelbeinigen kleinen Mexikaner dächte, würde er sich einem entscheidenden redaktionellen Problem gegenübersehen, und ich konnte ihn vor mir sehen, wie er seinen imaginären Satzspiegel beiseite wischte und sich fragte: Aber wie ziehen wir die Sache auf, wenn nicht Victoriano stirbt, sondern der kleine Mexikaner? Ich zweifelte nicht daran, daß er, nach kurzem Nachdenken, mit einer jener edel klingenden Phrasen kommen würde, für die er berühmt war: »Und auf diese Weise sehen wir, wie es kommt, daß Männer gegen Stiere kämpfen und manchmal auf ihren Hörnern sterben.«

Ich spürte, wie ich mich zunehmend ärgerte über all diese Spekulationen, aber als ein gehorsamer Außenredakteur würde ich ihm weiterhin alle wissenswerten Informationen über Gómez zusenden, die ich beschaffen konnte, im Vertrauen darauf, daß etwas von dem, das ich sagte, die Geschichte erhellen würde –

wie immer sie ausging. Aber als ich über meine bisherige Arbeit nachdachte, wurde mir bewußt, daß nichts von dem, was ich über Gómez gesagt hatte, den eigentlichen Menschen dargestellt hatte. Ich hatte ihn schlicht benutzt, als verkörpere er die indianische Hälfte Mexikos als Gegengewicht zur spanischen. Ich hatte ihn als das Symbol des Dunkels dargestellt, das der Helligkeit entgegenstand, als das Verderben, das das Schöne, das Vollkommene bedrohte. Ich hatte mir in meinem Kopf eine vorgefaßte Vorstellung von dem, was passieren würde, zurechtgelegt – Victoriano Leals Tod – und dieses Verhalten hatte meine Wahrnehmung von Gómez bestimmt. Ich hatte einen Menschen ausschließlich im Hinblick auf seine Funktion im Leben und im Tod eines anderen dargestellt, und das war falsch.

Alle Bücher, die ich je über Mexiko gelesen hatte, und auch die Dissertation, die ich in Princeton über mein Heimatland geschrieben hatte, hatten an einer fatalen Schwäche gekrankt. Die Spanier hatten das Land aus spanischer Sicht geschildert, wie es Spaniens Suche nach Katholiken und Silberbarren beeinträchtigte. Amerikaner wie mein Vater hatten beschrieben, wie das Land aus amerikanischem Blickwinkel aussah. In seinem Buch *Die Pyramide und die Kathedrale* hatte er versucht, den amerikanischen Leser zu überzeugen, daß Mexiko letztlich doch ein ganz passabler Ort sei, da es in vielerlei Hinsicht beinahe amerikanischen Maßstäben genüge. Aber von Mexiko als einem einzigartigen Land mit seiner eigenen Hoffnung und seinen eigenen Problemen hatte noch niemand geschrieben. Und am allerwenigsten die Mexikaner selbst. Denn wer immer in diesem Land zur Feder griff, tat das entweder als spanischer Apologet oder als Indio oder als Antiamerikaner oder als jemand, der für die Russen war. Aber als Mexikaner? Niemals.

Da die Wahrheit für einen Mexikaner und für einen Amerikaner fast immer zwei verschiedene Dinge waren, wurde mir jetzt bewußt, daß alles, was ich bis dahin über den Matador Juan Gómez geschrieben hatte, strikt aus der Sicht eines Amerikaners konstruiert war, der über einen Indio schrieb, welcher im Begriff war, den Tod eines Spaniers zu verschulden. Jetzt war ich hellwach, und da an Schlaf nicht zu denken war an jenem ruhigen Donnerstagabend, verließ ich das Kachelhaus und trat hinaus auf die Plaza. Und dort, im Angesicht der spanischen und indianischen Gebäude, die sich im silbernen Licht des Mondes gegeneinander abhoben, sagte ich zu mir: Jetzt vergiß mal deine persönlichen Vorurteile, vergiß deine Sehnsucht nach der perfekten Headline – wenn du Juan Gómez so beschreiben müßtest, wie er wirklich ist, ohne irgendeinen Bezug auf andere Personen oder auf irgendwelche Symbole, wie würdest du das machen?

Als ich keine einfache Antwort fand, setzte ich mich auf eine der Bänke, die die Plaza säumten, und starrte abwechselnd auf die Kathedrale von Bischof Palafox und auf die Pyramide der Trunkenen Erbauer, während ich mich bemühte, mir ein Bild von diesem düsteren, phlegmatischen Matador zu machen. Von all den mißlichen Geschichten, die ich über seine Karriere gehört hatte, war mir eine ganz besonders in Erinnerung geblieben, die geradezu musterhaft für die Widrigkeiten zu stehen schien, mit denen er ständig zu kämpfen hatte. Es ging dabei unter anderem um eine halsbrecherische mitternächtliche Autofahrt von Acapulco nach Mexiko City.

Noch vor etwa drei Jahren, bevor seine Rivalität mit Victoriano Leal angefangen hatte, ihm echtes Geld einzubringen, war Juan Gómez ein Matador mit chaotischer Vergangenheit, trostloser Gegenwart und aussichtsloser Zukunft gewesen. Er hatte wenig zuwege gebracht, war umgeben von Blutsaugern, die ihn in Armut hielten, und hatte keinen logischen Grund zu der Erwartung, daß sein Glück sich je wenden würde. Er kämpfte ungefähr sechsmal pro Jahr und zu Honoraren, die ihn gerade vor dem Verhungern bewahrten. Er konnte es sich nicht leisten, sich eine eigene feste Truppe zu halten, wie die wohlhabenden Matadore es taten, sondern mußte mit den Picadores und Peónes vorliebnehmen, die er billig kriegen konnte, und er versuchte deshalb, sich bei den Gewerkschaften beliebt zu machen, indem er jeden akzeptierte, den sie ihm vorsetzten.

Er hatte sich ein auffällig aussehendes Mädchen namens Lucha González angelacht, eine schrille Sängerin, die sich auch im

Tanzen versuchte und leidlich gut mit den Kastagnetten war. Wenn er es schaffte, sich einen Stierkampfkontrakt an Land zu ziehen, steuerte er seinen Beitrag zu ihrem gemeinsamen Unterhalt bei, aber meistens war er auf die bescheidenen Honorare angewiesen, die sie mit ihren Engagements verdiente.

Lucha, deren Name die allgemein anerkannte Abkürzung für einen der beliebtesten Mädchennamen in Mexiko war, María de la Luz (Jungfrau Maria vom Licht), war etwa zwei Zoll größer als ihr Matador, was dieser nie ganz verwinden konnte. Eines Tages sah sie in einem amerikanischen Magazin eine Werbeannonce für Schuhe mit extra hohen, »unsichtbaren« Absätzen, welche versprach: »Jetzt können Sie endlich größer sein als sie.« Sie konnte natürlich den englischen Text nicht lesen, aber sie verstand die Botschaft, die das Bild übermittelte, und ließ sich von einer Freundin einen Brief nach New York schicken mit der Bestellung drin und den zwanzig Dollar, die sie gespart hatte. Es war nicht leicht gewesen, die Füße ihres Matadors auszumessen, aber eines Nachts, als er schlief, hatte sie vorsichtig die Decke weggezogen und auf Papier einen groben Umriß seiner Füße gemalt.

Als die Schuhe ankamen und sie sie Gómez überreichte, fielen ihm die geschickt getarnten überhohen Hacken auf, und er fing an zu lachen. Aber in Wirklichkeit war er in seiner Eitelkeit verletzt, und er liebte Lucha danach nie wieder so wie vorher.

Zu der Zeit, von der ich spreche, hatte Gómez gerade einen drittklassigen Kontrakt für einen Kampf in Acapulco bekommen, mit Stieren, die für die große Arena in Mexiko City nicht akzeptabel waren. Der Veranstalter hatte ihm 750 Dollar für den Nachmittag geboten, aber von diesem Betrag gingen 110 Dollar an Honoraren für seine Truppe weg, 88 Dollar für Reise- und Hotelspesen, und weitere 150 Dollar gingen als Schmiergeld für den Veranstalter drauf. Zog man davon noch die Kosten für die Reinigung und Pflege seiner Stierkampftracht und die 44 Dollar Schmiergeld für die Zeitungskritiker ab, blieben ihm ganze 300 Dollar – für einen Nachmittag im Kampf gegen gefährliche Stiere. Und von diesen 300 Dollar mußte er noch den größten

Teil in den Cafés auf den Kopf hauen, um die Illusion zu erzeugen, daß er ein bedeutender Matador sei. Es trifft zwar zu, daß er bei einigen seiner Kämpfe beträchtlich mehr verdiente, aber in den vorausgegangenen vier Jahren hatte er für sich selbst weniger als zweitausend Dollar pro Jahr behalten, und davon hatte er noch einen fünfmonatigen Krankenhausaufenthalt finanzieren müssen.

Und tatsächlich wäre sein Engagement in Acapulco auch ein finanzielles Desaster geworden, wäre da nicht Lucha gewesen, die durch hartnäckiges Telefonieren eines der großen amerikanischen Hotels herumgekriegt hatte, sie für einen Zeitraum von zwei Wochen als Unterhaltungskünstlerin zu verpflichten. Wie schon so oft zuvor, waren es ihre Einkünfte, die den Matador über Wasser hielten, und als der Kampf vorbei war, machte Lucha weiter ihre Auftritte, während ihr Matador auf seinen hohen Absätzen ziellos durch die Cafés stolzierte.

Sein Auftritt in der Arena von Acapulco war nicht beeindrukkend gewesen, was nicht zuletzt daran gelegen hatte, daß die Stiere miserabel gewesen waren, aber er hatte sich mindestens so gut geschlagen wie die anderen Matadore und deutlich tapferer, so daß er in der langen Woche nach dem Kampf eine Menge beifälliger Kommentare zu hören bekam – zumal, als er von dem, was von seinen Einkünften übriggeblieben war, fleißig Drinks für die Schmarotzer spendierte, die an ihm klebten.

An einem Samstag um Mitternacht, sechs Tage nach seinem Auftritt in der Arena, entstand beträchtliche Aufregung, als ein Mann von Café zu Café rannte und rief: »Telefonanruf für den Matador! Ein Veranstalter in Mexiko City will ihn dringend sprechen!«

Lucha selbst hat mir von dieser Nacht in Acapulco erzählt. Ich arbeitete gerade an einem Artikel über illegale mexikanische Einwanderer in San Antonio, Texas, und stieß zufällig auf eine Zeitungsnotiz über einen Stierkampf gleich hinter der Grenze in Nuevo Laredo am bevorstehenden Sonntag. Da die Fahrt mit dem Auto dorthin lediglich zwei Stunden dauerte, beschloß ich, mir den Kampf anzuschauen, denn ich hatte gehört, daß dieser mexikanische Matador Juan Gómez ein echter Bullterrier war, und ich war gespannt, zu sehen, was er konnte.

Nach dem Kampf, bei dem er sich wacker schlug, suchte ich ihn auf, zeigte ihm meinen Presseausweis und fragte ihn, ob wir uns unterhalten könnten. Sein Manager, ein dürrer Bursche mit einer langen Zigarre, schnappte sich meine Karte, studierte sie eingehend und nickte, woraufhin Gómez mich in ein Café am Rio Grande führte. Die dort auftretende Unterhaltungskünstlerin war eine Pseudo-Flamencosängerin und Tänzerin, die sich zu uns an den Tisch setzte. »Das ist meine Freundin, Lucha González«, sagte der Matador, aber sie verbesserte ihn: »Ich bin seine Managerin. Cigarro hier meint zwar, er wäre das, aber ich bin der Boß.« Und als wir schließlich auf jene Nacht in Acapulco zu sprechen kamen, bewies sie, daß sie in der Tat der Boß war, denn sie beherrschte die Unterhaltung.

»Ich singe gerade eines meiner besten Lieder, als dieser Mann hereingestürzt kommt und schreit: ›Telefon für Juan Gómez! Ein Veranstalter in Mexiko City! Braucht ihn für den Kampf morgen!‹ Ich sofort nichts wie runter von der Bühne und mit dem Mann mit, um ihm zu helfen, Juan zu finden. Ich denke: Mein Gott! Mexiko City! Die große Arena!«

Sie warf einen zärtlichen Blick auf ihren Matador und fuhr fort: »Ich finde ihn in diesem großen Café am Strand. Er trägt den karierten Anzug, den ich ihm in Mexiko City gekauft habe, eine Schleife, seinen andalusischen Hut und die Lackschuhe aus New York. Ein Matador wie aus dem Bilderbuch. Als der Bote brüllt: ›Gómez! Der Veranstalter in Mexiko City will dich für einen Kampf haben! Morgen! Er ist bei uns am Apparat!‹, kommt eine Verwandlung über Juan.«

Sie hielt inne, lächelte Juan erneut an und fuhr fort, als erinnere sie sich an ein Märchen: »Er war so schön, als er aufstand, sein Jackett glattzog und durch die Straßen zu dem Telefon ging, und hinter uns Männer herliefen, die anderen zuriefen: ›Gómez soll morgen in Mexiko City zu einem großen Kampf antreten!‹ Ich war stolz, neben ihm zu gehen, und als wir an dem Telefon ankamen, war die Nachricht wirklich aufregend: ›Wir stecken in der Klemme, Gómez. Die morgigen Kämpfe sind bis auf den letzten Platz ausverkauft. Wir wollten eigentlich den Hauptkämpfer aus Venezuela haben. Aber seine Maschine konnte in Bogotá nicht starten, und es gibt keine Möglichkeit mehr, ihn hierherzuschaffen. Können Sie nicht schnell raufkommen und morgen um vier Uhr kämpfen?‹«

Jetzt meldete Gómez sich zu Wort: »Ich sagte ihm: ›Ich werde da sein‹, und er sagte: ›Matador, Sie haben die Ehre Mexikos gerettet.‹«

»Aber jetzt sag ihm auch, was das Schwein gesagt hat, als ich ihn nach dem Honorar gefragt habe!« schrie Lucha, und als Gómez nichts sagte, erzählte sie es. »Er sagte zu Juan: ›Das regeln wir später‹, aber er erklärte ihm den Weg. ›Wenn Sie sofort in Acapulco losfahren, sagen wir mal, so um ein Uhr, dann könnten sie um – warten Sie mal, knapp zweihundert Meilen, das sind ungefähr ... – so gegen sieben Uhr in der Frühe hier sein. Dann können Sie sich gleich ins Bett legen, Cigarro kann am Mittag Ihre Stiere auswählen, Sie können noch ein bißchen weiterschlafen, und wenn Sie dann um vier in die Arena gehen, sind Sie voll ausgeschlafen und taufrisch.‹«

Lucha, die mitgehört hatte, wollte sich nicht so leicht abspeisen lassen. Sie riß Juan den Hörer aus der Hand und rief: »Señor Irizaba, wieviel kriegt Gómez?« Und als der Impresario ihr mit einschmeichelnder Stimme versicherte: »Das regeln wir später«, ging sie in die Luft, und wie sie sich so ereiferte, hatte ich Gelegenheit, mir diese energiegeladene, auf eine ungeschliffene Art schöne Frau genauer anzuschauen. Mittlerweile in den Dreißigern, war sie offenbar schon so ziemlich durch alle Nightclubs Mexikos und der amerikanischen Grenzstädte getingelt. Jetzt, gestrandet in Nuevo Laredo in einem fünftklassigen Bumslokal, rief sie sich jene Nacht in Acapulco in die Erinnerung zurück, und trotz der traurigen Geschichte, die sie erzählte, hatte ihr Sinn für Humor sie nicht verlassen, und sie mußte schmunzeln.

»Heute kommt es einem lustig vor. Damals war es ein Kampf, echt schlimm«, und sie erzählte, wie sie, nachdem sie den Hörer aufgelegt hatte, Gómez gewarnt hatte: »Der Mann ist ein Lügner. Er benutzt dich nur. Für dich wird es morgen in der Hauptstadt keinen Kampf geben.«

»Du hast doch gehört, was er gesagt hat«, hatte Gómez erwidert. »Der Venezolano hängt in Bogotá fest. Irizaba muß einen Ersatzmann finden – jemanden mit einem guten Ruf.«

Die stolze Frau senkte die Stimme, als sie zu mir sagte: »Zu der Zeit hatte mein Mann hier überhaupt keinen Ruf – weder einen guten noch einen schlechten. Deshalb wußte ich, daß Irizaba ihn anlog. Er wollte Juan schlicht deshalb holen, damit er jemanden in Reserve hatte, falls der Matador, den er eigentlich haben wollte, verhindert sein sollte.« Aber wieder lachte sie, als sie meinen Arm berührte: »Als Juan vom Telefon zurückkam und die Männer in dem Café ihn fragten, wieviel er für den Kampf bekommen würde, sagte er ihnen: ›Dreitausend Dollar‹, aber sie mußten gewußt haben, daß es wahrscheinlich eher so was um die sechshundert herum war.«

Bei dieser Zurschaustellung seiner Schande zuckte Gómez zusammen, und als Lucha auf ihre energische Art fortfuhr, erhielt ich einen kleinen Einblick in das Leben des Stierkämpfers. Als eine Frau, die ihre Caféhaus-Engagements immer selbst ausgehandelt hatte, wußte sie, wie wenig man sich auf mexikanische Impresarios verlassen konnte, und da sie auch in den Staaten ein paar schlechte Erfahrungen gemacht hatte, hatte sie mit entschiedener Stimme zu Juan gesagt: »Du kannst nicht jetzt mitten in der Nacht nach Mexiko City fahren. Für nichts.« Darauf hatte er erwidert: »Aber es ist die Chance. Wenn ich einen großen Tag in der Hauptstadt habe –«

»Du wirst keinen großen Tag haben. Du wirst gar keinen Tag haben. Nicht mit dieser Ratte Irizaba.«

Sie erzählte mir: »Wir stritten uns noch fast eine halbe Stunde, nicht, Juan?« Er nickte und bestätigte: »Es war bitter. Sie wußte, daß ich keine Chance hatte, und vielleicht wußte ich es auch. Aber so ist ein Matador nun einmal, ein Mann, der seine Chance sucht und dafür Risiken eingeht.«

»Wie ging die Sache aus?« fragte ich, und sie redeten beide gleichzeitig drauflos. Jeder bescheinigte dem anderen, sich anständig verhalten zu haben bei jener Auseinandersetzung, die sich zu einem richtigen Streit ausgewachsen hatte, bis Gómez sie schließlich ultimativ vor die Wahl gestellt hatte: »In einer Viertelstunde machen Cigarro und ich uns auf den Weg in die Hauptstadt. Entweder du kommst mit, oder du bleibst hier!«

Ihr war sofort klar gewesen, daß Juan es ernst meinte, und sie hatte versucht, auf Zeit zu spielen: »Warte wenigstens so lange, bis ich mit meinem nächsten Auftritt fertig bin! Du weißt, daß wir von meiner Singerei leben, und ich kann nicht einfach alles liegen und stehen –«

»Ich werde warten«, hatte er erwidert, und eine Stunde später, um Viertel vor zwei, jagte der Cadillac mit heulendem Motor aus dem Badeort hinaus, in die Berge und dann nach Norden in Richtung Hauptstadt. Cigarro saß am Steuer, und Lucha und Gómez versuchten, auf dem Rücksitz zu schlafen. Von Zeit zu Zeit wachten die Rücksitzpassagiere auf und sahen aus verquollenen Augen, wie sie gerade mit siebzig Meilen pro Stunde durch irgendein schlafendes Dorf rasten oder eine Schar Hühner aufscheuchten, die auf dem warmen Pflaster schliefen. Sie fuhren durch Iguala, welches berühmt ist in der mexikanischen Geschichte wegen seiner Rolle in den Revolutionskämpfen; durch Taxco mit seinen alten, wunderschönen Bauwerken; und schließlich kamen sie nach Cuernavaca mit seinen exquisiten Wohnhäusern, wo reiche amerikanische Touristen residieren.

Als sie die Berge hinter sich gelassen hatten und die Hochebene von Mexiko City erreichten, hielt Cigarro an und sagte: »Juan, ich bin müde. Möchtest du nicht fahren?« Aber Lucha wandte ein: »Er braucht seinen Schlaf.« Sie kletterte nach vorn auf den Fahrersitz, rutschte ans Steuer und lenkte den alten Wagen sicher in die Außenbezirke von Mexiko City und schließlich durch die überfüllten Straßen der Millionenstadt. Als sie an einem Café vorbeikam, in dem sie gesungen hatte, begann sie eines ihrer Lieblingslieder zu summen und fuhr weiter zu einem billigen Hotel. Dort gab sie dem Portier sofort nachdrücklich zu verstehen, daß sie, da es bereits sieben Uhr in der Frühe sei, lediglich für den kommenden Tag, nicht aber für die bereits verflossene Nacht zu bezahlen bereit sei. Als um halb acht Cigarro und sein Matador fest eingeschlafen waren, fuhr sie weiter zu einem Nightclub, wo die Gäste sich an sie erinnerten, und sang dort bei ein paar Liedern mit.

Um halb zwölf war sie zurück im Hotel. Sie brachte Gómez heißes Wasser zum Rasieren, und um zehn vor zwölf standen sowohl er als auch Cigarro gestiefelt und gespornt bereit, gerüstet für die mittäglichen Verrichtungen in der Arena.

Anders als die meisten Matadore, die abergläubisch bis zum Gehtnichtmehr waren und sich weigerten, auch nur einen Blick auf ihre Stiere zu werfen, bevor die Tiere zum Kampf in die Arena gestürmt kamen, bestand Juan Gómez darauf, bei der mittäglichen Aussonderung der Stiere zugegen zu sein. Er hatte schon als Junge immer das Gefühl gehabt, niemals genug über die Tiere lernen zu können, und darüber hinaus bestand immer die Möglichkeit, daß er bei der mittäglichen Auswahl irgendeinen charakteristischen Zug an seinem Tier entdecken konnte, der ihn in die Lage versetzen würde, einen großen Kampf zu liefern. Der einzige Schwachpunkt an dieser Theorie war, daß er selten einen herausragenden Nachmittag hinlegte, während Matadore, die ihre Stiere niemals vorher sahen, dies durchaus manchmal taten.

Aber als der Matador mit seinem Anhang die Corrals betrat, in denen jeder Matador seine Stiere zugeteilt bekommen würde, bekam Lucha einen Schreck, denn sie sah sofort, daß nicht nur die Vertreter der anderen beiden für den Tag vorgesehenen Kämpfer anwesend waren, sondern auch die Männer, die dem Gaststar aus Venezuela assistieren sollten, und außerdem noch die Agenten von vier anderen bekannten Matadoren, die allesamt einen berühmteren Namen hatten als Juan Gómez.

Ihr wurde ganz elend. »Diese Schweinehunde!« zischte sie. »Diese dreckigen Schweinehunde!«

Gómez versuchte sie zurückzuhalten, um sich den kleinen Rest an Hoffnung, den er hegte, vielleicht doch für den Kampf ausgewählt zu werden, nicht endgültig zu verscherzen, aber sie stieß ihn beiseite, bahnte sich mit den Ellenbogen einen Weg durch die Traube von Männern, die die sechs friedlichen Stiere in den Corrals begutachteten, spähte sich den Impresario Irizaba aus, einen großen, wohlbeleibten Mann in den Sechzigern, dessen linkes Auge zuckte, und begann auf ihn einzukreischen: »Sie stinkender Drecksack, Sie ... Sie Schweinehund! Alle diese Männer für nichts hierherzuholen! Sie Arschloch!«

Ihre Wut war so groß, und ihre Versuche, Irizaba das Gesicht zu zerkratzen, wurden so heftig und ungestüm, daß zwei seiner Helfer sie bändigen mußten, während ihr Boß die Flucht ergriff, um sich in seinem Büro über den Corrals zu verschanzen. Aber ganz ungeschoren kam er auch nicht davon; denn obwohl zwei kräftige Männer sie mit eisernem Griff festhielten, gelang es der tobenden Lucha, ihm vor seinem Rückzug noch rasch einen schmerzhaften Tritt zu versetzen.

In dem Bestreben, Gómez davor zu bewahren, daß er sich auch noch die letzte theoretische Chance verbaute, jemals einen Kampf in der Hauptstadt zu bekommen, zerrten die Agenten der anderen enttäuschten Matadore Lucha aus dem Corral, und als sie die wütende Frau ausgesperrt hatten, kehrten sie zu Gómez zurück und sagten: »Wenn Sie jemals hier kämpfen wollen, dann entschuldigen Sie sich bei Irizaba. Er wird Verständnis für Sie haben. Sagen Sie einfach, die Frau wäre ausgerastet.« Darauf erwiderte Gómez: »Niemand kann ihr ungestraft auf die Hühneraugen treten. Das habe ich gelernt, und er da auch«, und er zeigte auf Cigarro, der bei den Corrals stand.

Lucha rauszuschmeißen brachte keine Lösung. Immer noch vor Wut schäumend wegen der Schmach, die man Gómez angetan hatte, fand sie einen anderen Eingang und stürmte die Treppe hinauf zu Irizabas Büro. Sie brach die Tür auf, stürmte hinein und kreischte: »Wir sind die ganze Nacht durchgefahren. Die drei anderen auch. Und glauben Sie ja nicht, das haben wir umsonst gemacht! Das kostet Sie was, das sag' ich Ihnen!«

Irizaba hatte eine Heidenangst vor ihr. Er hielt sich hinter seinem Schreibtisch verschanzt. Sie hätte ihn in Stücke gerissen.

»Wie ging die Sache aus?« fragte ich, und Gómez ließ Lucha den Vortritt, die sagte: »Der Fettsack sagte zu mir: ›Da die Matadore nun schon einmal hier sind, bin ich bereit, jedem von Ihnen zwei Karten – Freikarten, versteht sich – für den Kampf zu geben‹, und dann hielt er mir zwei Karten hin.«

»Und was haben Sie gemacht?« fragte ich, und sie sagte in bitterem Ton: »Ich hab' sie nicht mal angerührt. Als ich sah, was es für Plätze waren, hab' ich sie mit dem Fingernagel weggeschnippt und zu ihm gesagt: ›Das sieht Ihnen ähnlich! Billige Plätze ganz oben. Für einen Vollmatador. Daß Sie sich nicht schämen! Entweder Sie geben uns gute Plätze unten, oder –‹«

»Und? Hat er?« fragte ich.

»Er wußte, daß er da nicht drum herum kam.«

»Und haben Sie sie genommen? Ich könnte mir denken –«

Gómez antwortete für sie: »Natürlich haben wir sie genommen. Ein Matador kann niemals genug Stiere sehen. Es ist nie einer wie der andere. Auf diese Weise lernt er immer noch wieder dazu.« Und dann sagte er mir etwas, das ich nicht wußte: »Und außerdem ist es schon einige Male in der Geschichte des Stierkampfs vorgekommen, daß irgendein Matador, der zufällig gerade auf der Tribüne saß, einspringen mußte – ohne Capa und ohne alles – um einen Stier zu bändigen, der in die Zuschauerränge gesprungen ist. Wir retten Leben, weil ... bei Stieren kann man nie sicher sein.«

Der Stierkampf ist ein häßliches Geschäft. Einigen wenigen Glücklichen verschafft er ein glanzvolles Leben, wenn sie entweder tapfer genug oder klug genug sind, um ganz nach oben zu kommen. Für die meisten aber ist es eine traurige, bittere, schmutzige Existenz, die nur ein paar Jahre währt und die Männer für den Rest ihres Lebens entweder als körperliche oder seelische Krüppel – oder beides – zurückläßt. Hier ist die Geschichte, so wie ich sie von Juan Gómez oder von seinen Freunden hörte, wie er in dieses trostlose Geschäft hineingeriet.

Selbst jetzt noch hörte ich genau seine leise Stimme mit ihrem harten indianischen Akzent, als er mir widerstrebend von seinen frühen Jahren erzählte: »Ich wurde geboren in einer kleinen Lehmhütte nahe bei einem Dorf jenseits der Pyramide. Altomeken, kein eigenes Land. Vater trug immer diese weißen Baumwollhosen, Sie wissen, welche ich meine. Als Gürtel diente ein Strick, und darüber trug er ein ganz dünnes Hemd.« Er erzählte, daß sein Vater, ein ruhiger, phlegmatischer Mann, einige Jahre lang in der Armee General Gurzas gekämpft hatte, in der Hoffnung, daß seine Familie einmal ein besseres Leben haben würde, doch alles, was ihm dieser Ausflug in die Revolution eingebracht hatte, war ein zweites Baumwollhemd. Er war bei der zweiten Plünderung von Toledo dabeigewesen, aber während die klügeren von General Gurzas Männern damit beschäftigt gewesen waren, die Kathedrale leerzuräumen, hatte er erfolglos versucht, ein neunzehnjähriges Mädchen zu vergewaltigen. Auf diese Weise hatte er seine einzige Chance verpaßt, von der Revolution zu profitieren, denn die anderen Soldaten rissen sich den reichen Silberschmuck der Kathedrale unter den Nagel.

In dem Monat, in dem Juan geboren wurde, wurde die Familie Gómez von der Vergeltung ereilt, als eine große Truppe von Konservativen, die sich unter der Führung von Priestern zusammengerottet hatten und sich *Cristeros* – Männer Christi – nannten, sengend und plündernd durch einen großen Teil der Umgegend von Toledo zog und jeden umbrachte, der in Verdacht stand, unter General Gurza gedient zu haben. Eines Abends bei Sonnenuntergang kamen die Cristeros von den Ebenen Zentralmexikos heruntergebraust und erschossen in einem Akt höchster Ironie Juans Vater.

Ich sage deshalb, daß dies ein Akt der Ironie war, weil in jenen letzten wilden und schlimmen Jahren, die Mexiko heimsuchten und in denen gute Männer zum Mord getrieben wurden, der Bauer Gómez einen katholischen Priester in sein Haus aufgenommen hatte, der sonst von den Überresten von Gurzas Rebellenarmee umgebracht worden wäre, und drei Jahre lang hatten die Gómez diesen Priester bei sich versteckt, verkleidet als gewöhnlichen Arbeiter, und ihm gestattet, unter großer Gefahr für sie selbst, in ihrer Lehmhütte die Messe abzuhalten. Es war erstaunlich, daß Gómez das getan hatte, denn er war ein überzeugter Revolutionär gewesen, der Priester früher einmal gehaßt hatte. Aber er erklärte sein Verhalten mit der schlichten Begründung: »Ich bin des Tötens müde. Man sollte keine Priester töten.«

Der Matador sagte von seinem Vater: »Als er raubte und vergewaltigte und Kirchen zerstörte, hat Gott über ihn gewacht. Aber als er bereute und einen Priester in unserer Hütte versteckte, da hat Gott ihn getötet. Er sandte Männer, die ›Lang lebe Christus, der König!‹ schrien, während sie mordeten und sengten, und sie schossen ihn tot.«

Die Witwe Gómez stand nun allein da mit ihren zwei Söhnen, dem fünfjährigen Raúl und dem gerade einmal einen Monat alten Juan. Der Priester blieb noch mehrere Monate bei ihnen und half ihnen, die Felder zu bestellen, die Vater Gómez für andere beackert hatte, und eine Zeitlang wuchsen die Jungen in dem Glauben auf, er sei ihr Vater. Aber als die Cristeros abzogen, meldeten ein paar alte Mitstreiter von Gurza die Anwesenheit des Priesters im Dorf, und es kamen strikt antikatholische Regierungssoldaten, um ihn zu suchen und womöglich auch zu erschießen, aber als sie im Dorf ankamen, war Padre López schon gewarnt worden und war geflohen.

Ich kann aus eigener Kenntnis über diese speziellen Ereignisse sprechen; denn als Padre López aus dem Dorf im Nordwesten des Staates Toledo flüchtete, wurde er von meiner Familie im Bergwerk versteckt, und ich erinnere mich, daß er ein Zimmer gleich neben dem meinem bewohnte. Padre López sagte, es sei ein Wunder, daß er, ein verfolgter Priester, erst von einem Soldaten aus General Gurzas Armee gerettet worden sei und dann von einem Protestanten, der sich vor Katholiken gefürchtet habe. Mein Vater, der Padre López nach einer mitternächtlichen Fahrt in einem alten Ford gerettet hatte, knurrte, daß da die Ähnlichkeit aber auch aufhöre, »denn es ist nicht erwünscht, daß Sie in diesem Hause irgendwelche Messen abhalten.« Der Priester hielt sich freilich nicht an dieses Verbot und hielt heimlich Messen in der sogenannten »Stierhöhle« ab, zu denen die Arbeiter aus der Mine kamen, obwohl einige von ihnen als Spitzel für die Revolutionäre bekannt waren.

Wie die Witwe Gómez mit ihren zwei kleinen Söhnen und ohne die Hilfe eines Mannes überlebte, hat der Matador mir nie erzählt. Aber in jenen schlimmen Jahren war es nichts Ungewöhnliches, wenn in einem Dorf die Hälfte der Frauen verwitwet waren. Die Männer, die die Revolution unterstützt hatten, wurden von den Cristeros getötet, und jene guten Männer, die in Verdacht gerieten, Katholiken zu sein, wurden von den Revolutionären erschossen. Nehmen Sie meinen eigenen Fall als typisches Beispiel. Noch bevor ich vierzehn wurde, hatte ich bereits erlebt, wie die Stadt Toledo viermal besetzt und zweimal gebrandschatzt wurde. Ich hatte mit eigenen Augen gesehen, wie nicht weniger als zwanzig Männer gehängt und zahlreiche andere erschossen wurden. Und später hatte ich erlebt, wie einige der feinsten und gütigsten Männer und Frauen, die ich je gekannt hatte, sich in der Cristero-Bewegung zusammenschlossen und mit mörderischem Haß zurückschlugen. Das war das Mexiko meiner Jugend, und es war das Mexiko, in dem Juan Gómez mit seiner verwitweten Mutter aufwuchs.

Der Knabe hatte ein Jahr Schulunterricht. Dann wurde die Dorfschule von den Cristeros niedergebrannt, und er streifte durch das Land auf der Suche nach Gelegenheitsjobs. Über diese Jahre erzählte er mir: »Ich konnte meinen Namen schreiben, aber ich konnte nicht lesen. Ich hab' noch heute Schwierigkeiten bei langen Wörtern. Aber ein freundlicher Nachbar gab mir den Rat: ›Geh hinunter nach Toledo und geh zur Palafox-Ranch. Die stellen junge Burschen als Lohnarbeiter ein.‹ Also wanderte ich nach Süden, mit nichts am Leibe als einer Hose und einem Hemd. Es war ein kalter Januartag, als ich durch das große Tor ging. Ich wußte nicht einmal, daß es ein Ort war, wo sie Kampfstiere züchteten. Ich hatte noch nie einen gesehen.«

An der kleinen steinumfriedeten Arena im Innern der Ranch waren viele Autos geparkt, und eine Menge zerlumpter Jungen wie er drängte sich vor dem Tor. »Was ist denn hier los?« fragte er. Ein Junge antwortete: »*La tienta*«, und als er fragte: »Was ist das?«, sagte der Junge erstaunt: »Wenn du das nicht weißt, warum bist du dann hier?« Darauf sagte er: »Um Arbeit zu bekommen.« Und der Junge sagte unwirsch: »Armillita testet die Kühe.«

»Wer ist Armillita?« fragte Juan.

Die anderen Jungen starrten ihn verblüfft an und stießen ihn vom Tor weg; einer, der noch nicht einmal wußte, wer Armillita war, war nicht würdig, hereingelassen zu werden. Kurze Zeit später wurde das Tor von innen aufgemacht, und ein großer, dikker Mann, den er später als Don Eduardo Palafox kennenlernen sollte, erschien. »Laßt die Jungs rein!« befahl er, und die Männer, die die abgerissenen Bengels draußen gehalten hatten, gewährten ihnen jetzt großmütig Einlaß. »Setzt euch da drüben hin!« knurrte ein bärbeißiger Kerl. »Und wenn einer von euch es wagt, in die Arena zu springen, kriegt er die Gurgel durchgeschnitten.«

In dem Moment ging ein rotes Tor auf der anderen Seite der kleinen Arena auf, und zum erstenmal in seinem Leben sah Juan Gómez ein Tier in eine Arena gestürmt kommen. Eine Woge der Erregung packte ihn, als er sah, wie ein großgewachsener Indio sich auf das Tier zu bewegte und begann, es mit seiner rotgelben Capa zu beherrschen. In seinen Bewegungen lag nicht nur Anmut, sondern auch höchste Disziplin und Körperbeherrschung, wenn er die Hörner des Tieres ganz knapp an sich vorbeilenkte.

»Ist das Armillita?« fragte er die anderen Jungen in ehrfurchtsvollem Flüsterton. Aus den verächtlichen Blicken, die sie ihm darauf zuwarfen, ersah er, daß dies zutraf, aber nun wußte er immer noch nicht, wer Armillita war. Also stieß er einen Jungen an, der rechts neben ihm stand und älter war als die anderen, und fragte: »Wer ist Armillita?« Und der Junge antwortete, ohne den Blick von dem Matador zu wenden: »Der Beste.«

Diese Antwort stellte Juan noch immer nicht zufrieden, und er fragte weiter: »Kämpft er immer gegen Stiere?«

Die Jungen hätten das Testen um ein Haar unterbrochen mit ihrem lauten Gebrüll. »Das ist doch kein Stier, du Idiot!« schrie einer. »Der kann einen Stier nicht von einer Kuh unterscheiden!«

Die Störung hatte Armillitas Aufmerksamkeit erregt, und als die Zeit für eine Verschnaufpause kam, zeigte er auf den Jungen rechts von Juan und fragte: »Willst du's auch mal versuchen?« Wie der Blitz sprang der Junge über die niedrige Barriere, rannte zu dem Matador und schnappte sich eine Capa. Dann, mit dem Berufstorero im Rücken, näherte er sich vorsichtig der zweijährigen Kuh. Die anderen Jungen schauten in gespanntem Schweigen zu, wie ihr Gefährte sich langsam und mit der übertriebenen Haltung, wie die Matadore sie einzunehmen pflegen – den Kopf nach hinten gebogen, den Rumpf gebeugt –, auf das wartende Tier zu bewegte. Dann, urplötzlich, ging die gereizte Kuh auf ihn los, um ihn auf die Hörner zu nehmen, aber der Junge ahnte den Angriff voraus und lenkte sie geschickt mit der Capa an seinem Körper vorbei ins Leere.

»*¡Olé!*« schrie die Menge, die gekommen war, um sich die Tienta anzuschauen. Das spornte den Jungen an, und viermal ließ er die Kuh an seiner Hüfte vorbeisausen, wobei er sich jedesmal kühn in ihre Flanke lehnte. Beim sechsten Pase senkte er die Capa, die er die ganze Zeit über in der linken Hand gehalten hatte, vollführte eine Pirouette und ließ die Kuh im weiten Bogen hinter dem durch den Sand schleifenden Saum des Tuchs herjagen.

»*¡Olé!*« schrie die Menge erneut, und der Junge begab sich wieder auf seinen Platz, mit einem beifälligen Nicken von Armillita höchstpersönlich belohnt. Offensichtlich hatte der junge Mann viele Monate geübt, und offensichtlich hatte er die Absicht, Stierkämpfer zu werden. Die anderen Jungen behandelten ihn mit Respekt. Er setzte sich nicht wieder neben Juan Gómez, sondern ein Stück abseits, ganz rot im Gesicht vor Erregung und Stolz.

Gegen Ende des Nachmittags verkündete Don Eduardo Palafox, der, wie Juan von den anderen hörte, der Eigentümer der Ranch war, daß er vorhabe, einen dreijährigen Bullen zu testen, den er den Kühen als Zuchtbullen zuzuteilen plante, und er bat die beiden Matadore, festzustellen, ob er die Tapferkeit besaß, die ein Bulle, der für diesen wichtigen Zweck verwendet wurde, mitbringen mußte. Durch die Zuschauerschar ging ein erfreutes Murmeln, denn es passierte nicht oft, daß der Rancher bei einer

Tienta einen echten Stier testen ließ. Ein solches Ereignis war ebenso bedeutsam für den Besitzer des Stieres wie für die Matadore, denn es stellte ein echtes Glücksspiel dar, mit einem hohen Risiko. Ein dreijähriger Kampfstier, der in einer Arena mehr als tausend Dollar wert war, wurde in die Testarena geschickt, und wenn sich das Tier als ungeeignet für die Zucht erwies, blieb einem seriösen Züchter keine andere Wahl, als es zu schlachten; denn als Kampfstier konnte er es nicht mehr verkaufen. Mit drei Jahren besaß ein Stier bereits eine so stark entwickelte Lernfähigkeit und ein so ausgeprägtes Erinnerungsvermögen, daß er, wenn er heute getestet und irgendwann in der Zukunft zu einem echten Kampf in eine Arena gelassen wurde, sich sofort wieder daran erinnern würde, was er tun mußte, und den Matador mit größter Wahrscheinlichkeit töten würde.

Es gab natürlich noch eine Möglichkeit, zu der ein enttäuschter Züchter Zuflucht nehmen konnte, wenn er skrupellos war: Er konnte verschweigen, daß der Stier schon einmal getestet worden war, und ihn an eine der dritt- oder viertklassigen Arenen verkaufen, wo dritt- und viertklassige Matadore ihn dann unter enormem Risiko für Leib und Leben bekämpfen mußten. Kein Züchter war absolut ehrlich – Don Eduardo zum Beispiel machte bisweilen falsche Angaben über das Alter seiner Stiere und mogelte auch häufig beim Gewicht der Tiere, indem er ihnen kurz vor dem Wiegen gesalzenes Getreide zu fressen gab, so daß sie Unmengen Wasser soffen und so künstlich »Gewicht machten«, eine Methode, die natürlich illegal war. Aber kein Züchter, der ein Gewissen hatte, würde je einen Stier, der schon einmal bekämpft worden war, zu Kampfzwecken verkaufen, und auch Don Eduardo hatte dies niemals getan. Und selbst wenn er mit dem Gedanken geliebäugelt hätte, hätte er es kaum bei dieser Gelegenheit riskieren können; denn im Dabeisein Armillitas und des anderen Matadors einen echten Stier rauszuschicken bedeutete zwangsläufig, daß dies nur ein echter, ehrlicher Test sein konnte. Zu viele Leute mit Sachverstand waren zugegen, die das Testen des Stieres verfolgten und sehen konnten, was mit ihm geschah, falls er sich als feige erwies. Daher kam, als Don

Eduardo das Testen eines möglichen Zuchtbullen ankündigte, echte Spannung bei allen Anwesenden auf; denn er setzte immerhin tausend Dollar aufs Spiel.

Die angenehm ungezwungene Atmosphäre, die das Testen der Jungkühe geprägt hatte, war jetzt verschwunden. Ernst dreinblickende Männer auf größeren Pferden prüften noch einmal die Festigkeit ihrer Lanzen am Mauerwerk. Die Männer mit Capas nahmen ihre Positionen ein, und Armillita nahm Aufstellung hinter einer Barriere, den Saum seiner Capa zwischen den Zähnen. Die Kühe wurden hinausgetrieben. In wenigen Augenblikken würde ein Stier in der Arena erscheinen.

»Genau in dem Moment«, erzählte mir Gómez, »merkte ich, daß der Käfig, in dem der Stier war, sich direkt unterhalb der Stelle befand, an der ich saß. Ich konnte die Kraft des Stieres fühlen, als er mit seinen Hörnern gegen die Wand seines Gefängnisses stieß. Das Holz, auf dem ich saß, zitterte, und die anderen Jungen spähten durch die Ritze im Holz nach unten, um einen Blick auf das Tier zu erhaschen, das solch gewaltige Kraft hatte. Ich nicht. Ich ließ die Botschaften, die die Hörner aussandten, in meinen Körper eindringen. Ich fühlte eine neue, unbekannte Kraft. Die Welt bebte. Und dann, von einer Stelle direkt unter mir, donnerte der Stier in die Arena.«

Er war ein schönes junges Tier von etwa sechshundert Pfund. Seine schwarzen Hörner waren breit und spitz. Sein Schwanz war glatt, mit einer verfilzten, struppigen Quaste an der Spitze, und an seinen Flanken klebte das Blut von kleinen Schrammen, die er sich beim Kampf gegen die Wände seines hölzernen Gefängnisses selbst beigebracht hatte. Er war ein echter Stier, und mit wildem Ungestüm ging er auf die Tuchfetzen los, mit denen die Kämpfer in genau festgelegter Reihenfolge vor ihm wedelten, so daß alle Beteiligten seine Qualitäten taxieren konnten.

Nachdem der Stier sechs solcher ungestümen Attacken gemacht hatte, trat Armillita in die Arena und legte eine Serie exquisiter Pases hin, die die Fähigkeiten des Stieres auf das Vorteilhafteste zur Geltung brachten. Es sah ganz so aus, als sollte der Stier alle Hoffnungen bestätigen, die man in ihn gesetzt hatte.

An diesem Punkt zog sich Armillita zurück und ließ den zweiten Matador sein Glück versuchen, und auch bei diesem war der Stier exzellent. Dann geschah etwas Überraschendes: Armillita winkte dem Jungen auf der Tribüne zu und sagte: »Jetzt versuch's mal bei einem richtigen Stier.« Behende sprang der junge Mann hinunter in einen Teil der Arena, der in sicherem Abstand zu dem Terrain war, wo der Stier gegen die Barriere anrannte. Er nahm sich eine Capa von der Wand und begann den traditionellen Marsch des Matadors gegen den Feind, einen Fuß vorsichtig vor den anderen setzend und die Capa mit beiden Händen rhythmisch vor sich schwenkend, um den Stier anzulocken, während er mit heiserer, angstvoller Stimme rief: »He, Stier! He, komm her!«

Der junge Stier griff an, und Juan sah, daß der Junge in seiner Stellung erstarrte, die Hände senkte und irgendwie den Stier an sich vorbei brachte. Die Menge schrie »*¡Olé!*«, und der Junge versuchte es ein zweites Mal, aber diesmal drehte der wachsame Stier zu früh und erwischte den jungen Kämpfer mit der flachen Außenseite seines linken Horns, so daß er in hohem Bogen zur Seite geschleudert wurde. Sofort passierten zwei Dinge. Der Stier, nachdem er nun sein Ziel gefunden hatte, drehte abrupt auf engstem Raum und stürmte mit donnernden Hufen auf den am Boden liegenden Jungen los. Aber die ausgebildeten Matadore hatten dies vorausgeahnt und sprangen flink dazwischen und lockten den Stier mit ihren wirbelnden Capas von dem Jungen weg.

Dies war das erste Mal, daß Juan sah, wie jemand von einem Stier zu Boden geschleudert wurde, und er war beeindruckt von drei Dingen: der ungeheuren Kraft des Stieres, der mit einem einzigen Schwenk seines Kopfes einen Menschen durch die Luft schleudern konnte; die Behendigkeit, mit der die richtigen Matadore zur Stelle waren und das Tier dorthin lockten, wo sie es haben wollten; und den Mut, mit dem der Junge aufsprang, seine Capa vom Boden raffte und weiterkämpfte, als ob nichts geschehen sei. Diese ehrfurchterregende Aufeinanderfolge von Ereignissen berührte Juan Gómez so tief, daß er sich in dieser Sekunde dem Stierkampf verschrieb. »Ich werde alles über Stiere lernen«, schwor er sich im stillen. »Ich werde schnell sein. Und ich werde tapfer sein.«

Aber was dann geschah, gab seinem ersten Erlebnis mit den Stieren jenen Beigeschmack von Tragödie, der nie weit von der Stierkampfarena ist. Der erfolgreiche Anfänger kletterte zurück auf seinen Platz auf der primitiven Tribüne, das Gesicht rot vor Freude und Erregung. Der richtige Matador beendete den ersten Test mit einigen weiteren dekorativen Manövern, und die Männer mit den großen Kladden, in denen alle für die Zucht relevanten Daten festgehalten waren, machten zufriedene Gesichter. Sie hatten einen neuen Zuchtbullen gefunden, und das war immer ein glücklicher Moment, denn ein guter Bulle konnte bis zu dreihundert Kampfstiere zeugen und seiner Ranch Ruhm bringen. So hatte zum Beispiel Soldado, der Palafox-Stier, den wir in unserer Höhle im *Mineral* versteckt gehalten hatten, in der Zeit von 1920 bis 1930 dreihundertsechsundsechzig hervorragende Stiere gezeugt, von denen mindestens elf als unsterblich in die Annalen des mexikanischen Stierkampfs eingingen – das bedeutet, sie hatten entweder Matadore in der Arena getötet oder aber so großartig gekämpft, daß sie bei ihrem Tode vom Publikum mit Beifall überschüttet und zu einer oder zwei Ehrenrunden durch den Sand gezogen wurden, den sie so tapfer und gut verteidigt hatten. Nun sah es so aus, als hätte Palafox einen weiteren in der glanzvollen Ahnenreihe großer Zuchtbullen gefunden, die über Soldado und Marinero bis zu den alten Stierzuchtfarmen Spaniens zurückreichte.

Aber als die Picadores herauskamen, auf ihren großen Pferden und mit ihren spitzen Lanzen, bekam es der Jungstier mit der Angst. Aus der Entfernung sah er so aus, als habe er vor, anzugreifen, doch jedesmal, wenn er in die Nähe des Pferdes und des Mannes kam, wurde er vorsichtig. Und als er dann schließlich doch einen halbherzigen Angriff startete und fühlte, wie die stählerne Spitze der Pica in seinen Nacken drang, da tat er einen Sprung, prallte zurück und ergriff die Flucht.

Schlagartig legte sich Stille über die Plaza, denn die Zuschauer sahen etwas, das sie gar nicht mochten. Sie flehten den Stier regelrecht an, doch seinen Mut zu beweisen. »Komm, komm!« riefen sie lockend, als er sich mit sichtlichem Widerstreben seitwärts an das nächste Pferd heranpirschte. Armillita lenkte ihn wiederholt mit dem Tuch direkt in die Flanken des Pferdes, aber er wich jedesmal wieder zurück und weigerte sich, den Kampf anzunehmen. Die Blicke aller Stierkämpfer in der Arena waren auf den Stier gerichtet. Auch nicht einer der Zuschauer verriet durch irgendeine Geste oder irgendeinen besonderen Blick, daß er den Stier feige fand. Dies zu beurteilen war ganz allein Sache des Ranchers. Die Toreros verhielten sich so, als hätten sie einen Stier mit Kampfesmut vor sich, und keiner zuckte angewidert mit den Schultern, obwohl jeder von ihnen das am liebsten getan hätte.

Nachdem auch der achte Versuch, den Stier aus seiner Reserve zu locken, erfolglos geblieben war, schrie Don Eduardo: »Erschießt ihn!« Ein Raunen ging durch die Zuschauer, denn manchmal wurde ein solcher Stier in die Corrals zurückgebracht und später zum Schlachten weggegeben, oder, wenn der Rancher das Geld wirklich brauchte, heimlich an irgendeine Provinzarena verkauft. Aber Don Eduardo kehrte dem Bullen den Rücken zu und wiederholte: »Erschießt ihn!«

Drei trainierte Ochsen wurden auf die Plaza getrieben, und mit verblüffender Geschicklichkeit umkreisten sie den Stier und lockten ihn zurück zu den Corrals. Ein neben Don Eduardo sitzender leichenblasser Mann in stilechter mexikanischer Charro-Kostümierung und mit einem Gewehr in der Hand erhob sich und verschwand hinter der Arena. Es folgten ein paar Sekunden gespannten Schweigens, dann peitschte ein Schuß, und eine Woge des Kummers ging durch die kleine Arena. Doch bevor irgend jemand etwas sagen konnte, eilte Don Eduardo in die Arena und rief fröhlich: »Testen wir halt noch eine Kuh. Du da, mein Sohn! Möchtest du Stierkämpfer werden?« Er zeigte geradewegs auf Juan Gómez, den er bis zu dem Augenblick noch gar nicht bemerkt hatte, und der kleine Indiojunge sah, daß der große Rancher Tränen in den Augen hatte. Wie hypnotisiert nickte Klein-Juan mit dem Kopf, und er fühlte, wie die anderen Jungen ihn in die Arena stießen.

Er war benommen vor lauter Erregung und hörte kaum die tiefe, kräftige Stimme Armillitas, als der große Matador zu ihm sagte: »Halte die Capa so.« Mit ungeübten Händen griff der kleine Indio nach dem Tuch. Er ließ ein Ende fallen, und die Jungen lachten. Als er nach dem heruntergefallenen Ende langte, verlor er das andere, und als er endlich beide beisammen hatte, schaffte er es irgendwie, sich mit den Füßen in dem großen Tuch zu verheddern.

Dann geschah etwas. Er fühlte, wie sich eine schwere, riesige Hand auf seine linke Schulter legte. Er blickte auf und sah, daß sie Armillita gehörte, der sagte: »Halte die Füße ruhig. Falls die Kuh dich umschmeißt, keine Angst, es tut nicht sehr weh.«

Das Gatter ging auf, und eine schwarze, kaum ein Jahr alte Kuh stürmte wie aufgedreht in die Arena. Sie ging auf alles los, was sich regte, und die Matadore zogen Juan umsichtig zurück auf sicheres Terrain und breiteten ihre Capas aus, um das Tier auf sich zu locken. Aber die Kuh brauchte keine Lockungen. Alles, was sich bewegte, war ihr Feind, und als sie vorbeisauste, dachte Juan: Ist es nicht komisch, daß der Stier so feige war und die Kuh so tapfer ist?

»Paß auf, wie ich's mache!« rief Armillita ihm zu, als er in die Arena rannte, um der kampfeslustigen kleinen Kuh ihre ersten Pases zu geben. Die Menge jauchzte vor Vergnügen, als das Tier immer wieder auf den hochaufgeschossenen Matador losstürmte und vergeblich versuchte, ihn über den Haufen zu rennen, und aus den stürmischen Olés der Zuschauer konnte man sowohl die Erleichterung nach dem tragischen Ende des Zuchtbullen heraushören als auch den wehmütigen Wunsch, daß er doch so tapfer gewesen wäre, wie es die Kuh jetzt war.

Eine feste Hand legte sich jetzt auf Juans Rücken, und er fühlte sich mit einem kräftigen Schubs in die Arena gestoßen. Die Menge spendete aufmunternden Beifall, um ihm Mut zu machen, aber noch ehe der erste Applaus verebbt war, hatte die Kuh den Jungen entdeckt und ging mit noch wilderem Ungestüm als zuvor auf ihn los. Juan versuchte, sich mit der Capa zu schützen, aber unbeholfen und ungeübt, wie er war, verhedderte er sich abermals mit den Füßen in dem Tuch, und die Kuh rammte ihn mit voller Wucht. Ihre stumpfen und noch unausgebildeten Hörner formten eine Art Schaufel, in der sie ihn packte und zwei Meter hoch in die Luft schleuderte.

Dies war der entscheidende Moment, der Moment, in dem ein Mensch, der durch die Luft fliegt, denkt: Jetzt sterbe ich. Wenn sich in diesem Augenblick der Junge oder Mann von diesem Gedanken überwältigen läßt, dann kann aus ihm niemals ein Stierkämpfer werden; wenn es ihm aber, wie im Fall des kleinen Juan Gómez, gelingt, diese erste Todesfurcht zu ignorieren und abzutun und ihr das Gelöbnis entgegenzusetzen: »Ich werde diesen Stier besiegen!«, dann besteht die große Chance, daß am Ende die Tapferkeit die Oberhand behält.

In dem Moment, als er unsanft im Sand landete, lachte Juan und dachte: Das ist kein Stier. Das ist bloß eine Kuh.

Er versuchte wieder auf die Beine zu kommen, aber sein Hinterteil war noch von der roten Capa bedeckt, und das lockte die Kuh an. Sie stürmte blitzschnell wieder heran und versetzte ihm einen zweiten Stoß, der ihn wieder hoch durch die Luft sandte. Die Menge johlte, während sich die Matadore in dem Wissen, daß die Kuh dem Jungen nicht allzusehr wehtun konnte, abseits hielten, bereit, ihm sofort zu Hilfe zu eilen, sollte er in wirkliche Gefahr geraten.

Erneut versuchte er aufzustehen, und wieder schleuderte die Kuh ihn durch die Luft wie einen Spielball, aber beim nächsten Ansturm schoß sie an ihm vorbei, so daß er Zeit hatte, sich aufzurichten. Von fern hörte er jemanden rufen: »Behaupte deine Stellung!«, und er pflanzte sich an einer ihm vorteilhaft erscheinenden Stelle auf und brachte endlich die Capa unter Kontrolle. Er brauchte nicht erst groß »He, Kuh!« zu rufen, um die Kuh zum Angriff herauszufordern: sobald sie die Capa gewahrte, wirbelte sie herum und stürmte heran. Diesmal erwischte sie Gómez von der Seite und katapultierte ihn einmal mehr in die Luft.

Unverdrossen rappelte er sich wieder hoch und stellte sich

nahe dem Mittelpunkt der Arena auf. Er ließ die Capa ruckartig schwingen, wie er es bei Armillita abgeschaut hatte, und schrie die Kuh an. Wieder stürmte sie wie eine Lokomotive auf ihn zu. Diesmal jedoch handhabte er die Capa korrekt, und zum erstenmal in seinem Leben lenkte er ein wildes Tier direkt an seiner Hüfte vorbei. Er hörte, wie Armillita *»¡Olé!«* schrie, und von dem Moment an war seine Seele dem Stierkampf verfallen.

»Ich war wie benommen, als ich an jenem Abend nach Hause marschierte«, erzählte er mir. »Die Sterne gingen auf, und als ich in mein Dorf kam und die Ärmlichkeit dort sah und die schäbige Lehmhütte, in der ich lebte, entdeckte ich die Kraft, die mich kreuz und quer durch Mexiko bringen würde.« Wenige Wochen nach diesem Erlebnis fand er den Mut, seiner Mutter von seinen Plänen zu erzählen, und sie fing an zu weinen und sagte, die Regierung hätte seinen älteren Bruder fort auf eine Schule geholt, und jetzt wolle er, Juan, Stierkämpfer werden, und eines Tages würde man ihr seinen Leichnam nach Hause bringen. Er beendete den Streit damit, daß er sich kurzerhand auf den Weg in die Stadt machte, bereit, die erstbeste Stierkampfarena anzusteuern, auf die er unterwegs stoßen würde.

Mit nichts als dem, was er am Leibe trug, ohne Geld, ohne Freunde, ja nicht einmal des Lesens und Schreibens kundig, zog er von Toledo nach León weiter, von da aus nach Torreón und schließlich nach Guadalajara. In der zweiten Stadt lernte er einen freundlichen, sanftmütigen Mann kennen, der ihm versprach, im Gegenzug für gewisse Dienste einen erstklassigen Matador aus ihm zu machen, so wie er es schon bei anderen gemacht habe, und er gab Juan tatsächlich einen alten Stierkämpferanzug und zwei Degen und verschaffte ihm die Gelegenheit, in einer kleinen Arena draußen auf dem Land zu kämpfen. Aber nach drei Monaten bei dem Mann entschied Juan: »Das ist kein Leben für mich«, und rannte fort. Den Anzug und die Degen nahm er mit.

Er war jetzt ein Stierkämpfer – mit einer Hose, einem Hemd, abgetragenen Schuhen und einer zerrissenen Capa, in der er alle seine Habe bei sich trug, wie Möchtegern-Stierkämpfer es seit

Generationen getan hatten. Mit fünfzehn bestritt er sieben Kämpfe in Dörfern, von denen nur wenige je gehört hatten. Mit sechzehn versuchte er in der abgelegenen Stadt Rio Grande de Zacatecas gegen einen Stier zu kämpfen, der sieben Jahre alt war und eine halbe Tonne wog. Einer der Einheimischen sagte: »Dieser Stier hat schon so viele Kämpfe hinter sich, daß er dich begrüßt, wenn du in die Arena kommst und dir sagt, wo du dich hinstellen sollst. Das macht er, damit er dich besser töten kann.« Mit diesem Stier hatte Juan überhaupt kein Glück. Viermal schleuderte das riesige, kampferfahrene Tier ihn in den Sand, und viermal rappelte er sich mit jener Furchtlosigkeit, die seine Karriere kennzeichnen sollte, wieder auf und versuchte es erneut. Beim fünften Versuch erwischte ihn der Stier am rechten Bein und brachte ihm eine klaffende, dreizehn Zoll lange Schnittwunde bei. Eine Zeitlang sah es so aus, als werde er sein Bein verlieren, aber ein Doktor in Aguascalientes hörte von seinem schlimmen Zustand und ließ ihn in die Stadt bringen, wo es ihm gelang, das Bein zu retten.

Er war jetzt sechzehn Jahre, humpelte stark, und hatte als Stierkämpfer bis zu diesem Zeitpunkt exakt einhundertzwanzig Dollar verdient. Für die meisten seiner Kämpfe hatte er nichts bekommen, denn von jungen Stierkämpfern wurde einfach erwartet, daß sie ihr Leben allein um der Kampfpraxis willen aufs Spiel setzten, die sie sich durch Kämpfe gegen viertklassige Stiere in fünftklassigen Arenen erwarben. Und dieser Juan war bereit, alles zu geben, um sein Ziel zu erreichen. Die Drainageschläuche, die verhindern sollten, daß die Wunde vereiterte, steckten noch in seinem Oberschenkel, da stand er schon wieder in der Arena und kämpfte gegen zwei unglaubliche Stiere, die schon durch diverse Provinzarenen »getingelt« waren. Das war in der Nähe von Aguascalientes, und als er sich zur Entfernung seiner Kanülen bei dem Arzt meldete, der sein Bein gerettet hatte, erwartete er eine heftige Standpauke, aber der Mann sagte bloß: »Wenn du keinen Mut hast, solange du noch jung bist, wirst du nie welchen haben.«

Aber als das Bein immer noch nicht recht heilen wollte und er auch insgesamt immer kraftloser wurde, mußte er ohne einen Peso in der Tasche reumütig zu seiner Mutter zurückkehren, die es geschafft hatte, sich auf jene mysteriöse Weise am Leben zu halten, wie es Frauen in abgelegenen Dörfern oft tun. Sie steckte ihn ins Bett und päppelte ihn wieder hoch. Als er wieder bei Kräften war, sagte sie streng: »Du wirst bald siebzehn, und du mußt dir einen anständigen Job suchen.« Sie schickte ihn zu einem Freund in der Stadt Toledo, und dieser Freund verschaffte ihm eine Stelle als Bierauslieferer. Vom ständigen Schleppen der schweren Bierkästen bekam Juan Gómez jene außergewöhnlich kräftigen Schultern, die ihn später in die Lage versetzen sollten, seine Stiere mit solch überwältigendem Geschick zu töten.

Juan hatte mit seinem Boß vereinbart, daß er, immer wenn in irgendeinem Dorf im Umkreis von Toledo ein Amateurstierkampf stattfand, für den betreffenden Nachmittag frei bekam, um dort sein Glück zu versuchen. Der Mann war ein echter Stierkampf-Fan, und er war stolz darauf, daß einer von seinen Arbeitern gegen richtige Stiere kämpfte. Aber was Juan am besten an seinem Job gefiel, war, daß er einmal im Jahr während des Ixmiq-Festes den Bierstand in der Stierkampfarena führen durfte. Von dort aus konnte er, während er den Kunden kühles Bier verkaufte, die führenden Matadore des Landes an drei Nachmittagen hintereinander bestaunen, und um sich hierfür noch mehr Zeit zu verschaffen, stellte er auf eigene Kosten junge Bengel als Bierverkäufer ein. Unter solchen Umständen wohnte er dem Fest im Jahre 1945 als Siebzehnjähriger bei.

In dem Jahr sollten tolle Kämpfe stattfinden. Für die Abschlußgala waren angekündigt: Armillita, das Trumpf-As der Mexikaner, Solórzano, der würdevolle Gentleman, und Silverio Pérez, der Liebling der Massen und ein Mann, der wahre Wunder vollbringen konnte, wenn er Glück hatte und das Los ihm einen guten Stier bescherte. Überdurchschnittlich gute Kämpfe am Freitag und am Samstag hatten eine Atmosphäre gespannter Vorfreude erzeugt, so daß sich Juan am Sonntag angespornt fühlte, einen Schritt zu tun, den er schon längere Zeit geplant hatte. Er erschien früh in der Plaza und baute seine Bierflaschen so sorgfältig auf wie eine Hausfrau ihre Teetassen für eine Party. Er instruierte seine Jungen genau, wer welchen Abschnitt der Tribüne übernehmen sollte, dann teilte er jedem seine Flaschen zu. Als die Massen in die Arena zu strömen begannen, war er überall zugleich und ermunterte sie zu kaufen, und auch wenn er, getreu seinem indianischen Erbe, nie überschwenglich war, so fiel seinen Gehilfen an diesem Tage doch eine ungewöhnliche Munterkeit und Lebhaftigkeit an ihm auf.

»Was ist los mit dir, Juan?« fragten sie ihn, während er eilig Bier in alle Bereiche der Plaza brachte.

»Verkauft das Bier!« befahl er, und als der fünfte Stier von den sechsen des Nachmittags kurz davor stand, getötet zu werden, waren fast alle Flaschen verkauft. Er raffte seine Einnahmen zusammen, rannte zu einem der Zuschauer, der mit der Brauerei in Verbindung stand, einem Mann namens Jiménez, und sagte hastig: »Halt das!« Und fort war er.

Was dann geschah, ist in die Annalen der jüngeren mexikanischen Stierkampfgeschichte eingegangen, und wenn Sie lange genug die Ohren aufhalten, können Sie einige ziemlich haarsträubende Geschichten von jenem sechsten Stier des Ixmiq-Fests '45 zu hören bekommen; aber ich ziehe es vor, die Mythen, die sich um dieses Ereignis ranken, wegzulassen und das zu berichten, was meiner Meinung nach damals wirklich passiert ist.

Als der letzte Stier der *feria* in die Arena gestürmt kam, wußte das sachverständige Publikum sofort, daß dieses Tier, obwohl ziemlich klein geraten, einen guten Kampf liefern würde, und tosender Jubel der Vorfreude mischte sich mit anfeuernden Rufen für Stier und Matador. Obwohl beim Ixmiq-Fest gewöhnlich die besten Stiere aufgeboten wurden, die zu kriegen waren, hatte unter den diesjährigen Stieren bis zu diesem Zeitpunkt keiner mit herausragenden Fähigkeiten glänzen können, aber dieser letzte folgte exzellent der Capa und zeigte außergewöhnliche Tapferkeit und Kraft beim Kampf gegen die Lanzenreiter. Er nahm fünf Picas entgegen und hätte wohl auch noch mehr angenommen, hätte der Präsident die Pferde nicht aus der Arena beordert. Silverio, der Matador, der bei seinem ersten Stier eine schlechte Darbietung gezeigt hatte, salutierte jetzt vor dem Präsidenten, bat um Erlaubnis, den Stier zu töten, und wandte sich dann um, um das Tier der Menge zu dedizieren, eine stets populäre Geste und eine, die dem Matador mit hoher Wahrscheinlichkeit ein zusätzliches Ohr oder einen Schwanz einbringt, wenn der Stier herausragend war.

Aber als Silverio sich zur Mitte der Arena wandte, von der aus er den Stier dedizieren würde, stöhnte er auf und schrie: »Oh, Scheiße! Schau sich einer das an!«

Von der Barriere vor dem Bierstand war ein junger Mann, der auf dem linken Bein lahmte, in die Arena gesprungen. Bei sich trug er einen Stock, der offensichtlich einen Degen darstellen sollte, und einen zweiten Stock, über den ein rotes Tuch drapiert war – die Spielzeugausgabe einer Muleta. Juan Gómez hatte beschlossen, sich dem Volk von Toledo zu präsentieren, und wenn er den Polizisten, Peones, Matadore und Arenadienern entkommen konnte, die bereits versuchten, ihn einzufangen, würde er vielleicht zwei Minuten gewinnen – mehr würde er nicht benötigen – in denen er beweisen konnte, was er mit einem ausgewachsenen Stier alles anstellen konnte.

»Verdammter Bengel!« schimpfte Silverio, während er quer durch die Arena sprintete, um den *espontáneo*, den unbefugten jungen Mann, der sich hier als Stierkämpfer versuchen wollte, daran zu hindern, daß er ihm seinen prächtigen Stier ruinierte. Der dritte Peón des Matadors, ein großer, drahtiger Mann mit dem verkniffenen Gesicht eines Wasserspeiers kam aus der entgegengesetzten Richtung angerannt und schrie: »Ich krieg' ihn, Matador!« Als der Peón sich Gómez näherte, hechtete er mit einem wilden Sprung auf ihn, um ihn an den Beinen zu erwischen, aber Gómez sah dies voraus und entwischte ihm.

Dieser Spurt brachte ihn in die Nähe des Stiers, und noch im Laufen schüttelte er heftig den Stock mit dem Tuch, damit es herunterfiel und dadurch gleichzeitig den Stier anlockte. Das Tier, das immer noch schweratmend dastand, ermüdet von seinem Kampf gegen die Pferde und von dem Schmerz, den ihm die Banderillas bereiteten, erblickte den rennenden Jungen und startete einen schnellen, unerwarteten Angriff. Der Menge stockte der Atem, als Stier und Junge sich dem Punkt näherten, an dem ihre Wege sich kreuzen würden, und dann brandete stürmischer Jubel auf, als der Junge stehenblieb und sich aufpflanzte wie ein richtiger Matador, die rechte Hand tief senkte, bis sie fast den Sand berührte, und den herandonnernden Stier an seinem Körper vorbei schickte.

»*¡Olé!*« schrie die Menge begeistert.

Jetzt mußte der Junge den ausgebreiteten Armen des Dutzend oder mehr Männer entrinnen, die gegen ihn anrückten, während er gleichzeitig versuchte, sich für den nächsten Angriff des erregten Stieres, dessen Verwirrung und Wut durch die große Zahl von Männern in der Arena noch verstärkt wurden, in die richtige Position zu bringen. Mit einem behenden Sprung zur Seite entzog sich Juan sowohl dem Zugriff des knittergesichtigen Peóns als auch dem Armillitas, des Hauptmatadors, der eine halbe Stunde zuvor seine Arbeit für den Nachmittag mit dem Töten des vierten Stieres eigentlich als beendet betrachtet hatte, aber jetzt in die Arena zurückgekommen war, um beim Einfangen des Jungen mitzuhelfen.

Einer der Arenadiener schaffte es, Juan am linken Bein festzuhalten, aber nur für einen kurzen Moment, und dann stand Juan zum zweiten Male Auge in Auge dem Stier gegenüber. Er wechselte das Tuch von der rechten in die linke Hand, für das einfachste und zugleich gefährlichste aller Manöver, den Pase natural, forderte den Stier zum Angriff heraus und brachte ihn mit einer wunderschön fließenden Viertelkreisdrehung an seinem Körper vorbei.

Die Menge hielt es nicht mehr auf den Sitzen. Mit einem tosenden »*¡Olé!*« sprang sie auf und begann Gegenstände auf die Männer zu werfen, die versuchten, den jungen Kämpfer aus der Arena zu jagen.

»Laßt ihn weitermachen!« schrien die Männer auf den billigen Sonnenplätzen.

»To-re-ro!« riefen andere spöttisch zu den Männern hinunter, die versuchten, die Arena zu räumen.

Diesmal jedoch ließ sich der dürre alte Peón nicht abschütteln. Er nagelte Gómez an der Barrera fest, und es sah ganz so aus, als sei er im Begriff, den Jungen zu Boden zu schlagen. Doch der befreite sich, indem er dem Peón einen gewaltigen Stoß mit dem rechten Ellenbogen gegen die Brust versetzte, der den Mann rücklings in den Sand schleuderte und ihm fast das Bewußtsein raubte. Doch im Fallen bekam der Peón die selbstgebastelte Muleta des Jungen zu fassen und riß sie mit sich zu Boden, so daß Juan dem Stier jetzt lediglich mit seinem hölzernen Spielzeugdegen und ohne jedes schützende Tuch gegenüberstand. Den wütenden Stier vor Augen, der jeden Moment wieder angreifen würde, wurde er von schrecklicher Angst gepackt. Von den Rängen hörte er den wie aus einer Kehle kommenden Entsetzensschrei: »Nein, nein!«

Als der Stier auf ihn losstürmte, ließ er instinktiv die linke Hand sinken, als hielte sie das schützende Tuch, in der Hoffnung, daß sich das Tier durch diese Bewegung täuschen lassen würde. Und für eine Sekunde fiel es auch darauf herein, genug Zeit für Juan, um an dem tödlichen Horn vorbeizukommen. Doch daß diese Finte nicht noch einmal klappen würde, war klar. Der Stier wendete und ging erneut auf Juan los. Er erwischte Juan mit dem Horn an der Brust und schleuderte ihn durch die Luft, weg von den Männern, die ihn zu fangen versuchten. Sofort wendete der Stier wieder und ging auf den am Boden liegenden Jungen los. Geschickt schob er das linke Horn unter den Körper und schleuderte ihn mit einer Schaufelbewegung noch weiter weg von den Männern.

Wieder wendete der Stier, froh, daß er es endlich mit einem handfesten Feind zu tun hatte und nicht mehr mit einem flatternden Tuchfetzen. Diesmal zerfetzte er das rechte Hosenbein des Jungen und warf ihn senkrecht in die Höhe. Er wäre direkt auf die Hörner gefallen, hätte nicht Armillita den Stier in dem Moment beherzt am Schwanz gepackt und ihn mit einem heftigen Ruck zurückgerissen. Vor Schmerz brüllend, wandte sich der Stier seinem neuen Gegner zu, und Gómez fiel schlaff auf den Sand.

Der erste, der ihn erreichte, war der lange Peón mit dem zerknitterten Wasserspeiergesicht, doch statt dem benommenen Gómez auf die Beine zu helfen, begann er ihm ins Gesicht zu schlagen. »Du verdammter Hurensohn!« schrie er immer wieder, außer sich vor Wut. »Du has' einen guten Stier ruiniert!«

Jetzt packten ihn ein Dutzend Hände und bugsierten ihn zu einem Tor, das in der Zwischenzeit geöffnet worden war. Als das Tor hinter ihm zufiel, rammte ein Polizist ihm seinen Gewehrkolben in die Magengrube, worauf die Menge, beeindruckt von Juans Wagemut, den Polizisten mit Bierflaschen zu bombardieren begann.

An diesem Punkt erkannte Silverio, stets der nüchtern kalkulierende Showman, daß es immer noch eine Möglichkeit für ihn gab, wie er seine Popularität bei der Menge retten konnte, auch wenn der Eindringling ihm seinen Stier ruiniert und ihm damit die Show unwiederbringlich gestohlen hatte. Mit einem Tempo, als ginge es um Leben oder Tod, rannte er zur Barriere und forderte den stämmigen Polizisten auf, den Jungen sofort loszulassen. Mit einer grandiosen Geste, die von der Menge mit frenetischem Beifall quittiert wurde, winkte der Matador Juan zurück in die Arena, wischte ihm das Blut von der Stirn, das von einer der dem Polizisten zugedachten Bierflaschen herrührte, und umarmte ihn. »Du kannst kämpfen«, schrie der Matador dem Jungen ins Ohr. »Aber kämpfe nie wieder gegen einen Stier, der mir gehört!« Und dann zwickte er den Jungen mit derselben Hand, mit der er ihn umarmte, so schmerzhaft in den Hals, daß Juan das Gesicht verzog. Doch der ließ sich nicht einschüchtern und erwiderte in einem Ton, als danke er ihm für eine Gefälligkeit: »Wir werden noch sehen, ob Sie genauso gut kämpfen können.« Dann wandte er sich abrupt um und stolzierte in würdevollem Schritt aus der Arena, den Kopf hoch erhoben und die Brust nach vorn gereckt wie ein echter Matador, freche Blicke in die Menge werfend, die ihn mit Ovationen überschüttete.

An jenem Abend wusch sich Juan Gómez die Schramme an der Stirn aus, bügelte sein einziges Hemd, gürtete den Strick um seine Hose und ging zum Kachelhaus, um die Stierkämpfer zu beobachten, die dort wie jeden Abend auf der Terrasse saßen und Hof hielten. Am ersten der beiden großen Tische saß Armillita. Am anderen saßen, umringt von Bewunderern, Solórzano und Silverio, das Idol dieses Teils von Mexiko. In erregter Diskussion wurden noch einmal die drei Nachmittage des Festes durchgehechelt, und Kellner wieselten mit Tabletts voller Bier und gerösteten Maiskolben umher. Eine Zeitlang drückte sich Juan auf der Plaza gegenüber dem Hotel in den Schatten nahe der Ixmiq-Statue herum, bis schließlich die Verlockung, den Stierkämpfern nahe zu sein, übermächtig wurde und er sich auf die Terrasse des Hotels selbst wagte.

Zu seinem Pech war der erste, der ihn bemerkte, der alte Peón, mit dem er sich in der Arena gerauft hatte, und der brüllte sofort in dem Analphabetenjargon, der für Stierkämpfer aus einfachen Verhältnissen typisch ist: »Komm bloß nich' hierher! Has' uns den besten Stier von der ganzen Feria kaputtgemacht!«

Sofort richteten sich alle Augen auf den Jungen, und Solórzano fragte: »Tut die Schramme weh?«

»Nein«, sagte Juan.

»Trink ein Bier mit!« schlug ein beleibter Mann an einem anderen Tisch vor, und Juan erkannte zu seiner Freude in ihm Don Eduardo Palafox wieder, auf dessen Ranch er zum erstenmal den Kitzel des Stierkampfs gespürt hatte. In der Hoffnung, daß Palafox sich an ihn erinnern würde, sagte er: »Ich war der Junge, dem Sie damals bei Ihrer Tienta geholfen haben, an dem Tag, an dem Sie Ihren Zuchtbullen erschossen haben.«

Diese unglückselige Äußerung rief in Don Eduardo solch unangenehme Erinnerungen wach, daß er sich abrupt abwandte und damit zu verstehen gab, daß er die Unterhaltung als beendet betrachtete.

Obwohl ihm unbehaglich zumute war, blieb Juan weiter an den Tischen der Matadore stehen und sagte zu Armillita: »Sie waren heute sehr gut, Matador«, in der Hoffnung, daß vielleicht der große Matador sich an das erinnern würde, was seinerzeit bei der Tienta passiert war, aber der brummte bloß: »Normal.«

Juan trollte sich zu dem anderen Tisch, wo gerade sechs Aficionados Silverio umringten. Ohne sich Gedanken darüber zu machen, wie unangebracht es gerade für ihn war, den Matador anzusprechen, nachdem er ihm seinen letzten Auftritt so spektakulär vermasselt hatte, drängte er sich nach vorn und sagte: »Sie waren sehr gut bei Ihrem ersten Stier, Matador.« Überrascht, den Jungen vom Nachmittag vor sich stehen zu sehen, blickte Silverio auf. Dann, stets auf seine Wirkung beim Publikum bedacht, lächelte er und sagte: »Auch du warst ausgezeichnet. Hast du vor, Stierkämpfer zu werden?« Doch bevor Juan antworten konnte, zerrte ihn der feindselige Peón von Silverio weg.

»Ich frag' dich«, wiederholte der dürre Peón, »wer hat dir gesagt, du solls' uns unseren Stier kaputtmachen?«

Juan schubste ihn weg, damit er sich umdrehen und die Frage des Matadors beantworten konnte, aber der hatte ihn schon wieder vergessen und sich wieder seinen Anhängern zugewandt.

Juan versuchte, dem Peón zu entrinnen, der nicht locker ließ und schon wieder an ihm herumzerrte. Schließlich wurde es ihm zu bunt, und er fuhr herum und versetzte dem Peón einen Faustschlag, der ihn zu Boden gehen ließ. Sofort stürzten sich einige Picadores und andere Peones, die anscheinend nur auf diese Gelegenheit gewartet hatten, auf ihn und droschen auf ihn ein, bis er zusammenbrach.

»Schmeißt ihn raus!« schrie einer der Picadores, und Polizisten kamen und schleppten den leblosen Körper zum Gefängnis. Am nächsten Morgen kam der Brauereibesitzer ins Gefängnis marschiert und fragte barsch: »Wo ist das Geld vom Fest?«

»Das habe ich Jiménez gegeben«, erklärte Juan.

»Der ist abgehauen«, blaffte der Mann. »Erst dein Auftritt in der Arena, dann die Prügelei, dann auch noch die Einnahmen weg – nichts als Ärger hab' ich mit dir. Du bist gefeuert!«

Aber das Ixmiq-Fest des Jahres 1945 war kein totaler Reinfall für Juan Gómez. Drei verschiedene Fotografen hatten eindrucksvolle Schnappschüsse von seinen Manövern mit dem letzten Stier gemacht, und einer hatte ein tolles Foto gemacht, das ihn zeigte, wie er den Stier gerade mit der bloßen Hand passierte. Es erschien in den Zeitungen von ganz Mexiko mit der Schlagzeile:

»So kämpft Juan Gómez.« Mit den letzten paar Pesos, die er sich von seinem Brauereilohn abgespart hatte, erwarb Juan Hochglanzabzüge von jeder der Aufnahmen, dann schnürte er einmal mehr seine Habe zu einem Bündel in seiner Capa zusammen und zog aus, Mexiko zu erobern.

Seine Mutter sah er niemals wieder; sie starb, während er in Torreón im Gefängnis saß. Halb verhungert hatte er ein Lebensmittelgeschäft überfallen, um an etwas zu essen zu kommen, und war dabei geschnappt worden, und wenn seine Mutter niemals von seiner Schande hörte, so hörte er nichts von ihrem Tod.

Er war jetzt ein anerkannter Novillero, ein Stierkampflehrling, mit dem Recht, einen förmlichen Kontrakt für seine Kämpfe zu verlangen, aber er bekam so wenige, daß er stets bereit war, umsonst zu kämpfen. Wenn er erfuhr, daß irgendein Dorf eine Fiesta plante, dann setzte er alles daran, um irgendwie dorthin zu kommen, ob zu Fuß, per Anhalter oder als Schwarzfahrer in Güterwaggons, und wenn er drei Tage dafür brauchte – in der Hoffnung, dort kämpfen zu können. Er kämpfte gegen Stiere, die schon Menschen getötet hatten, gegen Stiere, die auf einem Auge blind waren, gegen Stiere, deren Hornspitzen so ramponiert und zerfasert waren, daß ein Mann, wenn sie ihn damit aufspießten, mit Sicherheit an Blutvergiftung oder Wundbrand sterben würde. Er lebte von Bohnen und Tortillas und manchmal auch nur von Wasser. Er wog weniger als hundertzwanzig Pfund, und wenn er nach einer *cornada* Fieber hatte, magerte er manchmal bis auf unter hundertzehn ab.

Es war ein erbarmungswürdiges Leben, das er da zwischen 1945 und 1950 fristete, aufgehellt lediglich durch ein paar hervorragende Nachmittage mit den Stieren und gelegentliche kleine Affären mit irgendwelchen Mädchen vom Land, die hingerissen waren von Stierkämpfern aus der Stadt. Dreimal trieben ihn Hunger und Verzweiflung zu dem sanftmütigen Mann in León zurück, der immer bereit war, ihn wieder aufzunehmen, und der ihm verzieh, daß er ihn bestohlen hatte. Einmal organisierte der Mann aus León tatsächlich einen größeren Kampf für ihn in Irapuato, und Juan schlug sich ausgezeichnet.

»Siehst du, was für ein schönes Leben du bei mir haben könntest?« versuchte der Mann ihn zum Bleiben zu überreden. »Solche Kämpfe kann ich dir jeden Monat verschaffen.« Aber auf dem Höhepunkt seiner Freude über den großartigen Erfolg in Irapuato erklärte Juan zum letztenmal: »Ich werde nie mehr zu dir zurückkommen. Ich werde es auf andere Weise schaffen.«

Als er zwanzig war, brachte ihm die Mutter eines Mädchens, mit dem er in einer Kleinstadt in der Nähe von Monterrey ein Techtelmechtel hatte, das Lesen bei, und von da an konnte er verfolgen, was über ihn in den Sportblättern geschrieben wurde. Den größten Teil seines Lebens verbrachte er damit, daß er von einer Plaza zur nächsten zog. Er verdiente zwar wenig, aber er lernte viel über Stiere. Er nahm jede sich bietende Gelegenheit wahr, um manchmal ganze Wochen auf Zuchtfarmen zu verbringen und die Stiere zu beobachten. Es genügte ihm, wenn er den ganzen Tag dasitzen und die Tiere studieren konnte, und mit der Zeit lernte er ihr Verhalten so gut kennen, daß er wußte, wann sie den Kopf heben, wann sie sich bewegen würden. Er konnte sagen, welche Nackenmuskeln sich spannten, bevor die Tiere losstürmten. Nur wenige Männer seines Alters wußten soviel über Stiere wie er.

Eines schönen Tages im Jahre 1950, während er gerade in einem Café in Guadalajara herumhing und vage darauf hoffte, daß sich für ihn irgendwas ergeben würde in Hinblick auf eine Tienta, die für eine Gruppe amerikanischer Touristen stattfinden sollte, hörte er einen Fremden auf englisch rufen: »Cigarro, du häßlicher Bastard! Erinnerst du dich noch an jene Nacht in Tijuana?« Und als er sich umdrehte, um zu sehen, wer der so freundlich Titulierte namens Cigarro wohl sein mochte, da war es niemand anders als Silverios Peón, der Mann mit der scheußlichen Visage, der ihn beim Ixmiq-Fest '45 durch die Arena gejagt hatte und mit dem er sich später auf der Terrasse des Kachelhauses herumgeprügelt hatte. Der Kerl saß jetzt mit einem einheimischen Mädchen zusammen, das versuchte, Flamencolieder in Bars zu singen, und als er Gómez gewahrte, erkannte er in ihm sofort den Espontáneo wieder, der ihm seinerzeit in Toledo so viel Ärger gemacht hatte. »Hau bloß ab!« knurrte er. »Du bis' hier nich' willkommen.« Juan ignorierte den Peón und machte eine steife Verbeugung vor dem Mädchen. »Ich habe Sie neulich singen hören. Sie waren phantastisch.« Dieses Wort wurde sehr häufig von Stierkämpfern benutzt, und es bedeutete, daß das so klassifizierte Ereignis nicht mehr als durchschnittlich war.

Die Sängerin lächelte huldvoll und fragte: »Werden Sie bei der Tienta morgen dabeisein?«

»Ach, die ist also morgen?« fragte Juan und verriet damit indirekt, daß er nicht eingeladen war.

»Ich hab' gesagt, du bis' nich' willkommen«, knurrte Cigarro und warf der Sängerin einen mißmutigen Blick zu, weil sie den Termin der Tienta ausgeplaudert hatte.

»Könnte ich mit euch zu der Ranch fahren?« fragte Juan geradeheraus.

»Nein!« fauchte Cigarro.

Am nächsten Tag bei der Tienta, zu der Juan in der Nacht zu Fuß marschiert war, ging Cigarro so weit, daß er dem Rancher nahelegte, Gómez von der Teilnahme auszuschließen. »Ich hab' ihn nich' eingeladen«, erklärte er.

Der Rancher zuckte die Achseln und sagte: »Jetzt ist er nun einmal hier. Soll er einen oder zwei Pases machen.«

Cigarro stand gegen die improvisierte Tribüne gelehnt und unterhielt sich mit der Sängerin, als Juans erste Kuh herauskam, und der Peón sagte verächtlich zu dem Mädchen: »Der is' kein Matador. Der hat keine Ahnung von nix. Der Rancher wollte ihm bloß 'n Gefallen tun.«

An dieser Stelle muß ich meine Erzählung kurz unterbrechen, um Drummonds Reaktion auf meine Wiedergabe von Cigarros Ausdrucksweise zu erwähnen, die eine grobe Übersetzung des Spanisch war, dessen sich der Peón bediente. Drummond wollte wissen: »Was redet dieser Bursche da, Chinesisch?« Und ich mußte ihm mein Problem erklären:

Toreros der zweiten Kategorie bedienen sich oft einer Art verbaler Stenografie, die aus Grunzlauten, Abkürzungen, Sätzen ohne Prädikat und einem für Laien völlig unverständlichen Fachjargon besteht. Diese »Sprache« zu übersetzen ist so gut wie unmöglich. Ich habe daher versucht, wenigstens einen ungefähren Eindruck zu übermitteln.

Drummond kabelte zurück: »Ich habe Verständnis für Ihre Schwierigkeiten, aber sehen Sie zu, daß es nicht gar so mongolisch klingt.«

Cigarros Ungebildetheit erklärte sich durch seine Herkunft aus einer landlosen Bauernfamilie im südlichen Mexiko. Sein militanter Vater, der bereit war, in seinem Kampf für ein eigenes kleines Stück Land sein Leben zu riskieren, hatte seinem Sohn den Namen Emiliano Gutiérrez gegeben. Bei der Taufe hatte er verkündet: »Er wird einst ein revolutionärer Landarbeiterführer werden wie Emiliano Zapata!« Aber als der Junge statt dessen Stierkämpfer wurde, warf er ihn mit den Worten: »Kein Sohn von mir wird gegen Stiere statt gegen Großgrundbesitzer kämpfen«, aus der Gutiérrez-Hütte, und der Junge begann seine frustrierende Jagd nach Ruhm und Geld in der Stierkampfarena.

Emilianos Leben als Stierkämpfer verlief ganz nach dem klassischen Muster: als bettelarmer Junge verließ er das Elternhaus und zog von einer Dorf-Feria zur anderen; als bettelarmer Mann diente er einem Vollmatador als Peón. Eines Abends in irgendeinem kleinen Dorf sah er einen Film, in dem der Held lange kubanische Zigarren rauchte, die ihn bedeutsam aussehen ließen, und er war davon so beeindruckt, daß er diese Angewohnheit sofort übernahm und sich fortan Zigarren kaufte, wann immer er ein paar Pesos übrig hatte. Unter dem »Künstlernamen« Cigarro wurde er ein tüchtiger Peón, zwar nie einer der obersten Kategorie, aber doch so tapfer und zuverlässig, daß er stets Anstellung fand, und sein häßliches Gesicht wurde zu einer Art Markenzeichen in den Stierkampfarenen Mexikos.

Zurück ins Jahr 1950, zu der Tienta, die für die amerikanischen Touristen veranstaltet wurde: Da Cigarro Gómez seit dessen denkwürdigem Auftritt beim Ixmiq-Fest '45 nicht mehr gesehen hatte, war er nicht auf das gefaßt, was der junge Novillero in der Zwischenzeit gelernt hatte, und er war beeindruckt von dem, was er sah. Juan hielt die Capa tief, und er stand mit beiden Füßen fest auf dem Boden, wenn auch ein wenig breitbeinig. Er hatte einen gefühlsbetonten Stil, in der reinen Kampftradition, und er machte eine recht gute Figur, obwohl er so klein war.

Cigarro beugte sich vor, und als die Phase des Testens begann, in der der Torero mit Muleta und Stock arbeitete, fing er an, nervös an seiner langen Zigarre zu paffen. Was er sah, bewegte ihn tief, und als die Kuh zu den Corrals zurückgebracht werden sollte, rief er: »Gómez, angenommen, du solls' die da töten? Wie machs' du das?«

Juan begriff die Wichtigkeit der Frage nicht und glaubte, der Peón versuche bloß, ihn wegen jenes längst vergessenen Kampfes beim Ixmiq-Fest '45 zu demütigen, aber der junge Indio liebte die Stiere so sehr, daß er jede Chance, die sich bot, mit ihnen zu arbeiten, sofort mit Feuereifer beim Schopf ergriff. »He!« rief er den Männern zu, die am Tor standen. »Bringt mir die da noch mal zurück!«

Sein Ruf kam zu spät. Die Kuh trat wütend gegen das schwingende Tor, stürmte auf irgend etwas im Innern des Corrals los und verschwand. Sie war ein kräftiges Tier und hatte die Pferde achtmal attackiert, um sie mit ihren noch unausgebildeten Hörnern aufzuspießen. »Ich hätte dir an der schon vorgeführt, wie man tötet!« schrie Juan enttäuscht.

Der Rancher schaltete sich ein. »Wir haben für nachher geplant, einen vierjährigen Stier mit einem abgebrochenen Horn rauszubringen. Den werden wir bis zum Tode bekämpfen – für die Amerikaner.«

»Wie kann ein Stier ein Horn verlieren?« fragte einer der Touristen.

»Beim Kampf mit anderen Stieren«, erklärte der Rancher. »Der hier ist auf einen Baum losgegangen.«

»Ist das Tier denn dann noch zum Kämpfen zu gebrauchen?« erkundigte sich der Tourist.

»Er ist immer noch ein prächtiger Stier«, sagte der Rancher traurig. »Aber leider nicht mehr zu verkaufen.«

Die Tienta ging weiter, und als Juans zweite Kuh in die Arena gestürmt kam, ließ Cigarro seine Sängerin stehen und ging hinunter. »Laß gucken, wie du mit der Capa hinter'm Rücken arbeites'«, sagte er, und Gómez vollführte eine sehr schöne Mariposa mit der Capa hinter den Schultern.

»Kanns' du auch Pases auf Knien?« fragte Cigarro.

Sofort ließ sich Juan auf die Knie fallen und führte der kleinen Zuschauerschar sechs waghalsige Pases vor, bei der die kleine Kuh ihn jedesmal um ein Haar über den Haufen rannte. »Bei 'nem richtigen Stier bis' nich' so tapfer, eh?« fragte der Peón, heftig an seiner Zigarre paffend.

»Wenn der richtige Stier kommt, wirst du's ja sehen«, gab Gómez bissig zurück. Cigarro ging zu dem Rancher und fragte: »Wer soll gegen den Einhörnigen kämpfen?«

»Ich hab' mir gedacht, das machen die Matadore am besten unter sich aus«, erwiderte der Rancher.

»Vielleicht kann er das Töten besorgen«, schlug Cigarro vor und zeigte auf Juan Gómez, der die Kuh gerade mit großem Geschick an seiner Hüfte vorbeilenkte. Und dann fügte Cigarro, der sich in Stierkampfpolitik gut auskannte, hinzu: »Ihre Stiere sind so gut, Don Wiliulfo, jeder Matador sieht bei so 'nem Stier gut aus. Ich würd' gern mal sehen, wie dieser Bursche gegen 'n guten Stier kämpft.«

»Meinetwegen«, willigte der Rancher ein. »Wenn die anderen nichts dagegen haben.«

Ruhig, in seiner besten staatsmännischen Manier, überzeugte Cigarro jeden einzelnen der Matadore, daß der Stierkampflehrling Juan Gómez die Chance bekommen sollte, den einhörnigen Stier zu töten. Zwar erhob jeder von ihnen anfangs Protest, wie um seine Ehre zu verteidigen, um dann jedoch großmütig dem Indio dieses Privileg zu gewähren, denn bei einem einhörnigen Stier konnte man nie hundertprozentig im voraus sagen, wie er reagierte.

Als es dann schließlich soweit war und der Vierjährige aus den Corrals geschossen kam – ein wendiges, ausgezeichnetes Tier, das selbst für die Plaza de México eine Zierde gewesen wäre, hätte ihm nicht das eine Horn gefehlt – machten die Matadore ein paar Pases mit der Capa und demonstrierten ihre Meisterschaft. Einer dachte, als er sich nach einer prachtvollen Serie hinter die Barrera zurückzog: Soll der Junge ihn ruhig haben. Sie werden ihn nicht genug mit der Pica schwächen, und er wird schwer zu töten sein.

Mit der Capa hatte Gómez kaum Gelegenheit, zu zeigen, was er konnte, denn für diese Phase des Kampfes hatten die Berufsmatadore sich gewissermaßen das Monopol gesichert, eröffnete sie doch dem Torero die Möglichkeit, in ganz besonders spektakulärer Weise zu glänzen. Aber als der Moment kam, da es galt, den mächtigen Stier gegen die Pferde zu führen, schien der Lehrling fast so etwas wie eine persönliche Harmonie zu dem Tier herzustellen, und mit geschickten Schwenks mit der Capa schickte er das wütende Tier direkt gegen das Pferd, dessen Reiter, ein Picador aus Guadalajara – ganz gewiß keiner der besten seines Fachs –, miserable Arbeit mit der Pica leistete. Wie die Berufsmatadore es vorausgesehen hatten, würde dieser prachtvolle Stier ungenügend geschwächt in den letzten Teil des Kampfes gehen, und der, der ihn töten mußte, würde seine liebe Mühe mit ihm haben.

»Schaff das Pferd raus!« schrie der Rancher, und der Picador machte seinen unrühmlichen Abgang. Jeder der regulären Matadore machte jetzt zwei oder drei Pases mit der Muleta und dem richtigen Degen, und die kleine Menge spendete pflichtschuldig Beifall. Der Stier, von dem Picador mehr gereizt als verletzt, erwies sich wie erwartet als schwierig.

Dann schrie Cigarro: »Jetz' du, Gómez!« und die Berufsmatadore zogen sich wie vereinbart zurück und bezogen Stellung an der Barriere, so daß sie dem Jungen notfalls sofort zu Hilfe eilen konnten.

Langsam, einen Fuß vor den anderen setzend, den Körper in der traditionellen Pose des Matadors haltend, ging Juan Gómez auf den einhörnigen Stier zu. Das fehlende Horn war das rechte, aber das linke war ein tödliches Instrument, gerade und äußerst scharf. Um diese seine einzige Waffe herum hatte der Stier seine ganze Verteidigung aufgebaut, und er verstand es, zielsicher und kraftvoll mit ihr zu attackieren.

In einer Hinsicht hatte Gómez Glück, daß der Stier nur über ein Horn verfügte und daß es das linke war, denn dadurch war er verpflichtet, den größten und schönsten Pase des Stierkampfs anzuwenden, den, bei welchem der Mann den Stier von vorn herausfordert, den rechten Fuß ein Stück vorgeschoben, in Richtung des Stiers, den Degen in der rechten Hand, aber hinter dem Rücken verborgen, und in der linken, am ausgestreckten Arm gehalten, die rote Muleta, ein geradezu winziges Angriffsziel, wenn sie nur mit der linken Hand gehalten und also nicht durch den Degen gespreizt wurde. Was diesem Pase, der schlicht natural genannt wird, seine außergewöhnliche Dramatik, seine Emotion verleiht, ist die Tatsache, daß der Mann dem aufs Blut gereizten Stier nicht den Degen und auch nicht das Tuch, sondern seinen ungeschützten Körper bietet, an dem der Stier vorbei muß, bevor er sich auf die Muleta stürzen kann, sie annehmen kann, wie der Stierkämpfer sagt. Wenn der Stier angreift und der Torero sich auch nur um einen Zentimeter verschätzt hat, wird das linke Horn ihm unweigerlich die rechte Bauchseite aufschlitzen. Hat er jedoch klug und exakt taxiert und das Tier zuvor genau studiert, wird der Stier bei seiner Attacke auf das Tuch an dem ruhig gehaltenen Degen und dem exponierten Körper des Mannes vorbeidonnern. Wird ein solcher Pase perfekt durchgeführt, dann streift das linke Horn des Stiers den Matador, und von dem durch die Banderillas verwundeten Nackenhöcker spritzt das Blut auf die Stierkampftracht.

So näherte sich Juan Gómez denn nun langsam dem einhörnigen Stier und rief leise und lockend: »He, Stier! He, mein braver Freund! Komm her und schmecke das Tuch!«

Der Stier, noch ganz verwirrt von der erbärmlichen Qualität seines Kampfes gegen das Pferd, scharrte mit den Hufen und stieß sein mächtiges Horn in die Luft. Er sah, daß sich etwas auf ihn zubewegte, ein dünner senkrechter Strich und ein einladend hin und her schwingendes rotes Quadrat. Der Blick seiner kleinen schwarzen Augen saugte sich daran fest, und er griff an.

Mit donnernder Urgewalt stürzte sich der Stier auf das Tuch, sein linkes Horn wischte haarscharf an Gómez' Körper vorbei, und noch während er den Kopf in das nachgiebige Tuch stieß, spürte er, daß er in die Irre geführt worden war, auf das falsche Ziel. Wo sein Irrtum lag, wußte er offensichtlich nicht, aber wenn man ihm die Möglichkeit geben würde, so oft anzurennen, wie er wollte, würde er das Geheimnis über kurz oder lang enträtseln, und beim letzten Angriff würde er nicht dem Köder folgen, sondern dem Mann, und er würde ihn mit seinem todbringenden Horn durchbohren.

Cigarro, der wieder an der Tribüne lehnte, sog scharf Luft ein und flüsterte der Sängerin zu: »Der Junge hat dazugelernt.«

Viermal gab der Indio dem Stier den Pase natural, und mit jedem Mal schien das suchende Horn seinem Körper näherzukommen. Der Rancher schlug die Hände vors Gesicht und sagte seufzend: »Warum muß so ein herrlicher Stier unter Ausschluß der Öffentlichkeit getötet werden? Seht doch nur, wie prachtvoll der angreift!«

Aber das, worauf die Zuschauer jetzt gespannt ihre Blicke richteten, war nicht der tolle Ansturm des Stiers, sondern der braunhäutige Lehrling, der sich in der Mitte der Arena auf den Boden gekniet hatte. Einer der Matadore rief warnend: »Nicht da, Sohn. Drüben an der Barriere.« Aber Gómez blieb, wo er war, und ließ in dieser Stellung den Stier dreimal passieren. Beim dritten Pase mußte er den Oberkörper weit zurücklehnen, um dem suchenden Horn zu entgehen.

Die Zuschauer waren überwältigt von seiner Tollkühnheit, und alle, selbst die Matadore, schrien: »*¡Olé! ¡Olé!*« Die Sängerin skandierte: »*To-re-ro!*« – den Ruf, den tausend Kehlen einstimmig hinausschreien müssen, damit er die richtige Wirkung bekommt. Nervös lachten die anderen sie an, froh über diese momentane Erlösung von der fast unerträglichen Spannung.

Es war nun die Zeit gekommen, da Juan den einhörnigen Stier töten mußte, und Cigarro beugte sich gespannt vor, um zu sehen, was passieren würde, denn er hatte das Gefühl, daß, wenn der Indio es wirklich schaffte, über die Hörner hineinzugehen ...

Dann entspannte er sich. Dieser Stier hatte ja gar kein rechtes Horn, und im Moment des Todes kann nur das rechte Horn den Matador töten, denn über diese schreckliche Waffe muß der Mann hinüberlangen, und in dem Moment bietet er dem Stier seine Brust als Angriffsfläche.

»Das is' nix«, erklärte Cigarro der Sängerin. »'nen Stier ohne rechtes Horn kann jeder töten.«

Doch noch während er dies sagte, profilierte Gómez vor dem Stier, schob sein rechtes Knie vor, um den Angriff herauszufordern, und fiel dann, zeitlich perfekt abgepaßt, gegen den attakkierenden Stier aus, so daß sein Körper und die riesige Masse des Stierleibes für einen Moment eine vollkommene Einheit bildeten. Der schlanke Degen blitzte in der Luft auf, und seine Spitze senkte sich auf die Öffnung zwischen den Schulterblättern des Stieres, durch die sie hindurch mußte, wenn sie den Weg in die Körperhöhle finden und den Stier tödlich verwunden wollte. Die Tötung war so perfekt durchgeführt, daß die Menge in Jubel ausbrach, aber ebenso jäh verstummte sie wieder, als der Degen, der auf Knochen gestoßen war, sich bog, zurückschnellte und in hohem Bogen durch die Luft wirbelte, um schließlich mit der Spitze nach unten im Sand zu landen, wo er einen Moment stekkenblieb, ehe er langsam umkippte.

Gómez fluchte über sein Künstlerpech, bei einer ansonsten meisterhaft durchgeführten Estocada auf Knochen gestoßen zu sein, hob den Degen auf und rüstete sich für einen erneuten Versuch. Der Rancher rief ihm aufmunternd zu: »Der letzte war perfekt. Viel Glück!«

Wieder profilierte Gómez vor dem Stier. Wieder stürmte er vorwärts, um dem tödlichen Angriff des Stiers zu begegnen. Und wieder traf der Degen auf Knochen. Diesmal war ein helles Singen zu hören, als er durch die Luft wirbelte und unweit von Cigarro und der Sängerin landete. Als Gómez fluchend seine Waffe aufhob, sah er zwei Gesichter. Cigarros zusammengekniffenes und häßliches Gesicht nickte ernst, und er warf dem Lehrling einen imaginären Kuß zu. Es war offensichtlich, daß Cigarro nach vielen Jahren der Suche einen echten Stierkämpfer gefunden hatte, und während sein zernarbtes Gesicht weiter nickte, handelte er schon einen Vertrag aus. Das zweite Gesicht, das Gómez sah, war das von Lucha González, und an der Art, wie ihre dunklen Augen funkelten, war unschwer zu erkennen, daß auch sie ihren Matador gefunden hatte. Gewiß, noch war er kein Matador, aber sie war überzeugt, daß er bald einer sein würde.

Juan Gómez ging zurück zu dem Stier, der wieder bereit stand, sich zu verteidigen, und flüsterte: »Nun gut, kleiner Stier! Du hast mir Ruhm gebracht, und jetzt werde ich –«

Hinter sich hörte er Stimmen. Der Rancher schrie: »Gómez! Komm zurück! Wir wollen diesen Stier!«

Der Indio begriff nicht ganz, was der Rancher meinte, und glaubte, er wolle ihn davor warnen, seinen dritten Tötungsversuch auf diesem Terrain zu unternehmen, denn der Stier war in der Tat gefährlich. Aber er fand, daß er sich mit Stieren besser auskannte als die Berufsmatadore, besser auch als der Rancher und ganz bestimmt besser als die Peones. Er würde diesen tapferen Stier töten, und für diesen Akt bereitete er sich nun ein drittes Mal vor.

Da geschahen merkwürdige Dinge. Einer der Berufsmatadore kam von der Barriere herbeigestürmt und begann den Stier mit wirbelnder Capa abzulenken, und zwei Peónes packten Gómez von hinten. Verwirrt blickte er zur Tribüne hinauf und schrie: »Das ist mein Stier!«

Das Tor zum Corral schwang auf, und zwei Ochsen liefen in die Arena. Juan deutete dies so, daß der Stier wegen seines großen Pechs beim Töten lebend von ihm weggeholt werden sollte, und er versuchte, sich von den Männern loszureißen, die ihn festhielten. Er war entschlossen, das Tier zu töten, bevor es in den Corral zurückkehren konnte. Dann sah er Cigarros verzücktes Gesicht. Der drahtige Peón hatte sich eine lange Zigarre angesteckt und strahlte über sein ganzes zerknittertes Gesicht.

»Sie schenken dei'm tollen Stier das Leben!« schrie er. »Was für ein herrlicher Nachmittag!«

Und dann sah Juan Gómez das geschehen, was jedem Stierkämpfer ans Herz geht. Die Ochsen stupsten den verwirrten, aber trotzigen Stier leicht an, und im ersten Moment war das tapfere Tier bereit, gegen sie zu kämpfen, denn es war immer noch entschlossen, sein Leben gegen alle Feinde zu verteidigen. Doch dann roch er ihre Gleichgültigkeit, knuffte zaghaft einen von ihnen mit seinem linken Horn, scharrte mit dem Huf im Sand und hielt Ausschau nach den Männern, gegen die er gekämpft hatte. Als er keinen fand, drehte er eine kleine Runde durch die Arena, als wolle er noch ein letztes Mal seine unumschränkte Herrschaft über die Plaza demonstrieren, und stürmte dann mit Urgewalt auf irgendeinen unbekannten Feind in der Dunkelheit los.

Die Zuschauer applaudierten, als das tapfere Tier verschwand, denn sie wußten, daß es in späteren Jahren als Zuchtbulle verwendet werden würde. Als Gómez endlich begriff, was los war, rief er leise: »Geh schon, kleiner Stier! Du hast mir einen Manager beschafft.« Und dann ging er langsam und würdevoll durch die Arena zu Cigarro, der an der Barriere auf ihn wartete. »In sechs Monaten, Krummbein«, versicherte ihm der Peón überschwenglich, »bis' du Matador, mit Kontrakten auf der Plaza de México. Aber von der da läßt du die Finger«, sagte er warnend und deutete mit einem seitlichen Schwenk seines häßlichen Kopfs auf die Sängerin, die alles verfolgte.

Cigarro hielt sein Versprechen. Ende Dezember 1950 erhielt Juan Gómez seine Alternativa mit Palafox-Stieren in der großen Arena von Mexiko City. Als er aus der Dunkelheit in die gleißende Helligkeit der Arena trat, stockte ihm der Atem, denn über ihm in der riesigen Betonschüssel drängten sich mehr als fünfzigtausend Menschen. In der ersten Reihe, den grellbunten Schal über die Barrera drapiert, als wäre sie eine echte Spanierin, saß Lucha González, in ihr bestes Kleid gehüllt. Cigarro hielt sich im Callejón auf, dem Umlauf zwischen Barrera und erster Reihe – endlich nicht mehr, wie all die vielen Jahre zuvor, im Stierkampfanzug, sondern jetzt, da er ein richtiger Manager war, im normalen Straßenanzug. Und als für Gómez der Augenblick kam, da er den ersten Stier des Nachmittags dedizieren mußte, den, den ihm der älteste Matador als traditionelle Geste der Patenschaft zum Töten übergeben hatte, da war es unvermeidlich, daß er dieses Tier Lucha widmete. Seine Geste kam bei der Menge gut an, und er tötete gut. Er errang zwar keine Ohren, aber man gewährte ihm eine Ehrenrunde um die riesige Plaza, und einige auf den Rängen brüllten: »*¡Olé!*« Sie hatten das Gefühl, der Geburt eines echten Matadors beigewohnt zu haben.

Danach passierte erst einmal nichts. Juan Gómez wurde lediglich einer von einunddreißig mexikanischen Matadoren. Er hatte keinen reichen Gönner, der Geschichten über ihn in die großen Zeitungen lancierte oder ihn den Veranstaltern in der Provinz aufdrängte. Sein Ruf war nicht ausreichend, um ihm einen erneuten Auftritt in der Plaza de México zu verschaffen, wo ein Matador schon einen großen Namen besitzen mußte, wollte er die riesige Arena füllen. Er war nicht mehr als einer von vielen durchschnittlichen Matadoren ohne besondere Aura, und die mühselige Ochsentour seiner Lehrzeit, die er schon hinter sich geglaubt hatte, ging weiter.

Auf einen Kampf in Torreón im April folgte einer Anfang Juni in Orizaba. Ein durch einen dringenden Telefonanruf aus einem Dorf im fernen Jalisco hastig zustande gekommener Kampf mußte für den Juli genügen, und im August blieb er ganz ohne Kampf. Um zum Ixmiq-Fest eingeladen zu werden, war er nicht bedeutend genug, und so gingen die Jahre vorbei, ohne daß Juan Gómez dem großen Durchbruch irgendwie nähergekommen wäre. Trotz dieser eher trostlosen Umstände verlangten es die ungeschriebenen Gesetze des Metiers, daß er als Matador jederzeit modisch gekleidet herumlief, Bestechungsgelder an Zeitungskritiker zahlte und stets von einer Aura des Erfolges und der Bedeutsamkeit umgeben war. Mehr als viele andere vermochte Gómez diese Anforderungen zu erfüllen, denn er konnte auf drei Faktoren bauen, die zu seinen Gunsten arbeiteten.

In Cigarro, seinem Manager, besaß er einen verläßlichen Freund. Cigarros Leben war ganz ähnlich wie das von Juan verlaufen; er hatte für Matadore gearbeitet, die ihn unterbezahlten, und mit Stieren, die ihn oft ins Krankenhaus gebracht hatten. Er war viel zu häßlich gewesen, um ein wohlhabendes Mädchen abzubekommen, und zu arm, um es sich leisten zu können, irgendein anderes zu heiraten, aber in all den Jahren seiner Einsamkeit hatte er stets einem Traum nachgehangen.

In Mexiko City, nicht weit von der großen Plaza vor der Kathedrale, gab es ein Café, in dem ausschließlich Stierkämpfer, Schauspieler und Zeitungsleute verkehrten. Es nannte sich ›Tupinamba‹, und um seine weißen Marmortische herum kreisten der Klatsch und Tratsch aus der Stierkampfarena. Während seiner langen Lehrzeit hatte Cigarro es sich finanziell nicht leisten können, im Tupinamba zu verkehren, und sich damit begnügen müssen, das aufregende Leben, das dort pulsierte, als Zaungast vom Bürgersteig aus zu beobachten. Aber er hatte sich geschworen, daß er eines Tages ein berühmter Matador sein würde, der am besten Tisch im Tupi sitzen und Hof halten würde. Als sich schon sehr bald zeigte, daß dies wegen seiner Ungeschicklichkeit im Umgang mit den Stieren eine Wunschvorstellung bleiben würde, beschloß er, Peón in der festen Truppe eines erfolgreichen Matadors zu werden, eine Position, die ihn dazu berechtigen würde, im Tupi zu sitzen. Aber da er kein Peón der ersten Garnitur war, konnte er auch diesen Traum nicht verwirklichen. Von da an baute er sein Leben ganz auf der Hoffnung auf, daß er irgendwann, vielleicht mit fünfzig, über einen jungen, vielversprechenden Kämpfer stolpern würde, der einen Manager brauchen würde, und dann würde er Tag für Tag im Tupinamba sitzen und die berufliche Karriere seines Matadors organisieren.

Diesen letzten Traum hatte er verwirklicht, und jetzt hing er Tag für Tag im Tupinamba herum und gab gewichtige Äußerungen von sich. Mit den bescheidenen Ersparnissen, die er sich in dreißig Berufsjahren zusammengekratzt hatte, spielte er die Rolle des Managers und gab seinem Matador eine gefühlsmäßige Sicherheit, wie sie nur wenige Kämpfer genossen. Er zweifelte niemals daran, daß eines Tages Mexiko entdecken würde, was für einen begnadeten Matador es in Juan Gómez hatte, und bis zu jenem schicksalhaften Tag würde er, Cigarro, weiterhin im Tupinamba auf die besten Kontrakte warten, die für die kleineren Arenen zu kriegen waren.

Die anderen beiden Faktoren, die das Ego von Juan Gómez aufrechthielten, steuerte er selbst bei. Zum einen galt es in zunehmendem Maße als allgemein anerkannt, daß er, wenngleich weder mit Capa noch Muleta ein großer Künstler, so doch als Töter das beste war, was Mexiko aufzuweisen hatte. Bei seinen Kämpfen demonstrierte dieser kleine Altomeke in Vollendung das, was den Höhepunkt einer jeden Corrida darstellte – oder darstellen sollte –, wenn er vor dem Stier stand, profilierte, das linke Knie nach vorn stieß und sich mit selbstmörderischer Tollkühnheit über die Hörner warf.

Der zweite Faktor war ein maßloses Ehrgefühl. Wenn er das Tupinamba betrat, um mit Cigarro zu sprechen, bewegte er sich mit sichtbarer Würde, seinen Status als Matador wie ein Banner vor sich her tragend. Er war ein sehniges Bündel aus Aggressivität und Abwehrhaltung, und er duldete auch nicht den leisesten Tadel. In der Arena durfte niemand, nicht einmal der große Armillita selbst, ihm irgendwelche Vorschriften machen. Selbst wenn ein Matador der obersten Kategorie versuchte, ihm zu sagen, wie er sich in der Arena verhalten müsse, erwiderte Gómez nur kühl: »Töte erst mal so wie ich, dann kannst du mir Ratschläge erteilen.« Der Kritiker León Ledesma schrieb über ihn: »Er ist seit dem Tod von General Gurza der einzige Mann in Mexiko, der allein durch die Art, wie er einen Raum betritt, die ganze Nation zum Boxkampf herausfordern kann. Er ist ein Mann von Ehre.«

Aber es gab da einen Punkt, in dem Juans sorgsam gepflegter Ehrbegriff versagte, und dieser Fehltritt verursachte echten Schmerz. Er war im Januar 1950 von Cigarro aufgelesen worden, und zwei Wochen später hatte er dem häßlichen Kerl sein Mädchen ausgespannt. Hatte Lucha González anfangs noch aus einer Art moralischem Skrupel heraus versucht, ihre Zuneigung zu dem jungen Stierkämpfer zu unterdrücken – denn Cigarro war gut zu ihr gewesen und hatte entscheidend dazu beigetragen, daß sie als Nachtclubsängerin und Tänzerin Fuß fassen konnte – so hatte schließlich ihre Leidenschaft für den selbstbeherrschten jungen Indio doch die Oberhand in ihr gewonnen, und eines

Nachts in Torreón war sie kurzerhand mit ihrem einzigen Koffer aus Cigarros Zimmer aus- und in das Juans eingezogen.

Cigarros Ego war zutiefst gekränkt. Noch in derselben unglückseligen Nacht hatte er versucht, seinen Matador zu töten, aber Gómez, der bestürzt war über Luchas Verhalten, hatte zuerst versucht, ihn zu bändigen, und ihn, als dies nichts fruchtete, verprügelt. Cigarro, arg zerschunden, hatte daraufhin versucht, Lucha zu töten, aber sie hatte laut zu kreischen angefangen, was die Polizei auf den Plan gerufen hatte. Die Zeitungen griffen die Affäre begierig auf, denn Keilereien zwischen Stierkämpfern kamen bei den Lesern immer gut an, und später war es zum großen Teil der Reklameeffekt dieser in den Zeitungen genüßlich breitgetretenen Liebesaffäre zwischen Lucha und Gómez gewesen, der es Cigarro ermöglicht hatte, die Kontrakte an Land zu ziehen, die Gómez doch immer wieder bekam.

Und so zog denn dieses seltsame Trio, zusammengehalten von Armut, Ehrgeiz und der Liebe zum Stierkampf, kreuz und quer durch Mexiko, meist auf den unbedeutenderen Straßen des Landes, die zu den unbedeutenderen Arenen führten. Cigarro, der endlich seinen Matador gefunden hatte, blieb mit Gómez zusammen, obwohl er durch dessen Gegenwart Tag für Tag aufs neue schmerzlich an die Schmach erinnert wurde, die dieser ihm zugefügt hatte, indem er ihm sein Mädchen ausgespannt hatte. Der Indio, der es immerhin zu einem Leben gebracht hatte, das nicht gänzlich armselig war, blieb bei seinem griesgrämigen Manager, weil er vermutete und befürchtete, daß er nie wieder einen finden würde, der auch nur halb so tüchtig war. Und Lucha González hielt beide mit ihrem Pseudoflamenco über Wasser. Und wenn sie ihren beiden Stierkämpfern in Mexiko City auch auf rührende Weise treu ergeben war – hätte sich ihr jemals die Chance geboten, in Sevilla aufzutreten, sie hätte den beiden sofort Lebewohl gesagt, ohne auch nur eine Träne zu vergießen.

Neun Jahre kämpfte das Trio gegen Stiere und Manager und Hotelbesitzer und Filmregisseure, die sich weigerten, Lucha die Gesangsrollen zu geben, zu denen sie sich berufen fühlte. Sie wurden älter, und Cigarro überschritt endgültig das Alter, in dem er noch einmal die Stierkampftracht hätte anziehen können. Lucha wurde nicht hübscher, und ihre whiskeygetränkte Stimme wurde härter und rauchiger, was ihrem Gesang gleichwohl zugute kam. Und Juan Gómez hastete hin und her, immer auf der Suche nach den Stieren. Er war mittlerweile zweiunddreißig, ein Alter, in dem sich erfolgreiche Matadore in Spanien bereits zur Ruhe gesetzt haben, und er hatte niemals den wirklichen Erfolg kennengelernt. Er wartete immer noch auf eine Einladung nach Spanien oder Peru, wo es echtes Geld zu verdienen gab, oder zum Ixmiq-Fest. Trotzdem verlor er nie den Mut. Cigarro sagte zu ihm: »Kein Mann auf der Welt kann so töten wie du.« Und das genügte ihm.

Dann, Anfang 1960, geschah es. Cigarro saß gerade an seinem angestammten Tisch im Tupinamba, lässig die Asche von seiner Zigarre schnippend und bemüht, wichtig auszuschauen, als ein Handlanger vom Impresario der Plaza México vorbeischlenderte und so tat, als sähe er ihn nicht. Es war nämlich wichtig, daß Cigarro diese spezielle Unterhaltung anfing.

»Hallo, Moreno!« rief der häßliche Alt-Peón.

»Ach, du bist's!« rief der listige Unterhändler in gespielter Überraschung, und damit war das Gespräch in Gang gebracht. Moreno kündigte an, daß die bevorstehenden Kämpfe die besten sein würden, die Mexiko City je gesehen habe. »Wie in den Tagen Manoletes«, rief Moreno schwärmerisch. »Dieser junge Bursche Victoriano Leal! Ahhhh!«

»Ihr habt ihn gebucht?« fragte Cigarro hellhörig. In diesem Geschäft konnte man immer erst dann sicher sein, daß ein Kampf auch wirklich stattfand, wenn er vorüber war und die Kritiker ihre Umschläge mit dem Bestechungsgeld bekommen hatten.

»Für eine ganze Serie«, versicherte ihm Moreno. »Wenn Leal bei uns fertig ist, wird er der reichste Stierkämpfer der Welt sein.«

»Dicke Honorare, he?« fragte Cigarro gleichmütig.

»Phantastische Honorare. Fünf- bis sechstausend Dollar für einen Nachmittag«, bestätigte Moreno und stocherte sich in den Zähnen herum.

Cigarro sah ihn kalt an. »Und wieviel zahlt ihr mei'm Torero?«

Ohne seinen blasierten Gesichtsausdruck zu verändern, sagte Moreno: »Neunhundert Dollar und keinen Cent mehr.«

Cigarro zögerte einen Moment, um Zeit zu gewinnen. Dann sagte er: »Das kriegen sons' bei euch die Picadores.«

»Stimmt«, sagte Moreno.

»Ich hab' mir gedacht« – Cigarro zögerte erneut, denn es stand viel auf dem Spiel – »die Leute wollen alle Victoriano sehen. Ich geb' ja offen zu, mein Torero is' nich' so beliebt.«

Moreno argwöhnte, daß dies vielleicht eine Falle war, aber einen Punkt wollte er doch endgültig regeln, also sagte er rasch: »Ganz ehrlich, Cigarro, zwei weitere erstklassige Matadore bei derselben Veranstaltung wie Victoriano können wir uns nicht leisten. Soviel Geld gibt es in Mexiko nicht.«

»Ihr habt also vor, mein' Torero fast für nix zu kriegen«, sagte Cigarro grinsend.

Moreno lachte überschwenglich: »In Morelia, wo ich herkomme, bezeichnet man neunhundert Dollar nicht als nichts.«

Cigarro lachte mit gleicher Herzlichkeit, dann zeigte er mit seiner Zigarre auf den Unterhändler. »Is' auch gut, daß wir unser'm Torero mal wieder die Plaza de México zeigen.«

»Mein Freund«, pflichtete ihm Moreno eifrig bei, »genau das waren auch meine Gedanken. Was für ein Nachmittag für Gómez! Fünfzigtausend Leute! Wie lange ist es her, daß er vor so einer Kulisse gekämpft hat?«

»Ich hab' gerade mal überlegt«, sagte Cigarro bedächtig. »Alle woll'n Victoriano nach seiner erfolgreichen Tournee zu Hause ein' großen Empfang bereiten; wie wär's, wenn ihr dem Publikum eine echte Sensation bietet? Victoriano – Gómez, *mano a mano?*«

Diese Redewendung, die »Hand zu Hand« bedeutete, quasi wie bei einem Zweikampf Mann gegen Mann, bei dem nur zwei Matadore statt der üblichen drei kämpften, jeder gegen drei Stiere in einem tödlichen Duell, ließ Moreno schlagartig hellwach werden, denn er sah sofort die Möglichkeit einer ganzen Serie solcher Duelle in ganz Mexiko.

Seine unbekümmerte, kumpelhafte Art aufgebend, fragte er

vorsichtig: »Wieviel würde Gómez erwarten? Dafür, daß er drei statt zwei Stiere tötet?«

»Nicht mehr als dreizehnhundert Dollar«, antwortete Cigarro gelassen. Er wußte, daß dies ein verlockendes Angebot war, und er war nicht überrascht, als Moreno hastig fragte: »Kannst du hier warten?«

»Ich bin den ganzen Tag hier«, erwiderte Cigarro.

»Geh nicht weg«, sagte Moreno.

Als er verschwunden war, begann Cigarro zu schwitzen.

»Heilige Jungfrau der Berge«, betete er, die Schutzherrin seiner Kindheit anrufend, »mach, daß er in meine Falle tappt! Mach, daß er uns 'nen *mano a mano* gibt und daß mein Torero Furore macht – vor fünfzigtausend Leuten! Mach, daß da richtig was abgeht, daß die Leute auf den Stühlen stehen oder von mir aus die Arena abreißen, Hauptsache richtig Stimmung! Liebe Jungfrau ... liebe Jungfrau ... mach, daß da richtig die Hölle los ist!«

Als Cigarro an jenem Abend Juan Gómez endlich erreichte, erfuhr er, daß der Veranstalter den Indio bereits über den Mano-a-mano-Kampf mit Victoriano informiert hatte. Er sagte zu Gómez: »Das muß der Tag der Entscheidung sein, Matador. Du muß' irgendein tolles Ding in der Arena abziehen, irgendwas, das die Wellen hochgehen läßt. Du muß' Victoriano beleidigen oder ihm einen von seinen Stieren wegnehmen oder Veneno vom Pferd runterhauen. Matador! Die Heilige Jungfrau persönlich wird an dem Tag lächeln, aber für den Skandal, da müssen wir schon selbs' für sorgen.«

Sie hockten bis tief in die Nacht zusammen und versuchten sich irgend etwas auszudenken, das ein unverschämtes Auftrumpfen seitens Gómez' rechtfertigen und die riesige Menge so elektrisieren würde, daß sie einen Revanchekampf zwischen den beiden Matadoren fordern würde. »Was haben wir denn zu verlieren?« fragte Cigarro. »Angenommen, sie stecken uns in den Knast. Na und? Vor langer Zeit ging Lorenzo Garza jedes Jahr einmal in den Knast, und jedesmal, wenn er wieder rauskam, war er noch beliebter als vorher. Juan, am Sonntag muß irgendwas ganz Tolles passieren.«

Der Plan, auf den sie sich schließlich einigten, sah folgendermaßen aus: bei seinem ersten Stier würde sich Juan Gómez so ins Zeug legen wie noch nie zuvor in seiner Karriere, und falls er dabei erfolgreich war, damit das Publikum erst einmal auf seine Seite ziehen. Da Victoriano alles daran setzen würde, mit ihm gleichzuziehen oder ihn gar zu übertreffen, würde er bei seinem ersten Stier sehr nervös sein. Gómez würde sich dann bei seinem zweiten Stier noch mehr anstrengen und Kapital schlagen aus der Sympathie des Publikums mit einem Kämpfer, der bis ins Mark Mexikaner war. Und bei Leals zweitem Stier würde er sich dann bei den Pases vordrängen, wenn der Stier von den Pferden wegging, und alles tun, was er konnte, um seinen Konkurrenten zu demütigen.

»Das wird dem alten Veneno stinken«, sagte Cigarro voraus. »Der kann nicht haben, wenn man sein' Torero beleidigt. Aber Veneno is' nich' sehr beliebt beim Publikum. Die finden, der schikaniert seinen Jungen rum. Das heißt also, du muß' deinen Kampf eigentlich mit Veneno austragen, und vielleicht …« Der dürre Ex-Peón paffte an seiner Zigarre und flüsterte mit diabolischem Grinsen: »Juanito, kleiner Matador, am Sonntag wird auf der Plaza de México die Hölle los sein. Alle werden wollen, daß du nächsten Sonntag wieder gegen Victoriano antritts', und übernächsten und über-übernächsten auch. Aber alles hängt von dei'm ersten Stier ab. Du muß' überragend sein.«

Ich habe schon erzählt, was passierte. Der erste Palafox-Stier war schwer zu handhaben, und Juan brachte wenig Berauschendes mit ihm zustande, während Victorianos erster Stier das war, was die Stierkämpfer einen *carril* nennen, einen Stier, der kerzengerade angreift, eben wie auf Schienen – *carriles* –, und der dem Torero das Äußerste an Brillanz erlaubt. Mit diesem Stier lieferte Leal eine glanzvolle Darbietung, und Cigarro hatte die schlimme Befürchtung, daß schon alles verloren war. Während Victoriano seine Ehrenrunde um die Arena drehte, die beiden Ohren in der traditionellen Geste des Triumphs in die Höhe rekkend, versuchte ein schwitzender Cigarro, seinem Schützling Mut zu machen.

Dann kam die Rettung. Cigarro erzählte mir, wie es passierte: »Als Victoriano mit seinen zwei Ohren die Ehrenrunde drehte, mit Musik und alles am Klatschen und Hurraschreien, da hing mir der Magen fast auf den Knien, und ich sah keine Chance mehr, daß Gómez noch was reißen konnte, und sah uns schon wie geprügelte Hunde vom Platz schleichen, und nix mit Ruhm und Verträge. Aber dann reckt Victoriano zwei Finger in die Luft, von wegen daß er die Nummer eins is'. Mein Torero is' dadurch schwer in seiner Ehre gekränkt, und sofort streckt er ein' Finger in die Luft, um den Leuten zu sagen, daß er die Nummer eins is'. Und da fängt die Plaza de México an zu kochen und is' die Hölle los, und danach kriegen wir ein' Vertrag nach dem andern.«

Es war jetzt später Donnerstagabend. Während ich mit meinem Onkel an einem großen Tisch auf der Terrasse des Kachelhauses saß, dachte ich an die beiden Matadore, die jetzt oben in ihren Zimmern schliefen, und sagte zu Don Eduardo: »Ich wette, die sind nervös da oben. Könnte ihr größter Kampf des Jahres werden.« Aber bevor mein Onkel etwas erwidern konnte, wurden wir überrascht vom Auftauchen Venenos und seiner drei Söhne im Hoteleingang. Sie waren wahrscheinlich heruntergekommen, um vor dem Schlafengehen noch ein Glas Mineralwasser zu trinken und sich noch ein bißchen die Festgäste anzuschauen, die immer noch in hellen Scharen hinter den Mariachi-Kapellen um die Plaza zogen. Kellner räumten den großen runden Tisch ab, der das Zentrum des Speisebereichs beherrschte, und die vier Leals ließen sich wie fürstliche Persönlichkeiten an dem Tisch nieder, so wie es führende Toreros seit Beginn des letzten halben Jahrhunderts zu tun pflegten. Sofort fanden sich Schaulustige ein, die die Stierkämpfer neugierig begafften, und Veneno, der die Bewunderung sichtlich genoß, nickte den Aficionados huldvoll zu.

Leise sagte ich zu meinem Onkel: »Er ist unerträglich, wie er da als großer Torero posiert. Aber du mußt zugeben, er hat es geschafft, Victoriano zu einem Meister seines Fachs aufzubauen.« Und als Don Eduardo sich umwandte, um sich den jungen Mann anzuschauen, der ganz entspannt dasaß und die Bewunderung seiner Fans in freundlicher Gelassenheit entgegennahm, mußte er mir zustimmen: »Er macht seinem Beruf wirklich Ehre. Und wir können stolz darauf sein, daß er Mexikaner ist.« Ich dachte, hatte aber nicht den Mut, es laut zu sagen: »Ein Mexikaner, der versucht, sich wie ein Spanier zu benehmen.«

In diesem Moment merkte Victoriano, daß der Züchter der Stiere, gegen die er antreten würde, an unserem Tisch saß. Sofort stand er auf, erhob sein Glas und sagte so laut, daß alle auf der Terrasse es hören konnten: »Ich trinke auf euer Ixmiq-Fest.«

Wir waren gerade im Begriff, uns dem Trinkspruch anzuschließen, kamen aber nicht mehr dazu, da im selben Moment der Kellner aufgeregt an unseren Tisch gewetzt kam und atemlos haspelte: »Meine Herren, ich bin untröstlich, aber der Matador Gómez und seine Begleiter sind auf dem Weg nach unten, und von Rechts wegen sollten sie an diesem Tisch sitzen.«

»Natürlich«, sagte Don Eduardo mit einem Nicken, obwohl der Tisch »von Rechts wegen« selbstverständlich ihm als dem Älteren und in jeder Hinsicht Bedeutenderen zustand. Aber er wußte, wie peinlich es für das Restaurant wäre, sollte einer der beiden Matadore an einem besseren Tisch sitzen dürfen als sein Kontrahent. Also räumten wir einsichtig unsere Plätze und gingen zu einem kleineren Tisch. Wir hatten uns gerade hingesetzt, da erschienen Gómez, Cigarro und die Sängerin Lucha González auf der Terrasse.

Zu meiner Überraschung nahm Lucha jedoch nicht mit ihren beiden Begleitern am Tisch Platz, sondern ging allein weiter – als sie an den Leals vorbeikam, nickte sie ihnen kurz zu – zur Café-Bar, wo sie vom Geschäftsführer begrüßt wurde. Gleich darauf begann sie zu singen. Sie war zwar, seit ihr Matador Verträge an Land zog, die ihm drei- oder viertausend Dollar pro Kampf einbrachten, nicht mehr allein verantwortlich für den Unterhalt des Trios, aber Lucha González war klug genug, um zu wissen, daß das Leben eines Matadors immer eine Existenz am Rande des Abgrunds war. Heute hatte Juan Gómez Geld, nächste Woche konnte er schon tot sein. Also würde sie Kapital aus seiner augenblicklichen Berühmtheit schlagen und sich soviel Geld wie eben möglich hinzuverdienen. Während sie zwischen den einzelnen Nummern über den Platz blickte, dachte sie wahrscheinlich: Wenn ich genug Geld zusammenkriege, reicht es vielleicht, um nach Spanien zu gehen, ob mit oder ohne meinen Matador.

Und so saßen wir denn alle miteinander auf der Terrasse des Kachelhauses in den späten Stunden vor dem ersten Stierkampf des Ixmiq-Fests '61. Don Eduardo Palafox, der Erbe von so vielem, das das Beste von Toledo kennzeichnete – der Kathedrale, den Bögen, dem Regierungspalast und der Stierzuchtranch – saß da wie jeder Züchter, der überzeugt war, daß seine Stiere gut sein würden. Doña Carmen Mier y Palafox saß an einem Tisch im Hintergrund und überwachte ihre Kellner. An ihrem Tisch sonnten sich die Leals in der Bewunderung ihrer Anhänger und taten so, als wüßten sie nicht, daß am Nebentisch Cigarro und Juan Gómez saßen, deren Aufmerksamkeit ganz auf die Sängerin im Café gegenüber der Terrasse gerichtet war.

Von der gegenüberliegenden Seite der Plaza hallten die goldenen Klänge der fünf barfüßigen Mariachis und ihres traurig dreinblickenden Solisten mit seiner von den Engeln geborgten Trompete herüber, und als sie näherkamen, löschte der erhabene Schall der Trompete alle anderen Eindrücke der Nacht aus – und alle Gedanken an die Möglichkeit des Todes am nächsten Tag.

Guadalajara, Guadalajara!
Du schmeckst wie vom Regen durchtränkte Erde
Und ferne kleine Quellen …
Ach, unvergeßliche kleine Quellen,
Unvergeßlich wie der Nachmittag,
Als Regen aus den Bergen
Uns davon abhielt, nach Tlaquepaque zu gehn …

Der Trompeter spielte eine Coda, die jedem Mexikaner, der sie hörte, das Herz schmelzen ließ, und ich fragte mich, was an jenem Tag vor langer Zeit geschehen war, als ein plötzlicher Regenguß aus den Bergen irgend jemanden daran hinderte, in Tlaquepaque Picknick zu machen.

Die Mariachis zogen vorbei, und von gegenüber aus dem Café konnten wir Lucha González hören, wie sie mit rauchiger Stimme Flamencolieder sang und mit den Absätzen klapperte. Und während die verschiedenen Klänge sich mit dem Stimmengemurmel an den Tischen vermengten, ertappte ich mich dabei, wie ich die gütige Statue des längst vergessenen altomekischen Indios Ixmiq anstarrte, dessen steinernes, immerwährendes Lächeln uns Segen spendete.

Indianische Vorfahren: Die Erbauer

Gegen Mitternacht, während auf der Plaza immer noch geräuschvolles Treiben herrschte, kam die Witwe Palafox an meinen Tisch und sagte leise: »Ihr Päckchen mit dem Manuskript ist pünktlich zum Flughafen gekommen und wird ungefähr um diese Zeit in New York sein. Wir haben den Boten schon bezahlt und setzen es Ihnen auf die Rechnung.«

Sie führte mich durch die alte Eingangstür und in einen kleinen Patio, den ich als Kind sehr geliebt hatte. Ich sah den steinernen Brunnen, auf dem ich immer gespielt hatte, und die Unmengen bunter Blumen, die immer in solchem Überfluß geblüht hatten, und mir wurde wehmütig ums Herz. Wir stiegen eine Steintreppe zum ersten Stock des Hotels hinauf, wo ein breiter Kreuzgang rings um den oberen Teil des Innenhofs verlief. Auf der Brüstung standen blühende Pflanzen, deren Ranken hinunter in den Patio hingen. Das Herz des Hotels war immer dieser Patio aus verwittertem Stein gewesen, mit seinen Arkaden und seiner üppigen Blumenpracht.

Die Witwe ging mit mir durch den Kreuzgang, bis sie an eine Tür auf der der Plaza zugewandten Seite kam. Sie stieß sie auf und führte mich in einen Raum, der berühmt war in der Geschichte Mexikos. Es war kein gewöhnlicher Raum: Seine Seiten waren extrem ungleichmäßig, da sie den unregelmäßig verlaufenden Wänden der Vorderseite des Hotels folgen mußten, und seine planlos angeordneten Fenster hatten seit jeher hinunter auf die Kathedrale geschaut und seit dem letzten Jahrhundert auch auf das Ixmiq-Denkmal.

Als die Witwe die Tür bewegte, sagte mir ein leises Knarren, das zurückging bis auf das Jahr 1575, als das Gebäude errichtet wurde, daß ich daheim war, denn in diesem Zimmer hatten meine Mutter und ich uns im Jahre 1918 während der zweiten Plünderung Toledos versteckt gehalten, als ein weiteres Verbleiben im *Mineral* unmöglich geworden war. Vom größten der Fenster aus hatte ich als Neunjähriger auf die Vergewaltiger und die Erschießungskommandos hinuntergeschaut. Ich weiß noch, wie ich dort stand und meiner Mutter ganz nüchtern ankündigte: »Jetzt erschießen sie noch welche.« Sie war zu mir herübergerannt, und als sie sah, wer die Opfer sein sollten – die sieben guten Leute aus eben dem Haus, in dem wir Zuflucht gefunden hatten – hatte sie geschrien: »O Gott, nein! Nein!« Einer von General Gurzas Männern, der das Erschießungskommando anführte, hatte sich darauf für einen Moment zu uns umgedreht und mit seinem Revolver auf uns geschossen. Die Kugeln hatten das Fenster verfehlt und waren in das Mauerwerk um das Fenster herum eingeschlagen. Die Einschüsse waren im Licht von der Terrasse unten noch jetzt zu sehen.

»Hier habe ich gestanden, als die Erschießungen stattfanden«, sagte ich zu der Witwe.

»Das waren verrückte Tage«, murmelte sie.

»Nachdem der Hauptmann auf uns geschossen hatte, versteckte sich meine Mutter auf dem Fußboden, aber ich kroch zurück und spähte hinaus, um dem Kommando bei seinem blutigen Werk zuzuschauen.«

»Das Loch da in der Wand«, erklärte die Witwe und deutete auf eine rechteckige Vertiefung im Mauerwerk, »ist für eine Gedenktafel gedacht, die einer der historischen Vereine dort anbringen will.«

»Sie sollen sie ein bißchen größer machen und um den Zusatz ergänzen: ›Norman Clay schlief auch hier.‹«

»Schlafen Sie gut«, sagte die Witwe und zog die knarrende Tür hinter sich zu.

Das Zimmer war so voll von lebendigen Erinnerungen, daß es sogar die Geschichte meiner mächtigen indianischen Vorfahren in mir wachrief.

Als ich etwa zehn Jahre alt war und wieder im *Mineral* lebte, sagte mein Vater, der als Ingenieur und Naturwissenschaftler gerne darüber spekulierte, was gewesen wäre, wenn dies oder jenes Ereignis anders verlaufen wäre: »Als wir beim Frühstück über die Entscheidungen sprachen, vor die Menschen manchmal gestellt sind, da hast du gesagt: ›Es ist egal, wofür man sich entscheidet.‹ Nun, die richtige Entscheidung zu treffen kann durchaus folgenreich sein, Norman, und ich will dir anhand eines ausgezeichneten Beispiels einmal demonstrieren, wie eine Entscheidung, die zu ihrer Zeit als banal und unwichtig erschienen sein muß, sich später als ungeheuer bedeutsam herausstellte.« Um das zu demonstrieren, nahm er einen Stock und malte damit ein Y in den Sand.

»Dieses Y«, begann er, »soll für eine Entscheidung stehen, die vor ungefähr viertausend Jahren von einem aus Ostasien, wahrscheinlich aus Sibirien, stammenden Volk getroffen werden mußte, das die Beringstraße überquerte und durch Alaska und den Westen der heutigen Vereinigten Staaten südwärts zog.« (In späteren Jahren fragte ich mich oft, wie mein Vater von dieser Wanderung unserer indianischen Vorfahren gewußt haben konnte, denn zu seiner Zeit waren die Überreste dieses sibirischen Trecks noch nicht in Alaska entdeckt worden; vielleicht hatte er auch bloß spekuliert. In einem Punkt lag er natürlich völlig daneben: Wir wissen heute, daß die Wanderungen von Asien nicht vor viertausend Jahren stattfanden, sondern eher vor zwanzig-, möglicherweise sogar vierzigtausend.)

»Auf ihrer Wanderung von Alaska nach Süden kamen diese Indianer schließlich nach San Diego«, fuhr mein Vater fort, »und dort hielten sie Rat ab und diskutierten, was sie tun sollten. Einige sagten: ›Laßt uns weiter die Küste entlangziehen, weil wir das schon seit dreihundert Jahren so machen und es vertrautes Territorium ist!‹ Aber andere schlugen vor: ›Laßt uns weg von der Küste ins Landesinnere vorstoßen!‹ Das Ergebnis war, daß jede Gruppe ihres eigenen Weges ging. Niemand hätte vorhersagen können, daß die eine Gruppe eine glänzende Wahl getroffen hatte und die andere geradewegs ins Verderben marschieren würde.«

Ich erinnere mich noch ganz genau, wie ich die beiden Schenkel des Y betrachtete und fragte: »Und welche traf die richtige Entscheidung?«

»Stell dir einmal die Landkarte von Kalifornien vor«, sagte er, »und dann überlege.«

Das versuchte ich, aber das einzige, woran ich mich erinnern konnte, war die Landkarte in meinem mexikanischen Schulbuch, und die zeigte Kalifornien lediglich als eines der Länder, die Mexiko von den Vereinigten Staaten gestohlen worden waren, und deshalb kam ich nicht darauf, worauf mein Vater hinauswollte.

»War der Schenkel, der zum Meer zeigt, der gute?« fragte ich.

»Der führte nach California Baja«, sagte mein Vater grimmig, und sofort fiel mir ein, was ich über diese öde, unwirtliche Halbinsel, die nur aus Hitze und sengendheißem Sand bestand, gelernt hatte. »Jahrhunderte später, als die Spanier jene trostlose Einöde erkundeten, mußten sie entdecken, daß die Indianer, die dorthin gezogen waren, völlig degeneriert waren und auf einer Stufe dahinvegetierten, die kaum über der von Tieren lag. Sie besaßen fast nichts von dem, was wir Zivilisation oder Kultur nennen – keine Häuser, ja nicht einmal Kleidung. Sie hatten keine ordentliche Nahrung und fast kein Wasser, und obwohl das Meer um sie herum von Fischen nur so wimmelte, hatten sie niemals gelernt, sie zu fangen. Sie waren so armselig und so erbarmungswürdig, wie lebende menschliche Wesen es nur sein können.«

»Die anderen Indianer«, fuhr mein Vater fort, »wählten die Richtung, die ins Landesinnere führte, und gelangten schließlich in reiches und fruchtbares Land, und später stießen sie auf Gold. Sie errichteten drei der größten Zivilisationen der Geschichte – die Reiche der Azteken Mexikos, der Mayas von Yucatán und Guatemala und der Inkas von Peru.«

Wir standen einige Minuten wortlos da. Dann schloß mein Vater seinen Vortrag mit einer Aussage, die mich noch heute, vierzig Jahre danach, verfolgt: »Du sagst, eine Entscheidung zu treffen bedeutet nichts? Norman, wenn deine indianischen

Urahnen nach Westen gezogen wären, dann wärst du jetzt vielleicht ein Idiot. Danke deinen Sternen, daß sie hier durch Toledo gekommen sind; denn mit dem Mut und der Intelligenz, die du von ihnen geerbt hast, kannst du alles werden, was du willst.«

Seit dem Tode meines Vaters sind die Gelehrten zu dem Schluß gelangt, daß die Indios, die die richtige Wahl trafen, das Hochtal von Toledo vor ungefähr zwanzigtausend Jahren erreichten; aber wie ich schon sagte, manche meinen auch, daß es sogar vierzigtausend Jahre her sein kann. Jedenfalls haben Archäologen aus einer Tiefe von zehn Metern unter dem Fuß unserer Pyramide Holzkohle-Überreste ausgegraben, die, wie die Radiokarbonanalyse ergeben hat, nicht weniger als fünftausend Jahre alt sind, während andere an den Rändern des prähistorischen Sees, der einst das gesamte Tal ausfüllte, die Skelette von Elefanten ausgegraben haben, die vor mindestens fünfzehntausend Jahren mit Speeren getötet wurden.

Ich habe viele Mußestunden – auf Flügen oder wenn meine Augen zu müde zum Lesen waren – damit verbracht, mir diese alten Indianer aus grauer Vorzeit bildhaft vorzustellen, und manchmal sind sie mir dabei sehr real erschienen. Fünfzehntausend Jahre vor der Geburt Christi hatten sie bereits eine Art von Zivilisation im Hochtal entwickelt. Sie fertigten primitive Speerspitzen zum Jagen und schnitzten Eßgeschirr. Wir wissen nur wenig über sie, aber sie müssen die Götter gefürchtet, die Sonne angebetet und sich Gedanken über das Mysterium von Geburt und Tod gemacht haben. Seit dem Tag, an dem ich mich zum erstenmal mit meinem Vater über dieses Thema unterhielt, vergaß ich nie, daß an der Stelle, wo ich im *Mineral* lebte, schon Tausende von Jahren zuvor Menschen gelebt hatten, und das konnte man von Richmond, Virginia und Princeton gewiß nicht behaupten.

Deshalb kamen mir die Angehörigen jenes Indianerstammes, der zu Beginn des siebten Jahrhunderts die Herrschaft über das Hochtal erlangte – und von denen wir einige heute mit Namen kennen – fast wie enge Verwandte vor. Und wenn die Geschichte erzählt wird, daß irgendwann um das Jahr 600 herum einer dieser Männer Häuptling des Stammes wurde und mit dem Bau der großen Pyramide begann, dann wird er so real, daß er mir buchstäblich aus der fernen Vergangenheit zuruft, und die Tatsache, daß die mündlichen Überlieferungen Toledos darauf hindeuten, daß er einer meiner Urahnen war, erfüllt mich mit großer Freude.

Im Jahre 600 sah das Hochtal schon ziemlich genauso aus wie heute. Der letzte Vulkan war etwa viertausend Jahre vorher ausgebrochen, der unermeßliche alte See war bereits ausgetrocknet, und die Berge standen genauso da wie heute. In den dreizehneinhalb Jahrhunderten, die seitdem vergangen sind, haben die mächtigen Felsmassen durch Erosion und Witterungseinflüsse möglicherweise ein paar Zentimeter an Höhe eingebüßt, aber mehr wahrscheinlich nicht.

Hoch oben im Norden versteckten sich die zur damaligen Zeit noch in Höhlen hausenden unzivilisierten Stämme, aus denen schließlich die Altomeken und die Azteken hervorgehen sollten, aber in jenen Jahren waren sie noch bedeutungslos. Im Süden, in glanzvollen, silber-, gold- und jadeverzierten Palästen, lebten die Mayas, deren bunt herausgeputzte Boten manchmal in das Hochtal kamen, um Handelsverträge abzuschließen. Im Tal selbst hatten sich meine Vorfahren angesiedelt, ein Stamm von schlanken, ziemlich großgewachsenen, dunkelhäutigen Indianern, die keinen eigentlichen Namen hatten, aber überall in Zentralmexiko schlicht als ›die Erbauer‹ bekannt waren, da sie die Fähigkeit besaßen, schönere Gebäude zu errichten als alle anderen Völker in der Region. Sie verstanden es, riesige Steinblöcke zu brechen und sie über Meilen hinweg fortzubewegen, und sie konnten Ziegel brennen, mit denen sie ihre kleineren Häuser bauten.

Nicht lange nach dem Jahr 600 errang ein Führer mit einer neuen Art von Vision die Herrschaft über den Stamm: Ixmiq. Er besaß eine überragende, beherrschte Persönlichkeit, die ihn zum idealen Führer machte, und er herrschte nahezu fünfzig Jahre unangefochten – Zeit genug, um viele bedeutende Pläne zu verwirklichen.

Er wartete einen günstigen Tag im Kalender ab und kündigte seinen Ratgebern an: »Ich habe die Absicht, eine heilige Stätte für unsere Götter zu errichten, die zehn- oder zwanzigmal größer sein soll als alles, was wir bisher in Angriff genommen haben.« Bevor seine Ratgeber Einwände erheben konnten, fügte er hinzu: »Und wir werden sie nicht hier in der Stadt errichten, sondern auf einem besonderen Areal, das fortan ausschließlich der Verrichtung heiliger Handlungen dienen soll.«

Er führte seine Ratgeber sofort aus dem primitiven Palast, der damals an der Stelle der heutigen Kathedrale stand, und nach Norden bis zu der Stelle außerhalb der Stadt, wo sich heute die Pyramide erhebt. Mit Hilfe von Steinhaufen ließ er sie ein riesiges Quadrat abstecken, das freilich nur halb so groß war wie die Grundfläche der Pyramide, wie wir sie heute kennen. Seine Ratgeber wandten ein, ein solches Gebäude sei unmöglich zu erbauen, aber Ixmiq ließ sich nicht beirren.

Seine Arbeiter verbrachten zwei Jahre damit, die lockere Erde abzutragen, bis sie auf feste Erde oder massiven Fels stießen. Dann teilte er den Stamm in mehrere Gruppen ein, denen jeweils verschiedene Aufgaben übertragen wurden, und ernannte für jede einen Führer. Einige bezogen Unterkunft in den Steinbrüchen und verbrachten dort den Rest ihres Lebens mit Steineklopfen. Andere bildeten die Transportmannschaften, die ihr Können immer weiter vervollkommneten, bis sie schließlich die Technik beherrschten, zwanzig und dreißig Tonnen schwere Steinblöcke von der Stelle zu bewegen. Die meisten der Männer arbeiteten jedoch an der Pyramide selbst; sie fügten die großen Blöcke ineinander und füllten den Mittelteil mit Geröll auf, und so wuchs das Bauwerk Jahr um Jahr zu imposanterer Höhe, immer mit einer flachen Spitze, die in dem Maße kleiner wurde, wie die Pyramide an Höhe zunahm. Es waren Zeiten, in denen Friede im Hochtal herrschte; fast sechs Jahrhunderte vergingen, ohne daß auch nur ein Pfeil auf einen Feind abgeschossen werden mußte. Es war daher also keineswegs unvorsichtig von Ixmiq, daß er sein Volk in weit verstreute Gebiete entsandte und seine gesamte Kraft auf dieses gewaltige Werk bündelte.

Als das riesige Bauwerk die geplante Höhe erreicht hatte, wurde die Kuppe planiert und mit gewaltigen Blöcken ausgelegt, eine Arbeit, die allein sechs Jahre in Anspruch nahm. Sodann wurde ein schöner hölzerner Altar errichtet. Der Altar wurde so ausgerichtet, daß ein Priester, der vor ihm stand, nach Osten blickte. Vier Götter teilten sich den Altar, und ihre Standbilder säumten ihn, die Gesichter nach Westen gerichtet. Der wichtigste war der Gott des Regens, denn er war verantwortlich für die Blumen und das Korn. Danach kamen der Sonnengott, die Göttin der Erde und ein rätselhafter Gott, der Blumen, Poesie, Musik, Staatskunst und die Familie verkörperte und der den Körper einer Schlange mit einem Vogelkopf und Schuppen aus Blumen hatte.

Die Pyramide Ixmiqs war ein Monument des Friedens, und die Zeremonien, mit der sie nach einer Bauzeit von vierzig Jahren eingeweiht wurde, waren Zeugnisse des Friedens und des Wirkens einer der friedliebendsten Gesellschaften, die je in Mexiko, wenn nicht auf dem amerikanischen Kontinent überhaupt, existiert hat. Die Einweihungszeremonien bestanden, soweit wir dies aus alten Schnitzereien und Reliefs rekonstruieren können, aus Gebeten, Tänzen, der Darbringung von Hunderttausenden von Blumen und einem gigantischen Fest, das drei Tage dauerte. Es ist beachtenswert, daß während der ersten vierhundertfünfzig Jahre der Existenz dieser Pyramide nicht ein einziges Menschenleben auf ihrem Altar geopfert wurde oder auf sonstige Weise auf ihr zu Tode kam, wenn man einmal von den gelegentlichen Unfällen absieht, bei denen betrunkene Priester von der Plattform stürzten und sich den Hals brachen.

Es war eine Pyramide der Freude und der Schönheit, ein Monument, das der gütigen Götter und des weitsichtigen Mannes, der es erbaut hatte, würdig war. In Stadt-der-Pyramide, wie das Gelände bald genannt wurde, schafften Bewässerungssysteme Wasser von den Bergen herunter ins flache Land, wo Blumen und Nutzpflanzen im Überfluß gediehen. Von Bienen, die zwischen den Blumen gehalten wurden, gewann man Honig, und Truthähne wurden sowohl in Gehegen als auch auf großen geschützten Feldern gehalten. Fische gab es zuhauf in den Flüssen, und zusätzlich hielt man sie in Teichen.

Die Erbauer hüllten sich in Kleider aus Baumwolle, Hanf und Federn, und Führer wie Ixmiq trugen Schmuck aus Gold und Silber, der mit religiösen Symbolen verziert war. Letztere zierten auch einige der feinsten Töpferwaren, die je auf dem amerikanischen Kontinent hergestellt wurden. Viele kleine Statuen sind uns erhalten geblieben, die eine der vier wichtigsten Gottheiten darstellen, und jede von ihnen scheint eine Gottheit zu sein, der eine Familie hätte zugetan sein können. Als ich ein kleiner Junge war, hatten wir bei uns zu Hause eine Tonfigur der Erdgöttin, und sie war eine entzückende kleine dicke Frau, die immer lächelte und das Land mit ihrem Segen fruchtbar machte. Immer wenn wir sie anschauten, hatten wir ein gutes Gefühl, und mir fallen keine primitiven Götter ein, die freundlicher waren als die von Toledo. Ich kenne nur wenige Zivilisationen, die ihren Menschen ein so nahezu ideales Leben geboten haben.

Man hat in Stein gemeißelte Hieroglyphen geborgen, die die Grundzüge von Ixmiqs Gesetzbuch wiedergeben, und auch wenn es wahrscheinlich ist, daß wir einige von ihnen falsch deuten, ist es kaum vorstellbar, daß wir alle mißverstanden haben. Im Toledo des Jahres 650 bekam eine Frau, wenn ihr Mann starb und ihr Kinder hinterließ, die noch nicht alt genug zum Arbeiten waren, einen Anteil von dem Ertrag, den Familien mit erwachsenen Söhnen auf ihrem Land erwirtschafteten. Andererseits wurde eine Frau, die Ehebruch beging, öffentlich geächtet; im Wiederholungsfall wurde sie getötet. Bemerkenswert bei den Gesetzen Ixmiqs war, daß Priester nichts mit der Hinrichtung von Gesetzesbrechern zu tun hatten; hierfür waren Zivilbeamte zuständig. Tatsächlich gibt es in der gesamten Geschichte dieser sechs Jahrhunderte nicht einen Beleg dafür, daß Priester etwas anderes gewesen wären als die geistigen Führer der Gemeinschaft. Sie lebten in enger Beziehung zu den Göttern und informierten das Volk über im Himmel getroffene Entscheidungen.

Auf einem alten, 1950 aus der Pyramide ausgegrabenen Stein ist das Bild eines würdevollen Führers zu sehen, der Ixmiq gewesen sein könnte. Er ist dargestellt als ein stämmiger Mann mit langer, gerader Nase, hohen Wangenknochen, orientalischen Augen und kräftigen Armen. Er trägt auf dem Bild einen hohen Kopfputz, wahrscheinlich mit Gold und Silber verziert, der eine Höhe von mehr als einem halben Meter gehabt haben muß und von dem Unmengen von Federn und Blumen herunterhängen. In der Hand hält er ein Zepter mit einem Tierkopf, ein zeremonielles Gewand aus Baumwolle und Federn und einen Blumenstrauß. Er ist nackt bis zu den Hüften, trägt aber eine Art Sarong und Sandalen.

Ixmiq hatte mit Sicherheit Kontakt mit den Mayas tief im Süden und mit den namenlosen Stämmen, die im Südwesten um das Gebiet des heutigen Mexiko City herum lebten, denn er hatte einen Zoo, in dem er Tiere aus fernen Regionen hielt und in dem es Vögel gab, die aus den von den Mayas beherrschten Küstengebieten stammten. Aber er scheint nichts von den schrecklichen Altomeken- und Aztekenstämmen gewußt zu haben, die in ihren Höhlen im Norden ihre Kräfte sammelten.

Es ist unmöglich, sich eine Vorstellung davon zu machen, wie groß Stadt-der-Pyramide in jenen Tagen war, aber mein Vater schätzte einmal, daß es zum Bau der ersten Pyramide der Arbeitskraft von nicht weniger als fünfzehnhundert Mann bedurft hätte, die vierzig Jahre ununterbrochen hätten arbeiten müssen, und er schätzte, daß auf jeden Arbeiter drei Männer gekommen seien, die die Steine brachen und zum Bauplatz schafften. Das ergäbe eine Gesamtzahl von etwa sechstausend Mann, oder eine Gesamtbevölkerung von um die zwanzigtausend Menschen. Von Ausgrabungen, die zur Zeit der Errichtung der Kathedrale und des Aquädukts durchgeführt wurden, wissen wir, daß diese Menschen, wie groß ihre Zahl auch immer gewesen sein mag, in einer planlos angehäuften Siedlung aus Lehm- und Holzhütten gewohnt haben, deren Mittelpunkt sich etwa dort befand, wo heute das Zentrum des modernen Toledo liegt.

Ich hebe diese Dinge deshalb so hervor, weil ich mich mein ganzes Erwachsenenleben hindurch immer wieder über Leute geärgert habe, die gedankenlos und wie selbstverständlich davon ausgehen, daß erst die Spanier die Zivilisation nach Mexiko gebracht hätten und daß die Mexikaner bis dahin Barbaren gewesen seien. Dies ist eindeutig nicht der Fall.

Im Jahre 600 waren die Zivilisationen Spaniens und Mexikos annähernd vergleichbar, mit der Ausnahme, daß die erstere von der Erfindung des Rads, der Entwicklung des Alphabets und dem Wissen, wie man harte Metalle schmelzte, profitiert hatte. Wie auch immer, ich ziehe es vor, die Fortschrittlichkeit einer Zivilisation daran zu messen, wie entwickelt und durchdacht die Organisation des Staatswesens ist, wie menschlich die Religion sich darstellt, wie für die Bedürftigen gesorgt wird, wie gesichert und geschützt der Handel ist, wie weit solche Wissenschaften wie Astronomie entwickelt sind und in welchem Maße die Musik, der Tanz, die Dichtkunst und andere schöne Künste gepflegt und gefördert werden. In diesen lebenswichtigen Bereichen standen meine Urahnen in Stadt-der-Pyramide meinen Vorfahren in Spanien gewiß in nichts nach. Und ebenso gewiß waren sie all jenen um Lichtjahre voraus, die in der Gegend, die später einmal Virginia heißen würde, noch in Erdhöhlen hausten.

Ixmiqs Leistungen auf dem Gebiet der Astronomie waren unglaublich. Er berechnete die Bahnen der Planeten und betrachtete sein Jahrhundert auf der Grundlage der Venusbewegungen, die er bis auf wenige Tage genau berechnet hatte. Soweit wir wissen, löste Ixmiq ganz allein, ohne auch nur einen einzigen Fingerzeig aus Europa oder Asien, die meisten der größeren Probleme der Zeitmessung. Er fand sogar heraus, daß bei dem Jahr von dreihundertfünfundsechzig Tagen, das er zugrunde legte, selbst wenn er alle dreizehn Jahre vier Tage hinzurechnete, er am Ende seines Zweiundfünfzigjahreszyklus immer noch einen Tag hinter der exakten Bewegung der Erde hinterherhinken würde; also fügte er für diese Zeit noch einen zusätzlichen Tag hinzu. Es ist möglich, daß er seine wichtigsten Konzepte von den Mayas entlehnt hat, aber alles, was er übernahm, vervollkommnete er.

Ich habe das Porträt erwähnt, das wahrscheinlich Ixmiq darstellt. Es gibt noch ein anderes – von dem einige behaupten, es sei nicht Ixmiq –, das einen Mann zeigt, der so aussieht, wie ich mir Ixmiq gerne vorstelle. Er sitzt im Zentrum eines riesigen steinernen Reliefs, umgeben von Flöten, Trompeten, Schlangenhauttrommeln und Muschelhörnern. Pechfackeln spenden Licht. Der Fußboden ist mit gewebten Matten bedeckt, und Botschafter warten darauf, zu ihm vorgelassen zu werden.

Ixmiq hatte fünfzehn oder zwanzig Frauen, und von einer davon stammte die Linie ab, die fast ein halbes Jahrtausend über Stadt-der-Pyramide regierte. Um das Jahr 900 herum erbte einer dieser Nachfahren, Nopiltzín geheißen, das Königreich, das seit den Tagen Ixmiqs naturgemäß einigen Wandel durchgemacht hatte. Zum einen war die Pyramide in der Zwischenzeit zweimal umgebaut worden und war ihrer heutigen Größe schon recht nahe. Die Vergrößerungen hatte man mit dem simplen Verfahren erreicht, daß man die gesamte Oberfläche des Bauwerks mit zwei oder drei Schichten neuer Steinblöcke, gewonnen aus den Original-Steinbrüchen, bedeckt hatte. Wann genau diese Aufschichtungen stattfanden, wissen wir nicht, aber jede von ihnen beschäftigte das Gemeinwesen wahrscheinlich fünfzehn bis zwanzig Jahre; denn bei jeder Vergrößerung wuchs die Zahl der Blöcke, die erforderlich waren, um das gesamte Bauwerk zu bedecken, beträchtlich. So kam es, daß um das Jahr 900, als Nopiltzín die Macht übernahm, jede Seite des gewaltigen Gebäudes fünfhundert Fuß lang war, bei einer Gesamthöhe von zweihundert Fuß. Auf der riesigen Plattform drängten sich jetzt anstelle des einen hölzernen Altars vier große Holztempel.

Die Wirkung der Pyramide als religiöses Bauwerk war ebenfalls durch eine einfache Verbesserung gesteigert worden. Ixmiqs ursprüngliches Bauwerk hatte einer ägyptischen Pyramide geähnelt, mit geraden, ungebrochenen Kanten, die vom Fuß bis zur Plattform liefen. Bei den späteren Vergrößerungsarbeiten waren vier riesige Mauerabsätze eingefügt worden, die Platz schufen für vier geräumige Terrassen, auf denen religiöse Feste gefeiert werden konnten. Darüber hinaus hatte man dafür gesorgt, daß die Winkel zwischen den einzelnen Terrassen stark voneinander abwichen, mit dem Ergebnis, daß der Besucher, wenn er am

Fuße der Pyramide stand und nach oben blickte, nicht weiter als bis zum Rand der ersten Terrasse schauen konnte; die großen Tempel oben auf der Plattform entzogen sich seinem Blick, und die Pyramide schien geradewegs bis in die Wolken zu ragen.

Die Südflanke hinauf führte eine steile Treppe, die viermal, jeweils an den Terrassen, durch Absätze unterbrochen war. Es muß eines der aufregendsten Erlebnisse in Mexiko gewesen sein, diese Treppe hinaufzusteigen, nicht wissend, was einen auf der höchsten Ebene erwartete; wenn man den Gipfel erreicht hatte, kam man auf eine breite Plattform, die heute größer ist als zu Zeiten Ixmiqs und auf der vier Tempel standen: der Tempel des Regengottes, die Tempel der Götter der Erde und der Sonne und der des geheimnisvollen Schlangengottes, der alles Schöne beschützte. Noch immer war diesen Göttern kein Mensch geopfert worden. Regelmäßig indes wurden Truthähne, Blumen, Musikinstrumente und Kuchen auf den vier Altären als Opfer dargebracht.

Es fällt mir schwer, über das zu schreiben, was als nächstes geschah, weil es meine Indianer in einem sehr schlechten Licht zeigt, und das ist Wasser auf die Mühlen der christlichen Apologeten, die nicht müde werden zu predigen, daß Hernán Cortés, als er Mexiko im Jahre 1519 eroberte, das Land von Barbaren besetzt vorfand, denen er sowohl die Zivilisation als auch das Christentum brachte. Auch im Jahre 900 war Nopiltzíns Volk kein Volk von Barbaren, aber es war so nachlässig geworden, was den Schutz seiner wunderbaren Zivilisation betraf, daß die echten Barbaren keine sonderliche Mühe hatten, es zu überrennen.

Die Ereignisse, über die ich nun berichten werde, sind historisch gesichert. Sie sind festgehalten in Dokumenten, die von Archäologen entdeckt wurden. Solche Aufzeichnungen waren natürlich in Hieroglyphen und nicht in Schriftform verfaßt; denn unsere Indianer besaßen kein Alphabet. Aber die Dokumente sind mindestens so verläßlich wie ein Großteil der Überlieferungen aus dem europäischen Mittelalter. Jedenfalls fiel in der Regierungszeit Nopiltzíns, als man mit dem Bauen von Pyramiden längst aufgehört hatte, die Zivilisation des Hochtals in einen seltsamen Zustand von Apathie. Wenn Kriege zu Ende gingen, gab es nichts mehr, was die Leidenschaft der Bürger hätte entfachen können; wenn nicht mehr gebaut wurde, gab es nichts mehr, worauf sie ihre Energien hätten konzentrieren können.

Vor einigen Jahren half ich bei der Ausgrabung eines alten Steinbruchs, bei dem mit der Radiokarbonmethode bewiesen wurde, daß für eine Zeitspanne von dreihundert Jahren dort keine signifikante Aktivität stattgefunden hatte. Woher konnte das Team, dessen Reporter ich war, das wissen? Weil wir an der Fundstätte viele Töpferwaren aus der frühen Ixmiq-Ära und allen darauf folgenden Perioden bis zum Jahr 900 ausgruben. Für einen Zeitraum von dreihundert Jahren danach fanden wir überhaupt keine einheimischen Töpfererzeugnisse irgendwelcher Art, und als ich den Ausgrabungsleiter fragte, was das zu bedeuten hätte, erklärte er: »Wir haben dieses Phänomen oft bei Ausgrabungen im Nahen Osten. Es bedeutet, daß die Einheimischen soviel Wohlstand angehäuft hatten, daß sie aufhören konnten, Dinge selbst zu erzeugen, sondern sie statt dessen aus anderen Gegenden importierten, in denen die Arbeiter an ihren Brennöfen blieben.« Aber am Ende dieser flauen Periode setzt eine Flut von altomekischen Töpferwaren ein, deren Beginn unzweifelhaft auf die Zeit um das Jahr 1200 datiert werden kann. Das Zeugnis war so eindeutig für uns, als hätte man an dem Steinbruch Arbeitsprotokolle geführt.

Die Verehrung der alten Götter scheint ebenfalls nachgelassen zu haben, und es kam eine Tradition auf, nach der die blumengeschmückte Schlange die Gegend verlassen hatte, um zu irgendeinem zukünftigen Zeitpunkt zurückzukehren. Da das Hochtal nicht von Dürren heimgesucht wurde, setzte man den Regengott mehr oder weniger als selbstverständlich voraus. Der Sonnengott verlor seine Wildheit, und die Göttin der Erde wurde hübscher und weniger mütterlich auf ihren Abbildungen auf Tongefäßen. Die friedlichen Handelsbeziehungen nach Osten, Süden und Westen hatten ihren höchsten Stand erreicht, und praktisch jedes Erzeugnis, das im gesamten Mexiko bekannt war, gab es jetzt in Stadt-der-Pyramide zu kaufen.

Im Jahre 900, zur Regierungszeit Nopiltzíns, war das Leben im Hochtal wahrscheinlich so gut wie irgendwo sonst auf der Erde, aber einige der älteren Priester, angeführt von ihrem Oberen, dem achtzigjährigen, weisen und mächtigen Ixbalanque, stellten den Status quo in Frage. Ihre Ansicht wurde geschickt in Worte gefaßt von einem eifrigen jungen Prälaten: »Unsere Bürger verweichlichen. Sie schenken den alten Tugenden keine Beachtung mehr. Der König sollte irgendein bedeutendes Projekt in Angriff nehmen, um die Kräfte und Energien seines Volkes neu zu fordern.« Als seine Kollegen dem zustimmten, fiel es dem Hohenpriester Ixbalanque zu, dem König ihre Besorgnis vorzutragen.

Es ist nicht leicht, aus dieser zeitlichen Distanz exakt zu bestimmen, wie die Beziehung zwischen dem alten Hohenpriester Ixbalanque und dem jungen König Nopiltzín beschaffen war, aber es ist möglich, sich anhand der alten Wandbilder und der Erkenntnisse, welche die Archäologen aus ihren Funden gewinnen konnten, ein ungefähres Bild von ihr zu machen. Macht und Verantwortung waren bei den Erbauern klug verteilt: der König traf die kurzfristigen Entscheidungen, dem Hohenpriester oblagen die Entscheidungen, von denen langfristig das Wohl des Volkes abhing. Der König konnte Kriege erklären und führen; der Hohepriester legte die Bedingungen des Friedens fest. Aber da über lange Zeitspannen hinweg keine Kriege stattfanden, gerieten diese Rechte nahezu in Vergessenheit. Der König hatte das Recht, Steuern zu erheben, aber der Hohepriester bestimmte, wie das Geld zum Wohle des Volkes verwendet werden sollte. Und alldem zugrunde lag die stillschweigende Übereinkunft, daß der König niemals den Hohenpriester absetzen konnte, dieser aber durchaus den König, wenn letzterer sich als untauglich oder korrupt erwiesen hatte – ein Recht, das die Hohenpriester mitunter auch wahrnahmen.

Nichtsdestoweniger gebot es die Tradition, daß der Hohepriester sowohl in privater Unterredung als auch bei öffentlichen Anlässen dem König stets ehrerbietig gegenübertrat und ihn mit Ehrentiteln anredete, die ungefähr unserem »Gebieter« oder »Majestät« entsprachen. Auf diese Weise wurde die Illusion aufrechterhalten, daß der König regierte und der Hohepriester ihn lediglich beratend unterstützte, und vier Jahrhunderte lang funktionierte dieses System auch. Auf der Grundlage dieser Übereinkunft suchte eines Tages der Hohepriester Ixbalanque um eine Privataudienz bei König Nopiltzín nach.

Ixbalanque: Mein Gebieter, ich finde, es ist dringend notwendig, daß wir die Pyramide vergrößern.

Nopiltzín: Unsinn. Sie ist so groß, wie sie es nur sein kann und zu sein braucht.

Ixbalanque: Eine Pyramide, die den Göttern geweiht ist, kann niemals groß genug sein.

Nopiltzín: Wir können aber die Arbeitskraft der Menschen nicht unbegrenzt verschwenden.

Ixbalanque: Könntest du dir vorstellen, eine gänzlich neue Pyramide zu erbauen?

Nopiltzín: Das ist genauso töricht.

Ixbalanque: Großmächtiger, ich habe den Gipfel eines kleinen Hügels nordöstlich von hier studiert, und ich denke, daß wir mit nicht größerem Aufwand als dem, der für die Erneuerung unserer gegenwärtigen Pyramide erforderlich wäre, dort eine neue erbauen könnten, die meilenweit zu sehen wäre. Wer immer das Tal beträte, würde wissen, daß wir den Göttern dienen.

Nopiltzín: Ich kann mein Volk nicht zu der Narretei verurteilen, nutzlose Pyramiden zu bauen. Warum trittst du so dafür ein?

Ixbalanque: Weil mir das Wohl unseres Volkes am Herzen liegt.

Nopiltzín: Und mehren Pyramiden in irgendeiner Weise das Wohlergehen unserer Stadt?

Ixbalanque: Nein, aber die Konzentration aller Kräfte auf Unternehmen von enormer Größe tut das. Es schweißt unsere Gesellschaft zusammen und bewirkt, daß alle Teile stark bleiben.

Nopiltzín: Nun, was genau hast du denn im Sinn?

Ixbalanque: Ich will, daß unsere Stadt sich einem Unternehmen verschreibt, das so gewaltig ist, daß jene, die in späteren Jahren kommen, sagen werden: »Sie waren von Sinnen, solch

Großes zu versuchen.« Weil ich weiß, daß wir dadurch alle stärker werden. Wir werden etwas haben, wofür wir uns mit aller Kraft einsetzen können.

Nopiltzín: Warum sagst du immerzu, die Leute brauchen etwas, wofür sie arbeiten können? Unser Volk hat genug zu essen. Es hat viele Feste mit Musik und Blumen. Was braucht es mehr?

Ixbalanque: Ich will, daß der Geist der Götter diese Stadt wieder beflügelt, so wie früher. Ich will, daß unsere Menschen etwas haben, dem sie sich mit voller Hingabe widmen können.

Nopiltzín: Ich verstehe nicht ein Wort von dem, was du sagst.

Ixbalanque: Gebieter, laß mich dir erläutern, was ich meine. Letzten Monat, als unsere Kundschafter jenen Fremden gefangennahmen, der sagte, daß er aus dem Norden komme, war ich zugegen, als wir ihn verhörten. Ich sah, wie seine Augen vor Staunen und Bewunderung leuchteten, als er unsere Kanäle und unseren Überfluß und unsere Pyramide sah, und ich spürte, daß er sich dergleichen auch für sein Volk wünschte. Ich kann ihn jetzt vor mir sehen, wie er seinem wilden Stamm von der Pracht und Größe unserer Stadt erzählt.

Nopiltzín: Ich kann dir beim besten Willen nicht folgen.

Ixbalanque: Es war der Blick in seinen Augen, von dem ich spreche. Dieser Ausdruck von Begeisterung und Staunen. Geh hinaus in die Stadt, Großmächtiger, und sieh, ob du diesen Ausdruck noch in den Augen deines Volkes finden kannst!

Nopiltzín: Es wird keine neue Pyramide geben. Die Diskussion ist beendet.

Was der König statt dessen tat, gilt als einer der Wendepunkte in der Geschichte Mexikos und ganz gewiß in der Geschichte der Erbauer. Er hatte schon eine ganze Weile mit den Agavesträuchern experimentiert, die in üppiger Fülle um seinen Palast herum wucherten. Er liebte diese dunkelgrünen Pflanzen mit ihren sich schlingenden und windenden Armen, und er vermutete, daß die poetische Fröhlichkeit der Agave irgendeinem in ihrem Herzen verborgenen Geheimnis entsprang, und dieses Geheimnis beabsichtigte er zu lüften.

Nachdem er mehrere Dutzend Pflanzen seziert hatte, stellte er fest, daß jede von ihnen eine bestimmte Menge an Honigwasser enthielt, eine Tatsache, die den Indianern seit mehreren tausend Jahren bekannt war. König Nopiltzín hatte die Idee, daß in diesem Honigwasser das Geheimnis der Agave schlummern müsse, und er probierte es auf verschiedene Weise aus, zum Beispiel als Arznei für eine Schnittwunde am Finger oder als Dünger für andere Pflanzen, aber seine Experimente führten zu nichts. Enttäuscht ließ er von seinem Unternehmen ab, vergaß dabei jedoch einen kleinen Vorrat an Honigwasser, den er in einen Tonkrug gefüllt, in ein Baumwolltuch eingewickelt und dann weggestellt hatte.

Als er drei Wochen später den Tonkrug benutzen wollte, stellte er fest, daß das Honigwasser sich in eine milchigweiße Flüssigkeit verwandelt hatte, die dicker war als Wasser. Er kippte sie aus, doch dabei gelangten ein paar Tropfen an seine Finger, und aus reiner Neugier kostete er sie. Zu seiner Überraschung erzeugte die milchige Flüssigkeit ein leichtes Prickeln an seinem Gaumen, und darüber hinaus hatte sie einen sehr angenehmen Geschmack. Er setzte den Krug an seine Lippen, kippte ihn und trank die restlichen Tropfen, die er mehr als wohlschmeckend fand.

Nopiltzín ahnte, daß er da auf etwas gestoßen war, das sich womöglich als interessant erweisen könnte. Er rief sich die einzelnen Schritte in Erinnerung, nach denen er vorgegangen war, extrahierte neues Honigwasser, füllte dies in denselben Krug, schlug diesen in dasselbe Baumwolltuch ein und deponierte ihn am selben Ort, mit dem Plan, ihn nach Ablauf von drei Wochen zu öffnen. Als die Zeit gekommen war, hatte er den Krug jedoch schon wieder vergessen, da er voll und ganz damit beschäftigt war, sich mit neuerlichen Vorschlägen des Hohenpriesters Ixbalanque auseinanderzusetzen, der darauf beharrte, weiter über das Pyramidenprojekt zu diskutieren. Auch nach eingehender Auseinandersetzung mit den Einwänden des Königs blieb Ixbalanque bei seiner Argumentation, daß die Bevölkerung des Hochtals zunehmender Erschlaffung und Verwirrung anheimfallen würde, wenn man ihre Energien nicht auf ein bedeutendes

Gemeinschaftsunternehmen lenkte, aber jetzt hatte der alte Priester einen ganz neuen Plan.

Ixbalanque: Großmächtiger, wenn die Erneuerung der Pyramide nicht durchführbar ist, warum führen wir dann nicht irgendeinen neuen Gott ein oder erheben einen der alten in eine herausragende Stellung?

Nopiltzín: Wozu sollte das nütze sein? Unsere jetzigen Götter haben sich voll und ganz bewährt.

Ixbalanque: Ich glaube manchmal, du bist dir nicht über den großen Verlust im klaren, welchen unser Gemeinwesen mit der Flucht der blumengeschmückten Schlange erlitten hat.

Nopiltzín: Wir haben andere Götter. Was bedeutet da schon der Verlust von einem?

Ixbalanque: Ich glaube, du übersiehst zwei wichtige Punkte. Der Gott, der geflohen ist, beschützte jene Elemente unseres Lebens, die dem Volk Mysterium und Sinn gaben, und wenn solch eine Gottheit scheidet, so ist das ein herber Verlust. Aber ich glaube, auf lange Sicht noch bedeutsamer ist die Tatsache, daß ein Gott verlorengegangen ist, ohne daß ein anderer von gleicher Bedeutung an seine Stelle getreten wäre.

Nopiltzín: Wieso sollte das die Leute in irgendeiner Weise beunruhigen?

Ixbalanque: Das ist es ja gerade: Es beunruhigt sie nicht. Offenbar haben sie nicht einmal bemerkt, daß die blumengeschmückte Schlange überhaupt verschwunden ist. Und dich beunruhigt es auch nicht. Aber der Geist dieses großen Tales ist beunruhigt.

Nopiltzín: Wie kannst du das behaupten?

Ixbalanque: Wenn ein Gott scheidet, hinterläßt er eine Leere, ob wir das in dem Augenblick bemerken oder nicht. Mit der Zeit setzt eine Ruhelosigkeit ein. Die Leute bekommen Angst. Das Leben hat ein Stück von seinem Sinn verloren, und die Stadt ist in Gefahr.

Nopiltzín: Worauf willst du hinaus, Ixbalanque?

Ixbalanque: Verehrter Gebieter, ich habe viel und eingehend über deine Einwände gegen den Bau der Pyramide nachgedacht, und obwohl ich mehr denn je davon überzeugt bin, daß ich in diesem Punkt recht habe, verstehe ich sehr wohl, warum du die Stadt nicht aufscheuchen und ein Unternehmen in Angriff nehmen willst, das dreißig oder vierzig Jahre in Anspruch nimmt. Die Menschen wollen es nicht. Du willst es nicht. Und einige der anderen Priester wollen es auch nicht. Nun gut. Die Idee mit der Pyramide ist also gestorben.

Nopiltzín: Ich freue mich, daß du zur Vernunft gekommen bist.

Ixbalanque: Es sind allein die immensen Kosten, deretwegen ich diese Idee preisgebe. Was ich jetzt vorschlage, wird nichts kosten. Ich schlage vor, daß der leere Platz in unserer Götterrunde ausgefüllt wird von deinem Vorfahren Ixmiq, dessen Geist über diesem Tal schwebt.

Nopiltzín: Ixmiq? Mancherorts ist er bloß als der verrückte Erbauer in Erinnerung, der sein Volk dazu trieb, im ganzen Tal nutzlose Bauwerke zu errichten.

Ixbalanque: Andernorts hat man ihn als den Mann in Erinnerung, der dieser Stadt Charakter gab.

Nopiltzín: Ixmiq? Ich finde in meinem Herzen keine Zuneigung für diesen Mann. Es würde mir keine Freude bereiten, Ixmiq auf die Spitze der Pyramide zu heben. Überhaupt keine. Ixmiq steht für nichts von dem, wofür ich stehe.

Ixbalanque: Wenn Ixmiq unannehmbar ist, könnten wir einen neuen Gott erschaffen.

Nopiltzín: Wozu sollte das gut sein?

Ixbalanque: Es würde die Luft mit neuer Vitalität erfüllen. Die Frauen würden mehr Blumen anpflanzen, um den Tempel des neuen Gottes damit zu schmücken. Es würde ein neuer, frischer Geist auf der Spitze der Pyramide herrschen.

Nopiltzín: Erst jüngst habe ich abends darüber nachgedacht, daß ihr Priester es endlich geschafft habt, die Tempel auf dem Dach der Pyramide hübsch anzuordnen. Ein weiterer würde nur wieder Unordnung stiften.

Ixbalanque: Ich sehe, wir kommen nicht weiter. Du begreifst nicht oder willst nicht begreifen, worüber ich rede.

Nopiltzín: Ich fürchte, das stimmt. Aber nun gut: angenommen, wir würden einen neuen Gott erschaffen – aber keine Bauwerke, wohlgemerkt. Was für eine Art von Gott sollte das sein?

Ixbalanque: Über dieses Problem habe ich lange nachgedacht, und ich möchte dir meine Gedanken darlegen, ohne daß du mich unterbrichst, denn es ist wichtig für dieses Tal, daß das, was ich zu sagen habe, vom König voll verstanden wird.

Nopiltzín: Ich werde sehr aufmerksam lauschen, denn bis jetzt habe ich noch gar nichts verstanden.

Ixbalanque: Der Gott, der uns verließ, die Schlange mit blumengezierten Schuppen, verkörperte die heiteren Dinge des Lebens, aber auch die, die nur sehr schwer zu begreifen sind. Wer hat den Geist der Schönheit gesehen? Wer hat je die Musik berührt oder die Entstehung einer Tonschale? Wer weiß, was bewirkt, daß ein Mensch ein Künstler wird, und ein anderer vollkommen unbegabt? Mit der Flucht der Schlange haben wir unseren Gott der Schönheit verloren. Nun sehe ich keinen Grund, zu versuchen, einen anderen an seiner Statt zu erschaffen, aber ich sehe doch, daß eine gefährliche Leere in unserem Leben ist, und die muß gefüllt werden, sonst fürchte ich ernstlich, daß unsere große Stadt bald zu zerfallen beginnt. Ich bin daher zu dem Schluß gelangt, daß wir einen Gott haben sollten, der weit über das hinausgeht, was die blumengeschmückte Schlange verkörperte. Ich würde einen Gott vorschlagen, der nichts Stoffliches verkörpert, vielleicht einen Gott des unteren Himmels oder der Dunkelheit, die eintritt, wenn der Blitz erloschen ist, oder dieses Tales oder dessen, was du und ich vielleicht über das Übermorgen denken. Ich glaube, daß ein solcher Gott die Phantasie unseres Volkes beflügeln könnte, und manchmal hege ich die Vermutung, daß es vielleicht sogar noch mehr zuwege bringen könnte als den Bau der Pyramide.

Nopiltzín: Ich finde dies alles äußerst vage.

Ixbalanque: Darf ich dir das, was ich meine, an einem Beispiel veranschaulichen? Erinnerst du dich noch an den letzten Besuch der Gesandten von Tenayuca-am-See? Sie sprachen von ihrem großen Gott Tezcatlipoca, und als wir versuchten, genauer zu ergründen, wer er sei, da sagten sie schlicht: »Der Gott des rauchenden Spiegels.« Ich erinnere mich, daß du lächeltest, denn wer hat je von einem Spiegel gehört, der raucht? Als ich weiter bohrte, sagten sie: »Der Gott der Halle, wo Götter leben.« Dies verstand ich nicht, also drängte ich sie, mehr zu sagen, und sie erwiderten: »Der Gott guter Dinge, die von der Sonne getan werden.« Ich wies sie darauf hin, daß sie doch bereits einen Sonnengott hätten, aber sie antworteten: »Tezcatlipoca ist der Gott der Röte, aber auch der der Bläue. Er ist der Gott der Sonne, aber auch der Gott der Nacht. Er ist der Gott des warmen Südens, aber auch des kalten Nordens. Und überhaupt ist es ungehörig, von Tezcatlipoca als von ›ihm‹ zu sprechen, denn Tezcatlipoca ist einfach Tezcatlipoca.«

Nopiltzín: Ich war verwirrt von dem, was sie sagten.

Ixbalanque: Ist es nicht möglich, daß die Größe von Tenayuca-am-See von solch einem Gott herrührt?

Nopiltzín: Hast du Tenayuca je gesehen? Wer sagt, es sei groß?

Ixbalanque: Seine Botschafter.

Nopiltzín: Wer glaubt schon Botschaftern? Ich habe unsere Stadt gesehen, und ich habe unsere schlichten, ehrlichen Götter gesehen: Regen, Erde, Sonne. Weißt du, was ich glaube, Ixbalanque? Ich glaube, es war eine gute Sache, daß die blumengeschmückte Schlange uns verließ. Sie war für unser Volk viel zu schwer zu verstehen.

Ixbalanque: Ich warne dich, Nopiltzín. Wenn du nicht irgend etwas an ihre Stelle treten läßt, wird unser Volk untergehen.

Eine Woche nach dieser Auseinandersetzung fiel Nopiltzín zufällig der längst vergessene Tonkrug mit dem Honigwasser wieder ein. In gespannter Erwartung eilte er zu dem dunklen Winkel, wo er ihn deponiert hatte, entfernte das feuchte Baumwolltuch und roch an der milchigen Flüssigkeit. Derselbe verlokkende aromatische Duft wie beim erstenmal stieg ihm in die Nase. Er kostete von der Flüssigkeit und spürte wieder das gleiche angenehme Prickeln im Mund. Es kam ihm nie in den Sinn, daß irgendein Nebenprodukt der Agave schädlich für die Männer des Hochtals sein könnte, also trank er ohne Furcht einen kräftigen Schluck von dem milchigweißen Naß, und zu seiner Freude war der große Schluck sogar noch befriedigender als der kleine. Er ließ die Flüssigkeit einen Moment in seinem Mund verharren, dann schluckte er sie. Hinunter in seinen Magen strömte der kitzelnde Stoff, und das Gefühl, das er dabei erzeugte, war höchst angenehm. Wie erfreulich es indes erst noch werden sollte, konnte der König in dem Moment noch nicht erahnen.

Angetan von der Schmackhaftigkeit seines umgewandelten Honigwassers, nahm Nopiltzín vier oder fünf weitere Schlucke, und nun begann die magische Kraft der Agave ihre Wirkung zu tun. Das kleine Zimmer, in dem Nopiltzín seinen Tonkrug versteckt hatte, begann sich wie durch Zauberkraft zu vergrößern, und der schäbige Fußboden bekam einen gewissen Glanz. Die Wände erschienen plötzlich deutlich schmuckvoller als die des Königszimmers, die mit silberdurchwirktem Tuch behangen waren. Der Wind, der noch wenige Augenblicke vorher von Norden geweht hatte, blies jetzt von Süden her und verwandelte sich in eine sanfte Brise, die ein Gefühl von angenehmer Trägheit hervorrief.

Der König schaute aus einem der Fenster, um zu sehen, was dieses plötzliche Umschlagen des Windes bewirkt hatte, und da sah er die ältere Schwester einer seiner Königinnen über den Palasthof gehen. Zum erstenmal wurde ihm bewußt, wie schön dieses Mädchen war.

»Sei gegrüßt, Coxlal!« rief der König. Die Frau drehte sich überrascht um und verneigte sich vor Nopiltzín.

»Wohin gehst du?« rief er, und seine Stimme war viel lauter, als die Entfernung es erforderte.

»Ich soll Blumen für die Königin pflücken«, gab sie zur Antwort.

»Nun, pflück mir auch ein paar«, schrie Nopiltzín, als die überraschte Frau sich in Richtung der Gärten entfernte.

Er fühlte sich sehr gut. Er nahm noch einen tiefen Zug aus dem Tonkrug, und als er feststellte, daß er damit seinen Vorrat erschöpft hatte, warf er den Tonkrug an die prachtvoll verzierte

Wand. Das Geräusch, mit dem die Scherben auf den wunderschönen Fußboden fielen, gefiel ihm, und er rief: »Ich möchte wieder mit Ixbalanque sprechen. Der Mann hatte einige überzeugende Ideen, die ich nicht voll verstanden habe.«

Er verließ den kleinen Raum und eilte durch den Palast, und waren ihm die Entfernungen zwischen den einzelnen Räumen mitunter übertrieben groß vorgekommen, so erschienen sie ihm an diesem Tag überaus zweckmäßig, und er war beeindruckt, wie bezaubernd sein Großvater den ausgedehnten Palast doch angelegt hatte. Er stürmte unangemeldet in das Quartier des Priesters und schrie mit einer Stimme, die gebieterisch klingen sollte: »Ixbalanque! Ich will mit dir sprechen!«

Der Hohepriester kam aus seinem Privatgemach hervorgehastet und verbeugte sich mit exakt dem Grad an Ehrerbietung, der dem königlichen Führer gebührte, doch noch ehe er sich wieder aufrichten konnte, fühlte er die rechte Hand des Königs auf seine Schulter herunterkrachen und hörte ihn schreien mit einer Stimme, die lauter war als gewöhnlich: »Ixbalanque, mein Freund, laß uns irgendwo hingehen, wo wir in Ruhe miteinander reden können, denn jetzt sehe ich alles klar und begreife, wovon du geredet hast.«

Der Priester war erfreut und führte seinen König zu einer stillen Laube, von der aus die Pyramide zu sehen war. Nopiltzín zeigte auf die Pyramide und rief überschwenglich: »Wir werden diesem Steinhaufen ein neues Antlitz geben, auf daß er fürderhin von hier bis hier reicht.« Und mit schwungvoller Geste beschrieb er Dimensionen, die weit größer waren als die, die der Hohepriester vorgeschlagen hatte.

»Das heißt also«, fragte Ixbalanque freudig erregt, »wir können uns ans Werk machen?«

»In späteren Zeiten«, sagte der König, seinem Priester erneut herzhaft auf die Schulter klopfend, »werden die Bewohner dieses Tals auf uns als zwei der größten Erbauer zurückblicken, die die Erbauer je hervorgebracht haben. Die neue Pyramide wird so gewaltig werden –« Er hielt abrupt inne und wandte sich von dem großen Bauwerk ab. »Erklär mir doch noch einmal, was es mit diesem seltsamen Gott auf sich hat, den die Tenayucaner haben. Was ist ein rauchender Spiegel?«

Entschlossen, sich durch diese plötzliche Abschweifung nicht vom Thema abbringen zu lassen, erwiderte Ixbalanque: »Wenn wir die Oberfläche der Pyramide erneuern, brauchen wir wahrscheinlich –«

»Erzähl mir von Tezcatli ...« Seine Zunge stolperte über den ungewohnten Namen, und er fing an zu kichern. Hastig riß er sich wieder zusammen, trat ein paar Schritte zurück und brüllte: »Erzähl mir von ihm!«

Ixbalanque bekam furchtbare Angst. Es war offensichtlich, daß der König von irgendeiner seltsamen Krankheit befallen war, und es wäre schrecklich, wenn Nopiltzín ernsthaft erkranken würde, bevor der Umbau der Pyramide tatsächlich in Angriff genommen war. Es mußte sofort jede mögliche Vorsorge getroffen werden, um die Gesundheit des Königs sicherzustellen. Also schlug der Priester vor: »Soll ich dich zurück in dein Quartier bringen?«

»Das sollst du nicht!« brüllte Nopiltzín. »Du sollst dich hinsetzen und mir von Tezca-tli ...« Wieder verhaspelte er sich.

In dem Bestreben, den kranken Mann bei Laune zu halten, begann Ixbalanque: »Der Gott Tezcatlipoca steht für den Einklang zwischen Dingen, die nicht miteinander in Einklang zu bringen sind.« Der alte Mann hielt inne, denn er fürchtete, daß der König nicht in der Verfassung war, solche schwierigen Dinge zu begreifen, aber dann fuhr er fort, da er zu der Überzeugung gelangt war, daß jedes Gemeinwesen zwei Arten von Göttern huldigen mußte: »Wir müssen die Götter besänftigen, die über unser unmittelbares Schicksal bestimmen – den Regengott, den Gott der Erde und den Fruchtbarkeitsgott –, aber wir sollten auch einen Gott anbeten, der eine höhere Ordnung des Denkens verkörpert und der sich nicht damit abgeben muß, über Alltagsprobleme zu entscheiden. Vielleicht ist er der Gott, von dem die geringeren Götter ihre Macht erhalten. Vielleicht ist er ein Gott, der unendlich weit entfernt ist von irdischen Machtfragen, aber wenn wir uns nicht einem solchen Gott zuwenden ...«

Als der alte Priester innehielt, um seinen König direkt anzuschauen, da sah er, daß der Monarch eingeschlafen war. Er hat nicht ein Wort von dem mitbekommen, was ich gesagt habe, dachte Ixbalanque, und das ist wahrscheinlich auch gut so, denn es hätte ihn womöglich verwirrt und vielleicht dazu bewogen, von dem Vorhaben mit der Pyramide wieder Abstand zu nehmen. Sodann bemerkte er, daß die Kinnlade des Königs schlaff herunterhing und daß ihm der Schweiß auf der Stirn stand, während sein rechter Arm und seine rechte Schulter krampfhaft zuckten. Es war offensichtlich, daß Nopiltzín viel kränker war, als Ixbalanque zuerst angenommen hatte, also rief der Hohepriester rasch um Hilfe, doch als die Diener den leblosen König in sein Gemach trugen, erlangte dieser plötzlich das Bewußtsein wieder. Im gleichen Moment erblickte er auf dem Rasen ein paar zahme Kaninchen. Er riß sich von den Dienern los, rannte auf die Tiere zu und schrie laut: »Ich werde ein Kaninchen sein, und ich werde der neue Gott sein!« Dann sah er den alten Priester, rannte zu ihm und umarmte ihn. »Sorge dich nicht, alter Freund«, murmelte er. »Jetzt ist alles ganz klar. Es ist, als wären hundert Sonnen aufgegangen.« Mit diesem frohlockenden Ausruf sackte er vollends zusammen, ein seliges Lächeln auf dem Gesicht.

In jener Nacht, nachdem der König ins Bett geschafft worden war, begab sich Ixbalanque zu einem Tempel auf dem Gipfel der Pyramide, wo er eine Versammlung seiner Priester einberief. »Wir stehen vor einer schwierigen Situation«, sagte er zu ihnen. »König Nopiltzín ist von einer tödlichen Krankheit heimgesucht worden, und er kann jeden Moment von uns gehen.«

»Ist es das Fieber?«

»Noch schlimmer. Er hat den Verstand verloren.« Er ließ seinen Untergebenen einen Moment Zeit, die unheilvolle Nachricht zu verdauen, dann fuhr er fort: »Der König hat uns ermächtigt, die Pyramide zu erneuern, wie wir es vorgeschlagen hatten, aber wenn er stirbt, bevor wir anfangen, könnte der neue König womöglich –«

»Wir müssen uns sofort an die Arbeit machen«, riet einer der

Priester, »denn ist das Werk erst begonnen, wird der neue König sich nicht trauen, es abzubrechen.«

In jener Nacht blieben die Priester in den Tempeln auf dem Dach der Pyramide und beteten, daß König Nopiltzín sich von seiner Krankheit erholen und lange genug weiterleben würde, um sie mit dem Werk beginnen zu lassen. Beim Morgengrauen hastete der alte Hohepriester die lange Allee zum Königspalast hinunter, um Nopiltzíns Zustand zu erkunden und die endgültige Genehmigung für den Beginn des gewaltigen Unternehmens einzuholen. Er fand den König bei scheußlicher Laune vor. Aber viel beunruhigender war, daß Nopiltzín sich nicht mehr daran erinnern konnte, die Erlaubnis zum Umbau der Pyramide gegeben zu haben.

Bestürzt rief Ixbalanque: »Erinnerst du dich denn nicht mehr, wie du die Pyramide angeschaut und gesagt hast, wir würden die neue Form sogar noch breiter und höher machen, als ich vorgeschlagen hatte?«

»Bist du von Sinnen?« brummte Nopiltzín.

»Aber wir waren uns einig!« beharrte Ixbalanque. »Und ich will noch heute mit dem Ziehen der Gräben beginnen.«

»Dann besorg dir einen kleinen Stock und fang an zu graben«, fuhr Nopiltzín ihn bissig an.

Ixbalanque beschloß, ganz direkt zu sein. »Bist du krank?«

Nopiltzíns Züge lockerten sich ein wenig, und er sagte: »Ich fühle mich nicht wohl, aber ich bin sicher, der Schwindel wird vorübergehen. Das Wichtige ist, daß ich gestern abend für einen Augenblick alles ganz klar sah. Ich weiß jetzt, was wir bezüglich der Götter machen werden.«

»Nämlich?« fragte Ixbalanque mit unverhohlener Neugier.

»Ich erzähle es dir später«, wehrte Nopiltzín ab. »Aber zwei Dinge sage ich dir jetzt sofort. Wir werden keine Pyramide bauen. Und wir werden uns aus Tenayuca-am-See keinen Gott an Land ziehen, der nichts als vage Widersprüche verkörpert.«

»Was werden wir denn tun?« fragte Ixbalanque.

»Laß dich überraschen.«

Als der Hohepriester gegangen war, ging Nopiltzín hinaus zu

seinen Agavepflanzen und schnitt mit einem Messer aus Feuerkiesel – meine Urahnen jener Ära kannten zwar noch kein beständiges Metall, aber sie wußten bereits, wie man hartem Stein eine scharfe Kante zum Schneiden verleiht – mehrere Pflanzen auf und saugte mit Hilfe einer hohlen Kürbisflasche genug Honigwasser aus ihrem Mark heraus, um acht Tonkrüge damit zu füllen. Diese schlug er in feuchte Baumwolltücher ein, lagerte sie im Dunkeln, und nach drei Wochen bangen Harrens prüfte er das Ergebnis.

Er war hocherfreut, als er feststellte, daß das Honigwasser sich einmal mehr in das aufregende Getränk verwandelt hatte, das er vormals gekostet hatte. Er zog die Vorhänge zu, die sein Gemach schützten, und begann von der Flüssigkeit zu trinken, und schon bald kehrten die lebhaften Visionen wieder, die ihm bei seinem ersten Versuch soviel Vergnügen bereitet hatten. Da er wußte, daß den Hohenpriester viele Probleme drückten, rief er Ixbalanque zu sich, schlang die Arme um den alten Mann und rief mit rührseliger, fast schon weinerlicher Stimme: »Ixbalanque, du sollst deinen Gott bekommen!«

Der Priester befreite sich aus der unfreiwilligen Umarmung und fragte: »Wirst du dich morgen noch an das erinnern, was du heute gesagt hast?«

Nopiltzín überging diese Bemerkung und sagte: »Ich habe einen neuen Gott entdeckt.«

»Wo?«

»Im Mark der Agave.« Der König führte Ixbalanque in den abgedunkelten Raum, wo die acht Tonkrüge standen, und deutete auf seinen Schatz. »Ein Gott liegt dort verborgen, Ixbalanque, und ich werde dich mit ihm bekanntmachen.«

Er ging zu einem der Krüge, schenkte seinem Gast eine großzügig bemessene Portion von der Flüssigkeit ein und forderte ihn auf, zu trinken. Mit einem mulmigen Gefühl hob Ixbalanque den Becher an seine Lippen und kostete zum erstenmal den Trank, der als *pulque* bekannt und berühmt werden sollte.

Als der Nachmittag vorrückte, bemerkte Ixbalanque, daß der König unter dem Einfluß des Tranks immer leutseliger wurde, während er, Ixbalanque, zunehmend Mißtrauen schöpfte. Er konnte fühlen, wie die merkwürdige Flüssigkeit sein gewohntes Verhalten veränderte, und er versuchte dagegen anzukämpfen; er hatte den entschiedenen Verdacht, daß der Pulque eine Funktion an sich riß, die jeder Mensch für sich behalten oder aber den Göttern zuweisen sollte. Er war gerade im Begriff, zu formulieren, was für eine Funktion dies sei, als Nopiltzín nach einer Flöte griff und liebliche Musik zu spielen begann – woraufhin er, Ixbalanque, sich eine Trommel nahm und diese zu schlagen begann. Und schon nach wenigen Momenten wilden Trommelns begann sich die ganze Situation für den Hohenpriester aufzuklären.

»Wir spielen besser als die Tempelmusiker«, sagte Ixbalanque ernst.

»Wir werden einen Tempel auf dem Dach der neuen Pyramide errichten –«

»Heißt das, wir können nun doch mit dem Umbau beginnen?«

»Alter Freund, wenn du eine neue Pyramide willst, dann bekommst du eine neue Pyramide. Siehst du den Baum dort drüben? Wir werden so viele Steinblöcke auf die alte Pyramide schichten, daß sie höher sein wird als der Baum.«

»Wunderbar!« schrie Ixbalanque und hieb mit neu entfachtem Elan auf seine Trommel.

Fünf oder sechs Stunden lang tranken der König und der Hohepriester Pulque und regelten die Geschäfte des Hochtals neu. Es würde eine neue Pyramide und neue Gesetze geben, mürrische ältliche Beamte würden degradiert oder abgesetzt werden, und der Hohepriester würde eine Heirat zwischen dem König und der ältesten Schwester seines Eheweibes arrangieren, obwohl der Brauch eine solche Verbindung verbot. In der sechsten Stunde begann der König wie ein Kaninchen auf allen vieren umherzuhoppeln, und er ermunterte den Hohenpriester, das gleiche zu tun.

»Nein«, sagte Ixbalanque, »wenn du das Kaninchen bist, dann bin ich der Kojote und werde dich fangen!«

Gemeinsam krabbelten die beiden Staatsführer im Gemach des Königs umher, Nopiltzín hüpfend wie ein Kaninchen und Ixbalanque kläffend wie ein Kojote, bis die Jagd schließlich eine solche Lautstärke annahm, daß die Königin ihre ältere Schwester schickte, nachzuschauen, was dort los sei. Als diese, ein herbes, ungemein häßliches Weib, die Vorhänge beiseite schob, fand sie zu ihrer Bestürzung die beiden Männer dabei vor, wie sie sich auf dem Boden herumwälzten, aber diese erste Reaktion schlug sehr rasch in höchste Verwirrung um, als der König sie gewahrte, auf allen vieren durch den Raum hüpfte, ihre Knie umschlang und sie neben sich auf den Boden zog.

»Endlich habe ich mein allerliebstes kleines Eichhörnchenweibchen gefunden!« krähte er.

»O nein!« kläffte der Hohepriester protestierend. »Kleine Eichhörnchen sind nur für Kojoten da!« Er hoppelte am König vorbei und biß der Schwester der Königin in den Unterarm, worauf diese einen gellenden Schrei ausstieß, und der brachte ihn schlagartig zur Besinnung. Verblüfft und bestürzt stand er auf, klopfte sich den Staub von den Kleidern und blickte hinunter auf seinen König, der noch immer auf dem Boden herumkroch und die Knie der Frau umschlungen hielt.

»Nopiltzín!« schrie der Priester. »Steh auf!«

Mit einiger Mühe, denn er hatte schon einige Stunden vor dem Kommen des Priesters zu trinken begonnen, ließ Nopiltzín von seiner Schwägerin ab und rappelte sich auf. Die völlig verschreckte Frau ordnete ihre Kleider und floh, während der König sich gegen die Schläfen schlug, um wieder einen klaren Kopf zu bekommen. Mit lallender Stimme fragte er: »Was haben wir nur gemacht? Ich habe sie immer als die häßlichste Frau im Hochtal betrachtet.«

In jener Nacht stieg Ixbalanque, inzwischen wieder im Vollbesitz seiner geistigen Kräfte, trübsinnig zu den Tempeln auf dem Gipfel der Pyramide hinauf, und bei dem Versuch, eine Erklärung für die verwirrenden Geschehnisse des Nachmittags zu finden, gelangte er zu mehreren beängstigenden Schlüssen. Nach der hastigen Flucht der Schwester der Königin vom Orte des Geschehens hatte Nopiltzín, von Ixbalanque eindringlich befragt, seinem Hohenpriester versichert, daß der seltsame Trank durchweg die gleiche verläßliche Kraft habe: Jeder Versuch habe die gleichen Ergebnisse gezeitigt. Darüber hinaus sei er leicht herzustellen. Und schließlich schien, wenn man ihn trank, in der Tat ein Gott in einen hineinzufahren. Man fühlte sich von einer angenehmen Erregung durchströmt, und Farben erschienen einem heller und intensiver. Das Erschütterndste jedoch war, daß während der Zeit, in der der Gott des Pulque ihn beherrscht hatte, die Schwester der Königin tatsächlich eine recht anziehende Frau gewesen war, und als er, Ixbalanque, sie attackiert und in den Arm gebissen hatte, da hatte er in Wirklichkeit den Drang verspürt, den König wegzujagen, der Frau die Kleider vom Leib zu reißen und sich an ihr zu vergehen.

»Es wird keine neue Pyramide geben«, rief der Priester klagend in der Dunkelheit, die die Spitze der Pyramide einhüllte. »Der Gott des rauchenden Spiegels, der uns vielleicht gerettet hätte, wird nicht willkommen sein. Die blumenverzierte Schlange ist von uns fortgegangen mitsamt ihrem Sinn für das Schöne, und ich fürchte, daß alles, was wir im Hochtal geschaffen haben, in Gefahr ist.« Er blickte hinunter auf die schlafende Stadt, zu der Zeit eine der schönsten und am besten regierten in Mexiko, und er spürte, daß der große Niedergang begonnen hatte, jener schleichende Verfall, an dem Gesellschaften zugrunde gehen, wenn sie keine Visionen und großen Entwürfe mehr haben. Von Schmerz erfüllt ging er zum Schlafsaal, wo seine Priester ruhten, und schrie: »Brüder! Ich brauche euren Rat!« Und tief in der Nacht debattierten die Hüter des Gewissens des Hochtals über die heikelste Frage, mit der sich der Klerus je konfrontiert gesehen hatte: »Der König scheint die Kontrolle über seine Kraft zum Regieren verloren zu haben. Sollen wir ihn seines Amtes entheben?« Die jüngeren Männer hörten Ixbalanque mit Bestürzung zu, als er von dem seltsamen Benehmen des Königs berichtete (von seinem eigenen, daß er als Kojote herumgetollt war, erwähnte er in vornehmer Zurückhaltung nichts).

Allein auf der Grundlage dessen, was der Hohepriester ihnen erzählt hatte, wollten die Priester sich nicht auf eine so schwerwiegende Entscheidung festlegen, und Ixbalanque blieb schließlich nichts als die bedrückende Erkenntnis, daß er handeln mußte, aber nicht wußte, wie. In seiner Not bat er zwei seiner älteren Ratgeber, mit ihm einen Spaziergang zu machen, und in der Dunkelheit verriet er ihnen den Grund seiner Bestürzung.

»Es besitzt große Zauberkraft. Es wird aus der Flüssigkeit im Herzen der Agave gemacht, also muß es heilig sein. Wenn man es trinkt, wiegt man weniger. Die Augen sehen Farben klarer. Die Zunge löst sich, und man wird zu einem flammenden Redner.« An der Stelle hielt er inne, ließ den Blick über das Tal schweifen und gestand: »Als ich etwas von der neuen Flüssigkeit trank und Coxlal anschaute, die häßliche Schwester der Königin, da erschien sie mir plötzlich wie eine Sechzehnjährige, eine hinreißend schöne Prinzessin.«

»Dann muß es fürwahr Magie sein«, sagte einer der Priester. »Wir müssen unsere Stadt vor dem Wahn des Königs schützen.«

In der dunklen Stunde vor der Morgendämmerung brachte Ixbalanque das kritische Problem zur Sprache: »Ich glaube, wir müssen uns ernsthafte Gedanken über die Zukunft des Königs machen«, und nun wußten seine Kollegen, daß er von Amtsenthebung sprach. Er schlug sich mit der Faust an die Brust und schrie: »Ich hätte schon vor Jahren einen Wechsel erzwingen müssen. Nun, dann werde ich meiner Pflicht eben jetzt nachkommen!« Er kehrte zum Schlafsaal zurück, wo er seine zwei Ratgeber weckte und ihnen leise sagte: »Der König muß gehen. Diese Stadt muß gerettet werden.« Und er hastete die lange Steintreppe hinunter und begab sich unverzüglich in sein Quartier, wo er sich für die schmerzhafte Zusammenkunft rüstete, auf der er den König davon unterrichten würde, daß seine Herrschaft zu Ende sei.

Aber einer der Priester, der von der Entscheidung erfahren hatte, trippelte im Morgengrauen die Steintreppe hinunter und warnte den König, und als Ixbalanque am Palast erschien, wartete der König schon mit zwei Bütteln auf ihn, die sich hinter einer Mauer versteckt hatten. Da Nopiltzín die Nacht damit verbracht hatte, gewaltige Mengen Pulque zu trinken, war seine Fähigkeit, aufzunehmen, was der Hohepriester ihm sagen wollte, schwer beeinträchtigt, aber beim ersten Anzeichen, daß Ixbalanque gekommen war, um ihm die Abdankung nahezulegen, packte ihn rasende Wut, und er rief seine beiden Büttel und schrie: »Tötet ihn!« Und ihre Feuersteindolche bohrten sich in die Brust des Hohenpriesters.

Als Ixbalanque tödlich verwundet zu Boden sank, hob er noch einmal den Blick zu seinem betrunkenen Monarchen und murmelte mit brechender Stimme: »Wir werden einen neuen Gott haben, aber es wird nicht der sein, den wir brauchen«, und dann hauchte der Mann, der die Zivilisation der Erbauer hätte retten können, sein Leben aus.

Während der nächsten zweihundert Jahre, also etwa von 900 bis 1100, was beileibe keine unerhebliche Zeitspanne in der Geschichte einer Nation ist, erfreute sich Stadt-der-Pyramide einer der höchsten Stufen menschlichen Glücks, die jemals von einem Gemeinwesen erreicht wurde. Es gab keine Kriege, keinen Hunger, keine Zwangsarbeit an staatlichen Projekten, keine Menschenopfer, keine bedrückende soziale Ungerechtigkeit. Manche waren reich und manche waren arm, aber die Kluft zwischen den beiden war nicht übermäßig groß. Es gab auch eine Art Armee, aber sie spielte keine nennenswerte Rolle in den Staatsangelegenheiten. Ehebruch wurde schwer bestraft, um die Familie zu schützen, und es gab sogar ein primitives Bildungssystem, das auch den ärmsten Jungen die Möglichkeit bot, in den Priesterstand aufzusteigen.

Was Stadt-der-Pyramide jedoch so einzigartig machte, war ihre Religion: der Kult des Pulque-Gottes. Das Getränk wurde in großen Mengen auf Agaveplantagen vergoren, die jetzt Felder bedeckten, auf denen einst nur Kakteen gediehen waren. Meile um Meile reckten sich die Spinnenarme der blaugrünen Agave in die Luft wie die Flammen der Erde, und einer der typischsten Anblicke im Hochtal war der Agave-Ernter, der zwischen seinen Pflanzen herumging, bewaffnet mit einem hohlen Kürbis, dessen eines Ende er in das Mark der Pflanze drückte, während er an dem anderen kräftig saugte, bis das Honigwasser hervorquoll.

Dieses füllte er in große Kürbisflaschen und schüttete es sodann in die Gärbottiche, wo es sich in ›Pulque‹ verwandelte, das Bier – oder, wenn man so will, der Wein – Mexikos.

Eine der Kuriositäten der Geschichte ist, daß der Gott des Pulque den Namen ›Vierhundert Kaninchen‹ bekam, da der König, der den Trank entdeckt hatte, fand, daß jeder Mann, gab man ihm nur genug Pulque zu trinken, so sorgenfrei wie vierhundert Kaninchen sein konnte. Vierhundert Kaninchen bekam auch einen Tempel errichtet – keinen großen freilich, denn die Energie des Hochtalvolkes zum Bauen war schon lange erlahmt. Der Gott wurde verkörpert durch ein grünes Steinstandbild von einem Kaninchen mit Ohren in der Form von Agaveblättern, und er war ständig umgeben von Blumen in vier verschiedenen Farben. Eine Truppe von Tänzern war ständig in dem Tempel zugegen, und die Außenwände des kleinen Gebäudes waren mit Kürbissen und Girlanden aus Früchten geschmückt. Feiern zu Ehren von Vierhundert Kaninchen bestanden aus Musik und Gesang und dem Abbrennen von Räucherwerk, und alle, die den Gott anbeteten, galten als sanft, fröhlich und vor allem freundlich. Es ist keine Übertreibung, wenn ich sage, daß Vierhundert Kaninchen der lieblichste Gott war, der je in Mexiko geherrscht hat.

Auch wenn ich Amerikaner und kein ausgebildeter Historiker bin, glaube ich doch, daß ich mir ein Urteil über die Herrschaft König Nopiltzíns erlauben kann, da ich durch einen Treppenwitz der mexikanischen Geschichte in direkter Linie von dem König abstamme. Wenn ich also versuche, seine Leistung zu bewerten, dann spreche ich nicht von irgendeinem fremden, längst verstorbenen Indio, sondern von meinem eigenen Urahnen. Meine zusammenfassende Sicht seiner Herrschaft ist diese. Der Gott des Pulque erlangte eine Bedeutung, die größer war als die jeder anderen Gottheit. Kein Priester wie Ixbalanque versuchte die Stadt zu ihrer hohen Bestimmung zurückzurufen, und der König, anders als der zähe alte Ixmiq, dachte nicht im Traum daran, ein Monument zu erbauen, das so mächtig und gewaltig war, daß es einen bleibenden Tribut an die Götter darstellte. Statt dessen hielten König wie Priester ziemlich beständig Andacht im Tempel von Vierhundert Kaninchen, und eine verschwommene Gleichgültigkeit legte sich wie ein Dunstschleier über die Stadt und das gesamte Tal.

Aufgrund dessen, was ich auf verschiedenen Wandbildern gesehen habe, bin ich davon überzeugt, daß das Leben in den späteren Jahren der Regierungszeit Nopiltzíns in der Tat sehr gut war. Einige der Funde, die in der Gegend von Mexiko City ausgegraben wurden, liefern Hinweise dafür, daß andere Staaten Stadt-der-Pyramide als den Gipfel der Vollkommenheit betrachteten, und die kunstvollen Tongefäße und Federarbeiten, die im Hochtal hergestellt wurden, waren bis tief in den Süden, bis ins heutige Guatemala hinein, hoch geschätzt. Einige der Lieder, die in jenen Jahren komponiert wurden, werden noch heute in Mexiko gesungen, besonders jenes, das den fröhlichen Pulque-Tanz begleitet, den die Touristen immer so gern fotografieren: Die Sänger hüpfen auf einem Bein auf und ab wie Kaninchen, während die Umstehenden wie Kojoten heulen. Die Sage behauptet, Nopiltzín selbst hätte sowohl die Musik als auch den Tanz komponiert.

Aber nach seinem Tod begann der Niedergang der Stadt. Irgendwann im Laufe der Zeit begannen die Künstler im übrigen Mexiko damit, Stadt-der-Pyramide nicht mehr als ein Dreieck darzustellen, das von einer Flöte begleitet wurde, sondern als einen indianischen Würdenträger, dessen Kopfschmuck schief hing, als wäre er betrunken. Der Neid der anderen war der Verachtung gewichen, selbst bei den einheimischen Künstlern.

Und dann gab es da auch noch eine unheilvolle Entwicklung, deren Bedrohlichkeit die Herrscher der Stadt in ihrem ständigen Pulque-Rausch offenbar nicht erkannten. Von Zeit zu Zeit, beginnend im Jahr 992, als Nopiltzín längst tot war, kam eine seltsame Gruppe von Indianern, die hoch im Norden in Höhlen wohnten, auf ihren Wanderungen ins Hochtal; wir wissen das von Abbildungen auf den Tongefäßen aus jener Epoche. Sie werden durchgehend als Barbaren dargestellt, häßliche und wilde Menschen, denen es völlig an der Anmut fehlt, die die Bewohner von Stadt-der-Pyramide gekennzeichnet hatte. Wir finden nicht eine Spur von Hinweis darauf, daß irgendeiner von den Pulque-Leuten die Bedeutung dieser Herumstreicher erkannte. So wie der Rest des zivilisierten Mexiko die Erbauer jetzt mit Geringschätzung behandelte, so taten die Letzteren die Barbaren aus dem Norden als bedeutungslos ab.

Ein Aspekt dieser dunklen Epoche um das Jahr 1000 herum macht mich traurig, denn er wirft ein schiefes Licht auf das, was ich als »mein Volk« zu betrachten mir angewöhnt habe. Die Nachkommen Ixmiqs, jene vortrefflichen Menschen, denen Amerika einige seiner grandiosesten historischen Bauwerke verdankt, sind in die Geschichte als die »Trunkenen Erbauer« eingegangen, ein Name, der aus der Epoche ihres Niedergangs herrührt. Diese unglückliche Bezeichnung hat viele zu der irrigen Auffassung verleitet, Menschen, die ständig unter Alkohol standen, hätten jene dauerhaften Denkmäler erbauen können. Ich finde, man sollte sich großmütig zeigen und diesen Vorfahren von mir einen freundlicheren Namen geben, vielleicht »Die Bewundernswerten Erbauer, die sich dem Trunk ergaben«. Aber ich weiß natürlich, daß das zu umständlich ist; denn Historiker scheinen – wie wir Journalisten – immer die Vereinfachung vorzuziehen, ob sie die Wahrheit trifft oder nicht.

Indianische Vorfahren: Die Altomeken

Zu Beginn des zehnten Jahrhunderts, als Nopiltzín mit der Entdeckung des Pulque beschäftigt war, hauste in einer Reihe dunkler Höhlen entlang eines weitverzweigten Geflechts von Flußläufen in den dampfenden Dschungeln mehrere hundert Meilen nördlich von Mexiko City ein Indianerstamm, der über drei- oder viertausend Jahre, möglicherweise sogar noch weit länger, in seinen Stammestraditionen die Erinnerung an ein Zeitalter wachgehalten hatte, in dem er an einem hochgelegenen Ort gelebt hatte. Diese Erinnerung war so hartnäckig, daß nach der Eroberung der Stamm den Namen Altomeken bekam, ein Mischwort aus Spanisch und Indianisch, welches bedeutet »Die einen hochgelegenen Ort suchen«. Zu der Zeit jedoch, von der ich spreche, wurden sie von anderen entweder die ›Höhlenmenschen‹ genannt oder ›die Verehrer von Glitzerfisch Buntvogel‹.

Sie waren ein kleinwüchsiges, sehr dunkelhäutiges Volk. Ihr Lebensstandard war ungeheuer niedrig. In drei- oder viertausend Jahren Höhlenleben hatten sie es nicht einmal geschafft, Stoff zu erfinden oder einfache Verzierungen für ihre Töpferwaren zu entwickeln oder den Truthahn zu zähmen. Aber sie hatten zwei Entdeckungen gemacht, welche die Geschichte Mexikos nachhaltig beeinflussen sollten. Gemeinsam mit ihren Verwandten, den Azteken, die etwas fortschrittlicher waren, hatten die Höhlenmenschen die Vorzüge und die Wirksamkeit gemeinschaftlichen Handelns kennengelernt. Und sie hatten einen Gott gefunden, der ideal dazu geeignet war, sie zu führen.

Ihre Fähigkeit zu geschlossenem Handeln war bemerkenswert, und während der gesamten ersten Hälfte des elften Jahrhunderts sandten ihre Herrscher disziplinierte Truppen von Männern aus, die das restliche Mexiko auf der Suche nach einer neuen Heimstatt erkundeten; denn es war offensichtlich geworden, daß das Leben in den Höhlen auf Dauer nicht wünschenswert war. Einige dieser Kundschaftergruppen drangen bis in die Gegenden jenseits des heutigen Guatemala nach Süden vor. Andere hatten die Länder der Trunkenen Erbauer ausgekundschaftet, und diese hatten sehr positiv über jenes Land berichtet.

Irgendwann um das Jahr 1050 herum entschlossen sich die Höhlenmenschen, ihre Höhlen aufzugeben. Sie bepackten ihre Männer und Frauen mit schweren Lasten und machten sich auf den Weg, beladen mit primitiven Werkzeugen und Gegenständen, tausend Pfund schweren Statuen ihres Gottes, Saatgut, Kürbiskörben, Totems der einen oder anderen Art und Hunderten von kleinen Kindern. Jedes Jahr zogen sie zwischen September und April ein paar Meilen von ihrem alten Lagerplatz zu einem neuen. Dort angekommen, pflanzten sie das Saatgut, das sie durch den Winter getragen hatten. Fünf Monate lang bestellten sie ihre Felder, und im sechsten brachten sie die Ernte ein, um danach wieder weiter gen Süden zu ziehen. Spähtrupps kundschafteten laufend die vor ihnen liegenden Gebiete aus, und für eine Zeitspanne von zehn Jahren schwebte ihnen vor, sich irgendwo auf der Halbinsel Yucatán anzusiedeln.

Eine bemerkenswerte Tatsache dabei war, daß die meisten der Völker in den Gegenden, die von den Nomaden ausgespäht wurden, ihre Anwesenheit überhaupt nicht bemerkten – so versteckt und lautlos waren ihre Unternehmungen. Aber eine Spur hinterließen sie doch; denn wo auch immer sie durchzogen, stets verschwanden ein paar der Einheimischen auf mysteriöse Weise. Glitzerfisch Buntvogel forderte seinen steten Tribut: junge Krieger.

Der mächtige Gott der Höhlenmenschen bekam seinen Namen Glitzerfisch Buntvogel auf folgende merkwürdige Weise:

Irgendwann um Christi Geburt herum hatten die Höhlenmenschen in einem Fluß einen Fisch gesehen, dessen Schuppen aus einer glitzernden Substanz gemacht zu sein schienen, die das

Sonnenlicht einfing und es gefangenhielt. Nachdem sie das Phänomen drei Tage lang bestaunt hatten, erklärten die Priester den Fisch zum Gott; denn es war offenkundig, daß er irgendeine Art von Macht über die Sonne hatte, und sechs- oder siebenhundert Jahre lang verehrten ihn die Höhlenmenschen als eine ihrer führenden Gottheiten.

Im Jahre 753, dreihundert Jahre, bevor die Höhlenmenschen sich zu ihrer Wanderung durch Mexiko aufmachten, brachte einer ihrer Kundschaftertrupps aus Guatemala ein totes Exemplar jenes außergewöhnlichen Vogels namens Quetzal mit, dessen leuchtendes bronzefarbenes, grünes und rotes Federkleid und dessen immens langer Schwanz alle Indiostämme erregten und beeindruckten. Die Priester waren überzeugt, daß ein solcher Vogel nicht ohne unmittelbare Einwirkung der Götter auf die Erde gekommen sein konnte; und so fügten sie denn auf der Stelle die Göttlichkeit dieses farbenprächtigen Vogels mit der des Glitzerfisches dergestalt zusammen, daß sie zu einer einzigen Gottheit wurden.

Wann immer ich versucht habe, Glitzerfisch Buntvogel Leuten zu erklären, die Mexiko nicht kennen, habe ich es als hilfreich empfunden, sie daran zu erinnern, daß der Gott eine zusammengesetzte Gestalt war, deren zwei Hälften in einem zeitlichen Abstand von siebenhundert Jahren entstanden waren. Glitzerfisch war ein ursprünglicher Gott, der durch jede Art von schimmerndem Material verkörpert werden konnte, und da die Höhlenmenschen über kein Metall verfügten, benutzten sie wachsartige Blätter, Fischschuppen, polierte Knochen und Menschenzähne, um die Beschaffenheit ihres Gottes zu verdeutlichen. Das Glitzern stand außerdem für die Bewegung des Wassers, das den Fisch brachte, die Bewegung des Himmels, der die Jahreszeiten und das Wachstum brachte, und den strahlenden Glanz der Sonne. Auf diese Weise war Glitzerfisch einer der vielseitigsten Götter in der mexikanischen Geschichte, und darüber hinaus auch einer der nützlichsten, denn er diente als Mittler zu den Flüssen, den Feldern, den Blumen und der lebenspendenden Sonne.

Die Attribute des prachtvollen Buntvogels, verkörpert durch

Federn, Blumen und funkelnde Steine, waren die unfaßbaren Tugenden wie Liebe zur Schönheit – wenngleich es den Höhlenmenschen hieran mangelte –, Redlichkeit und Treue. Buntvogel wurde verehrt, indem ihm bunter Federschmuck und Blumensträuße dargeboten wurden und kostümierte Tänzer vor ihm auftraten. Die Figur, die zur Verkörperung dieses gütigen Gottes gewählt wurde, war, seinem Zwittercharakter entsprechend, eine androgyne Gestalt mit einem gütigen Antlitz und einem allumfassenden Lächeln.

Um das Jahr 1000 herum kam eine kleine Gruppe von Priestern, die dem Höhlenvolk dienten, zu dem Schluß, daß ihr Stamm möglicherweise besser geführt werden würde, wenn ihr doch recht träger Gott Glitzerfisch Buntvogel durch einen mit stärker ausgeprägten männlichen Tugenden ersetzt würde. Einer der jüngeren Priester, ein Mann mit Weitsicht und Stärke, gab zu bedenken: »Wenn wir jemals nach Süden zu den guten Ländern ziehen sollten, die wir erkundet haben, werden wir auf Feinde stoßen, die versuchen werden, uns daran zu hindern, auf ihr Gebiet vorzudringen. Da wir nicht umhin kommen werden, mit ihnen zu kämpfen, wenn wir erringen wollen, was wir brauchen, müssen wir einen Gott haben, der uns in der Schlacht führen und leiten wird.« Also begannen die Priester, Glitzerfisch Buntvogel in eine herrischere Figur mit strengeren Anforderungen umzumodeln. Sein Lächeln wich einem finsteren Blick, seine Hände hielten nicht länger Blumen, sondern statt dessen mit Feuerkieseln besetzte Keulen. Er erweckte jetzt den Eindruck, als sei er eher darauf erpicht, Männer in die Schlacht zu führen, als darauf, sie in ihren Häusern und auf ihren Feldern zu beschützen.

Dieser neue Gott, der größer und massiger war als sein Vorgänger, forderte als Tribut nicht Blumen und bunte Federn, sondern Keulen, Obsidiandolche und geflochtene Schilde. Zu seinen steinernen Füßen befand sich eine Mulde, die ständig mit kurzen Holzscheiten gefüllt wurde, welche das ewig schwelende Feuer nährten. Der Ruß, den es erzeugte, schwärzte die Figur und verlieh ihr ein bedrohliches Aussehen.

Der verwandelte Gott verwandelte auch die, die ihn anbeteten. Unter seiner siegreichen Führung drangen die Höhlenmenschen langsam aber stetig nach Süden vor, verdrängten kleine Gemeinschaften von Indianern, die weniger gut organisiert waren als sie, und okkupierten immer mehr attraktives Land. In diesen ersten Jahren ihrer Wanderschaft stießen sie auf keinen bewaffneten Widerstand, aber sie wiegten sich in der Gewißheit, daß sie eine Schlacht, wenn sie ihnen aufgezwungen werden sollte, gewinnen würden.

Auch mit ihrem neuen kriegerischen Gott hätten sich die Höhlenmenschen vielleicht als eine lobenswerte Kraft in der mexikanischen Geschichte erwiesen, wären sie nicht vollkommen unwissend geblieben. Wären ihren Priestern die außergewöhnlichen Entdeckungen in der Astronomie bekannt gewesen, die tausend Jahre zuvor von Indios in anderen Teilen Mexikos gemacht worden waren, dann hätten sie es nicht für notwendig erachtet, jene scheußlichen Bräuche ins Leben zu rufen, die ihrem Ansehen in späteren Jahren solchen Schaden zugefügt haben.

Seit mehr als dreitausend Jahren war Gelehrten in verschiedenen Teilen Mexikos, Priestern wie Astronomen, das Phänomen bekannt, daß in dem Zeitraum, den wir heute als Dezember bezeichnen, die Sonne jeden Tag immer weiter nach Süden wanderte, bis sie an dem Tag, den wir heute den 21. Dezember nennen, den Anschein erweckte, als würde sie ihre Wanderung nach Süden solange fortsetzen, bis sie gänzlich verschwunden sei. Primitive Menschen müssen befürchtet haben, daß die Sonne niemals wiederkehren würde; deshalb ersannen sie, um sie zurückzulocken, seltsame, zumeist mit Opferungen verbundene Zeremonien, und da diese unweigerlich von Erfolg gekrönt waren, wurden sie zu festen religiösen Bräuchen. Aber gelehrte Männer leiteten aus der stetigen Beobachtung der Himmelsbewegungen die Gesetze her, die die Jahreszeiten regierten, und begriffen, daß die Sonne unweigerlich zurückkehrte, um ihre Funktionen zu erfüllen, ganz gleich, ob sie nun durch irgendwelche Riten besänftigt worden war oder nicht. Hätten die Höhlenmenschen diese simple Tatsache gewußt, dann wären die Greuel, die ich jetzt schildern werde, nie geschehen.

Die Höhlenpriester sagten ihrem Volk immer wieder: »Wir haben unseren Göttern Opfer dargebracht, und die Sonne ist zurückgekehrt. Hätten wir dies nicht getan, dann wäre unser Getreide niemals gewachsen, und wir wären Hungers gestorben.« Und die Menschen stimmten ihnen zu, denn sie sahen ja, daß die Sonne tatsächlich zurückkehrte. Doch als das erste Jahrtausend zu Ende ging, sprachen die Priester: »Da ihr entschlossen seid, auf der Suche nach einem besseren Leben gen Süden zu ziehen, werden wir früher oder später auf starke Stämme stoßen, die uns verbieten werden, ihr Land zu betreten. Daher müssen wir, wenn wir wollen, daß unser Gott uns weiter beisteht, neue, überzeugendere Wege finden, ihn um diese seine Hilfe zu bitten. Für einen Gott, der uns in die Schlacht führen soll, sind Früchte und Blumen als Opfergaben nicht länger angemessen. Unserem Gott gebührt das höchste aller Opfer, ein Menschenwesen, und zwar eines an jedem Tag in der kritischen Zeit, auf daß er nicht nur die Sonne davon abbringt, uns in eisiger Dunkelheit zurückzulassen, sondern auch unseren Sieg in der Schlacht gewährleistet.«

Als einer der Zuhörer fragte: »Wie soll der, der geopfert werden soll, ausgewählt werden?«, da antwortete der Hohepriester rasch: »Kein Angehöriger des Höhlenvolkes braucht um sein Leben zu bangen. Wir werden nur feindliche Krieger opfern, die wir im Kampf gefangengenommen haben. Die besten und tapfersten, Männer von Wagemut und Kühnheit. Unser Gott wird sie als bedeutende Opfergaben anerkennen und begierig sein, uns zu helfen; laßt uns also diese neue Form von Verehrung freudig annehmen.«

An einem Tag in der Mitte des Monats Dezember, als die Sonne bedrohlich tief stand, versammelten sich die Höhlenmenschen auf dem Platz vor dem Abbild des neuen Gottes und schauten zu, wie ein Gefangener von einem jüngst besiegten Stamm herbeigebracht wurde, ein schöner junger Krieger, der tapfer gekämpft hatte und der seinen Bezwingern jetzt trotzig ins

Gesicht starrte. Halb geführt, halb gezerrt, wurde er zu einem riesigen Holzblock geschafft, und vier Priester packten ihn bei den Füßen und den Handgelenken, hoben ihn hoch und legten ihn quer über den Block, mit dem Rücken nach unten. In dieser Stellung schaute der junge Krieger in die Augen eines grausamen Priesters, der mit einem langen, scharfen Dolch nahte, welchen er in die Brust des Gefangenen stieß, unter der letzten Rippe. Sodann vollführte der Priester einen Schnitt quer über den Bauch des Opfers, griff mit der linken Hand in die Brusthöhle und riß ihm das Herz heraus, das er dem Gott der Schlacht zum Fraße vorwarf.

Die Höhlenmenschen waren von Ehrfurcht ergriffen angesichts der furchtbaren Macht ihres neuen Gottes, daß er ein solches Opfer verlangen konnte, und in den darauffolgenden Tagen wurden sie Zeuge von fünf weiteren Ritualmorden. Nach dem letzten Opfer versammelten sich alle auf einem öffentlichen Platz, um die Nacht mit Gebeten und religiösen Verrichtungen zuzubringen, in denen sie die Sonne anflehten, zurückzukehren. Als die Morgendämmerung nahte, wandte sich ein Priester, der die Bewegung der Sonne überwachte, zu der wartenden Menge um und schrie triumphierend: »Die Sonne hat auf ihrer Flucht nach Süden innegehalten. Sie kommt zurück, um uns zu retten.«

Später, in einem Jahr, als keine Gefangenen gemacht wurden, aus dem schlichten Grund, daß dieser öde Teil von Mexiko unbewohnt war, nahte der Dezember, ohne daß feindliche Krieger als Opfer zur Verfügung gestanden hätten. Aber das Ritual war so heilig geworden, so bedeutsam im Leben der Höhlenmenschen, daß der Schritt vom Opfern feindlicher Krieger zum Opfern der eigenen Stammesangehörigen nur mehr ein leichter war. Innerhalb einer Zeitspanne von gerade einmal fünfzig Jahren hatten die Priester die Höhlenmenschen zu der Überzeugung gebracht, daß dies der edelste Weg sei, diese Erde zu verlassen, und daß ein solcher Tod erstrebenswerter sei als das Leben selbst.

Bei ihren ersten Begegnungen mit anderen Stämmen errangen die wandernden Höhlenmenschen bedeutende Siege, und sie waren Glitzerfisch Buntvogel so dankbar dafür, daß sie den komplizierten Doppelnamen fallenließen und ihn fortan nur noch schlicht den Kriegsgott nannten. Seine ursprünglichen Eigenschaften gerieten in Vergessenheit, und nur wenige im Stamm erinnerten sich daran, daß er einst der Gott der Fruchtbarkeit und der Schönheit gewesen war.

Nachdem sie dreißig Jahre lang mehr oder weniger immer in die Richtung gewandert waren, in der Yucatán lag, schlugen sie irgendwo im nördlichen Zentralmexiko ihr Lager in einer Gegend auf – die Stelle ist nie genau identifiziert worden –, die völlig anders war als ihre Flußufer-Heimat: Es war eine weite, unfruchtbare Ebene, deren Felder von Kakteen umgeben waren. Hier ließen sie sich für ein halbes Jahrhundert nieder, um ihre Kräfte zu sammeln. In dieser Zeit führten sie bestimmte Neuerungen ein. Zunächst einmal waren sie so beeindruckt von der Kaktuspflanze, daß sie sich, als es niemanden mehr gab, der sich an ihre einstigen Ursprünge in den Höhlen erinnern konnte, in Kaktusmenschen umbenannten. Zum zweiten bauten sie sich aus den gegerbten Häuten großer Schlangen, welche die Gegend, in der sie lebten, heimsuchten, eine riesige Trommel, die sie immer dann schlugen, wenn sie ein Menschenopfer darbrachten. Zum dritten waren sie dermaßen fasziniert von den Adlern, welche die Kaktusebenen bewachten, daß sie den Brauch einführten, ihre Häuptlinge in Kostüme zu kleiden, die sie wie Adler ausschauen ließen, und es waren eben diese Kämpfer, die bald in weiten Teilen Mexikos gefürchtet werden sollten.

Die vierte Veränderung war eine, die in den Herzen der Menschen stattfand; denn als die Führer entschieden, daß die Zeit reif sei für einen größeren Vorstoß zu einem Gebiet, in dem sie sich auf Dauer niederlassen würden, gaben die Priester den Rat: »Bei einem Abenteuer von dieser Größe, in dem wir vielleicht einen langen Krieg gegen gut gerüstete Gegner führen müssen, sollten wir ein machtvolles Abbild unseres Gottes mit uns tragen, eines, das uns an seine Kraft und unsere Feinde an seine Macht gemahnt.« (Bis zu dieser Zeit hatten andere Völker lediglich als Fremde gegolten; jetzt wurde jeder, der nicht zu ihrer Sippe gehörte, automatisch mit dem Etikett »Feind« versehen.)

Entsprechend diesem Rat wurde ein schauriges Abbild erschaffen, das einen Tyrannen darstellte, welcher nicht nur über die feindlichen Gefangenen, die ihm vorgeworfen wurden, zu Gericht saß, sondern auch über die Angehörigen seines eigenen Volkes. Zwischen seinen Knien ruhte eine steinerne Schale, in die die noch zuckenden Herzen seiner Opfer geworfen wurden. Rauch, das Symbol der Macht des Feuers, umkräuselte die Figur, die in den Jahren ihrer furchterregenden Existenz schwarz von Ruß wurde, und immer war da jene bodenlose Schale, in die Herz um Herz geworfen wurde.

Nach der Erntezeit im Jahre 1130 hielten die Kaktusmenschen eine Versammlung ab, bei der sie innerhalb von zwei Tagen vierhundertachtzig Menschen opferten, unter ihnen neunzehn Trunkene Erbauer, die auf einer Jagdpartie überrascht worden waren. Sie waren die ersten Indios aus dem Hochtal, die auf dem Altar des Kriegsgottes starben. Die militärischen Führer und die Priester stellten das Volk vor die Wahl: »Eine Kundschaftertruppe schlägt jährliche Märsche vor, bis die reichen Länder von Yucatán erreicht sind – und reich sind sie fürwahr –, aber die Entfernung ist gewaltig, und es bedarf vieler Jahresmärsche, sie zu bewältigen, so daß einige von euch die Ankunft in dem gelobten Land nie erleben werden.« Die Versammlung schrie diesen Vorschlag nieder, worauf die Führer fortfuhren: »Andere Späher haben ein Seengebiet entdeckt, das lediglich zwei Jahresmärsche von hier entfernt liegt. Aber es besitzt kein Hochland außer rauchenden Vulkanen.« Hierauf schrien die Leute: »Wir wollen keinen brennenden Berg.« So wurde auch dieser Vorschlag verworfen. Nun ergriff der Hohepriester das Wort: »Es gibt ein Land, das ich mit eigenen Augen gesehen habe. Es liegt nicht weit von hier, eingebettet zwischen Hügeln. Es ist ein Hochtal, die Art von Land, die unser Volk immer gesucht hat, und in ihm steht ein von Menschenhand aufgetürmter Berg, auf dem die gegenwärtigen Einwohner ihren Tempel errichtet haben. Er sieht beinahe so aus, als warte er nur auf unseren Kriegsgott.«

»Sind die Menschen, die dort wohnen, kriegerisch?« fragte der König.

»Wir haben sie schon mehrfach in kleinere Scharmützel verwickelt«, versicherte ihm der Priester, »und sie sind leichte Beute. Der Kriegsgott hat uns zugesichert, daß wir ihre Stadt einnehmen können.«

Zu der Zeit, da diese Versammlung stattfand, zählten Stadt-der-Pyramide und ihr Umland etwa sechzigtausend Bewohner, während das Nomadenvolk der Kaktusmenschen nicht mehr als fünftausend Köpfe gezählt haben kann; zudem wurden jedes Jahr mehr als hundert Krieger des Kaktusvolkes dem Kriegsgott geopfert, was den Stamm beständig schwächte. Aber andererseits wurden auch die Schwachen, Alten und Blinden getötet, was den Stamm wiederum stärkte.

Die Krieger, die übrigblieben, gehörten zu den besten und fähigsten Kämpfern Mexikos, und der Gedanke, einen Feind anzugreifen, der zahlenmäßig um das Zwölffache stärker war, beunruhigte sie nicht im geringsten. Aus ihren vielen siegreichen Schlachten gegen andere Stämme hatten sie einige der weitestentwickelten Waffen jener Zeit erbeutet: Kriegskeulen aus Obsidian, Schilde aus gehärtetem Holz, mechanische Speerschleudern und Pfeile mit gehärteten Spitzen. Ihr Kriegsgott war mit Türkisen und Silber verziert, so daß er glänzte und funkelte, wenn zu seinen Füßen Feuer entfacht wurden, wodurch seine Aura von Bosheit noch bedrohlicher wirkte.

Die Kaktusmenschen waren überzeugt, daß sechzigtausend verweichlichte Trunkene Erbauer ihnen nicht widerstehen konnten. Deshalb beschlossen die Kaktusmenschen im Jahre 1130, langsam, aber mit beständigem Druck gegen Stadt-der-Pyramide vorzurücken und sie zu erobern.

In den ersten fünfzehn Jahren dieses langsamen Vordringens merkten die Trunkenen Erbauer nicht einmal, daß feindliche Streitkräfte sich ihnen näherten, doch im Frühling des Jahres 1145 wurden sie sich der Tatsache bewußt, daß die Nomaden keine sechzig Meilen entfernt ihr Lager aufgeschlagen hatten. Wenngleich in der Stadt große Bestürzung ausbrach, wußte doch niemand, wie dieser beängstigenden Situation abgeholfen werden konnte.

Während dieser kritischen Jahre war der König der Trunkenen Erbauer Tlotsín, ein Nachkomme von Nopiltzín, dem Entdecker des Pulque, und von alledem, was seine Vorfahren im Hochtal zustandegebracht hatten, schätzte Tlotsín am meisten die Zubereitung dieses Trankes. Er konnte vielleicht nicht unbedingt ein hoffnungsloser Trunkenbold genannt werden, aber er fand doch Trost im Trunk.

Im Jahre 1145, als die Kaktusmenschen eine eindeutige Bedrohung waren, war Tlotsín dreiunddreißig und verheiratet mit einem scharfsichtigen Mädchen von zwanzig namens Xolal, das besonders sensibel für die Gefahr war, die die Eindringlinge darstellten, weil sein Vater einige Jahre zuvor, als die Kaktusmenschen noch einige hundert Meilen weiter nördlich standen, als Gesandter zu ihnen geschickt und prompt ihrem Kriegsgott geopfert worden war. Zu der Zeit hatte Xolal gedrängt, daß der König eine Streitmacht entsende, die Mörder zu bestrafen, aber Tlotsín, der gerade um sie buhlte, gab zu bedenken: »Es sind Barbaren! Du mußt berücksichtigen, daß sie die Gebräuche zivilisierter Staaten nicht kennen.«

»Sie haben einen Botschafter getötet!« protestierte Xolal.

»Sie wissen wahrscheinlich nicht einmal, was ein Botschafter ist«, wandte Tlotsín ein.

»Sie sind ein gräßliches Volk, und sie beten einen gräßlichen Gott an«, sagte Xolal.

»Unsere Kundschafter sagen mir, es sind nicht mehr als vier- oder fünftausend«, meinte der König leichthin. »Vor zwei Generationen hausten sie noch in Höhlen.«

Aber als im Jahre 1146 die Kaktusmenschen eine bewaffnete Gruppe bis ein paar Meilen vor die Stadt sandten und mehrere von Tlotsíns Leuten gefangennahmen und in ihr Lager verschleppten, wo sie bei lebendigem Leibe geopfert wurden, war Stadt-der-Pyramide endlich gezwungen, die Existenz eines mächtigen Feindes anzuerkennen.

»Sie verehren einen monströsen Gott«, berichtete ein Mann, der seinen Fängern entkommen war. »Er ernährt sich ausschließlich von Menschenherzen. Jeder, der von ihnen gefangengenommen wird, wird über einen Altar gestreckt, und dann reißt man ihm bei lebendigem Leibe das Herz aus der Brust.«

Die Beschreibung, die der entkommene Gefangene von dem Gott lieferte, erschreckte die Trunkenen Erbauer nicht so sehr, wie der Gedanke sie faszinierte. Die Menschen begannen darüber zu spekulieren, wie das Leben wohl sein würde, sollten die Eindinglinge triumphieren. Es gab Diskussionen darüber, wie es sich wohl anfühlen würde, über einen Altar geworfen und mit einem Messer in die Brust gestochen zu werden, und man kam allgemein zu dem Schluß, daß ein Gott, der solche Ergebenheit fordern konnte, bedeutender sein mußte als die blassen Götter, die in Stadt-der-Pyramide verehrt wurden.

»Sie sind nur eine Handvoll«, versuchte Tlotsín sein Volk zu beschwichtigen, »und es ist kaum anzunehmen, daß sie einer großen Stadt wie der unseren Probleme bereiten könnten.«

Xolal, die jede Anstrengung unternahm, soviel sie konnte über den Feind herauszubekommen, gelangte immer mehr zu der Überzeugung, daß sie in der Tat beabsichtigten, das Hochtal für immer zu erobern, und sie argumentierte: »Noch sind sie nur wenige, und noch haben sie nicht die Berge überquert und sind in unser Tal eingedrungen. Laßt uns sie jetzt zurückschlagen, um zu verhindern, daß sie unsere Felder einnehmen und, gestärkt durch unsere Nahrungsvorräte, zu mächtig werden, als daß wir sie noch siegreich bekämpfen könnten.«

Der Gerechtigkeit halber muß festgestellt werden, daß es nicht viel gab, was König Tlotsín hätte ausrichten können; denn während des goldenen Zeitalters der Trunkenen Erbauer hatte es keine Kenntnis von Kriegen gegeben und mithin auch keine Notwendigkeit für die Aufstellung eines Heeres. Selbstgefällig nahm Tlotsín zu dem Gedanken Zuflucht, daß schon irgend etwas passieren und die Feinde wieder verschwinden würden.

Aber als Xolal unbeirrt damit fortfuhr, für Schutzmaßnahmen zu plädieren, holte König Tlotsín eine Landkarte hervor, die das Hochtal sicher von seinem Kranz von Bergen umfriedet zeigte, und erklärte ruhig: »Die Kaktusmenschen sind hier hinter den Bergen, und wir sitzen sicher und geschützt in ihrer Mitte. Bevor die Kaktusmenschen uns erreichen, müssen sie erst einmal durch das Tal des Überflusses, das seit jeher unser Vorposten gewesen ist, und wenn sie sehen, wie stark wir sind« – er zeigte triumphierend auf das in der Ferne liegende Tal –, »werden ihre Kundschafter berichten, wie viele wir sind und wie wenige sie, und sie werden das Land gar nicht erst betreten.«

Hierauf erwiderte Xolal: »Vor drei Jahren waren sie noch weit entfernt, und wir unternahmen nichts. Im nächsten Jahr werden sie das Tal des Überflusses einnehmen, und es wird ihnen gehören.«

»Wenn das geschieht«, erwiderte der König entschlossen, »werden wir nicht umhin kommen, etwas zu unternehmen.«

Im Jahre 1147 rückten, wie von Xolal vorausgesagt, die Kaktusmenschen und ihr mächtiger Gott zum Kamm der schützenden Berge vor, aber zu Xolals Überraschung griffen sie das Tal des Überflusses nicht an. Statt dessen warteten sie, daß ihre eigenen mageren Feldfrüchte zur Reife gelangten, wonach ihre Priester verfügten, daß jeder, der auch nur das geringste körperliche Gebrechen aufwies, getötet werden müsse. Darüber hinaus wurden achtzig der besten Krieger geopfert, und auf dem Höhepunkt des auf diese Weise ausgelösten religiösen Taumels stürmten die Kaktusmenschen über die Pässe und hinunter ins Tal des Überflusses, wobei sie alle in diesem Vorposten der Trunkenen Erbauer gefangennahmen oder töteten. Sie opferten alle ihre Gefangenen und benannten das Tal in Tal-der-Toten um, ein Name, der sich bis heute gehalten hat.

»Jetzt müssen wir etwas unternehmen«, sprach König Tlotsín, und er rief seine Ratgeber zu sich, die sich den gesamten Winter des Jahres 1184 hindurch berieten, ohne zu irgendeinem Ergebnis zu gelangen. Als der Herbst kam, gerieten weitere Trunkene Erbauer in Gefangenschaft, und es kam zu einer neuerlichen grausigen Welle von Opferungen, worauf die Kaktusmenschen noch näher gegen die Stadt vorrückten.

Einige der jüngeren Männer schlugen vor, ermuntert von Xolal, eine Armee auszuheben, die die Invasoren vertreiben würde, aber König Tlotsín widersetzte sich diesem Vorschlag mit Entschiedenheit. »Wir würden sie lediglich erzürnen«, warnte er, und so verstrich das Jahr, ohne daß irgendeine Entscheidung gefällt wurde, außer der, daß man eine Abordnung von Botschaftern zu den Kaktusmenschen entsandte. Diesmal schnitten die Kaktusmenschen den Abgesandten nicht die Herzen heraus. »Seht«, sagte Tlotsín zu seinen Ratgebern, »sie werden langsam zu zivilisierten Menschen.«

»Konnten unsere Abgesandten ihnen irgendwelche Zugeständnisse abtrotzen?« fragte Königin Xolal.

»Nein«, erwiderte der König, »aber wenigstens wurden sie nicht geopfert, und das ist doch schon ein Fortschritt.« Die Kaktusmenschen machten auch in anderer Hinsicht Fortschritte: als die Ernte eingebracht war, rückten sie noch näher an die Stadt heran.

Das Jahr 1149 war ein kritisches, denn es wurde klar, wenn die Kaktusmenschen noch weitere Felder in Besitz nehmen sollten, so würden die Trunkenen Erbauer sich über kurz oder lang von Nahrungsmittelknappheit bedroht sehen. Nun mußte endlich etwas unternommen werden, und so genehmigte denn König Tlotsín wider bessere Einsicht die Aufstellung einer Truppe, die gegen die Eindringlinge marschieren und sie überzeugen sollte, daß es mit ihrem Vorrücken gegen die Stadt nun endlich ein Ende haben müsse. Es war ein aufregender Tag, als das Heer sich sammelte und seine unerfahrenen Generäle sich mit beträchtlichen Quanten Pulque stärkten, die ihnen all den Mut gaben, den sie brauchten. Es gab Banner und Trommeln und Flöten und wild ausschauende Kopfschmucke, die allesamt den Zweck hatten, den Feind in Schrecken zu versetzen.

Etwa viertausend Mann marschierten aus Stadt-der-Pyramide hinaus, und gegen sie schickten die Kaktusmenschen siebenhundert felsenharte Krieger. Beseelt von einem bedingungslosen Glauben an ihren Kriegsgott hieben und stachen sich diese kampferprobten Krieger ihren Weg geradewegs ins Zentrum der feindlichen Streitmacht und machten ohne großen Widerstand mehr als zwölfhundert Gefangene.

An jenem Nachmittag, während die Überreste von König

Tlotsíns demoralisierter Armee mit hängenden Köpfen zurück in die Stadt schlichen, schleppten die Kaktusmenschen ihren Gott auf die Walstatt, und unter den entsetzten Blicken der Bewohner der Stadt, die von den Terrassen ihrer Pyramide hinunterschauten, wurden die Gefangenen in einer Reihe aufgestellt und einer nach dem anderen zu dem Altar geschleppt, wo ihnen von kräftigen Priestern das Herz aus dem Leibe gerissen wurde. Die Bürgerinnen von Stadt-der-Pyramide mußten tatenlos mit ansehen, wie ihre Ehemänner und Söhne vor die grausige Gottheit geschleift wurden, und ihre gellenden Todesschreie hören, wenn sich die Dolche in ihre Brust bohrten. Und sie konnten auch die qualmenden Feuer sehen, welche den Gott und die Schale voller zuckender Herzen umhüllten, die ständig neu gefüllt wurde.

Die Folgen dieses schrecklichen Tages waren nicht vorauszusehen gewesen. Die Kaktusmenschen machten keinerlei Anstalten, die Stadt zu erstürmen. Sie ließen lediglich ihren Gott an der Stelle, wo er seinen bedeutenden Sieg errungen hatte, und von Zeit zu Zeit opferten seine Priester Gefangene, die auf Raubzügen durch das Land gemacht wurden. Die Ernte des Jahres 1149 wurde in die Scheuern gebracht, und es wurde eine Erntedankfeier abgehalten, zu deren Anlaß über dreihundert Gefangene öffentlich geopfert wurden. Im Jahre 1150 wurden neue Feldfrüchte gepflanzt, und ihre Ernte im Herbst desselben Jahres wurde abermals von einem Fest begleitet, welches den vorausgegangenen an Blutigkeit in nichts nachstand. Im darauffolgenden Jahr wurden die Felder erneut bestellt, diesmal weniger als hundert Schritte von der Nordseite der Pyramide entfernt.

In der Stadt war eine große Debatte im Gange. In seinen öffentlichen Reden behauptete König Tlotsín, daß die Kaktusmenschen binnen eines Jahres wieder verschwinden würden, doch manchmal, wenn er im kleinen Kreise mit seinen Ratgebern beim Pulque saß, sagte er in der vierten oder fünften Stunde: »Ich sehe es jetzt alles sehr klar. Wir hätten sie schon bekämpfen sollen, als sie noch hinter den Bergen kampierten – bevor sie unsere Kornfelder in Besitz nahmen.« Aber wenn sein Rat ihn direkt fragte: »Was sollen wir jetzt machen?«, dann hatte er nie eine klare Vorstellung. Statt dessen sagte er bloß immer wieder: »Ich habe das sichere Gefühl, daß sie früher oder später fortgehen werden.«

Königin Xolal mischte sich in jenen Tagen oft unter das Volk und versuchte, es zu neuem Mut anzuspornen. Oft argumentierte sie: »Zugegeben, wir wurden bei jenem erstenmal besiegt, und ja, auch zugegeben, wir verloren einige unserer besten Männer. Aber seht euch die Kaktusmenschen an! Jahr für Jahr opfern sie bereitwillig viele ihrer tapfersten Krieger und kehren doch Jahr für Jahr um so gestärkter zurück. Auch wir könnten unsere Kräfte neu zusammenraffen.« Zu ihrer Verzweiflung verhallten ihre Bitten jedoch ungehört, weil die große Schlangenhauttrommel hinter der Pyramide zu dröhnen begann und die Menschen zu den Mauern und Dächern strömten, um sich wieder einmal das grausige Spektakel einer blutigen Opferung anzuschauen; mehr und mehr in lähmenden Bann geschlagen von der schaurigen Zeremonie, mutmaßten sie untereinander: »Wie viele von uns werden sie opfern, wenn sie erst die Stadt einnehmen?« Und es war eine erschreckende Tatsache, daß in dem Maße, wie die Opferungen sich wiederholten, die Bewohner der Stadt sich zunehmend in Spekulationen darüber ergingen, wann sie an der Reihe sein würden und wie es sich anfühlen würde und wie groß der Kriegsgott doch sein mußte, wenn er solche Ergebenheit und Hingabe gebieten konnte. So kam es, daß, bevor Xolal einen Plan ersinnen konnte, das Unheil abzuwenden und bevor der betrunkene König sich zu irgendeiner Entscheidung durchringen konnte, wie der Gefahr zu begegnen sei, die Stadt buchstäblich von innen heraus kapituliert hatte.

Im Mittsommer des Jahres 1151 marschierten die Kaktusmenschen ganz einfach in die Stadt ein und besetzten alle Gebäude. Es gab keinen Widerstand, kein Gemetzel, ja noch nicht einmal irgendwelche Verhandlungen. Sie kamen nicht von Norden, weil sie dann über ihre Felder hätten marschieren müssen, sondern von Osten, wo die Straßen gut waren.

Der Juli, der August und der September vergingen, ohne daß auch nur ein einziger Trunkener Erbauer von den Kaktusmenschen getötet worden wäre. Sie wurden natürlich in die Feldarbeit gepreßt, und etwa sechstausend von ihnen bekamen die Aufgabe zugewiesen, alle Gebäude auf der Spitze der Pyramide abzureißen, um Platz für einen eindrucksvollen Tempel zu schaffen, in dem die gräßliche Statue des Kriegsgottes ihre Heimstatt finden sollte. Da die Kaktusmenschen zugaben, daß sie, anders als die Trunkenen Erbauer, keine guten Handwerker waren, betrauten sie eine Gruppe der besten einheimischen Steinmetzen mit der Errichtung einer neuen Statue des Kriegsgottes, und es ist interessant festzustellen, daß wir auf Tontafeln feine Abbildungen von der alten Version aus Holz und von der neuen aus Stein haben – Sie können sie sich im Palafox-Museum in Toledo anschauen –, und das wohl Bemerkenswerteste daran ist, daß bei der neuen Version aus Stein jede Spur von dem ursprünglichen Gott, der diese Menschen einst in ihren Höhlen genährt hatte, ausgelöscht ist. Es gibt eine kleine Andeutung von einem glitzernden Fisch, aber das Funkeln kommt von Edelsteinen im Griff einer Kriegskeule, und es gibt auch die vage Andeutung einer Quetzalfeder, aber sie ist eigentlich das Haar eines Opfers. Der neue Gott, der auf der Spitze der alten Pyramide thronen sollte, war unbarmherzig, kriegerisch und furchterregend; und die steinerne Schale, die er zwischen den Knien eingeklemmt hielt, war viel tiefer und breiter als die ursprüngliche.

Als das Ende des Herbstes nahte und das neugeschaffene Abbild des Kriegsgottes in seinem Tempel auf der Spitze der Pyramide aufgestellt wurde, legte sich eine nervöse, angstvolle Spannung wie ein Bahrtuch über die Stadt, und die Menschen flüsterten untereinander: »Ob es mich wohl treffen wird?«

Als die Ernte eingebracht und alle Arbeiten an der Pyramide vollendet waren, begann die große Schlangenhauttrommel zu dröhnen, und ihr Echo drang bis zu den Grenzen der Stadt. Hagere Priester mit Kaktusstacheln in den Ohrläppchen und von geronnenem Blut verfilzten Haaren erschienen am Fuß der Pyramide, und riesige Heerscharen von Menschen mußten sich an verschiedenen Punkten in der Stadt in Reihe aufstellen. Da wurde zum Entsetzen aller klar, daß der gesamte Trupp von sechstausend Mann, der an der Pyramide gearbeitet hatte, geopfert werden sollte. Die Zahl war fast zu gewaltig, als daß man sie erfassen könnte, aber die Kaktusmenschen hatten entschieden, daß sie sich bei dieser größten aller Feiern selbst übertreffen mußten. Für eine solche Danksagung an ihren Gott waren sechstausend Menschenherzen gewiß nicht zuviel.

Die Opfer mußten in einem Sternmarsch durch dieselben Straßen ziehen, durch die sie einst in trunkener Ausgelassenheit getaumelt waren, und ihre Mitbürger, die sie so vorbeiparadieren sahen, konnten nur denken, das müsse ein mächtiger Gott sein, der jetzt auf der Spitze unserer Pyramide thronte. Unterdrückte Aufschreie des Entsetzens gingen durch die Menge, als die Schlußprozession sich bildete und offenbar wurde, daß an ihrer Spitze König Tlotsín marschierte, ein hochgewachsener, imposanter Indio von neununddreißig Jahren – ein Urahn von mir in direkter Linie. An jenem Tag, so überliefern es uns die Chroniken, trug er eine in Dumpfheit erstarrte Miene zur Schau, aber er lächelte auch. In weniger stürmischen Zeiten, als ein König nach Herzenslust dem Pulque zusprechen und Entscheidungen ungestraft vor sich herschieben konnte, wäre Tlotsín ein angemessener Herrscher gewesen; selbst jetzt noch, da er zum Fuße der Pyramide marschierte, war ihm nicht bewußt, wie kläglich er an den Anforderungen seines hohen Amtes gescheitert war. In ihrer Bereitschaft, einem gefangenen König, der in Kürze die feierliche Einweihung des neuen Gottes eröffnen würde, einen Gefallen zu tun, hatten die Kaktusmenschen ihm gestattet, soviel Pulque zu trinken, wie er wollte, und er hatte von diesem Privileg ausgiebig Gebrauch gemacht. Als er während der feierlichen Prozession an einem alten Freund vorbeikam, nickte er ihm in einer Art Trance zu und ging weiter; das blöde Lächeln auf seinem Gesicht blieb unverändert. Er wußte, wohin er ging, aber es gelang ihm, dieses Wissen aus seinem Bewußtsein zu tilgen.

Doch als er schließlich an der Spitze seiner sechstausend Mann an der Pyramide selbst ankam, da gewahrte er seine schöne Königin Xolal. Er begriff, daß sie als Preis für einen der Führer der Kaktusmenschen ausgesetzt worden und deshalb verschont worden war, und das törichte Lächeln verschwand schlagartig aus seinem Gesicht. »Xolal«, murmelte er, aber sein benebeltes Hirn vermochte nicht die Worte zu formen, die er zu sagen wünschte, und er konnte sie nur einfältig anstarren.

Xolal riß sich los von den Kaktusmenschen, die sie umringten, sprang an die Seite ihres Gemahls, stellte sich wie ein lebender Schild vor ihn und begann zu schreien: »Männer von Stadt-der-Pyramide! Verteidigt euch doch endlich!« Bevor sie ihren flammenden Appell wiederholen konnte, sprang ein maskierter Adlerkrieger zu ihr und schlug ihr mit der Hand über den Mund. Sie biß ihm in die Hand, riß sich erneut los und schrie: »Männer! Männer! Ihr müßt Widerstand leisten!« Mit einem blitzschnellen Hieb mit seinem Obsidiandolch schnitt der Adlerkrieger Xolal die Kehle durch und brachte sie für immer zum Schweigen. Sie taumelte rückwärts gegen ihren Gemahl, dann sackte sie tot zu Boden, aber im Fallen zog sie eine Blutspur über seinen Körper.

Tlotsín stieg die steilen Stufen der Pyramide hinauf, beiderseits flankiert von einem Kaktuskrieger. Schließlich erreichte er die oberste Terrasse der Pyramide, und jetzt sah er zum erstenmal den Gott, der seine Stadt in Besitz genommen hatte. Der Kriegsgott saß da, die riesigen Pranken auf den Knien, zwischen denen eine wunderschöne, noch unbefleckte, mit Menschenschädeln verzierte Schale ruhte. Das Haupt des Gottes war umkränzt von sich ringelnden Schlangen. Seine Augen waren aus Türkis, seine Zähne aus Opal. Um den Hals trug er eine Kette aus steinernen Schädeln, und seine Fußgelenke waren mit kleinen Herzen aus Stein geschmückt. Sein Gesicht war furchterregender, als Tlotsín es sich je hätte vorstellen können, und sein starrer Blick war auf einen gewölbten Steinblock geheftet. Der gefangene König wurde mit solcher Wucht auf den Steinblock geschleudert, daß ihm die Luft wegblieb, und als er so auf dem Rücken lag, sah er zum ersten- und zum letztenmal das Aufblitzen eines langen, schönen Messers. Seinem königlichen Herzen war es vorbehalten, als erstes die riesige Schale zu röten. Sein zerschmetterter Körper war der erste, der kopfüber die steile Ostflanke der Pyramide hinunterstürzte.

Von jenem Tage an hörten die Trunkenen Erbauer als Nation zu existieren auf. Der Schlag war so gewaltig, daß sie sich nie wieder davon erholten. Bei weiteren Blutorgien wurden ihre Männer systematisch ausgerottet, und ihre Frauen wurden von den Eroberern vergewaltigt. Hierdurch wurde ihr Blut so verwässert und vermischt, daß nach hundert Jahren wahrscheinlich kein reinblütiger Trunkener Erbauer mehr lebte. Ich selbst stamme von der Tochter von König Tlotsín und Königin Xolal ab, die von einem der Adlerkrieger zum Weib genommen wurde und ihm – so behaupten jedenfalls die Familienchroniken – eine gute und treue Ehefrau war, und ihre Nachkommen waren ein Geschlecht von Kriegern, das über mehr als dreihundert Jahre Angst und Schrecken im gesamten zentralen Mexiko verbreitete.

Ungefähr zwanzig Jahre, nachdem die Kaktusmenschen die Stadt in Besitz genommen hatten, rieten ihre Priester dem König: »Über mehr als hundert Jahre hinweg ist unser Volk stark geworden durch Wandern und Kämpfen. Doch nun, da wir unsere eigene Stadt haben und die Bequemlichkeiten, die mit dem Stadtleben einhergehen, werden wir weich und schlaff, und bald wird niemand mehr unsere Adlerkrieger fürchten. Es gibt keine wichtigen Schlachten mehr zu schlagen, also laßt uns irgendein gewaltiges Projekt in Angriff nehmen, welches das Volk beflügeln und bei Kräften halten wird.« Als der König wissen wollte, wie ein solches Projekt beschaffen sein sollte, sagten sie: »Laßt uns der alten, noch von unseren Feinden erbauten Pyramide ein neues Gesicht geben. Laßt uns sie zu einer Kaktuspyramide umgestalten, die mit unseren Göttern und unseren Figuren geschmückt sein soll.«

Und so kam es denn, daß im Jahre 1171 der letzte und endgültige Umbau der Pyramide in Angriff genommen wurde. Die eine Hälfte der überlebenden Trunkenen Erbauer wurde in die Steinbrüche geschickt, die andere zur Arbeit an der Pyramide selbst herangezogen. Die gegenwärtigen riesigen Umrisse der Pyramide wurden festgelegt – 691 Fuß an jeder Seite, 219 Fuß Gesamthöhe –, und das ehrgeizige Werk nahm seinen Anfang. Aber die Kaktusmenschen erkannten rasch, daß es ihnen sowohl an den künstlerischen als auch an den architektonischen Fähigkeiten gebrach, die für ein solches Unterfangen erforderlich waren. Also übertrugen sie die Leitung des Projekts den letzten noch lebenden Fachleuten der Trunkenen Erbauer, und die Pyramide, so wie wir sie heute kennen, ist das steingewordene Abbild des letzten künstlerischen Aufblühens dieser begabten Baumeister.

Ziemlich viele Kritiker haben gesagt, daß die Südtreppe eines der Wunder der Weltarchitektur ist, und ich erinnere mich an die Freude, die mein Vater und ich immer dabei empfunden haben, wenn wir ihre erlesenen Details studierten. Der funktionale Teil ist natürlich die Treppe selber; jede hat eine aus Stein gehauene Setzstufe, welche die Blumen und Tiere der Region zeigt. Eine zeigt Vögel im Fluge, und sie ist oft kopiert worden; denn die Szene verkörpert die Essenz des Fliegens, so wunderschön in ihrer Ausführung, daß man fast fühlen kann, wie die steinernen Schwingen in den Strudeln der Luft an einem vorüberrauschen.

Aber die Setzstufen, so exquisit sie sind, haben nie die allgemeine Bewunderung erfahren, wie sie der dazugehörige Fries von Adlerkriegern genießt, eines der Schmuckstücke mexikanischer Kunst. Am oberen Ende der Treppe steht eine niedrige, dachlose Mauer, auf der eine Reihe von Kriegern im Basrelief entlangmarschiert – jeder anders aussehend als alle anderen, aber alle mit Adlermasken, bei denen der obere Teil des Schnabels aus der Stirn ragt und der untere aus dem Kinn. Was mich an dem Fries immer besonders beeindruckt hat, ist die Tatsache, daß selbst so winzige Details wie die Federn auf den Adlerhelmen deutlich herausgearbeitet sind.

Irgendwann im dreizehnten Jahrhundert, als die abschließenden Arbeiten an der Pyramide vollendet waren, bekamen die meisten der noch lebenden Trunkenen Erbauer im Zuge einer grausigen, sechs Tage währenden Feier das Herz aus dem Leibe gerissen. In einem bebilderten Artikel, den ich für ein deutsches Kunstmagazin geschrieben habe, habe ich ausgerechnet, daß diese edle Pyramide im Laufe der fast vier Jahrhunderte von 1151 bis 1519 nicht weniger als eine Million Menschenopfer erlebt hat. In den vorausgegangenen fünfhundert Jahren, in denen die Trunkenen Erbauer dort geherrscht haben, war niemand zu Tode gekommen, aber zu den Zeiten der Herrschaft der Kaktusmenschen wurden Jahr für Jahr durchschnittlich dreitausend Menschen auf dem Altar des Kriegsgottes geopfert. Besonders schrecklich daran ist, daß größtenteils nur die Jungen und Starken geopfert wurden. Jahr für Jahr wurden ihre Herzen verbrannt, damit der Rauch den Tempel noch abstoßender aussehen ließ, und ihre Leichen wurden die steilen Treppen hinuntergeworfen, um dann von Sklaven weggeschleppt und in Gruben geworfen zu werden, wo sie dann verrotteten. So kam es, daß die Pyramide und alles, was damit verbunden war, ein stinkender Ort abscheulichen Todes war; und doch – so paradox das auch klingen mag – erwuchs aus dem Geist, den sie erzeugte, die Größe des Kaktusvolkes.

Und daß es in der Tat ein großes Volk wurde, das steht außer Frage. Die Kaktusmenschen übernahmen bereitwillig jede erstrebenswerte Eigenart der Trunkenen Erbauer, ja, sogar ihre hochentwickelte Sprache machten sie sich zu eigen. Nachdem die Götter der Trunkenen Erbauer von der Spitze der Pyramide entfernt worden waren, wurden sie von den Kaktusmenschen in geringeren Tempeln wieder in Amt und Würden eingesetzt und ob ihrer eigenen besonderen Tugenden verehrt. Die Kaktusmenschen verbesserten die Ackerbaumethoden der Trunkenen Erbauer in jeglicher Hinsicht, bauten bessere Straßen und fanden neue Wasserquellen. Für ihre Töpferwaren übernahmen sie die Formgebung und Muster der Trunkenen Erbauer, aber sie machten die Tongegenstände auch robuster und funktioneller. Nachdem sie erst einmal gelernt hatten, Tiere zu züchten, errichteten sie riesige Truthahnfarmen, und sie machten sogar Verbesserungen in der Herstellung von Pulque. Zahlreiche Archäologen haben darauf hingewiesen, daß in der gleichen Weise, wie die Römer von den Griechen borgten – und dabei stets das, was sie übernahmen, verbesserten – und die Japaner von den Chinesen, die Kaktusmenschen die Kultur der Erbauer aufsogen und stetig verbesserten und verfeinerten, bis schließlich in dem Zeitraum von 1350 bis 1527 – das Jahr, in dem die Spanier endlich das Hochtal erreichten – die Zivilisation des Kaktusvolkes eine der höchstentwickelten in Amerika war und in mancher Hinsicht sowohl die benachbarte der Azteken als auch die abgelegenere der Inkas in Peru übertraf.

Da die Kaktusmenschen lernten, Ereignisse in Bildern festzuhalten, besitzen wir eine solide Geschichte ihrer Nation, eine mit Namen und Daten in recht zuverlässiger chronologischer Anordnung. Deutsche und englische Experten haben Bücher zu dem Thema geschrieben, und wir wissen über dieses kriegerische Volk von Toledo weit mehr als über irgendeines der Indianervölker, die auf dem Gebiet der heutigen Vereinigten Staaten lebten. Um nur ein Beispiel zu nennen: Wir wissen exakt, wie sie Mais anbauten, in welchem Monat und mit welchem Dünger. Wir wissen, wie und wo er gesammelt und gespeichert wurde, und wir haben Listen, in denen genau verzeichnet ist, wieviel jeder Art von Familie zugeteilt wurde und welcher Betrag in Form von Steuern zurückgezahlt werden mußte.

Am meisten jedoch wissen wir über die Kriege, denn unter dem Druck des Kriegsgottes versetzten die Kaktusmenschen das gesamte Plateau von Zentralmexiko in Furcht und Schrecken. Sie führten regelmäßig Streifzüge von Guadalajara im Westen bis nach Puebla im Osten durch, wobei sie niemals auf territoriale Eroberungen aus waren, sondern ausschließlich auf Gefangene, die sie ihrem unersättlichen Gott opfern konnten. Ihre erbittertsten Feinde waren die Azteken, von dem See, an dessen Rand das heutige Mexiko City liegt, und die Kriege zwischen diesen beiden starken Nationen waren lang und blutig. Worum die beiden Stämme letztlich kämpften, wird nie genau benannt, und es besteht der starke Verdacht, daß die Führer der beiden Gruppen die Kriege lediglich zu dem Zweck anzettelten, daß ihre Krieger nicht verweichlichten.

Tatsächlich scheinen in einem Jahr um 1350 herum alle vorgeblichen Gründe, einander zu bekämpfen, erschöpft gewesen zu sein. Also trafen sich in einem förmlichen, von Abgesandten beider Nationen ausgearbeiteten Abkommen die neunzig führenden Krieger beider Parteien auf einem auf halbem Wege zwischen den Städten gelegenen Blumenfeld und führten eine Scheinschlacht durch, die bei späteren Wiederholungen als ›Turnier der Blumen‹ Bekanntheit erlangte. Ich verwende den Begriff »Scheinschlacht« mit einem gewissen Zögern, weil gemäß den Grundregeln, die bei dem Turnier galten, die Gefangenen beider Seiten in die jeweilige feindliche Hauptstadt verschleppt und dort mit gebührendem Pomp dem Kriegsgott (im Falle der Kaktusmenschen), beziehungsweise im Falle der Azteken deren nicht minder furchterregenden Gott Huitzilopochtli geopfert wurden. Später, wenn man die Aufzeichnungen in einer bestimmten Weise deutet, so die Historiker, wurde das mörderische Turnier nicht mehr auf einem neutralen Feld auf halbem Weg zwischen den beiden Städten abgehalten, sondern abwechselnd in Mexiko City und in Stadt-der-Pyramide. Ein Aspekt dieses zeremoniellen Krieges war besonders verwerflich. Wenn eine von beiden Seiten Gefangene für irgendein außergewöhnlich wichtiges Zeremoniell benötigte, für das gewöhnliche Gefangene von gewöhnlichen Stämmen nicht genügten, wurde ein ausgewachsener Krieg begonnen, in dem die besten Generäle jeder Seite ihre Truppen anführten, in Unkenntnis der Tatsache, daß einige Monate zuvor Abgesandte heimlich arrangiert hatten, daß in diesem Jahr eine Seite siegen würde und die zwei- oder dreihundert Gefangene würde machen dürfen, die man benötigte – mit der festen Abmachung, daß in irgendeinem der darauffolgenden Jahre, wenn die Priester der anderen Seite nach »erstklassigen« Gefangenen verlangten, die Führer der Gegenseite einen entsprechenden Betrug ihrer Armee in die Wege leiten würden. Wenn die vorgetäuschte Schlacht vorüber war – »vorgetäuscht« ist eigentlich wiederum nicht das richtige Wort, denn immerhin starben dabei Menschen –, wurden die solchermaßen hintergangenen Gefangenen zum rituellen Abschlachten abgeführt, und soweit wir wissen, erhob niemand Protest gegen diesen schändlichen Verrat.

Es ist viel darüber spekuliert worden, warum Jahr für Jahr die edelsten und tapfersten Männer des Kaktusvolkes solche Dinge geschehen ließen und warum sie so bereitwillig in den Tod gingen; denn es gibt hinreichende Beweise dafür, daß sie mit Begeisterung die steile Treppe der Pyramide hinaufstiegen. Ich fragte einmal meinen Vater nach dem Grund für diese Begeisterung, und er meinte zu mir: »Junge Männer wie du denken oft, daß das Schlimmste, was es auf der Welt gibt, der Tod ist. Und dich schaudert bei dem Gedanken an das Verhalten deiner indianischen Urahnen. Aber mir fallen auf Anhieb hundert Nationen ein, die eine Propaganda entwickelten, welche ihren Jugendlichen weismachte, daß es nichts Vornehmeres gebe, als für die eine oder andere gute Sache sein Leben zu lassen, oder daß das Sterben in den Armen einer bestimmten Religion die Garantie für das ewige Leben sei. Jeder Mann, der diese Stufen hinaufstieg, war sicher, daß er geradewegs in den Himmel gelangen würde, und eines Tages findest wahrscheinlich auch du eine Treppe, die du bereitwillig hinaufsteigen wirst.« In späteren Jahren dachte ich oft an diese Worte meines Vaters, wenn ich in eine B-29 kletterte und dann fühlte, wie sie hoch in den Himmel stieg.

Ein Vorfall, in den einer meiner Vorfahren verwickelt war, mag das Argument meines Vaters illustrieren. Irgendwann um das Jahr 1470 herum, als die aztekische und die Kaktus-Kultur einen hohen Grad der Verfeinerung erreicht hatten, brachte Stadt-der-Pyramide einen General von außergewöhnlicher Tapferkeit hervor, Tezozomoc geheißen, und unter seiner Führung dehnten die Kaktusmenschen ihre Zone von Vasallenstaaten fast bis nach Guadalajara aus. In neunzehn bedeutenden Schlachten gelang es dem Feind nicht, ihn zu besiegen, und er errang seine Siege in erster Linie deshalb, weil er die Taktik des Feindes vorausberechnete und seine Truppen in ungewohnten und unerwarteten Formationen aufmarschieren ließ. Bereits lange vor seiner Zeit waren die Indios auf den universellen Trick gekommen, das vorzuschicken, was dem Anschein nach die Hauptmasse der Truppe darstellte, um so den Feind dazu zu verleiten, in großer Stärke anzugreifen; sobald die Schlacht dann begonnen hatte, schlug die eigentliche Streitmacht aus irgendeiner unerwarteten Richtung los, um den Hauptteil des feindlichen

Heeres gewissermaßen auf dem falschen Fuß zu erwischen; und schlaue Generäle schützten sich gegen dieses Manöver. Tezozomoc war es, der die Taktik entwickelte, eine schwache Streitmacht vorzuschicken, sie sodann mit einer zweiten, fast ebenso schwachen zu unterstützen, so daß, wenn der Feind über die zweite Streitmacht herfiel, in dem Glauben, dies sei Tezozomocs Falle, die Hauptmasse der Kaktuskrieger zu leichtem Sieg vorwärtsstürmte.

Von seinen neunzehn Triumphen hatte Tezozomoc nicht weniger als fünfundzwanzigtausend Gefangene heimgebracht, die pflichtgemäß geopfert wurden, und jeder, der starb, steigerte das Ansehen des Generals ein bißchen mehr, so daß sein Ruhm bis nach Yucatán drang, und selbst noch an so fernen Orten wie dem modernen Veracruz sind Tontafeln gefunden worden, die seine großen Leistungen verherrlichen.

Es war nur natürlich, daß es die Azteken, nachdem sie zweimal von diesem großartigen Krieger besiegt worden waren, nach seinem Herzen gelüstete, um es ihrem Kriegsgott zum Fraß vorzuwerfen; also unternahmen sie große Anstrengungen, um ihn in ihre Hand zu bekommen, aber Tezozomoc besiegte sie mit Leichtigkeit.

Im Jahre 1483 traten Abgesandte der Azteken heimlich an die Führer der Kaktusmenschen heran und vereinbarten, daß Tezozomoc verraten werde. Als Gegenleistung, so versprachen sie, würden die Azteken Gesandten des Kaktusvolks den freien Zutritt zu Handelsposten im Gebiet von Pachuca gestatten. Als die Azteken nach Hause zurückkehrten, wurden – dem abgesprochenen Plan gemäß – drei Abgesandte des Kaktusvolkes in den Hügeln von Pachuca getötet, und dieser Vorfall lieferte den Führern des Kaktusvolkes einen angemessenen Grund zum Krieg, und der nichtsahnende Tezozomoc marschierte an der Spitze der Kaktusarmee gegen den Feind. Auf dem Höhepunkt der Schlacht, während der gewitzte Adlerkrieger dabei war, eine neue Art von Falle für die Azteken vorzubereiten, wurde er – auch dies plangemäß – von seinen eigenen Leuten im Stich gelassen und von den Azteken gefangengenommen.

Große Freude herrschte in der Aztekenhauptstadt, als seine Gefangennahme bekanntgegeben wurde, und er wurde in einem mit Silber und Gold verzierten Käfig durch die Stadt geschleppt, und elf Tage lang konnten die Einwohner den größten Krieger seiner Zeit nach Herzenslust bestaunen.

Am zwölften Tag, als er geopfert werden sollte, drängte sich eine riesige Menschenmenge auf der Plaza, unter ihnen auch König Tizoc, der Onkel des Knaben, der später Montezuma der Zweite werden sollte. Eingehüllt in eine zeremonielle Kutte, wurde Tezozomoc zum Opferstein geführt, einer riesigen flachen Scheibe, die groß genug war, um sechs oder sieben Männern Platz zu bieten, und ein in der Mitte des Steines befestigtes Seil wurde um Tezozomocs Hüfte geschlungen. Der gefangene Krieger konnte sich nur in dem durch die Länge des Seiles beschränkten Kreis bewegen, und unter diesen Umständen bekam er eine Kriegskeule in die Hand gedrückt, mit der er sich verteidigen sollte, doch anstelle einer mit scharfkantigen Feuerkieseln besetzten Keule erhielt er eine, die mit feinen Federn verziert war, welche sich in der Luft hin und her bewegten, wenn er sie schwang.

Gegen diesen einen halbnackten Mann wurden zwanzig voll bewaffnete und gepanzerte Krieger aufgeboten. Die Menge hatte sich versammelt in der Hoffnung auf ein außergewöhnliches Spektakel, und sie sollte nicht enttäuscht werden. Die Chroniken aus jener Zeit heben allesamt ausdrücklich hervor, daß Tezozomac sich so geschickt verteidigte und die Erschwernis seiner eingeschränkten Bewegungsfreiheit mit solcher Behendigkeit wettmachte, daß er sich die zwanzig Aztekenkrieger vom Leibe zu halten vermochte, wobei er viele von ihnen entwaffnete und drei tötete. Nach ungefähr einer halben Stunde blutete er aus zahllosen Wunden, und sein Atem ging schwer und keuchend. Als er spürte, daß er kurz davor war, zusammenzubrechen, warf er sich in einem letzten verzweifelten Aufbäumen noch einmal gegen das Seil, und mit einem mächtigen Rundschlag mit der Keule zerschmetterte er die Köpfe von zweien seiner Widersacher. Nach dieser gewaltigen Anstrengung sank er ohnmächtig auf die Scheibe, und sein letzter Gedanke war, daß er, wenn er aufwachte, bei den Göttern sein würde. Doch als die Priester Hand an ihn legen wollten, erhob die Menge lautstark Protest, und Montezumas Onkel, der König, verkündete: »Dieser Mann soll der General meiner Heere sein!«

Drei Jahre führte der große Kaktuskrieger die Azteken an den ausgedehnten Fronten ihres Reiches von Sieg zu Sieg. Er kämpfte gegen die Tlaxcaltecas, die Pueblas, die Oaxacans und die Pachucans, und von jedem Feldzug kehrte er mit vielen Gefangenen und reicher Beute zurück. Doch im Jahre 1486 kam die Zeit, da es unvermeidlich wurde, daß er die Azteken gegen sein eigenes Volk, die Kaktusmenschen, führen sollte, und dies lehnte er rundweg ab. Er suchte König Tizoc auf und sagte zu ihm: »Ich habe deine Armeen in vielen Teilen deines Reiches zum Sieg geführt, und ich möchte dies auch gerne weiterhin tun, denn ich habe niemals tapferere Männer als die Azteken gekannt. Aber ich kann dein Heer nicht gegen mein eigenes Volk führen. Wenn du mich dazu zwingst, wäre ich ein Verräter, und das wäre ein schmachvoller Abschluß meines Lebens. Also ist nun die Zeit gekommen, da ich mich deinem Kriegsgott als Opfer darbieten muß, und dies tue ich mit Freuden, denn ich habe ihm lange gedient und würde zu meinen Gefährten im Himmel stoßen.«

Aus eigenem Antrieb heraus hüllte sich der große indianische Krieger Tezozomoc, der, hätte er weitergelebt, die Listen und Ränke eines Cortés möglicherweise erfolgreich durchkreuzt hätte, in zeremonielle Gewänder – aztekischer wie solcher vom Kaktusvolk – und marschierte unter dem dumpf pochenden Schlag der Trommeln und den schrillen Klängen der Flöten allein die steilen Stufen zum Altar des Kriegsgottes Huitzilopochtli hinauf. Dort legten die Priester ehrfürchtig Hand an ihn und hoben ihn auf den Opferblock, wo ihm das Herz aus dem Leibe gerissen und dem Gott zum Fraße vorgeworfen wurde. Als die Nachricht von seinem Tod Stadt-der-Pyramide erreichte, klagte niemand. Seine Tochter, der Geschichte als ›Grauauge‹ bekannt, war zu der Zeit neun Jahre alt, und als sie vom Tode ihres Vaters in der fernen Aztekenhauptstadt und von der Art und Weise, wie er gestorben war, unterrichtet wurde, sagte sie ernst: »Er hätte im Kampf sterben sollen.«

Weil die Indios dieser späteren Ära ihre Aufmerksamkeit und ihre Kunst so stark auf den Tod konzentrierten, und dies zudem noch in solch abstoßenden Formen, hat die Geschichte kaum ein gutes Haar an ihnen gelassen, als wären sie Barbaren, deren einziges Interesse darin bestand, Menschen auf grausame Art und Weise noch grausameren Kriegsgöttern zu opfern. Dies war nicht der Fall, und bei dem Bestreben, bei der Bewertung meiner Urahnen gerecht abzuwägen, habe ich immer gern an Grauauge gedacht, eine der großen Persönlichkeiten der mexikanischen Geschichte.

Sie erhielt ihren eigenartigen Namen nicht von ihren indianischen Mitbürgern, sondern von Europäern, die von außerhalb nach Mexiko kamen und die im Moment ihres Sieges über das Kaktusvolk mit dieser standhaften Frau in Berührung kamen. Ihnen fiel auf, daß ihre Augen nicht, wie bei den Indios allgemein üblich, kohlenschwarz waren, sondern von einer Art Grau – dies hätte eine Sinnestäuschung gewesen sein können, da sie ganz gewiß nicht von gemischtem Blut war, aber ihre Augen waren, wie einer der Eroberer schrieb, »von einem sanften Grau, das sich in das harte, kalte Grau von Stahl verwandeln konnte, wenn sie mit den Zähnen knirschte und für die Rechte ihres Volkes kämpfte«.

Als Tochter des Generals Tezozomoc war sie natürlich in einer kriegerischen Welt aufgewachsen; nach ihrem sechsten Lebensjahr sah sie ihren Vater niemals wieder und behielt nur eine vage Erinnerung an ihn zurück. Doch später im Leben berichteten spanische Chronisten, was sie ihnen erzählt hatte.

> Wenn ich mir ihn vorstelle, dann nicht im Krieg, sondern in unserem Haus am Rande der Stadt, die später Toledo genannt wurde. Wir besaßen etwa einen Morgen Land, auf dem Sklaven, die er im Krieg erbeutet hatte, Gemüse anbauten und Truthähne züchteten. In den etwas weiter vom Haus entfernten Feldern baute er eine Menge Baumwolle an, und ich erinnere mich seiner vor allem bei der Gartenarbeit.

Meine Mutter wurde dazu ermutigt, zu weben, und sie hatte Sklavinnen, die unter ihrer Aufsicht einen Stoff fertigten, der in anderen Städten hoch geschätzt wurde. Als kleines Mädchen trug ich Kleider aus Baumwolle, Federn und Silberfäden, alle wunderbar miteinander verwoben, so daß ich aussah wie ein kleiner, fliegender Silbervogel.

Eine bestimmte Süßigkeit, die aus Kakteen gewonnen wurde, liebte ich besonders, doch mein Vater ließ mich immer erst ein Lied vortragen, bevor ich davon naschen durfte. Mit sechs dürfte ich wohl nur Kinderlieder gekannt haben, doch sie gefielen ihm gut, und ich erinnere mich, daß er oft in meinen Gesang einstimmte.

Selbst damals schon versicherte er mir, daß ich bestimmt sei, die Frau des Königs zu werden, so daß später – als er sich geopfert hatte – meine Mutter damit fortfuhr, mir die Bedeutung meiner zukünftigen Pflichten nahezubringen, und so lernte ich nicht nur, wie man näht und webt und Tortillas macht, sondern auch, wie man ein großes Haus mit vielen Zimmern und vielen Dienern führt. Für das Musizieren war ich besonders begabt, und in der Stille unseres Hauses spielte ich Flöte, und zu einem bestimmten Zeitpunkt muß ich wohl alle Lieder meines Volkes gekannt haben.

Die meisten Spanier, die ich getroffen habe, fragten mich, wie ich über Menschenopfer denke, und ich bin es leid geworden, zu erklären, daß ich bis zum Alter von zwanzig Jahren das Ritual niemals miterlebt hatte und es nicht wirklich verstand. Meine Mutter, bemerkte ich, hielt uns im Hause, wann immer die große Trommel an der Pyramide dröhnte, und selbst an jenen Tagen, da zur Feier der größten Triumphe meines Vaters Tausende von Gefangenen hingerichtet wurden, weigerte sich meine Mutter, an den Zeremonien teilzunehmen. Ich erinnere mich, wie ich sechs Jahre alt war und mein Vater im Triumphzug aus Guadalajara zurückkehrte. Nachdem die Trommel zu pochen aufgehört hatte, kam er nach Hause, wusch sich, spielte mit mir und arbeitete dann im Garten. Ich kann mich nicht erinnern, jemals gehört zu haben, wie in unserem Hause das Wort Opfer ausgesprochen wurde, und deswegen war meine Reaktion auf die Muttergottheit so überraschend und so spektakulär.

In zwei kurzen Artikeln, die ich einmal im Auftrag meines Magazins über die Kaktusmenschen zu schreiben hatte, versuchte ich, nur Gutes über sie zu sagen, denn vieles an diesen meinen Vorfahren war tatsächlich bewundernswürdig, doch ich gestehe, daß sich meine Arbeit weit einfacher gestaltet hätte, wenn die Muttergottheit nicht eine solche Rolle in der Geschichte dieses Volkes gespielt hätte.

Anfangs des vierzehnten Jahrhunderts, als der Triumph des Kriegsgottes so vollständig war, wie er nur werden konnte, und sich die gräßlichen Riten, mit denen er geehrt wurde, nicht mehr weiter verfeinern ließen, kam eine Abordnung der Priester von Stadt-der-Pyramide zusammen und hörte den Hohenpriester folgendermaßen argumentieren: »Wenn unser Kriegsgott ganz und gar allmächtig ist, und wenn es nichts mehr gibt, wodurch wir ihn unmittelbar ehren können, dann sollten wir andere, nahezu in Vergessenheit geratene Weisen in Betracht ziehen, ihm unseren Respekt zu zollen. Und es scheint mir, daß wir bisher eine Tatsache übersehen haben: Er wäre niemals so mächtig geworden, hätte er nicht eine Mutter gehabt, die noch weitaus schrecklicher ist als er selbst.«

Folglich schufen die Priester des Kaktusvolkes, um einem religiösen Bedürfnis nachzukommen, eine Muttergottheit, die an schierer Abscheulichkeit niemals überboten wurde. Ihr Kopf bestand aus zwei gehörnten Schlangen, die im Begriff standen, einander zu verschlingen. Ihre Hände waren Klauen, von denen eine jede ein menschliches Herz in Stücke riß. Ihre Brüste waren sich ringelnde Vipern, und ihren Bauchnabel bildete ein Adlerschnabel, der die Augen eines Säuglings aushackte. Ihr Rock war ein Gewimmel sich windender Schlangen, und ihre Füße bestanden aus den Zähnen reißender Bestien. Sie trug ein Halsband aus Menschenherzen, Ringe aus menschlichen Augen und Perlenketten aus Zähnen. Ihr Standbild war das ekelerregendste, das jemals in Mexiko geschaffen wurde, eine gedrungene, abstoßende, gräßliche Travestie auf Gottheit und Frau zugleich. Als die Statue in ihrem eigenen Tempel auf der Spitze einer kleinen Pyramide enthüllt wurde, die jenen Raum einnahm, wo heute die Kathedrale steht, wurden ausschweifende Feste gefeiert, denn man hatte erkannt, daß schließlich eine würdige Göttin gefunden worden war, eine passende Gefährtin, die dem Kriegsgott bei seiner einsamen Herrschaft über das Hochtal zur Seite stehen würde.

Was die Muttergottheit zu einer derart gefürchteten Göttin machte, waren die ausgeklügelten Torturen, welche die Priester für sie ersonnen hatten: Da sie die Mutter des Kriegsgottes war, konnte sie nur durch vollkommene Dinge zufriedengestellt werden, und aus diesem Grunde wurden jedes Jahr nur jene Jugendlichen für sie bereitgehalten, die in jeglicher Hinsicht makellos waren. Da sie zugleich das Sinnbild der Mutterschaft verkörperte, hatte sie außerdem Anspruch auf zahlreiche Opfer, die ihr die Macht verleihen sollten, immerwährende Fruchtbarkeit zu schenken, und daher wurden Hunderte von Opfern lebendigen Leibes in riesige Feuer geworfen, die zu ihren Füßen loderten.

Als Grauauge in ihrem zwanzigsten Jahr diese Riten zum erstenmal miterlebte, war sie derart überwältigt, daß sie in Ohnmacht gefallen wäre, wenn ihre willensstarke Mutter sie nicht am Arm gepackt und ihr zugeflüstert hätte: »Wenn du dir vor der Muttergottheit eine Blöße gibst, so wirst auch du zum Opfer bestimmt werden.« So lernte Grauauge, daß äußerste Verschwiegenheit unabdingbar war. Da man nicht den geringsten Verdacht gegen ihre ungebrochene Loyalität hegte, stand ihrer Hochzeit mit dem jungen König, der sie sehr liebte, nichts entgegen.

Die Stellung der jungen Königin war zu diesem entscheidenden Zeitpunkt der Geschichte überaus eigenartig. Sie konnte beim besten Willen nicht wissen, daß mächtige Fremde aus Europa bereits in Kuba gelandet waren und sich bald darauf nach Mexiko aufmachen würden, doch sie spürte, daß bedeutsame Veränderungen in der Luft lagen. Als sie über die Abscheulichkeit der Muttergottheit nachdachte und über die Greueltaten, mit deren Hilfe die Priester die Frauen des Kaktusvolks davon zu überzeugen vermochten, daß es ihre vornehmste Aufgabe im Leben sei, schöne, intelligente Söhne zu gebären, die zu Füßen der Gottheit geopfert werden sollten, da gab ihr dieser vage Verdacht das Gefühl, daß die Gesellschaft der Kaktusmenschen nicht so bleiben könne, wie sie war. »Es ist übel«, murmelte sie bei sich, als sie über die Pervertierung der Mutterschaft und die Verschwendung von menschlichem Leben nachsann. »Keine Frau kann wollen, daß ihr Sohn, ihr Bruder oder der eigene Mann auf solch entsetzliche Weise hingeschlachtet wird. Dutzende umzubringen, damit die Sonne nach Norden zurückkehrt! Natürlich kehrt sie zurück! Das war schon immer so und wird auch immer so bleiben.«

Als sie ihre Mutter fragte: »Sicherlich weißt du, daß die Sonne immer wiederkehrt, ob der Göttin nun geopfert wird oder nicht?« Da wandte ihre Mutter sich ab und riet ihr: »Tochter, solche Gedanken schlage dir aus dem Sinn, oder du wirst den König in Gefahr bringen.« Doch als Grauauge fragte: »Doch sicherlich beweinst auch du, daß unsere besten jungen Männer dem Ritual geopfert werden?«, da nickte ihre Mutter: »Ja.« Und mehr mochte sie dazu nicht sagen.

Von diesem Moment an wurde Grauauge so etwas wie ein subversives Element in der Bürgerschaft. Durch geduldiges Zuhören und geschicktes Fragen begann sie, die Einstellung anderer zu erkunden, und dabei schöpfte sie Verdacht, daß viele Frauen der blutigen Riten überdrüssig waren und daß in der Bevölkerung ein genereller Widerwille dagegen wuchs. Es fehlte ihr jedoch noch an Mut, offen zu sprechen, wie es die Frau eines Generals der Kaktusmenschen in einem Bericht festgehalten hat:

> Eines Morgens überraschte sie mich am Brunnen, als ich gerade Wasser schöpfte, und fragte mich beiläufig: »Wie geht es deinem Sohn?«, und ich erwiderte: »Du weißt doch, daß er uns genommen wurde.« So nannten wir es, wenn die Priester deinen Sohn zum Opfer bestimmten. Ganz leise fragte sie

mich: »Und fehlt er dir?« Es war uns nicht erlaubt, derartige Fragen zu erörtern, doch da sie die Königin war und dies mir das Gefühl gab, frei sprechen zu können, sagte ich: »Ja, ich vermisse ihn«, und Tränen, die ebenfalls strengstens verboten waren, stiegen mir in die Augen. Einen Moment lang weinte ich, doch als ich sie ansah, war sie am ganzen Körper wie versteinert, die Fäuste geballt, die Zähne zusammengebissen, ihre unvergeßlichen Augen zwar frei von Tränen, doch funkelnd vor Wut, und da begriff ich, daß sie und ich das gleiche dachten. Diese zufällige Begegnung war der Grund, daß ich in der Stunde der Bewährung bei ihr war und einen der hölzernen Hebel bediente.

Der geheime Widerstand, der von Grauauge ausging, verstärkte sich 1507. Da im Herbst jenes Jahres ein Zyklus von 52 Jahren zu Ende ging und dieser Zeitpunkt mit wichtigen Angaben über die Bahn der Sonne und der Venus übereinstimmte, ordnete der Hohepriester Zeremonien von besonderer Grausamkeit an. »Die Wiedererschaffung der Welt«, erklärte er, »verlangt von uns allen ungewöhnlich große Opfer.«

Beim Stamm der Kaktusmenschen herrschte seit langem die Vorstellung, daß mit der Vollendung eines Zyklus von 52 Jahren zugleich das Ende der Welt nahen könne und die Sonne nicht mehr aufgehen würde. Nur außergewöhnliche Menschenopfer könnten die Sonnenfinsternis abwenden, und nach der Überlieferung der Kaktusmenschen mußte der Stamm am Ende eines jeden Zyklus alle irdischen Besitztümer vernichten, damit sich das Leben bei der Wiedergeburt der Welt erneuern könne. Gegen Ende des Jahres 1507 kam es daher zu massenhaften Zerstörungen persönlichen Eigentums, und zu diesem Zeitpunkt brach der Konflikt von Grauauge mit ihren Göttern offen aus.

Ihr Vater hatte ihr einen Schild hinterlassen, den er im Kampf gegen die Guadalajarer getragen hatte, und diesen Schild hatte er mit eigener Hand kunstvoll verziert, bevor er ihn ihr vermacht hatte. Seit ihrem sechsten Lebensjahr hütete sie ihn wie einen kostbaren Schatz. Sie war fest entschlossen, diesen Schild nicht als Opfer darzubringen, obwohl man sie gewarnt hatte, daß es die Götter aufs heftigste erzürnen würde, wenn eine Königin irgend etwas Wertvolles zurückbehielte, und dies würde den sofortigen Weltuntergang heraufbeschwören. Als sie den Schild in einer geheimen Kammer verstecken wollte, stellte sie fest, daß ihre Mutter dort bereits viele persönliche Gegenstände gehortet hatte, die ihr viel bedeuteten.

Diesem ersten Bruch mit den Göttern ging eine Reihe unheilvoller Ereignisse voraus, die so schwerwiegend waren, daß Grauauge den Chronisten später berichtete: »Hätte ich diese Greueltaten ohne Zorn und Empörung hingenommen, so wäre ich kein wahrer Mensch gewesen.« Für die rituelle Wiedererweckung der Welt forderte der Hohepriester der Muttergottheit das Opfer eines Mannes von herausragenden Eigenschaften, eines Mannes, der von lebenswichtiger Bedeutung für das Königreich war und dessen Opferung einen empfindlichen Verlust für die Stadt darstellen würde. Auf seinem Herzen, das noch im aufgeschnittenen Brustkorb pochte, müsse ein heiliges Feuer entzündet werden, und nur so könne die Sonne dazu verführt werden, sich auf den Weg in den nächsten Zyklus von 52 Jahren zu begeben.

Der auserwählte Mann war ein Angehöriger ihrer eigenen Familie, der hochgelehrte Bruder des Königs. Als Grauauge von dieser Entscheidung erfuhr, schrie sie ihre Mutter an: »Das ist sinnlos. Er ist der klügste Mann im Königreich. Wir brauchen ihn.«

»Psst«, warnte ihre Mutter. »Du kannst solche Dinge denken, aber du darfst sie niemals laut aussprechen.«

Der Bruder des Königs wurde getötet, das Ritual des Feuers vollzogen; die Sonne fügte sich und ging wieder auf. Anschließend wurde die Wiedergeburt gefeiert, und die Priester veranstalteten ein orgiastisches Blutbad, in dem Hunderte und Aberhunderte von Menschen geschlachtet wurden, dann Tausende, bis der Verstand so betäubt war, daß er die Opfer nicht mehr zu zählen vermochte und die Luft schwer vom Rauch der Feuer war. Das dumpfe Dröhnen der Trommel, das Grauauge zu Hause vernahm, steigerte ihre Wut noch weiter, und es befiel sie der beklemmende Gedanke, daß es in den vergangenen dreihundert Jahren unzählige Frauen gegeben haben mußte, die diese endlosen, verabscheuungswürdigen Opferungen ebenso haßten wie sie selbst, doch aus Furcht geschwiegen hatten.

Mit dem Mord an ihrem Schwager war das Grauen nicht vorbei. Ein unzufriedener Diener berichtete den Priestern der Muttergottheit, daß die Königinmutter, die Witwe des Generals Tezozomoc, persönliche Wertgegenstände behalten hatte, statt sie zu vernichten, um die Wiedergeburt der Welt sicherzustellen. Sogleich wurde eine Abordnung der Priesterschaft zum königlichen Palast entsandt, wo sie der Diener zu der geheimen Kammer führte, in der sie die verborgenen Gegenstände entdeckten. Darunter befand sich natürlich auch General Tezozomocs Schild; dieser hätte die Königin höchstpersönlich belastet, wäre ihre Mutter dem nicht zuvorgekommen, indem sie mit großer Ruhe erklärte: »Diesen Schild gab mir mein Mann.«

Sie wurde zum Tempel der Muttergottheit abgeführt. Selbst der König hatte nicht die Macht, das zu verhindern, und nur die Tapferkeit der alten Frau bewahrte Grauauge davor, ihr Verbrechen eingestehen zu müssen. Ich werde weder beschreiben, was die Priester der alten Frau antaten, bevor sie verbrannt wurde, noch wie ihre anklagenden Schreie beim Volk erste Zweifel an der furchtbaren Göttin erweckten, die über Stadt-der-Pyramide herrschte.

Beim Anblick des doppelköpfigen Schlangenhauptes der Göttin, deren Gestalt durch den Dunst und den Rauch noch düsterer erschien und mit dem Blut der Königinmutter besudelt war, schwor Grauauge sich: »Diese Greuel müssen ein Ende finden.« Von nun an war sie besessen von dem Gedanken, diese verabscheuungswürdige Göttin zu vernichten, und die Nachforschungen, die sie in den Jahren von 1507 bis 1518 insgeheim anstellte, überzeugten sie davon, daß ein Großteil der Menschen in der Stadt ebensolchen Ekel und Widerwillen empfanden wie sie selbst.

Später sagte sie über diese Zeit: »Wir lebten also in schrecklicher Finsternis und sehnten uns verzweifelt nach Frieden und der Wiedergeburt der Menschlichkeit. Doch nach den vielen Jahren furchtsamen Schweigens glaubte man überall, daß die Rettung unserer Stadt nicht von innen her erfolgen könne, sondern nur von außen – daß uns also nur ein Eingriff von außerhalb Erlösung bringen würde –, aber die Wahrscheinlichkeit schien uns so gering, die Hoffnung derart eitel, daß ich daraus schloß, unsere Rettung müsse von innen her kommen, und so widmete ich mein Leben fortan der Vernichtung der schrecklichen Göttin.«

Als das Jahr 1519 anbrach und die üblichen barbarischen Rituale vollzogen wurden, sollte Grauauge die ganze Macht der Muttergottheit am eigenen Leibe erfahren. Eines Nachmittags, als sie in ihrem Garten saß, näherten sich ihr drei der ältesten Priester. Ihr Verhalten war so anmaßend, daß sie sofort bevorstehendes Unheil witterte. »Eure Hoheit«, sagte der Anführer, »wir bringen frohe Botschaft. Euer Sohn –«

»Welcher?« fragte sie mit zitternder Stimme.

»Euer Zweitgeborener, Ixmiq, der nach dem Erbauer unserer heiligen Pyramide benannt wurde.«

»Nun?«

»Er hat die Ehre, zum Vollkommenen Jüngling dieses Jahres gewählt worden zu sein.«

Sie schrie nicht auf, denn sie hatte von Kindheit an gelernt, daß dies verboten war. Ihr Vater und ihre Ammen hatten stets gepredigt: »Es ist die Pflicht der Frauen, zur Ehre der Muttergottheit Söhne zu gebären. Einige davon werden Krieger, um sie zu verteidigen. Andere von ihnen werden geopfert, um ihr unsere Achtung zu beweisen. Und jedes Jahr wird einer Mutter vor allen anderen die Auszeichnung zuteil, daß ihr Sohn zum Vollkommenen Jüngling erkoren wird.«

Die Königin biß sich auf die Lippen, um diese elenden Männer nicht anzuschreien, und blieb unbeweglich sitzen, als die Priester zum Haus gingen, ihren neunzehnjährigen Sohn herausriefen und ihn mit sich nahmen. Abschiedsworte waren ihm nicht erlaubt, auch keine letzte Umarmung, denn die Priester wußten aus Erfahrung, daß dies dazu angetan war, Zeichen der Schwäche zu erzeugen, die der Muttergottheit unwürdig waren. Aus diesem Grunde war die Königin gezwungen, sitzen zu bleiben, als ihr schöner junger Sohn das Haus zum letztenmal verließ.

Mit zwanzig Jahren lebte der junge Ixmiq, der bei den Spielen schneller als alle seine Kameraden war, in einem kleinen heiligen Palast, in dem er täglich mit Öl gesalbt, mit Blumen behängt und in goldene Gewänder gehüllt wurde. Man lehrte ihn das Flötenspiel, reichte ihm nur die erlesenste Nahrung, und die Priester massierten ihn ohne Unterlaß, damit sein athletischer Körper kein unziemliches Fett ansetzte. Er wurde zum Spielen und Singen angehalten, und nachts wachten vier Priester über seinen Schlaf, damit er sich keine Erkältung zuzog, die seine Gesundheit beeinträchtigen könnte. Sein langes Haar wurde in Zöpfe geflochten und man besprühte ihn mit wohlriechenden Essenzen.

Elf Monate lang lebte Ixmiq in dieser klösterlichen Abgeschiedenheit. Hin und wieder durfte er seinen königlichen Vater sehen, aber es war ihm verboten, mit seiner Mutter zu sprechen; denn die Priester hatten in früheren Jahren herausgefunden, daß eine Begegnung mit der Mutter einen Vollkommenen Jüngling verweichlichte und ihn schwermütig werden ließ. Dies aber sollte nach ihrem Willen nicht geschehen, und außerdem war Grauauge eine verdächtige Person, weil sich ihre Mutter an der Göttin versündigt hatte.

Am ersten Abend des zwölften Monats wurden die vier schönsten jungen Mädchen der Stadt zu ihm in den heiligen Palast gebracht und in seiner Gegenwart von einem Priester entkleidet. Er sagte dann nur: »Erfreue dich ihrer.« Und von nun an verbrachten die Mädchen all ihre Zeit bei dem Vollkommenen Jüngling und verlockten ihn dazu, sich in den Freuden der Sinnlichkeit zu verlieren.

Dies war ein zynischer Schachzug der Priesterschaft: Wenn die letzten Tage eines jungen Mannes nahten und seine sexuellen Ausschweifungen ihn völlig ermattet zurückließen – so hatten sie nämlich festgestellt –, würde er sich vermutlich weit unterwürfiger verhalten und den heiligsten Augenblick des Jahres nicht durch seinen Widerstand verderben. Um sich jedoch noch stärker abzusichern, mischten sie im letzten Monat zusätzlich große Mengen Meskalin in sein Essen, eine Droge, die aus Kaktusknospen gewonnen wurde und die sowohl sexuelle Erregung erzeugte als auch Trägheit hervorrief.

Aber in diesem Jahr schlugen die Pläne der Priester fehl. Unter den vier jungen Mädchen, die man Ixmiq geschickt hatte, befand sich ein wunderschönes Kind von sechzehn Jahren. Ihr Name war Xóchitl, und sie sollte als letzte mit Ixmiq schlafen, da sie die Jüngste war. Aber sobald er sie zum erstenmal berührt hatte, verliebte er sich so heftig in sie, daß er nichts mehr mit den anderen zu tun haben wollte. Die Priester sahen dies und waren bestürzt; denn die Erfahrung hatte sie gelehrt, daß eine enge Bindung an eines der vier üblichen Mädchen dazu angetan war, in dem Jüngling Furcht vor dem Moment der Trennung zu wecken und ihn während der Zeremonie, die sein Leben beenden sollte, zu würdelosem Betragen zu verleiten. Daher entschieden sich die Priester nach eingehender Beratung, Xóchitl aus dem Palast zu jagen und sie durch ein etwas älteres Mädchen zu ersetzen. Doch als sie das taten, weigerte Ixmiq sich, das Gemach zu verlassen, in dem er eingeschlossen war und melancholische Weisen auf seiner Flöte spielte. Als die Priester ihn fragten, warum er alleine bleiben wolle, erwiderte er: »Ich warte auf Xóchitl.«

Offenbar würde es Schwierigkeiten geben, wenn man Ixmiq das junge Mädchen nicht zurückgab. Daher brachten die Priester sie zurück, drohten ihr jedoch: »Wenn es dir nicht gelingt, Ixmiq von seiner Liebe zu dir abzubringen, wirst du bei seinem Tode lebendigen Leibes verbrannt.« Doch als sie das junge Mädchen zurück in den Raum stießen, rannte sie Ixmiq entgegen und sie fielen sich leidenschaftlich in die Arme. Die letzten elf Tage dieses Monats verbrachten sie zusammen. Die anderen drei Mädchen konnten nichts dagegen unternehmen, denn Ixmiq schlug jede Gesellschaft außer der von Xóchitl kategorisch aus, und als die Priester ihn gewaltsam von ihr trennen wollten, hatte er sich noch so weit in der Gewalt, um einen hysterischen Anfall vorzutäuschen. »Wenn ihr sie mir fortnehmt, dann schreie ich und schlage euch, und bei eurer Zeremonie mache ich einen Höllenlärm.« Den wutentbrannten Priestern blieb nichts anderes übrig, als sich zurückzuziehen.

Nachdem sie den Raum verlassen hatten, lachte Ixmiq über seine gelungene List, zog Xóchitl an sich und sagte tapfer: »Es wird nicht allzu weh tun, mein Vögelchen. Einen Monat lang wirst du meine Frau sein. Viele junge Männer heiraten und ziehen entweder in den Krieg und fallen, oder sie werden zum Opfer bestimmt. Das ist eben so.«

»Aber was ist mit den Kindern, die wir haben könnten? Ich möchte ein Kind von dir.«

»Vielleicht werde ich dir ja einen Sohn schenken«, tröstete er sie. Als sie sich abwandte und ihm unter Tränen antwortete: »Ein Ungeheuer wie die Muttergottheit kann ich nicht um eine Empfängnis anflehen«, da wollte ihm keine einzige Gottheit der Kaktusmenschen in den Sinn kommen, an die sich ein junges Mädchen mit ihrem Bittgebet hätte wenden können.

In der Stille ihres luxuriösen Gefängnisses konnten sie sich mit dem Gedanken trösten, daß es ihm gelungen war, die Priester von seiner Liebe zu Xóchitl zu überzeugen, so daß sie seine letzten Tage mit ihm teilen konnte, selbst wenn dies lebensgefährlich für sie war.

Am letzten Tag des Jahres 1519, nachdem man Ixmiq sein Essen gebracht hatte, das nahezu bis zur Ungenießbarkeit mit Drogen versetzt war und seinen Blick stumpf und seine Lider schwer werden ließ, wurde er ein allerletztes Mal gesalbt und noch einmal in Gewänder von außergewöhnlicher Pracht gehüllt. Blumen und Edelsteine wurden ihm ins Haar geflochten und seine Füße in Sandalen mit goldenen Schnallen gesteckt. Er drückte Xóchitl an seine Brust und flüsterte: »Du bist meine Gemahlin.«

Dann verließ er den Palast, einer der stattlichsten jungen Männer, die jemals dieses Ritual vollzogen hatten, und schritt wie in einem goldenen Dunst durch die Straßen der Stadt, und im Gehen spielte er hin und wieder auf einer seiner Flöten. Es war ein Tag von vollkommener Schönheit, und die Sonne ließ sein Gesicht leuchten und seine Juwelen funkeln. Sein Vater, der König, war stolz auf das hoheitsvolle Gebaren seines Sohnes, doch Grauauge ballte die Fäuste und vermochte ihren Kummer und ihren Zorn kaum zu verbergen.

Die Priester, die durch ihre Spione von den riskanten Nachforschungen der Königin wußten, jedoch noch nicht stark genug waren, den König durch einen offenen Angriff auf die Königin zu beleidigen, hatten dafür gesorgt, daß diese beim letzten Akt des Rituals nicht zugegen war, damit sie nicht aufschreien und so ihren Sohn betrüben konnte. Daher brauchte sie den Schlußakt nicht mitzuerleben, und dafür war sie dankbar.

Gegen drei Uhr nachmittags, als die Sonne schon deutlich tiefer stand und die Vögel begannen, ihren Schlafgesang anzustimmen, schritt Ixmiq tapfer zum Tempel der Muttergottheit, und nun verstummte die Menge, die ihm folgte. Die Priester blieben zurück und beteten, daß ihr auserwähltes Opfer sich gut halten würde. Als er die erste Stufe der zum Altar führenden Treppe betrat, wandte er sich der Menge zu, hob die Hände über den Kopf und zerbrach eine seiner Flöten. Ausgelassen warf er die Stücke über seine Schulter und stieg die nächste Stufe empor, wo er abermals eine Flöte zerbrach. Auf der schmalen Terrasse, welche die Treppe von der nächsten trennte, hielt er inne, um ein kurzes Lied zu spielen und zerbrach dann auch diese Flöte. Auf diese Weise erreichte er schließlich die oberste Stufe und den Altar, wo er seine letzte Flöte zerbrach und deren Hälften in die Menge warf, die in stummer Bewunderung verharrte. Danach hätte er sich leidenschaftslos den fünf wartenden Priestern darbieten sollen – vier sollten ihn binden und einer ihn töten – doch statt dessen warf er die Arme hoch und schrie voller Pein, so daß ein jeder es vernehmen konnte: »Xóchitl, Xóchitl!« Die erzürnten Priester ergriffen ihn und schmetterten seinen Körper so heftig gegen die heilige Schale, daß ihm das Rückgrat brach und seine Sinne schwanden, noch ehe das Messer seine Brust durchbohrte.

So begann das Jahr 1520 unter verhängnisvollen Vorzeichen, und Gerüchte gingen um, daß allerlei Unverständliches, das sich in der Folge ereignete, von Ixmiq und seinem Fehlverhalten bei der Opferung verschuldet sei. Ein Onkel von Grauauge, der Gelehrte Xaca, der als Botschafter bei den Azteken in der großen Stadt im Südosten in Diensten stand, kehrte mit verstörenden Nachrichten heim: »Eine Gruppe angsteinflößender Männer, möglicherweise Götter aus einer anderen Welt, mit heller Haut und fremder Zunge, sind in die Urwälder am Fuße der großen Vulkane eingedrungen. Ihnen sind Götter minderen Ranges untertan, die auf vier Beinen laufen und die Fremden auf ihren Rücken tragen. Und sowohl die Männer als auch die minderen Götter schützen sich mit schweren Gewändern, die in der Sonne glitzern und von unseren Pfeilen nicht durchdrungen werden können.«

Alle Priester und Gelehrten der Stadt versammelten sich, um den Bericht des Botschafters Xaca zu deuten, und nachdem jedes erschreckende Detail untersucht und als absurd abgetan worden war, bestand der einzige Vorschlag der Priesterschaft darin, Xaca als Lügner, dem das Wohlergehen der Muttergöttin nicht am Herzen lag, selbiger zu opfern. Andere jedoch, die sich mühten, die neuen Mysterien zu begreifen, argumentierten folgendermaßen: »Wir sollten anerkennen, was Xaca uns gesagt hat, und versuchen herauszufinden, was es bedeutet.« Also wurde der Botschafter verschont, damit er wiederholen konnte, was man ihm erzählt hatte, doch als die Priester mit ihren Fragen auf ihn eindrangen: »Hast du die Bleichgesichter denn selbst gesehen? Hast du die niederen Götter mit den vier Beinen gesehen? Hast du das Gewand berührt, das nicht durchbohrt werden kann?«, so mußte er dies verneinen und fiel erneut in Ungnade und wurde als gefährlicher Irrer zum Tode verurteilt. Nur der Mut des Königs entriß ihn den Priestern und erlaubte ihm die Flucht zurück ins ungefährlichere Klima der Aztekenhauptstadt, wo man inzwischen den schmerzlichen Beweis besaß, daß eine neue Macht in das Leben Mexikos getreten war.

Nachdem der Botschafter seines Weges gegangen war, kam es zu einer Massenbewegung gegen Grauauge, die man für die Gefahren verantwortlich machte, welche Mexiko bedrohten; denn sie hatte zweifellos ihren Sohn in seinem verabscheuungswürdigen Verhalten bestärkt. Gegenwärtig war der König noch mächtig genug, um sie zu beschützen, wie schon seinen Botschafter, doch die Ereignisse entwickelten sich so schnell und so merkwürdig, daß selbst er ihre Loyalität zu den Göttern in Zweifel zu ziehen begann, die den Kaktusmenschen ihre Stärke verliehen hatten.

Das wichtigste Anliegen der Priester war, Xóchitl hinrichten zu lassen, da sie der Überzeugung waren, das sechzehnjährige Mädchen habe den Vollkommenen Jüngling verhext und ihn davon abgehalten, seine Pflichten in angemessener Weise zu erfüllen. Doch sie konnten sie nicht finden; denn am Tage von Ixmiqs ritueller Hinrichtung hatte Grauauge die Absichten der Priesterschaft schon geahnt und das Mädchen in einem Gewölbe unter dem Königspalast versteckt, wo die Königin ihr beistand, als Xóchitls Schwangerschaft voranschritt.

»All diese sinnlosen Opfer müssen ein Ende haben«, sagte die Königin. »Xóchitl, die Priester mögen dich und mich vielleicht umbringen, doch dieses Unheil kann nicht mehr lange währen.« Einmal nahm sie die Hände des Mädchens in die ihren und fragte sie: »Sag mir die Wahrheit, bevor du zu meinem Sohn geschickt wurdest, wußtest du da schon, wie böse das alles war?«

»Ich wußte es«, sagte Xóchitl. »Meine Mutter hat mir davon erzählt.«

»O mein Kind, ich danke dir!« Grauauge begann zu weinen, und nun war es an dem Mädchen, sie zu trösten.

»Wenn mein Sohn erst auf der Welt ist«, versprach Xóchitl, »werde ich ihm die Wahrheit sagen. Bis jetzt haben es nur Frauen von anderen Frauen erfahren.«

Bei diesen Worten stiegen Grauauge erneut die Tränen in die Augen, und sie schloß das junge Mädchen in ihre Arme. »Ich hatte schon vergessen, wie man weint«, sagte die Königin.

Im Juli, dem siebten Monat von Xóchitls Schwangerschaft, betrat Grauauge sichtlich erregt das Gewölbe und brachte ein Bündel mit. »Ich muß dir erzählen, was geschehen ist«, setzte sie an. Dann verstummte sie abrupt und begann Xóchitl zu küssen.

»Meine geliebte Tochter«, flüsterte sie, »du bist die einzige, mit der ich offen sprechen kann. Du sollst ein starkes Kind haben. Dein Sohn soll so schön werden, wie sein Vater war.«

»Dessen bin ich gewiß« erwiderte Xóchitl.

»Dies muß unser Geheimnis bleiben«, betonte Grauauge, während sie ein Blatt Pergament entrollte. »Mein Onkel Xaca, der Botschafter bei den Azteken, hat mir insgeheim ein Bild der Götter zugesandt, welche die Fremden verehren, und das sind sie!« Im Zwielicht des Gewölbes breiteten die Königin und ihre schwangere Schwiegertochter das Pergament aus und erblickten die Zeichnung einer heiter und gelassen dreinschauenden Mutter, die liebevoll einen Knaben von ein bis zwei Jahren auf den Knien hielt, und eine ganze Weile lang vertieften sich die beiden Frauen schweigend in diesen Anblick.

Schließlich fragte Xóchitl: »Was für Götter sind denn das?«

»Das siehst du doch«, antwortete Grauauge. »Eine Mutter, deren Kopf kein Schlangenhaupt ist. Ein Sohn, dessen Hände nicht mit Blut befleckt sind.«

Und wieder dachten die beiden Frauen über die ungeheure moralische Kluft nach, welche die neuen Götter von jenen trennte, die ihnen vertraut waren. Keine von ihnen sagte auch nur ein Wort, doch Jahre später schilderte Grauauge, was geschehen war: »So saßen wir dort im Gewölbe, meine schwangere Tochter und ich, und ich dachte daran, daß wir uns über all die Jahre in Höhlen verkrochen und abscheuliche Götter angebetet hatten, während anderswo auf der Welt die Menschen gen Himmel schauen und menschliche Wesen wie sich selbst verehren konnten, die fähig waren zu weinen. Doch was uns an jenem Tag am stärksten beeindruckte, war das holdselige Lächeln der Mutter, als ob sie einen jeden liebte und niemanden haßte, und der Unterschied zwischen dieser Art Gottheit und den uns vertrauten Göttern war so groß, daß später, als wir diese Dinge besser verstanden, Xóchitl sagte: ›Mein Sohn soll im Zeichen dieser Götter geboren werden‹, und so geschah es denn auch.«

Doch nach der Geburt des Kindes – es war ein Mädchen, das sie Fremdling nannten, als ob sie von nirgendwo herkäme, so daß man ihre Spur nicht zu ihrer geächteten Mutter zurückverfolgen konnte – suchte Xóchitl das Licht des Tages, und dabei wurde sie von den Priestern entdeckt und gefangengenommen. Aufgrund der Rolle, die ihr bei der so unrühmlich verlaufenen letzten Feier des Vollkommenen Jünglings zugekommen war, wurde sie zum Tode verurteilt und sowohl der König als auch die Königin mußten bei ihrer Hinrichtung zugegen sein. Xóchitl, eine meiner denkwürdigeren Vorfahren, war die erste Christin, die für ihren Glauben in Mexiko starb und später als Santa Maria vom Gewölbe heiliggesprochen wurde.

Als Xóchitl vor der grausigen Göttin stand, dachte sie an die neuen Götter, und als sie zu Grauauge niederblickte, wußte sie, daß diese ebenfalls an Maria und das Christuskind dachte. Doch als sie sich umwandte, um dem Tod ins Auge zu sehen, erblickte sie fünf Priester, deren Haar mit Blut verkrustet und deren Körper von Tätowierungen und noch mehr Blut verunstaltet waren. Sie sah eine Göttin, deren Haupt zwei Schlangen bildeten und deren Existenz ein einziges Greuel war. Sie schaute auf zu den Mauern des Tempels, und sie waren schwarz von Rauch und Blut und Furcht und Tod. Der einzige saubere Gegenstand, den sie an jenem Tag sah, war das Messer aus Obsidian, und bald würde sogar das mit Blut befleckt sein.

Mit übernatürlicher Kraft riß sie sich los und rief aus: »Die böse Gottheit muß sterben! Ein neuer Gott ist unterwegs!« Sie wurde eilends ergriffen und auf die Steinplatte des Altars geworfen, und ihres war das letzte menschliche Herz, an dem sich die obszönste aller mexikanischen Gottheiten je ergötzte.

An diesem Abend, während die Priester noch miteinander beratschlagten, welche Schritte ergriffen werden mußten, um die Stadt vor den Folgen der Ketzerei zu schützen, die Xóchitl ausgesprochen hatte, verließ Grauauge, eingehüllt in einen Umhang, wie ihn die Bäuerinnen trugen, den Palast und eilte durch Hintergassen zum Haus der Generalsfrau, die tapfer genug gewesen war, ihre Tränen zu zeigen, als ihr Sohn sinnlos geopfert wurde. Sie schlüpfte zur Hintertür herein und bedeutete der Frau, ihr in den Garten zu folgen, wo sie miteinander sprechen konnten.

»Erinnerst du dich an den Tag, an dem wir über deinen Sohn sprachen, und dir kamen die Tränen?«

»Ja, und ich habe mich damals gefragt, warum du nicht auch geweint hast.«

»Ich habe auch geweint, heimlich. Viele Nächte lang bin ich unter Tränen eingeschlafen.«

»Warum bist du zu mir gekommen?«

»Weil die Zeit reif ist.«

Einige Augenblicke ließen die beiden Frauen diese schicksalschweren Worte im Raume stehen, dann sagte die Generalsfrau: »Ich habe deinen Besuch erwartet.«

»Kennst du andere Frauen, denen wir vertrauen können?«

»Sehr viele.«

»Kannst du mich zu zwei anderen führen, die so sind wie du?«

»Zu fünfzig.«

»Nein. Wir können uns nur auf einige wenige vertrauenswürdige Frauen verlassen. Bring mir zwei, die so sind wie du selbst.« Als die Generalsfrau nickte, fügte Grauauge hinzu: »Und jede von uns soll ein Holzscheit mitbringen – ein kräftiges Stück Holz. Es darf nicht so groß sein, daß es auffällt, doch es muß lang genug sein, um seine Aufgabe zu erfüllen.«

»Welche Aufgabe?«

Einen Augenblick lang scheute Grauauge davor zurück, die schicksalschweren Worte auszusprechen und schwieg, doch schließlich sagte sie betont kalt: »Um die schreckliche Göttin zu vernichten.«

Die Generalsfrau antwortete nur: »Vier von uns, mit Holzscheiten als Werkzeug. So sei es. Doch wann soll es geschehen?«

»Jede Verzögerung bedeutet, daß irgend jemand oder irgend etwas uns verraten kann. Morgen um Mitternacht, nach der letzten Wachrunde des Priesters, muß die Tat vollbracht sein.«

Die Generalsfrau streckte beide Arme nach der Königin aus: »Wir sind – des Todes.«

Und sie schieden voneinander.

Am nächsten Abend warteten die vier Verschwörerinnen, eine jede in ihrem Versteck, mit großer Erregung darauf, daß es

Mitternacht wurde, und dann stieg eine nach der anderen vorsichtig die Pyramide empor. Drei der Frauen trugen schwere Scheite mit sich, und Grauauge ein langes Seil.

Erst nach den mitternächtlichen Ritualen und nachdem der letzte Priester fortgegangen war, stiegen sie weiter hinauf, bis zur Göttin, und dort nahm Grauauge die furchtbare Aufgabe auf sich, das widerwärtige Standbild zu erklimmen und ihm das Seil um den Hals zu schlingen. Sie stieg wieder hinab und lief geschwind zum anderen Ende des Seiles und begann, heftig daran zu ziehen, während die drei Helfershelferinnen mit ihren Holzscheiten versuchten, die entsetzliche Kreatur von ihrem Sockel zu stürzen.

Einen schrecklichen Moment lang schien es, als hätten sie nicht genügend Kraft, die Muttergottheit zu Fall zu bringen, doch als Grauauge mit einem kräftigen Ruck am Seil riß, erbebte das Scheusal, und als die drei Frauen sich dann mit ihrem ganzen Gewicht gegen die Holzscheite stemmten, löste sich die Statue durch die Hebelkraft aus ihrer Verankerung und fiel mit donnerndem Getöse nieder und zerbarst. Wie geplant, entfernten sich die vier Frauen schleunigst vom Ort des Geschehens, sobald es sicher schien, daß die Statue stürzen würde, und sie waren schon beinahe am Fuß der Treppen angelangt, als ein Dutzend Priester herbeigelaufen kam, um die Trümmer ihrer schrecklichen Göttin zu besehen.

Dreihundert Jahre nach dieser denkwürdigen Nacht entdeckte ein deutscher Archäologe die Überreste der Statue, und die wieder zusammengesetzte Göttin kann nunmehr im Palafox-Museum in ihrer ganzen ursprünglichen Scheußlichkeit betrachtet werden.

Ich wende mich nun der Schilderung besserer Tage zu, dem Jahre 1601, als Fremdling, das Mädchen, das in dem Gewölbe geboren wurde und das erste Christenkind im Hochtal war, im Eckzimmer des Kachelhauses, eben jenem, in dem ich jetzt wohne, mit der Niederschrift eines Dokuments begann, das für jene, die in Stadt-der-Pyramide geboren sind, von großer Bedeutung ist.

Nachdem meine Mutter Xóchitl der Muttergottheit geopfert worden war, argwöhnten die Priester, daß sie ein Kind hinterlassen habe, und sie suchten nach mir, um auch mich zu töten, doch meine Großmutter, Grauauge, die mich aufzog, hatte ein gutes Versteck für mich gefunden. Für mich war sie immer meine richtige Mutter und nicht meine Großmutter, denn sie unterwies mich in allen Dingen des Lebens.

Meine Großmutter war die erste getaufte Christin in unserem Stamm, obschon sie ihre Taufe selbst vollzogen hatte und dem spanischen Priester, der sie ein zweites Mal taufen wollte, erklärte: »Ich bin bereits seit sieben Jahren Christin.« Als er entgegnete: »Das ist unmöglich. Damals gab es hier noch keine christlichen Priester«, erwiderte sie: »Darüber wollen wir uns nicht streiten.« Und nach dem Tod des Königs war sie es, die unseren Stamm zusammenhielt, bis wir uns an die Sitten der Spanier gewöhnt hatten.

Doch was ich jetzt hier wiedergeben will, ist das, was mir meine Großmutter erzählte, als ich vierzehn Jahre alt war.

Um die Stimmung dessen nachvollziehen zu können, was mir meine Großmutter an jenem langen Nachmittag erzählte, während wir im Garten saßen, muß man sich vergegenwärtigen, daß sie all dies im Jahre 1535 sagte, nachdem die Spanier vollkommen die Herrschaft übernommen hatten. Sie war damals zweiundfünfzig Jahre alt, und ich glaube, sie wollte mich davon überzeugen, daß nach den Regeln der Kaktusmenschen zu leben ebenso lohnend sein konnte, wie sich nach jenen der Spanier zu richten. Sie hatte den christlichen Glauben mit Freuden angenommen, doch dies hieß nicht, daß sie mit allem einverstanden war, was ihr am Verhalten der Spanier auffiel. Doch ich will sie hier selbst zu Worte kommen lassen.

Grauauge: Du bist nun vierzehn, und die Veränderungen deines Körpers zeigen dir, daß du ein Kind bekommen kannst, wenn du es wünschst. Für ein Mädchen ist dies ein großes Problem, denn es gibt viele Männer, die ihm gerne dabei helfen möchten, ein Kind zu bekommen, doch nur wenige, die die große Verantwortung hierfür auf sich nehmen wollen. Es wäre gelogen, wenn ich leugnen würde, daß die Zeugung ein Akt voller Freude ist, und sie stellt eine ständige Versuchung dar, denn es gibt viele attraktive Männer auf der Welt.

Fremdling: Warum besteht ein Ehepaar stets nur aus einer Frau und einem Mann?

Grauauge: Jahrhunderte haben uns gelehrt, daß es so am besten ist. Wähle deinen Mann und stehe ihm in allen Fragen treu zur Seite. Warum sich die Männer der Frau gegenüber anders verhalten, das möchte ich hier nicht vertiefen; möglicherweise besteht der Grund dafür darin, daß in den alten Zeiten so viele unserer besten Männer in den Tempeln getötet wurden, daß es einen Überschuß an Frauen gab, für die gesorgt werden mußte, so daß mehrere Frauen sich einen Mann teilen mußten. Wie auch immer, für dich soll es nur einen einzigen Mann geben, und er soll dein Leben sein. Ich selbst habe so gelebt, und ich war damit zufrieden.

Fremdling: Wie lernt ein Mädchen, den richtigen Mann zu erwählen?

Grauauge: Von anderen Frauen, die mehrere Männer kannten, habe ich erfahren, daß sie sich im allgemeinen ziemlich ähnlich sind. Sicherlich habe ich in einem Manne niemals etwas gesehen, wodurch es sich rechtfertigen ließe, daß eine Frau ihren guten Namen vergißt und ihre Familie um eines anderen willen verläßt. Außerdem wird man gesteinigt, wenn man beim Ehebruch ertappt wird.

Fremdling: Wenn die Männer alle gleich sind, dann ist es doch eigentlich einerlei, welchen ich mir zum Manne wähle?

Grauauge: Vorsicht! Vergiß niemals, was ich dir jetzt sage. Wenn dir das Glück beschieden ist, die richtige Wahl zu treffen, so kann das Verhältnis zwischen Mann und Frau sein wie der Sonnenaufgang am frühen Morgen oder die Liebe einer Mutter zu ihrem Kind. Meine Mutter erzählte mir, daß sie bei der Heimkehr des Generals Tezozomoc aus dem Felde die Erde zu ihren Füßen beben spürte, als er noch eine Meile von ihr entfernt war, so sicher und fest war sein Schritt. Ich habe es niemals erlebt, daß mein Vater erzürnt auf meine Mutter war, und sie liebte ihn dermaßen, daß sie schließlich den Tod fand, weil sie selbst Dinge heilig hielt, welche er nur berührt hatte. Bewahre dies im Herzen als dein Idealbild einer Liebe zwischen Mann und Frau.

Fremdling: Das hört sich so an, als ob dieses Glück nicht vielen beschieden sei.

Grauauge: Deinem Vater war es vergönnt. Halte die Erinnerung in Ehren, wie es zu deiner Geburt kam. Deinem Vater wurden die vier schönsten Mädchen des Königreichs dargeboten, und er zog deine Mutter den anderen vor, und als man sie ihm nahm, da wurde er krank und menschenscheu und mochte kein Wort mehr sprechen, ehe sie ihm nicht wiedergegeben wurde, wie ich dir schon viele Male erzählt habe. Er erwählte allein deine Mutter, und in seiner letzten Minute rief er ihren Namen, weil er seine Liebe zu ihr bekunden wollte, statt das zu suchen, was die Priester einen »ehrenvollen Tod« nannten. Vergiß nie, daß du die Frucht einer solchen Liebe bist.

Fremdling: Du scheinst die Männer gut zu kennen. Würde dieser spanische Leutnant, der unser Haus besucht hat, in deinen Augen …

Grauauge: Bleib weg von diesem jungen Mann! Weit weg. Du bist für eine bedeutsamere Ehe bestimmt, die möglicherweise so wichtig ist wie die meiner Mutter mit General Tezozomoc oder meine eigene mit dem König. Du bist eine wichtige junge Frau, Fremdling, die für eine wichtige Ehe bestimmt ist.

Fremdling: Ich vermag mich nicht als tapfer wie du oder schön wie meine Mutter zu sehen. Wie soll ich jemals die Art Mann finden, von der du sprichst? Wie sind meine Aussichten?

Grauauge: Du siehst dich dem gleichen Problem gegenüber wie alle Frauen. In den Tagen vor der Ehe mußt du den Mann suchen und finden, der jener Liebe fähig ist, welche deine Familie geprägt hat, und wenn du ihn denn findest, so halte für immer zu ihm, stärker noch als zu deiner Familie oder deinem Gott oder deinem Vaterland. Doch wenn du Pech hast und ihn nicht findest, dann bescheide dich mit dem, was dir gegeben wird; denn schon ganz einfach eine gute Ehefrau zu sein ist ehrenhaft. Und wenn du klug bist, wirst du deinen Gemahl niemals spüren lassen, ob du von ihm enttäuscht bist oder nicht. Ich selbst war dem König lange Jahre treu ergeben, und doch haßte ich seine Politik, seine Götter und sogar seine Tischmanieren.

Fremdling: Erst sagst du: »Heirate einen bedeutenden Mann«, und dann sagst du: »Heirate einen Mann, der dich liebt.« Wie läßt sich das vereinen?

Grauauge: Das ist das Problem aller jungen Frauen. Du wirst schon eine Lösung finden. Guten Frauen gelingt das gewöhnlich. Aber machen wir uns nicht länger Sorgen, wen du eines Tages heiraten wirst. Das findet sich zur rechten Zeit. Die wirkliche Schwierigkeit besteht darin, wie du dich verhalten sollst, wenn du erst einmal verheiratet bist. Wenn du einem Haushalt vorstehst, gibt es zwei Dinge, auf die du achthaben mußt. Geh klug mit dem Geld deines Mannes um, und sei ordentlich; denn ich weiß nicht, was schlimmer ist, eine Schlampe oder eine Verschwenderin. Ermahne deinen Mann wenn nötig, aber nörgele nicht an ihm herum. Und obwohl es zunächst nicht so aussehen mag, wirst du schließlich viel Freude daran gewinnen, deine Wünsche den seinen anzupassen.

Fremdling: Aber die Leute sagen, du hättest stets deinen eigenen Kopf gehabt. Das höre ich immerzu, als ob man von mir das gleiche erwarten würde.

Grauauge: Das stimmt. Ich kämpfte gegen die grausame Gottheit, doch in der Öffentlichkeit unterstützte ich stets meinen Mann, ganz gleich, was ich zu Hause zu ihm sagte. Und wenn dir diese Pflicht zuwider ist oder unmöglich erscheint, dann erinnere dich daran, daß ich in den letzten Jahren meiner Ehe zwar insgeheim die Götter bekämpfte, doch stets versuchte, dies auf eine Weise zu tun, die keine Schande über den König bringen würde.

Fremdling: Ich kann mir nicht vorstellen, jemals stark genug zu sein, um Schlachten zu schlagen oder eine kriegerische Gottheit zu stürzen. Die Zeiten haben sich geändert.

Grauauge: Kind, ich höre deine Worte mit Schrecken. Es stimmt, daß ich den Feldzug gegen die bösen Götter anführte, doch ich wurde dabei von Hunderten einfacher Frauen unterstützt, die keinerlei Unterweisung von mir brauchten. Sie hatten bereits selbst entschieden, daß die alten Götter verschwinden mußten. Was ich getan habe, hätte ich ohne ihre Hilfe niemals vollbringen können. Man muß sich der Auseinandersetzung stellen, die auf einen zukommt, und es wird unweigerlich eine kommen. Denk daran, daß, lange bevor die Spanier zu uns kamen, viele von uns, Anführer wie einfaches Volk, zu dem Schluß gekommen waren, daß es nur einen einzigen Gott geben könne. Heute kann daran kein Zweifel mehr bestehen, und es ist gut, daß unsere finsteren Götter ersetzt worden sind; doch vergiß niemals, daß die alten Götter nicht durch die Spanier gestürzt wurden, sondern durch unser eigenes Volk. Deshalb sollst du den wahren Gott mit Stolz verehren, wo du doch weißt, daß unser Volk aus eigenem Antrieb zu ihm kam.

Fremdling: Doch die Spanier weigern sich, das zu glauben. Sie sagen abscheuliche Dinge über uns.

Grauauge: Laß niemals zu, daß einer die Kaktusmenschen lächerlich macht. Wehre dich. Weise die Spanier darauf hin, daß unsere Stadt die einzige war, die sie nicht erobert haben. Wir waren tapfer bis zuletzt, und wenn General Tezozomoc am Leben geblieben wäre, so hätten wir, denke ich, den Spaniern widerstehen können. So wie es nun einmal steht, sollten wir froh sein, daß sie gekommen sind; denn das machte es uns einfacher, die alten Götter zu zerstören. Doch laß niemanden behaupten, wir seien Wilde oder lebten wie die Tiere oder seien vollkommen bedeutungslos gewesen, bevor die Spanier kamen. Das Tuch, in das man dich nach deiner Geburt gewikkelt hat, war aus feinster Baumwolle und Silber und Quetzal-Federn gewoben, und es war weit edler als alles, was die Spanier uns bislang gezeigt haben.

Fremdling: Wenn ich ihnen zuhöre, werde ich so wütend, daß ich Spanien manchmal hasse.

Grauauge: Das darfst du nicht, Fremdling. Höchstwahrscheinlich wirst du einen Spanier heiraten.

Fremdling: Wie kannst du das sagen? Wo du mich doch gerade ermahnt hast, dem Leutnant fernzubleiben?

Grauauge: Weil ich glaube, daß es deine Aufgabe sein wird, das Kaktusvolk und die Spanier zusammenzubringen. Und um das zu bewerkstelligen, wirst du einen Mann von Bedeutung heiraten müssen, einen der mächtig genug ist, etwas zu bewegen. Doch wenn du es tust, erinnere dich an mich und mach mich stolz. Halte dich wie eine Prinzessin. Richte den Blick geradeaus und bewege dich wie eine Person von hohem Adel. Geh wie eine Prinzessin; denn du stammst ab von einem großen General, einem guten König und dem edelsten jungen Mann, den unsere Stadt hervorbringen konnte. Klugheit ist dein Erbteil; denn deine Großmutter entdeckte den neuen Gott aus eigener Verstandeskraft. Du bist die Tochter eines Volkes, das niemals gedemütigt wurde.

Der Kritiker

Am Freitagmorgen wurde ich von etwas geweckt, das zum unangenehmsten Teil jedes Auftrags in Übersee gehörte. Es war ein Telegramm und lautete:

> Der große Boß hat O. J. Haggard aus Tulsa zugesichert, daß Sie ihm und seiner Begleitung Karten für das Festival besorgen und ihnen die Stierkämpfe erklären. Haggard große Nummer im Ölgeschäft. Netter Kerl. Hat geholfen, den Ankauf unserer Papierfabriken zu finanzieren. Beileid, aber das muß sein. Drummond.

Ich hatte diese unwillkommene Nachricht noch kaum verdaut, als die Witwe Palafox an die Tür hämmerte, um mir mitzuteilen, daß Haggard und seine Begleiter angekommen seien. Und wo konnte sie die Gesellschaft unterbringen? Ich kannte Haggard zwar nicht, konnte mir aber sicher sein, daß er ein Widerling war. Ich wußte jedoch auch, daß Drummond ihn mir vom Hals gehalten hätte, wenn er ein bedeutungsloser Widerling gewesen wäre; also sagte ich der Witwe: »Wenn diese Leute keine Zimmer kriegen, werd' ich gefeuert.«

»Sie sind sehr wichtig?« fragte sie.

»*Sí, muy importantes.* Wie viele sind's denn?«

»Fünf. Ein Paar. Mann und Tochter. Eine Witwe.«

»O Gott«, stöhnte ich. »Wir treiben im Leben keine fünf Karten auf.«

Ich rasierte mich, schlüpfte in meine Festivalkleidung – weite, weiße mexikanische Hosen mit einem Seil als Gürtel, weißes Hemd, rotes Halstuch – und machte mich voll banger Erwartung auf den Weg nach unten in die Hotelhalle. Als ich dort anlangte, deutete die Witwe Palafox auf einen großen Tisch draußen auf der Terrasse, an dem meine Besucher aus Tulsa saßen, fünf teuer gekleidete, bieder wirkende Amerikaner, für die ich nun verantwortlich war. Mit zusammengebissenen Zähnen machte ich mich auf den Weg nach draußen und war angenehm überrascht von der weltmännischen Art, in der O. J. Haggard, ein sechzigjähriger, sonnengebräunter Ölindustrieller, sich alle Mühe gab, mich zu beruhigen.

»Sie sind bestimmt Clay«, sagte er mit überwältigendem Charme. Er strahlte mich mit blendendweißen Zähnen an und nahm mich beim Ellbogen. »Lassen Sie uns eine Sache klarstellen. Wir haben Sie überfallen, und das weiß ich auch. Aber wir wollten die Stierkämpfe sehen, und Ihr …«, er wollte eigentlich sagen »Ihr Boß«, war aber zartfühlend genug, den Satz zu beenden: »… und Ihr Büro hat gesagt, sie würden Sie um Hilfe bitten.«

»Mein …«, ich zögerte ebenfalls, »mein Büro weiß nicht, wie schwierig es ist, Karten zu bekommen.«

Mr. Haggard zog mich zur Seite und flüsterte: »Sehen Sie mal, Clay, diese Typen haben Geld wie Heu. Tun Sie ihnen den Gefallen und geben Sie ein bißchen davon aus. Sie besorgen die Karten, egal was es kostet, und schlagen eine ordentliche Provision für sich drauf. Und wenn ich sage, daß es mir peinlich ist, einfach so hereinzuplatzen, dann meine ich das auch.

Ich möchte Sie jetzt mit meinen Freunden bekanntmachen. Das ist meine Frau, Helen Haggard. Das ist Ed Grim, mein verrufener Partner aus der tiefsten Provinz, und das ist Penny, seine bezaubernde Tochter. Ohne Mutter muß Ed gleich beide Elternrollen übernehmen. Und das ist die Königin unserer Bande, Mrs. Elsie Evans. Als ihr Mann noch gelebt hat, war er in unserem Team das Mädchen für alles. Er fehlt uns.«

So langsam mochte ich den Öltypen, also sagte ich ganz offen: »Mit genug Geld können wir Karten bekommen, aber Zimmer …«

»Mensch, Junge!« rief er lautstark, obschon ich über Fünfzig war. »Sie reden mit einer Bande ungewaschener Ölfritzen aus Oklahoma. Glauben Sie vielleicht, Typen wie wir machen uns Sorgen um Betten? Wir sind's gewöhnt, auf Bohrtürmen zu schlafen. Und unsere Frauen sind genauso hart im Nehmen. Die Hälfte von ihnen hat noch nicht mal Schuhe gehabt, bevor sie sechzehn wurden. Die pennen, wo ich's ihnen sage. Aber jetzt mal im Ernst, können Sie uns über diesen ganzen Stierkampfkram schlaumachen?«

»Ich kann einiges davon erklären«, sagte ich vorsichtig.

»Der große Boß sagt, Sie hätten in Mexiko gelebt«, hakte Haggard nach.

»Bis ich nach Lawrenceville gegangen bin.«

»Hey, Leute«, sagte Haggard. »Der Clay sagt, er kann die Stierkämpferei erklären.«

»Ein Hoch auf den Stier!« brüllte Provinz-Grim, woraufhin seine Tochter ziemlich grob sagte: »Daddy, mach dich nicht zum Narren.«

Die Bestimmtheit, mit der sie das sagte, und die Art, wie ihr Vater diese Zurechtweisung einsteckte, brachte mich dazu, diese junge Erbin aus Tulsa näher in Augenschein zu nehmen. Zunächst einmal hatte sie üppiges rotes Haar. Nicht das Feuerwehr-Rot, von dem mein Zimmerkamerad auf dem College einmal gesagt hatte: »Haare wie die sollte man besser nicht in die Nähe eines offenen Benzinkanisters lassen.« Ihr Haar war mehr von der Farbe, die meine Frau gebranntes Orange zu nennen pflegte, reines Rot mit einem Hauch von Honiggelb. Ein paar Locken hingen ihr in die Stirn, der Rest war zurückgekämmt zu einem Pferdeschwanz, der im Nacken von einer etwas dunkleren roten Schleife gebändigt wurde. Sie war etwas über eins sechzig groß, schlank, attraktiv gebaut und gekleidet, und hatte ein spitzbübisches Lächeln, das zu verkünden schien: »Ich nehme mich nicht allzu ernst.«

Bei meinen Reportagen hatte ich immer Schwierigkeiten gehabt, Frauen zu beschreiben. Unter Achtzehn waren sie Mädchen, über Sechzehn junge Frauen. In meinen vier Tagen mit Penny Grim wurde mir klar, daß sie in die gleichen Kategorien paßte. Wenn von schlüpfrigen Dingen die Rede war, wie sie High-School-Kids interessieren dürften, sprach sie von sich und ihren Freundinnen als Mädchen, aber wenn das Thema auch nur entfernt mit der Welt der Erwachsenen zu tun hatte, wurde sie in ihren eigenen Worten zur jungen Frau. Sie war gekommen, um an einem bunten, vulgären mexikanischen Festival teilzunehmen, und zweifellos hoffte sie, dabei Erfahrungen zu machen, die den Aufwand für die weite Reise lohnten. Ich wünschte unserem Rotköpfchen viel Erfolg, aber ich hatte keine Lust, sie oder ihre Alten in die Mysterien des Stierkampfs einzuweihen.

Aus schlimmen Erfahrungen heraus hatte ich gelernt, was jeder andere in Mexiko stationierter Nordamerikaner lernt: daß Typen vom Heimatbüro eigentlich gar nicht ernsthaft was über den Stierkampf wissen wollen und daß ein Mann eine Menge Zeit und Geld verschwenden kann, um das zu beweisen. Aber in dem Moment sah ich quer über die Plaza einen Mann auf uns zukommen, den man, hat man ihn einmal gesehen, nie mehr vergessen kann – den Mann, der wie kein anderer in Mexiko die ästhetischen, historischen und moralischen Aspekte des Stierkampfs zu erklären vermag.

»Hier kommt unser Experte!« schrie ich begeistert; denn der Neuankömmling konnte mich vielleicht von der lästigen Pflicht befreien, das zu erklären, was uns an den drei folgenden Nachmittagen bevorstehen würde. Der Mann, ein hochgewachsener Kerl, war nicht nur weitaus größer als der durchschnittliche Mexikaner, sondern auch unglaublich dick und hatte durch seinen enormen Leibesumfang einen Gang wie eine watschelnde Ente, doch er zog vor allem wegen seiner Kleidung die Aufmerksamkeit auf sich. Obwohl es an diesem Tag reichlich warm war, trug er ein weit wallendes schwarzes Cape, das ihm bis zu den Knöcheln reichte. Auf dem Kopf hatte er einen teuren Caballero-Hut mit breitrandiger Krempe, ebenfalls schwarz. Ein paar Meter vor den Stufen, die zur Terrasse führten, entdeckte er mich und brüllte: »Señor Clay! Sie sind bestimmt von New York rübergekommen, um mal wieder ein paar Lügen über uns zu verbreiten. Tag auch, und immer schön sauber bleiben.«

Mit diesen Worten kam er mit überraschender Behendigkeit die drei Stufen heraufgesprungen und umarmte mich mit seinen Bärenpranken. Dann, als er die Witwe Palafox sah, machte er noch einen Satz und nahm sie ebenfalls in die Arme, wobei er mit seinem durchdringenden Organ losschrie: »Verspritzen Sie noch immer Ihr Gift in der Öffentlichkeit, Lucrezia Borgia?« Anschließend guckte er uns alle an und meinte ohne die geringste Heiterkeit: »Das sähe dem alten Ixmiq überhaupt nicht ähnlich, wenn man nicht hier auf der Terrasse sitzen und einen Hauch von Altmexiko mitkriegen könnte. Witwe Palafox, Sie dürfen denen nicht erlauben, irgendwas zu verändern.«

Ich schaltete mich ein, um das Vorstellen der anderen Leute am Tisch zu übernehmen, und sagte ihnen: »Wir haben unverschämtes Glück. Das ist León Ledesma, gebürtiger Spanier. Die Faschisten haben ihn seinerzeit rausgeschmissen, und jetzt hat er die mexikanische Staatsbürgerschaft. Weit und breit gibt es keinen besseren Kritiker unserer Stierkämpfe. Er ist gerade im richtigen Augenblick hereingeschneit, um Ihnen Rede und Antwort zu stehen.«

Ich zog einen Stuhl heran und bat ihn, sich zu uns an den Tisch zu setzen. Er nahm zwischen Mrs. Evans und Penny Grim Platz, wobei er sagte: »Ich bin zwar ein grober Klotz, aber nicht blöd«, und begrüßte die beiden Damen zu ihrem Entzücken mit Handkuß.

»Ich habe Señor Ledesma schon vor Jahren kennengelernt, während meiner diversen journalistischen Trips nach Mexiko. Er ist zwar jünger als ich, aber ich verdanke ihm den größten Teil meines Wissens über den Stierkampf. Kommen Sie, Maestro, und halten Sie uns Ihren klassischen Vortrag über die achtzehn Stiere auf einem typischen dreitägigen Festival.«

»Eine bessere Einführung in unsere nationale Kunstgattung ließe sich kaum finden. Jawohl, der Stierkampf ist kein Sport, sondern eine uralte, eine einzigartige Kunst, die nicht so einfach zu begreifen ist. Während der nächsten drei Tage haben Sie die seltene Gelegenheit – denn derartige Festivals finden nicht so oft statt – achtzehn Stiere in Aktion zu sehen.«

»Neunzehn«, verbesserte ich ihn. »Am Sonntag haben wir noch einen *rejoneador*. Und er bringt seinen eigenen Stier mit.«

»Natürlich«, sagte er.

»Was ist denn ein ›Rejoneador‹?« fragte Penny, und ich gab ihre Frage an Ledesma weiter, der ihr erklärte: »Ein Rejoneador reitet ein großartig trainiertes Pferd, von dem aus er mit dem Stier kämpft.«

»Ich liebe Pferde«, sagte das Mädchen.

»So eins haben Sie noch nie gesehen. Der Rejoneador sitzt auf, ist mit beiden Händen mit dem Kampf gegen den Stier beschäftigt und lenkt sein Pferd nur mit den Knien. Mit dem *rejón* versucht er, den Stier genau ins Genick zu treffen. Der Tod tritt dann auf der Stelle ein. Aber der Rejón – das ist ein besonderer Degen – verfehlt den Punkt fast immer, und deshalb muß der Mann vom Pferd absteigen und den Stier zu Fuß töten.«

Während Penny diesen Brocken noch verdauen mußte, den man ihr vor die Füße geworfen hatte, sagte Ledesma mit großem Ernst: »Vielleicht fangen wir am besten mit dem Rejoneador an. Er ist eigentlich ein Symbol für den ganzen Stierkampf.«

»Wieso das denn«, fragte Penny, »wenn er doch fast immer danebentrifft, wie Sie gerade gesagt haben?«

»Ganz richtig. Und eben deshalb ist er eine Symbolfigur für das, was jetzt kommt.« Er lächelte die Leute aus Oklahoma an und zählte die Tage an seinen Wurstfingern ab: »Freitag, Samstag, Sonntag, jeweils drei Kämpfe, sechs Stiere pro Tag, macht insgesamt achtzehn. Vergessen Sie die Matadore, die Picadores und die Peones.«

»Aber ich bin vor allem wegen der Matadore hergekommen«, sagte Penny und drehte den Kopf ein wenig zur Seite, um ihm ins Gesicht zu sehen. »Und jetzt sagen Sie mir, die soll ich vergessen.«

»Das ist wirklich der Grund, warum wir hergekommen sind«, schaltete sich ihr Vater ein. »Sie hat mir die Ohren vollgejammert, daß sie schon genug amerikanische Footballstars gesehen hat für den Rest ihres Lebens. In der High School war sie Cheerleader, wissen Sie, nahezu perfekt mit dem Taktstock. Hat bei den Landesmeisterschaften den zweiten Platz gemacht. Und jetzt wollte sie endlich mal was Tolles sehen, nämlich ’nen echten Matador.«

»Und das zu Recht«, meinte Ledesma. »Doch worauf es beim Stierkampf in erster Linie ankommt, ist der Stier. Konzentrieren Sie sich deshalb auf ihn, dann begreifen Sie das Geheimnis des Stierkampfs.«

»Wo haben Sie denn Ihr ausgezeichnetes Englisch gelernt?« fragte Mr. Haggard, und Ledesma antwortete leichthin: »Ich spreche Französisch, Deutsch und Italienisch. Wenn Sie aus Ihrem Heimatland flüchten, müssen Sie eben die Sprachen lernen, die man in den Ländern spricht, in denen Sie in Zukunft leben wollen.«

»Sind das denn besondere Stiere?« fragte Haggard dazwischen.

»Ja«, gab Ledesma kurz zurück, leicht pikiert, daß man ihn bei einem Vortrag unterbrochen hatte, den er seit Jahren in unveränderter Form aufzutischen pflegte. »An einen Stierkampf muß man folgendermaßen herangehen. Machen Sie sich vorher klar, daß Ihnen nichts, aber auch gar nichts daran Spaß machen wird. Drei von unseren Stieren sind auf jeden Fall absolute Versager, feige, unkontrollierbar und unbedeutend. Sie können sich gar nicht vorstellen, wie fürchterlich sie zugrunde gehen. Der Matador wird grün vor Angst, und er wird ungefähr so vorgehen …« Ledesma sprang hurtig auf und griff sich ein Buttermesser. Er parodierte den Kampf eines Matadors mit einem schlechten Stier und stach erfolglos auf das imaginäre Tier ein. »Einmal, zweimal, neunmal, zehnmal. Zählen Sie mit. Der arme Matador wird so lange versuchen, das verfluchte Tier um die Ecke zu bringen, bis es aussieht wie ein Nadelkissen. Ihnen, verehrte gnädige Frau, wird dabei schlecht werden. Und Sie, Verehrteste, Sie werden sich übergeben. Es wird ganz einfach scheußlich und widerlich sein, keine Spur von Kunst oder Schönheit.«

»Ist das immer so?« fragte Haggard.

»Immer. Es läßt sich nicht vermeiden, daß jedesmal ein paar schlechte Stiere dabei sind«, sagte Ledesma in einem Ton, der keinen Zweifel aufkommen ließ an der Endgültigkeit seiner Antwort. »Die einzige Möglichkeit, derartigen Katastrophen aus dem Weg zu gehen, besteht darin, zu Hause zu bleiben.«

Er setzte sich wieder auf seinen Platz. »Drei von den achtzehn Stieren sind also völlige Versager, und was immer Sie gegen den Stierkampf vorbringen können, ist gerechtfertigt. Es ist nicht nur schlimm, es ist einfach widerlich. Es ist abstoßend. Die nächsten sechs Stiere sind auch nicht viel besser. Sie weigern sich einfach, zu kämpfen, und brechen zur einen oder anderen Seite aus. Sie gehen auch nicht richtig auf einen los oder zeigen irgendwelchen Unternehmungsgeist. Die Matadore geraten dabei ins Schwitzen, fluchen und versuchen es mit allen möglichen Tricks, aber ohne Erfolg. Diese sechs Kämpfe werden Sie so anöden, daß Sie, mein Herr, schießlich sagen werden: ›Sehen wir zu, daß wir schleunigst hier wegkommen!‹ Und wenn ich das zufällig mitbekomme, werde ich mich Ihnen vielleicht sogar anschließen, weil es nichts Öderes gibt als diese schlechten sechs Kämpfe. Wenn man eine Kanone mitnehmen dürfte, würde ich Ihnen nicht mal einen Vorwurf daraus machen, wenn Sie versuchten, den Matador abzuknallen. Er hätte es verdient.«

Er lachte und bestellte eine Flasche Bier. »Wir haben dann also die Hälfte der Stiere hinter uns, und kein einziger war es wert, daß man ihm zusieht. Die nächsten sechs werden dem entsprechen, was man hier als regulär bezeichnet, sind also mehr oder weniger annehmbar. Heißt also, sie laufen feige und linkisch durch die Gegend, aber hin und wieder kriegen sie einen todesmutigen Anfall von Kampfeswut, so daß es ein- oder zweimal zu richtig spannenden Auftritten kommt, bei denen es Spaß macht, zuzuschauen. Da jeder Stier jedoch -zig Szenen liefert, die tödlich langweilig sind, kann ich Ihnen wirklich nicht viel Hoffnung auf Spannung machen. Die Pferde sind nie dort, wo sie sein sollten, und die Banderillas gehen nicht richtig rein. Und bei jedem dieser sogenannten regulären Stiere verpatzen die Matadore gewöhnlich die ersten zwei oder drei Todesstöße. Um es mal ganz offen zu sagen: Sie werden diese Kämpfe ganz schön zäh finden, und ich könnte gut verstehen, wenn Sie alle nach dem zweiten keine Lust mehr haben und nach Hause gehen. Stierkampf kann wirklich ziemlich übel sein.

Bleiben also noch drei Stiere übrig – durchschnittlich einer pro Nachmittag, aber es kann ebensogut sein, daß diese drei am selben Tag ihren Auftritt haben, sagen wir mal heute nachmittag. Sie sind vermutlich auch nicht besonders toll, aber vielleicht sind sie doch ganz gut. Und hier fängt die Tragödie an. Wenn es dann endlich soweit ist, daß diese einigermaßen guten Stiere in die Arena gelassen werden, sind die Matadore bereits so entnervt von den schlechten, die vorher dran waren, daß sie aller Wahrscheinlichkeit nach nichts mehr zustande bringen. Wenn man richtig mit ihnen umgeht, greifen diese guten Stiere tatsächlich an, doch die Matadore schaffen es nicht, sie dahin zu bringen. Zwar sind dann die Stiere tapfere Todeskandidaten, aber die Männer sind es nicht mehr. Bei uns gibt es ein altes Sprichwort, das bedauerlicherweise den Kern der Sache trifft: ›Wenn's gute Stiere gibt, gibt's keine guten Männer, und wenn's gute Männer gibt, gibt's keine guten Stiere.‹ Und genau so wird es kommen.« Er klatschte mit der flachen Hand auf den Tisch.

»Das sind ja nicht gerade schöne Aussichten«, meinte Haggard sichtlich interessiert.

»Bei den achtzehn Stieren«, warnte Ledesma, »wird es vielleicht drei Momente geben, die man wirklich als spannend bezeichnen kann. Aber die passieren dermaßen schnell und so völlig überraschend, daß man kaum mitbekommt, was man da eigentlich gesehen hat. Eine verwischte Bewegung, ein Augenblick exquisiter Spannung, dann ist wieder alles verschwommen. Wahrscheinlich werden Sie es gar nicht bemerken.«

O.J. Haggard gab sich mit dieser Antwort nicht zufrieden und hakte nach: »Wenn das stimmt, Señor Ledesma, warum haben die Leute dann überhaupt noch Lust, hinzugehen?«

Ledesma dachte einen Augenblick lang nach, legte seine dicken Hände aufeinander und starrte dem Mann aus Oklahoma direkt ins Gesicht. »Weil es, Señor Besucher, unter zweihundert Stieren todsicher einen gibt, der sich durch unglaubliche Tapferkeit hervortut. Und an dem Tage greift das alte Sprichwort nicht mehr; denn dann haben wir einen guten Mann und einen guten Stier. Und zwölf Minuten lang werden Sie da unten in der Arena etwas zu sehen bekommen, das es sonst nirgendwo auf dieser Welt gibt, das perfekte Duell, den vollkommenen Kampf auf Leben und Tod. Sie werden eine flammende Capa sehen, die Muster ins Sonnenlicht webt. Sie werden sehen, wie rohe Kraft es mit einem gepanzerten Pferd aufnimmt. Sie werden Männer sehen, die graziös auf Zehenspitzen vor den Hörnern herumtänzeln, den Tod vor Augen, und am Ende werden Sie einem Mann zusehen, der mit einem bloßen Stück Stoff einen Stier zu Tode tanzt. Die Leute werden vor Spannung schreien wie von Sinnen. Pferde, die weit weg vom Schauplatz sind, werden wiehern, und wenn alles vorbei ist, werden Sie sich selbst zu Tode erschöpft fühlen.«

Der dicke Kritiker entspannte seine Hände und saß schweigend da. Niemand sprach ein Wort, und daher fügte er ruhig hinzu: »Das passiert natürlich nur einmal bei zweihundert Stieren, oder bei dreihundert oder bei tausend. Aber wenn es passiert, dann erinnert man sich in ganz Mexiko daran, wie der Stier geheißen hat, und sein Name wird auf Gedenktafeln verewigt und in Büchern festgehalten. In Toledo wird man einen derartigen Stier nicht erleben. Alles spricht dagegen. Aber falls Sie jemals einen solchen Stier erleben sollten, meine verehrten Besucher, dann werden Sie sehen, daß dieses Erlebnis zum Tiefsten gehört, was ein Mensch je erfahren kann, ausgenommen vielleicht seine erste glückliche Liebe.« Lachend fügte er hinzu: »Das ist der Grund, warum wir immer wieder zum Stierkampf kommen. Wir wissen, daß heute sechs Stiere ausgesprochen schlecht sein werden, aber wir hoffen darauf, daß morgen einer dabei ist, der großartig ist. Und jetzt muß ich mich frischmachen gehen.«

»Señor Ledesma«, unterbrach Mrs. Evans ihn, »wir wollen gerade aufbrechen, um die Pyramide zu besichtigen. Wollen Sie nicht mitkommen?«

»Ich kann wirklich nicht«, entschuldigte sich der Kritiker. »Ziemlich weiter Weg.«

»Wir warten auf Sie, bis Sie sich die Hände gewaschen haben«, insistierte Mrs. Evans und legte ihre Hand auf den fetten Arm des Mannes. »Sie können so wundervoll reden.«

Ich war froh darüber, daß sie das sagte, denn ich war noch niemals mit Ledesma zusammengetroffen, ohne etwas von ihm zu lernen. Er war ein Clown, aber zugleich so klug wie Aristoteles. Das offensichtliche Wohlwollen der Frau schmeichelte ihm, und er sagte: »Also gut! Ich geh' mich frischmachen und Sie, Madam, fahren mit mir in dem roten Mercedes da drüben zu der Pyramide. Diese Bauern da können ihre Cadillacs nehmen.«

Ein paar Minuten später war er wieder zurück, und wir machten uns auf den Weg zum alten Zentrum der Altomeken.

Als wir uns vor der Pyramide wiedertrafen, sagte Ledesma: »Ich habe noch niemals den Wunsch verspürt, Fremdenführer zu sein; denn bei so einem Job verbringt man sein Leben damit, Leuten etwas zu zeigen, das sie gar nicht wirklich interessiert. Aber ob man nun will oder nicht, diese Pyramide sollte man unbedingt gesehen haben.«

»Wurden hier Menschen geopfert?« fragte Grim, und Ledesma erklärte, wie die Kaktusleute alle zweiundfünfzig Jahre aus Furcht vor dem Weltuntergang eine erschreckende Anzahl von Menschen opferten, um die Sonne zur Rückkehr zu verleiten.

»Was verstehen Sie unter einer erschreckend hohen Zahl von Menschen?« fragte Grim, und Ledesma fuhr ihn an: »Tausende! Doch selbst in gewöhnlichen Jahren brachten sie regelmäßig Menschenopfer dar, damit ihr Volk nicht die Angst vor ihrer Macht verlor.«

»Könnten wir nicht raufklettern und uns die Stelle ansehen, wo dies alles passiert ist?« fragte Mrs. Evans, und Ledesma antwortete ihr: »Ich bin schon vor Jahren zu dick geworden, um diesen Steinhaufen zu ersteigen, aber wenn einer von Ihnen sich gerne vorstellen möchte, ein Menschenopfer zu sein, das die Sonne dazu verführt, auch im zweiundfünfzigsten Jahr nicht von der Bildfläche zu verschwinden, dann gehen Sie nur zu! Ich werde solange hier unten warten und mime den Priester, der Ihren Körper auffängt, wenn die Jungs da oben ihn runterrollen lassen.«

Mrs. Evans sagte: »Ich steige hinauf. Kommt jemand mit?« Vier von uns kletterten schließlich mit zur Spitze der Pyramide, und oben angelangt zeigte ich erst einmal nach Osten auf die trostlosen Fabrikschornsteine und sagte: »Das ist der *Mineral*, wo ich aufgewachsen bin.«

Wir betrachteten die Landschaft, und Mr. Haggard fragte: »Was dort drüben so weiß leuchtet, ist das die Kathedrale?« Ich schaute in Richtung Toledo und sah die glänzenden Türme des Gotteshauses.

»Ja, das ist sie.«

»Und wo ist die Stierkampfarena?«

»Hinter der Kathedrale«, erklärte ich. »Kann man aber von hier anscheinend nicht sehen.«

»Aber sie liegt in dieser Richtung?« fragte Haggard. »Ich mache mich immer als erstes mit der Topographie vertraut«, sagte er. »Diese alten Indianer haben sich schon 'nen tollen Platz rausgesucht, was?« Er drehte sich ein paarmal um und bewunderte die Aussicht auf das Tal, das von der Pyramide beherrscht wurde, doch sein Blick wanderte immer wieder zurück zur Fassade der Kathedrale, die fern am Horizont silberweiß schimmerte. »Wenn man so drüber nachdenkt«, meinte er, »dann haben es die Katholiken auch gar nicht so schlecht gemacht, stimmt's?«

Doch meine Gedanken waren beim *Mineral*, der so leer und verloren vor den Hügeln lag, die er ihres unermeßlichen Reichtums beraubt hatte. Ich stellte mir die Indianer vor, wie sie das tiefe Loch im Boden aushoben, und jeder von ihnen schleppte seine Last Erz, und ich stellte mir die geheime Höhle vor, wo wir den Zuchtbullen versteckt, und mein Zimmer, in dem wir das Leben von Pater Lopez gerettet hatten. Meine Mutter und mein Vater hatten eine wichtige Rolle für die alte Mine gespielt, und ich war stolz auf das, was sie geleistet hatten.

Während ich den anderen den *Mineral* beschrieb, hatte Mrs. Evans den Fries der Adlerkrieger entdeckt, der sich an der Basis eines der Tempel hinzog, und rief mich zu sich. »Diese Gestalten, halb Mensch, halb Vogel«, sagte sie, »haben etwas an sich, das wie die vollkommene Verkörperung raubtierhafter, furchteinflößender Kraft erscheint.«

Ich sagte zu ihr: »Ich erinnere mich noch an das erste Mal, als ich die Adlerkrieger gesehen habe und zu meinem Vater sagte: ›Aber sie tragen ja gar keine Bärte!‹, und mein Vater fragte mich: ›Warum sollten sie denn Bärte haben?‹ Ich antwortete ihm: ›In meinen Büchern tragen die bösen Männer immer Bärte‹, woraufhin er mir erklärte, daß die Adlerkrieger weder gut noch böse gewesen seien, sondern einfach Soldaten mit den Eigenschaften von Adlern.«

Als Mr. Grim zu uns herüberkam, warf er einen Blick auf die Adler und sagte: »Ich möchte gerne wieder hinuntergehen. Dieser Ort strahlt nichts als Grausamkeit aus, viel zu düster.« Er sprang von der obersten Plattform auf die nächstgelegene Stufe, und durch sein Körpergewicht trat er einen schweren Stein los, der schnurstracks die Pyramide hinunterdonnerte. »O Gott!« schrie Mrs. Evans. »Seien Sie doch vorsichtig!«, und von unten ertönte die ruhige, gemessene Stimme Ledesmas: »Es ist mir ja wurscht, wenn Sie sich da oben abmurksen, aber lassen Sie uns hier unten doch bitte am Leben.«

Als wir uns am Fuß der Treppe wiedertrafen, überraschte er mich damit, daß er fast entschuldigend meine Hände nahm und mir sagte: »Verzeihen Sie mir bitte, Norman, doch ich muß jetzt etwas Beschämendes über Ihren hochverehrten Vater sagen. Fast all die glatten Schlußfolgerungen, zu denen er in seinem berühmten Buch *Die Pyramide und die Kathedrale* gelangt ist, sind falsch.«

Mrs. Evans antwortete an meiner Stelle. »Als sie hörte, daß wir zum Festival hierherfahren würden, sagte uns die Bibliothekarin in Tulsa, daß wir in dieses Buch unbedingt reinsehen müßten. Ich glaube, wir haben es alle gelesen.« Sie sah Penny an, die ganz eifrig sagte: »Ja, ich habe es auch gelesen. Einfach klasse, und es wurde alles so einleuchtend erklärt.«

»Was war es noch gleich, was mich so beeindruckt hat?« fragte Mrs. Evans. »Daß die Größe der Pyramide und die Grausamkeit, die von ihr ausging, als Symbol für das indianische Erbe von

Mexiko zu verstehen sei? Und daß die Kathedrale dort drüben mit ihrer überirdisch schönen Fassade die Verkörperung spanischer Grazie und spanischen Lebensgefühls darstelle?« Diesen Worten stimmte jeder von uns zu, ganz besonders ich selbst; denn dies war die zentrale These meines Vaters gewesen, wobei ich jedoch betonen muß, daß er in seinem Buch keinerlei Wertung vornahm – er behauptete nicht etwa, das eine sei besser als das andere, sondern er beschränkte sich darauf, die grundsätzliche Verschiedenheit beider Kulturen darzustellen.

Ledesma nahm mich beim Arm, und während er mit mir den Weg entlangging, der vom Fuß der Treppe, die wir hinuntergestiegen waren, nach Westen führte, sagte er: »Verzeihen Sie mir, was ich soeben über Ihren Vater gesagt habe. Ihn trifft keine Schuld. Als er das Buch schrieb, konnte er von dem, was unter diesen Schuttmassen verborgen liegt – und was Sie gleich sehen werden –, noch gar nichts gewußt haben.«

Und er führte uns zu einem der glanzvollsten Beispiele präkolumbianischer Kunst in Mexiko.

»Vor ungefähr zehn Jahren, lange nachdem Normans Vater sein Buch geschrieben und Mexiko verlassen hatte, legten Archäologen an dieser Seite des Pyramidensockels einen künstlichen Erdhügel frei, der ihre Phantasie schon jahrelang aufs heftigste beschäftigt hatte, und nun sehen Sie selbst, was sie dabei entdeckt haben!«

Er zeigte uns ein wahres Wunderwerk, einen Mosaikboden von etwa hundertvierzig Meter Länge und zwanzig Meter Breite, dessen Oberfläche aus kunstvoll rot bemalten Steinfliesen bestand, welche in sanft geschwungenen Mustern ausgelegt waren, die den Blick auf die fernen Hügel am äußersten Rand des Plateaus lenkten. An drei Seiten säumten ihn steinerne Wandbänke von dunklerem Rot, die Hunderten von Menschen Platz zum Verweilen boten.

Doch das Erstaunlichste an der Terrasse, und das Merkmal, dem sie auch ihren Namen verdankt, war die Prozession steinerner Jaguare, die sich im Flachrelief über den Rücken der Bänke zieht. Insgesamt sind es einhundertundneunzehn Tiere, von denen jedes ungefähr einen Meter lang ist und sich vollkommen von seinen Gefährten unterscheidet. Einige der Jaguare zeigen ein Lachen, andere fauchen sich an, wiederum andere kratzen sich gerade, einer ist dabei, sein Junges zu füttern, und einige sind auf der Jagd nach Wild. Da sah man also einhundertneunzehn geschmeidige Großkatzen, die Zierde des Dschungels, gleichsam ein sanftes Gegenbild zu den raubgierigen Adlern, mit denen die Pyramide besetzt war.

»Wir nennen das die Jaguarterrasse« sagte Ledesma voller Ehrfurcht. »Wie unvergleichlich schön sie doch ist, von welch sanfter und weicher Ausdruckskraft! Wie sind diese Tigerkatzen nur hierhergekommen? In Mexiko findet man sie nur im Binnenland, jenseits des Küstenstreifens. Was suchten sie hier auf der Terrasse in Toledo? Ich glaube, daß sie nicht als leibhaftige Tiere hierhergebracht wurden, sondern eher als ideelles Bild in der Vorstellungskraft der Künstler, die von den Altomeken – oder den Kaktusmenschen, wie man sie auch nennt – während ihrer Raubzüge in die Nähe von Veracruz oder sogar bis ins entlegene Yucatán gefangengenommen wurden. In Stein verewigt, wurden sie hier zu neuem Leben erweckt, die schönsten Tiergestalten, die jemals in Mexiko geschaffen wurden.«

Nachdem wir die Jaguare eingehend betrachtet hatten – jedes der Tiere schien so lebendig, daß es uns vorkam, als müßten sie uns gleich aus dem Relief heraus entgegenspringen – fuhr er fort: »Diese geschmeidigen Wildkatzen, die sich hier am Fuß der Pyramide verbergen, stehen im eklatanten Widerspruch zu den generellen Feststellungen, die John Clay in seinem Buch getroffen hat. Er schrieb, dies sei ein grausamer Ort gewesen, doch die Darstellung der Tiger zeigt sie als sanfte Lebewesen. Er beschrieb diesen Ort als Adlerhorst, die Tigerkatzen jedoch führen uns zur Erde zurück. Nach seiner Schilderung war der Hügel der Pyramide einsam und verlassen, weder Baum noch Strauch wuchsen auf ihm, doch unsere Wildkatzen leben weiter und laben sich an den Säften des Dschungels. Während Clay an der Pyramide nur die ihr innewohnende Härte erkennen konnte, existierte zugleich unter seinen Füßen diese wundervolle Terrasse der Jaguare, in der all jene Werte lebendig sind, deren Fehlen er bitter beklagt.

Ich kann das nicht nachprüfen, doch ich nehme an, daß diese Pyramide errichtet wurde, damit die Könige und die Menschen aus der Stadt und selbst die erschöpften, blutbefleckten Priester sich hier am späten Nachmittag, nachdem die gräßlichen Rituale der Pyramide vollzogen waren, versammeln konnten, um das Schauspiel der hinter den Hügeln im Westen untergehenden Sonne zu betrachten, deren Rückkehr so grausam mit dem Blut und den Schreien der Geopferten erkauft worden war. Ich glaube, daß hier Musiker den Frauen zum Tanz aufspielten und die Männer die Dichtungen ihres Stammes aufsagten. Was uns John Clay über die Pyramide sagt, ist in vielen Punkten nicht richtig; denn er schilderte nur die brutale Gewalt, die von ihr ausging. Aber daneben existierte auch ein poetisches Element, ohne das der Mensch nicht überleben kann, doch dieses blieb seinem Auge damals verborgen.«

Da er herbe Kritik am Buch meines Vaters geübt hatte, wollte ich ihm zu verstehen geben, daß ich ihm seine Worte nicht übelnahm; denn Ledesma hatte recht: Hätte mein Vater von der Existenz der Jaguare gewußt, so wäre er zu denselben Überzeugungen gelangt, wie sie Ledesma eben erläutert hatte. Ich wollte ihm das gerade sagen, als Mrs. Evans meinte: »Señor Ledesma, so wie Sie da in der Ecke zwischen Ihren Tigern sitzen, sehen Sie tatsächlich wie ein altomekischer Priester aus.«

»Ich kann mir nicht vorstellen, daß mir heute noch jemand etwas Netteres sagt«, antwortete er huldvoll. »Doch offen gestanden hielt ich mich bisher stets besser dafür geeignet, die Finanzen des Stammes zu managen, als die Leitung seiner religiösen Opferungen zu übernehmen. Sie würden mich täglich hier finden, wie ich die Silbersäcke zähle.«

Er lehnte sich entspannt zurück, wie es die Priester in den alten Zeiten wohl auch getan haben mochten, und Haggard nahm das Gespräch, das wir oben auf der Pyramide begonnen hatten, wieder auf: »Was können wir also heute von den Matadoren erwarten?«

»Nichts. Sie werden heute miserabel sein.«

»Warum?« hakte Haggard nach.

Ledesma beugte sich vor und gab ihm einen leichten Schlag auf die Finger. »Sie haben die Lektion nicht verstanden. Beginnen Sie nicht bei den Matadoren. Fangen Sie immer bei den Stieren an.«

»Aber ich mag die Matadore«, warf Penny ein. »Ihretwegen sind wir hergekommen. Oder zumindest ich.«

»So sollte es in Ihrem Alter auch sein, Señorita Penny. Aber Ihr Vater ist ein erwachsener Mann. Er sollte es besser wissen.«

»Was ist denn über die Stiere bekannt?« fragte Haggard.

»Dieses Fest ist ziemlich teuer«, erklärte Ledesma. »Und weil so viel Geld für die Matadore weggeht, sind die Stiere in den ersten beiden Kämpfen die billigsten, die man bekommen kann. Die von morgen sind einfach fürchterlich, und die, die wir heute zu sehen bekommen, sind ziemlich schlecht. Die teuren Palafox-Stiere werden bis zum Schluß aufgespart, damit wir nicht mit einem schlechten Geschmack im Mund nach Hause gehen.«

»Können wir jetzt doch mal über die Matadore sprechen?«

»In Ordnung. Also, Victoriano, der von Gómez Druck bekommt, wird versuchen, eine Show abzuziehen, aber er wird wahrscheinlich ziemlich nervös sein und gar nicht in der Lage dazu, groß was zu machen. Gómez ist normalerweise ganz tapfer, aber bei diesen Stieren wird er auch nicht viel zustande bringen.«

»Und was ist mit dem dritten Mann los?«

»Paquito von Monterrey? Nichts, gar nichts.«

»Warum kann er dann auf einer so großen Fiesta auftreten?«

»Weil er, wie die Stiere, billig zu haben ist, und das ist die Wahrheit.«

Während ich ganz entspannt unter den Tigern saß und über das verträumte Tal schaute, dessen Reichtümer die alten Altomeken hierhergezogen hatten, hörte ich Ledesmas zynischen Kommentaren über den Stierkampf und das moderne Mexiko zu, und ich dachte über die Dinge nach, die er mir bei meinen früheren Besuchen in Mexiko erzählt hatte, als er sich in Stierkampf-Kreisen herumgetrieben hatte. Er war vor vierundvierzig Jahren in Valencia geboren worden, dem Seehafen östlich von Madrid, und hatte schon als Junge Stierkämpfer werden wollen. Da es ihm an körperlicher Grazie fehlte, war er Kritiker geworden, inzwischen der beste von ganz Mexiko, was vor allem auf den Umstand zurückzuführen war, daß er als Torero so völlig versagt hatte; wann immer er jetzt einen Matador beurteilte, dann ohne jede Gefühlsbewegung, denn er sagte sich stets: »Na gut, Matador, nun zeig mal, ob du so tapfer bist, wie ich es damals war.«

Als Halbwüchsiger war León ein ebenso begabter wie ungewöhnlich mutiger Torero gewesen. Unglücklicherweise war er jedoch auch sehr dick, was das spanische Publikum im allgemeinen nicht tolerierte. Früher hatte es ein halbes Dutzend Toreros mit Namen Gordito gegeben – was soviel bedeutet wie der kleine Fettwanst –, und einer von ihnen war sogar der bedeutendste Stierkämpfer seiner Generation geworden, doch ebenso, wie die älteren Musikliebhaber beleibte Soprane wie zum Beispiel Tetrazzini toleriert hatten und die jüngeren nicht, so weigerten sich die verwöhnten Aficionados in Ledesmas Tagen, einen fetten Jungen als ernst zu nehmenden Matador anzuerkennen, und Ledesmas bleibende Erinnerung an seine Erlebnisse in der Arena war das Echo des schallenden Gelächters, das ihn noch immer verfolgte. Das Debakel hatte sich in der Nähe von Valencia, in einem Dorf namens Burriana zugetragen, dessen Name aus unbekanntem Grunde selbst schon als komisch galt. Dorthin war er im Alter von achtzehn Jahren gegangen, um mitzuhelfen, eine Reihe tückischer alter Biester umzubringen, die schon viele Kämpfe überstanden hatten.

Als wir nun mit den Amerikanern auf der wunderschönen Terrasse standen, fragte ich: »Könnten Sie uns etwas über jenen Tag in Burriana erzählen?«, und er zuckte mit den Schultern und sagte ein wenig bitter: »Wie Sie Spaß an Tragödien haben, so habe ich welchen an Komödien.« Als er seine Erzählung begann, war es offensichtlich, daß er ein perverses Vergnügen dabei empfand, seine Wunden zu lecken.

»Die Stiere von Burriana hatten sich zu üblen Gegnern entwickelt, und die beiden Möchtegern-Matadore, die mit mir kämpften – später kamen sie zu bescheidenem Ruhm – waren bald zu Tode erschrocken vor den heimtückischen Biestern. Ich aber nicht. Ich biß mir auf die Lippen und schwor mir: Ich werde vor meinem Stier nicht weglaufen. Also war ich törichterweise tapfer, stellte einen heroischen Mut zur Schau, der jenen, den sich meine beiden Mitstreiter zutrauten, weit in den Schatten stellte, und ein paar köstliche Augenblicke lang machte ich dort in Burriana die Erfahrung, wie man sich als echter Torero fühlt; denn ich entdeckte trotz meiner Furcht vor dem Tode, daß meine Angst, mich unehrenhaft zu verhalten, noch ungleich größer war. Außerdem hoffte ich, daß man mir nach den beiden unrühmlichen Auftritten meiner Kollegen so stark applaudieren würde, daß man in den Zeitungen von Valencia und sicherlich auch in denen von Madrid über meinen Triumph berichten würde und dies der Beginn meiner Laufbahn sein könnte.

Aber als ich einen heroischen Ausfall versuchte, den man nur bei einem ehrlichen Stier wagen sollte, drehte sich mein tückisches Tier blitzschnell um, rammte mich mit der Stirn, und ich rollte unverletzt in den Sand. Die Menge begann zu lachen. Zuerst hörte ich ihr Gelächter nicht, denn ich erlebte das instinktive Gefühl von Gefahr, das einen Matador befällt, wenn er einen Stoß vom Stier bekommen hat. Ich stand auf, ging erneut auf das gefährliche Tier zu und versuchte noch einmal einen Pase. Wieder stieß der Stier zu und ließ mich durch den Sand kugeln wie einen Klumpen Butter. Die Zuschauer brüllten vor Lachen. Dieses Mal hörte ich ihr Gelächter sofort, nachdem es angefangen hatte, und ich schwor mir: Ich werden denen schon zeigen, wie ein Valenciano kämpft. Und tollkühn griff ich erneut an, doch die Heiterkeit hatte einen Punkt erreicht, an dem selbst die anderen Aspiranten nicht anders konnten, als mitzulachen.

Bis aufs Blut gereizt, machte ich mich schließlich daran, den Tod des Stiers gezielt anzugehen, und brachte einen wunderschönen Todesstoß zustande, der mir eigentlich tosenden Beifall hätte einbringen müssen. Statt dessen bescherte er mir eine Welle kräftigen Gelächters. Es war kein verächtliches Gelächter, es war ein ermutigendes, gutgelauntes und mitfühlendes Gelächter, doch es sollte die nächsten sechsundzwanzig Jahre in meinem Kopf nachhallen. Ich war an diesem Tag tapferer gewesen als die anderen, doch mein Mut hatte kein Lob geerntet, sondern Gelächter.«

In Valencia jedoch erwartete ihn eine noch weit größere Schande, und ich fragte mich, ob er den Mut aufbringen würde, den Amerikanern auch davon zu berichten, doch er war in Plauderstimmung, und als ich fragte: »Macht es Ihnen etwas aus, ihnen zu erzählen, was in Valencia passiert ist?«, lachte er und sagte: »Das tut er nur, weil ich so unfreundlich über seinen Vater gesprochen habe. Jedenfalls« – hier schwenkte er die rechte Hand, als ob er zu einer unterwürfigen Verbeugung ansetzen wollte –, »zwei Abende nach dem Fiasko in Burriana bekam ich Besuch vom Manager einer Stierkämpfertruppe, die in Zentralspanien berühmt geworden war, den ›Gauklern von Valencia‹. Die Clowns und dieser Mann sagten ganz direkt: ›León, wir haben überall nach einem dicken Jungen Ausschau gehalten, der tapfer und zugleich komisch ist. Ich hab' dich nicht in Burriana gesehen, aber meine Freunde waren dabei, und sie sagen, du bist zum Schreien komisch.‹ Er machte eine dramatische Pause, und es war offensichtlich, daß er mir einen Job anbieten wollte.

›Ich hab' Ihre komischen Stierkämpfer gesehen‹, sagte ich. ›Ein paar von Ihren Leuten sind sehr tapfer –‹

Der Manager wurde mit einemmal redselig und sagte: ›Wirklich, León, als Komiker kannst du viel mehr Geld verdienen als die meisten ernsthaften Stierkämpfer. Zum einen ist die Konkurrenz nicht so groß, und zum andern, wenn der Stier dich wirklich mal erwischt, ist er viel kleiner und richtet nicht so viel Schaden an.‹

›Aber ich hatte niemals vorgehabt, komischer Stierkämpfer zu werden‹, sagte ich.

Der Manager lehnte sich sichtlich überrascht zurück. ›Du meinst, bei deiner Figur hättest du erwartet …‹ Ein spontanes Lächeln überzog sein gebräuntes Gesicht. ›León!‹ protestierte er freundlich. ›Du hast doch wohl nicht gedacht, daß das Publikum …‹

Ich unterdrückte die Tränen, aber es fiel mir schwer, meine Wut zu verbergen. ›Sie sollten jetzt wohl besser gehen‹, sagte ich. Und als der Manager in den dunklen Straßen von Valencia verschwand, gesellte sich sein Gelächter zu dem der Leute von Burriana, und mit diesem Gelächter starben all meine Träume, der neue Star der Arena zu werden.«

Es war schon seltsam, daß Ledesma auch nur versucht hatte, Stierkämpfer zu werden, weil er – wie er mir erzählt hatte – gerne las und sich gewandt ausdrücken konnte und den meisten Toreros diese Eigenschaften vollkommen abgingen. Als seine Hoffnungen, Stierkämpfer zu werden, vom Gelächter erstickt wurden, konzentrierte er sich darauf, sich weiterzubilden; in seinem Kopf hatte sich bereits die Idee festgesetzt, Stierkampf-Kritiker zu werden. Er studierte Französisch und Englisch, Philosophie und Geschichte. Er fühlte sich stark zur Kunstkritik hingezogen, was ihm erlaubte, die Ästhetik des Stierkampfs in Beziehung zu jener größeren Ästhetik zu setzen, die auch Velázquez und Goya einschloß. Er kannte sich besonders gut mit dem Ballett und seiner Begleitmusik aus, und ich hatte manchmal das Gefühl, daß er mit ein wenig Glück und einem vollkommen anderen Körper ein ausgezeichneter Tänzer hätte werden können.

Als potentieller Stierkampfkritiker besaß er allerdings einen entscheidenden Fehler, soweit die Kunst in Spanien ausgeübt wurde: Er war Republikaner, wohingegen fast jeder, der etwas mit dem Stierkampf zu tun hatte, zu den Faschisten gehörte, und im Bürgerkrieg, der Spanien erschütterte und nicht nur seinen eigenen republikanischen Vater umbrachte, sondern auch Leóns Idol García Lorca, kämpfte er auf Seiten der Loyalisten so tapfer, wie er es in der Arena von Burriana getan hatte. Als der Krieg ganz offensichtlich aussichtslos geworden war, floh er nach Frankreich, wo er dank seiner Sprachbegabung einige Monate lang als Franzose durchgehen konnte, und anschließend weiter nach Mexiko, wo er seine zweite Heimat fand.

Dort veröffentlichte er 1938 einen Gedichtband, in dem er seinen Abschied von Spanien nahm und ankündigte, er werde nun für immer mexikanischer Staatsbürger werden. Seine Gedichte wurden vom Publikum wohlwollend aufgenommen, doch ganz besondere Aufmerksamkeit erregte ein kurzes Werk, das er erst im letzten Moment hinzugefügt hatte. Es hieß »Klage um García Lorca«, und dieser Titel brachte bei seinen Lesern eine Saite zum Klingen; denn dieser berühmte Poet war mit einem Gedicht in die Geschichte des Stierkampfs eingegangen, das er am Anfang seiner Karriere geschrieben hatte und das den Titel trug »*Lamento* für Ignacio Sánchez Mejías«. Darin ging es um einen charismatischen Torero, der in der Arena sein Leben verliert. Lorcas Gedicht begann mit den Worten »*A las cinco de la tarde*« (um fünf Uhr nachmittags), und wenn man diese sechs Worte in Gegenwart eines Aficionados zitierte, war es gut möglich, daß er die nächsten acht oder zehn Zeilen des berühmten Gedichts aufsagte. Wie auch immer, Ledesmas glücklicher Einfall öffnete ihm den Weg in die Welt der Stierkampfberichterstattung in den Zeitungen, und kurz darauf wurde er stellvertretender Kritiker einer führenden Zeitung und in der Folge der bedeutendste Kritiker des Landes, bekannt für seine stilistischen Fähigkeiten und seinen Mut. Die gebildeten Mexikaner begannen allmählich, seine langen, manchmal etwas diffusen Artikel über die Kunst des Stierkampfs zu lieben; denn egal wie ausufernd seine Kritiken manchmal auch zu sein schienen, fanden sich doch immer scharfsinnige Beobachtungen darin. Bei der Lektüre seiner Essays lernte man Seneca, Unamuno, García Lorca und Ortega y Gasset kennen, die Komponisten de Falla, Granados, Turina und Albeniz, und da er Bezüge zu diesen Geistesgrößen herstellte, machte er die Mexikaner mit dem Herzen Spaniens vertraut. Aber damit gab sich Ledesma noch nicht zufrieden. Er konnte ebensogut Goethe, Shakespeare, Hugo, Tolstoi und Montaigne zitieren. Auf amerikanische Schriftsteller bezog er sich zunächst nur selten, denn während seiner Studienjahre in Valencia waren diese in Spanien noch vollkommen unbekannt, doch in den letzten Jahren wies er öfters darauf hin, daß Hemingway, als ihm der Nobelpreis verliehen wurde, den Anstand besaß, Pío Baroja wissen zu lassen, daß der Preis eigentlich Baroja gebühre. »In diesem alten Mann hatte Spanien einen unsterblichen Genius«, betonte er manches Mal, »und wir ignorierten ihn, als wäre er ein Straßenköter. Wir sollten uns schämen, daß wir es einem Amerikaner überlassen haben, die Welt mit der Größe dieses alten Mannes bekannt zu machen.« Als Ledesma später einen mexikanischen Verleger bedrängte, eine Auswahl von Barojas Romanen zu veröffentlichen, erkannten die Mexikaner, daß Baroja das Theater, das Ledesma um ihn veranstaltet hatte, durchaus rechtfertigte.

Sein Mut als Kritiker wurde sprichwörtlich. Er war bereit, jedes beliebige Urteil, und sei es noch so extrem, schriftlich zu geben und, wenn nötig, dann auch mit den Fäusten zu verteidigen. In seinen Vierzigern gewöhnte er sich an, einen Spazierstock dabeizuhaben, mit dem er auf jedermann eindrosch, der versuchte, ihn seiner Ansichten wegen anzugreifen. Sein Kodex war einfach: Matadore bekommen gutes Geld für ihre Kämpfe, also sollen sie bitteschön auch etwas Mut und Begabung erkennen lassen. Er hatte keinerlei Hemmungen, Halunken unter den Stierkämpfern bloßzustellen, und in einigen seiner bedeutenderen Artikel ließ er sich über die Schiebungen in der Arena aus; doch seine Bereitschaft, jungen Männern Lob auszusprechen, die es noch nicht zu größerer Bekanntheit gebracht hatten, zeugte ebenfalls von einigem Mut. Und so hatten Klugheit und Mut aus dem dicken kleinen Jungen eine der einflußreichsten Persönlichkeiten des mexikanischen Stierkampfs gemacht, einen Mann, dem ich Bewunderung entgegenbrachte und dessen Freundschaft ich hoch schätzte.

So wie ihn als Junge das Unmögliche magisch angezogen hatte, nämlich selbst Stierkämpfer zu werden, fühlte er sich als erwachsener Mann zu etwas gleichermaßen Unerreichbarem hingezogen – er verliebte sich unweigerlich stets in die zierlichste und kleinste Schauspielerin in ganz Mexiko, und das Mißverhältnis zwischen seiner Körpergröße und der seiner Angebeteten störte ihn wenig. Jede Hollywood-Diva, die weniger als fünfzig Kilo wog, konnte sicher sein, bei ihrer Ankunft in Mexiko City von einem unsterblich in sie verliebten León Ledesma begrüßt zu werden. Sein Anblick erschreckte die Damen gewöhnlich, doch sobald sich dann eine Unterhaltung entspann, hatte er gute Aussichten, sie mit seinem sprühenden Witz, mit dem er sich manchmal auch über sich selbst lustig machte, für sich einzunehmen. Die Wände seiner Junggesellenwohnung an der Reforma zierten eine Radierung von Goya, die einen Stierkampf darstellte, und eine Picasso-Zeichnung von Gauklern. Jeden Nachmittag fuhr er mit dem Taxi in die Innenstadt, wo er sich im berühmten Café Tupinamba niederließ und in der Nähe vom Tisch des Managers Cigarro Platz nahm.

Der Teil seines Lebens, der sich im Tupinamba abspielte, warf einen häßlichen Schatten auf Ledesmas Leben; denn sein Tun und Treiben in dem Café war keineswegs liebenswert. Doch er gab sich keine Mühe, sein Verhalten zu beschönigen. Nachmittags, wenn er an seinem Lieblingstisch Wurzeln schlug, war es üblich, daß Leute, die etwas mit dem Stierkampf zu tun hatten, vorbeikamen und dem Kaiser ihre Aufwartung machten. Es hatte sich eingebürgert, und daran wurde mit eiserner Gewohnheit festgehalten, daß Ledesma niemals selbst bezahlte, was er konsumierte. Er verdiente zwar nicht schlecht, wenn man seine Radio- und Fernsehverträge mitzählte, doch selbst der blutigste Anfänger wußte, daß er und nicht Ledesma die heiße Schokolade und die Sandwiches bezahlen mußte.

Das waren natürlich kleine Bestechungsgelder, die von der Stierkampfszene in der Hoffnung, Ledesma lobende Erwähnung zu entlocken, bereitwillig gezahlt wurden. Aber der zusätzliche Tribut, den dieser mächtige Mann erhob, war keineswegs so klein, und nachdem die Nebendarsteller des Tages seine Drinks bezahlt und sich getrollt hatten, traten die Hauptpersonen auf. Einmal sah ich den alten Veneno selbst, als sein Sohn Victoriano bereits auf der Höhe seines Ruhms stand, wie er sich an den königlichen Tisch heranmachte, sich hinsetzte und direktheraus fragte: »Wieviel wollen Sie diese Woche für eine dicke Lobrede auf meinen Sohn, León?«

»Wieviel kriegt er auf der Plaza de México?« fragte Ledesma zurück.

»Viertausendfünfhundert Dollar«, antwortete Veneno aufrichtig, denn er konnte sicher sein, daß Ledesma ohnehin die genauen Zahlen kannte.

»Unter diesen Umständen wären vierhundertundfünfzig Dollar angebracht«, erwiderte Ledesma. Das Geld wurde bezahlt, und am nächsten Montag konnte man in Ledesmas Kolumne einen blumigen Bericht lesen, in dem Victoriano mit Michelangelo verglichen wurde.

Fast niemand konnte darauf hoffen, es in der Welt des Stierkampfs zu etwas zu bringen, ohne diesem einflußreichen Kritiker seinen Tribut zu entrichten. Führenden Matadoren nahm er für eine besonders gute Kritik bis zu zehn Prozent ihrer Gagen ab. Bei einem Anfänger, der kaum das Geld für sein geliehenes Kostüm aufbringen konnte, beschränkte er sich auf ein paar Dollar, aber die mußten auch gezahlt werden. Wenn irgendein Aufsteiger es wagte, Ledesma zu ignorieren, ergoß sich dessen ganzer Zorn über ihn und vertrieb ihn manchmal sogar aus Mexiko City. Selbst etablierte Matadore bekamen die Gewalt seiner Feder zu spüren, wenn sie es nachlässigerweise versäumten, Ledesma den Tribut zu entrichten, auf den er Anspruch zu haben glaubte.

Sein Einkommen bei der Zeitung betrug zweitausend Dollar im Jahr. Die reinen Bestechungsgelder für lobende Erwähnungen beliefen sich auf mehr als fünfundzwanzigtausend Dollar. Von der Stierkampf-Mafia bekam er nicht nur Bargeld und seinen heißen Kakao im Tupinamba, sondern auch die meisten Mahlzeiten, seinen Mercedes, viele seiner maßgeschneiderten Anzüge, seine Hemden, seine Schuhe und selbst die Blumen für seine Fünfzig-Kilo-Schauspielerinnen. Fast jeden Monat pries er Seneca den Stoiker, doch in derselben Woche schwelgte er wie Seneca, der römische Lebemann. In der Tat nahm der spanische Kritiker Ledesma in Mexiko City ungefähr die gleichen Bestechungssummen ein, die der spanische Politiker Seneca im alten Rom eingenommen hatte, weshalb er Seneca wahrscheinlich als den größten Spanier aller Zeiten ansah.

Ich würde trotzdem niemals behaupten, daß Ledesma korrupt war. Als wir vor einigen Jahren im Tupinamba saßen, wobei natürlich ich seine heiße Schokolade bezahlte, erzählte er mir: »Beim Stierkampf gibt's kein Ergebnis nach Punkten. Der Uneingeweihte kann vermutlich nicht mal sagen, wer gewonnen hat. Von den fünfundfünfzigtausend Leuten, die sich morgen den Kampf ansehen, werden keine fünfzig wissen, was sie wirklich gesehen haben, ehe sie die Zeitung gelesen und sich vergewissert haben, was sie meiner Meinung nach gesehen haben. Ich bin der Geist des Stierkampfs, sein Auge und sein Gewissen.«

»Sein Gewissen?« fragte ich sarkastisch.

»Ja, sein Gewissen«, erwiderte er. »Lassen Sie sich nicht den Blick davon trüben, daß Sie gerade gesehen haben, wie Veneno mir fast fünfhundert Dollar für einen guten Bericht über seinen Sohn bezahlt hat. Wenn sein Sohn morgen eine miese Vorstellung liefert, dann werde ich auch nicht schreiben, daß er phantastisch war. Dann verkneife ich mir bloß, zu sagen, daß er beschissen war.« Er schlürfte seine spanische Schokolade, ein bitteres, dunkles Gebräu, und fuhr fort: »Jeder, der die Zeitung liest, weiß, daß man mir eine Menge Geld für mein Urteil zahlt, aber man weiß auch, daß ich im Grunde die Wahrheit sage. Ich laß mir meine Integrität von niemandem abkaufen. Was sie kaufen, ist meine Redegewalt, und wenn sie zahlen, dann liefere ich auch.«

Ich dachte an jene bemerkenswerten Äußerungen, als ich Ledesma betrachtete, wie er es sich da zwischen den poetischen Tigern bequem gemacht hatte, und ich war gerade dabei, ihn in Gedanken zu verurteilen, als etwas Überraschendes geschah: Zwei Kellner aus dem Kachelhaus tauchten plötzlich an der Jaguar-Terrasse auf. Sie fuhren auf einem dreirädrigen Motorrad, das einen kleinen Anhänger zog. Dieser Anhänger enthielt einen Klapptisch, den sie vor uns aufbauten, dazu ein Tischtuch, Servietten, Messer, Gabeln, Löffel – und ein köstliches Picknick, das Ledesma bei der Witwe Palafox bestellt und aus eigener Tasche bezahlt hatte.

»Für meine Freunde aus Tulsa. Wenn ich Sie dort mal besuche, erwarte ich allerdings eine weit aufwendigere Behandlung«, und er bestellte: »Dos Equis für alle.«

»Was ist das?« fragte Ed Grim, und der Kritiker erklärte ihm: »Das beste Bier auf der Welt. Sozusagen Drei-Sterne-Bier, und tun Sie ruhig noch zwei drauf.« Während wir uns für den bevorstehenden Stierkampf stärkten, dachte ich, daß Ledesma uns eigentlich die merkwürdige Beziehung zwischen den drei Hauptakteuren des heutigen Kampfes erläutern sollte: Victoriano, der Spanier; Gómez, der Indio; und León Ledesma, der praktisch der Initiator jener Serie von Mano-a-mano-Kämpfen war, die in ganz Mexiko stattgefunden hatten.

»León«, fragte ich, »warum haben Sie soviel Anstrengung darauf verwandt, diese Serie ins Leben zu rufen? Sie kriegen dafür doch kein Geld von den Impresarios, jedenfalls nicht direkt.«

»Ich liebe den Stierkampf. Ich genieße es, ein Duell zwischen zwei guten Matadoren mit unterschiedlichen Kampfstilen zu sehen.«

»Aber der wirkliche Grund«, hakte ich nach.

»Er kennt den wirklichen Grund verdammt gut«, sagte er zu den Leuten aus Oklahoma. »Weil ich die Art und Weise liebe, wie Victoriano sich gibt. Und weil ich Juan Gómez verachte.«

»Möchten Sie uns sagen, warum Sie Gómez sie nicht leiden können?«

»Nein, mag ich nicht, aber wir sieben kommen vielleicht nie wieder zusammen, und wenn ich es Ihnen doch erzählen würde, könnte es für Sie zu Hause eine Geschichte werden, die nahezu die Seele Mexikos zusammenfaßt – ganz sicher die Seele des mexikanischen Stierkampfs.«

»Bitte weihen Sie uns doch ein«, bettelte Mrs. Evans.

Ledesma nahm einen langen Schluck Dos Equis, wischte sich den Mund ab und sagte: »Ich glaube, daß jeder, der etwas mit Stierkampf zu tun hat, darauf hofft, eines Tages einen Burschen von dreizehn oder vierzehn zu sehen, der alle Fähigkeiten eines geborenen Matadors hat. Wir alle. Man hat mir erzählt, daß es in den Vereinigten Staaten Leute wie mich gibt, die davon träumen, im Ghetto einen schwarzen Jungen zu entdecken, der das Zeug zu einem großen Basketballspieler hat. Würden Ihre Leute diesen Jungen etwa nicht unter die Fittiche nehmen, ihm alle

Schwierigkeiten aus dem Weg räumen und sogar dafür sorgen, daß er eine kostenlose Universitätsausbildung bekommt?«

Mr. Haggard lachte und zeigte auf Ed Grim: »Er zahlt schon jetzt zwei solcher Jungen die Studiengebühren für die Universität von Oklahoma.«

»Dann verstehen Sie ja wohl auch, was ich dachte, wenn ich Ihnen sage, daß ich eines Tages auf einem Fischmarkt sah, wie dieser perfekte Vierzehnjährige, Ignacio Molina, mit einem kleinen Tuch in der Hand Pases übte; ein anderer Junge hat dabei den Stier gespielt. Ignacio war ein Traum – durchgedrückter Rücken, wunderbares Profil, dichtes schwarzes Haar, magische Hände und vor allem kein fetter Hintern.«

»Hat er noch Eltern?« fragte Mrs. Haggard, und Ledesma antwortete: »Das nehme ich an, aber sie haben nie eine Rolle gespielt.«

»Und Sie haben ihn unter Ihre Obhut genommen?« fragte sie.

»Wissen Sie, es gibt nicht viele Nachwuchsmatadore, für die ein Kritiker in meiner Position seinen Ruf aufs Spiel setzen würde. Nacho, wie sie ihn nannten, war so einer.«

»Erzählen Sie ihnen doch, was in Torreón passiert ist«, sagte ich und bezog mich dabei auf die Stadt im Norden Mexikos.

Nahezu eine Minute lang saß Ledesma da vor den vollkommenen Tigern und starrte seine Daumen an. Schließlich begann er von jenem katastrophalen Sonntagnachmittag *a los cinco de la tarde* zu erzählen: »Mein Nacho-Junge war der beste der Bande. Der Bursche aus Saltillo im zweiten Kampf hatte nicht das geringste Talent. Und dann war da noch der Jüngste, ein völlig uninteressanter altomekischer Indianerjunge namens Juan Gómez. Die Jungs waren alle so um die Siebzehn oder Achtzehn. Alle so in dem Alter, wo sie sich selbst beweisen oder aufhören mußten.«

»Jetzt mal im Klartext«, sagte Ed Grim. »Sind das die Matadore, die wir heute und an den beiden nächsten Nachmittagen zu sehen bekommen?«

»Sie kriegen Juan Gómez zu sehen. Keinen von den anderen.«

»Was ist denn passiert?«

»Es tut weh, das zu erzählen. Als wir uns schon alle für die

Eröffnungsparade versammelt haben, versuche ich noch, den Kampf so zu organisieren, daß Nacho nichts passiert. Ich gebe also Anweisungen, wer was tun soll, wie die erfahrenen Peones, die ich engagiert habe, darauf achten sollen, daß er nicht in Schwierigkeiten gerät. Dann, und der Teufel muß mir gesteckt haben, daß ich in Gómez einen potentiellen Feind hatte, denn ich hab' ihn gewarnt: ›Bleib bloß von unserem Stier weg, wenn Nacho ihn von den Picadores übernimmt.‹ Und was meinen Sie, tut dieser unverschämte Indio? Er geht langsam auf Nacho zu, guckt ihn sich sorgfältig an, als ob er ein Pferd kaufen will, und dann spuckt er ihm auf die Schuhe. Dann ruckt er herum wie ein Habicht, funkelt mich an und sagt: ›He, Fettsack, sag deinem Torero, er soll selber auf sich aufpassen.‹ Und dann nimmt er seine Position für die Eröffnungsparade zwischen den beiden anderen ein.«

»Wollen Sie damit etwa sagen«, fragte Haggard, »daß er Sie in aller Öffentlichkeit herausgefordert hat, und das, wo Sie ein bedeutender Kritiker sind? Der muß verrückt gewesen sein.«

»Das ist er manchmal.«

»Und was haben Sie gemacht?«

»Man hat mir später erzählt, daß ich vor Wut knallrot geworden bin. Ich hätte den verdammten Indio am liebsten erwürgt, aber die Musik fing gerade an zu spielen, und die drei jungen Nachwuchsmatadore marschierten raus in die Sonne. Und als ich den Indianer in die Arena stolzieren gesehen habe, schwor ich mir, den Altomeken mach' ich noch fertig.«

»Und haben Sie?«

»Er hat mich fertiggemacht. Auf die schlimmste Weise.«

»Würden Sie uns das auch noch erzählen?« fragte Mrs. Evans, und er nickte, lehnte sich zurück an das Tiger-Relief und sagte: »Es passierte beim letzten Stier des Tages. Gómez hatte die Stirn, zu mir rüberzukommen und mir seinen Stier zu widmen, dem ›Beschützer des Publikums, Freund der Stiere und Herrn der Matadore‹. Rund um mich begannen die Leute zu lachen, also sagte ich zu Nacho: ›Mach ihn lächerlich‹, und das tat er denn auch. Er stellte sich unmittelbar neben Gómez, demonstrierte eine Serie wunderbarer Pases, das Tuch hinter dem Rücken, aber beim letzten Pase drehte sich der Stier zu schnell um, erwischte ihn mitten in die Brust, schleuderte ihn in die Luft und spießte ihn im Fallen nochmals auf.«

»Tot?« fragte Grim, und Ledesma nickte, und wir verstummten.

Schließlich fragte Mrs. Haggard: »Haben Sie jemals wieder einen anderen Jungen gefunden?«, und er sagte: »Meiner ist in Torreón gestorben.«

Nie zuvor hatte ich erlebt, daß León so bereitwillig über seine Niederlagen gesprochen hatte, also bohrte ich nach: »Aber wenn Sie Gómez derart hassen, warum haben Sie sich dann solche Mühe gegeben, um diese Zweierkämpfe zu fördern und sogar mitzufinanzieren?«

»Weil wir, wunderbarerweise, hier zwei Kämpfer haben, die jeweils die Besten ihrer unterschiedlichen Stile sind. Und wenn die Welt im Gleichgewicht bleiben soll, braucht es einen wie Gómez, um die Brillanz von einem wie Victoriano zu unterstreichen. Obwohl Gómez mir nicht mal was bezahlt, zwingt mich meine Achtung für den Stierkampf, die Wahrheit zu sagen, und die Wahrheit ist, daß er ein mutiger Kämpfer ist. Einer der tapfersten.«

»Wollen Sie damit etwa sagen, daß die Matadore Sie für gute Kritiken bezahlen?« fragte Haggard.

»Auf diese Weise verdiene ich meinen Lebensunterhalt.«

»Weiß Ihre Zeitung das?«

»Sie ermutigen mich dazu. Dann brauchen sie mir nicht so viel zu bezahlen.«

Haggard war von diesen intimen Details des mexikanischen Sportjournalismus schockiert, aber die kleine Penny Grim stellte sich als cleverer heraus, als ich erwartet hatte, und ließ sich nicht vom Thema abbringen, denn sie fragte: »Wenn Sie ihn so hassen, sind Sie dann noch in der Lage, ihn unvoreingenommen zu beurteilen?«

Er beugte sich vor und tätschelte ihr die Hand. »Ich geh' zu jedem Zweierkampf und bete, daß der nächste Stier diesen verfluchten Indianer elfmal in die Luft schleudert und jedesmal, wenn er runterfällt, sein Herz durchbohrt.«

»Glauben Sie, daß es dazu kommen wird?« fragte ich, und er sagte: »Da bin ich mir sicher. Victoriano besitzt Stil, aber Gómez hat nichts als blanken Mut zu bieten. Und im wirklichen Leben siegt der Stil allemal über den Mut. Je besser Victoriano also wird, desto mehr Risiken muß Gómez eingehen. Bis er sich eines Tages damit umbringt.« Er rieb seine fetten Knöchel an der Tischplatte, als sei er dabei, den krummbeinigen kleinen Altomeken zu zerquetschen.

Nach unserem vorzüglichen Picknick dankten wir Ledesma für die Freundlichkeit. Mrs. Evans sprach für uns alle, als sie sagte: »Señor Ledesma, Sie waren hier draußen bei der Pyramide so nett zu uns, daß wir uns fragen, ob Sie wohl ein paar Minuten erübrigen und uns zur Kathedrale begleiten könnten.« Er begann einzuwenden, daß er gegen Mittag in der Arena sein wolle, um das Auswählen der Stiere zu beobachten, unterbrach sich dann aber und überlegte es sich anders. »Ein Besuch dort würde Ihnen allen helfen, die Stierkämpfe besser zu verstehen, aber ich fürchte, Bruder Clay wird das nicht passen, weil ich schon wieder darlegen muß, daß sein geheiligter Vater total falsch lag.«

»Damit kann ich leben«, sagte ich. »Was ich an Ihnen schätze, León, ist, daß ich durch Sie Dinge erkenne, die ich selbst herauszufinden nicht clever genug war. Und das soll kein Witz sein.« Das war es tatsächlich nicht. Bei meinen Versuchen, zu ergründen, wo eigentlich meine Prioritäten lagen, insbesondere, was ich mit dem Rest meines Lebens anfangen sollte, dachte ich immer wieder an Mexiko, und der Versuch, dieses komplizierte, großartige Land mit seinen fortwährenden Revolutionen zu verstehen, würde allen Grips erfordern, den ich hatte. Und es fiel mir ein, daß León und ich uns seltsam ähnlich waren, jeder von uns ein Fremder – er Spanier, ich Amerikaner –, so daß wir die Nation aus der Perspektive des Außenseiters betrachteten. Ich mußte wissen, was er wußte, und war ganz begierig darauf, zu erfahren, was er über die Kathedrale zu sagen hatte.

»Ich nehm' Sie mit«, beschloß er abrupt. »Auf diese Weise

werde ich meine eigenen Vorbereitungen abschließen, und Sie, Mrs. Evans, können wieder bei mir mitfahren – falls Sie sich trauen.«

Die muntere Witwe sprang in den Mercedes, und mit aufheulendem Motor fuhren sie und der Kritiker zurück zur Stadt, aber nach ein paar hundert Metern wendete er den Wagen in einem gefährlich engen Kreis, donnerte zurück und rief, während er schon wieder wendete: »Wir treffen uns auf der Plaza vor der Kathedrale.« Dann verschwand er in einer Staubwolke in Richtung Stadt.

Wir erreichten die Plaza vor ihm, denn offensichtlich hatten er und Mrs. Evans irgendwo in der Stadt angehalten, um etwas einzukaufen. Als er dann schließlich kam, trug er ein ziemlich dickes Paket unter dem Arm, und als er dann schließlich zu uns stieß, gab er sich alle Mühe, die verlorene Zeit wieder aufzuholen, denn er brach in ein nahezu hektisches Lob der Fassadenornamente aus, welche die Kathedrale schmückten. »Einmalig auf der Welt, ich meine die schöne Sache und die häßliche Bezeichnung dafür: Churriguerismus. So heißt nämlich der Architekturstil, den Sie hier sehen, aber was das bedeutet, weiß ich nicht, außer daß es für eine verwundene, tanzende, flammende Ornamentik steht, wie Sie ja selber sehen können.«

Er gab uns einige Minuten Zeit, die glorreiche Fassade zu bewundern, und fuhr dann mit einem Gedanken fort, den ich nie vergessen werde: »Aber wir dürfen uns von dieser lieblichen Fassade nicht verführen lassen; denn sie verbirgt ein häßliches Geheimnis, genauso wie unsere häßliche Pyramide ein schönes Geheimnis verbarg, nämlich die Terrasse der Jaguare. John Clay, dem keines der beiden Geheimnisse zu sehen vergönnt war, fiel einem verständlichen Irrtum anheim. Für ihn stand die Brutalität der Pyramide im Wettstreit mit der sanften Schönheit der Kathedrale; nur sind beide Beschreibungen falsch.«

»Was meinen Sie damit?« fragte Mrs. Evans. Er sagte: »Kommt mit, Kinder«, und führte uns an die Südseite der Kathedrale, wo er vor einem uralten Springbrunnen stehenblieb, dessen Wasserstrahl in der Sonne funkelte. »Jahrzehntelang haben sich die Gelehrten gefragt, warum diese Statue des ersten Bischofs Palafox, des Erbauers unserer Stadt, in dieser abgelegenen Ecke aufgestellt wurde statt auf der weiträumigen Plaza, von der wir gerade kommen; denn um Ihnen die Wahrheit zu sagen, zeichnete sich die Sippe der Palafox nicht gerade durch bescheidene Zurückhaltung aus. Sehen Sie sich bei den Stierkämpfen doch mal ihr gegenwärtiges Oberhaupt Don Eduardo an, den Stierzüchter. Wenn einer seiner Stiere besonders gut ist, und die Zuschauer erwarten, daß er sich verbeugt, dann kann er die Arena betreten und Applaus ernten, aber er springt sowieso rein, ob man ihm nun applaudiert oder nicht. Schon wenn zwei Leute in die Hände klatschen, kommt er rein und verbeugt sich. Wenn also unser erster Palafox diese verborgene Ecke für seinen Brunnen gewählt hat, muß es einen Grund dafür gegeben haben.«

Nachdem er uns Zeit gegeben hatte, darüber nachzudenken, erklärte er: »Im Jahre 1953, wiederum geraume Zeit nach John Clays Tod – was ich jetzt sagen werde, hat also nichts mit seinen Qualitäten zu tun –, trugen Archäologen die Stuckfassade der alten Wehrkirche gegenüber ab und legten dabei einen der kruden, rohen Schätze der frühesten spanischen Kolonialarchitektur frei. Dort drüben sehen Sie die 1527 errichtete Kanzel, von welcher aus Fra Antonio unter freiem Himmel die Altomeken bekehrte.«

Wir verließen den Springbrunnen und gingen hinüber zu der alten Kapelle, wo Ledesma umherspazierte und uns auf ihre charakteristischen Merkmale aufmerksam machte. »Sehen Sie sich an, wie brutal dieses Heiligtum wirkt. Seine gewaltigen, niedrigen Torbögen sind so massiv wie die Pyramide und unterscheiden sich nicht im geringsten davon; denn die Spanier beschäftigten indianische Architekten. Die Kapelle weist keinerlei Ornamente auf, keine einzige überflüssige Verzierung. Der geweihte Felsblock, von dem aus der Frater zunächst predigte, steht noch immer so da, wie er aus dem zerstörten Tempel der Muttergottheit gestohlen wurde. Dieses krude Heiligtum ist das Herz der katholischen Kirche im Hochland. Unsere Kirche hat die Indianer nicht besiegt und bekehrt, weil wir über die zierliche churrigueereske Architektur verfügten, die John Clay für den Inbegriff des mexikanischen Katholizismus hielt. Wir siegten, weil wir von den massiven Felsen des Landes herab sprachen, in das wir eingedrungen waren. Unsere ersten Kapellen waren niedrig und kraftvoll, wie die Tempel, aus deren Mauern die Steine gestohlen waren. Wir haben unseren altomekischen Indianern keine völlig neuen Götter gebracht; wir übernahmen jene, die wir vorfanden, und gaben ihnen die Namen spanischer Heiliger. Und genausowenig haben wir uns in sentimentaler Frömmelei verloren.« Er hielt inne und sagte dann: »Wenn wir in jenen Tagen indianische Bauern gewesen wären, dann hätten wir uns hier versammelt, um zuzuhören, wie irgendein spanischer Priester uns Gottes Wort in einer Sprache entgegendonnerte, die wir kaum verstehen konnten. Auf den Zinnen dort oben hätten spanische Soldaten mit dem Gewehr im Anschlag gestanden, und wenn ein starrköpfiger Indianer wie Mr. Haggard auch nur im geringsten das Maul aufgemacht hätte, um zu protestieren – *peng, peng!* Sie, Mr. Haggard, wären dann tot.«

Er lachte, fuhr dann jedoch voller Ernst fort: »Ich habe diese ungeschlachte Kapelle, die so lange unter dem Stuck der Wohlanständigkeit verborgen lag, allmählich lieben gelernt. Sie erinnert mich daran, daß die Eroberung Mexikos, meiner zweiten Heimat, eine gewalttätige und oftmals zynische Angelegenheit war. Hier ist nichts von all dem Unsinn zu spüren, mit dem wir normalerweise die Geschichte zukleistern: den schönen Worten, den raffinierten Lügen, all den Verzerrungen der Wahrheit. Wir Spanier waren ein hartes Volk, und wenn wir uns auch die Zeit nahmen, eine Marmorfassade zu errichten, die vor Freude zu tanzen scheint, nachdem wir das Land endgültig in unserer Gewalt hatten, so waren wir doch vorsichtig genug, als erstes seine Einwohner zu töten und zu unterjochen.«

Nachdem wir die Überreste der ältesten Kapelle von Toledo eingehend besichtigt hatten, führte uns Ledesma zu meinem Erstaunen ins Innere der Kathedrale; denn seit dem denkwürdigen Tag im Jahre 1911, an dem die Truppen von General Gurza Toledo eingenommen und die Kathedrale verwüstet hatten, hatte sich kaum je ein Fremdenführer die Mühe gemacht, amerikanischen Touristen die Kathedrale von innen zu zeigen. Vor diesem Akt der Zerstörung war die Kirche berühmt gewesen für ihre drei Hochaltäre aus reinem Silber, ihre Marienstatuen mit den gold- und rubinbesetzten Gesichtern und die reichverzierten Leuchter, die gut zwanzig Meter über den Seitenschiffen hingen. Auch sie waren aus reinem Silber. Diese Kathedrale war in der gesamten katholischen Welt als Musterbeispiel für die Gottesfurcht eines reichen Mannes bekannt, und sie war vom siebten Bischof Palafox geschaffen worden, der seinen wohlhabenden Vetter überredet hatte, die Kosten zu übernehmen.

Die Plünderung hatte damit begonnen, daß ein des Lesens kundiger altomekischer Indio aus dem Staate Chihuahua vom Hauptportal aus gerufen hatte: »Soldaten! Seht euch mal das Silber hier an! Unsere Großväter haben danach gegraben, und es gehört uns.« Drei Stunden später war das Silber verschwunden, und bevor die Plünderer mit den wunderbaren Leuchtern abzogen, nahmen sie sich noch die Zeit, ein paar hundert Schüsse auf die steinernen Statuen abzugeben, die mithalfen, die Wände zu tragen.

In den folgenden Jahren unternahm man keinerlei Anstrengung, das Innere der Kirche wiederherzustellen, und die ehemals bedeutende Kathedrale von Toledo blieb als glitzernde Schale zurück, in der sich nichts von Bedeutung befand. 1935 hatte mein Vater, ein Protestant, vorgeschlagen, daß die Bürger der Stadt für die Rekonstruktion aufkommen sollten, doch sein Vorschlag erfolgte während der Präsidentschaft von General Cárdenas, einem mächtigen Gegner der Kirche, der später die Ölfelder enteignen ließ, und die Regierung ließ nicht einmal freiwillige Spenden für einen solchen Zweck zu.

Und darum sahen wir nun, als wir die Kirche der Palafox betraten, nur kahle, von Einschußlöchern übersäte Wände. Die drei Hauptaltäre waren allesamt billige Holzkonstruktionen, die scheußliche Christusfiguren und noch scheußlichere Heilige zeigten; die Flügel der Engel waren mit billiger Goldfarbe gestrichen, und ihre Gewänder waren grau vor Staub. Lediglich die

Heiligkeit der Altäre bewahrte die Kirche davor, endgültig geschlossen zu werden.

Ich konnte zuerst nicht verstehen, warum Ledesma uns in diese düstere, abstoßend schäbige und schmutzige Gedenkstätte geschleppt hatte, doch offensichtlich verfolgte er damit eine bestimmte Absicht, denn er führte uns direkt zu einer Stelle zwischen den Gewölbebogen, und hier zeigte er auf die elfte Station des Kreuzweges. Es war eine Schnitzerei, die ich mir noch nie näher angesehen hatte, doch auf den ersten Blick schien sie gut zum Rest des Raums zu passen; sie war grau und staubig.

Die Schnitzerei hatte die Form eines schmalen Rechtecks und bestand aus einigen zusammengenagelten, massiven Holzbohlen. Ganz oben zeigte sie Jesus Christus, mit der Dornenkrone auf dem Haupt und ans Kreuz geschlagen; sein Leib war von einem schmutzigen, purpurfarbenen Tuch bedeckt, das ihm ohne erkennbaren Grund über die Lenden hing. Unter ihm, zu seiner Rechten und Linken, hingen die beiden Schächer an ihren Kreuzen, und es fiel auf, daß sie die gold- und silberverzierten Atlashosen der Konquistadoren trugen. Noch weiter unten, in einem Halbkreis, der die Anordnung der Kreuze aufnahm, knieten die Jungfrau Maria in einem staubigen Purpurgewand im Stil des sechzehnten Jahrhunderts, Maria Magdalena in scharlachrotem Samt und Elisabeth in leuchtendem Grün.

Weder Ausführung noch Arrangement der Schnitzerei verdienten Beachtung, ausgenommen die Christusfigur; denn selten ist schlichtes menschliches Leid abstoßender dargestellt worden. Die Dornenkrone saß tief in seiner verzerrten Stirn, und jeder einzelne Dorn schnitt ihm sichtbar ins bereits purpurn verfärbte Fleisch und ließ Blutstropfen über seine verhärmten Züge laufen. Seine Arme, Schenkel und Schienbeine waren von tiefen Säbelhieben zerfleischt – so wie es vermutlich in Gethsemane gewesen war –, die ihm die Knochen gebrochen hatten und rötlich-purpurnes Blut über seine Gliedmaßen strömen ließen. Am schrecklichsten war jedoch die Verletzung, die ihm der Speer des römischen Hauptmanns zugefügt hatte, denn bei dieser Statue war die Wunde tatsächlich groß genug, daß jeder ungläubige Thomas die Finger bis zum Handgelenk hineinstecken und sich so überzeugen konnte, daß Jesus Christus tatsächlich am Kreuz gestorben war.

Ich zuckte vor diesem grauenhaften Anblick zurück, genau wie die Frauen in unserer Gruppe. Mrs. Evans holte tief Luft: »Ich glaub', mir wird übel. Ich geh' besser raus.«

Ledesma sagte ganz ruhig: »Aber genau das wollte ich Ihnen zeigen.«

»Was hat denn eine derartige Monstrosität mit Religion zu tun?« fragte O.J. Haggard.

»Mit normalen Religionen überhaupt nichts«, erwiderte Ledesma langsam. »Aber alles mit dem Christentum.« Dann begann er zu sprechen, als stünde er vor einer Schulklasse und sei nicht bereit, irgend jemanden von uns gehen zu lassen. »Sie haben darum gebeten, hierherzukommen, Mrs. Evans, und nun müssen Sie fairerweise auch bleiben.«

»So etwas wie das hier wollte ich nicht sehen«, protestierte Mrs. Evans mit erstickter Stimme.

»Heute nachmittag werden Sie nicht sehen wollen, wie die Stiere zugrunde gehen«, machte er sie aufmerksam, »aber aus diesem Grunde sind Sie nach Mexiko gekommen. Um den Tod zu erleben.«

Er stand unterhalb der Elften Station und sagte: »Das Christentum beruht auf der Lehre, daß Jesus Christus für uns gestorben ist. Er starb am Kreuz, mit gebrochenen Armen und Beinen, und erlitt die grausamsten Qualen, wie Sie hier sehen. Er starb keinen schnellen Tod, sondern er verblutete langsam.

Vor dieser Tatsache verschließen wir offenbar meist die Augen, fürchte ich. Wir stellen Jesus in fließenden weißen Gewändern dar oder mit belanglosen kleinen Nadelstichen auf der Stirn oder wie er würdevoll im Grabe liegt. Die unausweichliche Wahrheit ist aber, daß er von einem grausamen Gott in eine grausame Welt gesandt wurde, um die grausamen Menschen von einer furchtbar grausamen Verdammnis zu erlösen. Es ist die bitterste Verhöhnung, wenn wir uns um des schönen Scheins willen über die furchtbare Tatsache hinwegtäuschen, daß Jesus

Christus unter jenen Qualen starb, die Sie hier dargestellt sehen, und im großen und ganzen besaßen nur die Spanier genügend Mut, eben diese Wahrheit anzuerkennen. Haben Sie sich niemals gefragt, warum die Verteidigung des Glaubens stets von Spanien ausging, obschon uns dies den Verlust unseres Imperiums und unsere Vormachtstellung in Europa kostete? Warum haben allein die Spanier ihr Blut vergossen, um die christliche Kirche zu retten? Weil wir Spanier, geleitet von Männern wie Seneca, García Lorca und Cervantes, den Tod niemals gefürchtet haben. Seien Sie stets der anmaßenden letzten Worte Cervantes' eingedenk: ›Gestern erteilte man mir die Letzte Ölung, und deshalb greife ich heute zur Feder.‹ So sollte ein Mann dem Tod entgegensehen, und so tat es Jesus, und so tat es Seneca. Er sagte: ›Reicht mir den Becher!‹ Zwar wissen wir weder, was García Lorca in seiner letzten Stunde sagte, noch wie man ihm umbrachte, doch ich kann mir vorstellen, wie er ohne Pathos oder Poesie etwas ganz Banales von sich gab, wie etwa: ›Erschießen Sie mich doch bitte dort drüben.‹ Spanischen Geistes zu sein oder sich in einer spanischen Kathedrale zu befinden bedeutet, dem Tod nahe zu sein.

Mrs. Evans, warum, glauben Sie, hat Gott dieses Instrument erwählt, diese fürchterliche Kreuzigung, um uns zu erlösen? Glauben Sie nicht, daß ein gütiger und liebender Gott einen anderen Weg ersonnen haben könnte? Warum, glauben Sie, war es sein Wille, unserem Gewissen diese blutige Szene als den einzig wahren Weg zur Erlösung einzuprägen?

Stellen wir uns einfach vor, Gott hätte sich entschlossen, seine Pflichten dem Frauenverein von Tulsa, Oklahoma, zu übertragen. Glauben Sie nicht, daß sich die guten Frauen eine geschmackvollere Lösung für die Errettung der Welt ausdenken könnten? Man könnte Friedenstauben oder Osterlilien verwenden oder irgendeines von Hunderten anderer subtiler, wunderbarer Symbole für Frieden und innere Gelassenheit. Ich bin mir ganz sicher, daß ihr Frauen auf etwas weit Besseres kommen würdet als Gott damals. Denn er entschied sich für Blut. Er entschied sich für die grausamste Todesart, die zu jener Zeit bekannt war. Es war nicht einfach Tod. Es war die blanke Folter. Und das tat er, glaube ich, um uns zu zeigen, wie unbedeutend unsere Sterblichkeit ist.«

Er stand im Halbdunkel dieser zerstörten Kirche und ließ uns die schreckliche Kreuzigungsszene studieren. Niemand von uns, der diese blutüberströmte Statue sah, würde jemals wieder daran zweifeln, daß Jesus über alles menschliche Maß hinaus gefoltert worden war. Ed Grim ergriff als erster das Wort: »Sehen diese gottverdammten Seidenhosen von den beiden Schächern nicht total lächerlich aus?«

»Es ist alles lächerlich«, stimmte Ledesma gutgelaunt zu und trat aus dem Halbdunkel heraus. »Dieser wunderbare Raum wurde ausgeplündert, weil ein paar gierige Soldaten Silber wollten. Was könnte lächerlicher sein als das?« Er breitete seine Arme weit aus und sagte dann leise: »Alles, was Sie heute nachmittag sehen werden, ist lächerlich. Ehrlich gesagt, wären Sie besser beraten, sich die Kämpfe nicht anzusehen.«

»Wird das denn so schlimm wie ...« Mrs. Evans unterbrach sich. »So schlimm wie das hier?« Und sie wies auf die Kreuzigung.

»Es wird ganz genau so sein«, antwortete Ledesma. »Es wird höchst ekelhaft werden, und Amerikaner sollten sich das nicht ansehen.«

Grim sagte: »Wenn wir schon diese weite Strecke gefahren sind und ein Heidengeld für die Karten ausgegeben haben, dann seh' ich mir garantiert auch die Kämpfe an.« Mrs. Evans stimmte zu, und die Haggards sagten: »Das ist die einzige vernünftige Lösung«, und Penny Grim sagte: »Ich bin gekommen, um Matadore zu sehen, und nun will ich sie aber auch wirklich sehen.«

Nach diesem einstimmigen Votum sagte Ledesma: »Wenn Sie also entschlossen sind, hinzugehen, dann sollten Sie sich vorbereiten, damit Sie verstehen, was Sie zu sehen kriegen – ich meine die geistige Bedeutung. Die technischen Details von diesem oder jenem können Sie in jedem beliebigen Handbuch nachlesen.« Aus dem Paket, das er auf dem Rückweg von der Pyramide erstanden hatte, zog er für jeden von uns eine englischsprachige

Sonderausgabe des Extrablatts heraus, in dem das Festival gewürdigt wurde; sie enthielt einen langen, hervorragend übersetzten Artikel aus Ledesmas Feder.

»Das hier wird Ihnen erklären, worauf ich hinauswollte. Schaun Sie mal rein, und wir sehen uns dann später.« Mit diesen Worten ließ er uns in der Kirche zurück, aber beim Hinausgehen rief er uns noch zu: »Und sehen Sie sich beim Lesen gelegentlich die Schnitzerei an, denn beides handelt vom Tod.« Und so saßen wir sechs Amerikaner denn in der trostlosen Kathedrale und lasen etwas, das zumindest den Leuten aus Oklahoma einen ersten Eindruck vom mexikanischen Sportjournalismus vermittelte. Ledesmas Artikel trug einen mysteriösen Titel.

Erde und Feuer

Heute werden sich viele Leser dieser Zeitung auf die Pilgerfahrt nach Toledo zum Ixmiq-Fest '61 begeben, und jene, die von ihren Freunden beraten wurden, dürften John Clays Meisterwerk *Die Pyramide und die Kathedrale* gelesen haben und daher mit einigen typischen Wertvorstellungen Toledos bereits vertraut sein.

Aber auf einer anderen Ebene stellt dieses Buch nur eine schlechte Vorbereitung auf die Stierkämpfe in Toledo dar; denn Clay behauptet, daß sich die mexikanische Seele nur verstehen läßt, wenn man die indianische Pyramide und die spanische Kathedrale gegeneinander abwägt, als ob die beiden einander ausschlössen und zugleich eine Art Symbiose bildeten. Natürlich werden wir, wenn wir zum Festival fahren und bei Kilometer 303 die schönste Aussicht in ganz Mexiko erblicken, einen Augenblick lang die Pyramide und die Kathedrale einander gegenüberstellen, und wenn wir bei diesem Oberflächenkontrast stehenbleiben, sind wir in der Lage, John Clays These mit Leichtigkeit zu akzeptieren. Aber wenn wir unseren Ausflug nach Toledo so planen, daß uns Zeit bleibt, die Stadt zu besichtigen, und wenn wir die Stierkämpfe mit der nötigen Entdeckungsfreude besuchen, könnten wir auf irgendeine geheimnisvolle Weise über das wahre Mysterium Mexikos stolpern. Dazu müssen wir die Pyramide der Altomeken besuchen, bevor wir unseren ersten Kampf sehen, und wenn wir uns dieser grausigen Opferstätte nähern, werden wir sie mit den gleichen Augen sehen wie seinerzeit John Clay, als er sie beschrieb. Da ist noch immer der rohe Steinhaufen und hoch oben der schreckliche Altar. Da ist noch immer die steile Böschung, über die einst die Leichen heruntergeworfen wurden, und der makellos blaue Himmel hat sich seit tausend Jahren nicht verändert. Die Pyramide ist der Inbegriff des indianischen Mexikos.

Während wir zur Spitze des Baudenkmals aufsteigen, sehen wir wieder die Adlerkrieger, jene machtvollen Gestalten, die Clay derart in ihren Bann geschlagen hatten. Ihre kunstvoll gemeißelten Köpfe mit den Adlermasken gehören Männern von unbeschreiblich grausamer Entschlossenheit, und die Verschmelzung von Mensch und Tier ist eine meisterhafte Leistung sowohl in bildhauerischer wie in psychologischer Hinsicht.

(An diesem Punkt seiner Lektüre legte O. J. die Zeitung aus der Hand und fragte: »Wann geht's denn endlich mit dem Stierkampf los?« Ich antwortete: »Aber der ganze Artikel handelt vom Stierkampf.«)

Und in der Tat, wenn man von mir verlangte, das eine Kunstwerk auszuwählen, durch welches Zentralmexiko am besten gekennzeichnet ist, so würde ich jene grimmig dreinschauenden Männer wählen, halb dumpfer Krieger, halb majestätischer Adler. In ihnen ist unser altes Erbe zusammengefaßt, und indem er sie für seine Lobesrede auswählte, sprach John Clay für uns alle. Hätte er 1920 den altomekischen Stierkämpfer Juan Gómez gekannt, so würde er vermutlich zugestimmt haben, daß in Gómez die Adlerkrieger zu neuem Leben erwacht sind.

Von der Pyramide sollte man direkt zur Kathedrale weitergehen. Den schönsten Anblick bietet sie morgens in der Frühe von einem Punkt auf der anderen Seite der Plaza in der Nähe des kaiserlichen Theaters aus betrachtet; denn nur von dieser Stelle her vermag man die großartige churrigereske Fassade aus der Zeit des Bischofs Palafox voll zu würdigen. Sie ist außergewöhnlich, diese gewundene, verschlungene, magische Ansammlung von weißem Marmor und kannelierten Säulen und steinernen Heiligen in ihren Nischen. Zweihundert Jahre lang hat man diesen erstaunlichen Brocken Architektur studiert – und dies ist in der Tat das geeignete Jahr, ihn erneut zu studieren, denn wir begehen den zweihundertsten Jahrestag seiner Vollendung –, und ich glaube, daß in den kommenden Jahrhunderten der Ruhm der Kathedrale weiter wachsen und noch mehr Besucher anziehen wird. Doch ich vermute, daß sie niemand je richtig gesehen hat oder je sehen wird; denn während man noch hinschaut, scheint sich die Beziehung ihrer Komponenten zueinander unablässig zu verändern. Als ich sie das letzte Mal genau betrachtete, in der frühen Morgendämmerung, während des letzten Ixmiq-Festes, hätte ich schwören können, den heiligen Antonius beim Tanzen überrascht zu haben. Als ich ihn direkt ansah, stand er natürlich pflichtbewußt in seiner Nische wie ein Schuljunge, doch als mein Blick weiterwanderte, erwischte ich ihn dabei, wie er hin und her tanzte und der heiligen Marguerita schöne Augen machte, die vor seinen unziemlichen Annäherungen zurückzuckte. Darin besteht die wahre Schönheit des churrigueresken Stils, wie ihn die Kathedrale von Toledo verkörpert: daß er dem unnachgiebigen Marmor und der traditionsbewußten Gotik zuruft: »Ich habe genug von Gebäuden, die steif in der Kälte stehen. Laßt uns tanzen.« Und sie tanzt, diese großartige Fassade. Selbst ihre solidesten Säulen sind in Bewegung.

Natürlich wird der geneigte Leser verstehen, daß ich in Wirklichkeit nicht über die Fassaden von Toledo schreibe, sondern über den Matador Victoriano Leal; denn die Arabesken, denen er mit seinem magischen Tuch Gestalt zu geben vermag, sind gleichfalls Schreie der Sehnsucht. Und wie die

Fassade, so tanzt auch dieser poetische Torero, dieser Stolz Mexikos, und entflammt unsere Herzen.

Da haben wir also die schlichte Symbolik Mexikos, alles säuberlich verpackt in ein einziges Stierkampf-Programm. Juan Gómez ist der kalte, gleichmütige Indianer der Pyramide, und Victoriano Leal ist der poetische Tänzer der Kathedrale, um es in den poetischen Worten unseres Besuchers aus dem Norden, John Clay, zu erklären. Doch zu meinem Bedauern muß ich Ihnen nun sagen, daß jede einzelne Schlußfolgerung, die John Clay gezogen hat, falsch war und es keinen schlechteren Führer für das Ixmiq-Fest gibt als ihn.

Ich sage das nicht aus Unhöflichkeit und nicht, um Clay zu kritisieren, sondern einfach darum, weil er nicht gewußt haben konnte, was wir heute wissen; er hätte seine gewaltigen und irreführenden Fehler nicht vermeiden können, aber wir schon. Dazu müssen wir uns zurück zur Pyramide begeben. Diesmal werden wir allerdings nicht die Treppe zu den grimmigen Adlerkriegern ersteigen. Wir bleiben unten, gehen ein paar Schritte nach Westen und richten unseren Blick auf die edlen Tiger, die gemessenen Schrittes auf der Terrasse einherschreiten, die ihren Namen trägt. Sie verkörpern den anderen Aspekt der brutalen Pyramide, und wir müssen sie im Sinn behalten, wenn wir allzu eilig die Pyramide verurteilen. Sie steht nicht allein für Brutalität, wie Clay uns glauben machen wollte.

(Ich reagierte mit Befremden auf diese sanfte Zurechtweisung meines von mir hochverehrten Vaters. Als wir am Vormittag die Pyramide besichtigten, hatte Ledesma darauf geachtet, sich dafür zu entschuldigen, daß seine Auffassung im Gegensatz zu der meines Vaters stehen mußte, doch dies war mir überflüssig erschienen, denn seine Kritik war berechtigt. Es war falsch von Vater gewesen, die böse indianische Pyramide und die gute spanische Kathedrale als Dichotomie zu begreifen. Mexiko war eher mit einer riesigen Schlange zu vergleichen, einem der Symbole, die auf der farbenfrohen Flagge des Landes zu sehen sind. Es ist eine gewundene, sich krümmende Ganzheit, die niemand wirklich begreifen und festhalten kann, um sie in Ruhe zu betrachten. Ledesma übte nicht Kritik an meinem Vater, sondern er half bei meiner Weiterbildung: »Hören Sie auf, raschen Urteilen zu vertrauen. Betrachten Sie die widersprüchlichen Informationen mit Sorgfalt und aller Aufrichtigkeit, und ziehen Sie Ihre eigenen Schlüsse aus ihnen.« Und just in diesem Moment fiel mein Blick auf nahezu die nämlichen Worte in Ledesmas Artikel.)

Die gleiche Korrektur muß an der Betrachtungsweise der Kathedrale vorgenommen werden, also begeben wir uns dorthin zurück und besehen nicht etwa ihre schillernde Fassade, sondern die an der Seite gelegene, fast häßlich zu nennende Kapelle, in der die Indianer beten mußten, während spanische Soldaten sie mit Gewehren bewachten. So wie die brutale Pyramide eine sanfte Seite aufzuweisen hat, so hatte die liebliche Kathedrale ihre Brutalität.

Um zu verstehen, was diese beiden offensichtlichen Widersprüche mit dem Stierkampf zu tun haben, insbesondere mit dem Zweikampf von Victoriano und Gómez, möchte ich Sie bitten, Mexiko jetzt zu verlassen und mich nach Madrid in einen großen Saal zu begleiten, den viele Menschen als den schönsten der Welt ansehen. Er befindet sich im zweiten Stock des Prado, Madrids riesigem Museum voller Kunstschätze, und er beherbergt unter anderem mehr als ein Dutzend großartiger Gemälde von Velázquez.

Die Hälfte der Menschen auf seinen Bildern ist hochherrschaftlichen Geblüts: Könige und Königinnen von Spanien, Prinzen und Prinzessinnen. Sie sind geckenhaft, elegant oder hochmütig. Die andere Hälfte zeigt Bauern, die sich nach der Arbeit auf den Feldern bei einem Glas Wein entspannen, oder Frauen bei ihrer Arbeit am Webstuhl, die jene Stoffe fertigen, mit welchen Spanien in der Webkunst Berühmtheit erlangt hat; diese kraftvollen Männer und Frauen leben auf spanischem Boden, trinken den Wein Spaniens, essen spanisches Brot, das sie in spanisches Olivenöl tunken. Selbst die Edelleute zeigen die typische Gleichmütigkeit des spanischen Alltags, und wenn sie auch in einem bestimmten Licht nahezu einfältig erscheinen mögen, so ist das doch eine Illusion; was Dummheit zu sein scheint, ist in Wirklichkeit jene enorme Charakterstärke, die es Spanien ermöglichte, sich jedem Fortschritt, jeder Änderung der anerkannten Lehrmeinungen und sogar den Lektionen der Neuen Welt gegenüber zu verschließen. Die naturhafte Kraft des Spaniers ist niemals besser dargestellt worden als in den Gemälden von Velázquez, und wenn ein Fremder mich fragen würde: »Was ist ein Spanier?«, so würde ich ihn in diesen Saal führen und ihm diese erdverbundenen Männer und Frauen zeigen.

Doch wenn er danach noch fragen würde: »Ich will nicht wissen, wie ihr Spanier ausseht, ich will wissen, wie ihr seid«, dann würde ich ihn in jenen kleineren, dunkleren Saal führen, in dem die Gemälde von El Greco hängen, strahlend, als würden sie von einem grünen Feuer erleuchtet. Und dort, während wir die ausgemergelten, gequälten Gestalten mit ihren schmerzerfüllten Gesichtern betrachten, würde ich sagen: »Und hier haben Sie die spanische Seele.«

Beim Versuch, Spanien zu verstehen, wird man sowohl mit der Bodenständigkeit eines Velázquez als auch mit der Vergeistigung El Grecos konfrontiert, und nunmehr haben wir die wahre Dichotomie ausgemacht, die den Zweikampf von Juan Gómez und Victoriano Leal beseelt. Sie rührt weder von einem oberflächlichen Unterschied zwischen Indianern und Spaniern her, noch von dem Gegensatz zwischen dem Heidnischen der Pyramide und dem Idealismus der Kathedrale, nicht einmal vom Kontrast zwischen dem rauhen Kaktus und der triumphalen Schönheit der Agave. Es ist keine Frage von entweder/oder. Sie erwächst aus dem Konflikt, der im Leben Spaniens selbst begründet liegt. Es ist der Kampf zwischen Erde und Feuer, eine Dichotomie, die alle Menschen gefangenhält, die jedoch allein der Spanier bereit ist als offensichtliche Tatsache zur Schau zu stellen.

(An diesem Punkt seiner Lektüre warf Ed Grim die vervielfältigten Seiten zu Boden: »Ich bin hierhergekommen, um einen Stierkampf zu sehen, nicht um einen Vortrag über Kunstgeschichte zu hören. Wo geht's zur Arena?« Ich zeigte zur Avenida Gral. Gurza und sagte: »Einen Block hinter der Kathedrale, gleich rechts.« Er stülpte sich seinen Panamahut auf und fragte: »Erkenn' ich sie, wenn ich davorstehe?« Ich antwortete: »Wahrscheinlich nicht. Sie liegt zwischen anderen Gebäuden versteckt.« Er drehte sich zu seiner Tochter um und sagte: »Kommst du mit?« Sie tippte auf den Artikel: »Kommt nicht in die Tüte. Das macht langsam Sinn, und ich will wissen, wie es ausgeht.« Er ignorierte sie und sagte zu mir: »Ich werd's schon finden. Ich geh' einfach dem Pferdegeruch nach.« Und machte sich davon. Der Rest von uns las weiter.)

Es wäre ein Irrtum, leichtfertig anzunehmen, daß Velázquez und Juan Gómez die brutale, erdhafte Seite der Menschheit repräsentieren, während El Greco und Victoriano Leal für die ätherische Flamme des menschlichen Geistes stehen. Meiner Meinung nach ist der Unterschied weit subtiler als das. Velázquez' Modelle verkörpern das menschliche Dasein mit all seinen Beschränkungen und Möglichkeiten. Seine Könige sind eitle Dummbeutel, die ein Weilchen regieren und dann Macht an andere weitergeben, die nicht weniger töricht sind als sie selbst. Seine Bauern schwitzen ein bißchen in der Sonne, werden alt und sterben, und ihr Platz wird von anderen eingenommen, die ihnen aufs Haar gleichen. Das ist der Lauf der Welt. So leben die Leute wirklich, und aus seinen Gemälden spricht ein Gefühl der schlichten Würde, das Menschen wie El Greco niemals verspüren werden, genau wie in der Pyramide, von der wir gerade gesprochen haben, eine unverkennbare, simple Aufrichtigkeit liegt, mit der sich die prunkvolle Kathedrale ganz einfach nicht messen kann. Es ist nicht so, daß sich Velázquez allein auf das Körperliche beschränkt und El Greco auf das Geistige. Diese Trennung wäre zu einfach. In Wirklichkeit verhält es sich folgendermaßen: Velázquez hat den tiefsten Sinn des Lebens dargestellt, indem er sich dem irdischen Leib widmete, wohingegen El Greco sich demselben Ziel genähert hat, indem er die Leiblichkeit verleugnete, sie verzerrte und mißbrauchte, und sich statt dessen auf die tiefsten psychologischen Beweggründe konzentrierte, welche den Menschen beseelen. Doch beide verfolgten haargenau das gleiche Ziel.

Ich sagte bereits, daß es die Menschen, welche die Pyramide erbauten, auch danach verlangte, die Jaguar-Terrasse anzulegen, wohingegen die Priester, welche die Kathedrale errichteten, sich auch gedrängt fühlten, die klobige, rohe Freiluftkapelle zu bauen. Ebenso schenkt uns Velázquez häufig Anblicke von höchster Poesie, während sich El Greco gelegentlich nicht zu schade ist, Menschen zu porträtieren, die entschieden erdverbunden sind. Die Dichotomie, von der wir sprechen, ist also in jedem Menschen angelegt und bildet die beiden Seiten seiner Existenz. Als Spanier habe ich zu gleicher Zeit einen Velázquez und einen El Greco in mir. Als Mexikaner, der nach Toledo fährt, um sich die Stierkämpfe anzusehen, vereine ich in meinem Wesen zur gleichen Zeit den dummen, brutalen Juan Gómez und den lyrischen, poetischen Victoriano Leal; und die wahre Größe der Serie von Kämpfen, deren Zeuge wir seit Beginn des Jahres geworden sind, liegt darin, daß diese beiden Männer uns Aspekte unseres eigenen geheimen Lebens enthüllen und jeder von ihnen entscheidende Züge des anderen in sich trägt.

Diese widersprüchlichen Facetten des Menschen zeigen sich auch im Werk der großen spanischen Schriftsteller; denn wer schreibt, kommt nicht umhin, auf dem Papier einen Großteil seiner Gedanken bloßzulegen, wohingegen Künstler anderer Disziplinen das gelegentlich vermeiden oder verbergen können. Um weiter zu erhellen, worum es mir geht, werde ich mich nun kurz dem Werk der beiden bedeutendsten Schriftsteller widmen, die Spanien je hervorgebracht hat.

(O.J. Haggard fragte vorsichtig: »Und so was nennen die in Mexiko Sportjournalismus?« Ich erwiderte: »In Mexiko wird der Stierkampf nicht als Sport betrachtet. Er ist eine Kunstform.« Mrs. Evans legte einen Finger auf die Zeile, wo sie innegehalten hatte, und fragte: »Aber schreiben die anderen Stierkampfkritiker denn auch so?« Ich antwortete: »Ich hab' mir neulich ein Buch gekauft, das angeblich vom Stierkampf handelte, aber ein Uneingeweihter hätte es wohl eher für ein religiöses Traktat gehalten.« Mrs. Evans schüttelte traurig den Kopf und sagte: »Mir kommt das alles reichlich übertrieben vor. Ich fürchte, in Tulsa würde es dieser junge Mann als Sportreporter nicht besonders weit bringen.«)

Ich möchte mich zunächst Federico García Lorca zuwenden, denn dieser verkörpert in physischer, intellektueller, geistiger und künstlerischer Hinsicht einen wichtigen Teil des spanischen Wesens. Sein bedeutendstes Kunstwerk war das eigene Leben.

Kein mir bekanntes Volk bringt der Poesie eine derartige Hochachtung entgegen wie die Spanier, und weder in Madrid noch in Mexiko City ist es ein ungewöhnlicher Anblick, daß ein Ehepaar die Straße entlangbummelt, wobei er García Lorca rezitiert und sie den Gedichtband hält. Warum gerade García Lorca die Spanier so fasziniert, ist schwer zu sagen. Seine Ungeschicklichkeit als Bühnenautor bereitet mir oftmals ein Gefühl der Peinlichkeit. Beispielsweise ist die Handlungsführung der *Bluthochzeit* reichlich banal, während sein *Haus der Bernarda Alba* sich unmittelbar von der Schauerromantik des achtzehnten Jahrhunderts herleitet. Um vollständig zu ermessen, woran es dem Spanier alles mangelte, braucht man nur seine dramaturgischen Kniffe und seine Charakterisierungen mit denen Goethes und Eugene O'Neills zu vergleichen.

Doch wenn ich Lorcas alberne Handlungen einmal beiseite lasse und mich seinen Worten zuwende, dann muß ich schließen, daß er als Poet nicht seinesgleichen hat, und das ist es, wofür wir ihn preisen und verehren. Ich frage mich, ob es jemals einen anderen spanischen Schriftsteller gegeben hat, der in so wenigen Worten die ganze Qual des Lebens zusammenfassen konnte, etwa wenn in der *Bluthochzeit* die Mutter des Bräutigams gesteht: »Ich habe in der Brust einen Schrei, der sich immer aufbäumt und den ich immer bändigen und erstikken muß.« Und wie brillant er die Handlung von *Yerma* in einem einzigen Lied zusammenfaßt, das von der geisterhaften Stimme hinter den Kulissen gesungen wird:

Als du noch ledig warst,
sah ich dich nicht,
doch wenn du vermählt bist,
werd' ich dich finden.

Kein Wunder, daß Lorca, der so emotionsgeladen über den Stierkampf schrieb, zum anerkannten Lieblingspoeten der Plaza geworden ist; denn in dem intensiven, verdichteten Drama, das in der Arena vor sich geht, erblickte er die Zusammenfassung der Tragödie, um die es ihm ging. Als literarisches Gegenstück El Grecos stellt er das gleiche lodernde Feuer der Leidenschaft zur Schau, und dabei gewinnt – ebenfalls wie bei El Greco – sein künstlerischer Ehrgeiz die Oberhand über sein handwerkliches Können. Und das macht ihn zum Schutzheiligen von Matadoren wie Victoriano Leal, deren künstlerisches Wollen größer ist als ihre Geschicklichkeit. Und doch gibt es bei García Lorca stets noch einen weiteren Punkt. Er spricht zu uns Spaniern mit einer Wut, über die kein anderer Dichter gebietet, und wir spüren sofort die Integrität seiner Rede.

Doch wenden wir uns nun einem Schriftsteller aus weit früherer Zeit zu, einem, den ich für den größten Spanier erachte, der jemals gelebt hat, Maler, Musiker, Philosophen und Könige eingeschlossen. Das Leben des Lucius Annaeus Seneca begann 4 v. Chr. in Spanien, in jenem Jahr, als nach Meinung der Historiker auch Jesus geboren wurde. Doch vernünftig wie er nun einmal war, zog der junge Mann rasch nach Rom, wo sein wacher Geist, sein unbeugsamer Charakter und seine Begabung, Theaterstücke zu schreiben, dermaßen große Aufmerksamkeit auf sich zogen, daß er in kurzer Zeit zum wichtigsten Berater Kaiser Neros wurde, und solange Seneca dieses Amt innehatte, war Nero ein beispielhafter Herrscher. Seneca verfügte obendrein über bemerkenswerte Fähigkeiten als Verwalter; er war zudem Roms führender Dramatiker, das Gewissen des Reiches und einer der brillantesten Intellektuellen der Hauptstadt. Wir Spanier pflegen sein Andenken, weil er der erste Denker von Rang war, der sich zum Christentum bekannte und daher zum geistigen Vater des Katholizismus in Spanien wurde. Bei seinem Tode war er weltweit der berühmteste Mann, der die neue Religion angenommen hatte, und sein Rat hatte für das Römische Reich dieselbe Bedeutung wie der des Apostels Paulus für die ganze Welt. Senecas Empfehlungen beschäftigten sich allerdings mit näherliegenden Problemen: »Gott darf nicht mit Opfern und Blut verehrt werden; denn welches Vergnügen kann er aus dem Tod Unschuldiger ziehen? Er darf nur reinen Geistes und aus guten und ehrlichen Gründen verehrt werden. Für ihn brauchen keine Tempel aus hochaufgetürmten Steinen errichtet zu werden; ihm muß das Herz eines jeden einzelnen geweiht werden.«

Der Einfluß Senecas auf das spanische Wesen ist täglich zu spüren, und jene Widersprüche, die ihn quälten, quälen Spanien noch immer. Er war ein Opfer heftiger Leidenschaften, und dennoch forderte er, widerstreitenden Kräften mit Ruhe und sogar Vorsicht zu begegnen. Er war der König der Stoiker und nahm nichts im Leben allzu ernst, und dennoch fürchtete er den Tod. Sein literarischer Stil war barock, doch in den wesentlichen Dingen des Alltags übte er Bescheidenheit. Ich habe mich immer als Schüler Senecas angesehen, und ich würde lieber eine halbe Stunde mit ihm reden als mit jedem anderen Spanier, der jemals gelebt hat; und dennoch irritiert mich oft sein schlichter Realismus, weil er so prosaisch sein kann. Er ist *par exellence* der Velázquez des geschriebenen Wortes: der leuchtende Mann der Erde.

Und damit haben wir die intellektuellen Fronten für unseren Besuch in Toledo abgesteckt: die Erde von Velázquez und

Seneca in direktem Gegensatz zum Feuer El Grecos und Lorcas; der erdverbundene Stil des krummbeinigen Altomeken Juan Gómez im direkten Gegensatz zu den feurigen Arabesken des Victoriano Leal aus Sevilla. Und das Festival des Ixmiq wird uns eine klassische Konfrontation dieser beiden Prinzipien zeigen.

(Hier unterbrach O. J. Haggard mit einem: »Seneca – nie gehört. Wieso eigentlich nicht, wenn er wirklich so toll ist, wie der Bursche sagt.« Seine Frau fügte hinzu: »Und ich hab' noch nie von Lorca gehört. Ist der wer?« Mrs. Evans merkte an: »Als John gestorben war, bin ich nach New York gefahren, wie ihr wißt, und dort habe ich eine Schauspieltruppe in einem kleinen Off-Broadway-Theater die *Bluthochzeit* aufführen sehen.« Haggard fragte: »Und war's gut?« Und Mrs. Evans erwiderte: »Es war unglaublich intensiv«, woraufhin Haggard drängte: »Aber war's denn auch gut?« und sie unwirsch sagte: »Ja. Damals kam es mir nicht so vor, aber später ist mir klar geworden, daß ich über die *Bluthochzeit* fünfmal so viel nachgedacht habe wie über jedes andere Stück, das ich je am Broadway gesehen habe.« Haggard grunzte und sagte: »Dann war's wohl wirklich gut.« Sie lasen weiter und kamen zum ersten wichtigen Abschnitt von Ledesmas Artikel.)

Aber es sind nicht die Unterschiede zwischen Seneca und García Lorca, die sie in unserem Bewußtsein als Musterbeispiele spanischen Denkens verbinden. Es ist ihre Ähnlichkeit, und wenn ich erkläre, was ich damit sagen will, wird jeder Leser verstehen, warum ich diese beiden Schriftsteller nun als Apostel des Stierkampfs anführe.

Seneca und Lorca beschäftigen sich in erster Linie mit dem Tod, und jeder Spanier, ob er nun in Pamplona oder Peru lebt, ist gleichermaßen von diesem höchsten aller Mysterien besessen. Es war kein Zufall, daß in der langen Geschichte Spaniens keine zwei Spanier je einen angemesseneren Tod gestorben sind als Seneca und García Lorca. Auf der Höhe seines Ruhms, als seine Stücke die römischen Theater füllten und seine Aphorismen die Konversation der Römer prägten, wurde Seneca von dem geisteskranken Nero befohlen, Selbstmord zu begehen. Und was gelegentlich wie Schwäche in Senecas Charakter gewirkt hatte, insbesondere seine Tendenz, sein Mäntelchen nach jedem neuen Wind zu drehen, der vom Forum Romanum blies, erwies sich nun als die aufrichtige Ergebenheit des Stoikers in die Unvermeidbarkeiten des Lebens. Als für Seneca die Zeit zum Sterben kam, führte er furchtlos den Giftbecher an die Lippen, und Rom sah einen Spanier eines edlen Todes sterben. Nicht einmal Sokrates stellte sich seinem Ende mit größerer Würde.

Es wäre unverzeihlich gewesen, wenn ein Makel auf diesen ergreifenden Schlußakt gefallen wäre; denn der Tod war ein Leben lang Senecas wichtigstes Thema gewesen, und seine Philosophie ließe sich in dem Satz zusammenfassen, daß »das ganze Leben nichts als eine Vorbereitung auf den Tod ist«.

Während meiner Studien habe ich eine Menge englischsprachige Literatur gelesen, und ich habe dabei nie einen Autor gefunden, der ehrlich überzeugt schien, daß der Mensch unausweichlich dem Tode geweiht ist und daß er eines Tages sterben muß. Die Vorstellungen der englischen Autoren von der Unsterblichkeit haben etwas an sich, das einen wütend macht, und der spanische Leser wird derartiger Werke rasch müde, weil er eine Literatur gewöhnt ist, die Tag für Tag mit dem Tode lebt. Wenn die Spanier vom Tod besessen sind, so deshalb, weil unsere größten Geister es uns so gelehrt haben. Wenn wir den Stierkampf lieben, dann deshalb, weil wir im Unterbewußtsein spüren, daß er die einzige Kunstform ist, die unsere Obsession widerspiegelt. Und darum sind die Reflexionen des Seneca so wichtig für alle, die dem Ruf der Stiere folgen. Er ist unser Philosoph und unser Vorbild, und der Tod, über den er sich so erhabene Gedanken gemacht hat, ist der gleiche Tod, den wir jeden Nachmittag in der Arena vor uns sehen.

Wenn der Tod des Seneca seinem Leben angemessen war, so faßte der von García Lorca das seine zusammen. Offenbar saß er eines Tages gemütlich in einer Weinstube, als eine Abteilung von General Francos Truppen vorbeikam, ihn verhaftete und erschoß, möglicherweise in der Annahme, er sei jemand anderes. Wir wissen nicht, wo er gestorben ist, oder wie oder aus welchem Grund.

Mir fällt kein Dichter ein, der den Tod gründlicher studiert hätte als García Lorca. Niemand hat mit tieferer Empfindung darüber geschrieben; niemand hat einen derart sinnlosen und absurden Tod gefunden. Daß er zum *poeta laureatus* des Stierkampfes wurde, ist höchst passend, denn er – vor allen Menschen – war von dessen tiefen Mysterien fasziniert. Am späten Nachmittag geht ein Mann mit einem wilden Stier in die Arena, und der wichtigste Mitspieler ist immer der Tod. Es gibt Musik, möglicherweise frenetischen Beifall, möglicherweise Ruhm, aber der Tod ist immer dabei. Und ein faszinierender Aspekt dieses unvermeidlichen Höhepunkts besteht darin, daß wir nicht voraussagen können, wie der Tod zuschlagen wird oder wen er trifft. Das bewies schon Nero, denn wenn sich gelegentlich ein Kampf zwischen den Römern und Christen in der Arena als langweilig erwies oder die Löwen ihre Opfer allzuschnell zerfleischt hatten, wies er seine Wachen an, aufs Geratewohl eine Handvoll Zuschauer zu ergreifen und sie den Bestien in der Arena vorzuwerfen. So konnte sich ein Mann, der am Morgen dafür bezahlt hatte, zusehen zu können, wie Christen gefressen wurden, unversehens selbst als Teil des Schauspiels wiederfinden. Und Jahrzehnt für Jahrzehnt kommt es in den diversen Arenen der Welt gelegentlich vor, daß ein aufgebrachter Stier nicht nur die Barriere überspringt, welche die Arena begrenzt, in der er eigentlich kämpfen sollte, sondern die Zuschauer auf den Tribünen angreift und einen oder zwei davon tötet. Wie einst Neros Römer werden so jene, die dafür bezahlt haben, einen Kampf zu sehen, selbst zum Teil des Kampfes.

(O.J. Haggard fragte ruhig: »Finden Sie denn auch, daß die Mexikaner vom Tod besessen sind?«, und ich erwiderte: »Als ich ein kleiner Junge war und im *Mineral* lebte, kam General Gurza vorbei und ließ einen unserer Männer an einem Pfahl direkt vor der Küche aufhängen, und die Beine des Mannes baumelten über dem Platz, wo wir das Essen vorbereiteten. Ich fragte meinen Vater, warum wir ihn nicht abschnitten, und mein Vater erläuterte, daß General Gurza einen Soldaten im Patio zurückgelassen hatte, der darauf achten sollte, daß die Leiche des Mannes dort hängen blieb, damit, in den Worten des Generals, ›wir uns alle daran erinnern, was der Tod ist‹.« Haggard erwiderte: »Mir ist die amerikanische Besessenheit vom Leben lieber. Ich sag' immer: ›Reden wir uns ein, solang's nur geht, daß der alte Bastard bei uns 'ne Ausnahme macht.‹«

Und das war schließlich das Ende von Ledesmas Artikel:

> Und deshalb wird der Besucher des Ixmiq-Fests, wenn er einige Minuten der schlichten Symbolik der Pyramide und der Kathedrale widmet und einige Stunden über die Erde Senecas und das Feuer El Grecos nachsinnt, darauf vorbereitet sein zu verstehen, was Juan Gómez und Victoriano Leal repräsentieren, wenn sie feierlich in die Arena von Toledo einziehen.
>
> Wenn denn meine Behauptung wahr ist, daß wir alle Spanier sind, die unerbittlich dem Tod entgegenmarschieren, so ist es nicht minder wahr, daß wir alle halsstarrige Mexikaner sind, die sich wie die Bauern ans irdische Dasein klammern. Unzweifelhaft sehen wir uns, wie einst Seneca, gezwungen, darüber nachzudenken, wie wir dereinst sterben werden, aber wir dürfen auch nicht vergessen, daß Seneca den größten Teil seines Lebens vom Luxus des kaiserlichen Roms umgeben war und den Tod ignorierte; noch sollten wir vergessen, daß García Lorca, dem der Tod so nahe stand wie ein Bruder, die besten Jahre seines Lebens in New York verbrachte, wo er das Leben in vollen Zügen genoß.
>
> Wir alle sind tragische Gestalten, aber wir haben auch unsere komischen Seiten. Wir marschieren in den Tod, aber unterwegs betrinken wir uns. Ich kann weder Juan Gómez mit der Pyramide oder mit Velázquez oder Seneca identifizieren,

noch vermag ich Victoriano Leal als sein Gegenbild in diesen Kategorien zu sehen. Es trifft jedoch zu, daß in meinen Augen diese beiden Matadore das Problem des Todes von unterschiedlichen philosophischen Standpunkten aus angehen, doch genau wie die Pyramide die Terrasse der Jaguare in sich birgt, so birgt jeder dieser Männer die besten Elemente des anderen in sich.

Welchen Matador ziehe ich nun vor? Als Kind Spaniens sollte ich mich für jenen entscheiden, der dem Tod am nächsten steht, und das ist Juan Gómez, der zu töten versteht, doch ich muß eine un-spanische Wahl treffen und erklären, daß ich jenen vorziehe, der am besten das feurige Herz des Lebens verkörpert, und das ist Victoriano Leal, der Gnade und Grazie kennt.

Und so gebe ich all denen, die nach Toledo reisen, jenen Segen, den der große spanische Philosoph Miguel de Unanumo uns allen spendete: »Möge Gott euch den Frieden verweigern, doch Ruhm gewähren.« Meine Herren, in die Arena!

O.J. Haggard hatte den Artikel als erster zu Ende gelesen. Als er aus der Kathedrale in die helle Mittagssonne hinaustrat, sagte er: »Viel zu sehr wie ein Grab hier drin. Zuviel Tod.« Einer nach dem anderen verließen wir ebenfalls die Kathedrale, nachdem wir die Lektüre beendet hatten, und waren dankbar für die von Leben wimmelnde Plaza und die Sonne.

Wir sahen Ed Grim ein Café nahe der Arena verlassen, und als er auf uns zukam, rief er mit seiner munteren Stimme: »Ich hab' in der Bar gewartet, bis ihr mit eurer Philosophiestunde fertig seid.«

»Sind wir«, sagte Haggard.

»Und versteht ihr jetzt mehr vom Stierkampf als vorher?«

»Nein.«

»Ich aber«, knurrte der stiernackige Mann. »Die ganze Stierkampfchose ist reiner Nepp. Als wir heut früh hier angekommen sind, bin ich als allererstes zum Kartenschalter, um für uns fünf Plätze für alle drei Tage zu kaufen. Auf dem Plakat stand auf spanisch, aber mit englisch daneben, daß es sieben Dollar pro Platz kostet – macht alles in allem hundertfünf Dollar – aber als ich dem Kerl im Kassenhäuschen das Geld geben wollte, hat er einen Dolmetscher geholt, der erklärte: ›Sorry. Alles ausverkauft.‹ Also seh' ich mich nach 'nem Schwarzhändler um, und so'n schäbig aussehender Typ kommt auf mich zu. ›Ich hab' zufällig noch fünf gute Plätze für heute.‹ Als ich ihn gefragt hab', wieviel, sagt er: ›Fünfundzwanzig Dollar pro Stück.‹ Mir blieb fast die Spucke weg, aber ich hab' bezahlt. Dann sagt er: ›Wie wär's denn mit jeweils fünf für die beiden nächsten Tage‹, und ich hab' ja gesagt. Was hätte ich denn sonst tun sollen? Ich hab' 'nen Travellerscheck eingelöst und ihm dreihundertfünfundachtzig bezahlt.«

»Das war zuviel«, sagte seine Tochter. »Fünfzehn mal fünfundzwanzig macht nur dreihundertfünfundsiebzig.«

»Er hat Trinkgeld verlangt. Bloß fürs Dastehen hat der glatte zweihundert Dollar oder mehr verdient.«

»Ich komm' auf zweihundertsiebzig Dollar«, sagte Penny ganz ruhig, und er knurrte: »Aber was mir echt die Schuhe ausgezogen hat – als ich ihm das Geld gegeben hatte, ist der Typ hinten zum Kassenhäuschen rein und hat demselben Angestellten, mit dem ich geredet hatte, fünfzehn mal sieben Dollar in die Hand gedrückt, macht hundertfünf Dollar. Und er ist noch nicht mal rot geworden, als er zurückkam und mir die Tickets gegeben hat. Bei den Preisen hat der Fettsack wohl ein Recht, mit großen Worten um sich zu schmeißen.« Er zeigte auf eine der Zeitungen und fragte: »Hat er weiter so dick aufgetragen?«

»Er hat sich keinen Zwang angetan«, sagte Haggard.

Penny Grim rief: »Er kommt gerade zu uns«, und lief hin, um ihm zu sagen: »Der Aufsatz war super. Sie haben zwar ganz schön drumrumgeredet, aber ich glaub', am Ende hab' ich dann doch kapiert, worauf Sie hinauswollten.«

»Nämlich?« Ich mochte die Art, wie er das junge Mädchen ernst nahm, und ich hörte, wie sie zögernd antwortete: »Vielleicht, daß das Leben viel komplexer ist, als wir glauben? Daß alles zwei Seiten hat? Pyramide, Kathedrale, die beiden Matadore? Einmal sehen wir's so, das andere Mal so?«

»Was sehen wir denn zum Beispiel?«

Sie schaute erst ihn an und dann Mrs. Evans, als ob sie um Erlaubnis bitten wollte. »Aber der Tod ist immer dabei – um alles gleichzumachen. Ist es das?«

»Ja«, antwortete er nüchtern. »Sie haben mit beachtlicher Intelligenz gelesen, Señorita. Aber Sie sind noch zu jung, um sich Gedanken über den Tod zu machen.«

»Keineswegs. Letztes Jahr ist meine Mutter gestorben.«

Er betrachtete sie eingehend, ergriff ihre Hand und küßte sie. Als ihr Vater das sah, kam er hinzu, legte den Arm um sie und sagte dann zu Ledesma: »Ich hab' nur 'nen Teil von Ihrem Artikel gelesen. Viel zu hoch für mich. Aber ich freu' mich, daß jemand aus unserer Familie kapiert hat, worauf Sie rauswollen. Ich hatte mich schon gefragt, ob all die schönen Worte bloß Schau sind.«

León verbeugte sich noch einmal: »Sir, Sie sind genauso klug wie Ihre bezaubernde Tochter. Sie haben mich durchschaut. Schamloser Exhibitionismus. Ich mach' das aus zwei guten Gründen. Einmal, um meine mexikanischen Leser damit zu beeindrucken, daß ich Bücher gelesen habe. Und zum anderen werde ich nach Worten bezahlt.« Und er ging mit uns von der Kirche zurück zum Kachelhaus, um vor den Nachmittagskämpfen noch etwas zu trinken. Und wie schon beim Picknick war er es, der bezahlte.

Der Freitagskampf

Über die Jahre haben die Besucher des Festes bestimmte Gepflogenheiten entwickelt, die sie hingebungsvoll aufrechterhalten. Von ein Uhr mittags bis um drei Lunch auf der Terrasse der Witwe Palafox, um dort eine ihrer Riesenportionen zu vertilgen. Drei bis vier Uhr kurze Siesta. Knapp viertel nach vier zurück auf die Terrasse, um den Matadoren zu applaudieren, während sie sich ihren Weg durch die jubelnde Menge bahnen und in ihre auffälligen Limousinen klettern, um zur Arena rüberzufahren. Viertel nach vier die Avenida Gral. Gurza runter zur traditionsreichen Arena von Toledo. Punkt fünf den Einzug der Matadore bejubeln, mit dem die Corrida beginnt.

An diesem Freitag brachen wir natürlich mit diesen Gewohnheiten, denn wir hatten zum Lunch unser Picknick bei der Pyramide abgehalten und uns anschließend längere Zeit in der Kathedrale aufgehalten, um Ledesmas Artikel zu lesen; es war daher viertel nach drei, als wir zum Kachelhaus zurückkehrten, genau die richtige Zeit für die Leute aus Oklahoma und mich, an einem der geheiligten Rituale des Stierkampfs teilzunehmen: der Einkleidung des Matadors.

Seit undenklichen Zeiten, präzise gesagt seit 1820, war es bei erwachsenen Menschen, die den Stierkampf liebten und ihre Matadore bewunderten, Brauch gewesen, die Hotelsuiten zu besuchen, in denen die Toreros, gelegentlich unter Schwierigkeiten, in ihre *trajes de luces* schlüpften, ihre »Lichterkostüme« genannten Kampftrachten, jene altehrwürdigen Kostüme mit den lebhaften Farben, die so schwer von Brokat und sogar kleinen metallenen Verzierungen sind. Da man glaubte, einem Matador bei diesem Ritual zuzuschauen, sei ein Beweis der Treue zu ihm, konnte man davon ausgehen, daß sein Hotelzimmer voller Leute war.

Weil ich ein überzeugter Stierkampf-Junkie war, zog ich mich rasch für den Kampf um, sobald ich im Hotel war, und eilte dann den Flur hinunter zu Leals Suite, wo ich dem Türsteher erklärte: »Norman Clay, Fotograf aus New York. Ich bin hier, um ein paar Aufnahmen vom Matador zu schießen.« Bei solchen Gelegenheiten pflegte ich nicht das Wort »Schriftsteller« zu verwenden, weil mir das den Weg versperren könnte. Jeder, der versuchte, sich den Weg in das Heiligtum zu bahnen, behauptete, Schriftsteller zu sein, doch ein Mann mit einer teuren japanischen Motorkamera, der möglicherweise wirklich ein Bild machen wollte, das in der Zeitung erscheinen würde, war willkommen.

Was in dem überfüllten Raum vorging, war mir erfreulich vertraut. In einer Ecke stand eine Gruppe wichtiger Aficionados aus Toledo, die mit Veneno über Details des abendlichen Kampfes sprachen. »Wie waren die Stiere bei der Auswahl?« Edel. Das war das Codeword für »erstaunlich gut«. Nachmittags um drei im Hotelzimmer des Matadors sind die Stiere immer edel. Später am Abend, gegen sieben, würden sie dann passender als enttäuschende *ratones* beschrieben werden, enttäuschende kleine Mäuschen. »Wie haben Sie bei der Lotterie abgeschnitten?« Wundervoll. Wir haben die beiden besten Tiere gezogen. Um sieben ist man sich dann einig, daß die beiden Tiere, die unsere Männer bei der Auswahl gezogen haben, die erbärmlichsten von allen waren. Wenn wir das Glück gehabt hätten, die Stiere zu ziehen, die dem anderen Matador zugewiesen wurden, wären wir mit jeder Menge Trophäen nach Hause gegangen.

Ich liebte dieses gekünstelte Ritual und trug sogar mein Teil dazu bei. Auf die Frage, für welche Fernsehanstalt ich arbeitete, sagte ich: »New Yorker Magazin. Sie bringen möglicherweise vier volle Seiten über den Kampf. Die Redaktion hält ihn für sensationell.« Und man behandelte mich mit Respekt. Aber ich war nicht wirklich daran interessiert, wie man mich empfing: Ich wollte wissen, was Veneno seinen drei Söhnen erzählen würde. Nun breitete sich andächtiges Schweigen im Raum aus, weil die

Toreros ein ernsthaftes Gespräch begonnen hatten. Als ich mich dorthin durchdrängelte, wo sie standen, hörte ich die vertraute Litanei.

»Bei der Auslosung haben wir die zwei besten erwischt. Sie sind wirklich edel. Aber die Stiere, die Gómez gezogen hat, sind auch nicht schlecht. Cigarro, sein Manager, hat knallhart verhandelt, als die Paare zusammengestellt wurden. Wir haben die besten unter uns aufgeteilt, und ich fürchte, der Junge (er bezog sich auf Paquito aus Monterrey, der praktisch umsonst kämpfte) hat zwei schlechte erwischt. Wird sich rausstellen.«

Ein eigens angestellter Kammerdiener aus Toledo lief zwischen den Zimmern der Suite hin und her und legte die glitzernden goldenen und silbernen Kostüme zurecht, die an diesem Tag getragen werden sollten. Victoriano und seine beiden Brüder, jeder im weißen Hemd ohne Krawatte und Jackett, zündeten sich Zigaretten an, als die Unterhaltung allmählich versickerte, und verfielen in ein langes Schweigen, währenddessen die vier Toreros an nichts anderes dachten als die bevorstehende Bewährungsprobe. Und das Gespenst, das den Raum heimsuchte, war Juan Gómez.

»Was wir tun müssen«, brach Veneno schließlich das Schweigen, »ist, vorsichtig mit unserem ersten Tier umzugehen. Ehrlich gesagt ist das ein ziemlich schlechter Stier, und heute hat Gómez die besseren gezogen.« Bei dieser unerwartet ehrlichen Anmerkung starrte Victoriano mit verdrossener Miene aus dem Fenster. Er zog es vor, keine Silbe über seine Stiere zu hören und sie auf gar keinen Fall vor dem entscheidenden Moment zu sehen, wenn sie auf der Suche nach einem Opfer in die Arena stürmten. Selbst dann blieb er in den ersten Momenten in Sicherheit hinter der Barriere, welche die Toreros schützte, die gerade nicht in der Arena standen, hielt sich einen Zipfel seiner Capa vor die Augen und bestimmte selbst, wann er ihn senken und seinen Gegner zum erstenmal zu Gesicht bekommen würde.

Aber wohin er auch blickte in diesem stillen Zimmer, sah er überall nur Juan Gómez und hörte die dröhnende, rauhe Stimme seines Vater, in der so viel Erfahrung lag. »Beim ersten Stier spielen wir mit und sehen einfach zu, daß es bald vorbei ist. Gómez könnte mit seinem eine gute Vorstellung liefern, und es könnte aussehen, als ob er der Bessere ist. Also müssen wir mit unserem zweiten Stier zumindest das eine oder andere Ohr erringen.«

Chucho, sein ältester Sohn, dessen Aufgabe es sein würde, die Banderillas zu placieren, falls der erste Stier schlecht war, warf ein: »Bei der Auswahl hatte ich den Eindruck, daß unser erster Stier einen Rechtsdrall hat. Paß bloß auf.«

Veneno fuhr fort, als würde ihn die Bedeutung dieses Kampfes zum Reden zwingen. »Wenn wir diese erste Maus ohne größere Katastrophe loswerden können, ist alles in Ordnung, Victoriano.« Ich bemerkte, daß Victoriano bei diesen leeren Worten zusammenzuckte, als sei er die passive Rolle, die sein Vater ihm aufgezwungen hatte, langsam leid. Er wollte eine weitere seiner Spielregeln brechen, die es verbot, vor dem Kampf über die Stiere zu reden, als eine lärmende Gruppe seiner Anhänger aus Mexiko City in den Raum drängte und »Viel Glück, Matador!« rief. Einer von ihnen sagte: »Wir waren bei der Auswahl, und du hast die besten gekriegt.« Ein anderer versicherte Victoriano: »Diese Stiere, so was von edel!« Nachdem sie wieder gegangen waren, schienen ihre Lügen noch im Raum nachzuhallen. Zur allgemeinen Erleichterung wurde es halb vier, und die vier Leals, die natürlich nichts gegessen hatten (sie wollten vermeiden, daß ein Stierhorn ihnen den Bauch aufschlitzte und ihn voller halbverdautem Essen fand, was zu Blutvergiftung und Tod führt), begannen mit ihrer rituellen Ankleidung.

Veneno und seine Söhne zogen sich ohne die Hilfe des Dieners an, doch es gab eine Aktion, bei der die Toreros Hilfe brauchten – nämlich ihre außerordentlich engen Hosen anzuziehen. Um ihrem Vater beim Anziehen seiner dicken Lederhose behilflich zu sein, warteten Chucho und Diego, bis er die Beine halbwegs in die Hose gezwängt hatte; es war ihnen klar, daß er die brettsteife Hose nicht ohne fremde Hilfe ganz hochziehen konnte. Die Jungen lösten dieses Problem auf die traditionelle Weise, indem sie ein zusammengerolltes Handtuch zwischen den Hosenbeinen hindurchsteckten, jeder ein Ende faßte und es angestrengt nach oben zog, bis die Hose schützend um Bauch, Leisten und Gesäß des Picadors lag. Es war keine besonders elegante Methode, aber sie funktionierte.

Als Veneno sich schließlich angemessen gekleidet fand, schnappte er sich ein Ende des Handtuchs und steckte es zwischen den Beinen seines Sohnes hindurch, damit Chucho sich in sein teures Kostüm zwängen konnte. Victoriano, der Matador, wurde von dem gemieteten Kammerdiener angekleidet, bis es Zeit für die Nummer mit dem Handtuch wurde; dann trat ein halbes Dutzend eifriger Zuschauer vor, die auf die Ehre hofften, ein Ende festhalten zu dürfen. Falls Victoriano an diesem Tag getötet wurde, konnten die beiden Glücklichen bis zum Ende ihrer Tage prahlen: »Ich war's, der den Matador für seinen letzten Kampf angekleidet hat.« Der Diener zeigte auf die beiden Zuschauer, die am wohlhabendsten aussahen, und sagte: »Ihr zwei! Das Handtuch!« Die beiden glücklichen Gewinner verbeugten sich, als würden sie bei Hofe vorgestellt.

Als Mexikos bedeutendster Stierkämpferfamilie wurde von den Leals erwartet, gut auszusehen, und gegen halb vier taten sie das auch. Victoriano war in ein neues Kostüm gekleidet, das aus Sevilla importiert worden war, silbern und weiß und mit Scheiben aus schimmerndem Gold verziert. Es saß so perfekt, und seine Nähte waren so gut versteckt, daß der junge Matador tatsächlich aus purem Licht zu bestehen schien. Um sicherzustellen, daß dieser Eröffnungstag erfolgreich wurde, trug Veneno sein glückbringendes Kostüm, dunkelblau mit silbernen Verzierungen. Chucho war kastanienbraun gekleidet und Diego in leuchtendem Grün. Während sie darauf warteten, daß die Mariachis das Signal zum Aufbruch gaben, saß Victoriano unbehaglich auf einem Stuhl, schweigend wie immer, als würde er darüber nachgrübeln, daß die gesamte Bürde dieses Nachmittags allein auf seinen Schultern lastete und nicht auf denen seines Vaters und seiner Brüder. Chucho stand rauchend am Fenster, und Diego, sein jüngerer Bruder, hatte sich rittlings auf einen Stuhl gesetzt und preßte die Zähne gegen die Lehne. Veneno, in seiner bleischweren Schutzkleidung, welche die Stiere an diesem Nachmittag viele Male attackieren würden, fand es bequemer, an der Tür stehen zu bleiben. Sie alle saßen oder standen stocksteif da und dachten nervös an Juan Gómez, als León Ledesma hereinkam.

»Viel Glück, Matador!« rief der Kritiker durchs Zimmer. »Ich hab' die Stiere gesehen«, log er. »Sie waren köstlich.«

»Gutes Publikum?« fragte Veneno, nicht weil ihn die Antwort interessierte, sondern weil er nichts mehr über die Stiere hören wollte.

»Ausverkauft«, versicherte Ledesma. »Jedermann will Victoriano sehen.«

»Gibt's Wind?« fragte der Matador besorgt. Wenn er nicht so vollständig in sein Kostüm eingeschnürt gewesen wäre, wäre er gerne aufs Pissoir gegangen. Eines Tages, dachte er, erwischt mich ein Horn an der Blase, und das Scheißding ist voll, und dann kann mich alles Penicillin auf der Welt nicht mehr retten. »Gibt's Wind?« fragte er noch einmal.

»Kein bißchen«, versicherte ihm Ledesma. Der Matador stand vom Stuhl auf und ging zum Fenster. Die Bäume im Park schwankten wie im Sturm. Er bat um eine Zigarette.

»Ich bin gekommen, um euch zu sagen«, meinte Ledesma ruhig, »daß das Publikum von Victoriano verlangen wird, mindestens zwei Paar Stöcke zu placieren. Wenn er es nicht freiwillig tut, könnt ihr sicher sein, daß der Indio ihn dazu zwingt. An eurer Stelle würde ich sie dem ersten Stier reinjagen, so mies er angeblich auch ist.« Der dicke Mann verließ den Raum, ohne eine Antwort abzuwarten, und nur einen Moment später begannen die Mariachis mit ihrer frenetischen Version des »Einzugs der Matadore«. Die Leals sprangen auf und rannten mit einem Eifer zur Tür, der verriet, wie nervös sie dieser erste Kampf des Festivals machte.

Um drei Uhr an diesem Nachmittag, in einem kleineren Hotelzimmer und ohne Kammerdiener für die Kostüme, lediglich umgeben von ein paar Schmarotzern, begann Juan Gómez ein gelangweiltes Gespräch mit seinem Manager Cigarro und Lucha

González. Daß er in einem solchen Moment überhaupt eine Frau in seinem Zimmer duldete, bewies, daß auch dieser Matador nervös war. Er brauchte die Sicherheit, die sie ihm gab. Gelegentlich kamen und gingen Besucher; die meisten von ihnen waren zuerst bei den Leals gewesen, denen ihre eigentliche Sympathie galt, und kaum einer hatte Gómez irgend etwas Bedeutsames zu sagen.

Anders als sein Gegenspieler sah der krummbeinige kleine Indio gerne bei der Auswahl der Stiere zu, obschon die letzte Entscheidung traditionsgemäß beim Manager des Matadors lag und sich kaum ein Matador dazu herabließ, sich um derartige Details zu kümmern. Gómez und Cigarro dagegen verabredeten geheime Signale, ehe sie sich zur Auswahl begaben, und Cigarro stimmte der Verteilung der Stiere nur selten zu, ehe sich sein Matador zuvor nicht einverstanden erklärt hatte. Ich fragte Gómez einmal, warum er zugegen war, wenn die anderen Matadore fernblieben, und er antwortete: »Ein Matador kann nie genug über die Stiere wissen. Ich denk' mir immer: Vielleicht siehst du heute das eine entscheidende Detail, das den Stier ans Messer liefert.« Er unterschied sich auch darin von Victoriano, daß er sich nach dem Trompetensignal, das den Stier ankündigte, nicht die Capa vor die Augen hielt, sondern mit gesenkter, zusammengefalteter Capa unbeweglich hinter der Barriere stand und mit schmerzhafter Intensität auf die dunkle Rampe starrte, von der aus sich der Stier in die Arena katapultieren würde. In diesem langen Moment des Wartens hielt er die Luft an, und erst wenn der Stier ins Licht hervorbrach und sein Gehörn die Sonne attackierte, atmete Gómez mit einem gutturalen »Ahhhhh! Da ist er!« wieder aus. Bis der Stier tot aus der Arena geschleift wurde, wandte Gómez nur selten die Augen von dieser dunklen Bedrohung ab. Selbst wenn er das Tier irgendeinem einflußreichen Zuschauer oder Lucha widmete – eine Geste, die stets den Beifall der Zuschauer weckte, denen die Idee gefiel, daß der Matador in eine Sängerin verliebt war –, schien er nicht wirklich die geehrte Person anzusehen, sondern den ihm viel wichtigeren Stier.

Er war von Stieren besessen, aber er wußte nicht recht, was er eigentlich von ihnen hielt. Vor dem Kampf sah er sie als Inkarnationen einer bösen, primitiven Macht, gegen die der Mensch unablässig ankämpfen mußte. Sie waren der ewige Feind, voll von abgefeimten Tricks, mit denen sie die Menschen zerstörten, und es bereitete ihm Vergnügen, sie zu töten, ehe sie ihn töteten. Solange er in der Arena dieses Ziel verfolgte, war er gnadenlos. Doch in den letzten Momenten eines Kampfes, wenn nur noch er und der Stier im Ring standen und all die Picadores und Banderilleros und Peones weg waren, spürte er ein Aufwallen der Reue darüber, daß er gezwungen war, dieses Geschöpf zu töten, das sich so tapfer und ehrenhaft verteidigt hatte. In diesen Augenblicken konnten die Zuschauer ihn sanft auf den Stier einreden hören: »Eh, *torito*! Komm, mein Freund, hier geht's lang!« Und er hätte nicht erklären können, warum er so etwas sagte, außer daß er in diesem Stadium des Kampfes die Stiere liebte und sie wirklich als seine Freunde ansah.

An diesem Nachmittag beschwerte er sich bitterlich über die Stiere, die man ihm zugeteilt hatte. »Die sind miserabel. Wie kann ein Züchter bloß solche Ratones schicken?«

»Deine sind so gut wie die von Victoriano«, verteidigte sich Cigarro.

»Gerade gut genug für 'ne Kirchweih, und sonst nichts«, sagte Gómez verächtlich.

Die drei schwiegen einen Moment, bis Lucha vorschlug: »Die machen's fürs Geld, deswegen.«

»Herrgott noch mal, worüber redest du eigentlich?« fuhr Gómez sie an.

»Die verdammten Züchter. Die verkaufen diese Ratones und nennen sie Stiere, bloß damit sie Knete kriegen.«

Gómez drehte sich um und sah sein Mädchen an. »Was zum Teufel hast du denn gedacht, warum sie's machen? Warum kämpf' ich denn wohl? Warum singst du denn?«

»Ist ja gut«, hechelte Lucha. »Du kriegst also allmählich Angst vor Leal. Laß das gefälligst nicht an mir aus.«

Gómez stolzierte hinüber zu Lucha. »Was hast du da gerade über Victoriano und mich gesagt?« Er trat einen Schritt zurück, als wolle er das hochgewachsene Mädchen schlagen, und murmelte dann: »Sag bloß nie wieder ›Angst‹ in meiner Gegenwart.« Er ließ sich auf einen Stuhl fallen und trank ein wenig Wasser aus der Karaffe auf dem Beistelltisch, nicht so viel, wie er gerne gehabt hätte, aber genug, um den trockenen Geschmack im Mund zu vertreiben. Er schluckte nicht, sondern gurgelte nur und spuckte das Wasser dann wieder aus.

»Wie siehst du denn den Kampf?« fragte er Cigarro. Er wollte über die Stiere reden.

Lucha unterbrach ihn und setzte sich auf einen Stuhl neben der Tür. »An deiner Stelle würde ich beim ersten Stier mein gesamtes Repertoire abfahren, Juan, und diesem hübschen Jungen 'ne Scheißangst einjagen.«

»Wie siehst du's denn?« wiederholte er, ohne auf das Mädchen einzugehen.

»Leal hat Ledesma, restliche Kritiker sind geschmiert«, überlegte Cigarro in seinem hingemurmelten Telegrammstil. »Läßt mich keinen Deal mit Ledesma aushandeln. Spielt keine große Rolle, ob du gut bist oder schlecht. Kriegt sowieso keiner zu lesen, so oder so.«

»Spielt schon 'ne Rolle«, sagte Gómez.

»Und wo's 'ne Rolle spielt«, wandte Cigarro ein, um das Thema zu wechseln, »ist genau hier in Toledo. Bist du hier gut, kriegst du auch 'nen Vertrag fürs nächste Jahr. Der Scheiß-Impresario wird dagegen sein, der macht, was Ledesma sagt, aber das Publikum wird's verlangen. Juan, du mußt doppelt so gut sein wie Victoriano. Du mußt beim ersten Stier alles rauslassen, was du nur hast.«

»Das hab' ich doch auch gerade gesagt, oder?« fragte Lucha.

Die beiden Männer ignorierten sie auch weiterhin, und Cigarro fuhr fort: »Geht nicht bloß um Ixmiq. Jede Menge Kleinstadt-Veranstalter hier. Haben nicht gesehen, wie du gegen Leal gekämpft hast. Haben bloß die Zeitung gelesen, und in der Zeitung siehst du nicht so gut aus, wie du wirklich bist. Denk dran, die beten alle, daß du beschissen bist, weil sie dann nämlich Ledesma glauben und weiterschlafen können.« Er unterbrach sich abrupt, ging ein paarmal im Zimmer auf und ab, blieb schließlich unmittelbar vor seinem Matador stehen und starrte auf ihn herab.

»Juan, bei diesem Festival wirst du echt klasse sein. Ich spür's im Urin. Wie wär's, wenn ich Ledesma ein paar Hunderter übern Tisch schiebe, damit's der Rest der Menschheit auch erfährt?«

Der kleine Indio ignorierte den Vorschlag und kam zurück auf seine Hauptsorge: »Cigarro, jetzt mal ehrlich! Kann man mit dem ersten Stier überhaupt richtig kämpfen?«

»Nicht einfach, aber möglich«, grunzte der Manager. »Zweiter sieht besser aus. Aber den bring' ich zuletzt, damit das Publikum glücklich nach Hause geht.«

Die beiden Männer verstummten. Zum Ankleiden war es noch zu früh, und die Besucher im Raum waren nicht interessant genug, als daß es sich gelohnt hätte, ein Gespräch mit ihnen zu beginnen. Lucha sah aus dem Fenster und sagte: »Da kommt der fette Sauhund, zusammen mit ein paar Amerikanern. Ich würd' ihm am liebsten in die Fresse spucken.«

Juan Gómez schlenderte ziellos zum Fenster, wo er sich nicht etwa seinem Feind Ledesma gegenübersah, sondern einem weit wichtigeren Gegner: einer kräftigen Brise, die im Park die Blätter rascheln ließ. »Jesus«, sagte er, »jede Wette, daß Leal die Hosen voll hat bei dem Wind.«

»So toll ist er nun auch wieder nicht«, grunzte Cigarro.

»Du mußt ja schließlich nicht kämpfen.« Der Indio ließ sich auf einen Stuhl fallen und fragte seinen Manager: »Hast du eigentlich je zurück in die Uniform gewollt?« Gómez deutete auf die verblichene purpurne Capa, die Lucha für ihn zurechtgelegt hatte.

Cigarro betrachtete die Matador-Uniform nachdenklich und schüttelte dann den Kopf. »Ich hab' was Besseres als die Kampftracht. Ich hab' den besten Stierkämpfer der Welt. Juan, mach heute bitte eines: Bring diesen ersten Stier echt gekonnt um!«

»Wie spät ist es?« fragte Gómez.

»Viertel nach drei«, erwiderte Lucha. Noch immer fünfzehn

Minuten, bevor ihr Matador beginnen konnte, sich anzukleiden, und die Stiere in seinem Kopf wurden zusehends größer.

»Ich möchte wirklich nicht Leal sein bei dem Wind«, bemerkte Gómez, ohne jemanden dabei anzusehen.

»Wind hat nachgelassen«, sagte Cigarro, und einer der Besucher ging zum Fenster und wiederholte: »Ja, der Wind läßt nach.«

»Wer muß denn hier eigentlich kämpfen?« fragte Gómez noch einmal, und dann lehnte er sich angespannt vor. »Weißt du, Cigarro, am liebsten wär's mir, wenn heute du in der Uniform stekken würdest. Dieser junge Paquito, der könnte Hilfe brauchen bei den Ratones, die du und Veneno ihm in der Lotterie zugeschustert haben.«

»Der soll auf sich selber aufpassen«, knurrte der alte Peón.

»Früher hast du auf 'nen ganzen Haufen von denen aufgepaßt«, gab Gómez zurück. »Deswegen hab' ich dich ja auch als Manager gewollt, weil du so gut in der Arena warst.«

»In zehn Jahren ist Paquito selber gut«, beharrte Cigarro. »Gibt nur eine Art, wie er's zu was bringen kann: deine. Es mit allem aufnehmen, was in die Arena kommt.«

Schließlich rief Lucha betont heiter: »Na also, halb vier«, und der unruhige Matador begann, sich auf der Stelle auszuziehen. Den Besuchern, die sich in der Tür drängten, um den Matador zu sehen, wurde bedeutet: »Sie müssen jetzt gehen«, und sie trollten sich widerwillig.

Lucha reichte Cigarro die abgetragenen Kostümteile an, der Manager zog und zerrte, um sie über die Beine seines Matadors zu bekommen, und das komplizierte Ritual des Ankleidens nahm seinen Lauf. Als ein Stück des Flitters von dem alten Purpuranzug abriß, reparierte es Lucha mit einer Nähnadel, die sie dabei hatte. »Du könntest dir mal 'n neues Kostüm leisten«, schalt sie.

»Ein gutes Kostüm kostet Geld«, fuhr Gómez sie an, den es irritierte, daß eine Frau bei seiner Einkleidung anwesend war, aber wie immer bestand Lucha darauf zu bleiben, und der Matador gab nach, weil sie die einzige Kraft in seinem Leben war, auf die er sich glaubte verlassen zu können.

Das Ritual erfuhr eine kurze Unterbrechung, als die Tür aufgestoßen wurde und Ledesma sein breites Gesicht ins Zimmer reckte. »Viel Glück, Matador«, sagte er mit einem winzigen Anflug von Sarkasmus. Als er Lucha sah, lächelte er herablassend, und mir kam es so vor, als bedaure er einen Matador, der es einer Frau gestattete, ihn anzukleiden.

»Ich hoff' bloß, der Stier springt über die Barriere«, grunzte Gómez und drehte sich rüde weg von dem Kritiker. »Ich möcht' Sie zu gern mal rennen sehen.« Er wedelte heftig mit der rechten Hand, um nachzumachen, wie der dicke Mann vor dem Stier weglief.

»Ich laufe nie weg«, erwiderte Ledesma sanft. »Und Sie sollten's besser auch nicht. Mut ist nämlich die einzige Tugend, die Sie besitzen.« Er ging weg, und Lucha fuhr fort, Cigarro die einzelnen Teile der Kampftracht zu reichen. Als es Zeit wurde, mit dem Handtuch die hautengen Hosen in Position zu zwingen, gab sie ein Ende mir und ergriff selbst das andere.

Zu guter Letzt stand Juan Gómez voll angekleidet in der Mitte des Zimmers. Sein dickes, schwarzes Haar stand unter dem eckigen Hut hervor, über den Muskeln seiner krummen Beine spannte sich der verwaschene Purpurstoff. Seine trainierten Schultern bewegten sich ohne Anstrengung, als er den Sitz des Kostüms erprobte, und sein dunkles Gesicht wurde zu jener Indio-Maske, die er beibehalten würde, bis der Kampf zu Ende war. Er besaß nicht die achtunggebietende Figur eines großen Stierkämpfers, diesen geschmeidigen Körper, der sich förmlich um einen wütenden Stier zu ringeln vermag, aber er war so solide gebaut, daß man glauben konnte, er sei in der Lage, es mit bloßen Händen mit dem Stier aufzunehmen.

Zu sagen, ich nahm auch an der Einkleidung Paquitos von Monterrey teil, wäre nicht ganz richtig, denn so konventionell ging das nicht vor sich. Ich wurde mehr oder weniger zum Zuschauen genötigt. Der blonde junge Amerikaner im Pachuca-Pullover, den ich im Bus getroffen hatte, kam an die Tür von Gómez' Hotelzimmer und winkte mir zu, ihn auf dem Flur zu treffen, als der

Aufpasser ihn nicht hereinlassen wollte. Als ich mich zu ihm gesellte, überraschte er mich mit einem: »Dieser kleine Paquito ist in dem billigen Hotel da drüben, und kein Mensch kümmert sich um ihn. Geh'n Sie rüber mit Ihrer Kamera und machen Sie wenigstens ein Foto von ihm!«

Wir brauchten nur ein paar Minuten bis zum Zimmer des jungen Matadors, und in dieser Zeit gemahnte mich mein Bekannter an seinen eigenen Namen und seine Vorgeschichte. »Zu Hause in den Staaten heiß' ich Richard Martin. Hier unten, wo ich selber ein bißchen beim Stierkampf mitmische, ist es Ricardo Martín, Betonung auf der letzten Silbe bitte.«

»Wo kommen Sie her?«

»Idaho und San Diego.«

In Paquitos schäbigem Quartier war die Kampftracht sorgfältig auf dem Bett ausgelegt, seine zwei Peones und ein Picador standen mit ihren Kostümen daneben und redeten mit drei oder vier einheimischen Aficionados. Es war die unterste Stufe der Leiter, die ein Matador erklimmen muß, und ich verstand, warum Ricardo wollte, daß ich der Situation zumindest einen Anschein von Würde verlieh. »Das ist Señor Clay, der berühmte Fotograf aus New York. Er möchte ein paar Bilder machen.«

Ich hatte nicht die geringste Lust, noch einen Nachwuchs-Torero mehr zu fotografieren, aber als ich das leuchtend rote Kostüm auf dem Bett sah, sagte ich mit geheuchelter Begeisterung: »Ich könnte ein paar Bilder brauchen, wie Sie angezogen werden – macht sich toll in Farbe«, und so sah ich denn zu, wie der dritte Matador dieses Tages sein Kostüm anlegte. Als es Zeit für die Übung mit dem Handtuch und den engen Hosen wurde, drückte ich Ricardo meine Kamera in die Hand und bat ihn, mich zu fotografieren, wie ich ein Ende des Handtuchs festhielt und wir den Picador in seine schweren Hosen zwängten und Paquito in seine leichteren.

Als die vier Toreros ordnungsgemäß angezogen waren, eilten wir über Schleichwege zum Hintereingang des Kachelhauses, damit wir uns zu den beiden anderen Matadoren gesellen konnten, wenn sie herunterkamen, um in die Limousinen zu steigen, welche sie zur Arena bringen würden. Auf diese Weise würde es für die Zuschauer aussehen, als ob der Junge aus Monterrey ebenfalls in dem teuren Hotel wohnte, und das war wichtig; denn um in der Hackordnung der Matadore bestehen zu können, ist ein erstklassiges Auftreten unerläßlich.

Ricardo Martín spielte den Späher für uns, und als er nach kurzer Zeit wisperte: »Sie kommen runter«, schlichen sich Paquito und seine Leute geschickt wie Meisterspione auf geheimer Mission in die Nähe der Treppen und Korridore, damit es so aussah, als hätten sie sich dort schon eine ganze Weile aufgehalten.

Auf der Terrasse beobachtete ich, wie Juan Gómez und Cigarro die vier Leals überholten. Die beiden Matadore sahen einander kurz und unfreundlich an und verbeugten sich dann zeremoniell, als Paquito von Monterrey und seine schäbige Truppe, die er für ein paar Pennies angeheuert hatte, zu ihnen stießen. Der junge Matador grüßte die beiden ein wenig allzu eifrig, und dann kletterte jede Gruppe für die kurze Fahrt zur Plaza in ihre Limousine.

Sobald die Wagen losfuhren, begannen sich die Hotelgäste für ihre eigene, weit weniger formelle Parade zur Arena zu formieren. Zwei Kameras um den Hals, zwei Notizblocks und drei Bleistifte in den diversen Taschen meines Safari-Jacketts verstaut, führte ich die Leute aus Oklahoma durch den sonnigen, von knallbunten blauen und roten und grünen Häusern gesäumten Canyon der Avenida Gral. Gurza. »Das könnte nirgendwo anders sein als in Mexiko«, rief Mrs. Evans aus. »Und nirgendwo sonst auf der Welt wär' ich heute lieber als genau hier.«

Meine eigenen Überlegungen waren komplizierter. Als ich den drei Matadoren beim Anlegen der farbenfrohen Uniformen zugesehen hatte, die sie trugen, wenn sie den Tod herausforderten, hatte ich eine makabre Befriedigung in dem Gedanken gefunden, daß ich – sollte in diesem ersten Kampf irgend etwas schief genug gehen, um einen Artikel im Magazin zu rechtfertigen – zumindest diese faszinierenden Fotos davon haben würde, wie die Männer sich für ihren seltsamen Beruf ankleideten. Und selbst wenn bis zum letzten Tag überhaupt nichts geschehen sollte, hatte ich noch immer gute Bilder von den beiden Hauptdarstellern. Die von Paquito würden bis auf die brillanten Farben niemanden interessieren.

Meine Träumerei wurde von einem Lärm unterbrochen, der bei einem Stierkampf vollkommen fehl am Platz schien.

Von einem normalerweise brachliegenden Grundstück weit jenseits der Kathedrale kamen die Klimpermusik eines Karussels, die schwungvollen Weisen eines Riesenrads. Richtig, solang ich mich nur erinnern konnte, war dort während der Stierkämpfe des Ixmiq-Fests ein Jahrmarkt abgehalten worden, und deshalb war diese einfältige Musik aus meiner Kindheit nicht wegzudenken.

Binnen kurzem hatten die Fußgänger die Matadore eingeholt, deren Limousinen fortwährend durch Gruppen von Indios aufgehalten wurden, die viel zu arm waren, sich Karten leisten zu können, und sich nun auf der Avenida drängten, um einen Blick auf die Toreros zu erhaschen. Sie wirkten teilnahmslos und brachen nicht in Hochrufe aus, wie es Spanier getan hätten, aber an der Art, wie der Blick ihrer dunklen Augen den vier schmucken Männern folgte, ließ sich ablesen, daß sie den Ruhm der Leals zu würdigen wußten. Als Gómez vorbeifuhr, Altomeke wie sie selbst, glotzten sie ihn nur stumm an, und er starrte mit steinerner Indiowürde zurück. Ich ging neben dem Wagen des Matadors her, als er von einer Horde sandalenbeschuhter Altomeken aufgehalten wurde, bei denen nicht einmal ein Wimpernzucken verriet, daß sie ihm alles Gute wünschten.

Schließlich mußte die Polizei einen Weg für die Limousinen freimachen, und ich erwischte einen großartigen Schnappschuß von Paquito, wie er der Menge zunickte, die sich hinter ihm wieder schloß wie eine Woge. Als die Indios mich wieder umgaben, schweigend und ernst, stürmte etwas anderes auf meine Sinne ein. Es war der einladende Geruch von Chilis und in schwimmendem Fett gebackenen Kutteln, verstärkt durch das Aroma von Limonade und süßen Orangen. Ich war nicht länger ein amerikanischer Journalist, sondern ein kleiner mexikanischer Junge, der sich an die Hand seines Vaters klammerte, während wir zur Arena von Toledo eilten, um am Festival des Ixmiq teilzunehmen. Doch selbst mein verehrter Vater wurde in meiner Erinnerung von der Indiofrau mit dem Schal verdrängt, die sich über eine flache Pfanne beugte und die Tortillas zu den Kutteln buk. Als ich sie ansah, dachte ich: Sie muß diesen Stand schon gehabt haben, als ich noch ein kleiner Junge war, muß ihre Ware seit einem halben Jahrhundert an eben dieser Ecke anbieten. Ich vergaß die Stierkämpfer und die Leute aus Oklahoma und fragte in umgangssprachlichem Spanisch: »Oma, kann ich 'n Bild von dir machen, weil, ich hab' hier vor 'ner ganzen Weile mal gelebt.« Sie blickte zu mir auf, ohne die geübten Bewegungen ihrer Hände zu unterbrechen, doch über ihr gebräuntes Gesicht huschte nicht das geringste Zeichen einer Reaktion. Sie sah mich einfach mit ihrem leeren Indiogesicht an, das von den bunten Fransen ihres Schals eingerahmt war. Ich machte das Foto, und sie wandte sich wieder ihren Tortillas und Kutteln zu.

Schließlich kamen wir zur Arena, deren große, hölzerne Tore ein wenig offenstanden, um uns zur Schattenseite einzulassen, wo die Leute aus Oklahoma dank der Karten, die Mr. Grim bei dem Schwarzhändler gekauft hatte, tatsächlich so gute Plätze fanden, wie der Halsabschneider versprochen hatte – zweite Reihe. Als offiziell akkreditierter Journalist durfte ich selbst mich frei in dem Durchgang zwischen den Zuschauern und dem roten Bretterzaun bewegen, hinter dem die Matadore Schutz suchten, wenn sie nicht in der Arena kämpften.

Um fünf vor sechs schleifte ein halbes Dutzend Arbeiter in weißen Hosen und blauen Baumwollhemden eine gigantische Plastikflasche aus der Arena, welche die Zuschauer anwies, auf Coca Cola zu bestehen. Eine Polizeikapelle, die auf dem Dach thronte, spielte Stierkampfmusik, während sich die rostigen Zeiger der alten deutschen Wanduhr, die 1883 importiert worden war, der Stunde entgegenquietschten, wo alles anfangen sollte. Der offizielle Kampfrichter – der »Präsident« – der das Schauspiel überwachen und darauf sehen würde, daß alles dem Brauch gemäß ablief, war stets eine Leuchte der lokalen Gesellschaft. Er residierte in einer Gala-Loge am höchsten Punkt der Tribüne und eröffnete nun die Festlichkeiten, indem er ein kleines weißes Taschentuch schwenkte, woraufhin ein Trommelwirbel erklang, eine Trompete schmetterte und die Musiker auf dem Dach zu der traditionellen Begleitmusik für den Beginn des Kampfes überwechselten.

Die großen roten Tore, durch welche die Matadore in Kürze in glanzvoller Parade einziehen würden, wurden aufgestoßen, und heraus ritt ein ältlicher Mann auf einem edlen Schimmel. Dieser sogenannte *alguacil*, der Konstabler, dessen Aufgabe es war, die Entscheidungen des Präsidenten durchzusetzen, war in ein nobles Rüschenkostüm aus dem achtzehnten Jahrhundert gekleidet und gab eine beeindruckende Figur ab, wie er so gemessen durch die Arena ritt, um die Erlaubnis zu erheischen, das kleine rote Tor zu öffnen, durch das die Stiere in den Ring stürmen würden. Auf seine Bitte an den Präsidenten hin bekam er einen großen Messingschlüssel überreicht, den er hoch in die Luft hielt, als er zurückgaloppierte und schließlich durch das große Tor verschwand, um den zeremoniellen Schlüssel dem Helfer zu übergeben, der das kleine Tor bewachte, durch das die sechs Stiere einer nach dem anderen hervorkommen würden.

Ganz egal, wie oft man den Einzug der Matadore gesehen hat, es ist jedesmal ein aufregender Moment. Sie kommen nicht im Gänsemarsch heraus, denn das würde den Burschen herabsetzen, der das Schlußlicht macht, sondern Seite an Seite, als seien sie alle gleich, was denn ja auch zutrifft, sobald der Kampf beginnt. Ich schlüpfte von meinem sicheren Platz im Durchgang in die Mitte des Rings und schoß eine rasche Serie von Farbfotos. Durch den Sucher sah ich die drei Matadore in der seit Jahrhunderten vorgeschriebenen Ordnung einhermarschieren: von mir aus gesehen links der älteste Matador, in diesem Fall Juan Gómez in seinem verblichenen Purpurkostüm, ganz rechts der Zweiterfahrenste, Victoriano in Silber und Weiß, und der jüngste wie immer in der Mitte, heute also Paquito, der Junge aus Monterrey, ganz in Scharlachrot. Als sie zu unserer Seite der Arena kamen, der im Schatten, die den hochrangigen Zuschauern vorbehalten war, verbrachten sie einige Minuten mit einem vergnüglichen

Ritual. Sie suchten die Tribüne mit den Augen nach schönen Frauen ab und drapierten dann ihre zeremoniellen Capas aus reichverziertem Brokat, die nur während der Eröffnungsparade benutzt werden, unmittelbar vor ihnen über das Geländer. Dann erprobten sie ihre richtigen Capas, und der Kampfrichter nickte einem Trompeter zu, der aufstand und das erregende maurische Hornsignal blies, das traditionsgemäß das Eintreffen der Stiere ankündigt.

Die messingnen Noten kletterten eindrucksvoll die Tonleiter empor, fielen dann in traurigen Kadenzen zurück und endeten schließlich in einer orientalisch anmutenden Klage. Die Zuschauer rasten, und auf der anderen Seite der Arena, gegenüber der Stelle, wo die Matadore warteten, schwang ein rotes Tor auf. Aus einer dunklen Passage unter den Tribünen drang ein Brüllen hervor, dann ein schwarzes Aufblitzen schierer Kraft und schließlich eine Staubwolke, als der Stier ins Sonnenlicht hervorschoß wie ein Torpedo. Er bremste mit den Vorderhufen und sah sich einen Moment lang nach beiden Seiten um, bis er schließlich das Flackern einer Capa erblickte und aus dem wahnsinnigen Instinkt heraus, den man ihm angezüchtet hatte, einen wütenden Angriff auf seinen Feind begann.

Die Menge spürte die Kraft des Stiers und rief ermunternde Worte, und Männer schrien ihren Sitznachbarn zu: »Der sieht gut aus!« Als der Stier die rote Barriere erblickte, die vor ihm aufragte, verstummten die Hurrarufe, denn er vermied feige jeden Kontakt mit ihr, bäumte sich auf und hackte wild mit den Hörnern. Wer sich mit Stieren auskannte, murmelte: »Noch 'ne Katastrophe«, und recht hatten sie.

Mit diesem Stier, der im Verlauf des Kampfes immer schlechter wurde, konnte Gómez nicht das Geringste ausrichten. Der Stier wollte weder der Capa folgen noch die Picadores angreifen, noch den Banderilleros Gelegenheit geben, ihre Stöcke zu placieren. Als Gómez sich schließlich mit seinem Degen aufmachte, um einen Todesstoß zu versuchen, schrie Cigarro: »Der zählt nicht! Mach ihn einfach irgendwie fertig!«, aber das wollte Gómez' Ehrgefühl nicht erlauben. Sechsmal hintereinander versuchte er anständige Arbeit zu leisten, und sechsmal erwischte er den Knochen, und jedesmal prallte der Degen ab und landete in elegantem Bogen mit der Spitze nach unten im Sand. Beim siebtenmal verwundete Gómez das Tier, aber der Stier weigerte sich umzufallen. Er marschierte gemächlich rund um die Arena und wollte einfach nicht sterben. Ein Trompetensignal mahnte Gómez, dieser schäbigen Parodie eines Stierkampfs ein Ende zu bereiten, aber er war machtlos.

Schließlich stolperte der Stier und fiel auf die Seite. Ein Mann zu Fuß sprang vor und stach dem Tier einen Dolch ins Genick, und das war das Ende dieses gräßlichen Kampfes.

Die Reaktionen des Publikums auf diese Eröffnungsnummer waren gemischt. Der stiernackige Mann aus Oklahoma rief seinen Freunden sichtlich erleichtert zu: »Bin bloß froh, daß Ledesma uns rechtzeitig gewarnt hat. Das war ja noch übler, als er gesagt hat.«

Mrs. Evans meinte mit schwacher Stimme zu ihrem Begleiter: »Señor Ledesma hat heute früh angedeutet, daß seiner Meinung nach wir Amerikaner irgendwie degeneriert sind, weil wir Stierkämpfe nicht ertragen können. Wie kann das denn überhaupt jemand ertragen?«

Ledesma, der umherschlenderte, um mit Freunden zu plaudern, sah die Leute aus Oklahoma und rief auf englisch: »Na, was meinen Sie?«

O. J. Haggard fragte: »War das einer von den dreien, die Sie als Katastrophen beschrieben haben?«

»Aber nein! Das würde ich als einen von den besseren Kämpfen bezeichnen. Der Matador hat's zumindest versucht.«

»Ach du lieber Himnmel!« keuchte Haggard. »Trotz dieser unsäglichen Schweinerei am Schluß?«

»Aber sicher!« erwiderte Ledesma ohne jede Ironie. »Eine wirkliche Katastophe wird's erst, wenn alles danebengeht und diese Teufel da drüben« – er zeigte auf die Sonnenseite der Arena – »anfangen, Rabbatz zu machen. Diesmal konnten sie wenigstens noch sehen, daß sich Gómez mit einem schlechten Stier alle Mühe gegeben hat. Warten Sie einfach ab! Wenn das wirkliche

Desaster losgeht, werden Sie's schon merken.« Er ging weiter, um einen Impresario aus dem Norden zu begrüßen.

»Und das soll einer von den besseren Kämpfen gewesen sein?« fragte Haggard erneut seine Freunde. »Ich glaub', 'ne Katastrophe möcht' ich gar nicht erst sehen.«

»Wirst du aber«, meinte Ed Grim. »Nach allem, was Ledesma erzählt hat, wird's noch zum Kotzen, eh die Sache rum ist.«

In den für Rancher reservierten Privaträumen unter der Tribüne sah Don Fernando Murrillo, der Züchter, von dem die Stiere dieses Tages stammten, seine Freunde an, als der erste Stier aus der Arena geschleift wurde. Er zuckte die Schultern und sagte: »Na ja, einer von unseren besten Stieren war das nicht gerade, aber so schlecht war er auch wieder nicht.« Niemand wagte ihn zu fragen, wie wohl ein wirklich schlechtes Tier aussehen würde. Da sie alle wußten, daß die schlechten Stiere vergessen sein würden, wenn auch nur ein einziger einen guten Kampf lieferte, hörten sie respektvoll zu, als der Züchter prophezeite: »Der nächste sollte eigentlich Ohren und Schwanz bringen. Auf der Weide hat er köstlich ausgesehen.« Das war eine Lüge, aber sie auszusprechen machte ihm Mut.

Cigarro, der im Durchgang stand, sein Markenzeichen arrogant nach oben dem Publikum entgegengereckt, war bestürzt, aber konnte seine Sorgen mit niemandem teilen. Der erste Auftritt seines Matadors war ehrenhaft gewesen, doch er hatte nichts von jener Grazie und Spannung an sich gehabt, die einen durchreisenden Impresario dazu bewegen könnte, den Indio für zukünftige Kämpfe unter Vertrag zu nehmen.

»Nächstes Jahr wahrscheinlich kein Ixmiq«, grübelte Cigarro. »Aber heut gibt's noch 'n Stier, und Sonntag gleich drei. Vielleicht passiert ja was.« Und falls heute nichts passierte, würde es Cigarros Aufgabe sein, eben dafür zu sorgen, daß etwas geschah. »Vielleicht 'n Krawall, vielleicht beleidigt Juan Veneno – irgendwas halt.«

In dem Patio, wo die Picadores auf den zweiten Stier warteten, überlegte der alte Veneno auf seinem Pferd: Dieser verdammte Gómez hat Mumm. Mein lieber Mann! Was für Hörner!

Der Jungfrau sei Dank, daß mein Sohn mit dem nicht hat kämpfen müssen. Wenn er denn bloß mit seinem eigenen Stier was zeigen kann.

Selbst als er sich Sorgen um seinen Sohn machte, blieben seine Gedanken bei der Vorstellung, die er gerade gesehen hatte. Dieser verdammte Gómez! Und wenn ein Kerl mit soviel Mumm beim zweitenmal nun einen guten Stier kriegte? Er leckte sich die Lippen und schmeckte Salz.

Juan Gómez rieb sich mit einem Handtuch das lange Gesicht sauber und dachte: Lieber Himmel, die machen die Stiere ja neuerdings aus Zement. Sieben Anläufe! Ist schon ein Wunder, daß sie vorhin nicht mit Flaschen nach mir geworfen haben. Vielleicht wird's ja beim nächsten Stier, vielleicht beim nächsten.

Er weigerte sich, an die beiden Male zu denken, als der Stier ihn umgerannt hatte, oder an seine wundersame Errettung vor den Hörnern, als Victoriano hinter der Barriere hervorgeschossen war wie ein Schutzengel, der mit Flügeln aus Gelb und Violett schlug. Über diese Dinge würde er erst später nachdenken, doch vor seinem inneren Auge blitzten immer wieder die Bilder des Kampfes auf.

Da Gómez zu der Schule von Matadoren gehörte, deren Credo »niemals den Blick vom Kopf des Stieres abwenden« lautete, schaute er selbst im Fallen, wenn er in raschem Flug den Hörnern entgegenstürzte, schon dorthin, wo er landen würde, und konnte dabei die blitzschnelle, erschreckende Aufwärtsbewegung dieser Hörner mit ihren schwarzen Spitzen und silberfarbenen Wurzeln erkennen, die ihn mitten in der Luft zu erwischen versuchten. Er war genau dazwischen gelandet und, während seine scharfen Augen weiterhin genau beobachteten, was geschah, rückwärts von der Stirn des Stiers gerutscht und seine nasse Flanke entlanggeglitten. Mit nahezu kindlicher Erleichterung hatte er registriert, wie der Schwanz des Stieres immer näher kam und damit anzeigte, daß er den Hörnern noch einmal entkommen war. Den Gedanken daran konnte er wegschieben, aber nicht die Bilder, und wieder blitzte vor ihm das abrupte Erscheinen Victorianos und seiner rettenden Capa auf.

»Bin bloß froh, daß er so schnell war«, grunzte der kleine Indio vor sich hin. Mit nunmehr sauberem Gesicht bewegte er sich den Durchgang hinunter bis zu Luchas Platz. »In Ordnung, wenn ich den nächsten Stier dir widme?«

»Nur zu«, sagte die Sängerin. »Bist du verletzt?«

»Nee«, grunzte der kleine Matador und ging weiter zu Ledesma, der gerade mit dem Impresario aus dem Norden sprach. »Das war verdammt mutig, Matador«, sagte Ledesma grüßend.

»Sagen Sie das morgen auch noch?« gab Gómez unfreundlich zurück.

»Wenn du 'ne gute Kritik willst, weißt du ja, was zu tun ist.«

»Du elender Sauhund«, knurrte Gómez, doch der Kritiker erwiderte bloß: »Viel Glück beim nächsten Stier«, und ging weiter.

An dieser Stelle könnte es hilfreich sein, ein kurzes Wort der Erklärung einzuschieben. Wann immer ich mit Leuten spreche, die nichts vom Stierkampf verstehen, oder für sie schreibe, sage ich mir: »Die glauben wahrscheinlich, daß die großen, schweren Capas, die während drei Vierteln des Kampfes eine so wichtige Rolle spielen, rot sind.« Das ist absolut falsch. Die Capas sind violett oder stumpfgelb, und sie beherrschen die Eröffnung des Kampfes, die ersten Pases des Matadors, die Arbeit mit den Picadores und die Manöver, mit denen der Stier in eine Position gebracht wird, wo man ihm die Stöcke anbringen kann. Ein rotes Tuch wird erst im allerletzten Stadium des Kampfes eingesetzt; es ist nur etwa halb so groß wie die Capa, aber es ist in der Sekunde des Todes dabei, und darauf kommt es an. Versuche haben gezeigt, daß der Stier keineswegs von der roten Farbe in Wut versetzt wird. Er sieht sie nur einfach besser, aber in Wirklichkeit greift er alles an, was sich bewegt, ganz egal von welcher Farbe. Er ist ein Killer, kein Kunstliebhaber.

Victoriano Leal stand im Durchgang, die zusammengelegte Capa schon vor den Augen, und murmelte vor sich hin. »Dieser verdammte Indio. Mit so 'nem Stier sollte er eigentlich 'ne Katastrophe erlebt haben.« Er schüttelte hinter den Falten seiner Capa den Kopf. »Wenn meiner von der gleichen Sorte ist, was mach' ich dann? Aber er ist nicht von der gleichen Sorte. Ist er einfach nicht. Das war grad die Trompete. Und jetzt das Tor. Und nun der Stier. Er nimmt die erste Capa an. Die zweite. Und nun läuft er auf mich zu. Jetzt! Jetzt!«

Er nahm die Capa von den Augen und erblickte einen stattlichen Tausend-Pfund-Stier auf der anderen Seite der Barriere. Die Menge schrie bereits ihre Begeisterung über die Attacken dieses Tiers heraus, und Victoriano stürzte mit einsatzbereiter Capa in die Arena und rief: »Nein, Chucho! Der gehört mir.«

Mit eleganten Bewegungen forderte der hochgewachsene junge Mann den Stier heraus und senkte dann die Hände so weit dem Boden entgegen, daß der obere Rand der Capa nicht höher hing als seine Knie. Der Stier griff tatsächlich an, suchte die Capa, grub sein Gehörn in ihre nachgiebigen Falten und donnerte mit ungeheurer Wucht vorbei. Victoriano blieb mit fest in den Sand gestemmten Füßen stehen und bog graziös den Rücken durch, um den Stier zu einem weiteren Angriffsversuch aufzustacheln. Und wieder hackte die riesige Bestie auf die Capa ein, und wieder spürte die Menge, wie da eine gewaltige animalische Kraft von kühler menschlicher Intelligenz bezwungen wurde.

»*¡Olé!*« schrien die Zuschauer, und es war der erste der stürmischen Ausrufe, die das Festival noch hören sollte.

»*¡Olé!*« rief jedermann noch einmal, als der riesige Stier zurückgelockt wurde. In der Züchterloge unter der Tribüne atmete Don Fernando erleichtert auf. »Ich hab's ja gesagt, zwei Ohren und ein Schwanz.« Auf dem Dach begann die Kapelle zu spielen.

Wenn die Leals einen guten Stier bekamen, wußten sie, was zu tun war. Jetzt rief Chucho, der den Kampf dirigierte, bis sein Vater in die Arena kam: »Noch zwei Pases, Victoriano! Und dann den halben!« Gehorsam führte der junge Matador zwei wunderbar glatte Pases aus und endete mit einer Demonstration, die ihm bewundernde Zurufe einbrachte. Er begann, als wolle er einen ganz normalen Pase machen, aber als der Stier näherkam, verharrte er mitten im Schritt und zog die Capa so dicht an den Körper, daß er dem Stier praktisch kein Ziel mehr bot und das Tier ganz nah an seinem linken Bein vorbeistreifte. Es war ein Moment erlesener Kunstfertigkeit.

»*¡Olé!*« rief die Menge.

Im Durchgang murmelte Juan Gómez: »Ich erwisch 'n zickiges Scheißvieh, aber der kriegt natürlich 'n Güterzug, der auf Schienen durch die Gegend fährt.« Er spuckte aus.

Als das Trompetensignal die Picadores rief und die Tore sich öffneten, galoppierte der alte Veneno herein wie ein kampflustiger, weißhaariger Zentaur. Er brachte rasch sein Pferd in Position, musterte den Stier und wartete darauf, daß Chucho und Diego das Tier an die richtige Stelle für den ersten Stoß lockten. Er überprüfte seinen rechten Steigbügel, gegen den der Stier anrennen würde, schwang seinen hölzernen Stab und beobachtete jede Bewegung des Tiers; es war ihm bewußt, daß er in den nächsten Minuten Entscheidungen würde treffen müssen, von denen möglicherweise der Ausgang dieses Kampfes abhing.

Und nun erblickte der Stier das Pferd. Mit einem kraftvollen Stoß, der die Zuschauer in ihrer Meinung bestärkte, daß man es hier mit einem großartigen Tier zu tun hatte, ging er das Pferd mit dem rechten Horn an, während Veneno sich schon in den Steigbügeln aufrichtete, sein ganzes Gewicht in den Stoß legte und seine Lanze tief in den Buckel unmittelbar hinter den Nakkenmuskeln bohrte. Das war ein gefährlicher Moment, weil man nie wissen konnte, wie ein Stier auf diesen ersten, scharfen Schmerz reagieren würde, und der Picador deshalb auf alles gefaßt sein mußte.

Dieser Stier war tapfer. Mit gespreizten Hinterbeinen stemmte er sich gegen seinen unbekannten Gegner und schob sich dann vor wie ein Zehntonner, der bergauf fährt. Die Lanze zitterte. Das Pferd begann unter der Wucht des Ansturms in den Knien einzuknicken, aber Veneno drückte noch immer nach. »Mal sehen, wie er mit der klarkommt«, grunzte er wütend und beugte sich weit über das Gehörn des Stiers, um eine weitere Lanze einzurammen.

Im Bewußtsein, daß hier ein Picador sein Bestes gab, begann die Menge zu jubeln, bis ihr klar wurde, daß Veneno nicht einfach vorhatte, den Stier zu schwächen, sondern ihn umbringen wollte. »Laß ihn gehn!« riefen die Männer auf der Sonnenseite der Arena, als die Zuschauer begannen, den alten Mann zu beschimpfen und auszubuhen. Irgend jemand warf ein Sitzkissen, das an seinem derben Hut abprallte, aber er bohrte die Eisenspitze der Lanze nur noch tiefer ins Genick des Stieres. Auf der Flanke des Tieres erschien mit einemmal dunkelrotes Blut.

An diesem Punkt, wo die Nackenmuskeln bereits so stark geschädigt waren, daß der Stier den Kopf nicht mehr heben konnte, schob sich Victoriano zwischen das Pferd und den Stier und lenkte das Tier gewandt von dem Picador ab, wobei er einen Pase einsetzte, den ich Drummond eine Weile zuvor als »über den Sand fließende Poesie« beschrieben hatte. Er stachelte den Stier aus einiger Entfernung mit ausgestreckter, tief gehaltener Capa an und schien einen ganz normalen Pase vorzubereiten, doch als das Tier schon mitten im Ansturm war, vollführte er eine plötzliche Pirouette und wickelte sich dabei die Capa um den Körper, so daß dem wütenden Tier nur ein Zipfel Stoff blieb, auf den es herunterstoßen konnte. Bis der Stier sich umgedreht hatte, um erneut anzugreifen, wartete der Mann schon wieder mit seinem irritierenden Stück Tuch auf ihn, das er sich nun erneut um den Körper wand.

»Jetzt könnt ihr sehen, wie er's in Madrid gemacht hat!« rief einer seiner Anhänger.

Als hätte Victoriano das ganze Manöver von Anfang an geplant, blieb der Stier am Ende des siebten Pase genau vor Venenos Pferd zurück, das er mit solcher Gewalt angriff, daß Roß und Reiter zu Boden geworfen wurden. Einen hektischen Moment lang versuchte der Stier, den gestürzten Picador zu zerfleischen, aber Victoriano beschützte seinen Vater mit der Capa, während Paquito von Monterrey den Stier mit einer Serie geschickter Pases ablenkte und ihn beschäftigt hielt, bis Veneno wieder in der Lage war, aufs Pferd zu steigen. Von seinem Standpunkt unter der Tribüne aus begann der Züchter, der sich während des Fiaskos mit dem ersten Stier bedeckt gehalten hatte, seinen Freunden mit huldvoller Geste zuzuwinken. Dieser Stier war nichts Außergewöhnliches, aber er war zumindest akzeptabel, und jedermann wußte das.

Und nun sah sich der alte Veneno, der inzwischen staubig und sichtlich mitgenommen aussah, einer der quälendsten Entscheidungen gegenüber, die es in einem Stierkampf zu treffen gilt: Sollte er diesem kraftvollen Stier einen dritten Stoß versetzen – was das Tier weiter schwächen und damit Victoriano die Arbeit erleichtern würde –, oder sollte er seinem Sohn jene große Geste gestatten, die unweigerlich den Beifall des Publikums finden würde, nämlich den Präsidenten zu bitten, »die Picadores wegzuschicken, weil dieser tapfere Stier schon genug gelitten hat«? Es mag scheinen, daß alles für die erste Alternative sprach, aber die Sache hatte einen Haken, der Victorianos Chancen gefährden konnte, einen denkwürdigen Triumph zu erringen.

Die Spielregel der Arena lautete: »Nach der ersten Lanze hat der Matador, dessen Stier es ist, das Recht, ihn wegzulocken und eine Reihe brillanter Pases zu versuchen.« Nach der zweiten hatte der im Rang unmittelbar folgende Matador, in diesem Fall Paquito von Monterrey, den Stier von dem gestürzten Veneno abgelenkt und ein paar Pases gemacht. Wenn es denn einen dritten Stoß geben sollte, konnte sich als nächster Juan Gómez an diesen großartigen Stier wagen und möglicherweise eine Serie von Pases beginnen, die Victoriano in den Schatten stellen und den Nachmittag für ihn verderben würden. Es war eine schwierige Entscheidung, und wie all den anderen Aficionados auf den Tribünen auch, war mir Venenos Dilemma nur zu klar.

Victoriano dachte: Veneno wird keinen dritten Stoß riskieren. Soll mir recht sein. Er hat dem Vieh ja schon mit dem ersten die Hölle heißgemacht. Aber wenn er sich doch auf einen dritten Stoß einläßt, soll's mir auch recht sein. Selbst wenn Gómez irgendwas Gutes bringt, kann ich bei den Stöcken immer noch aufholen. Ich werd' denen Banderillas zeigen, die sie im Leben noch nicht gesehen haben.

Juan Gómez stand ganz ruhig im Ausgang der Arena und dachte: Der alte Bastard will mich an seinen köstlichen Stier nicht ranlassen. Aber er weiß, daß sein Sohn ein feiger Hund ist, also wird er versuchen, das Biest totzumachen. Und wenn er das versucht, dann weiß ich, was ich tue. Er wartete.

Cigarro kaute auf seiner Zigarre herum und war kaum noch zu halten: »Das könnt's sein. Veneno probiert's mit der dritten Lanze, und Juan reißt dem Stier den Arsch auf. Jetzt fängt die Fiesta erst richtig an.« Draußen vor der Arena spielte das Karussell Kinderlieder.

Die Entscheidung traf schließlich der Stier, der sich auch weiter mit den Pferden anlegen wollte und in gemächlichem Trab auf den zweiten Picador zutrottete. Diese unerwartete Wendung erschreckte die Leals. Der Stier würde eine dritte Lanze abkriegen, aber sie würde nicht so effektiv sein wie die von Veneno, und – was noch übler war – Gómez würde seine Chance bekommen.

Die Leals setzten sich in Bewegung. Chucho eilte durch den Sand, um den herangaloppierenden Stier abzufangen, während Diego über die Barriere sprang und sich vor den Picador warf. Veneno gab seinem Pferd die Sporen, um es in eine günstige Position zu bringen, und Victoriano lockte mit vier raschen, makellosen Pases den Stier direkt in die Lanze des alten Mannes. »Mein lieber Mann«, keuchte Cigarro bewundernd.

»Ganz schön clever, die Dreckskerle«, knurrte Gómez. »Aber wart bloß ab!«

Es dauerte fast zwei Minuten, bis der kleine Indio Gelegenheit bekam, zu zeigen, was er mit einem guten Stier alles fertigbrachte, denn Veneno war dabei zu demonstrieren, wie ein gerissener Picador seinem Matador die Arbeit abnehmen konnte. Seine dritte Lanze, die er mit einem Ausdruck überraschter Abwehr placiert hatte, als sei er erstaunt, daß sich der Stier freiwillig von dem zweiten Picador ab- und ihm zugewandt hatte, saß perfekt; weit genug hinten, um den Stier ernstlich zu verletzen und doch so weit vorne, daß sie ihm erlaubte und ihn dazu ermutigte, weiter anzugreifen. Mit raschen, fürchterlichen Bewegungen seines rechten Arms rammte der alte Mann die Lanze immer tiefer ein, bis er spürte, wie sie auf Knochen stieß.

Der Stier versuchte sich loszumachen, nicht aus Angst, sondern weil sein Rückgrat zu explodieren schien. Veneno ließ ihn nicht weg und zwang sein Pferd in einen engen Kreis, so daß der

Leib des Tieres im Weg war, als der Stier zu entkommen versuchte. Mann und Stier und Pferd begannen einen gemächlichen Walzer zu tanzen, bei dem sich der Stier immerzu rechtsherum drehte, aber das Pferd drehte sich stets ein wenig schneller, und der Mann lehnte sich weit aus dem Sattel, damit sein gesamtes Gewicht hinter den Bewegungen lag, mit denen er die Lanze immer näher ans Rückgrat trieb. Aficionados nannten dieses Manöver die *carioca*, und wenn der Stier sie erst einmal ein paar Minuten getanzt hatte, speziell mit dem unverwüstlichen Veneno, war er gewöhnlich am Ende.

Während des Tanzes wartete Juan Gómez geduldig mit vor der Brust zusammengelegter Capa und verlagerte unauffällig das Gewicht von einem Fuß auf den anderen, um in Position zu kommen für das, was er vorhatte. Hoch zu Roß erhaschte Veneno einen Blick auf ihn. »Dieser verdammte kleine Indio, da steht er rum und wartet wie ein Bettler, der sich Hoffnungen auf die Reste eines Banketts macht.«

Schließlich endete die Carioca, und der inzwischen heftig blutende Stier machte sich auf unsicheren Beinen frei. Ein Matador, der jetzt hinzustürzte, hätte nicht das Geringste ausrichten können, aber Juan Gómez verstand genug von Stieren, um zu warten, bis das Tier wieder zur Besinnung kam. Dann elektrisierte der Indio die Menge damit, daß er sich seine leuchtende Capa über die Schulter schwang, als liefe er durch einen Sturm, und den ungeschützten Körper dem Stier zuwandte.

Als er den rechten Arm ausstreckte, zeigte sich dem Stier ein kleines Dreieck von gelbem Stoff, doch um daranzukommen, mußte das Tier unter dem Arm des Mannes durch und sehr nahe an seinem rechten Bein vorbei.

»Eh, *torito!*« rief Gómez, und der Stier stürzte genau auf das kleine Stoffdreieck zu. Er donnerte mit atemberaubender Geschwindigkeit unter dem Arm des Mannes durch und streifte dabei eines seiner Beine mit dem Gehörn.

»*¡Olé!*« rief die Menge, als sich der Stier drehte, um erneut anzugreifen. Und wieder war da ein Stückchen Capa, diesmal unter dem linken Arm des Matadors. Der Stier rannte in einem

Anfall wiedererwachter Wut dagegen an, und wieder lief er unter dem Arm des Mannes durch. Beide Male, erst beim einen Arm und dann beim anderen, brüllte der Stier auf.

Die Zuschauer spendeten lautstarken Beifall für eine der gekonntesten Serien von Pases, die auf diesem Festival zu sehen sein würden, und hinten in den Corrals fluchte der alte Veneno vor sich hin. »Ich hätt' diesen letzten Stoß bleiben lassen sollen. Was macht der verdammte Indio da draußen eigentlich?«

Veneno, den die Brillanz des Indios wütend machte, dachte laut; sein Sohn nicht. Victoriano, der zusehen mußte, wie Gómez das Publikum für sich einnahm, konnte nur bitter und unzusammenhängend denken: Ich hab' diesen dritten Stoß nicht gewollt. Warum hat der Indio bloß so ein Scheißglück mit meinem Stier, wenn's bei seinem eigenen in die Hose gegangen ist? Was kann ich bloß machen, um meinen Stier zurückzukriegen? Und vor allem, wenn die doch bloß aufhören würden, mich rumzukommandieren, als hätt' ich keine Ahnung. Die sind schuld.

Der letzte Pase des Indios schickte den Stier an die Barriere und ließ Gómez dort zurück, wo er hingewollt hatte: allein in der Mitte der Arena. Er behielt den weitentfernten Stier im Auge und nahm den Applaus entgegen, der auf ihn einstürmte. Er stand nahezu bewegungslos da und nickte nur dreimal mit dem Kopf, dann schritt er, den Blick noch immer auf den Stier gerichtet, mit beleidigender Arroganz zurück zur Barriere.

»Habt ihr das gesehen?« fragte O.J. Haggard seine Freunde. »Mir ist ganz schwach.«

Einer der Impresarios aus dem Norden sagte zu seiner Begleiterin: »Diese verdammten Indios wissen was drüber, wie man Emotionen weckt, was dem Rest von uns abgeht. Hast du gesehen, wie er den Stier mitten in jedem Pase total an sich gebunden hat? Fantastisch.«

Trotz seines Schreis nach der Freiheit, seine Aktionen allein bestimmen zu können, wartete Victoriano nun auf Signale von seinem Vater, der zu Fuß in den Durchgang zurückgekommen war, und schließlich gab der alte Mann Zeichen, daß seine Söhne eine Einlage versuchen sollten, die ihnen anderswo immer

Beifall gebracht hatte. Als sich Chucho und Diego bereit machten, die Stöcke zu placieren, protestierte das Publikum wie ein Mann mit lautem »Nein! Nein!« Chucho gab vor, den Grund der Aufregung nicht zu verstehen, und begann sogar den Stier zu reizen, als habe er vor, seine Arbeit weiterzumachen, doch dann trat Victoriano in die Arena und sah zum Publikum hoch, als sei er nicht recht sicher, was es verlangte. Demütig wie ein Schuljunge gab er durch Gesten zu verstehen: »Meint ihr vielleicht, daß ich die Stöcke placieren soll?«

Gómez kannte diese Nummer bereits und dachte bloß: Einfach zum Kotzen, aber die Zuschauer rasten vor Begeisterung, als der Matador signalisierte, daß er die Banderillas eigenhändig anbringen würde.

Doch Chucho gab vor, Victoriano nicht bemerkt zu haben und begann in gemächlichem Trab auf den Stier zuzulaufen, woraufhin Victoriano mit gespielter Wut hinter ihm herrannte, um ihn abzufangen. Ein paar sorgfältig abgepaßte Augenblicke lang rangen sie miteinander, ganz in der Nähe des verstörten Stiers, der viel zu überrascht war, um sie anzugreifen. Nach einem letzten kräftigen Schubs schnappte sich Victoriano die Stöcke und schickte seinen Bruder weg, der schmollend zur Barriere trottete und dabei mit überdeutlichen Gesten zu verstehen gab, daß er die ganze Aufregung einfach nicht kapieren konnte.

Als diese Komödie vorbei war, erklärte Victoriano, er selbst und die Banderillas seien dem Publikum geweiht – stets eine populäre Geste –, und begann den farbigsten Teil eines jeden Stierkampfs. Er bewegte sich in jenem Hacke-Spitze-Rhythmus, der Stierkämpfern eigen ist, quer durch die Arena und geradewegs auf den Stier zu, den Rücken in graziösem Halbkreis durchgebogen, die Arme hoch über den Kopf gereckt und die Fingerspitzen, mit denen er die Banderillas hielt, nach unten gestreckt. Er wippte auf den Zehenspitzen, und als der Stier auf ihn losstürzte, begann auch Victoriano zu laufen. Die beiden trafen einen Sekundenbruchteil lang aufeinander, den der Matador präzise berechnet hatte. Das Gehörn verfehlte ihn, aber die Spieße sausten ins Ziel.

»Das ist doch unmöglich!« rief O. J. Haggard seinen Freunden zu.

»Aber er hat's geschafft«, gab der stiernackige Ölmann zurück.

Einer der Unterschiede zwischen mexikanischen und spanischen Stierkämpfen lag darin, daß die Matadore des Mutterlandes in einer Hinsicht wie Juan Gómez waren: Sie wußten, daß das Plazieren der Stöcke, obschon dramatisch, den einfachsten Teil des Kampfes darstellte, und betrachteten ihn als unter ihrer Würde. Aber in Mexiko war es traditionsgemäß üblich, daß selbst die größten Matadore nicht nur eigenhändig die Stöcke anbrachten, sondern dabei auch spektakuläre Manöver anwandten, die dem Ritual noch die letzte Unze Emotion abpreßten.

Von dieser mexikanischen Tradition profitierte Victoriano nun. Nachdem er zwei weitere perfekt placierte Stöcke gesetzt hatte, gab es eine kurze Unterbrechung des Kampfes, während der er rund um die Arena marschierte und das Publikum in donnernden Beifall ausbrach. Zigarren, Blumen und ziegenlederne Weinschläuche flogen in den Sand, und gelegentlich hob der Matador einen davon auf und spritzte sich einen dünnen Strahl Rotwein in den Mund.

»Das war's denn wohl für den Indio«, sagte Veneno beruhigt.

»Ein kleiner Tänzer, der seinen Lorbeer mit den Stöcken gewinnt«, murmelte Juan Gómez Cigarro voller Verachtung zu.

Während Victoriano seinen Rundgang beendete und dabei noch immer neuen Beifall einheimste, dachte er: Ich hab' sie zurückgewonnen. Man tut halt, was man muß, und das waren gute Banderillas. Doch nicht mal drei Paar sind einen guten Todesstoß wert. Ich möcht's wieder so machen, wie ich's vor Jahren gemacht hab', bevor die das Kommando übernommen haben. Dann verbeugte er sich vor dem Präsidenten, bat um die Erlaubnis, seinen Stier töten zu dürfen, und überlegte dabei, wie immer ganz der kühle Rechner: Ich werd' ihn Ledesma widmen. Das wird ihnen gefallen. Und es brachte ihm auch tatsächlich Hochrufe ein. Dann wandte er sich abrupt dem Stier zu und rief: »Eh, *toro!*«

Von meinem Platz aus wirkte es, als griffe der Stier an, bevor

Victoriano noch völlig bereit war, und das würde entschuldigen, was als nächstes geschah: Als der Stier auf ihn zukam, bewegte er sich instinktiv ein paar Zentimeter zurück. Der Stier wendete und griff erneut an; und auch dieses Mal wich er – nun ohne jede Entschuldigung – zurück und verriet so seine Angst. Fans, die sich mit dem Stierkampf auskannten, begannen zu pfeifen, und das stärkte seine Entschlußkraft, denn er vollführte nun drei wunderschöne, tief angesetzte Pases und verwandelte so die Pfiffe in Beifall. Vom Beifall angespornt, beschloß er spontan, eine Serie von Naturales zu wagen, bei denen er das Tuch weit unten in der linken Hand hielt und den Degen rechts hinter dem Rücken. »Du bist zu weit weg!« warnte Veneno seinen Sohn, der ein wenig vortrat und dabei die Füße in einem schlurfenden Tanz auf den Stier zuschob.

Ganz plötzlich, als sei eine Dynamitladung explodiert, schoß der Stier auf das Tuch zu. Victoriano lenkte ihn glatt und höchst geschickt an sich vorbei. Dreimal kurz hintereinander warf sich das Tier herum, um sein Ziel zu treffen, und bei jedem Durchgang bot ihm Victoriano nichts als einen schlaffen Zipfel roten Stoffs, der vor seinem linken Knie hing. Die langen, langsamen, fließenden Pases gehörten zu den besten, die das Publikum je zu sehen bekommen würde.

Ich ließ meine Motorkamera laufen und rief dabei Ledesma auf spanisch zu: »Die Serie werden sie mir in New York aus den Händen reißen. Zeigt den Lesern, wie toll ein Pase Natural sein kann!« Und er rief auf englisch zurück: »Jetzt wissen Sie, warum ich den Jungen liebe. Der rettet den mexikanischen Stierkampf.«

Beim letzten Natural bekam Victoriano Gelegenheit, einen seiner todsichersten Tricks zu zeigen. Als der Stier angriff, preßte der Matador, sobald die Spitze des linken Horns sicher an seinem Unterleib vorbei war, den Körper fest gegen den Stier und beschmierte sich dabei sein weiß-silbernes Kostüm mit Blut. Die Leute aus Oklahoma riefen einander zu: »Hast du das mitgekriegt?« Eine der Frauen schwärmte, es sei das Aufregendste gewesen, was sie je gesehen hatte, aber Juan Gómez, der an der Barriere lehnte, sagte bloß spöttisch: »Auf die Art schmeißen sie sich schon seit dreißig Jahren an den Stier ran – und immer, wenn das Horn vorbei ist.«

Von der Barriere her rief Veneno: »Bring ihn rasch um! Keine Spielchen mehr!« Victoriano nickte zustimmend, aber er näherte sich dem Stier, als habe er einen weiteren dramatischen Pase vor. »Nein!« kommandierte Veneno, und sein Sohn gab mit Bedauern alle weiteren Pläne auf, wie immer sie ausgesehen haben mochten, vollführte noch vier hastige Pases und machte sich dann bereit, den Stier zum Töten zu empfangen.

»Noch nicht!« brüllte die Menge im Gefühl, daß das Tier noch ein paar aufregende Minuten lang durchhalten würde. Victoriano sah sie mit entschuldigend ausgestreckten Händen an, als wolle er fragen: »Verlangt ihr denn noch mehr von mir?«

»Ja! Ja!« schrie die Menge.

Das stellte Veneno vor eine weitere schwere Entscheidung: wenn sein Sohn einen mißglückten, hastigen Todesstoß anbrachte, bevor der Stier noch richtig bereit war, würde alles umsonst gewesen sein; doch falls Victoriano mit einer neuen Serie von Pases begann, bestand die Gefahr, daß dieser offensichtlich schnell dazulernende Stier ihn aufschlitzte. Der letzte Natural war viel zu riskant gewesen. »Töte ihn jetzt!« raunzte Veneno seinem Sohn zu, und murmelte dann ein »Und möge die Heilige Jungfrau mit dir sein!« vor sich hin.

Als ich sah, was Victoriano vorhatte, sagte ich mir: »Wenn doch bloß Drummond und seine Freunde mit ihrem Geschwätz vom ›Augenblick der Wahrheit‹ das mitkriegen könnten.« Der Stier war ein starkes, mutiges Tier gewesen, das einen echten Kampf bis zum bitteren Ende verdient hatte, doch was ihm nun bevorstand, war schlichtweg eine Schande. Victoriano rannte in weitem Bogen los, machte nicht einmal den Versuch, über das Horn hineinzugehen, und stach seinen Feind ganz einfach ab. Der wackere Stier hätte zwei Meter lange Hörner gebraucht, um dem Mann auch nur in die Nähe zu kommen. Und dennoch mußte ich zugeben, daß es Leal geschafft hatte, diesem Todesstoß einen Anschein der Tapferkeit zu geben, der dem Publikum gefiel.

Während der gutaussehende junge Matador rund um die Arena lief und dabei die beiden schwarzen Ohren hochhielt, die ihm als Trophäe zugesprochen worden waren, kam Cigarro zu mir herüber und grummelte: »Haben Sie 'n Foto von diesem Todesstoß?«

»Yep.«

»Jeder Fotograf hat Dutzende Bilder von so Stößen, aber die werden nie gedruckt.«

»Warum nicht?«

»Weil der alte Veneno rumläuft, sobald der Kampf aus ist, und die Fotografen schmiert.«

»Falls meine Story jemals veröffentlicht wird, dann gibt's eine Seite, die zeigt, wie Leal gerade getötet hat, und genau gegenüber können Sie sehen, wie es Gómez auf seine Art macht. Sogar die Omas in Dubuque werden den Unterschied sehen können.«

Cigarro spuckte in den Sand. »Wenn's eh bloß in Amerika erscheint, wie sollen sie dann Leal eins auswischen?«

Als ich O.J. Haggard sagen hörte: »Das war echt Spitze. Dagegen hat der Indio ausgesehen wie 'n Anfänger«, mußte ich zugeben, daß Cigarro nicht ganz unrecht hatte.

Mit dem dritten Stier war Paquito von Monterrey in seinem leuchtendroten Kostüm so überfordert, daß er einem schon leid tun konnte. Bei der Arbeit mit der Capa, nachdem die Picadores weg waren, ließen sowohl Leal als Gómez ihn wie einen Narren aussehen und richteten damit mehr Schaden an, als er noch wettmachen konnte. Über derartig öde Vorstellungen berichten die Kritiker gewohnheitsmäßig: »Er gab sich zumindest Mühe.«

Der vierte Stier war Gómez' privater Prüfstein, denn wenn der Indio nach dem, was Victoriano vollbracht hatte, seinen Ruf bei diesem Festival retten wollte, würde er besser daran tun, gut zu sein. Als dieser Stier mit vorgereckten Vorderbeinen und wild zurückgeworfenem Kopf ins Freie stürzte und bösartig auf alles einzuhacken begann, was er nur zu Gesicht bekam, seufzte Gómez und murmelte: »Lieber Himmel, der ist noch übler als der erste. Aber wenigstens greift er an.«

Er gestattete seinen Peones, den Stier länger frei herumlaufen zu lassen, als üblich war, und als die Menge protestierte, befahl er seinen Männern frech, dem Stier noch eine weitere Runde zu gönnen. Mit einer gewissen Erleichterung registrierte er, daß das Tier stark und willig war, doch wild wie ein sommerliches Gewitter. Zu guter Letzt ging er selbst in die Arena und versuchte zwei klassische Pases. Er fing sie gut an, doch der Stier war so außer sich – so weit von der Leine, wie die Matadore sagen –, daß Juan sich gezwungen sah, zur Seite zu treten, damit das Tier ihn nicht umrannte. Die Menge enthielt sich jeden Kommentars, doch in dem Gewölbe unter der Tribüne prophezeite der Züchter: »Aus dem Stier könnte ein guter Matador was machen. Paßt nur auf!«

Gómez, der inzwischen zu schwitzen begann, probierte es mit zwei weiteren klassischen Pases, doch wieder gewann der Stier Terrain und drängte ihn zurück. Dieses Mal buhten die Zuschauer. Um die Einleitung des Kampfes zu beenden, versuchte Gómez, seinen Stier mit einem der halben Pases hinters Licht zu führen, die Victoriano so erfolgreich eingesetzt hatte, und er stellte sich genau richtig und mit viel Würde hin, aber der überdrehte Stier raste so dicht an ihm vorbei, daß Gómez sich nicht nur bewegte; er rannte davon, ungeschickt und ohne den Pase auch nur zu versuchen. Dieses Mal buhten die Zuschauer nicht; sie lachten ihn aus, und das war weitaus schlimmer.

Gómez riß sich zusammen und versuchte es erneut. Dieses Mal raste der Stier mit wild um sich hackenden Hörnern vorbei wie ein außer Kontrolle geratener Lastwagen, aber Gómez brachte zumindest seinen Pase zu Ende. Als die Picadores erschienen, riet Cigarro ihm: »Hau rein, Mann!«

Während der routinemäßigen Pases, die auf das Placieren der Stöcke folgten, schaffte es keiner der Matadore, viel zuwege zu bringen. Gómez versuchte es zumindest. Die beiden anderen täuschten ein paar Manöver vor und dachten: Das ist ja nicht mein Stier. Ich brauch' nichts zu beweisen.

Als es Zeit für die Banderillas wurde, placierten die Peones rein mechanisch drei Paare und hielten sich dabei von den wild zustoßenden Hörnern fern. Bei der Widmung des Stiers wünschte sich Lucha González, daß er jemand anderem geweiht werden würde, denn sie befürchtete, daß dieses Tier ihr nur wenig Ehre einbringen würde, aber als Gómez vor sie trat, mußte sie gnädig zustimmen, und die Menge applaudierte.

Cigarro, der beobachtete, wie seine Ex-Geliebte die Widmung entgegennahm wie eine Königin den Kniefall eines Anbeters, dachte: Die hat schon immer gewußt, wie man sich benehmen muß, jedenfalls wenn sie will. Dann wandte er sich Gómez zu: »Du brauchst nichts zu beweisen, Juan! Bring ihn um und fertig!«

Doch Gómez war noch nie damit zufrieden gewesen, eine schlechte Vorstellung zu einem schlechten Ende zu bringen. Sein Ehrgefühl erlaubte das nicht, und so konnte ich nun, als er sich langsam dem problematischen Tier näherte, seinen Singsang hören: »Komm her, *torito*. Ich zeig dir, wie man tanzt.« Und ich dachte: Dieser Stier wiegt eine halbe Tonne, aber für ihn ist es bloß sein kleiner Toro. Der Stier rührte sich nicht vom Fleck, und so schlurfte Gómez behutsam weiter auf ihn zu. »Komm her, *torito*«, flüsterte er, »und ich mach' dich unsterblich.« Und er bewegte sich noch näher auf die drohenden Hörner zu.

Erst in diesem Moment wurde mir klar, was dieser unglaublich mutige kleine Indio vorhatte. Ohne jeden Bombast, ohne eindrucksvolle Pases, welche die Zuschauer dazu brachten, »*¡Olé!*« zu rufen, würde er sich dem Stier unmittelbar vor die Nase stellen und mit einer langen Serie niedriger, abrupter Pases, die das Tier zwingen würden, den Kopf immer wieder herumzuwerfen, die gewaltigen Muskeln des Stiers so lange ermüden, bis er gefügig und lenkbar wurde. Das war die Kunst des Toreros in ihrer schönsten Form, der unspektakuläre, aber heroische Akt, mit dem ein Mann einen wilden Stier unterwirft, ihm seinen Mutwillen austreibt, ihn mit einem meisterlichen Pase nach dem anderen zähmt.

Und dann stand Gómez zur Überraschung des Stiers wie der Menge plötzlich ganz aufrecht, die Füße entschlossen in den Sand gestemmt, und mit einem hoch angesetzten Pase, der sein Gesicht in die Nähe des Stiergehörns brachte, brachte er den

Kopf des Tieres hoch, so hoch wie es nur ging, und zwang damit die ermüdeten Nackenmuskeln sich in die entgegengesetzte Richtung zu dehnen. Als der Stier sich umdrehte und mit noch immer erhobenem Kopf zurückkam, senkte Gómez das rote Tuch, und Kopf und Hörner und erschöpfte Muskulatur kippten nach unten. Der Kampf war vorbei. Der erzürnte Stier hatte sich ergeben. Der Mensch war Sieger.

León Ledesma sagte widerwillig zu einem Impresario aus dem Norden: »Einen besseren Kampf werden wir das ganze Jahr nicht mehr sehen.«

»Wo nimmt er bloß den Mumm her?« fragte der Impresario.

»Er ist Indio.«

»Wenn er auch nur 'ne Spur von Klasse hätte, würd' ich ihm 'nen Vertrag geben.«

Als Gómez an die Barriere kam, um einen Schluck Wasser zu trinken, sagte er zu mir: »Da draußen sitzen keine sechzehn Leute, die kapieren, was ich gerade gemacht hab'. Kein Beifall. Nicht der geringste. Na schön, ich hab' den Stier kleingemacht, jetzt mach' ich die Zuschauer klein.«

Um verstehen zu können, was er als nächstes tat, muß man wissen, daß seine Serie meisterhafter Pases den Stier verwirrt und unsicher gemacht hatten; das Tier wußte nicht mehr, wie oder wann es angreifen sollte. Der Matador war dabei, sein Leben auf die Annahme zu setzen, daß er die Pläne des Stiers besser abschätzen konnte als dieser selbst. Gómez ging langsam auf die schwarze Schnauze zu, wobei er genau die Augen des Stiers beobachtete und herauszufinden versuchte, wie tief die Verwirrung ging. Ganz vorsichtig, damit keine plötzliche Bewegung den Stier aufschreckte, ließ Gómez sich auf ein Knie fallen und schob sein Gesicht bis auf wenige Zentimeter an das Tier heran. Als der verwirrte Stier keinerlei Anstalten machte, sich zu bewegen, senkte Juan sein anderes Knie bis zu einer Position, aus der er unmöglich fliehen konnte. Falls er sich verschätzt hatte und der Stier angriff, war er ein toter Mann.

»Sehen Sie nur, was er jetzt macht!« stöhnte Ledesma.

»Diese Verrücktheiten sind das einzige, womit er sein Publikum bei der Stange hält«, erwiderte der Impresario. »Echt zum Kotzen.«

Das Publikum, dem noch gegenwärtig war, wie schwierig dieser Stier sich erwiesen hatte, verstummte. Cigarro sah weg und betete. Veneno dachte: Dieser Scheiß-Indio. Warum darf der denn so einen Blödsinn machen? Das ist doch kein ordentlicher Stierkampf mehr. Victoriano überlegte: Der ist besser als ich. León Ledesma, den es anekelte, daß ein hochklassiger Matador sich in derart billigen Exhibitionismus flüchtete, murmelte dem Impresario aus dem Norden zu: »Besorgen Sie mir 'ne Kanone. Wenn der Sauhund die Telefon-Nummer abzieht, schieß' ich ihn über den Haufen.«

Drunten im Sand beugte sich Gómez vor, bis seine Stirn die des Stiers berührte. Fünf lange Sekunden lang starrte er ins dunkle, haarige Antlitz des Tieres und wich dann zurück. Die Menge brüllte ihren Beifall für dieses vulgäre Schauspiel heraus, und auf den billigen Plätzen schaltete ein Mann, der extra einen Satz Batterien mitgeschleppt hatte, eine Klingel ein, die durch das Stadion hallte, während die Zuschauer auf der Sonnenseite »*¡Teléfono, teléfono!*« zu rufen begannen. Im Durchgang stöhnte León Ledesma: »Ich mag nicht mal hinsehen. Sagen Sie Bescheid, wenn's vorbei ist!«

In der Mitte der Arena neigte Juan Gómez, der noch immer auf den Knien lag, den Kopf, als höre er der Klingel zu, die auf der Tribüne schrillte. Dann packte er mit der Linken das rechte Horn des verwirrten Stiers und drückte es langsam nach unten, bis die Spitze auf einer Ebene mit seinem linken Ohr war. In der quälenden Stille steckte er sich die Spitze direkt ins Ohr und beließ sie dort gut zehn Sekunden lang, während er ein imaginäres Gespräch führte. Eine einzige Bewegung des gewaltigen schwarzen Kopfes, und Gómez wäre tot gewesen.

Niemand rührte sich. Niemand applaudierte. Die Spannung war noch immer unerträglich, als der kleine indianische Matador sich langsam von dem Horn wegbewegte und auf den Knien eine langsame Pirouette begann, an deren Ende er sich vollständig umgedreht hatte, den Rücken dem Stier zuwendete und sein gebräuntes Gesicht den Zuschauern entgegensah. Er ließ Tuch und Degen fallen und breitete in einer Geste der Demut die Hände aus.

Aus der Menge kam ein unterdrücktes Keuchen, und Ledesma fragte den Impresario: »Was macht er jetzt?«

»Liegt auf den Knien, mit dem Rücken zum Stier.«

»Dieser billige, billige Gauner«, murmelte Ledesma.

Das lautstarke Geschrei, das die Arena erfüllte, ließ darauf schließen, daß Gómez inzwischen wieder auf den Füßen war, und Ledesma wandte sich um, damit er zuschauen konnte, wie der krummbeinige kleine Matador sich den Stier zurechtstellte, frei von dem Zauber, der ihn befallen zu haben schien, und aufgeladen mit einer unglaublichen Kraft.

Flink brachte Gómez den Stier mit drei gelungenen, tief angesetzten Pases unter Kontrolle. Als das gewaltige Tier seine halbe Tonne Muskeln und Knochen im Sand herumwirbelte, wurde den Zuschauern klar, welches Risiko der Matador eingegangen war.

Als er zur Barriere kam, um sich den Degen für den Todesstoß abzuholen, fragte mich Gómez ganz ruhig: »Haben Sie davon gute Fotos gekriegt?«

»Ganz großartige«, versicherte ich ihm.

»Dann sehen Sie mal zu, daß Sie gleich auch Bilder vom Töten kriegen!« sagte er unfreundlich.

Er ging mit Macht unmittelbar in den Stier hinein, direkt über die Hörner. Als das Tier ein Dutzend wackliger Schritte machte und dann tot zusammenbrach, schrie die Menge begeistert auf. Anstatt den Beifall entgegenzunehmen, tat Juan Gómez genau das, wofür ihn andere Matadore haßten. Er ignorierte die Menge und marschierte statt dessen zu dem gewölbeähnlichen Raum hinüber, von dem aus der Züchter seine Stiere beobachtet hatte.

»Kommen Sie raus, Don Fernando«, insistierte Gómez, und seine Begleiter schoben den Rancher erst in den Durchgang und dann hinaus in den Ring. Zusammen umkreisten die beiden Männer, der säbelbeinige Indio und der hochgewachsene Stierzüchter, die Arena, und als er an uns vorbeikam, hörte ich Gómez sagen: »Solange Sie uns tapfere Stiere liefern, brauchen sie nicht gefügig zu sein. Sie gefügig zu machen ist mein Job.«

Die Zuschauer wußten, daß sich der Rancher eigentlich nach Victorianos Stier – einem wirklich guten Tier – in der Arena hätte zeigen sollen und nicht nach dem des Indios, der letztlich ein Ausreißer gewesen war. Doch Gómez hatte mit seinem Mut und seinem Geschick aus dem wilden Stier einen guten gemacht, und nun beleidigte er die Leals, schmähte das Publikum, das ihnen Beifall gespendet hatte, und verärgerte León Ledesma, der dafür geschmiert worden war, sie zu loben. Veneno beobachtete, was in der Arena vor sich ging, und dachte: Diesem Indio würd' ich gern mal eins mit der Lanze verpassen, bloß ein einziges Mal.

Seine Familie brachte mit ihrem zweiten Stier nicht viel zustande; der war zwar nicht so schwierig wie das Tier, mit dem Gómez gekämpft hatte, aber viel zu häßlich, als daß es sich für Victoriano gelohnt hätte, groß mit ihm herumzuspielen. Der Matador ließ seine Brüder die Stöcke placieren und brachte einen halbwegs brauchbaren Todesstoß zuwege, der weder Buhs noch Beifall hervorrief. Als der Stier hinausgeschleift wurde, dachte Victoriano: Ein guter, ein schlechter. Genau wie bei Gómez. Heut ist es unentschieden ausgegangen. Aber am Sonntag, wenn die Palafox-Stiere dran sind, da werden wir ihm zeigen, wie man kämpft.

Ein Trompetensignal kündigte den letzten Stier dieses Nachmittags an. Er gehörte, natürlich, Paquito. Der Manager des jungen Mannes erinnerte ihn an all die wichtigen Leute im Publikum: »Wenn du Verträge willst, dann zeig besser was.«

Zu Paquitos Pech war sein letzter Stier wieder ein schlechter. Obschon ihm das Geschick eines Juan Gómez abging, versuchte der Junge zumindest, ihn nachzuahmen und das gefährliche Tier durch blanken Mut zu unterwerfen. Ledesma, der aufmerksam zusah, weil er ein wenig Geld dafür bekommen hatte, den Jungen zu loben, machte sich Sorgen: »Das wird ziemlich übel werden.«

Doch die Art, wie Paquito die Stöcke placierte, war eine eindrucksvolle Demonstration von Mut, und das Publikum begann ihn zu mögen. Das spornte ihn an, und als er schließlich Tuch und Degen für den Schlußakt empfing, war er darauf vorbereitet, irgendein besonderes Kunststück zu wagen, das den Tag für ihn retten würde, so wie Gómez durch schiere Tapferkeit den Tag für sich gerettet hatte. Aber für uns Zuschauer im Durchgang war es offensichtlich, daß der junge Torero nicht recht wußte, worin diese Geste bestehen sollte, und in diesem Zustand der Unsicherheit ging er hinaus in die Arena, um den Stier zu empfangen.

Beim ersten Pase hatte er ausgesprochenes Glück. Rein zufällig hatte sich Paquito dort hingestellt, wo auch der Stier hinwollte, und die Verschmelzung von Mann und Tier, die daraus resultierte, war ebenso kunstvoll wie erregend. *»¡Ole!«* rief die Menge in der Hoffnung, daß sie nun doch noch etwas zu sehen bekommen würde. Davon angespornt, gelangen dem jungen Mann drei weitere aufregende Pases, und der lautstarke Beifall von den billigen Plätzen verführte ihn dazu, einen Pase zu versuchen, den die meisten Matadore sich für jene »perfekten« Stiere vorbehalten, die direkt und in gerader Linie angreifen. Dieser Pase, der nach dem größten Matador des Jahrzehnts die *manoletina* genannt wurde, erforderte, daß Paquito das Tuch und den Degen in der rechten Hand hielt wie für einen normalen Ausfall und dabei einen Zipfel des Tuchs hinter seinem Rücken mit der Linken erfaßte. Auf diese Weise war das Ziel, welches das Tuch bot, deutlich verkleinert, und der Matador mußte den Stier unter seinem rechten Arm und unmittelbar am Körper vorbeilaufen lassen.

Juan Gómez, der diesen Versuch beobachtete, sagte sich nachdenklich: »Mit diesem Stier würd' ich das nicht probieren.« Victoriano sagte gar nichts, aber er trat instinktiv ein paar Schritte näher, damit er schneller zur Stelle sein konnte, falls der Stier den Jungen erwischte. Ebenfalls aus reinem Instinkt winkte der alte Veneno Chucho und Diego näher an die Barriere, damit sie in die Arena springen konnten, falls es Ärger gab, und entspannte sich dann, als er merkte, daß seine Söhne ihm bereits zuvorgekommen waren.

Ich sah, wie León Ledesma Paquitos Manager anschaute, als

wolle er fragen: »Finden Sie das in Ordnung?« Der Manager nickte und deutete auf eine Gruppe von Impresarios. Ledesma kam zu mir herüber und sagte: »Na ja, wenn er's schafft, hab' ich wenigstens was, um drüber zu schreiben.«

»Ich auch«, sagte ich. »Wenn der Junge irgendwas richtig Tolles macht, können wir's vielleicht in der Story unterbringen. Dann sehen die Leute mal, wie hart dieses Geschäft in Wirklichkeit ist.« Doch der Journalist in mir dachte: Bis jetzt fehlt uns noch ein richtig scharfes Bild, wie ein Mann umgerannt wird – wenn er bei diesem Stier die Manoletina probiert, fliegt er in hohem Bogen durch die Luft. Ich schaute durch den Sucher meiner Kamera und hörte, wie der junge Matador »Eh, *toro!*« rief.

Er hatte Glück und brachte das Tier dazu, direkt unter seinem rechten Arm anzugreifen, wobei die Banderillas im Rücken des Stiers lautstark über die Brust des Matadors klapperten. Es war ein fantastischer Pase, und die Menge brüllte »*¡Olé!*« Obwohl es ihn eigentlich nichts anging, rannte Veneno zur Barriere und schrie: »Das reicht!«, aber der Manager des Jungen machte sich Hoffnungen, die Impresarios aus dem Norden zu beeindrucken, und rief: »Mach weiter!«

Das Toben der Menge verleitete Paquito, den Pase noch einmal zu versuchen, und wieder lenkte er den mächtigen Stier unmittelbar an seinen Rippen vorbei. Im Glauben, daß er nun herausgefunden hatte, wie dieser Stier zu kontrollieren war, verschloß er die Ohren gegen die Ratschläge, welche die Älteren ihm zuriefen, und entschied sich für eine weitere Demonstration seines Mutes, einen Pase, der in den kleinen Arenen, wo mit kleineren Stieren gekämpft wird, seine Spezialität geworden war. Doch dieses Mal verließ ihn sein Glück, und als der gewaltige Stier auf ihn losstürzte, begannen die Zuschauer »*Cuaido!* Paß auf!« zu rufen. Aber die Warnung kam zu spät.

Mit einem reißenden Geräusch bohrte sich das rechte Horn des Stiers in die linke Seite des Jungen. Es gab ein plötzliches Durcheinander von durch die Luft fliegenden Armen und Beinen und dann einen kollektiven Seufzer, als der Junge schwerfällig zurück auf die Hörner stürzte. Blitzschnell schleuderte das

Tier den Jungen dreimal hintereinander in die Luft und fing ihn jedesmal anders auf, so daß die beiden tödlichen Hörner tiefe Wunden ins Gesäß und die Brust und das Gesicht und den Hals rissen. Mit einem wütenden Kopfstoß schleuderte der Stier den jungen Matador hart gegen die Bretterbarriere, wirbelte dann zu einer letzten Attacke herum und bohrte seine rotverschmierten Hörner so tief in den schlaffen Körper, daß er förmlich an der Barriere zerquetscht wurde.

Jedermann wußte, daß der Junge tot war. In einem einzigen kurzen Augenblick war aus dem gefeierten Duell zwischen Leal und Gómez eine Tragödie geworden, an der sie keinen Anteil hatten. Ich beobachtete das alles durch den Sucher meiner Motorkamera, und während ich wie ein Automat jene Bilder machte, die später in Stierkampfkreisen berühmt werden sollten, dachte ich: Ich fotografiere den Falschen. Der hier trägt doch Scharlachrot.

Ich bekam ein fantastisches Bild, wie die vier Leals mit dem Stier rangen; der alte Veneno hatte ihn am Schwanz gepackt, und Victoriano versuchte, den Jungen zu retten. Als ich schließlich fotografierte, wie die Arena-Arbeiter in ihren blauen Hosen und weißen Hemden den zerschmetterten Körper zur Krankenstation trugen, kam mir ein weiterer häßlicher Gedanke: Das Blut auf diesen weißen Hemden ist genau das, was der Story noch gefehlt hat.

Doch was mir von Paquitos Tod am deutlichsten in Erinnerung geblieben ist, war das Riesenrad, das sich in der Stille, als sie den Jungen hinausschleppten, gemächlich vor dem Himmel vorbeidrehte.

Als die Arena frei war, trat Juan Gómez hinaus, um Paquitos Stier zu töten; denn als ältester Matador war es seine Pflicht, dafür zu sorgen, daß alles weiterging wie geplant, selbst wenn ein Mann ums Leben gekommen war. In quälender Stille lockte Gómez den Stier an den richtigen Platz für den Todesstoß, beruhigte ihn mit vier sorgfältig ausgeführten Pases und wandte ihm dann sein Profil zu wie immer. Ich hätte am liebsten geschrieen: »Versuch's gar nicht erst, Juan! Das ist nicht dein Stier, und er hat gerade bewiesen, daß er ein Killer ist. Niemand nimmt dir übel, wenn du ihn ganz einfach abmurkst wie Victoriano.«

Er widerstand dieser Versuchung; er würde so töten, wie er es immer getan hatte. Als der Stier zu einem unerwarteten Angriff ansetzte, blieb Gómez ganz ruhig stehen und ermunterte das Tier, wegzugaloppieren und so seine Wut loszuwerden. Doch wieder zähmte er den Stier mit diesen niedrigen, gekonnten Pases, und wieder trat er ins Profil. Dieses Mal stieß er tief zu, genau über den noch immer roten Hörnern, die Paquito aufgespießt hatten. Der Stier stolperte zur Seite und brach zusammen.

Wie ein krummbeiniger Gnom im Märchen kam Gómez schweigend zurück zur Barriere; seine Würde war wiederhergestellt, sein Teléfono vergeben.

Die Bedeutung des Todes

Sobald ich mir einen Weg durch die Menge bahnen konnte, die noch in der Arena verharrte, erschüttert vom tragischen Tod Paquitos, begab ich mich hinaus auf die Avenida Gral. Gurza und hastete auf dem schnellsten Wege zurück zum Hotel. Ich mußte zusehen, daß meine Story und meine sechzehn Rollen Film so schnell wie möglich nach New York gelangten.

Während ich die Stufen zur Terrasse nahm, rief ich die Witwe Palafox und erteilte ihr zwei Aufträge: »Rufen Sie den Mann mit dem Leichtflugzeug an! Er muß meine Filme nach Mexiko City zum Flughafen schaffen und sie zu einer der großen Maschinen bringen, die nach Norden fliegen. Und schauen Sie, ob der Mann im Telegrafenamt warten kann, bis ich mit meiner Story fertig bin!.«

Ich rannte nach oben auf mein Zimmer und begann mit fliegenden Fingern zu tippen, doch mir wurde rasch klar, daß ich praktisch nichts über den toten Matador wußte. Aber während ich noch versuchte, die paar Fakten, die mir bekannt waren, zusammenzuklauben, hatte ich das Glück, die Truppe von Juan Gómez ins Kachelhaus kommen zu hören. Indem ich blitzschnell zur Tür hinaus und die Treppe hinunter stürmte, schaffte ich es, Cigarro zu erwischen und ihn auf mein Zimmer zu holen, wo er sich neben mich auf einen Stuhl setzte und mir in seiner einfachen Sprache alles erzählte, was er über Paquito von Monterrey wußte.

»Arme Familie. Mutter hatte, glaub' ich, 'ne Pension. Zwei Töchter arbeiten da auch, was, hab' ich keine Ahnung. Der Vater ist schon lange, lange weg. Arbeitet, glaub' ich, in Texas, aber schickt nie Geld. Paquito – heißt eigentlich Francisco, auf englisch Frankie – lernt Pases auf der Straße …«

Es war die typische Geschichte eines mexikanischen Jungen, der Stierkämpfer werden wollte, um der trostlosen Armut seiner Kindheit zu entfliehen. Ich tippte, was die Finger hergaben, um all die Informationen zu Papier zu bringen – einschließlich der Tatsache, daß Paquito einst Chorknabe in einer von einem Onkel geleiteten Laienkirche gewesen war. Ich würde es New York überlassen, die eigentliche Geschichte aus dem Wust von Fakten herauszufiltern und meine Satzkonstruktionen zu entrümpeln, doch als ich im Begriff war, meine Story zu beenden, kam mir nachträglich eine Idee:

> Ich glaube, auf Filmrolle 9 finden Sie eine Aufnahme von mir, wie ich Paquito vor dem Kampf beim Ankleiden helfe. Ich halte das Handtuch zwischen seinen Beinen fest, er hat seine rote Jacke über einen Stuhl gelegt.

Ich war sicher, daß mit so einem ungewöhnlichen Foto die Story ein Renner werden würde. Ich dankte Cigarro für seine wertvolle Hilfe und rannte die Treppe hinunter und zurück über die Plaza zum Telegrafenamt. Unterwegs begegnete ich einer Gruppe von Sängern, die von zwei Gitarren begleitet wurden, und als ich hörte, was sie sangen, war ich sicher, daß Paquito de Monterrey bereits jetzt einen festen Platz in der Geschichte des Stierkampfs gefunden hatte.

Wenn ein Matador in der Arena den Tod findet, ist es Brauch, daß lokale Poeten seine Unsterblichkeit mit einer Reihe von volkstümlichen Gedichten begründen, die gelegentlich von erstaunlich hoher Qualität sind. So kennen zum Beispiel viele Amerikaner García Lorcas Klagelied über den Tod seines Freundes Ignacio Sánchez Mejías, des berühmten Stierkämpfers. Ich war daher nicht überrascht, daß ich, als ich durch die Menge lief, die Musikantengruppe eine traurige Ballade darbieten hörte, die sie in der relativ kurzen Zeit komponiert und geschrieben hatte, in der ich meine Story geschrieben hatte. Sie lautete – so verkündete es der Sänger mit der blechernen Stimme durch seine Flüstertüte: »Klagelied für Paquito von Monterrey.«

»Er war ein Bursche klug und helle,
Konnte schreiben und auch lesen.
Ganz Mexiko wird um ihn trauern,
Denn er war ein tapf'rer Kerl gewesen.

Weinet, o Leut', um Paquito!
Denn er ist nimmermehr hier.
Getötet ward er von Bonito,
Dem bösen und ruchlosen Stier.

Seine selige Mutter in Monterrey lebt,
Wo der Welt feinstes Glas wird gemacht.
Ihr Sohn ins kühle Grab nun fährt,
Weil dem Tod er ins Aug' hat gelacht.

Weinet, o Leut', um Paquito!
Wehklaget im ganzen Land!
Getötet ward er von Bonito
Auf Toledos blutigem Sand.«

Innerhalb von zwei Tagen würden wir dieses Klagelied über Radio aus Mexiko City hören, und bis zum Ende der Woche würde es im ganzen Land bekannt und beliebt sein; denn Mexiko schwelgte stets in Kummer und Gram, wenn einer seiner Matadore den Tod fand. Das Klagelied für Paquito enthielt zwei Wendungen, die obligatorisch für solche Lieder waren. Jeder Stier, der es schaffte, seinen Matador ins Jenseits zu befördern, war fortan bekannt als »der böse und ruchlose Stier«, als ob niemand begreifen konnte, daß bei einem Kampf von Menschen gegen wilde Tiere, die Möglichkeit nicht auszuschließen ist, daß das Tier manchmal als Sieger aus einem solchen Kampf hervorgeht. Doch im gleichen Augenblick, wo die Öffentlichkeit das todbringende Tier schmähte, bewahrte es auch sein Andenken, so daß in ganz Mexiko die Leute, die den Stierkampf liebten, von nun an niemals sagen würden: »Da gab es diesen vielversprechenden jungen Burschen aus Monterrey, der von einem Stier getötet wurde.« Vielmehr würden sie sagen: »Erinnert ihr euch noch, wie Paquito von Bonito getötet wurde?« So kam es, daß der Matador Balderas nicht von irgendeinem Stier getötet wurde, sondern von Cobijero, daß Joselito von Bailador getötet wurde und Manolete von Islero.

Die zweite Bedingung für ein gutes Klagelied war, daß es die Wendung »seine selige Mutter« enthielt. Dies war eine Konvention, die ich nicht gänzlich guthieß, denn die meisten Stierkämpfer, die ich kannte, hatten Mütter, die sie im Alter von neun aus dem Haus geworfen hatten. Das letzte Mal, als ein führender Matador in der Arena gestorben war, hatte seine Mutter die obligatorische »Seligsprechung« trotz der Tatsache verliehen bekommen, daß sie bis zu dem tragischen Augenblick ein Bordell geführt hatte, dessen drei Hauptattraktionen ihre eigenen Töchter waren, die Schwestern des toten Matadors. Tatsächlich war er in erster Linie überhaupt nur deshalb Stierkämpfer geworden, weil er es satt gewesen war, jedem Mann, der wie ein nordamerikanischer Tourist aussah, den ergreifenden Lockruf zuzuraunen, den seine Mutter ihm eingetrichtert hatte: »He, Mister, du will mit meine Schwäster schlafen? Iste auch ganz sauber.«

Ich hatte keine Ahnung, wie Paquitos Mutter war. Es stand zu vermuten, daß sie eine alte Giftnudel war – was die Mariachis freilich nicht davon abhielt, weiter von »seiner seligen Mutter« zu jammern, und begleitet von dieser Phrase erlangte der junge Matador Unsterblichkeit. Ein weiterer Garant für seinen Ruhm war die Serie von Bildern, die ich von ihm gemacht hatte, als der Stier ihn gerade zu Tode spießte. Als unser Magazin diese Fotos veröffentlichte, bezeichnete Drummond sie mit seiner sprichwörtlichen Zurückhaltung als »die größte Serie von Stierkampffotos, die je gemacht wurde«. Ich hatte bessere gesehen, aufgenommen von deutschen Flüchtlingen in Spanien mit alten Leicas, aber wer war ich, daß ich meinem Chefredakteur hätte widersprechen können?

Es war halb elf, als ich den Versand von Story und Film nach New York endlich erledigt hatte, und als ich zurück zu meinem

Hotel ging, befielen mich plötzlich demütigende Reuegefühle: Ich hätte etwas gänzlich Neues und Scharfsinniges über diesen plötzlichen, dramatischen Tod schreiben sollen – statt dessen hatte ich nichts anderes zuwege gebracht als denselben alten, abgedroschenen Quatsch. »Heute sah das Festival des Ixmiq in der wunderschönen, im Kolonialstil erbauten Stadt Toledo das jähe und tragische Ende der Karriere eines vielversprechenden jungen Toreros, als dieser von einem rasenden Stier zu Tode gespießt wurde. Seine Familie in Monterrey, die auf seine Einkünfte in der Arena angewiesen war, steht nun vollkommen mittellos da ...« Und so weiter und so fort. Ich war sogar so tief gesunken, aus dem frisch komponierten »Klagelied« zu zitieren.

Weinet, o Leut', um Paquito!
Denn er ist nimmermehr hier.
Getötet ward er von Bonito,
Dem bösen und ruchlosen Stier.

Was indes noch erbärmlicher war als der Mist, den ich mir da zusammengeschrieben hatte, war meine persönliche Reaktion auf seinen Tod: »So ein verdammter Mist! Der falsche Mann ist gestorben. Die Hintergrundfotos, die Storyline – alles für die Katz. Wenn es Victoriano oder Gómez erwischt hätte, nun, dann hätte das Stück einen tieferen Sinn gehabt.«

Schon einmal war ich in Versuchung geraten, solch schändliche Spekulationen hinsichtlich meiner Arbeit anzustellen. Es war während einer Schlacht in Korea passiert. Eines frühen Sonntagmorgens war ich hinausgegangen, um die Operationen eines Spähtrupps zu fotografieren, und wir waren ziemlich tief hinter die chinesischen Linien vorgedrungen, als wir plötzlich auf heftiges feindliches Feuer stießen. Wir kämpften uns den Weg frei und verloren lediglich sechs Mann. Einige unserer Männer hatten sich recht tapfer gezeigt, und ich hatte das sichere Gefühl, ein paar außergewöhnliche Kampfszenen im Kasten zu haben.

Doch als wir die zerklüfteten koreanischen Berge hinaufklommen, die zurück zu unseren Gräben führten, wurde mir schlagartig bewußt, daß der verdammte Spähtrupp an einem Sonntag ausgezogen war, was bedeutete, daß es zu Hause in New York Samstag war, und das hieß, egal, wie schnell ich meine Reportage rüberschickte, sie würde auf keinen Fall mehr in die nächste Ausgabe kommen, und in der Woche darauf würde sich keiner mehr auch nur im geringsten noch für eine zufällige Nachtaktion in Korea interessieren, die schon zwei Wochen her war. Ich hatte eine gute Story für nichts und wieder nichts geschrieben, und ich muß darüber ziemlich genervt gewesen sein, denn ich erinnere mich, daß ich den Leutnant, der den Spähtrupp geführt hatte, anblaffte: »Sie blöder Hund! Warum konnten wir nicht schon am Freitag aufbrechen?«

»Wovon zum Teufel reden Sie?« fragte der junge Offizier verblüfft.

»Wenn wir die Aktion am Freitag durchgeführt hätten, hätte ich diesen Film noch rechtzeitig für die Montagsausgabe nach New York gekriegt, und Sie hätten sich Ihr Foto im Magazin angucken können.«

Worauf er sehr ernst erwiderte: »Aber Freitag ging es auf keinen Fall, weil wir an der Front Einheiten verlagert haben.« Wir ließen das einen Moment auf sich beruhen, dann fügte er fröhlich hinzu: »Aber vielleicht hätten wir ja auch am Samstag rausgehen können. Hätten Sie die Deadline dann geschafft?«

»Ja«, fauchte ich. Und keiner von uns beiden fand irgend etwas lächerlich an der Idee, daß wir hätten versuchen können, eine Militäraktion um einen Tag vorzuverlegen, bei der sechs junge Männer aus Texas, Minnesota und Oklahoma ihr Leben gelassen hatten.

So war das halt, wenn man Schriftsteller war. Man wollte das Leben in die Zeitpläne zwängen, die man sich selbst zurechtgelegt hatte. Und jetzt war das Ixmiq-Fest ein Schuß in den Ofen, weil der falsche Mann gestorben war. Ich schrieb Drummond:

> Sieht mir ganz so aus, als wäre die Story, die wir geplant hatten, gestorben. Ich habe das sichere Gefühl, daß die Leal-

Gómez-Nummer erledigt ist, und auch wenn die Idee mit dem Ixmiq-Fest ursprünglich eine Menge für sich hatte, kann das, was von jetzt an passiert, nur noch enttäuschend werden. Ich könnte ebensogut nach Hause kommen, aber ich werde noch bleiben, um mir das Ende anzuschauen. Ich betrachte es einfach als eine Art Urlaub.

Ich war sicher, daß Drummond meiner Aussage zustimmen würde; denn wenn die Schnappschüsse von Paquito, wie er aufs Horn genommen wird, schon in der Zeitschrift abgedruckt waren, würde sich eine zweite Story erübrigen, und ich konnte getrost nach New York zurückfliegen. Aber wollte ich diesem Vorschlag folgen, obwohl ich selbst ihn gemacht hatte? Ganz eindeutig nein! Ich wollte in Mexiko bleiben, wollte das Ende dieser Feria mitbekommen und wollte zudem herausfinden, welche Schritte ich als nächstes machen sollte, um Klarheit in mein eigenes Leben zu bringen.

Ich stand jetzt vor der Kathedrale, zu der kleine Gruppen schwarzgekleideter Männer und Frauen strömten, herbeigerufen von den bronzenen Glocken, die traurig läuteten; denn wenn ein Matador starb, war es Brauch, einen Gedenkgottesdienst abzuhalten. Auf eine seltsame Weise dachte ich, daß ich vielleicht eine Rolle dabei gespielt hatte, ihn zu dem zusätzlichen Risiko anzustacheln, das letztlich zu seinem Tod geführt hatte. Ich erinnerte mich, wie er in der einsamen Kammer, in der er sich angekleidet hatte, so stolz gewesen war und sich so sehr darüber gefreut hatte, daß ich gekommen war, um ihn zu fotografieren. Vielleicht hatte er jene riskanten und letztlich todbringenden Pases in der Hoffnung probiert, daß ich ein paar gute Schnappschüsse von ihm für die Zeitung machen würde. Jedenfalls war ich von allen Besuchern Toledos derjenige, der am ehesten dazu verpflichtet war, seiner Totenfeier beizuwohnen.

Es war gegen elf an jenem Abend, als ich mich der Menge anschloß, die den Trauergottesdienst für Paquito besuchen würde, und als ich so dahinschritt, bemerkte ich einen kleinen Mann von Mitte Sechzig, der sich auf mich zu bewegte. Für einen Moment erkannte ich ihn nicht, denn er trug einen ganz gewöhnlichen blauen Straßenanzug, aber er wußte ganz offensichtlich, wer ich war, also fragte ich ihn auf spanisch: »Kenne ich Sie nicht?«

»Aber sicher«, antwortete er auf englisch, mit einem harten spanischen Akzent. »Ich bin Vater Gregorio. Ich unterwies dich im Katechismus in der Kathedralklasse, die du in den guten alten Tagen besuchtest.«

»Ich erinnere mich! Mutter war entschlossen, einen guten Katholiken aus mir zu machen. Es gelang ihr nicht. Und Sie haben es auch nicht geschafft.«

»Nur weil dein Vater mich nie bei dir zum Zug kommen ließ.« Er lachte leise in sich hinein.

»Ist es wahr? Sind Sie direkt hier im Herzen von Toledo geblieben? Obwohl General Gurzas Truppen doch jeden Winkel nach versteckten Priestern wie Ihnen durchsucht haben?«

»Mit Gottes Hilfe schaffte ich diesen Akt des Glaubens.«

»Woher nahmen Sie den Mut?«

»Mit der Hilfe guter Menschen wie deiner Mutter. Und durch die Kraft des Gebets. Ich war kein großer Held, Norman. Ich hatte eine Aufgabe zu erledigen. Wer hätte sich da verweigern können?«

Es verwirrte mich, meinen alten Freund in Straßenkleidern zu sehen. Zwar war ich Zeuge des gewaltigen religiösen Hasses gewesen, der die Revolution begleitet hatte, aber ich hatte vergessen, daß nach mexikanischem Recht das Tragen von klerikalen Gewändern noch immer streng verboten war, ausgenommen auf kirchlichem Gelände. Ein für beide Seiten recht befriedigendes Konkordat war zwischen Kirche und Staat ausgearbeitet worden, aber der Staat beharrte nach wie vor darauf, daß Priester in der Öffentlichkeit Straßenkleidung trugen.

»Ich habe Sie seit Jahren nicht mehr gesehen«, sagte ich mit echter Freude. »Wirken Sie immer noch in Toledo?«

»In der Kathedrale«, sagte er stolz. »Ich bin nicht der Hauptpriester, aber heute abend halte ich eine Messe für den toten Stierkämpfer.«

»Ich werde daran teilnehmen«, sagte ich.

»Es wird mich mit Stolz erfüllen, einen Sohn von John Clay und Graziela Palafox in meiner Messe zu haben«, versicherte er mir. »Hättest du Lust, dich mit mir zu unterhalten, während ich mich einkleide?«

Wir gingen nicht durch das Hauptportal in die Kathedrale, sondern gingen die Seitenstraße hinunter, welche die Freiluftkapelle umschloß, doch bevor wir die alte Festungskirche erreichten, von der sie ein Teil war, schlüpften wir in eine kleine Seitentür, die zur Kathedrale führte.

»Die alte Festung«, sagte er, »gehört nicht mehr zur Kathedrale.«

»Was ist passiert?«

»Der Staat hat darin ein Waisenhaus eingerichtet.« Er sprach ohne Bitterkeit, aber es war offensichtlich, daß ihm die Zerstükkelung seiner Kirche gar nicht gefiel; denn seit jeher hatten die riesige Kathedrale und die noch größere Festungskirche eine Einheit gebildet, und die Vorstellung, daß diese Einheit auseinandergerissen worden war, war für mich genauso ungeheuerlich wie für Vater Gregorio.

»Der Staat hat Ihnen übel mitgespielt, Vater«, sagte ich, als wir den Raum betraten, in dem die Priester sich umkleideten, aber zu meiner Überraschung korrigierte er mich, indem er mit fröhlicher Stimme sagte: »Gar so schlimm ist es nicht, Norman. Wir halten jetzt unsere Gottesdienste öffentlich ab und nicht geheim wie zu der Zeit, als du noch ein Kind warst.« Und während er in seine Soutane schlüpfte, fügte er hinzu: »Es gibt vieles, was uns an dem gegenwärtigen Arrangement nicht paßt, aber die Kirche hat zumindest ihre Existenzfreiheit. Erinnerst du dich an die Zeiten, da du gezwungen warst, mich heimlich aufzusuchen?«

»Das war eine schlimme Zeit, Vater«, sagte ich. »Wir wußten nie, wer als nächster aufgehängt werden würde.«

Er zog sich sein Meßgewand zurecht und bemerkte: »Das waren die gelobten Zeiten, als Gott uns auf die Probe stellte, Norman. Wenn ich heute die Messe lese, tue ich es mit tiefer Überzeugung.« Ich studierte ihn, während er seine letzten Vorkehrungen dafür traf, die Seele eines toten Stierkämpfers in der Ewigkeit willkommen zu heißen, und er schien sich kaum verändert zu haben seit den Tagen, als er sich im Kachelhaus versteckt gehalten hatte. Er war sechsundsechzig Jahre alt, ein kleiner Mann von vielleicht eins sechzig und einem Gewicht von höchstens sechzig Kilo. Er strahlte immer noch die nervöse Erregung aus, die er immer bei der Pastoralarbeit gehabt hatte. Und obwohl ich Grund zu der Vermutung hatte, daß er wie viele mexikanische Priester keine besondere Bildung besaß, da Priesterseminare in Mexiko nicht erlaubt waren, hatte er sich ein angemessenes Vokabular angeeignet und ein stetig sich vertiefendes Verständnis für Gottes Wege in ländlichen Gemeinden erlangt. Seine Straßenkleider waren schäbig, doch nun, da sie von seinen klerikalen Gewändern bedeckt waren, wirkte er größer und vornehmer. Er trug seine Bibel, als sei sie sein persönliches Eigentum, und er hatte sich angewöhnt, die Leute direkt anzuschauen; er hatte dies bewußt getan nach den langen Jahren im Untergrund, in denen er Angst gehabt hatte, irgend jemanden anzuschauen, um sich nicht womöglich als geheimer Priester zu verraten. Er war dem Tod auf noch wundersamere Weise entronnen als die meisten seiner Generation; denn die Revolutionstruppen hatten von seinen unterirdischen Messen gehört und waren entschlossen gewesen, ihn zu schnappen, doch wo ein weiserer Mann sich vielleicht durch seine eigene Klugheit verraten hätte, hatte dieser einfache, erdverbundene Priester mit mehr Glück als Verstand weitergewurstelt und mit seiner Liebe zu Gott überlebt.

Eines Tages, in den ruhigen Jahren, die auf die Revolution folgten, hatte einer von General Gurzas Obersten das Kachelhaus als Privatmann besucht und zu der Witwe Palafox gesagt: »Wenn wir gewußt hätten, daß Sie diesen Priester Gregorio bei sich versteckt hielten, hätten wir Sie aufgeknüpft.«

»Er war ein guter Priester«, hatte die Witwe Palafox dem Oberst versichert. »Wenn Sie ihn erschossen hätten, hätten Sie damit einen Mann vernichtet, der eine Menge für Mexiko geleistet hat.«

»Mal ganz ehrlich, Señora«, hatte der ungebildete Oberst sie daraufhin gefragt. »Hat Gregorio hier im Kachelhaus geheime Messen abgehalten?«

»Ja«, hatte sie erwidert. »Ich hatte ihn davor gewarnt. Die Knechte hatten ihn davor gewarnt. Und der Soldat, den ihr als Aufpasser hiergelassen hattet, hatte ihn davor gewarnt.«

»Mein Soldat?« fragte der Oberst.

»Ja, wir haben ihn bestochen. Er wußte von dem Stier im *Mineral* – und von dem Priester.«

»Einen mexikanischen Soldaten kann man immer kaufen.« Der Oberst lachte. »Und der kleine Priester hat also weitergemacht?«

»Regelmäßig.«

»Da hatte er aber Mut«, räumte der Oberst ein. »Eines Nachts hätten wir ihn fast erwischt. Ein kleines Dorf südlich von hier. Die verdammte kleine Ratte entwischte uns durch ein Loch in der Erde.«

»Das war es, was ihn so stark machte«, erklärte die Witwe. »Dicht an der Erde – und doch nahe bei Gott.«

»Ungefähr vor einem Jahr, als der Ärger vorbei war, ging ich einmal in eine Kirche, um mir den Blödsinn anzuhören, den er predigte. Ich setzte mich in die hinterste Reihe, und er schaute mich über die Köpfe der Leute hinweg an, und wir nickten beide.«

Jetzt zeigte mir Vater Gregorio, der nicht länger davonzurennen brauchte, den Gang, der ins Hauptschiff der Kathedrale führte. Als ich durch die verborgene Tür schlüpfte, sah ich die fünf Oklahomer. Sie waren förmlich gekleidet, und an der Art, wie sie beim Platznehmen zögerten, merkte ich, daß sie noch nie an einem Gottesdienst in einer katholischen Kirche teilgenommen hatten, also gesellte ich mich zu ihnen.

Als O.J. Haggard mich nahen sah, kam er mir entgegen und flüsterte mit der übertriebenen Feierlichkeit, derer Protestanten sich häufig in katholischen Kirchen befleißigen: »Hallo. Freut mich, Sie zu sehen. Wo sollen wir uns hinsetzen?«

»Wohin Sie wollen«, sagte ich und führte sie an eine Stelle, von wo aus wir Vater Gregorio am Altar sehen konnten. Als wir uns hinsetzten, sah ich, daß Mrs. Evans Tränen in den Augen hatte, und ich sagte zu ihr: »Beim Stierkampf kommt es vor, daß jemand stirbt.«

»Ich hatte einen Sohn etwa in seinem Alter«, erwiderte sie. »Er ist über Deutschland gefallen.«

Ich öffnete den Mund, um zu sagen, daß es mir leid täte, aber Mrs. Evans erschien mir wie eine Frau, die keinen Wert auf routinemäßige Beileidsbezeugungen legte, also sagte ich rasch: »Ich war über Japan im Einsatz. In gewisser Hinsicht war das einfacher. Nicht soviel Flak.«

»Nach allem, was ich gehört habe, war es nie einfach. Sie mußten große Strecken übers Meer fliegen, nicht wahr?« Sie fand einen Platz direkt neben mir und sagte: »Ich war nicht vorbereitet auf das, was ich heute gesehen habe.«

»Das ist man nie«, sagte ich. »Der Stier ist so verdammt schnell, wenn er schließlich sein Ziel trifft.«

»Es hat etwas Primitives und Überwältigendes«, antwortete sie. »Ich denke mir, es ist ähnlich, wie wenn ein Flugzeug mitten im Flug explodiert.«

»Ist Ihr Sohn so gestorben?« fragte ich.

»Ja. Andere Maschinen in der Formation haben gesehen, wie seines explodierte. Seine Geschwaderkameraden kamen uns in Oklahoma besuchen, und sie sagten, er müsse auf der Stelle tot gewesen sein.«

Wir beendeten unsere Unterhaltung und konzentrierten uns auf die Messe. In der kahlen, narbenübersäten Kathedrale warfen ein paar trübe Lichter geisterhafte Schatten, die meinen Blick zurück zu dem Kreuzweg führten, den wir uns am Morgen angeschaut hatten. Wieder sah ich Christus in Todespein an seinem Kreuz sterben, und ich bemerkte, daß die Wunden Christi sich gar nicht sehr von denen unterschieden, die der Stier dem jungen Matador zugefügt hatte. Ich fragte Mrs. Evans: »Ist Ihnen aufgefallen, wieviel von dem, was Señor Ledesma heute morgen über den Tod gesagt hat, relevant wurde, als wir heute nachmittag plötzlich mit wirklichem Tod konfrontiert wurden?«

»Es erscheint mir fast gottlos, das zu sagen, aber dieser blutbefleckte Kreuzweg war eine perfekte Einführung in den Kampf, den wir gesehen haben. Ich bin nicht sicher, ob ich noch zwei weitere Kämpfe von solcher Intensität verkraften kann.«

Vom großen Altar der Kathedrale, der ein atemberaubender Anblick gewesen sein muß, als er noch mit Silber und Edelsteinen bedeckt gewesen war, sprach Vater Gregorio in monotonem Singsang seine Liturgie, und ich versuchte festzustellen, welcher Teil der Leute von Toledo gekommen war, der Totenmesse beizuwohnen, aber ich kam zu keinem Ergebnis, da die Trauergemeinde einen Querschnitt durch die gesamte Bevölkerung zu repräsentieren schien. Da gab es Indiofrauen, die sich wahrscheinlich den Eintritt in die Arena nicht hatten leisten können. Da gab es Männer, die in der Gefühlsseligkeit des Abends schwelgten. Da gab es junge Burschen, die Stierkämpfer werden wollten, und da gab es ganze Familien, die entrüstet reagieren würden, wenn ein Stierkämpfer um die Hand ihrer Tochter anhalten würde. Kein gemeinsamer Zug charakterisierte diese buntgemischte Menge, und doch waren sie alle im Verfolg einer gemeinsamen Leidenschaft gekommen. Sie suchten die Bedeutung des Todes zu ergründen.

Der Abend erinnerte mich an Erlebnisse, die ich während des Koreakriegs auf unserer Luftwaffenbasis gehabt hatte. Immer wenn es ein größeres Unglück gegeben hatte, schufteten wir wie die Teufel, um den Schlamassel wieder in Ordnung zu bringen, aber später wollten wir dann zusammenhocken und darüber reden, als hätten wir plötzlich begonnen, auf einer höheren Bewußtseinsebene zu leben. Und stets sagte dann irgend jemand zum Beispiel: »War das nicht schrecklich, die Sache mit Larry und seiner Crew?« Aber Larry und seine Crew hatten durch ihr Sterben bei den Lebenden gleichsam eine höhere Wertschätzung für das Leben erzeugt. In späteren Jahren empfand ich Kampfpiloten und Stierkämpfer oft als identisch – das heißt, ich dachte an sie mit demselben Respekt und, wenn sie starben, mit derselben Hochachtung.

Mrs. Evans berührte meinen Arm und sagte: »Schauen Sie!

Ihre Freunde sind alle gekommen, um zu trauern.« Und in verschiedenen Teilen der Kathedrale saßen, eng zusammengerückt und in verschiedenen Gruppen, Veneno und seine Söhne im Schatten, Juan Gómez und seine Mannschaft an einer noch immer von Einschüssen zernarbten Säule, und León Ledesma und Ricardo Martín, beide schweigend und mit düsterer Miene. Und hinter ihnen, allein für sich sitzend, war der großgewachsene, hagere Poet Aquiles Aguilar, der am Abend zuvor beim Turnier der Blumen den Preis für Dichtkunst gewonnen hatte. Er schrieb, und ich war sicher, daß er die Kathedrale und die Menge als Inspiration für seine eigene Elegie über den Tod des jungen Matadors nutzte. Von der Stelle aus, an der ich saß, konnte ich die vier prächtigen Leals sehen, einen von Einschüssen arg mitgenommenen Bogen und die Station des Kreuzweges, die die eigentliche Kreuzigung zeigte. Die Schatten hinter den Männern waren tief, und die Gewölbe der entweihten Kathedrale erschienen mir wie ein Bogengang zum Tode. Ich kniete mich im Seitenschiff hin, nahm den alten Picador und seine Söhne ins Visier und drückte auf den Auslöser, bevor sie mich bemerkten, doch das leise Klicken ließ sie aufhorchen, und Schauspieler, die sie waren, begriffen sie sofort, worauf ich aus war; sofort setzte jeder von ihnen eine noch bemühtere Trauermiene auf. Damals konnte ich nicht voraussehen, daß eines dieser Fotos später in einem halben Dutzend verschiedener Bücher als klassische Darstellung von Toreros beim Nachsinnen über den Tod verwendet werden würde. Aber was mir sehr wohl in dem Moment bewußt wurde, war, daß von meinen sechs Aufnahmen diejenige am besten war, die ich gemacht hatte, bevor die vier begonnen hatten, sich in Pose zu werfen. Auf dieser Aufnahme war ihre Trauer nicht so offensichtlich, so daß das Bild echter war, zwingender.

Als die Messe kurz vor Mitternacht endete, ging ich zu dem Poeten Aguilar, der die ganze Zeit über im Schatten geschrieben hatte, und sagte auf spanisch: »Entschuldigen Sie, Sir, aber ich hörte, daß Sie in Don Eduardos Museum arbeiten. Ich zeige gerade ein paar Besuchern aus den Staaten Toledo. Könnten wir vielleicht an einem der nächsten Tage ...?«

»Natürlich!« sagte der hochaufgeschossene, kantige Mann mit der Begeisterung, die Amateure für ein Gebiet haben, auf dem sie einiges geleistet haben. Als wir alle die Kathedrale verlassen hatten, sagte er auf englisch: »Es ist ein Museum, das Don Eduardo seit Jahren fördert. Nicht sehr gut, aber es wird Ihnen einen guten Eindruck davon vermitteln, worum es beim Stierkampf geht.«

»Wo haben Sie so gut Englisch gelernt?« fragte O.J. Haggard.

»Ich habe als Drogist in Texas gearbeitet«, erwiderte Aguilar.

»Ihr Mexikaner beschämt uns«, sagte Haggard.

»Wir reden gerne«, sagte der Poet lachend. »Die Vorstellung, in Texas eingesperrt zu sein, ohne die Sprache zu können, würde einen Mexikaner schier verrückt machen.« Aus einem spontanen Impuls heraus hielt er uns unter einer Straßenlaterne an und fragte: »Möchten Sie das Gedicht hören, das ich gerade über den Tod von Paquito fertiggestellt habe?«

»O ja!« rief Mrs. Evans.

»Wir gehen in die Bar«, schlug Haggard vor und zeigte auf die Cantina, in der Lucha González sang.

»Gedichte sind nichts für Bars«, sagte Aguilar pikiert. »Zumindest nicht dieses Gedicht.« Er sprach schnell und sprang dabei zwischen Englisch und Spanisch hin und her, aber ich machte mir nicht die Mühe, es zu übersetzen.

»Bildet einen Kreis für den Poeten«, schrie Ed Grim, und etwas in seinem Ton verriet die Verachtung, die er sowohl für Mexikaner als auch für Poeten empfand. Wir alle spürten das, weshalb Mrs. Evans rasch sagte: »Stellen Sie sich hier zu mir, wo das Licht besser ist«, und ich sagte: »Señor Aguilar hat gestern abend beim Dichterwettstreit den ersten Preis gewonnen.«

»Tatsächlich!« rief Mrs. Evans überschwenglich. »Señor, darf ich Sie dazu beglückwünschen?« Sie sagte das so schlicht, mit einer so vollkommenen Aufrichtigkeit, daß der Poet die vorausgegangene Beleidigung einfach vergessen mußte. »Es war eine Ode«, erklärte er, »an unsere hiesige Schönheitskönigin. Sie war das hübscheste Mädchen, das ich gestern sah. Sie sind das hübscheste heute abend.« Die anderen Frauen klatschten.

»Und nun das Gedicht«, sagte Mrs. Evans.

»Es ist natürlich auf spanisch«, sagte Aguilar. »Ich werde es zuerst in dieser Sprache vortragen, weil Spanisch die Sprache der Poesie ist, und dann liefere ich eine grobe Übersetzung ins Englische, welches die Sprache fürs Geldverdienen ist.«

Und dann begann er unverzüglich mit einer feurigen Rezitation seiner Reaktionen auf den Tod eines jungen Stierkämpfers, und als seine Stimme durch die stille Nachtluft hallte, begann sich eine Menschenmenge unter der Straßenlaterne zu versammeln.

Als das Gedicht seinen Höhepunkt erreichte, sah ich, daß von der Terrasse des Kachelhauses der blonde junge Amerikaner in dem Pachuca-Pullover gekommen war, und er lauschte gespannt, wie der erregte Poet sein Klagelied deklamierte. Als die letzten Worte verklungen waren, bahnte sich der junge Mann einen Weg durch die Menge, trat vor den Dichter und sagte in holprigem Spanisch: »Maestro, Sie haben für uns alle gesprochen.« Ohne auf einen Kommentar zu warten, wandte er sich abrupt ab und entfernte sich wieder.

»Auf englisch«, erklärte Aguilar, »sind die Gedanken in dem Gedicht verhaltener, und natürlich reimt es sich nicht.« Als er zu improvisieren anfing, war es nur natürlich, daß diejenigen in der Menge, die kein Englisch konnten, abzuwandern begannen, aber ich war doch überrascht über die Zahl derer, die blieben und sich die etwas linkischen Worte anhörten.

»Der Tod, der nahe dem Aquädukt wohnt,
Rief ihn ein bißchen eher als uns.
Es gab Tanz und Süßigkeiten und Festival
Und der Tod tanzte eine kleine Gigue mit einer roten Capa.«

Ich konnte sehen, wie Grim versuchte, sich einen Reim auf die Worte zu machen, und selbst Mr. Haggard schaute ein bißchen nachdenklich drein, ganz offensichtlich der Meinung, daß es, so gut es auf spanisch ja vielleicht sein mochte, auf englisch jedenfalls ziemlich schlecht war. »Der nächste Teil wird ziemlich schwierig«, entschuldigte sich Aguilar schon im voraus. Er versuchte zweimal, seine Worte in eine fremde Sprache zu übertragen, dann zerknüllte er entnervt das Blatt und schrie: »Verdammtes Englisch!« Er seufzte, strich das Blatt wieder glatt und versuchte es erneut:

»Wasser aus dem Aquädukt, wo der Tod wohnt,
Kühlt meinen Kummer. Und die Pyramide
Kann sich in einen weiteren Verlust fügen.
In der Kathedrale versuche ich zu weinen, doch da ist Tanz.
Paquito ist nicht mehr, aber der Stierkopf wird präpariert
werden.«

Er beendete seinen Vortrag mit einem schwungvollen Schnörkel und versicherte uns abermals: »Auf spanisch ist es besser.«

»Ich kapier' es nicht!« platzte Grim heraus. »Ich kapier' das einfach nicht. Was hat es mit diesem Aquädukt auf sich?«

Señor Aguilar brachte diese Frage nicht im geringsten in Verlegenheit. »Was ich damit versuche«, erklärte er geduldig, »ist, darauf hinzuweisen, daß dieser junge Mann aus Monterrey in Toledo ums Leben kam.«

»Warum sagen Sie das dann nicht einfach?« fragte der Ölmagnat.

»Weil es mit Symbolen ausgedrückt werden muß«, erklärte der Dichter. »Man kann nicht einfach platt sagen: ›Paquito kam in Toledo ums Leben.‹«

»Ich würde es aber so sagen«, fauchte Grim.

»Deshalb sind Sie ja auch kein Poet geworden«, sagte Aguilar auf spanisch. Die Menge lachte. Aguilar übersetzte seine Bemerkung, und um zu zeigen, daß ihn die Reaktion des Ölmagnaten erfreut hatte, legte er Grim den Arm um die Schulter und sagte: »Gehen wir auf die Terrasse und trinken einen«, und so endete die Dichterlesung in Eintracht und Harmonie.

Zu meiner Überraschung war Mrs. Evans, die immer noch unter dem Eindruck der Tragödie vom Nachmittag stand, nach fröhlichem Zechen auf der Hotelterrasse nicht zumute. »Könnten wir vielleicht noch einmal zu der Kapelle zurückgehen?« fragte sie zögernd.

»Es ist Mitternacht, aber wenn Sie es wünschen …«

»Ja, bitte.« Sie sagte zu den anderen: »Ich habe Mr. Clay gebeten, mir die Freiluftkapelle noch einmal zu zeigen«, und durch die Art, in der sie das sagte, gab sie ihnen zu verstehen, daß sie vorhatte, allein mit mir zu gehen. Hierauf rief Ed Grim: »Laura! Er könnte dein Sohn sein!« Sie erwiderte: »Ich wünschte, ich hätte einen Sohn wie ihn.« Und dann gingen wir.

Als wir auf einer gekachelten Bank auf der kleinen Plaza vor der Freiluftkapelle saßen, sagte Mrs. Evans: »Das war eine ulkige Bemerkung, die Ed da vorhin gemacht hat, von wegen, Sie könnten mein Sohn sein. Wir kommen, wie Sie wissen, gerade aus Cuernavaca, und was mich dort am meisten beeindruckt hat – und übrigens nicht nur dort, sondern überall in Mexiko –, ist die erstaunliche Anzahl von amerikanischen Witwen, die in Mexiko leben und die unweigerlich hübsche junge Amerikaner aus Yale und Princeton zum Verehrer haben. Davon hatte mir nie jemand etwas gesagt.«

»Waren Sie neidisch?« fragte ich.

Die vierundsechzigjährige Witwe lachte und sagte: »Ich hätte es schon sein können. Selbst eine vernünftige Frau hätte es sein können. Es ist sehr schmeichelhaft, von einem attraktiven jungen Mann hofiert zu werden. Aber eines Abends sah ich im Hotel eine besonders gut aussehende Witwe in den Sechzigern, mit silbergrauem Haar und so, die begleitet wurde von einem breitschultrigen jungen Adonis von vielleicht Ende Zwanzig, und ich dachte: Wie gut die beiden doch aussehen, als mir bewußt wurde, daß dieser junge blonde Adonis der Sohn eines armen Drogisten aus Oklahoma war. Ich hatte meinen Mann in dem Ausschuß vertreten, der ihn für ein Stipendium in Yale ausgewählt hatte, wo er im Footballteam gewesen war und sich in seinem Studium durch gute Leistungen hervorgetan hatte. Es war derselbe Junge, ein junger Mann von wirklich herausragendem Talent, und jetzt war er hier in Mexiko gelandet und arbeitete als bezahlter Begleiter für ältere Damen.«

»Gute Arbeit, wenn man sie bekommen kann«, bemerkte ich.

»Aber nicht für einen vielversprechenden jungen Mann. Ich war so bekümmert darüber, daß ich mich ihm eines Morgens vorstellte und ihm von meinem früheren Interesse an seiner Karriere erzählte, und er war nicht im geringsten peinlich berührt. ›Wer will denn schon nach Oklahoma zurück?‹ fragte er. Ich wies ihn darauf hin, daß dort durchaus tüchtige und gebildete Leute leben, und er erwiderte: ›Das ist okay, wenn Sie auf Öl und junge Kühe stehen.‹ Er sagte, eine Woche Yale hätte ihn überzeugt, daß Oklahoma nichts für ihn sei. Als ich ihn fragte, warum er keine Arbeit in New York oder anderswo in den Staaten angenommen hätte, sagte er: ›Vielleicht heirate ich Ethel, und dann habe ich einen Job in New York, so wie Sie es vorschlagen.‹ Als ich ihn fragte, was für ein Job das sei, sagte er: ›Ihr Geld verwalten – an der Wall Street.‹ Ich hätte nicht übel Lust gehabt, ihm zu sagen, daß Oklahoma froh sein könne, ihn los zu sein, aber statt dessen fing ich an zu weinen, und wissen Sie, warum? Nicht wegen ihm und seiner Prinzipienlosigkeit, sondern weil der erste Scheck, den ich nach dem Tode meines Mannes ausschrieb, mein Beitrag für den Stipendienfonds für Yale war. Und diese erbärmliche Kreatur hatte das Stipendium bekommen. Ich hatte die Absicht gehabt, einem bedürftigen jungen Mann zu helfen, seinen Weg im Leben zu machen, und mein gutes Geld ...«

Sie schneuzte sich, gewann ihre Fassung wieder und sagte: »Mein Besuch in Mexiko war schon mit einigen ziemlich aufwühlenden Erlebnissen verbunden, wie Sie sich denken können, aber keines davon kam auch nur annähernd an das von heute heran. Ich könnte mich noch stundenlang mit diesem Ledesma unterhalten. Es gibt so viele nichtssagende Leute.« Sie zeigte auf die niedrigen Wölbungen der Freiluftkapelle und meinte: »Ich habe zweiundvierzig Jahre mit meinem Mann gelebt, und bis ich heute morgen Señor Ledesma erzählen hörte, hatte ich niemals auch nur eine vage Vorstellung davon, worum es bei der Ehe eigentlich geht.«

»Ich kann mich nicht entsinnen, daß er irgend etwas über die Ehe gesagt hat«, erwiderte ich, »obwohl, wenn Sie nur lange genug um ihn herum sind, ist die Wahrscheinlichkeit groß, daß er irgendwann zu jedem Thema etwas zum besten gibt.«

»Es war, als er von der Kathedrale erzählte. Er sagte, es gebe zu jedem Gebäude zwei Eingänge. Und natürlich gibt es die, aber in vierundsechzig Lebensjahren habe ich das für mich selbst nicht entdeckt.«

»Wie meinen Sie das genau?« fragte ich.

Die Witwe starrte auf das niedrige Portal der Festungskirche. Sie trommelte mit den Fingern auf die Kacheln der Bank und schaute zu, wie die Nachtschatten auf den Steinen spielten. Auf einer anderen Bank küßten sich zwei Verliebte, und aus der Bar an der nächsten Straßenecke konnten wir das leise Echo von Lucha González' Gesang hören.

Es war eine schöne Nacht, und wir saßen lange Zeit schweigend da. Schließlich bemerkte sie: »Es gibt zwei Eingänge zu jeder Ehe, der niedrige, brutale, ehrliche in der Seitenstraße und der reichverzierte und fein geschmückte Vordereingang. Und mir war nie bewußt, daß sein Eingang genauso gültig war wie der, den ich vorzog.«

Ich beschloß, diese Bemerkung im Raum stehen zu lassen, denn mit meiner Vergangenheit war ich sicherlich nicht die geeignete Person, sich über die Ehe auszulassen. Aber Mrs. Evans ließ mir auch gar keine Zeit, um mir groß Gedanken zu dem Thema zu machen, denn sie fuhr sogleich fort: »In zehn Jahren – stellen Sie sich vor, das sind gerade mal noch hundert Wochen – werde ich wahrscheinlich tot sein, und diese Kathedrale wird noch immer hier sein, genauso wie diese Plaza und die Geister der spanischen Soldaten, die auf jenen Wällen dort standen und auf die Indios feuerten. Ich war fasziniert von dem Stierkampf heute nachmittag und von dem hageren Poeten und den Matadoren. Ich glaube, nach dem, was ich heute erlebt habe, werde ich als gesündere Frau sterben.«

Das wurde mir jetzt zu tiefsinnig – oder besser gesagt: zu hoch; deshalb sagte ich: »Wir gehen jetzt besser ins Hotel zurück und essen zu Abend.«

Als wir die Terrasse erreichten, sahen wir, daß die anderen

Oklahomer sich Ledesma geschnappt hatten, der sich auf seinem Stuhl rekelte und den Kampf des Tages erklärte und zu jedem anderen Thema, das aufkam, seinen Senf dazutat.

Ed Grim rief: »Ah, unser Liebespaar ist vom Friedhof zurück. Wie sagte doch gleich der alte Mann zu seiner Frau? ›Wenn ich an unsere schöne Tochter denke, die da draußen auf dem Friedhof liegt, dann würde ich mir fast wünschen, sie sei tot.‹«

»Find' ich gar nicht witzig«, sagte Haggard und machte Platz für uns am Tisch, den gleich darauf die Witwe Palafox deckte.

»Ihre Beobachtungen heute morgen haben mir so sehr gefallen«, sagte Mrs. Evans zu dem Kritiker, »daß ich richtig bedaure, daß ich nicht hier war, als Sie heute abend angefangen haben.«

»Ich habe bis jetzt noch nichts gesagt«, versicherte ihr Ledesma. »Aber warten Sie nur, später werde ich zu brillanter Form auflaufen.«

»Er lügt«, warf Haggard ein. »Er hat uns einen faszinierenden Vergleich geliefert zwischen der mexikanischen Methode, Kritiker zu schmieren, und der amerikanischen.«

Erfreut darüber, daß er Gelegenheit bekam, sich zu wiederholen, sagte Ledesma: »Ich habe lediglich gesagt, daß ich niemals auch nur ein Wort über den Stierkampf schreibe, bevor ich nicht von den Kämpfern, die ich kritisiere, fürstlich bezahlt worden bin. Ich finde, daß die Männer, die direkt betroffen sind, bessere Zahlmeister sind als irgendeine unpersönliche Registrierkasse in einer Zeitungsredaktion. Wenn ein Stierkämpfer mich bezahlt, bin ich gezwungen, interessant zu schreiben.«

»Wünschen Sie sich niemals«, fragte Haggard, »Sie könnten auf all diese ... diese ...«

»Sie meinen: Arschkriecherei?« fragte Ledesma.

»Ich dachte eher an ›Katzbuckelei‹.« Haggard lachte. »Aber Ihr Wort ist besser. Also, was ich meine, ist: Wünschen Sie sich nicht manchmal, Sie könnten darauf verzichten? Ich meine, wäre es Ihnen nicht lieber, Sie bekämen von Ihrer Zeitung ein anständiges Gehalt bezahlt, statt sich schmieren zu lassen, so daß Sie nur die Wahrheit schreiben könnten?«

»Da liegt das Problem«, sagte Ledesma und spreizte die Hände.

»In Mexiko sind wir der Ansicht, daß der einfachste Weg, dafür zu sorgen, daß die Wahrheit – oder zumindest: die relative Wahrheit – geschrieben wird, der ist, reichlich Schmiergeld zu zahlen. Die Regierung macht es so, die Kirche, die Geschäftsleute, die Filmschauspielerinnen. So zwang mich zum Beispiel heute morgen Mrs. Evans hier zu dem Geständnis, daß ich Juan Gómez' Kampfstil bevorzuge, aber Sie können mir glauben, ich würde das nie in der Öffentlichkeit sagen – es sei denn, er würde mich dafür bezahlen. Geld schärft meine Urteilskraft.«

»Wir Amerikaner finden das alles ziemlich widerlich«, sagte Haggard.

»Tun Sie das wirklich?« konterte Ledesma. »Ich habe Geschäftsleute aus sechzehn verschiedenen Ländern hier runter nach Mexiko kommen sehen, auf der Suche nach neuen Absatzmärkten. Und welche davon, meinen Sie wohl, haben sich am schnellsten und am problemlosesten an unser System angepaßt, für alles Schmiergeld zu zahlen? Ihr Norteamericanos. Ihr gebt stets die besten Ganoven ab. Für cleveren Schwindel würde ich den Briten den ersten Platz geben, weil Schwindel Finesse erfordert, aber für plumpe und unverhüllte Dieberei und Bestechung von Beamten würde ich jederzeit einen typischen Norteamericano nehmen. Fragen Sie Clay. Er ist Mexikaner.«

Die Oklahomer wandten sich zu mir um, und ich sagte: »Ich würde gerne Einspruch gegen den schlechten Charakter erheben, den Ledesma uns Nordamerikanern unterstellt, aber ich kann es nicht. Ich bin erst vor kurzem von einer langen Reise durch Lateinamerika zurückgekommen, und praktisch jeder Aspekt des täglichen Lebens ist von dreister und unverhohlener Korruption beherrscht. So mußte ich beispielsweise heute abend, als ich versuchte, meine Filme nach New York zu kriegen, den Besitzer des Speditionsbüros schmieren, der behauptete, den Schlüssel verloren zu haben; sodann das Hausmädchen, das behauptete, der Strom könne nicht eingeschaltet werden; und schließlich den Beamten, der das Päckchen nach Mexiko City brachte. Es wird also ständig irgendwo geschmiert. Aber die Leute, die sich am leichtesten an diese Praxis anpassen und es häufig auch zu höchster Meisterschaft in der Beherrschung dieser Kunst bringen, sind, wie Ledesma schon gesagt hat, die Nordamerikaner.«

»Lassen Sie mich einen typischen Fall anführen«, meldete sich Ledesma wieder zu Wort. »Heute nachmittag kam in der Stierkampfarena ein junger Mann ums Leben.« Er bekreuzigte sich. »Nun, jeder einzelne Akt dieser Tragödie war in irgendeiner Form mit Bestechung verbunden. Der Anzug, den der junge Mann trug, hatte ihn wegen eines raffgierigen Kammerdieners doppelt so viel wie normal gekostet. Der Degen, den er benutzte, war einem reicheren Matador gestohlen worden. Sein Salär war von seinem diebischen Manager manipuliert worden, und das, was ich morgen in der Zeitung über ihn schreiben werde, war im voraus bezahlt. Ließe sich ein Ereignis finden, das in seiner Gesamtheit noch unehrlicher und verlogener war?« Er machte eine dramatische Kunstpause und schaute die Oklahomer an. »Ja«, sagte er. »Vor nicht allzu langer Zeit wandte sich in den Vereinigten Staaten ein renommiertes College an eine High School mit ähnlich gutem Renommee und sagte: ›Sie haben da diesen hervorragenden Basketballspieler. Wir brauchen ihn als Zuschauermagnet, weil wir unsere schicke neue Arena bezahlen müssen. Aber seine High-School-Noten sind schlecht. Könntet ihr sie nicht vielleicht so weit heraufsetzen, daß wir ihn aufnehmen können?‹ Die Schule hob die Noten an. Das College senkte seine Zulassungskriterien. Der Coach bezahlte den Jungen wie einen Profi. Der Junge nahm fast nie an Vorlesungen oder Seminaren teil, wurde aber trotzdem für qualifiziert erklärt. Jeder zwinkerte jedem anderen zu, was machte also der Junge? Er kungelte mit Glücksspielern und traf mit ihnen eine Übereinkunft, wichtige Spiele absichtlich zu verlieren. Die Spieler bestachen die Polizei, damit sie ungehindert wetten und eine Menge Geld machen konnten. Und Schreiber wie ich bei euren Zeitungen schrieben nichts über das ganze schmutzige Geschäft, obwohl sie sehr wohl wußten, was da ablief. Wollen Sie wissen, warum solches Verhalten soviel schlimmer ist als der Stierkampf?« Er starrte Mr. Haggard an.

»Wie kommt es, daß Sie soviel über Basketball wissen?« fragte Haggard ausweichend.

»Weil ich ein Philosoph bin und weil es mein Job ist, Bescheid zu wissen«, erwiderte Ledesma. »Und ich weiß auch dies: Der Stierkampf korrumpiert bloß den äußeren Rand der Gesellschaft. Eure Basketballskandale aber korrumpieren direkt das Herz eurer Nation – die Universitäten, die jungen, vielversprechenden Männer, die Polizei. Und es gibt noch einen weiteren bedeutenden Unterschied. Beim Basketball ist nichts ehrlich. Alles ist korrupt – vom Universitätspräsidenten bis hinunter zum Heim des High-School-Spielers. Beim Stierkampf ist jedes beteiligte menschliche Element korrupt. Mit dem entscheidenden Unterschied, daß der Stier ehrlich bleibt, und da die Lotterie, die entscheidet, welcher Matador welches Paar Stiere zieht, den Unterschied zwischen Leben und Tod bedeuten kann, ist auch sie unbestechlich geblieben.«

Ein langes Schweigen folgte, und dann schrie Haggard, der an meiner Schulter vorbeischaute, plötzlich: »Da ist der junge Mann!« Und als ich mich umdrehte, um zu sehen, wen er meinte, sah ich den blonden Amerikaner mit dem zottigen Pachuca-Pullover. Haggard stand auf und zog den jungen Mann in den Kreis. Er verschaffte ihm einen Stuhl und sagte: »Wir schulden Ihnen Dank, junger Mann. Die Witwe Palafox sagte uns, Sie hätten zu unseren Gunsten Ihr Zimmer geräumt.«

»Sie zahlte mir das Doppelte von dem, was ich ihr schuldig war, damit ich es aufgab«, erwiderte der junge Mann. Er bemerkte den Kritiker, sprang auf, verbeugte sich und sagte auf spanisch: »Sie sind León Ledesma.«

»Der bin ich«, bestätigte der Kritiker.

»Ich bin Ricardo Martín«, stellte sich der junge Mann vor, seinen Nachnamen spanisch aussprechend, indem er die letzte Silbe betonte.

»Ist das ein amerikanischer Name?« fragte Haggard.

»Ich war …« Einmal mehr wurde die Sprache des jungen Mannes undeutlich, bevor er dann schließlich sagte: »Mein Name ist Richard Martin Caldwell.«

»Woher kommen Sie?« fragte Ed Grim.

»Aus Boise, Idaho.«

»Wunderbares Land«, sagte der Mann aus Oklahoma.

»Vor allem gut zum Jagen und zum Fischen.«

»Was treiben Sie denn so in Mexiko?« ließ Ed Grim nicht locker.

Der junge Bursche überlegte einen Moment und setzte zum Sprechen an. Aber es kam kein Wort über seine Lippen, und er kauerte sich seitlich auf seinen Stuhl, als habe er beschlossen, nicht zu antworten. Dann sah er Ledesma und sagte hastig: »Ich bin hierher gekommen, um Stierkämpfer zu werden.«

»Was?« rief Grim ungläubig. »Ich ...nun ...«, stotterte er, länger als gewöhnlich nach Worten suchend, als wäre die Erklärung, die ihm auf der Zunge lag, zu absurd, um sie bei einer Unterhaltung in der Öffentlichkeit zu äußern.

»Da war dieses G.I.-Stipendium.«

»In welchem Krieg waren Sie denn?« fragte Grim mit unverhohlener Verachtung.

»Im Koreakrieg«, antwortete der Junge. Und mit einem eindringlichen Blick auf den Frager fügte er hinzu: »Bei den Marines.«

»Sie waren ein Marine?« schrie der Mann aus Oklahoma. »Ich war auch ein Marine. Reich mir die Hand, Kamerad!« Die beiden schüttelten sich linkisch die Hand.

»Ich nehme nicht an, Sie konnten Ihr G.I.-Stipendium dazu verwenden, Stierkampf zu studieren?« bemerkte Mrs. Evans.

»Das kann man nicht«, sagte der Junge. »Aber ...nun ja ...«

»Sind Sie auf dem Mexiko-City-College?« schaltete sich Ledesma ein.

»Ja.«

»Eine ganze Reihe von euren G.I.s haben ihre Stipendien dazu benutzt, um nach Mexiko zu kommen«, erklärte Ledesma. »Sie konnten natürlich nicht auf unsere Universität, aber auf das Mexiko-City-College, eine amerikanische Schule, und ein halbes Dutzend oder sogar mehr studieren Stierkampf – das heißt, nebenher.«

»Ein amerikanischer Junge, der Stierkämpfer werden möchte?« fragte Grim. »Was sagt denn Ihr Vater dazu?«

Der junge Mann zog seinen lächerlich überdimensionierten Pullover hoch und schickte sich an, etwas zu sagen, schwieg dann aber. Gleich darauf wurde das Essen aufgetragen, und Mr. Haggard sagte: »Das Essen geht auf mich, mein Sohn.«

»Ich …«, setzte der junge Mann erneut an, doch als er das Essen sah, fand er offensichtlich, daß kein weiterer Kommentar erforderlich war.

Sein Zögern beim Sprechen interessierte mich, weil er meiner Schätzung nach fünfundzwanzig oder sechundzwanzig war und zumindest über eine durchschnittliche Intelligenz verfügte. Er aß mit passablen Manieren und wischte sich nach der Fischsuppe den Mund mit seiner Serviette ab.

»Wie fanden Sie zu Ihrem Interesse am Stierkampf?« fragte Grim. »In Idaho?«

»Nach Korea kam ich nach –«

»Einen Moment«, unterbrach ihn Grim. »Wie alt sind Sie?«

»Ich wüßte nicht –«

»Sie müßten doch eigentlich noch in die Windeln geschissen haben, als Sie sich zu den Marines meldeten.« An Grims Miene war zu erkennen, daß er dies keinesfalls verächtlich meinte, sondern im Gegenteil – als Lob.

»Mein Vater verpaßte den Zweiten Weltkrieg. Freigestellt wegen mir. Aber er ist ein echter Kommißkopf.«

»Army, Navy?« fragte der Mann aus Oklahoma.

»Gar nichts. Tat bloß immer gern so«, sagte der Junge.

Durch die Art, in der er sich über den Valencia-Reis hermachte, gab er zu verstehen, daß er an einer Fortsetzung der Unterhaltung nicht interessiert war, aber Mrs. Evans fragte ruhig: »Wie alt waren Sie, als Sie zu den Marines gingen?«

»Sechzehn. Mein alter Herr machte mich einfach ein paar Jährchen älter. Er meinte, jeder echte Amerikaner …«

»Ich mag die Art nicht, wie Sie über Ihren Vater sprechen«, protestierte Grim. »Was ist los? Waren Sie nicht stolz, ein Marine zu sein?«

Ohne den Blick zu heben, sagte der Junge: »Sie reden genauso wie mein alter Herr.«

»Jetzt hören Sie aber mal!« blaffte der Oklahomer.

»Okay, dann waren Sie also ein großer Held«, sagte der Junge, immer noch nicht aufblickend.

»Was zum Teufel sind Sie, ein Beatnik oder so was?«

»Wie ich schon sagte, Sie waren ein großer Held. Es ist in Ordnung.«

»Marine oder nicht!« schrie Grim. »So laß ich nicht mit mir reden!« Er erhob sich kampfeslustig von seinem Stuhl, aber der junge Mann blieb sitzen und aß seelenruhig seinen Reis weiter.

Es war Mrs. Evans, die schließlich die Spannung brach, und sie tat dies, indem sie Mr. Grim beim Vornamen rief. »Setz dich, Chester!« befahl sie.

Hierauf warf der Junge seine Serviette auf die Erde und sagte: »Ich hätte mir denken können, daß er Chester heißt.«

»Jetzt reicht's!« brüllte der rotnackige Ex-Marine. Er wollte dem Jungen an den Kragen gehen, bekam aber nur den Pachuca-Pullover zu fassen, der sich, übergroß, wie er war, zu absurder Länge ausdehnte, so daß einer der beiden Streithähne auf der einen Seite des Tisches stand und der andere auf der anderen.

Mrs. Evans begann zu lachen. »Ihr seht vielleicht komisch aus!« prustete sie, und nun mußten auch die anderen Oklahomer lachen. Chesters Tochter sagte: »Setz dich wieder hin, Daddy. Du machst dich zum Narren.«

Als der rotnackige Ex-Marine den Pulloverkragen losließ, schnappte dieser zurück, was so lustig aussah, daß erneut alle lachten.

»Wo in aller Welt haben Sie diesen Pullover her?« fragte Mrs. Evans.

»Eine Art ...«, begann der Junge.

»Es ist eine Uniform, die zur Zeit bei Studenten besonders beliebt ist«, erklärte Ledesma. »Wo haben Sie Ihren ersten Stierkampf gesehen?«

Es war offensichtlich, daß Ricardo Martín ebenso beeindruckt von dem Kritiker war, wie ihm die Oklahomer auf die

Nerven gingen, also wandte er sich direkt an Ledesma und sprach demonstrativ nur ihn an. »Ich kehrte aus Korea heim –«

»Heißt das, daß Sie verwundet wurden und als Held heimgeschickt wurden?« fragte Ledesma.

Der Junge wand sich auf seinem Stuhl und krempelte die Ärmel seines Pullovers hoch, so daß dieser noch lächerlicher aussah als ohnehin schon. »Nun ...«, druckste er herum. »Ein paar Medaillen. Also wurd' ich in San Diego stationiert ... zum Rekrutenanwerben ... High Schools.«

»Und dort haben Sie einen Stierkampf gesehen?« fragte ich, mich an die Zeit erinnernd, als ich von einem Interview, das ich gerade in Hollywood machte, runtergefahren war, um die Kämpfe an der Grenze zu sehen.

»So einfach war's nicht. Es gab da so ein Café. Ein Bursche, der Balladen sang ... mit Gitarre. Total cool. Echt abgefahren. Wir gingen da immer hin, wenn wir frei hatten, und einige von den Jungs schwärmten vom Stierkampf ... Flamenco ... Sie verstehen ...«

»Und eines Sonntags nahmen sie Sie mit nach Tijuana«, sagte ich.

»Ja.«

»Und es hat Ihnen auf Anhieb gefallen?«

»Am ersten Tag kämpfte Juan Gómez. Bumm!« Er hob den rechten Arm und stieß einen imaginären Degen in einen imaginären Stier.

»Und wann haben Sie beschlossen, Stierkämpfer zu werden?« fragte ich, begierig darauf, das Phänomen zu ergründen, warum junge Nordamerikaner so große Opfer auf sich nahmen, um Stierkämpfer zu werden.

Wieder wand er sich, und ich dachte, daß er vielleicht nicht antworten mochte, aber offenbar war ihm so sehr daran gelegen, sich mit Ledesma zu unterhalten, daß er bereit war, seine Gedanken auch mit mir zu teilen. Er wandte sich zu Ed Grim und sagte: »Was ich jetzt erzähle, wird Ihnen nicht gefallen, aber ich meine es nicht böse.«

Er sagte das so sanft und mit soviel offensichtlichem Wohlwollen, daß Mrs. Evans lachte und sagte: »Chester würde es nicht wagen, Krach mit einem Marine anzufangen, der im Krieg dekoriert worden ist. Wofür haben Sie die Medaillen bekommen?«

Ricardo überging die Frage und sagte zu Ledesma: »Ich sitze also eines Tages wieder mal in diesem Café in San Diego ... in Zivil ... und spiel' so'n bißchen bei der Musik mit, und mein Vater war gerade von Idaho runtergekommen, um mich auf dem Stützpunkt zu besuchen ... Er war immer ganz heiß auf Marinestützpunkte und Paraden und mich in Uniform ... Also ist er ganz enttäuscht, daß ich nicht da bin, und sie schicken ihn zu dem Café, und er steckt seine Nase rein, und der Laden ist total verqualmt, und es stinkt nach Zigaretten und Kaffee, und dieser Bursche spielt auf seiner Gitarre, und ich sitz' in irgend'ner Ecke rum und spiel' auf 'ner Blockflöte, und er guckt mich an, wie ich da in Zivil sitze, und er brüllt: ›Mein Gott, was machst du denn da mit 'ner Flöte?‹ Und genau in dem Moment wußte ich plötzlich, daß ich Stierkämpfer werden will. Weil ich ums Verrecken anders sein möchte als dieser armselige Tropf ...«

»Hat er Sie jemals hier in Mexiko besucht?« fragte Mrs. Evans.

»Ein einziges Mal. Er sagte: ›Was machst du denn auf einem Spanacken-College?‹ Als er sah, daß mein neuer Name Ricardo Martín ist ...« Er sprach den Namen wieder auf spanisch aus und erklärte: »Meine Mutter hieß mit Mädchennamen Martin. Sie kam aus Denver.«

»Schickt er Ihnen denn Geld?« fragte Mrs. Evans.

»Wollen Sie wissen, warum er hier runterkam?« Ricardo richtete die Frage an Ledesma. »Er ist zum Vorsitzenden des Ausschusses für die Hundertjahrfeier des Bürgerkriegs von Idaho ernannt worden, und er ist ganz wild darauf, die wichtigen Schlachten des Bürgerkriegs nachzustellen. Er selbst möchte General Lee mimen, und er kam hier runter, um mich zu fragen, ob ich nicht sein Adjutant sein möchte, General Beauregard.« Er hielt inne und aß von seinem Reis. »Stellen Sie sich das bloß vor! Als der Bürgerkrieg stattfand, war Idaho eine einzige große Prärie. Ist Ihnen schon mal aufgefallen, daß alle diese Typen wie mein Alter, die verrückt auf den Bürgerkrieg sind, General Lee sein wollen? Kein Mensch will General Grant sein. Mein Alter hat genausowenig mit dem Süden zu tun –«

»Ich sollte Ihnen eigentlich eins auf die Fresse geben«, knirschte Ed Grim. »Wer zum Teufel glauben Sie eigentlich, daß Sie …«

Ricardo ignorierte die Drohung und sagte zu Ledesma: »Nun, wie auch immer, mein alter Herr wird jedenfalls in Idaho den General Lee mimen, und ich werde hier in Mexiko gegen Stiere kämpfen.«

»Haben Sie schon mal gekämpft?« fragte ich.

»Ein paarmal auf Dorffesten.«

»Schon mal mit Picadores gekämpft?« fragte Ledesma, und seine Frage war bedeutsam. Denn wenn Ricardo sie mit »ja« beantwortete, bedeutete das, daß er gegen Stiere von einem gewissen Kaliber gekämpft hatte, denn Picadores werden nicht gegen Mickerlinge eingesetzt.

»Ich hatte eine *novillada* in San Bernardo.«

Ledesma nickte beifällig.

»Haben Sie schon gegen richtige Stiere gekämpft?« fragte Mrs. Evans.

»Natürlich«, antwortete Ricardo.

»Haben Sie tatsächlich schon einen Stier getötet?« hakte Mrs. Evans nach.

»Acht … zehn …«

»Sind Sie gut?« wollte O.J. Haggard wissen.

»Ja«, sagte der junge Mann.

»Wollen Sie damit sagen –«, begann Grim.

»Ja«, sagte der Mann ruhig. »Ich will damit sagen, daß ich Torero werde.«

»Wie kann ein anständiger amerikanischer Junge …«, begann der rotnackige Mann aus Oklahoma, aber Mrs. Evans hörte weder das Ende der Frage noch Ricardos Antwort, denn sie erinnerte sich gerade mit Belustigung daran, daß sie exakt den gleichen Wortlaut gewählt hatte, als sie in Cuernavaca den Drogistensohn ausgeschimpft hatte, der von Yale abgegangen war, um sich als bezahlter Begleiter zu verdingen. Sie dachte: Die ältere Generation hat immer Probleme damit, mit den Ambitionen der jüngeren klarzukommen.

Sie unterbrach daher den sich anbahnenden Streit zwischen Chester und dem jungen Mann, indem sie sagte: »Ricardo, als ich in Cuernavaca war, lernte ich mehr als ein Dutzend junger Amerikaner wie Sie kennen, die als ... wie soll ich sagen ... nun, die ...«

»Die als bezahlte Begleiter für ältere Damen arbeiteten?« fragte Ricardo, ohne die geringste Überraschung zu zeigen.

»Ja. Sie machten den Eindruck, als hätten sie für sich persönlich ein recht zufriedenstellendes Leben gefunden. Warum wählen Sie den Stierkampf, statt wie diese jungen Männer den leichteren Weg zu gehen?«

»Das ist die erste intelligente Frage, die mir heute abend gestellt wurde«, sagte der ruhige junge Mann. Er korrigierte sich rasch und sagte zu Ledesma: »Außer natürlich Ihrer bezüglich der Picadores, aber das war ja auch etwas Spezielles.« Ledesma, erfreut über das gleichsam moralische Bestechungsgeld, das ihm der junge Mann mit dieser Äußerung zahlte, nickte huldvoll, und der junge Stierkämpfer fuhr fort: »Tatsächlich habe ich mich auch einmal als Begleiter versucht. Wenn man Stierkämpfer werden möchte, probiert man alles – wirklich alles.« Er fuhr zu mir herum und fragte: »Gibt es irgend jemanden, den Sie umbringen lassen möchten?«

Mrs. Evans bohrte weiter: »Hat es nicht geklappt?«

»Für manche stolzen Männer ist es unmöglich, einer älteren Frau den Hof zu machen.«

Bei dieser Bemerkung sog der rotnackige Oklahomer scharf die Luft ein, lehnte sich blitzschnell über den Tisch und gab dem jungen Stierkämpfer eine Ohrfeige. »Kein Mann darf so vor meiner Tochter sprechen«, sagte er mit zornbebender Stimme, aber die Wirkung seiner Worte wurde erheblich dadurch gemindert, daß im selben Moment, als er sie sagte, Penny angesichts der Lächerlichkeit der ganzen Situation laut zu kichern anfing. Zu meiner Überraschung nahm Ricardo keinerlei Notiz von der Ohrfeige und fuhr fort, an Mrs. Evans gerichtet: »Also machte ich nach drei Monaten in Cuernavaca und Acapulco den Abflug.«

»Wie erklären die anderen, daß sie das nicht tun – ich meine, den ›Abflug‹ machen, wie Sie es ausdrücken?« fragte Mrs. Evans.

»Um Himmels willen, Elsie!« protestierte Grim. »Man könnte fast meinen, du würdest versuchen, dir selbst einen Begleiter anzulachen.«

»Mich interessiert halt, was Frauen in meinem Alter machen, um ihre Probleme zu lösen«, erwiderte Mrs. Evans fest.

»Was für Probleme?« fragte Ed Grim.

»Das Problem, ihrem Leben eine Bedeutung, einen Sinn zu geben«, sagte Mrs. Evans. »Wenn der Mann stirbt und die Kinder sind aus dem Haus und die Augen sind zu schwach, um ständig zu lesen, was in aller Welt fängt eine Frau dann an? Offensichtlich nehmen nicht wenige von ihnen das hart verdiente Geld, das ihre Männer ihnen hinterlassen haben, und hauen es in Mexiko für junge Männer auf den Kopf.«

»Ich finde das widerlich«, sagte Haggard und langte nach den Bohnen und der Hammelkeule.

»Es ist *nicht* widerlich«, versetzte Mrs. Evans.

»Er hat es gerade selbst gesagt«, erwiderte Grim und zeigte mit seiner Gabel auf Ricardo.

»Er hat gesagt, daß es für ihn nicht in Frage kommt – und zu Recht, wie ich finde, denn junge Männer sollten sich für junge Mädchen interessieren. Aber ich glaube nicht, daß er irgendeine Meinung darüber geäußert hat, wie die Frauen, die die Rechnungen bezahlt haben –«

»Ethel!« schrie Grim. »Was, zum Teufel, ist in dich gefahren? Wenn Paul dich jetzt hören würde –«

»Er würde nicht ein Wort von dem verstehen, was ich sage, und das ist schade.«

»War Paul so wie mein alter Herr?« fragte der junge Stierkämpfer.

»Nein«, sagte Mrs. Evans. »Er war ein feiner, tiefsinniger, hart arbeitender Mann, mit dem ich zweiundvierzig Jahre zusammengelebt habe, ohne auch nur im entferntesten zu begreifen, was ihn wirklich bewegte. Vielleicht sagen Sie eines Tages, wenn Sie älter sind, das gleiche von Ihrem Vater.«

»Einmal Blödmann, immer Blödmann«, beharrte der junge Mann. Dann wandte er sich mit einem Ruck zu Ed Grim um. »Und wenn du es noch einmal wagen solltest, mich anzurühren, Alter, dann hau ich dir die Zähne in den Darm, du blöder Arsch.«

Grim sprang wie von der Tarantel gestochen auf – womit Ricardo gerechnet hatte – und stürzte sich auf den jungen Mann, der ihn mit zwei blitzschnellen Haken, die keinen Schaden anrichteten, auf Distanz hielt.

»Setz dich, Chester!« befahl Mr. Haggard gereizt. »Wir sind hier, um uns die Kämpfe in der Stierkampfarena anzuschauen.« Ohne von seinem Stuhl aufzustehen, sagte er zu Ricardo: »Ich würde es begrüßen, wenn Sie sich bei Chester entschuldigten, denn diese letzte Bemerkung war ganz klar unter der Gürtellinie. Er hätte allen Grund gehabt, Ihnen was aufs Maul zu hauen.«

»Ich entschuldige mich«, sagte Ricardo aufrichtig. »Ich nehme die Worte zurück, Mr. Grim. Und ich entschuldige mich auch bei Ihnen, Miss Grim. Aber Ihr Vater hat sehr festgefügte Ansichten, wie Sie sicher wissen.«

Als Grim darauf sagte: »Ich wußte doch, daß kein Marine nur gemein sein kann«, löste sich die Spannung am Tisch.

Mrs. Evans wandte sich zu Ledesma. »Ich bin so beeindruckt von Ihren Ansichten – ob Sie mich wohl noch einmal zu der Pyramide hinausfahren würden? Sie verfolgt mich schon den ganzen Tag, und ich würde sie gern einmal bei Mondschein sehen.«

Ledesma stöhnte: »Ich werde nicht noch einmal zu dem Haufen blutbefleckter Steine rausgehen.« Als Mrs. Evans sagte: »Aber Sie müssen«, erwiderte er: »An diesem Tag des Todes werde ich Ihnen etwas zeigen, das dem Anlaß angemessen ist, etwas, das einzigartig in der Neuen Welt ist!« Da rief Mrs. Evans: »Gehen wir!« Ledesma haute auf den Tisch und schrie: »Witwe Palafox! Passen Sie auf unsere Teller auf, während wir in die Vergangenheit hinabsteigen.«

Die Witwe erschien auf der Terrasse und warnte uns, wenn

wir jetzt vom Tisch aufständen, würde unser Essen weg sein, wenn wir wieder zurückkämen, denn es sei bereits ein Uhr in der Frühe. Also schlangen wir den Rest unserer Mahlzeit hastig herunter und gingen dann zu Mrs. Evans' Cadillac, doch auf dem Weg dorthin stieß sie mich an und offenbarte ihr wachsendes Interesse an Ricardo. »Holen Sie ihn. Er sollte es auch sehen, wenn es bedeutsam ist.«

Wenig später stiegen wir in das große Auto, und mit mir am Steuer und mit Ledesma als Lotsen fuhren wir ein kurzes Stück nach Westen auf der Autostraße nach León und kamen nach kurzer Zeit zu einem Zypressenhain, der etwas Düsteres, an einen Friedhof Gemahnendes an sich hatte – ein Eindruck, der nicht trog, denn es handelte sich in der Tat um einen Friedhof.

Ledesma scheuchte den Wärter aus dem Bett, drückte ihm ein paar Pesos in die Hand und bat ihn, das Licht anzumachen, und als er das getan hatte, sahen wir zwischen den Bäumen ein Steinmonument von der Art, wie sie für mexikanische Friedhöfe typisch ist. Dieses bildete ein Portal, das uns über eine Treppe hinunter zu einem geologischen Wunder führte, einer Höhle in der gleichen Felsschicht, die das Silbererz im *Mineral* enthielt, nur daß hier eine Atmosphäre ohne die geringste Luftfeuchtigkeit herrschte.

»Zehntausend Jahre lang«, erläuterte Ledesma, »gelangte keine Feuchtigkeit an diesen Ort, und mit Hilfe von modernen Maschinen wird auch heute noch das Eindringen jeglicher Feuchtigkeit verhindert. Das Resultat? *Voilà!*«

Und mit diesen Worten öffnete er vorsichtig ein riesiges Holztor, durch das wir in einen kleinen Vorraum gelangten. In diesem wiederum war eine kleine Stahltür. Ledesma knipste die Deckenbeleuchtung an, öffnete die Stahltür und führte uns zu einem unterirdischen Wunder, das zu meiner Jugendzeit der Öffentlichkeit noch nicht zugänglich gewesen war.

Es war ein Stollen von etwa fünfundzwanzig Meter Länge und sechs Meter Breite, der vor Urzeiten von irgendeiner unterirdischen Kraft – womöglich einem längst versiegten Wasserlauf oder einem Lavastrom – in das Felsgestein gegraben und dann auf irgendeine geheimnisvolle Weise hermetisch versiegelt worden war. Er bildete eine perfekte Katakombe. Seine Seitenwände waren gesäumt von Dutzenden verblüffender Figuren, Männern und Frauen aller Altersstufen und Größen, die vor Hunderten von Jahren gestorben waren und vermutlich aufgrund ihres Standes oder ihres Reichtums für die hohe Ehre auserkoren worden waren, hier bestattet zu werden. Sie standen aufrecht nebeneinander, angetan mit den prächtigen Kleidern, in die man sie zum Anlaß ihrer Bestattung gehüllt hatte. Die Zeit war spurlos an ihnen vorübergegangen. Ihre Körper waren weder zu Staub zerfallen noch gar von Würmern angegriffen worden. Ihre Kleider waren weder zerfallen noch von Feuchtigkeit zerstört. Sie waren zweifellos eine ehrfurchteinflößende Schar, diese von der Natur konservierten Mumien von Toledo.

»Sind sie womöglich aus Wachs?« fragte Mrs. Evans. »Wie bei Madame Tussaud's in London?«

»Nein«, sagte Ledesma. »Sie sind durch und durch echt. Dies sind die Leute von Toledo, konserviert für alle Ewigkeit.«

Als die anderen im Gänsemarsch an den festlich gekleideten Mumien vorbeidefilierten, gleichsam wie bei einem förmlichen Empfang, hörte ich hinter mir einen Schrei – es war kein ängstlicher, sondern eher einer der Verblüffung –, und als ich mich umdrehte, sah ich Penny Grim mit vor Staunem offenem Mund vor der exquisiten Gestalt einer chinesischen Frau stehen, die bei ihrem Tode vielleicht dreißig Jahre alt gewesen sein mochte. Was sie jedoch von den anderen Mumien unterschied, war ihr prachtvolles Gewand, das völlig unverändert die Jahrhunderte überdauert hatte und noch genauso aussah wie an dem Tag, als man es ihr als Totengewand angelegt hatte. Es war von orientalischem Schnitt und aus kostbaren Stoffen gearbeitet, die sie wahrscheinlich mitgebracht hatte, als sie einst von den Philippinen über den Pazifik nach Acapulco gekommen war. Einige der in dem Kleid verarbeiteten Stoffe waren edelsteinbesetzte Seiden- und Atlasgewebe, die aus Japan stammen mußten, und das Gewand war so prächtig, daß Penny entzückt rief: »Oh, Mr. Clay! Ist sie nicht wunderschön? Selbst ich sähe in so einem

Kleid schön aus.« Aus irgendeinem unbekannten Grund war die schöne Chinesin vor der Zeit gestorben, doch hier stand sie nun, als wäre sie lebendig, und das Mysterium, das sie umgab, schien all den anderen Figuren in der Katakombe Leben einzuhauchen. Dies war ein großer Ball anläßlich des Ixmiq-Festes im Jahre 1710, so lebensecht und real, daß ich mich nicht gewundert hätte, wenn ich plötzlich die Klänge der Negerkapelle vernommen hätte, die damals zum Tanz aufgespielt haben mußte.

»Aha!« rief Ledesma, als er uns erreichte. »Ich sehe, Sie haben unsere wunderschöne China Poblana gefunden. Schaut sie nicht aus, als könnten Sie sie um den nächsten Tanz bitten?«

Mrs. Evans fragte: »Was ist eine China Poblana?«, und León schickte sich gerade an, es ihr zu erklären, als er vom anderen Ende des Stollens von Ricardo gefragt wurde: »Was hat das denn hier zu bedeuten?« Und als wir zu ihm gingen, um zu erfahren, was er meinte, deutete er auf den Kopf eines Mannes, der offenbar gehängt worden war und den man mit dem Strick um den Hals beerdigt hatte.

Als wir vier schweigend vor der Mumie des gleichsam zwiefach getöteten Unbekannten standen, begann Martín leise zu sprechen, ohne jene Zurückhaltung, die er zuvor gezeigt hatte. Als ob wir die Terrasse nie verlassen hätten, auf der wir gesessen und über Stierkampf diskutiert hatten, sagte er leidenschaftlich: »Ich werde Stierkämpfer. Ich habe den Tod in Korea erlebt, und er war schrecklich, und ich habe ihn heute nachmittag gesehen, als ein Mann von einem Stier zu Tode gespießt wurde, und auch das war schrecklich. Doch nichts auf der Welt kann mich von dem abschrecken, wozu ich mich fest entschlossen habe. Ich – werde – Stierkämpfer.«

»Haben Sie das Zeug dazu?« fragte Mrs. Evans.

»Ich bin nicht der Beste«, antwortete Ricardo. »Aber ich bin ein Profi. Besser als sechzig Prozent – nein, achtzig Prozent – der Mexikaner, die heutzutage kämpfen. Ich habe alle Pases drauf, ich besitze all das Wissen, das man braucht. Mrs. Evans, ich versichere Ihnen, ich verstehe mehr vom Stierkampf, als Ihr verstorbener Mann jemals vom Öl verstanden hat.«

»Sie klingen ganz wie er, mein Sohn. Die gleiche wilde Entschlossenheit.«

»Können Sie die Füße ruhig halten?« fragte ich.

»Ja, das kann ich.«

»Jeder kann das – bis es ihn zum erstenmal erwischt«, sagte Ledesma. »Hat es Sie schon mal erwischt?«

Martín krempelte die Hosenbeine hoch und zeigte uns drei verschiedene Hornwunden oberhalb der Knie. »Diese hier habe ich mir geholt, als ich gegen einen siebenjährigen Stier kämpfte, der vorher schon ein dutzendmal bekämpft worden war. Ich machte vier tolle Pases, obwohl ich wußte, daß er mich erwischen würde. Das tat er denn schließlich auch, und ich verbrachte drei Wochen in einem schmuddeligen kleinen Krankenhaus in Michoacán. Das nächste Mal, als ich kämpfte, war ich wieder genauso tapfer, und da erwischte es mich hier. Wieder ins Krankenhaus – ein anderes diesmal. Und gleich beim ersten Kampf danach –« Er merkte, daß seine Stimme lauter wurde, und hielt inne.

»Sind Sie wieder im Krankenhaus gelandet«, vollendete Ledesma den Satz.

»Ja«, sagte Martín mit ganz leiser, beherrschter Stimme. »Und einen Monat später hatte ich meinen ersten richtigen Kampf mit Picadores, und schauen Sie –« Wie jeder Möchtegern-Matador trug Ricardo in seiner Brieftasche eine Anzahl Hochglanzfotos bei sich, die er jetzt hervorholte. Es war zu dunkel, als daß man sie gut hätte sehen können, denn das elektrische Licht war nicht besonders hell, aber wir konnten erkennen, wie ein riesiger Klotz von einem Stier an einem schlanken jungen Mann vorbeidonnerte. »Schauen Sie sich diese Füße an!« rief er triumphierend. »Haben Sie jemals Füße gesehen, die fester auf dem Boden stehen, Mr. Clay?«

Ich erwiderte, in der Dunkelheit der Grabhöhle könnte ich das nicht so genau beurteilen, und er sagte: »Ich gebe Ihnen mein Wort darauf.«

Mrs. Evans fragte: »Bekommen Sie denn gute Noten auf Ihrem College?«

Ricardo fiel in seine alte Redeweise zurück: »Nun … Sie wissen ja, wie das auf dem College ist … das meiste ist doch bloß bla … bla … bla …«

»Hören Sie auf!« fuhr Mrs. Evans ihn unwirsch an. »Wie kann ein junger Mann in Ihrem Alter so reden?«

»Weil es größtenteils Blabla ist«, erwiderte er kalt. »Mein alter Herr ist ein Arschloch. Wie Chester glaubt er, er kann alle Probleme dadurch lösen, daß er sich eine Bürgerkriegsuniform anzieht und irgend jemanden verprügelt. Er fand Mexiko toll, weil die Peones wie Leibeigene sind. Er sagt, die Starken müssen herrschen. Er war total geil auf Krieg, aber er kriegte es irgendwie hin, daß er zurückgestellt wurde. Meine Mutter ist eine der blödesten Frauen auf der Welt. Ich glaube, das Fernsehen ist eigens für sie erfunden worden. Sie nimmt Wildwestfilme ernst und leidet mit ihren Serienhelden mit, als wären sie echt. Wenn im Fernsehen ein Pferd stürzt, fängt sie an zu heulen, und sie steht jeden Donnerstagabend Todesängste um Eliot Ness aus.

Das war meine Welt, Mrs. Evans. Also bin ich abgehauen und nach Korea gegangen, und die Hälfte meiner Kumpel ist in einem Krieg gefallen, der völlig sinnlos war. Sind Sie jemals mitten im Winter von einem Stausee in Nordkorea runtergestiegen, bloß weil irgendein Riesenarschloch mit Sternen einen Fehler gemacht hat? Ich bin also wieder nach Hause, nach San Diego, und versuche, andere Jungs zu bequatschen, sich zur Armee zu melden, damit sie sich in zukünftigen Kriegen verheizen lassen können, und mein Alter schreibt mir: ›Ich hasse es, an Dich zu denken …‹ Ich könnte Ihnen den ganzen Brief auswendig hersagen, Mrs. Evans, aber er wurde im Golfclub aufgezogen, weil der Krieg in Korea noch immer dran war, während sein Sohn in San Diego Soldaten anwarb. Wollen Sie das Ende des Briefes hören? Und soll Gott diese Höhle über uns zusammenstürzen lassen, wenn ich auch nur ein Wort vergesse. ›Richard, es ist die Pflicht eines jeden Mannes in Uniform, den Feind zu suchen und ihn zu vernichten. Dein Platz ist in Korea, und ich werde den General aufsuchen und dafür sorgen, daß du wieder nach dort versetzt wirst, wo Du Deine Pflicht wirklich erfüllen kannst.‹«

Er hielt inne, um den Gehenkten anzustarren, und fragte dann: »Kann einer von Ihnen sich auch nur entfernt eine Vorstellung davon machen, wie Korea im Winter war?«

»Ich war da«, sagte ich.

»Während des Rückzugs vom sogenannten Stream X?«

»Ja.«

Wir schauten uns in dem trüben Licht an, und Mrs. Evans fragte: »War es so schlimm?«

Ricardo ignorierte die Frage und sagte mit einigem Humor: »Sie haben mich heute abend gesehen, als Chester versuchte, eine Schlägerei anzufangen. Mir ist egal, was ein Arsch mehr auf der Welt macht – mein Vater eingeschlossen. Als er mich damals in dem Café anbrüllte: ›Was zum Teufel machst du da mit einer Flöte?‹, fing ich an zu lachen, und ich lachte so herzhaft, daß alle in dem Café mitlachen mußten, und ich hüpfte wie ein Wilder rum und schrie: ›Ich bin der große Gott Pan, unten am Fluß im Schilf.‹ Und mein Alter stand bloß da und glotzte blöde. Und jetzt bin ich hier bei den Toten.«

»Und in Zukunft?« fragte Mrs. Evans.

»O nein! Damit kriegen Sie mich nicht! Die Zukunft ist jetzt. Dieses Festival. Diese Kämpfe. Und nichts weiter. Ich habe nicht vor, mir den Kopf darüber zu zerbrechen, was es alles zu bedeuten hatte, wenn ich mal bei diesen Mumien hier herumstehe. Und auch nicht darüber, was ich mache, wenn ich vierzig bin – denn so wie die Welt sich entwickelt, werd' ich dann wahrscheinlich gar nicht mehr da sein. Ich bin jetzt hier. Das reicht, und ich werde gegen Stiere kämpfen. Niemand wird mich davon abhalten. Und wollen Sie wissen, warum ich bereit bin, alles zu riskieren, um das zu machen?«

»Warum?« fragte ich.

Er trat von dem Gehenkten weg und ging ein paar Schritte Richtung Ausgang; dann sagte er: »Ich mache es, glaub' ich, weil ich die Welt wieder zurechtrücken will. In den Vereinigten Staaten reden wir dauernd vom Frieden, aber eigentlich lieben wir den Krieg. Schauen Sie sich doch nur an, wie Männer wie mein Vater den Bürgerkrieg idealisieren. Sie sind heiß darauf, mit der

Kavallerie loszureiten, und werden es immer sein. Meine Mutter sagt: ›Wäre es nicht schrecklich, wenn die Russen eines Tages eine Atombombe auf Detroit werfen würden?‹ Wenn das nicht passiert, bevor sie stirbt, wird sie sehr enttäuscht sein. Sie hat sogar eine Landkarte gezeichnet und ausgerechnet, wie viele Detroiter dabei draufgehen werden. Sechshunderttausend war ihre letzte Schätzung, aber in Moskau werden natürlich viel mehr Leute draufgehen. Wir sind ganz und gar nicht so, wie wir tun oder wie die Zeitungen über uns schreiben. Wir sind gewalttätig. Wir lieben den Krieg.«

»Jetzt hören Sie aber mal!« protestierte Mrs. Evans.

»Ich bin zwischenzeitlich mal wieder zu Hause in den Staaten gewesen, und als ich in Boise war, saß meine Mutter vor dem Fernseher und schaute sich Filme an, in denen es von Vergewaltigungen, Morden, Raubüberfällen, Rauschgiftkriminalität, Selbstmorden, Entführungen, Schießereien und Messerstechereien nur so wimmelte. Ich weiß nicht, wie viele Menschen getötet wurden – es waren jedenfalls allein in der kurzen Zeit, während ich mit ihr guckte, schon mehr als zwanzig. Und jedesmal wenn ein Schuß fiel, zog sie die Schultern hoch und haute in Richtung Bildschirm. Und jedesmal wenn ein Mädchen aus einem Auto gezerrt wurde, um vergewaltigt oder abgestochen zu werden, rückte sie ein Stück vor, um besser sehen zu können. Und nachdem sie das eine Woche, einen Monat, ach, was sag' ich, sechs Jahre so gemacht hat, sagt sie zu mir: ›Wie kannst du dich nur mit so was Brutalem wie Stierkampf befassen?‹

Also hab' ich beschlossen«, fuhr er fort, »den Irrationalismus meines Vaters und die Gefühlsduseligkeit meiner Mutter zu durchbrechen und mich direkt mit dem Kern der Sache selbst zu konfrontieren. Ich will nicht mein Leben damit vergeuden, mir Vergewaltigungen im Fernsehen anzugucken. Ich habe keine Lust, meinem Vater ein gutes Gefühl zu verschaffen, indem ich für ihn in Korea kämpfe. Ich habe keine Lust, Moskau zu bombardieren, und ich will nicht, daß in Detroit sechshunderttausend Menschen ums Leben kommen. Ich will ein Mann sein, der für sich alleine kämpft, und wenn ich mein Leben schon aufs Spiel setzen will, dann in einem ehrenhaften Spiel auf Leben und Tod gegen einen ehrlichen Gegner, der mich töten wird, wenn er die Chance dazu kriegt. Wie Sie, Mrs. Evans, wie meine Mutter, wie mein Vater, wie mein Land, beschäftige ich mich mit dem Tod, und ich habe schon einige Male mit dem alten Schweinehund gerungen. Ich weiß, daß er am Ende die Oberhand behalten wird, aber mit mir wird er vorher einen verdammt harten Kampf ausfechten müssen.«

Wir hatten diese Unterhaltung am hinteren Ende des Stollens geführt, und ich wandte mich jetzt um und ging langsam zum Eingang zurück, und als ich an den lebensecht anmutenden Figuren vorbeikam, war es, als ob sie sich vorstellten. »Ich bin Pablo, der Apotheker, gestorben im Jahre 1726.« Der stämmige Bursche daneben schien zu sagen: »Ich bin Miguel, der Metzger, gestorben 1747.« Dann kamen der Zimmermann und der Rechtsgelehrte, der Fälle in Mexiko City verhandelt hatte. Und dann ließ sich eine schnarrende Stimme vernehmen: »Ich bin Enrique, der Ingenieur, der den Aquädukt nach der Überschwemmung im Jahre 1759 instandgesetzt hat.« Es folgten die Krankenschwester, die während der Pest vielen Menschen das Leben gerettet hatte, die Näherin und die Nonne María de la Luz, die heiliggesprochen wurde ob der liebevollen Fürsorge, mit der sie ausgesetzte Kinder zu Jesus gebracht hatte. Und dann ließ sich die tiefe, gebieterische Stimme einer alle anderen überragenden Gestalt in einem roten Umhang vernehmen: »Ich bin der erste Bischof Palafox, der Erbauer der Plaza.«

Die Namen und die Geschichten berauschten mich, und für einen Moment hatte ich das Gefühl, als forderten sie mich auf, in ihre Stadt zurückzukehren, um ihre Geschichte zu erzählen. »Dein Vater hat großartige Arbeit geleistet, was die historische Bedeutung und die Schlachten betrifft, aber wir sind die Menschen, denen all diese Dinge, von denen er schrieb, widerfuhren. Komm zurück! Du hast uns gekannt. Du kannst uns sehen. Du hörst unsere Stimmen. Wir sind immer noch lebendig, in deinem Geist und in deinem Herzen.«

Tief bewegt ging ich weiter. Vorn wartete die Chinesin in

ihrem funkelnden Gewand. Ich beugte mich vor, begierig darauf, ihre Worte zu hören, aber der Zauber wurde gebrochen von einer lebenden Frau, die mich beim Arm faßte und flüsterte: »Sie scheinen genauso verzaubert von ihr zu sein wie ich.« Es war Penny Grim, und sie fragte mich: »Wer war diese Frau?«

Ich hatte nicht die Absicht, ein Familiengeheimnis zu verraten, aber die Emotionalität des Augenblicks ließ mich an Wunden zurückdenken, die ich lieber vergessen hätte: »Auf unserer Familienplantage bei Richmond, Virginia, hatten wir eine große Puppe, eine Kopie dieser Figur. Die gleiche Haltung, die gleichen kostbaren Stoffe. Ich hab' sie natürlich niemals mit eigenen Augen gesehen – es war lange vor meiner Zeit. Aber mein Vater beschrieb sie manchmal. Die Puppe spielte eine wichtige Rolle in der Familiengeschichte der Clays und daß wir überhaupt hier runterkamen, von Virginia nach Mexiko.«

»Ist das alles, was Sie mir erzählen wollen?« fragte sie, und ich sagte: »Ich habe schon jetzt zuviel erzählt.« Ich hörte, wie andere sich näherten, verbeugte mich vor China Poblana und schloß mich ihnen an.

Als wir an der Stahltür ankamen, die die Höhle schützte, blieb Ledesma stehen, hüllte sich in seinen schwarzen Umhang und sagte: »*Adiós*, ihr guten Leute von Toledo! Du, Richter Espinosa, in der Robe, auf die du so stolz warst; du, Straßenräuber García mit deinem verdrehten Hals; und du, bewundernswerte Maid aus China. Gebt uns euren Segen, da wir nun zu unserem unbedeutenden kleinen Fest zurückkehren, wissend, daß wir weit eher, als wir denken, hier bei euch stehen werden, aufrecht und stolz über die Jahrhunderte hinweg.«

Ledesma knipste das Licht aus. Die Stahltür fiel mit einem dumpfen Laut ins Schloß, und einen Moment nach ihr schloß sich auch die hölzerne. Wir stiegen die Treppe hinauf, zurück zu den Zypressen, und während der Rückfahrt zum Hotel wurde wenig gesprochen.

Als wir um zwei Uhr morgens auf der Terrasse eintrafen, fanden wir die beiden Haupttische besetzt, von den Leals und von Gómez und seiner Truppe. Neben ihnen, in der vordersten Reihe, waren zwei von den drei Matadoren, die am nächsten Tag kämpfen würden, begleitet von ihren Helfern. Alle erhoben sich und begrüßten Ledesma, der die Respektsbezeugung würdevoll entgegennahm. Es war nichts zu spüren von der gewohnten überschwenglichen Ausgelassenheit, die man mit dem Ixmiq-Fest verband, denn wenn eben erst ein Matador in der Arena gestorben ist, legt sich feierlicher Ernst über die Bruderschaft der Stierkämpfer, und die Männer sitzen da in demütigem Schweigen und sinnen darüber nach, daß es morgen auch sie treffen kann. In der Ferne sangen Mariachis, und etwas näher schluchzte Lucha González ihre Flamencolieder.

Nachdem wir uns an einige der hinteren Tische gesetzt und gutes mexikanisches Bier bestellt hatten, gab ich dem Kellner zu verstehen, daß er Señor Ledesma als ersten bedienen müsse, und indem ich mit der rechten Hand tief über den Boden fuhr, so als hielte sie ein rotes Tuch, sagte ich: »Señor Kritiker, ich sende Ihnen Ihr Bier mit einem Pase natural.«

Ledesma lachte leutselig und sagte: »Tut mir leid, aber Sie machen's falsch rum, Clay. Sie können einen Pase natural nicht mit der rechten Hand machen.«

»Hab' ich richtig gehört?« rief Veneno von seinem Tisch herüber. Er war ein Vertreter der klassischen Stierkampfschule, ein eingefleischter Traditionalist. »Hat da gerade jemand gesagt, man kann den Pase natural nicht mit rechts machen?«

»Natürlich kann man das nicht!« mischte sich Cigarro von seinem Tisch aus ein. Er kannte vom Stierkampf nur das, was man ihm in Mexiko beigebracht hatte. »Jeder weiß, daß man ihn nur mit der linken Hand machen kann.« Und schon entbrannte zwischen den beiden Tischen der schönste Streit.

Victoriano, der sich verpflichtet fühlte, seinem Vater zur Seite zu stehen, sprang auf, schnappte sich ein Tischtuch und ein Messer, das er als Degen benutzte, und demonstrierte in vollendeter Haltung, daß man den Pase natural sehr wohl auch mit der rechten Hand machen konnte.

Daraufhin sprang Juan Gómez von seinem Tisch auf, um Cigarro zu unterstützen: »Seht! Man muß ihn mit der Linken machen – immer mit der Linken.«

Jetzt schaltete sich Ledesma in die Debatte ein. »Wer behauptet, daß man den Pase natural mit rechts machen kann, ist ein Idiot.«

Darauf schrie ich auf spanisch: »Sogar Cossío selbst sagt ganz klar, daß man den Natural auch mit der rechten Hand machen kann«, und mit dem Tischtuch vom Nebentisch illustrierte ich, was die herausragende Autorität auf dem Gebiet des Stierkampfs gesagt hatte.

Es folgte ein wildes Gewedel und Geschwenke von Tischtüchern und Messern und ausgestreckten Armen, und Ricardo Martín zankte sich in erregtem Spanisch mit einem der Leals, und über den Tumult hinweg dröhnte die Stentorstimme des alten Veneno: »Der Natural kann mit beiden Händen gemacht werden – mit der linken ist es besser, aber mit der rechten ist es auch erlaubt.« Auf dem Höhepunkt des Streits zupfte mich Mrs. Evans am Arm. »Um was geht es hier eigentlich?«

»Die Leute nehmen den Stierkampf halt ernst«, sagte ich lachend.

Alle anwesenden Matadoren waren jetzt beteiligt, und viele der Zuschauer. Tischtücher und Taschentücher und bloße Hände webten Muster durch die Nachtluft wie Figuren in einem Ballett, und Mrs. Evans sagte: »Es ist erfrischend zu sehen, wie Männer eine Frage der Ästhetik ernst nehmen.«

»Was machst du da?« schrie Cigarro mich auf spanisch an. »Erzählst du dieser Frau, daß man den Pase natural mit der rechten Hand machen kann?« Er schubste mich zur Seite, und mit grandiosen Gesten, auf eine Weise posierend, wie ich es nie zuvor bei ihm gesehen hatte, führte er Mrs. Evans den wahren Natural vor, so wie er ihn gelernt hatte. Zu meiner Überraschung fand er sofort Unterstützung bei dem ihm so verhaßten Ledesma, der erklärte: »Mrs. Evans, nur Ausländer und Narren behaupten, daß dieser Pase mit der rechten Hand durchgeführt werden kann.«

»Dann ist wohl Cossío, der gescheiteste Kopf, der jemals über den Stierkampf geschrieben hat –«

»Kommen Sie mir nicht mit Cossío!« schrie Ledesma.

»Schau, Cigarro –«, versuchte ich ihn zu überzeugen, aber der gnomenhafte Mann stieß mich erregt weg und schnarrte mit tiefer Verachtung: »Ich möchte lieber nicht mit einem Mann sprechen, der behauptet, daß man den Pase natural mit rechts machen kann.«

Er kehrte mir den Rücken zu und verbündete sich mit seinem Erzfeind Ledesma, und Schulter an Schulter verteidigte dieses ungleiche Paar sein Nur-mit-links-Dogma gegen die irregeleiteten Ignoranten von der Auch-mit-rechts-Fraktion, und so wurde denn die Spannung dieser Nacht des Todes gebrochen von gutmütigen Drohungen, wildem Tischtuchgeschwenke, lautem Geschrei und hitziger Debatte.

Spanische Vorfahren: In Spanien

Während meiner Collegezeit bekam ich oft Streit mit bestimmten Professoren, die, größtenteils glühende Presbyterianer, mit Vehemenz die berüchtigte Schwarze Legende verbreiteten, derzufolge die spanische Kultur, insbesondere wie sie sich in den spanischen Kolonien in der Neuen Welt manifestierte, irgendwie entartet und mit Sicherheit weniger moralisch war als das, was sowohl die Engländer als auch die Franzosen in ihren jeweiligen Territorien an den Tag gelegt hatten. Die Handvoll Studenten des Colleges, die spanische Namen hatten oder spanischer Herkunft waren, ärgerten sich über diese ständige Verunglimpfung, da sie wußten, daß sie absolut ungerechtfertigt war.

»Dies ist ein presbyterianisches College«, erklärte ein Junge aus Ecuador. »Hier herrscht der Geist von John Knox, und der haßte Katholiken. Um ein guter Presbyterianer zu sein, *muß* man katholische Spanier quasi verachten.«

Als ich darauf hinwies, daß ich trotz meines spanischen Hintergrunds Protestant war, wollte die Gruppe wissen, wie das kam, und ich sagte: »Solange ich unter dem erzieherischen Einfluß meiner Mutter stand, war ich Katholik; aber nachdem meine Eltern sich voneinander getrennt hatten, machte mein Vater einen Protestanten aus mir, wie er selbst einer war.«

Ein sehr wohlhabender Junge aus Bolivien, dessen Vater mehrere Zinngruben besaß, äußerte eine Meinung, von der er glaubte, daß sie die Sache klären würde: »Der Haß kommt daher, daß Spanien ungefähr zu der Zeit, als Kolumbus Amerika entdeckte, die Inquisition einführte. Protestantische Schulbuchautoren lieben es, in ihre Geschichtsbücher jene scheußlichen

Holzschnitte einzufügen, auf denen Katholiken Juden und Protestanten bei lebendigem Leib verbrennen.« Ich erinnere mich, daß er, als er das sagte, seufzend hinzufügte: »Es ist ein Kreuz, das wir halt tragen müssen, weil es tatsächlich passiert ist.« Aber der Junge aus Ecuador gab sich nicht so leicht geschlagen: »Was mich wütend macht«, versetzte er, »ist, daß sie in England und Neu-England genauso viele Frauen als Hexen verbrannt haben wie wir Juden, aber da reiten die Herren Professoren halt nicht drauf rum. Die Bilder von diesen Greueltaten bringen sie nicht in die Schulbücher. Wir kriegen die Schwarze Legende unter die Nase gerieben, aber sie werden mit Lob überhäuft wegen Shakespeare und Königin Elizabeth.«

Die jungen Männer aus Südamerika zogen es vor, sich nicht mit ihren Professoren anzulegen, um Spanien gegen die infamen Beschuldigungen der Schwarzen Legende zu verteidigen, aber ich war in diesem Punkt ganz und gar nicht zimperlich. »Ich bin stolz auf das, was Spanien der Welt gegeben hat. Cervantes, Velázquez, daß sie der Neuen Welt die Zivilisation gebracht haben.« Ich bezweifle, daß ich damit irgend etwas an der Haltung der Professoren änderte; denn die Schwarze Legende war ein bequemer Knüppel, der sich bestens dazu eignete, um auf das katholische Spanien einzudreschen, und die Inquisition war eine Institution, die zu verabscheuen nun wahrlich nicht schwerfiel, doch mein öffentliches Eintreten für Spanien verschaffte mir Freunde unter den Spanisch sprechenden Studenten.

Eines Abends, nach einer besonders heftigen Attacke eines Professors und meinem tapferen Versuch, ihn zu widerlegen, fragte mich der junge Bursche aus Bolivien: »Manchmal sagst du, du wärst Amerikaner, dann wieder sagst du, du wärst Mexikaner. Was bist du denn nun? Und warum verteidigst du Spanien so vehement?«

»Ich bin beides, Amerikaner und mexikanischer Indio, aber geistig bin ich durch und durch Spanier. Und ich weiß, wovon ich rede, besser als jeder der Professoren, da die Inquisition meine Familie grausam heimgesucht hat. Sie sprechen von abstrakten Prinzipien. Ich spreche von der Wirklichkeit.«

Es war im Spätwinter des Jahres 1524 in Salamanca in Westspanien, daß Mexiko mit meinem spanischen Erbe verknüpft wurde. Hier die Geschichte, wie es dazu kam:

Die Universität von Salamanca, die damals den führenden Rang einnahm, war Gastgeberin einer Zusammenkunft von Gelehrten der drei anderen herausragenden Universitäten Europas: Bologna, der Sorbonne und dem Emporkömmling Oxford.

Diese spezielle Zusammenkunft war einberufen worden, um sich mit religiösen Fragen zu befassen, die in der katholischen Welt von Interesse waren, insbesondere mit dem schismatischen Effekt der Ereignisse in Deutschland, wo der Mönch Martin Luther der Kirche seit einiger Zeit arge Probleme machte. Sobald die gewichtigeren Fragen der Kirchenlehre geklärt waren, wandten die Professoren ihre Aufmerksamkeit einem Brief zu, der ihnen aus Antwerpen zugesandt worden war, das damals im Handel eine ebenso herausragende Stellung einnahm wie Salamanca auf dem Felde der Gelehrsamkeit. Absender des Briefes war eine Gruppe von Kaufleuten, die in einer Frage der geschäftlichen Moral im Zweifel waren und Rat bei den Professoren suchten. Der Brief lautete wie folgt:

> Uns hier in Antwerpen verwirrt folgendes Problem: Wenn der Pfandleiher Gregorio Gott fürchtet und nach Seinen Gesetzen zu leben wünscht, aber gleichzeitig seinen Lebensunterhalt als Pfandleiher verdient und danach trachtet, zu prosperieren, wie muß er sich dann gegenüber dem Handelsmann Claus verhalten, wenn dieser eines Tages zu ihm kommt und sagt: »Pfandleiher Gregorio, in der nächsten Woche beginnt hier in Antwerpen die Frühjahrsmesse, und um mein Geschäft führen zu können, benötige ich tausend Dukaten, die ich nicht besitze. Gib du sie mir in bar, und ich werde sie dir drei Monate später auf der Maimesse in Medina del Campo in Spanien zurückzahlen.« Auf dieses Ansuchen des Händlers erwidert der Pfandleiher Gregorio: »Ich werde dir die tausend Dukaten hier in Antwerpen geben; aber wenn du sie mir in drei Monaten in Medina del Campo zurückzahlst, mußt du

mir nicht bloß die tausend Dukaten geben, die du mir schuldest, sondern hundert dazu, zur Abdeckung meiner Ausgaben beim Transferieren des Geldes, meines Verlustrisikos und meiner Lohnzahlungen an meine Gehilfen.«

Was wir nun, gelehrte Doctores, zu erfahren begehren, ist, ob das Handeln des Pfandleihers Gregorio, indem er das Geld bereitstellt und eine Gebühr für sein Verlustrisiko erhebt, unter die Kategorie des Wuchers fällt, welcher durch die Heilige Schrift verboten ist, oder ob es nicht vielmehr, wie wir Kaufleute finden, eine notwendige und statthafte Geschäftspraxis darstellt und mithin enthoben ist von der Verdammung, mit der das Verleihen von Geld auf Zinsen, welches, wie wir einräumen, von der Bibel verboten ist, zu Recht belegt ist.

Die von den Händlern von Antwerpen aufgeworfene Streitfrage war klar umrissen, und es war eine, die der Kirche über Jahrhunderte hinweg Kopfzerbrechen bereiten sollte, aber die Professoren in Salamanca vermochten keinen logischen Grund für den Verzicht auf die traditionellen Deutungen der Gesetze gegen den Wucher zu finden. Sie entschieden daher, daß der Pfandleiher Gregorio gegen Gottes Gesetze verstieß, wenn er dem Handelsmann Claus im März tausend Dukaten vorstreckte und im Mai elfhundert – oder jeden anderen Betrag, der die tausend überstieg – von ihm zurückverlangte. Dementsprechend setzte die Versammlung einen Antwortbrief auf, in dem es unter anderem hieß, daß »die hier beschriebene Transaktion Wucher und daher bei Strafe des Todes verboten« sei und daß in der hier beschriebenen Transaktion »der Pfandleiher Gregorio nichts tut, um sein Geld zu mehren, weshalb die allein durch den Verleih des Geldes entstandene Vermehrung als ungesetzlich und gegen den Willen Gottes verstoßend erachtet werden muß«. Doch bevor das Dokument unterzeichnet war, erhob sich einer der Professoren aus Salamanca, der sich seit Jahren mit dem verwirrenden Problem der Erhebung von Zins für die Verleihung von Geld befaßte, und warf eine zusätzliche Erwägung in die Debatte, die seine Kollegen seiner Meinung nach bis dahin außer acht gelassen hatten.

Er sagte: »Haben wir uns genug Zeit genommen, wirklich alle Aspekte dieser Streitfrage zu prüfen? Wir beantworten sie, fürchte ich, in Bezug auf Antwerpen und Medina del Campo, während das, worüber wir eigentlich nachdenken sollten, die Auswirkungen sind, die sie auf Mexiko hat.«

Ein Raunen der Bestürzung ging durch die Reihen der Gelehrten, und der Vorsitzende der Versammlung, ein gewisser Maestro Mateo, ein grimmiger Dominikaner, der bereits begonnen hatte, die Strenggläubigkeit des protestierenden Gelehrten in Zweifel zu ziehen, erwiderte barsch: »Professor Palafox, Gottes Gesetze sind unveränderlich und gelten jetzt und für alle Zeiten, gleichgültig, ob in Medina del Campo hier in Spanien oder im fernen Mexiko. Wucher ist Wucher und daher überall und für immer zu ächten.«

»Das räume ich wohl ein, Maestro Mateo«, erwiderte der Professor demutsvoll; denn als bloßer Professor gehörte er dem Laienstand an, wohingegen der Mann, zu dem er sprach, ein ordinierter Kleriker war. »Ich bin sicher, daß Wucher als solcher in achtbaren Nationen immer geächtet sein wird, aber ich glaube, daß wir mit der Erschließung riesiger und reicher Länder in Übersee neue Handelskonzepte werden entwickeln müssen; denn wenn der Händler Claus, über den wir hier diskutieren, in Mexiko Handel treiben will, wird er nicht umhin kommen, sich Geld von irgendeinem Geldverleiher zu borgen, und wenn Gregorio das Risiko eingeht, seinen Reichtum in so weite Ferne zu entsenden, nach Übersee gar, erwirbt er damit das Recht auf irgendeine Form von materieller Belohnung, und dies kann nicht als Wucher bezeichnet werden.«

»Professor Palafox«, donnerte da der Maestro, »Wucher bleibt Wucher, und wir können den Kaufleuten von Antwerpen kein mexikanisches Schlupfloch gewähren, durch das sie die Gesetze der Kirche umgehen können.«

Professor Palafox glaubte, daß er eine neue Auffassung von der sich entfaltenden Welt hatte, eine, die Aufmerksamkeit verdiente, nein, mehr noch: verlangte: »Ihr fragt, hochverehrter Herr, welches neue Faktum aufgetaucht ist, das uns dazu zwingen könnte, unsere früheren Gebote zu überprüfen und gegebenenfalls abzuändern? Meine Antwort ist: die Entfernung. In der hypothetischen Transaktion, die wir diskutiert haben, wohnt der Geldverleiher Gregorio in Antwerpen. Der Handelsmann Claus bietet ihm an, ihm das Darlehen später in Medina del Campo in Spanien zurückzuzahlen. Eine große, aber nicht unüberwindliche Entfernung – ergo ist das Risiko für den Verleiher des Geldes nicht unkalkulierbar hoch.« Da allen klar war, daß der junge Palafox im Begriff war, eine bedeutsame Darlegung zu machen, beugten sich seine Zuhörer gespannt vor, um nur ja jedes Wort mitzubekommen: »Aber wenn ein Kaufmann ein Schiff heuert, damit nach Darien segelt, dann eine Maultierkarawane mietet, um diesen Isthmus zu überqueren, dann ein weiteres Schiff heuert und die Küste hinunter bis nach Peru segelt, um dortselbst das kostbare Metall an Bord zu nehmen, und schließlich den ganzen gewaltigen Weg zurück nach Europa auf der gleichen gefährlichen Route zurücklegt – das stellt ganz unbestreitbar ein Risiko dar, welches sehr wohl eine besondere Belohnung rechtfertigt.«

Ein paar seiner Zuhörer waren beeindruckt von dieser modernen Argumentation, nicht so jedoch Maestro Mateo. »Wollt Ihr damit sagen, daß bloße Entfernung und zusätzliches Risiko den Verleiher von der Sünde des Wuchers freisprechen?«

»Nein, verehrter Professor. Was ich sagen will, ist, daß Welten liegen zwischen einer Handelsreise von Antwerpen nach Medina, welche nicht mehr denn ein paar Wochen dauert, und einer solchen von Sevilla nach Peru und zurück, die mehr als ein Jahr dauert und ungeahnte Risiken in sich birgt. Ein solches Risiko heischt nach einer neuen Definition.«

»Aber niemals nach einer neuen Moral.«

»Was ich deutlich zu machen versuche«, sagte Palafox, »ist, daß mit der Entdeckung Mexikos und Perus neue Formen und Regeln des Geschäftslebens ausgearbeitet werden müssen, und ich glaube, daß wir gut beraten wären, den Händlern von Antwerpen eine andere Art von Antwort zu senden. Lasset uns hierüber noch einmal genau –«

»Palafox!« donnerte Maestro Mateo.

»Ja, verehrter Maestro.«

»Schweigt!« Und der Antwortbrief wurde abgesandt wie geplant, was lediglich bedeutete, daß der Kaufmann Claus immer noch seine tausend Dukaten haben mußte, daß er sie sich immer noch von dem Geldverleiher Gregorio borgen mußte, daß wie immer Zinsen in Rechnung gestellt wurden, daß Verleiher wie Schuldner sich der Todsünde schuldig machten und daß ehrliche Geschäfte außerhalb des Blickfeldes der Kirche gemacht werden mußten.

Ein unvorhergesehenes Ergebnis trat jedoch ein; denn einer der Professoren aus Oxford war so beeindruckt von den Ausführungen des Professor Palafox, daß er gleich bei seiner Rückkehr nach England selbst auf diesem Gebiet zu forschen begann, und auch wenn er selbst es nie über sich brachte, mit den Gesetzen der Kirche in dieser Frage zu brechen, so tat dies jedoch einer seiner Studenten, und England ersann beizeiten eine neue Philosophie des Geldverleihens, und auf diesem neuen Verständnis vom Verteilen des Risikos wurde die industrielle Größe Englands erbaut, während Spanien, das sich beharrlich weigerte, das Problem auch nur zu überdenken, dieses noch zarte Pflänzchen der industriellen Revolution, das die Nation hätte stärken können, zertrat.

Als die Zusammenkunft zu Ende war, verweilte Professor Palafox noch eine Zeitlang auf der wunderschönen Plaza, die der Universität gegenüberlag, und wie er so dastand und wartete, konnte er einen Hauch von beginnendem Frühling in der Brise spüren, die vom Fluß heraufwehte. In eine der Mauern war sein Name eingraviert, zu Ehren des hohen akademischen Grades, den er viele Jahre zuvor an der Universität errungen hatte, und durch diesen kleinen Torbogen, der zum Kreuzgang führte, war er an dem Tag geschritten, als er zum Professor für Zivilrecht berufen worden war. Dies war seine geistige Heimat, und er war bedrückt, als Maestro Mateo an ihm vorbeistolzierte, ohne ihn eines Blickes zu würdigen. Einige der Professoren aus Bologna und von der Sorbonne, die sich bald auf ihre gefährliche Heimreise machen würden, blieben stehen, um mit Palafox zu disputieren, und es war offensichtlich, daß keiner von ihnen seine Haltung zu würdigen gewußt hatte.

»Glaubt Ihr allen Ernstes«, fragte ein Franzose auf Latein, »daß in der nächsten Zukunft das Verleihen von Geld gegen Zinsen als nicht länger sündhaft erachtet und also von der Kirche erlaubt wird?«

»Lasset uns nicht darüber streiten«, erwiderte Palafox ruhig. »Es ist offensichtlich, daß es mir nicht gelungen ist, meinen Standpunkt klarzumachen.«

»Ihr habt Euch sehr klar ausgedrückt«, korrigierte ihn der französische Professor. »Aber Ihr habt Euch zugleich auch sehr geirrt. Laßt uns auf mein Zimmer gehen und diese Frage dort weiter erörtern.«

»Ich kann nicht, so gern ich es auch würde, da ich auf meine Söhne warte.«

»Sind sie auf der Universität?« fragte der Franzose.

»Der ältere. Er wurde vor einem Monat zum Priester geweiht.«

»Wie glücklich Ihr Euch schätzen könnt, Palafox. Wird er auch Professor werden?«

Palafox lächelte und sagte: »Ganz unter uns, ich warte hier, um ihm mitzuteilen, daß die Universität ihn dazu berufen hat, Lehrer für Kirchenrecht zu werden.«

»Wie ausgezeichnet!« rief der Franzose mit ehrlicher Begeisterung. »Darf ich Euch beim Warten Gesellschaft leisten? Ich würde den jungen Mann gern kennenlernen.«

Die beiden Professoren standen unweit der Mitte der Plaza, und der Franzose sagte: »Auf der Sorbonne schauen wir auf Salamanca als die schroffe, unerschütterliche Bewahrerin des Glaubens. Ich glaube, der hervorragende Ruf Eurer Universität rührt von ihrem zähen Festhalten an dauerhaften Wahrheiten her. Deshalb waren wir heute nachmittag auch einigermaßen erstaunt darüber, daß ausgerechnet ein Professor aus Salamanca diese Fragen aufwarf.«

»In einem Punkt irrtet Ihr«, erwiderte Palafox. »Die überlegene Stellung dieser Universität erwächst aus ihrer machtvollen Zuneigung zur Wahrheit, und ich versuche die Veränderungen zu entdecken, die unsere Nationen vornehmen müssen, wenn sie den neuen Bedingungen, die die Entdeckung der Neuen Welt nach sich zieht, gerecht werden wollen. Glaubt mir, Europa wird nie wieder so sein, wie es einmal war.«

Schon der Hinweis auf Veränderungen war dem Franzosen zuwider, und er ließ das Thema sofort fallen und fragte: »Wieviele Studenten unterrichtet ihr jetzt hier in Salamanca?«

»Dieses Jahr werden wir siebentausend haben«, sagte Palafox. »Hernán Cortés studierte, wie Ihr vielleicht wißt, an dieser Universität, und sein Ruhm hat uns populär gemacht.«

»Sind das Eure Söhne?« fragte der Franzose, als zwei junge Spanier, der ältere groß, ernst und hager, der jüngere ein robuster Bursche mit einem ansteckenden Lächeln, sich mit dem Eifer von jungen Männern näherten, die bisher noch keine größeren Enttäuschungen erlebt hatten.

»Antonio! Timoteo!« rief Palafox, und an der Begeisterung des Vaters konnte der Franzose erkennen, daß der Professor außergewöhnlich stolz auf seine Söhne war. »Der ältere der beiden ist der Priester?«

»Natürlich.«

»Und der jüngere soll Soldat werden?«

»In spanischen Familien ist das die Regel.«

»Euer Vater muß sehr stolz auf euch sein«, sagte der Franzose zu den jungen Männern, und Palafox erwiderte: »Das bin ich in der Tat. Aber sind sie nicht auch zwei prachtvolle Burschen?«

Der französische Gelehrte gab hierauf keine Antwort, denn er war dabei, den älteren der beiden Söhne, Antonio, mit den vielen jungen Franzosen zu vergleichen, denen er geholfen hatte, in den Priesterstand zu treten, und er erkannte rasch, daß Antonio Palafox nicht in das übliche Muster paßte. Aber der junge Mann würde zweifellos einen außergewöhnlich tüchtigen Priester abgeben; aus ihm würde niemals ein frommer Mystiker werden, der sich mit den elementaren Problemen seiner Religion auseinandersetzte, noch ein geduldiger Landgeistlicher, der seine Religion den Bauern nahebrachte. Eher wahrscheinlich war, daß er ein kirchlicher Verwalter werden würde oder ein außergewöhnlicher Exponent des politischen Flügels der Kirche. Der Franzose überlegte: Er fängt an als Professor. Enden wird er entweder als Ratgeber des Kaisers oder als Papst. Schließlich war Borgia auch Papst, und der kam auch aus Spanien.

Als alle sich miteinander bekanntgemacht hatten, nahm der französische Professor Timoteo, den künftigen Soldaten, beim Arm und sagte verschwörerisch: »Euer Vater hat eine interessante Neuigkeit für Euren Bruder. Geleitet mich zu Eurem Haus, und wir werden dort auf sie warten!«

Als die beiden sich entfernt hatten, schlug Professor Palafox seinem Sohn Antonio vor: »Laß uns zur Plaza gehen, auf ein Glas Wein«, und sein Sohn erwiderte: »Wie ungewöhnlich, daß du so etwas vorschlägst. Mahnst du uns doch seit Jahren ständig, uns vom Wein fernzuhalten. Deine Neuigkeit muß ja sensationell sein.«

»Das ist sie auch«, sagte sein Vater und ging voran durch Salamancas uralte und enge Straßen und Gassen, durch die schon römische Soldaten und Karthager und Vandalen und Mauren marschiert waren. Schließlich konnte Professor Palafox sein Geheimnis nicht länger bei sich behalten und platzte heraus: »Heute ist es passiert!«

»Was denn?«

»Bei einer förmlichen Sitzung, die vor unserem Kongreß stattfand, wurdest du zu unserem nächsten Professor für Kirchenrecht berufen.« Zur Überraschung des älteren Mannes ließ sein Sohn keine sonderliche Begeisterung ob der Nachricht erkennen, und es folgte eine peinliche Stille, die der Professor zu füllen versuchte, indem er lahm wiederholte: »Für Kirchenrecht.«

Die beiden Männer befanden sich jetzt in einer der engsten Gassen der Stadt, die zu der riesigen zentralen Plaza führte, und der junge Priester blieb so jäh stehen, daß sein Vater, der hinter ihm gegangen war, gegen ihn stieß, und sagte: »Ich kann diese Professur nicht annehmen. Ich werde mich Cortés in Mexiko anschließen.«

Professor Palafox war von dieser Ankündigung wie vor den Kopf geschlagen. Er versuchte zu sprechen, aber seine Stimme versagte ihm den Dienst. Er sah seinen großgewachsenen Sohn mit weit aufgerissenen Augen an und malte sich die glänzende Zukunft aus, die hier zu Hause auf den jungen Mann wartete: eine Professur; Kontakt mit Gelehrten in ganz Europa; vielleicht ein Kardinalshut; womöglich gar ein hohes Amt im Dienste des Königs. Schließlich löste sich die Lähmung, die ihn gepackt hatte, und er schrie: »Antonio, deine Welt ist hier! Laß deinen Bruder nach Mexiko gehen.«

»Ich wurde nach dort gerufen«, erwiderte der junge Priester.

»Wer rief dich dorthin? Du weißt nichts von Mexiko!«

»Ich habe noch nicht mit dir darüber gesprochen«, erwiderte der junge Mann, immer noch die Gasse blockierend, »aber ich mache mir schon seit vielen Monaten Gedanken darüber. Wenn du mich fragst, wer mich gerufen hat, dann kann ich nur antworten: Gott.«

Professor Palafox zuckte die Achseln und schaute stumm an seinem Sohn vorbei auf die riesige Plaza, auf der er die vertrauten Sehenswürdigkeiten von Salamanca sah: Maultiertreiber aus den Bergen mit Fässern voller Wein; Silberschmiede aus Antwerpen, die ihre Waren feilboten; Scholaren aus Oxford mit ihren karmesinroten Mützen; und bezaubernde junge Mädchen, die sich die Zeit vor der Nacht vertrieben. Dies war der Treffpunkt der Welt, und sein hochbegabter Sohn war im Begriff, dies alles wegzuwerfen für eine ungewisse Zukunft in Mexiko. »Kannst du es dir nicht noch einmal überlegen?« fragte er.

»Nein«, erwiderte sein Sohn. In diesem Moment warf die untergehende Sonne Strahlen von solch goldenem Licht über die Plaza, daß der ältere Palafox eine plötzliche Vision von Ozeanen und Bergen und Menschen mit Gesichtern von leuchtendem Gold hatte, und er murmelte: »Es ist Mexiko.« Und in diesem Moment konnte er nicht umhin, sich selbst einzugestehen, daß, wäre er noch jung und voller Tatendrang, auch er Lust haben würde, sich Cortés in jenem fernen Land anzuschließen. Er brach die Spannung mit einem Lachen, faßte seinen Sohn beim Arm und rief: »Trinken wir unser Glas Wein auf Mexiko!«

Als sie Platz genommen hatten und das bunte Getriebe der

Plaza vor sich hatten, lachte der stämmige Professor über sich selbst: »Es ist lächerlich. Heute nachmittag auf der Zusammenkunft argumentierte ich, daß wir uns auf die Realität Mexikos einstellen müssen. Ich fand mich auch ziemlich überzeugend, aber wirklich überzeugen konnte ich niemanden. Und jetzt sagt mein Sohn: ›Ich werde mich auf die Realität Mexikos einstellen‹, und ich bekomme Angst. Wir sind schon sehr töricht, wir Menschen.«

Der junge Priester trank mehrere kräftige Schlucke von seinem Wein; dann setzte er sein Glas ab und erklärte: »Ich werde sechs bis acht Jahre in Mexiko arbeiten, Vater. Der Hauptgrund dafür ist, daß ich mithelfen möchte, das Gesetz Gottes in der Neuen Welt zu etablieren, aber ein mehr persönlicher Grund ist, daß ich glaube, daß Ämter in der Kirche und Regierungsämter hier in Spanien künftig an diejenigen fallen werden, die Mexiko kennen.«

Die Klugheit, die in dieser Überlegung steckte, gefiel Professor Palafox, und er bemerkte: »Wenn du zurückkommst, wirst du doppelt so wertvoll für die Kirche sein – und für Spanien.«

»Kannst du die Professur für mich freihalten?« erwiderte sein Sohn.

»Das läßt sich gewiß machen«, versicherte ihm der ältere Palafox. Er schnippte mit den Fingern, um weiteren Wein zu bestellen; dann sagte er: »Es wird aufregend sein, mir vorzustellen, wie du mit Capitan Cortés am Aufbau Mexikos mitwirkst, während ich hier an der Universität sitze und versuche zu erklären, was in der Welt des Geschäfts und der Moral vorgeht.«

Bei diesen letzten Worten zog der junge Priester die Stirn kraus. »Als ich vorhin den Saal verließ, kam Maestro Mateo hereingestürmt, außer sich vor Wut über irgendeine These, die du in der Versammlung verfochten hattest. Er sagte zu mehreren seiner Kollegen: ›Dieser verdammte Palafox wird noch an Mexiko ersticken!‹ Was meinte er damit?«

»Es gab Streit«, erwiderte der Professor.

»Was für einen Streit kann es über Mexiko geben?« fragte der junge Priester.

Palafox nahm den Wein von dem Kellner entgegen und schenkte sich und seinem Sohn ein. »Ich bin der festen Überzeugung, Antonio, daß der Aufstieg Mexikos viele Dinge verändern wird, die wir als für alle Zeiten festgefügt betrachteten.«

»Zum Beispiel?« fragte Antonio.

»Nimm deinen Fall. Du gehst dorthin als Priester in der Armee. Welches sind deine Pflichten gegenüber dem König, gegenüber der Kirche, gegenüber der Armee und gegenüber den Indios?«

»Ganz einfach«, erwiderte der junge Priester leichthin. »Meine erste und vornehmste Pflicht ist es, die Indios für Gott zu gewinnen, und das hat Vorrang vor allem andern. Zweitens soll ich die Seelen unserer Soldaten behüten. Drittens soll ich mithelfen, ein neues Land für unseren König zu gewinnen.«

»Gut«, stimmte der Professor ihm zu, und seine Augen leuchteten in der Vorfreude über die Debatte, die jetzt entbrennen würde. »Aber was machst du, wenn deine erste Pflicht, die Indios zu bekehren, mit deiner dritten, ein neues Land zu erringen, in Widerstreit gerät?«

»Es wird keinen solchen Widerstreit geben«, sagte der junge Priester im Brustton der Überzeugung.

Professor Palafox lehnte sich zurück und lächelte seinen Sohn an. »Du bist noch sehr jung, Antonio. Du kannst dir jetzt noch nicht einmal eine Vorstellung machen von der Schlangengrube von Widersprüchen, Konflikten und Konfusionen, in die du dich mit deinem Schritt begibst. Über so etwas Ähnliches habe ich heute gesprochen.«

Antonio, der bereits vom Wein ein wenig beschwipst war, begriff nicht, wovon sein Vater redete, aber an eines erinnerte er sich ganz deutlich. »Vater«, sagte er mit warnendem Unterton, »als Maestro Mateo über dich schimpfte, tat er das nicht nur so zum Spaß. Im Gegenteil, er war gerade im Begriff, etwas Bedeutsames zu sagen, doch da gewahrte er mich und zügelte seine Zunge. Ich verstehe immer noch nicht, was es war, das du über Mexiko gesagt hast, aber sei auf der Hut.«

»Ich will es einmal ganz simpel formulieren«, sagte der Professor. »Wenn großer Reichtum plötzlich und unerwartet über eine festgefügte Situation hereinbricht, dann bedarf es neuer Ideen und Konzepte, um mit diesem Reichtum umzugehen. Unsere glorreiche Nation ist nun in einen solchen Reichtum gleichsam hineingestolpert –«

»Hineingestolpert?« stieß Antonio hervor. »Ich würde eher sagen, Gott in Seiner unergründlichen Weisheit hat Sein auserwähltes Volk dorthin geleitet –«

»Würdest du es so ausdrücken?« fragte Palafox.

»Natürlich«, erwiderte Antonio.

»Laß uns heimgehen und Timoteo die Neuigkeit mitteilen!« schlug Palafox vor. »Wenn du in Mexiko bist, muß halt er der nächste Professor in unserer Familie werden.«

Die beiden Männer verließen die Plaza und wanderten durch die engen Straßen und Gassen, bis sie an einen kleinen viereckigen Platz kamen, von dem aus man auf den Tormes-Fluß und auf die antike Römerbrücke schauen konnte, über die die Haupt-Überlandstraße Spaniens Richtung Süden nach Sevilla verlief. Hier betraten sie ein Haus von bescheidenem Äußeren, dessen Vorderfront sich in die Straße hineindrängte; aber die dunkle Eingangsdiele mündete in einen kleinen Patio, der eine römische Statue enthielt, welche irgendwann einmal in Salamanca gefunden worden war, außerdem einen Brocken griechischen Marmors sowie ein bronzenes Pferd, das in Toledo, der spanischen Hauptstadt, gegossen worden war. Doch was dem Patio seinen wesentlichen Charakter verlieh, waren die Blumen. Einige davon waren in sauberen, förmlichen Reihen in den Boden eingepflanzt, andere standen üppig verstreut in Tontöpfen. Es war der persönliche Garten eines Mannes, der die Natur liebte, und in all den Jahren, an die Fray Antonio sich erinnern konnte, war er den Palafox stets ein Quell der Freude und Heiterkeit gewesen.

Als die beiden Männer nun diesen friedvollen Ort betraten, bekannte Antonio: »Dies hier war das einzige, was mich vielleicht von Mexiko hätte abhalten können. Es hätte mir Freude gemacht, hier als Professor zu wirken und eines Tages deinen Garten zu erben.« Dann schüttelte er den Kopf, als wolle er ihn klar bekommen, und sagte: »Aber da ist auch Mexiko, und ich denke mir, es ist vielleicht ein größerer Garten als der hier.«

»Du kannst ja immer noch zurückkommen und meinen erben«, sagte der Professor. »Wenn du eines Tages Bischof bist.«

»Natürlich!« rief der junge Priester erfreut. Er wollte gerade zum Sprechen ansetzen, als er sah, daß sein jüngerer Bruder zusammen mit seinem Begleiter, dem französischen Professor, auf einer der Gartenbänke saß und wartete.

Der junge Timoteo, damals gerade zwanzig Jahre alt und von seiner Vorfreude auf das Leben zu feinem Schliff gewetzt, erhob sich und sagte: »Professor Desmoulins und ich haben über deine heutige Versammlung gesprochen, Vater.«

»Könnte ich unter vier Augen mit Euch sprechen?« fragte der Franzose auf Lateinisch.

»Meine Söhne sind in alles eingeweiht, was ich weiß«, erwiderte Palafox, und irgend etwas an der Art, auf die der spanische Professor zu verstehen gab, daß seine Söhne während der Unterhaltung bei ihm sitzen bleiben sollten, ließ den Franzosen ahnen, daß in diesem Haus keine Frau war und daß der verwitwete Palafox seine Söhne sowohl als Vater als auch als Mutter großgezogen hatte.

»Nun denn«, sagte Desmoulins und nickte. »Vielleicht ist es besser, daß die jungen Männer mithören, was ich zu sagen habe. Ihr Einfluß könnte entscheidend sein.« Er hüstelte, und als Mann, der bedeutend älter war als Palafox, nahm er eine väterliche Haltung an. »Junge Männer, heute nachmittag, während euer Vater auf den jungen Priester hier wartete, um ihn von seiner Berufung auf einen Posten hier an der Universität zu informieren, hatte ich Gelegenheit, ihn für häretische Ideen zu tadeln – milde, versteht sich –, die er auf der Versammlung der gelehrten Doctores dargetan hatte.«

Bei dem Wort »häretisch« zog Antonio die Augenbrauen hoch und beugte sich vor. »Sagtet Ihr ›häretisch‹?«

»Ich habe den Begriff jetzt verwandt, jedoch nicht heute nachmittag«, erwiderte der Franzose, »denn nachdem ich Euch auf dem Universitätsplatz zurückgelassen hatte, traten drei andere

Professoren zu mir, deren Namen ich nicht bekanntgeben soll, und es war ihre Meinung, zuerst zum Ausdruck gebracht von Maestro Mateo, daß Euer Vater bei der Debatte heute nachmittag der Häresie schrecklich nahe gekommen sei.«

Bei der Erwähnung des furchtbaren Wortes rückte Timoteo ein Stück näher an seinen Vater heran, als wolle er ihn beschützen, während Antonio von seinem Vater abrückte. »Und deshalb«, fuhr der Franzose fort, »bin ich gekommen, um euren Vater zu warnen, daß morgen Spitzel in seinem Hörsaal sein werden, die angewiesen sind, Maestro Mateo Bericht zu erstatten, und wenn euer Vater ein kluger Mann ist, wird er seine ketzerische Betrachtungsweise widerrufen.«

Es folgte eine unbehagliche Pause, während der französische Professor und die Palafox-Söhne darauf warteten, daß ihr Vater etwas erwiderte. Schließlich fragte er: »Ist Spekulation Häresie?«

»Bestimmte Dinge sind durch göttliches Gesetz festgelegt«, erinnerte ihn Professor Desmoulins.

»Aber der Gang von Geschäften und das Spiel der Kräfte –«

»Sprecht den Satz nicht zu Ende«, bat der Franzose. Zu den jungen Männern sagte er, als er sich zum Gehen erhob: »Es ist eure Pflicht, eurem Vater zuzureden, denn er hat eine Richtung der Argumentation eingeschlagen, die in der Häresie enden könnte.«

Am Tor sagte Desmoulins zu den beiden Männern: »Ich wünschte, ihr würdet mich morgen zur Vorlesung eures Vaters begleiten. Ich möchte, daß ihr selbst seht, in welche Gefahr er sich zu begeben droht.« Antonio erklärte, daß er sie nicht begleiten könne, da er selbst zu dieser Stunde unterrichten müsse, aber Timoteo willigte sofort ein: »Ich werde schauen, ob ich die Spitzel ausfindig machen kann, die über Vater berichten«, und die vier Männer lachten, als wäre diese Möglichkeit eigentlich nur ein Witz.

Der Hörsaal war typisch für jene Epoche, sehr groß, mit einem Steinboden, auf dem die Scholaren vor flachen Holzbänken saßen, welche als Pulte dienten. Jede dieser Bänke war übersät mit den eingeritzten Namen von Mädchen, die zum Teil mehr als hundert Jahre zuvor in Salamanca gelebt hatten. Erst hatten sie die Herzen jugendlicher Studenten entflammt, später waren sie Fischweiber oder Weberinnen geworden, und schließlich hatten sie als zahnlose alte Vetteln geendet, die auf der Plaza bettelten.

Der Hörsaal hatte nur ein kleines Fenster. Durch dieses fiel kaltes Nordlicht auf einen Schemel und ein Pult, an dem ein Schreiber saß, der die Anwesenheitsliste führte und der von Zeit zu Zeit Passagen aus alten lateinischen Texten herunterleierte, zu denen Professor Palafox, der auf einer Art Kanzel stand, Kommentare abgeben sollte. An diesem Morgen zitierte der Schreiber einen Text des berühmten Córdobaer Philosophen Averroës, der im Jahre 1190 seine eigene Interpretation von Augustinus' berühmter Bemerkung gemacht hatte: »Denn wer hätte seine Speisekammer nicht lieber voll mit Fleisch denn mit Mäusen? Das ist nicht wunderlich; denn ein Mann wird oft mehr für ein Pferd denn für einen Diener bezahlen, für einen Ring denn für eine Magd.«

Es war mucksmäuschenstill im Saal, als Professor Palafox zu sprechen begann. Ohne sich selbst festzulegen, verwies er auf Aristoteles und Thomas von Aquin. Er brachte Averroës in Einklang mit Augustinus und zitierte die Erwiderungen von Gelehrten aus Bologna und Oxford.

Seine Gelehrsamkeit war enorm: Er redete ohne schriftliche Aufzeichnungen und lieferte innerhalb von zwanzig Minuten eine umfassende Erläuterung zu dem Text, wobei er viele Autoritäten wörtlich zitierte.

Jetzt kam der Augenblick, da er seine eigene Reaktion auf den Text zum Ausdruck bringen wollte, und niemand regte sich, als er die Hände fest auf das Pult legte und sagte: »Ich bin mit dem heiligen Augustinus der Meinung, daß kluge Männer manchmal mehr für einen kunstvollen Ring bezahlen werden denn für eine Dienstmagd; denn der Wert, den die Menschen einem Gegenstand zumessen, wird nicht von irgendeinem äußeren Wertmaßstab bestimmt, sondern von ihrem eigenen Begehr nach diesem

Gegenstand und danach, wie hoch sie den Nutzen veranschlagen, den sein Besitz ihnen bringen wird.«

Die kritischeren Geister unter den Zuhörern seufzten erleichtert, als Palafox standhaft den traditionellen Standpunkt in diesen Fragen bekräftigte, und ein paar hatten sogar ihr Vergnügen an der brillanten Manier, in der er seine Fakten zur Unterstützung der vom Papst in Rom niedergelegten Gebote ordnete.

»Unsere Kirche steht auf festem Grund, wenn sie Wucher als unmoralischen Akt verdammt, bei welchem Gold und Silber Profite zeugen, für die sie keine konstruktive Arbeit geleistet haben. Allein ein lebendiges Wesen, das in Einklang mit den Gesetzen Gottes handelt, kann ein anderes lebendiges Wesen hervorbringen. Gold und Silber können, da sie unbeseelt sind, nicht zeugen.«

Als die Gelehrten diesen eindeutigen Beweis seiner Rechtgläubigkeit mit Beifall quittierten, versuchte Palafox, auch den kleinsten Funken eines Zweifels an seiner dogmatischen Reinheit zu ersticken, indem er noch einmal das Salamancaer Dogma bekräftigte:

»Da wir diese gelehrte Zusammenkunft nun beenden, lasset uns noch einmal die ewige Wahrheit wiederholen, daß diese schwierigen Fragen geklärt werden, wie sie stets geklärt wurden: durch unsere kluge Befolgung des Willens unseres Herrn, durch unser sorgfältiges Studium Seines Wortes, und durch die weisen Gebote Seiner Kirche. Es ist undenkbar, daß die Wahrheit außerhalb dieser Quellen liegen könnte, und es ist unsere Pflicht, unser geschäftliches Tun mit der Wahrheit, so wie sie sich offenbaren wird, in Einklang zu bringen. Halten wir uns an diese Erkenntnis, dann kann kein Hader zwischen dem Kaufmann und der Kirche entstehen, zwischen dem Bauern und seinem König, noch zwischen Bologna und Oxford. Wir alle haben die Pflicht, innerhalb des Gewissens der Kirche zu wirken.«

Diese Gesinnungsäußerungen bewahrten Professor Palafox vor dem Vorwurf der Ketzerei. Sie verjagten die Ängste von Professor Desmoulins, und sie ermöglichten es dem jungen Antonio Palafox, Salamanca mit ruhigem Gewissen zu verlassen.

Am ersten Mai 1524 sagte Antonio Palafox, ein Priester des Franziskanerordens, dem blumengefüllten Patio im Hause des Professors zum letztenmal Lebwohl und marschierte hinunter zum Flußufer, um sich einem Militärkommando anzuschließen, das sich für den langen und gefährlichen Marsch nach Sevilla zusammengefunden hatte. Begleitet wurde er auf diesem ersten Teil seiner Reise von seinem Vater, einem Mann, der sich nicht scheute, seinen Abschiedsschmerz zu zeigen und Tränen vergoß, und von seinem Bruder Timoteo, der bereits schwankte zwischen Priesterstand und Armee. Die drei gingen zur Römerbrücke, wo eine verwirrte und ängstliche Gruppe von Reisenden harsche Marschbefehle von dem Hauptmann entgegennahm, der für ihre Sicherheit verantwortlich sein würde. »Wirst du für uns beten?« fragte Professor Palafox seinen Sohn, und die drei sonderten sich ein Stück von den anderen ab, während der hochgewachsene junge Priester um Gottes Segen für sein großes Abenteuer und für seinen Vater und seinen Bruder bat.

»Ihr da!« schrie der Hauptmann. »Dieses Pferd ist für Euch!«

Behende stieg Fray Antonio in den Sattel des Reittieres und ritt an die Spitze der Kolonne, von der aus er einen letzten Blick auf seinen Vater, die Türme der berühmten Universität von Salamanca und die heimeligen kleinen Gassen warf, durch die er nun nie mehr schlendern würde. Der Hauptmann schrie »Hallooo!«, und die bunt zusammengewürfelte Gruppe setzte sich in Bewegung und überquerte die Brücke.

Auf der anderen Seite des Flusses angekommen, verließ der Hauptmann die Hauptstraße, die auf der Westseite von Spanien nach Süden führte, und bog scharf nach rechts ab, Richtung Südosten, wo hinter den Bergen die Hauptstadt Toledo lag. Dort würde eine weitere Gruppe von Reisenden nach Sevilla zu ihnen stoßen. Er ritt an der Kolonne auf und ab und warnte seine Schutzbefohlenen: »Wir kommen in gefährliches Territorium. Folgt strikt meinen Anweisungen!« Und die, die zu Fuß waren, rückten ebenso wie die quietschenden und knarrenden Wagen mit dem Gepäck und die Truppen am Ende der Kolonne enger zusammen.

Während Fray Antonio auf die Berge zuritt, hatte er Gelegenheit zu sehen, wie prächtig der Höhepunkt des Frühlings in Spanien sein konnte; denn er fand sich begleitet von einem Schwarm rotgoldener Vögel, deren Schwingenspitzen glänzten, als wären sie in Bronze getaucht worden. Die Bienenfresser des Zentralplateaus, wie herrlich sie im Sonnenlicht funkelten! Der junge Priester fragte sich betrübt, ob er jemals solch prachtvolle Geschöpfe in Mexiko sehen würde.

Die Berghänge leuchteten gelb von Stechginster, beschützt von alten Pinienbäumen, deren untere Äste und Zweige die Bauern abgeschnitten hatten, um sie als Brennholz zu verwenden. Die knorrigen Korkeichen, deren wertvolle Rinde Jahr für Jahr abgeschält wurde, waren die Heimat der Falken, jener flinken, unbändigen Vögel, welche die Landstraßen überwachten, so wie Spanien die Ozeane überwachte.

Wohin auch immer Antonio den Blick wandte, sah er roten Mohn und Butterblumen und Maßliebchen und blaue Kornblumen – das ganze Land erschien ihm fast als ein ins Riesenhafte vergrößerter Patiogarten, wie er ihn aus seinem Vaterhaus kannte. Doch was ihn am meisten beeindruckte, war etwas, das er bis dato noch nicht gesehen hatte, und in seinen Memoiren, auf die ich für diese Darstellung zurückgreife, bezeichnete er dies als eine Art Segen für sein Scheiden von Salamanca: »Während wir ritten, war vor uns ständig ein Schwarm von Schwalben, die herabstießen und über unseren Pfad hin und her schossen, als wollten sie uns mit ihren Schwingen eine glückliche Reise wünschen.«

Es war keine geringe Sache, im Jahre 1524 ein junger Spanier zu sein, der sich von der führenden Universität der Welt auf den Weg zu den unwiderstehlichen Wundern von Spaniens neuer Kolonie Mexiko machte. Spanien war zu jener Zeit die führende Nation der Welt, und es war weit und breit keine Konkurrentin in Sicht, die ihr diesen Rang hätte streitig machen können. Es dominierte die Landmasse von Europa und beherrschte die Weltmeere. Die Neue Welt gehörte Spanien, und aus den Minen von Mexiko und Peru begann jener nicht versiegende Strom von

Gold und Silber zu fließen, der die Reichen immer noch reicher machen sollte. Die gelehrtesten Scholaren waren Spanier, ebenso wie die tüchtigsten Admiräle, die gewitztesten Geldmakler und die besten Weber. Im Jahre 1524 war England eine kümmerliche Macht, und Frankreich war von Zwietracht zerrissen. Deutschland war ein Nichts, und die italienischen Staaten waren nicht mehr als Anhängsel Spaniens.

Noch wichtiger freilich war, daß Spanien den kraftvollen rechten Arm der katholischen Kirche bildete und der Quell war, aus dem die Päpste ihre weltliche Macht und ihre Sicherheit schöpften. Das spanische Volk, erst kurz zuvor, im Jahre 1492, vom Joch des Islam befreit, wußte die süßen Segnungen seiner Kirche zu schätzen und war mehr als die Bürger jeder anderen europäischen Nation dazu bereit, sein Leben und sein Geld und Gut zu ihrer Unterstützung hinzugeben.

Ein tatkräftiger junger Spanier im Jahre 1524 zu sein bedeutete daher, ein Mann mitten im Zentrum der Weltmacht zu sein, ein Mann, der sicher sein konnte in der Überzeugung, daß er die führende Nation und die führende Religion auf dem Erdball repräsentierte. In diesem Geiste brachen junge Spanier auf, Mexiko zu kolonialisieren, und Fray Antonio war erfreut, als der Hauptmann der Truppe drei flämische Händler rügte, die auf dem Weg nach Sevilla waren, und ihnen sagte, wie sie sich zu benehmen hätten.

»Ihr müßt ein Auge auf diese Ausländer haben«, flüsterte der Hauptmann später dem jungen Priester zu, und dieser nickte beifällig.

In dieser hochmütigen Geisteshaltung machte sich Fray Antonio an die Überquerung des Guadarrama-Massivs, das Salamanca von Toledo abschnitt, und als die Wagen sich rumpelnd und knarrend die nördlichen Zufahrtswege zum Gipfel hinaufquälten, konnte er die Zukunft klar vor seinen Augen sehen: Er würde sechs bis acht Jahre bei der Christianisierung Mexikos mitwirken; danach würde er zu seiner Professur zurückkehren und seine kirchliche Karriere vorantreiben. Doch als die Truppe sich an den Abstieg über die Südhänge des Gebirges machte, wurde sie von den Banditen überfallen, die diese Gegend unsicher machten. In dem Kampf, der dabei entbrannte, wurden mehrere der Marodeure erschossen, und Fray Antonio wurde gerufen, um einem der sterbenden Schurken, der den Wunsch hatte, mit dem Segen seiner Kirche zu sterben, die Letzte Ölung zu verabreichen. Mehrere Nächte lang suchte der Anblick des sterbenden Mannes den Priester heim, und er sinnierte: Das Leben der Menschen verläuft nicht immer so, wie sie es sich vorgestellt haben – jener Schurke hat vielleicht einmal die Absicht gehabt, ein ehrbarer Kaufmann zu werden. Die Nächte waren kalt, und vielleicht verursachten sie bei dem jungen Mann Fieber; in späteren Jahren kam er zu dem Schluß, daß er in jenen kalten Nächten im Gebirge eine Vision gehabt hatte.

Eines Nachts, als er versuchte, Wärme in der dünnen Matratze zu finden, die die kalten Steine bedeckte, auf denen er schlief, blickte er hinauf zum dunklen Himmel und sah, wie die schroffen Gipfel und Grate der Berge zwischen den Sternen zuckten und sich wanden, und aus diesem Erlebnis erwuchs seine erste Vision von ihm als dem Erbauer großer Städte, die sich in Pracht und Erhabenheit über die Ebenen Mexikos ausdehnten. Jede dieser Städte ähnelte jenen Holzschnitten des vorangegangenen Jahrhunderts, welche die Heilige Stadt Gottes darstellten, doch immer wenn Fray Antonio sich die Augen rieb, um die Städte genauer in Augenschein zu nehmen, verwandelten sich ihre Türme und Zinnen wieder in die Gipfel der Berge, in denen die Truppe ihr Lager aufgeschlagen hatte. Er sah, wie das Morgengrauen über die Guadarrama-Berge kam und ihm erneut bewies, daß seine imaginären Türme bloß Berggipfel waren, und er erhob sich fröstelnd, um den Traum abzuschütteln. Er mußte lachen, als er dachte: Ich will nur acht Jahre in Mexiko bleiben, aber die Erbauung der Stadt, von der ich geträumt habe, würde sechzig Jahre in Anspruch nehmen. Aber in der darauffolgenden Nacht kehrte die Vision zurück, stärker denn je, und als er am Morgen erwachte, empfand er eine Art Furcht. Werde ich Spanien für immer verlassen, fragte er sich, und sein Herz klopfte wild.

Erfüllt von dieser beinahe hysterischen Angst, die der Gedanke, Spanien nie wiederzusehen, in ihm entfacht hatte, ließ sich der junge Priester von seinem Pferd die letzten felsigen Pässe hinunter auf die warme, blühende Ebene tragen, die sich vom Tagus-Fluß bis zu den Bergen erstreckte, und als die Truppe an den sanften Biegungen des Flusses entlangmarschierte, überkam sie eine allgemeine Erregung, so daß die, die diese Reise schon einmal gemacht hatten, ihre Pferde anspornten, und der Hauptmann ritt zu dem saumseligen Priester, um ihn zu warnen: »Wir sollten besser an die Spitze der Kolonne reiten, sonst verpassen wir es noch.«

»Was?« fragte Fray Antonio geistesabwesend, immer noch ganz gefangen in seiner Vision von einer vieltürmigen Stadt.

»Das werdet Ihr schon sehen«, rief der Hauptmann und sprengte im Galopp zum Kamm eines Hügels hinauf. Wenige Augenblicke später gesellte sich Antonio zu ihm, und als er hinunter ins Tal schaute, eröffnete sich seinen staunenden Augen eines der bemerkenswertesten Panoramen Europas, ein Anblick, der schon die Römer und Vandalen und Mauren verzaubert hatte: der Anblick Toledos von Osten her, der die Stadt in ihrer ganzen atemberaubenden Schönheit zeigte, hoch auf einem Felsen thronend, fast vollkommen umschlungen vom Tagus mit seinen schroff abfallenden Ufern. An schierer Pracht konnte keine andere Stadt sich mit Toledo messen, und in der zerklüfteten Architektur, die sich hinter seinen Mauern erhob – Bastionen, die acht verschiedenen Belagerungen getrotzt hatten, von denen einige bis zu drei Jahren gedauert hatten –, lag eine Größe, die durch und durch spanisch war.

Als er diesen unvergleichlichen Anblick gewahrte, rief Fray Antonio frohlockend: »Ich werde meine Stadt Toledo nennen!«

»Welche Stadt?« fragte der Hauptmann verblüfft.

»Die, die ich in Mexiko zu erbauen berufen bin«, erklärte Antonio, so als sei es jetzt schon beschlossene Sache, daß er viele Jahre in Mexiko bleiben würde.

»Erst mal müßt Ihr überhaupt dort hinkommen«, knurrte der Hauptmann. »Es gibt Piraten.«

Fray Antonio lachte nur über diese Warnung und spornte sein Pferd an.

»Warum so hastig?« wollte der Hauptmann wissen.

»Wir müssen nach Toledo hinein, bevor sie die Tore schließen«, erwiderte der Priester.

Der Hauptmann lachte und sagte: »Wir werden die Mauern nicht vor der Dämmerung erreichen.« Die Vorstellung, vor der Stadt kampieren zu müssen, war so niederschmetternd für den jungen Priester, daß er den Hauptmann fragte, ob man es nicht mit einem Gewaltmarsch doch noch vor Anbruch der Nacht schaffen könne, aber der Hauptmann erwiderte darauf bloß trocken: »Mit diesen Wagen?«

Als er in jener Nacht am Ufer des Tagus vor den Mauern von Toledo kampierte, wurde Antonio tief angerührt von einer göttlichen Erscheinung, die einen dauerhaften Einfluß auf sein Leben haben sollte.

Über dieses Erlebnis schrieb er:

> Die ganze lange Nacht hindurch hörte ich geheimnisvolle Vögel in der Dunkelheit singen, Vögel, die ich nicht kannte und über deren Gefieder ich nur Mutmaßungen anstellen konnte, aber sie sprachen mit mir. Und von jenseits des stillen Flusses, an dessen Ufer wir unsere Zelte aufgeschlagen hatten, konnte ich die Stimmen jener hören, die sich hinter den Stadtmauern befanden, und ich sah flackernde Lichter, die sich auf den Brustwehren auf und ab bewegten, und einmal hörte ich, wie ein Wächter rief: »Ho, Esteban!«, und ich brachte mehr als eine Stunde damit zu, mir vorzustellen, wie dieser Esteban aussehen mochte und was er in jener Nacht in Toledo machte.
>
> Ich betrachtete die Stadt, während sie die verschiedenen Phasen der Nacht durchlief, und außerstande zu schlafen, wie ich nach den Aufregungen der Reise war, dachte ich über vieles nach, und da kam mir in den Sinn, daß die meisten Menschen außerhalb ummauerter Städte hausen und von dem Leben innerhalb der Mauern nur deshalb Kenntnis haben, weil sie gedämpfte Stimmen hören oder flackernde Laternen sehen,

deren Bedeutung sie nicht begreifen. Oder sie hören, wie jemand »Ho, Esteban!« ruft; aber wer da gerufen hat oder warum oder wer dieser Esteban war oder was er getan hat, werden sie nie erfahren.

Und da schien es mir, daß wir nur aufgrund unserer Unwissenheit in dieser Dunkelheit außerhalb der Stadtmauern leben. Wir kennen weder unser jetziges Leben noch die Fülle von Gottes Leben, das hiernach folgt, und es wäre klug, wenn wir uns der Aufgabe widmeten, von der Dunkelheit in die Stadt des Lichts zu ziehen, wo die Stimmen offen zueinander sprechen, Mensch zu Mensch und Gott zum Menschen.

Doch während diese Gedanken von mir Besitz ergriffen, schrie ein Esel; denn die Morgendämmerung nahte, und ich lag auf meinem Bündel und starrte auf die Stadt hinter ihren Mauern, und ich dachte: Aber diese Glücklichen, die heute nacht in der Stadt sind, wissen es nicht zu schätzen, wo sie sind oder wer sie sind, und vielleicht sind es nur wir, die wir hier draußen vor den Toren lagern und auf Einlaß warten, die zu würdigen wissen, was die Stadt ist.

Und als der Morgen graute und unsere Träger mit viel Lärm und Geschrei unsere Gruppe zum Überqueren des Flusses versammelten, dachte ich: Wahrhaft in Besitz genommen werden kann eine Stadt nur von denen, die ihre Bedeutung zu würdigen vermögen, und es ist eigentlich nicht von Belang, ob ein Mensch sich außerhalb oder innerhalb ihrer Mauern befindet, solange er nur Sehnsucht hat. Und ich kam zu dem Schluß, daß der Glaube von dieser Art ist und daß er allein die Menschen errettet; denn als wir gegen neun durch das Tor in der mächtigen Mauer schritten, da war die Stadt drinnen ganz anders, als ich sie mir im Geiste ausgemalt hatte, und ich war glücklicher draußen in der Nacht gewesen, mit den mysteriösen Vögeln und der Hoffnung als Gefährten, als ich es nun innerhalb der Mauern war; denn Toledo ist viel anziehender von draußen, von jenseits des Flusses betrachtet, als innerhalb seiner Mauern.

Im Jahre 1524 war Toledo eher eine Stadt von geistigem Glanze als eine von weltlichem Prunk, denn erst kurz vordem war sie Schauplatz von lokalen Aufständen gewesen, welche die Schätze der Stadt und viele Gebäude zerstört hatten. Aber mit dem Wiederaufbau aus den dunklen Ruinen hatte die katholische Kirche die Stadt zur spirituellen Hauptstadt Spaniens gemacht, und aus dem Schutze ihrer Mauern heraus regierten die spanischen Könige. Es gab Bibliotheken in Toledo und Kunstschulen, aber es gab auch Schmieden, in denen biegsame Stahldegen gefertigt wurden.

Die mächtige Kathedrale, die mehr Festung war als Kirche, hinterließ einen tiefen Eindruck auf den jungen Fray Antonio; denn sie gemahnte ihn an etwas, das sein Vater über Spanien gesagt hatte und das er vergessen hatte. Als er vor dem Altar kniete, um dem Herrn für sein sicheres Geleit durch das Gebirge zu danken, unterbrach ihn ein Bettler, der ungeduldig darauf wartete, daß er mit seinem langen Gebet endlich fertig war, mit einem heiseren Flüstern: »Vater, wenn Ihr, wie sie sagen, nach Mexiko segelt, dann müßt Ihr zu der Säule auf Eurer Rechten beten.«

»Wieso?« fragte der junge Priester.

»Das wird Euch vor Piraten schützen«, flüsterte der Bettler.

»Wie sollte das gehen?« fragte Antonio.

»Weil es die Säule von Abu Walid ist, dem Muslim-Heiligen, den wir hier in Toledo verehren, und er wird Euch vor seinen Landsleuten beschützen, die Piraten sind.« Der alte Bettler bat um ein Almosen und schlurfte davon, um anderen von dem Muselmanen zu erzählen, der seinen Platz in einer christlichen Kathedrale hatte.

Als sie an jenem Abend in einem Franziskanerkloster beim Abendessen saßen, fragte Antonio, wie es angehen könne, daß ein Muselmane in Toledo als Heiliger verehrt wurde, und ein älterer Priester erklärte ihm, daß Jahrhunderte zuvor, als Muslime, Juden und Christen die Stadt gemeinsam bewohnt hätten, König Alfons den Muslimen sein Wort gegeben habe, daß sie unbehelligt in Toledo leben könnten. Doch in seiner Abwesenheit, während er auf einem Kriegszug weilte, habe seine Gemahlin die Christen aufgehetzt, woraufhin diese ein fürchterliches Gemetzel unter den Mauren angerichtet hätten, so daß sich König Alfons bei seiner Rückkehr verpflichtet gefühlt hätte, seine eigensinnige Königin zu enthaupten. Bevor er dies aber habe tun können, sei Abu Walid, der fromme Führer der Muselmanen, zu ihm gekommen und habe gesagt: »Majestät, der Aufruhr geschah aus der Hitze des Augenblicks heraus. Ihr müßt der Königin und ihren Höflingen vergeben! Wir haben ihnen auch vergeben.«

Der alte Franziskaner schloß seine Erzählung: »Da wir nun die Macht Spaniens in ferne Länder tragen und unsere Religion fremden Völkern bringen, wäre es eine gute Sache, wenn wir uns an Abu Walid von Toledo erinnerten. Er starb als frommer Muselmane, treu und fest in seinem Glauben an den Propheten, aber er starb auch als christlicher Heiliger, denn er hatte uns die christliche Nächstenliebe gelehrt.«

»Wurde Abu Walid zum Christen?« fragte Antonio.

»Wir machten ihn zum Christen«, erwiderte der alte Priester zweideutig.

»Mein Vater pflegte auf genau die gleiche Weise zu sprechen«, sagte Antonio lachend.

»Kannte er Abu Walid?« fragte der alte Priester.

»Nein. Er sprach von Kaufleuten. Er verfocht den Standpunkt, daß sie Gottes Werk tun und forderte, daß sie in Gottes Familie aufgenommen werden. Er stritt sich darüber oft mit seinen Kollegen.«

»Wie war der Name Eures Vaters?«

»Palafox, aus Salamanca«, antwortete Fray Antonio.

Ein Schatten fiel über das Gesicht des älteren Priesters, und nach einem Moment sagte er: »Wenn Ihr Sevilla erreicht, solltet Ihr Eurem Vater schreiben und ihm raten, daß er beim Darlegen seiner Thesen größere Vorsicht walten läßt. Im Kardinalspalast hat man schon Erkundigungen über ihn eingeholt.«

»Ist das wahr?« fragte Antonio. »Aber wenn Ihr imstande wart, einen Muselmanen Eurem Glauben einzuverleiben, dann seid Ihr doch gewiß auch in der Lage, einen wie meinen Vater –«

»Nun ja, aber das ist fünfhundert Jahre her. Heute, wo allenthalben Schismatiker am Werke sind, nun …« Der alte Mann zuckte die Achseln. »Wir müssen vorsichtiger sein. Juden, Araber, Wucherer, Lutheraner … ich bezweifle, ob die Kirche jemals heftiger von Feinden bedrängt wurde.«

Am folgenden Tag wurde Fray Antonio vom Hauptmann der Truppe in ein Privathaus gerufen, hinter dessen eisenbeschlagenen Türen und vergitterten Fenstern ein Herr wartete, der beträchtliche Bedeutung für die Palafox haben sollte und dessen Nachkommen auch in meinem Leben eine wichtige Rolle spielen würden. Es war der sechsundsechzigjährige Marquis von Guadalquivir, einer der Helden bei der Vertreibung der Mauren aus Spanien. König Ferdinand und Königin Isabella von Aragon hatten ihm die Aufgabe übertragen, das letzte Maurenheer in Granada einzuschließen und zu vernichten, und im Jahre 1492 hatte er dies mit Glanz und Gloria getan. Als Lohn hatte er seinen Titel bekommen und riesige Ländereien an dem Fluß, von dem er seinen Namen hatte. Er war groß und schwarzhaarig und hatte einen Schnauzbart, dessen Spitzen an seinen Mundwinkeln herabhingen. Als Fray Antonio in den Raum trat, sprang er von seinem Ledersessel auf und begrüßte den jungen Priester mit einem kraftvollen Händedruck.

Er kam sofort zur Sache. »Ihr seid fest entschlossen, nach Mexiko zu gehen?«

»Ja.«

»Gut. Ich habe Briefe für Hauptmann Cortés, in denen es um die Errettung der Seelen der Indios geht. Nehmt sie an Euch und besorgt sie für mich, damit sie sicher an ihr Ziel gelangen.«

»Es ist mir eine Ehre«, sagte der Priester leise, und der Marquis sah ihm in die Augen, und er sah, daß sie Zuverlässigkeit und Festigkeit ausdrückten, und er dachte: Ich mag Priester, die sich wie Soldaten verhalten. Aufgrund dieses positiven Eindrucks ließ er sich auf eine viel ausführlichere Diskussion über Staatsangelegenheiten ein, als er eigentlich vorgehabt hatte.

»Der König hat mich gebeten, einen Plan auszuarbeiten, wie man die Indios für die Kirche gewinnen kann. Es ist ziemlich schwierig, mit dem König zu reden. Er spricht kein Spanisch, und ich kann kein Deutsch. Aber wir haben uns auf ein System verständigt. Die Indios werden auf dem Land gehalten, und der Mann, dem das Land gehört, dem gehört auch das Leben der Indios; aber um ihr geistiges Leben, darum müßt ihr Priester euch natürlich kümmern. Seht Ihr irgendeinen Grund, weshalb dieser Plan nicht funktionieren sollte?«

»Nein, überhaupt keinen«, erwiderte Fray Antonio enthusiastisch. »Die Männer, die die Indios beaufsichtigen, werden fromme Katholiken sein, und natürlich wird das Wohl ihrer Schutzbefohlenen oberstes Gebot für sie sein, und die Priester werden im Stande sein, allen eventuellen Ausschreitungen sofort Einhalt zu gebieten. Auf diese Weise erretten wir die Eingeborenen zum einen aus Wildheit und Barbarei, und zum andern befreien wir sie vom Götzendienst.«

»Das wird nicht so einfach werden«, warnte der Marquis, und so begann eine Reihe anregender Gespräche zwischen Guadalquivir und dem jungen Priester, in denen der Marquis alle Einzelheiten der Mexiko-Mission erörterte. Je mehr Antonio von dem bedeutenden Soldaten erfuhr, desto besser verstand er, warum Spanien die führende Macht der Welt war.

Und im befestigten Haus des Marquis war es auch, daß Antonio seine erste Depesche von Hauptmann Cortés zu sehen bekam, einen soldatischen Bericht über Expeditionen nach Westen und Süden, verbunden mit einem hoffnungsfrohen Bericht über die Reichtümer, die überall in dem neuen Land zu finden seien. An einem Punkt warf der Marquis die schmutzigen Blätter auf seinen lederbezogenen Tisch und schrie: »Nach dem, was er schreibt, klingen sie nicht nach Wilden. Vater, was, wenn wir es mit zivilisierten Menschen zu tun haben, die als Gleiche behandelt werden müssen, und nicht mit den Barbaren, von denen Ihr als den Kindern in der Finsternis sprecht?«

»Ihr habt die Berichte von ihren Göttern gelesen«, erwiderte Antonio, und diese Wahrheit erstickte das winzige Fünkchen von Möglichkeit, das der Marquis durch Cortés' Bericht hatte schimmern sehen.

Gleichwohl kam der listige alte Krieger noch oft auf das Thema zurück. »Vater, allein zwei Dinge zählen: Seelen für Jesus Christus zu gewinnen und ein reiches und blühendes Gemeinwesen zu errichten. Wenn Ihr mit Hauptmann Cortés sprecht, erinnert ihn daran. Als ich die Mauren besiegte, war das erste, was ich tat, ihnen zu versichern, daß Spanien sie brauchte. Wenn wir Córdoba erreichen, werde ich Euch zeigen, wie wir die Araber für uns eingenommen haben.«

»Heißt das, Ihr reitet mit uns nach Sevilla?« fragte Antonio mit einer freudigen Erregung, die den Soldaten entzückte.

»Mein Heim ist in Sevilla. Meine Töchter sind dort. Und die Ranch, die der König mir schenkte, liegt am Guadalquivir – daher mein Titel. Der Ritt nach Süden eröffnet mir die Möglichkeit, Euch besser kennenzulernen, und ich könnte davon profitieren.« Antonio nahm dieses Kompliment mit Würde entgegen, woraufhin der alte Soldat ihm auf die Schulter klopfte und sagte: »Wenn Ihr aus Mexiko zurückkommt, müßt Ihr die Nähe des Königs suchen. Er braucht Männer wie Euch.«

»Wenn ich zurückkomme«, erwiderte Antonio, »möchte ich in Eurer Nähe bleiben.« Darauf gab der General nur ein Grunzen von sich.

Die Karawane, die sich ein paar Tage später aus der vieltürmigen Stadt Toledo bewegte, hatte ein ganz anderes Gesicht als jene, die seinerzeit die Universitätsstadt Salamanca verlassen hatte; denn die Straße, die vor ihr lag, war kein unsicherer und beschwerlicher Gebirgspfad, sondern eine breite Hauptstraße zwischen der Kapitale Spaniens und seinem wichtigsten Handelshafen. Die Begleittruppe zählte jetzt neunzig Mann, von denen mehr als die Hälfte beritten waren; sie alle strahlten eine Aura von Tapferkeit und Edelmut aus und waren durchdrungen von der machtvollen Würde des spanischen Hofes. Ein Konvoi aus sechzehn Wagen rumpelte dahin, beladen mit großen Mengen von Waren für Mexiko, und in seiner Mitte, gut bewacht von berittenen Soldaten, schaukelte eine private Kutsche auf ihren weichen Federn. Sie trug auf beiden Türen ein blaugoldenes Wappen und bot hinreichend Platz für den Marquis, seinen

Sekretär und den jungen Fray Antonio Palafox, der die Reise dazu nutzte, die Theorien des alten Soldaten über die Verwaltung neuer Kolonien begierig in sich aufzusaugen.

»Als die Muselmanen Spanien von Nordafrika aus regierten«, klagte der bärbeißige alte Recke, »da schickten sie uns ihren Abschaum als Regenten. Wir machen das gleiche in Mexiko. Die besten Soldaten bleiben zu Hause. Seht Euch den Hauptmann dieser Truppe an. Habt Ihr je einen besseren Mann gesehen? Er wird nicht nach Mexiko gehen. Und die Adeligen, die wir bis jetzt rübergeschickt haben, damit sie Cortés helfen. Was sind sie? Nicht ein anständiger Mann unter ihnen.« Antonio spürte, daß der Marquis, dessen Titel erst aus dem Jahre 1492 datierte, verärgert über die Granden Spaniens war, deren Titel zum Teil aus den Zeiten vor der Maurenherrschaft herrührten.

»Die einzige Institution, die erstklassige Männer schickt« – die Worte klangen sehr eindrucksvoll auf Spanisch: *hombres de la primera categoría* –, »ist die Kirche. Wenn Ihr nach Mexiko kommt, Antonio, werdet Ihr feststellen, daß Ihr klüger und tatkräftiger seid als die Männer, mit denen Ihr zu tun habt. Deshalb seid gescheit: Seht zu, daß das Land eine gute Regierung erhält!«

»Was kann ein Priester in solchen Dingen schon tun?« fragte Antonio.

Der alte General knuffte dem jungen Priester in die Rippen und zwinkerte seinem Sekretär zu. »Was kann ein Priester schon tun!« sagte der Marquis neckisch. »Als ich noch feurige Truppen in meiner Obhut hatte ... da konnte ich es nicht ausstehen, wenn Priester auftauchten, weil ich wußte, daß sie versuchen würden, meinen Männern Zügel anzulegen. Nun, das ist Schnee von gestern. Aber habt Ihr bemerkt, Fray Tomás, wie jedesmal auf dieser Reise, wenn wir davon sprechen, neue Städte zu erbauen, die Augen dieses jungen Priesters aufleuchten wie Kerzen? Wovon träumt Ihr, Antonio? Wollt Ihr eine einzige große Stadt quer über ganz Mexiko erbauen?«

»Ich träume meistens von Seelen, die jetzt noch in der Dunkelheit sind«, antwortete Antonio.

»Gestern, als unsere Kutsche im Matsch steckenblieb, war ich zutiefst beeindruckt von deinem Sinn fürs Praktische, als du Steine zum Unterlegen für die Räder suchtest.« Fast unbewußt war der alte Soldat in die vertrauliche Anredeform des spanischen *tú* verfallen, und von diesem Moment an sprach Guadalquivir mit dem jungen Priester, als wäre er sein Sohn.

»Ich habe keine Söhne«, bemerkte der Marquis einmal, »und das ist schade, denn ich trage einen Namen, der es wert ist, fortzubestehen. Doch ich habe Töchter, und sie schenken mir Enkelsöhne, also ist alles gut.«

Als sie sich Córdoba näherten, jenem funkelnden Juwel muslimischer Macht in Spanien, sagte der alte Marquis: »Erinnere dich immer an diese Stadt als ein Exempel dafür, wie Spanien die Welt regiert! Sechshundert Jahre lang bekämpften wir die Mauren in Córdoba. Als wir sie besiegten, bewahrten wir ihre Stadt, ihre Moscheen, ihre Sprache und ihre Küche. Und je mehr von ihrem Leben wir in uns aufsogen, desto stärker wurden wir. Genauso müssen wir in Mexiko verfahren.«

Der alte Mann sprach so eindringlich über dieses einigermaßen ungewöhnliche Thema, daß Fray Antonio fragte: »Bei der Unterwerfung der Mauren, habt Ihr da irgend etwas erlebt, das –«

Der General legte seine Rechte auf das Knie des Priesters und sagte: »Bei der Eroberung Granadas ... im Augenblick des Sieges ...« Er zögerte. »Es gab da einen frechen jungen Mauren, der gegen uns gekämpft hatte ... sehr tapfer ...« Wieder stockte er. Zweimal versuchte er, mit seiner Erzählung fortzufahren, und zweimal versagte seine Stimme ihm den Dienst. Doch schließlich schaffte er es, seine Erzählung zu beenden.

»Ein Mann tut viele Dinge, die er bereut, Priester. Die, die mit Frauen zu tun haben, vermag er mit der Zeit zu vergessen, weil der Mann dafür gemacht ist, sich mit dem Weibe zu streiten, und das ist ein Teil des Spaßes, den das Leben mit sich bringt. Doch die Schandtaten, die er an anderen Männern begeht, verfolgen ihn. Je älter er wird, desto heftiger verfolgen sie ihn.«

»Was habt Ihr mit dem jungen Mauren gemacht?« fragte Antonio.

»Als wir ihn gefangennahmen, ließ ich ihn garrottieren«, antwortete der alte General. »Und seit jenem Tage habe ich mich immer wieder gefragt, was dieser junge Kämpe in Spanien hätte erreichen können. Als wir einen Muselmanen zum Regenten für die Gebiete außerhalb von Granada ernennen wollten, wo war er da? Wo war dieser feurige, tapfere junge Mann?«

Der alte General rieb sich die Hände, als wolle er sie waschen und dadurch seine Erinnerungen auslöschen.

Zusammen wanderten der Marquis und der Priester durch Granada, die einstige Hochburg der Araber, die jetzt eine verschlafene Provinzhauptstadt der Spanier war, und als sie durch die engen Straßen schlenderten, wies der Marquis Antonio auf Hunderte von maurischen Relikten hin, die von einem Typ waren, welcher in den nördlichen Städten wie Salamanca unbekannt war.

»Einer der Gründe, warum wir die Welt beherrschen«, sinnierte der Marquis, »ist der, daß wir das Beste von jedem, den wir unterwerfen, für uns übernehmen und dabei doch Spanier bleiben.«

»Ich würde meinen, daß unsere Größe eher von unserer Liebe zu Gott und Seiner Heiligen Kirche herrührt«, wandte Antonio schlicht ein.

Guadalquivir starrte den Priester einen Moment an; dann brummte er: »Vielleicht hast du recht.«

Die Karawane rüstete sich für den fünftägigen Marsch nach Sevilla, und am letzten Abend vor ihrer Ankunft dort sagte Antonio: »Es stimmt mich traurig, daß nun das Ende unserer Pilgerfahrt naht.«

»Guter Ausflug«, brummte der alte Mann, als sei es ihm unangenehm, das Thema anzurühren.

Antonio jedoch, den der General von seiner ganzen Art her verblüffend an seinen Vater erinnerte, wollte nicht, daß ihre Beziehung so abrupt endete, und er fügte hinzu: »Mit Euch zu reisen, Herr, war, als ob ich meinen Vater wieder vor mir gehabt hätte.«

Darauf erwiderte der Marquis: »Keine meiner Töchter versteht auch nur das Geringste von dem, worüber wir uns unterhalten haben.« Wieder sprach er mit einer solchen Endgültigkeit in der Stimme, daß das Gespräch beendet schien.

Doch Antonio ließ nicht locker. »Ich hoffe, daß ich in Mexiko ein paar von den Dingen zuwege bringen werde, von denen Ihr gesprochen habt.«

»Du wirst von Glück reden können, wenn du überhaupt irgend etwas zuwege bringst«, knurrte der Marquis, und da er ganz offensichtlich alle Versuche Antonios, das Gespräch in Gang zu halten, unterband, wandte sich Antonio dem Anblick der Türme von Sevilla zu, die geheimnisvoll aus dem flachen Land hervorzuwachsen schienen, welches sich zu beiden Seiten des Flusses Guadalquivir dehnte. Der Anblick eines besonders hoch aufragenden Turmes, der die ganze Stadt zu beherrschen schien, veranlaßte den alten General, auf sein Lieblingsthema zurückzukommen. »Das ist ein maurischer Turm, der beste in Spanien. Als unsere Priester beschlossen, eine Kathedrale zu bauen, errichteten sie sie am Fuß des maurischen Turms, besprengten diesen mit Weihwasser und erklärten ihn zu ihrem eigenen. Vernünftige Leute.«

Als die Karawane schließlich am Rande der schönen Plaza hielt, die sich vor dem Fuße des maurischen Turmes erstreckte, ritt der Hauptmann der Truppe zur Kutsche des Marquis vor, verbeugte sich und sagte: »Herr, wir sind daheim«, woraufhin die Insassen der Kutsche ausstiegen. Und Antonio sah zum erstenmal die reichste Stadt der Welt.

Er war fasziniert von der riesigen neuen Kathedrale, die erst fünf Jahre zuvor fertiggestellt worden war, und er verbrachte einige Zeit damit, sie zu betrachten. Der Marquis, der neben ihm stand, murmelte: »Als die Priester der Befreiung Sevillas von den Mauren gedenken wollten, kündigten sie an: ›Wir werden eine Kirche erbauen, die so groß sein wird, daß alle, die nach uns kommen, schreien werden: »Sie waren wahnsinnig.«‹« Von einem Portal aus schauten die beiden Männer in ein Kirchenschiff von solch erstaunlicher Länge, daß man das Gefühl hatte, es ende nicht an irgendeiner fernen Wand, sondern in den Schatten des Glaubens, und Antonio wisperte: »Wenn ein Mensch Gott ehren will, dann sollte sein Monument von übermenschlicher Größe sein.« Darauf klopfte der Marquis ihm auf die Schulter und murmelte: »Armer Hauptmann Cortés! Wo wird er das Geld für die Wahnsinnstaten finden, die du zu begehen planst?«

Als die Reisenden den beiden Glanzstücken Sevillas – dem maurischen Turm und seiner christlichen Kathedrale – ihre Huldigung dargebracht hatten, richtete sich die Aufmerksamkeit des Marquis auf die riesige hölzerne Tribüne, die ein Ende der Plaza ausfüllte, und er knurrte: »Wofür ist das denn?« Da er einer der hohen Magistrate der Stadt war, eilten sofort mehrere Diener zu ihm, um ihn aufzuklären, woraufhin sein Gesicht ernst wurde und er Antonio beim Arm faßte.

»Zurück in die Kutsche«, sagte er nur.

»Ich muß mein Pferd holen«, erklärte der Priester. »Und das Franziskanerkloster finden.«

»Du wohnst bei mir«, brummte der Marquis. »Ich habe Pferde genug.« Und mit diesen Worten zog er den verdutzten jungen Mann in die Kutsche und zog die Vorhänge auf, damit Antonio die eindrucksvolle Plaza und die gewaltige Steinmauer sehen konnte, durch die sie in einen stillen, mit Orangenbäumen bewachsenen Hof fuhren. Lakaien hasteten herbei, sich um die Pferde zu kümmern und den Helden von Granada willkommen zu heißen.

Die stille Residenz, die sie betreten hatten, war eine Überraschung für den jungen Priester aus dem Norden; denn er hatte die feine Pracht der maurischen Architektur bis dahin noch nie im Zusammenhang mit Privathäusern gesehen. Wenn ich das, was er ab jenem Maiabend des Jahres 1524 zu sehen bekam, recht ausführlich beschreibe, dann nur deshalb, weil ich an einem Märzabend im Jahre 1932 auf demselben Hof stand, unter ähnlichen Orangenbäumen, und staunend jene arabesken Mauern betrachtete, jene maurischen Gewölbe und jene getäfelten Dekken, deren Maßwerk mir ebenso verzwickt und fremdartig erschien, wie es Antonio vierhundert Jahre zuvor erschienen sein mußte.

In den Empfangsraum gelangte man durch Gewölbe aus grünem und purpurfarbenem Marmor, über Fußböden, die mit kostbaren orangefarbenen Fliesen ausgelegt waren, und vorbei an Wänden von schimmerndem Schwarz und Weiß.

Der Raum selbst war verziert mit Hunderttausenden winziger Kacheln in vielen verschiedenen Farben, und der wuchtige steinerne Springbrunnen, der den zentralen Bereich ausfüllte, war aus afrikanischem Marmor in der Form von Löwen und Wüstenschlangen gehauen. Drei Oberlichter ließen Licht durch das feinste Marmormaßwerk hereinfallen, das Antonio je gesehen hatte, und es gab noch ein Dutzend andere reichverzierte Blickfänger.

»Dies ist kein Haus«, wisperte der junge Priester tief beeindruckt. »Es ist ein Wunder.« Ein noch beeindruckenderes Wunder war die junge Frau, die jetzt den Raum betrat, um ihren Vater zu begrüßen.

»Leticia«, stellte der Marquis sie dem jungen Priester vor. »Und das ist Fray Antonio Palafox aus Salamanca. Er ist auf dem Weg nach Mexiko, und ich wünschte, ich könnte mit ihm reisen.«

Als ein junger Mann, der schon früh das Priesteramt angestrebt hatte, hatte Antonio so gut wie keine Erfahrungen mit Mädchen gemacht, und Leticias überschwengliches Auftreten verwirrte ihn. Beim Anblick ihrer elfenhaften Pirouetten und der Art und Weise, in der sie ihren Kopf allerliebst hierhin und dorthin neigte, während sie ihn anlächelte, wurde ihm ganz schwindlig. Er war bezaubert vom Anblick ihres seidenen Kleides, wie es sich verführerisch um die Rundungen ihres wohlgeformten Körpers schmiegte. Doch was ihn am meisten gefangennahm, war ihr Lächeln, das manchmal zögernd war, um dann wieder vor Wärme und Begeisterung zu strahlen. Er befand sich im Bannkreis eines Mädchens, das dazu bestimmt war, die Träume junger Männer heimzusuchen, und auch wenn er sich nicht im klaren darüber war, was da mit ihm geschah, war sie sich doch sofort ihrer Wirkung auf ihn bewußt. Trotz ihrer strengen Erziehung fand sie Gefallen daran, den jungen Mann zu betören, und die Tatsache, daß er ein Priester und somit eine verbotene Zielscheibe für ihre weiblichen Ränke war, empfand sie als eine zusätzliche Herausforderung. Nachdem sie ihren Vater begrüßt hatte, streckte sie die Hände zu Antonio aus und fragte mit flötender Stimme: »Möchtet Ihr unseren kleinen Garten sehen?« Antonio stammelte: »Ich habe ihn schon gesehen«, und deutete zu dem großen Hof mit den Orangenbäumen. Mit sanftem Spott in der Stimme sagte sie: »Ich habe gehört, daß im Norden die Häuser nur einen Garten haben. In Sevilla würde das nicht ausreichen.« Und dann führte sie Antonio und ihren Vater in einen Innengarten von geradezu verschwenderischer Blumenpracht, in dem mehrere römische Säulen standen, welche aus alten Römerstädten geborgen worden waren, die lange vor der Zeit Christi an der Südküste Spaniens existiert hatten. Die Architektur des Gartens indes war maurisch und von einer verwirrenden Feinheit, die alles übertraf, was Antonio bis dahin gesehen hatte. Als er die alten Säulen betrachtete, sagte er zu dem Marquis: »Dies mutet heidnisch an.«

»Es ist heidnisch«, brummte der Marquis. Er wollte sich gerade ausführlicher darüber auslassen, als ein Ritter erschien, der eine Botschaft vom Gouverneur brachte.

»Ihr und der Priester, der nach Mexiko unterwegs ist, seid eingeladen, morgen an der Zeremonie teilzunehmen«, teilte der Bote dem Marquis mit.

Offenbar stand die Zeremonie in Zusammenhang mit der Tribüne auf der Plaza, denn der General runzelte die Stirn und fragte: »Ist das ein Befehl?«

»Ja«, antwortete der Bote.

»Zu welcher Stunde?« fragte Guadalquivir.

»Die Gruppe des Gouverneurs findet sich um halb sechs in der Frühe ein«, erwiderte der Ritter, und der General sagte barsch: »Einverstanden«, worauf der Bote wieder verschwand.

»Was ist das für eine Zeremonie?« fragte Antonio.

Bevor der Marquis etwas erwidern konnte, platzte seine Tochter heraus: »Sie verbrennen morgen die Ketzer.«

»Leticia!« rügte der alte Mann sie streng.

»Aber es stimmt doch! Fünf haben sie dabei erwischt, wie sie nach ihrer Bekehrung wieder rückfällig geworden sind, und zwei Juden weisen alle Angebote der Kirche beharrlich zurück und sagen, sie wollen lieber für ihre Religion sterben.«

»Wo hörst du solche Dinge?« fragte der Marquis.

»Vater Tomás hat es mir erzählt«, erklärte sie.

»Du gehst rein und kümmerst dich um das Abendessen«, schlug der General vor, und die etwas zögernde Art, in der er das sagte, deutete darauf hin, daß er sich ganz und gar nicht sicher war, ob Leticia gehorchen würde; doch diesmal tat sie es. Als sie hinausging, kam sie ganz nah an dem jungen Priester vorbei und flüsterte ihm zu: »Ihr werdet sehen, daß ich recht hatte.«

Die beiden Männer schlenderten durch den üppig blühenden Garten, den berauschenden Duft einatmend, und Antonio war fasziniert von dem maurischen Turm, der durch eine der bogenförmigen Öffnungen in der Mauer zu sehen war. Eine ganze Weile sagten sie nichts, bis schließlich der Marquis zögernd bemerkte: »Sehr schmerzlich … was da morgen passiert.«

Er hatte ganz offensichtlich Hemmungen, frei heraus zu sprechen, so daß der junge Priester vorsichtig sagte: »Ihr wißt, Herr, ich bin Franziskaner.«

»Das hatte ich vergessen«, sagte der General und atmete hörbar aus. »Darf ich offen sprechen?«

»Über die Ketzer?«

»Hast du auch Angst?« fragte der alte Soldat.

»Sie sind noch nicht bis Salamanca vorgedrungen … die Verbrennungen, meine ich«, erwiderte Antonio mit äußerster Vorsicht.

»Es ist notwendig, mußt du wissen«, sagte Guadalquivir, die offizielle Linie verteidigend. »Wir müssen die Juden ausmerzen.«

»Und die bekennenden Muselmanen.«

»Und die Anhänger Luthers.«

»Und alle offenen Feinde der Kirche.«

»Dies lassen wir gelten«, sagte Guadalquivir. »Doch als die Praxis der Verbrennungen anfing, war nicht beabsichtigt –«

»Von wem sprecht Ihr jetzt?« fragte Antonio vorsichtig.

Der General hob eine Gerte auf und schlug sich damit auf das Bein. »Ich bin genauso dafür wie jeder andere, daß wir die Juden verbrennen«, sagte er bestimmt. »Aber …«

Es war offensichtlich, daß er nicht den Mut hatte, die Bemerkung zu beenden. Während Fray Antonio überlegte, wie er das Gespräch in andere Bahnen lenken konnte, sah er durch den Bogengang, daß ein Schwarm von Schwalben, vielleicht dreihundert oder gar mehr, dabei war, sich auf dem maurischen Turm niederzulassen, und er war fasziniert von der Art, wie sie herabstießen und pfeilschnell hin und her schossen und den Turm scheinbar ignorierten, bis sie plötzlich und unvermittelt in ihren Nestern verschwanden. Er beobachtete die Vögel ein paar Minuten lang bei ihrem Treiben, und dann bemerkte er abrupt: »Ihr wißt, Herr, daß mit der Aufgabe, die Häretiker auszurotten, die Dominikaner betraut wurden, und es war vorgesehen, daß sie sich auf die Juden und die Mauren beschränken. Aber in den letzten zwölf Jahren sind sie immer kühner geworden.« Es folgte ein peinliches Schweigen, währenddessen die letzten Schwalben zu ihren Nestern flogen und die Nacht sich über Sevilla senkte. In der Dunkelheit fügte der Priester hinzu: »Und als unsere Kirche selbst schon im Begriff war, den Heiligen Vater zu bitten, er möge den Dominikanern Einhalt gebieten, da kam es zu diesem neuen Problem mit Martin Luther, und jetzt sind die Dominikaner vermessener denn je.«

Ohne den Priester anzuschauen, aber mit großer Vorsicht, für den Fall, daß jemand während der Dauer ihrer Unterhaltung den Garten unbemerkt betreten hatte, sagte der Marquis: »Morgen werden sie zum erstenmal Spanier verbrennen … Menschen wie dich und mich.«

»Woher wißt Ihr das?« fragte Antonio.

»Von Boten, die nach Córdoba kamen. Zwei Männer, die ich kenne, werden auf dem Scheiterhaufen sterben. Einer kämpfte mit mir zusammen in Granada.«

»Könnt Ihr nichts dagegen unternehmen?«

»Nichts«, sagte Guadalquivir. »Das Urteil hätte schon in der vergangenen Woche vollstreckt werden sollen. Ich versuchte mich davor zu drücken, indem ich meine Rückkehr hinauszögerte. Aber die Dominikaner bestanden auf meiner Anwesenheit – um dem Ganzen die öffentliche Weihe zu geben – und verschoben die Vollstreckung ebenfalls.«

»Und dieses Mal sind keine Juden oder Mauren dabei?« fragte Antonio.

»Nein, nur Spanier«, erwiderte der Marquis. Was dann später geschah, sollte ihn Lügen strafen.

»Hallooo!« rief Leticia von drinnen. Mit einer Kerze in der Hand, deren flackernder Schein ihre natürliche Schönheit noch unterstrich, trat sie in den Garten und verkündete: »Das Abendmahl ist gerichtet, Vater.« Aber es war offensichtlich, daß sie nicht zu ihrem Vater sprach, sondern zu dem Priester, denn zu ihm ging sie mit ihrer Kerze, wobei sie in ihm den höchst unpriesterlichen Gedanken erweckte: Sie bewegt sich zwischen diesen römischen Säulen, als wäre sie eine von den Vestalinnen, von denen ich gelesen habe. Sie ist wie jene silbernen Schwalben, die beim Einbruch der Nacht zu ihrem Nest streben.

Diese verhängnisvollen Bilder von römischen Villen, Jungfrauen und ihren Schlafquartieren wurden in jener Nacht, als er zu Bett ging, so übermächtig, daß er nicht schlafen konnte; er sah sie immerzu vor sich in ihrem sanft fließenden seidenen Gewand, und er litt in jener Nacht Qualen, die ebenso fremd wie intensiv waren.

Todmüde von der durchwachten Nacht erhob er sich, wie er es gewohnt war, um vier Uhr morgens zum Sonntagsgebet, und vom dritten Stockwerk des maurischen Palastes blickte er hinunter auf die Holztribüne auf der Plaza, wo Arbeiter bereits damit beschäftigt waren, Stühle mit hohen Lehnen aufzustellen. Auf den Lehnen prangte das Siegel der Heiligen Inquisition; düster schimmerten die Farben im flackernden Schein der Fackeln. Wegen der Feierlichkeit und des Ernstes dieses Tages verharrte Antonio nahezu eine Stunde in seinen Gebeten, und in dieser Haltung wurde er von dem Diener vorgefunden, der um fünf kam, um ihn zu wecken.

Die darauffolgende Stunde brachte der junge Priester damit

zu, sich in seinen feinsten Ornat zu kleiden, auf Drängen des Marquis ein opulentes Frühstück einzunehmen – weil, so die Warnung des Marquis, es bis zum Dunkelwerden nichts zu essen geben würde –, Doña Leticia zu begrüßen, die ganz offensichtlich an der Zeremonie teilnehmen würde, und zuzuschauen, wie der Marquis auf dem Hof auf einen Araberhengst stieg und in das Morgengrauen hinausritt, um sich den anderen Edelleuten anzuschließen, deren Anwesenheit erforderlich war, um den Ereignissen des Tages Gewicht und amtliche Autorität zu verleihen.

Um halb sechs begannen die neuen Bronzeglocken im maurischen Turm langsam zu läuten. Ihr Klang lockte die Heerscharen von Schaulustigen herbei, die der Zeremonie beiwohnen würden; jedem von ihnen war ein vierzigtägiger Ablaß zugesichert worden, wenn er oder sie aufmerksam zuschauen würde, wie die Kirche sich von der Irrlehre reinigte. Bei Sonnenaufgang war die Plaza überfüllt von Familien. Die meisten von ihnen hatten ihre Kinder mitgebracht, die ermutigt wurden, herumzutollen, damit sie müde wurden und später, während der sengenden Mittagshitze, schlafen würden.

Um sechs wurde eine kleine Kanone abgefeuert; die Glocken begannen schneller zu läuten, und aus den riesigen hölzernen Toren des Alcazar, der maurischen Festung, die nicht weit von der Kathedrale entfernt stand, bewegte sich der traurige Zug der einundvierzig, die bei dem einen oder anderen Vergehen wider den wahren Glauben ertappt und von den Richtern der Inquisition für schuldig befunden worden waren. Gegen deren Entscheidung gab es keine Berufung, weder beim König in Toledo noch beim Papst in Rom. Die ersten, die aus dem Tor auftauchten, waren nicht die Verurteilten, sondern eine Gruppe von städtischen und kirchlichen Beamten. Sie wurden begleitet von einer Abteilung Soldaten und vier Geistlichen der Inquisition, die mit Samt bedeckte Silberschatullen bei sich trugen, in denen sich die Listen mit den von den Verurteilten begangenen Vergehen befanden. Hinter ihnen kamen acht Dominikaner, deren Wirkung auf die Zuschauer geradezu elektrisierend war; denn jeder von ihnen trug einen langen Eichenholzstab mit einem Büschel von silbernen Ringen an der Spitze, die ohrenbetäubend schepperten und klirrten, wenn die Mönche mit ihren Stäben auf das Kopfsteinpflaster schlugen, und es war dieses furchterregende Geräusch, das den Weg für die Verdammten bereitete.

Die einundvierzig beklagenswerten Gestalten hatten bereits bis zu drei Jahren in Einzelhaft ihrem Prozeß entgegengeharrt, so daß sie allesamt bleich und hohläugig waren. Einige, die sich verzweifelt an verbotene Religionen geklammert hatten, waren sehr alt und bewegten sich mit solcher Gebrechlichkeit, daß keine irdische Strafe, die sie empfangen würden, ihnen noch viel anhaben konnte. Jeder Gefangene trug vier Zeichen der Schande: eine unangezündete Wachskerze, die symbolisierte, daß das Licht der Kirche in der Seele des Sünders erloschen war; einen Strick um den Hals mit Knoten darin, von denen jeder für jeweils hundert Peitschenhiebe stand, die der Träger als Teil seiner Strafe erhalten würde; eine hohe, kegelförmige Narrenkappe, deren Spitze hin und her wippte, während ihr Träger angstvoll vorwärtsstolperte; und – das Schlimmste von allem – eine Kutte aus leuchtendgelbem Sacktuch mit einem hohen Kragen und einer Schleppe, die durch den Staub schleifte. Die Kutte war auf der Vorderseite mit einem Flammenkreuz verziert, und für mehr als fünfzig Jahre nach der Vollstreckung des Urteils würde diese Kutte fortan in Kirchen in ganz Spanien öffentlich aushängen, beschriftet mit dem Namen des Ketzers, der sie getragen hatte, um für alle sichtbar von der schweren Sünde dieser Familie zu künden – mit der Folge, daß die Nachkommen des Verdammten niemals in Spanien ein Amt ausüben oder Priester werden, als Offizier in der Armee dienen, Steuern einziehen oder nach Übersee reisen oder überhaupt irgend etwas anderes tun konnten, als in Armut und Verzweiflung der Sünden ihres Vorfahren zu gedenken.

Den Schluß des Zuges bildeten sieben, denen besondere Aufmerksamkeit gewidmet wurde, denn ihre Narrenkappen waren höher als die übrigen und mit züngelnden roten Flammen verziert, die von aufgestickten Teufeln genährt wurden. Und wenn die Menge sich bis dahin neugierig vorgedrängt hatte, um einen Blick auf die Schuldigen zu erhaschen, so wichen, als diese sieben vorbeikamen, selbst die Vorwitzigsten ängstlich zurück. Jeder wurde begleitet von zwei Dominikanern, welche jenen, die in den letzten Minuten ihren Verfehlungen abgeschworen hatten, Trost spendeten, auf daß sie am Busen der Kirche sterben konnten, und jenen Vorhaltungen machten, die sich geweigert hatten, ihre Sünden zu bekennen.

Hinter den Delinquenten ritt der Marquis von Guadalquivir, dessen schönes altes Gesicht zur Maske erstarrt war, und ihm folgten auf feurigen Rossen sechs weitere Edelleute der Region, hinter denen die rangniedrigeren Priester der verschiedenen Kongregationen von Sevilla schritten. Bei den Franziskanern marschierte Antonio Palafox, dessen Kehle schon jetzt trocken war; als er auf die Plaza trat, sah er, daß auf einem der besten Plätze auf der Tribüne Leticia saß.

Die Heilige Inquisition gestaltete diese sonntäglichen Strafgerichte so eindrucksvoll wie möglich; denn auf diese Weise konnte sie die Häresie unter Kontrolle halten. Und nun, da alle versammelt waren, hielt ein einfacher Priester die Messe ab und erheischte Gottes Segen für das, was jetzt folgen würde, woraufhin der Inquisitor sich erhob und den Verurteilten eine zweieinhalbstündige Strafpredigt über die Schande hielt, die sie über sich gebracht, und den Kummer, den sie der Kirche bereitet hatten.

Als er fertig war, schritten die beiden obersten Schriftführer des Tribunals feierlich zu zwei einander gegenüberstehenden, mit schwarzem Samt ausgeschlagenen Kanzeln, von denen herab sie abwechselnd die schrecklichen Verfehlungen rezitierten, die den Verurteilten zur Last gelegt wurden. Da die Aufzählung der Missetaten, die die einundvierzig Sünder begangen hatten, geraume Zeit in Anspruch nahm, zog sich der Tag hin.

Die Schuldigen wurden in drei Hauptkategorien unterteilt. Da gab es einige, die zwar schwerwiegende, aber nicht todeswürdige Verfehlungen wider die Kirche begangen hatten – wie Stehlen von Kirchengeldern oder Ehebruch –, und diese wurden zu zwei- oder dreihundert Hieben und zu ein oder zwei Jahren Kerkerhaft verurteilt. Mit überschwenglicher Freude vernahmen die meisten von ihnen, daß ihre gelben Kutten nicht in den Kirchen zur Schau gestellt würden, was bedeutete, daß sie wieder in die Gemeinschaft der Gläubigen zurückkehren konnten und ihre Kinder nicht mit dem Makel der Erbschuld behaftet sein würden. Von den einundvierzig erhielten neunzehn diesen Ablaß. Sobald diese Entscheidung verkündet worden war, wurden ihre Wachskerzen wieder angezündet, zum Zeichen, daß sie wieder in den Schoß der Kirche aufgenommen waren.

Fünfzehn der Schuldiggesprochenen – und ihre Familien – vernahmen ein weit schlimmeres Urteil. Diese hatten sich sehr schwerwiegender Vergehen gegen die Kirche schuldig gemacht; einige von ihnen waren einstmals Juden gewesen und waren öffentlich zum Christentum übergetreten, nur um heimlich alsgleich wieder ihrem alten Glauben zu frönen, und ihre Nachbarn hatten sie bei der Inquisition denunziert; andere waren Mohammedaner gewesen und hatten das gleiche getan; wieder andere – und diese bekamen die härtesten Strafen – hatten sich von den Lockungen des wahnsinnigen Mönchs Martin Luther betören lassen; und zwei hatten mystische Gedichte verfaßt, die zwar nicht eindeutig als subversiv gedeutet werden konnten, es aber nach dem Dafürhalten der Richter sein mußten. Diese fünfzehn wurden all ihrer Habe entkleidet, erhielten jeweils zwischen sechzig und hundert Peitschenhiebe, wurden zu lebenslänglicher Einzelhaft verurteilt und davon in Kenntnis gesetzt, daß ihre Kutten bis in alle Ewigkeit in ihrer jeweiligen Kirche zur Schau gestellt werden würden. »Und wenn die Kutte, die ihr tragt, mit dem Alter zerfällt«, las der Schriftführer laut vor, »wird eine neue in eurem Namen gefertigt und an ihrer Statt aufgehängt werden, auf daß, solange die Kirche existiert, eure Schande kundgemacht werde.« Ihre Kerzen jedoch wurden wieder angezündet.

Die Schriftführer kamen jetzt zu den Fällen der sieben Hauptmissetäter, die immer noch von den nimmermüden Priestern mit Mahnungen überhäuft wurden, und mit echtem Kummer teilten nun die Beamten der Inquisition der Zivilregierung mit, daß diese sieben so beharrlich in ihrem Fehlen gewesen seien, daß die Kirche die Hoffnung auf ihre Rückgewinnung aufgegeben habe. Die Schriftführer lasen: »Und so entlassen wir denn den Gefangenen Domingo Tablada in die Obhut der Zivilbehörden.« Diese Umschreibung bedeutete schlicht und einfach, daß der Unversöhnliche keinerlei Beziehung mehr zur Kirche hatte und von der weltlichen Macht auf dem Scheiterhaufen verbrannt werden konnte. Während der gesamten Dauer der Inquisition in Spanien exekutierte diese Institution niemals auch nur einen einzigen Verbrecher.

Es war später Nachmittag geworden, als der Bürgermeister von Sevilla schließlich den Marquis von Guadalquivir davon in Kenntnis setzte, daß seine Anwesenheit auch bei der Verbrennung erforderlich sei, die diesmal auf einem freien Feld außerhalb der Stadt, in der Nähe des Flußufers, stattfinden würde. Seinen Widerwillen verbergend, stieg der General auf sein Pferd und bat, daß eines für seinen Beichtvater, Pater Antonio, beschafft werde, und als dies geschehen war, ritten die beiden Männer zur Hinrichtungsstätte.

Auf dem Weg dorthin überholten sie eine Reihe von Kutschen, in denen die feinen Familien zum Orte der Verbrennungen eilten, und aus dem Fenster einer dieser Kutschen winkte Leticia ihrem Vater und dem Priester aus Salamanca zu. Der alte General tat so, als bemerke er sie nicht, aber der Priester winkte zurück, obwohl er tief in seinem Innern fand, daß es zu so einem Mädchen nicht paßte, einem solch grausamen Spektakel wie einer Verbrennung beizuwohnen.

Am Ufer des Guadalquivir, in der Nähe eines Olivenhains, waren sieben Brandpfähle in den Boden getrieben worden; um diese herum hatte man Holzscheite aufgeschichtet, über welche hinweg roh gezimmerte Treppen zu kleinen hölzernen Plattformen führten, auf denen die Verurteilten und die Priester stehen konnten. Zu diesen sieben Brandpfählen wurden die Ketzer jetzt geführt.

An fünf der Scheiterhaufen fand eine Zeremonie statt, welche einen tiefen Eindruck auf die Menge machte, die sich auf dem Feld versammelt hatte; denn vor dem Anzünden der Feuer gelang es den Priestern, einen Todgeweihten nach dem anderen noch im letzten Moment zum Widerruf zu bewegen. Jedesmal wenn der Geistliche anzeigte, daß dieser Mann oder jene Frau wiedergewonnen worden war, erhob sich ein Freudenschrei, woraufhin ein Beamter der Inquisition mit einer brennenden Fackel die hölzerne Treppe hinaufhastete und die erloschene Wachskerze des Delinquenten wieder anzündete, zum Zeichen, daß der Verurteilte in den Armen der Kirche sterben würde. Wichtiger für die Menge, und womöglich auch für die Verurteilten, war indes, daß in diesem Augenblick zwei stämmige Scharfrichter hinter dem Brandpfahl die Arme ausstreckten, den Verurteilten von hinten packten und ihn mit kräftigen Händen garrottierten und ihm so die fürchterlichen Qualen ersparten, bei lebendigem Leibe verbrannt zu werden. Sobald der Kopf des Verurteilten schlaff nach vorne sackte, sprangen die Scharfrichter behende von der Plattform herunter, entfachten die Scheiterhaufen und verbrannten die bereits leblosen Körper der wieder in den Schoß der Kirche zurückgekehrten Ketzer.

Doch bei den letzten beiden Scheiterhaufen, einer mit einer Jüdin, der andere mit einem christlichen Freund des Marquis, blieben alle Bemühungen der Priester, die Opfer zum Abschwören zu bewegen, erfolglos. Die vier Priester, die sich zum Ziel gesetzt hatten, die Seelen dieser beiden Verstockten zu retten, beteten und weinten und flehten mit aller Inbrunst – doch vergeblich. Die Jüdin schrie laut: »Ich werde sterben! Laßt mich in meinem eigenen Glauben sterben!«

»Schau diese schrecklichen Feuer an«, flehte ein junger Priester sie mit tränenüberströmtem Gesicht an.

»Laßt mich sterben!« wiederholte die Frau.

»Nein! Nein!« bettelte der Priester.

Als klar war, daß sein Flehen fruchtlos bleiben würde, stiegen die Scharfrichter auf die Plattform, um die beiden Geistlichen herunterzuholen, und einer von ihnen ging auch friedlich, doch der andere, wild entschlossen, die Frau vor der grausamen Qual, die ihr bevorstand, zu bewahren, widersetzte sich den Scharfrichtern und ließ sich nicht wegzerren. Er krallte sich an der gelben Kutte der Frau fest und schrie in höchster Pein: »Schwöre ab! Schwöre ab!«, doch die Frau weigerte sich, und die Scharfrichter zerrten ihn mit Gewalt von der Plattform herunter und entzündeten den Scheiterhaufen.

Doch selbst da wollte der junge Priester noch nicht aufgeben: Er warf sich auf den Scheiterhaufen und flehte die Jüdin inständig an, sie möge widerrufen, und erst als die Flammen schon fast um seine Finger züngelten, ließ er sich endlich wegschleppen.

Mehr als zehn Minuten verharrte die Jüdin regungslos und stumm, doch als die Reisigbündel voll aufloderten und ihre Narrenkappe und ihr Haar verzehrten und der Qualm sie zu erstikken begann, stieß sie in ihrer äußersten Pein einen gellenden Schrei aus. Überwältigt von seinem Schmerz, warf sich der junge Priester auf die Erde und winselte und wimmerte herzzerreißend.

Ein Beamter der Inquisition, der diese peinliche Darbietung mit gerunzelter Stirn verfolgte, murmelte einem Gehilfen zu: »Den da sollten wir im Auge behalten.«

»Wir werden ihn nicht mehr zu den Verbrennungen mitnehmen«, versicherte der Gehilfe seinem Vorgesetzten.

»Wer ist der Kerl?« fragte der Beamte.

»Ein Franziskaner«, antwortete der Büttel mit angewiderter Miene. Der Beamte schüttelte den Kopf und richtete seine Aufmerksamkeit auf den siebten Brandpfahl, wo der Marquis von Guadalquivir die Plattform erklommen hatte, um mit dem Verurteilten zu sprechen.

»Widerrufe, Esteban«, flehte der Marquis. »Martin Luther ist ein Betrüger. Er bringt kein Heil.«

»Ich bin wie die Jüdin«, erwiderte der Todgeweihte. »Ich habe meine eigene Religion.«

»Erspare dir diese Todesqualen«, flehte ihn der Soldat an.

»Die schlimmsten meiner Qualen habe ich schon durchlebt, und nun mußt du deine durchleben«, erwiderte der Gefangene.

»Als dein ehemaliger General befehle ich dir zu widerrufen.«

»Ich trotze dir, und ich trotze ihm«, versetzte der Verurteilte, auf den Priester deutend.

Angesichts dieser neuerlichen Blasphemie legte der Scharfrichter seine schwere Hand über den Mund des Mannes, und der Marquis und die beiden Priester wurden weggeführt. Das Reisig wurde in Brand gesetzt, und der Verurteilte schaute zu, wie die Flammen flackernd und blakend an den Rändern des Scheiterhaufens entlangzüngelten. Für einen Moment hatte es den Anschein, als würden sie wieder erlöschen, und der Mann lachte höhnisch auf. Der alte General schaute seinen todgeweihten Freund an und fragte sich, welch mächtiges Übel von ihm Besitz ergriffen haben mochte. Doch dann schlugen die Flammen mit einem lauten, explosionsartigen Knall lodernd in die Höhe, und das letzte, was der Marquis von dem Mann auf dem Scheiterhaufen sah, war ein Augenpaar, das gelassen zusah, wie die Flammen sich seinem Gesicht näherten. Von diesem Scheiterhaufen kam kein Aufschrei in letzter Sekunde.

Der Inquisitor, der das Verhalten des Marquis am siebten Scheiterhaufen genau verfolgt hatte, sagte zu seinem Gehilfen: »Da ist noch einer, auf den wir ein Auge werfen müssen.«

»Er ist der Held von Granada«, sagte der Gehilfe warnend.

Der Inquisitor wandte kühl den Blick von den züngelnden Flammen ab und bemerkte: »Keiner ist zu stark oder zu mächtig.«

In meiner Familie gilt es als verbürgt, daß just an jenem Frühlingstag im Jahre 1524, während mein Urahn Fray Antonio Palafox zuschaute, wie die sieben Ketzer in Sevilla den Flammentod starben, ein anderer Urahn, die Altomekin Grauauge, ihre Enkeltochter in Stadt-der-Pyramide heimlich in das Mysterium der neuen Götter einweihte, die Mexiko in Kürze von der Barbarei befreien würden.

»Dies ist eine Mutter, die liebt«, wiederholte Grauauge, auf ihr wohlgehütetes Bild zeigend, »und dies ist ihr Sohn, der gekommen ist, um uns zu erlösen.«

Das Kind Fremdling konnte dies nicht begreifen, hatte es doch nie einen Gott der Gnade und der Erlösung gekannt, und so erklärte Grauauge es noch einmal: »Hier leiden wir unter bösen

Göttern, und ständig werden Menschen geopfert. Doch schon bald werden diese sanften Götter der Neuankömmlinge unsere Tempel in Besitz nehmen, und das Unrecht wird ein Ende haben.« Mehr vermochte sie nicht zu sagen, doch als sie das Pergament mit dem Bild der neuen Götter an ihre Wange preßte, fühlte sie, wie ihre Tränen es benetzten. Wie lange müssen wir noch auf den Gott der Gnade warten, betete sie stumm.

An jenem Abend in Sevilla, während Grauauge in der Mittagshitze Mexikos dem Kommen des Gottes der Gnade entgegenharrte, ritt Fray Antonio, der Priester eben dieses Gottes, zutiefst bedrückt von dem brennenden Feld. Vor ihm, in einem Zustand ähnlicher Verwirrung und Niedergeschlagenheit, ritt der Marquis von Guadalquivir, doch die Menge, durch die die beiden Männer sich ihren Weg bahnten, schien ganz und gar unbekümmert. Sie hatte das schaurige Spektakel genossen, das einer ansonsten trostlosen Woche Dramatik und Würze verliehen hatte, und die fröhliche Stimmung, in der die Menschen zurück zur Stadt wanderten, untermauerte das Argument der Obrigkeit, daß eine gelungene öffentliche Hinrichtung dann und wann Wunder für die Moral einer Stadt wirke. Außerdem demonstriere sie den starken inneren Zusammenhalt Spaniens, da es seine Kräfte für die Errettung der Neuen Welt sammle; Mexiko liege zwar in abgelegenen Regionen der Welt, doch sei seine Gegenwart ständig in Sevilla zu spüren, wo die Galeonen für alle sichtbar auf dem Fluß führen.

Etwas von dieser Erregung griff auch auf Fray Antonio über, als er durch die Menschenmenge ritt, so daß er, obgleich angewidert von der Reaktion des Pöbels auf die Verbrennungen, dennoch beeindruckt war von der Loyalität der Menschen gegenüber der Kirche und gegenüber denen, die sie stützten. Schlimme Feinde wie Martin Luther waren allüberall, und strenge Maßnahmen waren vonnöten, wollte man sie daran hindern, sowohl die Kirche als auch das Land zu verderben, und er zweifelte nicht daran, daß er denselben Feinden auch in Mexiko begegnen würde. Er hoffte, daß er den Mut besitzen würde, sie zu bekämpfen. Doch noch während er diesen Wunsch zum Ausdruck brachte, rief er sich den jungen Priester in Erinnerung, der vergeblich versucht hatte, die Seele der Jüdin zu retten, als die Flammen sie verzehrten. Und er wußte instinktiv, daß es dieser junge Priester gewesen war und nicht der Scharfrichter, der an jenem Nachmittag des Feuers für die Menschenliebe und für Gott gesprochen hatte.

In diesem Zustand der Verwirrung kehrte Fray Antonio ins Zentrum der Stadt zurück und folgte dem Marquis, als dieser an der Kathedrale und am maurischen Turm vorbei zu seinem Palast ritt. Als die beiden Männer den hohen Wall erreichten, der die Residenz schützte, sahen sie, daß die messingbeschlagenen Tore geöffnet waren und daß Leticia gerade aus ihrer Kutsche stieg. Als sie ihren Vater nahen sah, wartete sie in der Tür, während die Kutsche auf dem kiesbedeckten Vorfahrtweg wendete und wegfuhr. Jetzt rannte sie ihm entgegen und rief: »Du hast sehr gut in der Prozession ausgesehen, Vater.«

»Ich war überrascht, dich dort zu sehen – besonders bei den Scheiterhaufen«, erwiderte er vorwurfsvoll, aber seine Worte hatten wenig Wirkung auf Leticia, die ins Innere des Hauses vorausging und sagte: »Ich sterbe vor Hunger. Wir werden jetzt essen.«

Doch der Marquis war immer noch aufgewühlt vom Tode seines ehemaligen Kampfgefährten und vermochte den Anblick der Augen des Besessenen, als dieser durch die Flammen gestarrt hatte, nicht aus seiner Erinnerung zu verbannen. Also sagte er zu seiner Tochter: »Laß uns später essen! Pater Antonio und ich werden noch ein bißchen im Garten umhergehen.« Er führte den Priester in den Garten, wo die römischen Säulen ihn an die Brandpfähle erinnerten, an denen die Ketzer ihr Leben ausgehaucht hatten. Sobald er mit dem jungen Priester allein war, ließ er alle Vorsicht fahren, die die Diskussion vom Samstagabend gekennzeichnet hatte, und sagte mit sichtbarer Erregung: »Niemand kann voraussagen, wo dies alles enden wird. Noch während ich meinen Freund anflehte, er solle widerrufen, setzten mich die Dominikaner schon auf ihre Liste. Ich könnte der nächste sein … oder der Kaiser.« Er schritt eine Weile im Garten auf und ab und sagte dann mit großer Eindringlichkeit: »Antonio, wenn du nach Mexiko kommst, mußt du verhindern, daß dieses Übel auch dort Wurzeln faßt.«

Der Priester fuhr erschrocken zurück. »Übel?«

Der alte General schien nicht gewillt, seine Worte zurückzunehmen. »Ja, Übel. Das Verbrennen von Juden und Mauren ist ein Übel, und dieses Übel grassiert nun schon seit zwanzig Jahren.«

Der Priester keuchte entsetzt auf und erwiderte: »Gestern abend noch waren wir uns darüber einig, daß die Kirche Juden und Mauren, die ihre Abscheulichkeiten heimlich ausüben, bekämpfen muß.«

»Vertreiben? Ins Gefängnis werfen? Vielleicht«, versetzte der Marquis scharf. »Aber bei lebendigem Leib verbrennen? Nein!«

Wieder fuhr der Priester erschrocken zurück. »Ich werde Eure Gedanken für mich behalten«, murmelte er.

»Bemühe dich nicht! Ich bin ein alter Mann, und ich war stets bereit, die Feinde zu bekämpfen, die Spanien zerstören könnten.«

»Ihr betrachtet die Heilige Inquisition als Feind?« fragte Antonio mit trockener Kehle.

»Ja«, sagte der Marquis geradeheraus.

»Aber gestern abend …«

»Gestern abend hatte ich noch nicht gesehen, wie mein Freund auf dem Scheiterhaufen verbrennt«, rief der alte Mann leidenschaftlich.

Gehüllt in ein schimmerndes Gewand aus Spitzen und Seide, das sie fest um ihre Hüften gerafft hatte, erschien Leticia, um zu verkünden, daß das Abendessen bereit sei. Doch erneut bat ihr Vater sie, noch eine Weile zu warten, und wie sie da so im hellerleuchteten Türrahmen stand, allerliebst und verlockend, fand sich Fray Antonio in ein tiefes Dilemma gestürzt. Als junger Mann, der er war, wollte er sich erfreuen an dem bezaubernden Anblick der exquisiten Gestalt, die das Gegenlicht enthüllte, doch als Priester, der bereits in den geistlichen Stand getreten war, wußte er, daß er das nicht durfte. Aus diesem Zwiespalt erlöste ihn der Marquis, indem er ihn beim Arm nahm und zum anderen Ende des Gartens führte, wo er leise sagte: »Wenn du nach Mexiko kommst, Antonio, mußt du deinen Einfluß geltend machen, um zu verhindern, daß sich diese Geschehnisse dort wiederholen. Versprich mir das!«

Aber Antonio schaute an dem Marquis vorbei und zur Tür, und seine Gedanken gerieten so durcheinander – die Attacke des Marquis gegen die Inquisition war ebenso beunruhigend wie der Anblick des Mädchens im alles enthüllenden Gegenlicht – daß ihm plötzlich schwindlig wurde und er das Gefühl hatte, daß er den Garten sofort verlassen mußte. Er stürmte an Leticia vorbei, die sich nicht von der Stelle rührte, so daß er im Vorbeigehen nicht umhin konnte, ihren Körper zu streifen, und in den Hof. Er bat die Diener, das Tor zu öffnen, und rannte hinaus in die Stadt, über die Schulter rufend: »Ich werde später wiederkommen.«

Aus der Familienüberlieferung wissen wir, daß er in einem Zustand tiefer seelischer Aufgewühltheit am Ufer des Guadalquivir entlang zurück zur Stätte der Hinrichtungen ging. Leute aus der Stadt hatten sich inzwischen daran gemacht, die verkohlten Stümpfe der sieben Brandpfähle in kleine Stücke zu schnitzen und diese als Andenken zu verkaufen, wobei die von dem Pfahl, an dem die Jüdin gestorben war, die höchsten Preise erzielten. Er schaute diesem grausigen Geschäft mehr als eine Stunde zu; dann ging er zurück zum Stadtzentrum und zu der Straße, die seit mehr als tausend Jahren die Gemüter aller Besucher von Sevilla verzückt: die enge, gewundene Gasse namens Sierpes. Vom Rathaus aus schlängelt sie sich – daher der Name *sierpe*, ›Schlange‹ – zwischen Geschäften hindurch, deren obere Stockwerke fast miteinander verbunden sind; sie führt vorbei an Cafés, in denen Zigeuner tanzen; sie windet sich durch Märkte, die von Früchten und Fisch überquellen; sie ist das Zentrum für Silberschmiede und Buchhändler und Rosenkranzschnitzer. Sie ist die außergewöhnlichste Gasse von ganz Spanien.

Wäre Antonio Palafox ein Maultiertreiber aus Salamanca gewesen oder ein fahrender Student, dann hätte man voraussagen können, daß er diese berühmte Gasse besuchen würde; aber daß ein junger Priester dort allein des Nachts herumspazierte, rief schon einiges Erstaunen hervor. Ein Zigeunermädchen aus einem der kleineren Cafés zuckte die Schultern und sagte zu ihren Gefährtinnen: »Warum nicht?«

Sie folgte Antonio, bis er zu einem dunklen Teil der Sierpes kam; dann sprach sie ihn an: »Möchtest du mein Zimmer sehen?«

Er schaute sie im Dunkel an, und er verspürte ein tiefes, heißes Verlangen. »Ja«, sagte er, und sie tauchte hurtig in eine Seitengasse und bedeutete ihm, ihr zu folgen.

Hin und her gerissen zwischen Angst und Verlangen ging er in einigem Abstand hinter ihr her, und sie mußte wohl befürchtet haben, daß er den Mut verlieren würde; denn sie wartete, bis er zu ihr aufgeschlossen hatte, und faßte ihn bei der Hand – es war das erste Mal, daß ein Mädchen, das dem Kindesalter entwachsen war, ihn so anfaßte –, und er verlor etwas von seiner Scheu. Doch als sie ihr Zimmer in der Nähe des Flußufers erreichten und er sah, wie ärmlich es anzuschauen und wie bejammernswert das Zigeunermädchen trotz seiner jugendlichen Schönheit war, da empfand er tiefe Abscheu, und er floh.

Drei Stunden lang wanderte er ziellos durch die Stadt, heimgesucht von den Ereignissen des Tages: der Predigt des Inquisitors, den Verbrennungen, dem verzweifelten Versuch des jungen Priesters, die Seele der Jüdin zu retten, dem Anblick von Leticia im Türrahmen und der Begegnung mit dem Zigeunermädchen. Es war bereits nach Mitternacht, als er merkte, wie müde und hungrig er war, und er ging zurück zum Palast des Marquis. Als er an das große Tor klopfte, war er überrascht, wie prompt ihm geöffnet wurde, doch dann sah er, daß Leticia direkt hinter dem Tor auf ihn gewartet hatte. Neben ihr stand ein silbernes Tablett mit Wein und Käse, wovon sie ihm anbot, und während er aß, sah er, daß sie noch immer das glänzende, ihre Rundungen so verführerisch betonende Kleid aus Seide und Spitzen trug. Als er mit dem Essen fertig war, nahm sie eine Kerze und führte ihn nicht auf sein, sondern auf ihr Zimmer.

Als schließlich die Galeone für die lange Überfahrt nach Mexiko beladen wurde, war dem Marquis endgültig klar, daß seine starrköpfige Tochter und der junge Priester sich ineinander verliebt hatten, und er kam zu dem Verdacht, daß nicht alle nächtlichen Geräusche, die er auf den Fluren gehört hatte, dem Wind zuzuschreiben waren. Er wußte, daß die spanischen Gebräuche verlangten, daß er irgend etwas zur Rettung der Ehre seiner Tochter unternähme, aber er hatte bereits seine älteren Töchter gut verheiratet und dabei erkannt, was für eine Menge Unsinn mit dieser Prozedur einherging; bei Leticia hatte er sich vorgenommen, die Natur einen etwas einfacheren, geraderen Weg nehmen zu lassen. Darüber hinaus fand er die Vorstellung, daß ein Priester heiratete, nicht im geringsten anstößig, war doch dieser Brauch in ganz Spanien bis in die späten neunziger Jahre des fünfzehnten Jahrhunderts verbreitet gewesen, bis dann Ferdinand und Isabella versucht hatten, diese Praxis abzuschaffen, freilich ohne Erfolg. Es gab daher noch überall in Spanien Priester, die Frau und Kind hatten. Der Marquis stellte sich vor, daß dies in Mexiko auch so sein mußte.

Am Tag der Abreise führte der alte Marquis Antonio noch einmal in den Garten mit den Säulen und fragte ihn geradeheraus: »Hast du mit meiner Tochter darüber gesprochen, ob du sie mit nach Mexiko nimmst?«

Antonio errötete und erwiderte: »Ich könnte vor Cortés nicht mit einer Ehefrau erscheinen.«

»Zuerst vielleicht nicht«, brummte der alte Soldat. »Aber in Mexiko sind diese Dinge nicht anders als in Spanien. Später –«

»Später würde es mich mit Stolz erfüllen, wenn ich Euer Sohn werden könnte«, erwiderte Antonio.

»Du bist auch so schon mein Sohn«, sagte der alte Marquis. »Leticia ist starrköpfig. Meine Zukunft hier ist ungewiß. Es wäre vielleicht besser, wenn sie in Mexiko in Sicherheit wäre.«

Einen Monat später ritten sie zusammen – der Marquis, Leticia und Antonio – zum Anlegeplatz, wo die Galeone für die lange Reise den Guadalquivir hinunter zum offenen Meer klargemacht wurde, und nahmen Abschied voneinander. Der junge

Priester hätte Leticia zum Abschied liebend gern noch einmal geküßt, aber sie hatten dies schon fast die ganze Nacht hindurch getan, und so starrten sie sich jetzt bloß noch an.

Antonio hatte bis dahin noch keine Erfahrungen mit Frauen gehabt und vermochte deshalb nicht zu ermessen, wie ernst Leticia ihre gemeinsamen Liebesnächte genommen hatte; aber was seine Person anbelangte, so war ihm der Gedanke, nun von ihr scheiden zu müssen, schier unerträglich, und während an Bord des Schiffes die Vorbereitungen für die Reise lautstark ihren Gang nahmen, quälte ihn heftiger Abschiedsschmerz. Er ballte die Fäuste und murmelte: »Möge Gott mir diese Sünde vergeben! Bringe ich es hinter mich.« Und mit diesen Worten wandte er sich von Leticia ab.

»Bemannt die Taue!« rief der Kapitän.

»Zu Befehl!«

»Anker lichten!«

»An Deck und die Leinen los!«

»Wir fahren!« Und die knarrende Galeone wurde auf den Fluß bugsiert, beladen mit Nägeln und Pferden und hübschem Lederzeug und den biegsamen Stahldegen aus Toledo und Ermächtigungsbriefen vom Kaiser.

Im letzten Moment, als das Schiff vom Ufer ablegte, hielt Antonio verzweifelt nach Leticia Ausschau, aber sie hatte sich abgewandt und war im Begriff, in die Kutsche ihres Vaters zu steigen. »Leticia!« schrie er wie ein liebeskranker Jüngling, und sie hörte ihn. Sie wandte sich um, und als sie sein gequältes Gesicht sah, warf sie ihm eine Kußhand zu, mit den Fingerspitzen den Flug der Schwalben imitierend.

Spanische Vorfahren: In Mexiko

Da dies die guten Jahre waren, als Seefahrten zwischen Sevilla und Veracruz noch nicht von Piraten, Engländern, Holländern oder Franzosen bedroht waren, denen es nach den kostbaren Metallen aus der Neuen Welt gelüstete oder nach den Reichtümern Spaniens, war die Fahrt nach Westen, die gemächliche, Monate dauernde Reise über den Atlantik, ein ergötzliches Erlebnis. Antonio leitete die Morgen- und die Abendandacht. Er unterhielt sich mit dem Kapitän, der diese Reise schon zweimal gemacht hatte. Und er schaute zu, wie der Navigator auf seiner pergamentenen Seekarte täglich die Strecke absteckte, die sie zurückgelegt hatten. Es war eine behutsame Einführung in eine neue Welt und in ein neues Leben.

Antonio war tief beeindruckt von seinem ersten Anblick von Mexiko – einem schneebedeckten Vulkan, der sich majestätisch aus den Wolken erhob, die über dem Ozean hingen. Später hielt er die Empfindungen fest, die er in dem Moment hatte: »Mir war, als zeige der Finger Gottes mir meine neue Heimat, und ich hatte plötzlich die beunruhigende Vorahnung, daß ich, sobald ich erst einmal meinen Fuß auf das riesige Land gesetzt hätte, das hinter diesem Finger verborgen lag, es nie wieder verlassen würde.«

Er landete im morastigen Hafen von Veracruz, und bevor das Ruderboot, in dem er an Land gebracht wurde, auch nur zehn Fuß zurückgelegt hatte, war er schon von einem Schwarm summender Insekten bedeckt, die seine Haut mit Hunderten von heftig juckenden Stichen übersäten. Dies war seine erste Bekanntschaft mit Moskitos. An Land fand er Morast, Dreck und eine Vegetation vor, die so dicht war, daß man sie nur mit Äxten durchdringen konnte, und eine Handvoll spanischer Siedler, die mit ihm unbekannten Arten von Geschwüren bedeckt waren. Ein Priester aus Salamanca kam ihm entgegengestolpert, ein am ganzen Leibe zitterndes Wrack von einem Mann; er weinte vor Freude, einen Amtsbruder zu sehen.

»Ich kehre nach Hause zurück ... auf diesem Schiff«, murmelte der sterbenskranke Priester, doch ehe er erklären konnte, warum, begann er zu husten und Blut zu spucken, und ein Soldat, der ebenso hinfällig aussah wie er, führte ihn weg.

Was Antonio noch mehr beeindruckte als der kranke Priester, war sein erster Anblick der Indianer von Mexiko, die jetzt herbeigeeilt kamen und sich neugierig um die Neuankömmlinge drängten. Sie waren größtenteils nackt, und mit ihren leeren Gesichtern und ihren gedrungenen Körpern ließen sie so gar nichts von der geistigen und körperlichen Überlegenheit erkennen, die den Gegnern von Cortés nachgesagt wurde. Sie waren, wie er bald erfuhr, primitive Dschungelbewohner, die die Spanier zur Zwangsarbeit gepreßt hatten. Und es stellte sich heraus, daß man in ganz Spanien wissentlich falsche Berichte hatte kursieren lassen, um junge Männer in ein fremdes Land mit einem ungesunden Klima zu locken.

Dieser Verdacht erhärtete sich, wohin Antonio auch immer schaute, denn zum Ende des Jahres 1524 war der Hafen von Veracruz bereits zu dem geworden, was er durch sämtliche Jahrhunderte der spanischen Besetzung hindurch bleiben sollte: einer der schäbigsten und unwirtlichsten Ankerplätze am Atlantik, das bejammernswerte Tor zu einem edlen Land. Drei schreckliche Tage lang schmachtete Antonio dort in der sengenden Hitze inmitten der allgegenwärtigen Moskitoschwärme, ohne auch nur einen Blick von jener sagenhaften Zivilisation zu erhaschen, die zum christlichen Glauben zu bekehren er gekommen war. Die Indios, die er sah, waren ausnahmslos primitive Wilde, und die Spanier, mit denen er sprach, waren Abenteurer, unzufrieden und verbittert. Aus einer primitiven Kammer, die von Insekten wimmelte, sandte er seinen ersten Brief nach Hause an seinen Bruder Timoteo; darin schilderte er seinen Ekel vor dem neuen Land. Trotz seines harschen Tenors wurde dieser

Brief wegen seiner ungeschminkten Darstellung des Alltagslebens in jener frühen Epoche zu einem in der mexikanischen Literatur häufig gewürdigten Dokument.

Wir essen fremdartige Nahrung, die im Schmutz zubereitet wird, kämpfen gegen fremdartige Insekten, deren Tücken den unseren überlegen sind, und sind ständig umgeben von Eingeborenen, die so niedrig und gemein sind, daß es einen manchmal fast wunderlich anmutet, daß es dem Herrn gefallen hat, solche Geschöpfe auf diese Erde zu setzen. Viele murren, sie seien getäuscht worden, und wäre ich du, Timoteo, und nicht ein Mann der Kirche, und lüde mich jemand ein, mich Cortés in Mexiko anzuschließen, ich würde hurtigst nein sagen, denn dies ist ein armseliges Land, es sei denn, man hat Geschmack an Insekten, die mit größter Heftigkeit stechen und beißen. Am meisten hat mich wohl beeindruckt, daß die Luft so ungewöhnlich schwer erscheint, als würde sie von Gewichten aus Blei niedergedrückt, so daß sie sich wie eine erstickende Last über alle Dinge legt. Man atmet, und die Luft, die man in seine Lungen saugt, ist heiß und feucht und schwer. Man schwitzt den ganzen Tag, aber die Luft drückt ohne Unterlaß, und es wird immer nur feuchter. Vom Ozean aus, als wir zum erstenmal Mexikos ansichtig wurden, erblickten wir einen majestätischen Vulkan, der über die Wolken ragte, aber an Land sehen wir nichts, absolut nichts, was den Geist beflügeln oder das Herz erfreuen könnte. Wir leben am Fuße jenes Vulkans, dessen Hänge unseren Blicken verborgen sind, inmitten eines grünen Dschungellabyrinths, dessen Bäume keine Früchte tragen. Trost finde ich nur in einem: Die stumpfen, teilnahmslosen Wilden, die ich sehe, die braunhäutigen Indios, bedürfen der seligmachenden Gnade Jesu Christi, unseres Herrn, mehr denn jedes andere Menschenwesen, das ich je gesehen habe; und daß ich das Werkzeug sein werde, welches das Licht des Herrn in jene leeren Augen bringen wird, ist der einzige Segen unter den mannigfachen Enttäuschungen, mit denen dieses Land aufwartet.

Antonios Desillusionierung setzte sich fort während der langen Märsche von Veracruz zur Hauptstadt; denn der Weg war widrig und gefährlich, und die Indios, denen man dort begegnete, waren noch unzivilisierter als die in der Hafenstadt. Doch einmal, in einer Nacht, die erfrischend kalt war, wachte der Priester auf, weil ihm die Decke heruntergerutscht war, und dabei fiel sein Blick zufällig durch eine Lücke zwischen den Baumwipfeln auf den vom Mond erleuchteten Himmel, und er sah einen gigantischen Berggipfel, schneebedeckt und vollkommen in seiner kegelförmigen Schönheit. Er sog scharf die Luft ein und schaute noch einmal hin, doch bevor er sich vergewissern konnte, daß er den schönen Berggipfel tatsächlich gesehen hatte, war dieser auch schon wieder von einem Wolkenschleier umhüllt, und an den darauffolgenden Tagen sah er nichts von ihm, so daß sich in ihm aufs neue die Überzeugung festigte, in ein Land von Schimären gekommen zu sein.

Doch am elften Tage ihres mühseligen Marsches erreichte die Gruppe von Neuankömmlingen endlich das Ende des Dschungels und gelangte auf ein riesiges Plateau. Es war gewaltiger als alles, was Antonio je in Spanien gesehen hatte, und es war gesäumt von Vulkanen, die noch majestätischer waren als der, den Antonio in jener Nacht zu sehen geglaubt hatte, und durchzogen von sorgfältig bebauten Feldern, die von einer organisierten Gesellschaft zeugten. Als die Spanier durch den kühlen Morgen marschierten, spürten sie zum erstenmal die wunderbar wohltuende, erfrischende Luft der mexikanischen Hochebenen, die sie nach der bedrückenden Schwüle der Küstenregion als wahres Labsal empfanden.

Zu Antonios Enttäuschung umging die Truppe die Städte, die Cortés auf seinem Weg zur Hauptstadt erobert hatte. Tlaxcala lag im Norden, eine zauberhafte Stadt, die von einer Ziegelmauer umschlossen war. Das mächtige Puebla und das heilige Cholula lagen im Süden verborgen; aber Anzeichen ihrer Macht waren allenthalben sichtbar in Gestalt der guten Straßen, der Kanäle und der reichen Felder. Von Zeit zu Zeit begegneten ihnen Gruppen von großgewachsenen Indios in guten Kleidern, die in amtlichen Geschäften unterwegs waren, und Antonio stellte fest, daß ihre Gesichter seinem eigenen nicht unähnlich waren und daß sie von einer Intelligenz gekennzeichnet waren, die der seinen ebenbürtig war.

Genährt von solchen Anzeichen, begann sich sein Urteil über Mexiko zu mildern, wie in seinem zweiten Brief an Timoteo deutlich wird :

> Ich fürchte, ich habe seinerzeit in Veracruz zu überstürzt geurteilt, als ich dieses Land als barbarisch geißelte; denn die Hochlandregionen vermitteln einen völlig anderen Eindruck, und auf der gut gepflasterten Straße begegnet man hochgewachsenen, aufrechten Männern, die ganz offensichtlich Bildung und Adel besitzen. Diese Männer für Gott zu gewinnen wäre ein großer Sieg, und war ich bisher niedergeschlagen, so bin ich jetzt guten Mutes und voller Tatendrang. Gleichwohl glaube ich, daß ein nicht unbeträchtlicher Teil dieses Wandels der heilsamen Luft zuzuschreiben ist, die uns umweht, seit wir den Dschungel hinter uns gelassen haben. Hier, unter den Vulkanen, scheint sie einem geradezu freudig in die Lungen zu strömen, und sie drängt einen geradezu vorwärts, die nächste Wegbiegung zu erkunden. Seit drei Tagen staune ich nun schon über die Schönheit dieses neuen Landes.

Noch wichtiger freilich für unsere Familiengeschichte war ein geheimer Brief, den er an Leticia in Sevilla schrieb und den ein Seemann ihr bei seiner Rückkehr aus Mexiko überbrachte:

> Ich wage es nicht, Dich als meine Teuerste oder als meine Geliebte anzusprechen, denn die Regeln meines Lebens und meines erwählten Berufes verbieten dies. Doch während der Nachtwachen an Bord des Schiffes, in der feuchten Schwüle des Dschungels und wenn die großen Vulkane auf mich herniederleuchten wie riesige Wegweiser, plagt mich die Erinnerung an unsere gemeinsamen Nächte. Heute morgen, in einem lichteren Moment, als ich das neue Land in seiner ganzen un-

endlichen Weite ausgebreitet vor mir liegen sah, hatte ich den verrückten Gedanken, daß Mexiko Frauen wie Dich braucht, Frauen von Anmut und Stärke, Frauen, die fähig sind, eine neue Nation in einem neuen Land zu erbauen, und mein Herz schrie: »Sie sollte hier sein!« Wenn Du es wärst, obwohl wir nicht heiraten könnten, würde mir dies außergewöhnliche Kraft verleihen. In meiner Phantasie bist Du in Mexiko.

Am vierzehnten Tag seiner Reise erhielt Fray Antonio Eindrücke, die während der sechsundfünfzig Jahre, die er in Mexiko wirken sollte, niemals mehr aus seiner Erinnerung verblassen würden, denn gegen Mittag näherte sich seine Truppe dem riesigen See, hinter dem die flimmernde Stadt Mexiko lag. Obwohl ihre höchsten heidnischen Türme bereits von den Eroberern geschleift worden waren, bot sie den Neuankömmlingen noch immer eine großartige Fassade, so daß diese von ihrer Größe und ihrer Pracht beeindruckt waren.

Aus der Ferne, vom anderen Seeufer aus betrachtet, erschien sie wie von einem leuchtendem Gold, das vom Grün zahlreicher Bäume gebrochen war. Ihre Wohnhäuser und öffentlichen Gebäude waren von ungleichmäßiger Höhe, was der Stadt eine gleichsam wellenförmige Kontur verlieh – ein Charakter, der sehr gut zu einer von Wasser umgebenen Metropole paßte. Entlang ihrer Strände herrschte reger Bootsverkehr; hin und wieder konnte man einen Blick auf die Passagiere erhaschen, die Kleider von leuchtenden Farben und bunten, schimmernden Federschmuck trugen. Doch was die Stadt in erster Linie auszeichnete, war der Eindruck von höchster Solidität und wohlorganisierter Betriebsamkeit, ein Eindruck, welcher stärker wurde mit jedem Schritt, mit dem sich die Spanier ihr auf dem Dammweg näherten, der über den See zu ihr führte.

Die Soldaten, die die große Stadt zum erstenmal sahen, dachten: Sie ist bereits geplündert worden. Wie glücklich die ersten gewesen sein müssen. Doch Antonio, der sich mehr und mehr auf das Gefühl von Hingabe wiederbesann, das seinerzeit in Salamanca Besitz von ihm ergriffen hatte, dachte: Was für eine bewundernswerte Stadt! Wie wunderbar es wäre, sie für Gott zu erringen! Und als die ersten Häuser deutliche Gestalt anzunehmen begannen und er die Schönheit dessen sah, was die Azteken geschaffen hatten, da wuchs in ihm die Überzeugung, daß hier ein Preis war, der jede Mühe wert war, die es zu seiner Errettung bedurfte.

Er war jetzt in einer Gegend, in der es von kleinen Booten nur so wimmelte, und er konnte ihre Fracht sehen – die Fische, die zahllosen fremdartigen Früchte, das Korn, die Wirkwaren, die goldenen Fäden und die glänzenden Federn – und ihm kam der Gedanke, daß er nicht einmal in Salamanca solche Reichtümer gesehen hatte. Und zum erstenmal kam ihm der Verdacht, daß dieses rauhe, gewaltige Land Mexiko mit seinen riesigen, dräuenden Vulkanen eines Tages mächtiger sein würde als Spanien. Geistige Schlachten von größerer Bedeutung würden hier ausgefochten werden, und in künftigen Generationen würde Mexiko eine gewichtigere Rolle in der Welt spielen als sein Mutterland. »Ich muß rasch nach Timoteo schicken«, entschied er. »Dieses Land braucht Männer wie ihn.«

Er war jetzt an den Toren der eigentlichen Stadt angelangt, und von den Wachttürmen grüßten freundliche Spanier die Neuankömmlinge; Hauptmann Cortés kam zum Tor geeilt, um sie willkommen zu heißen. Mit sichtlicher Ehrerbietung begrüßte der Conquistador als erstes den Priester, und er war hocherfreut, als er hörte, daß Antonio aus Salamanca stammte. Dann ließ er rasch den Blick über die Soldaten schweifen, um sich zu vergewissern, wie viele sie waren und was sie an Ausrüstung mitbrachten; denn er hatte sich bereits in gewaltige neue Eroberungen gestürzt, die die spanische Flagge bis nach Guatemala getragen hatten, und schon plante er weitere Feldzüge, die in späteren Jahren das gesamte riesige Territorium zwischen der Stadt Mexiko und dem Gebiet, das später den Namen Kalifornien tragen sollte, unter eine Herrschaft bringen würden.

Nachdem er sich überzeugt hatte, daß die Truppen kampfestüchtig waren, wandte er sich wieder Antonio zu und führte ihn beim Arm ins Zentrum der Stadt, wo für die nächsten drei Jahre der tüchtige junge Priester dem Conquistador als Verwalter diente.

Zwei bedeutende Vorkommnisse ereigneten sich während Antonios Dienstzeit in der Kapitale, wobei das zweite seine Bedeutsamkeit aus dem ersten ableitete. Im Jahre 1525, er hatte ein knappes Jahr in Mexiko gearbeitet, erhielt er einen bangen Brief von seinem Bruder Timoteo, in dem dieser ihm mitteilte, daß ihr Vater, der Professor, von der Heiligen Inquisition verhaftet und der Ketzerei beschuldigt worden sei:

> Nachdem Du weg warst, Antonio, fuhr Vater fort, in seinen Vorlesungen die These zu verfechten, daß mit der Entdeckung der großen Reichtümer in Peru und Mexiko und aufgrund der exorbitanten Kosten, die ihre Entwicklung erfordere, neue Wege zur Finanzierung der Industrien gefunden werden müssen, und obgleich er immer peinlich darauf bedacht war, hinzuzufügen, daß die neuen Ideen, die er vorschlage, im Rahmen der kirchlichen Lehre zu entwickeln seien, deuteten viele seine Worte als eine Rechtfertigung der Wucherei, so daß Maestro Mateo, sein unerbittlicher dominikanischer Gegner, in der Lage war, ihn öffentlich der Häresie zu bezichtigen. Die Inquisition warf ihn daraufhin in einen ihrer Kerker, wo ich ihn besuchen durfte und bei gutem Mute vorfand, obzwar sie ihm bei der Folter den rechten Arm gebrochen hatten. Er ist zuversichtlich, daß er mit einer Auspeitschung und einem Verweis davonkommen wird, aber es gibt andere, die befürchten, daß er womöglich lebenslänglich in den Kerker gesperrt oder gar hingerichtet werden wird. Wenn Du irgend jemanden kennst, an den wir uns um Hilfe wenden könnten, tu dies bitte unverzüglich, denn auch Du und ich sind in Gefahr.

Fray Antonio war erschüttert über den Brief seines Bruders, wußte er doch, wie unwahrscheinlich es war, daß einer, der der geistigen Häresie bezichtigt wurde, sich je von diesem Vorwurf reinwaschen konnte, und er konnte sich nur allzu gut die Folterqualen ausmalen, denen sein Vater ausgesetzt war, damit er seine

Sünden gestehe. Während er durch die Straßen der Neuen Welt ging, dachte Antonio unausgesetzt an die alte, und er ertappte sich dabei, daß er sich wünschte, sein Vater hätte sich weniger freimütig in Angelegenheiten geäußert, die im Grunde nicht wirklich von Belang waren, aber die ihn trotzdem in Gegensatz zur Lehrmeinung der Kirche brachten. Warum mußte er sich auch den Kopf über solche Dinge zerbrechen? fragte er sich immer wieder.

Als Antwort auf den Hilferuf seines Bruders setzte Antonio einen langen Bittbrief an den Marquis von Guadalquivir auf – der Brief existiert noch heute; er befindet sich in unserem Familienarchiv –, aber er sandte ihn nicht ab, da ihm früh genug klar wurde, daß zum einen der Marquis machtlos sein würde, und zum andern gerade er nicht der geeignete Adressat für ein solches Bittschreiben war, da er wahrscheinlich selbst von der Inquisition verdächtigt wurde, so daß eine Intervention von seiner Seite sich höchstens zum Nachteil von Professor Palafox auswirken würde. Und so gab es nichts, was Antonio tun konnte, um seinem Vater zu helfen, außer auf die unregelmäßig in Veracruz eintreffenden Schiff aus Spanien zu warten und darauf zu hoffen, daß sie eine Nachricht von seinem Vater mitbrächten.

Er mußte sich indessen Gedanken darüber machen, was möglicherweise mit ihm und seinem Bruder passieren würde, falls ihr Vater der schweren Ketzerei überführt und seine gelbe Kutte der Schande zum Zeichen seiner Ächtung in der Kathedrale von Salamanca zur Schau gestellt werden sollte. Da er, Antonio, bereits Priester war, konnte er nicht mehr aus dem geistlichen Stand verstoßen werden, aber ein berufliches Fortkommen würde es für ihn nicht mehr geben, und er würde fortan mit Argwohn betrachtet werden. Bei Timoteo jedoch sah die Sache ernster aus: Er hatte noch nicht die heiligen Weihen empfangen, noch war er in die Armee eingetreten, und wenn sein Vater von der Inquisition für schuldig erklärt werden sollte, würde er auf alle Zeiten von beiden Laufbahnen ausgeschlossen bleiben. Es war daher von größter Wichtigkeit, daß sich für Timoteo rasch eine berufliche Karriere fand, und diese Frage beschäftigte Antonio sehr.

In dieser Gemütsverfassung, geplagt von Sorgen und voll banger Ungewißheit über das Schicksal seines Vaters, begegnete Antonio eines Tages auf der Straße in der Nähe des Palastes, in dem Cortés wohnte, zufällig einem Altomeken, der von Westen her in die Stadt gekommen war und etwas Rohsilber bei sich trug, das Metall, das mitgeholfen hatte, Professor Palafox in den Kerker und seinen jüngeren Sohn in Gefahr zu bringen. Antonio fragte den Indio, ob er das Silber einmal prüfen dürfe, und wog es abschätzend in der Hand. »Vater hatte recht«, murmelte er bei sich. »Dies ist die wahre Macht, und er schmachtet im Gefängnis, weil er zu ihrer Verteidigung gesprochen hat. Nun denn, ich werde mir diese Macht beschaffen.«

In jenem Moment, da er an einem Kanal in der Stadt Mexiko stand, fand sich Fray Antonio Palafox von der festen Überzeugung gepackt, daß der Besitz von Silber gleichbedeutend mit dem Besitz von Autorität und Macht war. Er wußte instinktiv, daß irgendwo im Westen, wahrscheinlich in den noch nicht eroberten Gebieten rings um Stadt-der-Pyramide, bedeutende Silberminen existieren mußten, und er glaubte, wenn es seiner Familie gelingen würde, diese Minen in ihre Hand zu bekommen, würde dies ihn in eine Position bringen, die es ihm gestattete, gegen jedes Urteil, das die Inquisition auch immer gegen seinen Vater verhängen mochte, wirkungsvoll vorzugehen.

In jener Nacht sandte er einen Brief, der sich noch heute im Besitz der Familie Palafox befindet, an die Adresse seines Bruders, der nach wie vor seine Lehrtätigkeit an der Universität von Salamanca ausübte:

Mein liebster Bruder Timoteo!

Am heutigen Tag habe ich mich davon überzeugt, daß gewisse Gerüchte, die seit einiger Zeit im Umlauf sind, der Wahrheit entsprechen. Halte diesen Brief geheim, bei Strafe der Verdammung, aber irgendwo im Westen besitzen die Altomeken-Indios ein Geheimnis, welches von großer Bedeutung für unsere Familie werden könnte. Trete sofort in die Dienste von

Capitán Cortés ein und komm zu mir nach Mexiko, wo ich Dir das, was ich bereits weiß, mitteilen werde!

Dein Bruder Antonio

Er hoffte, daß Timoteo begreifen würde, wie wichtig es war, daß er in die Armee eintrat, bevor die Inquisition ihr Urteil verkündete, aber in diesem Punkt war er eher skeptisch, denn er wußte, daß die Liebe, die der Bruder für seinen Vater hegte, so groß war, daß sie ihn wohl davon abhalten würde, Salamanca zu verlassen, solange das Schicksal des Professors noch in der Schwebe hing.

Die Heilige Inquisition traf ihre Entscheidungen niemals übereilt, und es war nichts Ungewöhnliches, wenn Verfahren sich über drei oder vier Jahre hinzogen, denn wenn die Dominikaner einerseits auch gnadenlos und unerbittlich waren, sofern die Ketzerei erst einmal zu ihrer Zufriedenheit nachgewiesen war, so konnte man ihnen andererseits gewiß nicht nachsagen, daß sie willkürlich dort eine Schuld »fanden«, wo keine nachgewiesen worden war. So konnte es passieren, daß sie mit zäher Verbissenheit Jahre damit verbrachten, Hinweisen nachzuspüren, die die Angeklagten entweder belasten oder entlasten würden. Freilich mußte der Beschuldigte während dieser ganzen Zeit im Kerker schmachten, wo er in regelmäßigen Abständen von den Dominikanern gefoltert wurde, wenn diese den einen oder anderen dunklen Punkt in der Zeugenaussage zu klären suchten. Daß ein Beschuldigter vollkommenen Freispruch erhielt, war noch nie vorgekommen, aber es gab jedes Jahr Hunderte von Fällen, bei denen die Angeklagten mit vier oder fünf Folterungen, hohen Geldstrafen und öffentlicher Bloßstellung am Pranger davonkamen, wonach sie wieder als normale Bürger in ihre Rechte eingesetzt wurden. Daß auch der Fall von Professor Palafox einen solch glimpflichen Ausgang nehmen möchte, dafür beteten seine Söhne und seine Freunde während der vier Jahre von 1525 bis 1529, in denen er im Kerker schmachtete.

Während der ersten beiden Jahre dieser Periode der bangen Ungewißheit legte sich Fray Antonio mit höchster Emsigkeit ins

Zeug, um Hauptmann Cortés von seiner Treue und Hingabe zu Kirche und Kaiser zu überzeugen, so daß der Herrscher von Mexiko ihm versicherte: »Ganz gleich, was mit Eurem Vater geschieht, Eure Zukunft in Mexiko ist gesichert«, und ihm zusätzliche Aufgabenbereiche übertrug. Sobald Antonio sich unter Cortés sicher fühlte, begann er, dem Conquistador vorzuschlagen, daß dieser ihn, Antonio Palafox, aussende, die Altomeken zu unterwerfen. Anfangs erwiderte Cortés, daß die Altomeken der gefährlichste noch verbliebene Gegner in Mexiko seien, und er weigerte sich, Antonios Vorschlag, gegen sie zu marschieren, weiter anzuhören. »Ich habe keinen Hauptmann übrig, den ich zu Eurer Begleitung abkommandieren könnte.«

»Ich könnte selbst als Hauptmann dienen«, versetzte Antonio, und Cortés mußte lachen.

»Ihr würdet Euch sicher besser schlagen als die Narren, die wir ausgeschickt hatten, aber Ihr bleibt mein Priester.«

Im Jahre 1527 ging Cortés schließlich auf Antonios Bitte ein und genehmigte die Expedition. So kam es, daß der erste Palafox dem Hochtal als eine Art Priester-Soldat entgegenritt. Zwar hatte Cortés der Truppe einen Hauptmann der unteren Rangstufe als offiziellen Befehlshaber beigestellt, aber er wußte sehr wohl, daß im Felde der junge Fray Antonio rasch die Befehlsgewalt an sich reißen und ausüben würde. Über seine erste Begegnung mit der Altomekenhauptstadt schrieb der Priester-Soldat:

> Die Idee, eine große neue Stadt in Mexiko zu erbauen, hatte mich nicht mehr losgelassen, seit ich zum erstenmal Toledo in Spanien gesehen hatte, und als ich zum erstenmal die Stadt Mexiko sah, stellte ich zu meiner Freude fest, daß mein neues Land die Backsteine, die Maurer und die Künstler, die zum Erbauen einer Stadt vonnöten waren, durchaus aufbieten konnte. Doch ich hatte mir immer vorgestellt, daß ich aus dem Nichts heraus anfangen würde, auf einer leeren, von Kakteen und Agaven bewachsenen Ebene, und als ich Männer fragte, die für Cortés erkundet hatten: »Wo ist das wilde Land, das keiner haben will?«, da sagten alle: »Das Land der Altomeken.

Es ist genauso wild wie seine Besitzer.« Mit diesem Ziel im Sinne lenkte ich meinen Esel über rauhe Indiopfade, den Soldaten, die mich begleiteten, versichernd: »Bald werden wir dort sein.«

Und dann, eines Morgens, als wir einen hügeligen Paß erklommen, der uns in ein hochgelegenes Tal führte, sahen wir mit großer Verblüffung, daß wir auf eine prachtvolle Altomekenstadt hinunterschauten, mit einer turmhohen Pyramide, Tempeln sonder Zahl, Gärten und festen Wohnhäusern – eine Metropole, die nur mehr einer Kathedrale und eines Namens bedurfte. Ich bat den Hauptmann, anhalten zu lassen, und von der Höhe unseres Gipfels verkündete ich: »Dies soll die Stadt Toledo sein!« Worauf wir auf die Knie sanken, um Gott unseren Dank zu sagen, und in just dieser Haltung waren wir noch, als die Altomeken uns attackierten.

Die Einnahme von Stadt-der-Pyramide dauerte fünfzehn Wochen. Während dieser Zeit verlor der unfähige Hauptmann der Truppen mehrere Male den Mut, und er hätte die Belagerung abgebrochen, wenn nicht Fray Antonio ihm dies untersagt hätte. Die Altomeken waren furchterregende Gegner, die mit Federkopfschmuck und Adlergesichtern angriffen. Weder Pferde noch Kugeln noch spanischer Wagemut vermochten sie einzuschüchtern, und es schien ihnen einerlei, wie viele Krieger sie bei ihren Gegenangriffen verloren. Die Art und Weise, in der sie Stadt-der-Pyramide verteidigten, wurde zu einem der Glanzlichter der mexikanischen Geschichte, denn am Ende siegte keine von beiden Seiten. Ein ehrenhafter Waffenstillstand wurde ausgehandelt nach dem altomekischen Prinzip, daß »dies immer so weitergehen könnte, und das wäre töricht, denn wir sind beide starke Völker«. Der Friedensvertrag wurde später auf Wandgemälden von indianischen Künstlern wie Rivera und Orozco dargestellt, die stolz auf diese Belagerung waren, da sie Ausdruck des Mutes ihrer Vorfahren war. In seinem Buch *Die Pyramide und die Kathedrale* verwies mein Vater mehrfach mit Stolz darauf, daß von allen mexikanischen Indiostämmen die Altomeken die einzigen waren, die sich niemals von den Spaniern hatten unterwerfen lassen, und als ich klein war, lehrte er mich, stolz auf mein altomekisches Blut zu sein; denn es war das Blut von Helden.

Zur selben Zeit schärften meine Palafox-Onkel mir ein: »Vergiß niemals, Norman, daß es ein Palafox war, der diese Stadt in Besitz nahm! Als die anderen es mit der Angst bekamen und am liebsten die Flucht zurück nach Mexico City ergriffen hätten, da war es Fray Antonio Palafox, der standfest blieb. Lies, was er über die Schlacht schrieb!«

Während der Belagerung geschah etwas Seltsames, ein Ereignis, aus dem beide Heere die Kraft zum Weiterkämpfen zu schöpfen schienen. Jeden Morgen während dieser fünfzehn bitteren Wochen begann etwa eine halbe Stunde vor Morgengrauen auf der Spitze der Pyramide, welche die Stadt beherrschte, eine dumpfe Trommel zu schlagen und ihr Echo durch die Stadt und über unser Lager vor den Mauern der Stadt zu senden. Diese Trommel übte einen Zauber aus auf alle, die sie hörten; denn für die Altomeken war ihr dumpfes Dröhnen gleichbedeutend mit einer Aufforderung ihrer grausigen Götter, ihnen frische Menschenopfer darzubieten. Diese Opferungen fanden bei Sonnenaufgang auf der Spitze der Pyramide statt, so daß wir alle sie sehen konnten, und wir beobachteten mit Entsetzen, daß die Geopferten offenbar keine Sklaven waren, sondern die jeweils tapfersten Krieger, gegen die wir an den vorausgegangenen Tagen gekämpft hatten; denn bisweilen konnten wir sie wiedererkennen oder glaubten das zumindest. Auch fiel uns auf, daß die Opfer sich weder wehrten noch in irgendeiner Weise gegen ihr Schicksal aufzubegehren schienen; statt dessen schritten sie fröhlich zu der steinernen Platte, wo ihnen von blutbefleckten Priestern das Herz aus der Brust herausgeschnitten wurde. Für uns Spanier war das Dröhnen der Trommel ein Aufruf zu neuen Schlachten, und jedesmal wenn wir sie hörten, rief ich die Befehlshaber unserer Streitmacht zusammen und betete mit ihnen für die armen Seelen, die geopfert wurden, und wenn unsere Gebete irgendeine Kraft hatten, dann erlangten einige dieser Unglückseligen das Himmelreich.

Während der ersten drei Wochen gründete der Haß der Spanier auf die Menschenopferriten, die mit anzusehen sie gezwungen waren, schlicht auf moralischer Entrüstung, doch zu Anfang der neunten Woche ereigneten sich Dinge, die die Spanier bestürzten und in ihnen die grimmige Entschlossenheit schürten, diese hochmütige Stadt zu demütigen und ihre scheußliche Pyramide zu verheeren. Im Morgengrauen hatte die Trommel ihr pulsierendes Echo über das Lager gesandt, und Fray Antonio hatte seinen Hauptmann zum Gebet gerufen, als er die grausige Feststellung machen mußte, daß das Opfer des Tages einer ihrer eigenen Kameraden sein sollte, der einige Wochen zuvor zusammen mit einer Handvoll anderer Spanier von den Indios gefangengenommen worden war. Im Gegensatz zu den Indios wehrte sich der spanische Soldat vor dem Altar nach Kräften, und im Lager der Spanier verstummten die Gebete, während die Soldaten in grausigem Entsetzen den Todeskampf ihres Freundes verfolgten.

Von diesem Augenblick an entartete die Schlacht um Stadt-der-Pyramide zu barbarischer Grausamkeit; denn jeden Morgen mußten die Spanier von nun an in stummer, hilfloser Wut mit anschauen, wie die Priester auf der Spitze der Pyramide dem nächsten ihrer Kameraden das Herz aus dem Leibe schnitten, und im Verlaufe des Tages töteten die Invasoren – und dies nicht immer schnell – jeden Indio, dessen sie habhaft wurden. Für das größte Entsetzen jedoch sorgte ein Vorfall, der sich in der elften Woche ereignete: Auf den Mauern der Stadt, vor den Augen der Spanier, fand eine kleine Parade von federgeschmückten Altomekenkriegern statt, die begleitet wurden von drei spanischen Soldaten – so schien es jedenfalls, bis offenbar wurde, daß die drei nicht am Leben waren – sie waren bei lebendigem Leibe gehäutet worden, wobei man die Köpfe drangelassen hatte, und Altomekenpriester waren in die weißen Häute geschlüpft und hatten die zuvor ausgeweideten Köpfe über ihre eigenen gestülpt, so daß die auf der Mauer paradierenden Leichen ganz so aussahen wie ihre Besitzer zu Lebzeiten.

Gruppen empörter Spanier stürmten zornentbrannt gegen die Mauern an, um ihre Kameraden zu rächen, aber sie wurden zurückgetrieben, und in jener Nacht tilgte Fray Antonio aus den Köpfen seiner Kameraden jeden Gedanken an Rückzug, den sie vielleicht bis dahin noch gehegt haben mochten. »Wir haben es mit Teufeln aus der Hölle zu tun«, predigte er in der Dunkelheit, »und wir sind von Gott dazu auserkoren worden, diesen Feind zu erniedrigen, seine Tempel zu zerstören und alle, die wir finden, zur Liebe zu Jesus Christus zu bekehren.« In den darauffolgenden Tagen war es Fray Antonio selbst, der die Truppen anführte, und seine großgewachsene, stets ganz in Schwarz gehüllte Gestalt mit den hängenden Schultern wurde zu einem Symbol für die Entschlossenheit seiner Mannen. Doch als die fünfzehnte Woche anbrach, verharrten die beiden Heere noch immer im Patt: Die Altomeken zeigten keine Spur von Wankelmut und fuhren fort, gefangene Spanier im Morgengrauen auf dem Opferstein zu opfern oder mittags bei lebendigem Leibe zu häuten, während Fray Antonios Spanier die Belagerung fortsetzten und ihrerseits gefangene Altomeken zu Tode folterten.

Dann geschah das, was als das Wunder von Toledo in die Geschichte eingehen sollte: Am Donnerstagmorgen der fünfzehnten Belagerungswoche, etwa um neun Uhr, im Anschluß an eine Rauferei innerhalb der Stadt, erschien vor dem Haupttor eine würdevolle Frau von etwa fünfzig Jahren, die ein wunderschönes kleines Mädchen an der Hand hielt, und die Spanier sahen zu ihrer Überraschung, daß die Frau ein pergamentenes Banner mit einem Abbild der Heiligen Jungfrau und des Christuskindes emporhielt. Ein Schrei erhob sich, und die Soldaten hielten im Kampfe inne; sofort wurde nach Fray Antonio und nach dem Hauptmann geschickt. Mit großer Feierlichkeit, wie in zahlreichen späteren Neuinszenierungen des Ereignisses nachgespielt, näherten sich die Frau und das Kind dem Priester und den Soldaten.

Von den Truppen kam der Ruf: »Es ist ein Wunder!« Und als

die Frau Fray Antonio erreichte, der sich schon eine ganze Weile bange fragte, wie lange er den Mut seiner Armee noch würde aufrechterhalten können, da kniete er vor dem Banner nieder, hielt es an seine Lippen und küßte es, wie jeder neue Gouverneur von Toledo seit vierhundert Jahren es zu tun angehalten ist.

Die Besetzung der Stadt wurde mit Hilfe von Dolmetschern organisiert, und die Frau rief aus dem Innern der Mauern die militärischen Führer herbei, die das Abkommen ratifizierten – jedoch nicht als Kapitulation, denn sie blieben weiter kampfbereit, sondern als einen Beschluß zwischen gleichwertigen Partnern. Noch vor dem Mittag desselben Tages führte Fray Antonio seine Soldaten zur Pyramide, die er und die Frau erklommen, begleitet von sechzehn spanischen Recken und ungefähr fünfzig Altomekenfrauen. Oben angekommen, plünderten die Spanier und die Indiofrauen die Tempel, zerstörten die Trommel und stießen mit Hilfe langer Pfähle die abscheulichen Götzenbilder die Pyramide hinunter.

Während der darauffolgenden Tage zerstörten die Spanier mehr als zweitausend altomekische Statuen, verbrannten fast eine halbe Meile gegerbter Tierhäute, auf welchen die Geschichte der Stadt festgehalten war, und tilgten nahezu alle sichtbaren Spuren der Kultur. An den ersten drei Tagen stand Fray Antonio, von religiöser Raserei gepackt, an der Spitze der wild wütenden Truppen, doch am Morgen des vierten Tages, als bereits vieles verloren war, traten Grauauge und ihre kleine Enkelin vor den Priester und bedeuteten ihm mit Hilfe eines Dolmetschers, daß er mit ihnen kommen sollte. Sie führten ihn zu einer Grabkammer im Palast, in dem die wertvollsten Handschriften aufbewahrt wurden – die sich jetzt im Vatikan befinden –, und drängten darauf, daß diese Zeugnisse der Altomeken gerettet wurden. Alles, was ich über meine indianischen Urahnen berichtet habe, über ihre Triumphe und ihre Niederlagen, ist aus diesen wenigen kostbaren Dokumenten entnommen, die Grauauge damals vor der Vernichtung bewahrte.

Es war dies das Jahr 1527, das Jahr, in dem Grauauge den Waffenstillstand mit Fray Antonio Palafox schloß und ihm das Pergament mit dem Bildnis der Heiligen Jungfrau mit dem Kinde übergab. Dank der Intervention der Königin ging die Befriedung der Altomeken geschwind vonstatten, und noch vor Ablauf des Jahres hatte Fray Antonio den Bau seiner Festungskirche vollendet und begann mit der Massentaufe der Bevölkerung, aber er wurde gestört durch die Weigerung Grauauges, sich im Blute des Herrn taufen zu lassen oder ihrer Enkelin die Erlaubnis zu geben, sich dem Ritual zu unterziehen. Hartnäckig bestand sie darauf: »Ich bin schon seit sechs Jahren Christin«, und sie erklärte, wie das Pergament ihre Bekehrung bewirkt hatte.

Fray Antonio, Purist, der er war, argumentierte: »Aber das ist unmöglich. Es waren zu der Zeit doch keine Priester hier.«

»Wir wollen darüber nicht streiten«, erwiderte sie, und obwohl sie dabei behilflich war, ihr Volk dazu zu bewegen, sich der Taufe zu unterziehen, lehnte sie das Ritual für sich selbst ab.

Eines Tages fragte Fray Antonio sie: »Wenn Ihr mächtig genug wart, Eure Generäle zur Kapitulation zu bewegen –«

»Wir haben nicht kapituliert«, wandte sie ein.

»Ich meine, wenn es in Eurer Macht stand, den Krieg zu beenden, warum habt Ihr es dann nicht schon früher getan?«

»Aus einem sehr guten Grund«, erwiderte sie. »Unsere Männer sind Krieger. Mein Vater war der tapferste von allen Altomeken-Generälen, und wenn wir feige die Waffen gestreckt hätten, würden wir jetzt in Schande leben. Aber wir zwangen euch durch tapferen Kampf zu einem Waffenstillstand, und nun können wir ehrenvoll weiterleben.«

Eines Tages fügte sie eine seltsame Bemerkung hinzu: »Männer sind Männer, und sie sind am glücklichsten, wenn sie als Männer leben. Unsere Männer wollten sich an den Spaniern erproben, und das haben sie getan.«

Fray Antonio fragte: »Was habt Ihr während der langen Wochen der Belagerung getan?«

Die Königin erwiderte: »Jeden Morgen, wenn die Trommel dröhnte, habe ich das Pergament auf dem Fußboden ausgebreitet und mit meiner Enkelin davor niedergekniet, und wir haben gebetet.«

»Zur gleichen Zeit habe auch ich gebetet«, vertraute ihr der junge Priester an. »Wofür habt Ihr gebetet?«

»Für unseren Sieg«, erwiderte die Königin schlicht.

»Warum habt Ihr dann die Belagerung nicht früher beendet?« wiederholte der Priester mit einiger Verärgerung in der Stimme.

»Weil es für alles eine rechte Zeit gibt, und hättet ihr nicht einen angemessenen Blutzoll entrichtet, um diese Stadt zu erringen, dann hättet ihr euren Sieg nicht wirklich zu würdigen gewußt, als ihr sie einnahmt.«

»Ich verstehe ...«, sagte er bloß, und dann lenkte er das Gespräch auf das den beiden nun schon sattsam vertraute Thema: »Grauauge, beim nächsten Gottesdienst müßt Ihr Euch taufen lassen!«

»Das wurde ich schon vor langer Zeit«, versetzte sie. »In Blut.«

»Die wahre Taufe vollzieht sich in der Liebe zum Herrn«, wandte er ein.

»Ich erlebe diese Liebe seit sieben Jahren«, erwiderte sie. »Im Geiste dieser Liebe übergab ich Euch die Stadt, als Eure Soldaten sich als unfähig erwiesen, sie einzunehmen.«

»Laßt mich wenigstens das Kind taufen!« bat der Priester sie. »Das Mädchen wird ein langes Leben in dieser Stadt haben und sollte daher eine Christin werden.«

»Sie ist schon eine Christin«, beharrte die Königin.

»Wer hat sie zu einer solchen gemacht?« fragte der Priester.

»Ich.«

Ihre negative Haltung in dieser Frage verstärkte sich noch, als sie eines Nachmittags durch ihre Stadt ging und auf eine Gruppe von jungen Mädchen traf, die mit spanischen Soldaten lachten und scherzten, während sie offenbar auf einen Priester warteten. »Was macht ihr da?« herrschte die Königin sie an.

»Wir warten darauf, daß wir getauft werden«, sagten die Mädchen.

»Warum?« wollte die Königin wissen.

»Weil wir Kinder mit den Spaniern haben möchten«, erklärten die Mädchen, »aber sie weigern sich, mit uns zu schlafen, solange wir nicht getauft sind.«

Die Königin war nicht erfreut, dies zu hören, und je mehr sie sah, daß junge Mädchen sich der Taufe unterzogen, bloß damit die Spanier sie als Geschlechtspartnerinnen akzeptierten, desto fester wurde ihre Entschlossenheit, nicht zuzulassen, daß ihre Enkeltochter, die noch weit vom heiratsfähigen Alter entfernt war, getauft wurde.

»Du sollst keine spanischen Männer anschauen!« schärfte sie dem Mädchen immer wieder ein. Als Fray Antonio in ihr Haus kam, dem alten Palast der Altomekenkönige, um mit ihr über die Seele des Kindes zu streiten, wies sie ihn ab mit den Worten: »Wir wurden schon vor Jahren zu Christinnen, und der einzige noch verbleibende Grund für eine Taufe trifft auf meine Enkelin nicht zu.«

»Was für einen Grund meint Ihr?« fragte der Priester.

»Damit sie mit einem Spanier schlafen kann«, erklärte Grauauge.

Der Priester schlug sich an die Stirn und rief: »Ist das der einzige Grund, den Ihr für eine Taufe sehen könnt?«

»Wenn man schon Christin ist – ja«, erwiderte die Königin.

Fray Antonio kam jetzt auf die Frage zu sprechen, die ihm schon lange unter den Nägeln brannte. »Wie ich sehe, trägt Eure Enkeltochter viele zeremonielle Armbänder«, bemerkte er.

»Das tun alle Mädchen«, erwiderte die Königin.

»Aber diese sind aus Silber.«

»Die königliche Familie hat immer Silber getragen«, erklärte Grauauge.

»Wo bekam sie es her?« fragte Fray Antonio, bemüht, seine Erregung zu verbergen.

»Das erfuhr ich nie«, erwiderte die Königin.

»Aber bestimmt habt Ihr doch gehört ...«

»Zweifellos hat es der König gewußt, aber –«

»Besaßen die Altomeken eine Silbermine?«

»Das gehörte zu den Dingen, die mich nie gekümmert haben«, sagte die Königin, und so sehr er auch immer wieder in sie drang, es gelang ihm nie, ihr irgendeine befriedigende Antwort zu entlocken.

Wie wir aus den Aufzeichnungen ihrer Enkelin wissen, erkannte sie rasch, daß der junge Priester in Gier nach Silber entbrannt war, und sie war entschlossen, dies als Mittel gegen ihn in der Hand zu behalten; aber niemand hat je erfahren, ob sie nun von der Existenz und dem Lageort der Minen wußte oder nicht. Ihre Enkelin war, so geht aus ihren Aufzeichnungen hervor, der Ansicht, daß die Königin sehr wohl von den Minen wußte, dieses Wissen jedoch für sich behalten wollte.

Der Grund, warum die meisten Chronisten vermuten, daß Grauauge sehr wohl von den Minen wußte, war, daß die Königin, als Fray Antonio sich mit dem leidenschaftlichen Appell an die Altomeken wandte, genug Silber bereitzustellen, um eine Statue der Heiligen Jungfrau daraus gießen zu können, dies für eine ausgezeichnete Idee hielt und das nötige Erz in kürzester Frist beschaffte – aus welchen Quellen, erfuhr Antonio nie.

Als er sie auf weitere Lieferungen drängte, zwecks Versendung nach Spanien, stieß er auf Widerstand. »Warum sollten wir Altomeken Silber an irgendeinen König in Spanien senden?« fragte die Königin argwöhnisch.

»Weil er der größte König der Christenheit ist«, erklärte Antonio.

»Er ist aber nicht unser König«, versetzte Grauauge.

»Das ist er wohl. Ihr alle seid seine Kinder.«

»Unser König ist Gott, und der ist im Himmel«, erwiderte die Königin, und es kam kein weiteres Silber – sehr zum Verdruß und Leidwesen des Priesters.

Während der nächsten zwei Jahre konzentrierte sich Fray Antonio auf die Errichtung seines ersten Bauwerks in Toledo, welches für seine beiden Pflichten stand: Land und Leute für den König zu erringen, Seelen für Gott zu gewinnen. Er zwang die Altomeken letztendlich doch dazu, Sklaven des Königs zu werden, doch erlaubte er ihnen ausschließlich, am Bau der Kirche mitzuwirken, die unter seiner ständigen Aufsicht zu einer trutzigen Festungskirche wurde, mit Mauern so dick, wie ein Mann groß war, und Türen, die mit schweren Riegeln bewehrt waren. Für die spanischen Soldaten errichtete er eine kleine Holzkirche im Innern der Festungsmauern, und so erklärt sich der Name des Bauwerks: Festungskirche. Die Kirche steht heute natürlich nicht mehr, aber die Festung existiert noch immer, und an ihrer südlichen Mauer kann man noch heute eines der berühmten Denkmäler aus der Zeit der Befriedung Mexikos betrachten. Es ist der strenge, schmucklose Außenaltar, errichtet mit einfachsten Mitteln von Altomeken, denen Fray Antonio den Umgang mit den aus Spanien eingeführten Meißeln beigebracht hatte. In den Anfangsjahren der Besetzung wurde es als zu gefährlich betrachtet, Indios Zugang ins Innere einer Festungskirche zu gewähren, da man befürchtete, sie könnten sich in einer spontanen Revolte erheben und die Spanier niedermachen. Andererseits jedoch verloren die Priester niemals die Tatsache aus dem Auge, daß sie in Mexiko waren, um die Indios zu bekehren, und so ersannen sie den Kompromiß des Außenaltars. Als Zugang zu diesem Altar wurde ein enger Tunnel durch die dicke Außenmauer gehauen, gerade breit genug, daß ein Mann hindurchpaßte. Durch diesen gelangte der Priester nach draußen zur Freiluftkapelle, wo sich die Indios, oft bis zu fünftausend an der Zahl, versammelten, die Botschaft Jesu zu empfangen. Unter diesen Vorsichtsmaßnahmen konnten die Indios, sollten sie sich denn tatsächlich erheben, zwar den Priester ermorden, der vor ihnen sein Amt verrichtete, aber sie konnten nicht mit Gewalt Zugang ins Innere der Festung erzwingen, da der enge Tunnel leicht von innen versperrt werden konnte.

Hinzu kam, daß immer, wenn der Priester von seinem Außenaltar aus den Gottesdienst abhielt, eine Abteilung Soldaten auf den Zinnen oberhalb von ihm Wacht hielt, so daß die bewaffneten Männer direkt in die Menge feuern konnten, falls es zu einer Revolte kam. In den ersten elf Jahren seiner Amtszeit in Toledo ließ Antonio seine Indios niemals zum Gebet antreten, ohne daß nicht zwanzig bewaffnete Soldaten mit schußbereiten Musketen auf der Brustwehr standen.

Aber es war weder der Altar noch die Festung, denen Fray Antonios Hauptinteresse galt. Er ritt ständig mit Abteilungen seiner Soldaten in die Hügel, um nach dem Silber zu fahnden, das er dort vermutete, doch seine Bemühungen blieben stets erfolglos. Als Bischof Zumárraga aus Mexiko-Stadt kam, um die Festungskirche zu inspizieren, war er so beeindruckt davon, wie Fray Antonio die alte Heidenstadt unterworfen hatte, daß er den jungen Mann am liebsten auf der Stelle in die Hauptstadt zurückgeholt hätte. »Wir brauchen Eure Tatkraft«, sagte Zumárraga zu ihm.

Fray Antonio erwiderte bescheiden: »Meine Aufgabe liegt hier, bei den Altomeken.«

Sobald der Bischof wieder wohlbehalten zurück in der Hauptstadt war, stürzte sich Fray Antonio erneut in seine besessene Suche nach den Silberminen, aber der Erfolg blieb ihm auch weiterhin versagt. Was sein Scheitern besonders bitter machte, war, daß seine Altomeken von Zeit zu Zeit mit Stücken puren Silbers oder mit silbernen Spangen oder Armreifen erschienen, und es erzürnte ihn, daß sie das Geheimnis der Minen kannten und er nicht.

Im Jahre 1529 nahmen dann die Ereignisse im heimischen Toledo eine dramatische Wendung. Im Mittsommer erhielt Fray Antonio die Nachricht, daß sein Vater von der Heiligen Inquisition endgültig schuldig gesprochen und wegen der Schwere seiner Ketzerei wider die finanzielle Stabilität des Reiches – eine Sünde, die darüber hinaus nach Lutheranismus roch – auf dem Hauptplatz von Salamanca auf dem Scheiterhaufen verbrannt worden war. Wie ein Freund ihm berichtete, hatte man ihn erdrosselt, bevor die Flammen ihn erreichten.

Mehrere Wochen lang verharrte Fray Antonio in einer Art Betäubung. Seine ersten Gedanken galten nicht seinem Vater, sondern dem kleinen Blumengarten, den die Palafox über so viele Generationen hinweg gehegt hatten. Er sah die bunten Blumen vor sich, wie sie von Unkraut verdrängt wurden, und er sah in der Kathedrale die gelbe Schandkutte mit dem Namen seines Vaters und der Ächtung aller Palafox bis ans Ende aller Tage. Dann dachte er an seinen Bruder Timoteo und an das, was jenem widerfahren würde, und mehrere Nächte lang betete er, daß der hitzköpfige junge Mann sein Temperament im Zaum halten möge. Er hoffte, daß Timoteo schon in die Armee eingetreten war; denn wenn er das nicht getan hatte, würde ihm der Zugang jetzt auf immer verwehrt bleiben, und der Junge würde keine andere Wahl haben, als sich durch Betteln oder Straßenraub am Leben zu halten. Und schließlich dachte er an sich und daran, daß durch diese Entscheidung der Heiligen Inquisition seine kirchliche Karriere ein für allemal zerstört worden war. Er konnte zwar Priester bleiben, aber er würde niemals ein Ehrenamt bekleiden. Und da schickte er sich in den Gedanken, daß er den Rest seines Lebens in Mexiko verbringen würde, verloren und vergessen in der Anonymität von Toledo, ohne Hoffnung, Leticia jemals wiederzusehen; doch zugleich bekräftigte er seinen Glauben, daß der gute Name seiner Familie vielleicht mit dem Silber gerettet werden konnte, das er nach wie vor entschlossen war zu finden.

Grauauge, die Fray Antonio stets mit Interesse studiert hatte, sah mit einiger Sorge die deutlichen Veränderungen, die in dem Priester vor sich gingen. Wo er einst munter und voller Tatendrang gewesen war, da war er jetzt niedergedrückt und kraftlos. Besondere Angst schien er vor den Kurieren zu haben, die Briefe aus der Hauptstadt brachten, und sie vermutete, daß er mit weiteren schlechten Nachrichten rechnete. Er verlor die Freude am Bekehren, und er führte seine Truppen auf ausgedehnte Expeditionen in die Berge, immer auf der Suche nach den Silberminen, die sich ihm entzogen wie eine Fata Morgana.

Eines Tages, als er wieder einmal von einer seiner Suchexpeditionen in die Festungskirche zurückkehrte, begab sie sich in sein Quartier und fragte ihn geradeheraus: »Was ist geschehen, Fray Antonio?« Und einer spontanen Eingebung folgend erzählte er ihr die Geschichte von der Hinrichtung seines Vaters in Salamanca. Der entsetzte Ausdruck, der daraufhin auf das Gesicht der Altomekenfrau trat, überraschte ihn.

»Wollt Ihr damit sagen«, sagte sie flüsternd, »daß in Spanien Menschen bei lebendigem Leibe verbrannt werden?«

»Ja«, gestand er verlegen.

»Aber die Jungfrau …«, fragte sie, auf die Statue deutend, die seine kahle Wand schmückte.

»Sie tun es, um Sie zu schützen«, versuchte er zu erklären.

Mit durchdringendem Blick starrte die Indiofrau ihn an und fragte leise: »Also tun sie in Eurem Land genau das gleiche, was wir früher in unserem getan haben?«

»Aber nein!« protestierte der junge Priester vehement. »Auch wenn es mein eigener Vater war, den sie verbrannt haben, muß ich einräumen, daß sie es zum Wohle und Schutze des Glaubens …«

»Genau wie wir«, erwiderte die Frau, dem Priester geradewegs in die Augen schauend, und in diesem Moment entstand eine Art von absoluter Gleichheit zwischen ihnen, und es war nie wieder die Rede von Taufe.

Da Timoteo Palafox schon sicheren Unterschlupf in der Armee gefunden hatte, bevor sein Vater wegen Ketzerei hingerichtet wurde, entging er der Generationen übergreifenden Strafe, die allen Familienangehörigen eines Ketzers zugemessen wurde. Doch obschon er in der Armee bleiben konnte, konnte er niemals mehr zum Offizier befördert werden oder irgendeinen Rang von Bedeutung bekleiden. Im Jahre 1529, noch in Unkenntnis der Tatsache, daß sein Vater die äußerste Strafe für seine freizügigen Ideen erlitten hatte, traf er in seiner schmucken Fähnrichsuniform in Mexiko-Stadt ein, ein ehrgeiziger und tapferer junger Soldat mit wachem Geist. Als er zuversichtlich verkündete, daß er auf dem Weg zu seinem Bruder in Toledo sei, erhielt er zu seiner Überraschung anderslautende Order von Hauptmann Cortés: »Die Indios in Oaxaca, einer großen Siedlung im Süden, bereiten uns Ärger. Stellt eine Abteilung Soldaten zusammen und befriedet sie.« Timoteo wollte diese wenig anspruchsvolle Aufgabe ablehnen, aber Hernán Cortés war keiner, dem man mit Einwänden kommen konnte.

So kam es, daß Fray Antonio nach dem fernen Oaxaca reisen mußte, um seinen Bruder begrüßen zu können, und als er ihm in der armseligen Lehmhütte, die als Hauptquartier diente, entgegentrat, erfuhr er, daß Timoteo so lange gebraucht hatte, um nach Mexiko zu gelangen, daß er noch nichts vom Feuertod seines Vaters auf dem Scheiterhaufen wußte.

»Schreckliche Nachrichten, Bruder. Vaters Feinde waren gnadenlos. Sie hetzten ihn solange, bis die Inquisition ihn verurteilen mußte.«

»Sie haben ihn verbrannt?« schrie Timoteo.

»Man ließ Gnade walten. Er wurde erdrosselt, bevor das Reisig entzündet wurde.«

Mehrere Minuten lang stürmte Timoteo mit geschwollener Zornesader in der Hütte auf und ab, und schließlich stieß er keuchend hervor: »Wir werden diese Missetat rächen. Seine gelbe Kutte wird in Salamanca hängen und von unserer Schande künden, von deiner und meiner, aber mit der Kraft und Hilfe Gottes …«

»Lästere nicht den Herrn.«

»Mit der Kraft Gottes, die in deinem und meinem rechten Arm wirkt, werden wir den Namen unseres Vaters und unseren eigenen reinigen. Schwöre es, Antonio!« Und in der dumpfig-feuchten Hütte im Dschungel von Oaxaca legten die Brüder diesen Schwur ab. Sie erhoben sich, jeder von beiden das Zeichen seines Amtes emporhaltend, Antonio seine Bibel, Timoteo sein Schwert, und schworen den Eid, den der Soldat sprach: »Wir werden den Namen Palafox reinigen. Was immer dafür erforderlich sein wird, wir werden den Preis bezahlen. Der Schandfleck wird beseitigt werden.« Dann ließen sie die Arme sinken und knirschten mit den Zähnen, als rüsteten sie sich zur Schlacht.

Antonio holte einen Leinenbeutel hervor, den er aus Toledo herausgeschmuggelt hatte, und leerte dessen Inhalt auf den klapprigen Tisch.

»Silber?« fragte Timoteo.

»Das reinste, das es gibt, wie man mir sagte. Dies sind die Kugeln, die wir benützen werden.«

Timoteo, hitzköpfig und bereit zu handeln, warf die Kugeln von einer Hand in die andere, als wolle er sie wiegen. »Wo stammen sie her?«

»Das weiß ich nicht«, antwortete der Priester.

Der junge Soldat packte seinen Bruder beim Chorrock und schrie: »Warum hast du mich dann hierher geholt?«

»Damit du die Minen findest«, erwiderte Antonio kalt und breitete auf dem Tisch eine grobe Karte von Toledo und dem Hochtal aus, zu dem es gehörte. »Das Silber kommt anscheinend immer aus diesem Gebiet zu uns«, erklärte er, und mit dem Vorherwissen, das kennzeichnend für so viel von seinem Wirken in Mexiko war, tippte er genau auf die Stelle, an der später der *Mineral* entdeckt werden sollte.

»Dann ist das also das Land, das wir haben müssen«, knurrte Timoteo und begann wieder in dem engen Raum auf und ab zu schreiten.

»Das ist meine Absicht«, sagte der Priester mit zustimmendem Nicken. »Dieses karge Land habe ich schon für die Kirche beschlagnahmt.« Er deutete auf die öden Landstriche, aus denen die Silberkörner niemals zu kommen schienen. »Diese besseren Gebiete mußt du für unsere Familie sicherstellen, wenn du nach Toledo kommst.«

»Wie kann ich nach Toledo kommen?« brauste Timoteo auf. »Hauptmann Cortés hat mich hierher geschickt.«

»Hauptmann Cortés hat mich in der Hauptstadt eingesetzt«, erwiderte Antonio kalt, »aber ich habe trotzdem Toledo erreicht. Du mußt das gleiche tun!«

Noch in derselben Nacht setzten die Brüder sechs verschiedene Briefe an Cortés auf, aber jedem von ihnen schien es an Überzeugungskraft zu mangeln. Schließlich, es ging schon auf den Morgen zu, entschied Antonio, daß Timoteo einen schlichten, soldatischen Antrag schreiben solle, den er selbst dem Bruder diktierte:

Werter Hauptmann!

Da mein frommer Bruder, der hochangesehne Fray Antonio, so eifrig dafür gewirkt hat, den Altomeken den Frieden und Eurer Herrschaft Ruhm zu bringen, ersuche ich, Fähnrich Timoteo Palafox, Euch hiermit unterthänigst, mich mit einem kleinen Trupp nach Toledo zu entsenden, auf daß ich meinen Bruder bei der Verrichtung seines heiligen Dienstes, der Bekehrung der Ungläubigen, beschützen kann …

Das Bittgesuch war erfolgreich, und gegen Ende des Jahres 1530 wurde der mittlerweile wegen der Schande seines Vaters zum einfachen Soldaten degradierte Timoteo nach Mexiko-Stadt gerufen, wo Hauptmann Cortés ihm persönlich die gute Nachricht mitteilte. Aber der große Conquistador legte keine große Begeisterung an den Tag, als er dem nervösen jungen Bittsteller eröffnete: »Eurem Antrag auf Entsendung nach Toledo, um dortselbst Eurem Bruder als sein starker rechter Arm zu dienen, habe ich stattgegeben.« Bevor Timoteo frohlocken konnte, fügte der Herrscher von Mexiko hinzu: »Erwähnt in Euren Briefen nach der Heimat nichts von dieser Ernennung! Ich habe Instruktionen aus Sevilla erhalten, die sich auf die Entehrung Eures Vaters beziehen.« Er spie die Worte aus, als ekelte er sich vor ihnen und ihren Urhebern. »Ich habe Order erhalten, Euch zu degradieren, Palafox. Ihr könnt niemals mehr einen Offiziersrang in den Armeen Spaniens bekleiden.«

»Darf ich mich setzen?« fragte der junge Soldat matt.

»Ihr dürft. Und ich kann Euch einen kleinen Hoffnungsschimmer geben. Auch als gemeiner Soldat könnt Ihr immer noch viel erreichen – mit Tapferkeit, Entschlossenheit und Gehorsam. Indem Ihr ein Vorbild für andere seid, die weniger intelligent sind.«

»Aber wie wird man mich nennen, wenn mir der Offiziersrang verwehrt bleibt?«

Die beiden Soldaten diskutierten eine Weile über dieses Problem, und es war schließlich Cortés, der sich eines Titels entsann, der einstmals in den spanischen Streitkräften benutzt worden und irgendwann in Vergessenheit geraten war, den Titel des Sergeanten, so daß Timoteo, als er nach Westen marschierte, um nach den Silberminen von Toledo zu suchen, nicht länger ein Fähnrich war, der dazu bestimmt war, eines Tages General zu werden, sondern schlicht und einfach Sergeant Palafox, der, erfüllt von Zorn, Haß und wilder Entschlossenheit, von dem Gedanken beseelt war, den Reichtum zu finden, dessen es bedurfte, um den guten Ruf seiner Familie wiederherzustellen.

Sobald der Sergeant Toledo erreicht hatte, begann er mit seiner Suche nach der Mine. Nur von einigen wenigen Soldaten begleitet, durchstreifte er Flußbette und erstieg Hügel, von denen er auf die Festungskirche seines Bruders hinunterblicken konnte. Er fand nichts, doch wann immer er auf Indios in ihren kleinen Dörfern traf, konnte er sicher sein, daß einige der Frauen in den schäbigen Hütten silberne Armspangen trugen, und das erzürnte ihn.

»Frag sie, wo sie die her hat!« schrie er seinen Dolmetscher an.

»Sie sagt, sie hat sie geschenkt bekommen.«

»Von wem?«

»Sie sagt, von ihrem Onkel.«

»Hol ihn her!« schrie er. Doch als der alte Mann zu ihm gebracht wurde, wollte er selbst unter der Folter nicht verraten, woher er die Armreife und Ohrringe hatte. Wutentbrannt wollte daraufhin Timoteo das Dorf dem Erdboden gleichmachen, um den Indios das Geheimnis der Herkunft des Silbers abzupressen, doch die anderen Soldaten hielten ihn zurück.

Nachdem Timoteo das Land auf diese Weise einen knappen Monat durchstöbert hatte, trat eines Tages ein neun Jahre altes Indiomädchen vor Fray Antonio. Er erkannte es sogleich wieder: es war Fremdling. Sie schrie: »Sie haben meine Großmutter weggeschleppt!« Und sie führte den Priester zur Kaserne, wo er Timoteo und vier Soldaten dabei vorfand, wie sie Grauauge folterten.

»Was tut ihr da?« donnerte der Priester.

»Sie weiß, wo das Silber ist«, fauchte Timoteo.

»Laß sie gehen!« schrie sein Bruder, und die Frau wurde losgebunden. Als sie sich schwankend von der Streckbank erhob und sich die Schultern rieb, um die Schmerzen zu lindern, dankte sie dem Priester nicht, sondern lächelte ihn nur mit einer Art von trauriger Genugtuung an.

»Ihr könnt gehen«, sagte Fray Antonio.

»Ihr seid nicht anders als wir früher«, sagte die Königin, als sie ihre Enkelin bei der Hand nahm und wegging.

Im Jahre 1532 unternahm Timoteo – bedrängt von seinem Bruder, das Silber zu finden, doch zugleich durch Fray Antonios Frömmigkeit daran gehindert, das Geheimnis seiner Herkunft mittels der Folter zu enthüllen – eine Expedition zum Tal-der-Toten, von dem aus die Altomeken einst ihre Eroberung von Stadt-der-Pyramide begonnen hatten, und hier fand er mehr Silberspangen als in allen zuvor durchstreiften Gebieten, was ihn zu der Überzeugung brachte, daß er nahe bei den Minen war, nach denen er so verzweifelt suchte. Aber die Indios im Tal-der-Toten erwiesen sich als durch und durch störrisch. Sie weigerten sich strikt – möglicherweise auf Befehl von Grauauge –, auch nur von Silber zu sprechen; sie gaben den Spaniern weder Nahrung, noch wollten sie für sie arbeiten; und schließlich schlug ein junger Krieger Timoteo sogar nieder, als dieser versuchte, sich seinem Weib zu nähern.

Zur Vergeltung ließ Sergeant Timoteo Palafox seine Soldaten in Reih und Glied antreten und marschierte mit ihnen mitten durch das Tal. Sie töteten jeden, der ihnen begegnete, und zündeten jede Hütte an. Einigen Altomeken gelang es, sich in die Berge zu flüchten, aber mehr als sechshundert Indios wurden an jenem Tag getötet, und von ihren Armen und Beinen wurden fast zweitausend Silberspangen abgestreift.

Als Timoteo nach Toledo zurückkehrte, marschierte er mit seinen Truppen in die Festungskirche und warf seinem Bruder die Beute mit den Worten vor die Füße: »Jetzt beginnen wir endlich Silber zu finden.«

Geheime Boten waren ihm in der Zwischenzeit vorausgeeilt, um Grauauge von dem Massaker zu unterrichten, und sie stand an der Seite des Priesters, als Timoteo die Spangen ablieferte. So kam es, daß der Empfang, der Timoteo zuteil wurde, alles andere als freundlich war.

»Aber du wolltest doch Silber!« schrie Timoteo.

»Aber nicht auf diese Weise!« erwiderte Fray Antonio. »Nicht um den Preis von Hunderten von Menschenleben.«

»An Silber zu gelangen ist nicht einfach«, führte Timoteo ins Feld.

»Aber das waren Indios, die ich selbst getauft habe!« schrie der Priester gequält. »Sie waren ein Teil von uns.«

»Es waren Wilde«, wehrte sich Timoteo, »und sie haben uns angegriffen.«

»Das haben sie nicht!« donnerte Antonio.

»Glaubst du ihr?« fragte der Soldat empört. »Mehr als deinem eigenen Bruder?«

Fray Antonio fand es ungehörig, sich mit seinem Bruder vor den Augen einer Indiofrau zu streiten, und er sagte ruhig: »Es muß Schluß sein mit dem Morden, Timoteo.«

»Aber sie wissen, wo das Silber ist«, erwiderte der Sergeant mit düsterer Miene.

Als er dies sagte, lächelte Grauauge. Da schrie Timoteo zornentbrannt: »Bruder, schaff sie aus der Stadt! Sie ist dabei, dich zu vergiften.«

Das Ausmaß, in dem Grauauge den Priester beeinflußte, sollte erst Jahre später deutlich werden; aber Timoteo lag richtig mit seiner Einschätzung der Situation, und er wurde zu Grauauges erklärten Gegner – so wie sie zu seinem.

Vier weitere Jahre lang durchstöberte Sergeant Palafox die Hügel nach Silber, ohne je etwas zu finden. Und jedesmal, wenn er in die Festungskirche zurückkam, stapfte sein hagerer Bruder vor ihm auf und ab und schnaubte: »Solange du mit deiner Suche erfolglos bleibst, verharrt unsere Familie weiter in Schande.«

»Bruder«, pflegte Timoteo dann zu erwidern, »ich habe allenthalben bis zum Überdruß gesucht, und es gibt kein Silber.«

»Es liegt gleich hier vor unserer Nase!« rief Antonio frustriert.

»Sie müssen es aus dem Norden herunterbringen«, wandte Timoteo ein.

»Nein!« schrie Antonio. »Sag das niemals wieder! Es ist hier, unter unseren Füßen.«

Schließlich, eines Tages im Jahre 1536, rief Timoteo, nachdem sich wieder einmal eine solche Szene abgespielt hatte: »Je nun. Wenn es hier draußen liegt, dann finde du es! Ich werde derweil die Festung hüten.« Und von dem Tag an sahen die Bewohner Toledos ihren dünnen, gelehrten Priester fast täglich auf dem Rücken eines Esels in die Hügel reiten, auf der Suche nach einem Schatz, den zu finden ihm vom Schicksal niemals vergönnt sein sollte.

Als er wieder einmal von einer dieser fruchtlosen Expeditionen zurückkam, war er von einer Idee entflammt, die sich auf lange Sicht als noch bedeutsamer für die Begründung des Vermögens der Familie Palafox erweisen sollte als die spätere Entdeckung von Silber. Er rief seinen Bruder zu sich in sein Gemach, und während er sich wusch, erklärte er aufgeregt: »Timoteo, du mußt ein Mädchen aus Spanien heiraten, eines mit einem so stolzen Namen, daß die Schande unseres Vaters dahinter verblaßt. Du mußt sie hierherbringen, und als Hochzeitsgabe soll uns der König so viel Land wie möglich schenken. Das Land wird dann rechtmäßig unser sein, und eines Tages werden wir die Minen finden.«

»Die Idee ist gut«, sagte der Soldat, »aber ich kenne keine Mädchen in Spanien.«

»Aber ich!« rief der Priester. »Und eines ist von solch erlauchtem Rang, daß der König uns das Land gewähren muß.« Er rief einen indianischen Künstler zu sich und wies ihn an, ein Porträt von Timoteo zu malen, welches er einem – noch heute im Besitz unserer Familie befindlichen – Brief an den Marquis von Guadalquivir beilegte, der folgende Botschaft enthielt:

> Es dürfte höchst unwahrscheinlich sein, daß ein so hochwohlgeborenes und schönes Mädchen wie Leticia noch unvermählt ist, doch für den Fall, daß sie es tatsächlich noch sein sollte, bitte ich hiermit um ihre Hand für meinen Bruder, den Hauptmann Timoteo Palafox. Wie Ihr sicherlich wißt, verehrter Herr, wurde mein Vater in Salamanca als Ketzer verbrannt, und Ihr hättet daher allen Grund, diesen Antrag abzulehnen ...

»Sollten wir das überhaupt erwähnen?« fragte Timoteo.

»Bei dem Marquis könnte es sich als der entscheidende Punkt erweisen«, erwiderte Antonio, und er unterließ es bewußt, seinen Bruder von den liberalen Ansichten des Marquis in Kenntnis zu setzen.

Getrieben von seinem heftigen Begehren, für seinen Bruder eine Frau zu finden, die das Familienvermögen mehren konnte, hielt Antonio auch nicht einmal für einen Moment inne, um über den schrecklichen Fehler nachzudenken, den er da beging: Er war im Begriff, eine Frau, die er einmal geliebt hatte, nach Mexiko zu holen, nicht aus dem wahren Grund, nämlich dem, daß er ihr wieder nahe sein wollte, sondern aus dem vorgeschobenen, daß er eine Braut für seinen Bruder suchte. Er konnte den Schmerz nicht voraussehen, den ihm das bringen mußte.

Aber nachdem er nun einen wagemutigen Schritt gemacht hatte, fand er den Mut, auch noch einen weiteren zu tun: Er setzte einen zweiten Brief auf, diesmal an den König selbst.

Und so, Majestät, ersuche ich Euch denn untertänigst, in Anbetracht der kriegerischen Natur der Altomeken, deren ständige räuberische Einfälle eine permamente Bedrohung für die Ländereien Eurer Majestät darstellen, und in Anbetracht meines immerwährenden Wunsches, diese starrsinnigen Heiden für Gott den Herrn zu gewinnen, diese rebellischen Gebiete zu einem Teil der Mitgift der Tochter des Marquis von Guadalquivir zu machen, jenes mutigen und edlen Recken, der Euch so tapfer bei Eurem Kampf gegen die Mauren gedient hat. Wenn dies geschehen ist, versichere ich Euch, dafür Sorge zu tragen, daß Truppen unter meinem Befehl Frieden, Ruhe und die Liebe zu Jesus Christus in diesen Teil Eures Reiches bringen werden.

Als dieser außergewöhnliche Brief Spanien erreichte, sah sich der König vor ein Dilemma gestellt: Wenn er in die Heirat und die Landübertragung einwilligte, lief er Gefahr, die dominikanischen Führer der Inquisition zu erzürnen, die die Palafox geächtet hatten; lehnte er das Ersuchen ab, würde er damit einem der Männer vor den Kopf stoßen, denen er am meisten vertraute und auf den er sich in schweren Zeiten verlassen hatte, den Marquis von Guadalquivir. Er las Fray Antonios Ansuchen ein zweites Mal, und da begriff er den springenden Punkt des Problems: »Der Priester verspricht, neue Länder unter meine Herrschaft zu bringen und neue Seelen für Jesus Christus zu gewinnen. Ich gebe dem Ansuchen statt. Heirat und Mitgift seien gewährt.« Auf diese Weise kamen die Palafox-Brüder an ihr erstes beträchtliches Stück Land.

Das königliche Dekret über die Bewilligung des Landes erreichte Toledo lange vor Leticias Ankunft; denn ihre Abreise aus Sevilla verzögerte sich aufgrund der Einwendungen, die von den Eltern des niederen Adeligen erhoben wurden, welchen sie acht Jahre zuvor geheiratet hatte. Er war ein hübscher junger Bursche mit einem bedeutenden Posten in der Armee gewesen, doch während seines Dienstes in den spanischen Niederlanden war er bei einem waghalsigen Ausfall gegen die protestantischen Heere gefallen. Und nun wollten seine Eltern, daß seine Witwe Leticia und ihre Kinder bei ihnen in Spanien blieben.

Sie hatte sie verblüfft, indem sie keck gesagt hatte: »Die Kinder können bei euch bleiben. Ich werde nach Mexiko gehen.« Und nicht einmal die Warnung ihres Vaters vor einem solchen überhasteten Entschluß hatte sie umstimmen können. Ihre Ankunft in Toledo verzögerte sich überdies durch weitere Rücksichtnahmen gegenüber ihren diversen Verwandten, aber die Urkunde über ihre Mitgift wurde pünktlich eingehändigt.

Bei der amtlichen Aufteilung des neu übertragenen Landes wachte Fray Antonio persönlich darüber, daß alle Gebiete, auf denen er Lagerstätten von Silber vermutete, in den persönlichen Besitz der Palafox fielen, während die Gebiete, die sich bereits als wertlos erwiesen hatten, entweder an die Kirche oder an den König gingen. Mittels dieser List gelangte Sergeant Palafox in den Besitz riesiger Gebiete vielversprechenden Landes rings um Toledo; gleichzeitig fiel ihm das faktische Eigentumsrecht an etwa neuntausend Indios zu, die er als seine Sklaven betrachtete und auch als solche behandelte.

Timoteo war einer der ersten Spanier in Mexiko, der sich der Macht bewußt wurde, die aus dem Besitz von Land und Indios erwuchs. Somit ließ er sechs Brenneisen in der Form eines großen »P« schmieden, und diese brachte er in alle Teile seines neuen Landbesitzes, wo sie solange in Feuer gehalten wurden, bis sie weiß glühten, und dann auf die rechte Wange aller in seinem Besitz befindlichen Altomeken gepreßt wurden. Und so konnten denn über zwei Generationen hinweg die Menschen in Toledo auf die rechte Wange eines Indios zeigen und mit Bestimmtheit sagen: »Der da gehört den Palafox.«

Es war einmal mehr Grauauge, die eines Tages Fray Antonio auf diese barbarische Praxis aufmerksam machte. Sie schleppte eine übel zugerichtete Bauersfrau vor den Priester und zeigte ihm das entstellte Gesicht, das noch geschwollen und verfärbt von der Brandmarkung war. Antonio zuckte entsetzt zurück und fragte: »Was ist ihr widerfahren?«

»Euer Bruder«, sagte Grauauge mit sichtlichem Ekel.

»Hat er sie geschlagen?«

»Er hat sie gebrandmarkt – mit einem glühenden Eisen. Der erste Buchstabe Eures Familiennamens. Das große ›P‹.«

Sie sagte dies ruhig und gefaßt, doch in ihrer Stimme lag eine Trauer, und sie bemerkte: »Als ich mich mit dem schwangeren Weib meines Sohnes in dem Keller versteckt hielt und auf Fremdlings Geburt wartete, haben wir immer das Pergament mit Euren Göttern angeschaut und gebetet, daß sie bald kommen mögen, weil sie die mildesten Gottheiten waren, die wir uns vorstellen konnten. Als ich sah, wie Eure Männer töteten, dachte ich: Sie müssen ihre Götter in Spanien zurückgelassen haben. Doch dann erfuhr ich, daß die Menschen dort Euren Vater verbrannt hatten …«

Zum erstenmal erzählte sie Fray Antonio, wie sie und die Altomekenfrauen des Nachts ausgezogen waren, um die Muttergottheit zu zerstören, der Menschen als Brandopfer dargebracht worden waren. Sie starrte ihn mit dunklen, anklagenden Augen an und schrie kummervoll: »Sechs Jahre, bevor ihr in diese Stadt kamt, hatten wir uns selbst von solchen Greueln wie dem Verbrennen von Menschen befreit. Warum habt ihr in Spanien nicht Schluß damit gemacht?«

Ihre Frage hatte eine solch verheerende Wirkung auf Fray Antonio, daß dieser aus dem Raum stürzte und seinen Leuten befahl: »Geht in die Dörfer! Sammelt alle Brenneisen mit dem schändlichen Buchstaben ein! Wenn ihr sie alle habt, meldet euch bei mir!«

An einem Junitag ließ er ein großes Feuer anzünden und alle Brenneisen einschmelzen.

Gegen Ende des Jahres 1537 traf die schöne junge Witwe Leticia de Guadalquivir in Veracruz ein und reiste von dort aus weiter in das Hochland nach Toledo, wo sie an einem strahlend hellen Sonnentag unter einem makellos blauen Himmel den Brüdern Palafox entgegentrat. In dem Moment war sie noch bezaubernder, als das eigenwillige junge Mädchen es gewesen war, das Antonio seinerzeit in Sevilla kennengelernt hatte. Die Jahre hatten sie weicher gemacht, fraulicher, und der tragische Tod ihres Mannes hatte sie reifen lassen, doch an der Art, in der sie ihre Umgebung musterte, konnte Antonio sehen, daß sie immer noch entschlossen war, die Herrin ihrer eigenen Welt zu sein.

Als sie auf die Brüder zutrat, wandte sie sich automatisch Antonio zu, als wolle sie ihre einstige Beziehung wiederaufleben lassen; aber der Priester warf ihr einen mahnenden Blick zu und schüttelte fast unmerklich den Kopf. Mit einem verschmitzten Lächeln wandte sie sich von Antonio ab und ging beinahe fröhlich zu Timoteo. »Ihr müßt der schöne junge Mann auf dem Bild sein, das mir geschickt wurde«, sagte sie, und mit der eleganten Unbefangenheit, die sie schon als junges Mädchen ausgezeichnet hatte, küßte sie ihn auf die Wange.

An jenem Nachmittag begab sich das Paar unter den neugierigen Blicken von Dutzenden beifällig zuschauender Indios in die Festungskirche, wo Fray Antonio wartete, um sie zu trauen. Ich sehe die drei genau vor mir, wie sie da an jenem schicksalhaften

Tag zusammen standen, denn ich hörte meine Verwandten vom Palafox-Zweig oft davon erzählen. Meine Schwiegermutter vom spanischen Zweig, Doña Isabel, schilderte die Szene immer gerne: »Es ist nun schon vierhundert Jahre her, aber es kommt einem so vor, als wäre es erst gestern gewesen. Antonio, der Priester, groß, schlank und dunkel, ein ernster Mann. Timoteo, klein, derb, grinsend, stets ganz Soldat. Und zwischen ihnen diese strahlend schöne Frau von vielleicht dreißig Jahren. Wie verwirrt ihre Gefühle gewesen sein müssen! Es geht die Legende in unserer Familie, daß Antonio, als die Zeit dafür kam, die Trauung zu vollziehen, beinahe zusammengebrochen wäre und daß sein Bruder ihn geistesgegenwärtig gehalten habe. ›Nicht hier‹, flüsterte der Soldat, und dann wurde der Ehebund feierlich geschlossen. Und was niemand in dem Moment auffiel, war, daß Vater Antonio, als er die Trauungszeremonie beendete, mit fester Stimme rief: ›Hauptmann Palafox, Ihr seid nun mit Leticia vermählt.‹ Er hatte nicht das Recht, die Anrede ›Hauptmann‹ zu benutzen, denn Timoteo hatte jeglichem Anspruch auf einen Offiziersrang entsagen müssen. Doch von dem Augenblick an war er für jedermann der ›Hauptmann‹ Palafox. Genauso, wie Timoteo die Palafox-Ländereien gestohlen hatte, stahl Antonio jetzt den Titel ›Hauptmann‹. Wir sind ein frecher, cleverer Haufen, Norman.«

Am Abend der Hochzeit sagte Grauauge zu ihrer Enkelin, die zu der Zeit siebzehn war: »Diese Brüder haben etwas Böses getan, Fremde.«

»Was?« fragte das anmutige junge Mädchen mit den langen Zöpfen, begierig, alles über die Spanier zu erfahren, was sie konnte.

»Der Priester hat für seinen Bruder ein Mädchen aus Spanien kommen lassen, für das er selbst schon einmal in Liebe entbrannt war«, erklärte die weise Alte.

»Hat er dir das gesagt?«

»Nicht mit Worten.«

»Was hast du gesehen?«

»Genug, um zu wissen«, sagte die Königin, und Tränen traten ihr in die Augen. »Diese Spanier machen sich das Leben selbst so schwer. Sie lieben ein System von Göttern, das sie niemals ertragen können. Sie hängen an Prinzipien, die sie niemals verstehen können.«

»Warum nimmt sich denn der Priester das Mädchen nicht, wenn er derjenige ist, der es liebt?« fragte Fremde.

»Das wäre für einen Spanier zu einfach«, erwiderte die Königin. Und während der darauffolgenden Tage hielten sie die Augen offen.

Was ich jetzt erzähle, taucht natürlich weder in den Chroniken der Spanier noch in denen der Altomeken auf, aber es ist dennoch Bestandteil meiner Familientradition, und ich hörte es zum erstenmal von meiner Mutter, die ganz gewiß nicht zum Klatschen neigte.

Drei Jahre, von 1537 bis 1540, lebte Fray Antonio Palafox in einer Art Hölle. Er war heillos verliebt in die Frau seines Bruders, mit der er in Sevilla verkehrt hatte; doch er selbst hatte sie mit seinem Bruder vermählt, und mit seinen Worten war die Ehe feierlich geschlossen worden.

Wie weiland König David ertappte er sich dabei, wie er seinen General zu fernen Schlachtfeldern entsandte, in der Hoffnung, daß der Feind ihn töten würde, so daß seine Frau sich wieder ihm zuwenden konnte; doch selbst wenn der Hauptmann meilenweit von Toledo entfernt weilte und Leticia allein in der Festungskirche war und es ganz offensichtlich darauf anlegte, daß der Priester sie aufsuchte, konnte er sich nicht dazu durchringen, die Ehe seines Bruders zu brechen. Er traf sich dann mit Leticia im Innern der Festung, und sie gab ihm zu verstehen, daß er in der Nacht in ihrem Gemach willkommen sein würde; gegen seinen Willen rief er sich dann die Nacht in Erinnerung, die er mit ihr in dem maurischen Garten in Sevilla verbracht hatte, und er durchlitt Höllenqualen, so sehr begehrte er sie. Aber er vermochte sich niemals dazu zu überwinden, sich ihrer Kammer auch nur zu nähern. Sobald er Hauptmann Timoteos Pferd draußen am Festungstor wiehern hörte, pflegte er auf seinen Esel zu steigen und durch einen anderen Ausgang wegzureiten.

Antonio machte sich dann auf die Suche nach Silber, und die

Indios aus ferneren Gegenden sahen ihn oft in jenen Jahren, wenn er so durch die Hügel ritt – ein hochaufgeschossener, gutaussehender, bereits ergrauender Priester von zweiundvierzig Jahren. Er war einst die herrischste Figur unter den Spaniern gewesen, doch jetzt war er unentschlossen, allein und von widersprüchlichen Wünschen getrieben. Auf einer dieser Expeditionen schlug er sein Nachtlager im Tal-der-Toten auf, in der Hoffnung, daß Überlebende des Massakers, das sein Bruder unter den Altomeken des Tals angerichtet hatte, ihn vielleicht aus Rache abschlachten würden, aber die Indios kannten ihn als ihren Freund und brachten ihm zu essen. Am nächsten Tag verblüffte er sie damit, daß er sie in einer Reihe antreten ließ und ihnen die Füße wusch. Mit tränenüberströmtem Gesicht flehte er sie um Vergebung an, obgleich sie ihm diese doch bereits gewährt hatten. Später, als er in die Hügel hinausritt, sandten sie Späher hinter ihm her, die über ihn wachten, und als die Kunde von seinem befremdlichen Benehmen Toledo erreichte, überlegte Hauptmann Palafox ernsthaft, ob er seinen offenbar geisteskranken Bruder nicht vielleicht besser nach Spanien zurückschicken sollte.

Aber Grauauge hatte andere Pläne, und als die Nachricht durch die Festung eilte, daß der verrückte Priester auf seinem Esel nahte, rannte sie zu den Mauern und schaute hinunter auf seine einsame, elende Gestalt. Er war abgehärmt vor Hunger und hohläugig vor Verwirrung. Seine langen Beine schleiften kraftlos durch den Staub, und sein Esel führte das Kommando. Sie schaute zu, wie er absaß, ins Refektorium ging, um sich etwas zu essen zu holen, und sich dann auf sein Quartier begab, um ein Bad zu nehmen. Als er gesäubert und frisch rasiert zurückkehrte, wieder ganz Priester, küßte sie ihre Enkeltochter auf die Stirn und flüsterte: »Jetzt.«

Ein paar Minuten später ging das schlanke junge Mädchen, in sein schlichtestes Linnenkleid gehüllt und mit Blumen in den Spitzen seiner langen Zöpfe, in die Kapelle, wo der Priester in höchster Seelenverwirrung betete, und sagte: »Fray Antonio, ich bin gekommen, um mich taufen zu lassen.«

Der Priester blickte zu ihr auf und fragte: »Hat deine Großmutter nun endlich ihre Einwilligung gegeben?«

»Nein«, antwortete das Mädchen bescheiden. »Ich tue dies aus eigenem Willen.«

Der Priester ergriff die Hände des Mädchens. »Warum?« rief er in freudiger Erregung.

»Weil ich gestern abend davon hörte, wie Ihr die Indios im Tal-des-Todes um Vergebung angefleht habt.«

Der Priester fühlte, wie ihm heiße Tränen in die Augen schossen, denn es schien ihm plötzlich, als ob in einer Welt der moralischen Verwirrung die indianische Konvertitin einen festen Bezugspunkt darstellte, einen, an den sein Geist sich klammern konnte. Er führte sie mit einem Gefühl des Triumphes zu dem Tunnel, der die Festungswand durchstach, und zur Außenkapelle, wo sie schließlich vor dem Taufbecken standen. Normalerweise hätte Fremde warten müssen, bis eine Gruppe von mehreren Dutzend Indios sich zur Konversion zusammengefunden hätte; denn Fray Antonio vollzog seine Taufen gern mit großem Pomp. Aber die aufrichtige Freude darüber, die Enkeltochter der Königin für das Christentum gewonnen zu haben, erweckte in ihm den Wunsch, sie sofort zu taufen.

Als das Ritual beendet war, legte Fray Antonio noch einmal die Hand auf das Haupt des großgewachsenen Mädchens und sprach in einer Art von Verzückung, deren Ursprung er nicht zu begreifen vermochte: »Fortan sollst du nicht länger Fremdling geheißen werden. Dein Name soll sein: María-von-der-Himmelfahrt.«

Mit diesen Worten führte er sie wieder zurück in den engen Tunnel. Als sie neben der riesigen Mauer waren, die er erbaut hatte, fühlte er sie dicht hinter sich und blieb stehen, und sie stieß – womöglich rein zufällig – gegen ihn. Sie fielen sich in die Arme, und es kam zu einer gewaltigen, leidenschaftlichen Vereinigung. Erst nach mehr als einer Stunde traten sie wieder in das Sonnenlicht von Toledo, der Stadt, die sie über viele Jahrzehnte hinweg gemeinsam regieren sollten.

Sobald die Palafox-Brüder ihren häuslichen Frieden gefunden hatten – Timoteo mit der Tochter eines spanischen Edelmanns, Antonio mit einer Altomekenprinzessin –, nahmen sie ihre Suche nach der verborgenen Silbermine, mit der sie die Schmach ihres Vaters auszutilgen erhofften, wieder auf. Eines Tages im Jahre 1541 befand sich Timoteo wieder einmal mit leeren Händen auf dem Rückweg nach Toledo, und er hatte bereits einen Punkt erreicht, von dem aus er in der Ferne sowohl die Pyramide als auch die Festung sehen konnte. Als er sich anschickte, einen Hügel hinunterzusteigen, den er schon viele Male erklommen hatte, stieß er unabsichtlich mit dem Stiefel einen kleinen Steinbrocken beiseite, und darunter kam Gestein von einer Art zum Vorschein, wie er es bis dahin noch nicht gesehen hatte. Als er es in näheren Augenschein nahm, kam er zu dem Ergebnis, daß es Silbererz sein mußte, und er rannte damit voller Freude zu seinem Bruder. Die beiden zerstießen den Brocken, bis schließlich ein kleiner Klumpen Silber übrigblieb.

Fray Antonio versuchte seine Erregung zu verbergen und fragte beiläufig: »Wo ist die Mine?«

»Es scheint sich nicht um eine Mine zu handeln«, erwiderte Timoteo.

Fray Antonio biß sich auf die Lippe. »Aber jetzt werden wir die Mine gewiß finden.«

»Ich habe Ausschau gehalten, aber es war nichts zu sehen«, sagte Timoteo.

Dies war der Anfang der wahren Enttäuschung der Palafox. Zwar sollte Timoteo zwischen den Jahren 1540 und 1550 mehrere einträgliche Lagerstätten von Silber entdecken, und es ist verbürgt, daß er in der Lage war, für den Rest seines Lebens dem König in Madrid ein alljährliches Geschenk von etwa zwanzigtausend Duros zu schicken, welche den Weg für sein Fortkommen in der Armee und das seines Bruders in der Kirche ebneten. Doch die große Hauptader, von der die Brüder wußten, daß sie irgendwo in der näheren Umgebung existieren mußte, vermochte er trotz intensivster Suche nicht zu finden, und oft breitete des Abends sein Bruder, der inzwischen Bischof geworden war, seine Landkarten auf dem Tisch aus, tippte mit dem Finger auf irgendeines der unzähligen Täler und fragte: »Sag, Timoteo, hast du in diesem Tal schon gesucht?« Und stets kam die unvermeidliche Antwort: »Ja, Bruder, das habe ich.«

Im Jahre 1544, als sich abzeichnete, daß die bisher entdeckten kleineren Silbervorkommen ausreichen würden, wenn auch begrenzte, so doch stetig fließende Einkünfte abzuwerfen, begann Bischof Palafox, seine Energien der dritten Obsession zuzuwenden, die sein Leben beherrschte. Er führte seinen Bruder auf die Südzinnen der Festungskirche und zeigte auf die kakteenübersäte Wüste, die sich jenseits von dem erstreckte, was einstmals die Altomekenstadt Stadt-der-Pyramide gewesen war.

»Dort unten«, sagte der Bischof leise, »werde ich unsere neue Stadt erbauen.«

»Für einen Stamm armseliger Indios?« fragte Timoteo.

»Zum Ruhme Gottes«, erwiderte der Priester. »Nach uns wird es zivilisierte Menschen in dieser Stadt geben, und wir werden Bauwerke von solchem Glanz errichten, daß sie dem Namen Palafox für immer zur Ehre gereichen werden.«

»Aber wir haben doch schon diese Festung gebaut«, wandte Timoteo ein.

»Kannst du den Steinhaufen dort drüben sehen?« fragte der Priester.

»Da hinter dem Baum?«

»Und die anderen dort?«

»Ich kann sie kaum erkennen«, erwiderte der Soldat.

»Sie bilden den Umriß unseres Regierungspalastes«, erklärte Antonio.

»Er läge zu weit weg, um ihn von der Festung aus zu verteidigen«, warnte Timoteo.

»Wenn er einmal fertig ist, werden wir keine Festung mehr brauchen«, erwiderte der Priester.

»Diese Altomeken werden niemals –«

»Gegenüber dem Regierungspalast«, fiel ihm der Priester ungerührt ins Wort, »plane ich einen riesigen öffentlichen Platz anzulegen. Siehst du die Steine dort drüben?«

Timoteo versuchte es, aber es gelang ihm nicht, den ehrgeizigen Plan in ein plastisches Bild umzusetzen. »Du gaukelst mit leeren Feldern herum.«

»Sie werden nicht mehr lange leer sein, da ich vorhabe, sofort mit dem Bau zu beginnen, und zwar mit einem ganz besonderen Bauwerk, das die gesamte Westseite des Platzes einnehmen wird. Es wird das glorreiche Wahrzeichen unserer Stadt werden.«

»Was für eine Art von Gebäude soll das sein?«

»Eine Kathedrale«, antwortete der Priester.

»Du meinst, von hier … bis hinunter zu deinem sogenannten Regierungspalast? Du mußt von Sinnen sein!«

»Als ich in Sevilla war«, erwiderte Antonio, »und auf mein Schiff wartete, da sah ich die dortige Kathedrale. Hast du dir die Mühe gemacht, sie dir anzuschauen?«

»Ja, das habe ich«, sagte Timoteo in einer Aufwallung von Heimweh.

»Als die Priester von Sevilla mit der Errichtung dieses riesigen Bauwerks begannen«, erzählte Antonio, »da kündigten sie ihrem Volk an: ›Wir werden eine Kirche erbauen, die so groß sein wird, daß alle, die nach uns kommen, schreien werden: »Sie müssen wahnsinnig gewesen sein!«‹« Er hielt einen Moment inne; dann fügte er hinzu: »Etwas von dieser Art Wahnsinn ist auch in mir.«

»Aber ein Bauwerk von hier bis da! Antonio, wo willst du das Geld dafür hernehmen?«

Der Priester wandte sich auf der Brustwehr zur Seite und sah seinen Bruder an. »Warum, glaubst du, habe ich dich so verzweifelt angetrieben, das Silber zu finden?« fragte er.

»Unsere Familie …«, stammelte der Soldat. Dann schaute er seinem Bruder scharf in die Augen und schnaubte: »Sag! Warum hast du die Karte so gezeichnet, daß die Minen auf meinem Land liegen würden … und nicht auf dem der Kirche?«

»Weil ich schon da fest entschlossen war, daß unsere Familie das Bauwerk errichten sollte«, erwiderte der Priester. »Weil ich entschlossen bin, die Schande zu tilgen, die auf unserem Namen lastet. Glaubst du etwa, ich habe dir die neuntausend Sklaven nur zu deinem persönlichen Vergnügen zugeschoben? Timoteo, du wirst diese Indios arbeiten lassen, aber nicht für dich selbst, sondern für den Aufbau von Toledo. Und wenn wir einmal tot sind, dann werden die Leute sagen: ›Dies ist die Stadt der Palafox, die Gott dienten.‹«

Im Jahre 1544 begann der wirkliche Aufbau von Toledo. Noch im selben Jahr wurde der Regierungspalast vollendet. Fray Antonio ließ daraufhin dem Vizekönig ein so enormes Bestechungsgeld in Silber zukommen, daß der Beamte bereit war, über Professor Palafox' Verdammung hinwegzusehen und seinen Sohn Timoteo, der ihm von Hauptmann Cortés empfohlen worden war, in den Rang eines Gouverneurs über den riesigen Distrikt von Toledo zu erheben. Bei Timoteos Amtseinsetzung flüsterte sein Bruder: »Die Reinigung unseres Familiennamens hat hiermit begonnen.«

Als nächstes wurde der große Platz nach Fray Antonios Plänen angelegt, und im Jahre 1549 fand auf ihm das erste öffentliche Konzert statt, gegeben von altomekischen Musikern, die Antonio ausgebildet hatte. Der Bau der Kathedrale wurde ebenfalls in Angriff genommen, aber er machte keine sichtbaren Fortschritte; denn während der ersten fünf Jahre schienen seine Ecken so lächerlich weit voneinander entfernt, daß der zufällige Beobachter kaum glauben konnte, daß sie alle zum selben Gebäude gehören sollten. Es wurden Straßen gebaut; kleine Kirchen wurden errichtet; wo immer Antonio weilte, schienen Gebäude wie Pilze aus dem Boden zu schießen, und sie waren von solcher Schönheit, daß später Historiker oft Mutmaßungen darüber anstellten, wie in aller Welt dieser asketische Priester sein makelloses Gespür für Formen erlangt haben mochte. Ein französischer Architekturprofessor sagte einmal über ihn: »Von der ursprünglichen Festungskirche bis zum Kachelhaus können wir den methodischen Werdegang eines Baumeisters verfolgen. Antonio Palafox übernahm eine indianische Stadt und verwandelte sie in ein Juwel spanischer Architektur, doch zeigte er stets bei allem, was er machte, Respekt gegenüber indianischen Bautraditionen. Toledo ist ein Monument für seinen soliden und zugleich exquisiten Geschmack bei der Verbindung der beiden Kulturen.«

Unterstützt in seinem Drang zum Bauen wurde Antonio von María, die sagte: »Meine Urahnen waren ebenfalls unersättliche Erbauer. Ich glaube, alle großen Menschen müssen das sein. Sie stehen unter einer Art von Drang, das Gesicht der Erde anders zu hinterlassen, als sie es selbst vorfanden.« Und in späteren Jahren, als die riesigen weltlichen und kirchlichen Gebäude fertiggestellt wurden, sagte sie: »Wir haben für den Gouverneur und für die Priester und für Gott gebaut. Jetzt will ich, daß wir ein kleines, hübsches Gebäude für meine Indios errichten.«

Und sie war es auch, die so lange moralischen Druck auf den Bischof ausübte, bis dieser schließlich einwilligte, ein Kloster zu bauen, in dem junge Indiofrauen sich der Kirche widmen und alte eine letzte Heimstätte finden konnten. Doch wie Antonio hatte auch María einen Hang zum Monumentalen, und als das Kloster fertig war, erstreckte es sich entlang der gesamten Ostseite der Plaza, und dort stand und florierte es bis 1865, als Kaiser Maximilian es in sein Kaiserliches Theater umwandeln ließ. Während dieser Jahre des Bauens vergaß María niemals die Mahnung ihrer Großmutter: »Du mußt für dich einen Mann suchen und finden, der zu jener Liebe fähig ist, die deine Familie stets ausgezeichnet hat, und wenn du ihn findest, bleibe ihm auf immer treu ergeben, mehr noch als deiner Familie oder deinem Gott oder deinem Land.« Sie wurde eine jener vielen tadellosen Ehefrauen, welche die mexikanischen Indios ihren spanischen Eroberern schenkten, und ihrer Vereinigung mit dem Priester entsprang mannigfacher Segen, just so, wie die Vereinigung von Mexiko und Spanien viel mehr Segensreiches als Schädliches hervorbrachte.

Fray Antonio und María hatten vier Kinder, die die mexikanische Hälfte der Palafox-Sippe begründeten, und einer ihrer drei Söhne wurde ein brillanter Kirchenmann, der beizeiten sein eigenes Indiomädchen fand, welches ihm bei der Aufgabe half, die kirchliche Hälfte von Toledo zu lenken. Es lag zum großen Teil an der Stabilität, die María Fray Antonio gab, daß er schließlich die Schmach überwand, die seine Familie in Spanien erlitten hatte, und in der Neuen Welt den Titel eines Bischofs erlangte. Sein nagendes Verlangen nach der Frau seines Bruders verflog rasch, als er ihre unstete, nörglerische Art mit der Heiterkeit und Hilfsbereitschaft seiner eigenen indianischen Frau verglich, und noch ehe ein Jahrzehnt verstrichen war, empfand er Mitleid mit seinem Bruder und schalt sich fast dafür, eine solch unglückliche Ehe eingefädelt zu haben.

Antonio nahm María nie gesetzlich zur Frau; es gab keine Konvention, nach der er dies hätte tun können, und man sprach von ihr auch nie als von seiner Ehefrau. Sie war schlicht und einfach Doña María, die anmutigste von allen Frauen Toledos. Wenn Würdenträger aus Mexiko-Stadt kamen, um mit dem Bischof über geschäftliche Dinge zu reden, konnten sie drei Tage debattieren, ohne die stattliche Indiofrau auch nur einmal zu Gesicht zu bekommen; doch sobald das Geschäftliche erledigt war, pflegte Bischof Palafox ihnen seine Altomekenprinzessin mit den Worten vorzustellen: »Dies ist Doña María«, und an der subtilen Art, in der sie das Heft in die Hand nahm, wurde deutlich, daß im Festungsteil der Kirchenfestung sie das Sagen hatte. Sie war es auch, die die endgültige Taufe aller Altomeken organisierte – mit Ausnahme ihrer Großmutter, die sich bis zu ihrem Tode sträubte. Die alte Frau fand ihre letzte Ruhe neben dem Grab ihres Vaters, General Tezozomoc, und erlangte Unsterblichkeit durch das religiöse Fest, das alljährlich zum Gedenken an den Tag stattfand, an dem sie zusammen mit Doña María mit einem pergamentenen Abbild der Heiligen Jungfrau und ihrem Sohn zur Stadt hinausmarschiert war.

Das Wichtigste jedoch war, daß Doña María eine Art von Gleichgewicht in das Leben von Bischof Palafox brachte. Sie machte ihm deutlich, wie lächerlich es war, einen Vater rächen zu wollen, indem man versuchte, immer mehr Silber zu finden, insbesondere, wenn der Vater sein Leben dafür gegeben hatte, den Nachweis anzutreten, daß man mit Silber auf vernünftige Weise umgehen mußte; und wenn die ersten Palafox-Brüder Erfüllung und Erlösung in Mexiko fanden, dann nicht deshalb, weil sie Lagerstätten von Silber entdeckten, sondern weil sie sich fest in die

Gemeinschaft einfügten und ihren Teil von Mexiko zu einem Hort von Recht, Religion und gütiger Herrschaft machten.

In den glücklichen Jahren, die Doña María mit dem Bischof verbrachte, wurden im Hochtal keine Indios getötet, und auch wenn es zutrifft, daß diejenigen, die Hauptmann Timoteo gehörten, Sklaven waren, standen sie gleichwohl unter dem Schutz der Kirche.

Im Jahre 1580 verschied Bischof Palafox im Alter von zweiundachtzig Jahren. Er starb als glücklicher Mann. Einer der Gründe, warum er in Frieden sterben konnte, war, daß er seine Mission erfüllt hatte: Er hatte den Schandfleck der Häresie vom Namen seiner Familie getilgt; er hatte die Altomeken befriedet und zum Christentum bekehrt; er hatte die Stadt Toledo gegründet und ihre zentrale Plaza mit prachtvollen Bauwerken geschmückt. Noch kurz vor seinem Tod, nachdem er gerade das Kachelhaus vollendet hatte, das allgemein als sein architektonisches Meisterstück angesehen wird, plante Bischof Palafox schon wieder eine ganze Reihe neuer Bauwerke, und er hatte sogar bereits davon gesprochen, einen Aquädukt nach römischem Muster zu erbauen, der über ein halbes Dutzend Hügel und Täler hinweg frisches Wasser in die Stadt bringen sollte. Als er starb, waren die Außenmauern der Kathedrale zwanzig Fuß hoch. Und wenn es ihm auch nicht vergönnt gewesen war, die Hauptsilberader zu finden, so hatten er und Timoteo doch kleinere Lagerstätten entdeckt, die es ihnen ermöglicht hatten, ihrem König beträchtliche Reichtümer zu liefern. Doch den größten Trost gab ihm die Gewißheit, daß sein Werk von Mitgliedern seiner Familie fortgeführt werden sollte.

Nach dem Tode von Hauptmann Palafox trat selbstverständlich einer seiner Söhne seine Nachfolge als Gouverneur an; auf diese Weise wurde ein Präzedenzfall geschaffen, der den Regierungspalast *de facto* zu einem Erbhof der Palafox machte. In gleicher Weise war einer der Knaben, die der Bischof mit María gezeugt hatte, schon frühzeitig dazu ausersehen worden, die Priesterlaufbahn einzuschlagen und eines Tages als der zweite Bischof Palafox in die Fußstapfen seines Vaters zu treten. Um solche Männer zu unterstützen, war Hauptmann Timoteos ursprünglicher Landbesitz von 250000 Morgen auf die eine oder andere Weise auf eine Drittelmillion vergrößert worden, und er sollte bald danach auf das Doppelte seiner einstigen Größe anwachsen.

Nach dem Tode ihres Mannes begann Doña María ihr eigenes bedeutendes Werk. Von ihrem Zimmer im Obergeschoß des Kachelhauses aus blickte sie über die Stadt, die ihr Bischof erbaut hatte, und dachte über die seltsame Beziehung nach, die sich zwischen den Spaniern und den Indios entwickelt hatte. Doña María entwickelte die Idee, daß der Garant für Mexikos Größe die dauerhafte Verbindung von Spanier und Indio sein würde und daß die Nation Schaden erleiden würde, wenn irgend etwas diese Einheit in Frage stellen sollte. Sie war daher beseelt von dem Gedanken, die Geschichte ihres Volkes niederzuschreiben, und dieses Werk sollte großen Einfluß auf die Entwicklung Mexikos haben, denn es verlieh der Behauptung Substanz, daß zur Zeit der Eroberung die Indios bereits eine Zivilisation besaßen.

In den vielen Büchern, die ich zu dem Thema gelesen habe, sind die Historiker harsch mit der Behauptung Spaniens ins Gericht gegangen, es habe die Neue Welt und insbesondere Mexiko kolonisiert, um Seelen für Gott zu gewinnen. Und die sogenannte »unheilige« Allianz von Priester und Soldat ist oft verspottet worden, besonders von protestantischen Autoren wie meinem Vater, der für diesen seiner Meinung nach grob vereinfachenden Rechtfertigungsversuch der Spanier nichts als Hohn und Geringschätzung übrig hatte. Aber ich habe die Aufzeichnungen der Palafox-Familie studiert und mich dabei bemüht, exakt zu ermitteln, wie die ersten Brüder vorgingen und was sie mit ihrer Energie und ihrem Silber anfingen. Lassen Sie mich gleich von vornherein folgendes einräumen: Jawohl, es stimmt, Timoteo, der hitzköpfige Soldat, hat in der Tat seine Indios, die er als seine persönlichen Sklaven betrachtete, gebrandmarkt. Und es läßt sich auch nicht leugnen, daß er das Massaker an den Altomeken anordnete. Doch wurde er in beiden Fällen von seinem Bruder getadelt, und zum Zeichen seiner Reue half er nicht nur beim Aufbau der neuen Stadt Toledo mit, sondern auch bei der Finanzierung der Prachtbauten an der Plaza. Wie haben die Brüder ihre Einkünfte aus den kleinen Minen nun genau ausgegeben? Von jeden hundert Unzen Silber, die Timoteo aus den Hügeln um Toledo ausgrub, gingen laut den Dokumenten, die ich gesehen habe, etwa sechzig direkt an den König von Spanien zwecks Unterstützung seiner katholischen Opposition gegen das ungläubige England; und die große Armada, die so nahe daran war, England in die Knie zu zwingen, hätte ohne die Silberlieferungen aus Mexiko niemals auslaufen können. Von den restlichen vierzig Unzen gingen dreißig an Bischof Palafox für den Aufbau Toledos und für die Befriedung der Altomeken, und lediglich die letzten zehn Unzen verblieben im Besitz der Brüder Palafox und wurden, manchmal gesetzeswidrig, zur Reinigung des Familiennamens verausgabt.

Für sich persönlich gab der Bischof nur wenig aus. Er lebte genügsam, bekämpfte das Heidentum der Indios und hielt sie mit der beschwerlichen Aufgabe beschäftigt, zum höheren Ruhme Gottes einen Stein auf den anderen zu setzen. Wann immer einer seiner Hilfspriester in einer der abgelegeneren Gemeinden in Schwierigkeiten geriet, zögerte er nicht, die Truppen seines Bruders dorthin zu entsenden, um den Aufruhr zu unterdrücken.

Zugleich wurde kein Indiostamm in Mexiko schneller befriedet, fester an den Busen der Kirche gebunden und weniger brutal behandelt als die Altomeken unter der Oberaufsicht von Bischof Palafox. Einer der ersten Indios, der in Mexiko zum Priester geweiht wurde, war ein Altomeke aus Toledo. Das erste Heim für alte Frauen wurde unter der Ägide des Bischofs errichtet, und in Toledo konnte man des Nachts schon sicher über die Straße gehen, während andere Regionen Mexikos noch heiß umkämpft waren. Wenn ich meine Palafox-Vorfahren als Prototypen nehme, dann muß ich zu dem Schluß kommen, daß sie zumindest – und, wie ich glaube, viele andere Spanier ebenso – den spanischen Kolonien eine Verwaltung gaben, die dem, was die Engländer später ihren Siedlungen in Nordamerika oder die Franzosen den ihren in Kanada gaben, nicht merklich nachstand.

In den Jahrhunderten, die auf den Tod der beiden Palafox-Brüder folgten, gab es einige Verwirrung bezüglich der Verbindungen in dieser kraftvollen mexikanischen Familie, denn es gab überall Palafox. Doch wurde allgemein davon ausgegangen, daß es zwei Zweige gab, jeder mit seinen eigenen ererbten Charakteristika.

Die Nachkommen von Gouverneur Palafox behielten ihre Tradition bei, ausschließlich reinblütige Spanier zu heiraten, und dieser Zweig, zu dem der jetzige Don Eduardo gehört, wachte über die Geschäftsinteressen des Familienverbandes. Die Nachkommen von Bischof Palafox und seiner Indioprinzessin vermählten sich auch in den folgenden Generationen weiter mit Indios und brachten die kirchlichen Würdenträger, Dichter, Künstler und Architekten der Sippe hervor. Aber es war stets ein bezeichnendes Charakteristikum der Palafox, daß die beiden Zweige, der rein spanische und der gemischt spanisch-indianische, in Eintracht miteinander lebten, den großen Reichtum ihrer Sippe teilten und einander als echte Vettern betrachteten.

Es schien immer einen Bischof Palafox zu geben, und er schien immer eine Allianz mit irgendeiner tüchtigen Indiofrau einzugehen, so daß das Feuer der Familie stets weiter kräftige Nahrung erhielt. Im Jahre 1640 vollendete der dritte Bischof die Kathedrale ganz so, wie sein Großvater sie nahezu ein Jahrhundert zuvor geplant hatte. Im Jahre 1726 baute einer seiner Nachfahren den großartigen Aquädukt, der das Wachstum und weitere Aufblühen der Stadt sicherte. Und im Jahre 1760 war es ein Erzbischof Palafox, der die alte Fassade der Kathedrale niederriß und sie durch das marmorne churrigueresque Meisterwerk ersetzte, von dem ich schon gesprochen habe.

Doch bevor die Fassade errichtet werden konnte – sie kostete einschließlich der ebenfalls zu erneuernden Innenausschmükkung vier Millionen Silberstücke – mußte erst einmal der weltliche Zweig der Familie tätig werden, und er tat dies mit spektakulären Ergebnissen. Im Jahre 1737 leitete Ignacio Palafox vom spanischen Zweig der Familie die kleine Gruppe von Minen. Und wie alle seine Vorfahren suchte er noch immer nach der

Hauptlagerstätte, die, so sagte es ihm die Logik, irgendwo in der Nähe sein mußte.

Als er – wie gewohnt mit leeren Händen – von seiner sechsundneunzigsten Suchexkursion in die umliegenden Hügel wiederkehrte, kam er auf eine Anhöhe, von der aus er auf die Pyramide und das Tal von Toledo hinunterblicken konnte. Er band seine Esel zum Grasen los und schickte seine Diener mit den Pferden voraus, während er dort verharrte und hinunter auf die Minen starrte, aus denen seit ihrer Entdeckung im Jahre 1538 eine bescheidene Menge Silber mühsam herausgekratzt worden war. Erzürnt darüber, daß seine Familie nun schon seit zweihundert Jahren vergeblich nach der Bonanza fahndete, überlegte Ignacio Palafox: Warum sich dem Problem nicht einmal aus einer völlig anderen Perspektive nähern? Wenn es, wie wir immer gedacht haben, eine verborgene reiche Erzader gibt, wo müßte sie liegen, damit ihre unbedeutenden Teile dort zutage treten, wo sich unsere jetzigen Gruben befinden? Er zeigte auf jede der Minen und versuchte sich vorzustellen, wie die Struktur der unterirdischen Adern beschaffen sein mochten; aber es ergab sich kein Muster.

»Die Anordnung ist rein zufällig«, schloß er.

Er wandte den Blick vom Tal ab und schaute zu seinen Eseln, die auf dem Hügelhang weideten, und sie bewegten sich aufs Geratewohl vorwärts: der eine folgte dem Schwanz des andern, der andere bewegte sich von sich aus nach keinem erkennbaren Plan. »Das mag für Esel taugen«, sann er, »aber angenommen, die Verteilung von Silber ist keine zufällige. Angenommen, es gibt ein System.« Er führte sich noch einmal alles vor Augen, was er über Erzadern und Ablagerungen wußte, vermochte aber beim besten Willen kein logisches Muster zu erkennen. In jener Nacht kam er nicht von den Hügeln herunter, sondern blieb dort bei seinen Eseln, und drei harte Tage und Nächte lang versuchte er unverdrossen, sich bildlich vorzustellen, welcher Art die innere Struktur der bekannten Minen im Verhältnis zu einer Hauptader sein mußte, und als es auf den Abend des letzten Tages zuging, kam ihm ein neuer Gedanke, und er sagte mit entschlossener Stimme:

»Wir sind immer von der irrigen Annahme ausgegangen, daß die Ader im Zentrum dieser Ablagerungen liegen müsse. Vielleicht liegt sie aber auch abseits, und sie sind nach oben durchgebrochen, in Folge irgendeiner Spannung in der Erdkruste.« Und als er das Gelände im Lichte dieser neuen Theorie studierte, sah er, daß es an der Oberfläche eine leichte, aber deutlich erkennbare Neigung von Westen nach Osten aufwies. »Die Ader muß dort hinten sein!« schrie er. »Wo wir nie gesucht haben!« Und das war die Geburtsstunde des mehr als neunzehnhundert Fuß senkrecht in die Tiefe gehenden Schachts, den mein Vater und mein Großvater ins Erdreich trieben und in späteren Jahren immer weiter ausbauten.

Ignacio Palafox grub bis in fast sechshundert Fuß Tiefe, ohne auf Silber zu stoßen, und seine Familie kam zu dem Schluß, daß er den Verstand verloren haben mußte. Sein Onkel, der derzeitige Bischof, ermunterte ihn zum Weitermachen, aber bevor er ihm mehr als moralische Unterstützung gab, schloß er erst einmal einen Handel mit ihm ab. »Wenn ich dir die nötigen Gelder bereitstelle«, schlug der Bischof vor, »dann mußt du versprechen, daß du mit dem ersten Silber, das du zutage förderst, die Kathedrale verschönern wirst.«

»Ich werde für die Farbe und etwas Blattgold aufkommen«, versprach Ignacio.

»Mir schwebt anderes vor als nur ein bißchen Blattgold«, erwiderte der Bischof. »Wenn ich das Geld vorschieße und falls du Silber findest, will ich das gesamte Innere der Kathedrale herausreißen und sie mit Silber neu auskleiden, und außerdem will ich die alte Fassade abreißen und sie durch eine aus Marmor ersetzen.«

Die Pläne waren mehr, als Ignacio verdauen konnte, und er fragte bange: »Wieviel würde das kosten?«

»Vier Millionen Pesos«, sagte der Bischof, »aber am Ende würden du und ich die schönste Kirche der Welt besitzen.«

»Sich vorzustellen, Millionen auszugeben, wenn man gar nichts hat, ist einfach«, sagte der Minenbesitzer mit einem Achselzucken.

»Aber ich gedenke sie einzufordern«, warnte der Bischof, und der Handel wurde abgemacht.

In den folgenden Jahren nahm der Bischof Ignacio gegen die Beschimpfungen der Familie in Schutz, und seine Gebete gaben dem Minenbesitzer Hoffnung. Im Jahre 1740 trugen die Gebete und die Spitzhacken Frucht, und Ignacio Palafox legte in einer Tiefe von sechshundert Fuß die Silberader frei, die letztendlich 800 Millionen Dollar abwerfen sollte. Die Erträge wurden nach dem festgelegten Verhältnis aufgeteilt: 60 Prozent gingen an den König, 30 Prozent an die mexikanische Kirche, und 10 Prozent bekam Ignacio Palafox. Die ersten vier Millionen Pesos von seinem Anteil flossen wie vereinbart an den Bischof, der ganz in der Tradition der Bauwut seiner Vorfahren die gesamte Inneneinrichtung der Kathedrale hinauswarf, die Fassade abriß und sie durch das Silber und dem Marmor ersetzte, von denen er geträumt hatte.

Es waren dies Jahre der Erfüllung für die Palafox. Ignacio wurde dank seiner Silberlieferungen an den König zum Conde erhoben, und die Grafen von Palafox spielten eine bedeutende Rolle in der mexikanischen Geschichte, indem sie ein Kolonialregime stützten, welches zunehmend von anderen Mexikanern bedroht wurde, die sich von der Herrschaft Spaniens lösen wollten. Der Bischof, der die Kathedrale verschönerte, wurde zum Erzbischof ernannt, und in Toledo machte der Witz die Runde, daß seit den Tagen Fray Antonios bis zur Gegenwart die Mitra stets direkt vom Vater an den Sohn weitergereicht worden sei.

Zwei Familientraditionen wurden aufrechterhalten: Alle männlichen Abkömmlinge aus dem gräflichen Zweig heirateten ausschließlich reinblütige Spanierinnen; alle fähigen Knaben, gleich ob rein spanischer oder spanisch-indianischer Abstammung, wurden über den Atlantik zum Studium an die Universität Salamanca geschickt, wo schon seit der Zeit vor 1300 die männlichen Angehörigen der Palafox-Familie studiert hatten. In den Sechziger Jahren des zwanzigsten Jahrhunderts gab es natürlich in Mexiko keine Grafen mehr, da derlei Titel nach dem Tode Maximilians erloschen waren, aber in Toledo betrachtete man die Palafox noch immer als Adelige, und sie benahmen sich auch wie solche. Ich bin stolz darauf, ein Angehöriger ihrer Familie zu sein, auch wenn ich bis jetzt wahrlich noch nicht viel zu ihrer Nobilität beigetragen habe. Aber während ich meine Rückschau auf ihre stolze Geschichte fertigstellte, schwor ich mir, mein Bestes zu versuchen.

Die Barbiere

Nach dem Tode Paquito de Monterreys in der Arena und unserem nächtlichen Besuch in der Katakombe war es Samstag zwei Uhr früh, als ich endlich auf mein Hotelzimmer zurückkehrte. Als ich mich fertig fürs Zubettgehen machte, fiel mein Blick zufällig durch das Fenster nach draußen, und ich sah etwas, das mich überraschte. Drei Männer schlüpften leise aus unserem Hotel und steuerten auf den Parkplatz zu, und was mich fesselte, war die Zusammensetzung des Trios. Vorneweg ging der alte Veneno Leal, im Schlepptau Chucho und Diego, der letztere mit einer Segeltuchtasche bewaffnet. Victoriano indes, der Star der Truppe, fehlte.

Ich hatte sofort eine Antwort: »Wenn die drei allein gehen, dann hat es bestimmt irgendwas mit Stieren zu tun, irgendein schändliches Geschäft, in das Victoriano nicht hineingezogen werden darf. Was könnte das sein?« Dann begriff ich schlagartig, was sie vorhatten. Und mir wurde bewußt, daß sich mir hier vielleicht die einmalige Chance bot, etwas mit eigenen Augen mitzuerleben, das nur wenige Aficionados je zu sehen bekamen. Ich zog hastig meine Hose wieder an, schlüpfte in meine Schuhe, rannte aus meinem Zimmer, stürmte die Treppe hinunter und rannte zum Parkplatz, in der Hoffnung, sie vielleicht noch abzufangen.

Genau wie ich es vermutet hatte, gingen sie nicht auf direktem Wege dorthin, sondern schlenderten über die Plaza, so als wollten sie zur Kathedrale. Sie schauten sich um, um sich zu vergewissern, daß ihnen niemand folgte, dann machten sie hastig kehrt und gingen zum Parkplatz, wo sie in ihren großen cremefarbenen Chrysler stiegen. Chucho setzte sich ans Steuer, Veneno setzte sich neben ihn auf den Beifahrersitz, und Diego nahm auf dem Rücksitz Platz. Die starke Maschine sprang nach ein paar Fehlzündungen an, doch bevor der Wagen losfahren konnte, sprang ich aus dem Schatten und packte den Rahmen des heruntergedrehten Fensters auf der Beifahrerseite.

»Ihr habt vor, ein bißchen zu barbieren?« fragte ich. Die drei Toreros schauten sich an, und Chucho zuckte mit den Schultern.

»Wie sind Sie darauf gekommen?« fragte Veneno.

»Das war ganz einfach. Ich sah, daß Sie ohne Victoriano das Haus verließen, und da konnte ich mir an fünf Fingern abzählen, daß es irgendwas mit Stieren zu tun haben mußte, wahrscheinlich irgendwas Illegales, in das ihr ihn nicht mit hineinziehen könnt. Dann fiel mir ein, daß die Corrals hier in Toledo bloß Platz für zwei Partien Stiere haben. Also war klar, daß die Stiere für Sonntag irgendwann heute nacht eintreffen würden. Und ihr wollt los und sie abfangen. Hab' ich recht?«

»Für einen Norteamericano sind Sie ganz schön clever«, knurrte Veneno.

»Kann ich mitkommen? Ich war noch nie Augenzeuge beim Barbieren.« Chucho zuckte wieder mit den Schultern, woraufhin Diego mit dem Fuß die hintere Seitentür entriegelte und sie für mich aufstieß.

»Steigen Sie ein«, sagte er, und dann brausten wir in die Nacht davon.

Als wir vom Parkplatz losfuhren, war es viertel nach zwei, aber auf den Straßen zogen noch immer Mariachi-Bands umher, gefolgt von Passanten, und wir mußten im Schrittempo durch die Straße fahren, die von der Kathedrale aus hinaufführte. Sobald wir aus dem Gewühl heraus waren, drückte Chucho mächtig auf die Tube, und mit laut aufheulendem Motor schossen wir an der Freiluftkapelle vorbei, wo ich noch wenige Stunden zuvor mit Mrs. Evans gesessen hatte. Wir hüllten die letzten paar Häuser von Toledo in eine dichte Staubwolke, und dann bogen wir mit quietschenden Reifen auf die Landstraße, die nach Westen führte, zum hundertvierzig Meilen entfernten Guadalajara. Wie alle Stierkämpfer waren die Leals aggressive Autofahrer.

Auf dem Beifahrersitz saß wie der ergraute Kapitän eines Schiffes der alte Veneno, weißhaarig und zerfurcht anzuschauen in dem flackernden Licht, das von Bäumen oder Pfählen ins Wageninnere zurückgeworfen wurde. Neben ihm, am Steuer, saß der Peón Chucho, den teuren Mantel über die Schultern geworfen wie einen Umhang. Sein schmales, hübsches Gesicht ähnelte mit seinen harten und sauberen Zügen und den gedämpften, harmonischen Farben einem Renaissance-Porträt von Ghirlandaio.

Chucho war ein geschickter Fahrer, einer, der ganz offensichtlich das Gefühl von Geschwindigkeit liebte, das kribbelnde Vibrieren des Lenkrads zwischen den Fingern, das sich einstellt, wenn ein schwerer Motor mit hoher Tourenzahl dreht. Seine sensiblen Hände korrigierten ständig die Position des Lenkrads, zwangen den großen Wagen gefühlvoll in Kurve um Kurve, stets mit hohem Tempo, doch niemals so, daß man das Gefühl hatte, er hätte die schwere Limousine nicht voll im Griff. Doch als wir schließlich auch die Dörfer, die sich an den Ausfallstraßen Toledos drängten, und die Hügel, die das Hochtal säumten, hinter uns gelassen hatten, wurde die Landstraße zu einem dieser endlosen, schnurgeraden Bänder, wie sie für die Überlandschnellstraßen Mexikos typisch sind, und Chucho überraschte mich, indem er sich plötzlich weit auf dem Fahrersitz zurücklehnte, seine Schultern hin und her bewegte, als ob sie steif geworden wären, und den Fuß vom Gaspedal nahm. »Was machen Sie da?« fragte ich auf spanisch.

»Tempomat«, erklärte er und zeigte auf einen Knopf am Lenkrad, den er betätigt hatte und der jetzt dafür sorgen würde, daß der schwere Chrysler in stets exakt der gleichen Geschwindigkeit die Landstraße entlangschnüren würde.

»Wieviel haben wir drauf?« fragte ich.

»Achtzig«, erwiderte Chucho; ich spähte nach vorn auf den Tacho und sah, daß er achtzig Meilen pro Stunde anzeigte. Hier und da sprangen Farmen aus der Dunkelheit in den Lichtkegel der Scheinwerfer und verschwanden wieder; hin und wieder hoben Kühe erschreckt den Kopf, um zu sehen, was da an ihnen vorbeirauschte. Der Wagen jagte in gleichmäßigem Tempo dahin; sobald die Strecke abschüssig wurde, drosselte der Tempomat die Kraftstoffzufuhr, um sie sofort wieder zu erhöhen, wenn er spürte, daß das Gefälle aufhörte oder die Straße sogar anstieg. Mit stets gleichbleibenden achtzig Meilen rauschten wir durch die Nacht. Auch in den Kurven behielt der Wagen diese Geschwindigkeit bei, und manchmal quietschten die Reifen ein wenig, wenn die Kurve eigentlich zu scharf für achtzig Meilen war. Chucho schaltete den Tempomat nur dann aus – was durch einen leichten Tritt auf das Gaspedal geschah – wenn wir uns Kurven näherten, die so eng waren, daß wir mit achtzig einfach rausgeflogen wären. Doch selbst dann nahm der Banderillero noch manche Kurve mit fünfundsechzig, die ich mich nicht einmal mit vierzig zu nehmen getraut hätte.

»Wo habt ihr vor, die Stiere abzufangen?« fragte ich, als wir wieder einmal eine solche Kurve hinter uns gebracht hatten und Chucho den Tempomat wieder eingeschaltet hatte.

»In dem Dorf Crucifixión«, erklärte der neben mir sitzende Diego.

»Wollt ihr sie dort auch barbieren?« fragte ich.

»Wenn der Vormann nicht dabei ist, ja«, erwiderte Diego. Sonst müssen wir uns irgendwas anderes einfallen lassen.«

»Wen hat Palafox jetzt als Vormann?« fragte ich.

»Noch immer denselben – Cándido.«

Als Diego den Namen aussprach, blickte ich zufällig gerade auf Veneno, der mit versteinertem Gesicht auf dem Beifahrersitz saß, und ich sah, wie sich die Wangenmuskeln des alten Picadors zusammenzogen.

»Wenn Cándido dabei ist«, sagte ich, »dann habt ihr die Fahrt umsonst gemacht.«

»Vielleicht«, sagte Diego. »Vielleicht können wir aber auch mit dem alten Bastard ins Geschäft kommen.«

»Mit Cándido?« Ich mußte lachen.

»Mit irgend jemand«, knurrte Veneno von seinem Beifahrersitz. Ohne den Blick von der Straße zu wenden, sagte er, offenbar an mich gerichtet: »Nach dem, was heute passiert ist, werden wir mit diesen Stieren reden.«

»Sie meinen ... die Sache mit Paquito?«

Die drei Stierkämpfer bekreuzigten sich rasch, und Veneno brummte: »Ja. Wir werden mit den Stieren von Palafox reden, und wenn Cándido versuchen sollte, uns daran zu hindern –«

Es folgte eine ominöse Pause, und jetzt konnte ich sehen, wie Chuchos Kinnbacken hervortraten. Keiner der Leals schien gewillt, sich weiter über das Thema auszulassen, also sagte ich: »Ich frage das als Schriftsteller – das heißt, als jemand, der eigentlich keine Ahnung vom Stierkampf hat: Kommt euch nicht vielleicht manchmal der Gedanke, daß das, was ihr heute nacht tun wollt ...« Ich machte eine Kunstpause.

»Sie meinen, ob wir finden, daß das unehrenhaft ist?« fragte Veneno.

»Ich habe dieses Wort nicht gebraucht«, erwiderte ich, »aber es paßt gut.«

»Ich werde Ihnen sagen, was Ehre ist«, sagte Veneno, den Blick immer noch auf die Straße gerichtet, und es war gut, daß er das tat, denn wir näherten uns jetzt in hohem Tempo dem Abzweig, der uns weg von der Straße nach Guadalajara und nach Süden zur Palafox-Ranch führen würde. Auf dieser Straße würden wir die Stiere in dem kleinen Dorf Crucifixión abfangen. Um auf die Straße zu gelangen, mußten wir durch eine ziemlich scharfe Linkskurve, und Chucho machte keine Anstalten, den Tempomat auszuschalten und auf die Bremse zu steigen. Mit einer winzigen Bewegung seines weißhaarigen Kopfes machte der alte Picador seinen Sohn darauf aufmerksam, daß die Kurve näherkam, und mit einer ebenso beherrschten Reaktion gab Chucho zu verstehen, daß er sie sehr wohl gesehen hatte und daß er vorhatte, sie mit gleichbleibender Geschwindigkeit zu nehmen. Der Gedanke, mit achtzig Meilen durch die enge Kurve zu schlittern, versetzte mir einen Riesenschreck, und ich war schon nahe daran, mich vorzulehnen, um zu protestieren, aber die kühle Reaktion der Stierkämpfer ließ mich innehalten. Sie wurden lediglich eine Spur aufmerksamer, und ihre Schultern spannten sich leicht, als der Wagen auf die Abbiegung zuschoß. Es kam mir so vor, als ob Veneno und Diego sich fragten: Schafft Chucho das wohl? Aber es kam ihnen nicht eine Sekunde in den Sinn, ihm zu sagen, er solle gefälligst langsamer fahren.

Chucho spannte die Schultermuskeln an, schob den Kopf ein wenig vor, stellte den Fuß näher ans Bremspedal, für den Fall, daß irgendein unvorhergesehenes Hindernis ihn zum Bremsen zwang, und machte sich bereit, den dahinschießenden Wagen in die Kurve zu zwingen. Mit unverminderter Geschwindigkeit rasten wir der Abzweigung entgegen. Chucho scherte in weitem Bogen nach rechts aus, riß dann das Lenkrad scharf nach links herum, so daß wir praktisch seitwärts durch die Kurve drifteten, lenkte blitzschnell gegen, als das übersteuernde Heck nach rechts auszubrechen drohte, und brachte das schlingernde Gefährt wieder unter Kontrolle. Es war ein Augenblick exquisiter Unsicherheit, gefolgt von einem Gefühl des Triumphes, und sobald die Kurve hinter uns lag und wir wohlbehalten auf einer Straße waren, die des Nachts so gut wie kaum befahren wurde, erhöhte Diego die Geschwindigkeit, und wir donnerten nun statt mit achtzig mit neunzig Meilen nach Süden durch die Nacht.

»Leute, die sich Stierkämpfe ansehen«, nahm Veneno das Thema wieder auf, so als wäre nichts geschehen, »machen sich viele Gedanken über Ehre und Unehrenhaftigkeit, und die wohl schlimmste Beleidigung für einen Matador ist es, ihm zu sagen, daß er ein Mann ohne Ehre ist. Chucho kann Ihnen irgendwann mal sagen, wie man sich fühlt, wenn man dieses Wort an den Kopf geknallt kriegt.«

»Ein sehr übler Stier in Guadalajara«, sagte Chucho bloß und massierte sich mit der linken Hand die rechte Schulter.

»Hat der Stier Sie an der Schulter erwischt?« fragte ich.

»Er hat mich überall erwischt«, sagte Chucho lachend. »Oder besser gesagt, er hätte mich überall erwischt, wenn ich nicht über den Zaun gesprungen wäre.«

»Im Jahre 1912«, begann Veneno, immer noch wie hypnotisiert auf die wie ein schnurgerades graues Band unter uns hinweghuschende Straße starrend, »ging ich nach Spanien als Picador für den großen mexikanischen Matador Luis Freg – möge seine Stierkämpferseele in Frieden ruhen!« Die Leals bekreuzigten sich zum Gedenken an einen der tapfersten und ungeschicktesten Männer, die je das Kostüm eines Stierkämpfers angezogen haben. »Freg war ein solcher Ehrenmann, wie man sie heute nicht mehr sieht. Siebenundsechzig schwere Hornwunden während der Zeit, wo ich für ihn arbeitete. Rein ins Krankenhaus – raus aus dem Krankenhaus – Riesenkampf mit verbundenen Beinen – wieder zurück ins Krankenhaus.

»Nun, im Jahre 1914 war er so schwer verletzt, daß er beim besten Willen nicht kämpfen konnte, also gestattete er mir, mich bei anderen Matadoren zu verdingen, und ich kriegte einen Job bei Corchaíto, und ob Sie's glauben oder nicht, der war sogar noch tapferer als Luis Freg. Über seine Ehre möchte ich sprechen.

Corchaíto war nicht etwa tapfer, weil er dumm oder blöde war. Erinnern Sie sich noch, wie er in die Stierkampfszene platzte? Einmal – den Tag werde ich nie vergessen – kämpfte er einen Mano-a-mano gegen Posada, und beim zweiten Stier – es waren Güterwagen-Miuras – wurde der arme Corchaíto schwer verwundet, und was macht er? Stopft sich einen Lappen in die Wunde und kämpft zum Ende durch, bis zum Töten. Riesenovationen und dann ab in die Enfermería. Und beim dritten Stier dann glotzt Posada, der ein viel besserer Kämpfer war als Corchaíto, nach einem wunderschönen Pase ins Publikum, und der Stier erwischt ihn von hinten und tötet ihn mit drei schnellen Stößen, gleich unten in der Arena.

Die Veranstalter wollten den Kampf abbrechen – Hauptmatador tot, Juniormatador schwer verletzt – aber Corchaíto kommt aus der *enfermería* raus und sagt: ›Die Leute haben dafür bezahlt, daß sie sechs Stiere sterben sehen, und sie werden sechs Stiere sterben sehen.‹ Und schwer verwundet, wie er war, tötete er zuerst den Stier, der Posada aufgespießt hatte, dann den vierten, den fünften und schließlich den sechsten. Danach brach er zusammen und wurde zurück in den Operationsraum getragen, dem Tode nahe.«

Eine Weile herrschte Schweigen, während wir an schlafenden Bauernhäusern vorbei nach Süden rauschten. Ich brach das

Schweigen schließlich, indem ich sagte: »Ich würde sagen, Corchaíto besaß Ehre.«

»Das stimmt«, pflichtete Veneno mir nachdenklich bei. »Aber das ist nicht die Geschichte, die ich eigentlich erzählen wollte.«

»Sie wollen sagen, da war noch mehr?«

»Bei einem Mann von Ehre ist immer mehr«, sagte der alte Picador. »Als ich Freg um die Erlaubnis bat, für einen spanischen Matador zu arbeiten, richtete er sich in seinem Krankenbett auf und fragte: ›Für welchen?‹ Und ich sagte: ›Corchaíto?‹. Und er erwiderte: ›Gut. Corchaíto ist ein tapferer Torero, und es würde mich verdammt stören, wenn du für einen arbeiten würdest, der das nicht ist.‹

An diesem Augusttag kämpfen wir also in Cartagena mit zwei der besten Matadore ihrer Zeit, und Corchaíto sagt zu seiner Truppe: ›Heute werden wir Stiere in vollendetem Stil töten.‹ Beim fünften Stier des Nachmittags – er hieß Distinguido – liefert er eine glänzende Darbietung mit dem Tuch – Naturales wie aus dem Bilderbuch, haarscharf an der Brust vorbei –, und er kann sicher sein, daß er mindestens ein Ohr kriegt, wenn nicht alle beide. Er setzt einen ordentlichen Degenstoß, aber leider geht die Spitze ein bißchen zu weit hinten und zur Seite rein. Wie auch immer, der Stier geht in die Knie, tödlich verwundet, und es bedarf eigentlich nur noch des letzten Gnadenstoßes mit dem Dolch, um ihm den Garaus zu machen.

Aber wie ich schon sagte, war Corchaíto ein Mann von Ehre, und er ruft also seine Leute zusammen und sagt so laut, daß die Leute auf den Sonnenplätzen es hören können: ›Bringt mir diesen Stier noch mal auf die Beine! Wenn mein Stier stirbt, dann auch richtig.‹ Wir zogen und zerrten und schafften es tatsächlich, den Stier noch einmal auf die Beine zu kriegen, und diesmal tötete Corchaíto ihn, wie ich fand, absolut tadellos. Doch als der Stier unten war, machte Corchaíto eine große Show daraus, den exakten Punkt zu überprüfen, an dem die Degenspitze reingegangen war, und als er damit fertig ist, brüllt er doch tatsächlich: ›Bringt mir den Stier nochmal hoch! Ich bin ein Matador, und ich töte mit dem Degen!‹

»Und obwohl der Stier schon von Rechts wegen tot war, stocherten und piekten wir ihn wieder solange, bis er sich noch einmal aufrappelte und sich dem Matador ein drittes Mal entgegenstellte. Aber Sie wissen ja, wie schnell Stiere in den letzten Minuten des Kampfes lernen. Und als Corchaíto zum drittenmal zum Töten hineingeht, um endlich den seiner Meinung nach vollendeten Stoß zu setzen, da stößt ihm dieser völlig erschöpfte, gepeinigte, halbtote Stier das Horn in die Leiste, wirbelt ihn dreimal auf dem Horn herum und schleudert ihn gegen die Barrera. Dort nimmt er ihn auf beide Hörner und schmeißt ihn noch zweimal hoch in die Luft. Als wir Corchaíto zum Operationszimmer trugen, deckte ich die klaffende Cornada in seiner Brust mit meinem Picadorenhut zu, damit die Leute auf den Rängen nicht umkippten, aber unter der Krempe quoll dunkelrotes Blut hervor, und noch ehe wir das Operationszimmer erreichten, war er schon tot. Der Stier hatte sein Herz regelrecht in der Mitte durchgetrennt. So kann es kommen, wenn ein Mann soviel Ehre hat wie Corchaíto.«

Wir rasten dahin auf der nächtlichen Landstraße, vorwärtsgetrieben von einer Kraft, die gänzlich außerhalb unserer selbst und außerhalb unserer Kontrolle zu sein schien. Einmal tauchte vor uns ein Schwarm von Hühnern auf, die auf dem warmen Schotter schliefen, und einen Moment lang glaubte ich, Chucho würde den Tempomat abstellen und versuchen, den Chrysler im Bogen an dem erschreckten und verwirrten Federvieh vorbeizulenken; aber offenbar hatte er das nicht vor, denn er packte das Lenkrad ein wenig fester und blieb stur auf seinem Kurs. Eine Sekunde später folgte ein wüstes Gegacker und Geflatter, und gefiederte Leiber schlugen mit einem häßlichen, dumpfen Knall gegen die Windschutzscheibe, aber Chucho hielt unerbittlich drauf. Ich mußte an die Geschichte denken, wie sich Benito Mussolini in seiner Anfangszeit einmal mit einem amerikanischen Nachrichtenreporter – Ralph Ingersoll hieß der Mann, glaube ich – mit hoher Geschwindigkeit in Italien über Land kutschieren ließ. Der Wagen überfuhr einen Dorfjungen, aber der Duce befahl dem Fahrer weiterzufahren. Zu dem Amerikaner sagte er: »Blicken Sie niemals zurück!« Und mir wurde bewußt, daß Chucho, hätte er ein Kind und nicht bloß ein paar Hühner über den Haufen gefahren, wahrscheinlich ebenfalls weitergefahren wäre, ohne sich die Mühe zu machen, zurückzublicken.

»Wie viele Männer haben Sie schon in der Arena sterben sehen?« fragte ich den alten Picador, der sich ein paar Federn vom Mantel klopfte.

»Der erste war mein Vater. Dann Corchaíto. Danach kam Ignacio Sánchez Mejía. Dann Balderas. Außerdem drei Anfänger, deren Namen Ihnen nichts sagen werden, und drei Banderilleros, zwei Picadores und ein Sitzkissenverkäufer. Und heute nun Paquito.«

Wir sagten nichts mehr zu diesem Thema, und mehrere Minuten fuhren wir schweigend über die leere nächtliche Landstraße. Jedesmal wenn wir uns einem Bauerndorf näherten, dachte ich, wir müßten eigentlich mit der Geschwindigkeit runtergehen, aber Chucho hielt die Geschwindigkeit mit dem Tempomat konstant auf siebzig, und im Vorbeifahren sahen wir hin und wieder erstaunte Bauern, die am Straßenrand geschlafen hatten und von dem Motorengeräusch des herannahenden Chryslers aufgeweckt worden waren. Mit verschlafenen, ungläubigen Blicken sahen sie uns vorüberhuschen.

Wir waren etwa zwei Meilen nördlich von einem dieser Dörfer, als der kritische Moment unserer Fahrt kam. Wir rasten gerade auf einer schnurgeraden, völlig freien Wegstrecke dahin, als urplötzlich aus dem Dunkel ein Stück voraus von links eine Kuh auftauchte, die offenbar im Begriff war, die Straße zu überqueren – und zwar genau an einer Stelle, wo wir, wenn wir die Geschwindigkeit nicht drosselten, unweigerlich mit ihr kollidieren würden. In dem Sekundenbruchteil, in dem wir vier die Kuh auftauchen sahen, war ich der einzige, der aufschrie. »Paß auf!«

Wenn wir diese Kuh mit siebzig rammten, waren wir tot, soviel stand fest. Und wenn wir in dem Versuch, an ihr vorbeizukommen, zu weit ausscherten, würden wir auf das lose Kieselbankett geraten und mit tödlicher Sicherheit im Straßengraben landen.

Keiner der Leals gab einen Laut von sich. Sie bewegten sich nicht einmal. Den Blick starr nach vorn gerichtet, schauten sie gespannt zu, wie wir auf die todgeweihte Kuh zurasten, die jetzt fast zwei Drittel der Fahrbahnbreite einnahm. Ich hatte keine Ahnung, was Chucho machen würde, doch im allerletzten Moment berechnete er präzise, wo die Kuh am Punkt der Begegnung sein würde, und mit einem plötzlichen, exakt bemessenen und getimten Schwenk nach rechts entschied er sich, vorn an der Kuh vorbeizufahren. Mit exzellentem Fahrgefühl schaffte er es, daß die beiden linken Räder auf dem Asphalt blieben und somit Bodenhaftung behielten, während die beiden rechten Räder den Kies aufspritzen ließen. Der schwere Wagen quetschte sich buchstäblich zwischen Kuh und Straßengraben hindurch. Das Manöver, so exzellent es durchgeführt wurde, kostete die Kuh gleichwohl den Kopf – im wahrsten Sinne des Wortes: der schwere Chrysler erwischte sie an der Schnauze und brach ihr das Genick.

Mit ein paar präzisen Lenkradkorrekturen fing Chucho die Schlingerbewegung, in die der Aufprall den Wagen versetzt hatte, gekonnt ab. Als wäre nichts geschehen, warf er einen Blick auf den Tacho und überzeugte sich, daß der Tempomat die gewünschte Geschwindigkeit hielt. Diego kurbelte sein Fenster herunter, um sich die linke Flanke des Wagens anzuschauen. Er kurbelte es wieder hoch und meldete: »'ne Delle, nichts weiter.« Der alte Veneno starrte unverwandt nach vorn.

Die Leals hatten das Feingefühl, meinen entsetzten Aufschrei im Moment der Krise unkommentiert zu lassen, und als ich ihre Gesichter studierte, wurde mir klar, daß sie als Stierkämpfer, die an jedem Arbeitstag der Todesgefahr ins Gesicht schauten, nicht besonders beeindruckt von dem Beinahe-Zusammenstoß waren. Chucho steuerte einen schweren Chrysler mit hoher Geschwindigkeit durch die Nacht, und es lag in seiner Verantwortung, alle eventuellen Gefahren zu meistern. Wenn er nicht schon längst bewiesen gehabt hätte, daß er einem solchen Job gewachsen war, dann hätte Diego am Steuer gesessen, und er wäre der Kuh auf exakt die gleiche Weise ausgewichen. Stierkämpfer waren Männer, die mit der Gefahr lebten und ein feines Gespür für ihre Grenzen hatten. Ich mochte diese Art zu fahren nicht, und ich konnte sie auch nicht gutheißen; aber wenn man sich dazu entschied, sich mit Stierkämpfern in ein Auto zu setzen, dann mußte man halt mit einer solchen Fahrweise vorlieb nehmen.

»Mit Ihrer Bemerkung von vorhin, Veneno«, fragte ich schließlich, »wollten Sie damit sagen, daß ein Mann wie Corchaíto sich nicht so ehrenhaft hätte verhalten sollen?«

»Darum geht es gar nicht«, sagte der alte Picador. »Männer wie Luis Freg und Corchaíto hätten sich überhaupt nicht unehrenhaft verhalten können, selbst wenn sie's gewollt hätten. Sie hatten gar keine andere Wahl. Haben Sie Freg jemals kämpfen sehen? Wir mußten ihn manchmal vor einem Kampf aus der Kutsche heben, so steif waren seine Beine vom Bandagieren.«

Es war offensichtlich, daß wir dieses Thema für den Moment erschöpfend diskutiert hatten, und so näherten wir uns schweigend dem kleinen Altomekendorf Crucifixión, wo die Leals die Palafox-Stiere abfangen wollten. Von weitem sah es aus wie jedes andere schmutzige kleine Kaff, das von ein paar hundert Leuten bewohnt war, und als wir in die Dorfmitte kamen, sah ich, daß Crucifixión die übliche Plaza mit der unvermeidlichen trostlosen, von einer nackten Glühbirne spärlich erhellten Kneipe hatte. Zu meiner Überraschung hielten wir jedoch nicht auf der Plaza an, sondern rollten leise eine Seitenstraße hinunter, bis wir eine unauffällige Stelle erreichten, von der aus wir die verlassene Plaza überblicken konnten.

»Wir warten hier«, sagte Chucho.

»Diego«, befahl Veneno. »Schau nach, ob die Stiere schon da sind.« Der junge Stierkämpfer stieg aus und drückte leise die Tür zu, um nur ja niemanden aufzuscheuchen. Er ging nach vorn zum Wagenbug und schaute sich die Stelle an, wo sie den Kopf der Kuh erwischt hatten. Dann schlenderte er lässig auf die Plaza.

»Was ich damit sagen wollte«, nahm Veneno den Gesprächsfaden unvermittelt wieder auf, »ist, daß wir uns immer darüber im klaren sein sollten, wo Ehre hinführt. Mein Vater begeisterte

Mexiko, aber die Stiere brachten ihn ums Leben. Freg besaß Ehre, und die Stiere benutzten ihn als Nadelkissen. Corchaíto – er besaß Ehre, und sie brach ihm das Herz. Dieser junge Kerl heute hatte jede Menge Ehre, und heute nacht singen sie Lieder darüber, aber er kann sie nicht mehr hören.«

Diese praktische Auffassung von Ehre – die der Falstaffs so ähnlich und genauso vernünftig war – brachte mich dazu, darüber nachzudenken, was eigentlich meine Interpretation dieses Prinzips war. Ich hatte den Verdacht, ein bestimmendes Charakteristikum meines Lebens war, daß ich mich immer vor den entscheidenden Verantwortungen gedrückt hatte – meine Ehe, die Herausforderung, etwas Bedeutendes zu schreiben oder es wenigstens zu versuchen, sogar die Entscheidung, zu welchem Land ich mich eigentlich zugehörig fühlen wollte. Ich war kein Corchaíto, der bereit war, für ein Prinzip zu sterben. Ich war nicht einmal ein Juan Gómez, der seine vergleichsweise kleinen Schlachten mit einer Würde schlug, die ich nie besessen hatte. Als ich über all dies nachdachte, war ich nicht stolz auf mich, aber ich verfolgte die Sache nicht weiter, denn auf der Plaza tat sich in diesem Moment etwas. Ich nahm an, daß die Palafox-Stiere eingetroffen waren, aber ich täuschte mich. Der Grund für den Lärm war ein anderer. Aus einem Dorf, das noch kleiner war als Crucifixión, hatte, wie ich später erfuhr, eine Gruppe von Altomeken einen Arbeiter herausgetragen, der vom Dach einer Kirche gefallen war und dabei fast zu Tode gestürzt wäre. Sie waren seit Sonnenuntergang unterwegs, und zweimal war der Schwerverletzte in Ohnmacht gefallen. Jetzt war es fast drei Uhr morgens, und er war wieder bewußtlos und wahrscheinlich dem Tode nahe.

»Es ist irgendwo da drüben!« schrien die Träger und zeigten auf den Ausgang vom Platz, der zu unserer Straße führte, und sofort stürmte die Menge in unsere Richtung. Einer löste sich aus der Gruppe und kam zu unserem Wagen gerannt. »Wohnt hier der Doktor?« wollte er wissen. Bevor wir antworten konnten, hatten die anderen zu ihm aufgeschlossen, und wir konnten das blasse Gesicht des Verletzten sehen.

»Ich bin selbst auch fremd hier«, sagte der alte Veneno ernst, »aber ich werde fragen.« Er öffnete langsam die Wagentür und setzte die Füße auf den sandigen Fahrweg. Sein ernstes, gewichtiges Auftreten beeindruckte die Altomeken, und sie folgten ihm wie gehorsame Diener.

»Hallooo da!« rief Veneno mit dröhnendem Baß. »Wo wohnt der Doktor?«

Es kam keine Antwort, und er probierte es noch einmal. Ein Licht ging an, und eine Frau keifte: »Ruhe da!«

»Wo ist der Doktor?« rief Veneno erneut, diesmal mit gebieterischer Stentorstimme.

»Sie stehen direkt vor seiner Haustür«, blökte die Frau. »Dr. Castañeda.«

Die Indios bollerten gegen die Tür des Doktors, und oben ging Licht an. Während wir auf ihn warteten, studierte ich seine Praxis. Es war ein flacher Bau aus luftgetrockneten Ziegeln, dessen Fenster blind waren vom Fliegendreck mindestens einen halben Jahrhunderts. Einschußnarben über der Tür zeigten, daß General Gurzas Männer einst über den nahegelegenen Platz getobt waren und wahllos in der Gegend herumgeballert hatten, und fast ein Viertel der Kacheln, die einst die Tür umrahmt hatten, war kaputt oder gestohlen worden.

Im unteren Stockwerk ging Licht an, und die Tür öffnete sich knarrend. Im Rahmen stand ein barfüßiger alter Mann in Hosenträgern, der fast so schmutzig war wie seine Fenster. Er sah erschöpft aus, aber er bemühte sich, eine gewisse Würde auszustrahlen.

Sein Sprechzimmer bestand aus einem plattgestampften Lehmfußboden, ein paar grob gezimmerten Stühlen und den unvermeidlichen gerahmten Fotos von Frauen in Schwarz und Männern mit Schnauzbärten, alle mit dem Ruß von Generationen überzogen. Der leblose Körper des Arbeiters, der dem Tode nahe schien, wurde vorsichtig auf einen wackligen Tisch gelegt, und Dr. Castañeda begann ihn behutsam zu entkleiden. Sowohl der Oberschenkelknochen als auch der Schienbeinknochen des rechten Beines waren gebrochen, so daß das Bein nach außen gebogen war wie ein Krummsäbel; aber was wichtiger war und was der Doktor sofort bemerkte, war, daß irgendein anderer Knochen sich in den unteren Teil des Bauches gebohrt hatte und jetzt seltsam weiß und unblutig hervorragte. Dr. Castañeda schüttelte den Kopf, und die Indios flüsterten miteinander, die Geste deutend.

Was dann passierte, entsetzte mich. Der Doktor ging zu einem gläsernen Schrank, schob die Schiebetür zurück und begann in einem Haufen völlig von Staub und Fliegendreck überzogener Instrumente herumzukramen. Pinzetten, Zangen, Scheren und ein Blutdruckmeßgerät lagen kunterbunt durcheinander, und der Doktor zog das, was er gerade brauchte, aus dem Haufen hervor, blies einmal drüber, wischte es an seinem Hemd ab und machte sich an die Arbeit. Wenn er das Instrument nicht mehr benötigte, warf er es ungereinigt zurück in den Glasschrank, wo es dann wieder verstauben konnte.

Veneno sagte mit seiner ernsten Stimme leise zu mir: »Jetzt wissen Sie, warum Matadore eine Heidenangst davor haben, außerhalb der großen Städte aufgespießt zu werden. Können Sie sich vorstellen, daß mit solchen Instrumenten an Ihren Eingeweiden herumoperiert wird?« Seine beiden Söhne schauten dem Doktor fasziniert zu, und als ich sah, daß Chucho sich bekreuzigte, dachte ich: Wahrscheinlich hat er so was Ähnliches schon mal am eigenen Leib erlebt.

Nach diesem ersten Inspizieren und Abtasten schaute Dr. Castañeda die Altomeken an und sagte: »Viel können wir für den nicht mehr tun.«

Einer der Indios packte den Doktor beim Arm und flehte: »Er muß am Leben bleiben! Er hat vier Kinder!«

»Jeder hat vier Kinder«, erwiderte der alte Doktor. Er kramte in dem Glasschrank nach einem weiteren Instrument, und ich dachte: Vor Jahren hat dieser Doktor noch versucht, seine Instrumente sauberzuhalten – so, wie man es ihm beigebracht hat. Und schau ihn dir jetzt an!

Er wischte das Instrument zwischen Arm und Brust ab, beugte sich über den Schwerverletzten und versuchte, den vorstehenden Knochen mit Gewalt wieder zurück durch die Magenwand zu drücken. Der Mann auf dem Tisch gab ein klägliches Stöhnen von sich, zuckte zweimal und starb.

»Gott segne ihn«, murmelte Veneno. Die drei Leals bekreuzigten sich, und mir schien es, als wären wir in dem verdreckten Behandlungszimmer in Crucifixión der Realität des Todes näher gewesen als am Nachmittag in der Stierkampfarena von Toledo. Ein Stierkämpfer mag vielleicht nicht gerade mit dem Tode flirten, aber er weiß, daß er den Sensenmann ständig herausfordert, so daß der Tod für ihn nicht unerwartet kommt; aber ein Bauer, der auf seinem Feld arbeitet, hat ein Recht darauf, ein langes Leben zu erwarten, zumindest bis in die Sechziger. Wenn bei ihm der Tod willkürlich zuschlägt, erscheint einem das schrecklicher. Einer der Bauern begann leise zu weinen, als sei ein Teil von ihm selbst gestorben. »Sein Bruder«, erklärte einer der Altomeken. »Und er hat allen Grund zu weinen, denn jetzt hat er noch mehr Kinder durchzufüttern.«

Von der Plaza kamen zwei Männer mit einem Priester im Schlepptau. Er trug einen normalen Straßenanzug. »Der Vater ist hier«, sagte einer der Indios, aber der weinende Bruder sagte schroff: »Kein Priester rührt meinen Bruder an!«

Als der Priester von der Haltung des Bruders unterrichtet wurde, zögerte er und wandte sich wieder zum Gehen, aber Dr. Castañeda warf seine medizinischen Gerätschaften zurück in die Glasvitrine, knallte die Tür zu und schrie: »Vater, wenn in meinem Haus einer stirbt, dann will ich, daß ein Priester kommt.« Er drängte sich zwischen den Indios hindurch und nahm den Priester beim Arm.

»Nicht für meinen Bruder!« schrie der eigensinnige Verwandte. Es folgte eine kurze Balgerei, nach der der protestierende Bruder weggeführt wurde. Dr. Castañeda ging zu dem Mann, der von drei der Altomeken festgehalten wurde, und schnarrte: »Ich bekomme kein Geld, also wird er so sterben, wie ich es sage. Er ist nicht mehr dein Bruder. Er ist eine Leiche auf dem Weg zu Gott.«

»Nicht mein Bruder!« schrie der Indio und versuchte mit Macht, sich loszureißen. »Er ist auf dem Weg zur Hölle!«

»Ach, halt's Maul!« schrie einer der Männer und preßte die Hand auf den Mund seines Freundes. Der Priester ignorierte die mißliche Situation, mit der er offenbar vertraut war, und waltete seines Amtes – den Toten zu segnen und seine Seele dem Herrn anzuempfehlen –, wofür Dr. Castañeda ihm herzlich dankte. Doch als der Priester wieder gegangen war, riß sich der Bruder von den drei Männern, die ihn festhielten, los, stürzte zum Tisch und spuckte auf die Leiche.

»Er ist in der Hölle!« schrie er. »Da, wo er sein will und wo ich auch sein will. Er ist tot, und er hat vier Kinder hinterlassen, und kein Schwein von einem Priester kann ihm jetzt noch helfen.«

Veneno verblüffte mich, indem er mit drei schnellen Schritten den schmuddeligen Raum durchquerte und dem Bruder so hart auf den Mund schlug, daß er in die Ecke zurücktaumelte. »Sprich nicht so vom Tod und von Priestern!« sagte der alte Picador drohend und bekreuzigte sich.

Wir gingen zum Wagen zurück und schauten schweigend zu, wie die Altomeken den Toten in ein Laken einschlugen und sich auf den langen Fußmarsch zurück zu ihrem Heimatdorf machten. Wie von Dr. Castañeda vorausgesagt, hatte keiner von ihnen Geld, um ihn zu bezahlen, und so wischte er etwas von dem Staub auf seinem Instrumentenschrank weg, ließ noch einmal einen kurzen Blick durch sein ärmliches Behandlungszimmer schweifen und löschte dann das Licht.

Als die Trauerprozession um die Ecke verschwand und wir wieder allein waren, blickte ich über das Haus des Doktors hinweg und sah, wie erbarmungswürdig dieses Indiodorf war. Eine Reparaturwerkstatt stellte ihre kaputten Werkzeuge, ihren tropfenden Wasserhahn und ihre unsägliche Toilette zur Schau. Ein Stück weiter stand die baufällige Schule mit ihren zerborstenen Fensterscheiben.

Dies war das ländliche Mexiko, das fast genauso verarmt und von der Welt vergessen war wie das Schlimmste von dem, was ich gesehen hatte, als ich aus Haiti berichtet hatte. Ich wurde wütend, als ich daran dachte, daß die Partei, die dieses Land nun schon den größten Teil dieses Jahrhunderts beherrschte, sich

›Revolutionäre Volkspartei‹ nannte und seinerzeit lauthals soziale Gerechtigkeit für alle verkündet hatte und mit diesem windigen Versprechen eine Wahl nach der anderen gewonnen hatte – um sich dann, als sie endlich an die Macht gelangt war, als das zu entpuppen, was sie in Wahrheit war: eine zynische Oligarchie. Eine kleine Clique von Kumpanen hatte sich das Präsidentenamt gegenseitig weitergereicht, wobei jeder von ihnen sein Amt als Habenichts angetreten hatte, um sich dann im Laufe seiner sechsjährigen Amtsperiode Hunderte von Millionen in die eigene Tasche zu wirtschaften – Geld, das gewöhnlich auf Schweizer Nummernkonten verschwand. Die selbsternannten Revolutionäre plünderten das Land gnadenlos aus, und es war ihnen vollkommen egal, daß die Bauern immer tiefer im Elend versanken. Nur wenige Nationen waren je so zynisch regiert worden. Kein Wunder, daß so viele Bauern dem Elend entfliehen und in den Vereinigten Staaten ein neues, menschenwürdiges Leben anfangen wollten. Ich war wahrlich nicht stolz auf das, was mein Heimatland zu meinen Lebzeiten »geleistet« hatte.

Dennoch liebte ich dieses Land, seine Farbe, seine Musik, seine warmherzigen Menschen, seine schönen Städte, die so viel älter waren als die der Vereinigten Staaten. Ich habe oft gedacht, wenn ich sah, wie meine wohlhabenden Freunde ihre Privilegien genossen, daß es wohl kein Land auf der Welt gab, wo ein junger Mann aus gutem Hause, dessen Vater einen Regierungsjob hatte, mit dem er sich zügellos bereichern konnte, ein besseres Leben hätte führen können. Natürlich hätte er die Augen vor der bitteren Armut verschließen müssen, die um ihn herum herrschte; aber das war anscheinend nicht schwer, da so viele es machten.

Ich hatte dieses Phänomen mit eigenen Augen in den fünfziger Jahren in Kuba erlebt, wo die oberen Zehntausend der Armut der Massen völlig gleichgültig gegenüberstanden, und es hatte mich nicht überrascht, daß Fidel Castro seine Revolution erfolgreich hatte durchführen können. Ich hatte genügend Gründe, um denselben Castro der jüngsten Jahre zu verabscheuen; denn er hatte mich in wichtigen Punkten angelogen, und ich hatte mich mit meinen Berichten aus Kuba zum Narren gemacht, aber ich mußte zugeben, daß er große Anziehungskraft besaß, und ich befürchtete, daß viele Länder Lateinamerikas, das immer anfällig für Heilsbringer und Erlöser gewesen war, Kuba nacheifern würden – womöglich auch Mexiko.

Gewiß, wenn ich mir jetzt dieses Altomekendorf Crucifixión anschaute, mußte ich zugeben, daß meine tapferen indianischen Vorfahren vom zwanzigsten Jahrhundert fürchterlich übers Ohr gehauen worden waren. Der materielle Segen der Industrialisierung war auf dem Wege zu den Indios irgendwo versickert, und wenn auch Mexiko City bezaubernd war und Toledo einzigartig in seinem Charme, so lagen jenseits von ihnen doch tausende Crucifixións, wo den Indios fast alles versagt wurde, was für ein vernünftiges Leben notwendig war. Schon die Namen der Dörfer – Crucifixión, Encarnación, Santiago de Campostela, Trinidad – zeugten von dem Verrat, den man an den Altomeken begangen hatte, und wenn ich die Zivilisation, die sie sich selbst im fünfzehnten und sechzehnten Jahrhundert aufgebaut hatten, mit dem verglich, was sie heute hatten, dann fand ich, daß sie ein Recht darauf hatten, sich zu empören.

»Warum, glauben Sie, sind Dörfer wie dieses so arm?« fragte ich.

»Warum?« schnaubte Veneno in seiner spanischen Verachtung für alles Indianische. »Sie lieben es halt, wie Schweine zu leben.« Er spuckte aus dem Fenster.

»Aber eines muß man ihnen lassen«, sagte Chucho und zeigte quer über die Plaza auf die Türme einer Kirche, die groß genug war, um locker und leicht das Achtfache der Bevölkerung Crucifixións aufzunehmen. »Hinter der Kirche haben sie eine prachtvolle Stierkampfarena.«

»O ja, das haben sie!« rief Veneno begeistert aus. »Erinnerst du dich noch an den tollen Nachmittag, den du hier in Crucifixión hattest, Chucho? Mit Stieren von San Mateo?«

»Von la Punta«, verbesserte Chucho ihn leise. »Das werde ich bestimmt nie vergessen.«

Es folgte ein Moment des Schweigens, während dessen ich mich daran erinnerte, daß dieser bemerkenswerte Kampf stattgefunden hatte, als noch nicht sicher war, ob Chucho oder Victoriano der Matador werden sollte. »Du warst an dem Tag in toller Form«, entsann sich der alte Veneno, und ich fragte mich, was Chucho jetzt wohl dachte, ob er seinem Vater noch übelnahm, daß er ihn damals zum Peón gemacht hatte, ob er die gleichen Stiche spürte, die mich manchmal zwickten, weil ich eigentlich Romanschriftsteller hatte werden wollen und statt dessen auf das Nebengleis des Journalismus geraten war.

Unsere Fälle waren keinesfalls identisch. Er war gewissermaßen in seinen zweitrangigen Status hineinbeordert worden; ich hingegen war gedankenlos in die Sicherheit eines Berufsbereiches hineingeschlittert, den ich mir nicht bewußt ausgesucht hatte. Mein Versagen hatte ich also letztlich mir selbst zuzuschreiben, und dennoch … und dennoch, da hatte immer die unausgesprochene Unterstellung meines Vaters im Raum gestanden, daß ich sowieso niemals zustandebringen konnte, was er zustandegebracht hatte. So klar war der Fall eigentlich also ganz und gar nicht. Chucho war von seinem Vater angebrüllt worden; meiner hatte mich nachsichtig angelächelt.

»Chucho, haben Sie jemals bedauert –«, fing ich an; denn als Reporter hatte ich gelernt, jede Frage zu stellen, ganz gleich, wie aufdringlich sie auch war. Doch ehe ich sie zu Ende formulieren konnte, sagte Veneno barsch: »Da kommt Diego.«

Mit der leichtfüßigen Eleganz, die so typisch ist für Stierkämpfer, kam Diego über die Plaza gelaufen. Er schaute sich um, um sich zu vergewissern, daß ihm niemand gefolgt war, huschte dann in unsere Seitenstraße und flüsterte: »Die Stiere sind da.«

»Cándido auch?« fragte Veneno.

»Cándido auch«, sagte Diego und nickte. »Er ist jetzt in der Kneipe.«

In der Dunkelheit sog Veneno scharf Luft ein; dann schnippte er mit den Fingern und fragte: »Clay, Sie kannten Cándido doch, nicht wahr?«

»Er hat für meinen Vater gearbeitet«, bestätigte ich.

»Würden Sie ihn fragen?«

»Ob er Sie barbieren läßt?« fragte ich.

»Ja«, sagte Veneno barsch.

»Er wird sich nicht darauf einlassen«, warnte ich.

»Er muß«, beharrte Veneno.

»Ich werde mit ihm sprechen«, sagte ich. »Aber er liebt Stiere so wie Sie Ihre Söhne.«

Veneno und ich stiegen aus und gingen zur Plaza, doch als wir gerade ein paar Schritte zurückgelegt hatten, blieb der alte Picador stehen und rief nach Chucho. »Cándido haßt mich«, sagte er. »Ich habe mal einen seiner Stiere getötet, ein scheußliches Biest. Als Picador hatte ich kein Recht dazu, und er hat mir nie verziehen. Geh du besser, Chucho. Auf dich hört er vielleicht.«

Wir gingen in die trostlose kleine Kneipe, wo sich eine Gruppe von Nachtschwärmern eingefunden hatte, um sich mit den Stierleuten zu unterhalten, und als ich mich den Tischen näherte, sah ich am Rande der Plaza einen Lastwagen stehen, auf dem sechs rechteckige, mit Stahlbändern verstärkte Boxen standen. Fast gegen meinen Willen verließ ich die Kneipe wieder und ging zu dem Lastwagen, wohl wissend, daß ich für eine illegale Handlung benutzt wurde, die ich nicht gutheißen konnte. Ich wußte, daß das Barbieren von Hörnern ein schmutziges Geschäft war, und ich war bloß mitgekommen, um einmal zu sehen, wie es gemacht wurde, doch jetzt wurde ich sozusagen zum aktiven Mittäter gemacht, und ich schämte mich vor mir selbst, daß ich so gefügig war. Als ich mich den Boxen näherte, konnte ich die enorme Kraft der eingepferchten Stiere förmlich mit den Händen greifen, als sie sich gegen die Wände ihres hölzernen Kerkers preßten oder schnaubten oder gegen die Planken traten. In der Dunkelheit spürte ich ihre ungeheure Kraft genau so, wie sie meine Angst spüren mußten. Sie wurden unruhig, und einer der sechs stieß ein lautes Brüllen aus, das ihre Gegenwart noch furchteinflößender machte.

Ich war schon im Begriff, wieder kehrtzumachen, als sich eine kräftige Hand auf meine Schulter legte und ein vertraut klingender Reibeisenbaß dröhnte: »Laß bloß die Stiere in Ruhe!«

Ich sprang erschreckt zur Seite und fuhr herum. Vor mir stand ein hochaufgeschossener dünner Mann in ledernen Hosen, auf dem Bauch zusammengeknotetem Hemd, unter dem Kinn zusammengeknotetem Halstuch und breitkrempigem Sombrero. Er hatte jetzt weißes Haar, das er kurzgeschnitten trug, dunkle Augen, ein zerfurchtes Gesicht und einen großen Schnauzbart. Er mußte inzwischen die Siebzig überschritten haben, aber er hatte immer noch die nüchterne, korrekte Art, die ich schon als kleiner Junge gekannt hatte. Er war einmal mein engster Freund gewesen, mein treuester Ratgeber, und er schaute jetzt fast genauso drein wie wie damals in jenen hektischen Tagen im *Mineral*.

»Cándido!« rief ich. »Ich bin's, Norman!«

Er humpelte zu mir, genauso, wie er es getan hatte, als ich ihn zum erstenmal gesehen hatte, und umarmte mich. »Was führt dich denn hierher?« fragte er nüchtern.

»Gehen wir rüber in die Kneipe!« schlug ich vor und nahm ihn beim Arm, doch in dem Moment gewahrte er Chucho. Er stieß meine Hand weg und fragte: »Bist du mitten in der Nacht in dieses kleine Dorf gekommen, um mit mir über die Stiere zu reden?«

»Komm, setzen wir uns in die Kneipe«, bekniete ich ihn, aber er weigerte sich.

»Wo ist er?« fragte Cándido mit dröhnendem Baß. »Wo ist der Richtige? Hat er Angst, rauszukommen und mir wie ein Mann ins Auge zu schauen?«

»Warte einen Moment, Cándido!« bettelte ich. »Wir wollten bloß –«

»Ho, Veneno, du böser alter Mann!« schrie Cándido mit donnernder Stimme in die Dunkelheit. »Wo verkriechst du dich?«

»Alter Freund«, flehte ich, als die Leute auf die Plaza zu strömen begannen, um zu schauen, was da los war. »Veneno hat eine Idee –«

»Ich kenne Venenos Idee«, fiel mir der Vormann der Palafox-Ranch ins Wort. »Pepe!« schrie er zu einem der Männer hinüber, die in der Kneipe saßen und tranken. »Pepe! Hol dein Gewehr raus und schieß auf jeden, der versucht, sich unseren Stieren zu nähern!«

Ein schlanker, langgliedriger Bursche kam aus der Kneipe, lief zum Lastwagen, holte sein Gewehr heraus, kletterte auf die Ladefläche und baute sich vor den Boxen auf.

»Veneno, verdammt noch mal, hab endlich den Mumm und zeig dich!«

Es folgte eine lange Stille. Dann konnte man hören, wie eine Autotür zugeschlagen wurde. Einen Moment später erschien der weißhaarige Veneno auf der Plaza – fast so alt wie Cándido, fast genauso aufrecht in seiner Körperhaltung. Er ging geradewegs zu Cándido und fragte ohne Umschweife: »Können wir an den Stieren arbeiten?«

Der alte Cándido starrte ihn haßerfüllt an und schrie: »Du wagst es tatsächlich, mich zu fragen, ob –«

»Du kriegst natürlich was dafür«, unterbrach ihn Veneno.

»Du Schwein!« schrie der Vormann. »Pepe! Knall ihn ab!« Der schlanke Bursche auf dem Lastwagen rührte sich nicht, und jemand in der Menge lachte. Das machte Cándido noch wütender, und er sagte mit gedehnter Stimme: »Lach nur! Aber weißt du auch, warum unser Freund Veneno durch die Nacht gejagt ist, um die Stiere abzufangen? Weil er krank vor Angst ist.«

Die Zuschauer rückten näher, und ich beobachtete den Picador, der aufrecht dastand, ohne das geringste Zeichen von Verlegenheit.

Cándido fuhr fort: »Gestern starb ein Mann in der Arena von Toledo, und Veneno ist krank vor Angst, weil Sonntag sein Sohn diesen Stieren entgegentreten muß.« Er zeigte auf die sechs Palafox-Stiere in den Boxen hinter ihm. »Und er ist hierhergekommen, um mich zu schmieren, damit ich ihm erlaube, diese Stiere zu barbieren.« Er ließ den Satz einen Moment wirken, ehe er verächtlich hinzufügte: »Meine eigenen Stiere.«

Veneno sagte noch immer nichts, woraufhin der alte Cándido etwas Unerwartetes machte: Er trat ganz nah an mich heran, zeigte aber auf den Picador und sagte: »Und dieser böse Mensch traut sich nicht einmal, mich selbst zu fragen. Er schickt einen Amerikaner.« Er zeigte angewidert auf mich, und mit einer schnellen, unerwarteten Handbewegung zog er mir das Hemd aus der Hose, so daß mein Bauch entblößt war. Eine lange weiße Narbe zog sich quer über ihn.

»In den alten Tagen«, sagte Cándido, und die Spitzen seines langen Schnurrbarts zitterten vor innerer Erregung, »war dieser Amerikaner einmal ein Mann von Ehre. Seht euch diese Narbe an! Ich weiß, daß er sie sich im Kampf gegen den größten Stier zuzog, den Palafox je hervorbrachte – Soldado.«

In der Menge befanden sich ein paar, die die Geschichte des Stierkampfs kannten, und die unglaubliche Information, daß ein Nordamerikaner einmal gegen Soldado gekämpft hatte, löste einen richtigen Tumult aus. Viele der Zuschauer drängten sich neugierig vor, um mit staunenden Augen die Narbe anzuschauen, die der legendäre Stier mehr als vierzig Jahre zuvor in meinen Bauch geritzt hatte.

»Sie haben nie und nimmer gegen Soldado gekämpft!« protestierte ein Mann aus der Kneipe.

»Doch, hab' ich«, sagte ich und stopfte mir das Hemd wieder zurück in die Hose.

»Als ein Mann von Ehre, Norman Clay«, sagte Cándido leise zu mir, »sammelst du deine Diebe wieder ein und fährst zurück nach Hause.«

»Es ist eine ganz einfache Sache –« begann ich, doch bevor ich meinen Satz zu Ende bringen konnte, schlug mich Cándido, so wie er es oft getan hatte, als er mich ausbildete, quer übers Gesicht und schrie: »Schluß jetzt! Ich will nichts mehr davon hören!«

Die Menge teilte sich und machte eine Gasse für uns frei, und wir marschierten zurück zum Chrysler, mit dem Klang von Cándidos Stimme in den Ohren: »Pepe, halt dein Gewehr schußbereit und knall sie über den Haufen, wenn sie versuchen, die Stiere anzurühren!«

Wir nahmen wieder dieselben Plätze wie auf der Hinfahrt ein: Chucho fuhr, Veneno auf dem Beifahrersitz, Diego auf dem linken Rücksitz, ich auf dem rechten. Niemand sagte etwas. Chucho murmelte leise ein Gebet, bekreuzigte sich und küßte seinen Daumen, wie Stierkämpfer es immer taten, bevor sie eine

Autofahrt antraten. Mir kam der Gedanke, daß Chucho dies gewiß auch schon vor der Hinfahrt gemacht hatte, als er hinter dem Hotel in den Chrysler gestiegen war. Kein Wunder, daß er da, als wir auf die wandernde Kuh zurasten, nicht in Panik geriet, wie ich es wahrscheinlich wäre, sondern dachte: Mein Leben liegt in der Hand der Jungfrau, und wenn es denn mein Schicksal ist, daß ich sterbe, dann werde ich sterben. Dies mag dem Durchschnittsamerikaner, der zumindest die Grundlagen des verkehrssicheren Verhaltens auf Landstraßen beigebracht bekommen hat, vielleicht unglaublich erscheinen – nicht aber jemandem wie mir, der in den arabischen Ländern gearbeitet hat. Lastwagenfahrer murmeln vor Antritt einer langen Fahrt in der Regel ein lediglich aus einem Wort bestehendes Gebet – »Inschallah« –, und dann brettern sie wie die gesengten Säue über die Piste, mit einem Zeichen auf der Schnauze ihres Fahrzeugs, das ebenfalls »Inschallah« bedeutet – was im Klartext soviel heißt wie: »Wenn du von diesem Laster überfahren wirst, dann war das Allahs Wille, nicht mein tollkühner Fahrstil.«

Nachdem er seine Seele solchermaßen für die Fahrt gerüstet hatte, steuerte Chucho den schweren Chrysler auf die Plaza und an dem Lastwagen mit den Stieren vorbei, auf dessen Ladefläche nach wie vor Pepe mit seinem Gewehr Wache hielt. Wenig später waren wir wieder auf der Landstraße nach Toledo, und bald darauf lieferte der Tempomat wieder seine konstanten siebzig Meilen ab. Es dauerte nicht lange, bis wir an der Stelle vorbeirasten, an der wir die Kuh erwischt hatten. Ihr Kadaver lag noch am Straßenrand. In ein paar Dörfern gingen wir auf sechzig runter. Andere, durch die die Straße gerade verlief, durchfuhren wir stur mit neunzig, und einmal, als ein Mann, der im Begriff war, die Straße zu überqueren, uns um ein Haar zu spät bemerkt hätte, entfuhr mir ein leiser Aufschrei. Danach sandte auch ich ein kleines Stoßgebet zum Himmel und befahl mein Heil der Gnade Mariens. Der Chrysler donnerte durch die Nacht, als wolle er die Redensart unterstreichen: »Die Stierkämpferei wird erst dann völlig ungefährlich sein, wenn die Stierkämpfer aufhören, mit dem Auto zu den Arenen zu fahren.«

»Haben Sie wirklich gegen Soldado gekämpft?« fragte Veneno schließlich.

»Ja«, sagte ich. Ich spürte, wie sich Respekt aufbaute.

»Was für eine Art von Stier war er?« fragte Veneno, der fasziniert war von der Geschichte dieses großartigen Stiers, der so viele der großen Stiere der mexikanischen Geschichte gezeugt hatte.

»Wir hatten ihn in einer Höhle im *Mineral* versteckt«, erklärte ich.

»Den Teil kenne ich«, sagte Veneno. »War er behende?«

»Sehr«, sagte ich.

»Und er hat Ihnen die Wunde verpaßt?«

»Ja«, sagte ich lachend. »Meine Mutter dachte, ich würde sterben.«

»Konnte er schnell wenden?« fragte Veneno.

»So hat er mich ja erwischt«, antwortete ich.

»Da haben Sie also gegen Soldado gekämpft!« wiederholte Veneno. »Unglaublich. Ich nehme an, Sie wissen, daß kein Mexikaner das von sich behaupten kann?«

»Es ist einer der Gründe, warum ich den Stierkampf liebe«, sagte ich. »Deshalb wollte ich auch heute nacht mitkommen. Ich hab' nämlich noch nie beim Barbieren zugeguckt.«

»Als Cándido Sie vorhin geschlagen hat –«

»Warum ich da nicht zurückgeschlagen habe?«

»Ja.«

»Cándido war für mich wie ein Vater«, sagte ich.

»Aber Ihr Vater hat doch sehr lange gelebt, soviel ich weiß.«

»Ja, aber Cándido hat mir viele von den Dingen beigebracht, die zählten.«

»Er ist ein Mann von großer Ehre«, sagte Veneno, »und wie Sie ja hörten, verachte ich solche Männer.«

Die Leals verbrachten den Rest der Fahrt damit, sich Wege auszudenken, wie sie die Ehre des alten Cándido umgehen konnten. Als wir um vier Uhr morgens in Toledo ankamen, fuhren sie eilig in eine Seitenstraße, wo sie einen Veterinär fanden, und nachdem sie ihm eingepaukt hatten, was er zu tun hatte – und ihn fürstlich entlohnt hatten –, fuhren sie zum Viehhof am Stadtrand, wo sie sich eine fahrbare Rutsche und jede Menge Stricke ausborgten. Dann fuhren sie zur Stierkampfarena, wo sie in den ersten Corral einstiegen, der leer war, um Diego in der Nähe der Baracke zu verstecken, in welcher der Stierwärter untergebracht war, während seine Tiere auf ihren Kampf warteten. Von dieser Stelle aus würde der alte Cándido die Stiere von Palafox beschützen, wie er es seit fast fünfzig Jahren machte.

Sodann ging Veneno mit Chucho und mir zurück zum Chrysler, den wir ganz am Ende einer Seitenstraße parkten. Chucho zog eine große Segeltuchtasche unter dem Rücksitz hervor, und wir gingen leise zurück zu einer Stelle gegenüber der Stierkampfarena und versteckten uns dort, so daß wir das Tor des ersten Corrals im Blickfeld hatten. Ich sträubte mich immer noch innerlich dagegen, bei diesem alles andere als hasenreinen Geschäft mitzumachen; aber als Journalist, der den Auftrag hatte, eine umfassende Hintergrundstory zu schreiben, war ich nicht nur gewillt, sondern geradezu erpicht darauf, dabeizusein, um zu sehen, wie dieser schmutzige Job verrichtet wurde. Nicht gerade eine ehrenhafte Einstellung, aber eine sehr praktische, wenn Drummond ständig forderte: »Mehr Insidermaterial, mehr Berichte aus erster Hand, damit der Leser wirklich sieht, daß Sie da waren.«

Wir waren nicht weit von dem Platz, auf dem sich die Kirmesbuden und Karussells des Festivals drängten, und obgleich es bereits nach vier Uhr war, vergnügten sich die Besucher des Festes noch immer lautstark. Über unseren Köpfen drehte sich das Riesenrad. Um uns herum standen die schmierigen Freßbuden, und dahinter befanden sich die Schießbuden, die Spielbuden, die Karussells und die Zuckerwattestände. Aber die beherrschende Note des Festivals waren nach wie vor die Mariachi-Bands, die durch das Festivalgelände zogen, jede ihr eigenes Lied bis zum Morgengrauen spielend.

Ich hatte mich gerade an den Lärm gewöhnt, als der schnelle Palafox-Laster mit Pepe und seinem Gewehr auf der Ladefläche vor dem Corraltor vorfuhr. Geschickt manövrierte der alte Cándido die Türen der Boxen an das Corraltor, und nacheinander kletterten die Stiere die Ladefläche hinunter in den Corral, wo Futter und frisches Wasser warteten. Von unserem Versteck aus konnten wir die gedämpfte »Unterhaltung« der Stiere hören, als sie ihre Hörner erprobten, sich gegenseitig vom Trinkplatz zu verdrängen versuchten und sich schließlich niederließen.

An diesem Punkt geschah zweierlei. Der Veterinär tauchte aus der Dunkelheit auf, um Cándido zu sagen, daß er ins Büro kommen müsse, um die Gesundheit der Tiere zu bezeugen, und sobald Cándido verschwunden war, gab Diego dem jungen Pepe eins mit der Keule über den Schädel. Die Leals konnten jetzt ungehindert ihren Barbierjob durchziehen, und von Minute zu Minute verwickelte ich mich tiefer in ihre kriminellen Handlungen; aber ich muß gestehen, daß inzwischen bei mir alle moralischen Bedenken in den Hintergrund gerückt waren. Es war einfach eine ungemein aufregende Angelegenheit.

Mit Hilfe der ausgebildeten Plaza-Ochsen, die darin geübt waren, wilde Stiere in die gewünschte Position zu manövrieren, lockten und stachelten die Leals den ersten Stier in die geborgte Rutsche, wo sie ihm sofort Lassos um Kopf und Beine legten und die Stricke so fest zurrten, daß der Stier seinen riesigen Kopf schließlich nicht mehr bewegen konnte. Sodann holten die Leals ihre Segeltuchtasche und entnahmen ihr eine ganze Kollektion von Spezialsägen und Feilen. Chucho wählte eine Säge und nahm sich zuerst das rechte Horn vor, von dessen Spitze er ein etwa drei Zoll langes Stück absägte. Zurück blieb ein stumpfe Fläche von der Größe einer Fünfzig-Cent-Münze.

Sobald das rechte Horn gekappt war, tat Chucho das gleiche beim linken, und dann machte sich der alte Veneno an den wichtigsten Teil der Arbeit. Mit einer großen, groben Feile und einer Fingerfertigkeit, die von jahrzehntelanger Übung zeugte, raspelte er die gesamte Außenseite des abgestumpften Horns weg und modellierte so schließlich eine vollkommen neue Spitze, die von der ursprünglichen kaum zu unterscheiden war, außer, daß sie drei Zoll kürzer war und etwa einen halben Zoll weiter nach innen ragte. Diese letztere unbedeutende Veränderung war es, die den einstmals furchterregenden Stier fügsam und wirkungslos machen würde.

Wäre das Horn einfach bloß gekürzt worden und die Spitze auf der gleichen Achse geblieben, hätte sich der Stier schnell auf die neuen Bedingungen eingestellt, denn ein Frontalangriff hätte lediglich drei Zoll mehr an Weg in dieselbe Richtung erfordert, und nach einigen wenigen Übungsangriffen hätte der Stier umgelernt. Aber auf diese zweifache Veränderung an seiner wichtigsten Waffe – verkürztes Horn und Spitze weiter nach innen gebogen – würde sich das verblüffte Tier nicht mehr einstellen können, denn jetzt war es gefordert, seinen Stoß sowohl zu verlängern als auch seine Richtung leicht zu verändern, und mit dieser doppelten Umstellung war es einfach überfordert. In der Sprache der Stierkämpfer wurde diese unsportliche Manipulation, die ich als Sportsmann bedauerte, weil sie das natürliche Gleichgewicht zwischen Stier und Torero zerstörte, indem sie es vollkommen zugunsten des letzteren veränderte, die ich als Schriftsteller jedoch höchst interessant fand, Barbieren genannt; die, welche sie durchführten, waren Barbiere, und der größte von ihnen war Veneno Leal.

Als der Picador die Grobarbeit am rechten Horn beendet hatte, überließ er es Diego, der mit hochfeinem Schmirgelpapier die neue Spitze glättete, bis nur noch ein sehr geübtes Auge hätte erkennen können, daß hier eine Raspel am Werk gewesen war. Ein paar Tropfen Öl, aufgetragen mit einem Lappen, stellten den natürlichen Schimmer wieder her, und eine Handvoll Erde, kräftig eingerieben, verlieh der Spitze wieder ihr richtiges Alter. In der Zwischenzeit hatte Veneno bereits das linke Horn bearbeitet, und Diego wandte sich ihm zu und legte letzte Hand an. Als auch das linke Horn zur Zufriedenheit der Leals neugestaltet war, wurde der Stier losgebunden und machte Platz für den nächsten.

Die Leals arbeiteten mit atemberaubender Geschwindigkeit, denn sie mußten alle sechs Stiere barbieren, wenn Victoriano wirklich geschützt sein sollte, da niemand sicher sein konnte, welche Stiere ein Matador bei der Auslosung ziehen würde. Die

Paarungen wurden blind aus einem Hut gezogen – ein System, das wenig Raum für Manipulationen ließ. Es gab immer mal wieder Versuche von Agenten von Spitzenmatadoren, Einfluß auf die Zuteilung der Stiere zu nehmen, und zu einem gewissen Grad hatte Veneno das auch bei Paquito de Monterrey bei den Paarungen für den ersten Kampf versucht; aber der Agent des jungen Stierkämpfers war zu smart, um sich auf solche Mätzchen einzulassen. Der Stier, der seinen jungen Matador getötet hatte, war ordnungsgemäß zugeteilt und ehrlich ausgewählt worden. Und wenn Veneno es mit einem erfahrenen Manager wie Cigarro und einem mit allen Wassern gewaschenen Matador wie Juan Gómez zu tun hatte, der persönlich das Aussondern seiner Stiere überwachte, dann hatte er keine Chance, irgend etwas zu diktieren. Die drei Stiere, denen sein Sohn sich am Sonntag entgegenstellen mußte, würden rein vom Zufall ausgewählt sein, also war es notwendig, daß alle sechs barbiert wurden. Keiner durfte die Arena mit ungestutzten Hörnern betreten. Schweigend sägten die Männer die Hornspitzen des zweiten Stieres ab, dann die des dritten und schließlich die des vierten. Sie hatten einige Schwierigkeiten, die abgerichteten Ochsen dazu zu bringen, den fünften Stier in die Rutsche zu bugsieren, und als sie es endlich geschafft hatten, arbeiteten sie zu überhastet, so daß Veneno ganz und gar nicht mit dem Ergebnis zufrieden war. »Raus mit ihm!« befahl er gleichwohl, und der zurechtgestutzte Stier stürmte davon, seine neuen Hörner zu erproben. Sie konnten hören, wie er auf eine Planke einhackte, sie manchmal um Zollbreite verfehlte und sie dann wieder später traf, als er es gewohnt war. In den sechsunddreißig Stunden, die ihm bis zum Kampf noch blieben, würde er nicht mehr lernen, sein »neues« Gehörn zu beherrschen, und der Matador, der ihn bei der Auslosung zog, würde in ihm einen relativ leichten Gegner haben.

Doch während die Leals versuchten, den sechsten Stier in die Rutsche zu locken, hörte ich Lärm auf der Straße, und Veneno schnarrte: »Es ist Cándido!«

»Polizei!« begann der Vormann zu schreien. »Jemand macht sich an den Stieren zu schaffen!«

Angelockt von dem Geschrei, strömten die Leute vom Kirmesplatz herbei. Wenig später hörte ich, wie an den Toren gerüttelt wurde, und uns wurde klar, daß wir schnellstens Fersengeld geben mußten, wenn wir nicht verhaftet werden wollten. Wir ließen den sechsten Stier, wo er war, rafften unsere Barbierinstrumente zusammen und stürmten aus dem Corral, durch die Gasse, die von den Ochsen benutzt wurde, und zum Zaun. Wir sprangen hinüber und mischten uns unter die lärmenden Festgäste, die immer noch die Straße bevölkerten. Während wir rannten, mußten wir über den immer noch bewußtlosen Pepe springen, dessen Gewehr neben ihm im Dreck lag.

Auf einigen Umwegen durch Nebenstraßen, in denen die Polizei nicht sein würde, erreichten wir den Chrysler und ließen uns schweratmend auf unsere Sitze fallen. Wir waren uns voll der Ungesetzlichkeit dessen bewußt, was wir gemacht hatten, aber gleichzeitig erfreut darüber, daß wir es so gut gemacht hatten. Veneno brachte uns in die Wirklichkeit zurück. »Da ist einer dabei, den wir nicht gekriegt haben«, knurrte er, und ich ahnte, daß er sich in den zweiunddreißig Stunden bis zur Auslosung für die Sonntagskämpfe mit der Vorstellung herumquälen würde, daß sein Sohn ausgerechnet den Stier mit den ungestutzten Hörnern ziehen würde.

»Versteckt die Segeltuchtasche«, befahl er, und Diego hob den Rücksitz an und stopfte die Barbierinstrumente in ein eigens dafür vorgesehenes Versteck. Und dann brummte der alte Picador zu meiner Überraschung: »Chucho, fahr uns zur Arena!«

»Ob das so klug ist?« fragte ich.

»Wir werden die Bastarde überlisten«, sagte Veneno.

Wir fuhren zu der Menge, die den ersten Corral umringte, und sahen im Licht der Straßenlaternen den alten Cándido, wie er mit vor Wut zitternden Schnurrbartspitzen zeterte: »Dieser verdammte Picador hat die Stiere barbiert!«

»Hallo, Cándido!« rief Veneno fröhlich aus dem Chrysler.

»Du! Du hast den Tierarzt geschmiert, damit er mich wegholt!«

»Wegholt? Wohin?« fragte Veneno mit Unschuldsmiene.

»Weg von meinen Stieren!« schrie Cándido.

»Ist irgendwas passiert?« fragte Veneno.

Der alte Vormann riß empört den Mund auf, doch bevor er etwas erwidern konnte, wich die Menge zurück. Die Polizei hatte Don Eduardo Palafox, den Eigentümer der Stiere, gerufen, der sich langsam im Schein der Straßenlaternen näherte. »Was ist passiert, Cándido?« fragte er seinen Vormann.

»Der da hat unsere Stiere barbiert«, schrie Cándido, mit dem Finger auf Veneno zeigend.

»Und wo warst du?« fragte Don Eduardo streng.

»Der Veterinär hat mich gezwungen, einen Bericht –«

»Was für ein Veterinär? Was für einen Bericht?«

Die Polizisten führten einen Mann nach vorne, und Cándido sagte: »Der da war's.«

»Der ist kein Veterinär!« schnarrte Don Eduardo höhnisch, und Veneno grinste sich eins.

Der richtige Veterinär, an den wir uns gewandt hatten, war kein Dummkopf gewesen. Klug genug, um sich nicht in etwas einzulassen, was ihn unter Umständen in größte Schwierigkeiten bringen konnte, hatte er seinen Schwager angeheuert, der seine Rolle übernommen hatte. Allen war klar, daß Cándido ausgetrickst worden war.

Als die Menge lachte, wurde der alte Vormann, der Don Eduardo enttäuscht hatte, bitterböse vor Wut, doch bevor er sie an Veneno auslassen konnte, kam sein junger Gehilfe Pepe mit einer Taschenlampe und meldete: »Sie haben nur fünf barbiert.« Er rieb sich die Stelle auf seinem Kopf, wo er die Keule drübergekriegt hatte, und wiederholte seine Meldung: »Sie haben nur fünf barbiert.«

Cándidos Wut verrauchte. Er starrte Veneno an, dann Chucho, dann Diego, und schließlich mich. »Einen habt ihr also nicht erwischt. Pepe, welcher war es?«

Der Gehilfe kam herüber und flüsterte Cándido etwas ins Ohr, woraufhin der Vormann zu Don Eduardo ging und die Information an ihn weitergab. Die drei Männer von der Ranch begannen zu lachen, und dann zeigten sie auf Veneno und begannen so heftig loszuwiehern, daß ihnen schließlich die Tränen aus den Augen liefen und sie sich die Bäuche halten mußten.

»Warte nur, bis du den siehst, den du vergessen hast!« prustete Don Eduardo zwischen zwei Lachkrämpfen. »Oh, Veneno, warte nur.«

»Ich bin eben erst hierhergekommen«, sagte der alte Picador freundlich. »Ihr habt alle gesehen, wie ich mit meinen Söhnen mit dem Wagen gekommen bin.«

»Jetzt hat's ein Ende mit den Faxen, Veneno«, sagte Cándido mit plötzlichem Ernst. »Gott sorgt bei solchen Dingen für ausgleichende Gerechtigkeit. Am Sonntag wirst du hier stehen und Lose ziehen, und Gott wird dir den Stier geben, den du nicht barbiert hast. Und wenn du das wüßtest, was ich über diesen Stier weiß, dann würdest du eine Woche lang kein Auge mehr zutun.«

Cándidos ominöse Ankündigung traf voll ins Schwarze, und ich konnte ihre ätzende Wirkung auf den abergläubischen alten Picador sehen. Er leckte sich die Lippen und wiederholte: »Ich hab' nichts getan. Ich bin eben erst gekommen.«

Aber die drei Männer von der Palafox-Ranch – Don Eduardo, der Besitzer, Cándido, der Vormann und Pepe, der Lehrling – schauten sich an und brachen erneut in schallendes Gelächter aus, und ich wußte, daß dieses Spottgelächter Veneno und seine Söhne bis zum Ende des Kampfes am Sonntag verfolgen würde.

Auf der Terrasse

Jedes Festival, ganz gleich, was es feiert – Musik, bildende Kunst, Tanz, Film oder Stierkampf – kann sich glücklich schätzen, wenn es ein Hotel hat, das so überragend ist, daß es die Hauptwettbewerber beherbergt, weil dieses Hotel dann zum Brennpunkt des Geschehens wird. Besucher treffen sich dort, Fans bleiben dort stehen, um einen Blick auf die Prominenten zu erhaschen, und wenn dann zufällig auch noch die Küche gut ist, kehren dort die Feinschmecker ein, um alte Bekanntschaften aufzufrischen und Klatsch auszutauschen.

Für das Ixmiq-Fest war ein solcher Treffpunkt das Kachelhaus. Was dem Hotel seinen ganz besonderen Charme verlieh, war die Vorderterrasse, die von den beiden Flügeln des Gebäudes auf eine so attraktive Weise umschlossen wurde, daß sie sich als geradezu idealer Platz zum Einnehmen von Erfrischungen und Mahlzeiten unter freiem Himmel anbot.

Der Samstag begann mit einer angenehmen Überraschung. Als ich gerade mein Frühstück zu mir nahm – ein süßes Brötchen und Kakao –, hörte ich eine angenehm klingende Stimme hinter mir: »Haben Sie was dagegen, wenn ich mich zu Ihnen setze? Daddy hat gestern abend ein paar Gläser zu viel getrunken. Er schläft noch seinen Rausch aus.«

Es war Penny Grim, strahlend und frisch in einem teuren blaugrauen Kaschmirpullover, einem sehr kurzen Schottenrock und lohfarbenen Cowboystiefeln, die dem Outfit genau den richtigen Touch von zurückhaltender Eleganz verliehen, wie sie sich für eine kultivierte Siebzehnjährige schickte.

»Wo haben Sie die tollen Stiefel her?« fragte ich sie, während ich sie mit einer Geste einlud, Platz zu nehmen, und sie erklärte:

»Es gibt da einen Typ in Tulsa, der ist auf Cowboystiefel spezialisiert – in achtzehn verschiedenen Ledersorten.«

»Wie ist Tulsa heutzutage so?«

»Zum Davonlaufen.«

»Sie wollen weg?«

»Ich kann mir nicht vorstellen, mein Leben dort zu verbringen.« Sie zögerte, dachte über die Konsequenzen dessen, was sie gesagt hatte, nach und fügte hinzu: »Vielleicht komm' ich zurück, wenn ich richtig alt bin, fünfzig oder so, um in der Nähe meiner Freunde zu sein.«

Als sie sah, wie ich leicht zusammenzuckte, fragte sie sofort: »Hab' ich Sie jetzt beleidigt?« Und ich sagte: »Ich bin zweiundfünfzig und gerade dabei, mich zu fragen, wie ich die richtige Hälfte meines Lebens beginnen soll.«

Sie hatte das Feingefühl, sich zurückzulehnen, mich zu mustern und mir tröstend die Hand zu tätscheln. »Ich hätte Sie höchstens auf Mitte dreißig geschätzt.«

»Sie wollten was von Tulsa erzählen?«

»Da gibt's nicht viel zu erzählen. Was nehmen wir zum Frühstück?«

»Süße Brötchen und heiße Schokolade.«

Sie mußte lachen und sagte: »Vielleicht sind Sie ja doch so alt, wie Sie sagen. Heiße Schokolade!« Als der Kellner kam, bestellte sie Toast ohne Butter und ein gekochtes Ei.

»Sie achten auf Ihre schlanke Linie?«

»Wenn Sie mit dreizehn ein Fettkloß sind und merken, daß die Jungs keine fetten Mädchen mögen, dann ändern Sie Ihre Eßgewohnheiten ganz schnell.«

Wenn ich sie mir jetzt so anschaute, konnte ich mir nicht vorstellen, daß sie jemals Probleme mit ihrem Aussehen gehabt hatte. Sie war keine blendende Schönheit, aber sie war sehr hübsch, und ihre Figur war zierlich und hatte doch zugleich etwas Robustes. Sie war das, was ich einmal von Donna Reed gesagt hatte: »Amerikanisch gesund.« Alles in allem war sie äußerst anziehend, und ich beneidete den jungen Mann, der sie einmal kriegen würde.

Als sie mich mit einem Lächeln aus meinen Träumereien riß, sagte ich: »Ich warte noch immer darauf, daß Sie mir etwas von Tulsa erzählen.«

»Eine tolle Stadt zum Aufwachsen. Pferde. Aufregendes Ölgeschäft. Gute Schulen.«

»Aber –«

»Aber ich würde nicht gern die aktiven Jahre meines Lebens unter den Leuten verbringen, die ich schon immer gekannt habe. Ich möchte da sein, wo was los ist – in New York, Los Angeles, vielleicht sogar London oder Paris. Oder – ich hab' da neulich im Fernsehen diesen Film über Florenz gesehen.«

»Und was wollen Sie in der Großstadt so machen?«

»Mitmachen. Dabeisein.« Sie brach den Toast, der vor ihrem Ei gekommen war, in der Mitte durch und fuhr fort: »Finanziell hätte ich keine Probleme. Da ist Daddys Ölgeld und ein Treuhandkonto, das mir meine Mutter hinterlassen hat. Ich wäre ja blöd, wenn ich das nicht ausnutzen würde.« Sie meinte es eindeutig ernst, aber noch immer hatte sie mir nicht gesagt, was genau sie mit ihrem Leben anfangen wollte, und ich fragte sie danach.

»Ich hab' noch jede Menge Zeit, um mir darüber Gedanken zu machen. Nach vier Jahren College werde ich schon genauere Vorstellungen haben.«

»Wo?«

»Daddy wollte immer, daß ich auf eins von den Colleges gehe, die er ›ordentlich‹ findet. Das bedeutet entweder Oklahoma oder Texas. Neuerdings hat er sich auf die S.M.U. in Dallas festgelegt. Er sagt, sie hätten ein Super-Footballteam, eines, zu dem man aufschauen könnte, und er sieht mich wohl schon als Anführerin der Cheerleader-Truppe.«

»Nun, das ist doch schon mal ein Ziel«, sagte ich.

»Die Bewegungen hab' ich drauf, und die Figur hab' ich, glaub' ich, auch.« Sie tat so, als zwirble sie einen Stab zwischen den Fingern. »Aber auf der High School hatte ich eine Geschichtslehrerin –«

»Waren Sie auf einer privaten High School?«

»Ja. Mutter bestand darauf. Diese Lehrerin war ein Supertyp, eine, die einem die Augen öffnet, die einem die Spinnweben aus dem Kopf wegmacht. Als ich erfuhr, daß sie ihr Examen auf dem Smith College in Massachusetts gemacht hat, da war mir sofort klar, daß ich da auch hinwollte. Ich bewarb mich, und sie nahmen mich an. Um die Flausen von Tulsa aus dem Kopf wegzukriegen.«

»Dann heißt's also demnächst, auf zum Smith College – nach Neuengland – und zu den Jungs von Harvard und Yale?«

»Nee. Als Daddy hörte, was ich gemacht hatte, flippte er aus. Ließ sich von seinen Ölkumpels im Osten Erkundigungen über das Smith College einholen, und sie berichteten ihm, es wäre eine Schule, auf die Mädchen gingen, wenn sie nicht heiraten wollten – oder könnten. Als er mir seine ›Erkenntnisse‹ mitteilte, fügte er noch ein entscheidendes Argument hinzu: ›Und außerdem haben sie nicht mal ein Footballteam.‹«

»Damit war also der Traum von einer erstklassigen Ausbildung ausgeträumt?«

»Machen Sie die S.M.U. nicht schlechter, als sie ist. Ein Mädchen kann dort eine hervorragende Ausbildung bekommen –«

»Und einen akzeptablen texanischen Ehemann?«

»Nun, ja, das auch. Das spielt schon eine Rolle in Daddys Spekulationen – und in meinen natürlich.«

»Was wollen Sie auf der S.M.U. studieren?«

»Es ist noch gar nicht sicher, ob ich überhaupt hingehe.«

»Probleme mit der Aufnahme?«

»Nein. Mrs. Evans, sie ist eine Art Mutter für mich – Daddy und ihr Mann waren Partner bei vielen Ölgeschäften – hat auch Erkundigungen über das Smith College eingeholt, und ihre Freunde haben gesagt, es wäre eines der besten in Amerika. Sie glaubt, sie kann meinen Vater vielleicht überreden, daß er mich doch noch da hingehen läßt.«

»Und wenn er nein sagt?«

Sie dachte hierüber einen Moment nach, wobei sie sich auf den linken Daumen biß und mich mit ihren undefinierbaren Augen anschaute, die so trefflich zu ihrem rotbraunen Haar paßten.

»Wissen Sie, Mr. Clay, es kommt die Zeit, wo aus einem Mädchen eine junge Frau wird. Ungefähr so, wenn sie zwischen sechzehn und achtzehn ist. Dann muß sie herausfinden, was sie selbst will, oder es kann ihr passieren, daß sie, wie Daddy so oft sagt, wenn er über seine Geschäfte spricht, ›das ganze Baseballspiel verpaßt‹.« Sie lachte. »Daddy benutzt immer solche Vergleiche. Er betrachtet mich als seinen Quarterback, und er möchte doch das Richtige machen, aber immer auf seine Weise. Mein Problem in diesem Moment ist, daß ich Daddy dazu bequatscht habe, mit mir hierher zu kommen, damit ich einen Matador kennenlerne. Aber ich habe kein Glück, und die Tragödie von gestern war dem Ganzen bestimmt nicht förderlich. Sie kennen doch Toledo. Könnten Sie das nicht arrangieren?«

»Engen persönlichen Kontakt habe ich mit keinem Matador, aber mein Onkel ist Besitzer einer der größten Stierzuchtranches in Mexiko, und ich könnte ohne weiteres arrangieren, daß Sie morgen dort an einer Fiesta teilnehmen –«

»Morgen ist es zu spät. Bei den Kämpfen gestern hab' ich auf den Rängen einen tollen Typ gesehen, und als ich fragte, wer das sei, sagten die Leute neben uns: ›Fermín Sotelo; er kämpft morgen.‹ Ich würde ihn unheimlich gerne kennenlernen. Ich hab's auch gestern versucht, aber dann wurde der andere Mann getötet, und dann war mir nicht mehr danach zumute.« Sie schauderte. »Das war ziemlich schlimm gestern. Passiert das oft?«

»Für mich war's das erste Mal, daß ich so was gesehen habe. Ich hab's von vorne bis hinten fotografiert. Wird eine Sensation in New York sein.«

»Ist das alles, woran Sie gedacht haben?« fragte sie.

»Das ist nun mal mein Job, über solche Dinge nachzudenken, mit Feder und Kamera.«

Sie wollte etwas erwidern, doch plötzlich sog sie scharf Luft ein und flüsterte: »Mein Gott! Wenn man vom Teufel spricht … Da ist er!« Und als ich zu einem der beiden größeren Tische hinüberschaute, die für die Dauer des Festes für Matadore und ihre Peones reserviert waren, sah ich, daß es tatsächlich Fermín Sotelo war, ein schlanker, hübscher junger Mann, der vor kurzem seinen Doctorado erworben hatte und somit jetzt Vollmatador war. Er hatte sich in Mexiko recht gut geschlagen, jedoch nicht ganz so gut auf seiner ersten Spanientournee, und der örtliche Impresario hatte ihn wahrscheinlich zu einem günstigen Preis als Füller für den dritten Platz auf dem Programm von heute angeheuert. Sein übertriebenes Gehabe, seine gockelhafte Art, den hübschen schwarzen Kopf schiefzulegen, die überschwengliche Aufmerksamkeit, mit der seine Untergebenen um ihn herumscharwenzelten, all das war typisch für einen jungen Matador auf dem Weg nach oben, und ich verstand, warum Penny so aufgeregt war bei dem Gedanken, ihn vielleicht kennenzulernen.

»Könnten Sie mich vielleicht mit ihm bekannt machen?« bettelte sie. Ich schämte mich, daß ich sagen mußte: »Das kann ich nicht, weil ich ihn nicht kenne«, und ich fürchtete, sie könne denken, ich hielte sie für zu unreif, um die Bekanntschaft von Matadoren zu machen. Doch dann erblickte ich León Ledesma in seiner schwarzen Capa, und ich winkte ihn zu uns: »Don León, holen Sie sich einen Stuhl! Sie erinnern sich doch sicher noch an Penny Grim von den Katakomben.« Er setzte sich zu uns und warf Penny ein charmantes Lächeln zu, während er nach der anderen Hälfte ihres Toastes griff.

»Das Problem«, erklärte ich, »ist, daß diese prächtige junge Frau ganz wild darauf ist, einen richtigen Matador kennenzulernen, und da drüben sitzt nun Fermín Sotelo und ißt sein Frühstück. Könnten Sie möglicherweise Miss Grim, die passabel Spanisch spricht, an seinen Tisch führen und ihm sagen, sie sei Ihre Nichte?«

»Ich werde noch was Besseres machen. Ich werde ihm sagen, sie sei meine Adoptivtochter, und daß er von mir eine vernichtende Kritik bekommt, wenn er nicht nett zu ihr ist.«

Mit sichtlichem Spaß an dieser Scharade nahm Ledesma Penny bei der Hand und wollte sie gerade zu Fermíns Tisch führen, als eine Horde kichernder amerikanischer Mädchen auf die Terrasse gestürmt kam. Es waren welche von der Art, die man später »Groupies« nennen würde – ein angemessen häßlicher Name für einen häßlichen Lebensstil. Mehrheitlich Teenager, zum Teil aber auch schon jenseits der Zwanzig, jagten diese ungebundenen jungen Frauen Filmstars, berühmten Sportlern oder Popgruppen hinterher – und wenn sie es schafften, genug Geld für eine Reise nach Mexiko zusammenzukratzen, auch Stierkämpfern. Ich hatte oft genug Gelegenheit gehabt, ihre lautstarken Überfälle auf Berühmtheiten zu beobachten, und die Schnelligkeit, mit der sie mit jedem ins Bett hüpften, der sie ließ, verblüffte mich. Ich hatte einen Horror vor solchen Frauen. Sie waren eine Beleidigung für alle anderen Frauen und eine Schande für unsere Nation.

Diese dummdreiste Rotte umlagerte jetzt den Tisch des Matadors, so daß Ledesma und Penny keine Chance hatten, zu ihm vorzudringen. Mit säuerlicher Miene kehrte Ledesma mit Penny an der Hand an unseren Tisch zurück und fragte: »Sagen Sie, Clay, wie kommt es eigentlich, daß wir jedes Jahr zum Ixmiq-Fest diese Flut von schönen Amerikanerinnen hier haben, die hier runterkommen, um sich auf unserem Festival auszutoben? Haben Sie zu Hause keine Gelegenheit dazu? Gibt es bei euch oben keine attraktiven jungen Männer? Keine Romantik?«

Penny, die sich immer mehr als weit erwachsener entpuppte, als ich gedacht hatte, antwortete für mich: »Sie haben sich das richtige Wort für den Schluß aufgespart, Señor Ledesma. Romantik. Ihr cleveren Mexikaner habt einen Mythos um euer Land errichtet, als die Heimat von Abenteuer, sternklaren Nächten und schmachtenden Gitarrenklängen.« Zu meiner Überraschung stimmte sie ein Lied an: *»South of the border, down Mexiko way«*, und er fiel mit ein, auf spanisch.

Das Duett brach das letzte bißchen an Eis, das zwischen beiden noch bestanden haben mochte, denn er begann mit den Fingern zu schnippen und sagte: »Penny, ich kann einfach nicht zulassen, daß diese Hyänen da drüben mich daran hindern, Sie mit Matador Sotelo bekanntzumachen!« Er stand auf, schwenkte galant seine Capa und sagte: »Folgen Sie mir!« Und mit einem barschen: »Lassen Sie mich durch, ich habe wichtige Dinge mit dem Matador zu besprechen«, bahnte er sich rüde mit den Ellenbogen einen Weg durch die gackernde Mädchentraube.

Als die Mädchen sich zerstreut hatten, sagte er zu dem jungen Matador: »Maestro, ich bringe hier eine Freundin von mir aus Oklahoma, scheußliche Gegend, Vorort von Texas, das auch ziemlich schlimm ist. Miss Penny Grim spricht Spanisch, sah die Kämpfe heute und versteht etwas von der Kunst, die Sie ausüben. Dürfen wir uns zu Ihnen setzen?«

Sotelo, der von Sinnen hätte sein müssen, wenn er abgelehnt hätte, sprang auf, rückte einen Stuhl für Penny zurück und bot Ledesma einen zweiten an, der das Angebot jedoch galant ausschlug. »Nein, nein, dies ist ein Treffen zwischen jungen Leuten.« Und er watschelte zurück an meinen Tisch.

Ich konnte nicht hören, worüber sich die jungen Leute unterhielten, aber sie gaben ein beneidenswertes Paar ab – er am Beginn einer Karriere als Matador, sie kurz davor, zur vollendeten Schönheit zu erblühen.

Ihre Unterhaltung wurde rasch lebhaft: Sotelo zeigte ihr die verschiedenen Pases, die er in der Arena vollführte, und dann griff er das Tischtuch und drückte es ihr in die Hand, um ihr die Möglichkeit zu geben, seine Handbewegungen zu imitieren. Dabei mußte er die Arme um sie legen, eine Handlung, die keinerlei Protest von ihrer Seite hervorrief.

Als die Demonstration beendet war, erhob sie sich, verbeugte sich mit bezaubernder Grazie und gestattete ihm, ihr die Hand zu küssen. Als sie zu unserem Tisch zurückkam, bemerkte ich, daß sie die Hand behütete, als könne der Kuß entfleuchen.

Das erste, was sie tat, nachdem sie wieder Platz genommen hatte, war, sich bei Ledesma zu bedanken. »Das war so nett von Ihnen – ich meine, daß Sie die anderen Mädchen weggedrängt haben.«

Er verbeugte sich; dann hüstelte er und sagte: »Was ich jetzt anspreche, ist ziemlich schwer verdaulicher Stoff vor dem Frühstück, aber es ist ein gutes Thema zum Spekulieren. Ich bin nach längerem Nachdenken zu dem Ergebnis gekommen«, sagte er in seiner besten oberpriesterlichen Manier, »daß die Vereinigten Staaten ungewöhnlich gesegnet sind. Sie haben eine absolut entsetzliche Gesellschaft, dumpf und stumpf und langweilig, wie es schlimmer nicht geht, aber in allen Himmelsrichtungen gibt es verlockende Orte zu besuchen. Im Osten die Karibik. Im Westen Hawaii, im Norden Alaska und das arktische Kanada. Und im Süden – die Krone von allem – *Méjico!*« Er sprach den Namen seines neuen Heimatlandes in der spanischen Weise aus, ohne das »x«, obwohl es seit 1927 ein Gesetz gab, das festlegte, daß der offizielle Name des Landes »México« mit »x« war. »Und ich kann mich besonders rühmen, weil ich, wie Sie wissen, kein *Méjicano* bin, sondern ein reinblütiger *Español*, was mich dazu berechtigt, eine erhabene Haltung einzunehmen.« Das letzte sagte er mit einem blasierten Lächeln, um deutlich zu machen, daß ihm bewußt war, wie absurd das war.

Als er Penny fragte, was sie studieren wolle, und sie antwortete: »Geschichte«, rief er überschwenglich: »Ich kann Ihnen gar nicht genug danken für das, was Sie für mich getan haben, Don Norman! Mir die Möglichkeit zu eröffnen, diese prachtvolle junge Dame kennenzulernen. Sie kann mir sagen, ob meine Theorie richtig ist oder nicht. Ist es die historische Langweiligkeit des amerikanischen Lebens, die Hawaii und Méjico so attraktiv macht?«

Entschlossen, sich nicht von Leóns Exhibitionismus überwältigen zu lassen, sagte sie: »Wenn Sie soviel Wert darauf legen, Ihr ›Méjico‹ richtig auszusprechen, dann müssen Sie das gleiche auch mit unserer Insel tun. Sie heißt nicht ›Hau-ua-ij‹, sondern ›Ha-wa-ii‹.«

»In Ordnung, ich bekenne, ich habe schwer gefehlt. So, und jetzt erzählen Sie mir mal, wie erklärt sich dieser konstante Exodus junger Frauen aus Ihrem Land in unseres?«

»Es gibt nicht viele Matadore in Tulsa, Oklahoma.«

»Und auch nicht allzu viele hier in Toledo.«

»Was uns hier hinzieht, und wir sind fast tausend Meilen gefahren, um hierher zu kommen, ist die Faszination eines gänzlich anderen Lebensstils. Eine kleine Kostprobe davon mitzukriegen, bevor wir heiraten und seßhaft werden.«

Ihre letzten Worte gingen unter in dem lautstarken Tumult, den die Ankunft einer grauen Limousine auslöste – und besonders der Frau, die ihr entstieg. Sie spielte eine bemerkenswerte Rolle in der Geschichte des mexikanischen Stierkampfs.

»Da ist sie!« schrie die Menge auf der Plaza. »Conchita! *¡Arriba! ¡Viva!*« Und die Stufen zur Terrasse herauf kam eine hochgewachsene, schlanke Frau in den Dreißigern. Sie trug das Kostüm, dem eine Landfrau, deren Ehemann riesige Ländereien besaß, den Vorzug geben würde: Stiefel, grauer Cordrock, mit Stickereien verzierte weiße Bluse, darüber ein Jäckchen im Militärstil mit silbernen Knöpfen, und auf dem Kopf einen von jenen breitkrempigen schwarzen Hüten, die spanische Reiter so gerne trugen. Sie war eine imposante Erscheinung, und sie war sich ihrer Wirkung voll bewußt.

Sie hatte noch nicht ganz auf dem hastig angebotenen Stuhl am großen Mitteltisch Platz genommen, da war sie auch schon umringt von Männern, die mit dem Stierkampf zu tun hatten, und von anderen, die sich ein wenig im Hintergrund hielten.

»Wer ist das?« fragte Penny, und ich klärte sie über eine der kleineren Berühmtheiten der mexikanischen Szene auf.

»Irgendwann um 1930 herum erhielt ein junger puertorikanischer Gelehrter namens Cintrón, Mitglied einer wohlbekannten Familie, aus der auch der Schauspieler José Ferrer stammt, einen Ruf nach West Point. Während seiner Zeit bei der Army heiratete er eine Amerikanerin. Sie kriegten eine Tochter und nannten sie Conchita. Das ist sie, die dort drüben.«

»Warum machen die Leute soviel Aufhebens um sie?«

»Wie ihr Vater liebte sie Pferde und erwarb sich schon als kleines Mädchen ein äußerst geschicktes Händchen für sie.«

»Reitet sie in einem Zirkus oder so was?«

»Nein, sie macht etwas weit Bemerkenswerteres. Mit Hilfe von Experten in Chile und Peru, wo ihr Vater diente, bildete sich sich zu einer erstklassigen *rejoneadora* aus.«

»Was ist das denn?«

»Sie bekämpft Stiere zu Pferde.« Als ich ihre ungläubige Miene sah, sagte ich: »Ja, heute nachmittag wird diese Frau dort, die so zerbrechlich erscheint, auf ihrem weißen Pferd sitzen, es ohne Zuhilfenahme der Hände, sondern allein mit den Knien lenken und von seinem Rücken herab gegen einen wilden Stier kämpfen. Glauben Sie mir, Penny, genau das macht sie, und wenn Sie sie heute nachmittag sehen, werden Sie verblüfft sein.«

»Heißt das, sie kämpft heute?«

»Sie ist der Star des Nachmittags.«

»Ich hab' ihren Namen auf keinem der großen Plakate gesehen. Conchita Cintrón heißt sie?«

»Sie können ihn auf den neuen kleinen lesen. Ganz groß gedruckt. Sie ist auf einer Abschiedstournee durch die mexikanischen Arenen, und im letzten Moment konnte Don Eduardo sie dazu überreden, Toledo mit einzubauen. Und wissen Sie, was sein entscheidendes Lockmittel war? ›Conchita‹, hat er zu ihr gesagt, ›Conchita, wir werden dir eine *despedida* bereiten, wie du sie noch nicht erlebt hast.‹«

»Was ist das?«

»Ein Abschied auf mexikanisch. Eine Abschiedsparty für einen Matador, der nie mehr zurückkehren wird. Ich garantiere Ihnen, Sie werden weinen.«

»Warum sollte ich? Ich kenne sie doch gar nicht.«

»Die Kapelle wird ›Las Golondrinas‹ spielen. Alte Freunde werden sich schluchzend in den Armen liegen. Mir kommen jetzt schon die Tränen, wenn ich bloß daran denke.«

»Es hört sich irgendwie so unwahrscheinlich an: eine Puertorikanerin, die hier in Mexiko einen Stier bekämpft.«

»Sehen Sie mich an«, sagte ich. »Geboren und aufgewachsen bin ich in Mexiko, aber meinen Lebensunterhalt verdiene ich in New York und in Europa. Oder nehmen Sie Don León hier. Geboren in Spanien, hängengeblieben in Mexiko. Man weiß nie, wo man irgendwann mal landet.« Ich schaute ihr fest in die Augen – wie auch Ledesma – und sagte: »Wer weiß denn, wo ein hübsches Mädchen wie Sie, mit so vielen Privilegien, eines Tages mal seine Zelte aufschlagen wird? Oder mit wem?«

Um von sich abzulenken, fragte sie: »Ist sie wirklich so gut?«

»Wie Babe Ruth im Baseball. Die Beste. *Número uno*.«

»Könnten Sie mich mit ihr bekanntmachen?«

»Sicher. Wir sind alte Freunde. Ich habe sie schon ein paarmal für diverse Zeitschriften interviewt.« Aber dann fügte ich mit einem Schaudern hinzu: »Nur, verraten Sie mir mal, wie wir durch diese Menschenmassen durchkommen sollen! So tapfer bin ich nicht.« Aber sie war so wild darauf, diese merkwürdige, faszinierende Frau kennenzulernen, daß ich sie mit einigem Bangen bei der Hand faßte und mich an das scheinbar aussichtslose Unterfangen machte, den Belagerungsring von Fans um Conchita zu durchbrechen.

Als Conchita mich gewahrte, sprang sie auf und rief: »Norman! Gott segne Sie, Sie bringen mir Glück!« Und sie stürzte mir entgegen, um mich zu umarmen und mir einen Kuß auf die Wange zu geben.

»Und wer ist dieses Kind? Erzählen Sie mir nicht, das ist Ihre neue Braut – Sie sollten sich was schämen, in Ihrem Alter!«

»Das ist die Tochter eines Freundes aus Oklahoma. Sie bestand darauf, Sie kennenzulernen.«

Mehrere Minuten lang starrte meine Schutzbefohlene Conchita mit großen, staunenden Augen an, doch schließlich raffte sie ihren Mut zusammen und sagte: »Ich liebe Pferde. Hatte immer eigene.«

»Dann reiten Sie also?«

»Auf Rodeos, ja.«

»Oh, ich liebe Rodeos! Die Clowns, die großen Ochsen, der Lärm. Was machen Sie auf einem Rodeo?«

»Ich reite beim Tonnenrennen mit.«

»Das kenne ich gut. Wunderschöne Mädchen, die auf wunderschönen Pferden wild im Kreis herumjagen.« Sie griff Penny urplötzlich bei den Handgelenken und sagte: »Für solche Art von Reiten braucht man kräftige Hände.« Worauf Penny erwiderte: »Ich nicht. Ich bin nicht so hitzig.« An der Stelle wurde das Gespräch durch den neuerlichen Ansturm von Fans beendet, die ein Autogramm von Conchita ergattern wollten.

Als wir an unseren Tisch zurückkehrten, sagte Ledesma in feierlichem Ton, so als wäre er ihr Onkel, zu Penny: »In der kurzen Zeit, in der ich Sie kenne, Penny – hier auf der Terrasse, gestern auf der Corrida, und ganz besonders, nachdem ich Ihre Reaktion in der Katakombe beobachtet habe, – konnte ich klar sehen, daß Sie viel zu intelligent sind, um mexikanischen Matadoren nachzujagen.«

»Aber sie ist kein Matador. Sie ist eine – wie haben Sie sie noch genannt, Norman?«

»Rejoneadora«, sagte ich, und Ledesma raunzte: »Fast genau so schlimm. Sie gehört zur Szene, und potentiell schadet sie Mädchen wie Ihnen.«

»Sie mögen keine Stierkämpferinnen?« fragte Penny.

Er knurrte: »Ich bedaure sie.« Dann nickte er mit einem warmen Lächeln Conchita zu, die zurückgrüßte. »Sie ist keine Frau«, sagte er. »Sie ist ein Engel.« Danach fuhr er mit seiner Predigt fort: »Stierkämpfer führen ein hartes Leben. In jeder Stadt werden sie von Mädchen behelligt. Ganz besonders von Amerikanerinnen auf Urlaub – die können sie am wenigsten in Ruhe lassen. Sie tun sich nichts Gutes damit, wenn Sie ihnen nachjagen, ja, Sie könnten sich damit sogar unermeßlichen Schaden zufügen.« Er gab seinen onkelhaften Ton auf und sagte scharf: »Lassen Sie die Finger von den Toreros! Die sind nichts für Sie!«

Sie nahm diese Ermahnung graziös und mit einer Prise Humor hin: »Ein Mädchen kann doch wohl mal gucken, oder nicht?« Worauf er versetzte: »Selbst vom bloßen Gucken können Sie sich unter Umständen schon die Augenbrauen versengen.«

Sie schien so beschämt, daß ich mich bemüßigt fühlte, als ihr Retter einzuspringen. »Ich habe auf meinem Zimmer einen Matador – nun, er ist jedenfalls beinahe ein Matador –, der sich vielleicht als annehmbar herausstellen könnte. Ich werd' ihn runterschicken.« Und als ich aufstand und hochging, ließ ich eine verblüffte Penny zurück, die darüber nachgrübelte, was ich damit wohl gemeint haben könnte.

Sobald ich in mein Zimmer kam, scheuchte ich Ricardo aus dem Bett. »Gehen Sie nach unten. Penny Grim möchte sich mit Ihnen über Ihre Erfahrungen als hoffnungsvoller Stierkämpfer unterhalten.«

Er zögerte zuerst, was nur verständlich war. »Ihr Vater zieht mir eins über den Schädel, wenn ich ihr zu nahe trete«, sagte er, aber ich versicherte ihm: »Ihr Vater hat gestern abend einen über den Durst getrunken und wird für die nächsten paar Stunden bestimmt noch nicht einsatzbereit sein.« Das schien ihn wenig zu trösten, denn er sagte: »Ich weiß aus Erfahrung, daß Betrunkene sich manchmal überraschend schnell wieder erholen.«

Doch als ich hinzufügte, daß sie leicht zu finden sein würde, weil sie bei León Ledesma am Tisch sitze, sprang er aus dem Bett, stürmte ins Bad, benutzte meinen Rasierpinsel, meinen Rasierapparat und vermutlich auch meine Zahnbürste, und kam zurückgeflitzt, um sich seine Hose anzuziehen – als ein aufstrebender junger Stierkämpfer konnte er sich die einmalige Gelegenheit, mit Mexikos berühmtestem und angesehenstem Kritiker zu reden, kaum entgehen lassen. Nachdem er sich die Haare mit meiner Haarbürste gebürstet hatte, stürmte er die Treppe hinunter. Ich dagegen ließ mich ins Bett fallen und schlief auf der Stelle ein.

Es war ungefähr drei, als ich aufwachte und mich nach unten auf die Terrasse begab, um eine leichte Mittagsmahlzeit einzunehmen. Ledesma hatte meinen Tisch inzwischen verlassen, aber Ricardo Martín und Penny Grim waren in ein intensives Gespräch vertieft. Sie gaben ein attraktives Paar ab, wie sie da so saßen und diskutierten.

Ich war schon im Begriff, mich woanders niederzulassen, als Penny mich entdeckte und rief, ich solle mich doch zu ihnen setzen. »Schließlich ist es Ihr Tisch. Er erzählt mir gerade die ungeheuer faszinierende Geschichte, wie er zum Stierkampf gekommen ist.«

Als ich sie nach Einzelheiten fragen wollte, sah ich, daß Mrs. Evans allein die Terrasse betrat, und ich bat sie, sich zu uns zu gesellen. Während wir vier da saßen und ein leichtes Mittagessen zu uns nahmen, weil wir uns vor dem Kampf den Bauch nicht mit etwas Schwerem vollschlagen wollten, erzählte Penny unter gelegentlichen Korrekturen von seiten Ricardos Mrs. Evans und mir mit einer Aufregung in der Stimme, die verriet, daß sie Martín als sehr angenehme und unterhaltsame Gesellschaft empfand, was sie von ihm erfahren hatte.

»Nachdem Ricardo sein zweites Purple Heart in Korea errungen hatte, sagten die Marines: ›Mit dem Haufen von Ordensbändern würde er einen idealen Anwerber in den High Schools abgeben‹, und brachten ihn zurück nach San Diego.«

Hier unterbrach Ricardo sie: »Ich fand die Arbeit abstoßend und zog runter nach Tijuana. Im Alter von neunzehn Jahren sah ich dort meinen ersten Stierkampf, und er bot mir alles, wonach ich suchte: Mut, Dramatik, Spektakel und etwas, das so weit weg war von meinem blöden Vater und meiner beknackten Mutter, wie es weiter weg nicht sein konnte. 1957 sagten ein paar Freunde zu mir: ›Die wirkliche Szene ist das Aprilfestival in Toledo‹, und als sie beschlossen runterzufahren, fragte ich, ob sie mich mitnehmen könnten. Und als ich dann das wahre Ding sah, drei große Kämpfe an einem Wochenende, da faßte ich gleich an Ort und Stelle, in der Arena da draußen an der Statue von dem Indio, den Entschluß, hierzubleiben und Stierkämpfer zu werden.«

»Wovon lebten Sie?« fragte Mrs. Evans. »Oder, besser gesagt, wovon leben Sie?«

An dieser Stelle wurde das Gespräch jäh unterbrochen durch das Erscheinen von Ed Grim, Pennys Vater, dessen blutunterlaufene Augen ankündigten, daß er in übler Laune und bestens zum Streiten aufgelegt war. Er brauchte ein paar Minuten, um zu begreifen, daß seine Tochter da mit dem elenden Burschen zusammenhockte, der die United States Marines verlassen hatte, um Stierkämpfer in Mexiko zu werden, und als ihm dies klar wurde, hörte er, wie seine vernünftige Nachbarin aus Tulsa, Mrs. Evans, die Witwe seines einstigen Partners, gerade erklärte: »Ich habe Señor Martín gerade gefragt –«

»Was soll dieser Blödsinn mit ›Señor‹?« raunzte er. »Wo hat er denn den Namen ›Martín‹ her? Ich dachte, er heißt Martin und kommt aus Iowa!«

»Er heißt Señor Martín«, beharrte sie, »weil er nämlich als ein junger Mann akzeptiert werden möchte, der die mexikanische Art angenommen hat. Und außerdem ist er aus Idaho und nicht aus Iowa.« Als der Ölmann darauf bloß knurrte, fuhr sie fort:

»Ich habe Señor Martín gerade gefragt, wie er seinen Lebensunterhalt verdient hat, während er auf dem Land herumzog und versuchte, Matador zu werden.«

»Das würde mich auch sehr interessieren«, sagte Grim, und mit offensichtlicher Verlegenheit erklärte Ricardo: »Ich muß zu meiner Schande gestehen, daß ich fünf Monate, nachdem ich meine große Entscheidung gefällt hatte, für immer hier zu bleiben, nach Hause nach Idaho gefahren bin und meine Mutter angebettelt habe, mir das kleine Erbe auszuzahlen, das meine Großmutter für mich in ihre Obhut gegeben hatte. Als sie hörte, wofür ich das Geld ausgeben wollte, fragte sie meinen Vater, ob er es eine gute Idee von mir fände, Stierkämpfer zu werden. Als er die Frage hörte, fuhr er aus der Haut. Ich wartete, bis er sich ausgetobt hatte, dann sagte ich ihm, ich wüßte sehr wohl, was ich wollte, worauf er kreischte: ›Du bist nicht mehr mein Sohn!‹ Worauf ich erwiderte: ›Ich bin nie dein Sohn gewesen‹, und noch am selben Tag änderte ich meinen Namen in Ricardo Martín um – teils aus Respekt und einer Art Liebe zu meiner Mutter heraus, aber auch, weil ich mir nicht vorstellen konnte, meinen Weg in Mexiko mit einem Namen wie Caldwell zu machen. Wie würde das auf einem Plakat aussehen? Aber Martin läßt sich leicht in Martín umändern, mit der Betonung auf der letzten Silbe, oder auch in Martinez.

Mom erwies sich als weitaus cleverer, als ich gedacht hatte, denn sie sagte: ›Ich werde dich nicht an das Geld heranlassen, das meine Mutter mir für dich hinterlassen hat, aber ich schicke dir jeden Monat fünfzig Dollar per Post.‹«

»Schön zu hören, daß wenigstens einer in Ihrer Familie einen klaren Kopf hat«, sagte Grim, und ich sah, wie Penny ihm gegen das Schienbein trat.

Ricardo ignorierte die Bemerkung und sagte: »Sie wären erstaunt, wenn ich Ihnen sagen würde, wieviel Geld sich ein junger Mann nebenher verdienen kann, indem er lediglich die Ohren aufsperrt.«

»Und die Hand aufhält«, sagte Grim.

»Kommen Sie denn voran?« fragte Mrs. Evans, und Ricardo

sagte: »Kennt einer von Ihnen hier das Wort *pachanga?* Ich bin nicht sicher, ob man es im Wörterbuch findet, aber ich bin der König der Pachangas.«

»Was ist das?« fragte die stets neugierige Mrs. Evans.

»Eine Keilerei. Eine Dorfkeilerei, bei der jeder mitmachen kann, der Lust hat. Eigentlich ist es ein Dorfstierkampf ohne abgezäunte Arena, ohne Picadores und ohne förmliche Kostüme. Was sie jedoch haben, ist ein sieben- oder achtjähriger Stier mit sehr langen Hörnern, deren Spitzen jedoch abgesägt sind. Der Stier wiegt so um die fünfzehnhundert Pfund, anderthalbmal soviel wie ein normaler Stier. Wenn er einen nicht mit den Hörnern erwischt, trampelt er einen zu Brei.«

»Hört sich ziemlich chaotisch an«, sagte Mrs. Evans, die gebannt lauschte.

»Es ist eigentlich mehr ein Volksauflauf als ein Stierkampf«, sagte der junge Mann. »Es gibt zwei Arten von Volksaufläufen: organisierte, wie der Sturm auf die Bastille, nach dem Motto: ›Holen wir die Gefangenen da raus!‹ und die, die völlig unorganisiert sind, wie eine echte Pachanga.«

»Warum geben Sie sich dann mit so was ab?«

Ricardo hielt inne, schaute sie ungläubig an und sagte: »Weil es die Aufgabe eines künftigen Matadors ist, gegen Stiere zu kämpfen. Gegen jeden Stier, egal wo. Bei einer Pachanga erfahren sie, ob sie den Mut besitzen, sich in die Reichweite dieser Hörner zu wagen und sich dann fest vor ihm aufzupflanzen und ihn zum Angriff zu reizen. Um an der nächsten Pachanga teilnehmen zu können, würde ich zu Fuß nach Oaxaca gehen.« Die Aufrichtigkeit, mit der dieser junge Mann dies sagte, der erst in Korea gekämpft hatte und dann erneut aus der Sicherheit der Heimat geflohen war, um sich in diesem gefährlichen Beruf zu versuchen, beeindruckte seine Zuhörer.

»Sind Sie ein besonderer Fall, oder gibt es viele junge Männer wie Sie?« fragte Penny.

»Es hat immer vielversprechende Jungtalente gegeben, die durch die Weltgeschichte zogen. Einige der größten Stierkämpfer haben sich auf diese Weise hochgearbeitet: Juan Belmonte in Spanien, Juan Gómez hier in Mexiko. Ich denke, uns gibt es überall.«

»Ich meine Amerikaner?«

»Sidney Franklin schaffte es, ein Bursche aus Brooklyn. Und Patricia McCormick, ein Mädchen.«

Diese verblüffende Information veranlaßte Grim, loszublöken: »Sie wollen sagen, ein amerikanisches Mädchen ist hier runtergekommen, hat bei diesen Pachangas mitgemacht, von denen Sie gesprochen haben, und ist dann Matadorin geworden?«

»Genau so war es«, sagte Ricardo nüchtern. »Sie hat auf richtigen Corridas mitgekämpft und war ziemlich gut.«

»Die Welt geht langsam zum Teufel«, brummte Ed Grim. »Und du, junge Dame, halt dich fern von Matadoren!«

Penny lächelte und sagte: »Das gleiche hat mir Señor Ledesma auch schon gesagt«, worauf Grim meinte: »Dieser Kritiker wird mir immer sympathischer.«

Mrs. Evans wollte sich wieder dem Gegenstand ihres Hauptinteresses zuwenden. Sie lächelte Martín an und sagte: »Sie sprechen ein so gewähltes Englisch, wenn Sie es wollen. Wo haben Sie das gelernt?«

»Idaho hat gute Schulen. Mom brachte mich zum Lesen.«

Mrs. Evans sprach jetzt wie eine Mutter: »Und Sie geben Ihre Ausbildung auf, um Matador zu werden?«

»Es war eigentlich nicht viel an Ausbildung. Aus mir wäre nie ein Gelehrter geworden. Bei den Marines hätte ich es nie zum Offizier gebracht.« Er blickte auf seine Hände und sagte: »Viel habe ich nicht verloren. Aber ich konnte nicht riskieren, diese eine Chance zu vergeuden, mal was Richtiges zu machen.«

»Wenn Sie davon geträumt haben, irgendwas Großes zu erreichen, warum haben Sie dann nicht bei der G.I.-Bill zugegriffen? Die ist schließlich dazu gedacht, ehemaligen Kriegsteilnehmern die Chance für eine Berufsausbildung zu geben.«

»Ich sagte Ihnen doch schon, daß ich das gemacht habe.«

Das war zuviel für Ed Grim. »Sie wollen damit sagen, Sie tun bloß so, als ob Sie aufs College gingen, damit Sie Stierkämpfer werden können? Was sind Sie eigentlich für ein Kerl?«

»Das haben wir gestern schon geklärt. Ein Ex-Marine, der Ihnen den Arsch vollhaut, wenn Sie eine falsche Bewegung machen.«

»Penny, laß uns hier weggehen! Dieser Müllabladeplatz ist kein Ort für ein anständiges junges Mädchen.«

»Ich bleibe hier«, sagte sie. »Ich mag diese Leute.«

»Ich hab' gesagt, du kommst mit mir«, wiederholte Grim, aber Ricardo sagte ruhig: »Und sie hat gesagt, sie bleibt hier. Auf Wiedersehen, Mr. Grim.« Und die Tochter blieb sitzen, während der Vater wutschnaubend davonstürmte.

Als er fort war, sagte Mrs. Evans: »Ich möchte nicht, daß ihr jungen Leute Ed Grim unterschätzt. Er ist ein toller Ölmann.«

»Das gibt ihm nicht das Recht, jeden herumzukommandieren«, sagte Ricardo, und sie erwiderte: »Junger Mann! Ed Grim kämpfte an vorderster Stelle dafür mit, daß die Ölarbeiter Krankenversicherung, gerechte Löhne und das Recht bekamen, sich gewerkschaftlich zu organisieren.«

»Aber als sie dann tatsächlich eine Gewerkschaft gründeten«, sagte Penny, »tat er alles, was in seiner Macht stand, um sie wieder zu zerschlagen.«

»Trotzdem«, sagte Mrs. Evans. »Ed ist im Grunde ein anständiger Kerl. Man weiß bei ihm immer, wo man dran ist.« Sie wandte sich Ricardo zu und fragte: »Sie träumen also noch immer davon, das große Ding zu machen?«

Und er erwiderte: »Ja – weil ich so viele gesehen habe, die sich mit Kleinkram begnügt haben.«

»Und was planen Sie nun als nächstes?« fragte sie, und er antwortete: »Mich in den Kampf morgen hineinmogeln, um zu sehen, wie Victoriano und Gómez sich schlagen. Von den Besten kann man sich immer noch was Neues abgucken.«

»Und am kalten Morgen danach?«

Ein Lächeln trat auf sein Gesicht, und er tätschelte Mrs. Evans die Hand. »Sie verstehen wirklich was vom Stierkampf. Jeder Tag ist ein ›kalter Morgen danach‹. Nun, am Morgen nach dem großen Kampf fahre ich zurück nach Mexiko City, um mich zu erkundigen, wann und wo die nächste Pachanga stattfindet.

Und dann werde ich mich dorthin durchschlagen, und an einem der nächsten Tage wird sich etwas Großes ereignen.«

»Und wenn nicht?« bohrte Mrs. Evans nach.

»Ich werde dafür sorgen, daß es passiert.«

»Und wie wollen Sie das machen?«

»Ich habe einen Plan!«

Wir saßen einen Moment schweigend da – die reiche Witwe eines Ölmagnaten aus Tulsa und ein zweiundfünfzigjähriger Journalist mit einem komfortablen Einkommen – und wir waren beide betroffen von Ricardos prekärer Lage.

Mrs. Evans fragte Ricardo: »Sie sagten, Sie wollten sich morgen in die Arena schmuggeln, um den Kampf zu sehen. Wie wollen Sie das anstellen?«

»Mit der Zeit lernt man die Schleichpfade kennen.«

Ich glaube, sie war drauf und dran, ihm etwas Geld zu leihen, doch genau in dem Moment kam Ed Grim an unseren Tisch, bepackt mit zwei schweren Koffern, und bei ihm waren Mr. und Mrs. Haggard, ebenfalls mit ihrem Gepäck.

»Wir reisen ab«, kündigte Grim fast hitzig an, so als wolle er sagen: Und was wollen Sie dagegen machen? Er stellte einen Koffer neben Pennys Stuhl. »Wir sind zu dem Schluß gekommen, daß Stierkampf barbarisch ist. Wir haben genug davon. Du kommst mit uns, Penny! Und du, Elsie, du solltest auch besser mit nach Hause kommen, wenn du vernünftig bist.«

Ohne zu zögern sagte Penny ganz ruhig: »Ich komme nicht mit.« Sie zog ihren Koffer ein Stück näher zu sich heran und sagte: »Ich habe mir schon ganz lange gewünscht, mal einen Tag auf einer mexikanischen Ranch zu verbringen, und Mr. Clay hat gesagt, er könne mir eine Einladung verschaffen. Ich bleibe.«

»Moment mal!« protestierte ich. »Ich sagte das, bevor ich wußte, daß Sie Ihren Vater verlassen und hierbleiben würden. Glauben Sie mir, das Ixmiq-Fest ist gewiß nicht der passende Ort für eine siebzehnjährige Schülerin, die ganz auf sich allein gestellt ist.«

»Ich bin fast schon College-Studentin und alt genug, um zu wissen, was ich will.«

Penny ließ sich nicht erweichen. Sie wollte um keinen Preis mit ihrem Vater und den Haggards zurück nach Tulsa fahren. Sie war fest entschlossen, bei den Matadoren zu bleiben, und als ihr Vater schon bereit schien, sie mit Gewalt zu seinem Cadillac zu schleppen, schaltete sich Mrs. Evans ein. »Chester! Ich bleibe, und Penny kann bei mir bleiben. Sie ist jetzt ein großes Mädchen. Wenn der Herbst kommt, dann wird sie sowieso von dir weggehen.«

»Ja, aber auf ein anständiges amerikanisches College, und nicht zu irgendeinem mexikanischen Patschanga, oder wie das Ding auch immer heißt.«

Als er sah, daß er Penny nicht umstimmen konnte und daß wir sie anscheinend noch dazu ermutigten, sich ihm zu widersetzen, wurde er wütend und zerriß sich fast die Manteltasche, als er die Eintrittskarten für die restlichen Stierkämpfe herausziehen wollte. Er warf sie auf den Tisch und schrie wütend: »Da! Ihr könnt sie haben!« Und an Mrs. Evans gewandt: »Wenn das dein Mann erleben würde! Im Grab würde er sich umdrehen!«

»Das denke ich mir auch«, sagte sie, und dann fuhr sie in versöhnlichem Ton fort: »Chester, dein kleines Mädchen wird allmählich erwachsen. Wenn Millicent noch am Leben wäre, würde sie dir jetzt sagen: ›Laß sie nur machen!‹ Und dem kannst du mit der beruhigenden Gewißheit Folge leisten, daß ich mich um sie kümmern werde.«

Als Ed in den Wagen stieg, wurde ihm bewußt, daß er von seiner Tochter nicht in Unfrieden scheiden konnte. Er stieg hastig wieder aus, kam noch einmal zurück, nahm sie in die Arme und murmelte: »Du bist eine Kämpfernatur, mein Kleines. Du machst das schon.« Er gab ihr einen Kuß; dann wandte er sich an Mrs. Evans und an mich und sagte grimmig: »Paßt mir gut auf sie auf! Sie ist ein echtes Oklahoma-Goldstück.«

Als Ed und die Haggards abgefahren waren, fragte Mrs. Evans: »Und wie krieg' ich jetzt meinen Wagen nach Hause? Ich fahre doch nicht mehr.« Ohne auf eine Antwort zu warten, schob sie die acht wertvollen Tickets in die Mitte des Tisches, wo Penny sich zwei herausgriff und sie in ihre kleine Handtasche steckte.

Die restlichen sechs schob Mrs. Evans Ricardo mit den Worten zu: »Da sie was mit Stierkampf zu tun haben, gehören sie Ihnen.« Er ließ sie auf dem Tisch liegen und reihte sie säuberlich nebeneinander auf. »Sechs Eintrittskarten. Vor etwa einer Stunde waren zwei Touristen hier und haben die Leute auf der Terrasse regelrecht angebettelt, ihnen Tickets zu verkaufen. Fünfzig Dollar für den heutigen Kampf. Hundert Dollar für den morgigen.« Als die Frauen scharf Luft einsogen und ihn entgeistert anstarrten, erklärte er: »Wenn einer in der Arena umgekommen ist, steigt die Nachfrage sofort sprunghaft.« Er schob die Tickets spielerisch auf dem Tisch hin und her und sagte: »Vierhundertfünfzig Dollar. Das reicht aus, um ein Jahr Pachangas hinterherzujagen.« Er stand abrupt auf, ging zu Mrs. Evans und küßte sie. »Mom fände Sie echt patent, und das tu' ich auch«, aber sie sagte bloß: »Bedanken Sie sich bei Ed Grim, nicht bei mir.«

Diese freundliche Unterhaltung wurde jäh unterbrochen, als ein Matador in voller Kampftracht auf der Terrasse erschien, der auf dem Weg zu seinem Kampf war. Es war ein Mann, für den ich große Bewunderung hegte, also rief ich ihn zu uns herüber und stellte ihn vor: »Das ist Pepe Luis Vásquez, der Mexikaner. Er hat das Pech, daß es in Spanien einen Matador gleichen Namens gibt, aber unserer hier ist der bessere.«

Ricardo war ganz überwältigt, diesen prächtigen Torero plötzlich so nah neben sich stehen zu haben. Er stand auf und zeigte mit dem rechten Zeigefinger auf diverse Stellen auf dem Anzug des Matadors: »Hier eine Wunde. Da eine Wunde. In der Zunft der Stierkämpfer trägt er den Ehrentitel ›das Nadelkissen‹. Kein Matador der jüngeren Geschichte hat solche mörderischen Hornwunden überlebt wie dieser Mann hier.« Und er wies auf eine Stelle: »Die Cornada hier hätte tödlich ausgehen können, aber die Ärzte retteten ihn. Und hier – da hat ihn das Horn voll erwischt. Acht oder neun Cornadas im Hintern. Dieses Bein, das Bein.«

»Sagt er die Wahrheit?« fragte Penny, und Pepe Luis verbeugte sich galant und sagte in gutem Englisch: »Unter etwas günstigeren Umständen könnte ich es beweisen.« Ohne ihren Tonfall oder ihren Gesichtsausdruck zu verändern, versetzte Penny: »Das wäre ein unwiderstehliches Angebot«, und ich dachte, Señorita Penny schlägt sich wirklich gut.

Wir plauderten kurz, und er war ein glänzender Torero aus der soliden mittleren Gruppe, niemals ein überragender Star, aber stets ein Mann von Würde, der den Stieren mutig entgegentrat. Leute wie er bildeten das Rückgrat des Stierkampfgeschäfts, Männer, die Jahr für Jahr die zweite oder dritte Stelle im Nachmittagsprogramm einnahmen und dabei oft genug die Stars in den Schatten stellten.

Er war kaum gegangen, als eines der alternden Phänomene der mexikanischen Stierkampfszene auf seinem Weg zur Arena über die Terrasse kam. Es war Calesero, ein Matador aus Aguascalientes, der jeden Frühling den Veranstaltern von Toledo half, ihr Programm für das Ixmiq-Fest vollzubekommen. Er war der Gentleman der Zunft, ein Mann von erlesener Kunstfertigkeit in der Arena, ein Meister mit der Capa, es gab keinen besseren, aber niemals herausragend mit dem Degen. Aficionados kamen zur Plaza in der Hoffnung, ihn an einem seiner guten Tage zu erwischen, wenn er mit seiner Capa, seinen flinken Füßen und seinem geschmeidigen Körper, der beweglich war wie der eines Artisten, mit einem fügsamen Stier wahre Wunder vollbringen konnte. Er nickte mir würdevoll zu, als er vorbeiging, und ich versuchte nicht, ihn aufzuhalten.

So hatte die simple Tatsache, daß sie mit Ledesma an einem Tisch auf der Terrasse des Kachelhauses gesessen hatten, dazu geführt, daß Mrs. Evans, Penny und Ricardo die vier Toreros, die an diesem Kampftag in die Arena treten würden, aus nächster Nähe gesehen hatten: Conchita, die Anbetungswürdige; Calesero, den Elder Statesman; Pepe Luis Vásquez, den Tapferen; und Fermín Sotelo, den neuen aufsteigenden Kometen am Horizont. Es versprach ein lohnender Nachmittag zu werden.

Als wir uns von unserem Tisch erhoben, um zur Arena aufzubrechen, wurden Ledesma und ich vom Erscheinen meines Onkels aufgehalten, der den Kritiker mit einem moralischen Dilemma konfrontierte: »Don León, ich höre, daß weder Calesero noch Pepe Luis Ihnen Ihre üblichen Gebühren entrichtet haben.«

»Das ist richtig«, sagte León kühl.

»Aber dieses Festival ist wichtig für unsere Stadt – wichtig für mich persönlich. Um mir zu helfen, teurer Freund, Eintrittskarten für den morgigen Kampf zu verkaufen, könnten Sie sich da vielleicht dazu durchringen, sich über die Darbietungen der Matadore bei den heutigen Kämpfen wohlwollend auszulassen?«

»Sie loben, wenn sie nicht bezahlt haben? Unmöglich.« Er wandte sich ab, aber Don Eduardo konnte den Schaden, den eine negative Kritik womöglich anrichten würde, nicht riskieren.

»Señor León, Sie sind ein Mann von Ehre. Wir wollen einräumen, daß sie Ihnen Ihr Honorar nicht bezahlt haben. Wir wollen auch einräumen, daß sie Sie beleidigt haben. Aber wenn ich nun für sie einspränge und an ihrer Stelle das Honorar entrichtete, würde das Sie umstimmen?«

Ledesma ignorierte meinen Onkel und wandte sich zu mir: »Señor Clay weiß, daß ich Calesero und Pepe Luis als Männer von Tapferkeit und Würde respektiere. Ob ich bereit bin, das bei den Kämpfen von heute nachmittag zu bezeugen? Ja, Don Eduardo, ich werde tun, was ich kann, um Ihr Festival zu protegieren.« Und ohne sich zu meinem Onkel umzudrehen, streckte er ihm dezent die geöffnete Hand hin, und Don Eduardo, da bin ich sicher, legte ein paar Scheine hinein. »Beide Matadore haben bewiesen, daß sie Ehrenmänner sind. Ich schätze sie. Mich lobend über sie auslassen, wenn sie nicht bezahlt haben? Unmöglich. Ihr ehrenhaftes Auftreten bezeugen? Aber jederzeit!« Und dann schüttelten sich die beiden alten Freunde die Hand.

Es erwies sich als glücklicher Umstand für mich, daß wir so lange geblieben waren; denn mein Säumen ermöglichte es einem Boten von Mexico Wireless, mir Anweisungen aus New York zu überbringen:

Clay, Toledo. Fotos sensationell. Mexiko-Studie damit beendet. Kommen Sie nach Hause. Drummond.

Während ich über diese Worte nachdachte, die Klänge des Festivals vage in den Ohren, als wollten sie mich zur Stierkampfarena zurückrufen, saß ich allein auf der Terrasse und sann über die Kühnheit von Ricardo Martín nach, Matador werden zu wollen, und über Pennys Bereitschaft, sich dem Zorn ihres Vaters auszusetzen für den Wunsch, die Erfüllung des Abenteuers zu erleben, nach dem sie sich so lange gesehnt hatte. Und ich verglich ihren Wagemut mit meiner Ängstlichkeit, und ich war nicht stolz auf mich. Ich wollte damit aufhören, Artikel nach Vorgabe zu schreiben, was ich so leicht und gut konnte. Ich erinnere mich an eine Reportage, die ich machte, als die Franzosen in dem Land kämpften, das damals ihr Vietnam war. Unparteilich führte ich die Für und die Wider an und kam zu keiner Entscheidung darüber, wer gewinnen würde oder wer gewinnen sollte. Mein Fotograf hatte ein tolles Foto von einem vietnamesischen Bauern gemacht, das ihn dabei zeigte, wie er in seinem Reisfeld stand und zur Sonne hinaufblickte, und ich gab der Story den Titel »Pham Van Dong sieht der Zukunft ins Auge.« In anderen Artikeln hatte ich einen koreanischen Bauer der Zukunft ins Auge sehen lassen, einen Pakistani in Ostbengalen nach einer der großen Überschwemmungen, bei der Tausende ertrunken waren, und jede Menge anderer hatte ich der Zukunft ins Auge sehen lassen – nur mich selbst nicht.

Was ich eigentlich wollte, war, ein Buch schreiben, das so gut war wie das meines Vaters – ein Buch über unsere indianischen Vorfahren, unsere tapferen spanischen Bischöfe, über jene unvergeßlichen toten Toledaner in der Katakombe und besonders über die Revolutionen und Kriege, die ich als Junge in Toledo miterlebt hatte. Der letzte Gedanke brachte mich dazu, laut auszurufen: Vielleicht ist es das! Ein amerikanischer Junge mitten im Herzen der mexikanischen Revolution, der alles sieht und doch nichts begreift.

Ganz gleich, für was ich mich letztendlich entscheiden würde, ich wollte damit anfangen, bevor es zu spät war. Also rief ich, während die anderen zur Arena marschierten, Mexico Wireless an und sandte New York folgende Nachricht:

Drummond. Freut mich, daß Paquito-Fotos brauchbar sind. Aber Sie irren sich. Damit ist die Mexiko-Story nicht beendet. Sie fängt jetzt erst richtig an. Ich bleibe hier.

Als ich zur Arena ging, wünschte ich mir, es wäre ein Kameramann dabei, der meinen Gang zur Arena filmte – mit den Blumentöpfen im Hintergrund, der wundervollen Fassade der Kathedrale und der Statue meines Vaters. Ich würde der Story den Titel geben: »Pham Van Clay sieht der Zukunft ins Auge.«

Ein düsterer Samstag

Ein deutscher Tourist, der stolz war auf seine in Spanien erworbenen Stierkampfkenntnisse, taufte den zweiten Tag den »düsteren Samstag«, denn die sechs normalen Kämpfe waren fad und ohne jeden Glanz. Niemand wurde getötet. Niemand wurde ins Krankenhaus gekarrt. Keine Ohren oder Schwänze wurden gewährt, noch wurden von den Zuschauern welche gefordert. Und ganz gewiß verschaffte sich keiner der Matadore oder der Stiere an diesem Nachmittag auch nur den Hauch von unsterblichem Ruhm. Es war ein lahmer Allerweltskampf.

Ich selbst genoß ihn; denn ohne den Druck, Bericht erstatten zu müssen über etwas, von dem ich ahnte, daß es nicht mehr als eine Routine-Corrida werden würde, saß ich in der zweiten Reihe mit Mrs. Evans zu meiner Rechten, Ledesma zu meiner Linken und Penny Grim vor uns in der ersten Reihe, so daß wir uns von ihrer Begeisterung anstecken lassen konnten, die sie angesichts der Tatsache empfand, daß sie zwei Toreros zuschauen konnte, mit denen sie sich tatsächlich unterhalten hatte: dem Matador Fermín Sotelo und der Rejoneadora Conchita Cintrón.

Wenn der normale Nachmittag mit sechs Kämpfen langweilig war, so galt dies nicht für Conchitas Darbietung; denn Don Eduardo hielt sein Versprechen, ihren Abschied von Toledo zu einem unvergeßlichen Ereignis zu machen. Von dem Augenblick an, als die großen Tore sich öffneten und die Toreros glanzvoll ihren Einzug hielten, mußte selbst Ledesma, der keine Rejoneadores mochte – und schon gar keine weiblichen –, zugeben, daß die Frau, die er einen Engel genannt hatte, einfach superb war in der Wirkung, die sie erzeugte. Kerzengerade auf einem großen weißen Pferd an der Spitze der Parade reitend, war sie von Kopf bis Fuß in nüchternes, schlichtes Grau gekleidet – wadenhohe Stiefel, die Beine geschützt durch schwere Lederpanzer, die ihr bis zu den Hüften reichten, eine Generalsjacke über einem weißen Hemd mit Spitzen an den Manschetten, eine graue Krawatte, und auf dem Kopf einen mit Lack überzogenen Filzhut mit einer fünf Zoll breiten Krempe und einer oben flachen Röhre von sieben Zoll. Sie und ihr nervös tänzelnder Hengst wirkten wie Wesen aus einem anderen Zeitalter.

Das stattliche Roß wurde nur für die Parade benutzt. Die Pferde, auf denen sie die Stiere bekämpfen würde, waren kleiner und wendiger, aber das Paradepferd bot eine eindrucksvolle Show; denn Conchita hatte ihm zwei Kunststücke beigebracht: Beim Durchqueren der Arena während der Parade bewegte sich das Tier fast in einer Art Tanzschritt vorwärts, indem es abwechselnd die Vorderläufe anhob und nach vorn streckte; und als Conchita unsere Seite der Arena erreichte, nahm das Pferd gleichsam Aufstellung vor Don Eduardo und Penny Grim und vollführte eine elegante Verbeugung: Es ließ sich auf einem Knie nieder und streckte das andere Bein vor wie ein galanter Höfling, der vor seiner Königin einen Hofknicks macht.

»Es verbeugt sich vor mir!« rief Penny begeistert, und ich verzieh ihr diesen Irrtum, denn ich war sicher, daß das Pferd sich vor mir verbeugte – und ganz bestimmt glaubten Mrs. Evans und Ledesma das gleiche von sich. Ich kann nur sagen, daß es ein höchst imposanter Auftritt war.

Als die Parade vorüber war, ließ Conchita ihr großes weißes Roß einmal hochsteigen, wendete und sprengte quer durch die Arena und durch das große Tor, durch das sie einen Moment später wieder hereingeritten kam, diesmal jedoch auf einem viel kleineren, ebenfalls weißen Pferd. Sie ging auf unserer Seite der Arena in Stellung und wartete auf das Trompetensignal, und als das kleine rote Tor aufging, kam ein großer schwarzer Stier hereingestürmt und hackte wild mit den Hörnern um sich, auf der Suche nach einem Gegner.

Genauso wie Stierkämpfer, die zu Fuß kämpfen, ihren Stier in der Anfangsphase des Kampfes mit einer großen gelben Capa laufen lassen, tat dies auch Conchita, indem sie einen langen Speer mit einer Flagge an der Spitze vor dem Stier herbewegte und ihn hin und wieder drehte, dem Stier so die Möglichkeit gebend, den Köder anzugreifen und mit dem Horn nach ihm zu stoßen. Bei diesem Manöver mußte der Reiter einen starken rechten Arm haben und das Pferd die Fähigkeit, im voraus zu erkennen, wo das tödliche Horn zustoßen würde, und ihm auszuweichen.

»Wie kann sie so dicht an dem Stier arbeiten, ohne erwischt zu werden?« fragte Penny, und León erklärte: »Es ist eine Frage der exakten Berechnung des Punktes, wo die Bahnen des Stiers und des Reiters sich schneiden – der Stier rennt in die eine Richtung, das Pferd in einem bestimmten Winkel in die andere.«

Als für Conchita die Zeit kam, da sie die Banderillas setzen und das Pferd ohne die Führung durch die Zügel auskommen mußte, weil Conchita beide Hände brauchte, um die Stöcke im Nackenmuskel des Stieres zu plazieren, verfolgte Penny die fließende Bewegung von Stier und Pferd, als sie sich im spitzen Winkel einander näherten und ihre Bahnen sich schließlich kreuzten. Die extreme Gefahr und die Schönheit der Durchführung dieses Manövers verbanden sich zu einem Moment von atemberaubender Spannung.

»Oh!« schrie Penny und klammerte sich an meinen Arm. »Sie ist so wundervoll – daß sie so ein tolles Kunststück zustande bringt!«

Beim zweiten Paar Banderillas heimste das Pferd Applaus ein, indem es zu Penny sprengte und vor ihr den Kopf neigte, als wäre sie seine Prinzessin in einem Märchen aus uralten Zeiten, und Conchita verdiente sich ihre Olés dadurch, daß sie die Banderillas Penny widmete, die geradezu dahinschmolz vor Stolz und Begeisterung. Sie wandte sich zu uns um und fragte verzückt: »Haben Sie das mit Ihrer Kamera festgehalten, Mr. Clay?« Und ich nickte, was ihr Glücksgefühl noch steigerte.

Nach einer superben Darbietung von Reitkunst in Verbindung mit jenem großen schwarzen beweglichen Ziel, versuchte Conchita, den Stier mit einem langen Degen mit überlangem

Griff zu erledigen; aber wie es bei neunzehn von zwanzig Malen bei Rejoneadores der Fall war, versagte sie dreimal hintereinander. Da dies die Regel und also auch nicht anders erwartet worden war, erhielt sie die Erlaubnis, abzusitzen, ihr Pferd zurück in den Corral zu schicken und den Kampf zu Fuß zu beenden. Durchaus kunstgerecht, wenn auch nicht spektakulär, schaffte sie es schließlich mit der Unterstützung des Mannes mit dem kurzen Dolch, der dem Stier das Rückenmark durchtrennte.

Doch war die Despedida damit beileibe noch nicht aus der Arena entlassen: Als der tote Stier weggeschleift wurde, brachte man Conchitas Paradepferd zurück in die Arena, und als sie neben ihm Aufstellung genommen hatte, marschierten zwei Dutzend Honoratioren in die Arena, um dieser großartigen Frau ihren Respekt zu erweisen. Der Bürgermeister war dabei, der Gouverneur, der General aus der Kaserne, Don Eduardo als Besitzer der Palafox-Ranch, León Ledesma als der führende Kritiker und viele andere aus der großen Stierkampffamilie. Reden wurden gehalten, Blumen wurden überreicht, und auf ein Signal vom Bürgermeister hin spielte die zu diesem Anlaß um weitere Musikanten vergrößerte Kapelle Mexikos traurigen, süßen Abschiedswalzer »Las Golondrinas« (›Die Schwalben‹). Als seine hellen, klaren Töne durch die Arena hallten, begannen die Menschen leise zu weinen, und als ein Stallknecht vortrat, um das weiße Pferd aus der Arena zu führen, zum Zeichen, daß Conchita dort nie wieder auftreten würde, da füllten sich auch Pennys Augen mit Tränen.

Dann kam der Höhepunkt. Aus Kisten, die man verborgen gehalten hatte, wurden zwei Schwärme weißer Tauben freigelassen, und als sie unter wildem Geflatter emporstoben, trat eine Sängerin nach vorn und sang mit kehliger Stimme ein Lied, das mich immer tief berührt hatte – »La Paloma« (›Die Taube‹). Es war angeblich zu Ehren der Kaiserin Charlotte komponiert worden, als sie nach der Hinrichtung Kaiser Maximilians, ihres Gemahls, ins Exil ging. Besonders angetan hatten es mir die folgenden Zeilen dieses bewegenden Klagelieds:

»Wenn an dein Fenster eine weiße Taube kommt,
behandele sie mit Zärtlichkeit, denn ich bin es selbst.«

»Hier, ein Taschentuch«, sagte Penny. »Ihre Nase läuft.«

»Das sind Tränen«, sagte ich. »Schauen Sie, Ledesma hat auch ganz feuchte Augen.«

Auf diese Weise sagte meine Freundin Conchita Cintrón einer Stadt Lebewohl, in der sie oft mit Eleganz und Tapferkeit ihre Kunst dargeboten hatte. Als sie zum letztenmal die Arena verließ, saß Penny stumm und in sich gekehrt da und biß sich auf die Knöchel. Dann lehnte sie sich zurück und sagte leise zu mir: »Eine solche Frau kennenzulernen! Zu sehen, wie sie mir aus der Arena zunickt! Für dieses Erlebnis allein hat sich die ganze Reise schon mehr als gelohnt!«

Es war unfair gegenüber den drei Matadoren, die den regulären Teil des Nachmittags bestritten, ihrem Auftritt eine solch emotionsgeladene Episode vorausgehen zu lassen, aber eine Despedida hatte nun einmal traditionsgemäß am Ende der Darbietung eines Toreros stattzufinden, und da Conchita lediglich einen Stier bekämpfte, kam der Höhepunkt der Veranstaltung, ihre Abschiedsfeier, schon früh. Aber so wenig aufregend die folgenden sechs Kämpfe auch waren, so sollten sie doch eine so gewaltige Überraschung für Penny bereithalten, daß dagegen selbst ihre Erinnerung an Conchita verblaßte, wenn sie in späteren Jahren an diesen Tag zurückdachte.

Calesero war, wie ich den Amerikanern erklärt hatte, als er über die Terrasse gegangen war, gewissermaßen ein Elder Statesman seines Metiers, niemals der »Premierminister«, aber stets der verläßliche »Staatssekretär«, auf den man blind vertrauen konnte. Wenn er bei der Auslosung einen guten Stier zog, war er zu außergewöhnlichen Leistungen imstande, doch wenn er, wie heute, einen schwierigen Stier zog, waren seine Möglichkeiten doch sehr eingeschränkt. Ein paar elegante Pases, zwei überdurchschnittliche, wenn auch nicht gerade sensationelle Banderillapaare, und ein handwerklich sauberer Schlußakt – seine Vorstellung bot keinen Anlaß zur Klage, aber auch kaum Passagen, die zum Lob herausforderten. Am Ende erhielt er den höflichen Applaus, den er sich redlich verdient hatte – ein Mann von großer Würde und Integrität, der halt kein Losglück gehabt hatte.

Bei Pepe Luis Vásquez konnte man immer eine Bank darauf setzen, daß er eine tapfere Vorstellung bot, und heute versuchte er, gleich bei seinem ersten Stier dicht dran zu arbeiten, kaum daß dieser aus dem Tor hervorgestürmt war. Es war ein tollkühner Versuch, denn in diesem frühen Stadium des Kampfes hatte der Stier noch viel zuviel Kraft und war viel zu ungestüm. Er schlug Pepes Capa wütend beiseite, und dann machte er das gleiche mit Pepe. Ein unterdrückter Aufschrei ging durch die Menge, als Blut aus seinem Bein quoll, und sofort sprang Calesero in die Bresche, als die Peónes den Verwundeten wegschleppten. Er war verständlicherweise besorgt, daß die Wunde Pepe außer Gefecht setzen würde; denn die Gebräuche der Arena forderten, daß in dem Fall, wenn einer der jüngeren Matadore so schwer verletzt war, daß er nicht weiterkämpfen konnte, der Seniormatador zusätzlich zu seinen eigenen zwei Stieren auch die beiden Stiere des verletzten Matadors zu bekämpfen hatte. Was sowohl für Calesero – den es in diesem Falle betraf – als auch für das Publikum eine wenig ermunternde Aussicht war, da er weder ein physisch starker Mann war noch einer, der fähig war, eine spektakuläre Show zu liefern.

Zum Glück hatte das rechte Horn des Stieres Vásquez' linkes Bein lediglich angekratzt, und durch das hervorquellende Blut sah die Wunde auf den ersten Blick spektakulärer aus, als sie es in Wirklichkeit war. Die Blutung konnte zum Glück rasch gestillt werden. Calesero und Fermín Sotelo, der dritte Matador, übernahmen die mittlere *suerte* des Kampfes; sie übergaben den Stier den Picadores und setzten dann selbst abwechselnd die Banderillas. Zu Beginn des Schlußaktes, dem Degengang, war Pepe Luis wieder einsatzbereit, mit einem frischen Verband um das verletzte Bein. Er war tapfer und gut und führte den Stier gefährlich dicht an seiner Brust vorbei in einer Serie von Pases, die die ersten richtigen Beifallsstürme des Nachmittags auslösten. Aber er hatte kein Glück mit dem Degen, und als der glanzlose Kampf nach mehreren mißratenen Tötungsversuchen mit einem für den Matador völlig gefahrlosen Gnadenstoß endete, gähnte die Menge bloß.

Alle waren gespannt darauf, zu sehen, was der neue Mann, Fermín Sotelo, zu bieten haben würde. Er war auch willens, einen guten Kampf abzuliefern, aber sein Stier war es nicht, und es tat fast weh, mit ansehen zu müssen, wie der junge Mann sich abmühte, vor einem neuen Publikum sein Können zu demonstrieren, aber nicht ein einziges Mal Gelegenheit dazu bekam. Es war eine grausige Darbietung mit nicht einem einzigen aufregenden Pase, nicht einem akzeptablen Banderillapaar und mit einem wahrhaft kläglichen letzten Akt, in dem der verwundete Stier schwerfällig in der Arena herumtappte, während Fermín verzweifelt versuchte, dem Fiasko ein Ende zu setzen. Irgendwann blies die Trompete einen *aviso*, das Warnsignal, daß sich die für diesen Kampf erlaubte Zeit dem Ende zuneigte, und es begann die Phase des nervösen Schwitzens.

Als der zweite Aviso erscholl, begann Fermín verzweifelt, seinen Stier durch die Arena zu jagen, und er schaffte es gerade noch so eben vor Ablauf der drei Minuten, die die Regeln ihm zugestanden, den Stier zur Strecke zu bringen. Es war ein häßlicher Abschluß, ein regelrechtes Abschlachten, das mit eisiger Stille quittiert wurde. Keine Musik von der Kapelle, keine Buhrufe, kein Beifall. Fermín schlich sich wie ein geprügelter Hund aus der Arena, und die Peónes kamen mit ihren Maultieren hereingeritten, um den toten Stier fortzuschleifen.

»Das war wahrlich eine trostlose Darbietung bisher«, sagte Mrs. Evans während der Pause. »Meine Freunde aus Oklahoma haben gut daran getan, wieder nach Hause zu fahren. Bei einer solchen Zumutung wie dieser hätten sie wahrscheinlich ihr Geld zurückverlangt.«

»Was Sie gerade gesehen haben«, sagte Ledesma zu ihr, »ist ein ehrlicher Bestandteil des Stierkampfes. Es ist wie bei einem Ihrer Baseballspiele, bei dem nichts passiert, wo das Ergebnis von vornherein feststeht und wo niemand sich auch nur einen Deut darum schert, wer gewinnt. Oder wie bei einem Footballspiel, bei dem nicht ein einziger gescheiter Paß zustande kommt. Eine Seite gewinnt mit drei Feldtoren, die keinen in Begeisterung versetzen. Es ist das gleiche wie beim Liebesakt und bei den Romanen, die Sie lesen. Ordentlich und handwerklich nichts dran auszusetzen, aber zum Gähnen langweilig.«

»Ist das Ihre Ansicht vom Leben, Señor Ledesma?«

»Nicht bloß meine Ansicht. Es ist das Leben. Der größte Teil des Lebens ist verdammt langweilig und fad.«

»Aber man kann doch hoffen, daß hin und wieder was passiert«, sagte Mrs. Evans. »Besonders, wenn man den ganzen weiten Weg von Oklahoma nach hier runtergefahren ist. Was mich daran erinnert: Wer fährt diesen verdammten Cadillac für mich zurück?«

Penny, die sich in Hochstimmung fühlte, weil Conchita und ihr Pferd sich vor ihr verbeugt hatten, erwartete, daß diese Hochstimmung mindestens auf dem gleichen Level anhielt. Sie wandte sich zu mir um und fragte fast quengelig: »Wann geht denn endlich richtig die Post ab?«

Ledesma antwortete für mich. »Junges Fräulein«, sagte er, »angesichts Ihres persönlichen Interesses, das Sie an den Matadoren haben, sollten Sie vielleicht besser darauf hoffen, daß sie niemals abgeht. An vielen Tagen, meine Damen, ist ein Matador vollauf zufrieden damit, wenn er den Nachmittag halbwegs passabel über die Runden kriegt. Ihn irgendwie hinter sich bringen und fertig – und auf einen besseren Tag hoffen.« Er lächelte Penny an, zupfte seinen Umhang zurecht und fragte: »Ist es nicht bei einer Verabredung auch oft so? Das verdammte Ding irgendwie über die Zeit kriegen und darauf hoffen, daß man beim nächstenmal an jemand Aufregenderen gerät?«

»Und was ist mit dem Eintrittspreis?« fragte Penny. »Wenn wir schon ausgenommen werden, haben wir dann nicht wenigstens das Recht darauf, ein Mindestmaß an Professionalität geboten zu kriegen?«

»Aha! Jetzt bringen Sie den wirtschaftlichen Faktor ins Spiel. Sie haben das gemacht, nicht ich, also darf ich mir gestatten, diese unbefriedigenden Verabredungen auch einmal aus der Sicht des Mannes zu betrachten. Er hat Sie ausgeführt, eine Menge Geld ausgegeben, und der Abend ist ein totaler Reinfall gewesen. Hat er Anspruch auf Rückerstattung seiner Unkosten, weil er mit Ihnen eine schlechte Wahl getroffen hat? Ganz und gar nicht, und Sie haben ebensowenig einen Anspruch. Aber bei den nächsten drei Kämpfen könnte ja vielleicht was Gutes passieren, zum Beispiel, daß Ihr Matador Fermín ein Horn durch seine Speiseröhre gerammt kriegt.«

»Uhh!« schrie Penny und schlug sich angewidert die Hand vors Gesicht, aber Ledesma war unerbittlich: »Das sind die Antworten, auf die Sie Anspruch haben, wenn Sie diese Fragen aufwerfen. Hoffen wir, daß keine von euch jungen Frauen einen unzufriedenen Mann heiratet und dann mit sechzig die Feststellung macht, daß das Spiel so zu Ende gehen wird!«

Es trat Schweigen ein. Nach einer Weile fragte Penny zaghaft: »Conchita? War sie auch so schlecht, wie Sie behaupten?« Und Ledesma erwiderte munter: »In diesem Geschäft zählen Rejoneadoras nicht. Aber wenn Sie mich fragen, wie ihr Pferd war, dann würde ich sagen, passabel bis annehmbar.« Nach einer kurzen Pause fügte er hinzu: »Natürlich, wenn Sie mich fragen würden: ›Sind Sie in Conchita verliebt?‹, dann müßte ich gestehen: ›Seit dem ersten Tag, als ich sie in Guadalajara auftreten sah.‹«

Calesero gelang mit seinem zweiten Stier eine Serie seiner eleganten Pases, bei denen Stier und Capa und Mann sich gleichsam als Einheit durch die Arena zu bewegen schienen. Es war eine hochklassige Darbietung, die voll ihr Eintrittsgeld wert war, doch als er versuchte, sie zu wiederholen, nachdem sein Stier vom Picador kam, schaffte er es nicht, den Stier wieder in den Griff zu kriegen, und der Kampf zog sich über die vorgegebene Zeit, ohne daß irgend etwas passierte, das es wert gewesen wäre, in Erinnerung behalten zu werden.

Pepe Luis Vásquez, dessen Verband in der Zwischenzeit erneuert worden war, kehrte unbeirrt zu der Stelle zurück, wo der erste Stier ihn erwischt hatte. Während die Zuschauer sich gespannt nach vorn lehnten, wartete er, bis der Stier fast über ihm war, dann fiel er auf die Knie und vollführte einen sogenannten *farol*, indem er die Capa mit beiden Händen über seinem Kopf und dem des Stieres schwang. Das Horn des Stieres kam nur wenige Zoll an seinem Kopf vorbei, aber er blieb auf den Knien, schwang herum, brachte den Stier zurück in die entgegengesetzte Richtung; dann ließ er das Ende der Capa kurz schwingen, um den Stier zu verwirren und zu fixieren, bis er wieder auf den Beinen war.

Dieser wagemutige Akt brachte ihm die wohlverdienten Hochrufe ein. Er hatte bewiesen, daß er Mut hatte, und ich applaudierte länger als die andern, weil ich wußte, was diese Anerkennung aus der Menge ihm bedeutete. Leider vermochte er dieses hohe Niveau nicht zu halten; der Stier war so störrisch und schwierig, daß er mit ihm lediglich die Routine-Pases durchführen konnte, die von einem Teil des Kampfes zum nächsten überleiteten. Aber der Kampf schritt nicht schnell genug voran, so daß auch Pepe Luis einen Aviso zu hören bekam. Dies spornte ihn zu wilder Hast an, was den Kampf noch konfuser machte und zu einem rechten Gewürge werden ließ. Wenn jemand, der den Stierkampf haßte, einen Film hätte drehen wollen, um diesen Sport in Mißkredit zu bringen: hier hätte er geradezu ideale Voraussetzungen gehabt. Pepe Luis mußte zwar nicht die Schmach über sich ergehen zu lassen, daß sein Stier die Arena lebend verließ, um in den Corrals abgeschlachtet und für die Armen verwurstet zu werden, aber er beendete den Kampf doch in der niederschmetternden Atmosphäre von Totenstille, mit der Stierkampf-Aficionados ihren Unwillen kundzutun pflegen.

Wir hatten fünf Stiere gehabt, die auf dem Huf ganz gut ausgesehen hatten, und drei akzeptable Matadore, aber es war nicht eine Ehrenrunde um die Arena gefordert worden, noch war ein einziges Taschentuch in Richtung Kampfgericht geschwenkt worden, zum Zeichen, daß dem Matador ein Ohr gewährt werden möge.

Als Pepes trostlose Darbietung endete, beobachtete ich Fermín von meinem Platz auf der Tribüne aus, und ich konnte sehen, daß er mit den Zähnen knirschte, offenbar wild entschlossen, den Nachmittag zu retten, zumal Penny ihm so gebannt zuschauen würde. Bevor er den Durchgang verließ, rief sie auf spanisch zu ihm hinunter: »*¡Buena suerte, matador!*« Aber er starrte geradeaus, als hätte er sie nicht gehört. Geknickt wandte sich Penny zu Mrs. Evans und fragte: »Was glaubt er eigentlich, wer er ist? Nach der Scheiß-Vorstellung, die er mit seinem ersten Stier geliefert hat, hat er kein Recht –«

»Penny!« rief ich protestierend. »Denken Sie mal einen Moment nach. Er ist ein Mexikaner in Mexiko. Seine Aufgabe ist, seine mexikanischen Fans glücklich zu machen, nicht Sie. Es würde sich nicht gut für einen aufstrebenden jungen Matador machen, einem Yankee-Mädchen zuviel Aufmerksamkeit zu widmen.«

»Ich hab' mal im Fernsehen gesehen, wie ein berühmter Matador in Spanien Ava Gardner einen Stier widmete, und die Leute jubelten.«

Ich erwiderte: »Wenn Sie nächstes Jahr wiederkommen und genauso berühmt sind wie Ava Gardner, werden Sie auch Ihren Stier kriegen.«

Mein Versuch, humorvoll zu sein, besänftigte sie nicht, doch kurz bevor sein Stier in die Arena gedonnert kam, warf Fermín Penny einen kurzen Blick zu, zwinkerte einmal und nickte. Als er sich durch die Arena bewegte, um den zur Mitte hin stürmenden Stier zu studieren, hörte ich, wie Penny Mrs. Evans zuflüsterte: »Beten Sie mit mir für ihn. Daß er ganz spektakulär ist!« Und zwei Herzen aus Oklahoma begleiteten den jungen Mann, als er hinausging, sich zu rehabilitieren.

Mit einem Wagemut, der dem gleichkam, den Vásquez gezeigt hatte, als er sich in den Sand gekniet hatte, erlaubte Fermín seinen Peones lediglich zwei Eingangspases zum Testen des Stieres; dann trat er kühn vor und vollführte eine Reihe von *veronicas*, jenem exquisiten Pase, der nach der Heiligen benannt ist, die ihren Schleier dazu benutzt hatte, Jesus den Schweiß vom Gesicht zu wischen, als er sein schweres Kreuz zur Schädelstätte hinauftrug. Die Pases waren so wunderschön, daß ich mit in den vielhundertstimmigen Jubelchor einfiel. »Sehen Sie, Penny!« schrie ich. »Jetzt führt er uns ein Meisterstück vor. Der Junge weiß, was er tut.«

»Er ist ein Mann«, korrigierte mich Penny. »Sehen Sie doch!«

Er war dabei, in schneller Folge hintereinander drei perfekte Chicuelinas vorzuführen. Er bot dem Stier die Capa, und wenn der Stier angegriffen hatte und vorbei war, machte er, während der Stier wendete, eine Pirouette, bei der sich die Capa um seinen Körper wickelte. Es waren Pases der Spitzenklasse, und ich jubelte ihm begeistert zu.

Wenn ich für die Arbeit mit der großen magentafarbenen Capa zu Beginn des Kampfes und mit der kleinen roten Muleta am Ende des Kampfes eine ganz besonders große Schwäche habe, dann liegt das daran, daß ich seit meinem achten Lebensjahr mit dem Stierkampf vertraut bin und all die bedeutenden mexikanischen Künstler und die meisten der spanischen Meister gesehen habe, die im Winter zu uns herüberkamen. Für mich liegt die eigentliche Kunst des Stierkampfs in dem, was der Torero mit dem Tuch zuwege bringt, egal, ob mit dem großen oder dem kleinen, besonders dann, wenn er beim Aufeinandertreffen mit dem Stier eine Einheit bildet. Das sind Augenblicke von unbeschreiblicher Schönheit, welche ich in keinem anderen Sport finde, und ich habe viele gesehen.

Doch am meisten von aller Arbeit mit dem Tuch schätze ich den Teil, der kommt, nachdem der Stier das Pferd angegriffen hat und vom Picador getroffen worden ist. Verwirrt und zum erstenmal in seinem Leben wirklich verletzt, sucht der Stier nach jedem Angriffsziel, das er finden kann, und da steht der Matador und erwartet ihn, wohl wissend, daß er es jetzt mit einem gänzlich anderen Stier zu tun hat.

War der Stier bis zu diesem Zeitpunkt lediglich neugierig, und waren die Pases relativ gefahrlos durchzuführen, so ist er jetzt zu äußerster Wut angestachelt, seine Kraft ist größer denn je, und seine Hörner sind tödlicher denn je. Jetzt kann ein Matador am besten seine Kunstfertigkeit und seinen Mut unter Beweis stellen. Mit Magie in den Handgelenken und vollendeter Beherrschung seiner Füße vollführt er einen Pase nach dem anderen, bis die Menge nicht mehr anders kann, als laut »*¡Ole!*« zu schreien. Manchmal schwenkt er die Capa vor seinem Körper, manchmal schwingt sie neben ihm, manchmal ist sie hinter seinem Rücken, manchmal flattert sie wie ein Schmetterling, und manchmal senkt der Torero sie mit einer ruckartigen Bewegung, die nicht schön fürs Auge ist, aber notwendig, um die Nackenmuskeln des Stiers zu ermüden und ihn zu zwingen, den Kopf für den letzten Akt niedrig zu halten.

Ich liebe es, solcher Arbeit zuzuschauen, und jetzt, da ich mein Entzücken mit den beiden Damen aus Oklahoma teilte, fragte Penny fast entrückt in ihrer Glückseligkeit ob Fermíns prächtiger Darbietung: »Könnten Sie das auch, Clay? Sie wissen scheinbar immer so viel über das, was andere Leute machen.« Und ich antwortete: »Ich habe ähnliche Pases mit Soldado gemacht, dem besten Stier von allen, und das kann kein anderer Stierkämpfer auf der Welt von sich behaupten.« Sie war sehr beeindruckt.

Ich freute mich für sie darüber, daß Fermín, als er mit dem Schlußakt begann, einen atemberaubenden Pase zustandebrachte, der ihn als einen ernst zu nehmenden Matador auswies. Nicht weit von der Stelle entfernt, an der wir saßen, zog er den Stier auf sich, den Degen in der Rechten hinter dem Rücken haltend, senkte das Tuch ganz tief mit der Linken und brachte den Stier langsam und ungeheuer dicht an seinem Körper vorbei; dann vollführte er einen kurzen, harten Schwenk mit dem Ende des Tuches, um ihn zu fixieren, und wirbelte herum, um ihn erneut auf sich zu ziehen. Nachdem er sich dergestalt davon überzeugt hatte, daß er das Tier unter Kontrolle hatte, hob er das Tuch fast bis ans Kinn, richtete sich hoch auf und lieferte einen der großen und gefährlichsten Pases des Stierkampfes, den *pase de pecho* (›Pase der Brust‹, von manchen auch ›Pase des Todes‹ genannt), bei dem der Stier, nachdem er am Ende des Natural gedreht hat, von neuem angreift, und der Torero ihn an seiner Brust vorbeibringt und ihn mit einer Vorwärtsschwenkung seiner Muleta forttreibt. Dieser Pase ist unter allen Umständen höchst spektakulär, denn zwischen den Hörnern des Stieres und dem Kopf des Matadors liegt nur eine Haaresbreite. Aber in diesem Fall machte Fermín etwas ganz besonders Spektakuläres: Überzeugt, daß er einen gerade angreifenden Stier hatte, probierte er die verblüffende Variante, die als »Zuschauerzählen« bekannt ist; das heißt, er ignorierte den Stier, während er an ihm vorüberdonnerte, und starrte statt dessen in die Zuschauerränge, als überschlüge er tatsächlich die Zahl der zahlenden Besucher. Sein Glück hielt. Der Stier kam gerade auf ihn zugerast, mit hoch erhobenem Kopf, und schoß um Zollbreite vorbei, während Fermín wie angewurzelt dastand, den Kopf zur Seite gewandt, einen desinteressierten Ausdruck im Gesicht, der fast schon höhnisch zu nennen war, den Blick direkt in die Augen von Penny Grim gerichtet. Ich schoß ein Foto von ihm, als der Stier gerade an seinem bemüht weltmüde dreinschauenden Gesicht vorbeifegte. Wenn ich mir dieses Gesicht jetzt auf dem Foto anschaue, verblüfft es mich noch immer.

Mir war klar, daß Fermín mit diesem vortrefflichen Pase den Tagessieg, wenn nicht den des gesamten Festivals errungen hatte. Da hörte ich plötzlich Penny schreien: »O nein!« Während alles noch in Begeisterung über Fermíns fehlerlosen Todespase schwelgte, sah der Stier, der allein in einiger Entfernung von uns stand, wie sich auf den Rängen irgendein Tuch bewegte, und ging mit gesenkten Hörnern auf den vermeintlichen Peiniger los, vorwärtsgetrieben von einer unbändigen Wut, die gespeist war von dem Verdruß über seine bisherigen fruchtlosen Versuche, als er jedesmal anstelle des Mannes nur das Tuch getroffen hatte. Wieder fand er keinen Mann, aber sein rechtes Horn krachte mit solcher Wucht gegen die aus dicken Brettern gezimmerte Barrera, daß es mit einem häßlichen Knacken vollkommen abbrach, direkt an der Wurzel. Ein Seufzen der Enttäuschung erhob sich aus der Menge, denn es war klar, daß der Stier jetzt für den letzten Akt des Kampfes nicht mehr zu gebrauchen war, den atemberaubenden Moment, wo der Matador direkt über das tödliche rechte Horn hineingehen mußte, um den Degen im Nacken des Stieres zu versenken. Ohne Horn war die ganze emotionale Spannung dahin, und mit ihr jede Chance auf eine prickelnde oder in irgendeiner Weise kunstvolle Darbietung des Matadors.

In reichen Arenen, wo die Impresarios es sich leisten können, einen Ersatzstier für eben solche Notfälle im Corral bereitzuhalten, würde jetzt ein Trompetensignal erschallen, und die Ochsen würden in die Arena kommen und den einhörnigen Stier zurück in seine Koppel bugsieren, und dann würde der Ersatzstier in die Arena kommen. Aber die Arena von Toledo hatte keinen Reservestier, und deshalb mußte dieser Kampf, der zum Gipfelpunkt dieses Kampftages hätte werden sollen und können, in einem erbärmlichen Schauspiel enden: ein geschickter Matador, der einen seiner wichtigsten Waffe beraubten Stier erledigen mußte.

»Was geschieht jetzt?« fragte Penny, und ich sagte: »Ihr Freund wird jetzt versuchen, das Beste aus einer miserablen Situation zu machen. Er tötet den Stier, aber es ist bedeutungslos und ohne jedes Verdienst. Es ist kein Wettkampf mehr, und somit kann er auch keine Lorbeeren mehr ernten.«

»Wie scheußlich!« Ich sah, wie ihr die Tränen in die Augen schossen.

Aber sie hatte ja keine Vorstellung davon, wie scheußlich es dann tatsächlich werden sollte; denn dieser scheinbar machtlose Stier schien der festen Absicht zu sein, die Aficionados von Toledo daran zu erinnern, wie streitsüchtig ein Kampfstier von reinem spanischem Geblüt sein kann. Dieser hier wußte jedenfalls, daß er sich nun, da er seines Hornes beraubt war, mit besonderer Energie und besonderem Geschick verteidigen mußte, und das tat er denn auch: jedesmal, wenn Sotelo Aufstellung nahm, um den Stier auf die scheinbar leichtestmögliche Art zu töten, ging auch der Stier gewissermaßen in Stellung und verteidigte seinen verwundbaren Nacken, indem er den Degen entweder mit der Schnauze zur Seite fegte oder ihn mit einer ruckartigen Aufwärtsbewegung seiner knochigen Stirn nach oben wegschlug.

In hilfloser Verzweiflung probierte Fermín ein paar Pases, um den Stier dazu zu bringen, den Kopf zu senken und seinen Nacken zu entblößen, aber der Stier tat ihm den Gefallen nicht. Er behielt den Kopf oben und bewegte ihn geschickt hin und her, um auch weiterhin jeden Angriff abzuwehren. »Mach ihn fertig – egal wie!« zischte ihm sein Manager aus dem Durchgang zu, und die Menge begann zu rufen: »Erledige ihn! Gleich kommt die Trompete!« Aber da gab es auch noch den selbstbeherrschten Calesero, der ihm ohne jede Hysterie aufmunternd zurief: »Fermín, du schaffst das schon. Paß nur scharf auf das andere Horn auf, damit hackt er jetzt doppelt so wild um sich!« Indem er dem jüngeren Kollegen diesen Rat gab, gehorchte er der alten Stierkampftradition: »Wenn er es nicht macht, muß ich ran.« Calesero war sowohl gerüstet als auch gewillt, dies zu tun; es war ein ehrenvoller Dienst, aber es war auch eine miserable Art, einen Kampf zu beenden. Deshalb schrie Calesero, als Fermín sich dem Stier näherte: »Nicht lockerlassen, Fermín, du machst das schon!«

Ich beobachtete Penny, während der Stier die vielversprechenden Bemühungen ihres Matadors zunichte machte, und ich konnte sehen, mit welch intensiver innerer Anteilnahme sie bei jeden von Fermíns katastrophalen Versuchen, diesem unwürdigen Schauspiel ein halbwegs versöhnliches Ende zu machen, mitzitterte. Es war, als wäre sie mit ihm in der Arena. Aber der Zeitdruck, der auf Fermín lastete, wurde immer größer, und der Stier wurde von Minute zu Minute biestiger und störrischer, und die Chancen für den Matador, den Nachmittag doch noch irgendwie zu retten, schwanden mehr und mehr dahin. Sogar seine Peones begannen jetzt zu brüllen: »Versuch keine Pases. Bring das verdammte Vieh um!« Aber in seiner Wut und Frustration fühlte sich Fermín moralisch verpflichtet, eine respektable Vorstellung zu liefern. Von dem Bewußtsein geplagt, daß er auf dem besten Wege war, vom Helden des Nachmittags zum Trottel des Tages zu werden, verkrampfte er so sehr, daß alles, was er auch versuchte, danebenging. Ich konnte sehen, wie Penny die Fäuste ballte und immer wieder murmelte: »Es darf nicht so enden, es darf nicht so enden!« Und als Mrs. Evans sich nach vorn beugte, um sie zu trösten, rief Penny fast flehend: »Beten Sie, bitte, beten Sie!«

Zum Glück für Penny hatte der Stier seine Stellung auf der

Sonnenseite bezogen, so weit von uns weg wie eben möglich, doch jetzt begann er, wie Stiere es oft bei solchen Katastrophenvorstellungen taten, einen langen, langsamen, schwerfälligen Marsch quer durch die Arena, der ihn genau auf unsere Seite führte. Es schien, als wolle er Penny zurufen: »Du wolltest doch sehen, wie ich sterbe. Schau her, hier bin ich nun.« Und er blieb genau vor unseren Plätzen stehen, so daß alles, was jetzt kam, sich praktisch vor Pennys Nase abspielte. Die ängstliche junge Frau hätte fast die Hand nach Fermín ausstrecken und ihn berühren können, als er jetzt fluchend und schwitzend dastand und verzweifelt versuchte, das Fiasko zu beenden. Aber was er auch anpackte, es gelang ihm nichts.

So kam es denn, wie es kommen mußte, und es erscholl der unvermeidliche erste Aviso. »O nein! Das ist ungerecht!« schrie Penny, und sie hatte recht, denn ihr Matador trug nicht die geringste Schuld an diesem Mißgeschick. Schuld daran war der verfluchte Stier selbst, doch nun fiel die Schande des Trompetensignals im verblassenden Licht eines schwindenden Tages auf ihn, den Matador, und sie saß nahe genug bei ihm, um den gequälten Ausdruck in seinem Gesicht zu sehen.

Der Stier stand direkt unter uns, mit dem Rücken zur Barriere, das Gesicht und das ihm noch verbliebene Horn zur Arena gerichtet, so daß Fermín, als er zu attackieren versuchte, Penny direkt anschaute, und ich war stolz, als ich sah, wie tapfer sie sich schlug – daß sie nicht wegschaute, um der Demütigung, die ihr Favorit erlitt, zu entrinnen, sondern sie mit ihm teilte. Den Blick voll auf ihn gerichtet, rief sie immer wieder auf Spanisch: »*¡Coraje, muchacho!*« (›Nur Mut, kleiner Bursche!‹), und stöhnte auf, wenn wieder einer seiner verzweifelten Versuche mißglückte.

Fermíns Aufgabe war ungeheuer schwer; denn der Stier hatte sich an einem Punkt der Arena verschanzt, wo er sich sicher fühlte, und wehrte nach wie vor jeden Degenstoß ab, indem er den Kopf hochwarf oder mit seinem Horn hackte, um dem Matador den Degen aus der Hand zu schlagen. Er erinnerte mich an einen geschickten Baseballspieler, der breitbeinig dasteht und mit ganz kurz gehaltenem Schläger jeden Ball, der nach ihm geworfen wird, erfolgreich abschlägt, oder an einen erfahrenen Fechter, der jeden Angriff quasi aus dem Handgelenk pariert.

Doch jetzt passierte ein zweites Mißgeschick.

Es kommt manchmal vor, daß ein Matador zwar in perfekter Manier zum Töten hineingeht, daß aber sein Degen aus schierem Pech auf Knochen trifft. Dann biegt sich die Klinge durch, bekommt dabei große Spannung, springt dem Matador aus der Hand, fliegt in hohem Bogen durch die Luft und landet – günstigenfalls – mit der Spitze nach unten im Sand. Mitunter landet dieser fliegende Degen jedoch nicht im Sand, sondern in den Zuschauerrängen und bohrt sich in den Körper irgendeines Zuschauers – mit zumeist tödlichen Folgen.

Als der zweite Aviso erscholl, wurde Fermín aschfahl im Gesicht. Calesero rief ihm zu: »Ein guter Stoß, und du hast es geschafft«, und der junge Torero, der noch nie eine solche Situation erlebt hatte, brachte das Zittern in seinem rechten Arm unter Kontrolle, stemmte die Füße fest in den Boden, drehte die Fußgelenke hin und her, als wolle er sich buchstäblich in den Sand eingraben, stellte sich auf die Zehenspitzen und vollführte drei Attacken, die makellos waren – bis auf die Kleinigkeit, daß er jedesmal auf Knochen traf.

Calesero, der hoffte, daß Fermín die Schande eines dritten Aviso erspart bleiben würde, rief dem jungen Mann aufmunternd zu: »Du hast noch genug Zeit für einen weiteren Versuch. Viel Glück!«

Fermín entschied, daß seine einzige Chance, diesen erfahrenen Stier zu überlisten, darin liegen würde, daß er mit einem schnellen Ausfall auf der rechten, hornlosen Seite über die Angriffslinie des Stieres lief und den Degen seitlich in den Hals des Stieres stieß. Wenngleich extrem gefährlich, wenn nicht gar tollkühn, konnte dieses Manöver klappen, und er bewegte sich nach links, zur rechten Seite des Stieres hin, so daß sein starker rechter Arm frei sein würde, um den Degen abwärts zu stoßen. Seine Bewegungen verrieten seine Strategie, und die anderen Toreros schrien wie aus einem Mund: »Über das Horn!« und »Von vorn!«

Als der Trompeter sein Mundstück an die Lippen setzte, startete Fermín seinen Ausfall. Der dritte Aviso beendete den Kampf. In einer letzten verzweifelten Aufwallung von Heldenmut und Tollkühnheit versuchte Fermín, das Unmögliche doch noch möglich zu machen. Der Stier ahnte, was er vorhatte, und schlug ihm mit einem ruckartigen Schwenk seines riesigen Kopfes den Degen aus der Hand. Die Waffe segelte in hohem Bogen durch die Luft und landete mit der Spitze im Sand der Arena – im gleichen Moment, als der Trompeter seine traurige Ankündigung beendete, daß der Matador seinen Stier verloren hatte und daß man jetzt die Ochsen hereinlassen würde, damit sie ihn zum Schlachten in den Corral brachten.

Wie schon manch ein Matador vor ihm, der den dritten Aviso gehört hatte, der seine Schmach besiegelte, wollte Fermín hinter dem Stier herjagen und ihn abstechen, bevor er die Arena verließ, aber Calesero und Pepe Luis sprangen herbei und hielten ihn zurück. Sein eigener Banderillero sagte: »Laß ihn gehen, Fermín! Du hast getan, was du konntest. Diese verdammte Mauer war schuld!« Gemeint war die »Mauer« aus Knochen, an der der Degen bei der *estocada*, dem Einstechen, abgeprallt war.

Und so schlich der Matador denn gesenkten Hauptes in den Durchgang zurück, wo er seine brokatbesetzte Capa und seine anderen Degen zurückgelassen hatte. Als er nach seinen Sachen griff, hörte er eine Stimme von den Rängen, und als er den Blick dorthin wandte, sah er Penny. »Du warst heldenhaft, Matador«, sagte sie. »Das Schicksal hat dir deinen Stier gestohlen.« Ihre Stimme war tränenerstickt, doch Fermíns Scham war so groß, daß er ihr nicht in die Augen schauen konnte.

Er kehrte ihr den Rücken zu, als wolle er diese aufdringlichen Amerikaner endlich loswerden, und hastete aus der Arena, durch den *patio de caballos*, in dem die Pferde aufbewahrt wurden, und in seine bereits auf ihn wartende Limousine. Er raste zum Kachelhaus, sprang aus dem Wagen und stürmte, ohne auch nur einmal nach links oder rechts zu blicken, die Treppe hinauf in sein Zimmer, um die Sachen zu packen für seine Flucht aus dieser schrecklichen Stadt und die lange Fahrt nach Norden, nach Torreón, wo er am nächsten Tag einen Kampf haben würde.

Und so ging der von dem deutschen Touristen so zutreffend »düsterer Samstag« genannte Tag zu Ende – ohne daß eine insgesamt herausragende Leistung gezeigt worden wäre. Weder spielte die Band auf, zum Zeichen, daß der Tag zu Ende war, noch fanden sich die Leute zusammen, um die interessanten Momente des Nachmittags noch einmal durchzukauen; denn außer den paar gekonnten Pases von Calesero, dem Wagemut von Pepe Luis und Fermíns *pase de pecho* war nichts Aufregendes passiert – eine wahrhaft magere Ausbeute für einen langen Nachmittag. Schweigend verlief sich die Menge, nicht weil die Leute verärgert oder angeekelt gewesen wären, sondern weil der Tag niemals recht zum Leben erwacht war.

Ledesma verabschiedete sich von uns mit den Worten: »Ich habe jetzt einen härteren Job vor mir als irgendeiner von Ihnen: Ich muß über das Geschehen berichten.« Er lächelte Mrs. Evans an und sagte: »Wie Ihr schwatzhafter amerikanischer Freund, Señor Clay, Ihnen zweifellos erzählt hat, bezahlt mich Don Eduardo dafür, daß ich der Welt berichte, daß der heutige Tag ein Triumph auf der ganzen Linie war.«

Mrs. Evans erwiderte seufzend: »Bei so einem Kampf ist das durch nichts zu rechtfertigen«, worauf er wiederum erwiderte: »Ich muß es sagen. Außerdem werden Sie zugeben, daß jeder Torero letztendlich doch irgend etwas Verdienstvolles zuwege gebracht hat – und wenn es auch nur ein gelungenes Manöver war. Sie müssen nämlich wissen, daß ich niemals lüge. Ich unterdrücke lediglich die häßlichen Wahrheiten, die Don Eduardo schaden könnten, wenn er versucht, Karten für sein Festival zu verkaufen.«

Das klägliche Ende schlug Penny schwer aufs Gemüt. Die anderen hatten eigentlich keinen Grund, sich zu beklagen. Sie hatten eine Rejoneadora gesehen, die eine passable Darbietung geliefert hatte – ein Ereignis von Seltenheitswert –, und Mrs. Evans hatte sich zweier durchaus erhellender Gespräche erfreut – mit Ledesma im Hotel und mit Ricardo Martín bei der Corrida. Die arme Penny hingegen hatte, nachdem sie endlich einen leibhaftigen Matador kennengelernt hatte, mit dem sie sich auch gleich identifiziert hatte, hilflos mit ansehen müssen, wie dieser dann kläglich versagte und sich danach wie ein geprügelter Hund davontrollte. Ich hatte jedoch während des letzten Kampfes gesehen, daß sie eine tapfere junge Frau war, und dies stellte sie jetzt zu meiner großen Freude unter Beweis, indem sie darauf bestand, daß wir Fermín suchten. »Fahren wir schnell zurück zur Terrasse, bevor er abhaut.«

»Wo fährt er denn hin?«

»Nach Torreón, wie er mir sagte. Er hat dort morgen einen Kampf.« Und sie enthüllte, wie nahe sich die beiden während ihrer kurzen Unterhaltung auf der Terrasse gekommen waren: »Ich hatte vorgehabt, mir den Caddy von Mrs. Evans auszuleihen und ihn dort hinzufahren, aber das wollte er nicht. Er meinte, Matadore ließen sich nicht von Frauen zu ihren Kämpfen chauffieren. Ich glaube, er meinte damit, insbesondere nicht von amerikanischen Frauen.«

Als wir die Terrasse erreichten, die jetzt voll besetzt war mit Gästen, die bei dem Kampf zugeschaut hatten, bat mich Penny, sie nach oben auf Fermíns Zimmer zu führen, wo wir ihn dabei vorfanden, wie er gerade die letzten Vorbereitungen für seine überhastete Abreise nach Norden traf. Ohne seine Peones, die dabei waren, seine Ausrüstung in speziell dafür angefertigte Koffer zu packen, keines Blickes zu würdigen, ging sie geradewegs zu ihm, umarmte ihn stumm und brach in Tränen aus.

Er tröstete sie, reichte sie dann aber an mich weiter mit den Worten: »Passen Sie auf sie auf! Sie ist eine Prinzessin.« Und ohne irgendein weiteres Wort des Abschieds eilte er zu seiner wartenden Limousine.

Es war natürlich keine richtige Limousine mit allem Drum und Dran; so was konnte er sich als Jungmatador noch nicht leisten. Was er hatte, war ein gebrauchter Leichenwagen, ein großes und geräumiges Fahrzeug mit Platz für sechs Personen und einer neuen Lackierung, die das ursprüngliche Schwarz diskret überdeckte. Es war wirklich ein prima Schlitten, und einer, in dem er auf langen Touren schlafen konnte, sofern er den Gedanken verdrängen konnte, in seinem eigenen Sarg zu reisen.

Er hatte gehofft, auf den Beifahrersitz springen und sich dann sofort aus dem Staub machen zu können, aber Penny holte ihn ein, bevor er die Tür von innen zuziehen konnte, und ich konnte hören, wie sie auf spanisch zu ihm sagte: »Don Fermín, Sie waren sehr tapfer. Und das ist es, was ich von diesem Tag und meiner Reise nach Mexiko für immer in Erinnerung behalten werde.«

Wie ein treusorgender Vater schob er sie mit fester Hand zu mir zurück und sagte: »Wenn Sie ihr Onkel sind, dann kümmern Sie sich um sie! Sie ist ganz reizend.« Er schloß die Wagentür und fuhr los, Richtung Norden.

Als wir zur Terrasse zurückgingen, legte ich den Arm um ihre Schulter und sagte: »Ich bin stolz darauf, wie Sie sich bei dem Kampf verhalten haben. Diesen Tag werden Sie niemals vergessen. Der Tag, an dem Sie erwachsen wurden.«

Und sie fragte mich mit Tränen in den Augen: »Wie konnte ein Stier mit nur einem Horn sich mit solch teuflischer Geschicklichkeit verteidigen? Und das gegen meinen Matador?«

»Darauf hat man ihn gezüchtet«, antwortete ich. »Das ist sein Job.«

Amerikanische Vorfahren: In Virginia

Wenn ein Mann einen Hintergrund hat, der aus drei von Grund auf verschiedenen Abstammungslinien besteht – in meinem Fall einer mexikanisch-indianischen, einer spanischen und einer, die in dem US-Bundesstaat Virginia wurzelte –, dann hat er in jedem Zweig etwa fünfzehnhundert Generationen von Vorfahren, nimmt man allein die historisch verbürgte Zeit. Um mein Erbe zu beschreiben, könnte ich also praktisch an irgendeinem beliebigen Punkt beginnen, und ich bin ziemlich weit zurückgegangen, nämlich bis ins sechste Jahrhundert, um die indianischen Einflüsse zu schildern. Bei der Beschreibung meiner spanischen Vorfahren hielt ich es hingegen für ausreichend, lediglich bis ins Salamanca des frühen sechzehnten Jahrhunderts zurückzugehen.

Für die Erhellung meines nordamerikanischen Hintergrundes reicht es indessen völlig, wenn ich im Jahre 1823 beginne, als der Familie Clay, die eine Baumwollplantage in der Nähe von Richmond, der farbenprächtigen Hauptstadt von Virginia, betrieb, ein Knabe geboren wurde. Nordöstlich von dieser Stadt befindet sich bis heute ein großes Gebiet aus Sümpfen, verfilztem Gestrüpp, Wasserläufen und vor sich hin faulenden Baumstümpfen. Genannt »die Wildnis«, wird es bewohnt von wilden Truthühnern, Wildschweinen, wunderschönen Vögeln und sogar Berglöwen, und seine Gewässer sind überaus reich an Fischen. Es ist eine Gegend, von der man sich fernhalten sollte, aber durch die gesamte Geschichte waren die Clays stets mit ihr vertraut und fanden Freude und Erquickung an ihren kühlen Winkeln und unerwarteten Schönheiten.

Unsere Familienplantage, Newfields, lag am äußersten nordöstlichen Rand der Wildnis, wo man im späten siebzehnten Jahrhundert auf relativ flachem Land Bäume fällen, breite Felder anlegen und Baumwolle anpflanzen konnte. Im Osten waren die Flüsse, die in den Chesapeake mündeten und dann in den Atlantik, und nach Westen hin, durch die Wildnis, verlief der Weg, der uns nach Richmond führte.

An einem Frühlingstag im Jahre 1823 rannte Joshua Clay aus seinem Haus in der Plantage, sprang auf sein Pferd und sprengte unseren baumgesäumten Pfad hinunter auf die öffentliche Straße, in die Wildnis und weiter nach Richmond. Er galoppierte durch die Straßen, bis er zu seinem Club kam, wo er seinen Clubkameraden freudestrahlend berichtete: »Es ist ein Junge! Ich schreibe ihn sogleich in das Dritte Virginia ein!« Einige der Zeugen hatten Joshua selbst vierzig Jahre zuvor in das berühmte Regiment aufgenommen.

Solange die Leute von Richmond zurückdenken konnten, waren die Clays von der Newfields-Plantage für ihre Fähigkeit und Tüchtigkeit bekannt, mit der sie ihr Land bearbeiteten, die gesamten zweitausend Morgen, die es umfaßte. Sie waren nicht nur in der Landwirtschaft und dem Anbau von Baumwolle bewandert, sondern waren auch tüchtige Hufschmiede und Zimmerleute und kannten sich hervorragend mit Bewässerung und der Führung von Negersklaven aus. Joshua Clay hatte etwa zweihundert Sklaven, die er anständig behandelte und mit deren Arbeitskraft er sich ein bescheidenes Familienvermögen aufgebaut hatte.

Der Patriotismus der Familie Clay sprach für sich selbst: Clays hatten unter Colonel George Washington bei seinem Grenzkrieg gegen die Indianer gedient, unter General Washington bei Valley Forge und unter Andrew Jackson in New Orleans, nachdem die Engländer unsere Hauptstadt im Krieg von 1812 niedergebrannt hatten. Clays hatten auch in der Regierung von Virginia gedient, und ein Zweig unserer Familie hatte einen Siedlertrupp zur Befriedung der Grenze in Kentucky angeführt und war dort geblieben, um beim Aufbau dieses Staates zu helfen.

Im Jahre 1823, als mein Großvater geboren wurde, war gerade kein Krieg im Gange, an dem die Clays hätten teilnehmen können. Sie verbrachten die Friedensjahre damit, ihre Plantage zu verbessern, die hohen Bäume zu entfernen, die ihre Baumwollfelder bedrängten, und solide Handelsbeziehungen mit Baumwollhändlern in Liverpool aufzubauen. Auch machten sie ein beträchtliches Geschäft mit den Bäumen, die sie in der »Wildnis« fällten, indem sie das Holz zu Bauholz verarbeiteten und es an Zimmerleute in Städten wie dem nahe gelegenen Richmond und Washington verkauften. Da der Familienbesitz nur ein Dutzend Meilen von Richmond entfernt war, hielten sich die Clays oft in dieser von Leben pulsierenden Stadt auf. Sobald ihr neugeborener Sohn zwei Wochen alt und reisefähig war, fuhr die Familie mit ihm nach Richmond zu einem Besuch bei den Verwandten, die das Stadtleben bevorzugten, und dort taufte Onkel Clay, der als Geistlicher in der Episkopalkirche diente, den Jungen auf den Namen Jubal.

Der Vorname war Gegenstand einer Debatte in der Familie gewesen, denn der Vater des Knaben wollte lieber einen martialischeren Namen wie Gideon, den der Herr ausdrücklich einen mächtigen Krieger genannt hatte; die Mutter hingegen, eine zarte junge Frau, die Bücher und Malerei und Musik liebte, bat ihren Mann inständig, ihr zu gestatten, den Knaben auf den Namen Jubal taufen zu lassen, von welchem die Bibel sagte: »Er war der Vater von allen, die die Harfe und die Flöte spielen.« Doch als der Vater im Buch Genesis nachschlug, um dieses Zitat zu finden, da stieß er auf folgenden Spruch: »Zillah hatte auch einen Sohn, Tubal-Cain geheißen, der schmiedete Werkzeuge aller Art aus Bronze und Eisen.« Und so schloß er denn ein Abkommen mit seiner Frau: »Du kannst ihn Jubal nennen, wenn du möchtest, und ich werde ihn Tubal nennen«, und so wuchs der Junge auf. Er konnte die Musikinstrumente spielen, die seine Mutter ihm gab; aber er lernte auch in der Schmiede zu arbeiten und seinem Vater beim Beschlagen der Pferde und Schmieden der Werkzeuge zur Hand gehen, die auf einer Plantage benötigt wurden.

Mit der Zeit setzte sich indes der Name der Mutter durch, nicht zuletzt auch deshalb, weil sie einen zweiten Sohn gebar, den ihr Mann mit ihrer Billigung Gideon nennen durfte, nach dem Krieger, der die Midianiter tötete. Aber der Taufname hatte wenig Wirkung: Gideon wurde Bankier.

Im Jahre 1846, als Jubal ein verheirateter Mann von dreiundzwanzig mit einem eigenen Sohn war, wurde er immer unzufriedener mit seinem Leben als Gehilfe seines Vaters bei der Leitung der Plantage. Unter der Anleitung seines Vaters hatte er sich zu einem tüchtigen Werkzeugmacher, einem erfinderischen Ingenieur und einem schlauen Verwalter des Sklavenbestandes herausgebildet, der die unproduktiven Arbeiter an nichtsahnende Nachbarn verkaufte und schwarze Männer und Frauen in den späten Zwanzigern kaufte, die Kinder gebären und gleichzeitig fruchtbare Arbeit auf den Feldern leisten konnten. An den Abenden musizierte er gern mit seiner Mutter und seiner Frau; die beiden Frauen spielten vierhändig auf dem Klavier, er auf einer aus Deutschland importierten Klarinette. Auch fuhr er gerne nach Richmond, um dort mit Geschäftsleuten zu diskutieren, seinen Bruder in der Bank zu besuchen oder den zahlreichen Theaterstücken und Musikaufführungen beizuwohnen, die die Stadt zu bieten hatte. Solcherlei angenehme Zerstreuungen verführten ihn jedoch keineswegs dazu, seine Arbeit auf der Plantage zu vernachlässigen, wo Zephania, seine Frau, sich als ebenso tüchtig und geschickt wie er erwies, was das Führen der weiblichen Sklaven anbelangte; sie brachte ihnen Nähen, Stopfen, Weben und Kochen bei, so daß die Clays gut lebten, sich gut kleideten und gut aßen.

Dieser beschauliche Lebenswandel hätte womöglich auf ewig fortgedauert, hätte nicht Jubal bei einem seiner Besuche in Richmond mit einer Gruppe von Offizieren gespeist, die mit einiger Erregung über Vorfälle diskutierten, die den erst kürzlich aufgenommenen Staat Texas und letztendlich die gesamte Nation bedrohten.

»Es ist unerträglich!« ereiferte sich ein Major. »Als ich Mitglied der Inspektionsabteilung der Armee war und wir uns darüber klarzuwerden versuchten, wo wir in unseren neuen Länder Forts errichten sollten und wie viele, da hörte ich nichts als Klagen über die ständigen Drohungen, die Mexiko gegen unsere Grenzen ausstieß.«

»Haben die Texaner die Mexikaner nicht tüchtig verdroschen?« fragte ein Marineoffizier, und der Army-Mann erklärte: »Dieser Santa Anna, einer von der dreisten Sorte, der Präsident von Mexiko und gleichzeitig auch ihr führender General ist, hat vier oder fünf glänzende Siege gegen die Texaner errungen. Aber unter Sam Houston, dem Burschen, der jetzt in unserem Senat sitzt, schafften die Texaner es schließlich, ihn zu besiegen und ihre Unabhängigkeit zu erringen.«

»Und eine freie Nation zu werden.«

»Für eine Weile zumindest«, sagte der Armeeoffizier. »Aber man darf das nicht überbewerten. In der Entscheidungsschlacht kämpften weniger als tausend Mann auf jeder Seite mit. Im Grunde nicht mehr als ein Scharmützel, aber es erfüllte seinen Zweck. Und ich muß den Texanern meine Anerkennung zollen. Sie haben bei der Schlacht bloß sechs Mann verloren.«

Clay konnte die Zahl einfach nicht glauben. »Sagten Sie sechs?« fragte er, und der Army-Mann erwiderte: »Ich sagte doch, es war nicht mehr als ein Scharmützel.«

Clay ließ nicht locker. »Aber Sie sagen, es ist derselbe Santa Anna, der uns jetzt Schwierigkeiten macht?«

»Als er nach Hause zurückkam, weigerte er sich einzugestehen, daß Mexiko die Schlacht verloren hatte – und den Krieg, und Texas. Er hegt die Hoffnung, daß er es uns alles wieder entreißen kann.«

»Und wie stehen die Chancen dafür?« wollten mehrere der Männer wissen, und die Antwort war unmißverständlich: »Er ist ein verdammt guter General. Wenn wir zulassen, daß er erst richtig in Schwung kommt, könnte er an unserer Südgrenze ziemliche Verheerungen anrichten.«

»Was sollen wir tun?«

»Wie ich höre, wartet Präsident Polk bloß darauf, daß Santa Anna zurückkommt und in Texas einfällt. Es ist jetzt amerikanisches Territorium, und« – er hieb sich mit der Faust in die linke hohle Hand – »das bedeutet Krieg. Wir marschieren mit überlegenen Kräften nach Süden und zerquetschen diesen Möchtegern-Napoleon.« Seine Zuhörer nickten beifällig.

In der Diskussion, die sich hieran anschloß, sagte ein Geschäftsmann, der Baumwolle von vielen Plantagen bezog und sie nach England verschiffte: »Es wäre nützlich, wenn jeder in diesem Raum sich die Möglichkeiten einmal auf das genaueste vor Augen führt. Stellen Sie sich im Geiste den Verlauf unserer Südgrenze vor. Alabama, Mississippi und Louisiana berühren Mexiko nicht, aber alles, was westlich davon liegt, hat eine gemeinsame Grenze mit ihm. Ich glaube, daß es Land ist, das sich für den Anbau von Baumwolle eignet, und der Teil, den Mexiko hält, ist der reichste von allen. Glauben Sie mir, Gentlemen, wenn wir diesen Mexikaner frontal packen, ihn ordentlich verdreschen und ihn zwingen, unsere Bedingungen zu akzeptieren, könnten wir uns dieses Land aneignen und Reichtümer erlangen, von denen wir nicht einmal zu träumen wagen.«

Als das Schweigen seiner Zuhörer ihm anzeigte, daß sie seine Vision nicht teilten, nahm er an, daß es daran liegen müsse, daß er sich nicht klar ausgedrückt hatte, also führte er weiter aus: »Auf dem Land, das wir Mexiko abnehmen, könnte Baumwolle angebaut werden, Gentlemen, und wo Baumwolle wächst, da braucht man Sklaven, und wo werden die herkommen? Aus Afrika kann man sie nicht mehr beziehen und aus Kuba auch nicht; das verhindern die Gesetze und die britischen Schiffe. Wo also müssen die neuen Landbesitzer nach ihren Sklaven Ausschau halten? Nicht in Georgia oder in den Carolinas. Die brauchen jeden Sklaven, den sie haben. Auch Alabama und Mississippi können nicht einen von ihren Sklaven entbehren. Wohin also müssen die neuen Landbesitzer schauen, wenn sie Sklaven haben wollen? Nach Virginia. Wir sind dabei, den Baumwollanbau drastisch zu verringern. Jeder von Ihnen hat Sklaven übrig. Stellen Sie sich vor, welche Preise Sie für Ihre Sklaven erzielen können, wenn neue Baumwollanbaugebiete entstehen!«

Auch wenn Jubal Clay ein kluger und umsichtiger Geschäftsmann war, der die finanziellen Vorteile, die ein Krieg mit Mexiko möglicherweise mit sich brachte, sehr wohl erkannte, war er doch wie seine Vorfahren in erster Linie ein Mann des Militärs, und er fragte jetzt: »Wie entwickelt sich die Lage Ihrer Meinung nach?« Worauf der Armeeoffizier antwortete: »Es heißt, daß Präsident Polk Freiwillige aufrufen wird – sowohl vom Heer als auch von der Navy –, da runterzumarschieren und diesen Mexikanern eine Lektion zu erteilen.«

»Wohin muß ich mich wenden, wenn ich mich als Freiwilliger melden möchte?« fragte Clay, und der Mann antwortete: »Der Aufruf ist noch nicht ergangen, aber ich kann Ihnen versichern, daß unser Drittes Virginia-Regiment ein paar interessante Möglichkeiten bietet – als Hauptmann oder sogar noch Besseres, wenn Sie eine militärische Ausbildung gehabt haben.«

»Wird Dienst bei der Miliz auch anerkannt?«

»Aber sicher. Wie alt sind Sie, Clay?«

»Dreiundzwanzig.«

»Ich könnte Sie morgen anmustern, aber in Ihrem Alter müßten Sie Leutnant sein.«

»Die Angehörigen meiner Familie sind seit Generationen stets Hauptleute gewesen; mit weniger könnte ich mich nicht zufriedengeben.«

Der Armeeoffizier lehnte sich zurück, musterte Clay eingehend, senkte den Kopf, starrte auf den Tisch und sagte: »Nun ja. Ich würde unser Regiment gewiß gern vollzählig sehen, aber Hauptmann? Mit dreiundzwanzig?«

Zur Überraschung des Mannes setzte Clay ein breites Grinsen auf. »Wenn Sie in Ihre Akten schauen, werden Sie feststellen, daß ich bereits seit 1823 Angehöriger Ihres Regiments bin.«

»Sie sind einer von denen?«

»Genau.«

Und der Armeeoffizier sagte: »Wenn Sie wollen, sind Sie morgen um diese Zeit schon Hauptmann im Dritten Virginia«, und Clay salutierte und sagte: »Wie mein Vater und vor ihm sein Vater.«

Doch als der frischgebackene Hauptmann sich vom Tisch erhob, nahm der Baumwollgroßhändler Jubal beiseite und sagte: »Hauptmann Clay, bevor Sie sich nach Texas aufmachen, sollten

Sie sich sorgfältig Gedanken machen über die von mir angeregte Strategie, Ihre Sklaven in das neue Territorium zu verkaufen, das wir nach einem siegreich beendeten Krieg gegen Mexiko erlangen werden. Tun Sie in den nächsten paar Jahren das Richtige, und Sie können einen riesigen Profit machen.«

Hätte Clay seine Offiziersstelle im Dritten Virginia-Regiment eine Woche früher angenommen, dann hätte er seinen Dienst dort angetreten, wo er es erwartet hatte, an der Grenze zwischen Texas und Mexiko unter dem Oberbefehl von General Zachary Taylor, der die Invasionsarmee nach Süden in das Kernland von Mexiko führen sollte. Aber er verpaßte dieses Kommando, bei dem er zusammen mit vielen jungen Männern wie er selbst gedient hätte, die dafür bestimmt waren, in den sechziger Jahren des neunzehnten Jahrhunderts großen Ruhm zu erlangen – Ulysses S. Grant und William Sherman, die für den Norden kämpften, Jefferson Davis und Robert E. Lee, die dem Süden dienten.

So fügte es sich, daß er nicht in einen Zug nach Texas stieg, sondern auf ein Truppentransportschiff, das die Marinewerft in New Orleans zu einer schnellen Fahrt nach Veracruz verließ, wo die Amerikaner sich ans Ufer durchkämpfen würden, um dann über Dschungelpfade nach Westen zu marschieren, auf Mexiko City. Sobald die Hauptstadt eingenommen war, würde der Krieg zu Ende sein. Die Soldaten im Expeditionsheer glaubten, die Mexikaner innerhalb eines Monats niederwerfen zu können, und brannten darauf, endlich loszuschlagen.

Mit ihnen fahren sollte General Winfield Scott, der Oberbefehlshaber aller amerikanischen Streitkräfte in Mexiko, ein weißhaariger Mann von sechzig Jahren, groß in jeglicher Hinsicht und besessen von einem ungestümen Temperament und der Überzeugung, daß in der Regierung in Washington und unter den Armeeoffizieren jeder gegen ihn intrigierte. Aber seine militärischen Referenzen waren tadellos: Er hatte in Kanada gekämpft, sich durch großen Heldenmut im Krieg von 1812 ausgezeichnet, die Indianer bekriegt und zu Friedenszeiten alle wichtigen Posten in der Armee bekleidet. Er war ohne Frage der führende General der Nation, und die Niederwerfung Mexikos sollte die glorreiche Krönung seiner militärischen Karriere und möglicherweise sein Sprungbrett zum Präsidentenamt werden.

Zeitig bevor die Reise auf dem kleinen Schiff begann, das ihn zu seiner Begegnung mit dem Schicksal bringen würde, begann Scott eine Mannschaft um sich zu scharen, auf die er sich verlassen konnte. Da er wußte, daß er einen vertrauenswürdigen Adjutanten zum Abschreiben der vertraulichen Dokumente benötigen würde, mit denen er seine zivilen Vorgesetzten in Washington bombardieren würde, hielt er nach einem solchen Mann Ausschau. Eines Morgens fiel sein Auge auf Jubal Clay, als dieser auf Deck seinen Frühsport machte – ein glänzend aussehender junger Mann mit fein geschnittenem Gesicht, gepflegtem Äußeren und höchstwahrscheinlich guter Erziehung.

Als Clay an ihm vorbeirannte, brummte Scott: »He, Sie da, junger Mann! Haben Sie eine sichere Hand?«

Clay blieb stehen, wandte sich um, sah den General. »Ich habe mein ganzes Leben lang geschossen, Sir.«

Scott blaffte: »Ich meine damit, können Sie eine Seite schreiben, die lesbar ist?«

Und Clay antwortete bescheiden: »Ja.«

Als Clay im vollgestopften Quartier des Generals arbeitete, brauchte er nur ein paar Tage, um herauszufinden, daß Winfield Scott, so selbstsicher er das höchste militärische Amt der Nation bekleidete, bemitleidenswert unsicher in allen persönlichen Beziehungen war, gleichzeitig aber geradezu lächerlich arrogant. Er war, befand Jubal nach einer Woche, ein unmöglicher Kerl, aber auch ein Mann, der zum Befehlen geboren war. Das wird ein stürmischer Krieg, dachte er bei sich.

Er machte rasch die Erfahrung, daß Scott jeden haßte, der in einer Machtposition war. Als gestandener Konservativer verabscheute er besonders Präsident Polk, einen liberalen Demokraten, aber er verachtete auch General Zachary Taylor, einen weiteren Demokraten, der sich so verhielt, als ob auch er darauf hoffte, der nächste Präsident zu werden. Seine größte Verachtung jedoch galt Gideon J. Pillow, einem Winkeladvokaten aus einer Kleinstadt in Tennessee, der so unfähig war, daß Clay nicht begreifen konnte, warum Scott sich überhaupt erst mit ihm befaßte.

»Ich werd' Ihnen sagen, warum«, donnerte Scott. »Weil er Polks Sozius war, und der Präsident hat ihn meinem Stab zugeteilt, damit er mich bespitzelt.«

Nachdem Scott drei oder vier weitere Spitzel unter seinen Generälen ausgemacht hatte, fragte Clay: »Wenn sie alle gegen Sie sind, warum hat die Armee Ihnen dann das Oberkommando gegeben?«

»Ich werd' Ihnen sagen, warum!« brüllte Scott. »Weil sie wußten, daß ich der beste Mann für diesen Job bin, der einzige, der Santa Anna zur Kapitulation zwingen kann, und genau das werde ich tun.«

Clay, der täglich aufs neue Scotts unglaubliche Eitelkeit zu spüren bekam und seine grimmige Entschlossenheit, sich mit jedem höheren Amtsträger anzulegen, um das zu schützen, was er für seine Rechte hielt, fragte sich, wie ein solcher Mann Truppen effektiv führen konnte. Aber als sich im März 1847 die verschiedenen amerikanischen Kriegsschiffe auf der Reede vor dem schwer befestigten Hafen von Veracruz versammelten, sah Clay, was für ein Genie Scott war. »Diesen Hafen mit seinen Befestigungen anzugreifen«, sagte ein Offizier, »wäre mit enormen Verlusten auf unserer Seite verbunden. Ich möchte nicht, daß es zu so einer Schlacht kommt.«

Das wollte Scott auch nicht. Er errichtete eine meisterhafte Blockade, durch die kein mexikanisches Versorgungsschiff hindurchzuschlüpfen vermochte, und belegte dann unter Aufbietung der gesamten Feuerkraft seiner Schiffe den Hafen mit einem derart schweren Bombardement, daß die Amerikaner nach ein paar Tagen praktisch ungehindert an Land gehen konnten. Damit war der Weg frei zum Altiplano, wo Mexiko City den Ansturm erwartete. Clay schätzte, daß der Marsch zwei oder drei Wochen dauern würde, die Belagerung weitere drei Wochen, und daß sich die Stadt spätestens Mitte Mai ergeben würde.

Was für eine Überraschung mein Großvater erlebte! Der März verstrich, der April, dann der Mai und der Juni, und General Scott war immer noch dabei, sich behutsam durch den mexikanischen Dschungel vorzuarbeiten, auf steilen Bergpfaden, vorbei an wohlbefestigten Forts und gewaltigen Städten wie Puebla. Als die untergeordneten Generäle auf höheres Tempo drängten, knurrte Scott: »Wenn ich die Hauptstadt erreiche, will ich die Schlacht schon gewonnen haben. Jeder Vorteil sollte auf unserer Seite sein. Ich will ein schnelles Entscheidungsgefecht.«

Clay zog guten Nutzen aus diesem langsamen Vormarsch, und das in einer Weise, wie er sie nicht hätte planen können. Ein mexikanischer Pfadfinder, ein gewisser Pablo Mugica, der sich freiwillig gemeldet hatte, um Scott ins Landesinnere zu führen, in der Hoffnung, dafür später die amerikanische Staatsbürgerschaft zu erhalten, stellte fest, daß auch er plötzlich viel Zeit zur Verfügung hatte, und er erbot sich, Clay gegen ein Entgelt Spanisch beizubringen, und während der Juni in den Juli überging und der August nahte, errang Jubal eine Fertigkeit in dieser für ihn neuen Sprache, die ihn selbst überraschte, und er wurde zu einer wertvollen Hilfe beim Verhören von Gefangenen.

Während dieses langen, sich zäh hinziehenden Anstiegs zur Hochebene von Mexiko City lernte mein Großvater die schier unerschöpfliche Vielfalt von Mexikos Wundern kennen und lieben: die großen Vulkane, die sich schier in den Himmel bohrten; die undurchdringlichen Dschungel; die stillen Täler; die hübschen kleinen Dörfer mit ihren weißgetünchten Häusern, die jahrhundertealten Kirchen und die allgegenwärtigen Peones in ihren ärmlichen weißen Kleidern und mit ihren unvermeidlichen Eseln.

Je mehr er von Mexiko sah, desto besser gefiel ihm dieses Land, und auch wenn er sich niemals hätte vorstellen können, in einem kulturell so zurückgebliebenen Land zu leben, zogen ihn dessen Schönheit und der urtümliche Reiz der katholischen Lebensart seiner Bewohner doch an, so daß er, wenn seine Kameraden unter der drückenden Hitze stöhnten und das Land als Höllenschlund verfluchten, ganz und gar anderer Meinung war. Er war alles andere als beeindruckt vom militärischen Genie der mexikanischen Führung; denn mit ihrer erdrückenden zahlenmäßigen Überlegenheit hätten die Mexikaner imstande sein müssen, Scott zurück in den Atlantik zu fegen. Aber die Menschen, denen er auf seinem Marsch nach Westen begegnete, gefielen ihm.

Seine Erlebnisse mit Scott bei der Erledigung des Bürokrams im Hauptquartier des Generals waren für ihn ein ständiger Quell von Überraschungen; denn Scott kochte vor Haß auf Polk, Pillow und Zach Taylor, als er auf Schwierigkeiten stieß. Sein Argwohn, daß innerhalb seines eigenen Stabes Spitzel lauerten, wurde immer größer, und das aus gutem Grund, denn er war tatsächlich von Männern umgeben, die hofften, daß er versagen würde, und die mitunter auch aktiv darauf hinzuwirken versuchten, daß diese ihre Hoffnung sich erfüllte. Aber in seinem Stab waren auch bewährte Militärs, die genauso entschlossen waren wie er, einen Sieg zu erringen. Ständig in der Unterzahl, und bedrängt von erstklassiger Artillerie unter dem Befehl von in Europa ausgebildeten mexikanischen Armeeoffizieren, handelten Scotts Untergebene entschlossen und verantwortungsvoll, auch wenn ihr Oberbefehlshaber Gefallen daran haben zu schien, sie herunterzumachen und sie in seinen schriftlichen Berichten zu diffamieren. Jedesmal wenn Clay Scotts jüngste Ausfälle gegen seine eigenen Leute las, fragte er sich ernsthaft, wie sie seinen Befehlen noch gehorchen konnten.

Aber Clay sah auch, mit welcher Sorgfalt Scott seine jüngeren Offiziere studierte, um die herauszupicken, die Anlaß zu der Hoffnung gaben, daß aus ihnen einmal tüchtige Generäle werden könnten. Und diese pries er geradezu über alle Maßen und förderte sie nach Kräften, indem er ihnen sorgfältig ausgewählte Aufgaben übertrug und Washington dann über ihre Erfolge berichtete. Jahre später, als Clay versuchte, zu einer ausgewogenen Beurteilung Scotts als Militärführer zu gelangen, schrieb er: »Beim Lesen der Berichte, die er im Jahre 1847 über seine Untergebenen schrieb, drängt sich einem der Eindruck auf, daß er darauf erpicht war, jene jungen Männer hervorzuheben, die sich 1862, fünfzehn Jahre später, als die größten Bürgerkriegsgeneräle erweisen würden. Er war stolz darauf, einen P. G. T. Beauregard in seinem Stab zu haben, erkannte sehr schnell das Talent eines George McClelland und berichtete mit enthusiastischen Worten über sechs oder sieben weiteren jungen Männer, die bedeutende Generäle werden sollten.«

Scotts scharfsichtigste Einschätzung jedoch betraf einen jungen Ingenieur namens Robert E. Lee. In den Depeschen, die Clay abschreiben mußte, las er wiederholt von Scotts hoher Meinung über diesen jungen Mann aus Virginia: »Zeichnete sich hervorragend aus bei der Belagerung von Veracruz ... unermüdlicher Einsatz ... Wagemut unter schwerem Beschuß ... ein Offizier, der zu großen Hoffnungen Anlaß gibt.« Aber die Depesche, an die Jubal sich am längsten erinnerte und die er vor seiner Familie am häufigsten zitierte, kam am Ende einer Botschaft, in der er sowohl George McClelland als auch P. G. T. Beauregard lobte: »Der Ingenieur Hauptmann Lee überbrachte auch wichtige Orders von mir, bis er aufgrund einer Verwundung und zwei Nächten ohne Schlaf an den Batterien in Ohnmacht fiel.«

Scott brauchte beträchtliche Zeit, um von Veracruz bis zur Hauptstadt zu kommen, nämlich vom 27. März bis zum 14. September, aber einmal dort angelangt, errang er eine Reihe von glanzvollen Siegen, und Jubal sah, was für ein ausgezeichneter General er war. Nichts gab Jubal mehr Befriedigung als der Bericht, den er für das Hauptquartier in Washington aufzusetzen half; denn er beschrieb nicht nur einen guten General, sondern auch einen großartigen Menschen:

> Da unser entscheidender Sieg uns direkt vor die Tore der mexikanischen Hauptstadt brachte, die nur unzulänglich verteidigt war, erwarteten wir, daß General Scott uns den Befehl geben würde: »Stürmt hinein, überwältigt die Wachen und feiert euren wohlverdienten Sieg.« Zu unserer Verblüffung jedoch ließ er uns haltmachen, beriet sich mit seinen Generälen und sagte in meiner Gegenwart: »Wir werden hier zwei Tage lagern, um der deprimierten mexikanischen Regierung Zeit zu geben, sich zu stabilisieren, zu Atem zu kommen und neuen Mut zu schöpfen. Ich ordne dies aus zwei Gründen an: In den

vor uns liegenden Tagen werden wir uns mit diesen Männern auseinandersetzen müssen, um einen vernünftigen Frieden auszuhandeln, und sie werden sich vernünftiger verhalten, wenn sie ihr Ehrgefühl behalten konnten. Und ich habe aus der Geschichte gelernt, daß oft schreckliche Dinge passieren, wenn eine Besatzungsarmee nach einer langwierigen Belagerung in eine Stadt einfällt: Brandschatzung, Plünderei, Mord, Vergewaltigung. Dergleichen wird unter meinem Befehl nicht geschehen. Wir werden abwarten, bis die Gemüter sich abgekühlt haben, ihre wie unsere.«

Zwei Tage später bestürmte, wie geplant, ein kleines Kontingent unserer Truppen ein unbedeutendes Tor, das von einem eher symbolischen Trupp von Mexikanern verteidigt wurde. Nach einem kurzen Gefecht brachen unsere Truppen durch. Die Mexikaner konnten sich in dem Gefühl wiegen, die Stadt ehrenhaft verteidigt zu haben, und als wir einmarschierten, um sie in Besitz zu nehmen, taten wir dies in geordneter Formation, mit wehenden Bannern, und es kam weder zu Brandschatzung noch zu Plünderung oder Vergewaltigung.

Jubal berichtete von einem anderen Erlebnis aus dem Mexikokrieg:

In der Entscheidungsschlacht von Chapultepec zum Ende der Belagerung ereignete sich ein Vorfall, der mich immer verblüfft hat. Es war eine verworrene Angelegenheit, da die Mexikaner sowohl zahlenmäßig als auch von der Position her überlegen waren, doch am Ende gewannen wir die Oberhand. Später erfuhren wir, daß während der Schlacht eine Gruppe sehr junger Kadetten von einer auf dem Hügel gelegenen Militärakademie sich weigerte, ihre günstige Stellung zu verlassen, obwohl ihre Ausbilder und die älteren Kadetten geflohen waren. Mit außergewöhnlichem Heldenmut schlugen diese jungen Burschen die amerikanischen Angriffe zeitweilig zurück, doch schließlich wurden sie von unserer Übermacht überrollt, und sechs von ihnen fielen. Als sich die Kunde von ihrem Patriotismus in ganz Mexiko verbreitete, gingen sie als *los niños héroes* in die Legende ein. Jahre später, als ich bereits Mexikaner geworden war, fragten mich die Leute noch oft: »Wenn Sie bei der Schlacht von Chapultepec dabei waren, was haben Sie dann von Los Niños Héroes gedacht?« Und zuerst gab ich darauf immer zur Antwort: »Wir haben sie gar nicht wahrgenommen«, weil es zu schmerzhaft war, darüber nachzudenken. Aber diese Antwort rief solch unheilvolle Blicke hervor, daß ich mir zur Gewohnheit machte zu antworten: »Wenn ihr nur eine Brigade mehr von diesen Kindern gehabt hättet, dann hätten wir niemals gesiegt«, und meine Zuhörer waren erfreut über diese Antwort.

Der Grund, warum ich die Rolle meines Großvaters im Mexikokrieg und seine Beziehung zu General Scott so hervorhebe, liegt darin, daß diese Freundschaft zu einem Ereignis führte, das bestimmend sein sollte für seine zweite Lebenshälfte. Kurz nach dem Ende der Feindseligkeiten rief Scott Jubal zu sich und sagte: »Major Clay, keiner aus meinem Stab hat sich bewunderungswürdiger verhalten als Sie. Sie genießen mein volles Vertrauen. Ich übertrage Ihnen den Befehl über ein Dutzend Kavalleristen und ihren Sergeanten für einen ungewöhnlichen Auftrag. Ich habe General Santa Anna gebeten, Ihnen sicheres Geleit zu gewähren für einen Ritt nach dem nordwestlich von hier gelegenen Toledo, einer Bergbaustadt, die den gleichen Namen trägt wie die Stadt in Spanien. Ich will wissen, was für eine Art von Bergwerken sie hat, besonders, ob Eisen oder Kohle gefördert wird. Sie dürfte ungefähr hundertachtzig Meilen von hier liegen. Nehmen Sie Geld, Lebensmittel und Munition mit und halten Sie Augen und Ohren offen. Gute Reise!«

So kam es, daß gegen Ende September des Jahres 1847 der Trupp meines Großvaters, vierzehn Mann an der Zahl, von Mexiko City nach Toledo aufbrach, das von der Hauptstadt fast genauso weit nach Westen entfernt war, wie Veracruz es nach Osten gewesen war, und für diese Strecke hatten sie fast ein halbes Jahr gebraucht; doch jetzt waren die Kämpfe vorüber, und sie ritten nach Belieben, stets auf der Hut vor möglichen Heckenschützen oder Banditen.

Es war, wie Großvater meinem Vater in späteren Jahren gern erzählte, eine Reise, die geprägt war von den grandiosen Ausblicken, die sich ihnen darboten, den Vulkanen hinter ihnen und den prächtigen Panoramen vor ihnen. Sie kamen durch historische Siedlungen wie Querétaro, sahen hier und da eine kleine Pyramide oder andere Relikte aus vergangenen Epochen und erreichten beizeiten die dürreren Regionen, in denen der Kaktus wuchs, eine Pflanze, welche die aus Virginia stammenden Männer des Trupps nicht kannten.

Bald darauf, als die kühleren Brisen des Novembers das Klima erträglicher machten, erreichten sie einen Gebirgskamm, von dem aus sie das Ziel ihrer Expedition sehen konnten: die berühmte Bergbaustadt Toledo mit ihrer großen Pyramide, ihrem stattlichen Aquädukt und ihrer zentralen Plaza, die von Kolonialgebäuden gesäumt war, darunter eine Kathedrale und, ein wenig abseits vom Zentrum, die aus roten Bohlen errichtete Nachbildung eines römischen Kolosseums. Als Großvater einen Mann mit einem Maultier auf Spanisch fragte, was das für ein Gebäude sei, antwortete der: »Dort rennen sie mit den Stieren herum.« Und als Jubal fragte: »Und wo sind die Gruben?«, antwortete der Mann stolz: »Jenseits der Stadt, im Norden«, und alles, was mein Großvater sehen konnte, war eine vage Ansammlung von Baracken.

»*¿Dónde está la cárcel?*« fragte Jubal einen Mann am Rande der Stadt, und der Mann musterte den Trupp und fragte zurück: »*¿Quién es el prisionero?*« Jubal hatte nämlich das Wort *cárcel*, ›Gefängnis‹, mit *cuartel* verwechselt, was soviel bedeutet wie ›militärisches Hauptquartier‹ oder ›Kaserne‹. Als der Irrtum sich aufklärte, fingen beide Seiten an zu lachen, und der Mexikaner rief ein paar Freunde herüber und erklärte ihnen, die amerikanischen Soldaten wollten ins Gefängnis. So kam es, daß der Einzug meines Großvaters in die Kolonialstadt Toledo von herzhaftem Gelächter begleitet wurde.

Der Kommandeur der Wachabteilung der Stadt empfahl den

Amerikanern, in einem Gasthaus abzusteigen, das sich in einem in der ganzen Region berühmten Haus befand, dem sogenannten Kachelhaus, einem stattlichen Gebäude, dessen Südseite auf einen prachtvollen Park wies, und dessen Nordseite Ausblick auf eine spektakuläre Sehenswürdigkeit gewährte, die riesige Pyramide von Toledo, so daß Jubal während seines dreiwöchigen Aufenthalts in der Stadt abwechselnd auf den erst dreihundert Jahre alten Platz schaute oder auf die düstere, dreizehnhundert Jahre alte Pyramide. Beide Ausblicke waren ihm ein ständiger Quell des Entzückens.

Er hatte den Mexikanern gesagt, daß er gekommen sei, um ihre berühmten Minen zu besichtigen, und sie verbesserten ihn: »Es ist bloß eine, Señor, aber die ist groß genug.« Eine Karawane wurde zusammengestellt, und man brachte ihn auf einer breiten, aber kurvenreichen Straße nach Norden zu einem nichtssagenden Gelände auf einem Berghang, das aus einer Gruppe von flachen, lehmgedeckten Ziegelhäusern bestand. Es gab kein in irgendeiner Weise herausragendes Gebäude, das man mit einem größeren Bergwerk in Verbindung hätte bringen können, aber es gab ein großes, kreisförmiges Areal, über das schmale Pfade liefen, und Clay sah, daß sie zu einem riesigen dunklen Loch führten. Dies war der berühmte *Mineral de Toledo*, der in Spanien ebenso hoch angesehen war wie in Mexiko. Im Spanischen sprach man gewiß deswegen von ›Gruben‹, im Plural, weil niemand glauben konnte, daß die großen Silbermengen, die aus Toledo kamen, aus nur einem einzigen Vorkommen stammen konnten.

»Nur Silber?« fragte Clay, und die Männer nickten. »Kein Eisen?« Sie schüttelten den Kopf. »Aber gibt es denn welches hinter den Hügeln?« Und erneut enttäuschten sie ihn. Nachdem nun das Problem, das zu erkunden Scott ihn hierhergeschickt hatte, so schnell gelöst worden war, hätte er im Grunde gleich zur Hauptstadt zurückmarschieren können, doch statt dessen traf er eine glückliche Entscheidung: »Ich möchte gerne sehen, von welcher Beschaffenheit die Mine ist«, und er verweilte in Toledo. Die Bürger waren sehr hilfsbereit, denn sie waren zu

Recht stolz auf ihren Schatz. Sie brachten ihn zu einem spanischen Ingenieur aus dem Mutterland, einem kleinen, drahtigen Mann mit sandfarbenem Haar, der sehr erfreut schien, einen kundigen Besucher begrüßen zu können: »Mine? Ingenieur?« Als Clay erwiderte: »*Abogado*«, sagte der Spanier etwas, das klang wie: »Ich mag Rechtsanwälte«, und Clay schlug sich gegen die Stirn. »*Algodón*« (›Baumwolle‹), korrigierte er sich, und wieder wurde herzhaft gelacht.

Die Entfernung von dem Schuppen, in dem man ihm den Chef der Grube vorgestellt hatte, bis zum offenen Schacht betrug nur ein paar Meter, aber der Ernst, mit dem der Ingenieur voranging, und die Vorsicht, die er an den Tag legte, als er sich dem klaffenden Loch näherte, erweckten auch in Clay Vorsicht. In diesem Augenblick stiegen acht kleingewachsene Indiofrauen aus der Grube, jede auf dem Kopf einen mit dunklem Silbererz gefüllten Korb balancierend.

Als die Frauen lautlos und mit ausdruckslosem Gesicht an ihnen vorbeigegangen waren, gingen Clay und der Ingenieur zu der Stelle, wo die Grube begann, und dort deutete der Spanier auf eine kräftige, aus Brettern gezimmerte Plattform, auf die Clay sich legen und von der aus er hinunter in den *Mineral de Toledo* spähen konnte. Es war ein unheimliches Erlebnis: Er konnte die dunkle Wand des Schachts sehen, aber nicht seinen Grund, wo indianische Arbeiter das Erz aus dem Boden gruben, das ihre Frauen nach oben trugen. Er sah nur undurchdringliche Dunkelheit. Es kam ihm vor wie ein Blick in die Hölle, denn von Zeit zu Zeit stiegen Wolken grauen Rauchs aus der Tiefe: Irgend jemand verbrannte irgend etwas tief, tief unten im Inneren der Erde.

Einen Moment später tauchten vielleicht sechzig Meter unter ihm acht weitere Indiofrauen mit Körben auf dem Kopf langsam aus dem Rauch auf, und als er auf das Webmuster starrte, das ihre Bewegung von oben betrachtet erzeugte, hatte er den Eindruck, als schwebten sie durch die Luft, denn er konnte keine Treppe erkennen. Doch als sie höher kamen, erkannte er bei genauerem Hinsehen etwas, das seinem Blick vorher entgangen war: An der Wand des Schachtes entlang verlief eine aus schmalen steinernen Stufen bestehende Wendeltreppe, die Jahrhunderte zuvor für die Tausende von Indios, die dort schufteten, in die Wand gehauen worden war.

Als Jubal auf die Stufen starrte, sah er mit Entsetzen, wie winzig die Auflagefläche war, die sie für die Füße boten, und wie die steinerne Wand des Schachtes durch die Jahrhunderte blankgewetzt worden war von Millionen und Abermillionen Händen, wenn die Arbeiter und Arbeiterinnen sich bei ihrem gefährlichen Auf- und Abstieg an ihr abgestützt hatten. Er dachte: Es muß sogar noch gefährlicher sein, hinunterzusteigen, weil einen dann das ganze Gewicht des Körpers vorwärtszieht, und dann braucht man bloß einen falschen Schritt zu machen … Er stellte sich vor, wie es sein würde, kopfüber in diesen dunklen, rauchenden Abgrund zu stürzen.

Während er noch dabei war, sich den Schrecken eines solchen Todes auszumalen, erreichten die Frauen, die er eben noch sechzig Meter unter sich gesehen hatte, das Ende des Schachts. Sie blinzelten, als ihnen das Sonnenlicht ins Gesicht fiel. Sie stiegen aus der Grube und gingen über den Pfad zur Schmelzhütte, um dort ihr Erz abzuliefern. Das alles machten sie ohne eine einzige Verschnaufpause oder auch nur ein kurzes Innehalten in ihren Bewegungen, so daß Clay das Empfinden hatte, als wären sie Maschinen – zuverlässig, leicht zu »bedienen« und billig. Sie erinnerten ihn an seine Negersklaven auf der Baumwollplantage – nur, daß die unter freiem Himmel arbeiteten, im Tageslicht.

Als der Ingenieur bereit war, Clay den Schacht hinunter und in die Mine zu führen, war mein Großvater bereits seelisch darauf vorbereitet, etwas Großartiges zu sehen, und er sollte nicht enttäuscht werden. In späteren Jahren sagte er oft zu seiner Familie, ob in Virginia oder in Mexiko: »Es war einer der erregendsten Tage meines Lebens, und ich benutze dieses Wort selten.«

Die Mine war in jenem Jahr fast vierhundert Meter tief, und der Abstieg war, wie er vorausgeahnt hatte, gefährlich; aber der Spanier zeigte ihm, wie er, wenn er sich mit der rechten Schulter gegen die Wand preßte, ihn relativ leicht und sicher bewältigen konnte. Gleichwohl kam ihm der Abstieg endlos vor – eine quälend langsame Höllenfahrt. Doch als sie sich der Zweihundertmeter-Marke näherten, öffnete sich seitlich des Schachts eine riesige Höhle. Sie war so groß, daß ein kleiner Bauernhof bequem in ihr Platz gefunden hätte.

»Sie haben hier eine dicke Ader gefunden?« fragte Clay, und als der Ingenieur nickte, fragte er: »Aber da unten wird sie wieder dünner?«

»Sie verschwindet ganz.«

Clay hielt am Rande des Schachts inne, da, wo es weiter in die Tiefe ging, genauso eng wie zuvor, und die Größe der Entscheidung, die mehr als ein Jahrhundert früher an dieser Stelle gefällt worden war, verblüffte ihn: »Sie meinen, als die Ader zu schwinden begann, hatte jemand den Mut zu sagen: ›Weiter unten muß der andere Teil sein‹, und auf diese vage Hoffnung hin hat man den Schacht weitergetrieben, durch massives Felsgestein?«

»Die Entscheidung war nicht so schwierig, wie es den Anschein haben mag. Der König in Spanien erhielt jeden Monat einen Bericht über die Fortschritte im *Mineral de Toledo*. Er brauchte unser Silber, und als er sah, daß der Strom versiegte, gab er den Befehl: ›Schürft tiefer!‹, und die Indios schürften tiefer.«

»Um wieviel tiefer?« fragte Clay. Der Ingenieur antwortete: »Sie werden sehen.« Und sie stiegen auf den schmalen Stufen weiter in die Tiefe, wie zuvor mit der rechten Schulter Halt an der glatten Wand suchend, um nicht das Gleichgewicht zu verlieren. Nach etwa dreißig Metern kamen sie zur zweiten Höhle, die sich in zweihundertzwanzig Metern Tiefe befand. Die war nicht ganz so geräumig wie die erste, aber immer noch größer als ein Ballsaal.

»Hier haben sie jahrelang gegraben«, sagte der Ingenieur, als sie weiter hinabstiegen, dem in vierhundert Metern Tiefe liegenden Grund des Schachtes entgegen. »An dieser Stelle begannen sie auf den wahren Schatz von Toledo zu stoßen.«

Als Jubals Augen sich an das trübe, von qualmenden Fackeln geworfene Licht gewöhnt hatten, sah er, daß das, wohin er hinuntergestiegen war, nicht bloß eine Höhle oder Grube war, sondern ein regelrechtes, annähernd kreisförmig in den Fels gehauenes Untertage-Dorf von fast fünfhundert Metern Durchmesser. Hier schufteten gut drei Dutzend Indios und ihre Aufseher, als befänden sie sich auf einem freien Feld im Sonnenlicht. Es gab eine Schmiede, in der das Gezähe der Bergleute geschärft wurde; es gab große Bottiche mit Wasser, ein flaches Areal mit Tischen, das einem Restaurant ähnelte; und weiter hinten, im tiefen Schatten, befanden sich Magazine. Aber was Clay am meisten verblüffte, waren die Esel, die die schweren Erzbrocken vom Ort zu der Stelle schleppten, wo sie für den Transport nach oben zerkleinert wurden.

»Wie kriegen Sie die Esel rein und raus? Sie können doch nicht die Treppe rauf und runter steigen, oder?«

»Sie kommen nicht raus.«

»Niemals?«

»Wenn sie eingehen, werden ihre Kadaver fortgeschafft.«

Und als Clay auf die Esel starrte, die in fast völliger Dunkelheit ihre schwere Last dahinschleppten, wanderte sein Blick von ihnen zu den Indios, und er fragte: »Und die Indios? Bleiben die auch ununterbrochen hier unten?«

Worauf der Spanier antwortete: »Sie werden nicht dazu gezwungen. Sie können raus, wenn sie wollen, aber der Aufstieg ist gefährlich und schwindelerregend, wie Sie noch sehen werden, und deshalb bleiben einige lieber ganz hier unten. Natürlich, wenn sie zu alt zum Arbeiten werden, ermuntern wir sie wegzugehen, aber einige ziehen es vor, hierzubleiben und kleinere Arbeiten zu verrichten. Manche gewinnen auch ihre Esel lieb und bleiben bei ihnen.«

»Aber wie kriegen Sie die Esel hier runter?« fragte Clay. Der Spanier fragte die Arbeiter, ob an dem Tag welche nach unten kommen würden, und sie nickten. Nach mehr als zwei Stunden, in denen Clay die Höhle inspizierte, wobei er auf einen verblüffenden Aspekt nach dem andern stieß, blies der Vorarbeiter auf einer Pfeife, woraufhin ein Indio eine Trommel zu schlagen begann und die Frauen auf ihrem beschwerlichen Anstieg nach oben innehielten. Etwa zwanzig Minuten nachdem alle Aktivitäten im Schacht eingestellt worden waren, vernahm Clay von oben Geräusche, wie wenn ein schwerer Gegenstand an der Wand entlangschabte und gelegentlich mit einem dumpfen Schlag gegen sie stieß, vermischt mit den angstvollen Schreien eines Esels, und wenige Augenblicke später sah er das Tier selbst, wie es wild zappelnd und keilend, von einem Gurt gehalten, langsam heruntergelassen wurde. Sobald es unten angelangt und aus seinem Gurt befreit war, begann es herumzulaufen und die steinerne »Weide« zu erkunden, auf der es den Rest seines Lebens verbringen würde. An das nun freie Ende des Seiles hängten die Arbeiter jetzt eine Art Korb, in den sie verschiedene Gegenstände warfen, die unten nicht mehr gebraucht wurden, und nachdem sie durch kurzes Rucken am Seil signalisiert hatten, daß die Last hochgezogen werden könne, setzte der dumpfe Trommelschlag wieder ein, und das riesige Bündel verschwand nach oben, wobei es auf dem Weg immer wieder an die Wand des engen Schachtes stieß.

Als die Frauen ihren Aufstieg fortsetzten, fragte Clay: »Leben von ihnen auch welche hier unten?«, und der Ingenieur sagte: »Wenn sie mehrere Male voll beladen rauf und runter gestiegen sind, steht es ihnen frei, hier unten zu schlafen. Natürlich gehen sie nach oben, um ihre Babys zu bekommen, aber ein paar ganz Sture bringen sie sogar hier unten zur Welt.«

»Heißt das, auch schwangere Frauen steigen diese steile Treppe hinauf, mit schweren Lasten auf dem Kopf?«

»Wir passen gut auf. Wenn eine im siebten oder achten Monat ist, geben wir ihr leichtere Arbeiten über Tage. Den Schmelzofen mit Erz befüllen und dergleichen.«

»Wie lange gibt es diese Treppe schon?« fragte Clay, und der Ingenieur antwortete: »Soweit ich informiert bin, haben die Indios im Jahre 1548 hier Silber entdeckt; die ältesten Stufen müssen also im nächsten Jahr dreihundert Jahre bestehen.«

»Und wenn eine der Frauen – oder der Männer – von einer Stufe abrutscht ...?«

Der Spanier zuckte die Achseln und warf die Hände in die

Luft, als wolle er andeuten, daß eine solche Möglichkeit ausgeschlossen sei, aber dann fügte er doch hinzu: »Wir behalten die Stufen immer gut im Auge, und wenn wir eine finden, auf der schon häufiger welche abgerutscht sind, dann bringen wir die Steinmetze runter und erneuern die Stufe. Aber das ist zeitaufwendig und teuer. Natürlich predigen wir den Arbeitern ständig, beim Abstieg wie beim Aufstieg höchste Vorsicht walten zu lassen.« Er erklärte, daß mehr Frauen beim Abstieg – ohne Last – ums Leben kamen als beim Aufstieg, wo sie einen schweren Korb auf dem Kopf balancierten. »Sie werden leichtsinnig und gehen zu hastig.«

»Wo finden Sie die Indios für diese Arbeit?« fragte Clay, und der Ingenieur antwortete: »In den früheren Jahrhunderten wurden immer Verbrecher zur Zwangsarbeit hier runtergeschickt, aber sie erwiesen sich als unzuverlässig – sie neigten dazu, schlimme Dinge zu machen. Also wirkten die Ingenieure darauf hin, daß diese Praxis eingestellt wurde – es war einfach zu gefährlich.«

»Und was wurde statt dessen gemacht?«

»Unsere Missionare überredeten einige ihrer Bekehrten zu arbeiten, mit dem Argument, daß sie dann in der Nähe einer Kirche seien, und als wir nicht genug bekamen – das war zu meiner Zeit so –, brachten die Soldaten ganze Stämme her. Wenn man mit jedem Arbeiter hier unten sprechen könnte, würde man auf ein Dutzend verschiedene Sprachen stoßen.«

»Haben die, die von den Soldaten hierhergebracht wurden, jemals protestiert? Ich meine, bei uns in Amerika kommt es hin und wieder vor, daß die Sklaven rebellieren.«

»Das ist hier nicht anders. Dieses Bergwerk hat auch schon einige Vorfälle erlebt, einige sehr häßliche Vorfälle. Einmal ist das gesamte weiße Personal unter Tage umgebracht worden, ein anderes Mal haben Indios von einem Stamm einen anderen Stamm ausgelöscht. Und wir müssen wachsam sein. Manchmal passiert es, daß ein Mann, der …« Er tippte sich an die Stirn und grinste. »Nun, er könnte in einer der verlassenen Höhlen lauern, die wir beim Hinuntersteigen gesehen haben, und wenn er einen

Aufseher sieht, den er nicht leiden kann, oder einen der Indios, den wir auf einen Posten befördert haben, den er haben wollte, dann wartet er, bis der Mann den Fuß auf die nächste Stufe setzt, und dann springt er aus seinem Versteck hervor, packt den Mann, und sie stürzen zusammen in die Tiefe.«

»Ist das während Ihrer Zeit schon mal vorgekommen?«

»Erst letzten Monat. Wir müssen stets auf der Hut sein.«

»Was ich nicht ganz begreife: Wenn Sie den Esel mit dem Seil runterlassen können, warum holen Sie dann das Erz nicht auf dem gleichen Wege raus?«

»Seile kosten Geld«, erklärte der Spanier. »Wenn man sie zu oft benutzt, fransen sie aus und reißen. Außerdem ist es ein zu langer Weg von da oben bis hier unten und wieder zurück. Die Frauen sind viel billiger.«

Als der Augenblick kam, wo er sich auf die lange und mühselige Klettertour nach oben begeben mußte, fand er sich von zahlreichen Visionen geplagt: Daß irgendein geisteskranker Indio sich auf ihn stürzte und ihn mit sich in die Tiefe riß ... der Esel, der an jenem Tag zur lebenslangen Fron unter der Erde verurteilt worden war ... und – am gespenstischsten von allem – die Vorstellung, daß eine ganze Gemeinde tief in den Eingeweiden der Erde ihr Dasein fristete: schuftete, Kinder gebar und starb. Als er versuchte, zu überschlagen, wie viele Indios im *Mineral de Toledo* zugrunde gegangen waren, kam ihm schlagartig das ganz ähnliche Los seiner Sklaven auf der Newfields-Plantage zu Bewußtsein; aber es gelang ihm, sein Gewissen mit dem Gedanken zu besänftigen: Schließlich hat Gott es so bestimmt, daß die minderwertigen Rassen für die überlegenen arbeiten müssen. Und wahrscheinlich haben die Indios es hier erheblich besser, als sie es in den Bergen hatten.

Doch als er den Rand des Schachtes erreichte und hinaus ins Sonnenlicht stieg, fühlte er den mörderischen Schmerz in seinen Beinen, und er dachte: Wie schaffen diese kleinen Frauen das bloß? Als er die nächsten acht von ihnen mit ihrer Traglast auf dem Kopf zum Schmelzofen gehen sah, murmelte er leise bei sich: »Ihr seid stärker, als ich es je sein könnte.«

Als sie sich trennten, sagte er zu dem spanischen Ingenieur: »Ich möchte noch viel mehr von Ihrer Arbeit sehen.«

Bei seiner Rückkehr in seine Unterkunft im Kachelhaus erwartete ihn eine Überraschung, die seine Expedition zu einem wertvollen und denkwürdigen Abenteuer machen würde; denn Don Alipio Palafox von der angesehenen spanischen Familie, die eine herausragende Rolle bei der Umwandlung der uralten Altomekenstadt in eine moderne christliche Stadt gespielt hatte, machte ihm dort seine Aufwartung, um ihn in Toledo willkommen zu heißen, das der Spanier als ein Lehngut der Familie Palafox betrachtete. Er war ein stattlicher, kräftiger Mann in den späten Dreißigern mit schwarzem Haar, blitzenden weißen Zähnen und einer Haut, die deutlich dunkler war als die des im Mutterland geborenen Durchschnittsspaniers. Er begrüßte Clay geradezu überschwenglich, als freue er sich regelrecht, dem Eroberer seinen Respekt zu zollen: »Gegen einen solchen Heerführer wie diesen Trottel Santa Anna konnten Sie gar nicht anders als siegen. Haben Sie jemals einen General gesehen, der mehr Fehler gemacht hat? Jagt seine Armee in der Gegend herum, statt zu Hause zu bleiben und seine Hauptstadt zu verteidigen!«

»Unser Sieg war glücklich«, sagte Clay bescheiden. »Und er fiel uns verdammt schwer, da eure Männer tapfer gekämpft haben.«

»Wo haben Sie Ihr ausgezeichnetes Spanisch gelernt?«

»Don Alipio, Sie waren wohl Diplomat im ausländischen Dienst. Ich habe während des Marsches von Veracruz nach Mexiko City ein paar Brocken gelernt, ein paar nützliche Redewendungen.«

»In der kurzen Zeit? Sie müssen ein Sprachgenie sein.«

»Wie lange, glauben Sie, haben wir für diesen Marsch gebraucht?«

»Ich habe keine Ahnung. Hier draußen haben wir den Kriegsverlauf nicht verfolgt. Wie lange haben Sie denn gebraucht?«

»Bis September. In sieben Monaten kann man eine Menge Spanisch lernen.«

Als er dies sagte, saßen sie an einem Tisch auf der zur Plaza hinausgehenden Terrasse des Hotels, und Don Alipio erklärte ihm, ohne zu prahlen, aber mit viel Familienstolz, warum die Palafox so bedeutende Leute in der Stadt waren: »Zwei Palafox-Brüder kamen in den zwanziger Jahren des sechzehnten Jahrhunderts aus Salamanca hierher, nicht lange nach Cortés. Antonio, der Priester, wurde Bischof von Toledo. Sein Bruder Timoteo, der Soldat, wurde Minenbesitzer. Was für ein Paar! Der Bischof plante die erste Festungskirche; sie stand da, wo sich heute die Kathedrale erhebt, und Timoteo fand das Silber, das zu ihrer Errichtung notwendig war.

Die Brüder fanden, daß dies ein gewinnbringender Weg war, die Geschäfte des Herrn und die des Königs unter einen Hut zu bringen, und bauten daraufhin die primitive Kirche zu einer prächtigen Kathedrale aus. Sie erbauten darüber hinaus den Regierungspalast drüben am anderen Ende der Plaza und das schöne Gebäude dort drüben nahe der Kathedrale.«

»Sie haben die Plaza gewissermaßen eingeschachtelt, nicht wahr?« Und als Don Alipio anerkennend lächelte, sagte Jubal: »Jetzt sagen Sie mir nicht, dieses Hotel hier haben sie auch gebaut!«

»Im Jahre 1575 lieferte eine Maultierkarawane aus Acapulco, die Waren von der Galeone aus Manila hierherbrachte, fälschlich ein Paket hier ab. Es war nicht adressiert. Wahrscheinlich für irgendeine Kirche. Die Palafox-Brüder öffneten es und fanden den hübschen Stapel von vierundfünfzig blaugelben Kacheln, die Sie jetzt in der Wand dort angebracht sehen.«

»Die Brüder behielten sie einfach?«

»Was hätten sie sonst tun sollen? Und als die Frau des Bischofs die Kacheln sah …«

»Der Bischof war verheiratet?«

»Hauptmann Clay, fünf Palafox-Sprößlinge waren hintereinander Bischof von Toledo, jeder der Sohn seines Vaters. Zu jener Zeit war man noch nicht so kleinlich. Und ich sag' Ihnen noch was: Alle fünf Frauen dieser Bischöfe waren Altomekinnen. Nicht eine Spanierin dabei. Deshalb bin ich dunkelhäutiger als der Durchschnittsspanier, und ich bin stolz darauf. Nun, Timoteos Zweig der Familie hat immer gebürtige Spanierinnen geheiratet, *casa pura*, wenn Sie so wollen, und so war es unvermeidlich, daß es zwischen den Ehefrauen immer mal wieder Sticheleien gab. Der spanische Zweig brüstete sich damit, keinen Tropfen indianischen Bluts in der Familie zu haben, und die Frauen aus meinem Zweig pflegten dann zu kontern: ›Unsere Ahnen waren schon Königinnen dieser Stadt, als Salamanca noch von Kühen bevölkert war.‹ Aber wir Männer brachten sie zum Verstummen. Wir sagten: ›Euer spanischer Zweig hat das ganze Geld gemacht, aber unser altomekischer Zweig hat es alles Gott gegeben.‹ Ein faires Geschäft.«

Clay fragte: »Warum hat der Priesterzweig sich immer Altomekinnen ausgesucht?«

Und Palafox antwortete: »Ganz einfach. Sie haben die jungen Mädchen bekehrt, getauft, erzogen, aufwachsen sehen, und dann haben sie sich in sie verliebt. Heutzutage sind die beiden Zweige gute Freunde.«

Nach einem kurzen Stocken in der Unterhaltung fuhr Don Alipio fort: »Ich muß gestehen, ich bin ungeheuer stolz auf das Standbild von dem Indio dort vorn. Einer meiner Urahnen.« Und er zeigte auf eine steinerne Figur, die die Plaza überschaute, als bestimme sie noch immer über die Geschicke der Stadt. »Das ist Ixmiq. Er regierte hier um das Jahr 600 herum. Unser Stamm war ein friedlicher Haufen; wurde von den andern liebevoll ›die Trunkenen Erbauer‹ genannt. Ixmiq und seine jungen Männer errichteten die ursprünglichen Gebäude, auf denen wir Palafox später unsere Bauwerke errichteten.« Wobei er sich bemüßigt fühlte hinzuzufügen: »Ich habe mir angewöhnt, mich als einen der Palafox zu betrachten. Warum? Weil der Name bestehen geblieben ist. Seit sieben Generationen – den ersten fünf Bischöfen und zwei nach ihnen – haben wir in unserer Linie nie mehr etwas anderes als eine indianische Mutter gehabt. Vielleicht bin ich mehr ein Nachkomme vom alten Ixmiq, als ich einer von den Palafox bin. Oder vielleicht am besten von allem, eine ehrliche Mischung aus beiden.«

Palafox machte den Vorschlag, sich mit ihren Getränken zur

Veranda auf der Rückseite des Kachelhauses zu begeben, und als sie durch den wunderschönen Korridor gingen, der von der Decke bis zum Fußboden – einschließlich der Decke selbst – mit bunten Kacheln verziert war, erklärte er: »Jene ersten Kacheln, die die Brüder stahlen, wurden nur für die Wände verwendet, doch schwärmten alle so sehr von ihnen, daß die Frauen unserer Familie, ganz gleich ob Spanierin oder Altomekin, sich regelrecht in Kacheln verliebten – mit der Folge, daß jede Maultierkarawane aus Veracruz uns Kacheln aus Spanien mitbrachte – das sind die goldenen, die Sie dort sehen. Bis schließlich eine von unseren Frauen – ich weiß nicht mehr genau, welche es war – sagte: ›Kacheln aus Spanien und Manila hierherzuschleppen ist verrückt. Unsere Indios können bessere Kacheln machen als die da.‹ Und das war der Beginn der berühmten Kachelherstellung in Toledo. All die anderen Farben, die Sie hier sehen, sind aus heimischer Produktion.«

Als sie auf die Hinterveranda kamen, machten sie es sich auf Stühlen bequem, die aus Spanien importiert waren, und Palafox sagte: »Sehen Sie sich die Pyramide an! Wie sie die Landschaft beherrscht – und unser Denken. Meine Mutter hat früher immer ein Lied gesungen, das zurückgeht auf die Zeit von Nopiltzín, dem großen König, der um das Jahr 900 hier regierte.« Und er lehnte sich zurück, schloß die Augen und begann in einer Sprache zu singen, die Clay nicht kannte. Seine Stimme zitterte, und Clay sah, daß er die Hände zu Fäusten ballte.

Als er mit seinem Lied fertig war, sagte Clay leise: »Das müssen uralte Worte sein«, und Palafox sagte: »Ja, das sind sie, und sie würden Ihnen nichts sagen. Sie würden Sie nicht interessieren.«

»O doch, das würden sie!« sagte Clay, und sein Gastgeber begann leise zu singen:

»Denn dein Ruhm wird vergehen, Großer Nopiltzín, und du,
Mächtiger Tezozomoc, wo sind deine Triumphgesänge?
Nicht länger singe ich laut dein Lob, sondern vertraue,
Daß du zurückmarschiert bist zu deiner Heimat.

Dich, den ich beweine, werde ich nimmermehr wiedersehen.
Ich allein bleib einsam zurück, da du jetzt daheim ruhst.«

»Wann wurde sie erbaut?« fragte Clay, und Palafox sagte gewichtig: »Im Jahre 600 wurde sie erbaut, im Jahre 700 wurde sie verunstaltet, 800 wurde sie erneuert, 900 wurde sie beinahe zerstört, und im Jahre 1000 kam eine Gruppe von schrecklichen Neuankömmlingen und vergrößerte und pervertierte dieses edle Bauwerk.«

»Pervertierte? Ich dachte, Pyramiden wären überall auf der Welt religiöse Bauwerke.«

»Wir sprechen nicht gerne darüber. Brüsten Sie sich mit Ihren Religionskriegen? Oder wir uns mit unserer Inquisition?«

Sie starrten eine Weile auf das riesige Bauwerk, und schließlich fragte Clay: »Was ist das da für ein Gebäude, das kleine dort links?«

»Ich werde Sie eines Tages dorthin begleiten«, antwortete Palafox mit einem Strahlen im Gesicht.

»Warum sind Sie so höflich?« fragte Clay. »Vor zwei Wochen waren wir noch Todfeinde.«

Und Palafox lachte, ein breites, gewinnendes Lachen, und erwiderte: »Weil Sie und ich Zwillinge sind. Sie kommen hierher, um zu sehen, wie Ihr Feind wirklich ist. Und ich möchte herausfinden, ob die Amerikaner wirklich menschlich sind.«

Sie speisten an jenem Abend zusammen auf der Terrasse, und als es schon auf Mitternacht zuging, schnitt Don Alipio ein Thema an, über das er schon oft nachgedacht hatte: »Sie müssen diese Plaza als einen Schauplatz ständiger Revolutionen sehen, Señor Americano. Ich kann einfach nicht glauben, daß Ihre Armeen diesen Platz unbeachtet gelassen haben. 1151 unterwarfen die neu aufgetauchten Altomeken die alten Trunkenen Erbauer. Im Jahre 1527 schlugen die Spanier die Altomeken in die Flucht. 1811 erschossen die Mexikaner auf dieser Plaza die Spanier, und wer als nächster hier durchmarschieren wird, kann kein Mensch voraussagen. Aber das Leben der Plaza geht weiter; die Glocken der Kathedrale, die auf den Ruinen einer Festung erbaut wurde, welche wiederum auf den Ruinen einer heiligen Stätte der Indios errichtet wurde, diese Glocken läuten immer noch, ihre prachtvolle Fassade ist weltberühmt, und der alte Ixmiq steht immer noch an seinem Platz und überblickt alles.«

An den darauf folgenden Tagen zeigte Don Alipio Clay die Pyramide, die ihn mit ihrem Silber und ihrem Gold regelrecht überwältigte, und die nahegelegene Terrasse, die Zeugnis davon ablegte, wie künstlerisch die Altomeken sein konnten, wenn sie mit ihren furchtbaren Göttern brachen. Aber was ihn wirklich überraschte, war der Ausflug, den sie zu Pferde zu einer der Palafox-Ranches sieben Meilen südwestlich der Stadt unternahmen. Sie war nicht eingezäunt, da sie aus offenem Gelände bestand, aber sie hatte ein schönes steinernes Tor, hinter dem sich eine Gruppe kleiner Lehmhütten und normaler Farmhäuser befand. Don Alipio ließ von einem Stalljungen frische Pferde bringen, und als sie etwa eine Meile weiter nach Süden geritten waren, sah Clay am Horizont mehrere pechschwarze Stiere von eher bescheidener Größe – viel kleiner als seine Bullen in Virginia und selbst kleiner noch als seine Milchkühe –, aber bewehrt mit gewaltigen Hörnern, die seitlich aus dem Kopf hervorsprossen und parallel zum Erdboden abstanden. Zum erstenmal in seinem Leben sah Clay die berühmten Kampfstiere aus Spanien, und er stellte die üblichen Fragen: »Und die laufen hier einfach so frei herum?«

»Wenn man sie nicht reizt, tun sie einem nichts.«

»Können wir einfach so zwischen ihnen herumreiten?«

»Ja. Sie sehen in dem Pferd nichts weiter als ein anderes Tier, und wenn das Pferd sie in Ruhe läßt, lassen sie es auch in Ruhe. Aber wenn Sie absitzen und die Stiere sehen, daß Sie sich statt auf vier Beinen bloß auf zweien bewegen, dann kann es sein, daß sie argwöhnisch werden und Sie mit ihren Hörnern anstupsen – nicht aus Wut, verstehen Sie mich recht, sondern aus reiner Neugier. In jedem Fall aber würde das Horn Sie durchbohren, und *pffft* wären Sie auf der Stelle tot.«

»Warum haben Sie hier in Mexiko Kampfstiere?« wollte Clay

wissen, und Don Alipio hatte sofort die Antwort parat: »Alles, was in Spanien passiert, wird auch hier populär. Nicht mehr lange, und wir werden auch hier mehr haben als bloße Herrenreiter, die nur so zum Vergnügen im Park gegen Stiere kämpfen. Wir werden richtige Stierkampfarenen haben und Männer, die ihren Lebensunterhalt mit dem Stierkampf verdienen. Mein Bruder und ich sind zur Zeit dabei, eine Arena gleich hinter der Plaza zu bauen. Ich zeige sie Ihnen heute abend. Sie wissen ja, Sie sind heute abend bei mir zum Dinner eingeladen.«

»Wo haben Sie diese Stiere her?« fragte Clay, und Don Alipio sagte stolz: »Vor mehreren Generationen war unsere Familie eng verbunden mit dem Marquis von Guadalquivir in Sevilla. Seine Tochter Leticia kam nach Mexiko herüber, um in den spanischen Zweig der Familie einzuheiraten. Der Marquis züchtete in Spanien Kampfstiere. Um uns einen Anfang zu ermöglichen, sandte uns der jetztige Marquis vor siebzehn Jahren ein Dutzend Tiere als Geschenk.«

»Ist das sein Brandzeichen auf den Tieren?« fragte Clay und zeigte auf das große G mit der darunter verlaufenden Schlangenlinie, die den Guadalquivir-Fluß symbolisierte.

»Ja, auf den älteren Tieren. Es ist ein ruhmvolles Zeichen, aber schauen Sie sich jetzt mal die jüngeren Tiere an.« Und als Jubal die Möglichkeit bekam, ein Kalb zu inspizieren, sah er das neue Zeichen, ein großes P mit einem dicken Querbalken über dem Fuß des Buchstabens. Don Alipio sagte: »Wir hoffen, daß das ein Ehrenzeichen in den Arenen Mexikos wird«, und Clay fragte: »Erwarten Sie, daß viele Arenen gebaut werden?« Worauf der Züchter im Brustton der Überzeugung erwiderte: »Ja, sehr viele.«

»Sie müssen ja gewaltigen Landbesitz hier haben, wenn Sie die Stiere frei herumlaufen lassen können«, sagte Clay. Stolz erwiderte Palafox, während sie sich von einem Indio, der ihnen mit einem Eimer gefolgt war, kühle Getränke reichen ließen: »Der erste Bischof und sein diebischer Bruder brachten eine Viertelmillion von dem, was Sie ›Morgen‹ nennen, in den Besitz unserer Familie. Innerhalb von fünfundzwanzig Jahren wuchs dieser Besitz auf eine Drittelmillion, und im Jahre 1740 hatten wir mehr als eineinviertel Millionen Morgen. Dann kam die Revolution von 1810, in deren Folge uns ein großer Teil unseres Landes abgenommen wurde, so daß wir jetzt nur noch etwa eine halbe Million Morgen besitzen.«

Mein Großvater war beeindruckt: »Das ist immer noch gewaltig. In den Staaten würden Sie damit den größten Teil des fruchtbaren Teils von Virginia besitzen.«

Aber Don Alipio sagte nur: »Jedesmal wenn die Truppen über die Plaza marschieren, geht wieder eine Viertelmillion flöten.«

Das Essen an jenem Abend im Stadthaus der Palafox war eine seltene Gelegenheit für einen Außenstehenden aus Nordamerika, einen Einblick in das gesellschaftliche Leben eines bedeutenden mexikanischen Bürgers zu erhalten. In einem weiten Hof, umgeben von einer hohen Ziegelmauer, deren Krone mit Glasscherben gespickt war, stand ein großes Haus auf einer Erhebung, die hoch genug war, um den Blick über die Mauerkrone auf die Pyramide zu gestatten. Drei weitere Palafox-Paare würden an diesem Abend mit Don Alipio und seiner Frau speisen, und als Jubal eintraf, warteten die anderen bereits im Garten, dem das Plätschern von Wasser über Felsen etwas ungemein Idyllisches verlieh. Sie waren so, wie Clay sich eine Gruppe von Palafox ausgemalt hatte: die Männer schmuck und fesch und vom ständigen Leben im Sattel rank und schlank, die Frauen gepflegt und von zurückhaltendem Auftreten. Er vermochte von keinem das Alter zu erraten, aber er schätzte, daß sie alle unter sechzig waren. Er konnte sehen, daß sie leicht verlegen waren und nicht so recht wußten, warum sie eingeladen worden waren, einen amerikanischen Armeeoffizier kennenzulernen, wo doch der Krieg noch nicht einmal einen Monat vorbei war, und sie gingen davon aus, daß Clay kein Spanisch konnte. Sie waren natürlich wie die meisten gebildeten Mexikaner jener Zeit in der französischen Sprache bewandert, aber Englisch sprach keiner von ihnen; es galt als die vulgäre Sprache des Geschäftslebens und der Amerikaner. Doch als Don Alipio ihnen eröffnete: »Der Hauptmann kann recht gut Spanisch«, tauten sie auf und öffneten sich Stück für Stück einer Diskussion über die möglichen Bedingungen des bevorstehenden Friedensvertrages.

Ein Palafox, der etwas älter war als Don Alipio, warnte: »Mit dem Verlust von Texas hat Mexiko sich abgefunden, aber wir werden niemals auf Kalifornien verzichten. Wir brauchen seine Pazifikhäfen.« Ein anderer pflichtete ihm bei. »Gewiß, wir haben Acapulco, aber das ist kein bedeutender Hafen, und überdies ist es vom größten Teil Mexikos durch Dschungel und Berge abgeschnitten.«

Hier meldete sich Clay zum erstenmal zu Wort. »Als wir diese endlosen Bergpfade hinaufmarschierten, schien mir, daß auch Veracruz von den Hochplateaus abgeschnitten ist, auf denen wir uns jetzt befinden.« Daraufhin wollten die Männer wissen, wie die Amerikaner es geschafft hatten, die mexikanischen Verteidigungslinien zu durchstoßen. Doch als Jubal sich anschickte, es ihnen zu erklären, merkte er, daß sie eigentlich gar nicht daran interessiert waren, denn, wie ein Mann meinte: »In Mexiko haben wir diese Kriege ständig. Man kann sie kaum noch nachhalten.« Und ein anderer sagte: »Erinnerst du dich noch, wie vor ein paar Jahren dein Vater und mein Vater so wacker losmarschierten, um Iturbide zum Kaiser von Mexiko zu krönen? Er hielt sich gerade mal zwei Jahre, dann erschoß ihn Santa Anna.«

Der erste Sprecher korrigierte ihn: »Nein, das stimmt nicht; Santa Anna hat ihn nicht persönlich erschossen. Er war zu dem Zeitpunkt nicht einmal dort. Aber er hetzte seine Männer gegen den Kaiser auf, und die erledigten die Drecksarbeit.«

An diesem Punkt, so hielt mein Großvater in seinen Memoiren fest, die er der Familie hinterließ, begaben sie sich zum Essen ins Haus; denn es nahte die Zeit, wo Mexikaner ihr Abendessen einzunehmen pflegen, elf Uhr abends, und als sie sich in den schweren, mit Schafsfell bezogenen Sesseln an dem riesigen Eichenholztisch niederließen, verkündete Señora Palafox von ihrem Platz am Fuß des Tisches: »Wir wollen unserem Gast heute abend etwas ganz Besonderes zeigen«, und sie gab einer Magd ein Zeichen, worauf diese ein etwa achtjähriges Mädchen in das Speisezimmer holte, das mit einer Tracht von außergewöhnlicher Schönheit angetan war: ein wallender Rock, der bis zum Boden reichte, mehrere Spitzenunterröcke, ein farbenprächtiges Schnürleibchen, ein hübsches Umhängetuch, das Haar hochgesteckt und von einem Kamm gehalten, und einen funkelnden Ring an beiden Mittelfingern.

»Das ist unsere Alicia«, sagte Don Alipio stolz und legte den Arm um das Mädchen, »unsere kleine China Poblana, und sie wird unserem Gast aus dem Norden jetzt die Geschichte ihres wunderschönen Kleides erzählen.«

Und mit melodischer Stimme erzählte das kleine Mädchen: »Vor vielen Jahren kam mit der Galeone aus Manila, die in Acapulco einlief, eine schöne chinesische Dame, genauso gekleidet, wie Sie mich heute abend hier sehen. Sie kam als Sklavin, doch sie war so bezaubernd, daß alle sie liebten, und sie heiratete den König, und alle Damen am Hof mußten sich so kleiden wie sie. Und heute ist dies unsere Nationaltracht.« Sie verbeugte sich vor jedem der Paare, machte einen Knicks vor ihrer Mutter und verließ den Raum.

»Ein paar kleine Korrekturen muß ich freilich anbringen«, sagte Don Alipio. »Wir hatten seit den Tagen Montezumas nie mehr einen König in Mexiko, und die Damen mußten sich auch nicht so kleiden wie die chinesische Sklavin. Sie taten es freiwillig. Aber in einem Punkt hatte Alicia schon recht: das ist heute unsere Nationaltracht für schöne Frauen.« Und alle anwesenden Palafox-Frauen gestanden, daß sie bis zum heutigen Tage die China Poblanas, die sie als junge Mädchen getragen hatten, wie einen Schatz hüteten.

Ich habe mehr Zeit, als ich eigentlich hätte sollen, mit der Schilderung dieses Abends und speziell des Festtagskleides eines achtjährigen Mädchens verbracht, aber eben dieses Kleid wurde einer der bestgehüteten Schätze unserer Familie, und Jubal, der beileibe kein Gefühlsmensch war, schrieb kurz bevor er starb: »Ich war vierundzwanzig, als ich an jenem Abend bei den Palafox zu Gast war, und ich gestehe, daß ich gerührt war von dem friedlichen Charakter ihres schönen Heimes. Sie wußten kaum, daß Krieg gewesen war.«

In jener Nacht lag er in seinem Zimmer im Kachelhaus noch lange wach und versuchte herauszufinden, warum die Palafox ihm solch große Aufmerksamkeit entgegenbrachten. Er brauchte nicht lange auf eine Erklärung zu warten: Am nächsten Tag suchten ihn die drei Männer, die an dem Dinner teilgenommen hatten, in seinem Hotel auf und schlugen ihm vor, mit ihnen hinaus zum *Mineral* zu reiten, und als sie dort ankamen, begannen sie ihm zu erklären, wie man mit Hilfe beträchtlicher amerikanischer Finanzspritzen und mit dem Einsatz neuester Technik diesen kostbaren Besitz in eines der lukrativsten Bergwerke der Welt verwandeln könnte.

Ein Mann, den Clay für Don Alipios Bruder hielt, nahm ihn beim Arm und sagte: »Wir brauchen nicht nur Geld, sondern auch Maschinen. In Schweden stellen sie sehr gute her, hab' ich mir sagen lassen. Vor allem aber brauchen wir aufgeweckte junge Männer wie Sie. Gehe ich richtig in der Annahme, daß Sie Bergbau studiert haben?«

»Ich habe ein bißchen was gelernt, indem ich es auf meinem eigenen Grund und Boden in Virginia versucht habe – nach der Lektüre von Büchern, die ich mir aus England und Deutschland habe schicken lassen.«

»Hat Ihr General Sie aus diesem Grund hierhergeschickt? Ist er ein aufgeweckter Mann? Kann er eine Geschäftschance beim Schopf ergreifen, wenn sie ihm ins Auge springt?«

Clay erwiderte: »General Scott verachtet Geschäftsleute«, und die Mexikaner riefen lachend: »Wie unsere Generäle – und was sind das doch für Narren!«

In weniger als einer Stunde hatten die Palafox Großvater die gesamte Oberflächenstruktur des Mineral gezeigt und ihm die Gebäude und Verfahren benannt, die man ersetzen würde, wenn die nötigen Mittel zur Verfügung stünden. Und schließlich fragten sie ihn: »Angenommen, Sie hätten das Sagen. Was würden Sie machen?«

»Um den Eingang zur Grube«, antwortete Clay, »würde ich eine Steinmauer ziehen, vielleicht einen Meter hoch, mit einem Tor, durch das man in den Schacht gelangen würde.«

»Und warum würden Sie das machen?«

»Ich habe es gerne, wenn die Dinge ordentlich sind. Nein, was ich meine, ist, es gibt immer bestimmte Dinge, die einfach um ihrer selbst willen gemacht werden sollten.«

Die Palafox fragten: »Wären Sie bereit, wieder hinunterzusteigen?«

Und Clay antwortete: »Ja, das wäre ich. Deshalb wollte ich ja hierher. Dieser Ort hat etwas Magisches.« Und beim Abstieg achtete er scharf darauf, ob er unter den vielen hundert Stufen eine entdeckte, die erneuert werden mußte.

In der Höhle am Grund des Schachts sah er, als wären sie alte Freunde, die Esel, die Indios, die vor Ort arbeiteten, die Frauen mit ihren schweren Körben voller Erz, die hohe Decke und den Anfang des Schachtes, der die Bergleute dorthin bringen würde, wo die nächste Höhle gegraben werden würde. Als er die gegenwärtige Höhle erkundete und die primitiven Schlafstätten derjenigen sah, die es vorzogen, nicht jede Nacht nach oben zu steigen, begann er sich ernsthaft Gedanken über die Verbesserungen zu machen, die ein richtiger Bergbauingenieur wahrscheinlich vornehmen würde, und er fragte einen der Palafox: »Wie schwierig wäre es, den Schacht quadratisch auszubauen?«

»Sie meinen, bis ganz nach unten?«

»Ja. Das ist eines der Dinge, die gemacht werden sollten.«

»Da fragen Sie am besten ihn.« Der Mann deutete auf den spanischen Ingenieur, aber Don Alipio sagte streng: »Der weiß doch nichts.« Und so blieb Clays Frage unbeantwortet.

»Nun«, fuhr Clay fort, »wenn die Wände des Schachts begradigt würden und wir uns eine bestimmte Art von Maschine besorgen würden – und ich bin sicher, daß so was in England hergestellt wird – dann könnten Sie an einem Seil einen Förderkorb herunterlassen und damit das Erz nach oben zur Schmelzhütte transportieren.«

»Und was wäre der Vorteil?«

»Nun ja, diese Frauen, sie bräuchten nicht mehr auf diesen gefährlichen Stufen hinauf und hinunter zu steigen.«

»Sie machen das schon ihr ganzes Leben lang, Hauptmann. So

leben sie halt – ich meine, so verdienen sie nun mal ihren Lebensunterhalt. Wenn Sie das Erz plötzlich mit einer Maschine aus England zutage fördern würden, wovon sollen die Frauen dann leben?«

Beim Hinaufsteigen hatte Jubal Gelegenheit, sich jede einzelne Stufe aus nächster Nähe anzuschauen. Oben angekommen, sagte er zu den Palafox: »Ich habe vier Stufen gesehen, die dringend erneuert werden müßten.« Darauf erklärte einer von ihnen: »Wir passen sorgfältig auf, und wenn irgend etwas Schlimmes passiert, sind wir noch am selben Nachmittag zur Stelle.«

Großvater blieb drei Wochen in Toledo. Er unternahm Ausflüge ins Umland, und einer davon führte ihn ins Tal-der-Toten, von dem aus die Altomeken ihren Eroberungsfeldzug gegen die Trunkenen Erbauer begonnen hatten, und er vermochte nachzuempfinden, welch verlockenden Anblick die Gebäude von Toledo im Jahre 1151 geboten haben mußten, als die Fremden die Stadt in ihren Besitz brachten. Er besuchte auch noch einmal die Palafox-Ranch, und noch zweimal stieg er zur Spitze der Pyramide hinauf und versuchte sich die schrecklichen Dinge auszumalen, die dort geschehen waren. Am meisten zog es ihn jedoch zur Plaza mit ihren prächtigen Bauwerken, und der Glanz dieser wunderschönen Kolonialstadt prägte sich unauslöschlich in seine Erinnerung ein.

Als die Zeit kam, da er den Palafox Lebwohl sagen mußte, äußerten diese die Hoffnung, daß er seinem General positiv von dem berichten werde, was er gesehen hatte, und er versprach ihnen, eben dies zu tun. Er verabschiedete sich von jeder der Palafox-Frauen, und ganz zum Schluß machte er eine tiefe Verbeugung vor der kleinen Alicia und sagte: »Lebwohl, Señorita China Poblana.« Und dann ritt er davon.

Auf dem Rückweg nach Mexiko City geriet er mit seiner Truppe in einen Hinterhalt – doch nicht von Seiten der mexikanischen Armee, die angewiesen war, ihm freies Geleit zu sichern, sondern durch Banditen, die alle Landstraßen unsicher machten und die Erfahrung gemacht hatten, daß ein Überfall auf eine amerikanische Einheit zwar risikoreich war, im Falle des Erfolges jedoch auch reiche Beute versprach. Etwa zehn Meilen hinter Querétaro, wo es oft zu Überfällen auf wohlhabende Reisende kam, die auf dem Weg zur Hauptstadt waren, schlugen die Banditen zu, und fast eine halbe Stunde lang lagen die Amerikaner unter schwerem Beschuß; aber Jubal und der Unteroffizier, der die Kavallerie befehligte, führten ihre Männer so umsichtig, daß alle Angriffe zurückgeschlagen wurden und die Banditen die Flucht ergriffen, zwei Tote zurücklassend. Auf Seiten der Amerikaner waren keine Verluste zu beklagen. Es war ein beherzter Kampf gewesen, für den Clay mit einer weiteren Belobigung und einem weiteren Orden ausgezeichnet wurde.

Bei seiner Rückkehr in das Büro, das er sich mit den anderen Adjutanten teilte, fand er General Scott in beklagenswerter Verfassung vor. Nach wie vor überzeugt, daß alle gegen ihn konspirierten – und einige taten das ja auch wirklich –, hatte er drei der ihm unterstellten Generäle festnehmen lassen, darunter auch Präsident Polks persönlichen Spitzel, den verrufenen General Pillow. Doch die hatten ihrerseits Anklagen gegen ihn vorgebracht. Die liberalen Demokraten in Washington witterten die Chance, Scotts Ambitionen auf das Präsidentenamt zu torpedieren und ordneten an, daß die Beschuldigungen gegen die drei Generäle fallengelassen wurden, während die gegen Scott erhobenen Vorwürfe vor einem Kriegsgericht verhandelt werden sollten.

Clay half Scott bei der Abfassung seines Protestschreibens an das Hauptquartier: »Noch nie hat ein General so viel mit so wenig erreicht und ist dafür zum Dank von seinen Vorgesetzten so schmählich heruntergemacht und gedemütigt worden.«

In späteren Jahren, wenn Clay diese Geschichte erzählte, pflegte er sie so zu beenden: »Und ich wollte als mein persönliches Postskriptum hinzufügen: ›Sie sollten sich was schämen, einen General so zu behandeln‹, doch als ich versuchte, das dem General selbst zu sagen, schob er mich zur Seite und sagte: ›So was passiert halt, wenn Politiker versuchen, den Feldherrn zu spielen.‹«

Es gab noch eine Geschichte, die mein Großvater über seinen Dienst bei Scott erzählte:

»An dem Morgen, als ich aufbrechen sollte, stand Scott unter einer Art militärischem Arrest – man bezichtigte ihn, Geld gestohlen zu haben oder irgendwas in der Art.

Und als der Moment kam, da es Abschiednehmen hieß, sagte er: ›Wissen Sie, Clay, ich hatte nie vorgehabt, Soldat zu werden. 1807 wurde ich als Anwalt zugelassen und sah meinen Lebensweg als so gut wie festgelegt. Aber ich hatte kaum angefangen, als die britische Fregatte Leopard einen Übergriff gegen unser Schiff Chesapeake beging.

Ich hörte spät am Abend davon, und noch in derselben Nacht, ohne vorher zu schlafen, kaufte ich mir ein feines Chargenpferd, ritt fünfundzwanzig Meilen durch die Dunkelheit und lieh mir von einem großgewachsenen Kavalleristen die Uniform aus. Bei Sonnenaufgang meldete ich mich als Freiwilliger bei einer Kavallerieeinheit.

Ich habe nie zurückgeblickt, Clay, und wenn diese Schweinerei hier aufgeklärt ist – und ich bin ganz sicher, das wird sie –, habe ich vor, Oberbefehlshaber der militärischen Streitkräfte der Vereinigten Staaten zu werden.‹

›Wie sollte das gehen?‹ fragte ich verblüfft, und er sagte: ›Wenn sie nur einen Funken Verstand haben, werden sie sehen, daß ich der beste Mann bin, den sie kriegen können – mit Abstand der beste. Und dann bleibt ihnen gar keine andere Wahl, als mich zu nehmen.‹

Und es kam genau so, wie er es sagte. Als der Bürgerkrieg ausbrach, übertrug man ihm den Oberbefehl über alle Streitkräfte der Union, und er leistete glänzende Arbeit, indem er den großen Plan entwarf, der uns schließlich besiegte. Dreihundertfünfzig Pfund schwer, zu Ohnmachtsanfällen neigend, mißtrauisch gegen jeden und so verhaßt wie kaum je ein Militär vor ihm, war er der Architekt des Sieges der Unionsstreitkräfte, und als Konföderierter, der gegen seine Strategie kämpfte, stieß ich jedesmal einen Fluch aus, wenn ich seinen Namen hörte.«

In den dreizehn Jahren zwischen 1848, als er Mexiko verließ, bis 1861, als er sich immer größere Sorgen zu machen begann wegen der Anstrengungen der Nordstaatenpolitiker, Südstaaten-Plantagenbesitzer wie ihn des Rechts zu berauben, Sklaven zu besitzen und für sich arbeiten zu lassen, führte Jubal Clay ein glückliches Leben auf Newfields, seinem Baumwollimperium im Nordosten von Richmond. Der größte Teil des zweitausend Morgen großen Familienbesitzes war inzwischen von den Bäumen befreit worden, die einst einen Teil der Wildnis gebildet hatten; sorgfältig gereinigt und sortiert, erzielte seine Baumwolle Höchstpreise in Liverpool; seine Sklaven verhielten sich nach mehreren kleineren, von Norstaatenradikalen angezettelten Tumulten wieder friedlich; und Zephania und er führten mit ihren beiden Jungen und dem Mädchen das würdevoll-gesetzte Leben von Südstaatenpflanzern. Sie führten ein gastfreies Haus und veranstalteten oft Hausmusikabende, bei denen Jubals Mutter, die schon in den Siebzigern war, Klavier spielte, während Zephania sich auf dem Cello versuchte und er selbst die Flöte blies. Unter ihren Nachbarn waren einige gute Sänger und Sängerinnen, so daß man den Nachbarn im County gelegentlich Konzerte von hoher Qualität darbieten konnte.

Der Höhepunkt eines jeden Monats kam jedoch, wenn Jubal und Zeph, wie seine Frau von allen genannt wurde, nach Richmond fuhren, um an dem reichhaltigen gesellschaftlichen und kulturellen Leben teilzunehmen, das die Stadt bot. Bei diesen Gelegenheiten erlebten die Clays Südstaatenkultur von ihrer allerbesten Art. Geschäftsleute, die ihre Ausbildung an den feinen Universitäten des Nordens genossen hatten, vermischten sich dort mit religiösen und politischen Führern, die am William and Mary College in Williamsburg oder an der von Thomas Jefferson gegründeten Universität von Virginia studiert hatten.

Doch jede Versammlung in Richmond unterlag einem dämpfenden, düsteren Einfluß, welcher von den Militärs ausgeübt wurde, die in West Point ausgebildet worden waren. Dies waren Ehrenmänner, die sich in jenen Jahren bereits mit einem der schwersten Konflikte auseinandersetzten, mit denen ein

Mensch sich konfrontiert sehen kann: Schulde ich meine Loyalität der Armee, in deren Hauptquartier ich ausgebildet wurde, oder meinem Heimatstaat, der mich genährt und gehegt und der mir die Werte vermittelt hat, denen ich mich verpflichtet fühle? Bei einer informellen Zusammenkunft im Jahre 1860 sagte ein Colonel namens Longstreth, der im Mexikokrieg gedient hatte, zu Clays gesellschaftlicher Gruppe: »Ich habe niemals einen feineren Virginier kennengelernt als den jungen Robert E. Lee, einen West-Point-Mann, der der Armee treu ergeben ist, der zugleich aber auch mit Leib und Seele Virginier ist. Wenn es zum Krieg kommt – und ich bin immer sicherer, daß es dazu kommen wird –, steht er vor einer schweren Entscheidung. Soll er für den Norden oder für den Süden kämpfen? Aber ich habe auch einen anderen Typ kennengelernt, einen aggressiven, geradezu unzivilisierten Flegel aus irgendeinem Staat im Westen, einen Kerl namens Grant – er war ebenfalls in West Point –, und ich bin sicher, daß er zum Norden halten würde. Ich mochte Lee, und Grant verabscheute ich zutiefst wegen seiner Umgangsformen und seines Mangels an jeglicher Kultur, aber ich schätzte beide als ehrenhafte Soldaten ein, jeder auf seine Art.«

Die Vorstellung, daß zwei Männer, beide Absolventen von West Point, in radikal unterschiedliche Richtungen strebten, und jeder von ihnen mit ausreichender Rechtfertigung, faszinierte Clay: »Vielleicht waren Männer wie ich glücklicher dran. Wir sind nicht nach West Point gegangen, um dort das Gedankengut der Nordstaatler in uns aufzusaugen. Wir sind zu Hause geblieben und haben unsere Loyalität gegenüber Virginia, Carolina und Georgia geschärft, und dann haben wir unsere militärische Ausbildung im Feld erhalten, in Mexiko. Unsere Wahl ist viel einfacher. Wenn der Norden auch nur eine falsche Bewegung gegen uns macht, gibt es Krieg.«

»Rechnen Sie damit?«

»Nein. Ich sehe ganz klar, daß die wirtschaftlichen Interessen sowohl des Nordens als auch des Südens eine dauerhafte Periode des Friedens erfordern.«

Mehrere in der Gruppe stimmten ihm zu, und ein Pflanzer namens Anderson machte eine interessante Bemerkung: »Von den beiden Nationen« – an dieser Stelle stutzte er und überlegte, ob der Begriff angemessen war, »ja, doch, ich glaube, wir haben uns zu zwei verschiedenen Nationen entwickelt, ob wir es nun so wollten oder nicht –, aber von den zwei Nationen hat der Süden von einer langen Phase des Friedens weit mehr Vorteile als der Norden.«

Diese Einschätzung war für die meisten Anwesenden, allesamt glühende Anhänger des Südens, alles andere als einleuchtend, und ein Pflanzer wandte deshalb verblüfft ein: »Das müssen Sie uns schon erklären, Anderson. Ich finde, daß unsere Position gesichert ist – schon aufgrund unserer marktbeherrschenden Stellung in der Baumwollproduktion, auf die die Europäer angewiesen sind.«

»Nein«, entgegnete Anderson. »In Wirklichkeit ist die Situation die, daß wir mit jedem Tag, an dem Frieden herrscht, die Chance haben, gegenüber dem Norden kräftemäßig an Boden gutzumachen.«

»Guter Gott, Mann! Wollen Sie damit sagen, daß der Norden stärker ist als wir?«

»Ich habe gesagt, daß der Friede, der zur Zeit herrscht, vor allem uns nützt. Doch nur ein Verrückter würde ernsthaft behaupten, daß wir zum jetzigen Zeitpunkt so stark sind wie die anderen.«

Diese unpatriotische Argumentation erzürnte den Pflanzer. »Anderson! Schauen Sie sich doch einmal die Bilanz an! Wir kriegen zweimal soviel Geld aus Europa wie der Norden. Unsere Finanzstruktur ist viel gesunder, und unser Verwaltungs- und Kontrollsystem ist dem des Nordens überlegen. Wir sind finanziell in einer günstigen Position.«

Anderson, ein gelehrter Mann in den Fünfzigern, war im Norden herumgereist und ließ sich nicht von Überzeugungen abbringen, zu denen er nach reiflicher Überlegung gelangt war: »Die Überlebensfähigkeit einer Nation bemißt sich nicht nach ihren Bankguthaben. Was zählt, sind Fabriken, Eisenbahnverbindungen, Geschäfte und Werkstätten in Städten und vor allem die Anzahl der Männer im wehrfähigen Alter, die einberufen werden können.«

»Kein Staat im Norden hat Männer, die so kämpfen können wie unsere«, wandte ein anderer Pflanzer ein.

Worauf Anderson erwiderte: »Gewiß, aber auch ein noch so guter Gewehrschütze steht gegen eine fünfzehnfache zahlenmäßige Übermacht letztlich auf verlorenem Posten.«

»Hoho, das ist aber eine gefährliche Theorie, Bruder Anderson«, sagte ein Mann von Mitte dreißig. »Ich habe mich gestern freiwillig gemeldet, daß ich eine Kompanie anführen werde, falls der Ärger losgehen sollte.«

»Ich mich auch«, sagte Anderson, und die Männer lachten bei dem Gedanken, daß ein Fünfzigjähriger sich freiwillig zum aktiven Dienst meldete, aber Anderson erklärte: »Ich werde unsere jungen Männer in militärischer Taktik ausbilden. Ich werde ihnen beibringen, wie ein ordentlich ausgebildeter Junge aus dem Süden mit seiner guten Büchse, seinem Revolver und seinem Säbel fünfzehn Nordstaatler aufhalten kann – für eine Weile wenigstens.«

Auf der Fahrt zurück zur Plantage an jenem Abend gingen Jubal Clay ständig bestimmte Bilder durch den Kopf: Züge, Fabriken, unbegrenzte Mengen von Männern. Zum Teufel auch, dachte er, wir haben ja nicht einmal einen Zug, der von Richmond aus nach Nordosten fährt, und wir werden auch in zehn Jahren noch keinen haben. Als er in die Wildnis eintauchte, tauchten andere Bilder vor seinem inneren Auge auf: »Ständig neue Männer oben im Norden, wie er sagte; sie strömen scharenweise aus jedem Schiff, das aus Europa kommt. Keine Ausbildung, keine Traditionen. Aber sie kommen. Und bei uns hier unten? Die Hälfte unserer Männer sind Schwarze, und die zählen nicht. Und was noch schwerwiegender ist: Wir können nicht auf sie zählen.« Als er die Wildnis durchquert hatte und die säuberlich gezogenen Grenzen von Newfields sah, da schob sich ihr Bild über alle anderen: »Um diese Plantage wird es bei dem Kampf gehen – wenn es denn dazu kommt. Ein ordentlicher Lebensstil, in dem eine Familie aufwachsen und gedeihen kann.«

Der Name, den die alten Clays ihrer Plantage gegeben hatten, *Newfields*, hatte ihm immer gut gefallen, besser als irgendein klassischer Name wie *Sparta* oder einer wie *The Oaks* oder *The Pillars*. Er malte sich im Geiste aus, wie seine Vorfahren den letzten Baum umgerissen, wie sie die Äste und Zweige abgehackt, sie rings um den umgestürzten Stamm verbrannt und die Asche als Dünger über das frisch gerodete, das »neue« Feld verstreut hatten. »Es muß aufregend gewesen sein«, sagte er zu sich, als er sich dem großen Haus näherte, »zu sehen, wie ein neues Feld entstand, und zu wissen, daß es durch deiner Hände Werk geschah. Aber die Freude beim Anblick der ersten ausgereiften Baumwollkapseln – dicke weiße Bällchen, so weit das Auge schauen konnte, dort, wo einst undurchdringlicher schwarzer Wald gewesen war! Das ist es, wofür ein Mann lebt!«

Als er den weiß im Mondlicht schimmernden Portiko erreichte, übergab er die Pferde dem schwarzen Stallburschen, damit der sie versorgte, und eilte sofort in sein Büro. Er setzte sich in den großen Sessel an seinem Schreibtisch und läutete nach dem Mädchen: »Sag Mrs. Clay Bescheid, sie möchte zu mir kommen.« Während er auf seine Frau wartete, kamen die Bilder wieder: Fabriken, Eisenbahnen, Männer, Sklaven, fünfzehn gegen einen. Er starrte an die Wände seines Büros und dachte: Von diesem Schreibtisch aus haben meine Vorfahren unser kleines Königreich aufgebaut. Sie rodeten das Land, setzten die Baumwollpflanzen, kauften die Sklaven und leiteten sie ordentlich an, schufen sich ihre Absatzmärkte und erzogen ihre Kinder. Es ist unvorstellbar, daß ich Fehler begehen könnte, die all das zerstören würden, was sie aufgebaut haben. Und das werde ich auch nicht.

Als seine Frau hereinkam, fragte sie sofort: »Was ist in Richmond passiert?« Denn sie wußte aus Erfahrung, wenn Jubal sie in sein Arbeitszimmer bat, statt sich zu ihr in das gemütliche Nähzimmer zu gesellen, dann konnte sie sicher sein, daß es um schwerwiegende Angelegenheiten ging. »Zeph, setz dich in den Lehnstuhl! Das könnte ein langes Gespräch werden.«

»Geht es um diese Felder, die wir kaufen wollten?«

»Es geht um ganz Virginia. Um den gesamten Süden. Vielleicht um die Nation selbst.«

»Jubal, du machst mir angst.«

»Es war eine dieser Fragen, die an grundsätzliche Dinge rühren. Ein Militär – jedenfalls glaube ich, daß er einer war – sprach ernsthaft über den Norden und den Süden. Er machte uns klar, daß die im Norden die Fabriken haben, in denen sie Waffen und Schießpulver herstellen können. Sie haben die Eisenbahnen, mit denen sie sie schnell hierhin und dorthin transportieren können. Und sie haben fast unbegrenzte Ressourcen an Menschen, die es ihnen möglich machen, diese Vorteile auszunutzen.«

»Aber wer sagt, daß es Krieg geben wird?«

»Ich hatte das Gefühl, Zeph, daß alle Männer auf der Versammlung das glaubten, und wenn jeder sich getraut hätte, frei seine Meinung zu sagen, dann glaube ich ganz sicher, daß die meisten gewarnt hätten: ›Der Süden kann auf lange Sicht nicht gewinnen, wenn der Krieg sich hinzieht und wenn der Norden seine Vorteile ausspielt.‹«

»Warum dann einen Krieg überhaupt erst anfangen?« Er hatte immer den praktischen, gesunden Menschenverstand geschätzt, mit dem seine Frau an jedes schwierige Problem heranging. »Wenn die Aussichten für unsere Seite so düster sind, warum dann überhaupt erst kämpfen? Können die Differenzen nicht auf friedlichem Wege beigelegt werden?«

»Nein! Ganz klar und entschieden: Nein! Die im Norden haben sich in eine selbstgerechte Position begeben, von der sie nicht mehr zurückkönnen, ohne ihr Gesicht zu verlieren.«

»Und das gleiche trifft auf uns zu?«

»Auf mich ja. Ich kann nicht einer Situation zustimmen, in der wir an einem Tag noch zweihundert Sklaven haben, die ein Vermögen wert sind, und am nächsten nicht einen einzigen mehr und keine Möglichkeit, diese Plantage weiterzubetreiben. Man kann einfach nicht verlangen, daß jemand, der sein ganzes Leben damit verbracht hat, etwas aufzubauen –«

»Du glaubst also, daß ein Krieg unvermeidlich ist?«

»Nein«, sagte er nachdenklich, »wie es Tradition in unserer

Familie ist, will ich keinen Krieg. Ich will eine vernünftige Lösung.« Doch dann sagte er etwas, das ich Mitglieder der Clay-Familie Dutzende von Malen in diesem Jahrhundert habe sagen hören: »Aber wenn sie deine gesamte Lebensweise bedrohen, dann mußt du was dagegen unternehmen.«

Wenn ich das aus den Aufzeichnungen, die Jubal hinterlassen hat, richtig verstanden habe, dann diskutierten sie noch die ganze Nacht über das ernste Problem, wie die Familie weiterleben würde, wenn Jubal sich als Freiwilliger für den Kriegsdienst melden würde: »Ich bin siebenunddreißig und habe Anspruch auf den Rang eines Majors im Dritten Virginia-Regiment. Du bist vierunddreißig und die fähigste und tüchtigste Frau, die ich kenne – auf allen Gebieten. Als ich nach Mexiko in den Krieg zog, hast du die Plantage ganz allein –«

»Aber dies hier wäre ein echter Krieg, nicht wahr?«

An den Kampf bei Chapultepec zurückdenkend, erwiderte er: »Jeder Krieg ist echt. Ein Gefecht drei gegen sechs ist echt«, und das brachte seine Gedanken auf ein Problem, das ihn schon lange beschäftigte: »Wenn der Norden wirklich so stark ist, wie es behauptet wird, und wenn wir so gute Kämpfer sind, wie wir wissen, daß wir es sind, dann könnte dies ein langer Krieg werden. Noch ein paar Jahre –«

»Jahre? Du glaubst, der Krieg könnte Jahre dauern?« Ihre Stimme zitterte, und sie sprach aus, was er sich nicht auszusprechen getraut hatte: »Dann wären unsere Jungen alt genug ...« Er nickte. Der Älteste, Noah, war siebzehn; sein Bruder Paul war fünfzehn. Wenn der Krieg sich hinziehen sollte, weil der Norden immer mehr Männer in den Kampf warf, würde dem Süden keine andere Wahl bleiben, als Jünglinge einzuberufen, die sich dem Mannesalter näherten. Diese Vorstellung änderte alles.

Zephania sprach als erste: »Heraus mit der Sprache. Glaubst du, daß der Krieg unvermeidlich ist?«

»Ja. Die im Norden sind fest entschlossen, und wir im Süden sind es auch. Das Resultat kann nur Krieg heißen.«

»Und du glaubst, wir werden verlieren?«

»Ich kann das zu niemandem so sagen – es würde sich so anhören, als wäre ich feige, aber mit dir kann ich offen sprechen. Wir würden uns mit diesem Krieg auf ein großes Risiko einlassen.«

Die Clays saßen in bedrücktem Schweigen da. Als die Sonne aufging, hustete Zeph und begann von neuem. »Waren die Männer der Meinung, daß ein Krieg – wenn er denn ausbräche – bis hier zu uns hinunter dringen würde?«

»Darüber haben wir nicht gesprochen.«

»Dann laß uns jetzt darüber nachdenken. Würde der Krieg bis zu uns herunter kommen?«

»In Mexiko habe ich eines gelernt. Wenn General Santa Anna seinen Krieg in Texas anfängt, muß er die Möglichkeit in Erwägung ziehen, daß er in seiner Hauptstadt Mexiko City endet, sechshundertfünfzig Meilen weiter südlich.«

»Unsere Truppen würden doch gewiß niemals zulassen, daß die Nordstaatler bis Richmond vordringen, oder?«

»Gewiß werden unsere Truppen nicht wollen, daß sie so weit vordringen, genauso wie ihre Truppen nicht damit rechnen, daß wir New York erreichen. Aber wenn du die Hunde des Krieges erst einmal losgelassen hast, dann kannst du nicht mehr vorhersagen, vor wessen Haus sie bellen werden.«

»Oh, Jubal, es ist zu schrecklich, um es sich auch nur vorzustellen.«

»Aber wir stellen es uns vor, und ich halte es für sehr wahrscheinlich, daß es so kommen wird. Es wird Krieg geben. Die Nordstaatler werden darauf bestehen. Ich werde mich als Freiwilliger melden, vielleicht schon innerhalb einer Woche, und dann stecken wir drin bis zum Ende. Du hast bereits unter Beweis gestellt, daß du Newfields führen kannst, solange die Sklaven diesen Krieg nicht als eine Gelegenheit betrachten zu rebellieren. Zu gegebener Zeit werden auch Noah und Paul die Uniform anziehen, was bedeutet, daß du und Grace – sie wird alt genug sein zum Helfen – unser kleines Reich zusammenhalten müßt. Und wenn der Krieg zu Ende ist, werden wir uns in Frieden wieder versammeln und unser Bestes tun, um die Zeit, die wir verloren haben, wiederzugewinnen.« Nach einem Moment des Schweigens sagte er: »Die Felder müssen von Gestrüpp freigehalten werden. Es macht sich unmerklich breit, wenn man es eine Weile unbeachtet läßt, mußt du wissen.«

Der Krieg kam, wie Jubal Clay es vorausgesehen hatte, aber zu seiner Überraschung wurde er nicht durch irgendeinen anmaßenden Akt des Nordens ausgelöst, sondern von Hitzköpfen aus den eigenen Reihen, die ein Fort der Vereinigten Staaten in Charleston, South Carolina, beschossen. Von dem Moment an gab es zwei Flaggen, die »Stars and Bars« und die »Stars and Stripes«; zwei Namen: die Konföderation und die Union; und zwei Gruppen von Kämpfern: »Johnny Reb« und »Yank«.

Wie erwartet meldete sich Jubal Clay zum Dienst als Major im Dritten Virginia und wurde rasch das, was ich in meinen Kriegen einen Etappen-Oberst genannt habe. In den Anfangsjahren des Krieges schien er ohne Unterlaß zu kämpfen, doch da der größte Teil der Kämpfe im sogenannten Halbinsel-Feldzug stattfand, war er oft in Kämpfe zur Verteidigung Richmonds verwikkelt, so daß er sich auf vertrautem Terrain in Gebieten wie Mechanicsville und Gaines' Mill befand. Das bedeutete, daß er es manchmal einrichten konnte, sich nach Hause zu stehlen, um Zephania und die Kinder zu besuchen. Bei solchen Besuchen sagte er wiederholt: »Dies wird ein langer Krieg werden. Wir sind zahlenmäßig weit unterlegen, aber einer von unseren jagderprobten und im Schießen ausgebildeten Kämpfern wiegt sechs von ihren unerfahrenen, direkt aus irgendeiner überfüllten Stadt an die Front eingezogenen Rekruten auf, so daß wir am Ende durchaus eine Siegeschance haben.«

Wie er es vorausgeahnt hatte, wurden gegen Ende des zweiten Kriegsjahres seine beiden Söhne zum Dienst einberufen. In einem unbedeutenden Scharmützel am Rande des großen Sieges der Konföderierten bei Chancellorsville, von dem der offizielle Bericht sagte: »Wir schlugen die Unionstruppen zurück und erlitten selbst nur geringe Verluste«, hatten die Clays gleichwohl einen Verlust zu beklagen, der für sie alles andere als gering war: ihren Sohn Noah. Bei einem anderen Sieg der Konföderierten, über den der kommandierende General sagte: »Unsere Verluste bewegten sich in annehmbarem Rahmen«, zählte der jüngere der beiden Clay-Söhne, Paul, zu den Gefallenen.

Von diesem Moment an bestand Jubals Aufgabe, wenn er sich wieder einmal für ein paar Tage zur Plantage davonstahl, vornehmlich darin, Zephania über den Verlust ihrer Söhne hinwegzutrösten, aber sie wollte nur über die Probleme auf der Plantage reden. »Die Kriegsschiffe der Nordstaatler riegeln unsere Häfen so scharf ab, daß keine Baumwolle nach Europa verschifft werden kann. Die Sklaven laufen weg und schließen sich der Nordstaatenarmee an. Grace' Schule ist geschlossen worden.« Nie wollte sie von ihren gefallenen Söhnen sprechen, und der liebevolle Umgang, der immer zwischen Clay und seiner Frau bestanden hatte, starb mit dem Krieg mehr und mehr ab.

Anfang Mai 1864 wurde klar, daß Schlächter Grant, wie viele Konföderierte ihn nannten, vorhatte, sich vom Potomac südlich von Washington aus seinen Weg mit der schieren Stoßkraft seiner zahlenmäßigen Übermacht geradewegs nach Süden durch die Halbinsel zu bahnen, die Flüsse Pamunkey und Chickahominy zu überqueren und die Konföderation durch die Einnahme von Richmond direkt in ihrem Lebensnerv zu treffen. Wenn er dieser Route folgte, würden seine Truppen dicht an der Clay-Plantage vorbeikommen, aber dann, was noch wichtiger war, würden sie versuchen, die Wildnis zu durchdringen. Als Clay das hörte und sich die undurchdringliche Wildnis, wie er sie kannte, vor Augen führte, schrie er: »Das wäre Wahnsinn! Es ist unmöglich, da mit einer Armee durchzumarschieren! Das würden die Pfadfinder nicht schaffen!«

Doch als er versuchte, den Befehlshabern der Konföderierten zu versichern, daß sie Grants Absichten mißdeutet haben mußten, erwiderten sie bloß: »Vielleicht haben wir das, aber bitteschön, da kommt er anmarschiert, geradewegs auf die Wildnis zu.« Und als sie ihm ihre Karten zeigten, verstand er ihre nächsten Befehle: »Sie kennen die Gegend, Colonel Clay. Nehmen Sie alle Ihre Leute, besorgen Sie sich die besten Pioniere, die Sie kriegen können, holen Sie sich die Hinterwäldler zur Verstärkung und machen Sie diesen lebenswichtigen Kreuzweg zu einem unüberwindlichen Bollwerk.« Und ein langer Zeigefinger tippte auf eine Stelle, die Clay gut kannte, denn sie war nicht einmal acht Meilen von seinem Haus entfernt: die unbedeutende Binnenland-Siedlung mit dem eigenartigen Namen Cold Harbor, die, nur zehn Meilen von Richmond entfernt, den Zugang zur Hauptstadt bewachte.

Clay und ein Kader von Offizieren, die als Knaben und junge Männer in der Wildnis gejagt hatten, borgten sich von anderen Einheiten Soldaten zusammen, die die Gegend kannten, und die wiederum hoben fünfzig- und sechzigjährige Holzfäller aus, die mithelfen sollten, um Cold Harbor herum ein Netz von Verteidigungswerken zu errichten, die nur durchbrochen werden konnte, wenn die Unionstruppen ihre toten Kameraden buchstäblich zu Leichenbergen aufschichteten und über sie hinwegmarschierten. Und selbst wenn ihnen das gelang, würden die Angreifer, die dann noch am Leben waren, sich mühsam im Kampf Mann gegen Mann von unten nach oben vorwärtskämpfen müssen – gegen Tausende von Konföderierten, die mit den Waffen ausgerüstet waren, die sie am besten kannten: Büchsen, Pistolen und Langmessern. Wenn Grant Cold Harbor attakkierte, würde er seine Leute in den sicheren Tod schicken.

Aber diese Sicherheitsvorkehrungen reichten Clay immer noch nicht aus, und nachdem er sich überzeugt hatte, daß seine Bodenbefestigungen wirklich unüberwindbar waren, brachte er so viele Kanonen in Stellung, wie er auftreiben konnte, und plazierte sie so, daß jede von ihnen einen unterschiedlichen Abschnitt der Aufmarschfläche vor der letzten Schützengrabenlinie abdeckte. Kein Bundessoldat würde sich Cold Harbor nähern können, ohne sich Geschützfeuer aus mindestens drei verschiedenen Winkeln ausgesetzt zu sehen, und die Kanonen würden Granaten abfeuern, die mit einer todbringenden Mischung aus rostigen Bolzen, Eisenstücken, Kettenstücken, Schrotkugeln und sogar Glasscherben gefüllt waren.

Wenn ich sage »unüberwindbar«, dann meine ich damit nicht diese mechanischen Schreckensdinge. Ich meine damit, daß die

Holzfäller aus der Wildnis ohne Befehl von Clay das gesamte Areal, das die Nordstaatler durchqueren mußten, in eine natürliche Todesfalle verwandelt hatten, einen Abatis, ein französisches Wort, das mein Großvater nicht kannte – und ich auch nicht, als ich es zum erstenmal hörte. Ein Abatis, einst ersonnen von europäischen Bauern als Waffe gegen die Reiterei der Adeligen, war eine Baumsperre aus vorwärts gebogenen, unter Spannung stehenden Schößlingen mit dolchartigen Spitzen, welche einen Mann oder auch die Hufe eines Pferdes glatt durchbohren konnten.

Am Abend des 2. Juni 1864, einem Donnerstag, stellte Colonel Clay bei der Inspektion der Verteidigungsanlagen, für die er verantwortlich gewesen war, mit grimmiger Befriedigung fest, daß alles für den Ansturm der Nordstaatler gerüstet war. Da waren die neun Kanonen zum Bestreichen des Aufmarschgeländes, jede so ausgerichtet, daß sich ihr Schußfeld mit denen der anderen Geschütze überlappte. Da waren die Gewehrschützen mit ihrem tödlichen Feuer. Vor ihnen war ein breiter Streifen mit im Boden vergrabenen Bomben, die explodieren würden, wenn jemand darauf trat, und davor war der Abatis mit seinen Hunderten von dolchscharfen Dornen, die auf die Bäuche der Angreifer gerichtet waren. Und dahinter, nördlich an die Route grenzend, welche die Yankees nehmen mußten, wenn sie nach Richmond marschieren wollten, lauerte dräuend die Wildnis selbst – mit ihren Sümpfen, ihrem Schlamm, ihrem undurchdringlichen Dikkicht, ihren ansteckenden Krankheiten, ihrer drückenden Junihitze, ihren Irrwegen, die zu sich selbst zurückführten. Und der Auftrag, den General Grant seinen Leuten stellte, war klar und unmißverständlich und hatte den folgenden Wortlaut: »Um 4.30 Uhr morgens am Freitag, dem 3. Juni dieses Jahres, werden Sie die Abwehrstellungen bei Cold Harbor im Sturmangriff nehmen und den Weg für den ungehinderten Durchmarsch unserer Truppen nach Richmond freimachen.«

Im Hauptquartier der Konföderierten in einem Farmhaus hinter der Kreuzung sagte Colonel Clay, als er sich um drei Uhr am Morgen des 3. Juni zu einer kurzen Nachtruhe hinlegte: »Nicht einmal Schlächter Grant würde einen Frontalangriff gegen das wagen, was wir hier haben. Ich hoffe nur inständig, daß unsere Flanken gerüstet sind, denn ich bin sicher, daß er beabsichtigt, von rechts gegen uns vorzustoßen, um unsere Truppen dort zu binden, und dann auf das wegsamere Gelände zu unserer Linken hinüberzuschwenken.« Als er dies sagte, blickte er nach Osten, nach dort, wohin, wie er glaubte, Grant schwenken würde, und sandte ein kurzes Stoßgebet zum Himmel: »Lieber Gott, beschütze unsere Männer dort drüben! Sie haben vielleicht einen schweren Tag vor sich.« Er hatte das letzte Wort noch nicht ganz ausgesprochen, als Hinterwäldler, die sich in der Wildnis als Späher versteckt gehalten hatten, über einen verborgenen Pfad, den sie eigens zu diesem Zweck bewahrt hatten, nach Cold Harbor hereingestürmt kamen: »Mein Gott! Sie marschieren geradewegs auf uns zu!« Und als Clay auf einen Baum kletterte, um festzustellen, ob das wirklich stimmte, sah er zu seinem Entsetzen, daß Grants Truppen in Schlachtformation direkt gegen den Abatis und das Sperrfeuer aus den neun großen Kanonen vorrückten.

In den ersten acht Minuten jenes Junimorgens starben dreitausend Yankees. Während der nächsten halben Stunde, als die zweite Welle über die Leichen der Gefallenen vorwärtsdrängte, starben weitere fünftausend, und noch immer war auf Seiten von Colonel Clays Konföderierten nicht ein einziger Toter zu beklagen. Vier Stunden später, um neun Uhr morgens, gab Schlächter Grant neue Befehle: »Angriff auf breiter Front fortsetzen«, aber als dieser irrwitzige Befehl die Linienkommandeure erreichte, weigerten sie sich, ihn auszuführen, auch auf die Gefahr hin, schwerste persönliche Bestrafungen erleiden zu müssen.

Clay, der nicht mehr als hundert Meter von den Linien der Yankees entfernt war, hörte, wie ein enthusiastischer Yankee das Trompetensignal zum Sturmangriff direkt ins tödliche Feuer der Konföderierten blies. »Lieber Gott!« schrie Clay. »Laß es nicht zu!« Und als keine Yankees ihre hastig ausgehobenen Gräben verließen, weinte er.

Es wird allgemein gesagt, daß eine der besten Schilderungen der Schlacht von Cold Harbor die ist, die mein Vater schrieb, als er nach Richmond zurückbeordert wurde, um für seine großartige Verteidigung von Cold Harbor ausgezeichnet zu werden, und ich kann nichts Besseres tun, als sie hier wortwörtlich wiederzugeben:

Richmond, den 19. Juni 1864

Meine liebste Zeph!

Ich kann noch immer kaum glauben, daß die grauenhaften Ereignisse der letzten paar Tage nur ein paar Meilen von dem Ort entfernt stattfanden, wo Du und Grace zur selben Zeit friedlich eurem Tagwerk nachgingt. Wenn mir die Hand beim Schreiben zittert, dann deshalb, weil ich seit sechs Tagen nicht mehr richtig geschlafen und mich seit fünf Tagen nicht mehr gewaschen habe. Wenn Dich dieser Brief erreicht, wirst Du bereits wissen, daß wir dem Feind eine vernichtende Niederlage beigebracht haben. Schlächter Grant, der prahlerisch verkündete, er werde uns aufs Haupt schlagen, wurde unter solch niederschmetternden Verlusten zurückgeworfen, daß selbst ein so barbarisches und grausames Hirn wie das seine zur Besinnung kommen muß.

Als sich abzuzeichnen begann, daß es möglicherweise zu einer bedeutenden Schlacht an dem so unbedeutenden Kreuzweg kommen würde, den Du so gut kennst, Cold Harbor in der Wildnis, da übertrug mir General Lee die Aufgabe, unsere Batterien so in Stellung zu bringen, daß sie den Aufmarschbereich des Feindes voll mit mörderischem Kreuzfeuer bestreichen konnten, und zu diesem Zweck nahm ich mir die Männer aus Alabama und Colonel Butlers Virginia-Schützen und …

Im folgenden berichtete Clay seiner Frau über die Maßnahmen, die er zur Verteidigung der konföderierten Stellungen ergriffen hatte, und von dem ungeheuren Blutzoll, den sie gefordert hatten. Was indes die Aufmerksamkeit von Historikern und Biographen weckte, war das, was Großvater in seinen darauffolgenden Abschnitten berichtete:

Da der Angriff der Unionstruppen um 4.30 Uhr begann und lediglich eine halbe Stunde dauerte, ist klar, daß die Vernichtung der feindlichen Truppen kurz vor Sonnenaufgang stattfand, was insofern ein günstiger Umstand war, als es den Befehlshabern der Unionstruppen gestatten würde, um eine Kampfpause zu bitten, während der sie die Möglichkeit haben würden, ihre Gräben zu verlassen, heraus auf das Schlachtfeld zu kommen und ihre Toten und Verletzten wegzutragen, von denen nicht weniger als tausend – mein Adjutant meinte sogar, eher zweitausend – in unserem Schußfeld lagen. Wenn man sie dort liegen ließ, in der glühenden, sengenden Sonne, die jeden Moment aufgehen würde, dann würden ihre Schmerzen rasch unerträglich werden.

Ich befahl deshalb meinen Männern: »Nicht schießen, wenn die Rettungsmannschaften erscheinen!«, und sie waren mehr als bereit zu gehorchen, weil das Gemetzel, das sie auf Kernschußweite angerichtet hatten, unter den Umständen zulässig war, und damit will ich sagen, daß ich einer Meinung war mit einem meiner Männer, der sagte: »Wenn sie dumm genug waren, direkt in unseren Kugelhagel zu marschieren, ohne eine Chance zu haben zurückzufeuern, dann haben sie es verdient zu sterben«, aber keiner auf unserer Seite wollte dieses entsetzliche Massaker fortsetzen. Also warteten wir, daß die Bahrenträger der Yankees auftauchten und ihre Verwundeten bargen. Aber es kamen keine.

Als es zehn Uhr wurde, brannte die Sonne bereits mit solcher Heftigkeit herunter, daß die Verletzten begannen, nach Wasser zu rufen und nach Medizin und Sanitätern, aber noch immer zeigte sich niemand. Als es gegen Mittag ging, wurde die Hitze schier unerträglich, selbst für uns, die wir Schutz suchen konnten, und Du mußt dir vorstellen, Zeph, daß die Verwundeten zwischen den Linien so dicht vor unseren Linien lagen, daß ich unterscheiden konnte, ob ein Gefallener, der keine Mütze aufhatte, blondes oder braunes Haar besaß, und hätte ich ihre Namen gekannt, ich hätte ihnen zurufen können. Doch sie waren es, die mir zuriefen: »Bitte! Wasser! So helft uns doch!« Aber ich konnte nichts tun.

Ich muß Dir erklären, wieso ich außerstande war, diesen armen Teufeln zu helfen. Die Schlacht war noch immer im Gange. Kein Yankee-General hatte um einen Waffenstillstand nachgesucht, noch war damit zu rechnen, daß dies geschah, weil das gleichbedeutend mit dem Eingeständnis der Niederlage gewesen wäre, und dazu konnte sich Grant nicht durchringen. Erst als die Sonne unterging an diesem Freitag dem Dritten, einem Datum, das uns immer an unseren großen Sieg erinnern wird, fanden die Verwundeten draußen auf dem Feld zwischen den Linien endlich ein wenig Linderung von der mörderischen Hitze. Doch nun, in der Kühle des Abends, da sie Zeit hatten nachzudenken, wurde ihnen die Schrecklichkeit ihrer Lage bewußt. Sie würden dazu verdammt sein, die Nacht auf dem nackten Erdboden zu verbringen, der allmählich kalt wurde und klamm, also begannen sie sowohl ihre Kameraden auf der Ostseite als auch ihre Feinde auf der Westseite anzuflehen: »Wasser! Um Gottes willen, gebt uns Wasser!« Und die ganze Nacht lang hörten wir ihre herzzerreißenden Schreie nach Erbarmen, und konnten doch nichts tun, um ihnen zu helfen.

Zeph, mir kommen die Tränen, wenn ich daran zurückdenke, und ich bin außerstande, Dir die Grauen dieser drei Tage – Samstag, Sonntag, Montag – zu beschreiben – die Sonne, die von Tag zu Tag mörderischer herunterbrannte, der Boden, der von Nacht zu Nacht kälter wurde, das unaufhörliche Schreien und Stöhnen der Unionssoldaten, ihr verzweifeltes Flehen um Hilfe. Einer meiner Leute, ein Bauernjunge aus dem nahen Frederick, war so aufgewühlt von den Schreien – Du mußt Dir vorstellen, Zeph, sie waren nicht weiter als zehn oder fünfzehn Meter von uns entfernt –, daß er meine Befehle mißachtete und mit einem Eimer Wasser hinaus auf das Feld ging, doch sofort eröffneten die Scharfschützen der Unionstruppen das Feuer auf ihn. Ich glaube, sie schossen absichtlich daneben, denn er robbte unversehrt zurück zu unseren Linien. Danach schossen unsere Männer auf sie, wenn sie versuchten, auf das Feld zu gelangen. Und immer noch weigerte sich Grant, um eine Waffenpause zu bitten.

Am Montagabend, als die Schreie unerträglich wurden, hörten wir vereinzelte Gewehrschüsse, und als ich mit einer Lampe in die Richtung leuchtete, aus der die Schüsse kamen, sah ich einen Unionssoldaten, der von einem Gefallenen zum nächsten kroch und den Männern den Gnadenschuß gab, deren Wunden zu schwären begannen und deren Bäuche grotesk aufgebläht waren. Indem ich das Licht meiner Lampe auf ihn warf, tat ich etwas Schreckliches; denn als einer meiner Männer sah, was er da tat, seine eigenen Kameraden erschießen, nahm er seine Waffe und erschoß den Samariter … Der Gedanke daran wühlt mich so auf, daß ich außerstande bin, weiterzuschreiben.

Am Dienstagmorgen, das Grauen dauerte nun schon vier Tage, bequemte sich Grant endlich dazu, sich an die Schlachtregeln zu halten und um einen Waffenstillstand zu ersuchen, doch selbst da hielt er uns noch eine Weile hin, und es sollte bis zum Mittag dauern, ehe endlich die weiße Fahne hochgezogen wurde und die Sanitäter aus den Schützengräben kamen, um die wenigen zu bergen, die noch am Leben waren. Ich schätze, daß Grants Sturheit in dieser Angelegenheit die Unionstruppen noch einmal neunhundert Tote gekostet hat. Und ich hoffe, es existiert eine spezielle Hölle für diesen Mann, eine mit großer Hitze und ohne Wasser.

In Liebe
Dein Jubal

Der Name »Jubal« am Ende des Briefes, den ich gerade zitiert habe, bereitete den Weg für ein erstaunliches Zusammentreffen, das Jahre später für das vielleicht dramatischste Ereignis im Leben meines Großvaters verantwortlich sein sollte. Der kommandierende General der Konföderierten, der in dieser grausamen Schlacht den linken Flügel von General Lees Armee befehligte, war Jubal Early, ein bärbeißiger achtundvierzig Jahre alter Berufssoldat aus Virginia. Als tüchtiger und erfahrener Kavallerist, ein Veteran vieler Schlachten, die meisten davon siegreich, hatte er die glänzende Leistung seines Vornamensvetters Jubal Clay in Cold Harbor mit Wohlgefallen beobachtet, und nach der Schlacht suchte er den jüngeren Mann auf, der stolz darauf war, die Aufmerksamkeit eines solch kampferprobten Haudegens auf sich gelenkt zu haben.

»Es heißt, daß ich demnächst ein Unternehmen von einiger Bedeutung durchführen soll«, sagte General Early, als er vor Clays vorübergehendem Hauptquartier absaß, »und ich würde mich sicherer fühlen, wenn ich als einen meiner Adjutanten einen Mann wie Sie haben könnte.« Bevor Clay antworten konnte, fügte Early hinzu: »Sie haben doch diese große Plantage da draußen, da nehme ich doch an, daß Sie reiten können.«

»Ja, Sir.«

»Würde es Ihnen gefallen, wenn ich General Lee bitten würde, Sie meinem Kommando zu unterstellen?«

»Jeder Mann aus Virginia wäre stolz darauf, mit Ihnen reiten zu dürfen, Sir – ich ganz besonders. Ich habe noch ein paar Hühnchen mit Schlächter Grant zu rupfen.«

»Sie sind genau der Mann, den ich brauche«, sagte der General, und so wurde denn Jubal Clay auf diese informelle Weise zu Jubal Early abkommandiert. Zusammen machten sie sich zu einem der großen Abenteuer des Bürgerkriegs auf – nichts Geringerem als dem Versuch, in das tief im Westen gelegene Shenandoah-Tal zu marschieren, diesen natürlichen Überlandweg hinaufzugaloppieren bis kurz vor der pennsylvanischen Grenze, Harper's Ferry einzunehmen und dann scharf nach Südosten zu schwenken in dem tollkühnen Versuch, Washington selbst einzunehmen. Sieben Tage, nachdem General Grant sich mit eingekniffenem Schwanz von Cold Harbor zurückgezogen hatte, ritt Clay mit General Early nach Norden, um in einen Zug zu steigen, der sie zu einem Paß durch die niedrigen Berge von Virginia bringen würde. Dort würden sie aussteigen, durch die Hügel reiten und das Shenandoah-Tal erreichen, wo große Kavallerieeinheiten der Konföderierten darauf warteten, zu ihrem wagemutigen Vorstoß nach Norden aufzubrechen.

Und dann kamen glorreiche Tage! Auf den Spuren des großen Stonewall Jackson, der im Jahre 1862 in diesem Tal herumgefegt war und die Unionstruppen, die ausgeschickt worden waren, ihn zu vernichten, eine nach der anderen besiegt hatte, marschierten Earlys Mannen an einem sonnigen Nachmittag in majestätischem Stil in Winchester, der Hauptstadt des Shenandoah-Tals, ein, bejubelt von der gesamten Bevölkerung. Vorneweg, an der Spitze der wohlausgerichteten Reihen der Kavalle-rie – »schöne Männer in schönen Uniformen auf schönen Pferden«, wie ein Zeitungsredakteur schrieb – ritt General Early auf seinem Schimmel und in seiner prachtvollen Uniform, die im ganzen Süden berühmt war: ein riesiger weißer Filzhut, geschmückt mit einer langen schneeweißen Truthahnfeder, ein weißer Mantel aus einem schweren importierten Stoff, der ihm bis zu den Knöcheln reichte, auf Hochglanz gewienerte Stiefel und eine schmucke graue Uniform, die mit Orden dekoriert war.

Seine Fußsoldaten waren vorzeigbar, denn wenngleich ihre Uniformen auch unscheinbar und hier und da auch geflickt waren, so waren sie doch sauber, frisch gewaschen von den Frauen, die solch großen Truppenbewegungen zu folgen pflegten. Doch als sie vorübermarschierten, sahen die Einwohner von Winchester zu ihrer Bestürzung, daß viele der Soldaten Knaben waren, manche kaum älter als fünfzehn, und daß eine erschreckende Anzahl von ihnen barfuß war. General Earlys Streitmacht machte einen solch überwältigenden Eindruck auf die Zuschauer, daß eine Zeitung schrieb: »Diese Armee könnte stolz durch die zwölf Himmelstore marschieren oder die Pforten der Hölle stürmen.« Doch als die Truppen bei Sonnenuntergang biwakierten, kamen Frauen aus Winchester und brachten Schuhe von ihren Männern und Söhnen.

Nördlich von Winchester bekam Colonel Clay den Auftrag, mit einem Arbeitstrupp die Gleise und Brücken der Baltimore &

Ohio Railroad zu sprengen, einer Eisenbahnlinie, die so nützlich für die Unionstruppen war, daß sie im Volksmund »Grants Kavallerie« genannt wurde. Unter Jubelrufen und gegenseitigem Auf-den-Rücken-Klopfen schauten die Konföderierten zu, wie eine Brücke der verhaßten Linie nach der andern sich unter der Wucht der Explosion aufbäumte und dann in Trümmer fiel.

Als die Männer über den Boden stapften, über den schon Stonewall Jacksons Männer marschiert waren, aus jedem denkwürdigen Schritt, den sie taten, neue Lebenskraft schöpfend, taten sie noch weit mehr. Sie marschierten weiter nach Norden, an Washington vorbei, nahmen Harper's Ferry und schwenkten dann nach Osten, um gegen den Nordstaatengeneral Lew Wallace zu kämpfen, den sie gründlich aufs Haupt schlugen. Am 10. Juli, einen Monat nach Cold Harbor, drangen die beiden Jubals, siegreich in fast zwei Dutzend Schlachten und Scharmützeln, tatsächlich nach Washington selbst ein. Zugegeben, es war ein Eindringen durch die Hintertür gewesen, die äußerste nordöstliche Ecke der Stadt, aber sie hatten damit gleichsam einen Fuß in der Tür der Union, und Clay ging in jener Nacht in dem Glauben schlafen, daß sie, wenn sie wieder aus der Stadt marschierten, Abraham Lincoln als Gefangenen mitnehmen würden und daß der Krieg dann zu Ende wäre. Die Vision war gar nicht mal so abwegig, denn am Nachmittag, als Clay seine Scharfschützen angewiesen hatte, Unionstruppen, die ein Fort in der Nähe der konföderierten Linien bemannten, unter Feuer zu nehmen, hatten seine Leute ihre Aufmerksamkeit und ihre Visiere auf die Unionssoldaten konzentriert und den großgewachsenen Zivilisten, der bei ihnen stand, ignoriert. Der Zivilist war kein anderer als Präsident Lincoln gewesen, der gekommen war, um sich persönlich ein Bild davon zu machen, ob seine Truppen in der Lage waren, den kühnen Vorstoß von General Early aufzuhalten. Clay und Lincoln waren nicht mehr als dreißig Meter voneinander entfernt gewesen.

Aber die Unionsgeneräle reagierten zu rasch und warfen zur Verteidigung Washingtons zu viele frische Truppen ins Gefecht, als daß Jubal Early auch nur den Hauch einer Chance gehabt hätte, die Stadt tatsächlich zu erobern. Er mußte den Rückzug antreten, wollte er nicht Gefahr laufen, seine Kavallerie zu verlieren, und aus dem ersten Lager auf dem Rückzug schrieb Clay seiner Frau:

Liebste Zeph!

Wir hatten bis jetzt eine ununterbrochene Siegesserie. Du wärst stolz auf mich gewesen, hättest Du mich zu Pferde neben General Early reiten sehen. Wir drangen bis nach Washington vor und jagten der Unionsregierung einen gehörigen Schrecken ein, und dann führte ich eine Exkursion nach Pennsylvanien an, wo ich die bedeutende Stadt Chambersburg verheerte. Ich forderte sie auf, Wiedergutmachung dafür zu zahlen, daß sie die Häuser von friedlichen Bürgern angezündet hatten, die zu unserer Seite gehalten hatten. Ich verlangte $ 25 000 von ihnen, und als sie sich frech weigerten zu zahlen, brannte ich die Stadt nieder.

Seine Frau sollte diesen Brief niemals erhalten, denn als er sein Kommando in Cold Harbor verließ, um mit General Early zu reiten, machte unter den Unionssoldaten das Wort die Runde: »Clay war der Verantwortliche für diese Splittergranaten und die spitzen Pfähle, von denen so viele unserer Kameraden aufgespießt wurden.« Und sie sagten auch: »Und wer schoß auf uns, als wir versuchten, unsere sterbenden Kameraden zu retten? Clay.« Als sie sich von dem Feld, auf dem sie in so wenigen Minuten so viele der Ihren verloren hatten, zurückzogen, packte sie eine ungeheure Wut, und als irgend jemand herausbekam, daß Clay der Besitzer der Plantage war, durch die sie gerade kamen, brachen einige Soldaten wutentbrannt aus ihren Reihen aus, die Befehle ihrer eigenen Offiziere mißachtend, und setzten sie in Brand.

Zephania und ihre vierzehnjährige Tochter waren im Hause, als die Unionssoldaten durch die Fenster feuerten. Das Mädchen rannte aus dem Haus, als die ersten Flammen züngelten, aber ihre Mutter blieb zurück, um kostbare Gegenstände zu bergen, deren Verlust sie nicht hätte verwinden können. In ihrer Verwirrung versuchte sie sogar, das Klavier hinauszuschieben, um es vor den sich rasch ausbreitenden Flammen zu retten, und als sie sich denn schließlich doch entschloß, das Haus zu verlassen, versperrte eben dieses Klavier ihr den Fluchtweg, und sie kam in den Flammen um.

Da ihr Ehemann sich zu der Zeit auf dem hastigen Rückzug von Washington befand, erreichte ihn keine Post mit Neuigkeiten aus der Heimat. Der Grund für diese Hast war die Ankunft eines brillanten jungen Unionskommandeurs namens Phil Sheridan im Shenandoah-Tal. Sein Aufstieg vom Freiwilligen zum General war spektakulär gewesen, und sein großes Glück in der Schlacht war sprichwörtlich. Eine seiner ersten Aktionen im Tal bestand darin, Earlys Armee in Winchester in die Enge zu treiben, der Stadt, die die Konföderierten erst wenige Wochen zuvor unter großem Jubel willkommen geheißen hatte. Zu der Zeit war Early noch auf dem Weg nach Norden gewesen, von Sieg zu Sieg eilend; jetzt befand er sich auf dem Rückzug, verzweifelt bemüht, das Leben seiner Armee und sein eigenes zu retten.

Sheridan erwies sich als gnadenlos, ein zu allem entschlossener, verbissener Killer, und als die erbittert geführte Schlacht zu Ende war, hatte Early vierzig Prozent seiner Armee verloren. Auch die Union hatte schwere Verluste hinnehmen müssen, aber da war halt dieser eine, ausschlaggebende Unterschied: Die Nordstaaten konnten auf ein gleichsam unerschöpfliches Reservoir von frischen Rekruten zurückgreifen; der Süden war ausgeblutet. Und während die Truppen der Yankees in nagelneuen Schuhen marschierten, die eigens für den militärischen Gebrauch entworfen worden waren, marschierten die meisten von Jubal Earlys fünfzehn- und sechzehnjährigen Soldaten barfuß.

Es kam, wie es kommen mußte: Eine vernichtende Niederlage reihte sich an die nächste, und Phil Sheridan überlistete Early ein ums andere Mal. Der Rückzug endete eines Nachts, als die beiden Jubals im verlassenen Schulhaus eines kleinen Dorfes zusammenhockten, ihre kargen, ungekochten Rationen verzehrten und über die trostlose Lage ihrer geliebten Konföderation nachsannen.

Der General sagte: »Wir können immer noch siegen. Wenn es uns gelingt, uns mit unseren Truppen nach Süden durchzuschlagen, um Lee bei der Verteidigung Richmonds zu helfen, können wir Grant ermüden.«

Und Clay, dessen Haß auf Grant mit jeder verlorenen Schlacht größer wurde, schrie: »Gibt es denn keine Möglichkeit, wie wir ihn direkt angreifen können?«

Und Early sagte grimmig: »Wenn wir ihn dazu bringen können, daß er uns angreift, wie wir es in Cold Harbor gemacht haben, dann können wir ihn zermürben.« Er ballte die Fäuste und wiederholte: »Ihn zermürben! Ihn zermürben!« Aber beide Männer wußten nur zu gut, daß ihre Armeen es waren, die zermürbt wurden, doch keiner von beiden wollte es eingestehen.

Wie sie so da saßen in fast völliger Dunkelheit, kam ein Soldat und brachte einen Packen Post, und als Clay ihn sortierte, stellte er zu seiner Überraschung fest, daß Zephania ihm nicht geschrieben hatte. Doch einer der anderen Briefe, geschrieben von einem Nachbarn und an ihn adressiert, lieferte die Erklärung: »Es ist meine traurige Pflicht, Ihnen mitzuteilen, daß Abtrünnige der Unionstruppen Newfields in Schutt und Asche gelegt haben. Zephania kam in der Feuersbrunst ums Leben, nicht jedoch Ihre Tochter Grace, die sich wohlbehalten in unserer Obhut befindet.«

Wie betäubt reichte er den Brief an den General weiter, der ihn schweigend las. Early war nie verheiratet gewesen und glaubte, daß Männer am besten kämpften, wenn sie unbelastet von Sorgen um Frauen und Kinder waren. Wiederholt hatte er seinen Offizieren die Genehmigung verweigert, ihre Einheit zu verlassen, um zu heiraten. »Das könnt ihr machen, wenn der Friede kommt und eure Frauen bei euch bleiben können«, pflegte er sie in solchen Fällen zu bescheiden. Doch aus Rücksicht auf Clays Gefühle äußerte er diese seine Meinung jetzt nicht.

»Ich habe alles verloren«, sagte Clay mehr zu sich selbst als zu Early. »Meine Söhne, meine Frau, meine Plantage.« Ein solch niederschmetternder Verlust war einfach zuviel für ihn. »O Gott!« schluchzte er und schlug sich mit beiden Fäusten gegen die Stirn. »Das ist so ungerecht! Wo ist der Sinn in einer solchen Anhäufung von Schmerz und Leid?«

Es war diese Überzeugung, daß ein unvernünftiger Gott ihn zu schwer bestraft hatte, die Jubal Clay in eine enge Freundschaft mit General Jubal Early trieb, als dieser auf ähnliche Weise niedergeschmettert wurde von einem Brief von General Robert E. Lee, in dem dieser ihm mitteilte, daß er ihn des Kommandos über seine Armee entheben und an seiner Statt einen anderen, untergeordneten Offizier einsetzen werde. Der Brief, datiert vom 30. März 1865, als die Welt bereits am Auseinanderfallen war, enthielt Formulierungen, die den in Ehren ergrauten Haudegen tief in seiner Ehre kränkten.

> Ich erachte einen Wechsel des Kommandos in Ihrem Armeekorps für notwendig … Ihre Niederlagen im Shenandoah-Tal haben, wie ich fürchte, Ihr Ansehen sowohl bei der Bevölkerung als auch bei den Soldaten geschmälert … Ich konnte und mochte mich nicht länger vor der allgemein vorherrschenden Stimmung verschließen … Ich muß einen Kommandeur finden, dem zuzutrauen ist, daß er den Soldaten neues Selbstvertrauen einflößt …, danke Ihnen noch einmal für den Mut und die Treue, die Sie stets bewiesen haben, und verbleibe Ihr gehorsamer Diener
>
> R. E. Lee, General

Vereint durch seinen Haß auf General Grant und die grimmige Entschlossenheit, die Nordstaatentruppen im Staub kriechen zu sehen, taumelte das untröstliche Paar gen Richmond, um dem Feind ein letztes Mal die Stirn zu bieten. General Early, der nicht länger seinen schmucken weißen Hut mit der Truthahnfeder und seinen langen Mantel zur Schau trug, erhielt ein unbedeutendes Kommando, zu dem sich auch Clay meldete, um einem Mann nahe zu bleiben, den er zunehmend bewunderte. Jubal

Early war eine Kämpfernatur, ein Mann von Ehre, und daß er von seiner eigenen Regierung gedemütigt wurde, weil der Norden die Mittel besaß, ständig neue Horden frischer Truppen gegen ihn aufzubieten, war ungerecht und skandalös.

Aber Clay hing auch aus einem mehr persönlichen Grund an seinem General. Die Eckpfeiler seines Lebens waren zerstört: Er hatte seine geliebte Frau verloren, seine kräftigen Buben, sein Zuhause und nun auch noch die gerechte Sache, für die er gekämpft hatte. Alles hatte sich in Nichts aufgelöst, mit Ausnahme seiner Tochter, die wie er entwurzelt war, und er hatte nichts mehr als seine Ehre und seine Entschlossenheit, Jubal Early kämpfen zu helfen, irgendwo, irgendwie. Aber da baute er auf eine schwache Stütze, denn Early war ebenso allein und auf sich gestellt wie er selbst. Doch im Gegensatz zu ihm hielt der General nach wie vor in unerschütterlicher Treue zu ihrer Sache; denn als General Lee im April des Jahres 1865 im Gerichtsgebäude von Appomattox die Kapitulationsurkunde unterzeichnete, weigerten Early und Clay sich einzugestehen, daß der Krieg vorüber war. Das großzügige Straffreiheitsangebot, das der Norden den Offizieren der Konföderation machte, zurückweisend, verkündeten sie forsch und keck: »Wir befinden uns nach wie vor im Kriegszustand. Wir werden uns niemals Schlächter Grant ergeben«, und als sie sich weigerten, dem, was sie verächtlich die »Nordstaatenregierung« nannten, die Treue zu geloben, wurden sie zu Gejagten.

Verkleidet als arme Bauern, stahlen sie sich aus Virginia und wanderten, von der Wohltätigkeit von Südstaatenpatrioten lebend, auf Schleichpfaden nach Süden durch Nord- und Südcarolina und Georgia, und dann weiter nach Westen durch Alabama und Mississippi nach Louisiana, wo sie sich der Armee des Konföderiertengenerals Kirby Smith anschließen wollten, der immer noch kämpfte.

Doch als sie in den Staat kamen, hörten sie die traurige Nachricht: »Der General hat bis zuletzt ausgehalten. Doch als der Norden eine ganze Armee ausschickte, um ihn gefangenzunehmen, mußte er die Waffen strecken. Der Krieg ist vorüber, aber wir haben es ihnen ordentlich gegeben, nicht wahr?« Und Early grunzte: »Das haben wir.«

Als die Männer fragten: »Wo wollt ihr zwei Soldaten jetzt hin?« sagte Early: »Nach Texas. Die verstehen zu kämpfen da unten.« Doch die Männer von Louisiana sagten: »Da ist der Krieg auch vorbei. Er ist im ganzen Süden vorbei. Ihr solltet besser nach Hause gehen. Wo seid ihr denn zu Hause?«

»Wir haben kein Zuhause mehr«, erwiderte Early. »Unser Zuhause war mal Virginia, aber das gibt es nicht mehr«, und die beiden Jubals zogen weiter nach Texas.

Eines Abends, als sie am Brazos River kampierten, fragte ein einheimischer Doktor, der sich gerade eine von diesen neumodischen Kameras zugelegt hatte, ob er ein Bild von ihnen machen dürfe. »Sie sind Vertriebene aus der Konföderation, nicht wahr?« fragte er, und als Early erwiderte: »So könnte man es nennen«, ließ der Doktor sie vor einer Südstaateneiche posieren.

Die Aufnahme fand ihren Weg in die Sammlung einer historischen Gesellschaft in Texas, und als in den dreißiger Jahren dieses Jahrhunderts jemand die Photos, die in der Zwischenzeit an den Rändern braun geworden waren, durchsah, rief er aufgeregt: »Das muß Jubal Early sein! Er ist hier durchgekommen!« Und da stand der flüchtige Südstaatengeneral: fünfzig Jahre alt, bärtig, anstelle des breitkrempigen weißen Filzhutes mit der langen Feder eine Kappe auf dem allmählich licht werdenden Schädel, die Baumwollhose nach der Art der Mexikaner von einem Strick um die Hüften gehalten, Baumwollhemd, Leinentuch als Umhang, und in der rechten Hand ein langer weißer Stock, auf den er sich beim Gehen stützte, um seine von Rheuma geplagten Beine zu entlasten. Neben ihm, ähnlich gewandet, jedoch abzüglich des Leinentuchs und der kleinen Kappe, stand Jubal Clay, den Unterkiefer vorgereckt, als wolle er gerade zu General Grant sagen: »Komm du mir ja nicht zu nahe, Kerl!« Es ist das einzige Photo von den zwei Jubals während ihres selbstauferlegten Exils, und es hatte, wie aus Gerichtsdokumenten hervorgeht, unbeabsichtigte Folgen.

Der Doktor, stolz auf die feine Arbeit, die seine neue Kamera geleistet hatte, heftete das Photo an die Wand seines Wartezimmers, wo es von einem Mann mit einem scharfem Auge gesehen wurde: »Hallo! Das könnten die beiden Flüchtigen sein, nach denen dieser Nordstaatenoffizier sucht«, und als der Mann aus Vermont, der die Aufgabe hatte, das Bundesgesetz in den Staat Texas zu bringen – ein politischer Abenteurer, wenn Sie so wollen – das Photo von General Early sah, schrie er: »Das sind sie!« Darauf erpicht, die Belohnung zu kassieren, die auf die Ergreifung der Flüchtigen ausgesetzt worden war, meldete er die beiden dem Befehlshaber der Nordstaatentruppen, die diesen Teil von Texas besetzt hielten, und drängte ihn, sie gefangenzunehmen.

Die beiden Jubals wären auch gewiß geschnappt worden, hätte nicht ein Neger, der als Putzhilfe für die Soldaten arbeitete, den Befehl zufällig mitgehört. Er lief zum Hinterausgang hinaus und zu dem Schuppen, in dem die beiden sich versteckt hielten. Er wußte, daß sie Konföderierte waren, und da er vermutete, daß sie aus seinem Heimatstaat Virginia gekommen waren, wollte er nicht, daß die Nordstaatler sie gefangennahmen. »Am besten, ihr haut ganz schnell hier ab, sonst schnappen sie euch.« Als die Bundessoldaten in der Gegend eintrafen, wo das Photo gemacht worden war, waren die beiden Männer schon auf dem Weg zur Hafenstadt Galveston, wo sie einen Dampfer erwischten, der sie aus den Vereinigten Staaten zu den Bahamas, den Jungferninseln und schließlich nach Kuba schmuggelte, wo Early aufregende Neuigkeiten hörte: »Mexiko ist in Aufruhr. Kaiser Maximilian braucht alle Hilfe, die er kriegen kann. Ein ausgebildeter Soldat wie Sie, und dazu noch ein General, der käme ihm gerade recht.«

Early fällte eine spontane Entscheidung: »Clay, wir fahren nach Mexiko! Früher oder später werden die wieder Krieg gegen die Vereinigten Staaten führen, und dabei möchte ich ihnen helfen.« Mit dem Rest des Geldes, das freundliche Südstaatler ihm zugesteckt hatten, kaufte er sich einen großen, breitkrempigen Hut und ließ sich von einem Schneider eine Kopie seines knöchellangen weißen Mantels anfertigen. »Ich werde in Mexiko als echter General an Land gehen.« Aber es gelang ihm nicht, seinen Partner zum Mitkommen zu bewegen.

»Ich liebe Mexiko«, sagte Clay. »Ich betrachte es als ein Land mit glänzender Zukunft, aber ich habe eine Tochter irgendwo in der Gegend von Richmond, um die ich mich kümmern muß.«

Und so schieden die beiden Jubals in einem kubanischen Hafen voneinander, Reling an Reling auf zwei verschiedenen Schiffen stehend, der General mit Mexiko als Ziel, der Colonel auf dem Weg zurück in die Vereinigten Staaten, mit dem Risiko, dort festgenommen zu werden. Hinter ihnen lag ein langes gemeinsames Abenteuer in Südstaatenpatriotismus, und sie verabschiedeten sich voneinander in Würde und gegenseitiger Hochachtung.

Doch General Earlys Einladung an Clay, ihn nach Mexiko zu begleiten, hatte eine geradezu hypnotische Wirkung auf den Mann aus Virginia, und während er von Texas aus nach Norden schlich, stets auf der Hut, um der Gefangennahme zu entgehen, kam ihm immer häufiger die Vision von jener Silbermine in Toledo, und je einsamer er wurde, ein Flüchtling, der von allen Seiten gejagt wurde, desto mehr faszinierte ihn der Gedanke an die Mine: »Ein Mann könnte dort Zuflucht finden ...« Und: »Wenn ein Mann sich als Heimatloser wiederfindet, könnte er in einer Mine arbeiten und sich so ein neues Leben aufbauen.« Aber er unternahm nichts, um diesen Traum Wirklichkeit werden zu lassen, denn Virginia rief ihn mit aller Macht.

Clays Erlebnisse in seiner besiegten Südstaatenheimat waren nicht angenehm. Nachdem er in Savannah gelandet war, schlug er sich in diversen Verkleidungen durch Georgia und die Carolinas nach Virginia durch, an dessen Schwelle er bekümmert den Kopf senkte. Als einer, der offensichtlich ein Soldat gewesen war, welcher geholfen hatte, die Konföderation zu verteidigen, blieb er von Fragen verschont und erfuhr Hilfe von allen, denen er begegnete. Bald war er wieder in Cold Harbor, wo er das Schlachtfeld besichtigte, auf dem er einst eine so bedeutende Rolle gespielt hatte. Danach wanderte er nach Newfields, oder besser, dem, was von der Plantage übriggeblieben war, und dort überkam ihn der Kummer wie eine heftige Woge, und im Geiste sah er in den Trümmern Zephania, seine Frau, vor sich, wie sie ihren häuslichen Pflichten nachging, und er hörte die Jungen bei ihrem fröhlichen Spiel, und er sah seine Tochter mit ihrem Kinderschürzchen vor sich und die Haussklaven bei ihrer Arbeit. All das war zerstört, ein Leben, das unwiederbringlich verloren war. In diesem Moment tiefster Verzweiflung wurde Jubal Clay ein anderer Mensch. Er war nicht länger ein Südstaaten-Plantagenbesitzer, nicht länger ein Colonel der Konföderierten. Statt dessen wurde er im Alter von dreiundvierzig Jahren ein Mann, dessen einzige Bande die zu seiner Tochter waren – und auch die sollten bald brutal zerschnitten werden.

Er ging zurück nach Richmond und schlüpfte unentdeckt in seinen alten Club, der jetzt schlechte Zeiten durchmachte, aber immer noch bevölkert war von seinen alten Geschäftsfreunden und alten Kameraden aus der Armee, die ihm ein herzliches Willkommen bereiteten, als sie entdeckten, wer er war: »Erzähl uns von Cold Harbor und von der Schlappe, die du Grant zugefügt hast! Und wie war das mit General Earlys schneidigem Vorstoß durch das Shenandoah und auf Washington? Was wurde aus Early, als er nach Appomattox untertauchte?« Sie waren überrascht und froh, als sie hörten, daß Clay treu zu Early gestanden hatte, bis der General nach Mexiko entkommen war.

Als sie von Earlys jüngster Aktion hörten, wollten alle Mitglieder sprechen, denn jeder von ihnen hatte irgendeinen Plantagenbesitzer gekannt, der sich geweigert hatte, in den neuen Vereinigten Staaten zu bleiben, wo es verboten war, Sklaven zu halten, und wo ihr schöner Lebensstil von einst unwiederbringlich zerstört war. Ein paar waren nach Kanada geflüchtet, aber die meisten waren nach Mexiko gegangen; sie nannten es »ein Land, wo Freiheit noch geachtet wird«.

»Hast du davon gehört, daß Jake Tomlin sich entschlossen hat, den Sprung nach Süden zu wagen?«

»Das glaube ich gern. Sein Freund Adams hat einen herzerquickenden Brief von dort geschickt. Land gibt es dort fast umsonst. Und Tausende von Indianern, die sich darum reißen, fast für umsonst zu arbeiten.«

»Wußtest du schon, daß Henry Bailey sein Baumwollhandelskontor nach Veracruz verlegt hat? Er verschifft das Zeug weiterhin an dieselben Kunden in Liverpool, nur, daß es jetzt mexikanische Baumwolle ist.«

»Jubal, ich kann mich erinnern, daß du damals unter General Scott in Mexiko gedient hast. Wie fandest du es dort?«

Mit unerwarteter Frische kamen die Erinnerungen an jene Zeit in den Jahren '47 und '48 zurück: »Es war ein beeindruckendes Land, ganz anders, als wir immer geglaubt hatten. Einige seiner Städte, die abseits vom Kriegsgeschehen lagen, waren so, daß man schon den Eindruck hatte, es dort aushalten zu können.«

»Hattest du die Möglichkeit, welche von ihnen zu besuchen?«

Er erzählte von seinem Besuch in Toledo, kam aber zu dem Schluß, daß es sie langweilen würde, wenn er ihnen erklärte, warum er eine Silbermine erkundet hatte.

Ein Mann fragte: »Könnten Sie sich vorstellen, dorthin zu emigrieren? Wie die anderen?«

»Ich hätte die Möglichkeit gehabt, mit General Early dorthin zu gehen. Aber ich liebe nun einmal Virginia. Wenn mein guter Name wiederhergestellt ist, würde ich gern hier bleiben und Wiederaufbauarbeit leisten – mithelfen, daß alles wieder in Gang kommt.«

»Das solltest du auch, Clay«, sagte eines der Mitglieder. »Du bist ein echter Held, und wir brauchen Leute wie dich.« Dann wiederholte er: »Ein echter Held. Du wirst verblüfft sein, wenn du hörst, was aus deiner Tochter geworden ist.«

Clay beugte sich vor: »Was denn? Ich habe schon nach ihr gesucht.«

»Nach dem Feuer ... beerdigten ein paar von uns deine Frau, Jubal ... Das Mädchen kam bei einer Familie hier in Richmond unter, wo ich sie oft sah, eine echte Südstaatenschönheit, eine Zierde für unser Volk – und für dich, Clay.«

»Was ist passiert?«

»Als der Norden unsere Regierung übernahm, sandten sie einen hübschen jungen Mann von West Point runter, einen

Leutnant, und er arbeitete im Büro des Gouverneurs, das heißt, ihres Gouverneurs, nicht unseres. Er war ein aufgeweckter Bursche mit guten Manieren; behandelte uns mit Respekt, im Gegensatz zu einigen seiner Vorgesetzten aus dem Norden, die echte Bastarde waren.«

»Und dann?« fragte Clay, der Angst vor der Antwort hatte.

»Ja, sie verliebten sich ineinander. Er wurde zu allen Partys eingeladen, und er war allgemein beliebt. Ein ausgezeichneter junger Mann, wenn man von seinem Kriegshintergrund absieht, und sie heirateten.«

»Heirateten?« Er sprach das Wort mit solcher Heftigkeit aus, daß für einen Moment niemand wagte, etwas zu sagen, doch dann meinte ein Clubmitglied, das auch in Cold Harbor gekämpft hatte: »Der junge Shallcross war Grants Adjutant im Unionshauptquartier am Pamunkey.«

Zwei Tage lang konnte mein Großvater sich nicht dazu durchringen, seine Tochter zu besuchen, obwohl er bereit war, das Risiko einer Festnahme einzugehen, um das einzige noch verbliebene Mitglied seiner Familie wiederzusehen – und eine Festnahme war wahrscheinlich, falls er von einem Beamten in der Besatzungsregierung wiedererkannt wurde. Aber seine Neugier und die Liebe zu seiner Tochter waren so groß, daß er sich am dritten Tag von seinem Mitkämpfer in Cold Harbor zu dem kleinen Haus führen ließ, das Shallcross mit seiner jungen Frau bewohnte.

Dort wartete er hinter einem Baum, während sein Begleiter an die Tür klopfte, von einem Mann empfangen wurde, den Clay nicht sehen konnte, und im Haus verschwand. Drinnen, so erklärte ihm sein Mitstreiter später, handelte er eine Art Waffenstillstand auf Ehrenwort aus:

»Hauptmann Shallcross, Sie kennen mich: Major Abernethy, begnadigt von Ihrer Regierung.«

»Natürlich, Major. Was kann ich für Sie tun?«

»Ich weiß, daß – und wo – sich hier in Richmond ein Offizier der Konföderierten aufhält, der nicht begnadigt worden ist.«

Bei diesen ominösen Worten hob Shallcross beide Hände:

»Wir verfolgen keine Patrioten mehr, auch wenn sie irregeleitet waren. Ich will nichts mehr davon hören.«

»Tagtäglich werden noch ehemalige Konföderierte festgenommen«, erwiderte der Major scharf, und Shallcross sagte: »Wenn sie uns keine andere Wahl lassen, wenn sie Straftaten begangen haben.«

»Ich glaube, daß Sie den, von dem hier die Rede ist, sehen werden wollen, aber ich muß Sie bitten, mir Ihr Ehrenwort darauf zu geben, daß er, sobald Sie ihn gesehen haben, dieses Haus als freier Mann wieder verlassen kann.«

»Sie wissen, daß Sie mir ein solches Versprechen nicht erst abzuringen brauchen. Sie haben selbstverständlich mein Ehrenwort.« Die beiden Soldaten schüttelten sich die Hand, und der Major ging zurück zur Tür und gab Clay ein Zeichen. Einen Moment später kam Clay mit argwöhnischem Blick zur Tür herein und stand seinem Schwiegersohn Auge in Auge gegenüber. Als keiner von beiden etwas sagte, ergriff der Major das Wort: »Hauptmann Shallcross, ich habe die Ehre, Ihnen Jubal Clay vorzustellen, ehedem Oberst im Dritten Virginia-Regiment.«

Shallcross errötete, zögerte einen Moment, dann streckte er Clay die Hand hin: »Seien Sie willkommen, Oberst. Ich werde Ihre Tochter rufen.«

Einen Augenblick später trat Grace Clay Shallcross in das Zimmer – ein elfenhaftes Mädchen von sechzehn mit einer Taille, die so schlank war, daß ein Mann sie mit beiden Händen umfassen konnte. Sie war, dachte Clay in jenem ersten Moment des Wiedersehens nach drei Jahren schmerzlicher Trennung, die Art von Frau, die den Süden am Leben halten würde, denn die Niederlage hatte ihr nichts angehabt, und er sah in ihr ein Geschöpf von unschätzbarem Wert. Doch als die vier sich setzten und miteinander redeten, fühlte er, wie eine innere Härte die Liebe, die er im ersten Moment empfunden hatte, zu verdrängen begann.

»Wie kam es, daß deine Mutter nicht auch den Flammen entkam?«

»Sie wollte ihr Klavier retten. Die Männer versuchten, sie

wegzuzerren, aber sie wollte nicht weichen, und schließlich mußten sie fliehen, wegen des Rauches.« Sie zögerte einen Moment, dann fügte sie hinzu: »Wir hatten das Gefühl, daß sie sterben wollte … die Jungen gefallen … das Haus zerstört … und du vielleicht auch schon tot, gefallen bei einer der Niederlagen im Shenandoah-Tal.«

»Als sie starb, waren wir noch auf der Siegerstraße. Wir waren in Washington.« Seine Stimme wurde scharf – nicht gegen seine Tochter, sondern gegen den Mann, den sie geheiratet hatte. Auf Hauptmann Shallcross zeigend, fragte er: »Ist es wahr, daß er als General Grants Adjutant in Cold Harbor gedient hat?«

Shallcross hatte nicht die Absicht, seine junge Frau für sich antworten zu lassen: »Ich war da – so wie Sie, Colonel Clay. Wir empfanden große Hochachtung vor Ihrer Leistung an jenem Tag. Ich hörte mit eigenen Ohren, wie General Grant das sagte.«

»Hochachtung vor mir? Hatte er keine Achtung vor seinen eigenen Truppen? Sie da draußen elend verrecken zu lassen, in der glühenden Hitze?«

In dem Bewußtsein, daß diese Art der Befragung nur in verbalem Gezänk enden konnte, sagte Hauptmann Shallcross: »Colonel, es ist mir eine Ehre, eine so wunderbare Frau wie Ihre Tochter an meiner Seite zu haben. Und wären Sie zu der Zeit dagewesen, dann wäre ich zu Ihnen gekommen und hätte Sie von Ehrenmann zu Ehrenmann um ihre Hand gebeten. Ich bitte Sie, mir sie jetzt, nachträglich, zu gewähren!« Er streckte die Hand aus und beugte sich ein wenig in Clays Richtung.

»Für einen qualvollen Moment«, berichtete Major Abernethy, der diese Begegnung eingefädelt hatte, »schauten sich die beiden Männer an, Shallcross mit einem fast flehendem Gesichtsausdruck, Clay mit wachsender Bitterkeit, und schließlich sagte er düster: ›Ich muß dieses verseuchte Haus verlassen, und ich werde dich in diesem Leben niemals wiedersehen, Grace.‹ Mit diesen Worten stapfte er aus dem Zimmer.«

Bevor er Richmond verließ, ging Clay zu einem Notar und unterzeichnete eine Urkunde, in der er die zweitausend Morgen der einstigen Newfields-Plantage östlich von Cold Harbor auf seine Tochter Grace Clay, geboren daselbst im Jahre 1850, überschrieb. Nachdem er dieses Dokument dem dafür zuständigen Urkundsbeamten übergeben und ihn gebeten hatte, seine Tochter zu benachrichtigen, sobald er fort war, kehrte er in seine einsame Kammer zurück, wo er einen Brief vorfand, der seine Pläne über den Haufen warf.

Mein lieber Colonel Clay!

Wie ich über die Brackenridges aus Richmond erfuhr, tragen Sie sich in Ihrer Verzweiflung über den Tod Ihrer Frau und den Verlust Ihres Heimes mit der Absicht, das Land zu verlassen. Gewiß wird jeder, der sich die niederschmetternden Verluste vor Augen führt, die Sie erlitten haben, Verständnis für Ihren Entschluß haben, und wer Sie so kennt wie ich, weiß, wie sehr, mehr als bei den meisten Männern, der Mittelpunkt nahezu Ihres ganzen Lebens die Freuden waren, die Sie mit Zephania, Ihrem unvergleichlichen Weib, geteilt haben.

Aber ich muß Sie daran erinnern, Jubal, daß es eine höhere Pflicht gibt, und ich bitte Sie daher inständig, Ihren Entschluß noch einmal zu überdenken. Verlassen Sie Ihre Heimat nicht! Sie braucht Sie dringend. Sie sind Ingenieur und verfügen über just die Fähigkeiten, die wir für den Wiederaufbau unseres verwüsteten Landes benötigen. Es gibt so viel Arbeit, daß, selbst wenn wir alle von heute an für den Rest unseres Lebens tagtäglich bis Mitternacht schufteten, wir kaum mehr denn einen bescheidenen Anfang leisten könnten. Sie werden mehr als andere gebraucht.

Deshalb beschwöre ich Sie – und wenn ich noch Ihr General wäre, würde ich es Ihnen befehlen: Bleiben Sie im Lande und stürzen Sie sich in die Arbeit, die vor uns liegt! Sollten Sie jetzt einwenden: »Ich habe vier Jahre damit zugebracht, gegen den Norden zu kämpfen, muß ich da jetzt auch noch mithelfen, das wiederaufzubauen, was seine Soldaten zerstört haben?«, dann kann ich Ihnen darauf nur erwidern, daß es oft geschieht, daß der Allmächtige in seiner unergründlichen

Weisheit einem Manne befiehlt, genau das Gegenteil von dem zu machen, was er zehn Wochen zuvor gemacht hat. Und wenn er seine Ehre verteidigt, dann liegt nichts Unehrenhaftes darin, wenn er den Befehlen von Einem gehorcht, der mächtiger ist denn er selbst. Ich beschwöre Sie, bleiben Sie hier und machen Sie sich ans Werk; denn ich bin überzeugt, daß das, was wir tun, Gottes Werk ist!

Ich bin mir jedoch darüber im klaren, daß es einen sehr bedrückt, wenn man dort leben muß, wo man von einer besonders schweren Tragödie heimgesucht worden ist. Deshalb möchte ich, daß Sie Cold Harbor verlassen und nach Lexington kommen, wo unsere Fakultät dringend Ihrer Fähigkeiten auf den Gebieten des Ingenieurwesens und der Mathematik bedarf. Sie werden eine neue Erfüllung darin finden, unsere jungen Männer auszubilden, deren Aufgabe es sein wird, den Süden wiederaufzubauen, und für mich persönlich wird es eine ganz besondere Freude sein, den schneidigen, verläßlichen Colonel Clay wieder bei mir zu haben.

Ihr ergebenster
Robert E. Lee

Indem er in seinem Hunger, noch einmal die ernste Stimme seines einstigen Kommandeurs zu hören, den Brief gleich dreimal hintereinander durchlas, überzeugte er sich davon, daß Lee ihm tatsächlich eine Dozentenstelle am alteingesessenen Washington College anbot, einer Schule von hohem Ansehen, und der Gedanke, wieder mit Lee zusammenzuarbeiten, war so aufregend, daß an Schlaf nicht mehr zu denken war. Er warf sich eine Jacke über die Schulter und ging hinaus und wanderte durch die Straßen von Richmond, der Stadt, die er mit solchem Eifer verteidigt hatte, und die Vorstellung, sich von dem tapferen Kampf zu trennen, trieb ihm Tränen in die Augen. Er vergegenwärtigte sich Lee als den einen Mann, der vier Jahre West Point durchlaufen hatte, ohne einen einzigen Strafpunkt zu kassieren – Jubal Early hatte jedes Jahr fast zweihundert gehabt –, Lee als den schneidigen Hauptmann in Mexiko und schließlich Lee in der Niederlage. Es würde nicht leicht sein, sich von solch einem Mann loszulösen.

Doch plötzlich nahm das bedrohliche Bild von Ulysses Grant von seinem Geiste Besitz, und als es die schönen Erinnerungen an Lee verdrängte, schrie er laut: »Ich kann nicht mit diesem Mann im selben Land leben!« Er rannte zum Haus eines Freundes, fragte diesen, ob er ihm ein Pferd abkaufen könne, bekam es gratis, und als die Sonne am Horizont aufging, ritt er still aus Richmond hinaus, nach dem Gesetz immer noch ein Flüchtiger, und tief in seinem Innern wußte er, daß er nie mehr in diesem Leben seine geliebte Stadt oder seinen verehrten Kommandeur oder seine Tochter wiedersehen würde.

Amerikanische Vorfahren: In Mexiko

Als mein Großvater gegen Ende des Jahres 1866 in Veracruz landete und die altvertraute Straße hinanstieg, über die er neunzehn Jahre zuvor mit General Scott marschiert war, als sie sich nach Mexiko City durchschlugen, sah er keine Schwierigkeiten voraus, seinen Freund General Early ausfindig zu machen: »Das wird nicht schwer sein. Wenn er immer noch mit seinem großen weißen Hut mit der Truthahnfeder und dem langen weißen Mantel herumläuft, wird jedermann wissen, wo er zu finden ist.«

In seinem immer noch passablen Spanisch fragte er einen Wachmann: »Wo finde ich amerikanische Soldaten, die nach unserem Krieg hier runtergekommen sind?« Der Mann deutete mit dem Zeigefinger: »Die kleine Kirche dort. Viele Amerikaner sitzen dort den ganzen Tag und trinken.«

Als er den Hof der Kirche betrat, der von einer hohen Lehmziegelmauer umgeben war, fand er die Konföderierten, und ein Blick auf den buntgescheckten Haufen genügte ihm, um zu wissen, daß er es mit den Verlierern zu tun hatte. Sie waren eine abenteuerlich ausschauende Truppe, zerzaust, ungewaschen, unrasiert, und manch einem hingen die Kleider nur noch in Lumpen am Leibe; aber dazwischen waren auch ein paar Männer, denen man ansah, daß sie Bildung und Lebensart besaßen – Männer, die es nicht ertragen konnten, in einem Land zu leben, das von Leuten wie Schlächter Grant regiert wurde.

Clay fühlte sich natürlich zu diesen Männern hingezogen, aber es war gar nicht so einfach, zu ihnen durchzudringen; denn er fand sich sogleich von den anderen bestürmt, die ihn mit Fragen überhäuften: »In welchen Schlachten hast du gekämpft?

Mit welchen Generälen bist du marschiert? Mußtest du Amerika verlassen?« Ein paar von der gröberen Sorte stellten nicht nur Fragen, sondern verlangten auch gleich Auskunft, und in ihrem Hunger nach Neuigkeiten von daheim entdeckte er Einsamkeit und die Furcht, daß sie ihre Heimat nie mehr wiedersehen würden.

Er mußte ihnen antworten: »Ich stamme aus Virginia. Die Yankees haben meine Plantage niedergebrannt und meine Frau und meine Söhne getötet. Mir geht es wie euch. Ich könnte niemals dort leben, solange Männer wie Grant das Sagen haben.« Die Männer hatten Mitgefühl mit Clay, weil sie alle ohne Arbeit waren und manche nicht einen Penny besaßen. »Wie und wovon willst du leben, Reb?«

»Ich bin auf der Suche nach einem Freund. Als wir uns in Kuba voneinander trennten, sagte er mir, wir sollten uns hier treffen. Er würde schon etwas finden.«

»Vielleicht haben wir ihn gesehen. Wie sieht er denn aus?« Und als Jubal General Early beschrieb, brachen die Männer in höhnisches Gelächter aus. »Der alte Jube, der hat in Winchester den Arsch vollgekriegt, nicht? Als er hierherkam, spuckte er große Töne, verfluchte Grant, schwor, daß er nie wieder zurückkehren würde, daß Mexiko jetzt seine Heimat wäre.«

Ein schiefgesichtiger Mann aus Tennessee, der nur noch einen Arm besaß, mischte sich ein: »Hat mächtig Eindruck gemacht mit seinem großen weißen Hut mit der Truthahnfeder dran, aber nach drei Monaten hat er zu uns gesagt: ›Kein vernünftiger Mensch kann in diesem Tollhaus leben. Erst betteln sie, daß dieser Bursche aus Europa rüberkommt und ihr Kaiser wird – und wie sie mir sagen, hat er seine Sache ordentlich gemacht. Und dann wollen sie ihn plötzlich wieder loswerden.‹«

»Und was ist aus General Early geworden?«

»Hat sich nach Kanada davongemacht. Sagte, das wäre ein anständiges Land, das ein Mann respektieren könne.«

»Hatte er denn Geld?« fragte Clay, und einer der Männer sagte: »Sein Bruder in den Staaten hat ihm welches geschickt.«

Während der paar Tage, in denen er sich in der Hauptstadt

aufhielt, erfuhr Clay von mehr als hundert Konföderierten, die sich entschlossen hatten, Mexiko zu ihrer neuen Heimat zu machen, und viele von ihnen waren aus anderem Holz geschnitzt als die desillusionierten Gestrandeten, die er in der Kirche kennengelernt hatte. Diese Männer hatten Arbeit gefunden. Einige hatten beträchtliche Summen Geldes mitgebracht oder hatten über ihre Verwandten in den Staaten Zugang zu Geld, und Clay vermutete, daß diese Männer sich ein gutes Leben in Mexiko aufbauen würden, besonders, wenn sie Landbesitz erwerben konnten.

Einer von diesen Männern – er stammte aus Georgia –, sagte zu ihm: »Die Mexikaner hassen die Yankees genauso wie wir. Sie betrachten uns Konföderierte als Brüder und heißen uns willkommen. Wenn wir versuchen, uns anzupassen, akzeptieren sie uns.« Mit einem Lächeln fügte er hinzu: »Und sie verstehen unsere Einstellung zu unseren Sklaven. Ihre Indios sind auch nichts anderes als Sklaven, nur bezeichnen sie sie nicht als solche.«

Nach zahlreichen ähnlichen Diskussionen kam mein Großvater zu zwei Schlußfolgerungen, über die er später oft mit meinem Vater diskutierte: »Ich erkannte, daß wir in Mexiko nur dann willkommen waren, wenn wir Geld oder eine Arbeit hatten, und ich erkannte, daß beides in Mexiko nicht ohne weiteres zu kriegen war. Mit dieser Einsicht machte ich mich nach Toledo auf, wo ich hoffte, daß die reichen Palafox sich an mich erinnern würden.«

Das taten sie. Als drei von den Palafox-Männern, die an jenem denkwürdigen Dinner im Jahre 1847 teilgenommen hatten, Clay zu einem Gespräch im Kachelhaus aufsuchten, konnte er sehen, daß sie ergraut und um die Hüften herum fülliger geworden waren, denn das Dinner lag nun schon mehr als neunzehn Jahre zurück, und er dachte: Sie wiederum haben mich natürlich als kaum mehr denn einen Jüngling in Erinnerung, und jetzt bin ich ein Kriegsveteran mit Falten im Gesicht.

Don Alipio umarmte meinen Großvater mit seinen Bärenpranken und schrie: »Als er damals hier war, da hab' ich gleich gesehen, daß er Toledo in sein Herz geschlossen hatte und daß er eines Tages wiederkommen würde. Und nun sind Sie also hier. Was machen wir jetzt mit Ihnen?«

Sie verschwendeten keine Zeit. Der Bruder, der das Familienvermögen verwaltete, sagte unverblümt: »Ja, neunzehn Jahre sind inzwischen ins Land gegangen, und wir haben immer noch keinen gescheiten Verwalter im *Mineral*. Señor Clay, das Schicksal hat Sie uns zurückgebracht. Können Sie morgen mit uns zur Mine hinausreiten? Wir brauchen Ihren Rat.«

Als die vier Männer den Schacht – er war inzwischen viel tiefer, aber das Erz wurde noch immer von den kleinen Indiofrauen zu Fuß über die unglaubliche Treppe zu Tage gefördert – und den Schmelzofen und die Lagerhäuser aus luftgetrockneten Ziegeln inspizierten, sagte Jubal: »Es liegt auf der Hand, was gemacht werden muß. Sie haben ja noch nicht einmal die steinerne Einfassung um die Schachtöffnung herum gebaut, von der ich damals sprach«, und sie sagten: »Wir haben darüber gesprochen, aber unsere Vorarbeiter haben es anscheinend nie begriffen.«

Jubal, der ein ehrlicher Mann war, einer der unbestechlichsten jener schweren, stürmischen Zeit, wollte den Palafox nichts vormachen: »Ich habe keine Plantage mehr, keine Frau, keine Kinder und keine Heimat.« Er hielt inne, lachte und fügte hinzu: »Und verflucht wenig Geld. Ich brauche einen Job, und ich habe das sichere Gefühl, daß ich aus dieser Mine etwas machen kann. Während des Krieges und auch danach habe ich oft an diese Höhlen voller Silber gedacht.«

An jenem ersten Morgen nach seiner Ankunft in Toledo wurde ein Vertrag ausgehandelt, der für beide Seiten vorteilhaft war. Aber kaum hatte er die Innovationen in Angriff genommen, die diese Mine zu einer der führenden in der Welt machen sollten, als ihm etwas dazwischenkam, was er in dieser Phase nun wirklich am wenigsten brauchen konnte: ein neuer Krieg.

Eines Morgens kam Don Alipio zum *Mineral* galoppiert. »Clay! Sie müssen mit mir kommen! Kann sein, daß wir Ihre Fähigkeiten brauchen.« Während des hastigen Ritts zurück in die Stadt sagte der Achtundfünfzigjährige mit dem Feuereifer eines Neunzehnjährigen: »Querétaro hat eine dringende Botschaft geschickt. Sie brauchen alle Truppen, die wir haben. Die verdammten Indios drohen damit, den Kaiser zu erschießen, und das dürfen wir nicht zulassen.«

Auf dem Kirchhof in Mexiko City hatten die gestrandeten Konföderierten etwas von einem Kaiser erwähnt, aber Jubal hatte nicht zugehört. »Hat der Kaiser seine Sache nicht gut gemacht?« fragte er.

»Er hat seine Sache sogar ausgezeichnet gemacht. Er hat exakt das gemacht, was unsere Seite von ihm wollte, als wir ihn baten, unser Kaiser zu werden.«

Das klang so unwahrscheinlich, daß Jubal sagte: »Das verstehe ich nicht«, und Don Alipio starrte ihn ungläubig an; er konnte sich schlechterdings nicht vorstellen, daß ein gebildeter Mann aus dem Nachbarland nichts von den ungeheuren Veränderungen mitbekommen hatte, die im praktisch vor der Haustür gelegenen Mexiko stattgefunden hatten.

»Haben Sie denn nichts davon gehört? Die Liberalen haben einen solchen Saustall aus unserem Land gemacht, nachdem Sie und General Scott wieder fort waren, daß einige von uns, Männer wie meine Brüder und ich, von überall in Mexiko, eine Delegation zum Kaiser von Frankreich entsandt haben – ich war Mitglied dieser Delegation –, und wir baten ihn, einen jungen Prinzen von gutem Charakter für uns zu finden, der nach Mexiko kommen und unser unparteiischer Kaiser werden sollte. Er traf eine gute Wahl: Maximilian aus dem österreichischen Königshaus. Ich gehörte zu dem dreiköpfigen Komitee, das nach Wien reiste, um ihm die Krone anzubieten. Er nahm sie an, und er und seine Kaiserin Charlotte, die belgische Prinzessin, haben unserem Land genau das gegeben, was es brauchte: Stabilität.«

Clays Mentor wäre mit seinen Ausführungen wohl noch eine Weile fortgefahren, aber offenbar kam er irgendwann zu der Erkenntnis, daß es wohl keinem Norteamericano jemals gelingen würde, die Wirren und Windungen mexikanischer Politik zu verstehen, denn er zuckte die Achseln und sagte bloß: »Und jetzt wollen sie ihn erschießen, den besten Mann, den wir jemals hatten.«

In Toledo fanden sie mehr als hundert Milizionäre auf der Plaza vor der Kathedrale versammelt, einschließlich fünf weiterer Angehöriger der Familie Palafox, alle auf kräftigen Pferden sitzend. Da Querétaro etwa siebzig Meilen östlich von Toledo lag, würde die informelle Expeditionsstreitmacht mindestens zwei Tage brauchen, um ihr Ziel zu erreichen, und so hatte man eine hastig zusammengestellte Karawane von Maultieren mit ihren indianischen Treibern in einen quasi-militärischen Troß umgewandelt, der Zelte und zusätzliche Munition mitführen würde. Jubal, der sich so unversehens als Teilnehmer an einer militärischen Übung wiederfand, dachte: General Early würde es niemals so machen, so improvisiert und aus einer spontanen Eingebung heraus, aber bevor er seine Bedenken anmelden konnte, ritt die Toledoer Streitmacht schon zur Stadt hinaus, ihren Kaiser zu retten.

Die Eisenbahn, die, mit englischen und französischen Geldern gebaut, schon bis in viele Winkel Mexikos vorgedrungen war, hatte Toledo noch nicht erreicht, weshalb die unbefestigte Straße nach Osten in vergleichsweise gutem Zustand gehalten wurde. Dessen ungeachtet war Jubal am Ende des ersten langen Marschtages erschöpft – im Gegensatz zu den Palafox-Männern, die allesamt in glänzender Verfassung zu sein schienen. Als die Abenddämmerung sich über das Land senkte, wurde Clay in einen altbewährten Brauch des mexikanischen Militärs eingeführt. Als die Truppen ihr Biwak aufzuschlagen begannen, tauchten scheinbar aus dem Nichts plötzlich etwa zwanzig Bauersfrauen auf, bewaffnet mit Tontöpfen und Brennholz, und begannen eine heiße Mahlzeit aus Bohnen, Tortillas und würzigem Fleisch zuzubereiten. Einige der Frauen waren den ganzen langen Weg von Toledo auf Eseln hergeritten, andere hatten sich der Truppe angeschlossen, als diese durch ihr Dorf gezogen war; das waren die *soldaderas*, die Mitläuferinnen, Schlachtenbummlerinnen, wenn man so will, ohne die keine mexikanische Armee auskommen konnte.

Am Nachmittag des 18. Juni 1867 näherte sich die Palafox-Expedition, wie man die Truppe nannte, der westlichen Peripherie von Querétaro, aber sie wurde aufgehalten von einem Kontingent schwerbewaffneter Indios unter dem Befehl eines weißen Obersten aus der im Süden gelegenen Stadt Oaxaca, der der Truppe befahl, anzuhalten.

Als Don Alipio sein Pferd zügelte, warnte der Oberst ihn: »Keine bewaffneten Truppen dürfen morgen in die Stadt.«

»Wer hat das befohlen?«

»Benito Juárez.«

Don Alipio spuckte nicht aus, als er den verhaßten Namen hörte, aber Clay konnte deutlich sehen, daß er das am liebsten getan hätte. »Sind Sie aus Oaxaca?« fragte er den Oberst, und als der nickte, knurrte Alipio: »Das dachte ich mir. Haben sie wirklich vor, den Kaiser zu erschießen?«

»Das Kriegsgericht hat ihn zum Tode verurteilt. Zum Wohle Mexikos.«

»Müssen wir außerhalb der Stadt bleiben?«

»Ja.«

Die Palafox-Expedition kam so erst einmal zum Stillstand. Aber der Gedanke, daß ein anständiger Mann wie der österreichische Erzherzog, der sich so bemüht hatte, sich beim mexikanischen Volk beliebt zu machen, von einer Bande von Indios aus Oaxaca hingerichtet werden sollte, war so widerwärtig, daß Don Alipio – der sich für Maximilian verantwortlich fühlte, da er einer der Männer gewesen war, die den jungen Mann überredet hatten, die Kaiserkrone anzunehmen – Clay fragte: »Wären Sie bereit, durch die Linien zu schlüpfen? Als unbewaffneter Bürger?«

»Sicher, aber zu welchem Zweck?«

»Um zu sehen, was geschieht.«

»Und was könnten wir ausrichten gegen das, was auch immer geschehen könnte?«

Don Alipio starrte ihn an, als wäre er ein Schwachsinniger. »Ausrichten! Wir spenden einem würdigen Mann Trost – daß wir da waren in seiner schwersten Stunde. Kommen Sie!«

Die zwei Männer packten sich eine Handvoll Tortillas ein, verließen die bewachte Straße, schlichen sich am dunklen Rand der Stadt entlang, stets aufmerksam nach Wachtposten Ausschau haltend, und schlüpften schließlich in die schlafende Stadt. Als sie die Innenstadt erreicht hatten, trat Don Alipio an einen Soldaten heran und fragte ihn: »Wo wird es geschehen?«

»Es heißt, sie bringen ihn zu der Mauer dort.«

»Sind Sie einer von dem Erschießungskommando?«

»Das kriegen wir vorher nie gesagt.« Dann, mit plötzlichem Mißtrauen: »Ist der da ein Norteamericano?«

»Der ist nach dem Krieg oben hier runtergekommen. Er ist jetzt mexikanischer Staatsbürger.«

»Schlimm, euer Krieg da oben?« fragte der Wachtposten, und als Jubal nickte, sagte er: »Alle Kriege sind schlimm.«

Sie schliefen in jener Nacht auf einer Kirchentreppe, und geraume Zeit vor der Morgendämmerung vernahmen sie Geräusche aus umliegenden Gebäuden. Ein Trupp Soldaten, etwa fünfzig Mann stark, kam heranmarschiert und bezog Posten um einen großen Platz, nicht die zentrale Plaza, und mit parallel zum Boden gehaltenen Gewehren begannen sie, jeden, der gekommen war, um sich die Exekution anzuschauen, von der Stelle wegzudrängen, wo die Erschießung stattfinden würde.

Als die Sonne aufging, wieselten Offizielle verschiedener Art auf dem Platz herum und versicherten sich gegenseitig, daß alles so voranging wie geplant, und dreimal wurde die Gruppe, in der Don Alipio und Jubal standen, weiter zurückgedrängt, bis es dem Don schließlich zu bunt wurde und er einen Soldaten fragte: »Wo können wir stehen, ohne ständig hierhin und dorthin geschoben zu werden?« Und der junge Mann, der Don Alipio offenbar als eine bedeutende Persönlichkeit einschätzte, führte ihn zu einem Platz, der durch einen Kordon vom gemeinen Volk abgeriegelt war. Dort warteten sie, und als die Junisonne hoch am Himmel stand, begannen so viele Leute gleichzeitig herumzurennen, daß Don Alipio sagte: »Jetzt.«

Aus einer nahe gelegenen Kaserne kam ein Trupp von zwölf Soldaten in schmucken Uniformen und mit langen Gewehren heranmarschiert und nahm Aufstellung gegenüber einer Mauer aus großen Steinen, die in früheren Jahren von kunstfertigen

Maurern zusammengefügt worden waren. Mit dem Erscheinen des Erschießungskommandos wurde Jubal bewußt, daß tatsächlich eine Exekution bevorstand, und er fragte Don Alipio: »Warum?«

Der niedergeschlagene Mann beugte sich zu einem in seiner Nähe stehenden Zeitungsmann hinüber, der es gern erklärte: »Diejenigen, die den jungen Prinzen hierherholten, taten damit etwas Gutes. Alle europäischen Länder unterstützten den Plan, da er Mexiko Ordnung bringen würde, aber in den Vereinigten Staaten wurde er von Anfang an mit Argwohn betrachtet. Sie sind Norteamericano, nicht wahr?« fragte er, zu Clay gewandt. Als dieser nickte, meinte der Mann: »Die Monroe-Doktrin, nicht wahr? Sagt sie nicht, keine europäische Einmischung in der Neuen Welt? Nun, als Maximilian hierherkam, wart ihr zu beschäftigt mit eurem eigenen Krieg, um euch Gedanken um unseren zu machen, aber als er zu Ende war – der Norden hat gesiegt, nicht wahr?« Clay überging diese Bemerkung. »Nun, als er beendet war und ihr Zeit hattet, wieder nach Süden zu blicken, da saht ihr, daß Europa dabei war, sich in mexikanische Angelegenheiten einzumischen, und ihr sagtet: ›Das muß aufhören!‹, und sobald ihr das gesagt hattet, bekamen alle Könige in Europa Angst, und sie hörten auf, Maximilian zu unterstützen. Ergebnis? Das Erschießungskommando dort drüben.«

Während die Soldaten des Erschießungskommandos warteten – manche von ihnen nervös und mit bleichem Gesicht –, begannen Leute aus dem Haus aufzutauchen, in dem der Kaiser gefangengehalten worden war, und stellten sich ebenfalls gegenüber der Mauer auf. Schließlich erschien ein hochrangiger Offizier und nahm seitlich von den Gewehrschützen Aufstellung. Als nächstes kamen ein Priester und zwei Soldaten, und in ihrer Mitte ging der großgewachsene, hübsche Österreicher, dessen Herrschaft über eine Nation, über die er so gut wie gar nichts gewußt hatte, nur drei Jahre gewährt hatte. Fünfunddreißig Jahre alt, eine imposante Erscheinung von wahrhaft kaiserlichem Auftreten – schlank, mit hochmütigem Gebaren, aufrecht und gefaßt, ging er mit festem Schritt und beinahe herausfordernder Miene zur Stätte seiner Hinrichtung. Irgendwo in der Menge schrie eine Stimme: »Lang lebe der Kaiser!« und als Jubal sah, daß Don Alipio im Begriff war, ebenfalls einen Hochruf auf den Kaiser zu erheben, faßte er ihn streng beim Arm, worauf der Ältere sich besann und stumm blieb.

Ein Offizier schob den Priester beiseite und bot Maximilian die übliche Augenbinde an, doch der wies sie stolz zurück. Den Blick starr nach vorn gerichtet, als wolle er sehen, wie die Kugeln ihm entgegenflogen, stand er im Sonnenlicht und schaute zu, wie der Offizier seinen Degen erhob, den Befehl brüllte und seinen Degen wieder senkte, als seine Männer die tödliche Salve abfeuerten. Viele der Kugeln mußten den Kaiser getroffen haben, denn er fiel sofort, tapfer und ohne einen Laut von sich zu geben. Das unsinnige Abenteuer von Kaiser Napoleon III. von Frankreich und seinen europäischen Monarchenkollegen hatte in einer Tragödie geendet.

Als die Palafox-Gruppe nach Toledo zurückritt, niedergeschlagen und erzürnt über die Art und Weise, wie Benito Juárez, Maximilians indianischer Widersacher, die Angelegenheit gehandhabt hatte, dachte Jubal: Wir Amerikaner sind genauso schuld an seinem Tod wie die Mexikaner. Aber er äußerte diese Meinung nicht. Als sie jedoch ihr erstes Nachtlager aufschlugen und die Soldaderas mit ihren Töpfen erschienen, sagte Don Alipio nachdenklich: »Die Norteamericanos hätten ihn retten können, wenn sie gewollt hätten. Aber sie hatten andere Probleme.« Und Jubal sagte: »Solange Männer wie Grant an der Macht sind, werden sie da oben nie in der Lage sein, irgendwas richtig zu machen.«

Während des ersten halben Jahres, in dem Clay im *Mineral* arbeitete, widmete er sich der Aufgabe, die Mine auf den neuesten Stand zu bringen, mit solchem Eifer und mit solcher Hingabe, daß er nur selten abends nach Toledo kam. Er ließ Maschinen aus Schottland kommen, bestellte neue Vorrichtungen zum Schmelzen von Erz in Schweden und bezog nützliche Waren und Geräte von den neuen Industrien im nördlichen Teil der Vereinigten

Staaten. Letzteres tat er nur mit großem Widerwillen, aber er mußte zugeben, daß die Preise zu attraktiv waren, um sie zu ignorieren. Die Leistung freilich, die ihm das größte Vergnügen bereitete, war die Errichtung einer Ringmauer von sieben Metern Durchmesser und gut einem Meter Höhe, die den Rand des Schachtes umschloß, aber mit einer riesigen Öffnung in der Mitte, durch die die Indiofrauen in die Mine hinabsteigen konnten, um das Erz nach oben zu holen. Noch war kein Weg gefunden worden, dies mit Hilfe von Maschinen zu bewerkstelligen, doch jedesmal wenn Jubal die Frauen sah, wie sie beladen wie Packesel die gefährliche Treppe hinaufstapften, fühlte er, wie Ärger und Zorn in ihm hochkamen. »Warum können die Männer nicht diese schwere Arbeit verrichten?« fragte er wiederholt, und die Antwort, die er jedesmal erhielt, vermochte ihn nicht zufriedenzustellen: »Weil bei den Indianern seit Menschengedenken die Frauen die schweren Arbeiten wie das Pflügen der Felder und das Tragen von Lasten verrichten, wohingegen die Männer die Arbeit machen, die Denken erfordert, wie Jagen, Fischen und Kämpfen und – in den Bergwerken – vor Ort das Erz auf die rechte Art aus dem Gestein herauszuhauen.«

Aber eine grundlegende Praxis im *Mineral* änderte er doch. In den alten Tagen hatten sich immer erst drei oder vier Frauen zu Tode stürzen müssen, weil irgendeine Stufe beschädigt oder abgenutzt war, bevor die Verwaltung sich dazu bequemte, die betreffende Stufe instandzusetzen. Jetzt, wo Jubal jede Woche selbst mehrere Male den gefährlichen An- und Abstieg bewältigte und dabei sorgfältig jede einzelne Stufe in Augenschein nahm, ließ er sofort jede Stufe erneuern, an der er nur die geringste Beschädigung entdeckte. Auf diese Weise rettete er vielen Frauen das Leben.

Eines Tages, als er gerade mit dem Steinmetz im Schacht arbeitete, kam eine einzelne Indiofrau die Treppe herauf und mußte stehenbleiben, bis der Steinhauer mit seiner Arbeit fertig war, und zum erstenmal sprach Jubal mit einer einzelnen Korbträgerin. Zu seiner Überraschung war sie recht gesprächig, und er erfuhr, daß sie neunzehn war, aus einem Dorf unweit von Toledo stammte, getauft war und von den Priestern ins Bergwerk geschickt worden war, wie es üblich war für die jungen Frauen aus diesem Dorf. Sie arbeitete in dem Schacht, seit sie vierzehn war, und wollte noch mindestens bis fünfunddreißig weitermachen und danach entweder in ihr Dorf zurückkehren oder eine der Arbeiten in den großen Höhlen übernehmen.

»Warum willst du mit fünfunddreißig aufhören?« fragte Jubal, und die junge Frau hatte keine Erklärung, aber der Steinhauer, der an der schadhaften Stufe arbeitete, wußte, warum: »Es sind die Beine. Sie können irgendwann nicht mehr die Stufen hinaufsteigen. Das heißt, sie kommen schon noch hinauf, aber nicht mehr mit den schweren Körben.« Er sah die Frau grinsend an und sagte: »Ich käme da auch nicht rauf, mit dieser Ladung Erz«, und als Jubal das Gewicht des Korbes prüfte, sagte er: »Ich auch nicht.«

Gefragt, wie sie heiße, nannte die Frau einen indianischen Namen, den Jubal nicht verstand. Aber sie hätte auch einen Taufnamen, fuhr sie fort, den ihr der Priester gegeben habe: »María de la Caridad. Wir heißen immer María und noch was hintendran, damit sicher ist, daß die Jungfrau auf uns achtgibt.« Ihr Name bedeutete »Caritas«, und nach allgemeinem Brauch wurde sie schlicht Caridad genannt. Als sie den Namen aussprach, da klang er aus ihrem Mund so süß und melodisch, daß Jubal sie zum erstenmal als ein menschliches Wesen betrachtete, eine Person wie seine verstorbene Frau Zephania, die die verkürzte Form ihres Namens, Zeph, auf die gleiche musikalische Weise ausgesprochen hatte, und in diesem Moment des Wiedererkennens war die Korbträgerin plötzlich keine Sklavin mehr, die von ihrer Kirche und ihrer Regierung zu dieser lebenslangen Fron verdammt worden war, sondern ein Individuum mit einem eigenen Charakter, eigenen Wünschen und Sehnsüchten und einer Seele.

Bei späteren Unterhaltungen mit Caridad erfuhr Clay, daß ihre Vorfahrin eine bedeutende Altomekenfrau namens Grauauge gewesen war, die die schrecklichen alten Götter vernichtet und den Weg für das Christentum geebnet hatte, aber Caridad fragte sich, ob die neue Religion in irgendeiner Weise besser war als die alte: »Es waren die Priester, die die Mine entdeckten und die dieses Loch gruben und uns hinunterschickten, damit wir für sie dort arbeiteten.« Doch als Clay hierzu Genaueres wissen wollte, erfuhr er, daß es nicht Antonio, der erste Palafox und Priester, gewesen war, der diese Dinge gemacht hatte, sondern sein Bruder Timoteo, der eine Art Geschäftsmann gewesen war und der die Mine in der Anfangsphase ihres Bestehens betrieben hatte. Und als er die Palafox nach dieser mythischen Frau namens Grauauge fragte, sagten die: »Das ist kein Mythos. Sie hat wirklich existiert, und sie führte in der Tat ihr Volk weg von den scheußlichen alten Göttern und hin zum Christentum. Sie hatte eine wunderschöne Schwiegertochter, Xóchitl, die Mutter der erstaunlichen Indiofrau, die Fremdling geheißen wurde. Diese heiratete den ersten Palafox, und alle Dunkelhäutigen von uns sind Nachkommen von ihr; die Hellhäutigen stammen von dem Bruder ab, der eine Spanierin heiratete, und das immer wieder – ich meine natürlich, seine Nachkommen heirateten auch Spanierinnen.«

Warum, fragte sich Jubal, lebte die Palafox-Linie von Grauauges Kindern jetzt in palastartigen Landhäusern, während Caridads Leute als Sklaven im Bergwerk schufteten? Als ihm klar wurde, daß er einfach nicht über genug Hintergrundwissen verfügte, um die komplizierte Geschichte zu verstehen, schenkte er ihr zunächst keine weitere Beachtung mehr.

Aber dann passierte etwas in der Mine, das zeigte, daß Caridad eine außergewöhnliche Indiofrau war und daß sie vielleicht genauso stolz war wie die Palafox-Männer, mit denen sie ja vermutlich entfernt verwandt war. Eines Tages, als er in einer der tiefsten Höhlen arbeitete, wo die Esel gehalten wurden, versuchte eine Gruppe von Indios, ein kompliziertes Netz aus Strikken um einen Esel zu schlingen, um ihn zu der jüngst unterhalb von ihnen gegrabenen Höhle hinunterzulassen. Sie hatten solche Schwierigkeiten mit dem störrischen Biest, daß der Vorarbeiter, ein gewisser Joshua, der über ein lautes Organ verfügte, die zufällig in der Nähe stehende Caridad anbrüllte: »Steh nicht da rum wie ein Trottel! Hilf uns lieber, den Strick an dem verdammten Esel zu befestigen!« Als Caridad daraufhin versuchte, den Strick unter dem Bauch des Tieres hindurchzuziehen, keilte der Esel aus. Er traf jedoch nicht Caridad, sondern Joshua, der daraufhin Caridad wütend wegstieß und sie schlug und mit wüsten Schimpfwörtern belegte. Dies konnte Jubal nicht dulden, also nahm er Caridad beiseite, sagte ihr, sie solle sich nicht grämen, und dann zog er das Seil selbst unter dem Bauch des Esels durch und half Joshua, ihn zur nächsten Höhle hinunterzulassen.

Solchermaßen beschäftigt, bemerkte er nicht, welche Wirkung Joshuas Übergriff auf Caridad gehabt hatte, doch als er die Sache zu Ende geführt hatte, schaute er zufällig zu ihr, und er sah, daß ihr Gesicht noch dunkler geworden war, als es das ohnehin schon war, und sie sich so heftig auf die Unterlippe biß, daß sie blutete. Da er es für klüger hielt, sich nicht in die internen Probleme der Indios einzumischen, sagte er nichts und stieg wieder nach oben, und als er am Schmelzofen ankam, hatte er die Angelegenheit schon wieder vergessen.

Ein paar Tage später jedoch kamen mehrere Indiofrauen aufgeregt in sein Büro gestürzt und schrien: »Señor, Joshua ist in den Schacht gestürzt. Er ist tot!« Jubal stieg hastig die Treppe hinunter in den Schacht, und als er die Höhle erreichte, in denen die Esel gehalten wurden, fand er sie in hellem Aufruhr vor. Er befragte sogleich die Indios nach dem Unfall und erfuhr, daß Caridad und andere dabei gewesen seien, einem weiteren Esel den Strick unter dem Bauch durchzuziehen, als Joshua plötzlich rücklings in den dunklen Schacht gestürzt sei. Eine Frau namens María de la Concepción wisperte: »Don Jubal, er war kein guter Mensch«, und als er die Männer in der Höhle darunter befragte, sagte einer: »Ich sah ihn fallen, und er schrie ›Caridad‹«; aber der Mann sagte ebenfalls, daß Joshua kein guter Mensch gewesen sei, und er habe den anderen gegenüber nicht erwähnt, daß er gehört habe, wie Joshua »Caridad« gerufen habe.

Für Jubal stand fest, daß Caridad sich an Joshua gerächt hatte, und er kam ferner zu dem Schluß, daß der Gedanke nicht abwegig war, daß diese resolute kleine Korbträgerin von einer willensstarken Frau abstammte, die den unerträglichen alten Göttern die Stirn geboten und sie schließlich vernichtet hatte.

Clay war angenehm überrascht, als er von den Palafox-Männern eine Einladung zu einem Dinner enthielt, das fast eine Wiederholung jenes denkwürdigen Familiendinners im Jahre 1847 werden sollte, bei dem die Eigentümer des *Mineral* zum erstenmal die Möglichkeit erörtert hatten, daß Clay die Leitung der Mine übernähme. An dem Dinner nahmen wieder dieselben drei Paare wie seinerzeit teil, und nachdem man auf der Veranda mit Blick auf die Pyramide seine Drinks eingenommen und Jubal zu seinen Fortschritten bei der Modernisierung des *Mineral* beglückwünscht hatte, sagte Don Alipios Frau, als es dunkel wurde: »Alipio, sag doch den Dienern, sie sollen die Fackeln anzünden«, und entlang der hohen Mauer, die die Gärten umschlossen, wurden in Öl getränkte Kiene entzündet. In diesem gemütlichen Ambiente – untermalt vom Zwitschern der Vögel, die der Welt ihr Gutenachtlied sangen –, verbrachte die Gruppe die Stunden von sieben bis elf. Man diskutierte über den Tod von Kaiser Maximilian und die beklagenswerten Folgen, die er für seine Witwe, die belgische Prinzessin, hatte.

»Ich liebte ihren musikalischen Namen«, sagte eine der Frauen, und in melodischem Singsang sagte sie ihn auf: »Marie Charlotte Amélie Augustine Victoire Clémentine Léopoldine.«

»Hatte sie keinen Nachnamen?« fragte eine andere Frau, und die erste sagte: »Sieben Namen sind doch wohl genug.«

»Aber was ist denn nun eigentlich mit ihr passiert?«

»Die Tragik hat sie überwältigt. Es heißt, sie habe den Verstand verloren.«

»Haben sie sie auch erschossen?«

»Nein. Dafür war Juárez nicht grausam genug. Sie soll wohl ins Exil gehen, hörte ich. Eine traurige Geschichte, aber wir werden sie überleben. Mexiko hat am Ende noch immer überlebt.«

Um elf begab sich die Gruppe in das geräumige Eßzimmer mit seinen schweren Eichenholzstühlen und seinen stummen indianischen Dienern; aber bevor irgend jemand Platz genommen hatte, verkündete Señora Palafox: »Wir haben noch späte Gäste.« Und durch die breite Tür kam ein ausnehmend hübsches Paar, beide Ende zwanzig, der Mann in einer blaugoldenen Uniform, die Frau in einem kunstvoll verzierten weißen Kleid, dessen winzige Stickereien in Hellbraun und Gold im flackernden Licht der Fackeln schimmerten. »Dies sind unser Schwiegersohn Major Echeverría und seine Frau, unsere Tochter Alicia.« Zu Clay gewandt, sagte die Mutter: »Ich glaube, Sie haben unsere Tochter schon kennengelernt, als Sie damals hier waren«, aber Clay war sprachlos, denn just in diesem Moment führte ein Dienstmädchen ein kleines Mädchen von sieben oder acht Jahren herein, das das gleiche exquisite China-Poblana-Kostüm trug, das seine Mutter bei jenem denkwürdigen Dinner im Jahre 1847 angehabt hatte. Als Jubal das Mädchen anschaute, drehte sich die Zeit noch einmal zurück, der Krieg verschwand, die schrecklichen Verluste, die er erlitten hatte, wurden ausgetilgt, und er war wieder vierundzwanzig, und die glanzvollen Siege mit General Scott lagen erst knappe drei Monate hinter ihm.

Das lang dauernde Abendessen, das sich von elf bis halb zwei hinzog, war für Clay eine Mischung aus Vergnügen und Qual. Einerseits freute er sich, Alicia so glücklich zu sehen, als strahlende Ehefrau und Mutter, doch andererseits fühlte er sich heftig aufgewühlt von dem Gedanken, daß ein Kind, das ihn zwanzig Jahre zuvor so stark beeindruckt hatte, daß es sich unauslöschlich in sein Gedächtnis eingeprägt hatte, und das seither in seiner Erinnerung als jenes bewunderswerte Kind in seinem China-Poblana-Kostüm gelebt hatte, daß dieses Kind in eine Welt hineingewachsen war, die ihm für immer versperrt worden war.

Während das liebenswürdige Geplauder um ihn herumplätscherte, fragte er sich: Warum bin ich so fasziniert von ihr? Könnte es sein, daß sie für all das steht, was ich in den Flammen verloren habe? Ist sie eine Reinkarnation von Zephania? Aber er hatte diese Möglichkeit noch nicht ganz zu Ende gedacht, da verwarf er sie auch schon wieder. Nein, verdammt. Sie ist Alicia – sie selbst. Mein Gott, wie liebreizend sie ist! Dann hätte er beinahe über sich selbst gelacht, darüber, wie seine Phantasie mit ihm durchging. Es ist das verdammte Kleid. Wie jenes Chinesenmädchen die Herzen der Mexikaner gerührt haben muß. Wie sehr es mich selbst noch heute rührt und erregt!

Er starrte das Kind fasziniert an, und die Mutter, der dies nicht unbemerkt blieb, sagte ziemlich keck: »Sie scheinen vom Kleid meiner Tochter fasziniert zu sein. Glauben Sie in ihm dasjenige wiederzuerkennen, das ich damals trug?«

»Ich hatte gehofft, daß es dasselbe ist«, erwiderte er, und er wollte ihr gerade erklären, warum, als sie sagte: »Es stammt von meiner Großmutter. Es hat nun schon vier Generationen überdauert.«

Jetzt ertappte er sich dabei, daß er Alicia verstohlen musterte, und er sah, daß die Verheißung von ungewöhnlicher Schönheit, die sie als Kind hatte erahnen lassen, Wirklichkeit geworden war. Sie besaß nicht nur außergewöhnliche körperliche Schönheit, sondern schien auch über eine geradezu spirituelle Macht zu verfügen. Überdies redete sie auch noch vernünftig. »Die arme, unglückselige Charlotte! Sie hätte wissen müssen, daß dieses unverantwortliche Abenteuer kein gutes Ende nehmen konnte. Kein Außenstehender könnte jemals Mexiko regieren, weil es unwahrscheinlich ist, daß er uns verstehen könnte – jedenfalls ganz gewiß kein Österreicher.«

»Charlotte war Belgierin«, stellte Señora Palafox richtig, und ihre Tochter sagte: »Ich dachte jetzt an Maximilian. Er hätte eine Frau wie sie niemals in dieses wilde Land mitnehmen dürfen.«

Der Begriff »wild« rief den Protest ihrer Onkel und ihres Vaters hervor, aber sie verfocht ihre Position mit Leidenschaft: »Ich sehe es aber so. Die Schrecken dieser Pyramide da draußen. Unser Urgroßvater Timoteo, der allen Indios sein Zeichen in die Wange gebrannt hat. Die Scheußlichkeiten, die der schändliche Cortés begangen hat. Und die Dummheiten eines Santa Anna – elf verschiedene Präsidenten in dreizehn Jahren. Ich bleib' dabei, wir sind ein wildes, dem Untergang geweihtes Land.«

Ihr Vater sagte: »So sehr ich Juárez hasse und verachte, ich glaube, daß er diesem Land Stabilität bringen könnte. Laßt uns zumindest dafür beten, daß er das schafft.« Und in diesem hoffnungsvollen Tenor ging das Dinner zu Ende. Die Palafox-Männer lobten Clay einhellig: »Sie haben unsere Erwartungen übertroffen. Jetzt brauchen wir nur noch die Anbindung an die Eisenbahnlinie.« Und Jubal sagte: »Das liegt ganz an Ihnen, meine Herren. Sie kennen die verantwortlichen Leute.«

Als es Zeit wurde, den Palafox eine gute Nacht zu wünschen und zurück zum *Mineral* zu reiten, verabschiedete er sich mit einem Händedruck von Major Echeverría. Als er zu Alicia kam, verbeugte er sich nur, da er sich scheute, sie zu berühren, aber sie streckte die Hand aus und drückte seine. »Wir freuen uns so, daß Sie da waren«, sagte sie, und er war so verlegen, daß er nichts zu erwidern vermochte. Alicias Tochter in ihrem China-Poblana-Kostüm machte vor ihm einen Knicks und sagte mit niedlich flötender Kinderstimme: »Wir freuen uns, daß Sie bei uns waren, tapferer Americano«, und die Umstehenden applaudierten.

Während der darauffolgenden Tage wurde Clay immer wieder von dem Bild Alicia Echeverrías heimgesucht, die ihn an alles erinnerte, was er in Virginia verloren hatte: seine Frau, sein Heim, seine Existenz und seine Kinder. Des Nachts schlief er schlecht, und tagsüber fand er nur wenig Freude daran, die Aufgaben zu verrichten, die ihm in der Woche davor noch ein solches Gefühl von Befriedigung bereitet hatten. Er dachte immerzu entweder an Señora Echeverría oder an ihre achtjährige Tochter, und das Bild des Kindes verschmolz immer wieder mit dem der kleinen Alicia, die er zwanzig Jahre zuvor gesehen hatte. Es war verwirrend und quälend, aber eine Tatsache kam ihm immer wieder zu Bewußtsein: Alicia, dieses Abbild von Vollkommenheit, war mit einem anderen verheiratet und würde für immer unerreichbar bleiben. Doch ihr Anblick verfolgte ihn immerzu und verleitete ihn zu einer Tat, die so bizarr war, daß er sie niemandem hätte erklären können.

Es war in Toledo seit fast zwei Jahrhunderten Brauch, daß im April eine Fiesta stattfand, die die Plaza mit buntem Getriebe füllte. Es war die moderne Version jenes alten Festes, das zu fotografieren ich 1961 nach Mexiko gekommen war, und obwohl es inzwischen degeneriert – oder gewachsen – war zu einer Fiesta, bei der es vornehmlich um eine Serie von drei glanzvollen, von reichen Amerikanern heimgesuchten Stierkämpfen ging, hatte es doch zu den Zeiten meines Großvaters noch viel von seinem ursprünglichen religiösen Sinn bewahrt. Im Jahre 1868, als er begonnen hatte, den *Mineral* in einen modernen, produktiven Bergbaubetrieb zu verwandeln, ritt er zufällig durch die Stadt, als das Fest mitten im Gange war, und normalerweise hätte er sich nicht für die feilgebotenen Waren und Dienste interessiert, denn er brauchte keine von ihnen, aber an diesem Tag sah er aus Zufall eine Truppe umherziehender Musikanten, die eine Musik spielten, wie er sie bis dahin noch nicht gehört hatte. Die Gruppe setzte sich zusammen aus sieben Männern aus den umliegenden Dörfern, und die Musik, die sie spielten, war geprägt von einem flotten, stets gleichbleibenden Rhythmus, fast elegant anmutenden Streicherklängen und dem Spiel von zwei der besten Trompeter, die er je gehört hatte, und als ein Mann des Militärs hatte er viele gehört. Die Gruppe hatte auch einen Geiger, der über eine herrliche Falsettstimme verfügte, und wenn er sang, mußte Clay unwillkürlich an eine Lerche denken, die fröhlich dem Himmel entgegenstrebte.

Clay war so angetan von dieser Musik, daß er eine Weile den Musikanten folgte, während sie über die Plaza zogen und Münzen einsammelten. Als er an einem Stand vorbeikam, der Puppen feilbot, sah er etwas, das ihn jäh innehalten ließ. Die Musikanten schlagartig vergessend, starrte er auf eine ziemlich große Puppe, primitiv gefertigt, aber bekleidet mit einem vorzüglich genähten, bis ins kleinste Detail naturgetreu nachgebildeten China-Poblana-Kostüm. Die Tracht war ein echtes Kunstwerk, anders als die primitiv gearbeitete Puppe, die sie bekleidete – es war beste mexikanische Handwerkskunst, vermählt mit der denkbar schlechtesten.

»Wieviel, Señora?« fragte er, und als die Besitzerin des Standes ihm einen Preis nannte, der weniger als dem Wert eines amerikanischen Dollars entsprach, sagte Clay: »Ich nehme sie«, und da es auf der Plaza nicht üblich war, daß solch ein Kauf eingepackt wurde, setzte er seinen Spaziergang fort mit der großen Puppe unter dem Arm.

Er war gerade ein Stück gegangen, als er jemanden seinen Namen rufen hörte, und als er sich umdrehte, standen vor ihm Señora Echeverría und ihre Tochter. In dem Moment verstand Alicia, warum mein Großvater die Puppe gekauft hatte, und sie bedachte ihn mit einem tröstenden Lächeln, als wolle sie sagen: Ich war von dir auch beeindruckt. Jubal war klar, daß er sich verraten hatte, und er wurde puterrot und versuchte, die Puppe in seinen Armen zu verbergen, aber Alicia legte sanft die Hand auf seinen Arm und sagte: »Das ist eine hübsche Puppe, Señor Clay, und sie sieht wirklich so aus wie ich, als ich in ihrem Alter war«, und sie schaute ihre Tochter an, die dem Amerikaner zulächelte.

Die nächsten sechs Monate im *Mineral* waren deprimierend. Die Arbeit ging nicht so voran wie geplant, die Förderung stagnierte und Reparaturen wurden nicht durchgeführt, nachdem Jubal Schwachstellen entdeckt und benannt hatte. Außerdem brachte ihm die Anwesenheit der China-Poblana-Puppe in seiner Unterkunft ständig auf schmerzhafte und peinliche Weise in Erinnerung, daß er Alicia sein Geheimnis offenbart hatte. Die Puppe wurde so zu einer offenen Wunde, die ihm ständig bewußt machte, daß er einen wichtigen Bestandteil eines ordentlichen Lebens verloren hatte: die Partnerschaft mit einem Menschen des anderen Geschlechts.

Clay hatte das Gefühl, daß es seine Stimmung vielleicht heben würde, wenn er zumindest die Situation in der Mine verbessern konnte, und es kam ihm der Gedanke, wenn er zwei ausgebildete Mechaniker kriegen könnte, wäre er in der Lage, alles instandzusetzen, was reparaturbedürftig war. Er entsann sich der Gruppe gestrandeter Südstaatler in dem Kirchhof in Mexiko City. Er beriet sich daraufhin mit den Palafox-Männern und versprach ihnen: »Wenn einer von Ihnen zu der kleinen Kirche in der Hauptstadt geht – sie wird leicht zu finden sein – und mir zwei gute amerikanische Mechaniker besorgt …«

»Warum gehen Sie nicht selbst?« fragten sie, und so ritt er denn einen Tag später nach Querétaro und bestieg dort den Zug nach Mexiko City. Doch als er die kleine Kirche wiederfand, in der die Konföderierten seinerzeit immer herumgehangen hatten, da mußte er zu seiner Enttäuschung feststellen, daß sie allesamt verschwunden waren. Ein paar Einheimische, die er nach ihrem Verbleib fragte, sagten ihm, daß sich die Amerikaner jetzt in einer Reihe von *cantinas* zu treffen pflegten, und als er die betreffenden Bars daraufhin aufsuchte, erfuhr er, daß die meisten Amerikaner, die einen Beruf erlernt hatten, sich inzwischen nach Arbeit umgesehen hatten, während die anderen noch immer auf Geld aus den Südstaaten warteten und sich jeden Abend betranken.

»Wo könnte ich zwei gute Mechaniker finden?« fragte Clay, und die Aussicht auf eine feste Stelle war so verlockend, daß mehrere, die im Alten Süden gute Stellungen gehabt hatten, Clay baten, sie zu berücksichtigen. Er wählte zwei aus, einen aus Südcarolina, den anderen aus Alabama, bei denen er das Gefühl hatte, daß er ihnen trauen konnte, und ihre Anstellung war der Beginn des Zustroms von heimatlos gewordenen Südstaatlern, die sich um den *Mineral* scharten.

Die beiden Männer, die Jubal anheuerte, erwiesen sich als hervorragende Arbeitskräfte. Sie heirateten später einheimische Frauen, und ihre Kinder sahen aus, sprachen und verhielten sich wie typische Mexikaner. Solche Familien zogen wiederum weitere Konföderierte an, bis es in der Gegend schließlich von Bürgerkriegsveteranen wimmelte, die allesamt Jubal Clay als ihren Anführer betrachteten, war er doch im Bürgerkrieg Colonel gewesen und hatte es in Mexiko zum Bergwerksleiter gebracht.

Als die Familien etabliert waren, trafen sich die Männer, von denen im übrigen keiner mit einer Amerikanerin verheiratet war, hin und wieder, um in Erinnerungen an die alten Zeiten und den Bürgerkrieg zu schwelgen. Einige von ihnen waren in Gettysburg dabeigewesen, andere bei der verheerenden Schlacht von Antietam; aber alle empfanden grimme Befriedigung, wenn sie hörten, was Colonel Clay in jenen unglaublichen Minuten in Cold Harbor oder bei der Brandschatzung von

Chambersburg geleistet hatte; denn, wie einer der Männer, der mit Jeb Stuart auf seinen ungestümen Attacken mitgeritten war, sagte: »Manchmal haben wir gesiegt.«

Diese Männer waren entsetzt und angewidert, als sie im Jahre 1869 hörten, daß General Grant Präsident geworden war, weil es sie schmerzlich daran erinnerte, daß er schon immer vom Schicksal zum Siegen bestimmt gewesen war. Doch ein Konföderierter – sie selbst nannten sich niemals Ex-Konföderierte, denn sie betrachteten sich als nach wie vor im aktiven Dienst befindlich und würden dies auch bis zu ihrem Tode bleiben – tröstete seine Kameraden: »Das beweist mir nur, daß Gott wahrhaftig ein Konföderierter ist.« Als ein Mann, der etwas schwer von Begriff war, fragte: »Wie meinst du das?« antwortete dieser: »Gott straft den Norden nun endlich doch, indem er ihm Grant zum Präsidenten gibt. Er wird das Land auf die gleiche Weise ruinieren, wie er seine Armee zugrunde gerichtet hat.«

Mit der Zeit ließ diese Gruppe von Loyalisten den Traum fahren, daß sie eines Tages zurückkehren und noch einmal die Waffen gegen den Norden erheben würden, aber einige schworen, wenn Kanada sich jemals entschließen sollte, nach Süden zu marschieren, würden sie sich sofort auf seine Seite schlagen.

Jubals Südstaaten-Patriotismus bekam indes einen herben Dämpfer, als ein Neuankömmling die schockierende Nachricht brachte: »General Early ist aus Kanada zurückgekehrt, hat sich vom Präsidenten amnestieren lassen und betätigt sich jetzt als Strohmann für eine Gruppe von Glücksspielern in New Orleans.« Clay konnte dies von seinem einstigen Führer einfach nicht glauben, und er stellte eigene Nachforschungen an, bis er schließlich aus zuverlässiger Quelle erfuhr: »Jawohl, die beiden Ex-Generäle Beauregard und Early arbeiten für eine Bande von Berufsspielern in Louisiana, aber es ist nicht so schlimm, wie es klingt. Sie sind vom Staat Louisiana dazu bestellt worden, aufzupassen, daß es bei der Lotterie ehrlich zugeht. Könnten keine besseren Garanten finden als Namen wie Beauregard und Early.«

Ganz gleich, wie hart Jubal auch im *Mineral* arbeitete, seine Vernarrtheit in Alicia vermochte er damit nicht zu verdrängen, doch sorgte nun die Geschichte dafür, daß sie aus seiner Gegenwart verschwand. Major Echeverría hatte sich und sein Schicksal mit dem aufgehenden Stern von Porfirio Díaz verbündet, den die Palafox-Männer seit Jahren unterstützten und der berechtigten Anlaß zu der Hoffnung gab, daß er die Exzesse, die von dem Indiopräsidenten Benito Juárez begangen wurden, abstellen würde. Und Díaz war nun im Begriff, seinen Schritt zur Stabilisierung der Nation zu machen, und Echeverría ging mit ihm nach Mexiko City und nahm seine Frau und seine Familie mit.

Doch als Alicia Toledo verließ, tat sie etwas einigermaßen Überraschendes: Als sie die China-Poblana-Tracht sah, die vier Generationen von Mädchen in ihrer Familie getragen hatten, packte sie sie einem spontanen Impuls folgend ein und legte ihr eine hastig geschriebene Notiz bei: »Señor Clay, Sie sind ein lieber, treuer Mann, den wir alle sehr schätzen. Ich bete für Sie, daß Sie eine gute Frau und viel Glück finden mögen. Diese Tracht soll Sie immer an uns erinnern. Alicia Palafox Echeverría.« Sie gab das Paket einem der indianischen Diener der Familie und trug ihm auf: »Bring dies zum *Mineral* und hinterlege es im Zimmer von Señor Clay.« Und dann reiste sie in die Hauptstadt ab.

Mein Großvater erzählte seiner Familie später: »Als ich in meine Unterkunft zurückkam, lag da dieses Paket. Ich fragte mich, was wohl darin sein mochte; denn der Brief war nicht an der Verpackung befestigt, sondern befand sich mit im Paket. Als ich es öffnete und das farbenprächtige Kleid sah, war ich im ersten Moment immer noch verwirrt. Doch dann entdeckte ich den Brief und las ihn.« Er hat seiner Familie nie gesagt, was er mit Alicias seltsamem Geschenk gemacht hat, aber ich zumindest weiß es, da ich selbst heute in seinem Besitz bin. Er ging zu einem indianischen Holzschnitzer und beauftragte ihn, eine kräftige Puppe zu schnitzen, von der Größe eines achtjährigen Mädchens. Als sie fertig war, zog er ihr die China-Poblana-Tracht an, und die Puppe zierte sein Heim, bis er starb. Danach bekam sie John Clay, mein Vater, und von dem erbte ich sie. Heute befindet sie sich in meiner Wohnung in New York.

Alicias Versprechen, für ihn zu beten, das Großvater als eine Aufforderung interpretierte, sich eine Frau zu suchen, kam zu einer Zeit, als auch er angefangen hatte, sich hierüber Gedanken zu machen; denn seine Konföderierten-Freunde, die mexikanische Mädchen geheiratet hatten, waren der ständige Beweis, daß selbst, wenn der Rebell Protestant war und seine Braut Katholikin, eine starke Verbindung entstehen konnte. Und just zu dieser Zeit ergaben sich Umstände, die es erforderten, daß er María de la Caridad immer öfter sah.

Nicht länger ein Teenager – sie war inzwischen vierundzwanzig – stieg sie die gefährlichen Treppen nur noch dann hinauf, wenn es absolut unumgänglich war, und sie hatte sich angewöhnt, dann und wann in der untersten Kaverne zu übernachten, drunten bei den Eseln und den Indiomännern, die es vorgezogen hatten, dort dauerhaft zu wohnen. Einer dieser Männer, Elpidio, der seit Jahren kein Sonnenlicht mehr gesehen hatte, erklärte ihr auf die Frage, warum er niemals an die Oberfläche stieg: »Wenn der Priester mich hier runterschickt und wenn Señor Clay mich so schwer schuften läßt, dann haben sie mir die Sonne genommen und es ist mir einerlei, wann ich sterbe.«

Diese bittere Klage machte sie so betroffen, daß sie in der darauffolgenden Nacht Elpidios Beschwerde Señor Clay vortrug, und als er ihrem Bericht lauschte, wie die Indiomänner in dieser untersten Höhle dort hausten, begann er die Sklavenhalter-Mentalität, die er aus Virginia mitgebracht hatte, in Frage zu stellen.

Einige Wochen lang unternahm er zunächst einmal nichts und begnügte sich damit, die Höhlen jeden Tag zu besuchen und sich ein Bild von den Bedingungen zu machen, unter denen die braunhäutigen Männer dort arbeiteten. Doch eines Abends, als er im Begriff war, die erschreckend unzureichende Treppe hinaufzusteigen, fühlte er sich plötzlich von unsichtbaren Händen an der Gurgel gepackt, und mit jeder Stufe, die er weiterstieg, wurde das Gefühl, etwas schnüre ihm die Kehle zu, realer, bis er schließlich erschöpft an der obersten Höhle, die schon mehr als ein Jahrhundert zuvor aufgegeben worden war, innehielt. Hier fällte er das niederschmetternde Urteil:

An dem Tag, an dem wir sie in diese Grube schicken, verurteilen wir sie zum Tode! Und er fühlte sich von überwältigenden Schuldgefühlen gepackt.

Gleich am nächsten Morgen sagte er zu den Palafox: »Es gibt jetzt Maschinen, die einen Förderkorb, vollgeladen mit Erz, aus der Grube nach oben ziehen können, und auf dem Weg nach unten können sie die Männer mitnehmen, die das Erz abbauen. Wir müssen eine solche Vorrichtung anschaffen, ganz gleich, was sie kostet.« Sie willigten ein, und sie waren erfreut, als er hinzufügte: »Und es gibt jetzt ein neuartiges Drahtseil anstelle des alten, unpraktischen Seils aus Manilahanf.«

Sofort machte Clay sich daran, eine Aufstellung der technischen Details für einen Förderkorb anzufertigen, der in den existierenden Schacht paßte, und wo die Wände zu eng waren, ließ er sie von den Steinhauern erweitern. Auf diese Weise schuf er eine der ersten humanen Schachtanlagen in Mexiko. Während dieser hektischen Zeit, in der die Anlage installiert und der Durchmesser des Schachts vergrößert wurde, sah er María de la Caridad sehr häufig: Sie machte sich sehr nützlich, indem sie half, den Verkehr auf der Treppe zu beaufsichtigen, die man bald nicht mehr brauchen würde. Sie war äußerst schnell von Begriff und eine große Hilfe, wo es darum ging, den anderen Konföderierten die Traditionen und Vorlieben der Indios zu verdeutlichen, so daß zu dem Zeitpunkt, als das neue System installiert war, er und Caridad ein solch gut eingespieltes Team waren, was ihre Zusammenarbeit betraf, daß sie faktisch die Funktion einer Assistentin erfüllte.

Als der Umbau abgeschlossen war und die neue Maschine aus England – sie wurde sinnigerweise Donkey, ›Esel‹, genannt – das Erz zutage förderte und die Arbeiter nach unten brachte, organisierte er zwei Feste: ein rauschendes im Kachelhaus für die Honoratioren der Stadt und die Freunde der Palafox, mit Mariachi-Kapelle und allem Drum und Dran; und ein erheblich ruhigeres zwangloses Treffen der Konföderierten aus der gesamten Umgebung, egal ob sie im *Mineral* arbeiteten oder nicht. Da Jubal wußte, daß viele mexikanische Ehefrauen anwesend sein würden, lud er auch Caridad zu der Feier ein – als Dank für die Hilfe, die sie geleistet hatte.

Der Höhepunkt der Party der Konföderierten war ein Bericht eines baptistischen Geistlichen aus Alabama, der unter den streng katholischen Indios um Überläufer zum Protestantismus warb. »Wunderbare Neuigkeiten aus dem Norden«, sagte er. »Ihr Präsident Grant entpuppt sich immer mehr als der korrupteste, blödeste und unfähigste Führer, den sie je gehabt haben.« Nachdem das freudige Gejohle, das diese Aussage auslöste, verklungen war, fragte ein Mann aus einer bedeutenden Familie in Nordcarolina mit gespieltem Gram: »Warum hat er diese Eigenschaften nicht gezeigt, als er gegen uns gekämpft hat?«

Jubal sah, wie locker und unbefangen sich die mexikanischen Ehefrauen einfügten, wie sie frei von der Leber weg sprachen, Witze machten, ihre redseligen Ehegatten aufzogen. Eine Frau, die die englische Sprache schon fast fließend beherrschte, sagte: »Wenn ich euch Muchachos reden höre, fällt es mir schwer, mich daran zu erinnern, daß ihr den Krieg verloren habt.« Ihr Mann konterte: »Aber wir haben uns euch *paisanos* 1848 ordentlich zur Brust genommen.« Und alles johlte.

Als die Party zu Ende war, nahm Caridad Jubal beiseite und sagte verbittert in ihrem gebrochenen Englisch: »Immer das gleiche. Du geben große Party für Palafox, Mariachi-Kapelle machen Musik. Du geben Party für Americanos, trinken viel Bier. Aber keiner macht Party für Indios – wir machen die ganze Arbeit. Du gesehen. Du dich nicht schämen?«

Er schämte sich, aber als ehemaliger Plantagenbesitzer aus Virginia war er zutiefst verstört, daß eine Frau, die *de facto* nicht mehr als eine Sklavin mit einer anderen Hautfarbe war, so frei und offen mit ihm redete. Gewiß, wenn die Sklaven auf seiner Plantage eine Arbeit gut verrichtet hatten, hatte er ihnen vielleicht eine Rinderhälfte spendiert, und Zephania hatte ihren Köchen vielleicht dabei mitgeholfen, ein paar Pecannuß-Torten zu backen, aber kein Sklave hätte je gewagt, dergleichen zu fordern – und am wenigsten eine Frau. Aber der Gedanke war so eindeutig richtig, daß er beschämt war. Er ergriff ihre Hand und sagte: »Du hast recht mit dem, was du sagst. Ich brauch' deine Hilfe.« Und dann fügte er hinzu: »Und ich brauche dich.«

»Ja, das tust du«, flüsterte sie.

Sie heirateten noch nicht sofort. Sie zog ohne großes Aufhebens bei ihm ein und machte sauber. Während der nächsten Tage traten seine beiden konföderierten Mechaniker unabhängig voneinander an ihn heran und sagten: »Sie werden es niemals bereuen«, und ihre beiden Ehefrauen rieten Caridad mit Nachdruck: »Lern Englisch!«

Ihre Hochzeit fand in einer der kunstvoll verzierten Kapellen der Kathedrale statt, nicht in der Außenkapelle, wo die Indios ihre Hochzeitszeremonien während der Amtszeit der ersten Palafox-Bischöfe abgehalten hatten, und nach gehöriger Frist bekamen sie einen Sohn – meinen späteren Vater. Jubal nannte ihn John. »Ich habe meinen Namen immer gehaßt«, meinte er dazu. »Schrecklich, dieses alttestamentarische Zeug. Und die Namen, die die Mexikaner ihren Jungen geben, finde ich noch schlimmer: Hilario, Alipio, Cándido. Ich will den einfachsten Namen, den es gibt. Sam wäre nicht schlecht, aber die Frauen würden ihn dann immer Samuel nennen. John ist gut. Ist zwar auch was Biblisches, aber daran denken die Leute nicht.« Und so wurde das Kind denn auf den Namen John getauft.

Als Jubal älter war, bekam er einen überraschenden Brief mit dem Poststempel von Cold Harbor. Er war von Grace Clay Shallcross, und darin schrieb sie, daß zu ihrer großen Freude ihr Ehemann, ein bedeutender Rechtsanwalt, der dank der Tatsache, daß er Adjutant von General Grant gewesen sei, gute Beziehungen zur Regierung habe, sein Gehalt gespart habe und auf dem Land, das sie bei Newfields besitze, eine Nachbildung – nein, mehr als eine Nachbildung: eine verbesserte Version – ihres alten Familiensitzes erbaut habe. Der Brief endete mit den Worten: »Dein Geist herrscht nach wie vor auf der Plantage, Vater: die gleichen Felder, die gleichen Baumwollpflanzen und eine große Anzahl der alten Neger von früher, nur daß sie jetzt für Lohn arbeiten. Bitte komm heim und genieße es zusammen mit uns!«

Caridad, die inzwischen längst Englisch konnte, spürte sehr

wohl die ernste Bedrohung, die dieser Brief für sie darstellte, und sie erhob keinen Protest, als Jubal ihn verbrannte, ohne sich die neue Adresse aufzuschreiben. Auch John, sein Sohn, sollte Newfields niemals besuchen und Johns Sohn – ich – auch nicht.

Von allen Ideen, die Jubal hatte, war die mit den nachhaltigsten Auswirkungen für Toledo – denn zu der Zeit erschöpfte sich die Silbermine, und alles, was er dort geschaffen hatte, war verloren – eine, die er in den neunziger Jahren hatte, als er schon ein alter Mann war. Als er wieder einmal das Frühlingsfest auf der Plaza besuchte, kam ihm der Gedanke, daß sich hieraus viel mehr machen ließe. Er fuhr sofort zum Palafox-Haus, und er und die Palafox-Männer, inzwischen alle sehr alt, schmiedeten ehrgeizige Pläne für die nächste Fiesta: »Wir könnten einen Poesiewettbewerb veranstalten, für alle Dichter der Region. Wir könnten die Tänzer aus Oaxaca mit ihren farbenprächtigen Kostümen auftreten lassen. Wir könnten dreißig Verkaufsstände bauen, alle von derselben Größe, und sie nach dem Fest abbauen und bis zum nächsten Jahr einlagern.«

Sie ließen ihrer Phantasie freien Lauf, da sie wußten, daß sie nicht mehr viele Fiestas erleben würden. Die wichtigste innovative Idee kam von Don Alipio: »Meine Palafox-Stiere sind die besten in Mexiko, unbestritten. Die Stadt will unsere Plaza vergrößern. Gut, wir werden ihr dabei helfen. Und damit es eine echte Fiesta wird, werden wir drei große Stierkämpfe veranstalten – am Freitag, am Samstag und am Sonntag.« Und Jubal schlug vor: »Und die beste Mariachi-Kapelle bekommt einen Preis – sagen wir, hundert Pesos.«

Die Idee gefiel den anderen, aber die Palafox, die für Finanzen zuständig waren, sagten: »Wo kriegen wir die hundert Pesos her?« Und Jubal erwiderte: »Von mir. Wißt ihr, was mein Name in der Bibel bedeutet? Der Vater von allen, die Harfe und Flöte spielen.« Einer der Männer gab zu bedenken: »Aber in einer Mariachi-Kapelle gibt es weder Harfen noch Flöten«, worauf Jubal konterte: »Die Trompeten machen dieses Manko mehr als wett.«

Als die Zeit kam, farbenfrohe Plakate zu entwerfen, die das Fest ankündigten, verwandte Jubal bei seiner Skizze das Wort

»Festival«, das so ausgesprochen wird wie »Mineral«, nur daß bei letzterem die Betonung auf der letzten Silbe liegt. Doch als die Palafox seinen Entwurf sahen, erhoben sie Protest: »Es gibt kein solches Wort im Spanischen. Es gibt Fiesta, Festivo, aber nicht Festival.« Als er andere fragte, bestätigten sie, daß er ein Wort benutzt hatte, das es zu der Zeit im Spanischen noch nicht gab, aber er blieb stur: »Es hat etwas Melodisches, und die ausländischen Gäste, die nach Toledo kommen, um das Fest zu besuchen, werden wissen, was es bedeutet.« Und so blieb es dabei.

Mein Großvater starb nicht glücklich. Er hatte eine wunderbare Frau, sein Sohn John war inzwischen erwachsen, und in Mexiko herrschte Frieden unter der eisernen Diktatur von Porfirio Díaz. Doch dann, wie um zu signalisieren, daß die guten alten Zeiten zu Ende gingen, beging in der im Norden des Landes gelegenen Stadt Monterrey ein Anarchist einen Anschlag auf Díaz. Er verfehlte jedoch die Kutsche des Diktators und traf statt dessen die von Colonel Echeverría. Bei dem Anschlag kamen der Colonel und seine Frau Alicia ums Leben. Drei Monate später hatte Díaz abgedankt, und der berüchtigte General Gurza war dabei, den Norden von Zentralmexiko zu verwüsten, während Emiliano Zapata das gleiche im Süden machte.

Jubal war untröstlich. Er hatte Alicia Palafox gleichsam als Angehörige seiner Familie betrachtet. Manchmal war sie jenes achtjährige Kind in der China-Poblana-Tracht; dann wieder die wunderschöne Braut, die er bei seiner Rückkehr nach Toledo kennengelernt hatte; dann wieder die graziöse Dame auf der Plaza, die ihn dabei erwischt hatte, wie er die Puppe kaufte; oder auch das sensible Wesen, das ihm das Kleid und den Brief geschickt hatte, den er – wie auch das Kleid – selbstverständlich noch besaß. Ich glaube, man kann mit Recht sagen, daß die beiden sich auf eine stille Art geliebt hatten. Was ich indes ganz sicher sagen kann, ist, daß die Erinnerung an Alicia Palafox im Gedächtnis unserer Familie noch so lebendig ist wie an jenem schrecklichen Tag, als sie getötet wurde und Mexiko auseinanderzufallen begann.

Da ich im Jahre 1909 geboren bin und Mexiko 1938 für immer verließ, liegt es auf der Hand, daß ich Zeuge der ständigen Umwälzungen wurde, die das Land während jener Jahre verheerten. Der nun folgende Teil wird jedoch vor allem von meinem Vater, John Clay, handeln, der die Tragödien nicht aus der Sicht eines Kindes miterlebte, sondern als persönlich beteiligter erwachsener Mann. Er wird auch eine Schilderung dessen sein, was Toledo im Verlaufe dieser Wirren erfuhr; denn unsere Familie lebte dort während der gesamten Dauer der Unruhen. Um eine gewisse Ordnung in das Durcheinander zu bringen, will ich zunächst jene Personen beschreiben, die bedeutende Rollen in dem Drama spielen, und einige der Schauplätze, auf denen sie agierten.

Die beherrschende Figur bei der Rebellion war General Saturnino Gurza, ein wahrer Fettkloß von einem Mann, eins neunzig groß, mit einem gewaltigen Bauch, der sich direkt unterhalb seines Brustkorbes wie eine Kugel vorwölbte. Unter dieser mächtigen Wampe trug er einen schlichten Strick anstelle eines Gürtels. Da er stolz darauf war, ein Peón zu sein, trug er die Kleidung eines Peóns: Sandalen, ungebügelte weite weiße Hosen, die von dem bereits erwähnten Strick gehalten wurden, ein weißes Hemd mit offenem Kragen, eine rote Bandanna und einen riesigen weißen Stroh-Sombrero.

Sein Gesicht paßte perfekt zu seinem Körper: feist, rund, mit schwarzen, tief in die Augen hängenden Haaren und einem Schnauzbart mit herunterhängenden Enden. Bei mehreren Gelegenheiten hörte ich ihn Befehle geben, und ich erinnere mich gut an seine rauhe Stimme, die immer in einem höhnischen Lachen endete, so als ob es ihm Spaß bereitete, die schrecklichen Dinge zu tun, die er tat.

Gurza war in Armut aufgewachsen, in einem der öden nordmexikanischen Staaten an der Grenze zu den Vereinigten Staaten – ein Land, gegenüber dem er einen bleibenden Haß entwikkelte. Als Junge hatte er seine Spielgefährten herumschikaniert, und im Alter von neunzehn Jahren hatte er sich selbst zum Oberst ernannt, und seitdem kämpfte er für jeden, der ihn dafür bezahlte. Mit zwanzig ernannte er sich zum General und legte in dieser Funktion eine solche Meisterschaft an den Tag, daß er sich rasch zu einem echten General mauserte. Er hatte also von Kindheit an ständig gekämpft, wobei jedoch die Frage, gegen wen oder für wen, stets eine eher untergeordnete Rolle gespielt hatte. Er erlangte Berühmtheit als der General, der zwei breite Patronengurte kreuzweise über die Brust geschnallt trug, eine riesige Büchse über der linken Schulter und stets ein höhnisches Grinsen auf den Lippen hatte. Wenn diese imposante Gestalt in eine Versammlung stürmte, erheischte sie automatisch Respekt.

Bei all seinen gesetzlosen Aktionen konnte Gurza stets auf die Unterstützung eines Heeres von zerlumpten Dissidenten bauen, die sich *los descamisados*, ›die Hemdlosen‹, nannten. Mit dieser Truppe von Gesetzlosen machte er die Gegend zwischen der amerikanischen Grenze und Mexiko City unsicher. Auch hatte er offenbar keine Probleme damit, einen schier unerschöpflichen Nachschub von Eisenbahnzügen in seine Gewalt zu bringen (die Eisenbahn war inzwischen in fast alle Regionen Mexikos vorgedrungen). Ganz gleich, welcher Eisenbahngesellschaft er sie auch klaute, sie sahen immer gleich aus: eine schnaufende Lokomotive, deren Wassertank mühelos von feindlichen Kugeln durchsiebt werden konnte, vielleicht ein normaler Waggon mit Fenstern, ein Gepäckwagen mit schweren Eisengittern vor den Fenstern, gefolgt von einer Anzahl von Flachwagen – gelegentlich war einer mit zaunähnlichen Seitenwänden darunter – und dem unvermeidlichen Bremswagen, auf dem enthusiastisch johlende Soldaten mitfuhren, die Vergnügen daran fanden, auf jeden zu feuern, den ihre Kumpane auf den vorderen Flachwagen verfehlt hatten. Da sich inzwischen in Toledo drei Eisenbahnlinien kreuzten, von denen eine in die Hauptstadt führte, eine nach Guadalajara und eine nach San Luis Potosí, war es unvermeidlich, daß wir General Gurza, dessen kurzer Name leicht zu behalten war, alle Nase lang sahen. Tatsächlich war während meiner Kindheit die Geschichte Toledos so eng verbunden mit den Schandtaten dieses grausamen Mannes, daß in meiner Vorstellung Gurza und Toledo gleichsam zu einer Einheit verschmolzen sind. Seine Streifzüge in die Stadt waren unvermeidlich, denn er und seine Armee lebten auf Güterwaggons, und das führte ihn ständig zu uns. Ich erlebte seine Truppen bei vier verschiedenen Gelegenheiten, die allesamt schrecklich waren: im Jahre 1914, als er die Nonnen ermordete; 1916, als er fünf Männer aus meiner Familie umbrachte; 1918, als er die Stadt anzündete und unsere Priester abschlachtete; und 1919, als er unsere Mine zerstörte. Und dann war da noch dieser fünfte »Besuch«, als er mich auf dem Knie schaukelte, als wäre er mein lieber Onkel.

Es gab natürlich noch eine Reihe weiterer Besuche, denn er war stets auf Achse, aber er kam so oft durch unsere Stadt, entweder als Jäger oder als Gejagter, daß sich die einzelnen Anlässe und ihre jeweiligen Daten verwischen und ich sie beim besten Willen nicht mehr auseinanderhalten kann. Was ich jedoch mit Sicherheit behaupten kann, ist, daß er in meiner Kindheit ein Menschenfresser war, in meinen Jünglingsjahren ein Schreckgespenst und in meinen späteren Jahren eine verwirrende und verblüffende Persönlichkeit, der wohl bemerkenswerteste Mexikaner, den ich je kannte.

In unserer Stadt hatte der General seine Feinde, die es zu bekämpfen galt, klar identifiziert: die Palafox mit ihren großen Villen und riesigen Ländereien; Mutter Anna María, die Oberin des nordwestlich der Stadt gelegenen Konvents, die das Pech hatte, als Mitglied der Palafox-Familie bekannt zu sein und sich so gleich doppelte Feindschaft zuzog; und Vater Juan López, ein untergewichtiger, schieläugiger Dorfpriester mit ungesunder Gesichtsfarbe und beseelt von dem brennenden Verlangen, daß seine Kirche seine Indios fördern und ihnen Gerechtigkeit widerfahren lassen möge. In jenen Jahren diente Vater López als kleiner Geistlicher in der Kathedrale, die einen Kader von vier weiteren Priestern hatte, welche das traditionelle Amt verrichteten, den wohlhabenden Familien in der Region um den Bart zu gehen.

Jeder dieser Feinde des Generals war mit irgendeinem Gebäude oder auch mehreren Gebäuden verbunden, so daß Gurza, wann immer er durch Toledo marschierte, keine Mühe hatte, Ziele zu finden, an denen er seine schlechte Laune auslassen konnte. Mutter Anna Marías Konvent war ein Gebäude aus dem späten achtzehnten Jahrhundert, errichtet von den Palafox, die zu der Zeit regiert hatten. Auf einem Hügel im Norden von Toledo gelegen, bot es vielleicht den prachtvollsten Ausblick im gesamten Bezirk, denn man konnte von dort aus nicht nur die Pyramide und die Schornsteine des *Mineral* sehen, sondern auch das Profil der Stadt und der hügeligen Landschaft, in die sie eingebettet war. Das Kloster selbst war ein Schmuckstück mit lauschigen Kreuzgängen und niedrigen Türmen, aber schon seine Umgebung allein hätte es zu einer Besonderheit gemacht.

Der erfolglose Vater López arbeitete in der Kathedrale und wohnte in einer kargen Behausung auf ihrem Gelände. Der Palafox-Besitz schloß den *Mineral*, die großen, von Ziegelmauern geschützten Häuser und die Stierranch ein. Aber es war die Stadt selbst, eine Art von eigenständigem Refugium in der Nähe von Mexiko City, die das Hauptziel für einen Angreifer darstellte. Jedes marodierende Heer, das in der Lage war, in Toledo einzufallen, sandte eine stumme Botschaft der Furcht in die Hauptstadt. »Werden wir vielleicht die nächsten sein?« fragten sich die Hauptstädter dann, und die Regierungstruppen versuchten manchmal, solche Einfälle zu verhindern, indem sie Toledo umzingelten, um es zu verteidigen. Aber solcherlei fruchtlose Bemühungen hatten allenfalls den Effekt, daß die Eroberungsarmeen noch rachsüchtiger als sonst vorgingen, wenn sie als Sieger in die Stadt einmarschierten.

Es wäre sicherlich hilfreich, wenn ich erklären könnte, wer genau in jenen chaotischen Jahren eigentlich wen bekämpfte, aber ich war damals genausowenig in der Lage, die verzwickten Verhältnisse zu durchschauen, wie ich es heute bin. Im Jahre 1911 wurde der Diktator Porfirio Díaz von dem poetischen Träumer Francisco Madero gestürzt, der seinerseits schon bald darauf von praktischer denkenden Leuten ermordet wurde. Als nächstes kämpfte ein Mann namens Victoriano Huerta um die Vorherrschaft gegen einen Mann namens Venustiano Carranza, den mein Vater nicht ausstehen konnte. Als schließlich die drei berühmten Banditen – Pancho Villa, Emiliano Zapata und Saturnino Gurza – auf den Plan traten, brach in ganz Mexiko die Hölle los. Carranza wurde schließlich Opfer eines Attentats, und die Macht übernahm ein gewisser Obregón, aber er wurde ebenfalls Opfer eines Anschlags, und im Jahre 1934, einem schwarzen Tag in der Geschichte Mexikos, zumindest, was die Familie Clay betraf, wurde Lázaro Cárdenas, ein wild dreinblickender Radikaler, Präsident von Mexiko, und das war der Beginn unseres Rückzugs aus Mexiko.

Ich hoffe, daß es Ihnen gelungen ist, wenigstens einigermaßen klug aus all dem zu werden; denn, wie gesagt, ich habe das nie geschafft. Das einzige, was ich wußte, war, daß General Gurza kam und ging, und wenn er kam, starben Menschen, und wenn er ging, beklagten sie den Tod ihrer Lieben. Unser erstes Erlebnis mit ihm hatten wir 1914, als ich fünf Jahre alt war. Einer seiner Züge näherte sich von Norden kommend Toledo, und als ein Kundschafter in die Stadt gesprengt kam mit der Schreckensnachricht: »General Gurza kommt!«, brachte mein Vater, der nach dem Tode meines Großvaters Verwalter des *Mineral* geworden war, meine Mutter und mich in ein Hinterzimmer und sagte: »Egal, was passiert, rührt euch nicht vom Fleck!« Und dann rannte er zur Mine, um sie zu schützen.

Für dieses eine Mal ging der Kelch jedoch noch einmal an uns vorüber, denn der Zug geriet auf ein Nebengleis westlich der Pyramide. Dieses Gleis brachte die beladenen Waggons in die Nähe des Konvents, und als unsere spärlich gesäten Regierungstruppen den Zug am Stadtrand anhielten, marschierte Gurza aus Wut darüber, daß er daran gehindert worden war, in Toledo einzumarschieren, mit seinen Truppen zu dem ungeschützten Kloster, brach die schwachen Tore auf, scheuchte alle Nonnen auf den Hof und erschoß sieben von ihnen. Besonderes Vergnügen hätte es ihm bereitet, die Oberin Anna María hinzurichten, da sie eine Palafox war, aber er konnte sie nirgends finden. Einige treue Nonnen hatten sie unter Lebensgefahr versteckt – es waren die sieben, die Gurza erschoß.

Ich war, wie ich schon sagte, zu der Zeit fünf, und obwohl ich mich an das Entsetzen erinnern kann, das meine Familie packte, als sie von dieser Greueltat hörte, verstand ich die beschönigenden Ausdrücke nicht, die Mutter und Vater im Zusammenhang mit dieser Tragödie benutzten. Sie verwendeten das spanische *violado las monjas* (etwa: ›haben sich an den Nonnen vergangen‹), um zu beschreiben, was passiert war, bevor die Nonnen getötet worden waren, und vielleicht war es besser für mich, daß ich es nicht verstand; doch als General Gurza das nächste Mal durch unsere Stadt kam, da wußte ich, daß seine Soldaten die Nonnen vergewaltigt und gefoltert hatten, bevor sie sie erschossen. Es wurde sich oft an Frauen vergangen, wenn Gurzas Spießgesellen eine Stadt plünderten.

Aufgeschreckt durch diese schaurige Bluttat, kaufte Vater zwei Pistolen und schärfte Mutter und mir ein: »Es sind wilde Tiere. Knallt sie ab, falls sie jemals auf diese Seite der Pyramide kommen und versuchen, gewaltsam in unser Haus einzudringen.« Er nahm Mutter beiseite und sagte leise zu ihr, so, daß er glaubte, ich könne es nicht hören: »Wenn sie versuchen sollten, euch Gewalt anzutun, schieße sie nieder. Und wenn es zu viele sind, richte die Waffe gegen euch selbst.« Im Alter von sechs Jahren lernte ich, einen Revolver zu laden, zu reinigen und zu benutzen. Und des Nachts malte ich mir im Geiste aus, wie ich General Gurza, den ich noch nie gesehen hatte, mit meinem Revolver erschoß, wenn er versuchte, sich an Mutter zu vergehen.

Zum erstenmal wirklich zu sehen bekam ich den General Jahre später, als sein schrecklicher Zug wieder einmal von Norden kommend auf unsere Stadt zurollte, diesmal ohne irgendwelche Gegenwehr. Nachdem er ihn rückwärts in die Stadt hatte einrollen lassen, damit er schnell entkommen konnte, falls Truppen aus der Hauptstadt einrücken sollten, ließ er alle Einwohner herausscheuchen, einschließlich der Leute, die im *Mineral* arbeiteten, und auf der Plaza zusammentreiben. In Schweiß gebadet – es war ein glutheißer Julitag – standen wir dort und harrten der Dinge, die da kommen würden. Vater instruierte uns im Flüsterton: »Sagt nichts. Macht nichts. Verhaltet euch unauffällig.«

Und schweigend schauten wir zu, wie Gurzas Männer anhand von Namenslisten, die die Offiziere laut vorlasen, die Landbesitzer des Distrikts zusammentrieben, die großen mit mehr als zweihunderttausend Morgen, und sie in den Bereich der Plaza bugsierten, der der Kathedrale direkt gegenüberlag. Dort mußten sie sich vor der steinernen Wand von einem der Türme aufstellen, und Gurza erhob Beschuldigungen gegen sie, mit so lauter Stimme, daß ich Angst kriegte. »Gute Leute von Toledo! Diese Männer – ihr kennt sie – haben euer Land gestohlen, euch von ihm weggejagt und Sklaven aus euch gemacht. Ist es nicht so?« Und aus den Reihen der Zuschauer riefen viele: »Ja, ja!«

Dann brüllte er einen seiner Offiziere an: »Lies die Liste vor!« und der Mann, der keinerlei Rangabzeichen trug, anhand derer man ihn als Offizier hätte identifiziern können, las laut: »Aureliano Palafox, sechzigtausend Morgen. Belisario Palafox, vierzigtausend Morgen. Tómas, zwanzigtausend Morgen«, und die Litanei setzte sich so fort bis hinunter zu denen, die nur ein paar tausend Morgen besaßen. In späteren Jahren erinnerte ich mich an diese Zahlen und fragte mich, wie die Palafox so viel Land in ihren Besitz gebracht hatten. Mir war nicht bewußt, daß unser Besitz sich weit in die Landschaft hinein erstreckte.

Als die Liste zu Ende verlesen war, schrie Gurza einem seiner Leute zu: »Wie sind diese Diebe an ihr Land gekommen?«, und der Mann schrie: »Sie haben es gestohlen!«

»Wem haben sie es getohlen?«

»Den Peones.«

»Und was machen wir mit Leuten, die ehrlichen Menschen ihr Land weggenommen haben?«

»Wir erschießen sie!« Und für einen Moment war die Stimmung so hochgepeitscht, daß viele auf der Plaza schrien: »Ja! Erschießt sie!«

»Mein Gott!« schrie Vater. »Sie tun es wirklich!«, und er flüsterte Mutter zu: »Halt ihm die Augen zu!« Und ihre Hand legte sich über mein Gesicht, aber ein winziger Spalt blieb frei, und mit einem Auge sah ich, wie General Gurza den Befehl zum Feuern gab. Ich sah, wie die Musketen vom Rückstoß zurückprallten, sah, wie sich der Rauch aus den Mündungen kräuselte und sah, wie die Landbesitzer tödlich getroffen zu Boden sanken und der Boden vor dem Turm der Kathedrale sich rot zu färben begann.

In dem Glauben, daß die Exekution vorüber war, ließ Mutter ihre Hand sinken, und ich konnte deutlich sehen, daß einer der Landbesitzer noch am Leben war – in den folgenden Jahren würde ich die Erfahrung machen, daß dies bei Massenerschießungen häufig vorkam. General Gurza zog seinen Revolver, ging zu dem Verwundeten und schoß ihm eine Kugel durch den Kopf.

Vier Palafox waren hingerichtet worden. Indem sie sich so viel Land zusammengerafft hatten – gewöhnlich mit Billigung der Regierung –, hatten sie gleichzeitig ihr Todesurteil unterzeichnet.

Ihre Leichen blieben bis zum Abend in der heißen Sonne liegen. Erst dann erlaubte Gurza der Menge, nach Hause zurückzukehren. Doch bevor wir die Plaza verließen, hatte ich kurz Gelegenheit, von nahem einen Blick auf die Turmwand zu werfen, und ich sah, daß sie von Einschußnarben übersät war. In dem folgenden Jahrzehnt sollten Tausende von Gebäuden ähnliche Schußnarben bekommen.

Welche Wirkung hatte die öffentliche Hinrichtung auf unsere Familie? Eine Art Betäubung legte sich über uns. Vater weigerte sich schlicht, zu glauben, daß er gesehen hatte, was geschehen war, denn er war angewidert von der kalkulierten Brutalität des Geschehens. Er konnte an jenem Abend nichts essen. »Ich empfinde immer noch Ekel«, sagte er.

Die Reaktion bei meiner Mutter war ganz anders. Dumpfe Wut ergriff sie. Sie war schließlich eine Palafox, die Tochter von Alicia Palafox, jener schönen Frau, deren China-Poblana-Kostüm meinen Großvater Jubal so fasziniert hatte. Die Tatsache, daß Männer, mit denen sie verwandt war (einer von ihnen war ihr Onkel gewesen) erschossen wurden, bloß weil sie Land besaßen, war für sie eine Warnung, daß sie womöglich eines Tages aus ähnlichen Gründen hingerichtet werden konnte. Sie dachte, daß es vielleicht besser sei, wenn wir den *Mineral* verließen, da bekannt war, daß er den Palafox gehörte, und sie schlug Vater und mir dies auch vor, doch wir bestanden darauf, die Stellung zu halten. »Das ist meine Arbeit«, sagte mein Vater. »Es ist eine anständige Arbeit, und ich habe unsere Leute immer anständig behandelt.«

Und so hielten wir denn an unserem Heim und an unserer Arbeit fest. Doch wir lebten von dem Moment an in ständiger Sorge; denn wenn sieben Nonnen und neun Landbesitzer einfach so, ohne jeden Prozeß, erschossen werden konnten – die sieben, weil sie gläubig waren, die neun, weil sie Land besaßen –, dann mußte man auf alles gefaßt sein.

Zu der Zeit – 1917, ich war inzwischen acht – hatte ich ein grausiges Spiel erfunden, das jedes Kind in jenen turbulenten Jahren hätte spielen können. Aus Tageszeitungen und den zahlreichen Billigmagazinen, die Storys über verschiedene Aspekte dieses endlosen Krieges brachten, begann ich Artikel über einzelne Offiziere auszuschneiden, deren Werdegang meine Aufmerksamkeit erregte, und wenn die »Mappe« über irgendeinen dieser Offiziere komplett war, hatte ich einen repräsentativen Überblick nicht nur über sein äußerst wechselvolles Leben, sondern zugleich auch ein Dokument über Mexiko in seiner Agonie. Ich hatte neun solcher Sammelmappen, jede gleichsam eine Kopie der anderen; eine, die ich über einen jungen Leutnant namens Fermín Freg angelegt hatte, ragt in meiner Erinnerung als beispielhaft für diese Zeit heraus:

1910 Zeitung: Der tapfere Leutnant Fermín Freg, der den Sturmangriff führte, welcher die aufrührerischen Feinde unseres geliebten Hüters der Nation, Porfirio Díaz, zerschmetterte.

1911 Magazin: Major Freg als treuer Verteidiger von Francisco Madero, der den verhaßten Diktator Díaz aus dem Lande gejagt hatte.

1913 Magazin: Oberstleutnant Freg in der Ehrengarde für General Huerta, der die Ermordung Maderos befohlen hatte.

1913 Kleine Broschüre: Oberst Freg, Adjutant von General Carranza, der General Huerta seines Amtes enthoben hat.

1914 Dickes Buch: Die Generäle Prado, Gurza und Rubio bei der Unterzeichnung des »Paktes der drei Generäle«.

1915 Große Broschüre: Oberst Freg, der Befehlshaber des Erschießungskommandos, das General Prado hingerichtet hat.

1916 Sehr dickes Buch: General Freg beim Abnehmen der Parade nach dem großen Sieg bei San Luis Potosí.

1917 Das dickste Buch: Volle Seite in Farbe, Leichnam von General Freg nach seiner Erschießung durch pradotreue Truppen.

Die Biographien sind eintönig in ihrer Vorhersehbarkeit. Die letzten Fotos von Männern wie Madero, Carranza, Zapata und Obregón, jeder von ihnen für ein paar Jahre vom Volk stürmisch umjubelt, zeigen die Männer in ihrem eigenen Blut liegend, hingerichtet durch die Kugel eines einstigen Freundes oder Verbündeten.

Unterstützt wurde ich bei diesem schaurigen Spiel von meiner Großmutter, María de la Caridad, die jetzt eine Witwe von Mitte sechzig war und besorgt wie eh und je um das Wohl ihrer Familie und ihrer Indios – in dieser Reihenfolge. Sie lebte in herzlicher Harmonie mit uns zusammen und half meiner Mutter, mich zu erziehen. Kurioserweise sprach sie besser Englisch als meine Mutter und drängte energisch darauf, daß ich es ebenso gut lernte wie Spanisch. Dank ihr wuchs ich zweisprachig auf, ohne irgendeinen wahrnehmbaren Akzent in einer der beiden Sprachen.

Ich habe in diesem Erinnerungsbericht gesagt, daß das größte Charakteristikum der Clays aus Virginia ihr glühender Patriotismus war, aber ich hatte ihn selbst nie erlebt. Ich verließ mich da ganz auf die Familienlegende. Doch im Jahre 1917, als General

Gurza sein Unwesen in unserem Teil Mexikos spielte, wurde die Aufmerksamkeit meines Vaters auf Europa gelenkt, wo Kaiser Wilhelm II. sich anschickte, die Welt neu zu ordnen. Als eine amerikanische Expeditionsstreitmacht über den Atlantik gesandt wurde, um gegen die Deutschen zu kämpfen, knurrte Vater: »Wird auch langsam Zeit«, und er traf sich mit anderen Männern in Toledo, um den Verlauf des Krieges zu verfolgen. Eines Abends, während wir beim Essen saßen, rief er: »Wenn dein Leben bedroht wird, dann mußt du was tun!« Und gleich am nächsten Tag wurde er bei der amerikanischen Botschaft in Mexiko City vorstellig, wo er erfuhr, daß er, obwohl er kein amerikanischer Staatsbürger war, sich durchaus als Freiwilliger zum Dienst nach Übersee melden konnte.

»Ginge es beim Virginia-Regiment?«

»Wenn Sie das Porto für das Telegramm bezahlen, kriegen Sie's raus.«

Sobald die Genehmigung erteilt war, kam er zurück nach Toledo mit Neuigkeiten, die uns verblüfften: »Der Militärattaché an der Botschaft hat mich als Offiziersanwärter vereidigt. Ich muß mich unverzüglich in Fort Dix melden.« Dann fügte er hinzu, fast als eine Art Nachgedanken: »Graziela, du und Mutter könnt euch um den *Mineral* kümmern, solange ich weg bin.«

Als meine Mutter zu weinen anfing, tröstete er sie und sagte zu mir: »Paß auf sie auf, während ich fort bin!« Sie schluchzte daraufhin: »Du hast gesagt, du wolltest die Vereinigten Staaten niemals wiedersehen«, und er erklärte: »Ich tue das nicht für die Vereinigten Staaten, sondern für Virginia.« Und dann machte er sich auf zu den höllischen Schützengräben Nordfrankreichs.

In seiner Abwesenheit kaufte unsere Familie sich eine Landkarte vom westeuropäischen Kriegsschauplatz, und mit Stecknadeln und Fähnchen folgten wir den Spuren seiner Heldentaten, und wie sich später herausstellte, lagen wir gar nicht so falsch mit unseren Vermutungen hinsichtlich der Orte, an denen er kämpfte. Beim letzten Sturm gegen die deutschen Stellungen schlug er sich mit Bravour – auch das erfuhren wir natürlich erst später – und erhielt Auszeichnungen und einen Orden.

Seine Tapferkeit im Feld hatte eine unerwartete Folge. Als der General ihm den Orden anheftete, sagte er: »Hierdurch erhalten Sie automatisch das Anrecht darauf, jederzeit die amerikanische Staatsbürgerschaft anzunehmen«, und aufgrund der vernünftigen Erwägung, daß »es in unruhigen Zeiten besser ist, zwei Pässe zu haben als einen«, nahm er das Angebot an, so daß er, als er zum *Mineral* zurückkehrte, stolz verkünden konnte: »Jetzt bin ich endlich doch noch Virginier geworden.«

Er war gerade ein paar Wochen wieder daheim, als Mexikos Dauerkrieg ihn erneut in seinen Strudel riß; denn General Gurza unternahm seinen dritten Anlauf, Mexiko City einzunehmen. Angestachelt von einer Handvoll Bundestruppen, versuchten einheimische Patrioten vergeblich, ihn nördlich von unserer Stadt aufzuhalten, ein Akt, der ihn so in Rage brachte, daß er mit einem seiner Züge direkt ins Zentrum Toledos brauste, mit Truppen von einem anderen Zug einen Kordon um die Stadt zog und mit dem begann, was die Historiker »die Plünderung Toledos« nennen.

Er begann mit der Kathedrale, jenem Juwel der Kolonialarchitektur. Er brachte eine kleine Kanone in Stellung und feuerte zahllose Sprengladungen gezielt auf die acht majestätischen Säulen ab. Ein paar wurden völlig zerstört, andere wurden schwer beschädigt. Seine Männer brachen unter großer Anstrengung das Frontportal aus den Angeln, dann stürmten sie ins Innere und zertrümmerten mit ihren Gewehrkolben die Figuren und Verzierungen in den einzelnen Kapellen. Statuen wurden umgestoßen, Gemälde wurden aufgeschlitzt, und der Altarbereich wurde in einem wahren Zerstörungsrausch vollkommen verwüstet. In weniger als einer Stunde verwandelte Gurzas Soldateska eines der Schmuckstücke Zentralmexikos in einen Trümmerhaufen.

Als die Vandalen den Ankleideraum erreichten, wo die Priester ihre goldverzierten Festgewänder aufbewahrten, versuchten drei junge Priester, die trotz der vorausgegangenen Überfälle in Toledo ausgeharrt hatten, diese wertvollen Schätze zu beschützen. Rasend vor Wut schlugen die Soldaten die jungen

Männer mit ihren Gewehrkolben zu Boden, dann zerrten sie sie durch das zerstörte Portal und schrien zu denen, die auf der Plaza Wache hielten: »Was sollen wir mit denen hier machen?« Und General Gurza gab die Antwort: »Erschießt sie!« Und so geschah es. Die drei Männer mußten sich vor einer der Wände der Kirche aufstellen, und dann wurden sie von einem Erschießungskommando niedergemäht.

Dann zog die rasende Meute durch die Stadt, eine Spur der Verwüstung hinter sich lassend. Uralte Häuser wurden in Brand gesteckt. Geschäfte wurden verwüstet und geplündert. Frauen wurden auf offener Straße vergewaltigt. Auf dem Höhepunkt der Raserei schrie ein Mann, der einst für den alten Don Alipio, den Stierzüchter, gearbeitet hatte: »Knallen wir die verdammten Stiere ab!« Und mit einer großen Gruppe von Männern, die im zweiten Zug warteten, zog er hinaus zur Palafox-Ranch, wo sie die stolzen schwarzen Stiere, die Don Alipio einst aus Spanien importiert hatte, der Reihe nach abschlachteten.

Als sie ihr blutiges Werk beendet hatten, schrie der Anführer der Horde: »Soll das Volk das gute Fleisch zu essen kriegen!« Und die verängstigten Indios, die bei dem Gemetzel zugeschaut hatten, bekamen die Erlaubnis, die Kadaver zu zerlegen, und so verschwand die Herde unter dem Schlachtermesser.

Als der grausige Tag zu Ende ging, hatte Toledo die grimmige Lektion gelernt, daß es niemals schwanken durfte in seiner Unterstützung für General Gurza. Nachdem er seine Mission erfüllt hatte, fuhr der Zug rückwärts wieder aus der Stadt, wendete am Rand der Stadt und dampfte nach Norden.

Nach dem Abzug General Gurzas lag die Stadt Toledo in stumpfer Benommenheit. Entsetzte Bewohner wanderten durch die Straßen und versuchten, den Schaden zu ermessen, und im *Mineral* hörten wir Berichte von all den schrecklichen Dingen, die geschehen waren.

Meine Eltern waren zutiefst erschüttert: »Dies ist womöglich das Ende unserer Welt. Kann Toledo eine solche Katastrophe überleben?« Und ich konnte sehen, daß Mutter das Gefühl hatte, daß wir hier keine Zukunft mehr hatten, aber Vater erinnerte sie daran, daß unsere Familie immer noch ihr Heim am *Mineral* und ihre gute Gesundheit hatte. Und es gab zwei, die das Gewüte überraschend überlebt hatten, indem sie sich vor General Gurzas Männern versteckt hatten.

Der erste war Vater López, der hagere Indiopriester an der Kathedrale. Als das Wüten auf seinem Höhepunkt war, schaffte er es, sich in der Kammer zu verstecken, die den Indiopriestern zugeteilt war, welche den Peones dienten. Sie gehörten zwar zur Kathedrale, waren aber nie ein echter Teil von ihr, da ihre Amtsbrüder sich weigerten, sie anzuerkennen. Zwei Tage lang harrte er in seinem Versteck aus, ohne ein Lebenszeichen von sich zu geben, aus Angst, daß Gurzas Männer auf ihn warten könnten. Nicht wissend, daß er das einzige überlebende Mitglied der Priesterschaft der Kathedrale war, stahl er sich schließlich aus seinem Versteck und versuchte, sich unbemerkt unter die Leute auf der Plaza zu mischen. Doch sobald man ihn erkannte, wurde sein Erscheinen als eine Art Wunder betrachtet: »Wir waren sicher, daß Sie tot waren. Wie haben Sie es angestellt, zu entkommen?« Er hielt es für das beste, sein Geheimnis für sich zu behalten, und nach einer Weile ließen sie ihn in Ruhe.

Aber nun gab es keinen Ort mehr, wo er hätte hingehen können. Er wußte, daß die Frauen, die das Massaker im Kloster überlebt hatten, geflohen waren, wie es die Nonnen in weiten Teilen Mexikos taten. Und er vermutete, daß die meisten Priester in der Gegend von Toledo bei den grausamen Übergriffen ihr Leben gelassen hatten, die Gurzas Männer in der Hoffnung unternommen hatten, den gesamten katholischen Klerus aus Mexiko zu vertreiben.

Da er in Toledo nicht bleiben wollte, aus Angst, Gurza und seine Mordbrenner könnten wiederkommen, ging er langsam nach Norden, bis er zum *Mineral* kam. Ich sah ihn als erster und erkannte ihn an seinem verstohlenen Verhalten. »Vater! Es ist Vater López!« Und als meine Eltern zu mir kamen, sahen sie, daß es tatsächlich der Priester war.

Aber da sie niemals etwas mit ihm zu tun gehabt hatten, fühlten sie sich nicht persönlich für ihn verantwortlich. Doch Großmutter Caridad sagte: »Er ist einer von den Guten«, und überredete meine Eltern, ihn aufzunehmen. So wurde die Familie Clay die Beschützerin des letzten katholischen Priesters in der Region, und obwohl sie um das Risiko wußten, das sie damit eingingen, gewährten sie ihm Unterschlupf an einem versteckten Ort zwischen den Bergwerksgebäuden und wiesen die Arbeiter an, niemandem von seiner Anwesenheit zu erzählen.

Der andere Überlebende des Überfalls aus Toledo war das Resultat einer etwas komplizierteren Rettungsaktion. Eines Nachts schlich sich Don Eduardo Palafox, begleitet von einem Vormann von seiner Stierzuchtranch im Südwesten der Stadt, an dem zerstörten Kloster vorbei und um die Pyramide herum und tauchte – wie Vater López – an unserer Tür auf. Sie hatten eine bemerkenswerte Geschichte zu erzählen: »Sie haben alle unsere Stiere getötet, die gesamte Linie ausgelöscht. Aber ein männliches Kalb hat überlebt. Gurzas Männer haben es übersehen, obwohl es bei seiner Mutter war. Wenn wir es retten können, können wir den Stamm vielleicht wieder aufleben lassen, wenn jemals wieder Frieden kommen sollte.«

»Er wird kommen«, sagte Vater und unternahm sofort Schritte, um das wertvolle Tier zu retten. Es war das Jahr, in dem er Automobile im Bergwerk eingeführt hatte. Und so fuhren denn Don Eduardo, sein Vormann, Vater und ich in einem Lastwagen zur Landstraße nach Guadalajara und machten uns auf den Weg zur Ranch; doch als wir die Abzweigung nach links erreichten, die uns zum Haupttor geführt hätte, sagte der Vormann: »Nein, fahren Sie geradeaus – sechs Kilometer!« Und als wir die besagte Stelle erreichten, wies er Vater an, scharf nach links abzubiegen, auf unbefestigtes Gelände. Nach einer holprigen Fahrt gelangten wir an eine Stelle, wo zwei Vormänner mit abgeblendeten Laternen ein lebhaftes junges Kalb mit Stricken unter Kontrolle hielten. Geschickt bugsierten sie das Tier auf die Ladefläche, und mit dieser kostbaren Fracht fuhren wir fünf wieder in die Stadt zurück.

Während der Fahrt zur Ranch und zurück hatten Vater und

Don Eduardo sich leise miteinander unterhalten, so daß ich nichts hatte mitbekommen können. Als wir die westliche Einfallstraße nach Toledo erreichten, taten sie etwas Wagemutiges, etwas, das so unwahrscheinlich war, daß wir Jahre später darüber lachten. Sie fuhren hinaus zum *Mineral*, lenkten den Wagen zu einer hinter einem Schlackenberg verborgenen Höhle und brachten den kleinen Stier an einen sauberen Zufluchtsort, wo bereits Futter und Wasser auf ihn warteten. Schnaubend und unter gelegentlichem Hacken mit den noch nicht voll ausgebildeten Hörnern, begann er sein neues Heim zu erkunden. »Sein Name«, sagte der Vormann, »ist Soldado, der kleine Soldat. Hütet ihn gut! Er ist kostbar.«

Und so wurde ich denn im Alter von neun Jahren Hüter eines der besten Kampfstiere Spaniens – zu der Zeit kaum mehr als ein Kalb, gewiß, und mit Hörnern, die nicht mehr waren als Stummel –, und ein aufregenderes Haustier hat wohl kein Knabe je gehabt. Er war stur und wurde mit der Zeit so stark, daß ich es manchmal nicht schaffte, ihn von der Stelle zu bewegen, wenn er nicht wollte, egal, wie kräftig ich auch schob oder zerrte. Aber er mochte mich ganz offensichtlich und freute sich immer, wenn ich zu ihm kam. Ich glaube, er begriff, daß er sich in unserer Höhle versteckt halten mußte, und obwohl ich es mit der Zeit leid wurde, immer hinter ihm her putzen zu müssen, betrachtete ich ihn als meinen Stier und verfolgte mit der Zufriedenheit und dem Stolz eines Vaters, wie er immer kräftiger und stierähnlicher wurde.

Hin und wieder stahl sich der Vormann der Ranch zu uns herein, um zu sehen, wie Soldado sich machte, und als er sah, wie prachtvoll sich der Körper des jungen Stieres entwickelte, sagte er zu Vater: »Wird Zeit, daß wir ihn hier rausschaffen. Wir glauben, wir haben da eine Stelle in einem der hinteren Winkel der Ranch, wo wir ihn gut verstecken können.«

Diese Unterhaltung war es, die mich zu einer Handlung anspornte, auf die ich heute mit Staunen und Verwunderung zurückblicke. Wohl wissend, daß ich einen reinblütigen spanischen Kampfstier in meiner Obhut hatte – denn die Männer erinnerten mich wiederholt daran –, verspürte ich das brennende Verlangen, herauszufinden, ob er es verstehen würde so zu kämpfen, wie es die großen Palafox-Stiere während der vergangenen Frühlingsfeste in der Arena von Toledo getan hatten.

Mit der Zeit wurde dieser Wunsch immer stärker, und so stibitzte ich schließlich eines von Mutters rotkarierten Tischtüchern, ging damit in die Höhle, die ausreichend Licht für mein Experiment bot, und probierte, die Manöver zu machen, die ich bei den berühmten Matadoren abgeguckt hatte. Ich hielt das Tuch mit beiden Händen, stampfte mit dem linken Fuß auf und wartete darauf, daß der Stier angriff. Das tat er denn auch, und mit dem flachen Teil seiner Stirn stieß er mich so hart gegen die Wand, daß ich auf dem Hintern landete. Ich hatte Matadore nach solchen Stößen oft gleich wieder aufstehen sehen, also rappelte ich mich auf und hielt ihm erneut das Tuch vor die Nase. Wieder stürmte er mir entgegen, und wieder schleuderte er mich gegen die Höhlenwand. Diesmal tat es jedoch richtig weh, sowohl der Stoß seiner kleinen Hörner gegen meinen Bauch als auch der Aufprall gegen die steinerne Wand. Aber ein Matador ist ein Mann, der weiterkämpft, egal, wie hart der Stier ihn erwischt. Unverdrossen raffte ich mich also ein zweites Mal auf und trat Soldado erneut entgegen, und diesmal streckte ich den linken Arm weit von mir und hielt die rechte Hand nahe an meinem Bein, so daß der Stier, als er auf das Tuch losging, meinen Oberkörper verfehlte und an mir vorbeistürmte.

Da kein Publikum da war, das diesen gelungenen Pase hätte bejubeln können, feuerte ich mich kurzerhand selbst mit einem lauten »*¡Olé!*« an, aber mein Geschrei lenkte die Aufmerksamkeit des Stieres wieder auf mich, noch ehe ich dafür gerüstet war, und schon stürmte er wieder auf mich los. Da das Tischtuch jetzt um meinen Körper gewickelt war, erwischte der Stier meine Beine mit voller Kraft und haute mich nicht nur um, sondern trampelte auch noch auf mich und verpaßte mir erneut einen Stoß mit seinen Hörnern, die, wenn sie schon voll ausgewachsen gewesen wären, mich mit Sicherheit durchbohrt hätten. Nun, ausgewachsen waren sie zum Glück noch nicht, aber auf jeden

Fall schon groß genug, um mir eine schöne Schramme über die Brust zu ziehen.

Als mein Vater, Don Eduardo und der Vormann kamen, um den Stier zurück zur Ranch zu bringen, und sahen, daß ich Pases mit ihm gemacht hatte, wurden sie sehr wütend. »Weißt du denn nicht, daß du den Stier damit als Kampfstier ruinierst?« schrie der Vormann und haute mich hart auf den Kopf. »Du hast etwas sehr Schlimmes gemacht!« Erneut schlug er mich.

»*¡Basta!*« schrie mein Vater und zog mich von dem Wütenden weg, und selten habe ich dieses wundervolle spanische Wort für »Genug« lieber gehört als in jenem Moment, denn der Vormann hatte eine derbe Hand.

Sie bugsierten Soldado zurück auf den Lastwagen, und ich durfte mit ihnen zur Ranch hinausfahren. Unterwegs erklärte mir der Vormann, warum er so wütend reagiert hatte. »Ein spanischer Kampfstier besitzt außerordentliche Intelligenz«, erklärte er. »Sobald er gegen einen Mann mit einer Capa kämpft und drei oder vier Angriffe unternimmt, bei denen er immer nur das Tuch trifft, lernt er sehr rasch, daß er seinen Feind auf diese Weise nicht auf die Hörner nehmen kann. Und sehr schnell ist er klug genug, die Capa nicht zu beachten und mit seinem Horn nicht nach ihr zu stoßen, sondern nach dem *bulto*, dem ›Bündel‹, dem Mann, der hinter der Capa steht.« Was er dann sagte, verblüffte mich: »Es kann also sein, daß du den Stier ruiniert hast. Du hast ihm beigebracht, auf das Bündel zu gehen, und das wird er niemals mehr vergessen. In drei Jahren, wenn er in die Arena kommt, wird es ihm sofort wieder einfallen, und dann gnade Gott dem Matador, der es dann mit ihm zu tun haben wird.« Mir war ganz elend, hatte ich doch das Gefühl, meinen Freund in gewisser Weise zerstört zu haben.

Doch Vater rettete mich aus meiner Traurigkeit, indem er zu dem Vormann sagte: »Pedro, denk doch mal einen Moment nach! Soldado wird euer Zuchtbulle sein. Ein Juwel von unschätzbarem Wert. Er wird nie eine Arena von innen sehen.« Und als Pedro darauf erwiderte: »Der Stier könnte eine Sensation als Zuchtbulle werden«, fühlte ich mich schon viel besser.

Wie schon beim erstenmal fuhren wir an dem Weg vorbei, der zum Haupttor der Ranch führte, und kamen schließlich zu der Stelle, wo wir ihn seinerzeit auf den Lastwagen geladen hatten. Dort warteten bereits mehrere Männer auf ihren Pferden. Als wir Soldado von der Ladefläche schoben, lief er hierhin und dorthin, witterte die Pferde, erkannte sie als Wesen, die ihm nichts Böses wollten, und trottete mit ihnen, als wäre er ein friedliches Lamm. Als er in die Freiheit davontrabte, ein schwarzer Schatten gegen das Rotbraun der Pferde, rief ich ihm nach: »Soldado!« Aber er schaute sich nicht nach seinem Freund um.

Wie die Stierkampf-Aficionados Mexikos wissen, wurde Soldado später der berühmteste Zuchtbulle der mexikanischen Stierkampfgeschichte, der Stammvater von Stieren, die den Namen Palafox berühmt machten. In jenen Jahren verblüffte ich die Leute gelegentlich, indem ich beiläufig sagte: »Als ich gegen Soldado gekämpft habe, hat er mich dreimal umgehauen.« Und wenn sie mich dann anschauten, pflegte ich hinzuzufügen: »Aber ich habe eine wunderbare Veronica mit ihm gemacht.« Von dem Moment an behandelten sie mich stets mit Respekt.

Während ich im *Mineral* meinen Stier vor General Gurza beschützte, gefährdete der andere heimliche Gast unserer Familie, Vater López, sowohl sich selbst als auch uns, indem er seine priesterlichen Pflichten wieder aufnahm, obwohl es in der Gegend von Leuten wimmelte, die die Verfolgung von Priestern durch die Regierung – die »Befreiung Mexikos von der Tyrannei des Katholizismus«, wie sie es nannte – guthießen. In dieser Frage, in der ein tiefer Riß durch die Nation zu gehen schien, war auch unsere Familie gespalten, und zwar gleich mehrfach. Mutter, als konservative Palafox, war streng pro-katholisch. Vater, als Baptist aus Virginia, war gegen die katholische Kirche. Und ich, der ich wenig Ahnung von Religion hatte, war für Männer wie Vater López, die Gutes unter ihrem Volk taten, aber gegen andere Priester, die schwülstig daherredeten, wenn ich meine Mutter zur Messe begleitete. Schlicht gesagt, ich wußte einfach nicht, was ich glauben sollte.

Vater López brachte uns insofern in Gefahr, als er in den ländlichen Gebieten nördlich des *Mineral* herumzog, heimlich kleine Gruppen von Gläubigen um sich versammelte und dann in irgendeiner Küche oder Scheune die Messe abhielt. Er trug natürlich keine Amtstracht und war so hager und mickrig, daß er manchmal Schwierigkeiten damit hatte, die Peones zu überzeugen, daß er tatsächlich Priester war, und einmal, als ich ihn begleitete, sah ich, wie ihm die Tränen kamen, als er versuchte, einem halben Dutzend Leuten, die sich in einer Küche versammelt hatten, klarzumachen, daß er imstande und befugt war, die Messe zu zelebrieren: »Sag es ihnen, Norman; sag ihnen, wer ich bin«, und in meinem akzentfreien Spanisch, das ihr Vertrauen erweckte, erzählte ich ihnen von seinem wundersamen Entrinnen vor den Mördern in der Kathedrale. Da scharten sie sich um ihn, und er betete mit ihnen. Zum Glück waren er und ich gerade unterwegs auf einem dieser Missionsausflüge, als General Gurzas Männer wieder einmal der Silbermine der Palafox einen Besuch abstatteten, und als Vater López und ich zurückkamen und uns der Mine näherten, packte er mich plötzlich am Arm und hielt mich zurück. Von einer geschützten Stelle auf einer Hügelkuppe aus beobachteten wir, was geschah.

Elf Soldaten, angeführt von einem jungen Offizier, stürmten in den *Mineral* und begannen nach Vater und Mutter zu suchen. Sie entdeckten sie schließlich, zerrten sie nach draußen, stellten sie an die Wand und waren drauf und dran, sie als Agenten der Palafox hinzurichten, als Großmutter Caridad herausgerannt kam und laut »Nein! Nein!« schrie. Einer der Männer des Erschießungskommandos war ein Einheimischer, der mit ihr im Bergwerk gearbeitet hatte, und er schrie: »Sie ist eine von uns!« Und so wurde die Exekution in letzter Sekunde abgeblasen.

Vor Angst zitternd beobachtete ich von meinem Versteck hinter den Sträuchern auf der Hügelkuppe aus, wie Gurzas Männer meine Eltern und meine Großmutter an einen Baum fesselten, um sie daran zu hindern, sie bei ihrem Vorhaben zu stören, dessentwegen sie gekommen waren. Von drei schwer bepackten Maultieren luden sie große Bündel ab. »Dynamit!« stieß Vater

López hervor, und als die Bündel aufgeschnürt wurden, sah ich die Stangen, die die Soldaten gleich darauf zur Öffnung des Schachts brachten und hinunterwarfen. Sodann holten sie ein langes Seil hervor, an dem sie einzelne Dynamitstangen befestigten, um es dann in den Schacht hinunterzulassen. Als sie damit fertig waren, steckten sie eine Zündschnur in Brand, die neben dem Seil hinunterlief, und warfen gleichzeitig vier weitere Stangen mit bereits brennenden Zündschnüren in den Schacht. Einen Moment lang passierte nichts, dann ließ eine gewaltige Detonation die Erde erzittern.

Die Explosion entfachte Feuer in den verschiedenen Kavernen, und nun begannen Gurzas Männer damit, die wertvollen Maschinen in den qualmenden Schacht zu werfen, die entweder von Großvater und seinen konföderierten Technikern gebaut oder von Vater bei Firmen in England gekauft worden waren. Der gesamte Gerätepark des *Mineral* verschwand in dem rauchenden Schlund. Zum Schluß kappten die Männer das Drahtseil des Förderkorbes, den Vater konstruiert hatte, und er stürzte in die Tiefe und zerschellte am Grunde des Schachts in tausend Stücke. Danach zerstörten die Männer auch noch den Förderturm, an dem der Korb gehangen hatte, und auch er verschwand auf Nimmerwiedersehen in dem rauchenden Loch, das einmal ein Bergwerk gewesen war. Als sie ihr Zerstörungswerk beendet hatten, banden die Soldaten ihre drei Gefangenen wieder los, und aus ihrer Gestik konnte ich schließen, daß sie meinen Eltern sagten, sie hätten Glück gehabt, daß die alte Caridad im Haus gewesen sei, denn als sie verschwanden, küßte einer der Männer sie.

Sobald die Luft rein war, gingen Vater López und ich zum *Mineral*, wo wir zusammen mit dem Rest der Familie die Trümmer besichtigten, und ich glaube, jedem von uns war klar, daß mit der Zerstörung der Mine ein Lebensabschnitt sein Ende gefunden hatte – im *Mineral*, auf der Plaza und in Toledo allgemein.

Vater López sagte: »Welche Priester auch immer zurückkommen werden, um die Kathedrale neu zu eröffnen, sie werden den Leuten nicht länger vorschreiben können, was sie zu tun und wie sie zu denken haben.«

Als Vater und ich in den brennenden Schacht hinunterschauten, sagte er zu mir: »Den werden wir nie wieder in Betrieb nehmen können. Schau dir die Stufen an!« Und als ich sagte: »Aber da unten liegt noch immer Silber«, belehrte er mich: »Die Ader hatte bereits zu schwinden begonnen. Und nachdem nun der Förderkorb und die Hilfsmaschine zerstört sind, werden wir nie wieder da hinunter gehen.« Und da wußte ich, daß unsere berühmte *Veta Madre*, die ›Mutterader‹, erschöpft war.

Mutter, die hatte mit ansehen müssen, wie so viele ihrer Familienangehörigen von Gurzas Männern ermordet wurden, wußte, daß die verbliebenen Palafox fortan gezwungen sein würden, unter gänzlich anderen Umständen zu leben, und als starke Frau war sie bereit, sich diesen neuen Umständen zu stellen. Und auch ich würde mich auf veränderte Bedingungen einstellen müssen. Nun, da die Mine nicht mehr in Betrieb war, konnte es sein, daß ich den *Mineral* verlassen mußte. Ich wußte, daß die Schule, auf die ich ging, von den Rebellen zerstört worden war und daß die Eltern von vielen meiner Schulkameraden ermordet und ihre großen Häuser verbrannt worden waren. Ich konnte daher nicht sagen, was auf mich zukam. Jeder von uns hatte persönlichen Grund zur Verzweiflung, aber in einem waren wir uns einig: General Gurza war ein Ungeheuer, das Toledo verwüstet hatte, als wäre er irgendein Barbar aus Mittelasien, der ausgezogen war, den Rest der Welt in Schutt und Asche zu verwandeln. Vater López meinte, daß es Gottes Aufgabe sei, den mordbrennenden Ungläubigen zu strafen.

Vater knurrte: »Man sollte ihn aufhängen.« Mutter weinte über den Verlust ihrer Familienangehörigen und wiederholte grimmig: »Es wird ein Rächer kommen.« Ich selbst verbrachte die Stunden im Bett vor dem Einschlafen damit, mir auszumalen, wie ich Gurza in irgendeinem Dorf entgegentrat, er aufgebläht vor Stolz über seine jüngste »Heldentat«, und ich, bewaffnet mit zwei Revolvern, gehe auf ihn zu, langsam und unerbittlich, Schritt für Schritt, und brumme mit Grabesstimme: »Dies ist dafür, daß du unsere Stiere abgeschlachtet hast, du niederträchtiges Ungeheuer!« Und mit tiefer Befriedigung höre ich, wie er um Gnade winselt, während ich langsam meine Abzugsfinger krümme ...

Gurza mußte meine Drohung wohl gehört haben, denn er reagierte damit, daß er unmittelbar hintereinander drei Dörfer auf das schrecklichste verheerte und plünderte und mit seinem todbringenden Zug Richtung Sinaloa davonbrauste. Sein anhaltender Erfolg – sogar gegen die Amerikaner, die gegen ihn in Marsch gesetzt wurden – war ein Quell des Unmuts für die Leute im Norden und – was sehr entmutigend war – ein Anlaß zu Freude und Stolz bei unseren eigenen Peones. Vater rief oft: »Irgend jemand muß ihm das Handwerk legen!«, und die Familie stimmte ihm voll zu.

Aber nicht alle. Mir fiel auf, daß, wann immer unsere Familie und Vater López Gurza wegen seiner Brutalität verdammten, Großmutter Caridad schwieg, doch eines Tages, als uns die Nachricht von drei weiteren Fällen erreichte, wo Gurza General Pershing und seine Amerikaner reingelegt hatte, schrie sie triumphierend: »Er erledigt den Job für uns alle!«

Als wir sie daraufhin mit offenem Mund anstarrten, war ihr klar, daß sie sich nicht länger verstellen konnte. Wir waren in einem Patio versammelt, der nur von drei Wänden eingeschlossen war, damit Vater, oder wer immer die Mine verwaltete, sie stets im Auge behalten konnte, und ich werde niemals die Verblüffung vergessen, die wir empfanden, als sie auf die hübsche Umfassungsmauer zeigte, die Großvater seinerzeit um den Einstieg zum Schacht hatte errichten lassen, und sagte: »Gurza hat etwas Großartiges für Mexiko vollbracht, indem er diese Stätte der Hölle zerstört hat.«

Vater war so verdattert über die Worte seiner Mutter, daß es ihm die Sprache verschlug, aber Mutter, die eine Palafox war – und eine wichtige dazu, jetzt wo ihre Onkel und Vettern tot waren – erwiderte entrüstet: »Wie kannst du nur so was Schreckliches sagen!«

Doch Caridad zeigte unbeirrt weiter auf den Schacht, der jetzt für immer verstummt war, und sagte mit jener Art von resoluter Stimme, wie ihre Urahnin Grauauge sie benutzt haben mußte, als sie die Vernichtung der Muttergöttin verfügte: »Es war ein schlimmer Ort, und er mußte zerstört werden.«

Jetzt hatte auch Vater seine Fassung wiedergefunden: »Was redest du da, Mutter?«

Und sie erzählte ihm: »Ich wurde in der damals untersten Kaverne gezeugt. Es war der einzige Ort, wo mein Vater und meine Mutter ungestört zusammensein konnten. Die Arbeiter nannten sie Caridads Höhle. Dort unten hauste ich zusammen mit den Eseln, die niemals das Tageslicht sahen, und auch ich stieg nur diese furchtbare Treppe hinauf, um das Silbererz auf meinem Kopf nach oben zu schleppen.«

»Aber wir haben den Förderkorb installiert«, wandte Vater ein. »Diese schlimmen Tage sind lange vorbei.«

»Und warum wurde er nicht schon vor Jahren installiert? Hundert Leben früher?«

»Diese Dinge brauchen Zeit«, sagte Vater López.

Mit einer flammenden Wut, die uns in Erstaunen versetzte, wandte sie sich dem Priester zu und knirschte mit zusammengebissenen Zähnen, die Hände zu Fäusten geballt: »Ihr Priester wart noch schlimmer als die Verwalter. Wo, glauben Sie, haben sie ihren unerschöpflichen Nachschub an Indios herbekommen? Wo hat Jubal die kleinen Mädchen hergekriegt, die mit mir arbeiteten? Von euch Priestern in den Dörfern! Ihr habt sie ins Bergwerk geschickt, habt ihnen gesagt, daß das ihre Arbeit sei!«

»Die Indios haben schon immer im Bergwerk gearbeitet, seit jeher«, erwiderte Vater López, und zum erstenmal erlebte ich, daß er nicht zurückwich, als Großmutter Caridad wütend auf ihn war, weil er seine Kirche gegen Anschuldigungen in Schutz nahm, die er schon oft gehört hatte.

Ich war zehn Jahre alt, als diese Gespräche im *Mineral* stattfanden, und wenngleich ich die komplizierten Argumente der vier Erwachsenen nicht ganz verstehen konnte, sah ich doch, daß Vater alles verteidigte, was im Bergwerk passierte, Vater López für seine Kirche eintrat und Mutter die Palafox als die Leute betrachtete, die immer gewußt hatten, was für Toledo das Beste war, während Großmutter Caridad wiederholt behauptete, daß

General Gurza ein weit besserer Mensch sei, als wir alle glaubten. Mitunter hatte ich das Gefühl, daß sie argumentierten, um mich als die einzige Person in der Gruppe, die nicht festgelegt war, zu überzeugen, und ich hörte jedem mit der gleichen gespannten Aufmerksamkeit zu.

Vater López, den niemand je ernst genommen hatte, war besonders daran gelegen, daß ich das, was er sagte, verstand. Nachdem er einmal an einer allgemeinen Diskussion über die Rechte der Indios oder den Großgrundbesitz teilgenommen hatte, nahm er mich beiseite und sagte: »Siehst du denn nicht, Norman, daß es die Großgrundbesitzer sind, die uns das Geld dafür geben, daß wir die Kathedrale unterhalten? Sie haben ein Recht darauf, große Felder zu besitzen, weil sie wissen, was man damit anfängt. Der Indio? Was macht der schon mit seiner *milpa?«* Das war das Wort für ein kleines Stück Land, das von einer Familie bewirtschaftet wurde, und ich hörte es zu der Zeit oft. »Auf seiner Milpa baut er gerade genug Mais an, daß seine Frau ihre Tortillas daraus backen kann. Aber der Großgrundbesitzer baut mehr an, als seine Frau verbrauchen kann, und mit dem Geld, das er verdient, unterstützt er die Kirche.«

Wenn Großmutter ihn dabei erwischte, daß er mit mir sprach, zerrte sie mich immer von ihm weg: »Glaube niemals einem Priester, wenn er über etwas anderes als Jesus Christus spricht! Egal, worüber er spricht, er wird stets nur versuchen, das Beste für seine Kirche herauszuschlagen. Und die Priester waren es, die uns in den Schacht schickten.«

Ich sah, daß bei diesen Diskussionen Vater immer sehr aufmerksam beiden Seiten zuhörte, in dem Bemühen, zu verstehen, was López und Großmutter dazu zwang, die jüngsten Geschehnisse in Mexiko so unterschiedlich zu sehen. Eines Nachmittags, als wir unser Mittagessen draußen einnahmen, an einer Stelle, von der aus wir den wunderschönen Aquädukt sehen konnten, den einer der Palafox-Bischöfe fast zweihundert Jahre vorher hatte erbauen lassen, sagte er langsam, als käme ihm jedes Wort einzeln in den Sinn: »Wie schön sie sind, die alten Steinbögen unseres Aquädukts. Sie bringen lebenspendendes Wasser von der Pyramide zur Kathedrale – von dir, Mutter, zu Ihnen, Vater López«, und für einen Moment hielt er die beiden Disputanten an den Händen. In diesem Moment der Stille und des Friedens muß wohl die Idee für sein machtvolles Buch geboren sein – *Die Pyramide und die Kathedrale*, jene beiden Kräfte, die bis zu diesem Punkt die Geschichte Mexikos bestimmt hatten: die alte Religion und die neue; das indianische Erbe und das neu eingeführte Gedankengut aus Europa.

Wir müssen noch etwa drei Wochen dort zwischen den Trümmern des *Mineral* geblieben sein; denn die Bilder jener stillen Tage sind noch immer in mir lebendig: die hohen Schornsteine der Schmelzhütte, aus denen kein Rauch mehr stieg; das Gebäude, in dem das Erz zerkleinert wurde, für immer verstummt; die große, düstere Pyramide; die Bögen des Aquädukts und in der Ferne die schemenhaften Umrisse von Toledo. Es war wie die Landschaft in einem Märchen, kurz bevor der Riese mit Donnergetöse in die Szene hereinbricht und den Traum jäh zerstört.

Wenn meine Vermutung zutrifft, daß Vater die Idee für sein Buch irgendwann während jener drei Wochen im Jahre 1918 hatte, dann hatte er zweifellos eine Menge zu verarbeiten; denn nachdem Vater López und Großmutter sich heftig miteinander gestritten hatten, erinnerte Mutter sie plötzlich daran, daß es die Palafox gewesen waren, die das Christentum und die Zivilisation nach Toledo gebracht hatten: »Sie fanden die Veta Madre und erbauten den *Mineral*. Einer von ihnen erbaute den Aquädukt. All die Gebäude, die ihr am Horizont seht, die Schulen, die Kirchen, haben sie gebaut. Ohne sie wäre Toledo noch immer eine Ansammlung von Lehmhütten.« Und nach kurzem Überlegen fügte sie hinzu: »Und die Stierkampfarena haben wir auch gebaut, ebenso wie die Ranch, auf der die Palafox-Stiere gezüchtet werden.« Und ich konnte sehen, daß sie den Wert dieses Beitrages ebenso hoch einschätzte wie den der Kathedrale.

Der Wunsch der Erwachsenen, mich von ihren Argumenten zu überzeugen, ließ nie nach, und in der vierten Woche führte dieses Tauziehen zu einem dramatischen Erlebnis, das ich noch immer so frisch in Erinnerung habe, als wäre es gestern gewesen.

Es passierte, als Vater López mich einlud, ihn auf einem seiner geheimen Besuche bei gläubigen Katholiken in einem der Dörfer im Norden der Pyramide zu begleiten. Wir hatten einen langen Fußmarsch in der heißen Sonne zurückzulegen, so daß wir, als wir das Dorf schließlich erreichten, müde, hungrig und durstig waren, und ich sah, wie die Dorfbewohner, die so arm waren, daß sie kaum etwas für sich selbst hatten, aufgeregt umherliefen, um etwas zu essen für uns zu beschaffen. Nachdem wir gegessen und getrunken hatten, schlug Vater López vor, daß sie sich um ihn scharten, auf daß er vor ihnen die Heilige Messe lese. »Wir hatten gehofft, daß Ihr deswegen hergekommen seid«, sagten die Dorfbewohner. Und dort, in der Mitte des Dorfes, mit bewaffneten Männern, die Wacht hielten für den Fall, daß unerwartet Soldaten auftauchten, die gegen die Kirche waren, zog dieser kleine, unscheinbare Kerl – ohne eine Amtstracht, die ihn als Priester ausgewiesen hätte, und ohne eine Kathedrale hinter sich, die ihm Würde verlieh –, ein kleines Buch hervor, das seinen sicheren Tod bedeutet hätte, wenn es die Revolutionäre bei ihm gefunden hätten, und las die Worte, die ich beinahe auswendig kannte, da ich sie so oft bei Mutter gehört hatte. Sie bedeuteten mir nichts, aber den Indios, die um ihn herum im Kreise hockten, bedeuteten sie alles; denn als er fertig war, drängten sie sich vor, um ihm die Hand zu küssen und die eigene Hand auf das Meßbuch zu legen. Es war ein Akt des Glaubens, wie ich ihn intensiver nie zuvor gesehen hatte, und als er das Zeichen gab, daß der improvisierte Gottesdienst zu Ende sei, verharrten die Männer und Frauen noch bei uns, um mit uns über die beunruhigenden Vorfälle der jüngsten Zeit zu reden.

»Wird der *Mineral* wieder eröffnet werden?«

»Sein Vater sagt, nein.«

»Wer ist der Junge?«

»Er ist einer von uns. Seine Großmutter ist Caridad; ihr kennt sie.«

Das taten sie in der Tat, und sie hatten sie offensichtlich in guter Erinnerung, denn sie fragten: »Wird sie im *Mineral* bleiben?«

Und Vater Lopez antwortete: »Wer weiß schon irgend etwas in diesen wirren Zeiten?«

»Ich weiß etwas«, meldete sich ein Mann in weißen Bauernkleidern zu Wort. »Ich war in Aguascalientes, und es hieß dort, daß General Gurza, nachdem er oben an der Grenze mehrere Schlachten gegen die Norteamericanos verloren habe, sich nach Aguas zurückziehen und dort sein Hauptquartier errichten will.«

»Möge Gott Aguascalientes verschonen!« schrie eine Frau, und mehrere Männer bekreuzigten sich.

Vater López zog den Informanten zu sich herüber: »Wer hat gesagt, General Gurza würde seine Züge nach Süden bringen?«

Und der Mann erwiderte: »Männer aus dem Norden, die vor seinen Soldaten hinunter nach Aguas geflüchtet sind.«

Wir wollten nicht am späten Nachmittag zur Mine zurückgehen, da um diese Zeit die Gefahr bestand, daß wir Militärpatrouillen in die Arme liefen, und so blieben wir bis zum Sonnenuntergang. Als ich in dem Dorf herumschlenderte, sah ich Jungen, die nicht älter waren als ich, die Gewehre bei sich trugen, und jedes Haus, das ich auf Einladung des jeweiligen Eigentümers betrat, machte den Eindruck einer kleinen Festung. »Wir lieben Jesus«, sagte eine der Frauen zu mir, »und wir würden eher sterben, als daß wir zuließen, daß Gurzas Männer unser Dorf und unsere Kirche zerstören.«

»Warum wurde die Messe nicht in der Kirche abgehalten?« fragte ich, und sie erklärten: »Die Soldaten haben die Türen vernagelt, damit wir nicht hineinkommen, aber wir schleichen uns oft heimlich hinein, um zu beten. Aber eine Messe dort mit uns allen auf einmal abzuhalten, das wäre zu gefährlich.« Als ich fragen wollte, warum, stellte sich eine Frau ganz dicht vor mich, starrte mir in die Augen und fragte: »Habt ihr Leute im *Mineral* denn nicht gehört, was sie in San Cristóbal gemacht haben?« Als ich den Kopf schüttelte, sagte sie: »Gurzas Truppen sind in die Kirche gestürmt, als die Leute gerade die heilige Messe feierten, haben die Türen verbarrikadiert und die Kirche in Schutt und Asche gelegt.«

»Sind die Menschen auch verbrannt?« fragte ich, und die Frau nickte; die anderen nickten ebenfalls.

Als die Dunkelheit anbrach, marschierten Vater López und ich zurück zur Pyramide und von dort aus nach Osten zum *Mineral*, wo meine Eltern, die sich fürchterliche Sorgen gemacht hatten, fragten, wo ich gesteckt hätte. Als ich sagte: »Ich war mit Vater López in San Isidro, wo er die Messe gelesen hat«, schrie meine Mutter: »Das ist unverantwortlich, den Jungen einem solchen Risiko auszusetzen«, und Großmutter sagte zu Vater López: »Wäre Ihnen recht geschehen, wenn sie Sie erwischt hätten. Ein Priester, der vor einem kleinen Jungen angibt!«

Doch als die Aufregung sich wieder gelegt hatte, sagte mein Vater leise zu mir: »Das hast du schon richtig gemacht. Du solltest alles einmal gesehen haben. Es ist auch dein Land – nur, ich würde es nicht so oft machen. Es gibt da draußen Leute, die Priester hassen.«

Diese düstere Zeit in unserem Leben wurde auf dramatische Weise unterbrochen durch die Ankunft eines Bergwerksexpertenteams aus Nevada, das die unteren Ebenen des *Mineral* erkunden wollte, um festzustellen, ob eine Wiederaufnahme des Abbaus zweckmäßig sein würde. Sie hatten ihren eigenen Fahrkorb, große Spulen mit leichtgewichtigem Drahtseil und eine überraschend effektive kleine Hilfsmaschine mitgebracht. Sie stellten einen behelfsmäßigen Förderturm über dem Schacht auf und fuhren zu zweit und zu dritt hinunter, um die Kavernen zu inspizieren. Ihr Treiben machte Großmutter so aufgeregt, daß sie neben dem Förderturm kampierte, um das Rauf und Runter des Korbes zu verfolgen. Am vierten Tag ergriff sie meine Hand: »Sie haben gesagt, wir könnten runter.« Wir stiegen in den behelfsmäßigen Förderkorb, hörten den Pfiff und fuhren hinunter in die Tiefe.

Ich war nur ein einziges Mal in der untersten Höhle gewesen, als es dort unten noch von Indios und Eseln gewimmelt hatte, und sie jetzt wiederzusehen, in ihrer riesigen Leere, war irgendwie unheimlich.

»Hier haben die Männer geschlafen, die niemals die Treppe

hinaufgestiegen sind«, erklärte Caridad. »Und hier habe ich geschlafen, wenn ich zu müde war, um noch nach oben zu steigen. Und die Esel haben wir dort drüben gehalten.«

Als sie mit ihrer Geschichte fertig war, hatte ich eine ziemlich klare Vorstellung davon, wie das Leben unten in den Höhlen gewesen sein mußte. Doch in einem ruhigen Moment, während die Männer aus Nevada damit beschäftigt waren, die Stellen zu sondieren, wo die Arbeit mit dem Sprengen des Schachts aufgehört hatte, verabredete Großmutter mit den Ingenieuren, daß sie und ich zu den älteren Höhlen über uns hinaufsteigen würden. Wir würden uns dort ein wenig umsehen und dann warten, bis uns der Fahrkorb am Ende des Arbeitstages aufsammeln und wieder mit nach oben nehmen würde.

»Ich möchte, daß du weißt, wie es war, Norman«, sagte sie. »Besonders die Treppe.« Und dann stiegen wir gemeinsam die in den Fels gehauenen Stufen hinauf, die sie als junge Frau so oft hinaufgestiegen war.

Ich preßte meine linke Schulter so fest wie ich konnte an die glatte Felswand des Schachtes und setzte die Füße möglichst weit links auf, am inneren Rand der Stufen. Es war ein furchterregendes Erlebnis für einen zehnjährigen Jungen, und als die Angst mich zu packen begann, versuchte Caridad mich zu beruhigen: »Schau nicht hoch! Immer schön einen Fuß nach dem andern. Schulter fest an die Wand!« Aber ich konnte ihr nicht gehorchen, denn der kleine Lichtpunkt war so weit über uns und die Trittflächen der Stufen waren so klein, daß ich in Panik geriet und mich zitternd gegen die Wand preßte, außerstande, auch nur einen Schritt weiter zu machen. »Ich kann nicht«, stieß ich kläglich hervor. Als sie sich umdrehte, um mich zu ermutigen, sah sie, daß ich tatsächlich nicht in der Lage war, mich vom Fleck zu rühren, so groß war die Angst, die mich gepackt hatte.

Sie unternahm nicht den Versuch, zu mir zurückzuklettern; die Stufe, auf der ich stand, war dafür zu klein. Doch sie stellte ihre eigenen Füße geschickt so, daß sie nach unten greifen und mich bei der Hand nehmen konnte.

»Komm, Norman; schön einen Fuß nach dem andern«, sagte

sie, und ihre Stimme klang so beruhigend, daß ich das Gefühl hatte, daß ich gerettet war. Doch als sie mich nach oben ziehen wollte, schrie ich: »Ich will wieder runter«, und ihr Griff um meine Hand wurde fester.

Mit grimmiger Entschlossenheit sagte sie: »Aufwärts geht es leichter. Wenn wir wieder runtersteigen, bin ich nicht vor dir und kann dich nicht festhalten, falls du stolperst.«

Wie gelähmt vor Angst vor der dunklen Tiefe unter mir, vermochte ich weder nach unten noch nach oben zu klettern, doch dann kam erneut die beruhigende Stimme der alten Frau, die das Tausende von Malen gemacht hatte, noch dazu mit einer schweren Last auf dem Kopf: »Norman, es war immer leichter für mich, hinaufzusteigen als hinunterzusteigen«, und mit Hilfe ihrer festen Hand, die mich führte, stieg ich weiter nach oben, vorsichtig, Stufe für Stufe, mit wild klopfendem Herzen.

Auf diese Weise erreichten wir schließlich die geräumige Sicherheit der nächsthöheren Höhle, wo wir die Treppe verließen. Erleichtert genoß ich meine wiedergewonnene Bewegungsfreiheit. Um Großmutter zu beweisen, daß ich meine kindische Furcht überwunden hatte, hüpfte ich hierhin und dorthin und wagte mich sogar zum Rand der Höhle zurück und inspizierte die schrecklichen Stufen, die ich gerade hinaufgestiegen war.

Als ich dort stand, sagte meine Großmutter etwas, das mich erstaunte: »Wenn ich einmal tot bin, werden sie dir erzählen, wie einmal ein böser Mann von der Stelle aus, an der du jetzt stehst, in die Tiefe gestürzt ist. Sie werden sagen, daß sie immer geglaubt haben, daß ich ihn damals hinuntergestoßen habe.« Sie hielt inne, nahm meine Hand und sagte: »Es stimmt. Ich habe ihn gestoßen.« Und nach einem weiteren Moment des Schweigens fügte sie hinzu: »Es gibt Augenblicke, da muß man das tun. Wenn böse Menschen nicht hören wollen.«

»Muß man was tun?« fragte ich, und sie antwortete: »Was getan werden muß.«

Da es noch mindestens eine Stunde dauern würde, bis die Bergwerksexperten aus Nevada das Zeichen geben würden, daß man sie wieder nach oben zog, hatten wir reichlich Zeit, die Kaverne zu erkunden, die der Lebensmittelpunkt Caridads in ihren jungen Jahren gewesen war, und als wir uns schließlich zum Ausruhen auf einem Steinhaufen niederließen, sagte sie: »Du hörst Vater López und deine Mutter manchmal davon sprechen, wie sie versucht haben, den Indios zu helfen.« Sie zeigte mit einer weit ausholenden Handbewegung in die in fahles Licht getauchte Höhle und sagte grimmig: »Jetzt kannst du sehen, wie wir gelebt haben, Norman, und wenn jemand dich fragt, dann erzählst du es ihm.«

Sie erzählte mehrere Minuten ohne Unterbrechung vom traurigen Los der Indios, und dann überraschte sie mich, indem sie plötzlich mit Vehemenz sagte: »Es ist ganz falsch, mußt du wissen, wenn wir von mir als Indianerin und von Vater López als Mexikaner sprechen und von dir und deinem Vater als Norteamericanos. Wir sind allesamt Mestizen, halb Indios, halb Weiße, und das sollten wir uns klarmachen.«

Als ich sie fragte, was sie meinte, erklärte sie: »Als die Spanier kamen, wer kam da? Männer und Frauen und Kinder? Nein. Es kamen ausschließlich Männer. Wollten die ihr ganzes Leben allein verbringen? Nein, nein! Sie heirateten Indiofrauen, so wie dein Großvater Jubal mich geheiratet hat. Sie haben sich also von Anfang an alle miteinander vermischt. Ich bin auch keine reinblütige Indianerin. Ich bezweifle, daß ich jemals in meinem Leben eine reinblütige Indianerin gesehen habe. Sie sind allesamt Mestizen.«

Darauf sagte ich: »Mutter hat mir erzählt, ihre Palafox-Männer hätten stets ausschließlich Frauen aus vornehmen spanischen Familien geheiratet. Sie sagt von sich, sie sei reinblütige Spanierin.«

»Sie möchte das gerne glauben, aber das Buch sagt: ›Alle großen Palafox von der Kirche haben Indiomädchen geheiratet.‹«

»Warum bist du so wütend auf Vater López?« fragte ich.

»Nicht auf ihn«, erwiderte sie. »Ich glaube, daß er ein guter Mensch ist. Aber es waren Priester, die uns Indios in diese Höhlen geschickt haben. Sie sagten uns, es sei unsere Pflicht.« Plötzlich hielt sie inne, erschauderte, und blickte zum Schacht mit all der Furcht in den Augen, die ich eine knappe Stunde zuvor empfunden hatte. »Wenn eine Frau mit einem Korb von der Treppe abglitt und hinunterfiel, fing sie an zu schreien, und wir rannten zu der Stelle, wo du jetzt bist, und sahen ihr Gesicht, als sie an uns vorbeifiel. Wir sahen ihre Augen, ihr Entsetzen, manchmal zwei Wochen lang. Wenn sie niemanden hatte, der sie haben wollte, haben wir sie hier unten in einer Ecke der Höhle begraben.«

Nachdem wir eine Weile schweigend dagesessen hatten, vernahm ihr scharfes Gehör Geräusche von unten: Die Bergwerksleute aus Nevada sandten Signale nach oben, um uns mitzuteilen, daß sie noch unten bleiben wollten, wahrscheinlich, um die Höhle weiter zu erforschen.

Als Caridad dies hörte, schien sie es als einen willkommenen Aufschub zu betrachten; denn sie nahm meine Hand und sagte in ihrem melodischen Spanisch: »Norman, du darfst nicht glauben, was die Leute über General Gurza verbreiten. Ja, er tötet manchmal Menschen. Ja, und er steckt manchmal verhaßte Gebäude in Brand. Aber er ist ein guter Mensch. Glaub mir, Norman, er ist ein guter Mensch.«

Da diese Behauptung einfach zu absurd war, als daß ich sie hätte akzeptieren können, sagte ich: »Vater, Mutter und Vater López, sie alle sagen, daß er ein Ungeheuer ist. Ich hasse ihn.«

Sie zog an meinem Arm und sagte mit tadelnder Stimme: »Hör nicht auf sie! Bilde dir deine eigene Meinung!« und sie fuhr fort: »Mestizen, Leute wie ich, wir alle bejubeln ihn. Er tut unsere Arbeit für uns – er bestraft die Reichen, verjagt die Priester, hilft den Armen. Wenn die Norteamericanos versuchen, ihn zu fangen, hält er sie zum Narren. Er ist unser Held, Norman, und du wirst dein Mexiko niemals verstehen, wenn du den Lügen der Reichen glaubst, daß er ein böser Mann sei.«

Eine halbe Stunde lang erzählte sie mir vom Leben in den Dörfern, vom Elend der Indiofamilien, die versuchten, ein bißchen Mais anzubauen. Sie erzählte, wie die Ankunft von Gurzas Zug in einer Gegend den kleinen Leuten Hoffnung gab und wie sie dafür beteten, daß er Erfolg haben möge.

»Ihr seid gegen die Priester, gegen die Kathedralen, und jetzt sagst du, ihr betet.«

»Wir beten zur Jungfrau von Guadalupe, nicht zu den Priestern, die uns in der Kathedrale um Geld anbetteln.«

Die feinen Unterschiede, die sie machte, waren zu verwirrend für einen Zehnjährigen wie mich, doch woran ich mich noch genau erinnere, war ihr ruhiges und festes Beharren darauf, daß General Gurza ein Freund des wahren Mexiko sei, eine Ansicht, die sie ein paar Tage später erneut mit Vehemenz vertrat, als sie von ihren indianischen Freundinnen erfuhr, daß Gurzas Zug auf dem Wege nach Toledo war und innerhalb der nächsten Tage eintreffen würde. Zu meiner Verblüffung sagten die Frauen, er käme diesmal nicht wie üblich von Norden, sondern von Südosten.

An jenem Abend sagte Vater beim Abendessen: »Ich hörte, das Ungeheuer Gurza hat einen Angriff auf Mexiko City versucht, aber er wurde in die Flucht geschlagen. Wenn er sich nach hierher zurückzieht, dann wird er bei übler Laune sein. Wir müssen uns auf einiges gefaßt machen.«

Am nächsten Tag meldeten Kundschafter der Regierungstruppen, daß Gurza im Anmarsch auf die Stadt sei, und meine Eltern begannen, unser Haus mit Brettern zu vernageln und alles zu verstecken, was irgendwie von Wert war, doch Großmutter blieb die Ruhe selbst. Während die anderen damit beschäftigt waren, unser Eigentum zu sichern, nahm sie mich bei der Hand und ging mit mir über einen Fußweg, der am Aquädukt entlangführte, in den Teil von Toledo, in dem die Armen wohnten. Zum erstenmal in meinem Leben sah ich die armseligen Hütten, die mehrere Familien sich teilen mußten, die Kinder, die keine Schuhe an den Füßen hatten, die verdreckte Pumpe, von der jeder sich sein Trinkwasser holte, und das Elend der Armen in einem Land, in dem Krieg herrschte. Doch als wir mit Frauen sprachen, die Caridad kannte, bekam ich das überwältigende Gefühl, daß sie darauf hofften, daß General Gurza in ihre Stadt gebraust kommen würde; denn dann würde sich ihr Los verbessern. Er war ihr Held, und als ich mich zwischen ihnen umherbewegte, konnte ich sie die neueste Ballade singen hören, die ihm zu Ehren komponiert worden war:

»Tapferer General Gurza!
Er fährt mit seinem Zug überall hin.
Guter General Gurza!
Er kämpft unseren Kampf für uns.
Guter General Gurza!
Er gibt den Armen Geld.
Tapferer General Gurza!
Er fürchtet sich vor niemandem.«

Plötzlich, noch während die schlichten Worte mit den plumpen Reimen an Lautstärke zunahmen, hörte ich ein Rumpeln, das vom südöstlichen Ende der Stadt kam, und im gleichen Moment kamen Männer angerannt und riefen atemlos: »General Gurza kommt! Sein Zug ist schon an der Biegung!« Und bevor Großmutter mich aus der Gefahrenzone bringen konnte, kam der ramponierte Zug, der schon Dutzende Attacken von Regierungstruppen, mexikanischen ebenso wie amerikanischen, überstanden hatte, direkt in das Gebiet geschnauft, wo Caridad und ich zwischen den aufgeregt herbeiströmenden Peones eingekeilt waren, und ich bekam schreckliche Angst.

Doch diesmal war es ein ganz anderer Saturnino Gurza, der Toledo besuchte. Bei den Kämpfen um Mexiko City war er von Truppen, die loyal zu dem neu gewählten Präsidenten Carranza standen, vernichtend geschlagen worden, und so kam er nun als Flüchtling, der ein sicheres Versteck suchte, nicht als schneidiger Eroberer. Ich stand keine zehn Meter vom Gleis entfernt, als sein Zug mit quietschenden Bremsen zum Stehen kam, und als er heruntersprang, um mit Peones zu reden, von denen er hoffte, daß sie ihn unterstützen würden, war ich einer der ersten, auf die sein Blick fiel. Er strich mir mit seiner großen Hand über das Haar, beugte sich über mich, so daß sein großer Sombrero mein Gesicht fast ganz verdeckte und die Patronen in seinen Gurten, die er über Kreuz vor der Brust trug, meine Schulter berührten, und fragte: »Na, junger Bursche, fährst du in ein paar Jahren mit mir auf dem Zug?« Fast erdrückt von seinem riesigen Schnurrbart, war ich zu verängstigt, um ein Wort herauszubringen; denn vor mir stand der Teufel persönlich und lockte mich, doch Caridad versetzte mir einen Knuff in die Rippen, schob mich nach vorn und antwortete für mich: »Er wird mit Ihnen fahren, General, und er wird ein guter Kämpfer sein.«

»Kannst du mit einem Gewehr umgehen?« fragte er mich, und als Caridad ihm versicherte, daß ich ein Meisterschütze sei, schnappte er sich ein Gewehr von einem seiner Männer und drückte es mir in die Hand. »Übe fleißig, junger Mann! Wir werden dich brauchen.« In der Zwischenzeit würde er erst einmal alles an Nahrungsmitteln und Arznei und Munition brauchen, was die Stadt ihm zur Verfügung stellen konnte. Als seine Männer ausschwärmten, um diese Dinge zu requirieren, nahm er sich einen Stuhl von einem Straßencafé, pflanzte sich damit in der Mitte der Straße auf und schrie laut: »Hat irgend jemand ein Bier für den Retter der Stadt?« Und seine Bewunderer beeilten sich, ihm eines zu besorgen.

Sobald er sein Bier hatte, wandte er den Blick erneut auf mich und setzte seine Unterhaltung mit mir fort: »Wie heißt du, mein Sohn?« Und Caridad sprang hastig ein: »González, Victoriano González.«

»Victoriano?« schrie er und wühlte mir erneut mit seiner Riesenpranke durchs Haar. »Ein Omen! Im Norden werden wir noch hundert weitere Siege erringen.« Und dann hob er mich hoch und setzte mich auf sein Knie, als wäre er mein Vater. Da saß ich nun auf seinem Schoß, mit dem Gewehr in der Hand, das er mir gegeben hatte, und seine Patronengurte verliehen mir ein martialisches Gepränge.

Wohl wissend, daß er mit seinem Zug nur kurze Zeit in Toledo bleiben konnte, da ihm Carranzas zahlenmäßig überlegene Truppen hart auf den Fersen waren, reichte er mich an Caridad zurück und sagte: »*Tenemos cosas que hacer en el norte.*« (›Wir haben Dinge im Norden zu erledigen‹). Als seine Soldaten auf ihrer Suche nach Nahrung alle Geschäfte durchstöbert hatten, stieg er auf die alte Lokomotive, die ihn schon zu so vielen Siegen getragen hatte, hieß den Lokführer das Pfeifsignal geben und schnaufte langsam aus der Stadt, als widerstrebe es ihm, in die Schlachten zu ziehen, die vor ihm lagen.

Natürlich erfuhr Vater davon, daß wir in Toledo gewesen waren, als der »mörderische Bandit«, wie er General Gurza nannte, dort aufkreuzte, und er schalt seine Mutter heftig dafür aus, daß sie mich einer solchen Gefahr ausgesetzt hatte: »Wenn Gurza gewußt hätte, daß er ein Palafox ist, hätte er ihn gewiß erschossen.« Deshalb verzichteten sowohl Caridad als auch ich weise darauf, ihm zu erzählen, daß Gurza mich auf seinem Knie geschaukelt hatte und mich dazu eingeladen hatte, mich ihm anzuschließen, sobald ich alt genug wäre, ein Gewehr zu tragen. Caridad erzählte ihm wohlweislich auch nichts davon, daß Gurza mir ein Gewehr geschenkt hatte. Das hatte sie versteckt.

Mit bebendem Entsetzen nahm Vater López die Nachricht von Gurzas Stippvisite in der Stadt auf. Wiederholt fragte er mich: »Und er ist mit seinem Zug wirklich mitten in die Stadt gefahren?« Und als ich daraufhin nickte, fuhr er fort: »Und er hat niemanden erschossen? Seine Männer haben kein Blutbad angerichtet?«

»Sie waren viel zu sehr mit Nahrungssuche beschäftigt.«

»Und sie haben keine Brände gelegt?«

»Ich sagte doch, sie waren zu beschäftigt.«

In beträchtlicher Erregung sprach Vater López mit Vater und Mutter über General Gurza und seinen Auswirkungen auf Mexiko, besonders auf die katholische Kirche: »Je mehr Nonnen er tötet, desto beharrlicher klammern sich die Leute an ihren Glauben.«

»Haben Sie Hinweise darauf?« fragte Vater, und der Priester sagte: »Wenn ich in die kleinen Dörfer komme, lernen mich all die Bewohner als den Mann kennen, der ihnen hilft, ihren Glauben am Leben zu halten.«

»Wenn Gurzas Männer Sie schnappen, stellen sie Sie an die Wand.«

»Das ist nichts Neues. Wenn sie Sie schnappen und feststellen, daß Sie ein Palafox sind, machen sie mit Ihnen das gleiche.«

»Ich will nicht, daß Sie den Jungen noch einmal mitnehmen. Es ist zu gefährlich.«

»Ich weiß. Ich wollte bloß, daß er einmal das wahre Mexiko kennenlernt. Aber einmal ist genug.« Ich war Zeuge dieses Gesprächs, und ich sah, daß Vater López sich gerne noch weiter über dieses Thema unterhalten hätte, sich dies aber verkniff.

In jener Nacht kamen zwei Männer in den *Mineral*, die Schreckliches zu berichten wußten, und wir alle lauschten ihnen mit klopfendem Herzen. »Es sind Männer nach Toledo gekommen und haben berichtet, was passierte, als Gurzas Männer nach San Ildefonso kamen, einer kleinen Stadt nördlich von Aguascalientes. Es war genau wie hier in Toledo. Der Zug kam in die Stadt. Kein Gewehrfeuer, keine Vergewaltigungen, keine Morde. Aber sie haben Nahrungsmittel gestohlen und die Geschäfte geplündert. Und das war erst der Anfang.«

»Was ist passiert?« fragte Vater, und ich schaute gerade Großmutter an, als die Männer aus Aguascalientes sagten: »Es war schrecklich. Einige unserer Männer in San Ildefonso, Patrioten und Anhänger von Präsident Carranza, schossen auf Gurza, aber sie verfehlten ihn und töteten einen seiner Colonels. Das war das Signal für die schlimmste Schießerei, die ich je erlebt habe. Sie haben wild um sich geballert, auf alles, was sich bewegt hat. Und dann sind sie sengend und mordend durch die Stadt gezogen und haben alle Priester und alle Nonnen getötet, die sie finden konnten. Diejenigen von uns, die entkommen konnten, haben beschlossen, zu anderen Städten zu reiten und sie zu warnen. Gurzas Männer sind dabei, den Kern der Stadt zu verheeren.«

Als sie dies hörte, verschränkte Großmutter die Hände fest ineinander, legte sie in den Schoß und schwieg. Aber Vater López bestand darauf, alle Einzelheiten zu hören, und bestürmte die Männer aus Aguascalientes mit Fragen: »Wie viele Priester haben sie gefunden?« Als er die Zahl hörte, zuckte er zusammen, und dann fragte er: »Und wie viele Nonnen?«

»Nur drei. Unsere Leute haben die anderen rechtzeitig versteckt.«

»Und haben sie sie getötet?«

»Ja. Erst verstümmelt, dann getötet.«

Mit leiser Stimme sagte López: »Ich glaube, wir sollten nun ein Gebet für die Märtyrer sprechen«, und als wir die Köpfe senkten, ergriff Großmutter meine Hand, und am Ende der leidenschaftlichen Fürbitte flüsterte sie gemeinsam mit uns anderen: »Amen.«

Während der nächsten Tage herrschte angespannte Stimmung, denn jeder in Toledo begriff, wie haarscharf wir dem Schicksal von San Ildefonso entgangen waren. Dies wurde eines Abends beim Essen von Vater noch einmal deutlich gemacht, als er sagte: »Siehst du jetzt, Mutter, was hätte passieren können, als du Norman in die Stadt mitgenommen hast?« Darauf erwiderte sie scharf: »Er hat uns in Frieden gelassen, oder?«

Ich konnte sehen, daß Vater López tief betroffen war über diesen neuerlichen Übergriff gegen Nonnen, denn er sagte wiederholt: »Daß sie zurückgeschossen haben, als sie auf seine Leute gefeuert haben, das kann ich verstehen. Ich könnte unter Umständen sogar noch verstehen, wenn sie zufällig, im Eifer des Gefechts, auf eine Nonne geschossen hätten. Aber sie aufzustöbern, wie Hunde, die einen Hasen jagen, das ist einfach ...« Er vollendete diesen Satz nicht, denn sein Vokabular enthielt keinen passenden Begriff für das, was er angesichts dieser Greueltat empfand.

Später, als er erfuhr, daß General Gurza mit seinem Zug in San Ildefonso geblieben war, da er in der verwüsteten Stadt schalten und walten konnte, wie es ihm beliebte, und sie als Basis benutzte, von welcher aus seine Truppen ausschwärmten, um die Regierungstruppen zu bestrafen oder die Amerikaner aus Mexiko zu vertreiben, fand Vater López, daß dies ein Frevel nicht nur wider die Menschen von San Ildefonso war, sondern gegen Gott selbst: »Es ist ein Sakrileg, ein Werk des Antichristen.« Beim Abendessen, das er mit uns einnahm – er kehrte von seinen Expeditionen stets bei Sonnenuntergang wieder zurück –

sagte er mehrfach zu meinen Eltern: »Er ist fürwahr der Antichrist, und Gott wird ihn bestrafen.«

Ich glaube, meine Eltern wurden seiner Tiraden überdrüssig, denn eines Tages sagte Vater: »Aber, Vater Juan, wenn es nicht in Ihrer Macht steht, Gott dazu zu zwingen, ihn zu bestrafen, warum vergessen Sie das Monstrum dann nicht einfach?« Und Vater López erwiderte: »Vielleicht liegt es daran, daß Gott will, daß wir sein Werk für ihn verrichten und Gurza bestrafen.«

Als er sah, daß die Clays anfingen zu bereuen, daß sie ihn unter ihre Fittiche genommen hatten, wurde er nervös; er blieb immer häufiger über Nacht weg und schwieg bei Tisch, wenn er da war und mit uns aß.

Eines Morgens, als wir früh aufgestanden waren und er im Begriff war, zu seiner Missionsarbeit aufzubrechen, nahm er sich besonders viel Zeit, um sich von mir zu verabschieden, so, als bräche er zu einer langen Reise auf. Ich merkte, daß er ungewöhnlich aufgewühlt war, und sah, daß er, nachdem er den *Mineral* verlassen hatte, nicht, wie üblich, den Weg zu den Dörfern einschlug, sondern nach Nordwesten ging. Ich wartete, bis er außer Sicht war, und dann ging ich hinter ihm her. Ich hielt mich ein gutes Stück hinter ihm, damit er nicht merkte, daß ich ihm folgte, doch da er immer seine Umgebung im Auge behielt, wenn er auf seinen gefährlichen Missionen unterwegs war, entdeckte er mich bald.

Geradezu freudig erregt rannte er zurück und umarmte mich. »Norman, du bist gekommen, um mir Mut zu verleihen«, rief er, und ohne mir zu erklären, was er damit meinte, gestattete er mir, ihn ein Stück auf seinem Weg nach Westen hinter die Pyramide zu begleiten.

»Wo wollen Sie hin?« fragte ich, als wir uns den Bahngleisen näherten, die nach Aguascalientes führten, und er antwortete: »Dorthin, wohin Gott mich gerufen hat.«

Und dann überraschte er mich, indem er ein in Papier gehülltes Paket unter seinem Baumwollhemd hervorzog. »Du mußt mir vergeben, Norman, aber ich habe dir dein Gewehr gestohlen«, sagte er, und dann schlug er das Paket auf und zeigte mir die Einzelteile, in die er das Gewehr zerlegt hatte, um es unauffällig mit sich führen zu können.

Als er sah, wie geknickt ich über den Verlust meines schönen Gewehres war, sagte er begütigend: »Es ist ein böses Gewehr, Norman, denn es ist von ihm, dem Antichristen, und es würde dir nur Unglück bringen. Gib es mir mit deinem Segen!« Und dort, neben dem Eisenbahngleis, wo niemand uns sehen konnte, schenkte ich ihm feierlich das Gewehr von General Gurza, eine Wendung benutzend, die Mutter mich gelehrt hatte: »Ich, Norman, schenke dir, Juan, dieses mein Gewehr, und mit ihm gebe ich dir all meinen Segen.«

Dann umarmte mich dieser liebe, gute Priester, der es einem schwer machte, ihn zu lieben, denn er war ein schwieriger Mann, dessen Art oft nicht leicht zu ertragen war, küßte mich auf die Stirn und sagte leise, wobei er gegen die Tränen ankämpfte: »Wenn du einst ein Mann bist, Norman, scheue niemals davor zurück, das zu tun, was du für recht erkannt hast, denn das zeichnet einen Mann aus!«

Mit diesen Worten drehte er mich um, gab mir einen sanften Klaps auf den Rücken und schickte mich nach Hause zurück. Das letzte, was ich von ihm sah, war, wie er zielstrebig an den Schienen entlang nach Norden stapfte, unter dem Hemd das Gewehr, das General Gurza mir geschenkt hatte.

Drei Tage später eilte die Nachricht durch Mexiko und auch durch die Vereinigten Staaten. Ein barfüßiger Bauer, wohnhaft in San Ildefonso, das General Gurza eine Woche zuvor verwüstet hatte, hatte ein Gewehr unter seiner weißen Camisa hervorgezogen und aus nächster Nähe auf ihn geschossen. Gurza war auf der Stelle tot. Die Leibwächter des toten Generals hatten den Attentäter daraufhin in ihrer Wut zu Tode geprügelt und dabei so verunstaltet, daß es unmöglich gewesen war, seine Leiche zu identifizieren. Doch in den darauffolgenden Tagen setzten Präsident Carranzas Leute in der Hoffnung, damit die öffentliche Unterstützung ihres toten Feindes zu schwächen, das Gerücht in Umlauf, daß das Gewehr, das bei dem Anschlag benutzt worden war, eines sei, das Gurzas Truppen beim Überfall auf eine Waffenfabrik in der Nähe von Mexiko City erbeutet hätten, was beweise, daß der grausame Revolutionär von einem seiner eigenen Leute umgebracht worden sei.

Mutter und Vater betrachteten das Attentat als ein Werk Gottes, und sie hatten vor, Vater López darüber zu befragen. Aber meine kluge Großmutter hatte eine andere Deutung, die sie mir unter vier Augen anvertraute: »Wie eine alte Frau, die in der Sonne strickt, hatte General Gurza seine Wolle aufgebraucht. Er hat seine Arbeit getan. Er hat Mexiko befreit.«

Und dann führte sie mich in ihr winziges Zimmer, wo sie aus einer kleinen Reisetasche ein Foto hervorholte, das ein Mann an jenem Nachmittag in Toledo gemacht hatte, als ich General Gurza kennenlernte. Es zeigte mich auf Gurzas Knie sitzend, halb verdeckt von seinem riesigen Sombrero, in der Hand das Gewehr, das er mir geschenkt hatte. Es war ein ausgezeichnetes Foto.

»Bewahre es gut auf, Norman! Eines Tages wirst du stolz sein, daß du es besitzt; denn es könnte sehr gut das letzte Foto sein, das von unserem großen Führer gemacht wurde.« Und dann sangen wir zusammen mit gedämpfter Stimme die Ballade von Saturnino mit ihrem frechen Marschrhythmus:

»Tapferer Saturnino!
Er fuhr auf seinem Zug.
Heldenhafter Saturnino!
Er kämpfte gegen den Schwarzen Jack.
Großartiger Saturnino!
Er verspottete Carranza.
Unsterblicher Saturnino!
Er brachte uns Freiheit.«

Die letzten Silben wurden im trotzigen Stakkato gesungen, eine Herausforderung an die Welt, und als sie endeten, als eine Art Danksagung an General Gurza, nahm Großmutter noch einmal das Foto, küßte es und sagte zu mir: »Als ich noch im Bergwerk schuftete, träumte ich immer von solch einem Mann, aber ich stellte mir immer vor, daß er auf einem weißen Pferd kommen würde, wie Zapata. Der hier kam auf einem rostigen Zug.«

Der Rest meiner Geschichte über die Clays in Mexiko ist schnell erzählt.

Als Vater López nicht zurückkehrte, nahmen meine Eltern an, daß er in einem der Dörfer entdeckt und erschossen worden war, und wir sprachen nicht mehr von ihm. Irgendwann entdeckte Großmutter, daß das Gewehr, das General Gurza mir geschenkt hatte, weg war, aber sie fragte mich niemals danach. Die Bergwerksingenieure aus Nevada kamen noch zweimal zurück, um die Mine weiter zu erforschen, bevor sie es aufgaben, und bei ihrem letzten Besuch sagte ihr Boß zu Vater: »Wir helfen hin und wieder bei American Petroleum aus. Sie haben die großen Ölfelder bei Tampico, und sie sagten mir neulich, sie würden gerne einen Amerikaner finden, der Ahnung –«

»Ich bin nur zur Hälfte Amerikaner«, fiel mein Vater ihm ins Wort. »Ich bin in Mexiko geboren und besitze auch die Staatsbürgerschaft dieses Landes.«

»Das ist ihnen bekannt. Und sie fragten mich, ob ich glaube, Sie hätten vielleicht Interesse daran, in diesem Teil des Landes als ihr Repräsentant zu fungieren.«

»Was müßte ich da machen?«

»Wenn ich sie richtig verstanden habe, würden Sie ihnen helfen, Facharbeiter zu finden oder junge Männer, die eine Ausbildung in den Staaten gehabt haben; vielleicht den einen oder anderen von ihnen rauf nach Texas oder Oklahoma schicken.«

»In Toledo gibt's keine Ölquellen. Scheint mir ja ein merkwürdiger Job zu sein.«

»Aber in Toledo gibt es Leute. A. P. rechnet damit, bis zum Ende des Jahrhunderts in Mexiko zu bleiben – die Reserven sind so groß. Sie brauchen jemanden wie Sie in ihrem Team«, und als die Experten von American Petroleum nach Toledo kamen, um sich persönlich mit Vater zu unterhalten, erkannten sie sofort, daß die guten Beziehungen, die er im *Mineral* aufgebaut hatte, genau das waren, was sie brauchten, um ihren Besitz in Mexiko zu schützen.

Die Aufgabe, die mein Vater für A. P. übernahm, machte es nicht erforderlich, daß unsere Familie von Toledo wegzog, und sie ließ ihm überdies genügend Zeit, um das Buch *Die Pyramide und die Kathedrale* zu schreiben, das ihn berühmt machte und das letztlich dazu führte, daß die Statue zu seinen Ehren am Rande der Plaza aufgestellt wurde. Von unserer Veranda aus konnten wir beide Bauwerke sehen, und ihre Geschichte war in unserem Blutstrom. Es war ein ausgezeichnetes Buch – und ist es noch immer –, ein Blick in das Herz Mexikos, und eine der Passagen, die ich immer besonders gemocht habe, ist sein Porträt von Jubal Clay mit seinen Konföderierten in seinen letzten Lebensjahren:

> Jedes Jahr am neunten April trafen sich die konföderierten Soldaten, die sich geweigert hatten, unter der Herrschaft der Yankees zu leben, und hier im heilsamen Klima von Toledo Zuflucht gefunden hatten, zu einem geselligen Beisammensein, um den Tag zu begehen – nicht, um ihn zu feiern –, an dem Robert E. Lee sich im Gerichtsgebäude von Appomattox dem Schlächter Grant ergeben hatte.
>
> Irgendeiner erhob dann sein Glas und rief: »Auf den Tag, an dem die Welt unterging!«, und dann tranken sie schweigend, aber immer brachte dann irgendein anderer den Toast aus: »Auf den Tag, an dem Kanada in die Nordstaaten einmarschiert und wir ihm zu Hilfe eilen!« Dieser Toast wurde mit lautem Johlen und mit Jubelrufen begrüßt: »Wir werden da sein!« Beim ersten Treffen nach der Wahl von Grant zum Präsidenten brachte Jubal seinen eigenen Toast aus: »Wir können Mut aus der Wahl von Schlächter Grant schöpfen, weil sie beweist, daß es einen Gott im Himmel gibt. Er gibt den Nordstaaten-Bastarden, was sie verdienen. Schauen wir zu, wie er die Nation kaputtmacht, so, wie er es schon mit seiner Armee bei Cold Harbor gemacht hat!«
>
> Doch als die Jahre dahingingen und die Südstaaten-Hau-

degen älter wurden, bemerkte Jubal ein Phänomen: »Jeder, der sich an seine einstigen Schlachten zurückerinnerte, hatte angeblich entweder mit Stonewall Jackson oder Jeb Stuart oder Massa Robert selbst gekämpft. Da nicht einer von uns zugab, daß er unter einem Verlierer gekämpft hatte, fragte ich mich oft, wie wir es unter diesen Umständen geschafft hatten, den Krieg zu verlieren.«

Mit der Zeit erwies sich Vater als so unermeßlich wertvoll für American Petroleum, daß die Gesellschaft ihm jährliche Prämien in Form von Aktien anbot, und so wurden wir zu einer Familie, die in soliden, wenn nicht spektakulären finanziellen Verhältnissen lebte. Wie der Präsident der Gesellschaft einmal sagte, als er den Bonus bei einer Mitarbeiterversammlung überreichte: »Das beste, was John Clay je für diese Firma getan hat, war, dieses Buch zu schreiben. Es zeigte den Mexikanern, daß wir nicht nur gute Menschen sind, sondern auch Menschen mit Kultur, die die Lebensformen Mexikos zu schätzen wissen. Clay ist unser Mann in Mexiko, unser ›Mexikaner‹, möchte man fast sagen, und wir hüten ihn wie einen kostbaren Schatz.«

Unter Vaters Leitung erwiesen sich die Bergbauaktivitäten in Zentralmexiko als so profitabel, daß American Petroleum beschloß, weitere Probebohrungen in unserem *Mineral* durchzuführen, um zu sehen, ob vielleicht irgendeine abbauwürdige Ader tief unter der auf der 390-Meter-Marke liegenden Kaverne verborgen lag, die jetzt Caridads Höhle genannt wurde. Und so kamen denn die Bergbauingenieure aus Nevada, die schon in den dreißiger Jahren im *Mineral* sondiert hatten, mit neuem Gerät zurück, das es ihnen ermöglichte, unter die 600-Meter-Marke zu gehen – doch sie fanden nichts. Aber die anderen Projekte Vaters brachten der Gesellschaft große Gewinne ein.

Sie können sich daher gut vorstellen, wie bestürzt er war, als der Radikalliberale Lázaro Cárdenas im Jahre 1934 Präsident wurde und drohte, alle ausländischen Erdölgesellschaften zu enteignen. In den Briefen, die er mir ins College schickte, berichtete er mir, daß Mexiko im Begriff war, sich Hals über Kopf in eine neue Revolution zu stürzen. Im selben Jahr sandte er mir die Nachricht, daß Großmutter Caridad gestorben sei, »diese wunderbare, bis zu ihrem Ende kämpferische Frau«. Er sagte, sie habe eine rätselhafte Nachricht für mich hinterlassen: »Sag Norman, er soll gut auf das Foto aufpassen. Es wird mit jedem Jahr wertvoller.« Es zeichnete sich ab, daß in dem Maße, wie Mexiko nationalbewußter wurde, und ganz besonders wegen seiner Bereitschaft, den Vereinigten Staaten in der Frage der Nationalisierung der Ölquellen die Stirn zu bieten, Saturnino Gurza langsam aber sicher zu einem der großen Nationalhelden stilisiert wurde. Jene kleinmütigen Führer, die ihn bekämpft hatten, Leute wie Carranza und Huerta und Obregón, wurden als Männer betrachtet, die bald vergessen werden würden, während Gurza Jahr um Jahr an Statur gewann. Großmutter hatte richtig gelegen mit ihrer Einschätzung der mexikanischen Geschichte; Vater López hatte sich geirrt.

Doch stellte Großmutters Tod mich vor ein schwieriges Problem; denn mit ihrem Ableben war ich die einzige lebende Person, die wußte, daß Vater Juan einen Märtyrertod gestorben war, und das Wissen um diese Wahrheit lastete schwer auf mir. In jenen bewegten Tagen nach dem Attentat auf Gurza war es klug gewesen, ein solches Geheimnis für sich zu behalten. Es zu enthüllen hätte nicht nur unsere Familie in Gefahr gebracht, weil wir dem Attentäter Unterschlupf geboten hatten, sondern die katholische Kirche in ihrer Gesamtheit, weil sie – so hätten es ihre Gegner jedenfalls dargestellt – ihren Priester zu diesem Schlag gegen den verehrten Volkshelden ermuntert habe. Und nun lag die Bürde dieses Wissens ganz allein auf mir, und oft, wenn ich mir dieses denkwürdige Foto anschaute – das letzte, das von Gurza gemacht worden war, wie Caridad richtig vermutet hatte –, sah ich, wie es sich unter meinen eigenen Augen verwandelte. General Gurza, der Mann, der mich da auf seinem Knie wiegte, war der Vater des neuen Mexiko geworden, und ich beschloß, daß ich irgendwann einmal, wenn die Gelegenheit günstig war, sowohl das Foto als auch die Geschichte mit dem Gewehr enthüllen würde. In der Zwischenzeit ließ ich sechs

Hochglanz-Abzüge davon machen und versteckte sie an verschiedenen Orten.

Im Jahre 1938 verstaatlichte Cárdenas schließlich die Ölquellen; American Petroleum wurde aus Mexiko ausgewiesen, ihr enormer Reichtum mit einem einzigen Federstrich des Präsidenten verstaatlicht. Und bald darauf verließ mein Vater, Autor des hervorragenden Buches über Mexiko, jenes Land für immer. Meine Mutter, die stets eine loyale Palafox gewesen war, weigerte sich, mit ihm zu gehen, doch ich folgte seinem Beispiel, obwohl dies auch in meinem Fall bedeutete, eine Palafox-Frau zurückzulassen.

Vater wollte, daß meine Mutter mitkam, doch sie weigerte sich, das Stammhaus der Palafox zu verlassen; eine ebenso gewichtige Rolle spielte dabei ihre Religion. Bei ihrer Heirat mit meinem Vater hatten die beiden sich darauf geeinigt, daß sie katholisch bleiben würde, daß es ihm jedoch freistehen würde, zu irgendeinem zukünftigen Zeitpunkt zu entscheiden, ob er sich ihrer Kirche anschließen wollte oder nicht. Er hatte diese Entscheidung immer wieder hinausgeschoben, und weder er noch Großmutter Caridad setzten mich in irgendeiner Weise unter Druck, mich für eine der beiden Religionen zu entscheiden, Mutters Katholizismus oder Vaters Protestantismus. Als ich elf war, sagte Caridad zu mir: »Ich bin stets eine gute Katholikin gewesen, wie alle anderen vor mir, aber das einzige, was die Kirche je für mich getan hat, war, mich zum Schuften ins Bergwerk zu schicken.«

Unsere Trennung ging ohne Bitterkeit vonstatten – jedenfalls, was das Persönliche betrifft. Mutter und Vater hatten Achtung voreinander, aber Vater sagte, er könne einfach nicht in einem Land leben, das Privateigentum stehle, ohne angemessene Entschädigung zu leisten, und Mutter sagte, es sei undenkbar für sie, je in einem Land wie den Vereinigten Staaten zu leben, das kein Eigentum, sondern den gesamten nördlichen Teil Mexikos gestohlen habe. Als ich sie fragte, was sie damit meine, sagte sie: »Ich meine damit die Teile, die ihr Texas, Neumexiko, Arizona und Kalifornien nennt. Ihr habt sie uns allesamt gestohlen, und eines Tages werden wir nach Norden marschieren und sie uns zurückholen.«

Vater war nicht allein in diesen Tagen schmerzlicher Entscheidungen. Ich hatte ein hübsches Palafox-Mädchen geheiratet, aus dem spanischen Zweig, und auch sie fand den Gedanken unvorstellbar, nach Amerika ins Exil zu gehen und all das aufzugeben, was Toledo zu einer solch wunderbaren Heimat gemacht hatte, mit all den Vorteilen, die einem aus dem Namen Palafox erwuchsen. Sie weigerte sich, mit mir zu gehen, und als Vater und ich Toledo verließen, um uns in Alabama ein neues Zuhause zu schaffen, wußten wir alle, daß eine Aussöhnung unwahrscheinlich sein würde. In jenen Zeiten bestimmte der Vater, wo die Familie lebte, so daß es nicht einen Moment auch nur zur Debatte stand, ob ich nicht vielleicht lieber bei Mutter in Toledo geblieben wäre.

Vater hatte Montgomery ausgewählt, weil es eine feine Südstaatenstadt war, bewohnt von zuverlässigen Menschen, die noch immer fanden, daß der Süden den Krieg zwischen den Staaten, wie sie den Bürgerkrieg nannten, hätte gewinnen müssen. »Das war keine Rebellion, junger Mann«, belehrte mich ein entfernter Vetter, als ich ankam. »Das war ein Krieg zwischen Gleichen, nur daß wir all die Erziehung und die moralische Bildung hatten, und sie die Eisenbahnen und die Fabriken.«

Ich war froh und glücklich in Alabama, bis ich herausfand, daß ein anderer Grund, warum Vater sich dort hatte niederlassen wollen, der war, daß er nahe an der Grenze zu Mexiko sein wollte, wenn es Krieg gab. Er war überzeugt davon, daß Präsident Roosevelt schon bald über die Grenze nach Süden marschieren würde, um den Mexikanern die Ölquellen wieder abzunehmen, und da wollte er in vorderster Reihe dabeisein. Als deutlich wurde, daß der verkrüppelte Präsident sich tatsächlich mit Kriegsplänen trug, nicht gegen Mexiko, sondern gegen Deutschland, klagte er vor den Mitgliedern seines Konföderierten-Clubs: »Mein Gott! Er zieht in den falschen Krieg!« Und wieder einmal fühlte sich ein Clay von einer Nordstaatenführung betrogen.

In Montgomery litt er großen Kummer – nicht, weil er dort etwa schlecht behandelt worden wäre, sondern weil er das Empfinden hatte, daß es unanständig von ihm war, daß er von seiner Pension und seinen Aktien von American Petroleum lebte, wo er sie doch so bitter enttäuscht hatte: »Sie hatten mich dafür eingestellt, daß ich ihnen helfe, gute Beziehungen zur mexikanischen Regierung zu unterhalten, und ich mußte tatenlos zusehen, wie Cárdenas uns unsere gesamte Firma und die Ölreserven von Hunderten von Jahren stahl. Ich bin ein Versager.« Und als sein New Yorker Verlag ihn bat, ein Vorwort für eine Sonderausgabe von *Die Pyramide und die Kathedrale* zu schreiben, in dem er das neue Mexiko beschreiben sollte, antwortete er: »Das neue Mexiko soll zur Hölle fahren!« Der Verlag schrieb ihm daraufhin in einem Eilbrief: »Äußern Sie das bloß nicht in der Öffentlichkeit.« Und das tat er denn auch nicht.

Da hätten Sie nun also meinen Familienstammbaum. Indianische Erbauer bis zurück ins Jahr 600. Spanische Gelehrte bis zurück zum Jahr 1498. Baumwollpflanzer aus Virginia zwar nur bis zurück zum Jahr 1823, aber dafür haben Sie die Vita meines unbesiegten Großvaters Jubal und die meines philosophisch angehauchten Vaters in voller Länge und in allen Einzelheiten ausgebreitet bekommen. Was mich selbst anbelangt, so bin ich im Jahre 1909 in Toledo als Sohn einer Palafox-Mutter und eines konföderierten Emigranten geboren, durchlebte die Hitze und die Wirren der Revolution und re-emigrierte gerade rechtzeitig in die Vereinigten Staaten, um zu knurren: »Wenn Hitler und Tojo glauben, sie können uns unser Leben zerstören, dann sollten wir besser was dagegen unternehmen.« 1942 kämpfte ich im Pazifik als Flieger, und 1950 arbeitete ich als Kriegsberichterstatter in Korea.

Als ich fühlte, daß ich meine Frau in Toledo zurücklassen mußte, eine Entscheidung, die sie getroffen hatte, nicht ich, ließ sie vernünftigerweise unsere Ehe annullieren, mit der Begründung, daß ich mich geweigert hätte, mit ihr zusammenzuleben, was technisch korrekt war. Ich bedauerte, sie zu verlieren, trauerte sogar um sie, aber es gab nichts, was ich dagegen hätte tun können.

Wie die Nachkommen jener anderen Soldaten der Konföderation, die 1866 nach Mexiko geflüchtet waren, konnte ich mich nie entscheiden, ob ich nun Mexikaner oder Norteamericano sein wollte. Ich bin als mexikanischer Staatsbürger geboren und habe in meinen Jugendjahren ein ungemein aufregendes Leben dort geführt; als Erwachsener erlangte ich die amerikanische Staatsbürgerschaft aufgrund der Tatsache, daß ich mich als Freiwilliger für den Einsatz im Zweiten Weltkrieg gemeldet hatte. Doch kehre ich, wann immer ich Gelegenheit dazu habe, nach Mexiko zurück; denn die Plaza von Toledo bei Mondschein zu besuchen und die wunderschönen Bauwerke zu betrachten, die von Angehörigen meiner spanischen Familie erbaut wurden, oder jenen berühmten *Mineral*, der von meinem Großvater zur Blüte geführt wurde, oder die düstere Pyramide, deren Bau 650 vom rastlosen Ixmiq begonnen wurde, rührt mich tiefer als alles, was ich anderswo sehe. Selbst wenn ich nach Cold Harbor gehen und mir die Stätte anschauen würde, wo Großvater Jubal seine ruhmreiche Stunde des Triumphes erlebte, bezweifle ich, daß es mich so tief berühren würde wie ein Besuch der Plaza, auf der General Gurza seine Greueltaten beging und mir dann sein Gewehr schenkte.

Bei Fackelschein

Der zweite Abend eines dreitägigen Stierkampf-Festivals ist oftmals der lohnendste. Es sind Freundschaften geschlossen worden. Die Besucher haben herausgefunden, in welchen Lokalen man am besten zu Abend essen kann. Die Stierkampfzuschauer haben mittlerweile sechs verschiedene Matadore gesehen, die sie miteinander vergleichen können. Da ist noch nicht der Schmerz des Bedauerns, der manchmal die letzte Nacht überwältigt. Doch der Tag verblaßt schnell nach dem Tod des letzten Stieres am Samstag, und die Nacht kommt mit ihrer mystischen Kraft – und wohl nirgendwo in Mexiko oder Spanien gibt es eine Plaza, die einen prachtvolleren Rahmen abgäbe, um das Ende eines Festival-Tages zu feiern, als die Plaza von Toledo.

Die Plaza selbst ist von solch ausgewogenen Proportionen – groß genug, um große Menschenmengen aufzunehmen, aber nicht so weitläufig, als daß sie Intimität verhindern würde –, daß sie das Verweilen zu einem Vergnügen macht. Ich kenne ein Dutzend Plätze in verschiedenen Städten der Welt, und viele, wie zum Beispiel der von Salamanca, sind größer als die Plaza von Toledo, und einige, wie der in Cartagena, haben imposantere Einzelgebäude; wieder andere, wie die große Plaza von Madrid, haben bedeutende Rollen in der Geschichte Spaniens oder sogar der Weltgeschichte gespielt, und gewiß ist der majestätische Zócalo von Mexiko City mit seiner der Jungfrau von Guadalupe geweihten Kathedrale wahrscheinlich der schönste und eindrucksvollste von allen. Ich beziehe den Petersplatz in Rom ganz bewußt nicht in diesen Vergleich mit ein, da er nichts von der Intimität einer Plaza hat; überdies ist er nicht einmal auf allen vier Seiten geschlossen. Die Plaza von Toledo aber besitzt eine Eigenschaft, die sie allen anderen Plätzen überlegen macht: Sie ist von ihrem Maßstab her mit geradezu magisch anmutender Genauigkeit auf die menschliche Erfahrung, die Größe und die Eigenheiten des menschlichen Wesens ausgelegt. Sie können an der Ixmiq-Statue am nördlichen Ende der Plaza stehen und sind immer noch in Kontakt mit dem, was sich um die am Südende stehende Statue von John Clay, meinem Vater, herum abspielt, und wenn Sie ein hübsches Mädchen entdecken, das auf der gegenüberliegenden Seite seinen Abendspaziergang macht, dann brauchen Sie bloß zu warten, wo Sie sind, denn sie wird unweigerlich früher oder später an Ihnen vorbeischlendern.

Für viele Toledaner freilich hat die Plaza einen großen Makel. Die breite Allee, die entlang der Westseite an der Kathedrale vorbeiführt, ist vor ein paar Jahren von den Stadtvätern in Avenida Gral. Gurza umbenannt worden, zu Ehren des berühmten Banditen, der in anderen Teilen Mexikos als Volksheld verehrt wird, dessen man sich in Toledo jedoch wegen des Schreckens, den er über diese Stadt brachte, nur mit Schaudern erinnert.

Das Wort *Gral.* hat mich immer fasziniert, denn wenn man in Mexiko herumreist, stößt man alle Nase lang auf irgendwelche Alleen, die »Avenida Gral. Gómez« oder dergleichen heißen, und das verblüffte mich immer, bis ich irgendwann erfuhr, daß *Gral.* nichts weiter ist als eine Abkürzung des Wortes ›General‹. Mexiko verehrt seine Generäle, und jede Stadt, die etwas auf sich hält, hat ihre Avenida Gral. Soundso. Da meine Großmutter, eine glühende Anhängerin von Gral. Gurza, mich lehrte, Achtung zu haben vor dem, was der Mann versuchte, akzeptierte ich den Namen der Avenida. An diesem wunderschönen Abend unter den Sternen war auf der Avenida Gral. Gurza eine hölzerne Theaterbühne aufgebaut worden, an der Stelle, wo sie an der Kathedrale vorbeiführte, aber am südlichen Ende der Kathedrale, nahe der Statue von meinem Vater. Auf dieser Bühne sollte Héctor Sepúlveda, der einarmige Poet, der sich beim Turnier der Blumen am Donnerstagabend so bravourös geschlagen hatte, ein Schauspiel aufführen, das er geschrieben hatte und das den Titel trug *Hier auf dieser Plaza*, und von den Plakaten her, die ich gesehen hatte, nahm ich an, daß es eine mexikanische Version einer Aufführung sein würde, die ich einmal an der Bastille in Paris gesehen hatte. Sie war äußerst eindrucksvoll gewesen, eine künstlerische Mischung aus zuvor aufgenommenen feurigen Reden, Musik und den Geräuschen eines Mobs, der die Gefängnistore stürmt, untermalt von glänzend abgestimmten Beleuchtungseffekten. Ich hatte mir gedacht: Die Mexikaner sind groß in so was, und ich hatte mir eine Eintrittskarte gekauft.

Wie bei allen Aufführungen solcher Art im hispanischen Kulturkreis sahen sich die Veranstalter der Aufführung vor eine wichtige Entscheidung gestellt: Machen wir die Aufführung um acht, bevor die Zuschauer um elf Uhr zum Abendessen gehen? Oder machen wir sie um ein Uhr früh, nachdem sie zu Abend gegessen haben? Der altomekische Poet hatte sich klug für die letztere Möglichkeit entschieden, in Erwägung der Tatsache, daß seine Zuschauer nach dem Ende des Stierkampfs so aufgewühlt sein würden, daß sie keinen Sinn dafür haben würden, stillzusitzen und seiner Darbietung zu lauschen. Sie würde also um ein Uhr beginnen.

Ich hatte also noch ein bißchen Zeit und konnte in aller Muße zuschauen, wie die Abendschatten langsam über die Plaza krochen, und es war, als ob jeder Grad der zunehmenden Dunkelheit seine eigene Begleitung von Mariachi-Kapellen mitbrächte; denn eine nach der anderen erschienen sie an verschiedenen Ecken der Plaza und in den umliegenden Straßen, bis sie schließlich anmuteten wie ein Schwarm zwitschernder und schnatternder Vögel, von denen jeder sein eigenes Lied sang.

Es bereitete mir höchstes Vergnügen, einfach dazusitzen und das Treiben auf der Plaza und auf der Terrasse zu beobachten. Als die Witwe Palafox erschien, um zu kontrollieren, ob die Tische auch ordentlich für das Abendessen gedeckt waren, dachte ich: Wie beruhigend es doch ist, zu sehen, wie die Dinge ihren altgewohnten, bewährten Gang nehmen. Und als wolle er die tiefe Wahrheit dieser Einsicht demonstrieren, erschien Don Eduardo auf der Terrasse, um Lügen über seine sechs Stiere für den bevorstehenden Kampftag zu verbreiten: »Ganz hervorragende Stiere, Don Norman, das versichere ich Ihnen – wenn die Matadore sich der Aufgabe gewachsen zeigen, das Äußerste aus ihnen herauszuholen.« Dasselbe hatte er schon bei den letzten zwanzig Ixmiq-Festen von seinen Stieren gesagt, auch dann, wenn er wußte, daß sie allenfalls Mittelmaß waren. Doch als ich gerade anfangen wollte, über sein aufschneiderisches Geflunker zu lachen, fiel mir ein, wie oft es in den vergangenen Jahrzehnten schon passiert war, daß irgendein Stier, den die Experten als mittelmäßig abgetan hatten, in eine Arena gestürmt war und den Platz in ein Tollhaus verwandelt hatte. Es zahlte sich niemals aus, über Don Eduardo zu lachen – oder über seine Stiere.

Er setzte sich für einen Moment zu mir an den Tisch und stellte mir die überraschende Frage: »Sag, Norman, vermißt du Magdalena manchmal?«

Da besagte Magdalena eine seiner Nichten war, ein feines Palafox-Mädchen, mit dem ich fünf Jahre lang verheiratet gewesen war, fühlte ich mich bemüßigt, gut von ihr zu sprechen, was mir freilich auch nicht schwerfiel, weil sie wirklich eine gute Ehefrau gewesen war: »Wenn ich in den Staaten bin, habe ich fast das Gefühl, als hätte ich sie nie gekannt. Aber hier in Toledo – vor allem, wenn ich auf diese Plaza schaue, wo wir so oft als junges Liebespaar geturtelt haben – dann zerreißt es mir vor Sehnsucht fast das Herz.«

Er seufzte, denn auch er erinnerte sich an Magdalena, eine der besten Palafox-Frauen ihrer Generation, die aber jetzt im Exil in Madrid war: »Du solltest dir ernsthaft überlegen, Norman, ob du nicht nach Madrid fliegen und sie nach Toledo zurückholen solltest. Und wenn du schon einmal dabei bist, warum nicht auch gleich dich selbst wieder zurückbringen?« Da ich darauf nichts zu erwidern wußte, zuckte er mit den Schultern, stand auf und setzte seine Runde zwischen den Tischen fort.

Als die beiden Frauen aus Oklahoma zum Abendessen auf die Terrasse kamen, lud ich sie ein, sich zu mir an den Tisch zu setzen. Ich sah sofort, daß Penny noch immer ihrem Matador nachtrauerte; denn ihre geröteten Augen zeigten, daß sie geweint hatte.

Doch ihr Kummer legte sich sofort, als León Ledesma von der Plaza herüberkam, stehenblieb, theatralisch seinen Umhang fester um den Körper zog und die Szenerie betrachtete, als ränge er mit sich, ob er sich zu uns setzen solle oder nicht.

Mrs. Evans nahm ihm diese Entscheidung ab, indem sie rief: »Hallo, Señor Kritiker, erzählen Sie mal, was haben Sie denn so über die heutigen Darbietungen geschrieben?«

»Wollen Sie das wirklich hören?« fragte er, als er sich zu uns setzte, und ohne eine Antwort abzuwarten, denn es war klar, daß er prahlen wollte, plapperte er los: »Über die göttliche Conchita hab' ich geschrieben: ›Sie sagte Toledo und unseren Herzen Lebewohl mit der wundervollen Grazie, die sie stets ausgezeichnet hat, und wir weinten bei ihrem Abschied.‹«

»Aber was haben Sie über ihren Auftritt geschrieben?« wollte Mrs. Evans wissen, und er blaffte: »Ein echter Kritiker gibt sich nicht mit Rejoneadores ab, egal ob männlich oder weiblich. Ich deutete doch an, daß ich sie liebe, nicht wahr?«

»Und Calesero? Was haben Sie über den geschrieben?«

»Ein Ehrenmann. Ein hochgeachteter Bürger von Aguascalientes, einer meiner Lieblingsstädte, und ein Mann, der Großes mit der Capa zu leisten imstande ist, aber nicht sonderlich gut tötet. Für solche Männer, die ich schätze, habe ich zwei Codewörter, *detalles*, ›Details‹, und *pinceladas*, ›feine Pinselstriche‹. Calesero dabei zuzuschauen, wie er mit einem richtigen Stier drei seiner wundervollen Pases macht, ist besser, als irgendeinem Clown dabei zuzusehen, wie er Glück mit einem gefügigen Stier hat.«

»Und Pepe Luis Vásquez? Ich empfand Respekt vor dem jungen Mann.«

»Und das zu Recht. Er ist einer jener ehrlichen Arbeiter, die der Kunst des Stierkampfes Glaubwürdigkeit verleihen. Stets verläßlich. Bei ihm können Sie sicher sein, daß er sich voll reinhängt, und wenn er das Glück hat, einen guten Stier zu bekommen, dann verdient er sich Ohren, weil er die Herzen der Zuschauer auf seiner Seite hat. Wenn Sie für jemanden wie ihn Respekt empfinden, dann sind Sie eine echte Aficionada, Señora

Evans. Aber was, glauben Sie, habe ich über unseren Newcomer, Don Fermín, geschrieben?«

»Hat er Sie bezahlt?«

»Angemessen. Meine Worte lesen sich auf Spanisch besser. Poetischer, klangvoller«, und er holte einen Zettel hervor und begann, seinen Kommentar über Fermín mit solch dramatischem Schwung vorzulesen, daß sie ihn bremsen mußte: »Halt! Hören Sie auf! Mein Spanisch ist nicht gut genug. Ich verstehe nicht ein einziges Wort von dem, was Sie da sagen.«

»Bei dem, was ich schreibe, ist das manchmal auch besser so«, sagte er und faltete das Blatt wieder zusammen. »Was ich sagte, ist, daß dieser junge Mann eine ebenso vielversprechende Zukunft hat, wie Armillita oder Gaona sie in seinem Alter hatten.« Als ich scharf Luft holte, denn die beiden, die er da gerade genannt hatte, waren zwei von Mexikos größten Stierkämpfern, blaffte er beleidigt: »Ich habe nicht gesagt, daß er so groß ist wie sie. Ich habe lediglich gesagt, daß er das Zeug dazu hat, einmal so groß zu werden.«

»Und wenn er Sie das nächste Mal nicht bezahlt?« fragte Mrs. Evans, und er erwiderte: »Dann werde ich schreiben: ›Trotz des großen Talents, das er in Toledo gezeigt hat, muß man jetzt wohl sagen, daß er eine Null ist, daß er sein Potential nicht ausgeschöpft hat, daß er keine Klasse besitzt.‹«

Mrs. Evans, die ihren Spaß an dem absurden Exhibitionismus dieses Zynikers hatte, fragte: »Kommen Sie mit zu dem Schauspiel heute abend?«

Worauf er ihr mit einem verächtlichen Lächeln beschied: »Ich hab' nichts übrig für Laientheater.« Er benutzte freilich das spanische Wort *aborrezco*, das eher heißt: ›ich verabscheue‹, und sprach es in vier langgezogenen Silben aus, doch dann verbeugte er sich vor den beiden Frauen und sagte: »Gleichwohl – Sie beide zu begleiten, wird mir ein solches Vergnügen sein, daß ich selbstverständlich mitkommen werde.« Und dann schlenderte er davon.

Während der Mahlzeit wurde die elektrische Beleuchtung auf der Plaza abgeschaltet, und in der vorübergehenden Dunkelheit rannten Männer mit brennenden Fackeln umher und entzündeten Unmengen von Öllampen. Zu sehen, wie diese Lichter aufleuchteten wie ein riesiger Schwarm von Leuchtkäfern in einer Sommernacht, war wie eine nostalgische Rückkehr zu den unschuldigen Tagen der Kindheit. Die Plaza bekam plötzlich etwas so Zauberhaftes, daß das Schauspiel – ganz gleich, was in ihm passieren mochte –, einen Hauch von Magie erhalten würde.

Es ging jetzt auf ein Uhr zu, und ich schaute zu, wie die Menge zu den improvisierten Tribünen strömte, die gegenüber der Kathedrale errichtet worden waren. Die hölzerne Bühne war über der Eingangstreppe der Kathedrale aufgebaut worden, so daß die acht Säulen und das große Hauptportal einen Teil der Kulisse bildeten. Auf diese Weise wurde die ganze Kirche in die Darstellung mit einbezogen.

Die Witwe Palafox erschien auf der Terrasse und mahnte ihre Gäste: »Wenn Sie den Anfang nicht verpassen wollen, sollten Sie sich jetzt zur Kathedrale aufmachen«, woraufhin Ledesma zu unserem Tisch zurückkehrte, Mrs. Evans seinen rechten Arm anbot und Penny seinen linken und sich mit ihnen auf den Weg über die Plaza machte. Don Eduardo und ich folgten ihnen.

An der Kathedrale angekommen, nahmen wir unsere reservierten Plätze ein. Don Eduardo, Ledesma und Penny saßen in der vordersten Reihe, Mrs. Evans und ich in der zweiten, ein Stück seitlich versetzt. Ich war nicht unglücklich über diese Sitzordnung, gab sie mir doch Gelegenheit, mich vor Beginn der Vorstellung noch ein wenig mit Mrs. Evans über Penny zu unterhalten, die mein Interesse erweckt hatte.

»Sie scheint mir ein außergewöhnliches Mädchen zu sein«, sagte ich. »Vielleicht hier und da noch ein wenig eckig, aber –«

»Tulsa-Kanten. Wenn die sich eines Tages geglättet haben, kann aus ihr eine echte Persönlichkeit werden.«

»Hat sie das Zeug dazu?«

Sie überlegte einen Moment, dann sagte sie: »Wenn ich daran denke, wie sie neulich mit ihrem Vater umgegangen ist, würde ich sagen, ja. Sie ist reifer, als ich es je hätte sein können.« Und sie erzählte mir, wie es zu der Konfrontation gekommen war.

»Ed kam eines Tages nach Hause, als Penny noch in der Schule war. Er brauchte irgendein Werkzeug, und da er es nirgends finden konnte, nahm er an, daß sie es in ihrem Zimmer hatte. Als er hineinging, fand er zwar nicht das Werkzeug, aber er sah ein großes Vierfarb-Poster an ihrer Wand hängen, eines von der Sorte, wie die High-School-Kids sie heute halt so haben. Es zeigte ein fünfzehnjähriges, rothaariges, spärlich bekleidetes Nymphchen, und darunter stand der Spruch:

Sicher, Blondinen haben mehr Spaß.
Aber Rothaarige haben ihn öfter.

Er ließ das Poster hängen, aber als sie von der Schule nach Hause kam, fragte er: ›Bedeutet das, was ich glaube, daß es bedeutet?‹, worauf sie erwiderte: ›Klar, wenn du eine schmutzige Phantasie hast.‹ Er sagte darauf nichts, doch als sie am nächsten Tag aus der Schule kam, war das Poster weg.

Sie war entrüstet: ›Ich dachte, wir hätten ausgemacht, daß du nicht einfach so in mein Zimmer gehst‹, und er sagte ruhig: ›Das ist nicht die Art von Bild, die du dir vor dem Schlafengehen anschauen solltest.‹ Sie war vernünftig genug, um nachzugeben: ›Du hast wahrscheinlich recht, Daddy‹, und damit war der Krach erst einmal vermieden.

Aber ein paar Tage später sagte sie plötzlich zu ihm: ›Wenn die Haggards und Mrs. Evans nächsten Monat runter nach Mexiko fahren, komme ich mit.‹

›Nicht ohne meine Erlaubnis.‹

›Ich komme mit, Dad. Jetzt laß uns keine große Sache daraus machen.‹

›Warum in aller Welt willst du mit nach Mexiko?‹

›Weil in der Zeitung vom letzten Sonntag stand, daß das Ixmiq-Festival in der kleinen Stadt Toledo ein Höhepunkt der Saison ist.‹

›Was interessierst du dich plötzlich für mexikanische Festivals? Und überhaupt: Mexiko ist ein ziemlich rückständiges Land.‹

›Weil es dort Stierkämpfe zu sehen gibt, und ich möchte gern einmal einen Matador kennenlernen.‹

An dieser Stelle platzte dem armen Ed der Kragen, und er rief mich als Pennys inoffiziellen Vormund herein und fragte mich in ihrem Beisein: ›Elsie, was ist bloß in dieses Kind gefahren? Sie will mit euch nach Mexiko fahren, um zu gucken, ob sie da nicht vielleicht einen Matador kennenlernen kann.‹ Worauf ich sagte: ›Als ich in ihrem Alter war, wollte ich unbedingt John Barrymore kennenlernen.‹ Und dann fügte ich hinzu: ›Ed, die Pflicht eines Kindes besteht nicht darin, seine Eltern glücklich zu machen.‹

›Eine tolle Regel. Worin besteht dann seine Pflicht?‹

›Sich zu einem reifen Menschen zu entwickeln. Sein Selbst zu finden.‹ Es war hart, aber ich sagte Ed, daß ich glaube, daß wenn mein Sohn mehr Mumm besessen hätte, er vielleicht heute noch am Leben wäre. Doch als mein Mann starb, hatte der arme Peter das Gefühl, zu Hause bleiben und sich um mich kümmern zu müssen. Ich sagte zu ihm: ›Ed, wenn du sie behalten willst, dann laß sie gehen. Es sei denn, du willst, daß aus ihr noch so eine reiche Ölerbin wird, die sich in New York und Paris zur Närrin macht.‹«

»Wie nahm er das auf?« fragte ich, und sie sagte: »Er küßte mich und sagte: ›Dann auf mit uns nach Mexiko; ich werd' schon damit klarkommen.‹ Wie Sie gesehen haben, konnte er das offenbar nicht. Er nahm Reißaus.« Sie lachte leise in sich hinein: »Da haben wir denn nun neben Señor Ledesma eine junge Dame sitzen, die dabei ist, einen sehr starken Charakter zu entwickeln. Mexiko tut ihr gut – und mir auch. Ich habe es genauso sehr gebraucht wie sie.«

In diesem Augenblick beendeten die Mariachis ihre Overtüre mit einem Trompetentusch, und aus der Kathedrale trat der einarmige Poet, angetan mit den fadenscheinigen Kleidern eines Peóns. Er kam die Treppe herunter, trat in die Mitte der Bühne und deklamierte:

»Dies ist das Haus Gottes,
erbaut von den Palafox-Bischöfen.
Dies ist der Ort, an dem die Gesetze Gottes
verkündigt wurden.
Hier verrichteten wir vierhundert Jahre die Andacht.
Hier wurden wir getauft.
Hier heirateten wir.
Hier gaben wir unseren Zehnten.
Es war eine fromme Stätte.«

Plötzlich traten aus dem Innern der Kathedrale drei einzelne Gruppen von jeweils drei Männern, alle gekleidet in schlichte schwarze Kutten. Sie wehklagten nacheinander im Wechselgesang:

PRIESTER:	Wir sind die drei von Toledo.

Aus den vordersten Reihen des Publikums kamen jetzt die Stimmen von zwei Dutzend Männern und Frauen, als Peones gekleidet, die das Volk darstellten, nicht nur von Toledo, sondern von ganz Mexiko.

Ihre vereinten Stimmen hatten große Autorität:

ALLE PRIESTER:	Wir sind drei Priester aus Toledo.
VOLK:	Mögen ihre Seelen in Frieden ruhen!
1. PRIESTER:	Wir dienten Gott und dem Volk von Mexiko, wie es unser Auftrag war.
VOLK:	Mögen ihre Seelen in Frieden ruhen!
2. PRIESTER:	Wir brachten dem Volk Barmherzigkeit, wir brachten Gerechtigkeit.
VOLK:	Diese drei guten Männer unterwiesen uns und tauften uns. Und in der Stunde des Todes überlieferten sie uns in Gottes Arme.
3. PRIESTER:	Wir sind die drei, die an dieser Wand erschossen wurden.

An dieser Stelle gingen alle Gruppen zu der Stelle an der Fassade, an der die Hinrichtungen von 1914 stattgefunden hatten, und die Mariachi-Kapelle spielte eine traurige Weise:

Volk:	Mögen ihre Seelen in Frieden ruhen, mögen diese guten Männer ewigen Frieden finden!

Während die Priester an ihren Positionen vor der Wand verharrten, wurde die Musik martialisch; es erklangen die Marschlieder, die ich als Kind während der Revolution mit meiner Großmutter gesungen hatte, »Adelita« und »Jesusita en Chihuahua«, während hinter der Kathedrale eine große Gruppe von Soldaten in zerlumpten Uniformen auftauchte:

Soldaten:	Wir sind die tapferen Soldaten, die die Stadt Toledo gerettet haben.
Volk:	Mögen ihnen Orden verliehen werden!
Soldaten:	Elf bittere Jahre lang kämpften wir für die Befreiung Mexikos, und unsere Frauen kannten uns nicht, unsere Söhne wurden nicht geboren.
Volk:	Auf den öden Feldern fochten sie, im Angesicht der Stadt kämpften sie, und sie starben, wie es ihnen befohlen wurde.
Soldaten:	Aber wir waren auch die, die Toledo brandschatzten, die die Kathedrale zerstörten, in der wir heute nacht marschieren.
Volk:	Mögen ihre Seelen in Frieden ruhen, jenem Frieden, den sie nie kannten!
Soldaten:	Wir sind das Erschießungskommando, das die Priester hier an dieser Wand ermordete, wie es uns befohlen ward.
Volk:	Gnädiger Gott, vergib ihnen!

Acht der Soldaten lösten sich jetzt aus der Gruppe, erhoben ihre Gewehre und formierten sich zu einem Erschießungskommando. Ein Offizier hob seinen Degen, die Soldaten legten an, der Offizier senkte seinen Degen, und obwohl keine Schüsse zu hören waren, sanken die Priester zu Boden. Ich glaube, wir alle waren froh, daß man uns das Geknalle von echten Schüssen erspart hatte.

VOLK: Es war ein Akt, der niemals hätte geschehen dürfen.

Es folgte nun ein langer Vortrag des Poeten, in dem er die andere Seite der Geschichte der Priester erzählte: wie sie durch das Land gezogen waren, von Indiodorf zu Indiodorf, und die Indios gleichsam in einem Aufwasch zum Christentum bekehrt und zur Sklavenarbeit im Bergwerk »überredet« hatten. Eine Gruppe indianischer Frauen sang ihre bittere Version der Eroberung und tanzte dazu:

FRAUEN: Wir tanzten vor dem Regengott, wir sangen zu den Göttern der Natur.
PRIESTER: Dann kamen wir, euch zu erretten.
FRAUEN: Bevor ihr kamt, hatten wir nie im Bergwerk gearbeitet.
PRIESTER: Wir wollten gute Bürger aus euch machen.
FRAUEN: Früher blieben wir immer bei unseren Kindern.
PRIESTER: Ihr werdet im Bergwerk gebraucht.
FRAUEN: Wir werden schwach. Und wir werden bald niederkommen.
PRIESTER: Ihr werdet in den Baumwollfeldern gebraucht ... im Bergwerk.
FRAUEN: Im Bergwerk gehen wir zugrunde. Gebt uns die Freiheit!
PRIESTER: Schweigt! Der heilige Paulus hat gesagt, in solchen Dingen soll das Weib schweigen. Wir werden euch sagen, was ihr tun müßt. Euer Leben ist im Bergwerk.

Jetzt lösten sich acht Soldaten von den anderen, stellten sich in einer Reihe auf und brachten die Gewehre in Anschlag. Alle Soldaten sangen in extrem langsamem Rhythmus:

SOLDATEN:	Die da waren es, nicht wir, die da waren es, die sieben Nonnen im Kloster suchten.
NONNEN:	Wir sind die sieben von Toledo, die sieben, die dem Volke dienten, die für Waisenkinder sorgten, die Gott auf vielerlei Weise dienten.
SOLDATEN:	Die dort waren es, die die Nonnen aus ihrem Versteck aufstöberten, nicht wir.
NONNEN:	Als wir die Waffen sahen, die auf uns gerichtet waren, da wußten wir, daß das Ende nahe war, doch keine von uns schrie oder versuchte wegzulaufen. Wir waren in der Hand Jesu.
SOLDATEN:	Die andern dort waren es, die das schreckliche Verbrechen begingen, nicht wir. Wir haben den Befehl nicht gegeben.

An diesem Punkt drehten sich die acht Soldaten mit ihren Gewehren im Anschlag zu den Nonnen um, und der Offizier erschien mit erhobenem Degen. Als er ihn senkte, feuerten die acht Soldaten. Diesmal jedoch zerriß furchterregendes Geknalle die Luft, und die sieben Nonnen sanken tödlich getroffen zu Boden.

VOLK:	Herr, vergib den Soldaten! Sie haben den Befehl nicht gegeben. Herr, nimm die sieben Nonnen an deinen Busen! Sie waren die Bräute Jesu.

Unvermittelt begannen die Mariachis das wildeste aller Revolutionslieder zu spielen, um so mit ihren Instrumenten den Eindruck von mordend und sengend durch die Stadt ziehenden

Truppen zu erzeugen. Nach diesem chaotischen Zwischenspiel ahmten sie die Geräusche eines in die Stadt einrollenden Zuges nach. Eine große Gruppe von Männern strömte auf die Bühne, in ihrer Mitte ein großer, dicker Mann, der bemerkenswerte Ähnlichkeit mit General Gurza hatte:

Gral. Gurza:	Ich bin der Mann … nicht der General … nicht der Revolutionär. Ich bin der Mann, der Entscheidungen fällen mußte.
Volk:	Möge seine Seele in Frieden ruhen! Er war ein Mann Mexikos.
Gral. Gurza:	Ich mußte Toledo anzünden. Der Feind war mir dicht auf den Fersen. Ich mußte ihn eurer Stadt berauben.
Volk:	Gott wird ihm verzeihen. Es war eine Kriegshandlung.
Gral. Gurza:	Ich war es, der den Befehl gab, die drei Priester hinzurichten. Tod ihren diebischen Bischöfen … Sie konspirierten gegen uns … gegen die Revolution.
Volk:	Möge seine Seele in Frieden ruhen! Er war ein Patriot.
Gral. Gurza:	Nicht ich war es, der den Befehl gab, die Nonnen zu erschießen. Es war der da, der in der leuchtenden Uniform. (Er zeigte auf den Offizier mit dem Degen.) Er hat es getan.

Als der Offizier salutierte, riefen einige aus dem Publikum »Buh!«. Die sieben Nonnen erwachten wieder zum Leben, und die Soldaten vom Erschießungskommando richteten erneut ihre Gewehre auf sie, doch diesmal trat General Gurza vor sie und befahl ihnen unter dem Jubel des Publikums, die Waffen zu senken.

Gral. Gurza:	In meiner Pein stürmte ich über das Antlitz Mexikos. Und in meiner Ehre

	lehnte ich die Präsidentschaft ab, denn ich war nur ein einfacher Soldat.
VOLK:	Möge seine Seele in Frieden ruhen! Er war ein Patriot.

Der Poet hatte damit gerechnet, daß aus dem Publikum höhnisches Gelächter kommen würde, wenn aus dem Munde General Gurzas Worte wie »Pein« und »Ehre« fielen. Deshalb hatte er wohlweislich dem General einen Text gegeben, mit dem er darauf reagieren konnte:

GRAL. GURZA:	Lacht nicht über mich! Was glaubt ihr, wo ihr hier sitzt, ihr mit dem Grinsen auf dem Gesicht? Schaut auf das Schild! Was steht darauf? Ich kann nicht lesen, aber ich kenne dieses Schild. Darauf steht: Avenida Gral. Gurza. Es ist meine Allee, mein Land, auf dem ihr hier sitzt. Die Leute von Toledo wußten, was sie taten, als sie diese Allee nach mir benannten.
VOLK:	Er hat recht. Wir haben ihm vergeben. Möge seine Seele in Frieden ruhen!
GRAL. GURZA:	Ich habe nicht den Frieden gesucht. Ich habe den Krieg gesucht, der uns befreien würde.
VOLK:	Gebt diesem guten Mann Frieden! Er hat uns gerettet.

Was der Poet als nächstes präsentierte, verblüffte und erfreute mich; denn am Nachmittag war offenbar ein Mechaniker mit einer Leiter auf die Statue meines Vaters gestiegen und hatte einen verborgenen Lautsprecher in der Nähe des Mundes installiert, so daß die jetzt von einem unsichtbaren Schauspieler gesprochenen Worte direkt aus dem Munde meines Vaters zu kommen schienen. Es war richtig unheimlich.

JOHN CLAY:	Ich beobachtete, und ich schrieb.
VOLK:	Er schrieb die Wahrheit. Er war ein Norteamericano, aber er schrieb die Wahrheit.
JOHN CLAY:	Niemand kam je vergebens zu mir. In meinem Haus gab es Zuflucht.
VOLK:	Er gewährte Vater López Zuflucht. Mögen beide Männer in Frieden ruhen!
JOHN CLAY:	Ich beobachtete und ich schrieb. Ich sagte: »Niemals wird Mexiko Frieden finden.«
VOLK:	Und er sagte: »Niemals kann der Indio erzogen werden.«
PRIESTER:	Und er sagte: »Die Kirche bettelt und stiehlt, betrügt und droht.«
VOLK:	Gott habe Erbarmen mit seiner Seele!
SOLDATEN:	Und er sagte: »Die Armee mordet und vergewaltigt, brennt und plündert.«
VOLK:	Und er sagte: »O Mexiko! Ich bin der Sohn des Kaktus und der Agave.«

Als das Licht, das die Statue angestrahlt hatte, erlosch, trat eine großgewachsene Männergestalt in prachtvoller, ordenbehangener Uniform aus den Kulissen hervor und schritt zur Mitte der hölzernen Bühne, wo sie mit ruhiger, gemessener Stimme sprach:

MAXIMILIAN:	Auch ich war ein Fremder, der Mexiko liebte.
VOLK:	Er bemühte sich, ein weiser Herrscher zu sein.
MAXIMILIAN:	Als die Franzosen mich fallenließen und mir zur Flucht rieten, dachte ich drei Tage nach.
VOLK:	Er entschloß sich, allein zu kämpfen, für ganz Mexiko. Bereitwillig marschierte er seinem Grab entgegen.
MAXIMILIAN:	Ich bin nicht zurückgewichen. Ich hatte meine Entscheidung gefällt und ich habe nicht gekniffen.

Nun legte das achtköpfige Erschießungskommando auf Maximilian an, und der Offizier mit der leuchtenden Uniform hob seinen Degen und senkte ihn, und wieder knallten acht Schüsse. Maximilian sank tödlich getroffen zu Boden.

ALLE:	Möge der Herr Erbarmen mit seiner Seele haben! Möge er Frieden finden!
VOLK:	Möge seine Seele Frieden finden, denn er war ein ehrenwerter Mann!
SOLDATEN:	Wir wurden oft aufgefordert, ein Erschießungskommando zu bilden. In ganz Mexiko taten wir unser Werk.
EIN SOLDAT:	Aber wir wählten nie die Opfer aus. Wir gaben nie den Befehl. Das tat der da.
DER OFFIZIER:	Ich handelte auf Befehl. Unsere Aufgabe war, Mexiko Frieden zu bringen.
VOLK:	Möge auch er Frieden finden! Er hat nur getan, was ihm befohlen wurde.

Am hinteren Ende der Plaza erscholl in diesem Moment erneut eine Stimme aus einem Lautsprecher. Dieser war nahe dem Mund des Ixmiq installiert, und die Entfernung erzeugte im Verein mit dem tiefen Ton den Eindruck einer Stimme aus uralten Zeiten. Doch war es nicht die Stimme des Ixmiq, den ich kannte, des großen Erbauers aus dem sechsten Jahrhundert; es war die Stimme des späteren Ixmiq, der von den Spaniern getötet worden war:

IXMIQ:	Ich bin Ixmiq, der Indio. Ich bin der, der gekreuzigt wurde.
PRIESTER:	Möge Gott seine Wunden heilen! Möge die Jungfrau ihn trösten!
IXMIQ:	In den Stunden meiner Todesqualen tröstete mich kein Priester, denn sie selbst waren es, die mich verurteilt hatten.
PRIESTER:	Möge seine gequälte Seele Frieden finden!

Ixmiq:	Als das Blut aus den Wunden an meinen Schienbeinen herunter in meine Augen lief, da kam kein Soldat und kämpfte für mich.
Volk:	Wie konnte Blut aus seinen Schienbeinen in seine Augen laufen?
Ixmiq:	Die Spanier kreuzigten mich mit dem Kopf nach unten. Mein Kopf zerbarst vor Schmerzen, und ich erstickte an meinem eigenen Blut.
Soldaten:	Ruhe, Ixmiq, ruhe!
Volk:	Warum haben sie dir das angetan?
Ixmiq:	Die Priester sagten, daß Jesus, als er gekreuzigt wurde, gen Himmel fuhr. Als ich gekreuzigt wurde, starb ich bloß. Ich war kein Gott. »Seht!« schrien sie. »Er ist kein Gott.«
Volk:	Wie bewiesen sie das?
Ixmiq:	Sie ließen mich sieben Monate lang an dem Pfahl hangen, bis ich vertrocknet war und meine Füße zu Staub zerfielen. Da konnten die Leute sehen, daß ich kein Gott gewesen war.
Soldaten:	Ruhe, Ixmiq, ruhe!
Ixmiq:	Spart euch euren Trost – ich gräme mich nicht. Aus meiner Asche ist ein musikalisches Volk erstanden.

Hier spielten die Mariachis die himmlischste Musik, die ich je gehört hatte. Die beiden Trompeter erzeugten eine Stimmung der Versöhnung.

Alle:	Der, der gekreuzigt ward, hat Frieden gefunden.
Ixmiq:	Meine Seele wandert des Nachts auf der Plaza von Toledo umher.
Alle:	Der, dessen Leib schließlich verbrannt wurde, hat Tröstung gefunden.

Ixmiq:	Und wo der Kaktus und die Agave sich begegnen, da sind meine Träume und meine Hoffnungen gefangen im Dickicht Mexikos.

Auf diese harmlose Äußerung hin brach auf der Plaza die Hölle los, denn vom südlichen Ende des Platzes protestierte mein Vater mit durchdringender Stimme:

Clay:	Diese Worte habe ich geschrieben! Du stiehlst mir meine Worte.

Darauf erwiderte vom nördlichen Ende Ixmiq mit jener tiefen Stimme, die aus dem tiefsten Innern der Pyramide zu dröhnen schien:

Ixmiq:	Und wer bist du, daß du es wagen kannst, von Diebstahl zu sprechen, du halber Spanier, halber Norteamericano? Sind nicht beide Teile von dir in mein Land eingedrungen und haben alles gestohlen, was sie sahen? Deine spanische Hälfte stahl mein Silber, deine amerikanische Hälfte stahl meine nördlichen Länder. Schande über beide deine Hälften!
Clay:	Und beide brachten wir dir die Zivilisation, eine mildere Religion und wohlregierte Städte.
Ixmiq:	Aber ihr brachtet auch das Feuer, das mich verzehrte, den Krieg, der mein Land verheerte, die Sklaverei in den Minen.
Clay:	Und wir brachten euch Frieden.
Volk:	Mögen diese würdigen Seelen Frieden finden. Möge ihr Streit über die Schuld aufhören, denn wir alle sind schuldig und haben Grund, uns zu schämen.

Doch die beiden körperlosen Stimmen wollten nicht aufhören, und die Nacht war erfüllt von ihren lauten wechselseitigen Anschuldigungen. Ixmiq, der Indio, schmähte alles, was meine Vorfahren, ob Clays oder Palafox, vollbracht hatten, und mein Vater hielt mit immer lauter werdender Stimme, so gut er konnte, dagegen. Es war eine stahlharte Debatte, die die beiden da führten, diese beiden längst verstorbenen Männer, die diese Stadt und ihre Bürger geliebt hatten. Schließlich schrien sich die beiden Stimmen nur noch sinnlos an, untermalt von den schrillen Akkorden der Mariachi-Kapelle.

Und dann trat schlagartig Stille ein, und in diese Stille hinein sprach eine Frauenstimme:

FRAU:	Herr, gib diesen gepeinigten Seelen Frieden! Gib uns allen Frieden; denn die Wahrheit werden wir niemals wissen!
CLAY:	In meiner Unwissenheit schrieb ich: »Mexiko wird niemals Frieden finden!« Vergebt mir!
IXMIQ:	In meiner Eitelkeit glaubte ich, wir könnten die Spanier und die Norteamericanos zurückhalten. Vergebt mir!
VOLK:	Mögen die Lichter, die heute nacht um uns herum leuchten, die Unwissenheit vertreiben! Lasset uns Versöhnung und Frieden finden!
EIN PRIESTER:	Und möge die Seele des Ixmiq, der gekreuzigt wurde, auf dem Schoße Gottes sitzen, neben Jesus, der ebenfalls gekreuzigt ward!

Das Drama aus vergangenen Zeiten wurde unterbrochen durch eine Szene, welche vielen Zuschauern die Tränen in die Augen trieb – auch mir, denn ich konnte Großmutter Caridad sprechen hören. Eine kastenartige Konstruktion wurde hinter einer der Säulen hervorgeschoben; in ihr befanden sich vier kleine Indiofrauen:

Die Frauen:	Dies ist unsere Höhle. Wir sind die Indio-Frauen, die in der Höhle schufteten, Jahr für Jahr, ohne je das Licht der Sonne zu erblicken.
1. Frau:	Ich wurde aus meinem Haus in den Bergen weggeholt. »Arbeite zum Ruhme Gottes«, sagte der Priester, und ich wurde weggeholt.
2. Frau:	Ich wurde in der Höhle geboren. Die Sonne sah ich zum erstenmal, als ich vier war.
3. Frau:	Ich lebte bei den Eseln. Auch sie starben in der Dunkelheit.
4. Frau:	Ich glitt von einer schadhaften Stufe ab. Als ich in die Tiefe stürzte, konnte ich im Fallen meine Freunde und Freundinnen in den Höhlen arbeiten sehen.
Alle Frauen:	Wir sind die, die das Silber nach oben schleppten, zum Ruhme Gottes und des Königs von Spanien.
Volk:	Mögen sie Erholung finden von ihrer jahrelangen schweren Fron!
Alle Frauen:	Die schönen silbernen Statuen in der Kathedrale, die silbernen Gefäße, die haben wir gemacht, nicht die Männer an ihren Polierscheiben.

Auf dieses Stichwort hin kam eine Gruppe von Männern aus der Kathedrale marschiert, die Statuen und geweihte Gegenstände aus Silber emporhielten:

Volk:	Sehet die Schätze der Kirche!
Alle Frauen:	Wir trugen sie auf unseren Köpfen; unsere Knie zitterten schier unter ihrer Last.
Volk:	Mögen die armen Frauen Frieden finden! Mögen sie Sonnenlicht finden!

Das Schauspiel endete freilich nicht in diesem traurigen Tenor. Die Mariachis beendeten ihr Klagelied für die Frauen und stimmten eine schwungvolle Weise aus der altehrwürdigen Volksmusik Mexikos an, einer der klangvollsten und rhythmischsten auf der Welt. Sodann traten aus der Tiefe der Kathedrale fünf großgewachsene Männer, angetan mit den Gewändern von Kirchenfürsten:

Bischöfe:	Wir sind die Bischöfe Palafox. Wir brachten dieser Plaza Ordnung und Würde.
1. Bischof:	Ich erbaute die Kirche, die an der Stelle stand, an der jetzt dieses große Bauwerk sich erhebt.
Volk:	Gott wird ihn für diese Tat preisen.
2. Bischof:	Ich errichtete den Regierungspalast, auf daß wir weise regiert wurden.
Volk:	Die Welt wird ihn für diese kluge Tat preisen.
3. Bischof:	Ich erbaute das heutige Theater als Kloster. Maximilian war es, der es zum Theater umgestaltete.
Volk:	Alle, die Tanz und Redekunst lieben, werden euch beide dafür preisen.
4. Bischof:	Ich erbaute das Kachelhaus, auf daß wir dort Essen und Gesellschaft genössen.
Volk:	Alle, die Menschen lieben, werden ihn dafür preisen.
5. Bischof:	Ich erbaute den wunderschönen Aquädukt, auf daß die Stadt am Leben bleibe.
Volk:	Alle Menschen, gleich welchen Glaubens, müssen diese großartige Tat preisen.

Die solchermaßen gepriesenen Bischöfe reagierten auf ungewöhnliche Weise. In würdevoller Gemessenheit, so, wie es sich für Kirchenfürsten geziemte, begannen sie sich in einem langsamen Tanz zu drehen, wobei sie weder mit den Armen schwangen noch den Oberkörper übermäßig bewegten. Statt dessen wiegten und schwenkten sie mit gravitätischer Würde hin und her und umeinander, schlanken Bäumen gleich, die sich in einer sanften Brise bogen. Es war ein seltsamer, aber durchaus schöner Tanz; denn er spiegelte gekonnt die majestätische Grandeur der Kirche und die Beiträge von Männern wie den Palafox wider. Als die fünf Bischöfe, jeder ganz auf seinen eigenen Tanz konzentriert, ihre hochgewachsenen Gestalten zum Abschluß auf geheimnisvolle Weise zu einer harmonischen Formation zusammenbrachten, geschah auf der Bühne etwas, das das Publikum zu Jubelstürmen hinriß: aus den Schatten kamen fünf kleine Indiofrauen, und jede von ihnen ging zu ihrem Bischof, bei dem sie für die Dauer des Schauspiels bleiben würde:

BISCHÖFE:	Wir waren keine Toren. Wir brauchten Frauen, um das Fortbestehen unserer Familie zu sichern.
FRAUEN:	Die Bischöfe bekehrten uns, tauften uns, erzogen und lehrten uns und heirateten uns.
VOLK:	Preist die schlichte Vernunft der Menschheit. Möget ihr alle Frieden und Stärkung finden!
FRAUEN:	Und mit den guten Bischöfen, die wir liebten, hatten wir viele Kinder, und sie halfen uns, diese Plaza zu erbauen.
VOLK:	Gott segne den gesunden Menschenverstand Toledos!

Jetzt begannen die fünf Paare, große Männer und kleine Frauen, einen Tanz – einfach zuerst, dann immer komplizierter und verzwickter, bis sie die gesamte Bandbreite des mexikanischen Volkstanzes durchgemacht hatten. Musikalisch begleitet wurden die Tänzer von der lautestmöglichen Mariachi-Musik, mit ständigen Arpeggios von den beiden Trompetern, welche die Plaza mit Festtagsstimmung und Fröhlichkeit erfüllte. Niemand konnte übersehen, daß die fünf Bischöfe ihre indianischen

Frauen liebten, und daß aus ihren Ehen Gutes hervorgegangen war. Als das Tanzen seinen Höhepunkt erreichte, brach die Musik jäh ab, und in die plötzliche Stille hinein riefen die Schauspieler: »Möge Gott diese Plaza von Toledo segnen!«

Was für ein passendes Ende, dachte ich, so frisch und unsentimental, doch meine Schlußfolgerung, daß dies das Ende sei, erwies sich als voreilig; denn unvermittelt schmetterte die Kapelle jetzt einen mächtigen, aus drei Akkorden bestehenden Tusch, und die Bühne wurde in goldenes Licht getaucht, während ein Chor ein religiöses Lied sang. Eine Stimme verkündete feierlich: »Die Apotheose von Paquito de Monterrey, dem tapferen Matador«, und aus dem dunklen Innern der Kathedrale kam ein schöner junger Mann im Stierkampfanzug geschlendert, begleitet von seinen drei Peones, ebenfalls in Uniform, und einem riesenhaften Picador auf einem Schimmel.

Der Chor sang das frisch komponierte »Klagelied für Paquito«, von dem Stier, der grausam und ungerecht war und der heiligmäßigen Mutter, die in Monterrey um ihren Sohn trauerte. Letzteres löste leises Spottgelächter aus, denn es war mittlerweile allgemein bekannt, daß die Mutter des toten Helden ein Bordell in Monterrey geleitet hatte. Aber die Traditionen der Arena mußten halt befolgt werden. Sie versuchten nicht, einen echten Stier auf die Bühne zu bringen, aber es erschien ein Mann mit furchterregenden schwarzen Hörnern am Kopf, der den Matador mit durchaus wirklichkeitsnahen Gesten tötete. Der Chor sang dazu, die beiden Trompeter schmetterten einen Zapfenstreich, mit dem sie die Pforten des Himmels hätten öffnen können, und tatsächlich schwangen die großen Flügeltüren der Kathedrale auf, und sechs ganz in Weiß gekleidete Männer trugen den Leichnam hinein, gefolgt von dem Chor.

Als die Menge sich zu verlaufen begann, ging ich zu Sepúlveda, dem Poeten, um ihm zu gratulieren, doch er kam mir zuvor: »Hören Sie, den Part mit dem Matador habe ich nicht geschrieben. Er hat ihn mir aufgezwungen.« Er deutete auf Don Eduardo Palafox, der in diesem Moment angehastet kam und voller Stolz rief: »War das Ende nicht toll? Es stammt von mir!«

»Es war sehr bewegend«, sagte ich, um Höflichkeit bemüht, und er legte seinen großen Arm um meine Schulter: »Denk dran! Morgen nach dem Aussondern der Stiere alle Mann zu meiner Ranch. Sie auch.« Das letzte war an die Adresse des Poeten gerichtet; zu mir sagte er: »Bring nur ja die Rothaarige aus Oklahoma mit. Es wird ihr gefallen.«

Als er wegging, um weitere Gäste zu seiner großen Party einzuladen, die mit den Jahren zu so etwas wie einem festen Bestandteil des Festivals geworden war, sagte ich zu Sepúlveda: »Ihr Teil war absolut in Ordnung. Und ich denke mir, Sie wissen wohl auch, daß Sie beim Blumenturnier der Sieger waren.«

»Ja«, sagte er lächelnd. »Und wissen Sie, warum ich mich nicht beschwert habe?«

»Warum?«

»Weil ich etwas wußte, das die Herren der Jury nicht wissen konnte. Daß heute abend dieses Schauspiel aufgeführt werden würde. Was würden Sie vorziehen – das Band, das Sie verleihen konnten, oder die Begeisterung, mit der die Bevölkerung von Toledo mein Stück aufgenommen hat?«

Er zeigte auf ein paar Leute, die vor der Wand der Kathedrale knieten, um zu sehen, wo General Gurzas Kugeln in das Mauerwerk eingeschlagen waren. Als ich genauer hinschaute, sah ich, daß sich unter ihnen León Ledesma befand, der Mrs. Evans und Penny begleitete, und ich gesellte mich zu den dreien.

»Ihr Vater hat allen anderen die Schau gestohlen«, sagte Ledesma zu mir. »Ein meisterhafter Kunstgriff.«

Doch Mrs. Evans war anderer Meinung: »Der Tanz der Bischöfe, ob allein oder mit ihren Frauen, wie phantasievoll und gekonnt er alles zusammenfügte.«

Penny, inzwischen von ihrem Kummer kuriert, sagte voller Eifer: »Diese zehn Körper, wie sie sich da hin und her bewegten, so wunderbar synchron, da mußte ich unwillkürlich mitwippen. Ich bin so froh, daß ich mich dazu habe überreden lassen, mitzukommen.«

Da ich mir die Plaza noch ein wenig bei Mondschein ansehen wollte, nachdem die Fackeln gelöscht waren, blieb ich zurück und schaute zu, wie Ledesma die beiden Damen aus Oklahoma zurück zum Kachelhaus eskortierte, wo Lucha González im nahe gelegenen Café sang und die Kellner Drinks auf die Terrasse brachten. Es schien, als würde es zu einem richtigen Festival gehören, daß jeder irgend jemanden traf, mit dem Gesellschaft möglich war, oder daß er auf irgend etwas traf, das eine persönliche Bedeutung für ihn hatte. Mir war es noch nicht widerfahren, aber ich konnte sehen, daß es allen anderen bereits geschehen war, also nahm ich an, daß meine Zeit noch kommen sollte. Jedenfalls hoffte ich es.

Es war mittlerweile halb drei morgens. Der Poet hatte meisterhafte Arbeit geleistet; er hatte ein episches Poem geschaffen, das die Gefühle von Menschen ansprach, die vertraut waren mit dem, was sich auf ihrer Plaza abgespielt hatte, und ich hoffe, daß der vollständige Text dieses Stückes eines Tages in Buchform veröffentlicht wird. Als Hüter der literarischen Rechte meines Vaters wäre ich mehr als bereit, die Genehmigung für die großzügige Verwendung von Zitaten aus seinem Buch *Die Pyramide und die Kathedrale* zu geben.

Es freute mich ungemein, daß der Poet die Statue und die Worte meines Vaters in sein Schauspiel mit einbezogen hatte, denn sie verbanden mich mit diesem herrlichen Platz. Vor dem kleinen Geschäft dort drüben hatte ich auf General Gurzas Schoß gesessen und das Gewehr von ihm entgegengenommen. Auf der Terrasse des Kachelhauses hatte mein Großvater seine für die Geschicke unserer Familie so bedeutungsvolle Begegnung mit Don Alipio gehabt, und an der südlichen Ecke hatte ich stolz im Sonnenlicht gestanden, als die Statue meines Vaters enthüllt wurde.

Es hatte freilich auch häßliche Momente gegeben; denn hier hatte meine Familie ohnmächtig die Hinrichtung der Priester mit ansehen müssen, hier hatten wir Vater López entkräftet von tagelangem Hungern aufgefunden, und in der nahe gelegenen Stierkampfarena hatte ich eben erst den tragischen Tod von Paquito de Monterrey miterlebt. Auf jener Bank dort hatte meine

Frau, die junge, schöne und elegante Dame aus dem Hause Palafox, mir eröffnet, daß sie dem Beispiel meiner Palafox-Mutter folgen und nicht mit mir in die Vereinigten Staaten übersiedeln würde.

Als ich so über die Plaza schlenderte und die verschiedenen Mariachi-Kapellen hörte, die immer noch durch die Straßen wanderten, in der Hoffnung, auf das eine oder andere nostalgisch gestimmte Touristenpärchen zu stoßen, das vielleicht bereit sein würde, sechs oder sieben Dollar für eine lauschige Serenade springen zu lassen, da kriegte ich plötzlich eine solch heftige Gefühlswallung, daß ich laut ausrief: »So eine Nacht wie diese dürfte nie zu Ende gehen ...« Einer der Mariachi-Musikanten mußte mich wohl gehört haben, denn aus dem Dunkel tauchte plötzlich eine Kapelle auf und umringte mich, und der Leiter, ein Mann mit einem riesigen Sombrero, fragte mich in gebrochenem Englisch: »Möchten Sie vielleicht hören eine Lied für gutte Nacht?« Ich verblüffte ihn mit meiner Antwort: »Wie viele Lieder spielen Sie für mich für zehn amerikanische Dollars?«, und er erwiderte: »Für zehn Yankee-Dollars singen wir, bis der Hahn kräht, aber Sie müssen uns sagen, welche Lieder wir spielen sollen.« Und das tat ich.

Bei jedem Lied, das ich nannte, klatschten die Männer Beifall. »Der kennt sich aus!« Und dann spielte die Band mit solcher Begeisterung und solchem Schwung auf, daß wir, noch ehe wir den Platz zur Hälfte überquert hatten, schon ein ansehnliches Gefolge im Schlepptau hatten. Viele von ihnen fielen in den Gesang mit ein, während wir gemächlich Richtung Kachelhaus schlenderten. Als erstes spielte die Band »La Adelita«, dann »Valentín de la Sierra«, dann »La Cucaracha«, »El Corrido de General Gurza«, mit seinen Schmähungen gegen Präsident Wilson, »Guadalajara«, und schließlich die beiden, die ich ganz besonders liebte, das atemberaubend schöne »Las Golondrinas« und das herzzerreißende »La Paloma«. Das waren die Lieder, die ich mit mir trug, wohin auch immer ich ging, die goldenen Erinnerungen an meine Jahre in Mexiko.

An der Ixmiq-Statue, die eine Stunde vorher so eindrucksvoll wieder zum Leben erwacht war, sagten die Mariachis, erfreut über meine fachkundige Wertschätzung ihrer Darbietung und über die zusätzlichen Dollars, die sie von den anderen Touristen, die uns gefolgt waren, hatten einsammeln können: »Und jetzt, Señor Aficionado, werden Sie für uns tanzen«, und sie stimmten von sich aus den »Jarabe Tapatío« an, einen wilden Hut-Tanz. Der Leiter der Kapelle, der anerkennend zuschaute, als ich auf meine ein wenig linkisch anmutende Art um den imaginären Sombrero auf dem Boden herumzuhüpfen begann, klemmte sich seine Geige unter den Arm, faßte mich an der Hand und tanzte mit. Unter den schwungvollen Rhythmen der Musik und angefeuert vom begeisterten Klatschen der Zuschauer tanzten wir im Kreis herum, schneller und immer schneller, bis mir schwindelig wurde und ich das Gefühl hatte, als tanzten die Gebäude rings um die Plaza mit.

Mit einem wilden Crescendo endete das Lied. Der Mann mit der Geige hielt mich noch einen Moment fest, bis ich wieder gerade stehen konnte, und wie es der Zufall wollte, stand ich so, daß mein Blick auf die Statue des Ixmiq fiel, und es schien mir fast so, als lächele er beifällig auf mich herab, angetan von dem ungestümen Benehmen seines Nachfahren Norman Clay. Und in dem Moment kam mir ein Gedanke von gewaltiger Bedeutung: Wenn einer die Geschichte dieser Plaza schreiben könnte, die Geschichte ihrer Tragödien, ihrer Triumphe, des Kugelhagels von Gurzas Erschießungskommandos, dann hätte er gleichsam gebündelt die Geschichte von ganz Mexiko, so wie sie sich zu meinen Lebzeiten entfaltet hatte.

Ixmiq schien beifällig zu nicken.

Doch in diesem unpassenden Augenblick gingen die elektrischen Lampen wieder an, und ich dachte: Die Wirklichkeit kann einen auch aus allen Träumen reißen.

Der Sorteo

Es war Sonntag morgen gegen zehn. Ich hatte gerade mit Mrs. Evans eine gemeinsame Besichtigungstour des *Mineral* hinter mich gebracht, wo wir die Erinnerung an meine angelsächsischen Vorfahren dem tiefen Loch anvertrauten, dem sie so viel Erz abgerungen hatten. Ich war im Begriff, sie für ein morgendliches Nickerchen am Kachelhaus abzusetzen, als sie mich fragte: »Und wo gehen Sie jetzt hin?«

Ich erwiderte: »Mein Vater und ich haben uns immer gerne sonntags morgens vor einem Kampf die Stiere angeguckt ...«

»Sie gehen zur Stierkampfarena?« fragte sie.

»Ja«, erwiderte ich ohne Begeisterung; denn ich ahnte bereits, daß sie mich bitten würde, sie mitzunehmen, und ich war sicher, daß die seltsame Prozedur, die dort bevorstand, langweilig, wenn nicht gar unverständlich für sie sein würde.

»Wäre es Ihnen peinlich, wenn ich mitkäme?« fragte sie rundheraus.

»Es wäre mir nicht peinlich«, antwortete ich, »weil Sie eine gute Empfehlung für die Schulen von Tulsa sind. Sie stellen gute Fragen.«

»Aber eigentlich paßt es Ihnen gar nicht, mich mitzunehmen, stimmt's?«

»Sie können gerne mitkommen, wenn Sie möchten – nur, ich bin sicher, daß Sie sich langweilen werden.«

»Warum? Ist Ihnen noch nicht aufgefallen, daß ich inzwischen schon ein richtiger Stierkampf-Junkie geworden bin?«

»Machen Sie keine Witze«, sagte ich lachend.

»Was wollen Sie denn eigentlich da?« fragte sie, wieder ernst.

»Ich gehe zu den Corrals«, sagte ich. »Und zusammen mit fünfzig anderen Idioten werde ich mir zwei Stunden lang sechs Stiere ansehen. Das ist alles.«

»Und wozu soll das gut sein?« fragte Mrs. Evans.

»Bevor der Tag vorüber ist, werden sechs Stiere tot sein. Ich werde versuchen, irgendeinen Hinweis in ihrem Verhalten zu entdecken, der mir sagt, auf welche Art und Weise sie sterben werden.«

»Sie meinen, ihre Tapferkeit?« fragte Mrs. Evans.

»Unter vielen anderen Dingen.«

»Zum Beispiel?« Sie ließ nicht locker.

»Sind Sie bereit, sich einen Moment zu setzen und mir zuzuhören?«

»Auf die Weise lerne ich.«

Ich holte zu einer Erklärung aus, die die meisten Menschen gelangweilt hätte. Nicht so jedoch Mrs. Evans. »Heute nachmittag werden zwei Männer gegen sechs Stiere kämpfen. Wie teilt man nun diese sechs tödlichen Stiere in zwei Gruppen à drei auf, damit keiner der beiden Matadore nur die guten oder nur die schlechten kriegt?«

»Sind die Stiere denn so unterschiedlich?«

»So unterschiedlich wie sechs Männer, die Sie aufs Geratewohl aus einer Menge herauspicken. Deshalb gehen ungefähr um diese Zeit Männer, die sich bestens mit Stieren auskennen, hinaus zu den Corrals und schauen sich die Stiere genau an, vergleichen ihre Schwächen und ihre Stärken, versuchen, ihr wahrscheinliches Verhalten in der Arena abzuschätzen.«

»Können sie denn vernünftige Voraussagen treffen?«

»Nicht mit wissenschaftlicher Genauigkeit, aber sie können bestimmte Kriterien berücksichtigen, wie zum Beispiel: Hat der Stier ein schlechtes Auge? Lahmt er womöglich auf einem Bein? Und, ganz wichtig: Zieht er ein Horn dem anderen vor?«

»Und dafür braucht man zwei Stunden?«

»Dafür braucht man ein Leben lang.«

»Und welchen Zweck hat die ganze Übung?«

»Der Zweck der Übung ist, zwei möglichst spiegelgleich zueinander passende Dreiergruppen zusammenzustellen.«

»Und wie wird entschieden, wer welche kriegt?«

»Genau das ist das Schöne an diesem System. Wer, glauben Sie, macht wohl die Zusammenstellung der Gruppen? Die Vertrauenspeones des Matadors. Und wenn man sich auf die Paarungen geeinigt hat, werden die eingebrannten Nummern der beiden Dreiergruppen jeweils auf ein Stück Zigarettenpapier geschrieben, zu Kügelchen zusammengerollt und in einen Hut gelegt. Und dann ziehen die Leute des Matadors blind die Zettel aus dem Hut, wobei der Peón des niedriger eingestuften Matadors als erster ziehen darf.«

»Klingt ziemlich kompliziert.«

»Sehen Sie nicht die Schönheit dieses Systems? Stellen Sie sich vor: Sie vertreten Ihren Matador, ich meinen. Wenn Sie ein unredliches Spiel treiben und ein Trio von Stieren zusammenstellen, das unendlich viel leichter zu bekämpfen ist als das andere, dann steht Ihnen das frei. Aber überlegen Sie jetzt mal einen Moment, was dann beim blinden Ziehen passieren kann! Wenn der Zufall es will, kann es passieren, daß Ihr Mann die miserable Gruppe kriegt und meiner die gute. Sie und ich müssen ehrlich sein. Wollen Sie wirklich mitkommen und sich dieses Spiel, dieses intellektuelle Sparring, anschauen?«

»Ich kann es kaum erwarten.«

»Wollen Sie Penny auch mitnehmen?«

»Ich glaube, nicht. Das arme Kind war gestern abend noch ganz bedrückt und wollte heute gar nicht aufstehen. Sie war so aufgeregt, weil sie einen schönen Matador kennengelernt hatte, und ich glaube, sie hatte sich alle möglichen Ideen über eine Ferienromanze zusammengesponnen.« Sie schüttelte den Kopf und sagte: »Ein junges Mädchen kann schlimm auf solche Enttäuschungen reagieren. Sie hat das letzte Jahr damit zugebracht, herauszufinden, wer sie ist und was für Chancen sie bei Männern hat. Jetzt ist sie siebzehn und bereit, sich in ein Abenteuer zu stürzen, und einen solchen Rückschlag zu erleiden geht ihr ganz schön an die Nieren. Lassen wir sie also ein bißchen allein mit ihrem Teenagerkummer. Das gehört halt zum Erwachsenwerden dazu.«

Dann, unvermittelt strahlend, sagte sie: »Entschuldigen Sie mich für einen Moment! Ich möchte mich nicht total unwillkommen in dieser reinen Männerrunde fühlen.« Und mit diesen Worten rannte sie in die Hotelküche, aus der sie kurze Zeit später mit einem kleinen Korb mit Sandwiches und Wein zurückkehrte. Als wir an den Corrals ankamen, war ich verblüfft, zu sehen, wie schnell diese freundliche Dame sich bei all den Stammgästen beliebt machte, so daß man uns rasch günstige Positionen zum Zuschauen gab.

Die Corrals waren große unüberdachte Koppeln, in die man zwei oder drei Tage vor dem Kampf die sechs Stiere gebracht hatte. Wenn der *sorteo* – das Zusammenstellen der Partien und die anschließende Auslosung – vorüber war, um zwölf Uhr mittags am Tage des Kampfes, würde jeder Stier in eine separate dunkle Box geführt werden, wo er fünf Stunden verbringen würde, bis er an der Reihe war, aus seinem Gefängnis in das grelle Sonnenlicht der Arena entlassen zu werden. Verwirrt, möglicherweise sogar verängstigt durch das lange, einsame Warten in der dunklen Box war er dann im allgemeinen so wütend, daß er bereit war, auf alles loszugehen, was ihm in die Quere kam, um wieder irgendeinen Sinn, irgendeine Art von Kontrolle in sein Leben zu bringen.

Doch jetzt, wo diese Stiere, Blutsbrüder allesamt, aus einem Jahrgang, 1957, und von ein und derselben Ranch, mit vertrauten Freunden zusammen waren, deren Gerüche und Angewohnheiten sie kannten, waren sie so friedlich, daß sie fast zahm erschienen. Doch ich mußte einen seltsamen Aspekt dieser Sache erklären: »Sehen Sie den einzelnen Stier dort drüben, der einen Corral ganz für sich allein hat? Er ist von San Mateo, einer Ranch, die genauso berühmt ist wie die der Palafox, und er ist ein prächtiges Tier. Er ist der Ersatzstier für den heutigen Kampftag.«

»Unter welchen Umständen kommt er zum Einsatz?« fragte Mrs. Evans, und ich war zunehmend beeindruckt von der Wißbegierde, die diese Frau an den Tag legte.

»Falls einer der Palafox-Stiere sich beim Anrennen gegen die

Barrera ein Horn abbrechen sollte oder, wie es gestern passiert ist, sich schlicht weigert zu kämpfen. Dann wird ein Team von sechs oder sieben Ochsen, alles echte Brocken, in die Arena geschickt, die ihn lebend herausholen, und an seiner Stelle wird dann der Reservestier reingeschickt.«

»Klingt plausibel.«

»Aber ich wollte Ihnen ja eigentlich erklären, warum der San-Mateo-Stier in einem separaten Corral gehalten wird. Angenommen, Sie würden den jetzt zu den anderen reinlassen, dann würden die sofort merken, daß er keiner von ihnen ist, und ihn als Bedrohung empfinden. In zwei oder drei Minuten wäre der San-Mateo-Stier tot. Und wenn Sie jetzt da reingingen, wären Sie ebenfalls in einer Minute tot, weil die Stiere Sie anhand Ihres Geruchs und Ihres Aussehens ebenso für eine Bedrohung halten würden.«

»Töten sie sich auch schon mal untereinander – die Brüder, meine ich?«

»Nein. Nun ja, es mag hier und da schon mal vorgekommen sein, daß eine Ranch auf diese Weise einen Stier verloren hat, aber ich selbst hab' noch nie von solch einem Fall gehört. Sie müssen sich eines vor Augen führen, Mrs. Evans: Diese Stiere sind von Natur aus friedliche Wesen. Sie haben kein bösartiges Verlangen, irgend jemanden zu töten. Sie machen auch keine Jagd auf Menschen. Keiner von den Rancharbeitern, die sie pflegen und für sie sorgen, während sie aufwachsen, braucht um sein Leben zu fürchten. Gefährlich werden sie nur dann, wenn man sie aus ihrer vertrauten Umgebung herausreißt und sie sich bedroht fühlen.«

»Dasselbe könnten Sie wohl auch von vielen Menschen sagen ...«

Mit uns in dem Corral an jenem Sonntagmorgen um zehn standen etwa drei Dutzend Aficionados, Männer, die seit ihrer Kindheit von Stieren fasziniert waren. Don Eduardo, der Züchter der sechs Stiere, schlenderte lässig zwischen den Männern herum und beantwortete Fragen und gab bereitwillig seine Tips ab, welche von den Tieren sich gut schlagen würden. Gegen elf kam der dunkelhäutige Juan Gómez, der es mit dreien dieser Stiere zu tun haben würde, zum Corral und starrte mit dem ernsten, undurchdringlichen Blick seiner dunklen indianischen Augen auf seine möglichen Gegner.

Sofort wurde er von Freunden und Anhängern umringt, die ihn in ehrfürchtig gedämpftem Flüsterton fragten: »Welcher würde deinem Stil am meisten entgegenkommen, Matador?« Und jedesmal zuckte er bloß mit den Schultern und starrte weiter auf die Stiere.

Es war Mrs. Evans, die als erste das äußerte, was jeder dachte, und ich glaube, daß auch nur eine Frau sich getraut hätte, diese Bemerkung zu machen: »Ein Stier hat viel längere Hörner als die anderen.«

Das verabredete Stillschweigen war damit gebrochen, und wir alle starrten auf den herausstechenden Stier, No. 47, dessen Hörner nicht von den mitternächtlichen Barbieren gestutzt worden waren. Er stolzierte einher in dunkler Grandeur, als ob er wußte, daß er anders war und ein Gegner von schrecklichem Potential.

»Wie würde es dir gefallen, ihn zugelost zu kriegen, Matador?« witzelte ein alter Mann.

»Ich werde enttäuscht sein, wenn ich ihn nicht kriege«, erwiderte Gómez, ohne den Blick von dem Stier mit den langen, spitzen Hörnern abzuwenden. »Mit dem könnte man schon einiges zuwege bringen.« Und als ich das stolze Tier anschaute, ergriff mich ein Gefühl von Faszination angesichts des Unterschiedes zwischen ihm und den anderen, und ich fing an, Don Eduardo und Cándido, seinen wortkargen Vormann, mit Fragen zu löchern, damit ich während der zwei Stunden, in denen wir uns die Tiere anschauten, für Mrs. Evans die Lebensgeschichte dieses Tieres, das soviel Aufmerksamkeit erregte, rekonstruieren konnte.

Im Jahre 1907 – zwei Jahre, bevor ich geboren wurde – brachte eine Vorzugskuh auf dem riesigen Weideland des Marquis von Guadalquivir in der Nähe von Sevilla ein männliches Kalb zur Welt, das in der mexikanischen Stierkampfgeschichte unter dem

Namen ›Marinero‹ Berühmtheit erlangen sollte. Dreieinhalb Jahre wuchs dieses junge Kalb in den Sümpfen am Fluß zu einem kräftigen Jungstier heran, so daß im Sommer des Jahres 1910, als der künftige Don Eduardo Palafox, der damals gerade siebzehn Jahre alt war, mit seinem Vater zur Guadalquivir-Ranch reiste, um einen Zuchtbullen für die Palafox-Ranch in Mexiko zu kaufen, das einzige Tier, das die Mexikaner ernsthaft in Betracht zogen, Marinero war.

Später im selben Jahr traf er in einem Käfig als Schiffsfracht in Veracruz ein und wurde per Eisenbahn in die Stadt Toledo gebracht, von wo aus er – immer noch in seinem Transportkäfig – zur Palafox-Ranch verfrachtet wurde. Losgelassen auf die mexikanischen Kühe, zeugte dieser hervorragende Stier in rascher Folge jene prachtvollen Tiere – Stiere wie Kühe –, die die mexikanische Stierkampfgeschichte um einige herausragende Kapitel bereichern sollten. Carnicero, Sanluque, Terremoto, Rayito – all das waren Palafox-Stiere, die unzählige Lanzenstöße hinnahmen und viele Pferde töteten, und jeder von ihnen war berühmt als ein Sohn Marineros.

»Und an diesem Punkt betrete ich die Szene«, sagte ich zu Mrs. Evans, »und nicht als Nebendarsteller, wie ich in aller Bescheidenheit behaupten darf. 1918, als ich neun Jahre alt war, wurde Toledo wieder einmal von General Gurzas Truppen heimgesucht, und diesmal knallten sie die gesamte Palafox-Herde ab und machten Rindfleisch aus ihr, und dabei töteten sie auch Marinero. Einer seiner Söhne kam jedoch mit dem Leben davon, das Kalb Soldado, das zusammen mit mir in einer Höhle bei uns im *Mineral* aufwuchs.«

»Was sagten Sie da gerade?«

»Ja, es stimmt tatsächlich, einer der berühmtesten Stiere der mexikanischen Geschichte und ich hausten quasi zusammen in einer Höhle. Meine Eltern hielten ihn dort versteckt, bis Gurzas Männer sich mit ihrem Zug nach Norden zurückzogen.«

»Das müssen schreckliche Tage gewesen sein.«

»Es waren wundervolle Tage! Ich und der Stier, versteckt vor der Welt.«

»Ich meinte die Revolution, als in Mexiko solch schlimme Zustände herrschten. Ich habe darüber gelesen, und einige Männer aus Oklahoma sind mit General Pershing marschiert. Aber erzählen Sie mir mehr über sich und Ihren Kumpel!«

»Sie werden sicher nachvollziehen können, daß ich mich in gewisser Weise mit diesem großen, dunklen Tier identifizierte, das da gleichsam unter meinen Händen zum Kampfstier heranwuchs. Durch ihn, Soldado, erlangte ich Verständnis für den tieferen Sinn des wilden Stieres, der an Sonntagnachmittagen hinausgeht, um gegen Männer zu kämpfen. Es war Soldado, mit dem ich spielte, als er noch ein Kalb war, und er war es auch, der mir später diesen Stüber versetzte. Später, als Zuschauer bei Stierkämpfen in Mexiko und auch in Spanien, habe ich mich immer mit dem Gedanken getröstet: Ich bin der einzige Mensch auf der Welt, der von sich behaupten kann: ›Ich habe gegen den Urvater von ihnen allen gekämpft.‹ Natürlich habe ich ihnen nicht gesagt, wann ich gegen ihn gekämpft hatte, und wo.

Ja«, sagte ich zu Mrs. Evans, »jenes Kalb überlebte in meiner Höhle und unter meiner Obhut die Revolution und wurde der gefeierte Urvater der Palafox-Linie. Sein erster Sohn wurde 1920 geboren, und danach zeugte er einen eindrucksvollen Stamm von Stieren und Kühen, deren Söhne in den Arenen Mexikos Angst und Schrecken verbreiteten. Drei seiner Nachkommen töteten Toreros, und viele errangen durch überdurchschnittliche Tapferkeit einen Platz in den Annalen. 1923 wurde der erste Enkel Soldados geboren, und zehn Jahre später war die Palafox-Ranch in der Lage, mit den Nachkommen von Urvater Marinero und seinem Sohn Soldado den gesamten Bedarf der Stierkampfarenen Mexikos zu decken.«

»Wenn ich mir diese Stiere hier anschaue, sehe ich dann die Nachkommen Ihres Soldado?«

»Technisch gesehen schon, aber mit den Erbanlagen bei Tieren verhält es sich ähnlich wie bei denen von Menschen. Sie werden verwässert, versiegen sozusagen. Bei den Palafox führte die ständige Inzucht dazu, daß die Stiere zwar groß und kräftig waren, aber keinen Mumm hatten, und die Zuschauer japsten vor Vorfreude, wenn ein riesenhafter Palafox-Stier in die Arena gedonnert kam, aber warfen dann Sitzkissen, wenn er sich als Memme entpuppte. Und bei den Palafox-Stieren war die Enttäuschung der Leute um so größer, weil von ihnen mehr erwartet wurde. Nach einem oder zwei Jahren voller solcher Debakel mußten die Palafox notgedrungen einsehen, daß das Marinero-Soldado-Erbgut sich erschöpft hatte. Ein neuer Zuchtbulle aus Spanien mußte her.

Im Frühjahr 1933 wurde Don Eduardos älterer Bruder, Don Fausto, nach Sevilla geschickt, um beim Marquis von Guadalquivir einen neuen Zuchtbullen zu kaufen, und da ich sein Neffe war –«

»Sie sind ein Palafox?«

»Natürlich. Ich bin in dieser Stadt geboren – als mexikanischer Staatsbürger.«

»Und was sind Sie jetzt?«

»Amerikaner. Die US-Staatsbürgerschaft habe ich durch meinen Militärdienst im Zweiten Weltkrieg erlangt. Also, wie ich bereits sagte, mein Onkel Fausto nahm mich nach Spanien mit, und ich half ihm bei der Auswahl eines ungewöhnlich prachtvollen Zuchtbullen, der die Linie auffrischte. Und jetzt wird's interessant, weil nämlich eben dieser Stier beim Ausladen aus seiner Transportbox auf der Palafox-Ranch Anselmo Leal so schwer verletzte, daß er daran starb. An diesem Nachmittag wird Victoriano also gegen drei Stiere kämpfen, die von dem Stier abstammen, der seinen Vater tötete. Sie werden sehen, daß Victoriano heute nachmittag über sich hinauswachsen wird. Wann immer er gegen einen Palafox-Stier antritt, fühlt er sich dazu verpflichtet, seinen Vater zu rächen.«

»Worauf wir aufpassen müssen«, warf Don Eduardo ein, »ist, daß der wilde Mann, Veneno, unsere Stiere nicht schon fertigmacht, bevor der Matador sie überhaupt vor die Capa kriegt.«

Ich erklärte Mrs. Evans, daß Veneno sowohl seinen Vater als auch seinen Bruder durch Palafox-Stiere verloren hatte und daß sie an diesem Nachmittag Picador-Arbeit sehen würde, wie sie sie wohl nie wieder erleben würde.

Sie fragte Don Eduardo: »Wollen Sie damit sagen, daß der Mann auf dem Pferd imstande ist, einen Stier zu töten?«

»Einen? Er würde sie alle töten, wenn wir nicht aufpassen würden.«

»Und jetzt kommen die Damen ins Spiel«, sagte ich, um ihr Interesse wachzuhalten, bevor der Sorteo begann. »Erzähl ihr von *la Reina*, Don Eduardo!«

Nachdem er einen Bissen von seinem Sandwich gegessen hatte, das Mrs. Evans ihm aus ihrem Korb gegeben hatte, begann er zu erzählen: »Im Jahre 1942 begannen unsere Stiere erneut erste Anzeichen von Dekadenz zu zeigen, und normalerweise wäre ich nach Spanien gereist, um einen neuen Zuchtbullen zu kaufen, aber inzwischen war Krieg, und es war unmöglich, einen Stier über den Atlantik transportieren zu lassen. Also kauften wir statt dessen dreißig Kühe von der Piedras-Negras-Ranch, einer mexikanischen Ranch, und diese hageren, wilden mexikanischen Kühe gaben der Palafox-Zucht die dringend benötigte Blutauffrischung.«

»Die Kühe waren deshalb wichtig«, erklärte ich, »weil von ihnen der Stier seine Tapferkeit erbt.«

»Aber sie haben jetzt die ganze Zeit von all diesen Stieren geredet – Marinero, Soldado, diesem spanischen Zuchtstier. Ich dachte, es käme in erster Linie auf die Stiere an.«

»Das tut es auch«, wandte Don Eduardo ein. »Der Körperbau, die Form und Länge der Hörner, die Stärke und Ausdauer – das sind die Eigenschaften, die väterlicherseits vererbt werden. Aber Norman hat Ihnen gerade von der Zeit um 1933 herum erzählt, als wir Stiere von riesigem Körperbau hervorbrachten. Mit die bestaussehenden, die man je in Mexiko gesehen hat. Und sie waren keinen Pfifferling wert. Weil das, was ein Kampfstier mehr als alles andere braucht, Mut ist. Und den bekommt er nur von seiner Mutter.«

Mrs. Evans zeigte auf den Stier mit den ungestutzten Hörnern und fragte ungläubig: »Sie wollen sagen, daß seine Söhne –«

»Er wird niemals Söhne haben«, unterbrach Don Eduardo sie. »Er ist ein Kampfstier.«

»Heißt das, er hat noch nie ...«, begann Mrs. Evans zögernd.

»Natürlich nicht. Dieser Stier hat noch nie eine Kuh gesehen oder einen Menschen zu Fuß. Das einzige, was er je gemacht hat, war, sich mit anderen Stieren im Kampf auf der Weide zu messen.«

Don Eduardo sagte letzteres ziemlich laut, und während er das tat, schaute sich sein Vormann Cándido unauffällig um, um zu sehen, ob irgend jemand es mitbekommen hatte. Nachdem er sich davon überzeugt hatte, daß die Worte seines Chefs keinen Schaden angerichtet hatten, warf er Don Eduardo einen vorwurfsvollen Blick zu. Der verstand die Botschaft und vergewisserte sich mit einem raschen Blick, ob irgendwelche mexikanischen Lauscher mitgehört hatten. Dann sagte er mit stark gedämpfter Stimme: »Es hat nichts gegeben, was diesen Stier von seinem Job hätte ablenken können.«

»Und sein Mut kommt tatsächlich nur von seiner Mutter?« bohrte Mrs. Evans nach.

»Immer«, versicherte ihr Don Eduardo, und es erschien mir so, als straffe Mrs. Evans bei diesen Worten ein wenig die Schultern, so als hege sie schon lange den Verdacht, daß es auch beim Menschen die Mutter war, die die Art und das Ausmaß des Mutes bei einem Sohn bestimmte.

»Im Januar 1947«, fuhr Don Eduardo enthusiastisch fort, »wurde eine der großen Kühe der Palafox-Geschichte geboren, eine kleine, magere, x-beinige, spitzhörnige Dame namens *la Reina*, ›die Königin‹. Zu ihren Vorfahren gehörten Marinero, der großartige Ur-Zuchtbulle vom Guadalquivir, und Soldado, der in der Höhle der Clays aufwuchs; aber mütterlicherseits ging sie zurück auf die ungestümen, häßlichen Tiere aus den Zeiten von Hernán Cortés. La Reina war eine bemerkenswerte Kuh, eine der tapfersten, die je in Mexiko zur Zucht verwendet wurden.«

Es ging jetzt auf zwölf Uhr zu, den Zeitpunkt, wo der eigentliche Sorteo beginnen würde, deshalb erzählte ich Mrs. Evans hastig die Geschichte, wie die Palafox damals eigentlich gemerkt hatten, was für ein Prachtstück von Kuh sie da auf ihrer Ranch hatten. Als die knochige kleine Dame zwei Jahre alt war, gab

Don Eduardo eine rauschende Party auf seiner Ranch. Es war das Jahr 1949, und der Friede war in die Welt zurückgekehrt, und Geld war billig. Der Schauspieler John Wayne zählte zu den Gästen wie auch der amerikanische und der britische Botschafter, und das Fest dauerte drei Tage. Am letzten Tag versammelten sich die Gäste an der Arena der Ranch, um beim Testen der Kühe des Jahrgangs zuzuschauen. Verantwortlich hierfür war der weißhaarige Veneno, der hoch zu Roß in der kleinen Arena erschien, bewaffnet mit einer hölzernen Lanze mit einem kurzen stählernen Stachel. Begleitet wurde er von seinem Sohn Victoriano und dem Senior-Matador Armillita, während in einer Box unter der provisorischen Tribüne Don Eduardo und sein Vormann Cándido saßen und sich Notizen machten.

Auf ein Signal von Don Eduardo wurde das grob gezimmerte Tor zum Corral geöffnet, und eine dünnbeinige kleine Färse von zwei Jahren namens Flora wurde in die Arena gelassen, auf deren gegenüberliegender Seite sie einen Mann zu Pferde sah. Gebannte Stille trat ein, und jeder fragte sich: »Wird sie tapfer sein?« Denn dieser erste Moment war entscheidend. Wenn die Kuh zu lange zauderte, ehe sie angriff, oder wenn sie zwar angriff, aber dabei stockte, ging kein Weg mehr daran vorbei, sie als feige einzustufen, was bedeutete, daß sie für die Zucht nicht mehr in Frage kam. Ihre Söhne würden unweigerlich ebenfalls feige und damit als Kampfstiere ungeeignet sein.

Als diese erste Kuh ins Sonnenlicht kam, sah sie die mysteriöse Gestalt in der Ferne und ging sofort wie ein Donnerkeil auf sie los. Niemand jubelte, aber alle atmeten erleichtert auf. Das feurige kleine Tier rammte mit gesenktem Kopf das Pferd und spürte im gleichen Moment Venenos spitzen Stachel in der Schulter. Erschrocken wich es zurück.

Der Grund, warum es keinen Jubel über diese erste Demonstration von Wagemut gegeben hatte, war, daß nun die zweite, alles entscheidende Nagelprobe anstand, und diese mußte in Stille vonstatten gehen, ohne die Ermutigung, die womöglich von anfeuernden Stimmen ausgehen konnte. Die kleine Kuh war verletzt worden, und aus ihrer Schulter rann Blut. Sie scharrte den Boden mit ihrem linken Vorderhuf, und Don Eduardo dachte: »Schaut schlecht aus. Sieht aus, als wäre sie eine Staubschleuder.« Er warf einen besorgten Blick auf Cándido, der starr geradeaus blickte und betete, daß sich die Kuh als tapfer erweisen möge.

Zögernd machte die Kuh ein paar Schritte auf das Pferd zu – und blieb stehen, als sie den stechenden Schmerz in ihrer Schulter spürte. Doch dann, als schon keiner mehr damit rechnete, stürmte sie plötzlich mit wütendem Schnauben auf das Pferd und auf die Lanze los, deren Spitze sich wieder in ihre Schulter bohrte. Einige der Gäste aus Hollywood jubelten und wurden prompt von den Mexikanern ermahnt, die gesehen hatten, was die Amerikaner nicht gesehen hatten: sobald der stählerne Dorn zum zweitenmal in sein Ziel getroffen hatte, machte die kleine Kuh einen Satz und suchte das Weite. Sie hatte genug von dem Kampf, und es gab nichts, was Veneno hätte tun können, um sie noch einmal zurückzulocken. Sie war keine tapfere Kuh, und ihre Söhne würden weder sich selbst noch der Ranch jemals Ruhm bringen. Kurz: Sie würde keine Söhne von einem Palafox-Stier haben.

»Das war nichts«, sagte Cándido, und mit einem Federstrich in seiner Kladde war das Schicksal der Kuh besiegelt.

Mit dieser Entscheidung – die unwiderruflich und endgültig war – war das Testen dieser Kuh freilich noch nicht beendet. Veneno trabte aus der Arena und saß draußen ab, während Armillita und Victoriano, die beiden Matadore, sich mit der Capa an dem kleinen Tier versuchten. Es war ein sonniger Morgen, und die Art und Weise, in der die Matadore die Capas in dem gleißenden Licht fliegen ließen, hatte etwas unbestreitbar Poetisches. Und hier war auch die Erklärung zu finden, warum die Matadore so vollendet in ihrer Kunst wirkten, wenn sie echten Stieren gegenüberstanden. Fünfzehn-, zwanzigmal übten sie den gleichen Pase, und die kleine Kuh stürmte mit erfreulichem Eifer vor und zurück, denn wie sie schon bei ihrer ersten wilden Attacke quer durch die Arena bewiesen hatte, war sie im wesentlichen ein tapferes kleines Tier, und sie bekämpfte die Capas mit

Herz und nicht nachlassendem Schwung, so daß einige der Amerikaner schrien: »Was für ein wundervolles Tier!« Doch Cándido und Don Eduardo wußten, daß sie vor der Lanze zurückgescheut war, was zeigte, daß ihr Mut nur bis zu einem bestimmten Punkt ging und sie darüber hinaus feige war.

In diesem Moment unterbrach mich Don Eduardo in meinem historischen Vortrag, um zu erklären: »Der Grund, warum wir die Kuh so ausgiebig testen, Señora Evans, ist, daß es keine Möglichkeit gibt, einen Stier zu testen.«

»Werden sie nicht auch im Alter von zwei Jahren in die Arena geschickt?« fragte sie.

»Aber nein!« rief Don Eduardo. »Wenn ein zweijähriger Stier auch nur zwei Minuten lang mit einer Capa bekämpft würde, würde er merken, daß seine Versuche, die Capa aufzuspießen, zu nichts führen. Er würde diese Erkenntnis tief in seinem kleinen Hirn speichern, und zwei Jahre später, wenn er einem Stierkämpfer in einem förmlichen Kampf gegenüberstünde, würde er sich sofort wieder daran erinnern. Und nach einem oder zwei fruchtlosen Pases würde er die Capa sein lassen und direkt auf den Mann gehen. Der Matador hätte keine Chance gegen ihn.«

»Wollen Sie damit sagen, daß keiner dieser Stiere« – sie deutete auf die sechs, die am Nachmittag bekämpft werden sollten – »je getestet wurde?«

»Großer Gott, nein!«

»Wenn herauskäme, daß Don Eduardo seine Stiere mit einer Capa getestet hätte«, erklärte ich, »würden die Matadore sich weigern, gegen sie zu kämpfen.«

»Stiere, die bereits bekämpft worden wären, würden ihre Matadore sofort töten«, bekräftigte Don Eduardo.

»Dann ist das einzige, was Sie über den Mut dieser Stiere wissen –«, begann Mrs. Evans.

»Das, was ihre Mütter uns erzählt haben«, vollendete Don Eduardo.

»Nun ja«, sagte ich, »wenn der Stier zwei Jahre alt ist, reizen wir ihn manchmal vom Sattel aus und versuchen, ihn mit Stangen umzuwerfen.«

»Warum?« fragte Mrs. Evans.

»Um zu sehen, ob er sich wehrt. Aber das geschieht draußen auf freiem Feld, und er bekommt dabei wahrscheinlich gar nicht mit, daß da ein Mensch auf dem Pferd sitzt. Er wird dabei nicht verletzt, und die einzige Erinnerung, die er davon zurückbehält, ist die von einem vierbeinigen Gegner. Das ist auch der Grund, warum er dann später beim richtigen Kampf gewöhnlich sofort auf das Pferd losgeht.«

»Aber das einzige, was wir wirklich wissen«, wiederholte Don Eduardo, »ist das, was wir beim Testen seiner Mutter herausfinden.«

»Die Kuh Reina, von der Sie mir erzählen wollten«, sagte Mrs. Evans, »wie schlug die sich beim Testen?«

Don Eduardo bekam einen schwärmerischen Gesichtsausdruck. »John Wayne kam runter und setzte sich zu mir, bevor diese Kuh herauskam, und ich sagte zu ihm: ›Wir haben Ihnen noch keine wirklich tapfere zeigen können, aber in diesem Geschäft geben wir die Hoffnung nie auf.‹ Und als das Tor zum Corral aufging und diese spindeldürre, kleine Kuh hereingestürmt kam, dachte ich: Vielleicht ist die es! Und als das Testen vorüber war, hatte ich Tränen in den Augen. Es war wie ...« Er hielt inne und schneuzte sich. »Cándido, erzähl der Lady aus den USA von Reina!«

Der Vormann blickte Mrs. Evans an, als wolle er sagen: Sie würden eh nichts verstehen, und blieb stumm.

Also schneuzte sich Don Eduardo erneut und sagte: »Mrs. Evans, wenn Sie einen Sohn hatten, der sich als tapfer erwies –«

Ich sah, daß die Situation allzu gefühlsduselig zu werden drohte, und sagte trocken: »Mrs. Evans hatte einen Sohn. Er war sehr tapfer. Er ist im Krieg gefallen.«

Anstatt Don Eduardo zu bremsen, hatte diese Information genau den gegenteiligen Effekt. Er ergriff Mrs. Evans' Hände und schrie: »Sie hatten einen! Dann wissen Sie, wovon ich rede. Es ist schrecklich, Mrs. Evans, schrecklich und bewegend, Mut zu sehen und zu wissen, daß er von der Mutter auf den Sohn übertragen werden kann. Diese Kuh, ›die Königin‹, sie war die hagerste von dem ganzen Haufen, aber als sie das Pferd auf der anderen Seite der Arena sah ... der Staub störte sie nicht, und sie ließ sich weder von der blendenden Sonne noch von der langen Lanze beirren. Sie fiel in Galopp und rammte das Pferd siebenmal. Ihre Schultern waren eine einzige blutende Wunde, aber sie stürmte unbeirrt immer und immer wieder gegen das Pferd an. Veneno stürzte sie um, stach ihr mit der Lanze in den Schwanz, sprengte mit dem Pferd auf sie zu, tat alles, was unanständig war, aber sie ließ nicht locker. Ich mußte schließlich schreien: ›Schafft das verdammte Pferd hier raus!‹ Aber wir kriegten das Pferd nicht aus der Koppel raus, weil sie ständig hinter ihm her rannte und wir das Tor nicht aufmachen konnten.

Also holten wir schließlich Armillita in den Ring, damit er sie mit seiner Capa von dem Pferd ablenkte, so daß wir es klammheimlich rauslassen konnten, aber schon beim ersten Pase schmiß sie Armillita um und ging sofort wieder auf das Pferd los. Daraufhin holten wir auch noch den zweiten Matador rein, und erst als die beiden sie abwechselnd mit ihrer Capa beschäftigten, schafften wir es, das Tor aufzumachen und das Pferd rauszulassen.

Sie blutete, wie gesagt, aus zahlreichen Schulterwunden, aber das schien ihre Kampfeslust in keiner Weise zu beeinträchtigen. Sobald das Pferd draußen war, wandte sie sich mit vollem Elan den beiden Matadoren zu, und sie war wie ein Traum. Cándido, erzähl's ihnen!«

Der schlaksige Vormann wedelte ein paarmal mit der rechten Hand hin und her und wiederholte: »Wie ein Traum.«

»Was uns jedoch am meisten beeindruckte«, fuhr Don Eduardo fort, »war die Geschwindigkeit, mit der diese Kuh lernte. Sie hatte Armillita gleich bei ihrem ersten Ansturm umgeschmissen, und jetzt begann sie bei jedem Angriff mehr an Boden zu gewinnen. Nach kurzer Zeit war sie so dicht dran, daß Armillita lachte und rief: ›Jetzt reicht's mir, ich hab' genug‹, und er versuchte rauszugehen, aber sie ließ nicht von ihm ab. Also rief ich ein paar von den Aspiranten her, die immer bei diesen Tests herumhängen, und einer nach dem andern kämpften sie gegen diese Kuh, und sie haute sie um, als ob sie Kegel wären. Ihre Hörner waren noch nicht lang genug, um großen Schaden anrichten zu können, aber ihr Mumm –«

»Ist sie noch am Leben?« fragte Mrs. Evans.

»Sie ist berühmt in Mexiko«, sagte ich. »Ich erinnere mich nicht an alle Einzelheiten. Ihr erster Stier wurde von Armillita unsterblich gemacht – das war so ziemlich die beste Darbietung der letzten zwanzig Jahre. Was wurde aus den anderen?«

Don Eduardo gab bereitwillig Auskunft. »Ihre ersten beiden Würfe waren Kühe, genauso tapfere Exemplare wie sie. Ihr erster Bulle war *Relampaguito*, ›der kleine Blitz‹. Wie Norman sagte, unsterblich. Ihr zweiter Bulle, ihr dritter Bulle – beide unsterblich. Ihr vierter Bulle wurde 1957 geboren – der beste von allen. *Sangre Azul*, ›blaues Blut‹.«

»Erlangte auch er Unsterblichkeit?« fragte Mrs. Evans.

Ich schaute gerade Don Eduardo an, als sie das fragte, und an der Art, wie er zusammenzuckte, erkannte ich, daß er nicht gern darüber redete. Ich selbst hatte keine Ahnung, was mit Sangre Azul passiert war, denn obwohl ich durch meine Mutter ein Palafox war und durch meine Ehe mit einer von Don Eduardos Nichten zur Familie gehörte, war ich in die Geheimnisse der Stier-Ranch nicht eingeweiht. Ich war gespannt zu erfahren, was aus dem großartigen Stier geworden war. Doch Don Eduardo wurde aus der Verlegenheit, es erzählen zu müssen, vorerst befreit durch die lautstarke Ankunft von León Ledesma.

Er steuerte geradewegs auf Mrs. Evans zu und sagte: »Wie ich sehe, sind Sie schon seit Stunden hier. Die echten Kenner erscheinen erst um zwölf, wenn es richtig losgeht.«

»Die echten Kenner«, sagte ich ironisch, »wollen die Stiere studieren, um zu sehen, wie wir sie zusammenstellen würden – um unseren Tip dann später mit den Fakten zu vergleichen.«

»Und was habt ihr Hexer mit dem Schlüssel zum Reich der Tiere bis jetzt gesehen, das euch in Erregung bringt?«

Aus meiner Tasche zog ich eine kleine Karte, auf der ich die diversen Informationen notiert hatte, die ich entweder selbst erschlossen hatte oder von anderen, die über mehr Wissen verfügten, erhalten hatte. »Dies scheinen die Fakten zu sein«, sagte ich und wies Mrs. Evans darauf hin, daß die Nummer eines jeden Stieres klar und deutlich sichtbar auf seiner Flanke eingebrannt war.

No. 29: 448 Kilo. Barbiert. Überaltert. 4 Jahre, 3 Monate. Schwerfällig.
No. 32: 450 Kilo. Barbiert. Unberechenbar. Bevorzugt linkes Auge. Schnelle Reaktion.
No. 33: 433 Kilo. Barbiert. Ruhig, läßt andere schubsen. Aufbrausend???
No. 38: 463 Kilo. Barbiert. Schwer, langsam.
Mehr Ochse als Stier. Stark.
No. 42: 444 Kilo. Barbiert. Kleine Hörner. Sehr schnell. Schwacher linker Vorderlauf.
No. 47: 473 Kilo. Nicht barbiert. Monstrum. Angriffslustig. Gefährlich.

Ledesma, der eine rasche Auffassungsgabe für Details besaß, sagte nach kurzem Betrachten der Stiere: »Interessante Zusammenstellung, Don Eduardo, gut ausgewählt, gut auf den jeweiligen Stil der beiden Matadore abgestimmt.« Und mit einem Scharfblick, der mich tief beeindruckte, lieferte er eine rasche Analyse der Tiere.

»Offensichtlich sind da zwei, die getrennt werden müssen – beides schwere Tiere: die 38, groß und schwer, wäre ideal für Victoriano; die 47, noch schwerer und mit großen Hörnern ausgestattet, wäre ideal für Gómez.« Sodann analysierte er, welche Stiere Veneno für seinen Sohn würde haben wollen, und welche Cigarro für seinen Schützling Gómez würde haben wollen.

»Gómez ist hier«, sagte Mrs. Evans. »Wird er seine Auswahl nicht selbst treffen?«

»Das macht der Matador niemals selbst. Das Auswählen der Stiere nimmt stets der Agent vor. Gómez ist einer der wenigen Matadore, die überhaupt beim Sorteo dabei sind.«

Ich bat Don Eduardo, für die wenigen Minuten bis zum Mittag unsere Plätze freizuhalten, und benutzte die Gelegenheit, um Mrs. Evans eines der reizenden Elemente der Stierkampfwelt zu zeigen, eine Bronzetafel, die Stierkampffans vor Jahren zur Erinnerung an einen historischen Kampf auf eigene Kosten anfertigen und an der Wand des Sorteo-Bereichs hatten anbringen lassen:

Von den Aficionados von Toledo
Zu Ehren des großen mexikanischen Matadors
Juan Silveti
Zur Erinnerung an seinen grandiosen Kampf
In der Arena von Toledo am 25. Dezember 1931
Gegen den Palafox-Stier
Explosión

»Ich war Zuschauer bei diesem Kampf«, erzählte ich Mrs. Evans. »Silveti lieferte eine unvergeßliche Vorstellung. Ein weißer mexikanischer Landarbeiter. Trug in der Öffentlichkeit stets eine Charro-Uniform, die Kleidung der mexikanischen Cowboys, mit einem riesigen Sombrero und einer Zigarre im Mund. Aber er konnte kämpfen wie kaum ein Zweiter, wie er an dem Tag bewies. Ein Journalist schrieb damals: ›Unser geliebter Juan schlang ein goldenes Band um die Hörner des Stieres und lenkte ihn dahin, wo er wollte.‹« Es gab auch noch andere Gedenktafeln, die diesen Ort beinahe zu einer Ruhmeshalle machten, denn im Laufe der Jahre hatten die besten Matadore ihre Visitenkarte beim Ixmiq-Festival abgegeben.

Jetzt begann das Gefeilsche um die Zusammenstellung der Partien. Veneno und Cigarro waren peinlich darauf bedacht, daß die beiden Dreiergruppen so spiegelgleich wie irgend möglich waren, denn wie ich bereits erklärt hatte, als wir an den Corrals ankamen, konnte keine Seite sicher sein, welche der beiden Partien sie bei der Ziehung erwischen würde, und deshalb konnten sie sich keine faulen Tricks erlauben. Nach langem Hin und Her, bei dem mehrere zusätzliche Experten ihren Senf dazugaben, einigte man sich schließlich auf folgende Paarungen: die 29, die 38 und die 42 bildeten die eine Gruppe, die 32, die 33 und die 47 die andere. Als dies verkündet wurde, sagte Ledesma mit Kennermiene zu Mrs. Evans: »Jetzt fängt Veneno an zu schwitzen, weil er befürchten muß, daß sein Sohn Victoriano die zweite Partie zieht, die mit der 47, dem unbarbierten Koloß.«

Und Ledesma hatte wieder einmal recht; denn nachdem beide Nummernreihen jeweils auf ein Blättchen Zigarettenpapier geschrieben worden waren und diese zu kleinen Kügelchen zusammengerollt in einen vom Veranstalter gestellten Hut geworfen worden waren, bekreuzigte sich Veneno, der als Vertreter des rangmäßig niedriger eingestuften Matadors das Recht hatte, als erster zu ziehen, und wandte den Blick zum Himmel. Er wagte nicht, den schicksalhaften Hut anzuschauen, sondern zog es vor, sich beim Hineingreifen von Don Eduardo die Hand führen zu lassen. Er befummelte einen Moment lang die beiden Papierkügelchen mit den Fingerspitzen, als könne er vielleicht auf irgendeine geheimnisvolle Weise erfühlen, welches von beiden das günstigere war, dann entschied er sich schließlich für eines, nahm es heraus, entfaltete es behutsam – und erstarrte. Er hatte für seinen Sohn Victoriano die zweite Dreierpartie gezogen, die mit dem mörderischen Stier No. 47.

In dem Moment hatte ich eine höchst außergewöhnliche Empfindung. Mein rechter Zeigefinger begann zu zucken, als sei er ganz wild darauf, Victoriano bei seinem Kampf mit dem tödlichen Stier zu fotografieren. Es war, als hätte ich eine Art Vorahnung, daß sich eine Tragödie abspielen würde, die ich als Höhepunkt eines zweiten Artikels verwenden könnte, den ich schreiben würde, falls heute irgend etwas Bedeutendes passieren sollte. Noch nie in der Geschichte des Stierkampfs waren – wenn ich Cossío, der weltweit anerkannten Autorität auf diesem Gebiet, glaubte – zwei Matadore bei ein und demselben Kampf oder auch nur im Verlaufe eines einzigen Festivals ums Leben gekommen. Also konnte ich vernünftigerweise nicht davon ausgehen, daß der Mord, über den ich in meinem Artikel schreiben wollte, auch wirklich stattfinden würde – doch hatte ich sehr wohl das Recht, darüber zu spekulieren, was für dramatische Ereignisse sich möglicherweise abspielen würden, wenn zwei Matadore mit solch gegensätzlichen Stilen auf jene prachtvollen Exemplare aus der Palafox-Zucht trafen. Der Name der Ranch spielte eine bedeutende Rolle bei meinen Spekulationen, weil die Palafox-Tiere mehrfach unter Beweis gestellt hatten, daß sie einen Matador töten konnten. Aber Victorianos Los war das gefährlichere; denn er mußte gegen den Stier mit den ungestutzten Hörnern antreten.

Veneno, der natürlich wußte, daß er seinem Sohn mit diesem Los einen Bärendienst erwiesen hatte, versuchte jetzt in seiner Verzweiflung alles, um das Unvermeidliche doch noch irgendwie abzuwenden. Er beugte sich ganz dicht zu Cigarro hinüber und zischelte ihm ins Ohr: »Gómez leistet großartige Arbeit mit großen Stieren. Wenn du willst, überlasse ich euch den Siebenundvierziger.« Doch der Agent des Indios zischelte zurück: »Du hast doch bloß Schiß vor den großen Hörnern, stimmt's?« und ging ungerührt weg, einen Veneno zurücklassend, der jetzt nur noch um so entschlossener war, diesen tödlichen Stier loszuwerden.

Ledesma, Mrs. Evans und ich hatten einen Teil dieses Wortwechsels mitbekommen, und den Rest konnten wir uns zusammenreimen. Doch wie Ledesma so schön erklärte: »Der Sorteo ist das einzige Element des Stierkampfs, bei dem es absolut ehrlich zugeht. Die Hörner des Stieres kann man manipulieren, wie ihr gesehen habt. Die Ranch kann einen Stier dazwischenschmuggeln, der zu alt ist, wie der Neunundzwanziger, der klar älter als vier ist. Der Präsident kann Ohren gewähren, die der Matador sich nicht verdient hat. Und selbst der Kritiker« – er verbeugte sich galant – »kann gelegentlich irren. Und was die Matadore und Picadores angeht, so können sie sich der abgefeimtesten Betrügereien schuldig machen – doch der Sorteo ist unerschütterlich und unbestechlich. Bei ihm geht es absolut ehrlich zu, und Veneno sollte sich was schämen, daß er versucht hat, an dem hier zu drehen, um seinen Sohn zu schützen.«

Die sechs Stiere wurden zurück in ihre Einzelboxen geführt, wo sie auf das Trompetensignal warten würden, das jeden von ihnen der Reihe nach in die Arena rufen würde. Sodann wurde der Reservestier von der anderen Ranch in seine Box gebracht, und die Stiere verließen endgültig den Vorkampf-Bereich.

Als sie weg waren, sagte Ledesma orakelhaft: »Bei Tageslicht betrachtet, hat Veneno seinen Kampf verloren. Sein Mann hat immer noch dieses mörderische Riesenvieh auf dem Hals. Aber ich bin sicher, daß er noch irgendeine Trumpfkarte im Ärmel hat, die er bei Dunkelheit ausspielt.«

Als ich ihn fragte: »Was meinen Sie damit?«, erwiderte er: »Wir werden den bösen Feind im Auge behalten, und vielleicht lernen Sie noch ein bißchen was über unseren Nationalsport.« Er lächelte mich verschmitzt an. Ich wußte, daß er ein mit allen Wassern gewaschener Spitzbube war, aber ich hatte keine Ahnung, was seine Worte zu bedeuten hatten.

Um zwanzig nach zwölf an jenem Sonntagmorgen war der Sorteo vorbei, doch während die Männer noch herumstanden und über seinen Ausgang diskutierten, ging Don Eduardo zwischen ihnen umher und lud bestimmte Freunde zu der nachmittäglichen Party auf seiner Ranch ein, welche die vier Stunden bis zum Beginn des Kampfes ausfüllen würde. Als er zu Mrs. Evans, Ledesma und mir kam, sagte er zu Mrs. Evans: »Ohne Sie würde der Fiesta was fehlen. Und bringen Sie doch bitte auch den kleinen Rotschopf aus Oklahoma mit!«

Als Mrs. Evans darauf fragte: »Ist diese Veranstaltung denn überhaupt was für ein Mädchen wie Penny?«, ergriff Don Eduardo ihre Hände und sagte: »Liebe Mrs. Evans, es wird auch ein berühmtes mexikanisches Filmsternchen dabeisein, das kaum älter ist als Penny. Sie werden ein internationales Paar bilden, Mexikanerin und Norteamericana.«

Es war ihm ein solch offensichtliches Herzensanliegen, daß ich zu Mrs. Evans sagte: »Schau'n wir, ob wir sie nicht überreden können, ihren Liebeskummer für eine Weile zu vergessen!«

Zu meiner Überraschung sagte Mrs. Evans: »Wissen Sie, das sollten wir wirklich. Sie hat ein Vermögen dafür ausgegeben, sich die passende Garderobe für solch einen Ausflug aufs Land zusammenstellen zu lassen. Es wäre wirklich schade, wenn das viele schöne Geld zum Fenster rausgeschmissen wäre.« Und als wir zur Terrasse zurückkehrten, warf sie mir die Schlüssel von ihrem Cadillac zu und sagte: »Im Kofferraum finden Sie zwei riesige Koffer. Wenn Sie die bitte zu unserem Zimmer raufbringen könnten.«

Als ich den Kofferraum öffnete, fand ich genau das, was sie gesagt hatte, einen riesigen Schrankkoffer und eine große, runde lederne Hutschachtel. Als ich sie zu ihrem Zimmer hinaufschleppte, fand ich Penny noch immer im Bett liegend vor. Mit traurigen Augen schielte sie zwischen ihren zerwühlten Kissen hervor, als sie Mrs. Evans und mich ins Zimmer treten sah. »Ich habe nicht um die Koffer gebeten«, murmelte sie.

Mrs. Evans ignorierte sie und sagte zu mir: »Mr. Clay, bitte öffnen Sie die Koffer«, und als ich das tat, sah ich an den Preisschildern, daß die Sachen noch nagelneu waren. Sie stammten aus dem Neiman-Marcus in Dallas, dem führenden Kaufhaus des Westens, und ich dachte: Ich wette, die beiden Koffer haben mehr gekostet als das, was drin ist, vielleicht vierhundert Dollar das Stück.

»Bitte packen Sie sie aus!« sagte Mrs. Evans. »Sie soll selbst sehen, was sie da wegwirft.«

Als ich den Inhalt der Koffer auspackte, lernte ich, was es hieß, Tochter eines Ölmillionärs aus Oklahoma zu sein; denn die Sachen waren nicht nur von erlesener Qualität, sondern gewiß auch von erlesenem Preis. Als die Verkäuferin in Dallas das Outfit zusammengestellt hatte, hatte sie bestimmt zu Penny gesagt: »Sie werden der Star jeder Fiesta sein, zu der Sie gehen«, und mit dieser Voraussage hatte sie gewiß nicht übertrieben. Das atemberaubende Ensemble basierte – ganz nach texanischem Stil – auf silbergrauen Stiefeln, die aus sündhaft teurem, zu höchster Geschmeidigkeit gegerbtem südamerikanischem Leder gefertigt waren.

»Aber du hast doch schon diese Krokostiefel. Wozu dann noch die hier?« fragte Mrs. Evans.

Zum erstenmal, seit wir den Raum betreten hatten, zeigte das

Mädchen, das da mit teilnahmslosem Blick in seinem Bett lag, die Decke bis zum Kinn hochgezogen, ein gewisses Interesse: »Weil die so weich sind«, sagte sie. »Biegen Sie sie mal!« Als ich das tat, hatte ich das Gefühl, als wären die Stiefel gar nicht aus Leder gemacht, sondern aus irgendeinem exotischen Stoff, so geschmeidig waren sie. »Mädchen, die auf Rodeos arbeiten, brauchen solche Stiefel«, erklärte Penny.

»Haben Sie schon mal bei einem Rodeo mitgemacht?« fragte ich. »So richtig mit Kälbern gerungen und so was?«

»Ich hab' bei Tonnenrennen mitgemacht. Ich bin ziemlich gut, wenn ich mein eigenes Pferd habe.«

Als nächstes zog ich ein Paar dicke Strümpfe von einem etwas helleren Grau aus dem Koffer. Die würden ihr bis zu den Knien gehen, schätzte ich. Und dann kam ein außergewöhnlich kurzer Rock in einem dunklen Blau, hergestellt aus einem Stoff, den ich nicht identifizieren konnte – was mich nicht mehr wunderte, als ich einen Blick auf das Preisschild warf, das noch an ihm hing: $ 485. Er war kaum größer als meine Hand und wies keinerlei Verzierungen auf. Er hatte eine matte, leicht angerauhte Appretur, ein Zeichen dafür, daß der Weber größte Sorgfalt auf die Qualität seines Stoffes gelegt hatte. Seine gediegene Eleganz ließ Penny, die nur mit einem knapp sitzenden Unterrock bekleidet war, wie von der Tarantel gestochen aus dem Bett springen und mir den Rock buchstäblich aus der Hand reißen.

»Ich warte draußen«, sagte ich, aber sie erwiderte lachend: »Nicht nötig. In der Turnstunde hab' ich weniger an als das hier.«

Trotzdem wandte ich ihr den Rücken zu, als sie die verschiedenen Kleidungsstücke anzog, die ich ihr reichte. Jedes von ihnen war von erlesener Qualität und genau das Richtige für einen Tag auf dem Lande. Die Bluse war mit das Feinste, was ich je gesehen hatte. Sie war aus irgendeinem exotischen südamerikanischen Gewebe gearbeitet und handbestickt mit unzähligen hellblaugoldenen Blumen, so hauchfein, daß sie kaum sichtbar waren. Darüber kam eine enganliegende Jacke aus feinstem, schmiegsamstem Leder, die mit kleinen Bronzeknöpfen besetzt war – auch sie von unaufdringlicher Eleganz. Das letzte Teil in dem großen Koffer war ein Alpaka-Schal, der so hauchzart war, daß er praktisch nichts wog. Nachdem sie ihn locker um ihren Hals geschlungen hatte, sagte sie: »Und jetzt kommt das Beste«, und sie zeigte auf die runde Hutschachtel. Ich öffnete sie und entnahm ihr einen Damensombrero, ein hochedles Stück aus elegant geformtem Filz, kreiert von einem auf Cowboyhüte spezialisierten Hutmacher in Tulsa, den Penny sechsmal aufgesucht hatte, bevor er mit seinem Werk zufrieden gewesen war.

Als sie den Sombrero keck in die richtige Schieflage rückte und mich anlächelte, sagte ich: »Es wäre wirklich ein Verbrechen gewesen, Sie hier zurückzulassen«, und sie sah so reizend aus mit ihren roten Haarsträhnen, die neckisch unter dem Hut hervorlugten, daß ich nicht umhin konnte, eine Bemerkung zu machen, von der ich hoffte, daß die beiden Frauen sie nicht makaber finden würden: »Ich möchte Sie dabei fotografieren, Penny, wie Sie die Jacke, den Schal und den Sombrero anziehen. In einem ähnlichen Zimmer wie dem hier habe ich vor zwei Tagen Paquito fotografiert, als er sich für seinen Tod ankleidete. Sie kleiden sich für Ihr Leben an.«

»Und wie soll ich das verstehen?«

»In diesem Kostüm wird Ihnen ganz sicher etwas Gutes widerfahren.«

Sie zog die besagten Kleidungsstücke aus, um sie wieder anzulegen, während ich Fotos von ihr machte. Sie war – da war ich ganz sicher – davon überzeugt, daß tatsächlich irgendeine aufregende Überraschung auf sie wartete.

Auf dem Weg nach unten zum Wagen flüsterte ich Mrs. Evans zu: »Was schätzen Sie, was die Sachen zusammen gekostet haben?«

»Das brauche ich nicht zu schätzen. Ich hatte fast das gleiche Kostüm, als ich jünger war. Um die achtzehnhundert Dollar, die beiden Koffer mitgerechnet.«

»Ich könnte mir denken, daß das eine Menge Kummer lindern kann.«

»Wenn Sie siebzehn sind, gibt es nichts, was Liebeskummer lindert – aber ein Jason-Cree-Sombrero schadet ganz bestimmt auch nicht. Mein verstorbener Mann hatte drei. Zwei davon habe ich immer noch.«

Zur Erbauung und Unterhaltung von Gästen, die zu den in regelmäßigen Abständen stattfindenden Tientas kamen, besaß die Palafox-Ranch eine kleine hölzerne Arena, die eine Nachbildung der großen Kampfarenen war, sowie einen geschmackvoll gestalteten Garten, unter dessen großen Bäumen rauschende Grillpartys steigen konnten. Ferner gab es einen großen Aufenthaltsraum mit zwei Billardtischen und Stühlen aus blankpolierten Stierhörnern mit ledernen Sitzflächen und Kissen aus grober Wolle. Ringsum an den Wänden prangten, auf Hartholzplatten montiert, die Köpfe von neun Stieren, die dem Namen Palafox Ruhm gebracht hatten. Unter jedem der dunklen Köpfe mit ihren glänzenden Hörnern war der Name des Stieres eingraviert. Außerdem stand da, was er geleistet hatte, um sich unsterblich zu machen, der Name der Stadt, in der es geschehen war, der Name des Matadors, der gegen ihn gekämpft hatte, und das Datum. Jeden dieser Stiere zu besuchen hieß, den Ruhm der Ranch und ihre glorreiche Geschichte noch einmal lebendig werden zu lassen.

»*Torpedo, 11 febrero 1881*«, las Mrs. Evans, »*todos los trofeos, Mazzantini, plaza de México.*« Als sie fragte, was das bedeutete, sagte Don Eduardo stolz: »Alle Trophäen. Vom Präsidenten dem Matador verliehen, der Wunder vollbrachte. Beide Ohren, der Schwanz, ein Huf.«

Im Jahre 1903 hatte Ciclón in Guadalajara einen jungen Matador getötet, und im Jahre 1919 hatte Triunfador bewiesen, daß er seinen Namen zu Recht trug, indem er die Plaza von Monterrey regelrecht abgeräumt hatte: Er hatte fünf Pferde umgeworfen, alle drei Matadore, die nacheinander versucht hatten, ihn zu bändigen, ins Krankenhaus geschickt, und sich bis zum letzten Atemzug nach Kräften gewehrt.

Plötzlich sagte Mrs. Evans, eine der scharfsichtigsten Frauen, die ich je kennengelernt hatte: »Aber bei den beiden hier steht der Name der Plaza nicht dabei«, und Don Eduardo erklärte: »Es sind zwei, von denen ich Ihnen schon erzählt habe, zwei der großartigsten überhaupt. Unsere Zuchtbullen – Marinero vom Marquis von Guadalquivir, 1910, und Domador in den fünfziger Jahren. Sie waren zu wertvoll, um sie in die Arena zu schicken. Lebendig waren sie uns lieber.«

Als nächstes zeigte uns Don Eduardo eine Serie von Fotos, die uns bestimmt Spaß machen würden: »Ich bezweifle, daß es jemals so einen Kampf wie diesen hier gegeben hat. Dieser große Stier, Tormento hieß er, wurde beim Sorteo einem der unbeständigsten Charaktere der mexikanischen Stierkampfgeschichte, Lorenzo Garza, dem formidablen Izquierdo, Linkshänder, zugelost. Temperamentvoll und quirlig wie eine Hummel. An einem guten Tag konnte er seinem Namen, Lorenzo El Magnífico, vollauf gerecht werden, an einem schlechten konnte er manchmal echt grauenhaft sein. Mit Tormento erklomm er die höchsten Gipfel der Stierkampfkunst, lieferte er eine Leistung ab, die mehr als *magnífico* war. Ohren, Schwanz, Huf, sechs Ehrenrunden um die Plaza, Blumen, wohin er trat. Dann, beim zweiten Stier, der genauso gut hätte sein können wie der erste, war er so schlecht, so jämmerlich, daß ein Riesentumult ausbrach, bei dem nicht nur Sitzkissen, sondern sogar Stühle in die Arena flogen. Sechzehn muskulöse Männer sprangen in die Arena, um ihn zu verdreschen, aber siebzehn Polizisten eilten ihm zu Hilfe. Schauen Sie sich die zwei Fotos an, die ein Freund von mir damals gemacht hat!«

Das erste zeigte El Magnífico, wie er als umjubelter Triumphator durch die Arena zieht, über einen Teppich von Blumen; das zweite zeigte die von Sitzkissen und Stühlen übersäte Arena, eine aufgebrachte Menge, die ihm ans Leder will, und einen Kordon von Polizisten, die ihn vor den wütenden Männern abschirmen. Derselbe Matador, die gleichen Stiere, derselbe Sonntagnachmittag, dieselben Zuschauer. »Das ist Stierkampf«, sagte Don Eduardo. »Eine ungenaue Wissenschaft.«

Jetzt schrie Mrs. Evans: »Hier ist Ihr Stier, Mr. Clay!« Und als ich zu ihr trat, da blickte Soldado auf mich herab, und ich wagte nicht zu sprechen, aus Angst, die Stimme würde mir den Dienst versagen.

Einen Moment später hörte ich ihre Stimme aus einem anderen Teil des Raumes, denn sie ging sehr schnell: »Ich sehe Reina gar nicht, und Sie haben gesagt, sie sei eine der Größten von allen gewesen.«

»Wir hängen keine Kühe an unsere Wände. Die Männer, die hier trinken, würden das komisch finden.«

Dann sagte ich: »In den letzten drei Tagen fiel immer mal wieder der Name deines wirklich großartigen Stiers Sangre Azul.« An Mrs. Evans gewandt, übersetzte ich: »Blaues Blut«, und sie sagte – ziemlich schroff, wie ich fand: »Danke.«

Nach einem Moment nachdenklichen Schweigens, als täte es ihm weh, darüber zu sprechen, sagte Don Eduardo: »Er wurde 1957 geboren, bekam 1958 sein Brandzeichen, und im März '59 testeten wir ihn mit den Holzstangen vom Pferd herunter.«

»Wie schnitt er bei dem Test ab?«

»Phänomenal. Da wußten wir, daß wir einen kolossalen Stier hatten. Ein Jahr zuvor hatten wir ihn bereits zu unserem Leitbullen für das folgende Ixmiq nominiert, und als er an Gewicht zulegte und seine Hörner sich zu ihrer vollen Größe und Form ausbildeten, wurde er zu dem perfekten Palafox-Stier, da waren wir uns alle einig. Nicht zu schwer – zum Zeitpunkt des Festivals wäre er auf ein Gewicht von etwa vierhundertfünfzig Kilo gekommen. Vorne sehr breit und bullig, nach hinten raus schön schlank, aber sehr starke Hinterläufe zum Abstoßen.«

»Er war heute nicht in den Corrals. Was ist passiert?«

Don Eduardo lehnte sich zurück, dachte nach, und nach einer Weile rief er den Männern zu, die sich um die Bar kümmerten: »Haben wir ein Foto von Sangre Azul?« Einer der Männer brachte kurz darauf eines. Es zeigte einen majestätischen Stier auf der Höhe seiner Entwicklung, genauso, wie Don Eduardo ihn geschildert hatte.

Dann, um endlich die Frage zu beantworten, begann er stockend:

»Es ist ein delikates Thema, vor allem in Gegenwart einer Dame, aber in der Welt der Stiere, müssen Sie wissen, ist gelegentlich einer darunter, den wir als *maricón* bezeichnen.«

Außerstande fortzufahren, zeigte er auf mich: »Erklär du es, Norman«, und ich sagte so feinfühlig wie möglich, denn im Jahre 1961 sprach man noch nicht so offen wie heute über dieses Thema: »Stiere erben eine ausgeprägte genetische Neigung, andere Tiere zu besteigen. Wenn keine Kühe vorhanden sind, kommt es manchmal vor, daß ein Bulle versucht, einen seiner Brüder zu besteigen. Das ist nichts Ungewöhnliches, und der Stier, dem diese Aufmerksamkeit zuteil wird, entzieht sich ihr in der Regel schlicht dadurch, daß er flüchtet.«

»Soweit ist es verständlich.«

»Mitunter jedoch«, schaltete sich Don Eduardo ein, »gibt es Stiere, bei denen diese ganz normale Aktivität nicht auf die Phase jugendlichen Überschwangs und Experimentierdranges beschränkt bleibt, sondern sich zu einem Komplex auswächst. Der Stier wird zum Maricón – wie heißt das Wort doch gleich, Norman?«

»Das ist ein spanischer Slang für einen Homosexuellen.«

»Du liebe Güte! Wollen Sie sagen, daß dieses prachtvolle Geschöpf schwul war?«

»Nein, verdammt. Was ich sagen will«, sprudelte es aus Don Eduardo heraus, »ist, daß der prachtvolle Stier, den Sie heute mittag gesehen haben, der mit der Nummer 47, ein Unheilbarer ist. Aber wir haben es leider zu spät entdeckt. Er belästigte viele Stiere aus seiner Generation, aber sie wehrten ihn immer leicht ab. Dann passierten jedoch zwei Mißgeschicke. Nummer 47 entwickelte eine heftige Zuneigung zu Sangre Azul, der ihn freilich jedesmal zurückwies, wenn er versuchte, ihn zu besteigen. Dies machte den größeren Stier verständlicherweise wütend, und eines Nachmittags letzten Januar, als beide Stiere den Höhepunkt ihrer körperlichen Entwicklung erreicht hatten, ein kraftstrotzendes, prachtvolles Paar für das diesjährige Ixmiq, verfolgte Nummer 47 Sangre Azul hartnäckig über die gesamte Weidefläche, bis es Azul schließlich zu bunt wurde. Bevor irgend jemand die beiden trennen konnte, ging er auf 47 los und verletzte ihn schwer, woraufhin 47 in rasender Wut mit seinen gewaltigen Hörnern zustieß und Azul tötete.«

Niemand sprach, und erst nachdem wir das Foto des außergewöhnlichen Stieres ausgiebig betrachtet hatten, sagte Mrs. Evans: »*Número cuarenta-y-siete* hat also schon einmal einen Gegner getötet. Wird er sich daran erinnern, wenn er heute nachmittag in die Arena kommt?«

»Schwer zu sagen«, antwortete Don Eduardo. »Jedenfalls haben wir nicht in der Gegend herumposaunt, daß die beiden Stiere gegeneinander gekämpft haben, und schon gar nicht, daß unser Preisbulle dabei den kürzeren gezogen hat.«

Später erfuhr ich, daß just zu dem Zeitpunkt, als Mrs. Evans und ich an diesem Punkt unserer Unterhaltung auf der Ranch angelangt waren, Veneno in seinem Zimmer im Kachelhaus saß und mit einem Freund von ihm, dem berühmten Banderillero Rolleri, der jetzt Manager der Arena in San Luis Potosí ist, telefonierte: »Rolleri, was weißt du über diesen Stier, auf den die Palafox-Leute so stolz waren – Sangre Azul nannten sie ihn, glaube ich?«

»Nicht viel, Veneno. Ich sah ihn letztes Jahr auf dem Campo. Ein schönes Tier. Damals sagten alle voraus: ›Mit dem kann man Ohren erringen.‹«

»Fällt dir vielleicht sonst noch irgendwas ein? Es ist wichtig.«

»Doch, warte mal! Im Februar, vielleicht war's auch schon März, traf ich einen Jungen, der auf der Palafox-Ranch arbeitet, und als ich ihn fragte: ›Na, was macht denn euer toller Stier Azul so?‹ sagte er bloß: ›Der ist weg.‹ Ich hab' keine Ahnung, was er damit gemeint hat.«

»Ich weiß verdammt genau, was er damit gemeint hat«, schnaubte Veneno, »aber nicht, was das bedeutet. Wir haben heute eine ausverkaufte Plaza.«

»*Buena suerte*«, sagte Rolleri. Veneno erwiderte: »In diesem schmutzigen Geschäft macht ein Mann selbst sein Glück, oder sein Matador wird getötet.«

Soweit wir seine Aktivitäten an jenem hektischen Nachmittag rekonstruieren konnten, begab er sich nach diesem Telefongespräch schnurstracks zur Arena, wo er sich in den Bereich schlich, wo die Stiere vor dem Kampf in ihren Boxen harrten, und fragte beiläufig einen jungen Burschen von der Palafox-Ranch: »Als Sangre Azul starb, hat Don Eduardo da seinen Kopf an der Wand aufgehängt?«

»Nein. Er war ganz fertig, weil er solch einen tollen Stier verloren hatte.«

»Welcher hat ihn getötet?«

»Der verdammte Maricón!« sagte der Junge wütend und zeigte auf die Box, in der Nummer 47 stand.

»O Jesus!« murmelte Veneno leise. »Der, den wir beim Barbieren verpaßt haben. Der hat also schon einen anderen Stier getötet.« Er rannte zu seinem Wagen und raste in halsbrecherischem Tempo zu der Zementfabrik am anderen Ende der Stadt, wo er Sturm läutete, bis schließlich der stellvertretende Direktor erschien: »Ich brauche einen einzelnen Sack Zement – die Übergröße. Sofort. Uns ist durch ein Mißgeschick mitten bei der Arbeit der Zement ausgegangen.«

Der Sack war so schwer, daß er ihn nur mit Hilfe eines Arbeiters zu seinem Wagen und in den Kofferraum kriegte, und auf dem Weg zurück in die Stadt wurde er noch schwerer, denn Veneno hielt an einem kleinen Bach an, und mit Hilfe eines kleinen Eimers, in dem er normalerweise die Wegzehrung auf den langen Fahrten von einem Kampf zum nächsten transportierte, durchtränkte er den Sack, bis der Zement sich mit Wasser vollgesogen hatte. Sodann fuhr er zurück zur Arena, parkte seinen Wagen neben dem Patio, in dem die Picadores ihre Pferde unterstellten, begrüßte sie und sagte zu einem jungen Burschen, der die Pferde der Leals versorgte: »Sobald du eine Möglichkeit siehst, hol den Sack aus dem Wagen und bring ihn hierher!« Dann hastete er davon, um sich für den bevorstehenden Kampf in sein schweres Picadorskostüm zu kleiden.

Als wir auf der Ranch zu der kleinen Arena geführt wurden, in der die Tienta stattfinden würde – sie bot nicht mehr als sechzig Zuschauern Platz – konnte Penny noch nicht ahnen, daß sie wenig später dazu aufgestachelt werden würde, den Beweis anzutreten, daß ihr teures Charro-Kostüm nicht bloß zur Show da war. Nachdem wir Platz genommen hatten, bat Don Eduardo die Mariachis, die er eigens zu diesem Zweck angeheuert hatte, einen Tusch zu blasen, dann borgte er sich ihr Mikrofon aus und kündigte an: »Wir wollen heute unseren nordamerikanischen Freunden keine förmliche Tienta vorführen. Das kostet zuviel Zeit und erfordert zu viele Kühe. Aber wir werden drei oder vier unserer besten Kühe in unseren kleinen Ring schicken, und ich habe unseren guten Freund Calesero aus Aguascalientes – ihr habt ihn gestern schon gesehen, und wenn ihr möchtet, dürft ihr im gerne noch einmal applaudieren –, ich habe also unseren guten Freund Calesero gebeten, die Aufsicht über unsere kleine Vorstellung zu übernehmen; aber wie ihr seht, trägt er nicht seinen Stierkämpferanzug. Der ist für richtige Kämpfe reserviert. Die Tracht, die er jetzt anhat, nennen wir *traje corto*, ›kurze Tracht‹, die Kleidung, die er sonst auf seiner Ranch trägt.«

Die Menge klatschte Beifall, als Calesero sich zur Mitte der Arena bewegte. Er war ein gutaussehender Mann, der bald »seine *coleta* abschneiden« würde. So bezeichnete man den rituellen Akt, mit dem ein Torero seinen formellen Rückzug aus dem aktiven Stierkampf vollzog; er bestand darin, daß er sich das Zöpfchen abschnitt, das Matadore als Zeichen ihrer Zunft am Hinterkopf tragen. Er trug normale Ranchschuhe von teurer Machart, Arbeitshosen, die ein Stück hochgekrempelt waren, so daß man das weiße Innenfutter sehen konnte, ein weißes Hemd, eine schnürsenkeldünne schwarze Krawatte, die auf Höhe des Gürtels am Hemd befestigt war, damit sie gerade hing, eine kurze Jacke von der Art, wie Generäle sie tragen, und einen *sombrero cordobés*, ein schwarzer Hut, der nicht so groß ist wie ein gewöhnlicher Sombrero. Er war wie eine Gestalt aus den frühen Jahren des vergangenen Jahrhunderts und verlieh dem Nachmittag zusätzliche Würde.

Nachdem er sich vor dem Publikum auf den Rängen und den zahlreichen Schaulustigen aus der Umgebung, die sich an den Zäunen drängten, verbeugt hatte, gab er das Zeichen, daß sein Kollege bei der Show jetzt vortreten solle, und ich war überrascht, als ich den jungen Mann sah, der an diesem Nachmittag in der Arena stehen würde. Ich sagte zu Mrs. Evans und Penny: »Der dürfte eigentlich gar nicht hier sein. Der müßte jetzt in seinem Hotelzimmer sein und sich ausruhen.« Als sie mich fragten, warum, erklärte ich: »Wenn sich nur zwei Matadore die sechs Stiere teilen, *mano a mano*, wie heute, muß aus Sicherheitsgründen ein dritter Matador auf Abruf bereitstehen, für den Fall, daß die ersten beiden außer Gefecht gesetzt werden, bevor die Veranstaltung zu Ende ist. *Sobresaliente* nennt man ihn, ein Begriff, der sich zusammensetzt aus *sobre*, ›über‹, und dem Verb *salir*, ›ausgehen‹; das Wort bedeutet also eigentlich ›Ersatzmann‹.«

»Wenn er nicht hier sein dürfte, warum ist er's dann?« fragte Mrs. Evans, und als ich mich erkundigte, erfuhr ich, daß dieser junge Pepe Huerta sich in seinem Eifer, es jedem recht zu machen, der in der Stierkampfszene wichtig war, von Don Eduardo zu einem kurzen Auftritt bei dessen mittäglicher Fiesta hatte überreden lassen. »Nach ein paar Pases wird er in die Stadt zurückfahren, um sich für den Kampf anzukleiden. Don Eduardo hat einen Wagen für ihn bereitgestellt.« Wir würden also nicht nur Calesero sehen, sondern auch diesen offenbar vielversprechenden jungen Matador-Anwärter. Ein Trompeter von der Mariachi-Kapelle blies das traditionelle Rufsignal: »Schickt den Stier herein!« Das Tor schwang auf, und herein stürmte eine zweijährige Kuh. Mit einem Tempo, als wäre sie gerade aus einer Kanone abgefeuert worden, galoppierte sie mit wütendem Schnauben geradewegs auf Calesero los, der seelenruhig stehenblieb, seine Capa schwang und sie an sich vorbei schickte.

Sie wendete schwungvoll und schoß sogleich erneut auf ihn los, und mit geübter Fertigkeit ließ er sie erneut ins Leere laufen. Alsdann manövrierte er sie mit gekonnten Pases in die *jurisdicción*, das Terrain Huertas, der ebenfalls ein paar Pases mit ihr machte. Nachdem sie bis dahin nichts erwischt hatte als flüchtiges Tuch, war sie so frustriert und durcheinander, daß sie stehenblieb, um sich zu orientieren und das Terrain auszuspähen, und diese kurze Pause gab Don Eduardo Gelegenheit zu signalisieren, daß die ersten zwei der Amateure, die ihre Geschicklichkeit an der Kuh erproben wollten, die beiden Matadore ablösen konnten. Und in die Arena kamen zwei junge Burschen von etwa fünfzehn Jahren gerannt, bewaffnet mit geborgten Capas und beseelt von der Hoffnung, es den Matadoren gleichzutun. Doch jetzt hatte die kleine Kuh Gegner vor sich, die ihrem eigenen Format näherkamen, und außerdem hatte sie aus den ersten fruchtlosen Attacken einiges gelernt. Als sie auf den ersten Jungen losging, traf sie zwar wieder nur das Tuch, doch sie wendete diesmal so schwungvoll, daß sie schon wieder unterwegs war, noch ehe der Junge sich neu in Position gebracht hatte, und er fiel um wie ein Bowling-Kegel, als sie ihn frontal erwischte. Solchermaßen ermutigt, ging sie auf den anderen Burschen los, der sie nicht ausmanövrieren konnte und ebenfalls unsanft auf dem Hosenboden landete, und während der nächsten Augenblicke war immer mindestens einer der beiden auf dem Boden anzutreffen, und manchmal auch alle beide.

Die Jungen wurden aus dem Ring gerufen, erhielten den verdienten Applaus für ihren Mut, und es wurde das Zeichen gegeben, daß nun jeder, der wollte, in die Arena springen konnte, ob mit oder ohne Capa, um zu versuchen, die herumgaloppierende Kuh an der Nase herumzuführen. Es folgte ein fröhliches Herumgetolle, das der Kuh, die einen nach dem andern erwischte und umhaute, augenscheinlich ebensoviel Spaß machte wie den jungen Burschen.

Doch nun erscholl erneut das Trompetensignal, und die Arena leerte sich bis auf die beiden Matadore, die die erschöpfte und triumphierende Kuh geschickt zum Ausgang manövrierten, wo sie mit den Hinterläufen auskeilte und versuchte, abermals auf Calesero loszugehen, um dann unter lautem Applaus zu verschwinden. Don Eduardo trat ans Mikrofon und sagte: »Das war eine echte Palafox-Kuh. Ihre Söhne werden tapfer sein.«

Eine zweite Kuh wurde hereingelassen, und nach ein paar Pases von den Berufsmatadoren durften zwei weitere junge Burschen ihr Können erproben, und sie waren genauso wie das erste Paar. Wenn sie die Füße fest in den Boden gestemmt hatten, wußten sie sehr wohl mit ihrer Capa umzugehen, doch wenn die Kuh, die nicht minder behende war als ihre Vorgängerin, schnell wendete, waren die jungen Möchtegern-Matadore nicht vorbereitet. Ich erklärte Mrs. Evans und Penny, daß die Kuh eigentlich keine richtigen Hörner besaß – das heißt, keines von ihnen war so weit ausgebildet, daß seine Spitze nach vorn zeigte. »Von dieser Kuh getroffen zu werden, ist daher etwa so, als würde man mit einem flachen Gegenstand weggestoßen. Es wirft einen um, aber es piekst nicht.«

Als ich das sagte, wurde gerade die dritte Kuh hereingelassen, und als Calesero schon bei den ersten Pases sah, daß sie kerzengerade und beherzt angriff – wie auf Schienen, wie die Stierkämpfer zu sagen pflegten – gab er dem jungen Huerta ein Zeichen, sie in eine andere Ecke der Arena zu lotsen. Sodann verblüffte er Penny und Mrs. Evans damit, daß er vor die Tribüne trat und sich auf spanisch an das Filmsternchen wandte: »Göttliche Señorita, würden Sie mir helfen, diesen tapferen Stier zu besiegen?« Zur Freude des Publikums nickte sie, verließ die Tribüne, kickte ihre hochhackigen Schuhe von den Füßen und schnappte sich ein Ende eines langen roten Tuches, während Calestero das andere Ende festhielt, etwa anderthalb Meter von ihr weg. In dieser Formation marschierten die beiden langsam und atemlos über den Sand, während der junge Huerta die Kuh mit seiner Capa in die Richtung des anrückenden Feindes dirigierte. Dann zog sich der Sobresaliente zurück, jedoch nur so weit, daß er jederzeit eingreifen konnte, um die Schauspielerin zu retten, falls irgend etwas schieflief.

Aber es lief nichts schief. Die Kuh sah das flatternde Tuch, ging mit gesenktem Kopf darauf los, erwischte es exakt in der Mitte und rannte genau zwischen dem Matador und der Schauspielerin durch. Es war eine hübsche Szene, die ein bißchen was von einem Märchen an sich hatte. Ich dachte: Er ist der mittelalterliche Ritter, sie ist die Prinzessin mit einem Hennin auf dem Kopf, jenem kegelförmigen Hut mit einem wehenden Schleier an der Spitze. Und die kleine Kuh ist in Wirklichkeit ein böser Drache.

Penny mußte ähnliches gedacht haben, denn als die kleine Vorstellung endete, rief sie laut: »Das könnte ich auch!«

»Was haben Sie da gesagt?« fragte Don Eduardo, und Penny wiederholte laut, fast so, als wolle sie die Schauspielerin mit ihren Worten herausfordern: »Das könnte ich auch! Jedes Cowgirl könnte das.«

»Sind Sie ein Cowgirl? Wie ein Cowboy?«

»Klar.«

Don Eduardo rief Calesero zu sich, und nachdem sie einen Moment leise miteinander an der Barrera gesprochen hatten, streckte der Matador mit einer großen Geste Penny die rechte Hand hin, und ohne daß ich oder Mrs. Evans sie dazu gedrängt hätten, stand sie auf, nickte den Gästen zu und ging hinunter in die Arena. Als sie an mir vorbeikam, flüsterte sie mir zu: »Sie hatten recht. Diese Kleider sind viel zu gut, um sie nicht zu benutzen.«

In dem Versuch, sie vor dem, was kommen würde, zu bewahren, packte ich sie beim Handgelenk und quetschte leise zwischen den Zähnen hervor: »Sie brauchen das nicht zu machen«, und sie zischelte zurück: »Was sie kann, kann ich schon lange.«

»Aber sie ist ein Filmstar. Von ihr erwartet man, daß –«

Sie schüttelte meine Hand ab und sagte: »Ich habe nicht die Filmschauspielerin gemeint. Ich habe Conchita gemeint«, und mit der Behendigkeit eines Teenagers in der Turnstunde schwang sie sich über die Absperrung in die Arena.

Als die Menge jubelte, fragte Calesero galant in gebrochenem Englisch, ob sie nicht lieber ihre Schuhe ausziehen wolle, wie es die Schauspielerin getan habe, worauf Penny auf Spanisch erwiderte: »*No es necesario. Se hicieron para esto*« (›Nicht nötig. Sie wurden hierfür gemacht.‹).

Als Penny und ihr Matador ihren langsamen Marsch auf die Kuh zu begannen, dachte ich: Was für eine exquisite Szene! Ein alternder Matador, der im Begriff ist, sich ehrenvoll aus dem Geschäft zurückzuziehen, eine schöne junge Frau mit Herz und Schwung, und beide genau richtig kostümiert. Das rote Tuch! Das vor Kampfeslust brennende Tier! Mit meiner Motorkamera schoß ich rasch eine Serie von sechs Bildern, und mit dem letzten erwischte ich Pepe Huerta, wie er Penny noch rasch zuflüsterte, bevor die Kuh angestürmt kam: »Füße stillhalten! Nicht vom Fleck rühren! Capa ganz fest halten!«

Sie gehorchte – spannte sowohl ihre Handgelenke als auch ihre Kinnbacken an, als die Kuh zwischen den beiden hindurchdonnerte, doch jetzt kam der kritische Teil, denn Huerta schrie Penny an: »Mit ihr wenden! Füße fest auf die Erde! Capa festhalten!«, und wieder rauschte die Kuh genau zwischen ihnen durch die Capa, doch diesmal wendete sie mit einer solch unglaublichen Behendigkeit, daß Penny keine Zeit mehr hatte, sich auf den nächsten Angriff einzustellen. Die Kuh war heran, bevor sie reagieren konnte, rammte ihr den Kopf hart gegen das rechte Bein und schleuderte sie in die Luft, doch sie fiel nicht in den Sand, sondern geradewegs in die Arme des jungen Huerta, der sie geschickt auffing, emporhielt und die Menge in Entzücken versetzte, indem er sie auf die Wange küßte, bevor er sie galant wieder absetzte.

»*¡Toro!*« warnte ihn die Menge, denn sobald die Kuh dieses neue Ziel ausgemacht hatte, stürmte sie auch schon mit Feuereifer auf das Paar los. Doch Calesero stellte sich ihr mit einem raschen Schritt in den Weg und lenkte sie von Penny ab.

Ich ging davon aus, daß dies das Ende der Vorstellung von Miss Grim war, doch da irrte ich mich gewaltig. Voller Scham darüber, daß sie sich hatte umstoßen lassen, hob sie ihr Ende des Tuches wieder auf, drückte das andere Ende Huerta in die Hand und deutete ihm an, daß zumindest sie für einen weiteren Angriff gerüstet war. Jetzt war es Calesero, der sich ihr zur Seite stellte und Anweisungen gab: »Füße fest auf den Boden! Capa festhalten!« Und ob es nun ihrer Geschicklichkeit oder der Huertas zu verdanken war, jedenfalls war die Capa in perfekter Position, denn die Kuh rannte genau zwischen ihnen durch, doch erneut, noch ehe Calesero Penny wieder in die richtige Stellung bringen konnte, kam die kleine Kuh angestürmt, und diesmal erwischte sie Penny von hinten. Penny wurde erneut in die Luft gewirbelt, und wieder war Huerta zur Stelle und fing sie auf, bevor sie auf den Boden knallen konnte. Während er sie behutsam absetzte, küßte er sie wieder auf die Wange, dann hielt er ihre Hand hoch und entließ sie unter dem stürmischen Applaus der Menge zu einer Ehrenrunde durch die kleine Arena. Und so begab es sich, daß Penny Grim, Ölmillionärstochter aus Tulsa und zukünftige Studentin der S.M.U., innerhalb von drei Tagen ihren dritten Torero kennenlernte und innerhalb von einer Minute zweimal von ihm geküßt wurde.

Als sie dicht neben ihm an der Barrera stand, darauf wartend, daß die vierte Kuh hereingesprengt kam, dachte ich: Was für ein hübsches Paar die beiden abgeben! Zwei junge Menschen, mit leuchtenden Augen, voller Kraft, die sich einander zuneigen. Goldene Jugendzeit!

Meine Aufmerksamkeit wurde abgelenkt durch das Erscheinen von Ricardo Martín, der offensichtlich auf dem Wege der Flüsterpropaganda von der Tienta erfahren hatte und der sich jetzt durch die Menge nach vorn drängelte, in der Hoffnung, vielleicht ein paar Pases mit einem richtigen Tier machen zu können. Noch unentdeckt von Don Eduardos Wachen, näherte er sich jetzt der Arena, sah, daß Huerta Penny Grim mehr Aufmerksamkeit widmete als der Kuh, schnappte sich ein rotes Tuch, das irgendwer über die Barrera drapiert hatte, und mit einem athletischen Sprung setzte er über die Absperrung und stellte sich dem immer noch kraftstrotzenden und angriffslustigen Tier entgegen.

Da ihm der Stock fehlte, der normalerweise seine Muleta geöffnet gehalten hätte, war er auf die schwierigsten Pases angewiesen, die das Repertoire des Stierkämpfers zu bieten hatte: das schlaff hängende Tuch tief mit der Linken nach unten haltend, die rechte Hand hinter dem Rücken, bewegte er sich langsam auf das Tier zu, wobei er mehrfach sanft mit dem rechten Fuß aufstampfte, um das Tier zum Angriff zu reizen. Es war riskant, selbst bei einer Kuh, aber er vollführte das Ritual so perfekt und stilvoll, daß einige der Zuschauer zu klatschen begannen. Schließlich rannte die Kuh an, und Martín blieb regungslos stehen, bis auf die langsam fließende Bewegung seiner Linken, mit der er die Kuh an sich vorbei lenkte. Dann, wie ein richtiger Matador, wandte er sich schnell, aber mit sparsamsten Bewegungen, wieder um und bot der Kuh erneut das Tuch dar, langsam, fließend, mit vollkommener Grazie.

In diesen magischen Momenten verkündete er der Stierkampfwelt, daß er wußte, was er tat, und bei seinem dritten Pase, der noch besser und dichter dran war als die beiden vorausgegangenen, hörte ich jemanden in meiner Nähe voller Anerkennung sagen: »Das ist einer, der kann's.«

Calesero ging zu ihm, legte ihm den Arm um die Schulter und geleitete ihn persönlich zu einem Platz neben Mrs. Evans. Als die Vorstellung beendet war, versuchte Ricardo, das rote Tuch zu stehlen, das er sich ausgeliehen hatte, aber er wurde dabei ertappt von einem von Don Eduardos Männern, der vor ihn trat und kühn sagte: »Wenn Sie nichts dagegen haben, nehme ich das Tuch an mich.« Tief gedemütigt mußte Ricardo es herausrücken. Aber in dem Moment schaltete sich Mrs. Evans ein und fragte den Mann: »Was ist diese Muleta wert?« Und der Mann antwortete: »Sie sind nicht billig, die echten, so wie sie geschnitten und versteift sind. So eine wie die hier kostet schon ihre zehn Dollar.« Und er zeigte ihr, daß das, was auf den ersten Blick wie ein simples Quadrat aus Stoff aussah, ein kunstvoll genähtes, herzförmiges Tuch mit diversen Verstärkungen und Doppelnähten und Taschen für den Stock oder den Degen war, mit dem der Matador es aufspreizte und den Fall seiner Falten regulierte. »Wenn die Versteifungen nicht wären, könnte der Wind es leicht hochwehen, und dann gnade Gott dem Matador«, erklärte der Mann. »Er würde zu einem ungeschützten Ziel, und der Stier würde ihn aufspießen. Das ist ein ganz wichtiges Tuch.«

»Sie haben es mir wirklich sehr schön erklärt. Hier haben Sie zehn Dollar, und das Tuch gehört ihm.« Als der Handel perfekt war und Martín sich die Muleta unter sein Hemd stopfte, warf León Ledesma mir einen vielsagenden Blick zu, und ich nickte zurück, was bedeutete: »Stimmt, León, er hofft, heute nachmittag als Espontáneo auftreten zu können«, und der dicke Mann stöhnte: »Nicht zwei innerhalb von zwei Tagen. Die Götter strafen mich!«

Als wir die kleine Arena verließen und zu unseren Wagen zurückgingen, die uns zur großen Stierkampfarena bringen würden, überholte uns der Arbeiter, der versucht hatte, Ricardo das rote Tuch abzunehmen, und packte Martín beim Arm, und einen Moment lang befürchtete ich, es würde eine Rauferei geben. Aber der Mann hatte lediglich einen Matadorenstock gebracht, einen von der Art, daß seine Spitze genau durch das Loch in der Muleta paßte. Ein solcher Stock war normalerweise etwa drei Fuß lang, bei weitem zu sperrig also, um ihn unter dem Hemd verschwinden zu lassen, wenn man vorhatte, sich als Espontáneo zu versuchen. Doch der hier war in der Mitte durchgesägt und mit einem klugen System aus Scharnieren und Schrauben wieder zusammengefügt. Zusammengeklappt ließ er sich problemlos unter dem Hemd verstecken, und wenn man ihn dann wieder zu voller Länge aufklappte und fixierte, bevor man über die rote Barriere in die Arena kletterte, wo der Stier wartete, war er ein hilfreiches Werkzeug.

»*¿Hoy día, quizás?*« fragte der Arbeiter. (›Heute vielleicht?‹)

»*Sí.*«

»*Buena suerte.*« Und schon war er wieder verschwunden.

Auf der Rückfahrt bat Mrs. Evans Ledesma, die Rückbank mit ihr zu teilen, während ich den Cadillac fuhr und Penny auf dem Beifahrersitz Platz nahm. Ich hörte, wie Mrs. Evans zu ihm sagte: »Es ist ziemlich offensichtlich, daß Ricardo heute nachmittag versuchen wird, in die Arena zu gelangen, nicht wahr?«

»Ja. Zusammen mit mindestens noch sechs anderen«, erwiderte Ledesma.

»Aber wenn er tatsächlich reinspringt, und wenn er tatsächlich so gute Arbeit mit dem Stier leistet, wie er es vorhin bei der Kuh getan hat, werden Sie das dann in Ihrer Kritik erwähnen?«

»Ich befasse mich nicht mit solchen Dingen. Bei so was ist noch nie was rausgekommen.«

»Ich hörte, Gómez hätte auch einmal so angefangen.«

»Er ist einer unter tausend – zehntausend.«

»Aber nehmen wir einmal an, er bringt tatsächlich etwas Spektakuläres zustande. Würden Sie das dann auch schreiben?«

»Ich sagte doch, ich befasse mich nicht –«

Ich kann nicht mit Sicherheit sagen, was dann geschah, weil ich nur ihre Köpfe im Rückspiegel sehen konnte, nicht aber ihre Hände, aber ich bin ziemlich sicher, daß Geld den Besitzer wechselte – Papiergeld, dem Rascheln nach zu urteilen, und nach einer langen Pause des Schweigens fragte Mrs. Evans: »Jetzt mal ganz im Ernst, Señor Ledesma, was würde es Ihrer fachmännischen Meinung nach kosten, aus einem jungen Amerikaner einen Matador zu machen, immer vorausgesetzt, er brächte das nötige Talent mit?«

»Na gut, rechnen wir mal alles zusammen!« sagte Ledesma und begann Zahlen herunterzurattern, die mich schwindlig machten. »Erstmal die Grundausrüstung. Zwei Anzüge, fünftausend Dollar. Degen, Capas, Muletas, dreitausendfünfhundert. Die Paradecapa für den Einmarsch in die Arena, zweitausendfünfhundert. Dann die wiederkehrenden Kosten, für die Peones und Picadores, dreitausend Dollar pro Kampf. Trinkgelder für alle, sechstausend Dollar. Und dann die wichtigen Posten wie Werbung, dazu gehören auch die Gebühren für die Kritiker, fünftausend Dollar. Sie sehen also, Mrs. Evans, ein Spitzenmatador, da steckt echtes Geld drin.«

»Aber bei einem Anfänger, wenn man es auf eine möglichst billige Weise machen möchte?«

»So würde ich es machen. Wenn Sie einen Siegertypen hätten, jemanden, der Kontrakte an Land ziehen könnte, nicht viele, aber ein paar. Gebrauchte Anzüge, Degen aus zweiter Hand, da kämen Sie *summa summarum* vielleicht so auf neuntausend Dollar.«

»Könnte ein Amerikaner den Durchbruch schaffen, mit neun- oder zehntausend Dollar?«

»Das versuchen sechs oder sieben jedes Jahr, vielleicht sogar mit weniger. Ich weiß von zweien, die es mit doppelt soviel probiert haben. Keiner von ihnen hat's geschafft.«

»Hat es überhaupt irgendeiner geschafft?«

»In gewissen Grenzen – zwei oder drei.«

»Wenn der junge Martín tatsächlich heute nachmittag in die Arena reinkommen sollte, könnten Sie dann anhand dessen, was er zustande bringt, voraussagen, ob er eine Chance hat oder nicht?«

»Mrs. Evans, seien Sie realistisch! Wenn er es versucht, werden Sie das totale Chaos erleben. Er wird von Glück sagen können, wenn er überhaupt auch nur in die Nähe des Stieres kommt. Die Peones werden es nicht zulassen.«

»Aber wenn doch?«

»Sie sind wirklich ein belebendes Element dieses Festivals, und ich habe Sie recht liebgewonnen. Deshalb kriegen Sie meine Meinung gratis. Fragen Sie!«

»Was ich wissen will: Wenn er sich gut schlägt, werden Sie das in Ihrem Artikel erwähnen?«

»Ich habe Ihnen bereits versprochen, daß ich ein paar lobende Worte über seinen Auftritt auf der Tienta schreiben werde. Die Einleitung habe ich im Kopf schon fertig. ›Gestern auf der Palafox-Ranch sah ich Calesero in seinem Traje corto mit den kräftigen Kühen von Don Eduardo seine Arabesken zelebrieren, doch das Glanzlicht bei dieser verkürzten Tienta setzte der hoch eingeschätzte nordamerikanische Anwärter Ricardo Martín, der einmal mehr unter Beweis stellte, daß er mit der Muleta umzugehen versteht. Er ist ganz sicher ein junger Mann, den man im Auge behalten muß.«

»Haben Sie ihn denn schon einmal gesehen?«

»Nein, aber so hört es sich besser an, ein abgewogeneres Urteil.«

An dieser Stelle kam es erneut zu irgendeiner Transaktion, die ich aus den gleichen Gründen wie schon beim erstenmal nicht näher verfolgen konnte, doch als sie abgeschlossen war, sagte Ledesma: »Aber nur, wenn er tatsächlich an den Stier rankommt.« Und so fuhr ich denn den Cadillac auf den Parkplatz und machte mich auf den Weg zur Stierkampfarena, außerstande, auch nur vage vorauszusagen, was an diesem Nachmittag passieren mochte.

Sol y Sombra

Erleichtert über die Nachricht, daß mein Bericht über die Tragödie beim Ixmiq-61 in New York angelangt war und daß meine Fotos ebenfalls per Luftfracht eingetroffen waren, konnte ich mich guten Gewissens und unbelastet von jeglichem Druck auf den Finalkampf freuen.

Ich nahm mein Notizbuch und die Kameras mit, für den Fall, daß etwas Bemerkenswertes passierte, aber mein Hauptanliegen war, daß meine Damen aus Oklahoma einen bedeutungsvollen Abschluß ihres Aufenthaltes in Toledo erlebten. Ich hatte Mrs. Evans, die alle guten Eigenschaften einer Mutter in sich zu vereinigen schien, richtig liebgewonnen, und mir war klar, daß ich Penny, wenn ich ein paar Jahrzehnte jünger gewesen wäre, mehr als nur beiläufige Aufmerksamkeit gewidmet hätte. Deshalb war es eine Ehrensache für mich, zusammen mit ihnen draußen vor der Arena zu stehen, als die Massen herbeiströmten, um den Höhepunkt der Fiesta zu erleben, den *mano a mano* zwischen Gómez und Victoriano.

»Die beiden Tore, das *Sol* hier vorn und das *Sombra* dort drüben, stehen gleichsam symbolisch für den Kampf«, erklärte ich ihnen, als sie mich auf den augenfälligen Unterschied zwischen den beiden Gruppen von Aficionados ansprachen, die diese Tore benutzten. »Sie werden bemerken, daß die ärmlicher ausschauenden, die mit den Eintrittskarten, auf denen ›Sol‹ steht, den Eingang benutzen, der zu den billigeren Plätzen führt. Ihre Sitze liegen in der prallen Sonne, die zu dieser Jahreszeit in Toledo verdammt heiß werden kann. Sie sehen, daß fast alle von ihnen Hüte mit breitem Krempen oder Sonnenbrillen mithaben, um nicht geblendet zu werden. Trotzdem werden sie während der ersten drei Kämpfe ziemlich unter dem grellen Licht und der Hitze zu leiden haben, und sie werden froh sein, wenn im Laufe des Nachmittags die Sonne immer tiefer sinkt und schließlich hinter den obersten Zuschauerrängen verschwindet, so daß gegen Ende der Veranstaltung auch ihre Plätze im Schatten liegen.«

»Zahlen die da drüben denn viel weniger?« fragte Penny, und ich sagte: »Und ob! Aber jetzt schauen Sie sich zum Vergleich mal die hier mit dem ›Sombra‹-Karten an! Gut gekleidet und frisch geschniegelt und gebügelt. Und das Tor, durch das sie die Arena betreten, ist mit der Statue eines Palafox-Stieres verziert. Sie genießen während des gesamten Kampfnachmittags Schutz vor der Sonne, denn ihre Karten bedeuten ›Schatten‹. Sie müssen nicht unbedingt ein Snob sein, wenn Sie hier bequem im Sombra sitzen und denken: Schau dir diese armen Teufel da drüben im grellen Sonnenlicht an! Solche Gedanken kommen sogar christlich gesinnten Geistern! ›Ich bin im Himmel, die sind in der Hölle.‹ Der höhere Eintrittspreis für Schattenplätze ist gut angelegtes Geld. Ihr Damen werdet selbstverständlich im Schatten sitzen.«

Es gab noch einen dritten Eingang, der für ein paar Privilegierte wie Ledesma, den Kritiker, und Clay, den Journalisten, reserviert war. Wir konnten durch das Tor rein, das von den Matadoren benutzt wurde, doch während letztere bis zu ihrem feierlichen Einmarsch in einem bereich ausharren mußten, konnten Ledesma und ich durch eine kleine rote Tür schlüpfen, die zu dem schmalen Bereich zwischen den untersten Sitzreihen und der Arena führte. Dieser schmale Gang wurde auf Spanisch der *callejón* genannt, und während des Kampfes würde sich hier so manches abspielen. Der Manager würde seinem Matador Anweisungen und Vorschläge zuzischen. Arenadiener würden Anweisungen des Präsidenten durchführen, der hoch oben in seiner Loge saß und alles überblicken konnte. Gelegentlich würde ein Stier über die Barrera springen, die den Callejón von der Arena trennte, und Panik in dem engen Raum auslösen, der eigentlich als Zufluchtsort gedacht war. In dem, was jetzt wie ein sicherer, geschützter Gang aussah, konnten Menschen zu Tode kommen.

Heute indes würde ich nicht den Eingang für die Privilegierten benutzen; denn ich hatte keinen Grund, mich unten im Callejón aufzuhalten. Ich konnte es mir auf einem Sitz hinter den beiden Oklahomerinnen bequem machen, und ich war glücklich, daß ich da saß, denn Penny gab mir einen Auftrag. Sie lehnte sich aus ihrem Platz in der ersten Reihe zurück und flüsterte mir ins Ohr: »Mr. Clay, dieser Ersatzmatador auf der Ranch sagte mir, die großen Matadore würden ihm vielleicht gestatten, ein Paar Banderillas zu plazieren. Wenn ja, versprach er mir: ›Mexiko wird in dieser Saison kein besseres Paar Stöcke mehr sehen.‹ Wenn es also dazu kommt, machen Sie doch bitte ein Foto davon«, und mit leicht verklärtem Blick fügte sie hinzu: »Das würde mir sehr gefallen.«

Mrs. Evans erteilte mir ihren Auftrag sogar mit noch gedämpfterer Stimme als ihre junge Landsmännin: »Falls Ricardo es versucht, fotografieren Sie bitte alles«, und ich gab zur Antwort: »Wenn ich genug Film habe.« Darauf sagte sie mit warnendem Blick: »Das will ich doch schwer hoffen.«

Als der Minutenzeiger auf der Arena-Uhr sich auf die Fünf zubewegte, stimmte die zehnköpfige Kapelle hoch oben auf der Tribüne einen traditionellen Stierkampfmarsch an, den sie nach wenigen Takten abrupt abbrach, um ihren beiden Trompetern die Möglichkeit zu geben, das Rufsignal zu blasen, welches den Nachmittag offiziell eröffnete.

Ein großes Tor auf der Sonnenseite der Arena ging zur Hälfte auf, und heraus kam ein Mann in einem Kostüm aus der Zeit Philipps des Zweiten, der Alguacil oder Gerichtsdiener, auf einem Schimmel geritten, der hochtrabend zu unserer Seite herübergetänzelt kam. Dort nahm der Mann einen großen, reichverzierten Schlüssel entgegen, mit dem er in vollem Galopp zurücksprengte, um das rote Tor zu öffnen, durch das später die Stiere die Arena betreten würden. Sodann gingen beide Flügel des großen Tores auf, und ins Sonnenlicht traten die drei Matadore, gefolgt von ihren Cuadrillas, einschließlich der jeweils zwei berittenen Picadores. Hinter ihnen kamen ein Dutzend Männer in weißen Hemden, die sogenannten *monos sabios*, Arenadiener, deren Aufgabe es war, die Arena nach jedem der sechs Kämpfe zu säubern – zum Beispiel von Wurfgeschossen – und den von den Hufen der Pferde und der Stiere aufgewühlten Sand zu glätten.

Diese Eröffnungsparade war mit nichts von dem, was es sonst im Sport oder im Showbereich gab, auch nur annähernd zu vergleichen. Selbst der abgestumpfteste Aficionado konnte einfach nicht anders, als fasziniert zu sein von dem Anblick der drei Matadore in ihren reichverzierten Anzügen und den farbenprächtigen Paradecapas mit ihren reichen Goldverzierungen, die nur für diese Eingangsparade, den sogenannten Paseo, verwendet wurden; und vom Anblick der hinter ihnen marschierenden Peones, die ebenfalls die schönsten Capas bei sich trugen, die sie sich leisten konnten. Als sie auf unserer Seite ankamen, trat Victoriano, der auf dem Höhepunkt seiner Beliebtheit beim Publikum war, vor die Schauspielerin, die wir auf der Ranch gesehen hatten, und bot ihr mit einer tiefen Verbeugung seine Capa dar, während gleichzeitig Pepe Huerta, der Sobresaliente, zu Penny Grim kam und ihre seine etwas abgewetzt aussehende Capa überreichte, die sie, dem Beispiel der Schauspielerin folgend, auf der Mauer ausbreitete, welche die erste Sitzreihe schützt. Der Unterschied zwischen den beiden Capas wurde sofort und auf geradezu brutale Weise augenfällig: $ 2800 hie, $ 69 da. Doch das Publikum bedachte beide Gesten mit dem gleichen Applaus, und sowohl der Matador als auch der Sobresaliente warfen sich für einen Moment vor den beiden Damen in Pose. Ich knipste fleißig. Der Nachmittag nahm wirklich einen denkwürdigen Anfang.

Doch dann stellte Juan Gómez, geradezu krampfhaft darum bemüht, seine Rolle als führender Großmatador herauszustreichen, die beiden anderen in den Schatten. Er wartete, bis sie mit ihrer Vorstellung fertig waren, dann stolzierte er langsam zu dem Platz, an dem Lucha González saß, und mit der Geste eines Granden am Hofe zu Versailles überreichte er ihr seine ziemlich abgerissene Capa. Ein paar Zuschauer raunten: »Das ist Lucha, die

Flamencosängerin. Sie hat in dem Film mitgetanzt, erinnerst du dich? Ist schon ein paar Jahre her.« Und die Arena applaudierte.

Auf ein Signal des Präsidenten hin blies jetzt der Trompeter seinen klagenden Ruf, ein Echo aus Jahrhunderten, das von Schlacht und Tod kündete. Der Klang erzeugte eine schicksalsschwangere Atmosphäre, und als er verhallte, ging die kleine rote Tür gegenüber von uns auf, und heraus stürmte der erste Palafox-Stier des Nachmittags. Den Kopf hoch erhoben, stieß er mit den Hörnern hierhin und dorthin, auf der Suche nach Angriffszielen. Der Kampf hatte begonnen.

Gómez rannte zu seinem ersten Stier – es war der Zweiundvierziger, von dem ich mir notiert hatte, daß er kleine Hörner hatte, aber sehr schnell war –, und versuchte, den Maßstab für den Nachmittag zu setzen, indem er eine Serie von stattlichen Pases probierte. Aber der Stier spielte nicht so mit, wie Gómez sich das vorgestellt hatte. Das Tier war indes nicht feige; denn als die gut abgepolsterten Pferde herauskamen, attackierte er sie ungestüm. Doch dann wieder, als Gómez versuchte, ihn wegzumanövrieren, um eine Reihe wirklich prächtiger Pases mit ihm zu machen, während der Stier an ihm vorbeidonnerte – da donnerte kein Stier an ihm vorbei, und die Versuche des Matadors, irgend etwas mit dem Stier anzustellen, ihn zum Angreifen zu bewegen, erwiesen sich nicht nur als fruchtlos, sondern nachgerade als lachhaft. Der schlimme Nachmittag begann für Gómez an diesem Punkt, aber er sollte noch schlimmer werden; denn nun kam die komplizierte Strategie eines Mano-a-mano-Kampfes ins Spiel.

Als Gómez wegtrat, nachdem er mit einer wegwerfenden Geste kundgetan hatte, daß er mit seinem ersten Stier nichts zustande brachte, trat Victoriano in die Arena, schwang seine Capa und legte mit dem Stier eine Serie von derart brillanten Pases hin, daß das Publikum vor Begeisterung johlte. »Scheiß-Stier!« würde Gómez jetzt bestimmt leise vor sich hin fluchen. »Wieso greift er ihn an und mich nicht?«

Bei den Picadores war es das gleiche. Nach der ersten Pica – keiner besonders guten – versuchte Gómez, seinen Stier wegzulocken, um ein paar schwungvolle Pases mit ihm zu machen, aber das verdammte Vieh reagierte einfach nicht auf ihn. Jetzt stand der O-beinige kleine Indio vor der schwierigen Entscheidung: Sollte er den Präsidenten bitten, mit dem nächsten Akt des Kampfes beginnen zu dürfen, obwohl der Stier noch keine gescheite Pica gekriegt hatte, oder sollte er den zweiten Picador ranlassen, in der Hoffnung, daß der seine Sache besser machte? Nur: Falls der Stier den zweiten Picador angriff, dann fiel automatisch Victoriano das Recht zu, sein Glück mit Pases zu versuchen. Gómez schätzte die Situation nur kurz ein, dann gab er Victoriano seine Chance, und der graziöse jüngere Mann bekam erneut einen Stier, der bereit war mitzuspielen. Und einmal mehr legte Victoriano zwei Serien exquisiter Pases hin, bei denen die Capa Teil einer fließenden Skulptur wurde und der Stier zum Freund des Matadors, nicht zu seinem Feind.

Mit den Stöcken war Gómez versiert, aber nicht überragend, und er konnte es sich auch nicht leisten, Peones einzustellen, die ihm diesen Teil des Kampfes abnahmen. Bei seinem ersten Stier plazierte er ein passables Paar, doch dann fühlte er sich genötigt, Victoriano eine Chance zu geben, zu zeigen, was er konnte – eine Geste, die von den Zuschauern mit Beifall aufgenommen wurde. Doch sie erwies sich als Eigentor für den Indio, denn der poetische Victoriano schwebte über den Sand wie ein Engel, stellte sich auf die Zehenspitzen und plazierte sein Paar so elegant, daß die Menge jubelte.

Zwischen dem Plazieren der letzten Banderillas und dem letzten Akt des Kampfes gab es immer eine kurze Pause, und in dieser Pause kam Ledesma zu uns, steckte seinen dicken Kopf zwischen Mrs. Evans und Penny durch und flüsterte mir zu: »Norman, Sie sollten besser zu mir runterkommen«, aber ich schüttelte den Kopf und erwiderte: »Ich bin glücklich bei den zweien hier.« Darauf sagte er mit ernster Stimme: »Da könnte vielleicht etwas sein, das Sie sehen sollten«, und mit dieser kryptischen Andeutung lockte er mich fort von den beiden Damen und hinunter in den Callejón, von wo aus wir zuschauten, wie Gómez versuchte, mit seinem Stier etwas zuwege zu bringen.

Verwirrt wie er war durch den bisherigen Verlauf des Kampfes und alles andere als kunstgerecht präpariert für den letzten Akt, den Degengang, erreichte der Stier nie die Verfassung, die es Gómez gestattete, seine Stärken auszuspielen – die Arbeit dicht am Stier, die millimetergenauen, tollkühnen Pases, bei denen den Zuschauern der Atem stockte. Juan brachte kaum etwas Gescheites mit dem roten Tuch zustande, und dreimal hintereinander gelang es ihm nicht, den Degen zu versenken. Als der Stier schließlich aus der Arena geschleift wurde, hörte er das, was die Reporter »Diviso« nannten, geteilte Meinung: ein paar Jubelrufe für seine Tapferkeit und sein stetes Bemühen, seine Sache gut zu machen, und viele Pfiffe für sein Versagen.

Es war, als wäre dieser langweilige erste Kampf ein verzeihlicher Prolog für den wahren Nachmittag gewesen; denn der zweite Stier, der Victoriano gehörte, erweckte den Eindruck, als habe Don Eduardo ihn eigens zu dem Zweck geschickt, zu beweisen, daß jeder Palafox-Stier das Potential für eine superbe Vorstellung mitbrachte. Beim Sorteo hatte ich neben der No. 33 notiert: »Ruhig, läßt andere schubsen. Aufbrausend???«

Ich hatte das seltene Privileg, diesen Kampf quasi mit den Augen Ledesmas zu sehen, der mir erlaubte, ihm über die Schulter zu schauen, während er sich stichwortartige Notizen für seine Kritik machte: »Vic. zwei wunderschöne Verónicas. Gómez macht endlich was. Holt Toro weg, zwei feine Pases. Vic. glänzendes Paar Stöcke. Kapelle spielt. Gómez nur mittelmäßig. Vic. eröffnet Faena mit Farolazo de rodillas. (Beginnt letzten Akt mit einem auf den Knien durchgeführten Capa-Manöver, bei dem die Capa in dem Moment, in dem der Stier den Matador passiert, um den Kopf und hinter dem Rücken des Mannes geschwungen wird, während er mit dem Stier, der dem Schwung der Capa folgt, wendet.) Wird besser, immer besser. Muleta hinter dem Rücken, Stier unter Arm durch, Millimeterarbeit. Saubere Estocada, aber Stier steht noch. Macht Genickstoß. Stier fällt. Dianas (traditionelle Applaus-Musik). Tosender Jubel. Ein Ohr. Noch ein Ohr. Weitere Dianas. Hochrufe. Schwanz. Ehrenrunde. Noch eine. Noch eine. Fordert Don Eduardo auf, Ehrenrunde mitzulaufen. Triumph. Beachte seine kluge Positionierung des Stiers.«

Als ich ihn fragte, was diese letzte Notiz zu bedeuten hatte, bekam ich wieder einmal exemplarisch vor Augen geführt, wieso es lohnenswert war, bei einem Ereignis, das mit Stierkampf zu tun hatte, in Ledesmas Nähe zu sein. Er liebte nicht nur die ritterliche Seite des Stierkampfes, sondern fungierte auch als Chronist seiner mehr sardonischen Elemente: »Beachten Sie stets, wie Victoriano seinen Stier während eines Kampfes positioniert. Wann immer er sich in der Lage fühlt, eine schöne Serie von Pases hinzulegen, weist er seine Peones an, den Stier hier rüber auf die Sombra-Seite zu lotsen, damit die Zuschauer auf den teuren Plätzen seine Kunst gebührend bewundern können. Wenn er jedoch einen Stier hat, mit dem er nichts anfangen kann, bringen seine Männer ihn rüber nach Sol und lassen ihn da. Victoriano geht rüber, macht ein paar schlechte Pases und erledigt den Stier so schnell und abgeschmackt wie möglich. Von Sol kriegt er den bedeutungslosen Jubel, Sombra zahlt seine Miete. Er liebt reiche Leute – aber das tu ich natürlich auch.«

»Verhalten sich andere Matadore denn anders?«

»Ja. Gómez zum Beispiel. Achten Sie einmal darauf, wie er seinen Kampf orchestriert! Wenn er Aussicht auf eine tolle Serie von Pases hat, lockt er seinen Stier zu Sol, weil da seine Anhänger sitzen, die Leute, die wirklich Ahnung vom Stierkampf haben. Bei denen kann man mit Schwindel und albernen Mätzchen nicht landen.«

Als ich darauf achtete, wie die beiden Matadore die große Sandfläche nutzten, um ihre Arbeit zu verrichten, sah ich, daß mein früherer Instinkt mich nicht getrogen hatte: Ledesma hatte recht. Victoriano war in der Tat der Künstler von Sombra, und Gómez war der Arbeiter von Sol.

Durch den tosenden Jubel, mit dem die Darbietung seines Opponenten belohnt wurde, fühlte sich der kleine Indio nur um so mehr dazu herausgefordert, diesen zu übertreffen, und er versuchte wirklich alles, was in seinen Kräften stand, aber seiner tapferen Arbeit mit seinem zweiten Stier, dem, den wir als überaltert eingestuft hatten, blieb ebenfalls der Lohn versagt. Für ihn begann der Nachmittag allmählich zu einem Debakel zu werden. Einen Glanzpunkt gab es freilich mit diesem Stier, doch den setzte leider nicht Gómez. Getreu seinem Versprechen gegenüber Pepe Huerta, dem Ersatzmatador, den der Veranstalter für billige Münze aus Guadalajara geholt hatte, gestattete er dem jungen Aspiranten, das zweite Paar Banderillas zu plazieren, nachdem er selbst das erste Paar total verpfuscht hatte. Der ehrgeizige Sobresaliente mußte vorher geprobt haben für das, was er an diesem Tag tun würde, falls er die Chance bekäme, sein Können zu demonstrieren. Er nahm die mit purpurfarbenem Seidenpapier umwickelten Stöcke, schlenderte mannhaft zu dem Platz, an dem Penny saß, zeigte mit den spitzen Enden der Stöcke auf sie und kündigte an, daß er seine Darbietung ihr widmen werde. Die Menge spendete Beifall, und Penny, die neben seiner ausgefransten Parade-Capa saß, welche immer noch die Barrera zierte, schrie mit wenig damenhaft klingendem Organ: »Mr. Clay! Mr. Clay! Machen Sie ein Foto! Schnell!«

Mit klopfendem Herzen und vibrierenden Nerven, angetan mit dem einzigen anständigen Lichteranzug, den er besaß, ging Pepe zur Mitte der Arena und begann jene lange, traumhafte Pirsch auf den Stier zu, Füße zusammen, hin und wieder auf und ab hüpfend, um die Aufmerksamkeit des Stieres zu fesseln. Zum Glück – in Anbetracht dessen, was Pepe sich vorgenommen hatte – verharrte der Stier anfangs regungslos und beobachtete mit wachem Auge die dünne Gestalt, die da langsam, mit hoch über den Kopf gereckten Armen, auf ihn zugepirscht kam – bis er schließlich mit katapultartigem Antritt aus seiner Verteidigungsposition herausschnellte und pfeilgerade auf den Mann losstürmte. In diesem Moment begann Huerta dem Stier entgegenzurennen, vollführte eine volle 360-Grad-Wende im Uhrzeigersinn und stand plötzlich frontal vor dem verwirrten Stier, nur wenige Schritte von ihm entfernt. Er sprang hoch in die Luft, die Stöcke noch immer mit ausgestreckten Armen in die Höhe haltend, und mit einer flinken Körperdrehung wand er sich im Sprung gleichsam um die Hörner herum und schoß von oben die mit Widerhaken versehenen Banderillas mit traumhafter Zielsicherheit in den Nackenmuskelhöcker hinter den Hörnern.

Meine Motorkamera hatte ein Dutzend Aufnahmen von jenen letzten elektrisierenden Momenten geschossen. Eine davon, die die Dramatik und Anmut jenes letzten Augenblicks, in dem der junge Huerta die Stöcke aus der Luft herabschnellen ließ, voll erfaßte, sollte in Mexiko als »Das Paar von Toledo« Berühmtheit erlangen. Auf Posterformat vergrößert, sollte sie die Wand von Penny Grims Schlafsaal in der S.M.U. in Dallas zieren; daneben würde ein kleines Foto hängen, das Huerta zeigte, wie er ihr das berühmte Banderillapaar widmete. Es war geschehen. Sie war nach Mexiko gekommen in der Hoffnung, einen Stierkämpfer kennenzulernen, und gefunden hatte sie einen Meister seines Fachs.

Huertas grandiose Darbietung half Gómez freilich nicht aus der Klemme; denn als der kleine Indio das dritte Paar setzte, wirkte seine Vorstellung geradezu erbärmlich, verglichen mit dem, was der Sobresaliente soeben geleistet hatte. Und mit dem Degen zum Ende des Kampfes war er zwar mutig, aber glücklos. Diesmal erntete er für sein unbefriedigendes Töten nicht einmal mehr Divisos, sondern nur noch Pfiffe und Buhrufe.

Die Pause nach dem dritten Stier war wie die Halbzeit eines Baseballspiels in den Vereinigten Staaten, wenn die Platzwarte rauskommen, um das Spielfeld abzuziehen; denn jetzt ging das große Tor auf der Sonnenseite auf, und heraus kamen zwei Maultiergespanne, die schwere Säcke hinter sich her zogen, die den Sand der Arena glätteten. Da die Maultiere Kokarden in den Mähnen hatten und die Fahrer der Gespanne blaue Hemden trugen, gaben sie ein farbenprächtiges Bild ab, und sie beendeten ihre Arbeit an der anderen Seite von Sombra, um dann von dort aus in einem wilden Wettrennen zum Tor zurückzustieben. Nachdem die Menge den Sieger bejubelt und den Verlierer ausgebuht hatte, konnte die Fiesta ihren Fortgang nehmen.

Victorianos zweiter Stier war fast eine Kopie seines ersten, außer daß er diesmal nur die zwei Ohren zugesprochen bekam. Die Menge forderte lautstark, daß ihm auch der Schwanz gewährt werde, und als dies nicht geschah, ließen sie den Matador unter tosendem Applaus zwei Ehrenrunden drehen. Ich beobachtete ihn genau, als er an uns vorbeikam, und glaubte, gleich unter dem dünnen Firnis von Freude, die er mit Recht zeigen durfte, die Angst erkennen zu können: »Da wartet noch dieses Riesenvieh auf mich. Das Ungeheuer.« Ich wußte aus früheren Erfahrungen mit Matadoren, daß er bereits zu schwitzen begann, und ich legte einen neuen Film in meine Kamera ein, um für den vermutlichen Höhepunkt des Nachmittags gerüstet zu sein.

Ich verpaßte Gómez' glanzlose Vorstellung mit seinem dritten Stier, denn kurz bevor sie anfing, zupfte León Ledesma mich am Ärmel: »Wenn wir Glück haben, können wir vielleicht Zeuge von etwas werden, das nicht viele mitbekommen«, und er führte mich unauffällig zur Sonnenseite der Arena, wo wir verstohlen durch eine kleine rote Tür in den abgedunkelten Bereich schlüpften, in den die Stiere nach dem Sorteo gebracht worden waren. Nur mehr zwei von den ursprünglichen sechs Stieren befanden sich jetzt noch in den Einzelboxen: No. 38, der große, schwerfällige, ochsenartige Bursche, gegen den Gómez als nächstes kämpfen würde, und No. 47, der unbarbierte Riese, der Sangre Azul getötet hatte.

Als wir im Schatten standen, wo man uns nicht sehen konnte, wurde das Tor der Box von No. 38 mit einem lauten Knall aufgerissen, während gleichzeitig ein Mann an der Vorderseite einen gewaltigen Lärm veranstaltete, indem er an den Stäben rüttelte. Der große Stier, mehr als tausend Pfund aus Muskeln und schierer Kraft, stürmte aus seinem Käfig und durch den schmalen Gang, der ihn in die Arena führen würde. Genau in dem Moment, als er aus der Dunkelheit herauskam, griff ein Arenadiener mit geübter Hand aus sicherer Position nach unten und bohrte in den Nackenhöcker des Stieres einen kurzen, spitzen Pfeil, an dem ein kleines Band mit den Farben der Zuchtranch befestigt war, und dieser plötzliche Stich ließ das Tier einen mächtigen Satz vorwärts machen. Als er wutschnaubend in die Arena gestürmt kam, brach die Menge in stürmischen Jubel aus, aber ich verlor das Interesse an ihm; denn Ledesma führte mich jetzt zu einer anderen Stelle, von der aus wir in die Box mit dem letzten Stier, No. 47, dem Monstrum, schauen konnten.

Als ich dem Stier so plötzlich Auge in Auge gegenüberstand, packte mich der unwiderstehliche Wunsch, diesen großen Kopf zu fotografieren – schwarz, gewaltig, wache kleine Augen, und diese mörderischen Hörner, gerade, makellos und unbarbiert –; doch als ich meine Kamera in Position brachte, schlug Ledesma meinen Arm weg und wies mich mit einer Kopfbewegung darauf hin, daß sich noch andere in diesem abgedunkelten Bereich aufhielten, hoch über uns, auf einem Balken, genau über dem Hinterteil des Stieres.

Ich kannte Veneno lange genug, um zu wissen, daß er stets bereit war, alles zu tun, wenn es galt, seinem Sohn auch nur den geringsten Vorteil gegen einen tödlichen Feind zu verschaffen, aber daß er so weit ging, hätte ich nicht gedacht. Vielleicht hatte er vor, ein mildes Beruhigungsmittel in den Stier zu schießen. Nein, seine Taktik war eine weit primitivere, eine, die Matadore manchmal anwendeten, wenn sie wußten, daß sie es mit einem furchtbaren Gegner zu tun hatten, eine Strategie, von der ich schon gehört hatte – doch hätte ich nie damit gerechnet, sie einmal mit eigenen Augen zu erleben.

Unmittelbar nach dem Ende von Victorianos triumphalem Kampf mit dem vierten Stier war Veneno zum *patio de caballos* geeilt, dem Bereich, wo die Picadores ihre Pferde aufbewahrten. Dort hatten ihn bereits Diego und Chucho erwartet, und gemeinsam hatten sie den ungeheuer schweren Sack Zement, den Veneno mit Wasser durchtränkt hatte, aus seinem Versteck geholt und ihn mit vereinten Kräften auf den Laufsteg über den Käfigboxen gehievt. Dort hatten sie ihn genau über den hinteren Hüftgelenken von No. 47 in Position gebracht. Nun, während Gómez draußen sich gerade anschickte, mit dem dritten Akt seines letzten Kampfes zu beginnen, waren sie fertig und bereit.

Innerhalb der nächsten zehn Minuten würde dieser mächtige Stier in die Arena stürmen und mit seinen nadelspitzen Hörnern auf Victoriano losgehen, aber Veneno beabsichtigte, ihn entscheidend zu schwächen. Während Ledesma und ich gebannt zusahen, hörten wir, wie der Picador flüsterte: »Jetzt!« Und die drei Leals schoben den Sack vorwärts, Zentimeter für Zentimeter, bis er herunterfiel und mit einem dumpfen Schlag auf der verwundbarsten Stelle der hinteren Partie des Stieres landete, den Hüftgelenken. Ledesma und ich, nur ein paar Schritte entfernt, hörten, wie das schwere Gewicht auf dem Stier aufschlug, und sahen, wie der nasse Sack einen Moment lang auf dem Rükken des Stieres verharrte und dann langsam herunterrutschte und auf den Boden fiel. Wir hörten, wie der Stier grunzte und sahen, wie er versuchte, mit heftigen Schüttelbewegungen den plötzlichen Schmerz aus seinem Hinterteil zu verjagen, und nachdem er ein paarmal wütend mit den Hinterbeinen ausgekeilt hatte, hatte er sich auf den ungewohnten Schmerz eingestellt und war wieder bereit, sich zu verteidigen. Aber Veneno und seine Söhne konnten jetzt sicher sein, daß No. 47, wenn er in die Arena kam, jenes Extraquentchen an explosiver Schnellkraft, das einen großen Stier so gefährlich machte, verloren haben würde. Er würde gehandicapt sein – nicht so stark, daß er lahmen würde, aber mehr als genug, um ihn entscheidend zu hemmen, wenn er versuchen würde, schnell anzutreten.

Während Veneno und seine Söhne wieder von ihrem Balken herunterstiegen und zu ihren Posten für den letzten Kampf zurückhasteten, fragte ich mich, ob Victoriano, der Nutznießer ihres hinterhältigen Sabotageaktes, wohl wußte, daß dieser Stier so entscheidend geschwächt worden war, daß der Kampf unfair sein würde. Ich hoffte, daß er nicht eingeweiht war; denn ich sah ihn als einen Mann an, der bestrebt war, ehrenhaft zu sein. Doch wer konnte dessen schon sicher sein in der verlogenen Welt des Stierkampfs?

Als León und ich zurückgingen, hörten wir schon von weitem den ersten Aviso, der Gómez warnte: »Mach zu, Matador! Die Zeit läuft!« Und noch bevor Ledesma und ich unsere Plätze im Callejón erreicht hatten, erscholl schon der zweite Aviso. Wir kamen gerade noch rechtzeitig, um zu sehen, wie der arme Indio sich schwitzend abmühte, den teuflischen Stier mit der Nummer 38 in eine Position zu manövrieren, wo er ihn mit dem Degen erledigen konnte, aber der Stier, obwohl übel zugerichtet von den vorausgegangenen Degenstößen des Matadors, wollte nicht mitspielen. Langsam, seine Füße sorgfältig und fest aufsetzend, torkelte er weiter, ein Gegner von ungeheurem Lebenswillen, der sich weigerte, umzufallen und zu sterben.

In seiner Verzweiflung rief Gómez nach dem Degen, der nicht in einer Spitze, sondern in einem Dolch endet, und mit dieser Waffe versuchte er, das Rückenmark des Stieres mit einem sogenannten *descabello* zu durchtrennen, einem Stoß zwischen die Schädelbasis und dem ersten Wirbel. Das war eine höchst schwierige und gefährliche Operation, die Glück und Geschick erforderte. Er hatte weder das eine noch das andere, und während er es immer wieder aufs neue versuchte, begann die Menge bei jedem vergeblichen Stoß höhnisch mitzuzählen: »*Tres, cuatro, cinco, seis* ...« Es war demütigend und entmutigend, aber Gómez ließ sich von dem Gejohle nicht beirren oder aus der Ruhe bringen. Beim neunten Versuch brachte er seine Füße in die korrekte Position – wie immer –, packte das Tuch fest mit der Linken, so, daß der Stier es sehen und ihm folgen konnte, und beruhigte die Nerven in seinem rechten Arm. Just in dem Moment, als der Trompeter zum letzten Aviso ansetzte, traf die dolchartige Spitze ihr Ziel, und der Stier fiel tot um. Juan Gómez wandte sich zur Präsidentenloge um und salutierte. Der Präsident nickte zurück. Beide wußten, was für ein höllischer Job es war, einen kraftstrotzenden Stier zu töten, der sich weigerte zu sterben.

Ledesma und ich hatten wieder unsere Plätze im Callejón eingenommen, als das Trompetensignal den letzten Stier des Nachmittags ankündigte. Nach dem, was wir gesehen hatten, waren wir gespannt, wie er sich verhalten würde. Er kam hereingestürmt und hielt nach Angriffszielen Ausschau, aber Ledesma und ich merkten sofort, daß er es vermied, sich mit dem rechten Hinterbein abzustoßen; es war deutlich zu sehen, daß ein neuer und plötzlicher Schmerz seinen Angriffsschwung hemmte. Ich war überrascht, zu sehen, wie schnell er diesen Schmerz meisterte – oder ignorierte –; denn als er die Stelle erreichte, wo wir saßen, galoppierte er scheinbar schon wieder mit voller Kraft. Die drei jungen Leals – Veneno wartete natürlich noch in den Corrals auf seinen Einsatz – mußten mit Erleichterung registriert haben, daß ihr Stier ein bißchen langsamer war als erwartet; in einem kritischen Moment konnte dieser Bruchteil einer Sekunde über Leben und Tod entscheiden.

Den Blick auf den Stier geheftet, mit dem ich mich jetzt identifizierte, den rechten Zeigefinger auf dem Auslöser der Kamera, um seinen Kampf gegen die Schmerzen und seine tückischen Gegner zu fotografieren, schaute ich zu, wie er mit seinen mächtigen Hörnern nach den flatterhaften Capas hackte, die vor ihm auf dem Sand hin und her schwangen. Es war eine Regel des Stierkampfs, daß bis zu dem Augenblick, da der Matador auf den Plan trat, die Peones den Stier mit der Capa laufen lassen durften, indem sie diese mit einer Hand hielten und hinter sich her schleiften. Dies gab dem Matador Gelegenheit, zu studieren, wie der Stier reagierte, und jetzt rannte Victoriano in die Arena, um die ersten Pases durchzuführen, während der Stier noch in überschäumender Angriffslaune war und blind auf alles losstürmte, was sich bewegte. Er machte das sehr klug; denn als der Stier die Capa, die eben noch auf dem Boden gewesen war, plötzlich in der Luft schwingen sah, deutete er sie als eine neue Art von Feind und stürmte genauso auf sie los, wie der Matador es vorausberechnet hatte. Die tausend Pfund aus schierer Kraft stürmten in die Falten der Capa und auf der anderen Seite wieder heraus und wendeten rasch wieder, um diesmal den Feind zu erwischen, den sie irgendwie auf unerklärliche Weise verfehlt hatten. Als der Stier wendete, sah ich deutlich den Defekt, den der Aufprall des schweren Zementsacks hinterlassen hatte. Sein rechter Hinterlauf stockte für einen winzigen Sekundenbruchteil in seinem Bewegungsfluß, und diese Verzögerung gab Victoriano genügend Zeit, um sich wieder in die bestmögliche Position zu bringen und einen weiteren schönen Pase auszuführen. Da er sich nun hinreichend vergewissert hatte, daß der Stier lenksam war, traf er eine jener spontanen Entscheidungen, die den Zauber des Stierkampfs ausmachen: Er würde einen der gefährlichsten und schönsten aller Pases probieren, die *mariposa*, den ›Schmetterling‹. Kühn schwang er sich die Capa über den Kopf, so daß sie seine Schultern umhüllte. Sein Gesicht, seine Brust und sein Bauch lagen jetzt ungeschützt. Ein Stoß jener mächtigen Hörner, und er wäre ein toter Mann. Nur zwei kleine dreieckförmige Zipfel der Capa lugten noch seitlich hinter seinem Körper hervor, als Köder für den Stier; der eine Zipfel reguliert von der linken Hand, der andere von der rechten. Und mit diesen beiden Zipfeln trieb er jetzt ein tollkühnes Spiel mit dem verdutzten Stier. Erst schwenkte er das linke Ende nach außen, und der Stier wandte den Blick in die entsprechende Richtung. Dann verschwand das linke Ende, und das rechte kam zum Vorschein, worauf der Stier den Blick dorthin wandte. Und so ging er langsam rückwärts in einer Art Zickzackbewegung durch die Arena, den Stier abwechselnd mit den Schwingungen der beiden Enden der Capa vorwärtsziehend, gleichsam den Flug eines Schmetterlings nachahmend. Es sah aus, als ob Stier und Matador einen Tanz aufführten, einen Pas-de-deux des Todes. Dann, ganz plötzlich und ohne Warnung, machte der Stier einen wütenden Ausfall gegen das linke Stück Stoff und rannte unter dem Arm des Matadors durch, der blitzschnell herumwirbelte, als der Stier ihn passierte, und ihm das rechte Ende der Capa als Köder anbot, die er nach wie vor hinter dem Rücken hielt. Zwei weitere Male attackierte der Stier den winzigen Fetzen Tuch, nicht den Mann, der zum Abschluß des letzten Pases die Capa mit einer Hand herumschleuderte und ihren Schwung mit der anderen abrupt verkürzte, wodurch er den Stier, der natürlich versuchte, der Capa zu folgen, gleichsam in sich selbst verknotete, ihn auf der Stelle fixierte. Es war eine meisterliche Darbietung, und das Publikum spendete beiden Tanzpartnern frenetisch Beifall.

In diesem Moment erscholl das Trompetensignal, und in die Arena sprengte Veneno auf seinem riesigen Schimmel, begleitet von einem zweiten Picador, der offensichtlich Anweisung hatte, sich abseits zu halten, damit der Stier immer auf Venenos Pferd losging und nicht auf seines. Der Stier, der auf freier Weide das

Pferd ignoriert hätte und dies auch oft getan hatte, wenn er sich in Gesellschaft mit anderen Stieren befunden hatte, sah jetzt aber in dem Mann auf dem Pferd das einzige erreichbare Angriffsziel in der Arena und setzte zu einem mächtigen Sprint an, der ihn geradewegs auf Kollisionskurs mit Veneno und seinem Pferd brachte. Victoriano, der reaktionsschnell die Gefahr erkannte, in die sein Vater geraten würde, wenn der Stier ihn mit vollem Schwung rammte, sprang behende mit seiner Capa dazwischen und bremste den Stier erst einmal kräftig in seinem Vorwärtsdrang, bevor er ihn dazu mit einem abschließenden Schwenk seiner Capa an seinen Vater weiterleitete. Und jetzt demonstrierte Veneno, warum er auch in seinem fortgeschrittenen Alter immer noch einer der besten Picadores in Mexiko war. Er lehnte sich weit aus dem Sattel, um den Stier auf Distanz zu seinem Pferd zu halten, und stieß seine Pica mit ihrer dreieckigen Stahlspitze tief in den Widerrist des Stieres. Als er spürte, daß sie gut saß, lehnte er sich noch weiter vornüber, bis er direkt über den Hörnern war, und immer noch stieß und drückte er mit Macht seine hölzerne Lanze nach unten und versuchte, sie in der Wunde zu drehen, um so dem Stier schon jetzt möglichst viel von seiner Kraft zu rauben, bevor der letzte Akt begann, wo Victoriano ihm allein gegenüberstehen würde.

Als der Präsident erkannte, was Veneno vorhatte, befahl er dem Trompeter, eine Warnung zu blasen, daß diese erste Pica jetzt beendet werden solle, woraufhin Veneno der Menge ein besonderes Spektakel bot – die sogenannte Carioca. Sein Pferd allein durch Schenkeldruck manövrierend, drehte er sich mitsamt dem Stier im Kreis und hielt dabei sein Pferd immer in einer solchen Position, daß der Stier sich nicht losreißen und weglaufen konnte, während er mit seinem kräftigen rechten Arm weiter kräftig auf die Pica drückte und den Stier bestrafte, ja, ihn fast ruinierte; gleichzeitig bedeutete er dem Präsidenten mit übertriebenen Gesten des Bedauerns, daß er sein Bestes tat, um der Anordnung Folge zu leisten. Das Ganze erinnerte mich an das Theater, das Catcher gerne aufführen, bei dem der Bösewicht den Helden in eine Ecke des Ringes zerrt, wo der Ringrichter nicht sehen kann, was passiert, und den Mann dann mit dem Knie ins Auge oder in den Unterleib tritt oder ihm ins Ohr beißt oder seinen Kopf durch die Ringseile drückt und ihn dann mit denselben stranguliert. Und wenn der Ringrichter ihn dann ermahnt, wirft er beide Arme in die Luft und schreit: »Wer? Ich?« Catch- und Stierkampffans lieben solche Showeinlagen.

Als Veneno endlich von dem Stier abließ, lief sein Sohn mit seiner Capa herein und legte eine neue Serie von Pases hin, wobei er den Stier zum Abschluß geschickt so dirigierte, daß er die freie Wahl hatte, welchen der beiden Picadores er diesmal angreifen sollte. Der zweite Picador jedoch manövrierte sein Pferd gekonnt in eine solche Position, daß der Stier gar nicht anders konnte, als erneut auf Veneno loszugehen, der abermals alles daran setzte, den Stier mit seiner Pica zu ruinieren. Ich hatte inzwischen den Eindruck, daß der Stier seinen rechten Hinterlauf merklich schonte, doch ich irrte mich: Er sammelte lediglich Kraft für eine neuerliche machtvolle Attacke. Als sie kam, ansatzlos und ohne jede Vorwarnung, warf der Stier sowohl das Roß als auch den Reiter um, als wären sie Strohpuppen. Instinktiv spürend, daß es nicht das Pferd war, das ihm solche Schmerzen zugefügt hatte, sondern der Reiter, ging er auf den schutzlos im Sand liegenden alten Mann los. Veneno war in der gefährlichsten Lage, in der ein Stierkämpfer nur sein kann: erwischte ihn der Stier mit dem Horn, wenn er flach auf dem festen Boden lag, dann gab es kein Entkommen mehr – das Horn würde ihn durchbohren und regelrecht am Boden festnageln. Es war ein Moment, der den Zuschauern den Atem stocken ließ, als Pepe Huerta und die Peones beider Matadore herangespurtet kamen, um den rasenden Stier mit ihren wirbelnden Capas abzulenken.

Aber der Stier ließ sich nicht täuschen. Unbeirrt von den wirbelnden Capas stürmte er weiter auf den am Boden liegenden Veneno zu. Doch da warf sich ein letzter Verteidiger in die Bresche. Es war Gómez, der das Tuch vor sich hin und her schwenkte wie eine alte Frau, die ein Bettlaken ausschlägt.

Diese todesmutige Geste war Venenos Rettung. Der Stier wandte sich von dem am Boden liegenden Picador ab und folgte langsam dem kleinen Indio, der jeden Moment damit rechnen mußte, daß der Stier die Capa durchbohrte und ihn tötete, doch irgendwie schaffte er es, ihn weiter wegzulocken. Diejenigen unter den Zuschauern, die etwas vom Stierkampf verstanden – und das war die Mehrzahl –, wußten, was für eine heldenhafte Tat der Indio da gerade vollbracht hatte; selbst die, die ihn ein paar Minuten zuvor noch hämisch »ausgezählt« hatten, saßen jetzt mucksmäuschenstill auf ihren Plätzen, tief beeindruckt von seinem Heldenmut.

Immer noch zuversichtlich, daß er am Ende über den schwierigen kleinen Indio triumphieren würde, versuchte Victoriano jetzt, seinen Sieg mit einer überzeugenden Demonstration seiner Überlegenheit endgültig zu besiegeln. Nachdem er zuvor ein glänzendes Paar Banderillas gesetzt hatte, stolzierte er arrogant zu Gómez hinüber. Das zweite Paar der bunten Stöcke in der rechten Hand haltend, hob er den linken Unterarm waagerecht zum Boden, legte die Stöcke darauf wie eine Votivgabe, und lud den Indio dazu ein, sein Glück bei diesem prachtvollen Leal-Stier zu versuchen. Gómez, überrascht von diesem Angebot und wohl wissend, daß er in dieser Disziplin der Stierkampfkunst Victoriano nicht das Wasser reichen konnte, aber ein Mann, der niemals kniff, nahm die Herausforderung an. Er nahm die Stöcke von Victorianos Arm, kam zu mir und fragte: *»¿Pañuelo?«* Als ich ihm mein Taschentuch überreichte, richtete er die gleiche Frage an Ledesma und bekam dessen Taschentuch zusammen mit einem aufrichtig gemeinten Wunsch: *»Buena suerte, matador.«* Gómez nickte ernst, denn er war im Begriff, sein Leben zu riskieren.

Auf seinen krummen Beinen ging er zu einem Punkt der Arena, wo jeder ihn sehen konnte, stopfte sich die beiden Taschentücher in den Mund, nahm die beiden Banderillas in die Hände, und brach sie wenige Zentimeter oberhalb der Spitze durch, daß sie so von siebzig auf vielleicht gerade noch zwanzig Zentimeter verkürzt wurden. Dann umwickelte er die ausgezackten Enden mit den Taschentüchern, nahm beide Banderillas in die rechte Hand, und begann seinen langsamen, tödlichen

Marsch auf den Stier zu. *»Eh, Toro!«* hörte ich ihn rufen. *»Toro!«* Und als der Stier endlich reagierte, rannte Gómez einen weiten Bogen, exakt den Punkt berechnend, an dem seine Bahn die des herandonnernden Stieres kreuzen würde. Als er die Stelle erreichte, sprang er hoch in die Luft, lehnte sich über die Hörner und stieß mit einer Hand die beiden abgebrochenen Stöcke direkt in ihr Ziel. Es war eine superbe Demonstration, eine, die nur ein sehr tapferer Mann machen konnte, doch zahlte er dafür einen hohen Preis; denn als er seine wunderbare Darbietung vollendete, blieb er mit dem linken Fuß an dem lahmenden rechten Hinterlauf des Stieres hängen und geriet leicht ins Straucheln, genug jedenfalls, um dem Stier die Chance zu geben, umzukehren und ihn mit dem Horn voll an der rechten Leiste zu erwischen.

In Sekundenschnelle stürmten von beiden Seiten Peones herbei und beschützten ihn mit ihren wirbelnden Capas.

Sanitäter kamen mit einer Trage gerannt und brachten ihn in den Operationsraum neben der Kapelle. Dort schnitten erfahrene Ärzte das Hosenbein auf, reinigten die häßliche Fleischwunde, ohne sie zu betäuben, und bestäubten das klaffende Loch mit Penicillinpulver.

In den alten Zeiten wäre ein Matador mit solch einer Wunde unweigerlich vier Tage später an Blutvergiftung gestorben. Doch heute überlebte ein Mann mit solch einer Wunde, und deshalb konnten die Ärzte, nachdem sie die Wunde hastig genäht hatten, mit großer Zuversicht voraussagen: »Sie werden wieder gesund werden, aber für heute ist Schluß mit der Stierkämpferei.« Ein junger Arzt, der Gómez verband, flüsterte einer Krankenschwester zu: »Und für den Rest dieses Jahres.«

Und so hatte denn das Ixmiq-61 für Gómez wahrlich in einem Desaster geendet. Vorbei war es nun mit den kühnen Träumen von einer triumphalen Sommersaison in Madrid, und auf den Rängen stöhnte Lucha González, die Schwere der Verletzung vorausahnend: »Oh, Scheiße«, denn sie sah ihre Chance, einmal in Spanien als Flamencosängerin aufzutreten, einmal mehr am Horizont entschwinden, womöglich für immer.

In der Arena hatten inzwischen andere Veränderungen stattgefunden. Der unerfahrene Pepe Huerta bekam jetzt größeres Gewicht; falls Victoriano Leal etwas zustieß, mußte er einspringen und den letzten Stier bis zum Ende bekämpfen. Victoriano, der begriff, daß er und Huerta jetzt Partner waren, lud den jungen Sobresaliente dazu ein, das dritte Paar Banderillas zu setzen, was der junge Mann mit weniger Bravour als beim erstenmal machte, aber immer noch gut genug, um Beifall zu erhalten.

Das war der letzte glänzende Moment des Nachmittags, denn nun mußte ein verängstigter Victoriano ohne einen Veneno, der ihn beschützte, hinausgehen und es mit diesem mächtigen Stier aufnehmen, dessen rechtes Hinterbein zwar geschwächt sein mochte, dessen Selbstvertrauen aber noch gefestigter war als vorher. Dieser Stier verstand es, sich zu verteidigen. Trotz seiner Angst blieb Victoriano ganz der galante Torero, als den man ihn kannte und schätzte. Hoch erhobenen Hauptes schritt er zu der Stelle, wo die Schauspielerin hinter seiner ausgebreiteten Paradecapa saß, zog seinen schwarzen Stierkämpferhut, hielt ihn mit ausgestrecktem Arm zu ihr hin und widmete ihr den Stier. Dann kehrte er ihr gemäß der altehrwürdigen Tradition der Stierkampfarena den Rücken zu, warf den Hut schwungvoll über seine linke Schulter und stolzierte hinaus in den Kampf. Die Schauspielerin, obgleich überrascht von dem abrupten Ende der Dedikation, fing den Hut auf und drückte ihn an ihre Lippen.

Victorianos Aufgabe war es, diesen Stier kunstgerecht zu töten und sich dabei so wenig wie möglich diesen mörderischen Hörnern auszusetzen. Die Aufgabe des Stieres war es, sich zu verteidigen bis zum letzten Atemzug seiner pochenden Lungen, bis zum letzten Stoß seiner geübten Hörner. Und jeder von beiden hatte einige Tricks auf Lager, um die Waffen des anderen zu neutralisieren.

Als Victoriano versuchte, aus Rücksicht auf seine erhabene Stellung und die grandiose Vorstellung, die er bis jetzt geliefert hatte, mit seinem letzten Stier wenigstens ein paar ordentliche Pases zu absolvieren, weigerte sich der Stier, müde und geschunden, wie er war, das Spiel mitzumachen und rührte sich nicht aus der Verteidigungsstellung, in der er sich verschanzt hatte. Veneno, der ihn jetzt vom Callejón aus überwachte, schrie: »Mach ihn fertig, egal wie!«, doch dieser kluge Rat, dessen Befolgung einer Kapitulation gleichgekommen wäre, ermunterte den Matador nur noch um so mehr, einen letzten Pase zu versuchen, um zu beweisen, daß er selbst diesen schwierigen Stier zu meistern imstande war. Als der Stier ihn kommen sah, wartete er bis zum kritischen Moment, dann schwang er seinen Kopf herum und hackte mit seinem säbelartigen rechten Horn nach dem Angreifer. Er erwischte Victoriano am rechten Bein. Von meiner günstigen Warte aus konnte ich sehen, daß es eine ernsthafte Verletzung war, eine, die genäht werden mußte, aber ich schätzte, daß sie ihn nicht derart lange außer Gefecht setzen würde wie die, die Gómez davongetragen hatte.

Als Veneno seinen blutenden Sohn auf die Arme nahm, um ihn zum Operationsraum zu tragen, konnte ich hören, wie er ihm beruhigend zuredete: »Du wirst es überleben. Du wirst dein Bein nicht verlieren.« Er hatte gelernt, daß es in diesen ersten Augenblicken nach einer Verletzung von entscheidender Wichtigkeit war, dem verwundeten Torero den lähmenden Gedanken auszureden, daß er vielleicht sterben müsse. »Du wirst leben, Victoriano. Und nächstes Jahr wirst du zurückkommen, größer denn je.«

Während der Matador zum Tor hinausgetragen wurde, flüsterte Mrs. Evans: »Ich glaube, sehen zu können, daß Ricardo sich bereit macht.« Der junge Amerikaner hatte sich unauffällig an eine Stelle geschlichen, von der aus er relativ unbemerkt über die Barrera springen und in die Arena rennen konnte, und auf Mrs. Evans' Zuflüstern hin brachte ich meine Kamera in Anschlag, aber nichts geschah.

Die Arena war jetzt leer bis auf die eine Seite, wo der Stier nach wie vor regungslos in seiner Verteidigungsstellung mit dem Rücken zur Barrera verharrte. Auf ihn marschierte jetzt langsam der Sobresaliente, Pepe Huerta, zu, dessen Aufgabe es war, diesen immens gefährlichen Stier zu töten. Der junge Mann wußte nicht, was Ledesma und ich wußten, nämlich, daß No. 47 den großen Stier Sangre Azul getötet hatte, aber er wußte sehr wohl, daß No. 47 bereits zwei von Mexikos hervorragendsten Matadoren ins Krankenhaus geschickt hatte. Er bewegte sich behutsam, versuchte zu entscheiden, wie er es anstellen sollte, das zuwege zu bringen, was Victoriano, der viel erfahrenere Mann, nicht geschafft hatte. Er hatte es nicht eilig, sein Können unter Beweis zu stellen.

Sein Zögern verschaffte dem jungen Ricardo Martín, der im gleichen Alter war wie Huerta, die Gelegenheit, auf die er gewartet hatte. Nachdem er unbemerkt seinen zusammenklappbaren Stock aufgeklappt und dessen stählerne Spitze in das hintere Ende seiner roten Muleta gesteckt hatte, nickte er verstohlen Mrs. Evans und Penny zu, die ihm den hochgereckten Daumen zeigten. Dann schwang er sich über die Barrera, und bevor irgendwelche Peones oder Arenadiener ihn aufhalten konnten, war er schon bei dem Stier und kniete sich vor ihm hin. Aus dieser Position empfing er den Angriff des Stieres und ließ ihn unter dem tosenden Applaus der Menge mit einer geschickten Körperdrehung ins Leere laufen. Dann wirbelte herum, immer noch auf den Knien, um den nächsten Angriff entgegenzunehmen, den er auf die gleiche Weise parierte. Martín, dem klar war, daß er zwei Schlachten schlagen mußte, eine gegen den Stier, die andere gegen die Horde von Männern, die ihn ins Gefängnis schleifen wollten, führte einen überaus geschickten und couragierten Zweifrontenkrieg, indem er zuerst so schnell rannte, daß keiner ihn einfangen konnte, und dann unter enormem Risiko für sich selbst zurücksprintete und mit dem Stier ein paar hastige Pases durchführte. Der war so verwirrt von dem Aufruhr um ihn herum, daß er einfach fortfuhr, das einzige Ding anzugreifen, das er verstand, nämlich das rote Tuch.

In diesem chaotischen Schlachtgetümmel, das jetzt noch verschärft wurde durch das Auftauchen von sechs aufgeregt herumrennenden Polizisten, hatte Ricardo einen bedeutenden Faktor, der zu seinen Gunsten sprach: Die anderen hatten schreckliche Angst vor diesen langen, nadelspitzen Hörnern. So mutig sie normalerweise auch sein mochten, sobald der Stier diese furchterregenden Hörner in ihre Richtung wandte, nahmen sie Reißaus. Trotz dieses wüsten Durcheinanders schaffte Ricardo es irgendwie, noch drei glänzende Serien von je zwei Pases hinzulegen, die die Arena buchstäblich in ein Tollhaus verwandelten.

Nach dem dritten Paar, das er mit einem ruckartig beendeten Schwenk seiner Muleta abschloß, der den Stier fast in die Knie zwang, streckte er die Hand aus, tätschelte den Stier zwischen den Hörnern und stolzierte in der affektierten Pose eines siegreichen Toreros aus der Arena. Sofort ergriffen ihn zwei Polizisten und schleiften ihn in einen Verschlag, von dem aus er nach Beendigung der Fiesta ins Gefängnis überführt werden würde. Er verließ die Arena unter dem frenetischen Jubel der Zuschauer. Er hatte den Stier sowohl tapfer als auch kunstgerecht bekämpft, nicht wie ein tollkühner, dilettantischer Espontáneo, sondern wie ein aufstrebender Torero, und die Menge kannte den Unterschied sehr wohl.

Als wieder Ruhe eingekehrt war, begann Pepe Huerta erneut auf den erregten Stier zuzugehen. Doch er wurde wieder unterbrochen, denn aus dem roten Tor auf der gegenüberliegenden Seite kam Victoriano gehumpelt, das verletzte Bein fest bandagiert, damit es nicht blutete, das zerrissene Hosenbein mit Sicherheitsnadeln provisorisch zusammengehalten, sein Gang fest, wenn auch humpelnd, die Hände leer, der Kopf unbedeckt. Zielstrebig humpelte er auf Chucho und Diego zu, die herausgestürmt kamen, um ihn in Empfang zu nehmen. Er griff nach seinem Degen, legte sich die Muleta über den linken Arm und marschierte hinkend auf den wartenden Stier zu. Ich hörte, wie er auf dem Weg dorthin zu Pepe Huerta sagte: »Der Stier gehört mir. Ich muß ihn töten.« Als der jüngere Mann seine Enttäuschung nicht verbergen konnte, versicherte Leal ihm: »Ich werde dir helfen, einen Kampf zu bekommen, aber der hier gehört mir.«

Als Veneno sah, was sein Sohn da versuchen wollte, diesen gefährlichen Stier zu töten, schrie er wütend: »Nein! Das macht dein Bein nicht mit! Nein, Victoriano!« Denn er wußte, daß ein Stier, der es geschafft hatte, zwei Pferde umzureißen und zwei

Männer außer Gefecht zu setzen, sich an diese Siege erinnern und versuchen würde, jeden zu töten, der sich in seine Nähe wagte. Er mußte Victoriano unbedingt von diesem selbstmörderischen Vorhaben abbringen.

Aber sein Sohn hatte neuen Mut geschöpft, und ich hörte, wie er seinem Vater mit fester Stimme widersprach. »Es ist mein Stier, und ich werde ihn töten!« Er kehrte Veneno den Rücken zu und humpelte davon, seine Unabhängigkeit zu bezeugen.

Allein in der Mitte der Arena stehend, war er nicht länger eine sich im Kreise drehende Marionette, die von anderen manipuliert wurde, sondern ein einsamer Mann, der dem Tod ins Auge blickte. Es war der Kampf zwischen einem tapferen Tier, das von Kräften mißhandelt worden war, die es nicht begreifen konnte, und einem neuen Mann, der sich selbst gefunden hatte. Viermal hatte der Stier Siege über Pferde und Menschen errungen, und zweimal hatte der Matador Lorbeer für seine stilvollen Kämpfe gegen seine beiden ersten Stiere eingeheimst, nur um dann von seinem dritten verwundet zu werden. Es würde ein ausgeglichener Kampf sein.

Dann kam der Augenblick vom Ixmiq-61, den ich nie vergessen werde, obgleich meine Kamera ihn nicht festzuhalten vermochte, denn seine tiefere Bedeutung war keine ästhetische, sondern eine moralische. Als Victoriano seinem Gegner entgegentrat, da fand er ihn genau an der Stelle vor, wo er ihn vorfinden wollte, vor den Sombra-Plätzen, einer Stelle, von der aus er die meisten seiner denkwürdigen Faenas in Angriff genommen hatte. Doch als er sich No. 47 näherte, da wandte sich der große Stier langsam um und begann zu jener glückverheißenden Stelle zu traben, die er verschwommen als diejenige in Erinnerung behalten hatte, von der aus er sowohl Gómez als auch Victoriano ins Krankenhaus geschickt hatte. Es mag unglaublich erscheinen, daß ein dummes Tier in der Lage war, in dieser fremden Arena jene Stellen wiederzuerkennen, an der es kleine Triumphe gefeiert hatte, und auch jene, an denen es Leid erfahren hatte, aber in zahllosen Kämpfen haben spanische Stiere immer wieder bewiesen, daß sie tatsächlich dieses unheimliche Gespür besaßen. Wenn No. 47 an diesem auserwählten Fleck Zuflucht finden konnte, dann hatte er eine Siegeschance.

Langsam, während die Sonne hinter den Zuschauerrängen verschwand, stapfte er in weitem Bogen durch die volle Breite der Arena, attackiert von einem grausamen Schmerz, den er nicht begreifen konnte, und verfolgt von einem grimmig entschlossenen Matador, der unter seinen eigenen Wunden litt. Während die Schatten in der Arena länger wurden, humpelten die beiden Kontrahenten, Tier und Mensch, ihrem Schicksal entgegen.

Diesmal lag der Zufluchtsort, den der Stier sich auserkoren hatte, auf der Sol-Seite, wo er sich vor der Barrera verschanzte, das schmerzende Hinterteil fest gegen die hölzernen Planken gepreßt. Aus dieser Verteidigungsstellung würde er nicht so leicht herauszuholen sein, und alle, die vom Callejón auf der Sombra-Seite aus den bisherigen Verlauf des Kampfes verfolgt hatten, darunter auch ich, hasteten jetzt auf die Sol-Seite, um in der Nähe des Stieres zu sein. Von allen Leuten in dieser Menge wußten nur Ledesma und ich, was vor dem Kampf mit dem Stier geschehen war, und ich ertappte mich dabei, daß ich betete: »Verteidige dich, alter Freund! Du hast deinen Kampf gewonnen.« Als Ledesma meine feuchten Augen sah, sagte er: »Kann einem ganz schön ans Gemüt gehen, was?« Und er wies mich an, scharf aufzupassen, auf welche Weise Victoriano versuchen würde, sein tödliches Rätsel zu lösen: wie den Stier aus seiner Verteidigungsstellung herauslocken.

Als ich sah, wie Victoriano, der mich stets als Freund behandelt hatte, sich langsam auf den Stier zubewegte, dachte ich: Mach deine Sache gut! Aber mir wurde bewußt, daß ich sowohl den Stier als auch den Mann meinte, und da begriff ich, daß ich eigentlich meinte: Möge dieser Kampf ehrenhaft enden!

Langsam, wie in den alten Zeiten, ging Victoriano auf den Stier zu, nicht von der Seite und im Laufschritt, wie in seinen jüngsten, von Feigheit beherrschten Tagen, und er bewegte sich mit solch einem Selbstbewußtsein, mit solch einer Autorität, daß der große Stier zu enträtseln versuchte, was für eine Art von

Bedrohung dieser Gegner darstellte, und während er das tat, bewegte er sein Hinterteil ein kleines Stück von der schützenden Barriere weg. Seine Wißbegierde war sein Verderben, denn sobald er seine sichere Zuflucht verlassen hatte, war er verwundbar, und nun mußte er sich drehen und den Kopf verrenken, um seinen Gegner im Auge behalten zu können. Dies gab Victoriano die Möglichkeit, ihn in eine günstige Stellung zu locken, und als er dies geschafft hatte, ging er kühn hinein, um ihn zu töten, aber das schlaue Tier hatte den Angriff erwartet und versetzte ihm mit der flachen Seite seines linken Horns einen fürchterlichen Schlag gegen die Brust, der ihn zu Boden schleuderte.

Von der Warte des alten Veneno aus schien es so, als hätte der Stier seinen Sohn aufgespießt, und mit einem wilden Sprung rannte er, gefolgt von seinen Söhnen, in die Arena, um den Stier von seinem am Boden liegenden Matador abzulenken. Als die Leals Victoriano auf die Beine geholfen hatten, bestanden sie darauf, daß er den Kampf abbreche und sich von ihnen sofort in den Operationsraum zurücktragen lasse, aber er schob sie zur Seite, verlangte nach seinem zu Boden gefallenen Degen und sagte schlicht: »Jetzt kenne ich seine Tricks. Dieser Kampf ist vorbei«, und er stellte sich erneut dem Stier entgegen.

Jetzt, da er die schwächer werdenden Selbstverteidigungsversuche des Stieres vorausahnte, verströmte der elegante Matador eine Aura der Unbesiegbarkeit; denn er machte alles richtig, um den Stier aus seinem Refugium zu locken. Als er dies geschafft hatte, profilierte er vor dem tödlichen rechten Horn, und dann ging er über das Horn hinein und versenkte den Degen kunstgerecht zwischen den Schulterblättern des Stieres. Der Stier torkelte, schaute wild um sich und suchte auf zitternden Beinen nach seinem Angreifer.

Technisch gesehen war der Stier tot, denn der Stahl hatte einen Lungenflügel durchdrungen, doch seine grimmige Entschlossenheit, weiterzukämpfen, war so groß, daß er sich weigerte, der Todesbotschaft zu gehorchen, die durch seinen schwer verwundeten Körper raste: »Lege dich hin, tapferer Stier! Du hast dich gut verteidigt. Atme nicht so tief! Lege dich hin!«

Er weigerte sich. In einem grotesken Todestanz umhertorkelnd, versuchte er, mit seinem geschundenen Hinterteil Halt an der Barrera zu finden, aber er fand sie nicht. Also – als wären seine drei gesunden Beine Eichen auf einer Wiese – grub er sich ein, wo er stand, und weigerte sich zu kapitulieren.

Es war ein Anblick, den diejenigen von uns, die ihn vom Callejón aus sahen, niemals vergessen werden. Er stand so nahe bei uns, daß wir ihn mit ausgestreckter Hand hätten berühren können. In einem Akt des Mitgefühls und der Achtung vor diesem großen Stier, ging Victoriano zu ihm, legte die Hand auf seine Stirn und drückte ihn sanft nieder. Die Beine zitterten, die Knie knickten ein, und mit einem letzten verzweifelten Versuch, vorwärtszustürmen, verendete der Stier.

Langsam, mühselig, das Gesicht aschfahl vom Blutverlust, humpelte Victoriano zurück durch die Arena, um sich dem Präsidenten hoch oben in seiner Loge zu präsentieren. Das Schwert in der Linken, die Muleta über den linken Unterarm drapiert, hob er den rechten Arm wie ein antiker Gladiator vor seinem Kaiser. Dann sank er ermattet zu Boden.

Veneno und seine Söhne sprangen herbei und trugen ihn zurück zum Operationsraum. Als sie ihn an den Zuschauern auf der Sol-Seite vorbeitrugen, brach unbeschreiblicher Jubel los.

Einen Augenblick später forderte die gesamte Arena lautstark eine Ehrenrunde, und unter dem Jubel der Massen und den Klängen von Dianas befreite er sich von den Männern, die ihn trugen, und begann seinen Triumphzug, doch er wandte sich nicht zu seinen jubelnden Anhängern in Sombra, sondern dorthin, wo No. 47 gerade von den Maultieren herausgeschleift wurde. Er hielt das Gespann an und gab zu verstehen, daß dieser großartige Stier, der sich so tapfer verteidigt hatte, die Ehre mit ihm teilen müsse, und gemeinsam umrundeten die beiden wunden Krieger die Arena in unbeschreiblichem Triumph.

Als sie an der Loge des Züchters vorbeikamen, sah Victoriano, daß Don Eduardo aus lauter Angst, nicht aufgefordert zu werden, daß er an dem Triumphzug teilnehme, auf und ab hüpfte wie ein nervöser Schuljunge, der dringend auf die Toilette mußte. Als der Matador mit einem leisen Nicken in seine Richtung schaute, katapultierte sich Don Eduardo regelrecht aus der Loge und schloß sich der glorreichen Prozession an. Von den Rängen regnete es Blumen und Geschenke.

Als sie sich dem Ausgang näherten, erinnerte sich Victoriano an die Zeit, als er noch ein junger Bursche am Anfang seiner Karriere gewesen war. Er humpelte zu den Polizisten und rief: »Bringt den Jungen raus!« Als seine Forderung lautstarke Unterstützung von den Rängen fand, wurde Ricardo Martín in Handschellen herausgeführt und machte im Schlepptau von Victoriano eine Runde um die Arena, in der er sich so vorzüglich geschlagen hatte. Die gefesselten Hände hoch über den Kopf rekkend, nahm er die Jubelrufe der Menge entgegen; doch als er an Mrs. Evans vorbeikam, blieb er stehen und warf ihr eine Kußhand zu, denn im Geiste hatte er ihr den Stier gewidmet.

Noch lange, nachdem die meisten Zuschauer die Arena verlassen hatten, stand ich im Callejón und lehnte mit den Armen auf der Barrera, die mich vor den Hörnern geschützt hatte, und als ich auf das Tor starrte, durch das Victoriano und No. 47 hinausgezogen waren, fragte ich mich, was für eine Kraft in ihrem Leben sie dazu getrieben hatte, so heldenhaft zu kämpfen. Mann und Tier waren unvergleichlich, ein Gegnerpaar, das das Schicksal für diese Fiesta bestimmt hatte, und ich murmelte leise: »Sie haben für dich gekämpft, Clay, um dich an die Prinzipien zu erinnern, nach denen ein Leben geführt werden sollte.«

Das Kachelhaus

Falls der Samstagabend der glücklichste Abend eines Festivals war, weil man – wie ich schon sagte – alle drückenden Verpflichtungen ignorieren konnte, so war die Sonntagnacht nach dem Schluß der letzten Festivitäten entschieden sein deprimierendster Teil; denn nun wurde die Rückkehr zum Alltag und seinen Spannungen unvermeidlich.

Das galt ganz besonders für Ixmiq-61; denn der letzte Kampf war eine derart emotionsgeladene Angelegenheit gewesen, daß ein Absturz unvermeidlich war. Als die Teilnehmer des Festivals sich nervös und planlos an den Tischen auf der Terrasse zusammenfanden, war in ihren Augen eine gewisse Leere zu bemerken, so als hätten die Feuer der letzten drei Abende nichts zurückgelassen als glimmende Asche.

Es war ein Abend der bittersüßen Erfahrungen, und keine davon war intensiver und komplexer als jene, in die ich verwickelt wurde, als ich an einem Tisch Platz nahm, wo Penny Grim aufgeregt mit León Ledesma sprach, der ihr offensichtlich Dinge sagte, welche sie nicht hören wollte. »Norman, erzählen Sie ihr, wie diese amerikanischen Mädchen genannt werden, die um die Matadore schwirren wie die Bienen auf Honigsuche!«

»Sie haben es ja heute nachmittag im Auto selbst gesagt: Schlachtenbummlerinnen.«

»Es gibt ein gröberes, präziseres Wort dafür. Auf Spanisch sagen wir *putas*. Übersetzen Sie ihr das.«

»Huren.« Als ich sie erröten sah, fügte ich hinzu: »Aber ich selbst würde dieses Wort nicht benutzen.«

»Welches dann?« fragte Ledesma mit einem Anflug seiner gewohnten Schärfe.

»Ich denke, ›wirrköpfige junge Dinger, die den Zwängen ihres Elternhauses entronnen sind‹, trifft es so ungefähr.«

»Damit wäre ich einverstanden, wenn Sie sich unbedingt anhören wollen wie ein altes Weib. Aber dieses junge Ding hier ist nicht wirrköpfig und, solange Mrs. Evans und Sie und ich in der Nähe sind, auch ganz gewiß nicht den Zwängen ihres Elternhauses entronnen.«

»Sie reden, als wären Sie mein Vormund«, unterbrach ihn Penny. »Ich habe meinen Vater nach Hause geschickt, und ich habe nicht vor, mich jetz von Ihnen herumkommandieren zu lassen – von keinem von Ihnen. Ich hab' heute nacht eine Verabredung mit ihm, und ich beabsichtige, sie auch einzuhalten.«

Jetzt verstand ich. Im Lauf der Tienta bei Don Eduardo hatte es Pepe Huerta, während er zusammen mit Penny die Capa hielt oder neben ihr an der Barriere stand, auf irgendeine clevere Weise geschafft, mit ihr ein Treffen nach dem Kampf zu vereinbaren, und jetzt wartete sie, daß er aus dem Zimmer nach unten kam, das ihm die Witwe Palafox für ein paar Pesos überlassen hatte. Ledesma wollte unbedingt verhindern, daß sie sich – symbolisch gesprochen – der flittchenhaften Schar junger Frauen anschloß, die darauf aus waren, sich jeden beliebigen Torero zu krallen, den sie nur in die Finger kriegen konnten. Matadore waren am gefragtesten, Peones akzeptabel, Picadores zu alt und fett. Ein junger zukünftiger Matador wie Pepe Huerta konnte einen Hauptgewinn darstellen, denn er war von einer Aura des Dramatischen und Romantischen umgeben, ein Jüngling, der nach Großem strebte.

»Ich kann Sie verstehen, Penny«, sagte ich zu Ledesmas Verdruß. »Er ist ein gutaussehender Bursche, und dieses Paar, das er placiert hat – man könnte ein ganzes Leben auf den Plazas verbringen, ohne so etwas jemals zu sehen.«

»Haben Sie Fotos davon?« fragte sie, und die Anspannung in ihrer Stimme verriet, wie stark sie an Huerta interessiert war.

»Ich muß mehr als ein Dutzend Bilder geschossen haben, eine rasche Serie, in Farbe. Ich mache Ihnen Vergrößerungen von den beiden besten, das verspreche ich Ihnen.«

»Das wäre schön«, sagte sie, und sie berührte meinen Arm mit einer derartigen Intensität, daß ich mir für einen Moment wünschte, sie sei an mir interessiert und nicht an dem jungen Stierkämpfer. »Schicken Sie mir die wirklich! Versprechen Sie es nicht bloß!«

»Mach' ich.« Als ich das sagte, sah ich Pepe Huerta auf die Terrasse kommen, frisch geduscht, adrett gekleidet und mit jener schmalen schwarzen Krawatte, die Toreros als eines der Erkennungszeichen ihres Standes bevorzugen. Als er sich vorbeugte, um Penny die Hand zu küssen, sah ich, daß er im Genick ein langes, dünnes Haarbüschel hatte, das sorgfältig zu dem als *coleta* bekannten kleinen Knoten gebunden war.

Einer der traurigsten Tage im Leben eines Matadors kommt, wenn er zur Musik von »Las Golondrinas«, jenem unvorstellbar lieblichen Abschiedslied, während seines letzten Kampfes in die Mitte der Arena marschiert, damit der zweitälteste Matador zu einer langen Schere greifen und ihm zum Zeichen, daß sein Leben als Matador zu Ende ist, die Coleta abschneiden kann. Ich habe diese Zeremonie zweimal miterlebt und beide Male geweint, ohne daß es mir peinlich gewesen wäre, denn alle anderen weinten auch. Als ich sah, daß der junge Pepe bereits die Coleta trug, war mir daher klar, daß er seinen Beruf ernst nahm und Penny einen echten Torero vor sich hatte.

Es war faszinierend zu beobachten, wie perfekt diese beiden jungen Leute zusammenpaßten, das aufgeregte Mädchen und der zurückhaltende, doch stolze junge Mann am Anfang seiner Karriere. Während sie neben mir saßen, schienen sie sich wieder zueinander zu beugen wie schon bei der Tienta. Es war, als stünden sie unter einem übernatürlichen Zwang, und ich wünschte allmählich, daß Mrs. Evans hier sei, um die Glut zu dämpfen; denn es war mir klar, daß diese gegenseitige Anziehungskraft mehr und mehr außer Kontrolle geriet und mir die Macht fehlte, sie zu kontrollieren.

Ledesma zeigte sich der Aufgabe gewachsen. »Ich freu' mich, daß du beschlossen hast, mal kurz vorbeizuschauen, Pepe. Das Paar, das du heute placiert hast, war wirklich großartig.«

»Ich hoffe, die Fotografen haben es erwischt.«

»Die konnten gar nicht anders. Es wird in allen Zeitungen stehen.« Die beiden Männer sprachen Spanisch, aber da Penny diese Sprache in der Schule gelernt hatte, Ledesma hervorragend Englisch konnte und Huerta zumindest etliche Brocken davon beherrschte, floß die Konversation ohne Mühe dahin.

Penny sagte: »Mr. Clay hat mir erzählt, er hätte über ein Dutzend Fotos, alle in Farbe.« Schüchtern fügte sie hinzu: »Er hat versprochen, mir zwei davon zu schicken – für mein Zimmer.«

»Zu dumm, daß der Espontáneo diesen letzten Stier verdorben hat«, sagte Ledesma. »Mit dem hättest du was anfangen können – bevor er wegen der Leute im Ring verrückt gespielt hat.«

Huerta wandte seine Aufmerksamkeit sofort einer Analyse des Kampfes zu. »Ich bin mir sicher, daß ich mit diesem Stier fertiggeworden wäre. Haben Sie gemerkt, wie langsam er beim Abstoßen mit den Hinterbeinen geworden war, als er angegriffen hat? Dem hatte Veneno mit der Lanze echt zugesetzt. So langsam wie der geworden war, wäre ich mit ihm klargekommen.«

Ledesma sah mich an und nickte. Dann wandte er sich wieder Pepe zu und fragte: »Und was bringt dich an unseren Tisch?«

»Bei der Tienta hat Señorita Penny ...« Er sprach ihren Namen mit einem angenehmen, musikalischen Akzent aus.

»Kennst du ihren Nachnamen nicht?« fragte Ledesma eisig.

»Einfach Penny, hat sie gesagt«, meinte der junge Mann zögernd.

»Du kennst nicht mal ihren Nachnamen, aber du kommst hierher ...«

»Señor Ledesma, sie hat mich eingeladen.«

»Wenn ihr Vater hier wäre, würdest du ihn um Erlaubnis bitten, nicht wahr?«

»Ja ... Ja. Ich hätte ihn ja gefragt, aber sie hat gesagt, er ist nach Hause gefahren.«

»Und hat sie in meiner Obhut zurückgelassen. Ich bin – sozusagen – ihr Sobresaliente-Vater.«

Durch die geschickte Verwendung dieses Stierkampf-Begriffs, der eindeutig den jungen Möchtegern-Matador meinte, warnte

Ledesma ihn, diese Angelegenheit mit Penny Grim nicht weiter zu verfolgen, doch das Mädchen aus Oklahoma selbst machte sich nichts aus der Drohung des Kritikers.

»Ich habe ihn gebeten, mich zu den Feierlichkeiten zu begleiten«, erklärte sie uns und zeigte auf die Plaza und das Karussell.

Plötzlich wurde jedermanns Aufmerksamkeit durch das Erscheinen der beiden Brüder Leal abgelenkt, welche im Handumdrehen von schnatternden jungen Frauen umgeben waren, die sich Hoffnung auf ein Rendezvous mit ihrem jüngeren Bruder Victoriano machten.

»Ist er immer noch im Krankenhaus?« fragte eine Blondine.

»Ist er schwer verletzt?« rief ein anderes Mädchen.

»Wird er wieder kämpfen können?«

Ihre Fragen strömten in einer Mischung aus Spanisch und Englisch heraus, und nach ein paar Minuten ließen die beiden Leals sich von den Mädchen in die Mitte der Plaza zerren. Vom Eingang des Hotels aus sah ihr Vater, der weißhaarige Veneno, zu, wie seine Söhne mit einer Situation fertig wurden, der sie sich häufig gegenübersahen: von jungen Anbeterinnen umgeben zu sein, die meisten davon aus den Staaten.

»Genau so dürfen Sie nicht werden«, sagte Ledesma eisig, als die lärmenden Mädchen hinter der Statue des Ixmiq verschwanden. Und dem jungen Torero erklärte er mit noch kälterer Stimme: »Du hast heute abend keine Verabredung, Pepe. Ich bin der Vater dieses Mädchens, und sie ist zu jung, um dich ohne Aufsicht zu begleiten.«

Während ich dieser erstaunlichen Vorstellung zuhörte, wurde mir klar, daß er sprach wie der pflichtbewußte Sohn einer spanischen Familie von nobler Herkunft. Er beschützte seine jüngere Schwester, der man es nicht erlauben konnte, ohne Dueña auszugehen; und wenn Mrs. Evans gedankenlos genug gewesen war, das Mädchen ohne geziemende Anstandsdame zurückzulassen, dann würde er – Ledesma – diesen gesellschaftlichen Fauxpas eben korrigieren müssen.

Penny sah die Sache natürlich anders. Sie hatte eine starke Zuneigung zu diesem höchst akzeptablen jungen Mann gefaßt. Sie hatte seine magische Geschicklichkeit im Umgang mit den Banderillas aufregend gefunden, und da sie es zu Hause in Tulsa seit einiger Zeit gewohnt war, am Abend mit ihren diversen jugendlichen Verehrern auszugehen, hatte sie erwartet, das hier auch tun zu können. Also beabsichtigte sie, ihre Verabredung mit dem Sobresaliente einzuhalten, ganz egal, was Señor Ledesma dazu sagte. Doch als sie dazu ansetzen wollte, lief sie gleich gegen zwei massive Mauern: die spanischen Sitten und die Traditionen des Stierkampfs.

Ledesma wußte, daß er möglicherweise nicht imstande sein würde, die an ihre heimische Oklahoma-Freizügigkeit gewohnte Penny zurückzuhalten. Aber wenn es darum ging, den jungen Pepe Huerta zur Räson zu bringen, war er allmächtig. Wenn er die direkten Befehle des Kritikers ignorierte, hatte Ledesma Einfluß genug, Huertas Stierkämpfer-Karriere zu einem abrupten Ende zu bringen.

Er konnte es den Impresarios stecken, sich nicht mit Pepe abzugeben: »Kein Talent. Ein Paar macht's noch nicht. Den können Sie vergessen«, und sie würden ihn vergessen. Schlimmer noch, sie würden ihn auf die Schwarze Liste setzen. Die Jahre würden vergehen, und niemand würde ihn zu einem Kampf in den bedeutenden Arenen einladen. Huerta wußte es, ich wußte es, und vor allem wußte es Ledesma, daß von dem, was dieser Junge in den nächsten Sekunden tat, seine Karriere abhängen konnte.

»Bitte entschuldigen Sie, Señor Ledesma! Ich hätte Sie um Erlaubnis fragen sollen.« Er stand auf und wandte sich Penny zu. »Sie waren heute nachmittag sehr tapfer. Das werde ich nie vergessen.«

Mit einem Aufschrei, der mir einen Stich ins Herz versetzte, denn ich hatte vergessen, wie machtvoll Gefühle sein können, wenn man siebzehn ist, stand Penny auf, warf die Arme um Huerta und küßte ihn auf die Wange; danach hielt sie noch immer seine linke Hand fest. »Ich werde die Fotos aufbewahren, die Mr. Clay gemacht hat. Ich werde deine Karriere verfolgen und dir zujubeln, wenn du berühmt wirst. Das war so wunderbar. Es hätte so wunderbar sein können«, und sie ließ sich in den Stuhl fallen und verbarg das Gesicht in den Händen.

Ich gab Pepe ein Zeichen, daß er gehen solle, und er verbeugte sich vor Ledesma und tat es. Sobald er weg war, erhob sich Penny, um auf ihr Zimmer zu gehen, aber Ledesma packte sie beim Arm und hielt sie zurück. »Hier wird nicht aus dem Fenster geklettert, Señorita Grim. Sie warten hier mit mir, bis Mrs. Evans zurück ist, wo immer sie stecken mag.«

Sie saßen schweigend da, und ich verließ eilig die Terrasse, um zu sehen, ob ich Huerta noch erwischen konnte. Ich holte ihn unter einer Laterne ein, wo wir einige Minuten miteinander sprachen.

»Sie waren heute sehr gut, Pepe. Das ist genug. Daraus könnte sich etwas ergeben.«

»Wir waren uns einig. Sie hat mich drum gebeten.«

Bei meiner eigenen bewegten Vorgeschichte fühlte ich mich berechtigt, ihm zu sagen: »Manchmal muß ein Mann es eben hinnehmen, wenn er sein Mädchen verliert.«

»Vielleicht hätte ich überhaupt nicht dort sein sollen. Die Terrasse ist für Matadore.«

»Nach einem Paar wie dem Ihrem heute können Sie sich überall hinsetzen. Aber wie geht's jetzt weiter?«

»Keine Ahnung. Ich krieg' nicht viele Kämpfe.«

»Wie viele pro Saison?«

»Vielleicht sechs. Ich glaube, dieses Paar heute, wenn irgendeine Zeitung drüber schreibt, das könnte helfen.«

»Pepe, ich konnte sehen, daß Sie was ganz Besonderes versuchen wollten. Also hab' ich eine Serie mit der Motorkamera gemacht, und wenn die was geworden ist und meine Zeitschrift sie druckt, dann kriegen Sie weit mehr als sechs.«

»Verlieren Sie bloß nicht den Film!«

»Und jetzt?«

»Ich muß meine Ausrüstung holen. Meine Parade-Capa, eine schöne alte; die hab' ich mir von einem Mann in Guadalajara geborgt. Den hat ein Stier erwischt, kämpft nicht mehr.«

»Und wenn Sie Ihren Kram haben?«

»Geh ich zum Bahnhof, wo die Laster nach Guadalajara abfahren. Die Fahrer kennen mich. Die Sonntagnacht-Tour. Morgen früh bin ich zu Hause.«

»Pepe, mit diesen Fotos von Ihnen werde ich einen Haufen Geld verdienen. Ich möchte Ihnen Ihren Anteil jetzt gleich geben.«

Er lehnte stolz ab. »Ich komm' schon zurecht. Meine Mutter läßt mich bei ihr wohnen. Wirklich, kein Problem.«

»Zum Teufel, Pepe! Sie haben das Geld verdient. Der Anteil steht Ihnen rechtlich zu.«

»Sie meinen, wie ein Gehalt?« Er benutzte das spanische Wort *sueldo* für diese Frage, und ich stimmte ihm eifrig zu: »Genau, Ihr *sueldo*«, und mit einer Würde, die es mir schwer machte, ihm in die Augen zu sehen, nahm er zwei Zehndollar-Scheine entgegen.

Als ich zurück auf die Terrasse kam, sah ich, daß Mrs. Evans in übelster Laune angekommen war und sich aufführte wie die erzürnte Witwe eines Ölmillionärs aus Oklahoma: »Clay! Wie kriegen wir diesen armen Jungen aus dem Gefängnis?«

»Sie haben ungefähr achtzehntausend Zeugen, die bestätigen können, daß er das Gesetz übertreten und um ein Haar das Finale des Festivals ruiniert hat.«

»Banalitäten. Geldstrafe und freilassen!«

»Geldstrafe? Woher soll er denn das Geld nehmen, sie zu bezahlen?«

»Ich werde ihm helfen. Er ist ein prima Bursche, führt sich gut auf, und ich werde nicht mit ansehen, wie er in einem mexikanischen Gefängnis verrottet.«

»Mrs. Evans! Er ist in Mexiko, weil er dort hinwollte. Und er ist im Gefängnis, weil er bereit war, eine Festnahme zu riskieren. Er wußte, was darauf steht, in den Ring zu springen. Der verrottet schon nicht.«

Da von mir kein Trost zu erwarten war, bestürmte sie die Witwe Palafox, die ihr versicherte: »Das ist nicht wie in den alten Zeiten. Heutzutage mißhandeln sie in den Gefängnissen keine jungen Männer mehr. Zwei Nächte, um ihm einen Schrekken einzujagen, und dann ist er frei.«

»Wäre Ihr Vetter, Don Eduardo, in der Lage zu helfen?«

Die Witwe sagte: »Der hilft jedem. Der ist der Boß in Toledo«, und auf Drängen von Mrs. Evans rief sie den Ranchbesitzer an, der bald darauf auftauchte: »Was kann ich für Sie tun?«

Als Mrs. Evans zu einer Erklärung ansetzte, unterbrach er sie: »Ich war dabei, erinnern Sie sich? Ich habe gesehen, was er meinem besten Stier angetan hat. Hat fast unser Festival ruiniert. Soll er doch zwei, drei Monate im Kittchen schmoren. Wird ihm eine Lehre sein!«

Sie konnte das nicht akzeptieren und sprach davon, sich an den amerikanischen Botschafter in Mexico City zu wenden, dem sie einen Empfehlungsbrief von einflußreichen Freunden im Ölgeschäft überbracht hatte. Diese Drohung machte schließlich Eindruck auf Don Eduardo; denn er ließ die Witwe rufen und fragte: »Dieser junge Mann ist also in unserem Gefängnis?« Als sie nickte, stand er auf, winkte mich heran und sagte: »Wir müssen sehen, was wir tun können, um ihn freizubekommen. Aber da ist die Sache mit der Geldstrafe. Hast du genügend Geld dabei, Norman?«

»Nicht um diese Zeit. Morgen, wenn die Banken aufmachen ...«

»Ich habe Reiseschecks«, sagte Mrs. Evans, und sie begleitete Don Eduardo und mich zum Gefängnis am anderen Ende der Stadt. Dort, inmitten der lärmenden Betrunkenen, die man während des Festivals aufgegriffen hatte, und einer Gruppe von Prostituierten, die aus Mexico City angereist waren, fanden wir Ricardo Martín, der ganz zufrieden wirkte und mit drei jungen Mexikanern ungefähr seines Alters zusammensaß. Er berichtete in recht gutem Spanisch von seinen Erlebnissen mit Victorianos Stier und machte mit der rechten Hand Pases, als der imaginäre Stier vorbeidonnerte. Er schwebte, wie man so sagt, auf Wolken. Er hatte es in die Arena geschafft. Er hatte unter großen Schwierigkeiten seinen Stier attackiert und sich und andere davon überzeugt, daß er etwas vom Stierkampf verstand. Es gab nicht viele junge Männer seines Alters, die sich eines vergleichbaren Erfolgs erfreuten, und zwei oder drei Tage hinter Gittern konnte er verkraften.

Mrs. Evans, die ihn schon in irgendeiner mittelalterlichen Folterkammer gesehen hatte, war entwaffnet, als sie merkte, daß er sich vergleichsweise wohl fühlte, doch nichtsdestoweniger verfolgte sie ihre Befreiungsmission weiter: »Wie lautet die Anklage?«

Der Gefängniswärter zuckte die Schulter, sah Don Eduardo an und gab keine Antwort, doch als sie nachbohrte, grollte er: »Ich klage überhaupt niemanden an. Wenn sie ihn hier reinschikken, ist er mein Problem. Wenn Sie ihn raushaben wollen, ist das Ihr Problem.«

Don Eduardo stimmte ihm zu und sagte, er werde einen Anwalt rufen, der dann auch bald darauf erschien, zusammen mit einem Gerichtsbeamten, der erklärte, die Anklage laute auf Störung der öffentlichen Ordnung, worauf fünf Tage Gefängnis stünden, falls er schuldig gesprochen werde, und daß er schuldig sei, habe ja jedermann gesehen. Aber falls Ricardo seine Strafe bezahlen würde, könne ihn der Wärter noch heute abend freilassen.

»Wie hoch ist die Strafe?« fragte Mrs. Evans, und der Beamte zögerte und sagte dann vorsichtig, als sei das ein Versuchsballon: »Zweitausendfünfhundert amerikanische Dollar.«

Ich schnappte nach Luft und die anderen auch, Ricardo eingeschlossen, aber Don Ricardo fuhr ihn an: »Lächerlich! Machen Sie zweihundert draus«, und der Beamte beugte sich dem Hause Palafox: »Na gut, zweihundert, aber in Dollar.«

Als Mrs. Evans ihre Brieftasche öffnete und ihr zwei Reiseschecks entnahm, die sie mit ungeduldigem Schwung unterschrieb, fragte der Beamte Don Eduardo: »Kann ich die bei der Bank einlösen – morgen früh?«, und mein Onkel sagte: »Die sind besser als Pesos.« Zu uns gewandt, fügte er hinzu: »In den alten Tagen wäre ich hier hereingestürmt, das Oberhaupt der Familie Palafox, und hätte ihnen befohlen, was sie tun sollten, nicht darum gebeten, und Reiseschecks hätten da auch nicht den Besitzer gewechselt, das könnt ihr mir glauben.« Er seufzte. »Vielleicht ist die neue Epoche der verantwortungsvollen Demokratie ja besser, aber ich bezweifle das. Diese zweihundert Dollar werden niemals auf irgendeinem Regierungskonto erscheinen. Er wird dem Gefängniswärter fünfundzwanzig geben, die restlichen selber einstecken, und alle sind zufrieden.«

Als Ricardo uns überstellt wurde, bat er um Erlaubnis, noch einmal zurückzugehen und sich von seinen Zellengenossen zu verabschieden, und als ihm das zugestanden wurde, fragte er Mrs. Evans, ob sie ihm fünf Dollar leihen könne, damit er seinen Mitgefangenen ein paar Flaschen Cola spendieren konnte, und sie gab ihm das Geld.

Dann fuhren wir zurück zur Terrasse, wo Mrs. Evans eine rasche Folge von Befehlen erteilte: »Ich möchte den Tisch in dieser abgelegenen Ecke. Clay, sehen Sie zu, daß Sie die Witwe Palafox finden, sie wird gebraucht! Ricardo, wenn Sie so gut wären, hier ein paar Minuten zu warten.« Als alles zu ihrer Zufriedenheit ausgeführt war und die Witwe Palafox neben ihr saß, enthüllte sie, warum sie uns am Tisch versammelt hatte: »Ich hab' meinen Cadillac am Hals und niemanden, der mir hilft, ihn zurück nach Tulsa zu bringen. Kann ich es riskieren, Ricardo als Fahrer für die Heimreise zu engagieren? Ich wüßte gern, wie Sie darüber denken.«

Don Eduardo und ich sprachen uns dagegen aus, die Witwe zurückhaltend dafür, und als wir sozusagen unsere Stimmen abgegeben hatten, wurde Mrs. Evans deutlicher: »All die Theaterstücke, die Filme über junge Vagabunden, die älteren Frauen schreckliche Dinge antun. Traue ich mich, das zu riskieren? Anscheinend möchte ich es, aber wie können wir wissen, ob er ein geistig gesunder junger Mann ist und nicht irgendein Psycho, wie die jungen Leute das nennen?«

»Die Gegend von hier bis zur texanischen Grenze kann ziemlich rauh sein«, warnte Don Eduardo. »Da gibt es noch richtige Banditen wie in den alten Zeiten; das ist kein Osterspaziergang.«

»Genau deswegen brauche ich einen Mann, der mir hilft.«

»Nehmen Sie Norman hier. Dem traue ich zu, Sie zu begleiten.«

»Tut mir leid, aber das ist zeitlich ganz unmöglich«, protestierte ich. »In New York schreien sie jetzt schon nach mir.«

»Oder Sie könnten einen meiner Männer von der Ranch bekommen, der ist schon lange bei mir – absolut vertrauenswürdig.«

Er sprach Englisch, um überzeugender zu klingen, aber Mrs. Evans schwankte immer noch: »Ich frage mich, ob ich ihm trauen kann.«

Die Witwe sagte: »Ich habe ihn beobachtet. Er trinkt nicht. Er scheint ein netter junger Mann zu sein. Wenn es um meinen Wagen ginge, dann würde ich es riskieren. Aber bei Ihnen, Mrs. Evans – wie ich höre, haben Sie Geld, da würden Sie ein zusätzliches Risiko eingehen.«

»Warum schlagen Sie diesen Wahnsinn vor?« fragte Don Eduardo, und dann sagte er zu meiner Überraschung: »Holen Sie Señor Ledesma. Er arbeitet zu hart an seinen Notizen. Und er könnte einiges dazu zu sagen haben.«

Als ich León einlud, sich zu uns zu gesellen, brachte er Penny mit, und Mrs. Evans schockierte uns alle mit ihrem Vorschlag.

»Señor Ledesma weiß, daß ich in den letzten Tagen herumgefragt habe, was es kosten würde, einen jungen Amerikaner zu finanzieren, der entschlossen ist, ein mexikanischer Matador zu werden.«

»Lieber Gott!« rief Don Eduardo. »Haben Sie den Verstand verloren?«

Sie erwiderte: »Mein Sohn war ungefähr in Ricardos Alter, als er starb, und er wollte immer etwas Großes tun, aber er hatte nicht mal Zeit herauszufinden, was das sein sollte. Ricardo weiß es. Er möchte Stierkämpfer werden. Das mag ein blödsinniger Ehrgeiz sein, aber er ist echt. Er hat das heute zweimal bewiesen, Don Eduardo, auf Ihrer Fiesta mit der jungen Kuh und dann in der Arena mit dem Riesenstier. Da habe ich beschlossen, daß ich ihm helfen werde.«

»Kann denn keiner von euch Norteamericanos diese Frau zur Vernunft bringen?« fragte Don Eduardo.

Zu meiner Überraschung war es Penny, die mit ihrer Meinung

herausplatzte: »In ihrem Alter und bei ihrem Geld, wenn sie da etwas machen will, das sie schon immer tun wollte, sollte sie es besser gleich tun. Wieviel würde es denn kosten?«, und ich konnte sehen, daß sie von der Idee fasziniert war, daß jemand Matador wurde, egal wer.

Mrs. Evans überließ die Antwort Ledesma, der die Zahlen rekapitulierte, die er schon früher genannt hatte: »Also, wenn Sie das im großen Stil arrangieren wollen, vielleicht zwanzigtausend Dollar ...«

»Lächerlich!« rief ich. »Denken Sie gar nicht erst daran, Mrs. Evans!«

»Tu ich auch nicht«, sagte sie. »Aber ich erwäge ganz ernsthaft, ihn im ersten Jahr mit maximal fünftausend Dollar zu unterstützen. Richtig eingesetzt, würde ihm das eine faire Chance geben. Señor Ledesma hat mir nach Ricardos Auftritt in der Arena zugesagt, daß er als mein Treuhänder fungieren würde. Er meint, es sei den Aufwand wert – so verrückt ist das keineswegs.«

»Ich halte es für verrückt«, raunzte Don Ricardo. »Es ist schon für einen mexikanischen Jungen schwer genug, Torero zu werden. Ich hab' gesehen, wie viele es versucht haben und gescheitert sind. Aber ein Norteamericano? Das ist wirklich Wahnsinn.«

»Wenn ich vorschlagen würde, irgendeinem begabten Mädchen ein Stipendium zu zahlen, damit sie Medizin studieren kann, würden Sie mich auch nicht für verrückt halten. Na gut, betrachten wir es als Studienbeihilfe, damit ein talentierter Junge seinen Abschluß machen kann!«

»Kein Abschluß, Mrs. Evans. Er hat nirgendwo studiert. Das wäre ein Schuß ins Blaue.«

»Ich würde meinen, daß der Kriegsdienst in Korea und die Pachangas im mexikanischen Hinterland, falls das das richtige Wort ist, einem Universitätsstudium durchaus gleichwertig sind.«

»Haben Sie es ihm schon gesagt?« fragte Don Eduardo, und sie sagte: »Noch nicht. Erst möchte ich Ihre Zustimmung, daß er mich nach Hause fährt«, und sie verlangte eine Entscheidung von jedem von uns: Ja oder Nein. Als die Abstimmung viermal »Ja« – von León, der Witwe, Penny und ihr selbst – gegen Don Eduardos und meine »Nein«-Stimmen ergab, rief sie beinahe triumphierend: »Das wäre also geklärt! Mr. Clay, bitte holen Sie Ricardo, damit wir ihm die gute Nachricht mitteilen können.«

Doch als ich zu dem anderen Tisch gehen wollte, hielt mich Don Eduardo zurück und sagte auf spanisch: »Wir müssen die gute Frau davor bewahren, einen schrecklichen Fehler zu begehen.«

Bevor wir diese Absicht in die Tat umsetzen konnten, bewies Mrs. Evans, daß sie besser Spanisch verstand, als wir vermutet hatten; denn sie lächelte meinen Onkel und mich nahezu verächtlich an. »Ich bin euch Männern ja so dankbar. Ihr wart so gut zu mir.« Dann wandte sie sich Penny und León zu: »Und ihr seid so etwas wie meine Kinder geworden. Ich werde mich immer mit Freude an unsere gemeinsame Zeit erinnern. Aber ...«, sie sagte das mit viel Nachdruck, »ich bin nach Mexiko gekommen, weil ich mal etwas anderes erleben wollte, als Witwentracht zu tragen und in Tulsa vor dem Fernseher zu sitzen.« Sie legte ihre Hand auf meine. »Das Schauspiel an der Kathedrale gestern abend, das war mindestens eine Woche Fernsehen wert.«

Als sie eine Pause machte, widersprach ihr niemand, und so gab sie zu: »Als meine Freunde aus Tulsa mich neulich im Zorn verlassen haben, habe ich ein bißchen geweint, und dann mit dem Fuß aufgestampft und mir gesagt: ›Die haben mir einen Gefallen getan, verdammt noch mal! Haben mich dazu gebracht, meine Probleme alleine anzugehen. Mir klarzumachen, daß ich den Rest meines Lebens noch vor mir habe und Bridgekränzchen in Tulsa auf die Dauer zu wenig sind.‹ Als ich aus Tulsa weggefahren bin, wußte ich das noch nicht, aber ich war auf der Suche nach jemandem wie dem Jungen dort drüben.«

»Er ist ein erwachsener Mann«, brummte Don Eduardo, »und schwer durcheinander.«

»Das war mein Sohn auch, aber ich habe ihn geliebt. Und jetzt bringen Sie ihn her, Mr. Clay.«

Als ich ihn an unseren Tisch führte, riskierte es Mrs. Evans gar nicht erst, jemanden von uns als ersten zu Wort kommen zu lassen. Energisch sagte sie: »Ricardo, wie Sie sich ja wohl schon gedacht haben müssen, haben wir über Sie gesprochen, und wir sind zu zwei Entscheidungen gekommen. Ich möchte, daß Sie mich und Penny in einer halben Stunde zurück nach Tulsa fahren; ich übernehme die Spesen und zahle Ihnen was für Ihre Zeit. Und wenn Sie mich erst mal nach Hause gebracht haben, zweige ich fünftausend Dollar für Ihr erstes Jahr ab – als Unterstützung, damit Sie Matador werden können. Ich weiß, daß Sie das Talent dafür besitzen, das haben wir ja gesehen, und nun werden Sie auch die Möglichkeit dazu haben.« Bevor er noch seiner Verblüffung Ausdruck verleihen konnte, sagte sie: »Nein, betrachten Sie das als ganz normale ›Studienbeihilfe‹, gestiftet zum Andenken an meinen Sohn Roger. Und nun wollen wir packen.«

Als sie sich zum Gehen erhob, sah sie León Ledesma, der sie bewundernd anblickte, weil er ihre Handlungsweise gut und richtig fand, und aus einem Impuls heraus ergriff sie seine Hände und küßte sie: »León, Sie sind der einzige ehrliche Mensch im Stierkampfgeschäft, Sie und der Stier. Alle anderen sind abscheulich korrupt. Don Eduardo hier schickt altersschwache Stiere in die Arena. Ich habe gehört, wie Victorianos Familie den Stieren die Hörner angefeilt hat, und Mr. Clay hat uns von der Tonne nassem Zement erzählt, die man dem einzigen Stier auf den Rücken hat fallen lassen, der nicht schon irgendwie geschädigt war. Der Manager der Arena beschummelt jedermann, und die Kartenhaie beschummeln das Publikum. Sie alleine zeigen sich sauber und ehrlich. Sie nehmen ganz offen Geld an, und Sie geben etwas dafür zurück. Sagen Sie, ich weiß, daß Sie heute beim Kampf Gómez für den Besseren gehalten haben. Wird das auch so in Ihrer Kolumne stehen?«

»Wenn Gómez zahlt, dann schreib' ich auch.«

»Aber Sie müssen doch schon aus Anstand etwas darüber sagen.«

»Über seine künstlerische Meisterschaft: nichts. Über seine Tapferkeit bei dem Versuch, Victorianos Arbeit für ihn zu beenden: eine ganze Menge.«

»Und über Ricardo? Werden Sie die eine oder andere Bemerkung darüber einfließen lassen, wie gut er in dem Durcheinander seine Pases gemacht hat?«

»Sie haben mich bezahlt, oder? Wollen Sie's lesen?« Er warf das bereits fertige Manuskript auf den Tisch, aber sie weigerte sich, es anzunehmen: »Ich traue Ihnen, León. Alle anderen tun das«, und sie schob seinen voluminösen Hut zur Seite und beugte sich hinunter, um ihn zu küssen.

Dann lächelte sie uns alle an: »Das war wirklich ein Fest, stimmt's?« Dann eilte sie nach oben, um zu packen.

Als die drei Reisenden auf die Terrasse zurückkehrten, bevor sie in den Cadillac stiegen, stieß Ledesma mich an und flüsterte: »Ich kann's nicht glauben. Sie haben gesehen, wie ich mich abgemüht habe, Pennys Tugend vor dem Angriff eines mexikanischen Möchtegern-Matadors zu bewahren, aber jetzt sperrt ihre eigene Beschützerin sie in einem schnellen Luxuswagen praktisch mit einem amerikanischen Möchtegern-Matador zusammen. Die Welt ist noch verrückter, als ich dachte.«

Sein Ausbruch brachte mich dazu, Penny zu mustern, die mit den beiden Koffern die Treppe herunterkam, in denen ihr Stierkampf-Kostüm steckte. Trotz ihres Kummers und der rotgeränderten Augen wirkte sie in diesem Augenblick energiegeladener und lebendiger denn je.

Mrs. Evans bemerkte mein Interesse, sagte: »Danke, Mr. Clay. Sie waren wie ein Vater zu ihr«, und ich erwiderte ironisch: »Da haben Sie was gründlich mißverstanden.«

Als Penny ihre Sachen einladen ging, dachte ich: Und wieviel zusätzliches Gepäck sie mit nach Hause nimmt – Tod in der Arena; Geister in den Katakomben; einen attraktiven Zentauren, der freihändig reitet, während er mit einem wilden Stier kämpft; einen Indianer mit einer magischen Trompete; die fünf kleinen Frauen der Palafox-Bischöfe, die tanzen wie die Engelchen; und dieses unglaubliche Paar, das Pepe Huerta ihr gewidmet hat. Und jetzt wird sie über tausend Meilen durch eindrucksvolles Kaktusland fahren, begleitet von einem gutaussehenden Kriegsveteranen, der genau weiß, was er will!

»Woran denken Sie?« fragte mich Mrs. Evans, und ich entgegnete: »Sie kehrt so vollkommen verändert nach Hause zurück. Zwei Jahre älter in vier Tagen Festival.«

»Das ist nicht der entscheidende Unterschied. Heute morgen, nach einem langen Gespräch zwischen Penny und mir, habe ich meine Freunde am Smith College angerufen und ihnen gesagt: ›Meine Schutzbefohlene, Penny Grim – und ich sage das auch für ihren Vater –, hat erfreulicherweise ihre Meinung geändert. Sie möchte jetzt ab nächsten September am Smith studieren. Die erste Rate für die Studiengebühr haben Sie am Dienstag in der Post.‹«

»Weiß ihr Vater davon?« fragte ich.

»Nein.«

»Er wird einen Wutanfall kriegen«, warnte ich. »Er war fest entschlossen, daß sie Cheerleader an der S.M.U. werden sollte.«

»Da irren Sie sich, Mr. Clay. Ed wird nicht wütend sein, sondern damit prahlen. Im tiefsten Innern weiß er, daß ich richtig handle.«

»Aber sie nach Norden mitzunehmen, zusammen mit Ricardo! Das heißt doch, Schwierigkeiten geradezu herausfordern.«

»In der Tat. Mr. Clay, dieses Mädchen hat Probleme, die Sie sich nicht mal im Traum vorstellen könnten. Eines Tages wird sie stinkreich sein. Sie muß schon jetzt lernen, die richtigen Entscheidungen zu treffen, die Männer einzuschätzen, die ihr begegnen werden, Ideen in den Kopf zu kriegen, die reifen können. Wenn sie erst mal ans Smith College kommt, dann wird sie klüger sein müssen, als es ihrem Alter entspricht – Amherst mit seinen Hunderten von attraktiven jungen Männern, von denen jeder einzelne wissen wird, daß sie Millionen in der Hinterhand hat, liegt praktisch nebenan, und Yale und Harvard sind auch nicht weit weg.«

Während wir zum Wagen gingen – Ricardo saß hinter dem Steuer, und Penny hatte sich auf dem Rücksitz zusammengekauert – sagte ich zu Ledesma: »Dieses kleine Mädchen weiß haargenau, was abläuft – und sie genießt jede einzelne Minute davon.«

»Da irren Sie sich, Norman. Sie hat heute nachmittag in der

Arena aufgehört, ein kleines Mädchen zu sein, als Pepe Huerta ihr dieses fantastische Paar gewidmet hat. Im Moment hat sie ganz einfach Angst. Die ganze Großartigkeit des Lebens fliegt ihr mitten ins Gesicht, und nun fragt sie sich, wie das wohl werden wird.«

In der Annahme, daß wir über sie redeten, kurbelte sie ihr Fenster herunter, warf uns ein Kußhändchen zu, und machte sich auf den Weg zurück nach Hause.

Während der Cadillac auf der Straße davonbrauste, die ihn zum mexikanischen Grenzübergang in Laredo bringen würde, sagte die Witwe Palafox, die bei Ledesma und mir stand: »Als ich gesehen habe, wie Penny diese Hutschachtel in den Kofferraum gestopft hat, hätte ich schreien können.«

»Warum denn, um Himmels willen?« fragte Ledesma, und sie erklärte: »Vor Jahren hab' ich diesen Film gesehen, mit Robert Montgomery war das. Ein wohlerzogener junger Mann tut sich mit zwei einsamen Frauen zusammen; sein einziges Gepäck ist eine Hutschachtel genau wie ihre. Und dann stellt sich raus, daß darin ein abgeschnittener Frauenkopf steckt. Ich glaub', ich werd' heute nacht nicht schlafen können.«

Es war mir ganz recht, daß sie mich mit Don Eduardo allein ließen; denn selbst in diesem späten Stadium des Festivals hatte ich noch eine wichtige Angelegenheit mit ihm zu besprechen.

»Hast du einen Schlüssel zum Museum?« fragte ich

Er sagte: »Klar. Ich bin der Chef«, und ich fragte, ob er mich dorthin begleiten würde, weil ich ihm etwas überreichen wolle, das er möglicherweise wertvoll fand.

Ich eilte auf mein Zimmer, um das Geschenk zu holen, und dort mußte ich feststellen, daß Ricardo – der gratis bei mir hatte wohnen dürfen – meine Rasiercreme und die Zahnpasta mitgenommen hatte; meinen guten Rasierpinsel hatte er rücksichtsvollerweise dagelassen.

Es war nur ein kurzer Weg die Avenida Gral. Gurza hinunter bis zu der ehemaligen Kapelle, die Don Eduardo mit Unterstützung des Dichters Aguilar zum Palafox-Museum umgewandelt hatte. Als wir zu dem verschlossenen Portal kamen, bemühte der Don gar nicht erst seinen Schlüssel, sondern hämmerte an die Eichentür und rief: »Aguilar! Aufmachen!«

Als der schlaftrunkene Mann schließlich gehorchte, so wie er es gewohnt war, führte mein Onkel mich in dieses Museum der Stiere mit seinen geschmackvollen Exponaten. Hier hingen die Köpfe von Palafox-Stieren, die den Ruf ihrer Rasse gemehrt hatten. Ihre Hörner waren mit einer Mischung aus Wachs und Schellack auf Hochglanz poliert; sie schienen im Tod so gerüstet zur Verteidigung, wie sie es im Leben gewesen waren, und ich merkte mir diejenigen, die ihre Matadore getötet hatten.

Don Eduardo führte mich in einen Raum im Innern, sagte: »Na bitte! Sind wir nicht eine hübsche Gesellschaft?«, und von den Wänden starrten mich, genau wie es die Stiere getan hatten, Porträts meiner Vorfahren an, die bis weit zurück in die Geschichte der Familie Palafox reichten – die Bischöfe, die Generäle, die Väter des Familienvermögens.

Ich war erstaunt, daß keine Frauen darunter waren, und als ich den Don darauf ansprach, sagte er knapp: »In unserer Geschichte waren es die Männer, die zählten. Sie haben unseren Namen weitergetragen.« Dann erklärte er stolz: »Aber wir waren nicht engstirnig, nicht im geringsten«, und deutete auf zwei überdimensionale Fotos von Jubal Clay und meinem Vater. Auch sie hatten wichtige Rollen in der Familiengeschichte gespielt, und während ich ihre vertrauten Gesichter studierte, fragte ich mich, ob es jemals Anlaß geben würde, mein eigenes Bild in die Ahnengalerie aufzunehmen. Ich hatte eine Palafox geheiratet, war ihr aber von der Fahne gegangen – oder, um der Wahrheit die Ehre zu geben, sie hatte mich verlassen und war in Toledo geblieben.

Zurück in die Gegenwart. Ich zog aus einer sorgfältig vorbereiteten Mappe die großformatige, von einem Fachmann angefertigte Kopie eines Fotos, das ich folgendermaßen beschrieb: »Ein historisches Bild. Wichtig für die Palafox. Das Museum sollte es besitzen.«

»Was ist das?« fragte er und beäugte die Mappe mißtrauisch.

»Ein aufregendes Foto.«

»Zeigt es, wie der *Mineral* ausgesehen hat? Davon könnten wir Bilder brauchen, speziell von den Höhlen.«

»Es ist etwas völlig anderes«, sagte ich und präsentierte ihm eine Reproduktion des Schnappschusses, den meine Großmutter mir geschenkt hatte: General Gurza mit mir auf den Knien, und dazwischen das Gewehr.

Onkel Eduardo, dessen Familie Gurza soviel Leid zugefügt hatte, grollte: »Ist das der, für den ich ihn halte?«, und ich fragte: »Und was glaubst du wohl, wer der Junge auf seinem Knie ist?«

»Du am Ende?« murmelte er und schob das Bild von sich, wobei er es nur am Rand berührte, als sei es verseucht.

»Laß mich erklären! General Gurza hat mir dieses Gewehr geschenkt, damit ich ihn verteidigen könnte, wenn ich erst mal vierzehn sei.«

»Ich bin erstaunt, daß du es auch nur angefaßt hast.«

»Und die kleine Frau da ist Großmutter Caridad.«

»Die war eine Indio. Hat's nicht besser gewußt.«

»Und was meinst du, was aus dem Gewehr geworden ist?«

»Nicht Gutes, hoffentlich.«

»Großmutter hat es mit nach Hause genommen, und Vater López, dieser dürre Priester, den wir im *Mineral* versteckt hielten, hat's gestohlen, es nach San Ildefonso im Norden geschmuggelt, und damit General Gurza aus dem Hinterhalt erschossen.«

»Irgend jemand sollte diesem Gewehr ein Denkmal setzen, aber Gurza? Sein Bild in diesem Museum, in dieser Stadt? Nicht solange ich lebe!« Mit einer raschen Bewegung nahm er mir das Foto aus der Hand, zerfetzte es in Stückchen und warf sie auf den Boden. »Wir dulden hier keine Obszönitäten.«

Bestürzt über diese Zurückweisung ging ich zur Tür und rief zurück: »Ich bin froh, daß ich das Original nicht mitgebracht hab'. Eines Tages wirst du dir noch wünschen, du hättest es.«

Zuerst dachte ich, er hätte mich nicht gehört, denn als mich umdrehte, stand er bloß da und versuchte, die Fetzen des Fotos mit seinen schweren Stiefeln auf dem Kachelboden zu zermahlen. Doch er hatte meinen Abschiedsgruß gehört, denn als ich mich zum Gehen wendete, rief er: »Wag es nur nicht, mir das Original zu schicken! Das reiß' ich auch in Fetzen. Und falls du vorhast, nächstes Jahr wiederzukommen, bring bloß deine Ölfritzen aus Oklahoma nicht mit! Kein Sinn für Geschichte. Nichts als Geld im Kopf. Die kotzen mich an.«

Doch als ich einen dramatischen Abgang versuchte, erwischte ich die falsche Tür und sah etwas so Fürchterliches, daß ich unwillkürlich einen Schrei ausstieß. Über mir in der Dunkelheit, die abscheulichen Züge nur von einem schwachen Lichtschein aus dem Raum erhellt, den ich gerade verlassen hatte, ragte ein erschreckender Kopf auf, der von Schlangen bedeckt war und auf einem verkrümmten Körper saß, der all die monströsen Symbole zu enthalten schien, die man sich ausgedacht hat, um Kinder zu erschrecken.

»Ganz schön unheimlich, was?« fragte Don Eduardo.

»Was ist das? Sieht ja aus wie lebendig.«

»Die Muttergöttin, wie die Altomeken sie in den Tagen unmittelbar vor Cortés genannt haben. Das ist die Göttin, die von den Frauen in deinem Zweig der Familie, Grauauge und ihren Gefährtinnen, zerstört wurde, ungefähr ein Jahr, bevor der erste Bischof Palafox eintraf.«

Ich warf einen weiteren Blick auf das scheußliche Ding und fragte schwach: »Wie habt ihr denn eine solche Riesenstatue hier reingekriegt? Habt ihr eine Wand eingerissen?«

»Sie wurde in Bruchstücken angeliefert. Ein deutscher Archäologe hat die einzelnen Teile tief neben der Pyramide vergraben gefunden, wo sie gestürzt worden war, und wir haben sie in diesem Raum zusammengesetzt.«

»Laßt ihr hier Schulkinder rein? Die würden sich doch zu Tode fürchten.«

»Nein. Vor denen verstecken wir sie, bis sie älter sind. Aber wir verstecken sie nicht vor uns selbst, denn auch sie ist ein Teil unserer Geschichte. Speziell ein Teil deines Erbes, Norman, wenn man bedenkt, daß du aus dem indianischen Teil unserer Familie stammst.«

Ich riskierte einen weiteren Blick auf diesen Schrecken und

sagte: »Es war an der Zeit, daß Cortés kam und eine Spur Vernunft mitbrachte.«

Aber er korrigierte mich: »Vergiß nicht, es waren die Frauen deiner Familie, die dieses bösartige Dreckstück zerstört haben!«

Als ich auf die Terrasse zurückkehrte, verletzt wegen der Ablehnung meines Geschenks und entnervt vom schrecklichen Anblick der Muttergottheit, verspürte ich das Bedürfnis nach menschlicher Gesellschaft.

Ich musterte die Tische, konnte aber niemanden finden, mit dem sich über die Ereignisse der letzten fünf Tage reden ließ. Mrs. Evans war abgereist. Die Witwe Palafox war, ermüdet von der niemals endenden Arbeit in ihrem Hotel, zu Bett gegangen, und die beiden Helden des gestrigen Tages, Victoriano und Gómez, lagen im Krankenhaus. Ledesma war vermutlich damit beschäftigt, seine Artikel über das Festival zu schreiben, und ich war allein in einer Stadt voller Gespenster und verwirrender Erinnerungen.

Dann drang aus dem billigen Café am anderen Ende der Terrasse die blecherne Stimme von Lucha González, die ihren Pseudo-Flamenco sang, und sie zog mich an wie ein Magnet. Diese Anziehungskraft hatte gewiß nichts mit Kunst zu tun; denn meiner Meinung nach sang sie ganz kläglich und tanzte noch schlechter, aber ich verspürte Mitleid für sie. Die arme, verblendete Frau! Als ihr Matador dieses Horn in den Unterleib bekam, war seine Aussicht auf eine Saison in Spanien dahin und ihre auf einen Versuch mit der Flamenco-Szene von Madrid. Sie mußte wissen, daß noch zwei Jahre Mexiko ihr Glück endgültig erschöpfen würden – Gómez würde in den unbedeutenderen Arenen kämpfen, und sie war zu den billigen Cafés verdammt.

Als sie mich in der Tür stehen sah, machte sie ein Zeichen, daß ich mich an einen bereits vollen Tisch setzen solle, und sobald ihre Nummer zu Ende war, kam sie herüber und zog sich einen Stuhl heran. »Ich war eine halbe Stunde bei Juan im Krankenhaus. Es ist eine tiefe Wunde. Keine Kämpfe mehr in diesem Jahr. Aus der Reise nach Spanien wird nichts, so sicher sie ihm war –

die Mano-a-manos mit Victoriano sind sehr beliebt gewesen.« Sie weinte nicht, aber ihre Augen waren schwer von Müdigkeit. »Na schön«, sagte sie mit gespielter Fröhlichkeit, »irgendwann kommt er wieder auf die Beine, und Gott sei Dank hab' ich ja immer noch meine Stimme, und tanzen kann ich auch. Ich werd' schon weiterhin Arbeit kriegen.«

»Das werden Sie, Lucha«, versicherte ich ihr. »Die Cafés brauchen immer Sängerinnen und Tänzerinnen, und Sie sind eine von den besten.«

»Ich könnte ihn nicht verlassen«, sagte sie, »nicht mal, wenn ich ein Engagement in Spanien bekäme. Wir brauchen einander, und Cigarro findet immer irgendeine Möglichkeit, wie wir genug Geld zum Leben verdienen können.«

Als der Manager des Cafés sie mit mir zusammensitzen sah, ermahnte er sie zwar nicht direkt zum Weitersingen, aber er sah sie doch an und nickte fast unmerklich. Müde stand sie auf, tätschelte meinen Kopf und setzte ihre traurigen Vorstellung fort. Ich hätte vermutlich das Café verlassen, wenn nicht in diesem Moment León Ledesma gekommen wäre. Als ich ihm winkte, sich zu mir zu gesellen, setzte Lucha zu einem lautstarken Lied über ein Mädchen aus Acapulco an, und León rief enthusiastisch aus: »Genau das hat mir gefehlt nach diesem langen Tag! Das Aussuchen der Stiere am Mittag; die Tienta auf der Ranch; der Sack voll nassem Zement am Nachmittag; Ricardo im Gefängnis, wo er hingehört; Mrs. Evans abgereist und meine Artikel geschrieben. Und nun auch noch die Nachtigall von Toledo! Welch ein Abschluß! Setzen wir uns in ihre Nähe!«

Er warf ihr eine Kußhand zu und beobachtete, wie ein Kellner einen Tisch in Bühnennähe für uns ausfindig machte, an dem schon zwei Männer saßen. Ich hörte den Kellner sagen: »Würde es Ihnen wohl was ausmachen, wenn Señor Ledesma, der berühmte Stierkampf-Kritiker ...«

Die Männer sprangen auf, erklärten überschwenglich, daß er ihr Lieblingsschriftsteller sei, was Stiere betreffe, und fragten, was er denn von Victorianos erstaunlichem Nachmittag halte. »Dürfen wir Ihnen und Ihrem Freund einen ausgeben?«

León sagte, das sei überaus freundlich von ihnen und fragte dann, ob er nicht seinerseits ihnen etwas spendieren könne, und bald waren wir praktisch Blutsbrüder. Als León sagte: »Der hier ist in Toledo zur Welt gekommen und ein geborener Palafox, aber er war clever genug, von hier wegzugehen«, bestanden sie darauf, mir mit einer Flasche vom besten Rioja zuzutrinken.

Und dann geschah etwas Unerwartetes. Es war nahezu fünf Uhr morgens, aber viele Leute, denen es auf dem Festival gefallen hatte, waren noch immer da. Sie applaudierten lautstark, als Lucha ihren Auftritt beendete und herüberkam, um sich zu uns zu setzen, aber sie brachen in echten Jubel aus, als ein zierlicher alter Mann ihren Platz einnahm, der von einem jungen Gitarristen begleitet wurde. Sobald er die beiden sah, sprang Ledesma auf, rannte auf die Bühne, umarmte den alten Mann und zog ihn an unseren Tisch: »Das ist Pichón. In meiner Jugend in Barcelona war er der beste Flamenco-Sänger in der ganzen Stadt. Wie er zu seinem Namen gekommen ist? Eine Kneipensängerin wie Lucha hier sang gerade ›La Paloma‹ – die Taube. Und er hat gerufen: ›Palomas sind weiche, weiße Vögel für weinerliche Weiber, aber ich bin ein schmuddliger Täuberich!‹, und das ist dann zu seinem Spitznamen geworden.«

Sie sprachen ein paar Minuten über Barcelona, und dann fragte León: »Und was werden Sie für uns singen in dieser kalten, grauen Dämmerung?«

»›Peteneras‹«, sagte der Mann, während er zu seinem Stuhl neben dem Gitarristen zurückging.

Sowohl Ledesma als ich verstummten, denn das ist einer der großen Flamencogesänge über Leid und Kummer des Menschen. Wie soll ich das jemanden erklären, der kein Spanier ist? Ein alter Mann sitzt auf einem Stuhl, irgendwo auf der Plaza eines spanischen Dorfs; er sieht eine schöne, verstörte junge Frau vorüberkommen, und er singt Worte, die so tief empfunden sind, daß sie für alle Dörfer sprechen, für alle unglücklichen Frauen. Doch man muß sich die Worte so vorstellen, wie Pichón und die anderen großen Sänger Spaniens sie singen würden – mit einer rauhen Säuferstimme, zögernd, als habe er Scheu, sich einzumischen ... den Sänger und das Mädchen trennen Welten, aber ihre Herzen schlagen im gleichen Takt:

»Wohin des Wegs, schöne Jüdin,
In deinen feinen Kleidern?«

»Bin auf dem Weg zu Rebeco,
Der in der Synagoge ist.«

»Dort triffst du ihn nicht, schöne Jüdin,
Denn er ist fort nach Salamanca.«

»Weh mir! So steht er vor den Schranken
Der Inquisition? Weh ist mir!
Dies hübsche Kleid wird er nie sehn.«

Nur ein alter Mann auf einem Stuhl, daneben ein Gitarrist und wir fünf an einem Holztisch mit unserem Rioja: Lucha, Ledesma, ich und die beiden Mexikaner, die den Wein spendiert hatten. Während die einfachen Worte und Rhythmen des Lieds dahinrollten, waren wir an einem anderen Ort und in einer anderen Zeit, und als Pichón zu anderen Liedern überging, immer mit dieser heiseren Stimme eines Arbeiters, der vom Acker zurückkehrt, begann Ledesma in einem Ton zu sprechen, der auf seine Art soviel grobe Poesie hatte wie der des Sängers.

»Ich hab' ihn zuerst 1931 in Barcelona gehört, als die Zeiten in Spanien noch gut waren. Ich hatte erste Erfolge bei den lokalen Zeitungen: Poesie, Musik, der Stierkampf. Das ganze Leben lag noch vor mir. Und mit meinen regelmäßigen Einkünften, den Nächten in den Tapa-Bars und den Sängern hätte es ewig so weitergehen können.

Eines Abends fragte ich den Sänger: ›Was ist das für ein Lied?‹, und er wollte wissen: ›Gefällt es Ihnen?‹, und als ich ›Ja‹ sagte, meinte er: ›Sie haben ein gutes Ohr. Das ist »Peteneras«.‹ Und ich fragte: ›Was bedeutet das?‹, und er sagte: ›Das ist der Name einer schönen Jüdin.‹ Ich wunderte mich: ›Warum dann der Plural?‹, und er erklärte: ›Eigentlich heißt sie Petenera, aber was ich da singe, ist eine Mischung aus vielen Lieder, die nach ihr benannt sind, also muß es im Plural stehen.‹

Dann kam General Franco, und diejenigen von uns, die frei bleiben wollten, wurden zum Kämpfen in das kleine Gebirgsstädtchen Teruel geschickt, wo das Schicksal der Welt entschieden wurde. Es war eine höllische Schlacht. Mein Vater, meine Mutter, meine Brüder – allesamt von den Falangisten umgebracht. Ich floh nach Mexiko.«

Die Erinnerung an diese tragischen Tage hatte einen merkwürdigen Einfluß auf ihn, denn er unterbrach sich, starrte mich an, als habe er mich noch nie gesehen, und sagte bitter:

»Ja, ihr Besucher aus dem Norden mit eurer guten Erziehung und euren guten Ärzten, euch macht es Spaß hierherzukommen und auf alles Mexikanische herabzublicken. Aber eines sage ich Ihnen, in dunklen Nächten tue ich zwei Dinge. Ich weine um Barcelona und alles, was ich dort verloren habe. Lieber Gott, wie gern würde ich zurückkehren und mir das alles wiederholen! Und dann muß ich in meinem Kummer zugeben, daß das niemals geschehen wird, aber mit neuer Freude im Herzen danke ich für Mexiko. Mexiko ist der einzige Platz auf der Welt, der Männer wie mich aufnehmen wollte, die sich gegen Franco gestellt haben. Dieses Land ist geheiligt. Zehntausend mexikanische Regierungsbeamte sind wahre Heilige. Sie haben uns gegen den Rat der gesamten Welt aufgenommen. Also, Mr. Norman Clay, kommen Sie nicht herunter zu unserem Festival und reißen Witze über uns! Mexiko hatte Mut, als Sie keinen hatten.«

Die beiden Mexikaner sagten: »Ja, in den dreißiger Jahren gab es in Mexiko eine lange Debatte, ob wir spanische Liberale wie Sie aufnehmen sollten, Señor Ledesma, aber wir haben es getan.« León zeigte auf Pichón und sagte: »Er auch«, und als er eine Reihe von Liedern beendet hatte, winkten die Männer ihm, er solle sich zu uns setzen.

»Erzählen Sie ihnen, wie wir uns getroffen haben!« sagte Ledesma, und der alte Mann erklärte: »Als die schlimmen Zeiten kamen, hab' ich mich aus Barcelona weggestohlen und bin auf einem Frachter nach Mexiko gekommen, weiß der Himmel wie. Keine Papiere, kein Geld. Ich habe in der Hauptstadt für Drinks und Tortillas gesungen, als der da mit seinem schwarzen Cape ...«

Ledesma unterbrach ihn: »Mit dem ersten Geld, das ich in Mexiko verdient habe, bin ich zu einem Schneider gegangen und habe ihm erklärt: ›Ich möchte ein schwarzes Cape, das mich wie einen Spanier aussehen läßt.‹ Das ist inzwischen die dritte Auflage, und immer noch der gleiche Schneider.«

»Warum?« fragte ich, und er sagte: »Weil ich in Spanien ein Liberaler war und stolz darauf – ich habe nie versucht, es zu verbergen, selbst wenn ich mein Leben dabei riskiert habe. Hier würde ich Spanier sein und stolz darauf. Wie auch immer, sobald ich seine Stimme hörte, wußte ich, daß es mein alter Freund war, der Täuberich. Er ist nie reich geworden, aber wo immer wir Exilspanier uns treffen, bezahlt ihn jemand fürs Singen, und wenn er es tut, fließen die Tränen, und wir sehnen uns nach der Heimat.«

Das Stichwort ›Heimat‹ veranlaßte ihn, sich zurückzulehnen, in seinen schwarzen Umhang gewickelt und den Hut in die Stirn gezogen. Mit langsamer, träumerischer Stimme sagte er: »Das Ende jeder Fiesta ist ein todtrauriger Moment. War irgend jemand von Ihnen mal auf dem großen Festival in Pamplona?« Wir verneinten alle. »Acht Tage mit den besten Stierkämpfen der Welt, wenn Sie mich fragen. Das ist, wo sie durch die Straßen rennen und sich von den Stieren jagen lassen.«

»Ich hab' Bilder davon gesehen«, sagte einer der Männer. »Blanker Wahnsinn.«

»Am letzten Abend, nach acht Tagen voller Freundschaft und Drinks und Stierkampf ist alles vorbei, und was machen die Leute? Sie zünden Kerzen an, jeder hat seine eigene, und sie paradieren durch den Ort wie Geister in einer plötzlich ausgestorbenen Stadt. Und während sie durch die engen Straßen ziehen, singen sie ›*Pobre de mí* – Ach, ich Armer‹, mit einer solchen Traurigkeit, daß man glauben könnte, das Ende der Welt sei gekommen und nicht bloß das Ende des Festivals.« Er machte eine

Pause. »Bei meinem ersten Besuch in Pamplona war ich mit den Stieren gelaufen und hatte mich in eine Engländerin verliebt, die abgereist war. Als ich da ›Pobre de mí‹ gesungen habe, war wirklich ich gemeint, und ich stellte mir vor, daß all die anderen eigens um mich trauerten.«

Der Manager des Cafés, der gesehen hatte, daß beide Sänger an unserem Tisch saßen und León zuhörten, hastete herüber: »Einer von euch singt jetzt gefälligst! Das ist hier ein Café. Hier wird gesungen!«

Als Pichón sich bereit erklärte, erzählte uns Lucha: »Gómez ist nicht allzu schwer verletzt. Wird vielleicht zwei, drei Kämpfe verpassen. Ich muß singen, damit Geld reinkommt.« Aber wie in jedem Gespräch mit Leuten, die den geringsten Einfluß besaßen, kam sie schnell zur Hauptsache: »Wenn Gómez verwundet wird, tut's auch mir weh. Bei seinem Erfolg kommen wir todsicher nach Spanien. Er kämpft, ich tanz' Flamenco.« Sowohl Ledesma als auch ich wußten, daß ihre Chancen in Spanien – wo es Hunderte von Konkurrentinnen gab, die jünger und hübscher waren als sie, besser tanzten und unvergleichlich besser singen konnten – gleich Null waren, aber egal was Leute wie wir ihr sagten, glaubte sie hartnäckig daran, daß ihr alle Türen offenstehen würden, wenn sie nur erst einmal in Madrid war.

»Pichón!« rief sie noch im Sitzen, »das Lied, zu dem ich tanze!«, und dann stieg sie auf die winzige Bühne mit dem Gitarristen in der Ecke und Täuberich auf seinem Stuhl und sie selbst im harschen Scheinwerferlicht. Sie wartete einen Moment, um den Rhythmus der Worte und der Musik aufzunehmen, und dann begann sie mit ihrer Version einer Flamencotänzerin in einem spanischen Café.

Es war jämmerlich, so bar jeder elementaren Kraft und jedes Gefühls, daß niemand von uns hinsehen wollte, doch als sie fortfuhr, lähmte eine Art Verzeihensbereitschaft unser kritisches Urteil. Wir waren in Spanien, lauschten richtigem Flamenco in einem authentischen Café in Sevilla. Die Gitarre und Pichón waren so echt, daß sie Luchas groteske Vorstellung übertünchten, und ich dachte: Sie ist wie diese Stiere. Das Leben stutzt ihr die Hörner und kippt eine Tonne nassen Zement auf sie, aber sie singt einfach weiter – um einem Mann zu helfen, der sie nie im Leben nach Spanien mitnehmen wird.

»Das arme Ding«, sagte ich zu Ledesma. »Die kommt nie nach Madrid. Wann fahren Sie denn zurück?«, und er gab mir die Antwort, die er ein dutzendmal im Jahr wiederholen mußte, wann immer man ihm diese Frage stellte: »Nicht bevor Franco tot ist, und so wie es aussieht, hat der das ewige Leben.«

Als er das sagte, beendete Lucha ihre unbeholfene Tanznummer und begann wieder zu singen; nach Täuberichs meisterhaftem Auftritt klang es so gräßlich, daß León der Bühne den Rücken zudrehte und Grimassen schnitt. Dieses Urteil war so grausam, daß ich protestieren mußte: »León, dem Mädchen bricht das Herz. Mit Gómez im Krankenhaus ist ihre letzte Chance dahin, nach Madrid zu kommen.«

Ledesma starrte mich an. »Sie sind ja noch sentimentaler, als ich dachte.«

»Warum?«

»Weil Sie Tränen über Lucha und ihre Träume vergießen. Ist Ihnen denn nicht klar, daß sie es nicht einmal richtig macht – daß beim echten Flamenco eine Frau niemals versuchen würde, sowohl zu singen als auch zu tanzen? Er singt, sie tanzt.«

»Das hatte ich vergessen.«

»Lucha weiß es. Pichón weiß es. Es ist einfach ihre private Nummer, und es muß ihn ankotzen, wie sie zu tanzen versucht. Und mich kotzt es noch mehr an.« Er stand auf und begab sich hinaus in die saubere Nachtluft, wo bald der Morgen dämmern würde.

Da ich keine Lust hatte, in dieser traurigen Nacht alleine zu bleiben, ging ich ihm nach, mit den zwei Rioja-Männern im Schlepp. Als ich zu ihm aufschloß, knurrte er nur: »Wohin soll's jetzt gehen?«

»Ich möchte der Statue dort unten gute Nacht sagen – meinem Vater. Wußten Sie, daß mein Großvater hier im Jahr 1866 Zuflucht fand, genau wie Sie 1939?«

»Mir scheint, ich habe gehört, daß Ihr Vater und Sie Mexiko

verlassen haben und wieder die amerikanische Staatsbürgerschaft angenommen haben.«

»Nicht ›angenommen‹. Wir haben gekämpft, um sie zurückzubekommen. Er im Ersten Weltkrieg, ich im Zweiten.«

»Warum fanden Sie es nötig, Mexiko den Rücken zu kehren?«

»Wir konnten nicht hinnehmen, wie ihr uns die Ölquellen gestohlen habt, die uns rechtmäßig gehörten.«

»Sehen Sie sich manchmal noch als Mexikaner?«

»Wenn ich in den Staaten alle Hände voll zu tun habe, ist Mexiko zehntausend Meilen weit weg. Aber wenn ich zurück auf diese Plaza komme ...«

Während wir dahinschlenderten, taten León und ich, als seien unsere Zeigefinger Kerzen und sangen »Pobre de mí«, und bald schlossen sich die Männer mit dem Rioja an, und in dieser Formation kamen wir zur Statue meines Vaters.

In der Dunkelheit sagte ich: »León, Sie und mein Großvater sind Zwillinge. Leute, die vor der Tyrannei geflohen sind. Flüchtlinge, die sich ein Leben lang nach der Heimat sehnen; die sich mit anderen zu einem gemeinsamen Lied zusammenfinden; die in der Nacht um eine verlorene Heimat weinen ...«

Ich hatte sein Leben so präzise zusammengefaßt – und auf eine Art mein eigenes – daß keiner von uns es notwendig fand, dieses Thema zu vertiefen, doch es verlangte mich nach einem ernsthaften Gespräch, und so schlug ich vor: »Gehen wir ein paar Schritte weiter! Zur Arena. Und Sie sagen mir ehrlich, was wir hier heute gesehen haben!«

Während wir den kurzen Weg zu dem niedrigen, runden Gebäude zurücklegten, wo ich nur wenige Tage zuvor die ersten Plakate gesehen hatte, die Ixmiq-61 ankündigten, sagte der Mann mit der Riojaflasche: »Ich kann Ihnen erzählen, was wir gesehen haben. Die Wiedergeburt eines großen mexikanischen Matadors. Victoriano war stupend.« Auf spanisch trägt jenes viersilbige Wort, *estupendo*, einen wunderbaren Klang, den es in anderen Sprachen nie erreicht.

Der andere Fremde stimmte ihm zu: »Er ist wieder zum Leben erwacht. Hat gekämpft wie in den alten Tagen. Aufregend.«

Doch aus jener Gewohnheit heraus, die ihn zu einem so geachteten Kommentator machte, brachte erst Ledesma die ganze Bedeutung der Sache auf den Punkt: »Wir haben einen Stier gesehen, der nicht zu besiegen war, egal, was wir mit ihm angestellt haben. Wir haben gesehen, wie dieser verdammte Indio Gómez getan hat, was er tun mußte, und seine Chance verloren hat, nach Spanien zu kommen. Wir haben die arme Lucha gesehen, die sich noch immer an ihren Traum klammert. Und ja, wir haben gesehen, wie aus Victoriano ein *matador de toros* geworden ist statt eines Tanzlehrers. Es gab so viel zu sehen in diesem niedrigen, häßlichen Bau, wo Träume geboren und erfüllt werden.«

In diesem Moment schien es, als flamme hinter dem dämmrigen Nachthimmel ein gigantisches, weißglühendes Licht auf, das die Bilder beschien, die ich gesammelt hatte, seit ich vor fünf Tagen nach Toledo gekommen war: die Pyramide mit ihren grotesken Göttern; die Kathedrale mit ihren gemarterten Priestern; den elegant geschwungenen Aquädukt; unseren *Mineral* mit seiner endlosen Kette kletternder Frauen; und ganz besonders diese Plaza mit ihren lärmenden Soldaten. In diesem erstaunlichen Licht nahm das Mosaik für mich eine ganze besondere Bedeutung an: Wenn Nr. 47 sich bis zuletzt treu bleiben konnte; wenn Gómez seine Karriere aufs Spiel setzen konnte, indem er tat, was er tun mußte; wenn Lucha weitersingen konnte, selbst während ihr Traum verblaßte; und wenn Victoriano sich aus eigener Kraft erneuern konnte, dann konnte auch ich gewiß das Problem angehen, das mich so lange beschäftigt hatte. Dann, als ich aus der Trance erwachte, die mich gefangengehalten hatte, sah ich, daß mein mystisches Licht nichts anderes war als die aufgehende Sonne, und die Wirklichkeit hatte mich wieder.

»Sie mit dem Rioja! Wo ist das Telegraphenamt?« fragte ich. Als wir dort ankamen, hämmerten wir an die Tür, um den Beamten zu wecken, und ich drückte ihm fünf Dollar zusätzlich in die Hand, damit er ein Blitztelegramm nach New York abschickte. »Das kriegen sie, sobald der Laden aufmacht«, erklärte ich Ledesma, und er sagte: »Norman, dieses Telegramm hat wirklich Hand und Fuß.«

Drummond, ich glaube, Sie sind mir noch neun Monate Urlaub bei halbem Gehalt schuldig. Ich nehme ihn. An Mexiko ist mehr dran als nur Stierkämpfe, und ich will rausfinden was. Schicke Ihnen per Luftpost Film 29 zu, zwölf großartige Farbfotos von unglaublichem Paar Banderillas, 360-Grad-Drehung in der Luft über Hörnern von Wahnsinnsstier. Suchen Sie sechs davon für Doppelseite aus. *Así torean los grandes.* So kämpfen die Großen. Junge heißt Pepe Huerta, Anfänger, hat keinen Peso, Kostüm geliehen, aber große Zukunft. Bitte verwenden. Norman.

Für mich war Ixmiq-61 mit dieser Sonntagnacht im April noch nicht zu Ende. Es war im August, während ich in den Archiven von Mexico City für das Buch recherchierte, das ich schreiben wollte, als mir zum wiederholten Mal die unverschämte Art in Erinnerung kam, in der Onkel Eduardo die Kopie des einzigartigen Fotos von General Gurza und mir zerrissen hatte. Also unterbrach ich meine Arbeit und schrieb einen glühenden Artikel von zehntausend Worten über General Gurzas letzten Angriff auf Toledo: wie Vater López den ersten Angriff überlebt hatte und seine Priesterkollegen massakriert worden waren und wie meine Familie ihn versteckt hatte und der dürre Priester eine endlose Debatte mit Großmutter Caridad, der Revolutionärin, geführt hatte. Dann berichtete ich über die Umstände meines Zusammentreffens mit dem General und wie das Foto entstanden war, auf dem jenes schicksalhafte Gewehr so deutlich zu sehen war.

Und in einer Geschichte, die noch kein Clay vor mir erzählt hatte, weder in Mexiko noch in den Staaten, schilderte ich, wie Vater López General Gurza erschossen hatte, und bewies mit dem Foto der Waffe, daß der General mit einem seiner eigenen Gewehre getötet worden war – oder zumindest mit einem, das er aus der Munitionsfabrik bei Mexico City gestohlen hatte.

Als der Artikel – und speziell meine Dokumentation, wie General Gurza, ein Erzfeind der Vereinigten Staaten, gestorben war – zusammen mit einer Reihe gräßlicher Fotos von der Plünderung Toledos und der Exekution der Nonnen veröffentlicht wurde, zog rasch eine Reihe von Historikern nach und legte Beweise vor, die ihn untermauerten. Das Resultat war, daß das Foto, das mir meine Großmutter geschenkt hatte, ein Publikum erreichte, das ihr geschmeichelt, sie aber auch verwirrt hätte; denn in meiner Darstellung war sie ganz klar diejenige, die den Tod ihres Helden herbeiführte. Sie hatte das Gewehr von Gurza angenommen, es mit nach Hause gebracht, es an einem Ort aufbewahrt, wo Vater López es stehlen konnte, und alle polizeilichen Nachforschungen vereitelt. Ich war froh, daß ich mich dazu hatte verlocken lassen, diese Geschichte zu erzählen, denn sie warf ein neues Licht auf die Familie der Palafox wie auch der Clays.

Der Artikel wurde Anfang September veröffentlicht. Bis Weihnachten hatte er alle spanischsprechenden Länder erreicht, und im späten Januar 1962 bekam ich in Mexico City diesen Brief aus Toledo:

Mi Querido Sobrino Norman (›Lieber Neffe Norman‹)!

Ich muß verrückt gewesen sein, als ich dieses verblüffende Foto von General Gurza, Dir und dem Gewehr zerrissen habe. Dank Deines großartigen Artikels und der Reproduktionen, die überall auf der Welt gemacht worden sind, habe ich es vor Augen, wo auch immer ich hingehe. Jeder, der in unser Museum kommt, will das Original sehen, und alles, was wir haben ist eine schlechte Reproduktion aus einer spanischen Illustrierten, die koloriert wurde, um eindrucksvoller zu wirken; einfach gräßlich.

Bitte, bitte schick uns wenigstens einen guten Abzug, und wenn Du großzügig genug bist, uns das Original zu überlassen, wird der Bürgermeister es zum Stadtschatz erklären, und wir machen Kopien für die Schulkinder, die uns besuchen.

Wir haben großartige Pläne für Ixmiq-62. Victoriano und Gómez haben beide unterschrieben, daß sie auftreten wollen. Calesero kommt aus Aguas herunter, und Fermín Sotelo wird zurückkehren, um seinen Triumph zu wiederholen. Ich habe persönlich Hectór Sepúlveda, den einarmigen Dichter, dessen Werke Dir gefallen haben, beauftragt, ein Festspiel zu schreiben, das auf Deinem Foto beruht, *Leben und Tod des General Gurza*. Wir Palafox verabscheuen ihn, aber da Du ihn nun einmal zu unserem Nationalhelden gemacht hast, müssen wir ihn akzeptieren. Sepúlveda und ich haben uns auf zwei Dinge geeinigt, obwohl das Reden zum größten Teil ich besorgt habe. Ein Höhepunkt der Show wird darin bestehen, daß ein Satz mächtiger Scheinwerfer auf den kleinen Laden gerichtet wird, vor dem Du und Gurza damals gesessen haben, und wir haben einen wackeren Soldaten ausgesucht, der unter Gurza gedient und an den beiden ersten Plünderungen von Toledo teilgenommen hat. Sehr realistisch; er sieht aus wie der General. Meine Enkeltochter hat einen ungefähr neunjährigen Jungen, der Dich spielen wird. Wir haben auch ein Gewehr aus der Zeit; davon gibt's in Toledo jede Menge, und es wird ein historischer Moment sein. Ich habe Sepúlveda gebeten, Reden für Dich und Gurza zu schreiben, aber er meinte, das könnte ich bestimmt besser, und ich arbeite daran.

Auf allgemeinen Wunsch werden wir das Festspiel mit der »Apotheose des Paquito von Monterrey« beenden, und ich bin persönlich dort gewesen und habe seine liebe Mutter ausfindig gemacht. Sie hat zugesagt, für den Abend des Festspiels nach Toledo zu kommen, und wird in Trauerkleidung auftreten, wie sie die Seele ihres Sohns dem Himmel empfiehlt. Für sie schreibe ich auch eine Rede. Das gesamte Komitee meint, es würde viel zu unserem Fest beitragen, wenn Du als hochangesehener Sohn Toledos am Ixmiq-62 teilnehmen könntest, und daß es noch viel besser wäre, wenn Du diese wundervollen Leute aus Oklahoma dazu überreden könntest, wiederzukommen. Sie haben einen äußerst vorteilhaften Eindruck hinterlassen, besonders das Mädchen, das so stilvoll mit unserer Kuh gekämpft hat.

Dein Dich bewundernder Onkel Eduardo

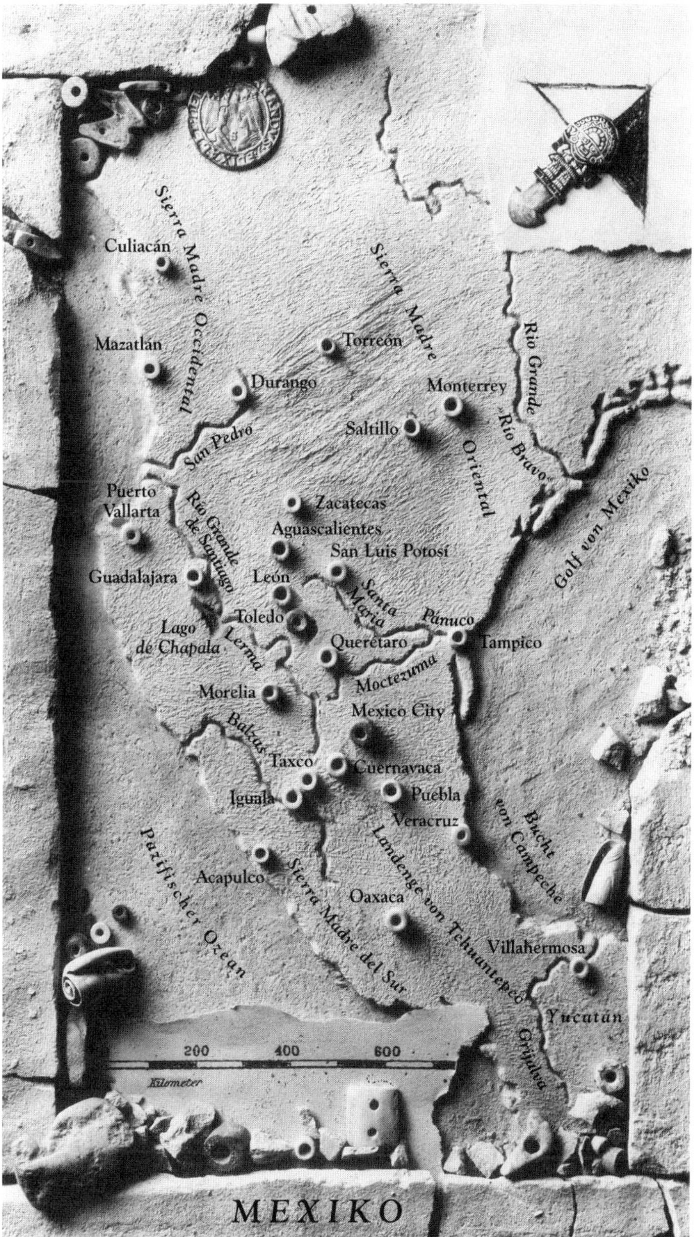
Sierra Madre Occidental
Culiacán
Mazatlán
Sierra Madre Oriental
Torreón
Durango
Monterrey
Río Grande
Río Bravo
Saltillo
San Pedro
Puerto Vallarta
Río Grande de Santiago
Zacatecas
Aguascalientes
San Luis Potosí
Golf von Mexiko
Guadalajara
León
Santa María
Toledo
Pánuco
Lago de Chapala
Lerma
Querétaro
Tampico
Moctezuma
Morelia
Mexico City
Balzas
Taxco
Cuernavaca
Iguala
Puebla
Veracruz
Bucht von Campeche
Pazifischer Ozean
Landenge von Tehuantepec
Acapulco
Sierra Madre del Sur
Oaxaca
Villahermosa
Yucatán
Grijalva
200
400
600
Kilometer
MEXIKO

Land der
Altomeken
Tal-der-Toten
Pyramide
Jaguar-
terrasse
Nach San Luis Potosi
Aquädukt
Mineral
de Toledo
Nach Aguascalientes
Konvent
Katakombe
TOLEDO
Nach León
Nach Guadalajara
Plaza
Crucifixión
Nach Mexico City
Palafox-
Stierranch
Nach Morelia
Kilometer
TOLEDO UND UMGEBUNG

Garten
Museum
Kachelhaus
Café
Terrasse
Kathedrale
Ixmiq
Bühne
Plaza
de
Toledo
Theater
Clay
Außenkapelle
für Indios
Regierungspalast
Palafox
Arena
Café
Avenida Gral. Garza
PLAZA DE TOLEDO

Zeittafel

Indios	Palafox	Clays
500 *Trunkene Erbauer*		
900 *Ixmiqs Herrschaft*		
650 *Bau der Pyramide*		
900 *Nopiltzín entdeckt Pulque*	900 *Palafox in Salamanca*	
1000 *Altomeken erhalten neuen Gott*		1000 *Clays als Bauern in England*
1130 *Kriegsgott eingesetzt*		
1151 *Altomeken erobern Toledo; Xolal getötet*		
1171 *Pyramide vergrößert*		
1350 *Scheinkampf Altomeken gegen Azteken*		
1470 *Tezozomoc wird Anführer*		
1477 *Grauauge geboren*		
1497 *Grauauge sieht schreckliche Göttin*		
	1498 *Antonio Palafox geboren*	
1503 *Xóchitl geboren*		
	1504 *Alicia de Guadalquivir geboren*	
1507 *Tezozomocs Witwe geopfert*		
1519 *Ixmiq, Grauauges Sohn, geopfert*		
1520 *Fremdling geboren; Göttin zerstört*		
	1524 *Antonio Palafox geht nach Mexiko*	1524 *Clays werden Landbesitzer in England*
1527 *Stadt ergibt sich*	1527 *Antonio besetzt Toledo*	

		1529	Professor Palafox als Ketzer verbrannt		
		1531	Bau der Kathedrale zu Toledo begonnen		
		1536	Palafox erhalten 250 000 Morgen Land		
1538	Grauauges Belehrung				
1540	Fremdling getauft; nimmt Antonio Palafox zum Mann	1540	Antonio Palafox (1. Bischof) nimmt Fremdling zur Frau		
		1544	Regierungsgebäude erbaut		
		1575	Kachelhaus erbaut		
1600 bis 1700	4 Altomeken-Mädchen nehmen Palafox-Bischöfe 2, 3, 4, 5 zum Mann und haben 23 Kinder	1600 bis 1700	Palafox-Bischöfe 2, 3, 4, 5 nehmen Altomeken-Mädchen zur Frau	1600 bis 1606	Clays überlegen Auswanderung nach Amerika
				1613	Clays kommen in Virginia an
		1726	Aquädukt erbaut	1726	Clays erwerben Newlands
		1740	Silberader in 600 Fuß Tiefe im »Mineral« entdeckt		
		1760	Front der Kathedrale wird fertiggestellt		
				1776	Clays kämpfen in der Revolution
		1810	Palafox-Besitzungen von über einer Million auf 500 000 Morgen beschnitten		
				1823	Jubal Clay geboren
		1830	Stiere kommen von Guadalquivir		
				1846	Jubal Clay als Offizier in Mexiko
		1847	Alicia im China-Poblana-Gewand begegnet Jubal Clay	1847	Jubal Clay im »Mineral«
1850	Caridad geboren				
1864	Caridad in den Minen	1860er	Jahre Palafox-Besitzungen von 500 000 auf 250 000 Morgen verkleinert	1864	Jubal Clay kämpft bei Cold Harbor; Clay-Plantage zerstört
				1866	Jubal Clay verläßt Virginia

	1867 *Kaiser Maximilian hingerichtet*	1867 *Jubal Clay im Exil in Toledo*
1874 *Caridad heiratet Jubal Clay*		1874 *Jubal Clay heiratet Caridad*
	1881 *Graziela Palafox geboren*	
		1882 *John Clay in Toledo geboren*
	1897 *Eduardo Palafox geboren*	
	1906 *Graziela Palafox heiratet John Clay*	1906 *John Clay heiratet Graziela Palafox*
		1909 *Norman Clay in Toledo geboren*
	1910 bis 1914 *Revolution kostet 150 000 Morgen an Palafox-Land*	
	1911 *General Gurza stürmt Toledo*	
		1917 *John Clay mit amerikanischen Truppen in Frankreich*
	1919 *General Gurza ermordet*	
		1920 *»Die Pyramide und die Kathedrale« veröffentlicht; Stier Soldado im »Mineral«*
	1933 *Magdalena Palafox heiratet Norman Clay*	1933 *Norman Clay heiratet Magdalena Palafox*
	1938 *Mexiko enteignet Ölquellen*	1938 *USA verlieren Ölquellen; John und Norman Clay gehen nach Alabama; Norman trennt sich von Magdalena*
		1942 *Norman Clay als US-Jagdflieger im Pazifik*
1945 *Juan Gómez springt beim Ixmiq-Festival in die Arena*		
		1950 *Norman Clay als Reporter in Korea*
1961 *Juan Gómez beim Ixmiq-Festival*	1961 *Don Eduardo beim Ixmiq-Festival*	1961 *Norman Clay beim Ixmiq-Festival*

Hinweise zum Schutzumschlag

Der Schutzumschlag-Entwurf stammt von dem Maler, Grafiker und Bildhauer Achim Kiel, PENCIL CORPORATE ART, in Braunschweig.
Das Bildmotiv (Originalgröße 130 x 62 cm) ist ein in Ton nachgeformtes Kalkstein-Relief der Mayas. Nach den Vorbildern der Mayakunst wurden die verschiedenen Teile der Darstellung vom Künstler aus unterschiedlich hohen Ebenen der trockenen Tontafeln herausgearbeitet. Das Original-Relief-Fragment stammt von einem Türsturz aus Yaxchilán, Chiapas in Mexiko und entstand in der Spätklassik, 755 n. Chr. Es zeigt den Fürsten Yaxun Balam »Vogel-Jaguar« und seine Frau Wak Halam Chan Ahaw bei der Vorbereitung zu einem Kriegszug. Das Original befindet sich im British Museum in London. Die Rückseite des Schutzumschlages zeigt das halbfertige Relief einer Federschlange, skulptiert nach einem mixtekischen Tongefäß-Muster im Museum von Mitla.
Ebenso wie die Textschrift des Buches ist der Name des Autors JAMES A. MICHENER auf dem Schutzumschlag in der Kennerley Oldstyle »gesetzt«. Diese Schriftenfamilie entstand zwischen 1911 und 1918 in der Village Letter Foundry von Frederic W. Goudy im Auftrag des New Yorker Verlegers Mitchell Kennerley, um damit H. G. Wells' Buch »The Door in the Wall« zu gestalten. Die Verwendung der Kennerley in diesem Buch ist als Reverenz an große Schriftschöpfer und große Autoren zu verstehen. Der Autorenname wurde ebenso erhaben aus den trockenen Tontafeln herausgeschnitten wie der Buchtitel MEXIKO, dessen Buchstabenschnitt dem Formenkanon der Maya-Baukunst entlehnt ist. Der bewußte Bruch zwischen Maya-Relief und Lateinischer Schrift beruht darauf, daß das Original-Relief an dieser Stelle tatsächlich zerbrochen und der Rest verlorengegangen war – er ist aber auch eine Erinnerung an die Zerstörung der indianischen Kulturen im gesamten Amerika durch europäische Invasoren und deren Völkermorde. Die Buchkünstler verzichteten daher auch bewußt auf eine Abbildung der vom Autor ausführlich geschilderten Stierkampfszenen.

Hinweise zu den Illustrationen

Die Illustrationen an den Anfängen der 20 Kapitel dieses Buches, die Karten und Vorsatzpapiere wurden nach dem Konzept Achim Kiels von ihm und Thomas Przygodda anhand der nachfolgend erläuterten Kunstwerke der Mayas und Azteken erarbeitet. Die originalen dreidimensionalen Reliefs, Skulpturen und Plastiken wurden zeichnerisch mit Feder und Tusche in ornamentale, holzstichartige Grafiken umgesetzt – als Reminiszenz an die einzigartige Kulturgeschichte Mexikos. Der Künstler dankt Dr. Gerd Spies, Direktor des Städtischen Museums Braunschweig, für die großzügige Leihgabe der spanischen Goldmünzen auf den Karten.

Seite 11: Einer von drei Türsturzen zu Ehren von Frau Xok, Gemahlin des Fürsten Itzam Balam »Schild-Jaguar«, Vater des Yaxun Balam. Nach ihrem Blutopfer (siehe Seite 885) sieht sie eine Visions-Schlange, aus der der Kopf eines Vorfahren herausblickt. Kalkstein-Relief auf einem Türsturz aus Yaxchilán, Chiapas, Mexiko. Spätklassik, 726 n. Chr.

Seite 43: Ein Maya-Fürst mit Schild und geschmückter Lanze. Sein Kopf ist von einem geöffneten Schlangenrachen umrahmt. Stele mit Kalkstein-Relief aus Bonampak, Chiapas in Mexiko. Späte Frühklassik, 7. Jh. n. Chr.

Seite 101: Barfüßiger Fürst in zeremoniellem Ornat, der in den Händen Rasseln hält. Okarina, tönernes Blasinstrument aus Nebaj, Guatemala. Endklassik, 800-900 n. Chr.

Seite 137: Jünglingskopf mit reichem Kopfschmuck. Stuckplastik aus der Grabkammer des Tempels der Inschriften in Palenque. 7. Jh. n. Chr.

Seite 201: Yaxun Balam und seine Frau Lahka Ahaw begehen ein Blutopfer anläßlich der Geburt des Thronfolgers Chelte. Sie zieht eine dornenbewehrte Schnur durch die Zunge, er durchbohrt seinen Penis mit einem Knochendolch. Kalkstein-Relief auf einem Türsturz aus Yaxchilán, Chiapas in Mexiko. Spätklassik, 770 n. Chr.

Seite 239: Das festgehaltene Opfer liegt vor dem Opferpriester, der ein Feuersteinmesser hält. Teil eines Reliefs des Ballplatzes in El Tajún, Vera Cruz. Klassische Epoche der Golfküstenkultur.

Seite 295: Ein Jaguar frißt ein Herz, dieses steht symbolisch für den militärischen Jaguarorden. Tolteken-Relief von der Tanzfläche der Adler in Chichén Itzá. Postklassik, 9.-12. Jh. n. Chr.

Seite 355: Kopf eines Fürsten. Überlebensgroße Ahnenstatue aus Tuffstein vom Dachaufsatz des Tempels in Copán. Auftraggeber war Waxaklahun Ubah »18 Kaninchen«. Spätklassik, 695-738 n. Chr.

Seite 401: Der aztekische Gott Xolotl, dargestellt als Skelett, verkörpert den Planeten Venus als Abendstern. Herausgearbeitet aus Nephrit. Aztekische Periode. Der Fundort ist wahrscheinlich Mexiko-Tal.

Seite 449: Die Initiale der dem Todesgott geweihten Kalenderperiode. Totenkopfrelief aus Basalt von der Seite des »Denksteins des heiligen Krieges«, 1506/07 geweiht.

Seite 507: Ein dünner Steinkopf, »Hacha« aus El Baúl, Cotzumalhuapa-Kultur. Wahrscheinlich ein Markierungsstein für das Ballspiel – die eigentliche Bestimmung der »Hachas« ist noch umstritten. Endklassik, 800-925 n. Chr.

Seite 563: König Yax Pak, auf einem abgebrochenen Thron sitzend, in einer Hand einen Teller mit dem Kopf des Gottes K'awil. Kalkstein-Relief aus Copán, Honduras. Spätklassik, 775 n. Chr.

Seite 599: Fragmente dreier Teile wurden benutzt, um eine vollständige Figur wiederherzustellen. Über dem Gesicht eine Gottheit, aus deren Stirn ein Maiskolben herauswächst, also steht der junge Adlige unter dem Schutz des Maisgottes. Mosaikrelief eines Adligen aus Copán. Spätklassik, 8. Jh. n. Chr.

Seite 627: Das Hauptgesicht zeigt den Jaguargott der Unterwelt – wie die Sonne verkleidet – für seine nächtliche Reise unter der Erde. Großes Weihrauchgefäß aus Ton, aus einer Höhle in Chiapas oder Tobasco, Mexiko. Spätklassik, Ende 7. Jh. n. Chr.

Seite 651: Maske aus hellpoliertem Ton aus Tlatilco. Archaische Grabbeilage.

Seite 731: Der Herrscher ist mit allen Attributen eines Kriegers ausgestattet. Relief auf einer Stele aus Kalkstein. Aus Piedras Negras, Guatemala. Spätklassik, 662 n. Chr.

Seite 811: Über dem Gesicht des Mannes eine Maske von Vucub Caquix, einem anthropomorphischen Geier, darüber andere Masken der Izapan-Götter. Granitstele aus Kaminaljuyú. Izapan-Stil, Vorbote des klassischen Maya-Stils, um 500 v. Chr.

Seite 841: »Hacha« aus Diorit in Form eines von einem Meerestier bekrönten Kopfes. Aus der Golfzone. Spätklassik, 600-900 n. Chr.

Seite 885: Die reichbekleidete Frau Xok kniet vor ihrem Mann Itzam Balam und opfert Blut, indem sie ein mit Dornen gespicktes Seil durch die Zunge zieht. Der Fürst hält eine Fackel. Auf seiner Stirn der Kopf eines geopferten Gefangenen. Türsturz mit Kalkstein-Relief aus Yaxchilán, Chiapas, Mexiko. Spätklassik, 726 n. Chr.

Seite 917: Über einen Schädel beugt sich ein Harpyenadler oder Geier. Vielleicht deutet es auf den gewaltsamen Tod hin, den der Verlierer des Ballspiels zu erwarten hatte. »Hacha« aus vulkanischem Gestein aus Departmento Suchitepéquez, Guatemala. Spätklassik, 600-900 n. Chr.